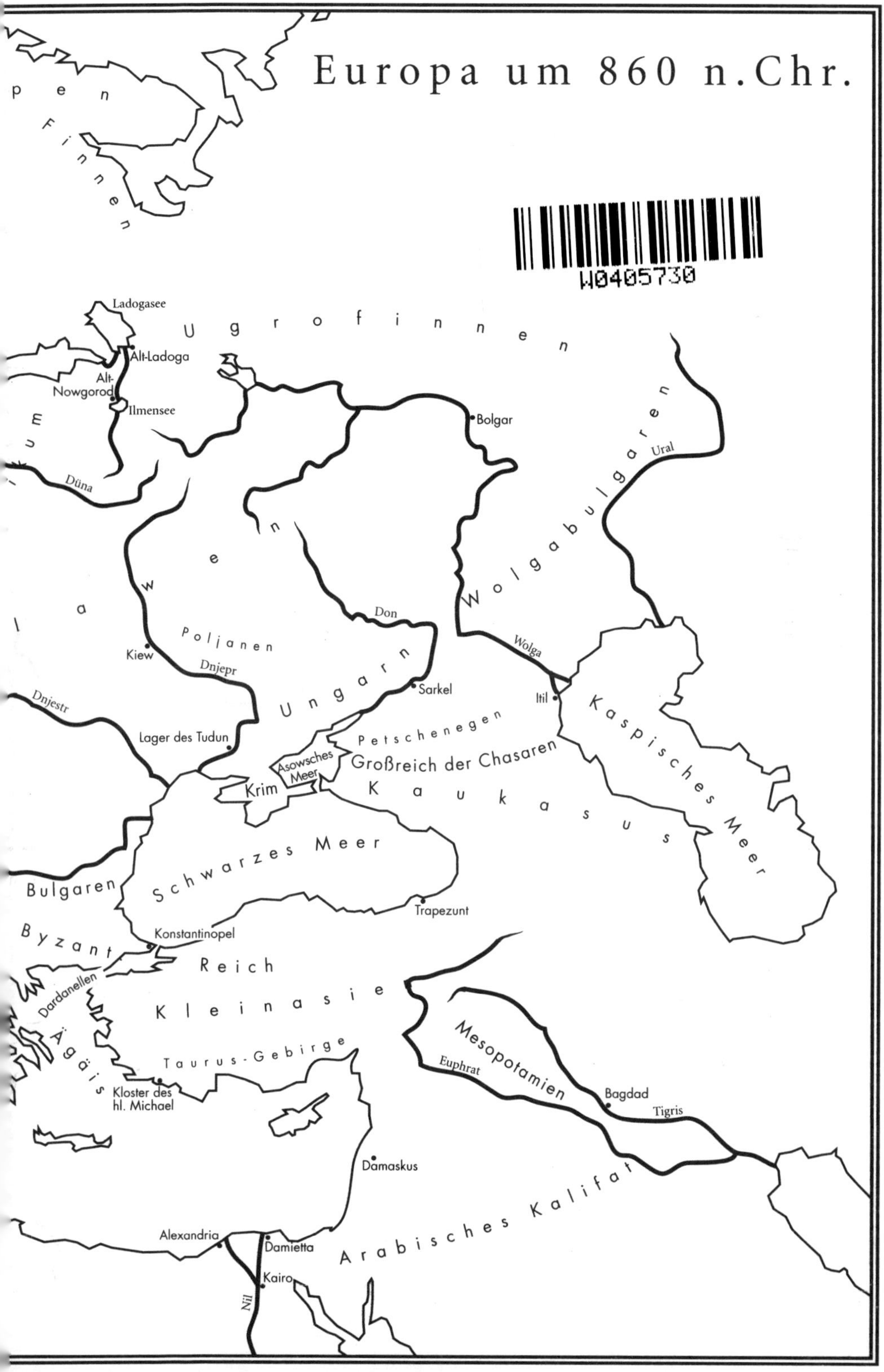
Europa um 860 n.Chr.
Ladogasee
Alt-Ladoga
Alt-Nowgorod
Ilmensee
Düna
Ugrofinnen
Bolgar
Ural
Wolgabulgaren
Wolga
Don
Poljanen
Kiew
Dnjepr
Dnjestr
Ungarn
Sarkel
Itil
Lager des Tudun
Petschenegen
Großreich der Chasaren
Asowsches Meer
Krim
Kaukasus
Kaspisches Meer
Schwarzes Meer
Bulgaren
Trapezunt
Konstantinopel
Byzant. Reich
Dardanellen
Kleinasie
Ägäis
Taurus-Gebirge
Kloster des hl. Michael
Mesopotamien
Euphrat
Bagdad
Tigris
Damaskus
Arabisches Kalifat
Alexandria
Damietta
Kairo
Nil

Gert Feldmeier

Unter dem Drachenkopf

Gert Feldmeier

UNTER DEM DRACHENKOPF

Wikinger Roman

Herbig

Gewidmet meiner Ehefrau Gabriele.
Ihr Rat hat an vielen Stellen dieses Buches
Spuren hinterlassen.

Umschlaggestaltung: Wolfgang Heinzel
unter Verwendung eines Motivs aus dem
Teppich von Bayeux, 1077
Foto: Archiv für Kunst und Geschichte, Berlin
Vorsatzkarte: Günter Wiesler
Lektorat, Herstellung und Satz:
VerlagsService Dr. Helmut Neuberger
& Karl Schaumann GmbH, Heimstetten
Gesetzt aus der 10/12 Punkt Minion
auf Macintosh in QuarkXPress
Druck und Binden: GGP Media, Pößneck
Printed in Germany
ISBN 3-7766-2217-2

Mit einem dumpfen Krachen traf das Schwert den Buckel seines Helms. Er hatte die Klinge gesehen, aus dem Augenwinkel verfolgt, wie sie durch die Luft sauste, auf seinen Kopf zu. Und er hatte gewusst, dass er seinen Schild nicht mehr rechtzeitig würde über den Kopf reißen können. Dann kam das Dunkel – um ihn herum wabernde Nebelschwaden, durcheinander wirbelnde Fetzen. Da erblickt er es: Aus dem Nebel stieren riesige Augen auf ihn herunter, drohend, Unheil verkündend. Langsam schiebt sich der Kopf durch die Nebelwand. Er schaudert zurück vor dem aufgerissenen Maul und den langen Reißzähnen hoch über ihm.

Der Kopf des Ungeheuers zog sich wieder in den Nebel zurück. Jäh kam ihm die Erinnerung: der Drachenkopf! Im dichten Nebel hatte er als Erstes diesen Drachenkopf gesehen, als das Langschiff sich dem Strand näherte. In seinen Ohren hallte wieder das Kampfgeschrei der Fremden. Aufs Neue kam die Finsternis... Dann sah er die Gesichter der Fremden über sich. Ihre Lippen schienen sich zu bewegen, sie schienen miteinander zu sprechen. Doch er hörte keinen Laut. Er konnte die Gesichtszüge nicht erkennen, und er wusste nicht, wie viele Köpfe er sah. Jetzt verschwimmen die Gesichter immer mehr. Ihre Form löst sich auf, sie schweben auf ihn zu und von ihm weg, werden bald größer, bald kleiner. Er sieht nichts als gespensterhafte Fratzen, die hin- und herwabern.

»Ich werde nachschauen, ob er tot ist.« Diese Stimme ging ihm durchs Mark. Sie war rau und hart. Wie durch einen Schleier sah er das Gesicht des Mannes vor sich: den eisernen Helm, kegelförmig und spitz zulaufend, das Eisenband, mit dem der Rand verstärkt war, und den tief herabgezogenen Nasenschutz. Dann erblickte er die hellblonden Haare, die länger waren als der Helm, und den gestutzten Vollbart. Nochmals tasteten seine Augen zu dem Helmrand und dem eisernen Nasenschutz. Das Gesicht war jetzt ganz nahe. Er hätte es mit der Hand greifen können, wäre er zu einer Bewegung fähig gewesen. Sein Blick trifft auf die Augen. Er zuckt zusammen. Diese Augen sind graublau wie das Meer. Genauso wild und todbringend wie die stürmische See. Da weiß er es: Es war dieser Mann, der ihn erschlagen hat!

Ganz allmählich fühlt er die Kälte. Eine nasse Kälte. Sie kriecht in seine Ärmel und an seinen Hosenbeinen empor. Plötzlich weiß er auch, woher die Kälte kommt. Er liegt im Wasser! Er versucht, den Kopf zu heben und die Augen zu öffnen. Aber in seinem Schädel dröhnt es, hämmert es und bohrt es, dass er vor Schmerz zurücksinkt. Als er wieder erwacht, fühlt er es: das Wasser ist gestiegen, es überspült schon seine Finger. Plötzlich wird ihm klar: die Flut steigt! Er spannt alle seine Muskeln an. Der Schmerz rast durch seine Glieder, aber es gelingt ihm, den Kopf anzuheben und die Augenlider auseinanderzureißen.

Vor ihm liegt der Strand, rechts erkennt er die Dünen. Tief hängende Wolken, fast schwarz, jagen auf das Meer zu. Strand und Dünen wirken düster und unheilvoll grau. Sein Kopf sinkt wieder in den Sand, aber das Wasser hält ihn wach. Er fühlt, wie es an seinem Körper hochkriecht, unmerklich langsam und doch unaufhaltsam. Unwillkürlich streckt er den linken Arm aus. Seine Hand stößt gegen etwas Kaltes, Weiches. Langsam gleiten seine Fingerspitzen über das Ding, und allmählich wird ihm bewusst, dass sie eine Nase und Barthaare berührt haben. Neben ihm liegt ein Mensch! Mit einem Schlag lässt das Dröhnen in seinem Schädel nach. Er wälzt sich mühsam auf die linke Seite. Die Augen kann er jetzt ohne Anstrengung öffnen. Er fährt zurück. Er starrt in das Gesicht eines Mannes. Aber dieses Gesicht ist über und über mit Blut verklebt. Dann sieht er es: die linke Augenhöhle ist leer. Ein Schwerthieb läuft über die linke Gesichtshälfte, und eine weit auseinander klaffende Wunde scheint ihn anzugrinsen.

Seine Gedanken jagen sich. Allmählich werden sie klarer, und vor seinem inneren Auge erscheint ein Bild: Durch den Nebel sieht er die Landzunge zur Linken. Plötzlich taucht aus den Nebelschwaden der Drachenkopf eines Langbootes auf. Augenblicke später sieht er das Langboot selbst und die Männer, die längst die Ruder eingezogen haben, mit Schild und Schwert an der Bordwand stehen, bereit, ins seichte Wasser zu springen, sobald der Kiel sich in den Sand bohrt. Dann gellt das Kampfgeschrei der Fremden in seinen Ohren. Das Bild zerfließt vor seinen Augen. Aber er weiß: Der Tote ist einer der Feinde.

Die Anstrengung hatte ihn ermattet. Doch er musste herausfinden, wie die Dinge standen. Das Bohren in seinem Schädel erlaubte keine schnelle Bewegung. Dennoch gelang es ihm, sich in eine sitzende Stellung aufzurichten. Vor ihm liefen die Wellen auf den flachen Strand. Sie kamen von links, aber sie krochen weit über die Stelle hinaus, an der er saß, auf die Dünen zu.

Sein Blick folgte dem braunweißen Schaum einer neu ankommenden Flutwelle. Rechts, drei oder vier Manneslängen entfernt, kam der Schaum zum Stillstand. Hinter dem Schaum lag etwas. Er strengte seine Augen an. Es bereitete ihm Mühe, deutlich zu sehen. Langsam tastete sein Blick über den Helm, das Gesicht und das graubraune Hemd. Nach und nach kam ihm zu Bewusstsein: Dort lag sein Onkel. Er lag auf der Seite, den rechten Arm vorgestreckt, das Gesicht ihm zugewandt. Sein Onkel! Wieder gellte das Kampfgeschrei der Fremden. Er sah sich selbst, den Schild in der Linken, das Schwert in der Rechten, den Feinden entgegenstürmen, sah das Wasser aufspritzen, als die Feinde über den Bordrand sprangen, auf sie eindrangen.

Im Vorbeirennen hatte er den Onkel gesehen, nur einen Atemzug lang, aber das Bild hatte sich ihm eingeprägt: Sein Onkel hatte einem der Feinde gegenübergestanden, den Schild über dem Kopf. Sein Schwert steckte dem Gegner mitten in der Brust. Er strengte seine Augen noch mehr an. Das Gesicht seines Onkels wurde deutlicher. Doch nur weit aufgerissene, glasige Augen starrten ihn an. Und das graubraune Hemd war blutrot, fast bis zu den Schultern hinauf.

»Er ist immer noch bewusstlos.«

Eine tiefe Stimme antwortete, während grobe Fingerspitzen seinen Kopf hin und her wendeten.

»Hm! Den soll Thors Hammer erschlagen! Aber er liegt nicht im Sterben. Wir müssen ihn fesseln.«

Er hörte wieder die erste Stimme: »Warum habt ihr das nicht vorhin getan, als ihr bei ihm wart?«

Wieder die tiefe Stimme: »Bei diesem Hieb! Die Bewusstlosigkeit kann Stunden dauern. Außerdem hatten wir ihn von dem Grab aus, das wir schaufeln, immer im Blick.«

»Fesseln wir ihm die Arme auf den Rücken, Grim?«

Und wieder die tiefe Stimme: »Ach was! Binde ihm die Hände zusammen. Der kann sich nicht selbst befreien.«

Er fühlte, wie seine Arme gepackt wurden, und sich ein Strick um seine Handgelenke zusammenzog. Bis jetzt hatte er vergeblich versucht, die Augen wieder zu öffnen. Nun sah er den Kopf vor sich. Ein runder, mit Eisenbändern verstärkter Helm ohne Nasenschutz. Lange, graue Haare und ein grauer Vollbart, der in gedrehten Spitzen zu beiden Seiten abstand.

»Ah, du hast die Augen offen!« Über das Gesicht lief ein leises Lächeln, das einen Augenblick lang die Wildheit der Züge milderte. Der Blick des Fremden wanderte zu seinem Helm. »Wirklich beste fränkische Arbeit!« Er grinste. »Hast Glück gehabt, Bürschchen! Ohne diesen Helm hätte dir der Hieb den Kopf gespalten.« Er zuckte die Schultern. »Na ja, was heißt Glück? Wenigstens für den Augenblick.« Die Hände des Fremden befühlten den Helm. »Nur eine kleine Beule.« Der Druck auf den Helm, so leicht er war, hatte einen scharfen Schmerz durch seinen Körper gejagt, so dass er die Augenlider zusammenpresste. Er fühlte, wie sich Riemen um seine Fußgelenke schlangen. Dann wurde er an den Achseln angehoben und mit den Füßen durch den Sand geschleift. Dabei hörte er die tiefe Stimme des Graubärtigen: »Du ziehst dann die Erschlagenen höher auf den Strand! Sonst spült die Flut sie fort.« Als man ihn niederlegte, verspürte er kaum noch einen Schmerz. Es machte ihm keine Mühe, die Augen zu öffnen.

Vor ihm stand der Graubärtige. Zuerst sah er die Bärenfelljacke, die bis auf die Knie reichte, darunter braune Hosen. Als sein Blick zurück zu dem grauen Gabelbart wanderte, bemerkte er, dass die Bärenfelljacke offen stand.

Darunter trug der Mann ein blaues Hemd und auf der Brust eine Silberkette mit zwei durchbohrten Bärenzähnen. Es gelang ihm nicht, den Blick von dieser Gestalt zu lösen. Der Mann, den sie Grim nannten, war groß und breit gebaut. Trotz seiner grauen Haare und des grauen Bartes musste er über eine ungewöhnliche Körperkraft verfügen!

»Wir sind fertig. Ich werde dir bei den Leichen helfen.« Grim wandte sich ab und verschwand hinter einer Düne. Der andere, ein junger, bartloser Mann, folgte ihm.

Er drehte den Kopf nach beiden Seiten, konnte aber nichts erkennen als Sand und Strandhafer. Man hatte ihn offensichtlich in den Ausläufer einer Düne gezogen. Er versuchte sich zu erinnern, wie alles gekommen war. Aber der Schmerz in seinem Kopf machte es ihm immer noch schwer, einen klaren Gedanken zu fassen. Nur einzelne Erinnerungsbilder tauchten wieder auf: wie sie am Morgen das Boot beladen hatten, als das fremde Langschiff um die Landzunge bog. Wegen des dichten Nebels hatten sie es erst im allerletzten Augenblick gesehen. Sie hatten nur noch drei Ballen friesischen Tuchs aufs Schiff zu schaffen, die sie am Abend ausgeladen hatten, weil die Umhüllung aufgegangen war. Doch die Fremden waren schneller gewesen. Wie gerne hätte er gewusst, was aus seinen Leuten geworden war!

Dann dachte er an die Zukunft. Er musste über sich selbst lächeln. Zukunft? Sein Schicksal war klar: Die Fremden würden ihn erschlagen. Bilder von ihrer Fahrt stiegen in ihm auf: ihre Abfahrt in Schweden. Dorestad, die berühmte friesische Handelsstadt. Das vollbeladene Langschiff auf der Rückfahrt nach Schweden.

Es war seine erste Wikingerfahrt gewesen. Bitterkeit stieg in ihm auf, doch mit einem Ruck schüttelte er dieses Gefühl ab. Wer auf Wikingerfahrt geht, weiß, dass der Tod ihm zu jeder Stunde begegnen kann: der Tod durch das Schwert und die Streitaxt eines Feindes oder der Tod in der sturmgepeitschten See. Die Feinde würden ihn nicht als Feigling sterben sehen!

Er wusste nicht, wie lange er gelegen hatte, als er die Stimmen hörte. Er hatte sich übergeben und für einen Augenblick erleichtert gefühlt. Dann hatte ihn wieder der dumpfe, bleierne Schlaf übermannt. Jetzt schienen mehrere Personen zu sprechen, aber ihre Stimmen waren so leise, dass er nur einzelne Worte auffing: »...fünf Mann in England...«. »...zu wenig Ruderer...« »...so verletzt, dass sie nicht lange rudern können...« Der dies sagte, hatte eine jugendlich helle Stimme und redete offensichtlich auf die anderen ein.

»Niemals!« Das war die raue Stimme seines Gegners, des Mannes mit dem kegelförmigen Helm mit Nasenschutz und den unbarmherzigen Augen.

»Aber wir brauchen ihn!« Wieder die helle, jugendliche Stimme.

Vorsichtig öffnete er die Augen ein wenig. Im Hintergrund lag das Meer.

Die Flut hatte den breiten Sandstrand fast bis an den Fuß der Dünen überspült. Die tief hängenden Wolken, die über den Himmel jagten, waren noch schwärzer geworden. Jetzt fühlte er auch den schneidenden Wind. Zehn, fünfzehn Meter von ihm entfernt sah er drei der Feinde. Sein Gegner stand in der Mitte. Er zuckte zusammen. Nie zuvor hatte er einen Mann von solch hünenhaftem Körperbau gesehen! Wie hatte er nur den Kampf mit einem solchen Gegner überlebt?

Einige Schritte abseits, die Arme über der Brust verschränkt, stand der Graubärtige, der ihn gefesselt hatte. Seine Augen waren auf den Dritten gerichtet, seine Miene finster. »Ich bleibe dabei!« Der junge Mann deutete zu ihm herüber. Sein Haar war hell, fast strohblond und fiel bis auf die Schultern. Er trug keinen Bart. Sein rotes Hemd reichte bis zu den Knien. Darunter trug er blaue, umschnürte Hosen. An dem Hemd fielen die breiten Zierborten ins Auge, über den Handgelenken und im Halbkreis von Schulter zu Schulter. Auch dieser Fremde konnte kein einfacher Mann sein. Nur ein reicher Nordmann trug auf Wikingerfahrt ein solches Hemd.

Die Stimmen wurden wieder leiser, und unwillkürlich schlossen sich seine Augenlider. »Nimm ihn als Ruderer!«

»Niemals! Er hat Aslak erschlagen!«

Er lag lange. Es mussten Stunden vergangen sein. Plötzlich spürte er, wie die Fesseln an seinen Fußgelenken gelöst wurden. Diesmal bereitete es ihm keine Mühe, die Augen zu öffnen. Vor ihm stand der graubärtige Grim. Seine Miene war düster. »Du wirst jetzt wieder gehen können!« Grim beugte sich herunter, packte ihn am Oberarm und zog ihn hoch, als wäre er eine Feder. Als er auf den Füßen stand, schien sich alles um ihn herum zu drehen. Er wäre zu Boden gestürzt, aber Grims Faust hielt ihn aufrecht.

Nach einigen Sekunden verging der Schwindel. Er stand zwischen zwei Sanddünen. Vor seinen Augen dehnte sich das Meer unter der trüben Wolkendecke bis an den Rand des Gesichtskreises. Die dunkelgrünen Wellen mit den weißen Schaumkronen – er liebte sie, die See: Abenteuer verheißend und Reichtum, aber todbringend.

»Los jetzt!« Eine zweite Hand packte seinen rechten Oberarm. Ihr Weg schlängelte sich zwischen Dünen hindurch. Um ihn herum Sand und gelegentlich die graugrünen Büschel des Strandhafers. Das Rauschen der Brandung klang jetzt wie aus weiter Ferne. Er zuckte kurz zusammen, als er sich gewohnheitsmäßig den Helm zurechtschob. Aber nach wenigen Schritten fühlte er sich sicher auf den Beinen. Etwas schien noch immer seinen Schädel zusammenzupressen, doch der leichte Schmerz machte ihm kaum noch etwas aus. Sie bogen um eine der Dünen. Vor ihm lag eine kleine Mulde zwischen zwei steil aufragenden, dicht mit Strandhafer bewachsenen Dünen. Im Hintergrund hörte er gedämpfte Stimmen, aber so dass nichts zu verstehen war. »Vorwärts! Wir gehen zu dem Grab!«

Da stand er, sein Gegner, nur ein Dutzend Schritte entfernt. Wie ein Baum stand er da, in seinem roten Hemd und den schwarzen Hosen. Auf der Brust blinkte ein silberner Thorhammer, dessen kreisrund aufgerissene, starre Augen ihn böse anzuglotzen schienen. »Du hast Aslak getötet!« Die graublauen Augen unter dem Eisenhelm blickten kalt wie Eis. Der schmale Eisenstreifen, der die Nase verdeckte, steigerte noch den Eindruck der Wildheit: In diesem Gesicht achtete man nur auf den gestutzten Vollbart und auf diese Augen.

»Das Grab ist fertig!«, rief einer hinter der Düne. Mit langsamen, qualvoll langsamen Schritten kam sein Gegner auf ihn zu, während er ihm unablässig in die Augen starrte. Einen Schritt vor ihm blieb er stehen. Der mächtige Körper reckte sich, schien noch größer zu werden. Die Linke fuhr zur Schwertscheide, die Rechte zog ohne Hast das Schwert heraus. Er reckte den Arm empor, hielt die Klinge gegen den Himmel, drehte sie. Dann traf ihn wieder der Blick.

Die Schwertspitze richtet sich jetzt gegen ihn. Die Augen scheinen vor Hass zu funkeln. Aber die Spitze kommt zum Stehen, eine Handbreit vor seiner Brust. Seine Kehle ist wie ausgedörrt. Doch er schaut dem Gegner in die Augen, schiebt trotzig die weißblonden Strähnen, die unter seinem Helm hervorstehen, ein wenig zur Seite. Hier gibt es keine Wahl zwischen Tod oder Sklaverei. Dieser Mann vor ihm wird niemals einem Gefangenen, der einen seiner Männer getötet hat, das Leben schenken. Ein Lächeln huscht über sein Gesicht. »Stoß zu! Oder zittert dein Arm?«

Das Funkeln weicht aus den Augen des Gegners. Die Lippen öffnen sich, Verblüffung malt sich auf den Zügen. Der Gegner tritt einen Schritt zurück, die Finger seiner linken Hand krampfen sich um den Gürtel und... Das Gelächter kam wie ein Keulenschlag, dieses brüllende Gelächter. Es dröhnte in seinem Kopf und schien niemals aufhören zu wollen. Der Gegner stand da, die Arme ausgestreckt, das Schwert in der rechten Hand. Der massige Körper bebte unter diesem Lachen. »Das mir! Das Ragnar!« Wieder schüttelte er sich vor Lachen. »Habt ihr das gehört? Ragnars Arm zittert!«

Erst jetzt hörte er das Gejohle der Anderen. Er hatte seinen Blick nicht von Ragnar abgewendet, nicht bemerkt, dass sie hinzugetreten waren. Neben Ragnar stand der graubärtige Grim, die Hände gegen die Brust gepresst, und lachte aus vollem Halse. »Sag nicht, du könntest nichts Neues mehr erleben, Ragnar!«, prustete er los.

Der Heiterkeitsausbruch überraschte ihn, aber er berührte ihn nicht. Den Grund würde er gewiss bald erfahren. In der Tat: Ragnars Gelächter brach ebenso unvermittelt ab, wie es begonnen hatte. Der Mann sah ihm wieder ins Gesicht, aber die Wildheit war aus seinen Augen verschwunden, ein beinahe wohlwollendes Lächeln lief über seine Züge. Er schob das Schwert in die Scheide. »Du hast Mut, junger Mann. Noch nie hat es jemand gewagt, mir zu sagen, mein Arm zittere.« Ragnar ließ seinen Blick prüfend über ihn wandern, lange, schweigend und mit unbewegter Miene. »Er ist nicht groß«, sagte Ragnar zu sich selbst. »Aber er muss stark sein. So wie er gekämpft hat.«

»Wer bist du?«, herrschte ihn Ragnar unvermittelt an.

»Mein Name ist Ulf. Ich bin aus Schweden.«

»Deine Kleidung ist die eines einfachen Mannes. Aber dein Helm und dein Schwert sind wertvoll. Wem gehört das Langschiff, das uns heute Morgen entkommen ist?«

»Allen Männern.«

»Ah, Nachbarn haben zusammengelegt, um ein Langschiff für eine Wikingerfahrt auszurüsten.«

»Du sagst es.«

»Woher kamt ihr?«

»Aus Dorestad.«

Ragnar grinste breit. »Schade, das wäre eine fette Beute gewesen. Wenn ein Schiff aus dem bedeutendsten Handelsplatz des Frankenreiches kommt, hat es immer eine wertvolle Ladung.«

»Meine Leute sind dir also entkommen? Das freut mich.«

»Na ja. Nicht alle. Vier haben wir erschlagen. Aber erbeutet haben wir nur das, was ihr ans Ufer geschafft hattet.«

»Darf ich unsere Toten sehen?«

»Ja, später. Hast du dich nicht gewundert, dass ich dir das Leben gelassen habe?« Ragnar deutete mit dem rechten Zeigefinger auf den jungen Mann, dessen Wortgefecht mit Ragnar er miterlebt hatte. »Dieser hier, mein Sohn Erik, hat für dich gesprochen.« Ragnar kreuzte die Arme über der Brust und schaute ihm wieder sinnend ins Gesicht. »Um es kurz zu machen: Wir haben fast ein Drittel unserer Ruderer verloren.«

»Ja…«, fiel Erik ein. »Ihr habt vier erschlagen, und fünf sind in England gefallen.«

»Und…«, fuhr Ragnar fort, »einige unserer Leute sind verletzt und können nicht stundenlang rudern. Deshalb habe ich zugestimmt, dich nach Haithabu mitzunehmen, wenn du willst. Hier, an dieser abgelegenen Küste, findest du ohnehin kein Schiff, das dich aufnimmt.« Seine Stimme wurde barscher. »Selbstverständlich nicht als Fahrtgenosse, sondern als Rudermann.«

Es gab nichts zu überlegen. »Ich fahre mit. Vorher aber möchte ich die Toten sehen. Ich muss wissen, wer von meiner Familie gefallen ist.«

Über Ragnars Gesicht huschte ein Lächeln. »Was ich verspreche, halte ich. Komm!« Ragnar ergriff ihn am rechten Oberarm und schob ihn vorwärts. Wenige Schritte, und die Düne zur Rechten lief aus und gab den Blick frei auf eine flache Ausbuchtung zwischen niedrigen Dünen. Vor seinen Augen lagen die Grube und der ausgehobene Sand. Abseits waren acht Leichen in einer Reihe abgelegt. Der erste der Toten war sein Onkel. Ein Gefühl der Beklemmung überfiel ihn. Wer mochten die drei anderen Toten sein? Waren sein Vater und seine beiden Brüder darunter? Entschlossen ging er die letzten Schritte. Er war doch keine Memme! Sein Blick wanderte über die Leichen. Tatsächlich: drei waren von seinem Schiff, aber es waren Nachbarn; sie gehörten nicht zu seiner Sippe.

Ragnar war hinter ihn getreten. »Nun? War einer der Toten mit dir verwandt?« Ulf deutete auf den ersten in der Reihe. »Er war mein Onkel.« Die Anerkennung in Ragnars Stimme war nicht zu überhören. »Ein guter Mann, hat uns viel Mühe bereitet.«

»Werdet ihr ihn und die drei andern auch begraben?«

»Warum fragst du? Wir sind anständige Nordmänner und begraben jeden Nordmann, den wir im Kampf erschlagen, wenn er ehrlich gekämpft hat!«

Ragnar rief drei Namen. Als die Leute herangetreten waren, befahl er: »Ihr geht jetzt zum Schiff, um alles zur Abfahrt vorzubereiten. Diesen Ulf nehmt ihr mit. Und du, Ulf…«, er deutete auf Ulfs Schild, der neben den erbeuteten Waffen lag, »kannst deinen Schild mitnehmen. Ich brauche ihn nicht. Deinen Helm magst du auch behalten, obwohl er…«, er grinste breit, »beste fränkische Arbeit sein muss. Sein muss, denn mein Schwert hat manchen Helm durchschlagen.«

»Ich danke dir, Ragnar.«

»Du brauchst mir nicht zu danken. Es ist kein großes Opfer, wenn wir auf einen Helm verzichten. Keiner meiner Leute trägt eine Lederkappe.« Ein kurzes Auflachen. »Meine Leute haben genug Gelegenheit gehabt, einen guten Helm zu erbeuten.«

»Komm!«, sagte einer der Drei, die Ragnar ausgewählt hatte. Ulf nahm seinen Schild vom Boden auf und folgte ihnen. Er stand jetzt wieder fest auf den Beinen, nur der Kopf schmerzte noch etwas. Plötzlich endeten die Dünen, und der Strand lag vor ihnen. Es war Ebbe, und das Wasser hatte bereits wieder einen breiten Streifen des Sandstrandes freigegeben. Das Langschiff lag halb auf dem Sand, halb im Wasser.

Als Ulf es erblickte, zuckte er überrascht zusammen. Da war er wieder, der Drachenkopf. Nie hatte er einen so fein geschnitzten Kopf am Steven eines Langschiffes gesehen. Die meisten Boote, die er kannte, hatten überhaupt keine Tierköpfe auf dem Vorder- und Achtersteven. Die Steven liefen einfach spitz oder in einer schneckenförmigen Windung aus. Aber dieser Drachenkopf war ein Meisterwerk. Das aufgerissene, halbkreisförmige Maul drohte ihnen mit spitzen Zähnen entgegen, die riesigen, kreisrunden Augen glotzten in den Himmel, und der Rest des Kopfes war über und über bedeckt mit feinstem Flechtwerk. Und erst die Farben! Der rote Rachen mit den weißen Eckzähnen, die gelben Glotzaugen konnten auch einem Krieger Furcht einflößen. Und das geschnitzte Flechtwerk schillerte in allen Farben, die sie liebten: Weiß und Rot, Blau, Gelb und Schwarz.

Er konnte die Augen nicht abwenden. Dieser Drachenkopf war das Ungeheuer, das durch die Nebelwand gestoßen war. Im Grau des Nebels hatte es fast noch erschreckender ausgesehen. Dann glitt sein Blick über das Boot. Es war noch größer, als er erwartet hatte. Er hatte keine Zeit, die Ruderlöcher zu zählen, aber er schätzte, dass das Langschiff dreißig Ruderer hatte. Einige Schilde hingen noch an der Bordwand. Sie gehörten wohl jenen Männern, die in England gefallen waren. Alle diese Schilde waren schwarz und gelb bemalt. Jetzt fiel ihm ein, dass die Schilde der anderen ebenfalls schwarz und gelb waren. Auch die vier obersten Bordplanken waren vom Bug bis zum Heck abwechselnd schwarz und gelb gestrichen. Was immer dieses Langschiff über ihn und seine Leute gebracht hatte, in diesem Augenblick konnte er nur seine Schönheit bewundern.

»Bleib nicht stehen. Wir haben wenig Zeit.« Sie gingen über den Sandstrand und wateten am Boot entlang ins Wasser. Als sie die Mitte des Bootes erreichten, standen sie bis über die Knie im Wasser. Vor Ulfs Augen befand sich ein Ruderloch, aber die Öffnung war von innen verdeckt. »Hinein! Schnell!« Ulf hob seinen Schild über die Bordwand und lehnte ihn an eine Sitztruhe. Dann schwang er sich an Bord. Die drei andern folgten. »Setz dich auf eine der beiden Kisten am Heck, bis Ragnar dir deinen Ruderplatz anweist!« Er nahm seinen Schild auf und ging an dem umgelegten Mast entlang nach hinten. Dabei fiel ihm auf, dass auch der Achtersteven mit einem Kopf verziert war.

Am Heck angekommen ließ er sich auf die Kiste fallen, die an der rechten Bordwand stand. Seinen Schild lehnte er gegen die Bordwand. Dann ließ er die Augen über das Deck wandern. Die Zahl der Kisten, Fässer und Säcke an Deck erstaunte ihn. Das Langschiff war weit schwerer beladen als üblich. Mitschiffs waren einige Ruderplätze mit Kisten und Fässern zugestellt – vermutlich die Ruderplätze der in England Gefallenen. Die drei, die mit ihm an Bord gekommen waren, schoben keuchend und ächzend Fässer und Kisten hin und her. Jetzt richtete sich einer auf und rief: »Sie kommen.«

Ulf blickte zum Strand. Ja, sie kamen zwischen den Dünen hervor. Je zwei Mann schleppten die drei Ballen Tuch, die einzige Beute des Überfalles.

Ihnen folgte Ragnar. Rechts und links trug er einen der schwarz-gelben Schilde. Auch andere trugen einen zweiten Schild am rechten Arm. Das mussten die Schilde ihrer Toten sein und die Schilde derer, die die erbeuteten Ballen schleppten. Die Männer mit den Ballen wateten als erste ins Wasser und stemmten ihre Last über den Bordrand. Dann kletterten sie an Deck.

»Schiebt das Boot an!« Sogar bei diesem einfachen Befehl dröhnte Ragnars Stimme wie zum Schlachtruf. Die Männer wateten zu beiden Seiten zum Bordrand und warfen die Schilde aufs Deck. Auf ein Kommando schoben sie an, der Sand knirschte, ein Ruck, und das Boot schaukelte leicht. Der Sog der Ebbe würde das Boot nun ohne ihr Zutun aufs offene Meer ziehen. Das Wasser spritzte, als die Männer vorwärts rannten. Zwar reichte einigen nun das Wasser bis an die Brust, aber es war leichter, über die niedrige Bordwand mittschiffs an Bord zu klettern. Nur Ragnar stand noch am Sandstrand und warf einen prüfenden Blick auf sein Boot. Mit einigen Sätzen durch das aufspritzende Wasser erreichte er den Bordrand und stand im nächsten Augenblick triefend an Deck.

Ragnar gab einige leise Befehle. Von seinem Platz aus konnte Ulf sie nicht verstehen. Wieder wurden Kisten und Fässer hin- und hergeschoben. Dann traten die Männer zusammen und sprachen über ihn. Von Zeit zu Zeit blickte einer der Männer zu ihm herüber. Ulf fühlte sich unbehaglich. Schließlich kam Erik auf ihn zu und blieb vor ihm stehen. Seine Felljacke stand offen, und Ulf konnte die schwere silberne Halskette mit dem Walküren-Amulett sehen. Dieser Silberschmuck paßte zu Eriks aufwändig verbrämtem Hemd. Ragnar war reich, und er zeigte es.

»Mein Vater wird dir jetzt deinen Ruderplatz zuweisen.« Eriks Stimme klang nicht unfreundlich. Ulf musste an das Gespräch denken, von dem er Fetzen aufgeschnappt hatte. Eriks wegen hatte Ragnar ihn als Rudermann genommen. »Wie steht es mit deinem Kopf? Glaubst du, du wirst schon wieder rudern können?« Ulf blickte auf. Erik nahm gerade mit beiden Händen den Helm ab. Das strohblonde Haar fiel ihm auf die Schultern. Sein jugendliches, bartloses Gesicht zeigte keinen Hass.

»Mein Kopf schmerzt noch, aber ich glaube, es geht.«

»Das will ich hoffen, daß dir der Kopf noch weh tut.« Ragnars Stimme polterte, aber aus seinen Zügen sprach gutmütiger Spott. »Wenn dir mein Schwertschlag schon nicht Helm und Schädel gespalten hat... Welche Schande, hättest du nicht einmal eine schmerzhafte Beule davongetragen. Aber wir haben keine Zeit zum Scherzen.« Er deutete auf die Sitzkiste schräg gegenüber, die zweite auf der linken Seite. »Du wirst dort sitzen, wo Aslak gesessen hat, den du erschlagen hast. Ich will dich vom Steuerruder aus stets im Blick haben.« Zu seinem Sohn gewandt: »Gizur und Halfdan haben darauf verzichtet, aufzurücken. Sie sind seit Jahren an ihre Nebenmänner gewöhnt.«

Die zweite Reihe, dachte Ulf. Aslak musste ein hervorragender Krieger gewesen sein. Je größer das Ansehen eines Mannes, desto näher sitzt er dem Anführer. Ulf stand auf.

»Warte noch!«, sagte Ragnar scharf. »Du darfst nicht auf Aslaks Ruderkiste sitzen. Ich werde dir eine andere bringen, die eines Gefallenen.« Mit zwei, drei schnellen Schritten stand Ragnar vor der Ruderkiste und hatte sie schon hochgerissen. Ulf staunte. Die breite Holztruhe war in kurzen Abständen mit Eisenbändern verstärkt und über und über mit Zinnnägeln verziert. Sie musste bleischwer sein, auch ohne die Ausrüstung und die Beutestücke des früheren Besitzers, die sich darin befanden. Ragnar trug sie nach vorn und wich dabei behände den Ständern der Segelrahe, den Kisten und Fässern aus. Dann kam er zurück, in den Armen eine einfache Holztruhe ohne Verzierungen. Erik reichte ihm wortlos einige Seilstücke zum Festbinden. Ragnar hatte die Truhe niedergesetzt und trat auf ihn zu. »In der Kiste sind natürlich noch die Sachen des Toten. Grim hat dir einen Fellsack für deine eigenen Sachen mitgebracht.« Er trat einen Schritt zur Seite, hinter ihm stand der Graubärtige. Grim hatte den Helm abgenommen, und Ulf sah, dass sein Haupthaar so grau war wie sein gegabelter Bart. Dennoch konnten es mit diesem Riesen wenige aufnehmen.

Ulf nahm den Sack entgegen, hob seinen Schild auf und ging hinüber. Die meisten Ruderplätze waren noch leer. Die übrigen Leute waren mittschiffs beschäftigt. Er ließ sich auf seiner Truhe nieder. Der hohe Steven mit dem grell bemalten Drachenkopf ragte steil vor ihm auf, und Ulf musste sich eingestehen: Es war ein stolzes Schiff.

»Dreh dich um! Ich werde dir beim Abnehmen des Helmes helfen.« Er fuhr herum. Auf der Ruderkiste hinter ihm, die eben noch leer gewesen war, saß ein Mann, dessen Anblick ihn verblüffte. Das hart geschnittene Gesicht war bartlos, hager und von tiefen Falten durchfurcht. Die Haare hingen bis auf die Schulter. Aber diese Haare waren schlohweiß! Der Mann war alt, zu alt für ein Kriegsschiff, wohl über sechzig Jahre, schätzte Ulf. »Setz dich auf diese Seite der Truhe, mir gegenüber. Mein Name ist Gizur. Ich verstehe hier am meisten von Wunden und Verletzungen.« Ulf setzte sich dem Alten gegenüber. Gizur betrachtete den Helm, fuhr mit dem Finger über die Stelle, wo die Klinge aufgetroffen war. »Eine tiefe Beule. Dein Helm ist ein kostbares Stück, er hat dir das Leben gerettet. Na«, er zuckte mit den Achseln, »du kannst ihn in Haithabu von einem Schmied ausbeulen lassen. Jetzt nehme ich ihn dir ab.« Gizur schob den Helm mit beiden Händen nach oben, langsam und behutsam. »Tut dir das weh?«

»Nur ein wenig.« Ulf spürte einen stechenden Schmerz, als der Helm sich lockerte. Aber es war ein Schmerz, den ein Krieger zu ertragen hatte, ohne mit der Wimper zu zucken.

Gizur befühlte die schmerzende Stelle. »Du hast eine riesige Beule. Kein Wunder! Aber ich sehe kein Blut. In vier, fünf Tagen wird die Schwellung weg sein. Hier!« Er griff zwischen die Bordwand und seine Sitztruhe und reichte Ulf einen Tuchfetzen. Ulf stutzte. Dieser alte Mann mit den harten Zügen trug ein Hemd ohne Zierrat. Aber dieses Hemd war aus teurem Tuch, fleckenlos und sorgfältig zurechtgezupft.

»Nimm den Lappen und lege ihn nass auf die Beule. Das wird dir gut tun.«

Ulf wagte einen Scherz. »Du bist besorgt um mich wie ein Vater.«

Gizurs Grinsen glättete die Falten, milderte das Kantige seines bartlosen Gesichts. »Was haben wir von einem Rudermann, der beim Rudern zusammenbricht?« Der Alte sah ihm prüfend ins Gesicht. »Ein solch gewaltiger Hieb! Hast du keine Kopfschmerzen?«

»Nur ein bisschen. Es wird schon gehen.«

»Du scheinst ein zäher Bursche zu sein. Aber«, er schüttelte bedenklich den Kopf, »vielleicht greift dich das Rudern zu sehr an. Wenn es dir zu schwer wird, zieh sofort das Ruder ein.«

Ulf grinste unbehaglich. »Ragnar hat mich mitgenommen, weil er einen Rudermann braucht. Wenn ich nicht rudern kann, wirft er mich über Bord.«

Gizurs Augen blitzten ärgerlich. »Sag das nie mehr! Ragnar hat versprochen, dich als Rudermann bis Haithabu mitzunehmen. Und Ragnar hat niemals ein Versprechen gebrochen.« Er legt Ulfs Helm hinter die Truhe. »Dreh dich jetzt um und kühle deine Beule. Du wirst bald rudern müssen.«

Ulf tauchte er den Lappen in das blaugrüne Wasser. Die Kühle tat seinem Kopf wohl, er verspürte kaum noch Schmerzen.

»Auf eure Plätze!« Ragnars Stimme hallte über das Deck. Das Boot schaukelte, die Deckplanken knarrten. Während er den Lappen gegen den Kopf presste, sah er auf der andern Seite des Bootes eine Gestalt zur benachbarten Ruderkiste eilen. Er blickte schärfer hinüber. Der Mann war eher schmächtig. An seiner Kleidung war nichts Auffälliges, und er war bartlos. Aber das lockige Haar war pechschwarz. Der Mann wandte sich grinsend zu ihm. Seine schwarzen Augen funkelten spöttisch. »Was starrst du mich so an?«

»Wer bist du? Du bist kein Nordmann! Wie heißt du?«

»Nenne mich ›Grieche‹, wie die andern auch.«

Ein Grieche! Ulf hatte von den Griechen gehört. Sie hatten ein mächtiges Reich, dessen Hauptstadt die »Große Stadt« war, wie die Nordmänner sie nannten. Man sagte, es sei die größte und reichste Stadt der Welt. »Bist du aus der ›Großen Stadt‹? Wie kommst du auf dieses Boot?«

»Aus Konstantinopel? Was geht es dich an? Frag nicht so viel! Mach dich lieber fertig zum Rudern.«

Vor ihm stand Erik auf und wandte sich ihm zu. In den Händen hielt er einen der schwarz-gelb bemalten Schilde. »Das ist der Schild für deinen Ruderplatz. Binde ihn fest!«

Ulf war erstaunt. »Aber wir wollen doch rudern! Wenn wir die Schilde über Bord hängen, verdecken sie das Ruderloch.«

Die Selbstzufriedenheit in Eriks Stimme war unüberhörbar. »Nicht bei unserem Schiff. Der Abstand zwischen den Ruderlöchern ist größer als üblich, deshalb überlappen die Schilde nicht. Ich zeige es dir.« Er stieg über die Sitztruhe und beugte sich mit dem Schild über die Bordkante. Ulf war hinter ihn getreten und schaute über seine Schulter. Außen an der Bordwand lief unter der obersten Planke eine schmale Holzleiste entlang. Erik schob den Schild bis zum Schildbuckel zwischen Bordwand und Leiste. »Festbinden kannst du ihn selbst. Ich habe schon einen Strick um den Griff gebunden. Deinen eigenen Schild verstaust du am besten unter Deck.«

Ulf schwieg. Er beugte sich über die Bordwand, führte den Strick durch das Loch in der obersten Planke und verknotete ihn. Er wollte es sich nicht anmerken lassen, aber er bewunderte dieses Langschiff.

Nun hob er zwei der schmalen, kurzen Decksplanken aus. Die Öffnung war breit genug für seinen Schild. Aber er musste erst einige Ballen und Säcke zur Seite schieben, bevor er ihn samt Helm unterbringen konnte. Er zog seine Felljacke aus, steckte sie in den Fellsack, den Grim ihm gegeben hatte, und legte beides dazu. Als er die Deckplanken wieder eingelegt hatte und sich aufrichtete, fiel sein Blick auf den weißhaarigen Alten. Gizur hatte ihm zugesehen und schmunzelte: »Keine magere Beute, nicht wahr?«

Ragnar stand jetzt breitbeinig vor dem Achtersteven neben dem Ruder. Zum ersten Male hatte Ulf Gelegenheit, ihn in aller Ruhe zu betrachten. Die Lederjacke, an den Rändern pelzverbrämt, war so lang wie das Hemd. Darunter leuchtete das Rot des Hemdes. Die schwarzen Hosen waren aus feinem Tuch, die Stiefel aus teurem Ziegenleder, beide mit Riemen umwickelt. Ragnar zog die Lederjacke aus und warf sie an Deck. Der silberne Thorhammer funkelte auf der breiten Brust. Selbst aus der Entfernung konnte man erkennen: dieses Amulett war keines der billigen Stücke, die jeder Goldschmied feilbot. Ragnar löste die Scheide vom Gürtel und legte das Schwert neben sich. Als er so dastand, die Beine gespreizt, die Fäuste in die Hüften gestemmt, schien es Ulf erst recht wie ein Wunder, dass er den Kampf mit diesem Mann überlebt hatte.

Ragnar ließ einige Augenblicke lang den Blick prüfend über das Deck und die Ruderer wandern. Dann schob er beide Ärmel hoch, und ein goldener

Armreif an seinem linken Arm kam zum Vorschein. Ulf wusste, was dieser Armreif bedeutet: Ragnar ging nicht, wie Ulfs Leute und die meisten anderen Nordmänner, nur gelegentlich auf Raub- und Handelsfahrt. Er trug Odins goldenen Ring, er hatte sein Leben dem Gott der Krieger und der Wikingerfahrt geweiht.

»Ruder einlegen!« Ragnars Stimme schallte über das Deck. Er hatte mit beiden Händen die Pinne des Steuerruders ergriffen. Ulf beugte sich zur Bordwand und schob den Holzdeckel, der das Ruderloch verdeckte, zur Seite. Dann sprang er auf. Die Ruder lagen an der üblichen Stelle zwischen dem Laufgang und dem umgelegten Mast. Er hob das Ruder, das zu seinem Platz gehörte, in die Höhe. Es war länger und schwerer als die Ruder auf ihrem eigenen Boot, das viel kleiner gewesen war. Fünf Meter, schätzte Ulf. Da er an seinem Ruderplatz mehr Bewegungsfreiheit als üblich hatte, konnte er es aufrichten und drehen, ohne den Rudern seiner Nachbarn ins Gehege zu kommen. Die abgelegte Rahe mit dem eingeschlagenen Segel auf ihren hohen Ständern reichte nicht bis zu seiner Sitzkiste. Zielsicher ließ er das Blatt durch das Ruderloch gleiten. Er hatte ihm die richtige Schräglage gegeben, so dass das breite Blatt ohne weiteres Drehen durch den schmalen Ausschnitt neben dem Ruderloch paßte. Sobald der Holm den Anschlag erreichte, saß er auf seiner Sitztruhe. Erik auf dem Ruderplatz vor ihm schob gerade erst das Ruderblatt durch. Ulf war mit sich zufrieden. Beim Einlegen und Einziehen der Ruder war er immer einer der Ersten gewesen. Schließlich war die Schnelligkeit, mit der sie die Ruder einzogen und ihre flachen Langschiffe auf den Strand gleiten ließen, entscheidend für den Überraschungseffekt.

Ragnars Augen schweiften immer noch über das Deck. Wahrscheinlich hatte der eine oder andere der Verwundeten Schwierigkeiten beim Einlegen des Ruders. Ein zufriedenes Lächeln glitt über sein Gesicht, als er den Befehl zum Rudern gab. Ulf wunderte sich, wie schnell das Boot schon nach wenigen Schlägen durchs Wasser glitt, und das, obwohl acht Ruderer fehlten. Auch wenn er und seine Leute es am Morgen geschafft hätten, rechtzeitig abzulegen – dieses Langschiff hätte sie in kürzester Zeit eingeholt.

Die Dünen wurden kleiner und kleiner. Bald war die Küste nur noch ein schmaler Strich. Schließlich gab es rechts und links nur noch das Auf und Ab der Dünung, die lang gestreckten, grünlichen Wellen mit ihren kleinen, glitzernden Schaumkronen. Ulf wunderte sich, dass Ragnar in spitzem Winkel von der Küste weg auf das offene Meer steuerte. Denn ihre Langschiffe blieben möglichst stets in Sichtweite der Küste.

Sie ruderten mehrere Stunden. Die Arbeit strengte ihn doch mehr an, als er erwartet hatte. Die einförmige Bewegung, das endlose Vor und Zurück, rief bei ihm eine leichte Benommenheit hervor, aber der Schmerz im Kopf kehrte nicht zurück. Er hatte jegliches Zeitgefühl verloren, und ihm war, als rudere er schon den ganzen Tag. Von Stunde zu Stunde glühte die Sonne stärker, der Schweiß lief ihm aus allen Poren und brannte in den Augen. Umso größer war seine Erleichterung, als er plötzlich die Kühle eines Windhauches spürte.

»Mast aufrichten!«, schallte die Stimme Ragnars über das Deck. Ulf sprang auf. Die Benommenheit war verschwunden. Er wartete nicht auf weitere Befehle: auf jedem Langschiff waren die Aufgaben in gleicher Weise auf die Rudermannschaft verteilt. Sie warteten, bis der weißhaarige Gizur und sein Rudernachbar mit den an der Mastspitze befestigten Tauen zum Bug gelaufen waren. Als die Seile sich strafften, hoben sie, fast zu Füßen Ragnars, die Mastspitze an. Zu Viert stemmten sie den Mast in Richtung Bootsmitte. Er glitt leicht und gleichmäßig nach oben. Kaum knarrte das Gelenk, um das er sich drehte. Nur die Taue, an denen Gizur und seine Männer zogen, knirschten leise. Als der Mast senkrecht stand, schob ein Ruderer den Eichenblock in den Schlitz des hölzernen Sockels hinter dem Mast. Ulf kehrte zu seinem Ruderplatz zurück. Vor ihm eilten Erik und Grim, jeder mit einem der Taue, die zur Mastspitze gingen, zum Heck und verzurrten diese zu beiden Seiten an der Bordwand.

»Segel auf!« Von seinem Platz aus beobachtete er die acht Ruderer, die gerade die Seile lösten, mit denen das eingerollte Segel an der Rah befestigt war. Wieder andere Ruderer zogen das lange Rundholz mit Seilen am Mast empor. Als das Segel sich beim Hochziehen der Rahe entfaltete, sah Ulf, dass es mit gekreuzten, schwarz und gelb gefärbten Leinenstreifen verziert war. Sobald die Rah die Mastspitze erreicht hatte, setzte mittschiffs das übliche Gedränge ein: Einige machten die Rahe mit Tauen an der Bordwand fest, andere die Schoten des Segels. Aber keiner der Ruderer kam dem anderen in die Quere: Alle Handgriffe waren eingeübt und aufeinander abgestimmt.

»Ulf, Grieche!«, rief Ragnar, »ihr beide legt die Stützstangen an! Wir haben besten Rückenwind!« Die Stangen lagen neben dem Gang bei den Rudern. Hinter dem Segel stützte er die Stange zwischen der Bordwand und einem Spant ab und stemmte sie gegen die gegenüberliegende, untere Ecke des Segels. Der Grieche hatte auf ihn gewartet. Kaum stand Ulfs Stützstange fest, bewegte sich die andere kreuzweise auf seine Bordseite zu.

An seinen Platz zurückgekehrt, gähnte er und streckte sich. Er fühlte, wie die Anspannung in seinem Inneren nachließ. Die nächsten Stunden konnte er sich ausruhen, erholen von dem wilden Aufruhr dieses Tages. Das Langschiff glitt geschmeidig und fast ohne Schaukeln durch die Wellen. Der schnellste Läufer hätte es nicht eingeholt. Ulf saß, die Ellbogen auf die Knie und den Kopf in die Hände gestützt, und döste vor sich hin.

Die Stimme des Graubartes riss ihn aus seinem Halbschlaf. »Was ist eigentlich in den Ballen, die wir erbeutet haben, Ragnar?«

»Friesisches Tuch.« Ragnar schwieg einige Sekunden. »Bestes friesisches Tuch, wertvolles Tuch.« In seiner Stimme schwang Hohn. »Drei Ballen für dreiundzwanzig Mann. Wir können das Tuch natürlich nicht zerschneiden. Ich werde die Ballen in Haithabu verkaufen und den Erlös unter uns verteilen. Vier Tote für drei Ballen friesischen Wollstoffs!« Er spuckte verächtlich über Bord. »Nie haben wir ein schlechteres Geschäft gemacht, Grim!«

»Und was ist mit Ulfs Schwert und dem seines Onkels?«, fragte Erik.

»Sie scheinen gute Arbeit zu sein. Ich werde sie holen. Übernimm du das Steuer, Erik.« Nach einigen Augenblicken kehrte Ragnar mit den beiden Schwertern zurück. Er legte Ulfs Schwert neben sich und zog das Schwert des Onkels aus der Scheide. Dann betrachtete er es schweigend von allen Seiten.

Ulf sah den wohl bekannten, silberverzierten Griff in der Sonne funkeln. Das Schwert des Onkels in der Hand dieses Mannes: Wieder stieg dieses Bild in ihm auf: die glasigen Augen, das blutdurchtränkte Hemd.

»Die Klinge ist beste fränkische Arbeit, Grim.« Ragnar musterte den Griff mit begehrlichen Blicken. »Knauf und Stange sind prachtvoll! Diese kunstvoll verschlungenen Bänder aus Silber: das können nur die besten unserer Silberschmiede.« Er streckte das Schwert mit beiden Händen von sich und ließ den Blick wohlgefällig darüber schweifen. »Fränkische Klinge und nordischer Griff: das beste Schwert, das ein Nordmann finden kann! Schau selbst.«

Grim wendete das Schwert ebenfalls hin und her und sagte dann: »Auf der Klinge ist eine Schrift. Aber nicht unsere Runen. Es muss Fränkisch sein.« Er wandte sich um. »Du kannst doch die Schrift der Franken lesen, Grieche.«

Ulf sah zu, wie der Schwarzlockige das Schwert eingehend musterte. »Es ist nicht Fränkisch, sondern Lateinisch«, erwiderte er. Wieder dieser fremdartige, singende Tonfall! Ansonsten sprach dieser Grieche das Nordische genau so gut wie jeder andere auf dem Boot. »Auf der Klinge steht: ›Hairulf hat es gemacht‹. Das ist der Name des fränkischen Waffenschmiedes.«

Ulf war überrascht: Niemand von ihnen hatte die fremde Schrift lesen können, aber sie hatten sie für eine Zauberformel gehalten. Der Grieche streckte Ragnar das Schwert entgegen. Der fuhr mit dem Finger prüfend über die Schneide. »Dieses Schwert bringt in Haithabu viel Silber.«

»Hast es dir verdient.« Grim lachte dröhnend. »War kein leichter Kampf.«

Ragnar legte das Schwert des Onkels zurück, zog Ulfs Schwert aus der Scheide und betrachtete es, lange und mit finsteren Blicken. Dann kam er auf Ulf zu, blieb vor ihm stehen, sein gewaltiger Leib straffte sich. Quälend lange musterten ihn seine kalten Augen. »Dein Schwert ist nicht so wertvoll wie das deines Onkels, aber es hat auch eine gute fränkische Klinge und einen nordischen Griff.« Seine Finger zupften an dem kurzgestutzten Bart. »Deiner Kleidung sieht man es nicht an. Dieses Hemd und die graue Hose könnte auch ein einfacher Mann tragen.«

Ulf fiel es gar nicht ein, mit diesem Mann über seine Familie zu sprechen. Ragnar schien das einzusehen, denn er wechselte das Thema. »Wenn wir nur euer Boot erbeutet hätten! Leute wie ihr kehren nicht mit gewöhnlicher Ware aus Dorestad zurück.« Ulf unterdrückte ein Lächeln. Beide Schwerter waren teuer gewesen, besonders das seines Onkels. Aber mit seiner Vermutung, wer ein solches Schwert besitze, müsse reich sein, irrte der Mann. »Deine Klinge ist leider beste Arbeit. Sie hat Aslaks Helm glatt durchschlagen.« Ragnar verstummte und sah einige Augenblicke finster und abwesend in die Ferne. Dann bohrte sich sein Blick in Ulfs Augen. »Aslak war einer der Tapfersten. In vier Jahren Wikingerfahrt hat er drei Dutzend Feinde getötet!«

Ulf hielt dem Blick stand, kämpfte die Furcht vor diesen graublauen Augen nieder: »Ist es nicht eine große Ehre, einen solchen Gegner zu erschlagen?«

Ragnar zuckte zusammen. Dann, nach einigen Augenblicken des Schweigens, entgegnete er leise: »Ja, eine große Ehre.«

Ulf blickte um sich in versteinerte Gesichter, hörte ein atemloses Schweigen, fühlte das Bedrückende dieser Grabesstille. Doch Ragnars Stimme klang ruhig. »Ulf hat leider recht: für ihn war es eine große Ehre.« Wieder schaute er Ulf in die Augen. »Aber für mich war es keine große Ehre. Ich hätte dir, als du stürztest, das Schwert in die Brust stoßen sollen.« Erneut schwieg er eine Weile. »Ich glaubte aber, dein Helm sei durchschlagen.« Er zuckte, beinahe ratlos, die Schultern. »Außerdem habe ich mich durch einen Ruf ablenken lassen. Irgendjemand schrie, wir sollten ihm zu Hilfe kommen.«

»Ich war das, Ragnar«, fiel Grim ein. »Ich sah, wie der Onkel dieses Ulf die ersten beiden unserer Männer erschlug und du auf ihn zustürmtest. In diesem Augenblick hatten die Fremden das Boot schon ins Wasser geschoben. Vor mir rannte Rolf und watete ins Wasser. Da habe ich euch zugerufen: ›Kommt, kommt schnell!‹«

Grim schlug die Faust gegen die geöffnete Hand, dass die Spitzen seines Bartes wackelten. »Verflucht! Ich wollte den Weg abkürzen und rannte quer durchs Wasser auf das Boot zu. Denkt euch: Rolf streckt schon die Hand nach dem Bord aus, als einer der Feinde ihn mit der Streitaxt erschlägt. Die soll doch Thors Hammer… !« Ulf dachte an seinen Vater, der am liebsten mit der Streitaxt kämpfte, während Grim weiter erzählte: »Dieser Mann brüllte dann seinen Leuten zu, sie sollten zurückkommen. Das habt ihr nicht gehört, denn ihr wart zu weit entfernt. Ich wollte Rolfs Tod rächen und rannte in dem knietiefen Wasser noch schneller. Plötzlich verlor ich den Boden unter den Füßen und stand bis zum Hals im Wasser.« Grims Fingerspitzen pressten sich gegen den Kopf der Streitaxt, die in seinem Gürtel steckte. Die Kühle des Stahls schien ihn zu beruhigen. Schließlich grinste er. »Na ja. Bis ich mich durch das Wasser auf die andere Seite gekämpft hatte, war Ulfs Boot natürlich über alle Berge.«

Keine Wolke stand am Himmel. Die leichte Brise brachte eine wohltuende Kühle, obwohl die Sonne im Scheitelpunkt stand. Ulf streckte sich zwischen den beiden Sitzkisten auf den Deckplanken aus und verschränkte die Arme hinter dem Kopf. Längst hatte die Sonne die Planken getrocknet. Ulf war dankbar für die Stunden, in denen nicht alles, was man auf einem Langschiff anfasste, klamm und feucht war. Selten genug waren sie, diese Stunden; denn wenn die Ruderer nicht tagelang der Regen durchweichte oder nasskalter Nebel das Schiff einhüllte, fegte der Wind Gischt und Schaum über das Deck. Jetzt aber, in diesem Augenblick, konnte er behaglich ins Blau des Himmels starren. Er spürte kaum, dass er auf den harten Holzplanken lag und achtete nicht auf die Stimmen der Ruderer, das Gegröle ihrer groben Scherze. Nur das ewige Knarren des Segels und das Klatschen der See an die Bordwand drangen in sein Bewusstsein.

Langsam nur fühlte er die leichten Fußtritte gegen seinen Oberschenkel. Als er die Augen aufschlug, stand Erik vor ihm und lächelte spöttisch auf ihn herunter. »Steh auf! Du kannst später weiterschlafen. Jetzt zeige ich dir das Schiff. Na, du weißt ja, jeder Ruderer muss sein Boot kennen, bis in alle Einzelheiten. Sein Leben kann davon abhängen.«

Erik hatte Recht. Auch das Leben der anderen Ruderer. Denn im Augenblicke der Gefahr verziehen die langen, schmalen Boote keinen Fehler.

»Schau her, Erik!« Es war Gizurs Stimme. Er saß mit dem Rücken zu ihnen auf seiner Kiste und blickte über die Schulter zurück. »Das alles«, er deutete auf einen kleinen Haufen zerhackter Silbermünzen neben der Truhe seines Hintermannes, »hat mir dieser alte Gauner abgewonnen.«

»Oho, Gizur. Das sagst du, ausgerechnet du«, rief Gizurs Hintermann. Die Augen über dem struppigen Bart funkelten spöttisch, als er die Würfel aus dem Becher auf die Planken fallen ließ. »Wie viele Silberstücke sind auf unserer Fahrt schon in deinen Beutel gewandert?«

»Ach was! Nicht der Rede wert«, entgegnete Gizur wegwerfend.

»Nicht der Rede wert? Ha, ha, ha! Wer auf diesem Schiff hat mehr Glück beim Spiel als du?« Gizurs Hintermann lachte schallend. »Wir fragen uns alle, warum du überhaupt noch auf Wikingerfahrt gehst. Die Würfel allein würden dich zu einem reichen Mann machen.«

Auf ihrer Seite des Laufgangs hatten die anderen Ruderer an zwei oder drei Stellen die Deckplanken ausgehoben und schaufelten das im Laderaum stehende Wasser in Holzeimer. Gerade richtete sich einer auf und reichte den Eimer nach oben. Auf Deck ergriff ein anderer den Eimer und schüttete das Wasser über Bord.

Ulf folgte Erik, der jetzt schon fünf oder sechs Schritte voraus war. Das Boot glitt sanft durch die Wellen und schaukelte kaum. Erik stand vor einem hölzernen Steckbrett, das mitten auf dem Laufgang lag. Als Ulf hinzutrat, beugte sich gerade einer der Spieler vor, ein bartloser junger Mann, der auf dem Laufgang saß, und steckte den Stift eines Spielsteins in eines der Löcher. Ulf betrachtete das Muster, das die tröpfchenförmigen Spielsteine aus Walbein bildeten. Die beiden spielten Dame. »Ein guter Zug, Asbrand«, sagte Erik anerkennend zu dem Bartlosen.

»Ha, nicht so voreilig, Erik!« Der andere Spieler, ein Mann mit langem Gabelbart, schaute missbilligend auf. »Wie oft hast du schon beim Damespiel gegen mich verloren!« Er bückte sich blitzschnell und setzte seinen Stein. Ein Blick verriet, dass er den Vorteil des Gegners wieder ausgeglichen hatte.

»Jeder weiß, was für ein guter Damespieler du bist«, sagte Erik begütigend, stieg über das Spielbrett und ging weiter bis zum Mastfuß, dem hölzernen Sockel, in dem der Mast endete.

Dahinter standen zwei Holzfässer, die Ulf bis an die Brust reichten. Beide hatten umlaufende, vernietete Eisenbänder und einen Deckel. Sie waren mit Seilen festgezurrt. »Unser Wasser und unsere Dickmilch«, erklärte Erik. »Ich will... Warte, ich hole dir einen Trinkbecher. Du hast ja deine Kiste nicht mit an Bord gebracht.«

Ulf ärgerte sich nicht; denn er spürte, dass dieser Spott nicht böse gemeint war. Tatsächlich kam Ragnars Sohn nach wenigen Augenblicken mit einem Holzbecher zurück. »Du wirst durstig sein, Ulf.« Er fasste den Eisenring und hob den Holzdeckel vom zweiten Fass. Durst! Ulf hatte noch keine Zeit gehabt, daran zu denken. Jetzt aber spürte er, wie trocken seine Kehle war. Er füllte seinen Becher dreimal und genoss jeden Tropfen. Nicht auf jedem Schiff gab es neben dem Wasser auch noch Dickmilch mit ihrem köstlichen, salzig-säuerlichen Geschmack! »Schau dort hinüber!« Erik deutete mit der Hand auf den dritten Ruderplatz zur Linken. Dort standen zwei Holzfässer, die nur wenig niedriger waren. »In dem linken Fass ist Fladenbrot, im rechten Rauchfleisch.« Erik wandte sich wieder dem ersten Fass zu. Als er den Deckel abhob, sah Ulf, dass man sich schon weit über den Rand beugen musste, um an das Wasser zu kommen. »Ja«, sagte Erik, »Dickmilch haben wir noch genug. Aber unser Wasser geht zur Neige. Eigentlich wollten wir heute Morgen nur anlegen, um unser Wasserfass zu füllen.«

»Wenn ihr Dickmilch an Bord habt, habt ihr sicher auch Met und Bier?«, fragte Ulf.

»Met und Bier lässt Ragnar niemals ausgehen. Auf See wird aber kein starkes Getränk ausgegeben. Das tut kein kluger Schiffsführer. Erst abends, wenn wir an Land gehen. Wir haben aus England auch acht Fässer Wein mitgebracht. Aber die meisten werden wir in Haithabu verkaufen.«

Erik deutete auf den Mastfuß. »Dort liegen Seilstücke. Steck dir ein paar davon ein.«

»Habt ihr auch ein Fell für mich?«

»Ich werde dir eines besorgen, Ulf.«

Plötzlich hörten sie Geschrei hinter sich und drehten sich um. Einige Ruder weiter rangen zwei vollbärtige Krieger miteinander. Sie hatten sich an den Schultern und Hüften gepackt und versuchten, den jeweils andern zu Fall zu bringen. Ihre Kameraden saßen auf den Ruderkisten und feuerten sie an. Eriks Augen glänzten vor Kampfeslust. »Wie gut du mit dem Schwert umgehen kannst, habe ich schon gesehen, Ulf. Aber kannst du auch ringen?« Ulf antwortete nicht, sondern beugte sich mit vorgestreckten Armen nach vorn, um den Gegner zu empfangen. Er war immer ein guter Ringer gewesen. Erik drang wild auf ihn ein. Sie hielten sich umklammert, aber keinem gelang es, den Gegner von der Stelle zu schieben. »Wirf ihn, Erik!«, brüllte einer. Ulf war auf der Hut. Da sah er aus dem Augenwinkel, dass der hintere der beiden andern Ringer seinen Gegner zu Boden stieß. Dieser aber, auf dem Rücken liegend, schleuderte den Angreifer über seinen Kopf hinweg. Ulf und Erik konnten nicht mehr ausweichen. Im Stürzen umklammerte der Ringkämpfer ihre Beine, und Ulf spürte, wie er gegen das Milchfass krachte.

Plötzlich schallte Ragnars Stimme über das Deck. »Wir haben Nordwestwind. Das Segel reffen!« Ulf eilte zu seiner Stützstange. Er wartete, bis der Grieche auf seiner Seite die Stützstange ausgehoben hatte. Ulf sah zu, wie vier Ruderer die Rah mithilfe der Taue etwas herabließen, während andere die Schoten lösten. Dann verknoteten sie diese hinter dem Mastfuß an den Decksspanten. Die unteren Enden des Segels waren nun nach innen gezogen. Seit Ragnars Befehl waren höchstens drei oder vier Minuten vergangen.

Als sich Ulf wieder auf seiner Ruderkiste niederließ, sah er Ragnar vor dem Steven sitzen. Die Ruderpinne hatte er mit einer Leine am rechten Oberschenkel befestigt, so dass er beide Hände frei hatte. In der Linken hielt er sein Schwert, mit der Rechten wetzte er die Klinge auf beiden Seiten mit einem Stück Basalt. Der dreieckige Knauf glänzte in der Sonne. Sogar von seinem Ruderplatz aus erkannte Ulf, dass er aus Walrosszahn war, mit Silber und Gold verziert. Dieses Schwert war dreimal so viel wert wie das Schwert seines Onkels.

Ulfs Blick wanderte nach rechts zu Grim. Der alte Haudegen saß auf seiner Kiste. Mit der Linken umklammerte er den Schaft seines Speeres, mit der

Rechten wetzte er die Spitze. Das lange Endstück, in dem der Schaft steckte, funkelte silbrig in der Sonne. Er sah die Flechtbandmuster, die mit Silber eingelegt waren. Als Grim sich vorbeugte, fiel ihm die Silberkette mit den zwei durchbohrten Bärenzähnen ins Auge, die Grim auf der Brust trug. Bärenzähne wurden von den Finnen als Glücksbringer um den Hals getragen. Wahrscheinlich hatte Grim das Amulett von einem Finnen. Auch seine Bärenfelljacke deutete darauf hin, dass er aus dem hohen Norden Schwedens nahe den Gebieten der Finnen kam. Ja, er war sich sicher, erzählte man doch, dass die Schweden im Norden lieber mit dem Speer kämpfen als mit dem Schwert oder der Streitaxt.

»Ulf, Gizur.« Ragnar war aufgestanden. Das Schwert lag neben ihm. Ulf ging die wenigen Schritte nach hinten. Gizur folgte ihm auf dem Fuß. Ragnars Miene war ernst. »Wir haben jetzt Zeit für den Treueid. Da Ulf nur bis Haithabu mitfährt und nur als Ruderer, nicht als Fahrtgenosse... Na ja, es reicht, Gizur, wenn ich den Treueid für alle unsere Männer ablege.« Er streckte den linken Unterarm vor, an dem der Goldreif funkelte, und schaute Ulf in die Augen. »Schwören wir auf Odins Ring, Ulf! Tritt neben mich, damit die Mannschaft zusehen kann. Gizur mag die heiligen Formeln vorsprechen.« Er schwieg einen Augenblick, dann brüllte er über Deck: »Herbei, Männer!«

Während Gizurs Stimme über das Deck schallte, und Ragnar und er die Worte laut nachsprachen, zog Grims Speerspitze seinen Blick magisch an. Aus der Nähe sah er, dass das Eisen nicht nur mit Silber, sondern auch mit Golddraht verziert war. Er musste sich zusammenreißen, um keines der Schwurworte auszulassen. In seinem Kopf wirbelten die Bilder von Ragnars Schwert und Grims Speer durcheinander. Das Wort »Fahrtgenosse« hatte Wünsche in ihm wachgerufen, Bilder von reicher Beute und prächtigen Waffen.

Die Stunden flossen zäh dahin. Ulf lag die meiste Zeit neben seiner Ruderkiste auf einem Fell und starrte in den Himmel. Als die Dämmerung ihre ersten Schatten über die Wellen warf, rief Ragnar sie zum Abendessen. Ulf wartete, bis die Reihe an ihm war, und nahm sich aus den Holzkübeln ein dünnes Fladenbrot und ein Stück geräucherten Fleischs.

Als er dann seinen Becher am Wasserfass gefüllt hatte, stand der Grieche neben ihm. »Nun, Ulf, wie gefällt dir unser Schiff?«

»Es ist das größte und schnellste, das ich bisher gesehen habe.«

Der Grieche nickte zufrieden. »Ja, schnell ist Ragnars Boot.«

Ulf folgte dem Griechen bis zu dessen Ruderplatz und setzte sich dort auf den Laufgang. »Ihr kommt von England. Habt ihr dort überwintert?«

Der Grieche saß auf seiner Kiste und kaute auf dem zähen Fleisch herum.

»Ja, wir haben in England überwintert. Wir waren eine Gruppe von zwölf Langschiffen.«

»Und reiche Beute gemacht?«

Einsilbig erwiderte der Grieche: »Die Fahrt hat sich gelohnt.« Dann verstummte er wieder. Sie saßen eine Weile schweigend. Schließlich fragte Ulf: »Seit wann bist du auf Ragnars Boot?«

Der Grieche entgegnete mürrisch: »Seit acht Jahren.«

»Und wo und wie hast du Ragnar kennen gelernt?«

Der Blick des Griechen wurde abweisend. »Das sind uralte Geschichten.« Er schwieg einen Augenblick. »Und alte Geschichten lässt man besser ruhen.«

In der Nacht wachte Ulf plötzlich auf. Lange lag er nur da und blickte in den klaren Sternenhimmel. Die Luft war lau. Er streckte seine Glieder und setzte sich auf seine Ruderkiste. Am Ruder stand Gizur. Sein schneeweißes Haar leuchtete im Mondlicht. Ulf stieg vorsichtig über Eriks Beine und ging zum Heck. Ein Blick über das Deck zeigte ihm, dass alle auf den Planken schliefen. Vor seinen Füßen hatte sich Grim ausgestreckt. Der Graubart schnarchte für drei. »Komm her, Ulf!« Der Alte winkte einladend mit dem Kopf. »Eine Nacht am Ruder kann sehr langweilig sein – jedenfalls bei diesem Wetter.«

Ulf trat neben ihn. Auf beiden Seiten sah er nichts als Wasser. Gelegentlich glitzerte der Mondschein auf der langen, gleichmäßigen Dünung. »Warum steuern wir so weit ab von der Küste, Gizur?«

»Wir haben es eilig. Die Küste Jütlands verläuft hier in einem weiten Bogen. Den schneiden wir ab.«

Das wollte Ulf nicht einleuchten. »Aber warum hat Ragnar es so eilig? Ob wir zwei oder drei Tage später nach Haithabu kommen…«

»Zwei der Verwundeten müssen schleunigst an Land.«

»Aber das ergibt doch keinen Sinn, Gizur! Dann hätten wir besser heute Nacht angelegt, wie das die meisten Langschiffe tun.«

Der Alte schüttelte den Kopf. »Nein, Ulf. Darum geht es nicht. Die Verwundeten brauchen Pflege… Und Kräuter und Salben. Wir bringen sie auf eine der dänischen Inseln. Dort hat ein früherer Fahrtgenosse Ragnars seinen Hof. Haithabu würden sie niemals lebend erreichen.«

Gleichmäßig glitt das Boot durch die Dünung. Lautlos und schnell strich das Wasser an der Bordwand entlang. »Wir machen gute Fahrt, Gizur.«

Der Alte ließ seinen Blick über das geblähte Segel schweifen. »Ja, Ulf. Der Nordwestwind ist für uns günstig. Auch bei Seitenwind machen wir gute Fahrt.« Er schwieg wieder eine Weile. »Hoffentlich bleibt es so. Wir sind schon in der Meerenge zwischen Norwegen und Dänemark. Du wirst gehört haben, dass die See hier sehr gefährlich ist.«

Ulf nickte. Auf der Fahrt nach Dorestad hatte sein Vater davon gesprochen, wie unberechenbar dieser Teil der Nordsee sei. Aber sie hatten stetigen, leichten Rückenwind gehabt, und ihre Fahrt durch die Meerenge war ohne Schwierigkeiten verlaufen. Auch jetzt wirkte die See harmlos. »Ist der Skagerrak wirklich so gefährlich, wie man sagt, Gizur?«

Der Alte lachte. »Nirgendwo in unseren Ländern ist das Meer heimtückischer als hier. Wenn der Wind schnell dreht, und das tut er hier oft, Ulf, gerät die Dünung in Aufruhr. Die Wellen stoßen dann aus verschiedenen Richtungen aufeinander. Diese Brecher können jedem Langschiff gefährlich werden.« Gizur blickte in den sternklaren Himmel. »Aber nirgends eine Wolke. Bei diesem Wind und diesem Wetter haben wir nichts zu befürchten.«

Wieder herrschte ein längeres Schweigen. Dann unterbrach Gizur die Stille. »Hast du gelernt, den Kurs zu berechnen, Ulf?«

Ulf errötete. Natürlich hatte sein Vater, der ihr Schiffsführer gewesen war, ihm auf der Fahrt nach Dorestad alles erzählt, was er über Navigation wusste. Aber die Position ihres Schiffes hatte Ulf niemals richtig berechnet. Deshalb druckste er etwas. »Das ist sehr schwierig, Gizur.«

Der Alte lachte hell auf. »Wo du Recht hast, hast du Recht, Ulf. Das ist sehr, sehr schwierig.« Er deutete auf den Nordstern. »Kannst du aus der Stellung des Nordsterns ablesen, wie weit südlich wir uns befinden?«

Ulf ließ sich seine Verlegenheit nicht anmerken. »Je tiefer der Nordstern steht, desto südlicher sind wir. Man muss die Stellung des Sterns mit der Höhe des Mastes vergleichen.«

Der Alte sah ihm schmunzelnd ins Gesicht. »Dann vergleich mal, Ulf!«

Wieder stieg Ulf die Röte ins Gesicht. »Aber der Mast schwankt hin und her. Der Abstand zwischen Stern und Mast ändert sich ständig.«

Gizur lachte auf. »Ja, ja, der Mast schwankt ständig hin und her.« Dann wurde sein Gesicht ernst. »Auf See liegt ein Schiff selten still. Du musst lernen, den kurzen Augenblick abzuwarten, wenn der Mast völlig senkrecht steht. Diese Stelle musst du dir merken und dann den Abstand des Sternes berechnen.« Er klopfte Ulf freundlich mit der Rechten auf die Schulter. »Ja, Ulf. Das lernt man erst nach Jahren.«

Nach einiger Zeit nahm Ulf das Gespräch wieder auf. »Wie lange hast du gebraucht, um es zu lernen, Gizur?«

Gizur grinste breit. »Wie lange, Ulf? Seitdem ich auf Ragnars Schiff bin. Das sind nun sechzehn Jahre.« Er zuckte die Achseln. »Heute kann ich die Position eines Schiffes nach dem Laufe der Sonne oder des Nordsterns bestimmen. Ich kann heute auch die Geschwindigkeit des Schiffes schätzen, indem ich die Bugwelle mit der Dünung vergleiche. Aber...« er zuckte wieder die Schultern, »was bin ich gegen Ragnar?«

»Ja, ich glaube, die berühmten Schiffsführer kennen viele Geheimnisse.«

Der Alte lachte hell auf. »Geheimnisse, Ulf? Geheimnisse? Wenn es doch solche Geheimnisse gäbe! Aber du musst viele Jahre am Steuer stehen, bei Tag und Nacht, im Sturm und Sonnenschein. Du musst dir merken, in welchem Winkel die Sonne auf- und untergegangen ist. Du musst wissen, welche Winde in einer Gegend vorherrschen. Du musst aus Erfahrung lernen, wie lange es dauert, bis die Wellen ihre Richtung ändern, wenn der Wind sich gedreht hat...« Ulf hätte nicht sagen können, ob Gizurs Lächeln spöttisch war oder wehmütig. »Erst dann, Ulf, dann, nach vielen Jahren am Steuerruder, bist du ein großer Schiffsführer... Oder auch nicht.«

Ulf hatte die berühmten Schiffsführer immer bewundert. Auch auf den Höfen seiner schwedischen Heimat, obwohl sie abseits von der Küste lagen, hatte jeder von ihren Heldentaten erzählt.

»Du hast Glück, Ulf. Jetzt bist du auf Ragnars Schiff. Bis Haithabu kannst du einen Seemann beobachten, der sein Fach von Grund auf versteht.«

Ulf nahm den Gesprächsgegenstand begierig auf. »Ich habe wirklich Glück gehabt. Nicht nur in den Dünen, auch noch auf dem Schiff habe ich geglaubt, Ragnar wolle mir ans Leben. Warum, Gizur?«

Der Alte antwortete nicht. Seine Finger strichen unruhig über seinen Umhang.

»Sag doch, Gizur, warum hasst mich Ragnar? Schließlich habt ihr uns überfallen, und ich habe einen seiner Leute erschlagen. Das war doch ein ehrlicher Kampf!«

Der Alte tat einen tiefen Atemzug. »Ja, aber...« Dann drehte er den Kopf zur Seite und starrte düster auf die Wogen.

Endlich wendet der Weißhaarige ihm das Gesicht wieder zu. Seine Stimme ist leise, fast ein Flüstern: »Es war ein ehrlicher Kampf. Aber trotzdem...«

Er sieht etwas wie Traurigkeit in den Augen des Alten. »Aslak war...« Gizurs Augen waren jetzt starr auf ihn gerichtet. »Ulf, Aslak... Aslak war Ragnars erstgeborener Sohn.«

Es dauerte lange, ehe Ulf auf seinem Fell zur Ruhe kam. Schließlich wekkte ihn die Kälte. Als er die Augen aufschlug, sah er in einen verhangenen Himmel, über den dunkle Wolkenfetzen jagten. Ein schneidender Wind pfiff um das Schiff. Er setzte sich auf und blickte über das Deck. Noch war niemand aufgestanden. Nur Ragnar stand am Steuer, in seine Felljacke gehüllt. Seine Haare flatterten im Wind. Sein Blick wanderte zwischen Dünung und Himmel hin und her. Das fahle Licht verriet Ulf, dass die Sonne bereits aufgegangen sein musste. Gleich würde der Schiffsführer die Schläfer wecken.

Ulf hatte Hunger. Er freute sich auf das Frühstück, obwohl es wieder nur aus Trockenfleisch und Wasser bestehen würde. Ulf zog das Hemd über den

Kopf und beugte sich über den Bordrand. Der Seegang war höher geworden, und die Schaumkronen auf den Wellen verhießen nichts Gutes. Die Kälte des Wassers jagte einen Schauer durch seinen Körper, aber sie erfrischte ihn auch. Er betastete die Beule an seinem Schädel. Sie war kleiner geworden, und er spürte beim Berühren keinen Schmerz. Die Rah hing noch tiefer am Mast und stand ganz schräg, damit das Segel den seitlich heranpfeifenden Wind einfangen konnte. Offensichtlich hatten Gizur oder Ragnar nur so viele Leute geweckt, wie zur Bedienung des Segels erforderlich waren. Ulf beobachtete die Wellen am Bordrand. Er hätte die Geschwindigkeit des Schiffes nicht schätzen können, aber er erkannte auf den ersten Blick, dass es viel langsamer geworden war.

Innerhalb weniger Minuten wurde es erkennbar heller. Ulf sah, wie Ragnar mit finsterem Blick nach Backbord starrte und schnaubend die Luft durch die Nase sog. Plötzlich reckte sich seine Gestalt, und er brüllte über Deck: »Auf, Männer, auf! Den Mast umlegen und die Schilde einholen!«

Ulf sprang auf. Mittschiffs waren die Ruderer schon dabei, die Schoten zu lösen und das Segel aufzurollen. Andere hielten die Taue der Rah und ließen das Rundholz langsam herunter. Als die Rah in Kopfhöhe angekommen war, wurde das aufgerollte Segel mit Seilen befestigt. Acht Männer stemmten dann die Rah auf die drei Trageständer, wo sie sie festzurrten. Ein Ruderer kniete bereits hinter dem Eichenblock, der den Mast verkeilte. Auch Ulf stand an seinem Platz, vor ihm Gizur. »Jetzt!«, schrie Gizur. Am Heck wurden die Seile gelöst, die zur Mastspitze gingen. Der Eichenblock wurde aus dem Schlitz im Mastfuß gerissen, und der Mast senkte sich ihnen entgegen. »Taue nachlassen!«, rief Gizur den Männern am Bug zu. Rückwärts gehend ließen sie den Mast herunter. Als die Mastspitze vor Ragnars Füßen lag, befahl dieser: »Bindet den Mast fest!« Der Grieche kniete schon, einen Strick in der Hand, in der Nähe der Mastspitze.

Nachdem der Mast gesichert war, eilte Ulf zur Bordwand. Erik und Grim knieten schon neben den Ruderlöchern. Ja, die Schilde mussten abgenommen werden. Denn die kurzen Wellen zerrten und rissen daran. Wenn der Wellengang noch stärker werden sollte, würden sie abgerissen werden. Nachdem Ulf seinen Schild unter den Deckplanken verstaut hatte, stand der Alte vor ihm. »Holen wir unser Frühstück, Ulf!«

»Trödelt nicht beim Frühmahl! Erik soll mir etwas mitbringen!«, schrie Ragnar ihnen zu. Das Gedränge um die Fässer gab Ulf Zeit, den Himmel nach allen Richtungen zu mustern. Aber er konnte nichts Beunruhigendes feststellen. Es würde ein kühler, trüber Tag werden mit einem schneidenden Wind, der sich offensichtlich immer mehr drehte. Ein ungemütlicher Tag, aber doch kein Sturmtag! So fragte er den Alten, der neben ihm stand:

»Warum hat Ragnar den Mast festbinden lassen? Es gibt doch keinen Sturm!«

Gizur zuckte nur die Achseln. »Auch ich sehe keine Anzeichen für einen Sturm. Ich würde mit einem windigen Tag rechnen und mit unruhiger See. Aber wenn Ragnar so düster in die Wolken starrt…«

»Sven, Halfdan! Die Ärsche vom Bordrand! Die Fische könnt ihr später füttern. Alle Mann an die Ruder! Schnell, schnell!«, donnerte Ragnars Stimme über das Deck.

Ein kurzes Gedränge und Ulf saß auf seinem Ruderplatz, das Ruder in beiden Händen. Der Wind hatte an Stärke zugenommen. Er tobte kalt und durchdringend über das Deck, aber ein Sturm war das noch lange nicht.

»Der Wind dreht immer weiter nach Osten«, brüllte Ragnar. »Rudert! Wir müssen das Land erreichen!« Die Ruder tauchten ins Wasser. Ulf bemerkte, dass ihr Schiffsführer in rechtem Winkel vom bisherigen Kurs abfiel. Sie arbeiteten aus Leibeskräften, aber Ulf sah wohl, dass das Boot kaum an Geschwindigkeit gewann. Zu unruhig war die See. Die Dünung war verschwunden. Kurze Wellen liefen aus allen Richtungen aufeinander zu und brachen sich aneinander. Die See war mit weißem Schaum bedeckt.

Ulf war trotz des beißend kalten Windes in Schweiß gebadet. Aber das Rudern fiel ihnen immer schwerer. Ihre kurzen, kräftigen Züge gerieten außer Takt. Eben war das Ruderblatt unter einem hohen Wellenberg begraben und rührte sich kaum von der Stelle, schon im nächsten Augenblick geriet es in das tiefe Wellental und zischte durch die Luft. Unaufhörlich verloren sie an Fahrt. Bei dieser Geschwindigkeit konnte es noch Stunden dauern, ehe sie die Küste Jütlands erreichten.

»Ruder einziehen!«, rief Ragnar. »Verstaut alles unter Deck!« Ulf kniete einen Augenblick später neben dem Laufgang. Er hatte die Planken ausgehoben und schob sein Ruder unter Deck. Hinter ihm stand Erik. »Jetzt die Segelstange, Ulf!« Ulf zwängte das Ende der Stange unter den Querspant, während Erik nachschob. Rechts von ihm kniete Gizur. Er hatte sein Ruder schon verstaut und richtete sich auf, zwei Holzschaufeln in der Hand. Eine streckte er Ulf entgegen. »Deine Wasserschaufel, Ulf.«

Nun konnten sie nichts mehr tun als warten. Ulf kauerte sich im Windschatten seiner Kiste auf das Deck. Ragnar stand noch immer am Ruder. Mit dem Rücken stemmte er sich gegen den Steven und zog mit aller Kraft die Ruderpinne gegen seine Brust. Aber ein Blick über Bord machte Ulf klar, dass seine Anstrengung vergebens war. Das Boot drehte nicht in den Wind, der jetzt aus Osten einfiel. Doch er hatte noch keine Zeit gehabt, in seiner Richtung eine neue Dünung aufzubauen. Das Schiff lag quer zum Wind und arbeitete schwer in dem Gegeneinander der kurzen Wellen.

Schließlich zog Ragnar das Steuerruder hoch und band es an der Bordwand fest. Dann schob er sich mit breitbeinigen Schritten, gegen den Wind vorgebeugt, in Richtung Bootsmitte. Ulf folgte ihm mit den Augen. Ragnar prüfte hier ein Tau, zurrte dort eines fester und sprach einige Worte zu jedem der Männer. Als Ragnar vor den Alten trat, heulte der Wind bereits so stark, dass Ulf kein Wort verstehen konnte.

Zuletzt stand Ragnar vor ihm, beugte sich zu ihm herunter, streckte ihm ein Goldstück entgegen und schrie ihm ins Ohr: »Steck dieses Goldstück ein!«

Ulf zuckt zusammen. »Ist es so schlimm?«

Ragnar nickte stumm, und Ulf erschrak. Dies würde also sein erster Sturm sein. Und gleich ein schwerer Sturm! Er wunderte sich dennoch. Der Himmel hatte sich kaum verändert. Er schrie, um von Ragnar verstanden zu werden: »Woran erkennst du das, Ragnar?«

Ein nachsichtiges Lächeln huschte über Ragnars Züge. »Fahre sechsundzwanzig Jahre lang auf einem Langschiff. Achte tagein, tagaus auf das Wasser, den Geruch...« Ragnar zuckte die Achseln und drehte ihm den Rücken zu.

Neben sich sah Ulf das Gesicht des Alten, der herübergerutscht war, um ihr Gespräch mit anzuhören. Er konnte ihn trotz der Nähe kaum verstehen, aber die Besorgnis in des Alten Gesicht war unübersehbar. »Ich glaube, Ulf, Ragnar riecht den Sturm wirklich.«

Und dennoch brach der Orkan ganz unerwartet los. Der Regen stürzte wie eine Wand herunter, durch die Ulf kaum drei oder vier Schritt weit sehen konnte. Ein fast nächtliches Dunkel umgab sie. Ulf kauerte auf seinem Ruderplatz auf den Knien. Gegen den Sturm geduckt, stützte er sich auf die linke Hand. Mit der rechten umklammerte er die Holzschaufel, die ihm fast aus der Hand gerissen wurde. Die ersten Wogenkämme spritzten über Bord, und Gischtfetzen fegten über das Deck. Aus dem Augenwinkel bemerkte er, wie der Grieche über den Mast kletterte und hinter ihm auf dem Laufgang kniete. Ulf hatte keine Zeit, sich um seinen Nachbarn zu kümmern. Gleichmäßig wie ein Uhrwerk schabte er mit seiner Schaufel über die Planken und schleuderte das Wasser, das über die Bordwand geschwappt war, in die Luft. Der Sturm zerstob es in tausend Tropfen. Nur gelegentlich sah er mit halbem Blick, wie auch der Grieche hinter ihm das Wasser mit der Schaufel in den Wind warf.

Dann kommt der Brecher. Die Woge rollt von hinten über ihn hinweg und reißt ihn mit sich. Mit seinen Gedanken ist er beim Wasserschöpfen gewesen. Deshalb trifft ihn der Wassersturz unvorbereitet. Salzwasser dringt ihm in Nase und Augen. Er spürt einen scharfen Schmerz. Irgendwann lässt Druck nach, und er kann wieder atmen. Der Brecher hat ihn gegen seine Ruderkiste geschleudert und ist bereits über ihn hinweggegangen. Vor ihm liegt der Grieche und rührt sich nicht mehr. Wahrscheinlich hat ihn die Woge mit dem Kopf gegen Eriks Kiste geworfen. Ulf schiebt sich auf den Knien zu ihm hin und will sich gerade zu seinem Gesicht niederbeugen, da sieht er die Wasserwand rechts über sich. Der Wogenkamm bricht sich genau über ihm. Das Wasser wirft ihn auf die Planken. Etwas stößt schmerzhaft gegen sein Gesicht. Er packt es mit der linken Hand. Sein Arm wird hochgerissen und schlägt gegen die Bordkante, aber er lässt nicht los. Als die Wasserwand über ihn hinweggegangen ist, sieht Ulf, dass er ein Bein gepackt hatte. Das kann nur der Grieche sein, den der Brecher über Bord gespült hat. Er zieht mit aller Gewalt, doch die gurgelnden Fluten hinter der Bordwand geben den Körper nicht frei. Er darf die Holzschaufel nicht verlieren; denn das Schiff kann nur überleben, wenn alle Wasser schöpfen. So nimmt er sie zwischen die Zähne und packt das Bein des Griechen auch mit der rechten Hand. Er zerrt aus Leibeskräften, doch er merkt nach wenigen Sekunden, dass seine Kraft nicht ausreicht, den Griechen wieder ins Boot zu ziehen. Ulf entschließt sich, alles zu wagen. Er richtet sich in dem schwankenden, schaukelnden Schiff auf und reißt mit der äußersten Kraft das Bein des Griechen gegen seine Brust. Der Ruck ist so gewaltig, dass er in weitem Bogen nach hinten stürzt... Er weiß sofort, dass dieser Sturz ihn gerettet hat. Der dritte Brecher hebt ihn von hinten in die Höhe und zieht ihn mit, bis er wieder senkrecht auf den Füßen steht. Dann ist die Woge über ihn hinweg.

Nach dieser übermenschlichen Anstrengung sank Ulf ermattet zu Boden. Neben ihm lag der Grieche auf dem Bauch, bewegungslos, das Gesicht im Wasser. Ulf schob sich kniend zu Eriks Truhe und stemmte den reglosen Körper so lange in die Höhe, bis der Grieche, mit dem Gesicht nach unten, quer über der Truhe lag.

Hinter sich hörte er Ragnars Stimme. Er konnte sich denken, dass Ragnar aus Leibeskräften brüllte, aber seine Stimme drang nur wie aus weiter Ferne an sein Ohr. »Warum schöpft ihr beide kein Wasser?« Ulf wandte sich um. Ragnar kniete wassertriefend hinter ihm und warf mit unglaublicher Geschwindigkeit das Wasser in den Wind. Ulf brachte seinen Kopf nahe an Ragnars Gesicht und schrie: »Der Grieche ist bewusstlos. Ein Brecher.«

»Binde ihn auf Eriks Kiste fest! Dann geh mittschiffs. Ich bleibe hier.«

Erst als er zwei Stricke um die Kiste und den leblosen Körper schlang, wurde ihm bewusst, dass er seine Holzschaufel losgelassen hatte. Er blickte um sich, konnte aber kaum etwas erkennen. Überall wirbelten Gischtfetzen durch die Luft. Er sah seine Schaufel nicht, aber er zweifelte nicht daran, dass sie über Bord gespült worden war. Nach drei solchen Brechern war es auch Zeitverschwendung, nach der Schaufel des Griechen zu suchen.

Ragnar kniete jetzt auf seinem Ruderplatz und schaufelte wie ein Besessener. Er wandte, ohne innezuhalten, Ulf das Gesicht zu und brüllte einige Worte, die Ulf in dem Getöse des Sturmes nur bruchstückhaft verstand. Aber die Armbewegung war eindeutig gewesen. Ulf kroch auf allen vieren zur Mitte des Schiffes. Er kam nur langsam vorwärts, denn auf dem Laufgang knieten mehrere Männer und schaufelten das Wasser aus, so dass er beim Ausweichen über den umgelegten Mast klettern musste. Er kam an einem der Ruderer vorbei, der mit der Schulter an seiner Ruderkiste lehnte. Sein rechter Arm hing kraftlos herunter, in der Linken hielt er seine Wasserschaufel. Ulf kroch zu ihm hin. Er erkannte, dass er einen der Verwundeten vor sich hatte. Er nahm dem Mann die Wasserschaufel aus der linken Hand und brüllte: »Ich brauche eine Schaufel. Ich nehme deine. Halte dich an deiner Kiste fest!« Ulf wusste nicht, ob der Mann seinen Zuruf verstanden hatte. Aber der Verwundete hatte den Sinn seiner Worte erfasst, denn er nickte kraftlos und ließ die Schaufel los.

Ulf kroch bis zum Ende des Mastfußes und begann dort zu schaufeln. Nicht weit vor sich erkannte er den grauhaarigen Grim. Der schaufelte mit weitausholenden, kraftvollen Bewegungen.

Ein Brecher traf Ulf von links und warf ihn auf die Decksplanken. Das raue Holz schürfte seine Stirn auf. Ulf würgte und spuckte das Salzwasser aus… Als die Wasserwand endlich vor seinen Augen wich, sah er, wie der Kamm einer riesigen Woge sich über dem Kopf des Haudegen brach. Einen Augenblick lang sah er Grim nicht mehr, nur gurgelndes, schäumendes, spritzendes Wasser. Als die Woge weiterrollte, tauchte der massige Körper des Graubartes wieder auf. Er kniete noch in derselben Stellung wie zuvor. Unter der Wucht des Aufpralls war er keinen Zollbreit gewichen. Weit ausholend fuhr seine Schaufel spritzend durch das über die Planken schwappende Wasser. Dann schleuderte Grim die Wasserladung hoch auf in Richtung Bordwand. Dabei brüllte er, die Augen salzverklebt, das Gesicht wutverzerrt: »Da hast du deine Finger wieder, Ägir!«

Ulf wusste nicht, wie lange er geschaufelt hatte. Er fühlte nichts, und er dachte nichts. Wie eine Maschine ließ er seine Schaufel durchs Wasser gleiten und warf es dann hoch in die Luft in Richtung Bordwand. Er schaute nicht nach rechts oder links. Seine Augen starrten nur in das glucksende, schäumende Wasser. Der Ruderer überlegt nicht, wenn das Boot zu sinken droht. Er weiß, was er zu tun hat.

Allmählich, ganz allmählich wurde ihm bewusst, dass schon lange Zeit keine Woge mehr über ihn hinweggerollt war. Er hatte das Stoßen und Ziehen des Wassers nicht mehr gefühlt, nicht mehr den Geschmack des Salzwassers im Mund. Ulf hielt einen Augenblick inne und blickte sich um.

Ihm gegenüber kniete immer noch Grim, wassertriefend, aber hoch aufgerichtet. Er hielt die Schaufel in der rechten Hand, doch er schaufelte nicht mehr. Als Ulf ihm ins Gesicht sah, grinste der Graubart fröhlich und rief ihm zu: »Der Sturm hat endlich nachgelassen.« Jetzt fühlte auch Ulf, dass der Wind nicht mehr so heftig an seinen Haaren und an seiner Jacke zerrte. »Wir haben es geschafft, Ulf!«

Ulf wollte dem Graubart etwas zurufen, aber die Stimme versagte ihm. Ein Gefühl völliger Kraftlosigkeit war über ihn gekommen. »Geh auf deinen Platz und ruhe dich aus. Hast geschaufelt wie ein Rasender.«

Ulf nickte nur und kroch in Richtung Heck. Einige Männer schaufelten noch Wasser, andere lehnten sich gegen ihre Kisten oder die Bordwand. Dann erblickte Ulf den Griechen. Er kniete auf seinem Ruderplatz nahe der Bordwand und schaufelte Wasser.

Auf seinem Ruderplatz warf Ulf sich auf die Planken. Kaum spürte er die Nässe, und jeder einzelne Muskel schmerzte. Doch bald siegte die Neugier über die Erschöpfung. Er hob den Kopf. Es war heller geworden, und der Regen hatte nachgelassen. Nur noch vereinzelte Gischtflocken wirbelten über das Deck. Plötzlich sah er es ganz deutlich: die Bordkante bog sich in einer gleichförmigen Bewegung, die sich vom Heck zum Vordersteven schlängelte. Immer noch gingen die Wogen hoch, das Boot hob und senkte sich, aber es schaukelte kaum. Das Langschiff ritt auf den Wellen! Dabei folgten Kiel und Planken geschmeidig den Bewegungen der Wellen. Von Ulfs Platz sah es aus, als schlängele sich das Schiff durch die Wogenberge. Ulf hatte das noch nie gesehen, aber er hatte davon gehört. Diese Elastizität des Schiffsrumpfs erreichten nur die Schiffsbaumeister der Nordmänner. Deshalb nennen ihre Sänger das Langschiff auch die »Schlange der Wogen«.

Ulf ließ sich wieder auf die Planken gleiten. Er verschränkte die Hände hinter dem Kopf und schloss die Augen. Das Wasser, das vielleicht noch fingerbreit an Deck stand, konnte ihn nicht stören. Er war ohnehin so nass, als hätte er mit allen Kleidern im Meer gebadet. Ulf schloss die Augen und dachte an nichts. So lag er lange.

Knarrende Tritte und schrille Rufe ließen ihn aufspringen. Eine Gruppe von Männern stand in der Nähe des Mastes an der linken Bordwand. Immer noch glitt das Boot steil auf und nieder, aber es war eine gleichmäßige, fast beruhigende Bewegung. Als Ulf sich in die Gruppe drängte, sah er Ragnar breitbeinig an der Bordwand stehen, den Blick hinaus auf die See gerichtet, in den Händen eine große Schale aus Gold. Die Stimme des Schiffsführers schallte über die Wellen: »Höre, Ran, höre mich, du Göttin der See! Ich bringe dir diese Schale, eine schöne Schale aus lauterem Gold! Schmücke deine Halle damit, und gib meinen ertrunkenen Männern so viel Met, wie sie saufen können!« Ragnar schleudert die Schale in hohem Bogen in die See. Das Wasser spritzte hoch auf, als sie im Meer versank. Dann trat er auf Ulf zu und lächelte ihn freundlich an. »Grim hat mir erzählt, dass du dich wacker gehalten hast, Ulf.« Sein Gesicht verdüsterte sich. »Der Sturm hat sechs Männer über Bord gerissen. Von den Verwundeten hat nur einer überlebt.«

Ulf schwieg beklommen. Natürlich hatte man davon erzählt, dass viele Langschiffe in den Stürmen untergingen, die der bösartige Meeresgott Ägir machte. Er hatte auch sagen hören, dass Ran, seine Schwester und Gemahlin, die Ertrunkenen in ihrer goldenen Halle begrüßte. Aber das waren Erzählungen gewesen. Diese sechs Männer hatte er kaum gekannt. Doch sie waren von seinem Boot, Ruderer des Bootes, auf dem er selbst fuhr. Deshalb fragte er den Alten: »Glaubst du wirklich, dass Ran unsere Männer freundlich empfangen wird, Gizur?«

Der nickte. »Man weiß doch, dass Ran das Gold liebt. Je mehr Gold sie hat, desto heller kann sie ihre Halle auf dem Meeresgrund erleuchten. Kein Ruderer würde es wagen, vor Ran zu treten, ohne wenigstens ein Goldstück im Beutel zu haben. Aber Ragnar hat ihr eines der besten Stücke aus seiner eigenen Beute geopfert.« Er nickte nochmals nachdenklich. »Unsere Ertrunkenen haben beide Hände voller Gold, wenn sie vor ihrer Halle stehen. Dann ist Ran freundlich und spart nicht am Met.«

»Hat das Schiff schwer gelitten, Gizur?«, fragte Ulf.

»Nein«, entgegnete der Weißhaarige. »Nur das Fass mit dem Rauchfleisch ist über Bord gegangen.«

»Ich habe zuvor noch nie einen richtigen Sturm erlebt«, sagte Ulf leise. Gizur lachte laut auf. »Das hast du nun nachgeholt, Ulf. Und wie! Wenn der Gott Ägir wütet und im Grimm seinen weißen Bart rauft, fegen die Stürme über das Meer. Und heute…«, er lachte wieder, »heute war Ägir besonders zornig. So viele Brecher über die Bordwand habe ich noch nie erlebt. Das sind die Hände Ägirs, mit denen er das Boot in die Tiefe reißen will.«

Erik schob sich vor. »Die Leute erzählen, Gizur, dass man im Sturm zwischen den tosenden Wogen manchmal Ägirs weißen Bart sehen kann. Hast du auch Ägirs Bart gesehen?«

Der Alte schüttelte den Kopf und schob mit gewandter Handbewegung den wassertriefenden Umhang zurecht. »Ich nicht. Aber andere Ruderleute, die ich kenne.«

Erik nickte Ulf freundlich zu. »Niemand von uns weiß so viel über die Götter wie Gizur.« Dann rief er fröhlich: »Was sagst du zu unserem Schiff, Ulf? Wir haben zwar sechs Mann verloren, aber fünf davon waren schwer verwundet.« Der Stolz in seiner Stimme war unverkennbar. »Auf einem solchen Langschiff braucht man auch den Sturm nicht zu fürchten.«

»Da soll doch Thors Hammer dreinschlagen!«, erklang da Grims Stimme hinter Ulf, laut, rau und ärgerlich. »Was redest du da, Erik? Ich kann die Stürme gar nicht mehr zählen, die ich schon mitgemacht habe. Aber dieser war der schlimmste von allen. Ägir hat heute seine Finger viele Male … erschreckend oft in unsere Bordwand gekrallt.«

Ulf kniete auf seinem Ruderplatz vor der Bordwand und wrang sein Hemd aus. Der Regen hatte aufgehört, aber der Himmel war so trübe wie vor dem Sturm, und der Wind pfiff immer noch schneidend und kalt über das Deck. Es würde viele Stunden dauern, ehe seine Kleider getrocknet waren. Ulf hatte gerade sein Hemd wieder übergestreift, als der Grieche vor ihm stand. In den Händen hielt er einen länglichen Gegenstand, der in ein Fell eingewickelt war. »Mein Dank an dich, Ulf.«

Als der Grieche das Fell wegzog, traute Ulf seinen Augen kaum. Was der Mann ihm entgegenstreckte, war ein Messkelch aus Gold, übersät mit bunten Edelsteinen.

»Aus einer Kirche in England«, lächelte der Grieche. »Du kennst diese Steine sicher nicht und weißt nicht, wie viel sie wert sind. In Haithabu werde ich mit dir zu dem Händler gehen, damit er dich nicht betrügen kann.«

Ulf drehte den Kelch in den Händen, erstaunt und fassungslos. Als er dem Griechen danken wollte, saß dieser schon wieder auf seinem Ruderplatz.

Wenig später hatte Ulf das Geschenk in seinem Fellsack unter Deck verstaut und lehnte an der Bordwand. Einige Männer gingen auf dem Schiff hin und her und dehnten und streckten ihre Glieder. Bei Ragnar am Ruder standen Erik, Gizur, Grim und der Grieche. Gelegentlich blickten sie zu ihm herüber. Es war ihm gleichgültig, was sie über ihn redeten. Er hatte seine Pflicht getan. Ulf schloss die Augen.

Es war Eriks helle Stimme: »Mein Vater möchte, dass du zu ihm kommst, Ulf.« Ragnar war allein. Er saß auf dem Außenbord, den rechten Arm über die Ruderpinne gelegt und sah ihn lange an, schweigend und mit unbewegtem Gesicht. »Grim hat mir erzählt, wie unermüdlich du Wasser geschaufelt hast.« Wieder schwieg er. »Und der Grieche, dem du das Leben gerettet hast, ist einer meiner allerbesten Männer.« Er verfiel erneut in Schweigen. Was er sagen wollte, schien ihm schwer über die Zunge zu kommen. Endlich straffte er sich und blickte Ulf in die Augen. »Ich habe auch mit Gizur gesprochen. Das mit Aslak… Es war ein ehrlicher Kampf!«

Ulf blieb stumm, aber er hielt dem Blick aus den graublauen Augen stand. »Du bist nur ein Rudermann, Ulf. Doch du hast mehr getan, als ich von den meisten meiner Fahrtgenossen erwarten kann.« Er griff mit der Linken hinter sich. »Als Schiffsführer habe ich jetzt nicht mehr das Recht, dir das Zeichen des freien Kriegers zu verweigern. Nimm es!«

Ein Gefühl der Freude durchzuckte Ulf, als er sah, was ihm entgegenblitzte: sein Schwert.

Sie ruderten schon seit Sonnenaufgang auf der Schlei. Ulf wischte die Schweißtropfen von der Stirn. Diese Bucht schien sich endlos ins Land zu schneiden. Oft sah er nicht einmal die Ufer, nur Schilf. Nur selten ragte aus der flachen Landschaft ein Hügel. Wälder aus Eichen und Buchen wechselten ab mit ausgedehnten Heideflächen. Jetzt, am Anfang des Frühlings, wirkte die Landschaft trotz des Sonnenscheins schwermütig, beinahe düster: Das gelbbraune Schilf, die kahlen Bäume, die graugrünen Heidekrautbüschel. Ulf hatte sich gewundert, wie eng diese Bucht an vielen Stellen war – kaum breiter als ein Fluss. Höfe und Dörfer hatte er nicht gesehen. Nur einzelne Fischer in ihren Ruderbooten ließen ahnen, dass hinter Schilffeldern und Wäldern menschliche Behausungen lagen.

Ulf ruderte mit geschlossenen Augen und ließ seine Gedanken zurückschweifen. Nach dem Sturm hatten sie gute Fahrt gemacht. Der Wind hatte wieder nach Norden gedreht, so dass sie das Segel hatten setzen können. Erst, als sie heute Morgen in die Schlei eingebogen waren, war er eingeschlafen. Der Sturm! Er lag erst zwei Tage zurück. Ulf sah sie wieder vor sich: die flachen Küsten der großen Inseln und der kleinen, zwischen denen sie hindurchgefahren waren, und er musste lächeln, als er an seine erste Strandschlachtung dachte.

Als Ragnar die drei auf den Strand gezogenen Fischerboote erblickt hatte, hatte er angelegt. Er wollte eine Kuh kaufen als Ersatz für das Trockenfleisch, das der Sturm vom Schiff gerissen hatte. Wo es Fischerboote gab, gab es auch Höfe oder Dörfer. Als sie auf den Sanddünen standen, hatte das Dorf vor ihnen gelegen, zehn Minuten entfernt. Es war ein großes Dorf, denn es bestand aus acht Höfen, je vier zu beiden Seiten der breiten Dorfstraße. Sie konnten die Siedlung vom Kamm der Dünen aus überblicken: die rechteckigen, von Holzzäunen umgebenen Flächen, in deren Mitte die Langhäuser standen, aus Holz gebaut, mit den leicht nach außen gewölbten Wänden und den schilfgedeckten Dächern. Sie sahen die kleineren Nebengebäude entlang den Holzzäunen und die spitzen, mit Grassoden bedeckten Dächer der halb in die Erde gegrabenen Grubenhäuser nahe den Toren. Selbst die Ziegen und Schweine auf den Höfen konnten sie von ihrem Standort aus erkennen. Aber sie erblickten keinen der Bewohner. Zwischen dem Dorf und dem Eichenwald im Hintergrund lagen einige noch unbestellte Felder und Wiesen, auf denen Pferde und Rinder grasten.

»Ich gehe mit Grim allein ins Dorf. Ihr andern bleibt zweihundert Schritt vor dem Dorf stehen. Wenn wir alle gleichzeitig kommen, glauben die Leute, es sei ein Überfall,« hatte Ragnar gesagt. Aber es kam anders. Plötzlich rannten aus allen Langhäusern bewaffnete Männer und rotteten sich auf der Dorfstraße zusammen. Sie schwangen ihre Schilde, Schwerter und Streitäxte und schrien etwas, das sie wegen der Entfernung nicht verstehen konnten.

Ragnar hatte nur verächtlich die Schultern gezuckt. »Na, dann eben eine Strandschlachtung«, lachte er. »Wollen sehen, ob die sich an uns wagen.«

»Schau hin, Ragnar!«, rief Grim. »Es sind nur neun Mann.«

»Ja. Neun Mann, das ist zu wenig für acht Höfe. Vielleicht kehren die anderen bald zurück. Wir werden uns beeilen müssen.«

Sie stürmten auf das Dorf zu, hielten aber zweihundert Meter davor an. Ragnar schickte vier Männer los, um eine Kuh von der Weide zu holen. »Macht schnell! Wir müssen hier weg!«, schrie er ihnen nach. Die übrigen bildeten eine Schlachtreihe. Die Männer aus dem Dorf schwangen ihre Waffen und brüllten Drohungen und Verwünschungen herüber. Angesichts der Übermacht wagten sie sich jedoch nur bis zum Ende der Dorfstraße.

Die vier Männer waren bald zurück. Zwei zogen die Kuh mit Stricken an den Hörnern, die anderen trieben sie mit Schlägen und Tritten vorwärts. Eilig kehrten sie zu ihrem Schiff zurück. »Wir können die Kuh nicht hier am Strand schlachten. Wer weiß, wie viele Männer die Dorfleute zu Hilfe holen können«, sagte Ragnar. So legten sie eine hölzerne Laufplanke aus und trieben die Kuh an Deck.

Nach ihrem Besuch in dem Dorf legten sie auf einer anderen Insel an. Von den Dünen aus war keine menschliche Behausung zu sehen. So trieben sie die Kuh über die Laufplanke auf den Strand, töteten sie mit Beilhieben und zerlegten sie. Ulf schleppte mit einem Zweiten die großen Kessel aus Eisenblech und die eisernen Dreifüße auf den Strand.

Unterdessen hatten die anderen schon begonnen, die Schiffsladung an Land zu schaffen. Es war Schwerstarbeit und dauerte über drei Stunden. Ulf staunte, welche Unmenge von Fässern, Kisten und Säcken in dem niedrigen Laderaum unter den Deckplanken gestapelt war. Als Rudermann hatte er mit der Ladung nichts zu schaffen. Mit einigen anderen schöpfte er das Wasser aus dem Laderaum. Es war eine mühselige Arbeit. Kniend schaufelte er das Wasser, das zwischen den Spanten stand, in den Eimer. Er war froh, dass sie diese unvermeidliche Arbeit an Land verrichten konnten. Denn auf See hätten sie nicht alle Deckplanken ausheben können.

Ulf wechselte sich mit einem Mann ab, der Gorm hieß. Immer wenn er den Inhalt des Eimers über Bord schüttete, konnte er den Ruderern zusehen, die auf dem Strand die Ladung auspackten und an der Sonne trocknen ließen. Was er sah, wenn die Männer ihre wertvollsten Beutestücke in die Hand nahmen, raubte ihm den Atem.

Ragnar steuerte jetzt scharf nach Norden, und die Wendung des Schiffes riss Ulf aus seinen Gedanken. An Steuerbord sah er eine schmale Landzunge, die sie umruderten. »Jetzt kommt die breiteste Stelle der Bucht. Wir sind bald in Haithabu«, rief Ragnar. Die Neugier und ein Gefühl der Erwartung ließen Ulf die vielen Stunden vergessen, die sie heute schon gerudert hatten. Augenblicke später sah er es selbst: Im Süden traten die Ufer weit zurück. Die Wasserfläche dehnte sich kilometerweit.

»Haltet eure Waffen bereit! Zwei Langschiffe in Sicht.« Ulf nahm die rechte Hand vom Ruder und griff unter sich. Sein Schwert lag noch neben der Ruderkiste. Aber er rechnete nicht mit einem Kampf. So nahe bei Haithabu, dieser großen Handelsstadt, würde ein Langschiff schwerlich einen Überfall wagen. Auch Ragnar, der sein Schwert am Gürtel trug, blickte gelassen. Er wich nur in einem Bogen nach Süden aus. Falls die Fremden doch angreifen sollten, blieb genug Zeit, die Schilde von der Bordwand loszubinden.

Ulf sah die Boote erst, als sie auf gleicher Höhe waren. Sie waren kleiner als ihres und ruderten nebeneinander. Ragnar grüßte mit emporgestreckter Hand. »Ich kenne keinen der beiden Schiffsführer«, rief er Erik zu.

Während er das Ruder gegen seine Brust zog, stellte er sich vor, wie die Kameraden in Haithabu ihre Beute verkaufen würden. Jeder musste dann ein reicher Mann sein. Und Ulf dachte an zu Hause. Er sah das Langhaus vor sich, umgeben von Weiden und Feldern. Und die endlosen Laubwälder auf den Hügeln. Gesichter tauchten vor ihm auf: der Vater, die Geschwister, die Mutter. Aber er konnte die Bilder nicht festhalten. Immer wieder tanzten statt der Bäume, statt der Gesichter vor seinen Augen goldene Schwertknäufe und silberne Speerspitzen.

Sie durchquerten jetzt eine weitere Enge. Die spitze Landzunge schob sich von Norden fast bis ans jenseitige Ufer. Hinter ihr wurde die Förde wieder breiter. »Blickt nach Süden!«, rief Ragnar. »Seht ihr dort die schmale Durchfahrt? Dahinter liegt Haithabu.« Sie ruderten unaufgefordert mit voller Kraft. Schließlich lag das Ziel vor ihnen, Haithabu, die größte Stadt der Nordmänner. Das Schiff schoss förmlich durch die enge Zufahrt. »Ruder ein!«, befahl Ragnar. Er bestimmte sechs Mann, die mittschiffs langsam weiterrudern sollten. »Pass auf die Sandbänke auf!«, schrie er Ejulf zu, der am Vordersteven auf Ausguck stand.

Ulf erhob sich und streckte seine Glieder, die steif geworden waren vom stundenlangen Rudern. Dann drehte er sich um. Vor ihm lag ein seeartiges Becken, das schmale Landzungen in zwei Hälften teilten. »Schau die Palisaden dort auf dem Hügel!« Erik war neben ihn getreten. Rechts, am westlichen Ufer, erkannte Ulf den niedrigen, lang gestreckten Hügel und an der höchsten Stelle den Palisadenzaun.

»Nicht so groß wie das Kastell neben Dorestad.«

Die Enttäuschung, die aus seiner Stimme klang, war Erik nicht entgangen. »Hier bezahlt ja keiner Bewaffnete, die die Stadt beschützen sollen. Es ist nur ein letzter Zufluchtsort!«

Dort, hundert oder zweihundert Meter weiter, lag die Stadt! Ulfs Blick wanderte über das Gewirr der einstöckigen Holz- und Fachwerkhäuser mit ihren spitzen Dächern. Abgesehen von diesem einen Hügel war die Gegend flach: Heide, so weit der Blick reichte, und am Rande des Gesichtskreises Wald. Haithabu ist ein passender Name, dachte Ulf: »Heideort.« Wo die ersten Häuser begannen, hatten zwei friesische Koggen angelegt. Die Schiffe der Friesen waren auf den ersten Blick zu erkennen: kurz, hochbordig, mit schmucklosen, geraden Steven. Die Koggen waren an eingerammten Pfählen vertäut. Denn die Friesen konnten ihre schweren, tief gehenden Schiffe nicht einfach auf den Strand ziehen. Eine der Koggen wurde gerade beladen. Zwei Ruderboote pendelten zwischen dem Schiff und einem riesigen Stapel von Gütern am Ufer. Die Wikingerschiffe lagen am niedrigen Uferkai, der mit Pfählen und Brettern befestigt war.

»Nur acht Langschiffe!«, rief Ragnar Erik zu.

»Das schadet nichts, Vater. Wenn zu viele Schiffe da sind, haben die Händler kaum noch Silber oder Waren, um uns zu bezahlen.«

»Vergiss nicht, dass wir hier vierzehn neue Fahrtgenossen finden müssen.«

Das Schiff glitt langsam am Ufer entlang. Ulf hörte häufig Ragnars Namen rufen. Aber auch vielen ihrer Ruderer schrien Männer am Ufer etwas zu. Ragnar und sein Boot waren in Haithabu ohne Zweifel wohl bekannt. »Gorm! Wir legen zwischen der Stadt und der Friesensiedlung an. Ich komme dann gleich zu dir«, brüllte Ragnar zum Kai hinüber.

Ulf hatte sich wieder auf seiner Ruderkiste niedergelassen. Das Treiben am Ufer fesselte seinen Blick: die am Ufer knienden Waschfrauen, die hinter ihren Holztischen stehenden Händler, die schwer beladenen Wagen, die am Ufer aufgestapelten Waren. Doch es entging ihm nicht, dass die Stadt schon nach wenigen Minuten hinter ihnen lag. Haithabu war die größte Stadt der Nordmänner, aber sie war erheblich kleiner als Dorestad. Er würde keine Viertelstunde brauchen, um die Stadt zu Fuß zu durchqueren, die nicht einmal mit einem Palisadenzaun befestigt war.

Der Strand war nun wieder unbefestigt. Nahe dem Ufer standen dicht an dicht einige Holzhäuser. Dies musste die Siedlung der Friesen sein, denn bevor sie die Häuser erreichten, warf Ragnar das Ruder herum, und das Schiff glitt im rechten Winkel auf das Ufer zu. Ragnar ließ das Rudern einstellen, und Augenblicke später knirschte der Sand unter dem Kiel. Ulf blickte zur Stadt zurück. Er konnte sie in fünf Minuten zu Fuß zu erreichen.

Ulf verfolgte, wie zwei Männer ans Ufer sprangen und Taue um zwei Pflöcke wanden. Es musste sich also um einen vielbesuchten Ankerplatz handeln, wenn auch ihr Schiff im Augenblick das Einzige war. Ragnar kam ihm breitbeinig entgegen, auf den Armen den schweren Anker aus Eisen. Ulf ergriff das Tau und verknotete es am Achtersteven, bevor der Anker ins Wasser klatschte. »Wir ziehen das Boot nicht an Land«, brummte Ragnar. Hier gab es nicht die breiten Sandstrände der Nordsee. Aber so tief in der Förde würden sie auch nicht viel von Flut und Ebbe spüren.

Ulf packte sein Schwert, den Helm, den hölzernen Trinkbecher und den goldenen Messkelch in seinen Fellsack und ging über eine der beiden Laufplanken, die inzwischen ausgelegt worden waren, an Land. Am Ufer blieb er stehen und schaute zu den nahen Häusern der Stadt hinüber.

»Was wirst du jetzt tun?« Es war Erik.

»Ich gehe in die Stadt und miete mir eine Hütte, oder wenigstens einen Schlafplatz.«

»Das wird schwer sein. Wir sind hier nicht in Dorestad. In Haithabu steht nicht die Hälfte der Häuser leer, um an fremde Händler vermietet zu werden.« Er hob begütigend die Hand. »Kein Grund, enttäuscht zu sein, Ulf! Du kannst doch... Hör zu: Ich mache dir einen Vorschlag.«

Ulf sah ihn erwartungsvoll an, sagte aber nichts.

»Du weißt, wie wenig Leute wir sind. Wir können deine Hilfe gut gebrauchen, nicht nur beim Entladen des Schiffes. Es wird viele Tage dauern, bis wir Käufer für unsere Beute gefunden und neue Waren eingekauft haben. Auch vierzehn neue Fahrtgenossen findet man nicht in zwei oder drei Tagen.« Erik streckte ihm die Hand entgegen. »Du kannst dich dann in aller Ruhe nach einem Schiff umsehen. Das meint mein Vater auch.«

Ulf warf einen begehrlichen Blick auf die erste Zeltstange, die gerade ans Ufer getragen wurde. »Hast du vergessen, dass Blutrache zwischen uns steht, Erik?«

»Kennst du die Regeln der Blutrache nicht, Ulf? Nicht hier in Haithabu.«

Ulf überlegte nicht lange und schlug ein.

»Gut, du wirst das Zelt mit dem Griechen teilen.«

Die nächsten Stunden waren anstrengend. Als erstes schafften sie die Zelte an Land. Bei der Landung hatte Ulf nur Augen für die Stadt gehabt. Jetzt sah er, dass der Ankerplatz auch ein vorzüglicher Lagerplatz war. Etwa dreißig Schritt vom Wasser erhob sich eine mannshohe, steile Böschung. Dort schlugen sie die Zelte auf. Von hier aus hatten sie das Schiff immer im Blick. Die Holzgerüste für die sieben Dreieckszelte waren in wenigen Minuten aufgerichtet. Aber sie mussten die Tierhäute, die die Zeltbahnen bildeten, umständlich mit Pflöcken am Boden befestigen. Denn es gab nicht genug

Steine, um die Enden der Zeltbahnen zu beschweren, und sie konnten den Zeltrand auch nicht mit ausgestochenen Grassoden abdichten. Weit und breit gab es nur Sand. Sie hatten die Zelte in einer Reihe aufgestellt und in der Mitte Platz gelassen für Ragnars Zelt. Das Zelt links davon teilten sich Grim und Gizur, das Zelt zur Rechten war für den Griechen bestimmt.

»Und euer Zelt?«, sagte Ulf zu Erik und deutete auf den leeren Platz.

»Unser Zelt holt mein Vater gerade.« Erik lächelte. »Wir beide könnten im Hause des Händlers Gorm schlafen. Gorm ist Ragnars Freund. Aber sein Haus ist, wie alle Häuser hier, klein. Wir hätten weniger Platz als in einem Zelt. Deshalb wird Gorm uns ein großes Zelt leihen, das er für fremde Händler bereit hält. Mein Vater ist schon in die Stadt gegangen.« Er grinste breit: »Weißt du, wir wollen doch unsere Verkaufsstände hier am Ufer aufbauen. Und ein großes, reich verziertes Zelt macht Eindruck.«

Dann begann die Knochenarbeit. Zuerst wurden die Fässer an Land geschafft. Dann folgten die Säcke und Ballen. Sie stapelten die Handelswaren in zwei Haufen. Grim stand bei dem linken, Erik bei dem rechten. Die Ruderer, die einen Sack oder Ballen anschleppten, riefen ihnen zu, was er enthielt. Erik oder Grim entschieden dann, wo er abgelegt werden sollte. Die Waren, die zuerst verkauft werden sollten, und die Beutestücke der einzelnen Ruderer kamen an den Rand. Dann wurde das Segel von der Rahe abgenommen und das Ersatzsegel aus dem Laderaum geholt. Mit den Segeln wurden die beiden Stapel abgedeckt. Anschließend holten sie die Kessel und Eimer an Land und schleppten die Sitztruhen zu den Zelten. Zuletzt wurden die Schlafsäcke aus zusammengenähten Tierfellen, die für je zwei Mann bestimmt waren, in die Zelte geschafft.

Nach getaner Arbeit saß Ulf mit dem Griechen vor dem Zelt. »Üble Plackerei«, knurrte dieser. »Glücklicherweise muss das Langschiff nur selten entladen werden.« Nach einer Weile sahen sie ein Pferdefuhrwerk, das auf ihren Lagerplatz zuhielt. Voran schritt Ragnar. Der trug jetzt einen roten Mantel über dem roten Hemd. Auf der linken Seite fiel der Zipfel des Tuches über die Schwertklinge, ließ aber den goldenen Griff frei. Der rechte Arm, der Schwertarm, war frei. Vorder- und Rückenteil des hüftlangen Umhanges wurden auf der rechten Schulter von einer Fibel zusammengehalten. Auf dem Kopf trug er seinen Helm. Nur den Schild hatte er beim Schiff gelassen.

Alle liefen dem Schiffsführer entgegen. Aus der Nähe bemerkte Ulf, dass die Borten, die Ragnars Mantel verbrämten, mit Goldfäden durchwirkt waren. Doch die Fibel, die das Gewand zusammenhielt, verschlug ihm den Atem. Sie war kreisförmig, mit der Nadel nach oben und bestand aus reinem Gold. Mehrfach wurde das Gold von einem Überzug aus Silber unterbrochen. Die ganze Fläche war verziert, aber in die Augen sprangen die drei fein gearbeiteten Drachenköpfe, deren klaffende Mäuler nach oben und unten gerichtet waren.

Es war ein kleiner, niedriger Wagen, und er wurde von nur einem Pferd gezogen. Drei Männer gingen daneben her. Ihre Hemden und Hosen waren aus ungefärbter Wolle und wurden von einem Strick statt eines Gürtels zusammengehalten. Sklaven des Händlers Gorm, dachte Ulf. »Gorm hat mir neben dem Zelt auch einige Holztische und Bänke mitgegeben«, verkündete Ragnar fröhlich.

»Gut«, brummte Grim. »Die Unfreien sollen dein Zelt auf der Böschung aufschlagen. Bänke und Tische können wir selber vom Wagen heben. Warum sollen wir warten, bis die Unfreien mit dem Zelt fertig sind?« Im nächsten Augenblick trug Grim unter jedem Arm eine der Holzbänke. Sie stellten die Bänke zu beiden Seiten der Feuerstelle in zwei Reihen einander gegenüber, wie in einem Langhaus. Auch die drei Sklaven hatten ihre Arbeit bald beendet. Ragnars Zelt war doppelt so hoch wie die übrigen. Und während man die gekreuzten Vorderstangen an ihren Zelten nur bemalt hatte, waren sie an Ragnars Zelt geschnitzt und liefen in Drachenköpfe aus.

Am Morgen ging Ulf mit dem Griechen in die Stadt. Dieser hatte vorgeschlagen, den goldenen Messkelch sofort zu verkaufen. So sei Ulf jederzeit zur Abfahrt bereit, wenn er einen Schiffsführer fände, der ihn mitnähme. Auf dem kurzen Wege über die Heide sah Ulf nur zwei oder drei Kühe und keine Felder. »Die Bauern von den umliegenden Höfen und Dörfern bringen alles in die Stadt. Handwerker und Händler haben nicht die Zeit, Felder zu bestellen«, erklärte der Grieche.

Sie wanderten kreuz und quer durch die Stadt. Ulf wunderte sich, denn der Grieche schien jede Straße zu kennen. Aber schnell erkannte er, dass es leicht war, sich in Haithabu zurechtzufinden: Die Straßen waren rechtwinklig angelegt. Sie waren schmal, oft zu schmal für ein Pferdefuhrwerk, aber an feuchten Stellen mit querliegenden Holzbohlen befestigt. Über den Bach, der durch die Stadt floss und am südlichen Stadtrand in die Schlei mündete, führten ebenfalls Stege aus Holzbohlen. Zäune umgaben die Grundstücke, und die Häuser standen zurückgesetzt und wandten der Straße den Giebel zu. Alle Grundstücke, die Ulf sah, schienen von gleicher Größe zu sein. »Hier darf man nicht bauen, wie man will. Warum, weiß ich auch nicht«, entgegnete der Grieche auf eine entsprechende Frage. Von den Häusern war Ulf ein wenig enttäuscht. Keines war auch nur halb so lang wie ihr Langhaus in Schweden. Dabei war der Hof seines Vaters keiner der großen. Zwischen den Häusern und den Nebengebäuden, den Schuppen und Lagerhäusern, tummelten sich einige Ziegen und Schweine.

Sie kamen an einem Haus vorüber, um dessen Tür herum man ein Holzgerüst errichtet hatte. Auf dem Gerüst, über der Tür, lag eine tote Kuh auf dem Rücken. Sie wirkte mit den angewinkelten, in die Luft ragenden Beinen und dem herabbaumelnden Kopf ausgesprochen lächerlich.

»Weißt du, was die Kuh dort oben bedeutet?«, fragte er den Griechen.

Der nickte. »Der Besitzer dieses Hauses hat die Kuh euren Göttern geopfert.« Er betrachtete einige Augenblicke den herabbaumelnden Kopf. »Aber glaubt ihr wirklich, dass sich die Götter die Kuh holen?«

Ulf schüttelte den Kopf. »Nein, natürlich nicht. Dieser Händler wird ein Festmahl geben. Dazu ist die Kuh geschlachtet worden.«

»Und warum legt er dann die Kuh auf das Gerüst?«, fragte der Grieche.

»Er will die Götter einladen, denn sie essen und trinken gern und viel.«

Ein Schmunzeln zuckte um die Lippen des Griechen. »So, die Götter auch?«

»Ja. Nimm zum Beispiel Thor.«

Der Grieche fiel ein: »Ihr nennt seinen Namen oft, und Gizur hat schon einiges über ihn erzählt. Aber ich habe es nicht verstanden.«

»Es ist ganz einfach, Grieche. Thor ist der stärkste unter allen Göttern. Seine größte Freude ist es, gegen die Riesen zu kämpfen und sie mit seinem Hammer zu erschlagen. Wenn Thor nicht wäre, würden die Riesen unsere Welt, die Welt der Menschen, zerstören.«

Der Grieche schien nicht überzeugt. »Aber ihr erzählt doch, die Riesen würden die Welt am Ende vernichten!«

»Ja, am Ende. Der Sieg der Riesen, der Sieg des Bösen, das ist das Schicksal, dem weder die Menschen entgehen können noch die Götter. Aber solange Thor lebt...« Ulf zuckte die Achseln. »Und Thor ist nicht nur der größte Krieger. Wenn er nicht ins Land der Riesen zieht, feiert er in seiner Halle Festgelage. Keiner der Götter kann mehr essen und trinken als Thor. Ja, Grieche, das ist ein Gott! Die Leute erzählen, Thor könne drei oder vier gebratene Ochsen allein verschlingen.« Stolz klang aus Ulfs Stimme. »Siehst du, Grieche, deshalb ist Thor der beliebteste aller Götter.«

»Weil er so viel fressen kann?« Ein Lächeln umspielte die Lippen des Griechen.

Ulf fühlte den Spott, doch dieser Spott konnte ihn nicht reizen. Man merkte eben, dass der Grieche nicht aus den Nordländern stammte. Er hielt ihn für einen Christen, denn die Leute erzählten, alle Griechen seien Christen. Über die Christen wusste Ulf nicht viel. Die Händler in Dorestad waren Christen gewesen, und sie hatten Kreuze um den Hals getragen. Aber sie hatten mit den Händlern niemals über die Götter gesprochen. Doch Ulf erinnerte sich an den alten Toke. Vor Jahren auf ihrem Hofe bei einem

Festgelage, als Bier und Met die Stimmung der Männer angeheizt hatten, hatte der alte Toke eine lustige Geschichte erzählt über einen der Christen-Götter. Über den, Jesus hatte er ihn genannt, seien seine Feinde hergefallen und hätten ihn getötet. Es sei dem Gott nicht gelungen, auch nur einen der Feinde zu erschlagen. Sein Onkel hatte so gelacht, dass er sich am Bier verschluckte und es seinem Nachbarn ins Gesicht prustete. Und sein Vater hatte sich vor Lachen auf der Bank gekrümmt und mühsam hervorgestoßen: »Und das… soll… ein Gott sein!«

Sie kehrten nun in das Viertel der Handwerker zurück. Die meisten Häuser hier waren noch kleiner. Umso größer war das Geschiebe und Gedränge in den engen Gassen. Aber Ulf liebte es, sich seinen Weg durch das Gewimmel zu bahnen. Auf dem Hof in Schweden hatte er nur seine Familie und die wenigen Unfreien zu Gesicht bekommen. Mehrmals im Jahr, bei der Volksversammlung oder den Festen, waren sie mit den Bewohnern der umliegenden Höfe zusammengekommen. Doch Fremde hatten sie selten gesehen.

Der Grieche und Ulf zogen die Blicke vieler auf sich. Ulfs lange, weißblonde Haare, seine hellblauen Augen betonten die Fremdartigkeit des Griechen mit seinen kurzen, schwarzen Locken und tiefschwarzen Augen. »Hier hinein!« Der Grieche zeigte auf ein offen stehendes Holztor. Ein kurzer Weg aus Holzbohlen führte zur Haustür. Auf einer Holzbank funkelten und blitzten Gold- und Silber: Broschen, Fibeln, Halsbänder, Armreifen, Schwertknäufe. So viel Edelmetall bei einem einzigen Händler hatte Ulf nicht einmal in Dorestad gesehen.

Sie schritten auf die Tür zu. Da trat ein junger Mann heraus. Als er Ulf erkannte, blieb er wie angewurzelt stehen. »Ulf! Du?«

»Ihr kennt euch?«, fragt der Grieche.

Doch Ulf eilte schon auf den jungen Mann zu. »Thorsten!« Sie nahmen einander bei den Händen, lachten und schlugen sich auf die Schultern.

»Dich hätte ich hier nicht erwartet, Thorsten!«

»Warum nicht? Viele Langschiffe fahren nach Haithabu.«

»Thorsten ist der Sohn eines Nachbarn«, erklärte Ulf. Dann wandte er sich wieder dem jungen Mann zu. »Deine Eltern haben nichts mehr von dir gehört, nachdem du vor zwei Jahren auf Wikingerfahrt gegangen bist.«

Ein Schatten legte sich auf die Züge des jungen Goldschmiedes. »Ich habe in diesen zwei Jahren kein Schiff gefunden, das in unserer Gegend anlegen wollte.« Er zuckte die Schultern. »Jetzt habe ich Schiffsführer, die nach Schweden fahren, gebeten, einen fahrenden Händler mit einer Botschaft an meine Eltern zu beauftragen. Aber du weißt selber, wie selten solche Händler auf unsere Höfe kommen. Doch vielleicht kannst du…«

»Ja, ich möchte sobald wie möglich nach Hause«, entgegnete Ulf.

Das Gesicht des jungen Goldschmieds war ernst geworden. »Es wird schwer sein…«

Während Ulf den Messkelch aus dem Fell wickelte, fragte der Grieche: »Wo ist Thorbrand, der Goldschmied?«

»Er ist mit seinem Sohn auf einem Langschiff nach Birka gefahren. Ich kümmere mich solange um das Geschäft.«

Der Grieche deutete auf den Messkelch. »Wie viel gibst du für die Steine?«

»Gar nichts!«

Ulf war verblüfft. »Aber…«

Während der Goldschmied den Messkelch hochhielt und drehte, so dass die Steine im Sonnenlicht glitzerten, entgegnete er: »Nein. Ich kaufe die Steine nicht. Ich werde dich nicht betrügen. Einige dieser Steine sind ein Vermögen wert. Ich könnte dir aber nicht so viel bezahlen.« Er stellte den Messkelch auf die Bank. »Wisst ihr, Edelsteine sind bei den Nordmännern nicht so beliebt wie bei den Franken. Sicher, es gibt auch bei uns Halsketten mit Steinen. Aber die meisten Käufer wollen reine Goldarbeiten. Daher bezahlen sie für Edelsteine nicht viel. Jedenfalls nicht so viel, wie sie wirklich wert sind. Deshalb könnte auch ich nicht so viel für die Steine bieten.« Er wandte sich an Ulf. »Du solltest die Steine den Franken verkaufen.«

»Aber ich…«

»Ich weiß, was du sagen willst, Ulf. Du kannst sie ja auch hier in Haithabu an fränkische Händler verkaufen. Die Friesen werden dir mehr zahlen als jeder nordische Händler. Ich werde die Steine herauslösen und dir bei jedem einzelnen sagen, welchen Preis du verlangen kannst.«

Das Herauslösen der Steine ging schneller, als Ulf gedacht hatte. Jedes Mal, wenn der Goldschmied einen der Steine hinlegte, den Namen des Steines nannte und den Preis, zuckte Ulf vor Freude zusammen. Nachdem der Goldschmied den Kelch gewogen hatte, fragte er, ob Ulf den Preis für das Gold in Silber wünsche.

»Ich möchte mir eine goldene Fibel für meinen Mantel und ein Messer mit silberverziertem Griff aussuchen«, sagte Ulf. »Den Rest nehme ich in Silber.« Er sah Thorsten an. »Ich habe an eine Fibel mit drei Tierköpfen gedacht…«

Der Goldschmied fiel ihm lachend ins Wort: »Mit drei Tierköpfen? Wohl zwei auf der rechten Seite, die in entgegengesetzte Richtung schauen, und einen auf der linken Seite, der zu ihnen herüberblickt?«

»Woher weißt du… ?«

»Du beschreibst Ragnars Fibel. Ein Meisterwerk. Mein Meister hat sie gemacht.« Er zuckte die Achseln. »Wenn du den Preis hörtest, würdest du erschrecken. Du bist noch keiner der großen Schiffsführer, Ulf!«

Der Goldschmied zeigte Ulf die Fibeln und Messer, die auf der Bank auslagen. Ulf griff sofort nach den teuersten Stücken, aber er verstand rasch, was Thorsten gemeint hatte: Mit solchen Preisen hatte er nicht gerechnet. Die Brosche und das Messer, für die er sich schließlich entschied, waren immer noch teuer genug. Aber Thorsten hatte ihm gesagt: »Ich nenne dir den niedrigsten Preis, den ich gegenüber meinem Goldschmied verantworten kann. Mit Ragnar und seinen Leuten haben wir schon viele gute Geschäfte gemacht.« Und der Grieche hatte ihm bejahend zugenickt.

Der Goldschmied schleppte einen Sack aus dem Haus. Als er ihn aufschnürte, sah Ulf, dass er mit Silbermünzen gefüllt war, von denen viele in Stücke zerhackt waren. Er füllte die Waagschale viele Male. Ulf verfolgte mit befriedigten Blicken, wie der Lederbeutel, in den Thorsten das Silber stopfte, praller und praller wurde.

Sie blieben in der Stadt. Der Grieche führte ihn durch die engen Gassen, von einem Händler zum andern. Beim Anblick all der zum Verkauf liegenden Waren wurde es Ulf beinahe schwindlig, Dinge, die sich nur die Reichsten leisten konnten: fränkische Trinkgefäße aus Glas, mit Gold und Silber verziert, Bernstein, Wein aus den Frankenreichen, in großen Tongefäßen, Wollstoffe aus Friesland und Seide aus den Seidenländern im Osten.

Sie kamen zu einem Glasperlenmacher. Zwischen dem Hoftor und dem Giebel des Wohnhauses waren vier Bretter aufgelegt. Dazwischen saß der Glasperlenmacher auf einem dreibeinigen Holzschemel. Es war ein alter Mann mit ungepflegtem Bart und einer runden, braun gefärbten Wollmütze auf den strähnigen Haaren. Die wenigen Worte, zu denen er sich herbeiließ, verrieten, dass er den Griechen kannte. Aber er hatte offensichtlich keine Lust, ein Gespräch zu beginnen, sondern starrte wieder griesgrämig auf den Boden. Dieser schmuddelige alte Mann und solche prachtvollen Glasperlen, dachte Ulf. Sie lagen vor ihm in allen denkbaren Formen: breite, dicke Ringe, längliche, runde und bauchige, Rechtecke, Vierecke und Dreiecke. Aber das Auffälligste waren die Farben: es gab teure Stücke, die in verschiedenfarbige Flächen aufgeteilt waren. Und innerhalb dieser Flächen gab es weitere Muster in anderen Farben. Ulf machte eine Bemerkung darüber zu dem Griechen. »Sieh dir doch an, wie sie es machen!« Der Grieche führte ihn zu einem Feuer, an dem zwei Unfreie standen. Jeder hielt zwei Eisenstangen über die Flammen, um die spiralförmig Glasstangen verschiedener Farbe gewunden waren. »Wenn das Glas weich geworden ist«, sagte der Grieche, »schneiden sie von jeder Glasstange ein Stück ab und verschmelzen die verschiedenfarbigen Stücke in der Hitze.«

Toke sei der beste Kammmacher in Haithabu, hatte der Grieche gesagt. Als

Ulf jetzt vor den ausgelegten Kämmen stand, zweifelte er nicht daran. Es gab überhaupt keine einfachen aus Knochen oder gar Holz, nur Kämme aus teurem Elchgeweih. Viele steckten sogar in einer Scheide, die ebenso mit kunstvollen Schnitzereien versehen war wie der Steg des Kammes. Toke saß auf einem Schemel und hatte ein Stück Elchgeweih über die Knie gelegt. Ulf starrte verwundert auf das Werkzeug, mit dem der Kammmacher das Geweih bearbeitete: ein Messer mit schmaler Klinge, die Zähne hatte wie ein Kamm, nur kürzere. Toke war Ulfs Verwunderung nicht entgangen. Er lächelte: »Das ist eine Säge. Wir Kammmacher brauchen diese Säge, um die Zähne des Kammes herauszuarbeiten.« Lange schaute Ulf zu, wie dieses merkwürdige Werkzeug mit den Zähnen, von dem er noch nie gehört hatte, das Elchgeweih durchschnitt.

Ulf saß vor seinem Zelt und beobachtete das Treiben unten am Boot. Die Mannschaft hatte jene Beutestücke auf dem Boden ausgebreitet, bei denen nur der Erlös unter den Fahrtgenossen verteilt werden konnte. Viele Händler waren gekommen, aus der Stadt und von den Schiffen. Sie hatten Unfreie mitgebracht, einige auch Pferdefuhrwerke. Aber Ragnars Stimme übertönte mühelos das Geschrei. »Noch ein Fass Wein aus England.« Das Gezeter der Händler machte Ulf Spaß: das lautstarke Gejammere, dass die geforderten Preise schamlos seien, dieselben Preise, die sie im nächsten Augenblick überboten. »Und hier gutes friesisches Tuch, ehrlich erbeutet«, brüllt Ragnar. Der Grieche, der neben ihm sitzt, schaut ihn von der Seite an. »Euer Tuch. Stört es dich?«

Ulf sieht verblüfft zu ihm hinüber: »Warum denn? Er hat es wirklich ehrlich erbeutet!« Der Grieche zuckt die Schultern und nickt.

Viele Tage vergingen. Ragnar kam erst nach Sonnenuntergang ins Lager zurück. Er verkaufte die wertvollsten Beutestücke einzeln, kaufte Handelsware und suchte neue Fahrtgenossen. Ulf war zusammengezuckt, als abends am Lagerfeuer das Ziel der neuen Wikingerfahrt zum ersten Mal erwähnt worden war: Konstantinopel, das die Nordmänner Miklagard nennen, »die Große Stadt«. Konstantinopel, die Hauptstadt des Reiches der Griechen, das war die weiteste Fahrt, die ihre Händler unternahmen, und die beschwerlichste.

Aber es fiel Ragnar schwer, Fahrtgenossen für eine solch monatelange und gefährliche Reise zu finden. Kurz vor ihrer Ankunft waren vierzehn Langschiffe in Richtung England ausgelaufen. Noch mehr Langschiffe waren zum Markt in Kaupang gefahren.

Wie Ulf selbst gesehen hatte, lagen nicht mehr viele Langschiffe im Hafen.

Gewiss, fast jeden Tag kamen neue Schiffe. Auch an ihrem Ankerplatz hatten einige angelegt. Die Neuankömmlinge waren mit großem Geschrei begrüßt worden. War es doch eine willkommene Abwechslung, einmal mit einem Fremden seine Kräfte im Ringkampf messen zu können oder mit einer fremden Bootsmannschaft beim Tauziehen. Vor allem, weil die Fremden stets verloren, wenn Grim oder Ragnar auf ihrer Seite am Seil zogen. Und erst die Abende an den Lagerfeuern: je mehr Männer in der Runde sitzen, ihre Abenteuer erzählen, desto mehr Bier und Met wird getrunken. Aber die Boote, die nach ihnen gekommen waren, waren längst wieder abgefahren.

Nur selten hatte Ragnar einen neuen Fahrtgenossen mit ins Lager gebracht. Bei vielen Langschiffen war Haithabu nicht der Ausgangspunkt und das Endziel der Wikingerfahrt, so dass die Fahrtgenossenschaft nicht aufgelöst wurde, und die Ruderleute auf ihrem Boot blieben. Doch auch wenn die vereinbarte Wikingerfahrt in Haithabu endete, liefen viele Fahrtgenossenschaften nicht auseinander, sondern verabredeten eine neue Fahrt. Ragnar hatte mit Dutzenden von Rudermännern gesprochen, wenn er gehört hatte, dass deren Wikingerfahrt in Haithabu zu Ende ging. Bei dem Wort »Konstantinopel« hatten die meisten der Angesprochenen aber nur ein bedenkliches Gesicht geschnitten. Dennoch hatte sich Ragnars hartnäckige Geduld gelohnt. Es war nicht mehr die Rede davon, den Umweg über Birka zu machen, weil die Schweden Wikingerfahrten in die Ostländer denen zu den Frankenreichen und nach England vorziehen. Heute Abend fehlten Ragnar nur noch zwei Ruderleute. Die Mannschaft, mit der er in England gewesen war, war am Ende doch zusammengeblieben. Ursprünglich wollten vier in ihre Heimat zurückkehren. Ihre Beutestücke, die sie in der Stadt an die Händler und die Schiffsführer verkauft hatten, hatten mehrere Beutel mit Silberstücken gefüllt. In ihrer Heimat wären sie nun reiche Bauern gewesen. Aber sie hatten es sich anders überlegt. Erst vor wenigen Minuten war der letzte von ihnen, ein junger Mann namens Ful, zu Ragnar getreten und hatte ihm seinen Entschluss mitgeteilt. Das Gejohle und Gegröle der anderen, jener besonders, mit denen Ful in England gewesen war, hatte man gewiss noch in der Stadt drüben hören können. Jetzt flossen Bier und Met in Strömen.

Ulf starrte missmutig ins Feuer. Auch er hatte die Tage meist in der Stadt verbracht. Zuerst hatte er sich ein dunkelblaues Hemd und einen hellblauen Umhang aus feinem Tuch gekauft, eine Ruderkiste mit starken Eisenbändern, die die Unfreien des Händlers in sein Zelt geschafft hatten, und bei einem der Schmiede am Stadtrand ein Vorhängeschloss aus Eisen. Doch den Rest seiner Zeit hatte er fast immer am Hafen zugebracht. Aber er hatte keinen Schiffsführer gefunden, der ihn in seine Heimat mitnehmen wollte. »Es wird dir schwer fallen, eine Fahrgelegenheit zu finden«, hatte einer der Schiffsführer erklärt und bedenklich mit dem Kopf gewackelt.

»Aber wenn ein Schiff nach Kaupang fährt, legt es doch jeden Abend an der schwedischen Westküste an und kommt auch in die Gegend, wo ich wohne«, hatte Ulf erwidert.

»Es wird aber kein Schiff mehr nach Kaupang fahren.« Der Schiffsführer hatte den Kopf geschüttelt. »Der Markt in Kaupang ist bald vorüber. Wer zu diesem Markt wollte, ist bereits dort.«

»Aber man kann in Kaupang doch auch handeln, wenn kein Markt ist. Die Bauern, die dort ihre Höfe haben und die Märkte ausrichten, treiben während des ganzen Jahres Handel.«

Doch der Schiffsführer hatte nur die Achseln gezuckt. »Ja, mit den Leuten an der norwegischen Südküste, die in der Nähe wohnen. Aber wer wird von Haithabu aus nach Kaupang fahren, wenn dort kein Markt ist!«

Der Mann hatte Recht behalten. Kein Schiffsführer war zu bewegen gewesen, den Umweg über die schwedische Westküste zu machen, auch nicht für den hohen Preis, den Ulf zuletzt geboten hatte. Ulf setzte den Krug ab. Selbst das Bier schmeckte ihm heute Abend nicht. Es konnte viele Wochen dauern, ja Monate, bis wieder ein Markt in Kaupang abgehalten wurde und Schiffe dorthin fuhren. Er hatte sich Abend für Abend den Kopf zermartert, wie er auf einem Umweg in die Heimat zurückkehren könne. Aber auch diese Möglichkeit hatte sich ihm nicht geboten. Sicher: einige Schiffsführer hätten ihn nach Birka mitgenommen. Doch es war ein weiter Weg von der Mälar-Bucht zur schwedischen Westküste, eine wochenlange Reise durch endlose Wälder auf sumpfigen Wegen. Gewiss: es gab Händler, die auf diesen Straßen durchs Land zogen und von Zeit zu Zeit auch einmal in ihre Gegend kamen. Ulf musste an die Worte des Goldschmiedes Thorsten denken. Und der Grieche hatte gesagt: »Geh doch auf eine Wikingerfahrt, wenn du keine Fahrgelegenheit in die Heimat findest.« Vielleicht hatte er Recht. Doch Ulf konnte sich nicht entscheiden. Er kratzte sich am Kopf. Morgen würde er wieder zum Hafen gehen. Vielleicht hatte er Glück.

Ulf schlenderte am Hafenkai entlang. Das Gewimmel an der Schiffsanlege zog ihn jedes Mal von neuem in seinen Bann. Er wich den Frauen aus, die an der hölzernen Uferbefestigung knieten und ihre Wäsche durch das seichte Wasser zogen oder auf dem Waschholz auf die triefend nassen Stücke einschlugen. Er schlängelte sich durch die Waren, die am Ufer aufgestapelt waren: die sündhaft teuren Töpfereien aus dem Rheinland, die billigen Specksteinschüsseln aus Norwegen und Schweden, die aufgehäuften Geweihe von Elchen und Rentieren.

Er trat zur Seite, um die Pferdefuhrwerke durchzulassen, die Packpferde und die Reiter. Von Zeit zu Zeit blieb er stehen und schaute zwei Spielern zu, die auf dem Boden hockten und die Würfel warfen oder die Beine über den Kai baumeln ließen, ein Spielbrett zwischen sich. Er betrachtete die kleinen Häuser mit ihren schilfgedeckten Dächern, die Wände aus lehmbedecktem Flechtwerk oder aus Brettern. Einige der Häuser am Kai waren reine Lagerhäuser.

Jetzt sah Ulf ein Langschiff, das durch die schmale Einfahrt in die breite Bucht von Haithabu steuerte. Er beschleunigte seinen Schritt. Mit diesem Schiffsführer würde er über eine Fahrgelegenheit sprechen.

Mit ausgebreiteten Armen vertritt ihm ein älterer Mann den Weg. »Bleib stehen und schau dir meine Ware an. Bessere findest du in Haithabu nicht.« Ulf betrachtet sich den Mann. Er ist nicht mehr jung, fast vierzig, schätzt Ulf. Über den langen Haaren trägt er eine einfache, runde Mütze aus rot gefärbter Wolle. Aber sein Kinnbart ist kunstvoll in einen spitz auslaufenden Zopf geflochten, und die Spitzen seines langen Schnurrbartes sind nach oben gezwirbelt. Der Knauf des Schwertes, das er am Gürtel trägt, hat sicher ein Vermögen gekostet.

»Ingvar, der Sklavenhändler«, dröhnt ihm die Stimme des Händlers entgegen. »Ja, Ingvar. Ich bin jedem in Haithabu und Birka als ehrlicher Händler bekannt.«

Er streckte Ulf die Arme entgegen. Er hatte die Ärmel seines Hemdes aufgekrempelt. Seine Unterarme waren vom Handgelenk bis zum Ellbogen mit Spiralen aus Silber bedeckt. »Ja, ich färbe meinen Sklaven nicht die Haare, ich zeige sie nicht in irgendeinem dunklen Haus, damit die Schminke auf den Falten dem Käufer nicht auffällt.« Seine breite Gestalt reckte sich noch mehr in die Höhe. »Gorm, der Händler, und Knut, der Goldschmied, können für meine Ehrlichkeit bürgen.«

Ulf blickte nach rechts. Dort standen zwei Holzbänke, auf denen die Sklaven, Männer und Frauen, saßen. Je zehn auf jeder Bank schätzte Ulf, eine wirklich reichhaltige Auswahl! Einige der Männer und Frauen stammten aus den Nordländern. Sie starrten dumpf, mit verdrossenem Gesicht, vor sich hin.

Ulf schüttelte den Kopf. »Ich brauche keine Unfreien.«

Der Sklavenhändler lachte. »Jeder braucht Unfreie. Oder bist du ein Händler?«

»Nein«, entgegnete Ulf. »Ich bin ein Bauer aus Schweden.«

»Na, also!«, brüllte Ingvar fröhlich. »Auf einem Bauernhof braucht man immer Sklaven. Auf dem Hof und auf dem Feld gibt es genug für sie zu tun.« Der Sklavenhändler schlug sich mit der linken Faust gegen die Brust: »Meine

Preise sind die niedrigsten in Haithabu. Nimm Leute aus den Nordländern. Das ist immer noch der beste Kauf.« Er streckte Ulf die gespreizten Finger entgegen. »Die Leute aus unseren eigenen Ländern verstehen wenigstens alles, was man ihnen sagt. Und sie wissen selbst, wie auf Hof und Feld gearbeitet wird.«

Ulf wehrte mit der erhobenen Rechten ab. Der Händler packte ihn am Arm und deutete auf die zweite Bank. »Oder nimm die dort, eine Nonne aus einem Kloster in Irland.« Er deutete auf ein junges Mädchen, das eine braune Kutte trug, die in Fetzen hing. Ihr Haar war blond, aber kurz geschnitten. Sie hielt die Augen niedergeschlagen und ließ kleine, auf einer Schnur aufgereihte Holzkugeln durch die Finger gleiten. Dazu murmelte sie unverständliche Worte.

Ulf schnaubte verächtlich. »Ausgerechnet die da! Sieh doch, was sie tut! Sie ist wohl verrückt?« Ingvar schüttelte heftig den Kopf. »Verrückt? Sie ist nicht verrückt. Sie spielt nur gern, obwohl sie eigentlich zu alt dafür ist.« Er feixte. »Aber du kannst ihr die Verspieltheit mit einer biegsamen Birkenrute leicht austreiben.«

Das Mädchen war nicht nach Ulfs Geschmack. Ihre Gesichtszüge waren regelmäßig, aber das Gesicht wirkte ausgezehrt. »Du musst ihr mehr zu essen geben, Ingvar.«

Der Sklavenhändler warf den Kopf zornig in den Nacken, dass sein spitzer Bartzopf vor der Brust auf und ab wippte. »Wofür hältst du mich? Keiner meiner Unfreien hat je gehungert. Und die da war noch viel dünner.« Er zuckte die Achseln. »Sie hat wohl in ihrem Kloster nicht genug Futter bekommen.« Er blinzelte Ulf zu. »Aber wie wäre es mit etwas ganz Besonderem? Einer Sklavin aus Spanien?« Seine Hand deutete auf ein anderes Mädchen. Sie war zierlich, mit schwarzem Haar und schwarzen Augen. Ihre Haut schimmerte bräunlich. Sie schaute Ulf aus traurigen Augen an. Dieses Mädchen gefiel Ulf.

Der Sklavenhändler breitete wieder die Arme aus. »Sklavinnen aus Spanien sind selten. Ich muss natürlich den sechsfachen Preis verlangen, den du für eine Nordländerin zu zahlen hättest.« Er blickte Ulf aufmunternd an. »Vielleicht auch nur den fünffachen!«

Ulf dachte nach. Der Preis war sehr hoch. Auch wenn der Händler noch heruntergehen würde, würde dieses Mädchen so viel kosten wie drei oder vier Pferde. Aber diese schwarzen Haare und schwarzen Augen! Wenn er ein solches Mädchen mitbrächte und zu seiner Nebenfrau machte... Ihre Kinder würden auch nicht blond sein. Alle Nachbarn würden ihn um solche Unfreien beneiden. Doch wie sollte er sie mitnehmen? Er fand ja für sich selber keine Fahrgelegenheit.

Das Langschiff hatte die Anlegestelle noch nicht erreicht. Eine Ziege sprang meckernd um die quietschenden Räder der Pferdefuhrwerke. Eine Frau scheuchte drei herumtollende Kinder fort: »Geht nach Hause! Hier kommt ihr unter die Räder!« Ulf drückte sich zwischen einem rollenden Pferdefuhrwerk und hoch gestapelten Tuchballen hindurch. Zwei, drei Schritte weiter stand der Tuchhändler und maß mit seiner eisernen Messlatte auf dem Verkaufsbrett eine Tuchbahn ab: »Viereinhalb Fuß.« An dem Schimmer erkannte Ulf, dass es sich um Seide aus den Seidenländern handelte. Vor ihm stand die Käuferin, eine nicht mehr junge Frau. Ihr fußlanges, gelbes Kleid war gefältelt. Die ovalen Broschen unterhalb beider Schultern, die die rechteckigen, dunkelgrauen Tücher auf Brust und Rücken zusammenhielten, waren größer als eine Männerfaust. Man sah auf den ersten Blick, dass sie nicht aus Bronze waren, sondern aus Gold. Na ja, wer Seide kauft…, denkt Ulf. Die Frau holte mehrere Silberstücke aus ihrem Beutel und legte sie auf das Brett. Der Tuchhändler zog sein Messer aus dem Gürtel und schlug damit auf die Münzen. »Echtes Silber«, murmelte er. Dann klappte er die zusammengelegte Waage auseinander, hielt sie in der linken Hand und legte ein Gewicht in die linke Waagschale. Auch die Frau kramte ein Gewicht aus ihrem Beutel und legte es auf die rechte Schale. Der Händler schmunzelte. Die Waagschalen waren im Gleichgewicht. Nun wog er eine Münze nach der anderen. Dann steckte er die Münzen in seinen Geldbeutel und zog eine Spirale aus Silber von seinem rechten Handgelenk. Mit dem Messer schlug er ein kleines Stück ab, wog es und gab es der Frau.

Vom Kai aus sah Ulf, dass wieder eine Friesenkogge an einem der ins Wasser gerammten Pfähle angelegt hatte und entladen wurde. Die Männer wuchteten große Basaltsteine in das Ruderboot, das an der Kogge angelegt hatte. Ulf wunderte sich. Er hatte längst aufgehört zu staunen, wie viel Ladung diese kurzen, dickbäuchigen Koggen mit den hässlichen geraden Steven fassen konnten. Aber Steine den weiten Weg von Friesland bis hierher zu verschiffen! Neben ihm stand ein alter Händler, der die Steine mit wohlgefälligem Blick zu mustern schien. Ihn fragte Ulf. »Dieser Basalt kommt nicht aus Friesland, sondern aus einem Gebirge, das sie die Eifel nennen. Es dauert Tage, bis sie die Steine auf dem Rhein nach Dorestad geschafft haben.«

»Wenn er von so weit her kommt, ist der Basalt sehr teuer. Warum zahlt man so viel für einfaches Felsgestein?«

Der Händler lächelte nachsichtig. »Es gibt nichts Besseres als Eifelbasalt für Schleifsteine. Und auch für Mahlsteine.« Er nickte eifrig mit dem Kopf. »Mahlsteine aus Basalt für das Getreide, die sind ihren Preis wert. Nicht immer diesen Steingries zwischen den Zähnen!«

Ulf hatte geduldig gewartet, bis die Mannschaft, die das neu angekommene Langschiff entlud, eine Pause machte. Dann hatte er den Schiffsführer angesprochen. »Tut mir Leid. Wir kommen von Birka und wir fahren nach Birka zurück.« Als Ulf sich enttäuscht abwendete, wäre er beinahe mit Ragnar zusammengestoßen. Ragnar stürmte mit gewaltigen Schritten und ausgebreiteten Armen auf den Schiffsführer zu und brüllte: »Harald, du?« Ulf blieb stehen. Der fremde Schiffsführer schickte sich mit freudestrahlendem Gesicht an, Ragnar zu erzählen, was sich seit ihrem letzten Zusammentreffen zugetragen hatte. Doch Ragnars Miene verdüsterte sich. »Du weißt, Harald, was ich dich als erstes fragen werde?«

Der andere Schiffsführer blickte ernst und schüttelte leicht den Kopf. »Ich habe den roten Drachenkopf nicht gesehen, Ragnar.«

»Nichts von diesem Hund gehört?«

»Nein, Ragnar. Niemand weiß etwas Neues von diesem Orm.«

Ragnar wendet den Kopf zur Seite. Als Ulf seine Augen sieht, zuckt er zusammen: in ihnen glüht die gleiche Mordgier wie damals, als in den Dünen Ragnars Schwertspitze auf seine Brust gerichtet war.

Die Sonne war längst aufgegangen, als Ulf aus dem Zelt trat. Nebenan saß Ragnar mit übereinander geschlagenen Beinen vor dem Zelteingang. Zu seiner Rechten lagen viele prallgefüllte, wohlverschnürte Beutel und vor ihm ein Häufchen kleiner Knochen. In einen Knochen ritzte Ragnar gerade mit dem Messer Runen. Er schaute zu ihm auf. »Das sind die Namen der Getöteten, Ulf. Ich habe ihren Beuteanteil verkauft und alles andere, was ihnen gehörte. Gorm, der Händler, wird es ihren Verwandten schicken.« Er bohrte mit der Messerspitze ein Loch in den Knochen, zog eine Schnur hindurch und band den Knochen an einen der Beutel. »Geh mit zu Gorm, Ulf. Erik und ich können keine vierzehn Beutel tragen.«

Drei von Ragnars Männern kamen auf sie zu. »Hast du es schon gehört, Ragnar?«, rief einer. In seiner Stimme schwang Ärger. »Er ist wirklich abgefahren. Der verfluchte Kerl!«

»Wer ist abgefahren, Sven?«

»Ful mit seinem Schiff voller Sklavinnen. Er hat gesagt, in Birka lägen jetzt mehr Schiffe im Hafen.«

»Er hätte auch noch einige Tage bleiben können«, murrte einer der beiden andern. »Schließlich hat er auch hier viel Silber verdient.«

Ragnar zuckte die Achseln »Dann sucht ihr euch eben in der Stadt Unfreie, die es gegen Geld tun. Schließlich braucht man da nicht lange zu suchen.«

Sven stampfte mit dem Fuß auf. »Ja, aber die Sklavinnen in der Stadt verlangen viel mehr Silber.«

»Ihre Beutel sind so voll, dass sie sich jederzeit freikaufen könnten«, warf der Dritte ein.

»Sie werden sich hüten«, lachte Ragnar. »Wenn sie freie Frauen wären, würde die ganze Stadt Anstoß an ihrem Lebenswandel nehmen.« Die drei zogen ab.

»Passt auf«, brüllte Ragnar ihnen nach, »dass ihr nicht an eine Unfreie geratet, die ihr Herr als Nebenfrau betrachtet. Ich kann es mir nicht leisten, dass einer meiner Männer wegen einer Sklavin mit einem Händler in Streit gerät. Vielleicht gar noch das Schwert zieht.«

Sven dreht sich um. »Du hast gut reden, Ragnar. Du hast Gorms Sklavin.«

»Ein Prachtweib!«, schreit der andere. »Wie sich das Hemd über ihren Brüsten spannt!«

»Gorm erlaubt ihr sogar, die Haare lang zu tragen wie eine Freie. Nur, damit sie Ragnar besser gefällt«, feixt der Dritte.

»Nur keinen Neid!« Ragnars Lachen klingt laut und behaglich.

Als Ragnar jeden der Beutel mit einem Namen versehen hatte, rief er seinen Sohn und Grim. Der Grieche und der Alte waren irgendwo in der Stadt. Sie gingen mit den Beuteln zum Hause des Händlers Gorm. Es lag in einer der breiteren Straßen und wendete der Straße ebenfalls den Giebel zu. Im Hofe waren keine Waren ausgestellt, aber mehrere Nebengebäude und Grubenhäuser ließen vermuten, dass Gorm viele Waren und Unfreie besaß, obgleich sein Hof nicht größer war als die der Nachbarn.

Vom Hoftor aus betrachtete Ulf das Haus. Es war vielleicht fünfzehn Meter lang. Groß für Haithabu, dachte er. Ulf war noch nie bei dem Händler Gorm gewesen. Die Flechtwände waren sorgfältig mit Lehm bestrichen. Es hatte die schrägen Stützbalken, die das Dach trugen, wie ihr Langhaus in Schweden, die aber bei vielen Häusern in Haithabu fehlten. Das Dach war mit Schilf gedeckt.

Als sie auf dem Bohlenweg auf Gorms Haus zuschritten, der Schiffsführer voran, stürmte eine junge Frau aus der Eingangstür, mit einem Säugling auf dem Arm und einem kleinen Buben an der Hand. »Ragnar!«, rief sie fröhlich. »Willkommen!«

Doch Ragnar entbietet der Hausherrin keinen Gruß. Beim Anblick der jungen Frau ist er einen Schritt zurückgeprallt, hat Ulf beinahe die Beutel aus der Hand gestoßen. Verständnislos betrachtet Ulf das Gesicht ihres Schiffsführers: weit aufgerissene Augen in einem kalkweißen Gesicht starren auf die hübsche Frau.

Die Hausherrin tritt auf Ragnar zu. »Ragnar!« Ein neckisches Lächeln spielt um ihre Augen. »Ragnar! Kennst du mich nicht mehr?« Kein Muskel in

Ragnars Gesicht zuckt. Nur diese starrenden Augen. »Ragnar! Du warst doch gestern noch bei uns zu Gast! Was ist mit dir?« Ragnar schloss die Augen. Seine Brust hob und senkte sich unter einigen tiefen Atemzügen. Dann fuhr er sich müde mit dem Arm über die Stirn. »Lass gut sein, Sigrid.« Seine Stimme klang matt. »Das verstehst du nicht…«

Auch Ulf verstand den Auftritt nicht. Da hörte er hinter sich Grims Flüstern: »Aber ich verstehe Ragnars Schweigen, Erik. In diesem Augenblick erinnert Gorms Frau ihn an Gudrun.«

»An meine Mutter?« Eriks Stimme war fast zu laut für ein Flüstern. Seine Verblüffung war unverkennbar. »Es stimmt: Sigrid sieht meiner Mutter sehr ähnlich. Das weiß ich von meinem Vater. Aber warum denkt er gerade in diesem Augenblick an meine Mutter?«

»Hast du alles vergessen, was die Leute auf dem Hof nach dem Überfall erzählten? Wie Gudrun, deine Mutter, dich, den Säugling, auf dem Arm hielt und deinen Bruder Aslak an der Hand führte, als Orm sie tötete?«

»Wir wollen zu deinem Mann, Sigrid. Ist er zu Hause?« Ragnars Stimme war viel zu laut, fast ein Brüllen. Die wieder gefundene Selbstsicherheit, die Ragnar zur Schau trug, dachte Ulf, ist gestellt. Aber die junge Frau nickte freundlich. »Ja, Ragnar. Einer der friesischen Händler ist bei ihm.« Ulf musterte die Hausherrin, die vor Ragnar stand. Sie war eine schöne Frau. Doch der Stolz in den hellblauen Augen dieser Frau, ihr hochgereckter Kopf und die prächtige Kleidung zeigten, dass Gorm, der Händler, einer der reichsten Männer Haithabus sein musste. Obwohl es ein gewöhnlicher Arbeitstag war, trug sie ein hellblaues Kleid aus feinstem Leinen, das gefältelt war und bis auf die Füße reichte. Das Überkleid, die beiden freifallenden, schürzenartigen Tücher auf Brust und Rücken, reichten bis unter das Knie und waren aus dunkelblauem Leinen. Die Ränder waren handbreit mit Gold- und Silberfäden durchwirkt. Aber erst die Broschen! Die Broschen, unterhalb der Schultern, an denen die Schlaufen des Vorder- und Rückenteils befestigt sind, waren darauf berechnet, jedem Betrachter den Reichtum der Familie vor Augen zu führen. Die ovalen Halbkugeln waren aus Gold und kunstvoll verziert. Die junge Frau rückte ihr Kopftuch zurecht. Es war aus roter Seide, bedeckte die Stirn und war am Hinterkopf zu zwei weit abstehenden Zipfeln verknotet.

»Lass das, Asved!« schimpfte die Frau. »Sei nicht so ungezogen!« Der Kleine auf ihrem Arm riss mit beiden Händchen an dem großen Schlüsselbund, den sie unter der linken Schulter trug. Auch die kreisrunde Fibel, mit der der Schlüsselbund an der vorderen Schürze befestigt war, war aus Gold. Um den Hals trug die Frau eine lange Kette aus ineinander geflochtenen Goldbändern. Und an den Unterarmen, die das gefältelte Kleid freiließen, glänzten mehrere Armreifen aus ebenso geflochtenem Gold. »Entschuldigt mich.« Ihr Blick ruhte liebevoll auf dem Jungen. »Ich muss mich um den kleinen Schlingel kümmern.«

Sie traten durch die Tür in einen Vorraum, der durch eine Bretterwand abgeteilt war. In den Ecken standen zwei eisenbeschlagene und buntbemalte Holztruhen und einige Gerätschaften, aber Ulf konnte sie in dem Halbdunkel kaum erkennen. Ragnar stürmte bereits durch die gegenüberliegende Tür. Als Ulf nachfolgte, blieb er an der Tür stehen, um seine Augen an das Halbdunkel zu gewöhnen. Vor ihm lag der Hauptraum des Hauses. Gegenüber führte eine Holztür mit eisernem Vorhängeschloss offensichtlich zu einem weiteren Raum, der hinter der Bretterwand lag.

Zwei Reihen von Stützbalken trugen das Dach. Zu beiden Seiten, zwischen den Stützbalken und der Außenwand, liefen die niedrigen Sitzbänke. Aber diese Wandbänke waren nicht einfach aus festgestampfter Erde, sondern sorgfältig mit waagerechten Brettern verkleidet. Sogar die Innenwände und der offene Dachstuhl waren mit Brettern verschalt. Am meisten beeindruckte Ulf aber die Beleuchtung dieses Raumes. Die winzigen Fensterlöcher ließen kaum Licht herein, doch neben jedem Stützpfeiler stand eine brennende Öllampe. Diese Öllampen waren aber nicht aus Ton oder Stein, sondern runde Schalen aus Eisen mit einem langen Fuß, der in den Boden gerammt war.

»Ihr kennt ja Giselbert.« Der Hausherr hatte sich von der linken Wandbank erhoben und deutete auf einen älteren Mann, der auf der anderen Seite, ihm gegenüber, gesessen hatte und gerade aufstand.

»Und ob wir Giselbert kennen!«, rief Ragnar gut gelaunt.

»Ja«, lachte der friesische Händler. »Wir haben in Dorestad manch gutes Geschäft gemacht.«

»Und ich weiß, dass Giselbert in Haithabu ist. Ich habe schon oft am Hafen mit ihm gesprochen«, fügte Ragnar hinzu.

Ulf betrachtete den friesischen Händler, den sie Giselbert nannten. Er hatte fließend Nordisch gesprochen, nur seine Aussprache verriet, dass er nicht in ihren Ländern geboren war. Seine Kleidung war nicht fremdartig. Die Männer in Friesland trugen den gleichen Umhang, das gleiche knielange Hemd und die gleichen umwickelten Hosen wie die Nordmänner. Das kannte Ulf aus Dorestad. Nur die Fibel, die den Umhang auf der rechten Schulter zusammenhielt, sah ganz anders aus als ihre nordischen Broschen.

»Du bringst die Beutel, Ragnar?«, fragte Gorm. Ragnar nickte »Ja. Vierzehn.«

Gorm nestelte einen Schlüssel von seinem Gürtel los und deutete auf die Holztür im Hintergrund. »Bringt die Beutel gleich dort in die Kammer. Es ist der sicherste Raum auf meinem Hof, in dem ich meine wertvollsten Waren aufbewahre.«

Ulf folgte den anderen. Er sah, dass die Stützpfeiler, zwischen denen der Wandsitz des Hausherrn lag, mit Schnitzereien verziert und buntbemalt waren, ebenso wie der gegenüberliegende Sitz, der dem Ehrengast zusteht. Und Ulf erinnerte sich, bemalte Schnitzereien auch an der Tür gesehen zu haben, als er das Haus betrat. Auf den Wandbänken lagen die Felle, auf denen man saß und schlief, und an Holzpflöcken hingen Kleidungsstücke.

Zwischen den Ehrensitzen und der Tür im Hintergrund lag die lange, schmale Feuerstelle, sorgfältig mit Steinen ausgelegt. Das Feuer war nicht nachgelegt worden und glimmte nur noch.

Die großen eisernen Kessel, die an Seilen vom Dachfirst hingen, waren hochgezogen. Der fehlende Webstuhl verriet, dass der Händler sogar eine eigene Webstube in einem der Nebengebäude eingerichtet hatte.

»So, deine Beutel sind bei mir sicher«, sagte Gorm. Sie waren vor die Haustür getreten. Ulf räusperte sich. Er spürte ein Kratzen im Hals. Er wunderte sich über sich selbst: das Feuer im Wohnraum hatte kaum noch gebrannt. Dennoch hatte der Rauch seine Augen gerötet. Früher hatte ihm der Rauch nichts ausgemacht. An kalten Wintertagen, wenn die Flammen in der Feuergrube hochschlugen, waren die Rauchschwaden in ihrem Langhaus manchmal so dicht gewesen, dass man die gegenüberliegende Wand nicht mehr erkennen konnte. Denn die kleinen Fenster und die Tür waren mit Fellen verhängt gewesen, die die eisige Kälte abhalten sollten, und durch die kleinen Löcher unter den Giebeln zog der Rauch nur langsam ab. Aber Ulf hatte seit Dorestad kein Haus mehr betreten. Offensichtlich hatte er sich an die frische Luft gewöhnt, an den Seewind, der den Rauch ihrer Lagerfeuer fortblies.

»Sicher sind deine Beutel bei mir.« Gorm zuckte die Achseln. »Aber es kann lange dauern, bis ich Schiffsführer finde, die in die Heimat deiner getöteten Männer fahren. Und denen ich so wertvolle Beutel anvertrauen kann.«

»Das weiß ich«, knurrte Ragnar. »Halfdan, den du kennst, hat mir in den Ostländern einmal den Beutel eines seiner Männer mitgegeben. Vier Jahre hat es gedauert, bis mich meine Fahrt in die Nähe dieses Hofes führte.«

»Ich verstehe nicht. Um was für Beutel handelt es sich?« Die Frage kam von dem Friesen.

»Ich habe dir schon erzählt, dass ich auf meiner letzten Fahrt vierzehn Mann verloren habe, fast die Hälfte meiner Leute«, erwiderte Ragnar. »Ich habe ihren Beuteanteil, ihre Waffen und ihr Eigentum verkauft und schicke das Silber ihrer Sippe.« Er zuckte die Achseln. »Du kannst dir denken, dass die Höfe, von denen sie stammten, über alle Nordländer verstreut sind.«

»Dass ihr so ehrlich gegen eure toten Kameraden seid, hätte ich nie gedacht«, sagte der Friese nachdenklich.

»Wofür hältst du uns?«, Ragnar brauste auf. »Wir Nordmänner betrügen unsere toten Fahrtgenossen nicht!«

»Das mag sein«, sagte der Friese begütigend, doch mit einem Lächeln um die Lippen. »Wir kennen euch leider anders.« Sein Gesicht hatte sich verfinstert. »Unser Dorestad haben eure Leute sechsmal niedergebrannt, sechsmal in weniger als einem Menschenleben!«

Gorm, der Händler, nickte eifrig. »Ich gebe ja zu, dass wir Händler in Haithabu jede Beute aufkaufen, die unsere Leute von einer Wikingerfahrt mitbringen. Aber eine Handelsstadt wie Dorestad sollten sie verschonen. Für uns Händler ist Dorestad der wichtigste Handelsplatz in den Frankenreichen. Die meisten unserer Waren kommen von dort.«

Ragnar schob sich den Gürtel zurecht. »Recht hast du! Du weißt, ich war schon oft bei euch in Dorestad. Den Handel mit den Friesen sollte niemand stören.« Aber, als der friesische Händler gegangen ist, murmelt Ragnar nachdenklich, den Kopf hin und her wiegend: »Trotzdem hat es sich gelohnt. Was die für eine Beute gemacht haben!«

Ulf blieb in der Stadt und ging zu dem jungen Goldschmied. Ulf hatte viele Tage bei ihm verbracht, mit ihm über die Heimat geplaudert und ihm bei seiner Arbeit zugeschaut. Immer aufs Neue hatte Thorstens Handfertigkeit ihn in ihren Bann gezogen: wenn er in die silbernen Schwertgriffe Rillen einschnitt, den Silberdraht einlegte und platthämmerte; wenn er auf den goldenen Schnallen Drähte anlötete und Körner, die wie winzige Perlen wirkten.

»Deine Brosche ist fertig geworden, Ulf.« Der Goldschmied deutete auf einen Tonklumpen, der vor ihm auf dem Tisch lag. Dann zertrümmerte er die Gussform, wischte mit der Hand über die goldene Brosche und reichte sie Ulf. »Sie muss natürlich noch nachgearbeitet werden.« Thorsten hatte Recht gehabt. Nirgends, bei keinem Goldschmied in Haithabu, hatte er eine Brosche gesehen, die so fein gearbeitet war. Die Oberfläche schien aus Tausenden von Linien zu bestehen, aus Dutzenden grotesker Tierköpfe, deren aufgerissene Mäuler sich in den eigenen Leib bissen. Und das alles auf einer Fläche, die nicht größer war als eine Faust. Er sparte nicht an Lob.

»Ja«, nickte Thorsten. »Nur was klein ist … klein und unzählige Male in sich verschlungen, ist wirklich schön«, sagte er sinnend.

»Ich habe dir schon so oft bei der Arbeit zugesehen. Du kennst wohl alle Techniken, die ein Goldschmied kennen kann?«

»Ja. Warum nicht?«, fragte Thorsten verwundert.

»Warum verrät dir dein Goldschmied alle seine Geheimnisse?

Wahrscheinlich wirst du dich doch eines Tages selbst als Goldschmied in Haithabu niederlassen.«

Thorsten schüttelte den Kopf. »Das sind keine Geheimnisse. Jeder unserer Goldschmiede kennt diese Techniken.« Er machte ein nachdenkliches Gesicht. »Ulf, ich glaube, wir haben alle diese Techniken den Goldschmieden der Franken und Engländer abgeschaut, und den Schmuckstücken, die aus Konstantinopel kommen.« Thorsten schwieg einen Augenblick. »Es kann gar nicht genug Goldschmiede in Haithabu geben.« Seine Augen glühten. »Was hast du schon gesehen, Ulf! Die Hunderte von Broschen, von Schwertknäufen und Halsketten, die die Händler zum Verkauf auslegen… Ja, was ist das schon? Wenn du wüsstest, was die Händler an Gold und Silber gehortet haben. Hast du auch nur eine Ahnung, welche Haufen Gold und Silber unsere Langschiffe jahraus, jahrein herbeischleppen?«

Ihr Lager war wie ausgestorben, als Ulf aus der Stadt zurückkehrte. Nur Erik hockte vor dem Zelt, neben sich das hölzerne Spielbrett. Der gelangweilte Gesichtsausdruck verflog, als Ulf um das Zelt bog. »Spielen wir, Ulf!« Die Spielsteine waren schnell gesetzt, dann rollten die Würfel über den Boden. Beim Mühlespiel half Geschicklichkeit wenig. Welcher Spielstein auf den eingeritzten Linien verschoben werden und einen gegnerischen schlagen durfte, bestimmte mehr oder weniger die Zahl der Augen beim Würfeln. So wanderten die Silberstückchen des Verlierers zwischen ihnen hin und her. Ulf hatte nichts gegen das Mühlespiel. Aber Spielbretter und Würfel waren für ihn nur ein Mittel, die Zeit totzuschlagen. Doch Erik gehörte zu den leidenschaftlichen Spielern. Die Gier in Eriks Augen, wenn die Würfel günstig fielen und bald eines der Silberstückchen den Besitzer wechseln würde, verhinderte jedes Gespräch. »Rede nicht, sondern spiele!« war Eriks einzige Antwort.

So vergingen Stunden. Eben hatte er Ulfs letzten Stein aus dem Feld geschlagen, doch er griff nicht hastig nach den Spielsteinen, um sie neu zu setzen. »Die schrägstehende Sonne blendet mich. Wir müssen uns anders setzen!«, knurrte er und wischte sich mit der Hand über die Augen. Ulf ergriff die Gelegenheit. Tatsächlich ließ sich Erik auf eine Unterhaltung ein. Ihr Gespräch kreiste um Haithabu, seine Händler und deren Waren, Dinge, die er mit Erik und den anderen in all den Tagen schon hundertmal erörtert hatte. Ulfs Gehirn suchte fieberhaft nach einem Übergang zu der Frage, die ihm seit dem Auftritt vor dem Haus des Händlers Gorm auf der Seele brannte: die Frage nach Orm, Ragnars Blutfeind, und nach Gudrun, Eriks Mutter. Ulf tastete sich behutsam voran. Endlich hatte er sein Gegenüber da, wo er es haben wollte: sie sprachen über den Händler Gorm. Erik nickte.

»Selbstverständlich stellt Gorms Frau ihren Reichtum zur Schau. Schließlich ist Gorm der reichste Händler in Haithabu.« Ulf ließ den Gesprächsgegenstand nicht entgleiten. Ulfs Fragen brachten Erik dazu, immer mehr von Gorm zu erzählen und von seiner schönen Frau. Der Glanz in den Augen seines Gegenübers verriet Ulf mehr als Eriks Worte die Freundschaft, die er für den Händler Gorm empfand, und die Bewunderung für dessen Frau Sigrid.

»Warum mein Vater so erschrocken ist, als er Sigrid sah?« Einen kurzen Augenblick hatte es so ausgesehen, als hätte Ulfs Frage das Gespräch abgewürgt. Ulf hatte in misstrauische Augen geblickt, in ein abweisendes Gesicht. Doch Erik war inzwischen zu lebhaft in ihr Gespräch vertieft. Ein kurzes Zögern, dann entgegnete Erik mit gespielter Gleichgültigkeit: »Nichts Besonderes, Ulf. Mein Vater war nur einen Augenblick lang überrascht.« Ulf sagte nichts. Er zog nur die Augenbrauen in die Höhe und blickte seinen Gesprächspartner fragend an. »Natürlich musste dich das wundern, Ulf. Aber mein Vater war wirklich überrascht. Sigrid hat ihn in diesem Augenblick an meine Mutter erinnert.«

»Deine Mutter? Ist sie auch...«

»Meine Mutter ist tot, Ulf.« Erik blickte düster vor sich auf den Boden, aber in seinem Gesicht zuckten die Muskeln. »Meine Mutter ist seit zwanzig Jahren tot.« Ulf öffnete schon die Lippen, denn Erik hatte nach den letzten Worten geschwiegen, nur noch vor sich hin gestarrt. Doch Erik kam ihm zuvor. Er beugte sich herüber. Die gepresste Stimme verriet seine Erregung. »Diese Sigrid muss meiner Mutter sehr ähnlich sehen. Meine Mutter hieß Gudrun. Sie war – alle erzählen es – die schönste Frau weit und breit. Und meine Mutter war reich. Sie war die Tochter eines der wohlhabendsten Bauern in unserer Landschaft. Über die Beute, die ihr Vater heimbrachte, spricht noch heute, nach so vielen Jahren, die ganze Gegend.« Erik verstummte. Er stützte das Kinn auf die Hand und blickte ins Leere. Dann kam seine Stimme so leise, als spreche er nicht zu Ulf, sondern zu sich selber. »Meine Mutter... Gudrun... Meine Mutter muss auch sehr stolz gewesen sein. Jener Stolz, den alle Männer bei solchen Frauen bewundern.« Nur mit Mühe verstand Ulf die Worte seines Gegenübers. »Ich glaube, mein Vater hat sie sehr geliebt... abgöttisch geliebt.«

Ulf unterbrach die Stille nicht. Doch als Erik tief Atem holte und dann den Kopf in den Nacken warf, schob er seine Frage nach: »Ich habe gehört, wie dein Vater nach einem ›Orm‹ fragte...«

»Orm? Dieser Hund...« Eriks Stirnadern waren angeschwollen, seine Augen blitzten. »Orm hat meine Mutter getötet. Ich war damals noch ein Säugling. Als Orm sie tötete, hatte meine Mutter mich auf dem Arm und meinen älteren Bruder Aslak an der Hand. Genauso wie heute Sigrid ihre beiden Kinder.« Ulf zuckte bei Aslaks Namen zusammen, aber Eriks Gedanken waren viel zu sehr mit Orm beschäftigt, um in diesem Augenblick an Aslaks Tod zu denken. »Seit zwanzig Jahren sucht mein Vater Orm. Aber dieser Feigling flieht vor ihm, versteckt sich.«

»Wenn Orm noch lebt…«

»Er lebt. Das haben uns viele Händler bestätigt.«

»Warum ist es dann so schwierig, Orm zu finden und…«

»Orm!« Ulf hat das Knirschen der Lederstiefel im Sand erst gehört, als Ragnar neben ihnen steht. Er blickt auf in ein zorngerötetes Gesicht. »Du hast über Orm geredet, Erik? Mit einem Fremden?« Auch Eriks Gesicht war mit Röte übergossen, aber der Röte der Verlegenheit. »Vater, ich habe nur erzählt, dass…«

Ragnars Stimme klingt jetzt eisig. »Niemand, Erik, keiner von uns beiden, redet über Orm.

Schon gar nicht mit einem Fremden. Eines Tages werde ich Orm in seinem Unterschlupf aufstöbern. Und dann… Jeder kennt die Gesetze der Blutrache.«

Drei Tage waren vergangen. Der Grieche hatte ihn schon den ganzen Abend nachdenklich betrachtet, wie prüfend sein Gesicht gemustert. Jetzt, im Dunkel des Zeltes, konnte Ulf seine Gesichtszüge nicht mehr erkennen. »Ich glaube, wir fahren bald ab… Vielleicht schon in zwei oder drei Tagen. Ragnar fehlt nur noch ein Mann. Er will nicht länger abwarten, ob er auch noch Ersatzleute findet. Der Weg nach Konstantinopel ist lang.«

»Also fahrt ihr wirklich nach Konstantinopel?« Ulf sann einige Augenblicke nach. »Grieche, ist Konstantinopel wirklich so groß, wie die Leute hier erzählen?«

Der Grieche lachte auf, kurz und hart. »Konstantinopel? Ja, Ulf, Konstantinopel ist die größte Stadt der Welt.« Er schwieg lange. »Was ist euer Haithabu gegen Konstantinopel? Nicht einmal ein Dorf.« Der Grieche sprach jetzt hastig, seine Stimme klang rau. »Du müsstest die Mauern sehen, die endlosen Stadtmauern, die himmelhohen Stadttürme.« Wieder schwieg er. »Was ist Haithabu dagegen? Niemand muss in Konstantinopel bei Regen in einem Zelt sitzen. Es gibt dort Gasthöfe mit großen Räumen, mit Ruhebetten und Tischen, wie du sie in deinem ganzen Leben noch nicht gesehen hast. Es gibt dort Tausende von Weinschänken, in denen der Wein in Strömen fließt, und er kostet nur ein paar Kupfermünzen. Und die Mädchen, die die Krüge bringen, kosten auch nicht mehr.« Der Grieche verstummte jäh.

Ulf fühlte sich unbehaglich. Sein Inneres war unruhig, aber er wusste nicht, warum. »Also kennst du Konstantinopel? Freust du dich, die Stadt wieder zu sehen?«

Lange kam keine Antwort. Dann erklang die Stimme des Griechen, ruhig und kalt: »Ich fahre nur mit, weil ich bei Ragnar bleiben will.«

Ulf hing seinen Gedanken nach.

»Ulf, warum fährst du nicht mit? Du bist doch keiner, der vor einer Wikingerfahrt Angst hat, auch wenn sie gefährlich ist?«

Ulf zuckte innerlich zusammen. »Ich... ich würde Konstantinopel für mein Leben gern sehen. Erst recht mit einem Mann wie Ragnar. Aber zwischen uns steht die Blutrache. Was würde meine Sippe sagen?«

»Ja, eure Blutrache. Ich habe sie nie verstanden. Wenn sich in England Dutzende von Langschiffen zusammenschließen, gibt es doch viele Männer, die untereinander eine blutige Rechnung auszugleichen haben. Dennoch gibt es niemals Streit.«

»Ist doch ganz einfach«, entgegnete Ulf verwundert. »Während der Wikingerfahrt ruht jede Blutrache, bis die Fahrtgenossen wieder auseinander gehen.« Ulf zuckte die Achseln. »Sobald wir Haithabu verlassen haben, ist Ragnar wieder mein Todfeind.«

Die Stimme des Griechen war leise. »Ich werde es Ragnar ausrichten. Aber Ulf, überlege dir seinen Vorschlag noch einmal.« Bald hörte Ulf nur noch sein Schnarchen. Er selbst wälzte sich noch lange schlaflos. Hätte er in dieser Sache nur seinen Vater fragen können! Oder den Oheim, den Ragnar erschlagen hatte.

Den Schweineknochen hatte Ragnar gut gezielt. Er traf Gunnar mitten auf die Stirn. Ein ohrenzerreißendes Gejohle brach los. Die Männer sprangen auf, und jeder warf seinen Knochen auf den Ruderer, der als letzter auf Ulfs Bank saß. Ulfs Knochen traf den Hals. Als der Knochenhagel vorüber war, nahm Gunnar die Hände von den Augen. Sein ganzer Körper erbebte unter seinem dröhnenden Lachen. Er riss den Bierkrug hoch, dass das Bier überschwappte, und schrie Ragnar, den allgemeinen Lärm übertönend, zu: »Trink mit mir, Ragnar!« Ragnar rülpste behaglich und leerte seinen Krug auf einen Zug.

Ulf betrachtete das Treiben mit Wohlbehagen. Der Holzteller, der vor ihm auf dem Tisch stand, war nicht groß genug gewesen für die Fleischstücke, die die Unfreien herbeigetragen hatten. Ulf lächelte zufrieden. Eigentlich hätten diese Knochen ihn treffen müssen. Doch Ragnar hatte, als Ulf ihm seinen Entschluss mitteilte, anders entschieden: die sechs Tage, die er als Rudermann auf Ragnars Schiff verbracht hatte, ließ Ragnar gelten, als sei er bereits damals Fahrtgenosse gewesen. »Wer bei einem solchen Sturm einem Kameraden das Leben rettet...«, hatte er gesagt. Wenn aber Ulf bereits vor Haithabu Ragnars Fahrtgenosse war, stand er an sechzehnter Stelle in ihrer Fahrtgenossenschaft, obwohl er sich in Haithabu als letzter zum Beitritt entschlossen hatte.

Ulf blickte auf. Ihm gegenüber saß Ragnar, rechts von ihm Grim und links Erik und Gizur. Ulf hatte kein Anrecht auf den Ehrenplatz gegenüber dem Schiffsführer, aber der Grieche, der an seiner linken Seite saß, hatte darauf bestanden, Ulf solle sein Banknachbar sein.

»Trink mit mir auf Odin, Ulf!« Der Mann rechts von ihm streckte ihm den Bierkrug entgegen. Ake war von untersetzter Gestalt und hatte blonde Haare, doch sein Bart schimmerte bereits grau. Ulf rutschte zu ihm hinüber, denn ihr Zwischenmann war weggegangen, um sein Wasser abzuschlagen. Ulf hatte gehört, dass Ake Däne war und regelmäßig auf Wikingerfahrt nach Irland ging. Irland kannte Ulf nur dem Namen nach. Deshalb ergriff er die Gelegenheit, den Dänen über Irland auszufragen.

»Irland?« Der Däne setzte den Bierkrug ab und schnalzte mit der Zunge. »Reiche Klöster, voll mit Gold und Silber.« Akes Augen funkelten spöttisch. »Und diese Klöster liegen alle an einem Fluss. Für unsere Langschiffe sind sie in wenigen Stunden zu erreichen.«

Ulf musste an die junge Nonne aus Irland denken, die als Sklavin auf Ingvars Bank gesessen hatte. Ihr kantiges, ausgezehrtes Gesicht stand ihm wieder vor Augen. Reiche Klöster und hungernde Nonnen, das schien ihm nicht zusammenzupassen, und er sprach zu dem Dänen davon. »Das hat nichts zu sagen. Viele dieser Mönche und Nonnen fasten. Wer soll wissen, warum?«, entgegnete Ake achselzuckend. »Aber die Vorratshäuser der Klöster sind brechend voll. Du kannst dir denken, Ulf, was für wunderbare Trinkgelage das sind, nach jedem Überfall!« Der Däne setzte seinen Krug an die Lippen und tat einen so tiefen Zug, dass ihm das Bier am Bart herunterlief.

Ulf schmatzte mit den Lippen. »Gibt es in Irland auch Wein?«

»Ja. Die Klöster haben welchen.«

»Wein ist so teuer...«

»Teuer?« Ake klatschte sich lachend auf die Schenkel. »Teuer? Welcher Nordmann wird den Wein denn bezahlen?«

Die Schilderung des Dänen weckte Ulfs Neugier. Dieses Land mit den reichen Klöstern war wohl eine Wikingerfahrt wert. Doch Ulf verstand nicht, wie es ihren Langschiffen gelingen konnte, auf Irlands Flüssen in alle Winkel des Landes vorzudringen. Er fragte den Dänen, ob die Iren zu feige seien, sich zu verteidigen. »Feige?« Ake lachte schallend auf. »Die Iren sind tapfere

Krieger. Mehr noch, sie sind wilde Kämpfer.« Der Däne strich sich das Haar zurück, dann funkelte wieder der Spott in seinen Augen. »Zu wilde Kämpfer. Es gibt in Irland so viele Könige, dass niemand ihre Namen behalten kann. Und diese Könige bekriegen sich unaufhörlich. Immer gibt es Kämpfe in Irland, Könige gegen Könige, Könige gegen Klöster oder Klöster gegen Klöster.« Er grinste breit. »Was für eine Gelegenheit für unsere Langschiffe, wenn der König, der das Kloster beschützen soll, gegen irgendeinen Nachbarn gezogen ist!«

Das leuchtete Ulf nicht ein. Er hatte gehört, dass die Mönche keine Waffen trügen. Wie konnten sie da gegen Könige kämpfen oder gegen andere Klöster? Ake zuckte bei dieser Frage nur mit den Schultern. »Klöster halten sich Bewaffnete. Oder«, seine Mundwinkel bebten verächtlich, »sie bezahlen einen Nachbarn, einen König.«

Ragnar beugt sich herüber und schlägt den Bierkrug krachend auf den Tisch. »Ja, deine irischen Könige. Ich kenne sie. Aber sie setzen unseren eigenen Leuten Flausen in den Kopf. Dublin, das unsere Nordmänner als Handelsstadt gegründet haben, hat einen Jarl, der sich auch König nennt.« In Ragnars Augen blitzt der Zorn. »Und in der englischen Stadt York will der Kerl auch noch König werden!« Ragnar lehnt sich zurück und schüttet den Rest im Bierkrug in sich hinein.

Ihr Zwischenmann kehrte zurück und stieg über die Bank. »Eines noch«, sagte der Däne hastig, mit dem Kopf auf ihren Schiffsführer deutend. »In Irland haben wir viel von den Überfällen in England gehört, bei denen Ragnar der Anführer war. Ragnar hatte in England viel Heil. Ich hoffe, er hat es auch in den Ostländern!«

»Trink mit mir, mein Vordermann!« Gizur streckte ihm über den Tisch den Krug entgegen. »Ich freue mich, Ulf, dass du doch noch zu uns gestoßen bist.« Das weiße Haar über dem bartlosen Gesicht mit den eckigen Zügen wirkte im Mondlicht noch bleicher. Ulf leerte seinen Holzkrug bis auf den Grund. Er dachte zurück an das stundenlange Gespräch, das er mit Gizur geführt hatte, nachdem er dem Griechen gesagt hatte, er könne Ragnars Vorschlag nicht annehmen. Dieses Gespräch über die Gesetze der Blutrache. Ja, niemand von uns weiß mehr über diese Dinge als Gizur, dachte Ulf befriedigt.

»Gorm kommt! Endlich!« Ragnar ist aufgesprungen und breitet die Arme aus. Sein Gesicht strahlt. Ulf dreht sich um. Der Händler Gorm ist nur noch wenige Schritte entfernt. »Ich konnte leider nicht früher kommen«, sagt er entschuldigend. Fast noch teurer als die von Ragnar, denkt Ulf, als er den Umhang und die Brosche des Händlers sieht.

Er und der Grieche rückten auseinander, um dem Händler den Ehrenplatz gegenüber dem Schiffsführer frei zu machen. »Du willst also morgen früh abfahren?«, sagte Gorm, während er sich auf der Bank niederließ.

Ragnar, der noch stand, lachte lauthals. »Morgen? Nein. Wir fahren erst übermorgen. Meinst du, Gorm, ich würde mit sturzbesoffenen Männern auf die offene See gehen?« Er schrie den drei Unfreien, die Gorm zu ihrer Bedienung geschickt hatte, und die bereits bei ihrer Ankunft sein Zelt aufgeschlagen hatten, zu: »Setzt meinem Freund reichlich vor! Bringt, so viel ihr tragen könnt!« Ulf musste ein Stück zur Seite rücken, als die Sklaven riesige Stücke gekochtes Schweinefleisch und gebratenes Rindfleisch auf den Holzteller türmten und zwei große Krüge mit Bier und Met daneben stellten.

Gorm unterhielt sich mit Ragnar und Grim, ohne dabei mit dem Essen innezuhalten. Er zerteilte die Fleischstücke nicht erst mit dem Messer, sondern saß mit aufgestützten Armen, in den Händen ein Fleischstück, von dem er unaufhörlich abbiss. Das Fett tropfte aus seinem Vollbart auf den teuren Umhang. Er kaute auch beim Sprechen mit aller Kraft, so dass Ulf Mühe hatte, ihn zu verstehen.

Die Stimmung wurde immer ausgelassener. Die Männer grölten lauter und leerten ihre Krüge schneller. Als Ragnar sich an das entgegengesetzte Ende des Tisches setzte, um mit den neuen Fahrtgenossen zu trinken, nutzte Ulf die Gelegenheit und verwickelte den Händler in ein Gespräch über Haithabu.

»Wie viel Einwohner wir haben? Schon jetzt leben über fünfhundert Menschen in Haithabu, Freie und Unfreie. Und es werden immer mehr.«

Ulf hatte in der Stadt gehört, dass viele Langschiffe von der nahen Nordseeküste über Land nach Haithabu geschleppt wurden, um auf dem Weg zur Ostsee die Fahrt um die Halbinsel Jütland zu vermeiden, und den gefährlichen, sturmreichen Skagerrak.

»Ja«, bestätigte Gorm. »Von der Westküste kann ein Langschiff ein Stück die Treense hinauffahren. Von dort ist man zu Fuß in drei oder vier Stunden in Haithabu. Manche ziehen und schieben ihre Schiffe über Land, andere schaffen nur ihre Waren mit Wagen oder Schlitten nach Haithabu. Aber Schlitten sind besser«, fügte der Händler hinzu, »denn der Weg ist sehr sumpfig.« Gorm hob seinen Metkrug und trank Ulf zu. »Deshalb kommen jetzt auch keine Schiffe über Land. Es hat in den vergangenen Monaten oft ohne Unterlass geregnet. Die Gebiete dort im Westen sind seit Wochen ein bodenloser Sumpf.« Geduldig wartete Gorm, bis das wüste Geschrei am Ende des Tisches verklungen war. »Manche vertragen eben nicht viel. Nicht einmal acht oder neun Krüge.«

In der Stadt hatte man gleichfalls erzählt, fränkische Kaufleute kämen auf dem Landweg mit Fuhrwerken nach Haithabu. Doch in all den Wochen, in denen Ulf nun in Haithabu war, hatte er keinen fränkischen Händler zu Gesicht bekommen. »Warum kommen keine fränkischen Händler…?« Aber Gorm achtete nicht auf ihn. Er war über die Bank gestiegen und hielt den Unfreien an der Schulter fest. »He, Ari, füll mir den Metkrug! Mit Floki, der dort drüben sitzt, leere ich immer einen Krug!«

Der Tritt gegen das Schienbein war schmerzhaft. Der Grieche beugte sich zu ihm herüber und zischte: »Was fällt dir ein, Ulf! Wenn du schon hier sitzen darfst… Willst du unseren Ehrengast den ganzen Abend ausfragen?«

Ulf hoffte, dass man im trüben Schein der Feuer die Röte nicht sehen konnte, die sein Gesicht überzogen hatte. Der Grieche hatte Recht. Drüben in Schweden wären ihm sein Vater oder einer seiner Onkel längst über den Mund gefahren…

Die Stimme des Griechen klang ruhiger. »Warum fragst du nicht mich? Das mit den fränkischen Händlern kann ich dir genau so gut erklären wie Gorm. Schließlich sind wir oft genug in Haithabu.« Der Grieche drehte sich um und zeigte nach Süden. »Siehst du dort, wo die Bucht von Haithabu ausläuft, den großen Wald? Dahinter endet das Land der Nordmänner.«

Einen Augenblick verschlug es Ulf die Sprache. »So… so nah? Und… und was kommt dann?«

»Hinter dem Wald?«, grinste der Grieche. »Jenseits dieses Grenzwaldes siedeln im Westen die Sachsen und im Osten die Obotriten. Und die Sachsen, die die gleiche Sprache sprechen wie die Franken, nur eine andere Mundart, gehören zum Ostfränkischen Reich.«

»Also beginnt hinter dem Wald…«

»…das Reich König Ludwigs, den sie ›den Deutschen‹ nennen.«

Ulf ließ sich das Gehörte einige Augenblicke durch den Kopf gehen. »Aber Grieche, dann verstehe ich erst recht nicht, warum die fränkischen Händler nicht mehr nach Haithabu kommen. Wenn ihr Reich so nahe ist…«

»Wegen der Obotriten, Ulf. Wegen der Obotriten. Das sind die Nachbarn der Sachsen im Osten. Ein Stamm der Slawen. Ludwig, der ostfränkische König, versucht, von Sachsen aus diese slawischen Stämme zu unterwerfen und seinem Reich einzuverleiben. Die Slawen rächen sich, indem sie Überfälle in das Land der Sachsen machen. Deshalb ist die Handelsstraße, die von hier ins Ostfränkische Reich führt, sehr unsicher geworden.«

»Und als der Kerl aus der Kirche stürzte…«

»Wie du ihn…« Ulf achtete nicht auf das höhnische Gelächter der beiden Fahrtgenossen.

»Eigentlich ist nur eines erstaunlich«, meinte der Grieche nachdenklich. »Jedes Jahr wagen sich dennoch einige furchtlose fränkische Händler mit ihren Pferde- oder Ochsenkarren zu Land nach Haithabu.«

Hinter Grims breiten Schultern erhob sich Ful mit seinem langen Haar und stierte zu dem Griechen herüber. Er setzte den Trinkbecher erst ab, als er leer war.

»Die fränkischen Händler mit ihren Fuhrwerken, die friesischen Händler mit ihren Koggen«, lallte er. »Was haben sie in Haithabu zu suchen? Haithabu bekommt seine Waren von uns. Aus England und Irland. Oder aus dem Westfrankenreich.«

»Aber Ful, der Handel…«

Fuls Schwanken war nicht zu übersehen, als er sich abwandte. »Deshalb zahlen die Händler in Haithabu immer so schlechte Preise….«

»Die Überfälle der Obotriten…«, sagte der Grieche. Von hinten schob Gorm sie an den Schultern auseinander. Nachdem er sich wieder gesetzt hatte, kratzte er sich missmutig den Bart. »Wie recht du hast, Grieche! Die Einfälle der Obotriten werden von Jahr zu Jahr häufiger. Solche Kriege jenseits der Grenze sind für uns Händler in Haithabu niemals gut. Sie lähmen nur den Handel.«

Grim beugte sich mit aufgestützten Armen über den Tisch herüber. »Sei doch froh, Gorm! Je heftiger die Ostfranken und die Slawen sich bekämpfen, je mehr die Frankenreiche untereinander zerstritten sind, desto weniger hat Haithabu das Reich der Ostfranken zu fürchten.«

Ragnar war zurückgekommen. Er ließ sich auf die Bank fallen und schob seinen Gürtel zurecht. Die Fältchen um seine Augen, selbst der Bart schienen zu strahlen. »Die Kämpfe unter den Franken! Davon leben wir, Gorm! Wie könnten unsere Langschiffe ungehindert die Flüsse des Westfrankenreiches befahren und nach Belieben Beute machen, wenn der König dieses Reiches sich nicht auf allen Seiten mit Feinden herumzuschlagen hätte; seinen eigenen Großen und im Osten König Ludwig.«

Der Händler schüttelte zweifelnd den Kopf. »Denkt an Kaiser Karl, den sie ›den Großen‹ nennen. Unter ihm war das Frankenreich noch geeint. Erst hat er die Friesen seinem Reich einverleibt, dann unsere Nachbarn, die Sachsen. Und zuletzt griff er Haithabu an.«

»Das ist schon lange her.«

»Fast fünfzig Jahre. Wer hätte das Heer Karls des Großen und die mit ihm verbündeten Obotriten abgewehrt, wenn Dänemark damals kein geeintes Königreich gewesen wäre? Wer, Ragnar? Die Hand voll Händler in Haithabu? Nur ein König…«, Gorm sprach jetzt hastig, »nur unser König Göttrik war stark genug, den Angriff der Franken auf Haithabu zurückzuschlagen.«

»Könige?«, schrie einer am unteren Ende der Tafel aufgebracht. »Die möge Thor erschlagen!«

»Das tun wir selber, Egil!«, lachte sein Nachbar.

Gorm bohrte gedankenverloren in der Nase. »Ist das Ostfrankenreich heute wirklich so schwach und kraftlos? Blick doch auf die slawischen Stämme! Unsere Nachbarn im Osten, der Stamm der Obotriten, bedroht unsere Stadt nicht mehr. Die Obotriten sind jetzt sogar unsere Verbündeten, manchmal wenigstens. Und warum?« Er sah Ragnar an und gab selbst die Antwort. »Weil sie sehen, wie es ihren Nachbarstämmen ergeht. Und wie sie selbst von den Ostfranken bedrängt werden. Nun ja, an sich sind die Obotriten unsere Feinde...«

Ragnar brüllte vor Lachen. »Eure Feinde? Ja! Und die Obotriten haben guten Grund, eure Feinde zu sein. Hat nicht euer König Göttrik vor einem halben Jahrhundert, zurzeit Kaiser Karls des Großen, ihren Handelsplatz Ragnar niedergebrannt, die Händler und Handwerker hierher geschleppt und Haithabu gegründet?«

Ulf beugte sich zu ihrem Gast hinüber. Trotz des Gejohles am Ende des Tisches sollte ihm kein Wort entgehen. Alles, was der Händler da erzählte, war ihm unbekannt. »Westfranken«, Franzosen, und »Ostfranken«, Deutsche: die Bauern in seiner Heimat hatten kaum die Namen gehört. »Gewiss, wir verdanken König Göttrik unsere Stadt. Das ist es doch, was ich sagen will, Ragnar: wir brauchen wieder einen so starken König wie Göttrik. Er würde das Danewerk weiter bauen, das uns Schutz geben könnte gegen die Franken.« Seine Stimme war hitzig, als er mit dem Kopf nach Süden deutete. »Hinten im Grenzwald liegen die Reste. Schaut sie euch doch selber an! Der Graben ist eingestürzt, der Erdwall abgerutscht. Die Palisaden sind verfault.«

»Und wer soll den Grenzwall wieder aufbauen und bis zu den Sümpfen an der Westküste verlängern?«, fragte Grim kopfschüttelnd.

»Ein König eben«, rief der Händler, die Arme ausbreitend. »Nur er kann die Leute dazu zwingen.«

Grim stieß den Krug von sich und knurrte: »Quatsch! Wir Nordmänner brauchen keine Könige mehr.«

»Warum eigentlich nicht?«, schrie der Händler. »Was habt ihr gegen einen König? Auch Schweden und Norwegen, die Länder, aus denen ihr stammt, hatten Könige! Kennst du nicht die Lieder, welche die Taten der Götter und Helden besingen? Kraftvolle Könige sogar. Ist es nicht so, Gizur?«

Der Alte nahm bedächtig einen Schluck. »Ja, die Lieder erzählen von vielen Königen.« Dann schüttelte er den Kopf. »Aber niemand weiß, wann das gewesen ist.«

Ragnars Krug krachte auf den Tisch. »Uralte Geschichten! Gut: einige dieser Könige waren berühmte Helden, von denen sich jeder von uns eine Scheibe abschneiden könnte. Aber auch die ältesten unserer Alten können nicht sagen, wann sie gelebt haben.« Seine Augen sprüheen Feuer. »Jetzt, Gorm, sind die Zeiten anders.«

Ein ausgelassenes Gejohle zog ihre Blicke nach rechts. Ein Ruderer kotzte gerade gurgelnd und ächzend auf den Tisch. Ragnar schlug sich klatschend mit beiden Händen auf die Schenkel. Bart und Brust bebten vor Lachen. Zwei Ruderer zogen den Betrunkenen hoch und setzten ihm einen Bierkrug an die Lippen. Nach einigem Schulterklopfen und Zureden trank er den Krug leer. »Weiter so, Torgöt!«, brüllte Ragnar aufmunternd. »Lass dich nicht unterkriegen!«

Gorm blickte Ulf an, seine Augen leuchteten. »Nirgends gibt es so herrliche Festgelage wie bei Ragnar, Ulf!« Plötzlich schlug er Ulf mit der Faust so kräftig auf den Rücken, dass dieser sich verschluckte und das Bier ausspuckte. Der Vorfall hatte die Männer erst richtig in Stimmung gebracht. Ihr Geschrei wurde lauter und lauter. Ulfs Augen wanderten wohlgefällig die Bänke entlang. Er liebte die Heiterkeit und den Frohsinn dieser üppigen Festgelage.

Ragnar und der Händler stritten wieder über das Königtum. »Braucht ihr wirklich einen König?« Der Met, das Bier und der Zorn hatten Ragnars Gesicht gerötet. »Vielleicht einen wie Harald, den sie ›den Verzagten‹ schimpfen? Einen Feigling, der es mit den Franken hielt?«

»Ich weiß, ich weiß.... Es wird nicht leicht sein, einen Mann zu finden, der als König geeignet ist.«

»Unsinn, Gorm!«, brüllte Grim mit Wut in der Stimme. »Es wird noch viel schwieriger sein, die Leute zu beschwatzen, dass sie auf ihre Freiheit verzichten. Auf die Freiheit des Nordmannes, Gorm!«

»Ich denke nur...«

»Wir...«

»Halt den Mund, Gizur! Ich werde es diesem Gorm selber...«

»Wozu so viele Worte, Grim?« Ragnars Augen sprühen Blitze. Seine Faust donnert auf den Tisch: »Keiner wird König, Gorm! Wir Nordmänner sind alle Könige!« Das Bier aus seinem eigenen Krug spritzte auf Ulfs Hemd, als die Tischplatte erbebte.

Irgendeiner hatte damit angefangen: nun drehten sich alle Gespräche um Ragnars Fahrt nach England. Ruderer, die dabei gewesen waren, brüsteten sich lautstark, die Zunge schon schwer, mit ihren Heldentaten, zählten die Feinde auf, die sie erschlagen hatten, und schwärmten vom Reichtum der Klöster und Kirchen.

Ragnar schüttelte heftig den Kopf. »Nein, Gorm, feige sind die Engländer nicht. Wenn es den Königen gelang, uns ein Heer entgegenzustellen, haben wir manche Niederlage einstecken müssen.«

Grim feixte hämisch. »Ja, wenn es ihnen gelingt. Aber sie brauchen Wochen, um ihr Heer zu versammeln. Meist sind wir Nordmänner dann schon ganz woanders.«

Zu seiner Rechten hörte Ulf grölendes Lachen. Einer der Ruderer war von der Bank gefallen und lag nun schnarchend auf dem Boden. Auch Ulf eilte hin. Zwei der Männer hatten den Betrunkenen aufrecht gesetzt und schüttelten und knufften ihn, um ihn wachzurütteln. Ein Dritter kniete mit einem vollen Bierkrug neben ihm. Aber ihr Mühen war vergeblich: Der Mann rülpste nur, schlug jedoch die Augen nicht auf. Ulf betrachtete ihn mitleidig. Armer Kerl, dachte er. Du weißt ja gar nicht, was du in deinem Rausch versäumst!

Als Ulf zu seinem Platz zurückkehrte, hörte er den Händler sagen: »Ja, vor zehn Jahren hat man den Christen erlaubt, in Haithabu eine neue Kirche zu bauen.«

Ragnar blickte verdrossen drein und bohrte mit dem Messer zwischen den Zähnen.

»Es ist ja nur ein kleines Haus. Und von uns geht niemand hin. Nur jene Unfreien, die Christen sind. Aber die fremden Händler, die Friesen und Franken, wollten eine Kirche.«

Gizur polterte los. Die scharfgeschnittenen Gesichtszüge unter dem weißen Haar waren noch härter geworden. »Was haben die Götter der Christen in der größten Stadt der Nordmänner verloren?«

Gorm kratzte sich verlegen am Ohr. Offensichtlich war ihm die Frage des Alten unangenehm. »Eine Kirche für die fremden Kaufleute ist gut für unseren Handel.«

Grim stützte sich breit mit beiden Armen auf den Tisch. In seinen Augen funkelte es böse. »Was geht mich der Handel an? In Dorestad erlauben die christlichen Priester auch nicht, dass wir für Thor und Odin einen Opferaltar bauen. Eine christliche Kirche in Haithabu: das wird nur unsere Götter erzürnen.«

Gorm wehrte mit beiden Händen ab. »Die Christen dürfen unsere Götter nicht stören. Wir haben ihnen verboten, die Glocke zu läuten. Manche meinen, das Bimmeln der Glocke könne Thor verärgern.«

»Natürlich muss es Thor erzürnen.« Aus Gizurs Stimme klang kalte Wut. »Hast du vergessen, dass auch wir Nordmänner bei vielen Festen gegen Eisen schlagen, um Thor zu rufen? Thor ist der Gott des Donners. Wie können die Christen es wagen, in unseren eigenen Ländern den Donner unseres Gottes nachzuahmen?«

Der Händler schüttelte den Kopf. »Das helle Gebimmel eines Glöckchens wird Thor nicht täuschen.«

Ragnars Fäuste krachten abermals auf den Tisch, dass Ulfs Krug umgefallen wäre, hätte er ihn nicht rechtzeitig aufgefangen. »Und wenn Thor sich doch täuschen lässt? Wenn er herbeikommt und sehen muss, wie Christen in seinen eigenen Ländern mit seinem Donner ihre fremden Götter anrufen? Thor weiß doch, dass die Christen unsere Götter verachten. Es gibt ja schon christliche Priester, die durch unser Land ziehen und den Leuten erzählen, wir hätten falsche Götter. Schlimmer noch: Sie sagen, unsere Götter gäbe es überhaupt nicht.«

Die Stimme des alten Recken dröhnte: »Wenn Thor sieht, dass er getäuscht worden ist, wird er rasend vor Wut. Und wir alle wissen, was wir zu erwarten haben, wenn Thor wütend ist: Donner und Blitz!«

»Und zu wenig Regen, oder zu viel«, schrie Gizur heftig.

Der Händler zupfte verärgert an seinem Umhang. »Regt euch nicht auf, ich bin ja gar kein Christ. Und ihr habt Recht: Thor darf man am wenigsten erzürnen. Er ist leichter in Wut zu versetzen als alle anderen Götter. Fülle Ragnar den Krug nach, Ari!«

»Mach ihn richtig voll!«

»Schenk auch mir ein!« Gorm schwieg einen Augenblick. »Manche unserer Händler glauben, ein Übertritt zum Christentum würde ihren Handel erleichtern.«

Ragnars Stimme kam ruhig und kalt. »Dann sollten sie besser an das Schicksal der Sachsen denken. Eure südlichen Nachbarn sprechen zwar nicht unsere Sprache…«

»Aber viele Worte sind ähnlich.«

»Meinetwegen! Auf jeden Fall haben die Sachsen die gleichen Götter verehrt wie wir. Dann kam Kaiser Karl der Große, eroberte ihr Land, zerstörte ihre Heiligtümer und zwang sie, zum Christentum überzutreten.« Ein spöttischer Blick streift Gorm. »Jetzt sind die Sachsen Christen. Aber über ihr Land herrscht der Frankenkönig, und sie müssen ihm Steuern zahlen.« Ragnar lehnt sich zurück. Die Falten auf seiner Stirn werden tiefer. »Dummes Zeug, Gorm! Die christlichen Missionare, die in unsere Länder kommen, haben nur eines im Sinn: mit dem Christentum käme auch die Herrschaft der Franken zu uns.«

Der Händler runzelte zweifelnd die Stirn. »Es gibt auch Dänen, die Christen werden wollen und zugleich König in unserem Lande… Mein Vater hat mir von diesem Harald erzählt, den sie ›den Verzagten‹ nannten. Er war in das Land der Franken geflohen und kam mit einem fränkischen Missionar namens Ansgar nach Haithabu zurück. Dann rief er sich zum König der Dänen aus. Das muss vor drei Jahrzehnten gewesen sein…«

»Ja, Harald, der Verzagte.« Ragnars Lachen war laut, doch ohne eine Spur von Heiterkeit. »Der ehrlose Verräter! Er wollte sich zum König von Dänemark machen, doch die Leute lachten ihn aus. Da floh er mit seinen Anhängern zum Kaiser der Franken. Damals war das Frankenreich noch nicht geteilt. Der Kaiser hieß Ludwig, und sie nannten ihn ›den Frommen‹.« Ragnars Stimme triefte vor Verachtung. »Der Nordmann Harald wurde Christ und ließ sich taufen. Mit all seinen nordischen Gefolgsleuten!« Ragnar brach ab und wühlte mit den Fingern in seinem Bart. Dann heiterten sich seine Züge auf. »Ja, Gorm, Harald kam mit seinen christlichen Nordmännern nach Haithabu zurück und brachte diesen Missionar mit. Er ließ überall verkünden, er sei der König der Dänen, und die Leute sollten dem Missionar zuhören und sich taufen lassen.« Er lachte bitter auf. »Das hätte ihm so gepasst! König werden wie bei den Franken. Weil der höchste Gott der Christen angeblich wünschte, dass Harald König der Dänen werde …«

»Ohne Volksversammlung, die ihn hätte wählen müssen. Und auch wieder absetzen konnte«, schrie der Graubart.

Ragnars Züge hellten sich auf. »Aber die Leute in Haithabu – Leute, wie dein Vater, Gorm! – jagten ihn und seine Anhänger schon im nächsten Jahre zurück ins Land der Franken. Er hat nie wieder dänischen Boden betreten.« Ragnar knirschte mit den Zähnen. »Leider waren die Leute nicht so klug, als der Missionar Ansgar sich sechs Jahre später wieder nach Haithabu wagte. Sie ließen ihn sogar eine Kirche bauen.«

»Zum Dank ernannte ihn der oberste Priester der Christen, den sie Papst nennen, zum Erzbischof.« Die Stimme des Alten klang höhnisch. »Kaiser Ludwig baute ihm an der Elbe, so nahe wie möglich an der dänischen Grenze, eine Stadt und eine Burg. Von dort aus sandte er jedes Jahr Missionare in unsere Länder, die unsere Leute überreden sollten, Christen zu werden.«

Grim grinste fröhlich. »Aber unsere Langschiffe fuhren auf der Elbe bis zu seinem Hamburg und brannten es nieder. Das war vor fünfzehn Jahren – noch nicht so lange her!.«

Die Augen des alten Gizur funkelten böse in einem zornroten Gesicht. »Was hat es genützt? Ja, der Erzbischof ist weggezogen. Nach Bremen an der Weser. Das ist nicht so nahe an unserer Grenze. Aber sie haben nicht aufgehört, Missionare zu schicken.«

Erik fiel ein: »Wir sollten…«

Gebrüll unterbrach ihn. Einer der Ruderer schrie: »Du Schwein! Hatte ich dir nicht gesagt, dass ich Met will, kein Bier!«, und donnerte mit der Faust gegen das Holzfässchen, aus dem der Unfreie seinen Krug auffüllen wollte. Das Bier spritzte dem Nebenmann ins Gesicht. Als der Unfreie wortlos zu dem Metfass eilte, sprang der Rudermann auf die Füße und schleuderte ihm einen Knochen nach.

Ragnar stand schon. Er starrte zu Snorre hinüber. Seine Stirnadern schwollen an. »Reiß dich zusammen, Snorre! So springt ein braver Nordmann nicht mit einem Unfreien um. Schließlich darf er dir keine in die Fresse hauen.«

Ulf blickte in Ragnars zornglühende Augen. Er nickte beifällig vor sich hin. Sie konnten mit ihrem Schiffsführer zufrieden sein. Wenn der Hausherr nicht die feinen Tischsitten durchsetzte, kam es bei einem Trinkgelage schnell zu Streit. Ulf musste an die Feste in seiner Heimat zurückdenken. Dort war es nicht so gesittet zugegangen. Die Männer waren oft mit den Fäusten aufeinander losgegangen und sogar mit den Messern. Ja, sagt sich Ulf, wenn es bei einem Festgelage zu viel Streit gibt, fließt allzu viel Blut.

Erik machte eine wegwerfende Handbewegung. »Diese christlichen Missionare sind doch nicht gefährlich. Kein Nordmann wird seine Götter aufgeben.«

Der Alte wiegte bedenklich den Kopf: »Nicht, solange die Nordmänner auf ihren Wikingerfahrten erfolgreich sind. Wenn es auf unseren Fahrten zu Kämpfen mit den Christen kommt, siegen wir fast immer. Also sind unsere Götter stärker als die Götter der Christen.« Gizur strich sich nachdenklich über das bartlose Kinn. »Aber mancher lässt sich von dem Reichtum blenden, den er in England sieht, und in den Reichen der Franken. Wer so reich ist, sagen diese Leute, muss auch mächtige Götter haben.« Er schwieg einen Augenblick. »Und die christlichen Priester lassen es sich etwas kosten, wenn sie einen Nordmann überreden können, Christ zu werden. Du hast mit eigenen Augen gesehen, Erik, wie sie jedem, der sich taufen lässt, ein weißes Gewand aus feinstem Stoff schenken, und dazu noch Silber.«

Erik schien nicht überzeugt. »Was haben die Priester der Christen schon zu bieten? Sie haben nur zwei Götter, einen Vater und seinen Sohn.«

Grim setzte grinsend seinen Metkrug ab. »Ein bisschen wenig. Wie viele Götter haben wir! Und welche Heldentaten sie verrichtet haben!«

Wieder schüttelte der Weißhaarige den Kopf. »Nein. Die Christen haben auch noch viele kleinere Götter. Sie nennen sie Heilige. Und sie beten viel häufiger zu diesen Heiligen als zu dem Vater und seinem Sohn, wenn sie die Hilfe eines Gottes brauchen.«

Ragnar verschränkt die Arme über der mächtigen Brust und spuckt auf den Boden. »Keiner von uns will den Christen ihre Götter wegnehmen. Unsere Götter sind nur für uns, uns Nordmänner.« Auf seinen Zügen liegt eine grimmige Entschiedenheit. »Dann sollen uns die Christen aber auch unsere Götter lassen. Oder…«

In der Ferne hört man das Krächzen eines Raben. Ulf zuckt zusammen. Ein Rabe. Odins Vogel! Sitzen nicht auf Odins Schultern zwei Raben? In der Morgendämmerung schickt der Gott seine beiden Raben in die Welt der Menschen, und abends erzählen sie Odin alles, was sie gesehen und gehört haben. Ulf lächelt zufrieden. Es ist ein Grund zur Freude, am Vorabend ihrer Wikingerfahrt das Krächzen eines Raben zu hören. Ein Zeichen des Gottes.

Eine bierselige Stimme johlt: »Das galt dir, Ragnar! Bist du Odins Sohn?« Die Männer grölen Zustimmung. »Der Rabengott mit dem Schlapphut und dem Rauschebart liebt es doch, als Mensch verkleidet durch das Land der Menschen zu ziehen und die Frauen zu schwängern.«

Ragnar streckt dem Rufer seinen Krug entgegen. Sein Gesicht strahlt vor Behagen. »Odins Sohn wohl nicht. Aber Odins Mann! Darauf leeren wir unseren Krug!«

Die Stunden zerrannen, als hätte der Wind sie verweht. Die düstere Wolkendecke war aufgerissen, und der Mond tauchte die Szene in bleiches Licht.

Ragnar riss den Krug hoch und trank Ulf zu. Zuerst, als sein Name mit Donnerstimme über den Tisch gebrüllt worden war, war er zusammengezuckt. Jetzt spürte Ulf: etwas wie Wohlwollen schwang in Ragnars Stimme. »Warum…« Ulf stellte die Frage, die ihm solange auf der Zunge gelegen hatte. »Warum hast du mich nicht unfrei gemacht und in Haithabu als Sklaven verkauft?«

Ragnar grinste gutmütig. »Wenn man so viele Ruderer verloren hat, kann man auf seinem Schiff keine Sklaven brauchen. Sie sind dann immer eine Gefahr. Selbst wenn sie gefesselt sind.«

»Ich…«

»Wenn das Boot überfallen wird, Ulf, wenn die Männer an der Bordwand kämpfen, sollte man keinen Feind im Rücken haben.« Er schwieg eine Weile. »Und ich brauchte dich als Ruderer, Ulf. Ich war überzeugt, dass ich mich auf dich verlassen konnte. Ich halte dich für einen ehrlichen Nordmann, der seinen Schwur nicht bricht.« Ragnar drehte sinnend den Krug in seinen Händen. Seine Züge waren ernst geworden. »Und ich hätte dich nicht verkaufen dürfen, Ulf. Ich hätte dich töten müssen.« Er leerte sein Bier und wischte sich den Schaum aus dem Bart. »Was soll's? Jeder hat eine Blutrache. Diese Rache kann und muss warten.«

Ulf hing seinen Gedanken nach. Die Blutrache war aufgeschoben. Sie würde ruhen, solange er als Fahrtgenosse auf dem Langschiff dieses Mannes blieb. Doch eines Tages wird Ragnar kommen. Ihr Hof liegt nicht so abseits, dass er nicht zu finden ist. Ragnar wird aus dem Wald hervorbrechen und sein Schwert über dem Kopf schwingen. Sein Streitruf wird zu ihnen herüberschallen. Ulf denkt an die Männer auf ihrem Hof in Schweden: keiner wird diesem Gegner ebenbürtig sein. Aber der Gedanke beunruhigt ihn nicht. Man muss eben auf seiner Hut sein. Dem Nordmann droht eine Blutfehde von allen Seiten. Die Blutrache ist Schicksal, nichts weiter.

Ragnars Augen wanderten über Ulfs Gesicht. Mit einem Blick, der freundlich war. Jetzt greift er neben sich und legt ein Schwert vor Ulf auf den Tisch. Es ist das kostbare Schwert, das Ragnar seinem Onkel abgenommen hat. »Nimm es als Geschenk, Ulf! Die Blutrache zwischen uns hat keine Eile.«

Gorms Ellbogen traf Ulf zwischen den Rippen und nahm ihm für einen Augenblick den Atem. Das Gesicht des Händlers strahlte. »Wer übertrifft Ragnar in der Tugend, freigebig zu sein gegenüber seinen Freunden?«

Der alte Gizur streckte ihm den Krug entgegen. Die Zufriedenheit war ihm aus den Augen abzulesen. »Ja, Ragnar hat die beiden größten Tugenden eines Nordmannes: die Freigebigkeit gegenüber seinen Freunden, und den Hass auf seine Blutfeinde.«

Ragnar grinste gut gelaunt. »Lasst doch die Schmeicheleien. Wir alle werden die Tugenden der Nordmänner brauchen, wenn wir Konstantinopel erreichen wollen.« Er sah dem Händler lange ins Gesicht. »Zweimal habe ich es versucht. Beide Male musste ich umkehren.«

Ulf hatte das kostbare Schwert ins Zelt getragen und in seiner Ruderkiste verstaut. Als er wieder hinter der Sitzbank stand, hörte er Gorms Frage. Ob Ragnar in den letzten Tagen etwas Neues über das Langschiff mit dem roten Drachenkopf erfahren habe. Ragnar nickte. Seine Züge hatten sich verdüstert, aber seiner Stimme war keine Regung anzumerken, als er dem Händler antwortete. Er hatte gestern einen Schiffsführer getroffen, den er von Norwegen her kannte. Dieser hatte auf Ragnars Bitte in Norwegen Erkundigungen eingezogen. Aber keiner, den er fragte, hatte das Schiff mit dem auffälligen Drachenkopf gesehen. Ragnars Freund, der Schiffsführer, hatte die Vermutung geäußert, Orm, dem das Schiff mit dem Drachenkopf gehörte, sei bei einer seiner Wikingerfahrten im Ostland geblieben, tot oder lebendig. »Ein Grund mehr für mich, in die Ostländer zu fahren.« Ragnars Stimme war immer noch ruhig, aber Ulf entging nicht, dass er sich zu dieser Ruhe zwingen musste. Einer der Ruderer, die in Haithabu dazugestoßen waren, schrie herüber: »Was hast du mit diesem Orm, Ragnar? Ist es eine gute Geschichte?« Doch Ragnar schüttelt nur den Kopf. Seine Augen sind kalt und abweisend. »Keine gute Geschichte. Nur eine Blutrache.«

Einige der Männer standen um den Griechen und fragten ihn aus. Sie stellten tausend Fragen über Konstantinopel und das Reich der Griechen. Aus ihren Augen leuchtete die Gier, etwas zu erfahren über den sagenhaften Reichtum der »Großen Stadt«. Doch der Grieche antwortete einsilbig. Er hatte den ganzen Abend nur Wein getrunken, aus einer kostbaren, aber fremdartigen Schale. Ragnar hatte, um den Beginn ihrer Wikingerfahrt würdig zu feiern, das letzte Fässchen Wein geöffnet. Ulf war bei Bier und Met geblieben. Er kannte den Wein von Dorestad her. Er schmeckte ihm gut, aber man konnte davon nicht so viel trinken wie von Bier und Met. Sein Vater hatte, erinnerte sich Ulf, aus Dorestad zwei Tonkrüge voll Wein mitgenommen. Mehr hatte er sich nicht leisten können, denn der Wein war teuer. Nach der Ernte würde sein Vater ein großes Fest für die Nachbarn geben. Zwei Krüge Wein würden nicht ausreichen, um zwanzig oder dreißig Männer betrunken zu machen. Aber ihre Nachbarn hatten noch nie Wein getrunken. Was würden sie für Augen machen!

Wieder prasselten zwei oder drei Fragen zugleich auf den Griechen ein. Eigentlich, dachte Ulf, entgegnete der Grieche mit anderen Worten immer das Gleiche: die Fahrt nach Konstantinopel ist gefährlich, aber sie lohnt. Ihr werdet es selbst sehen.

Ake, der Däne mit dem grauen Bart und der Spottlust in den Augen, war hinter ihn getreten und unterhielt sich mit Ragnar über dessen Fahrten nach Konstantinopel. Akes Worten entnahm Ulf, dass der Däne schon drei- oder viermal im Ostland gewesen war.

Ragnar starrt mürrisch vor sich hin. »Das erste Mal überfielen uns die Petschenegen, als wir die Langschiffe über Land zogen. Wir haben die Hunde bis auf den letzten Mann niedergemacht. Aber auch wir hatten viele Leute verloren. Die anderen Schiffsführer wollten umkehren und überredeten meine Männer.« Ragnar blickt in seinen Bierkrug, doch er trinkt nicht. »Das zweite Mal zerschellten sechs Schiffe in den Stromschnellen.« Er zuckt verächtlich die Achseln. »Sie waren selbst schuld daran. Aber meine damaligen Fahrtgenossen wollten nicht alleine weiterfahren.« Er hebt den Kopf und blickt Ake mit Augen an, in denen nichts zu lesen ist als eiskalte Entschlossenheit. »Deshalb fahren wir dieses Mal allein.«

Am Ende der linken Bank lag ein Ruderer mit dem Gesicht auf dem Tisch und schnarchte. Der Nachbar goss mit zittriger Hand so viel Bier aus einem Krug über seinen Kopf, dass es aus den Haaren tropfte und auf dem Tisch eine Pfütze bildete. Doch der Schnarcher hob leider den Kopf nicht mehr.

Ake streckte über Ulfs Schulter Ragnar seinen Krug entgegen. »Wir werden dieses Mal viel Heil brauchen!« Ragnar ist aufgesprungen und packt seinen Krug. Ulf blickt zu ihm auf: die goldene Brosche, der blonde Bart, die riesige Gestalt scheinen in dem fahlen Mondlicht mit den drachenverzierten Zeltstangen und der runden Mondscheibe im nachtschwarzen Himmel zu verschwimmen. Doch den fröhlichen Spott in den Augen sieht Ulf genau. »Heil, Ake? Nur Heil? Wir brauchen noch viel mehr!«

Ulf nahm die Hand vom Ruder und klatschte nach einer Stechmücke auf seiner linken Schulter. »Du solltest besser dein Hemd wieder anziehen«, sagte Gizur hinter ihm.

Diese Stechmücken waren eine Plage. In einem dichten Schwarm schwirrten sie um seinen Kopf. Sie drangen ihm in Augen und Nase. Unwillkürlich rutschte er auf der harten Ruderkiste hin und her.

Der Fluss war schmaler geworden. Hinter einem breiten Streifen Schilf nichts als Wald: eine undurchdringliche Wand aus Kiefern und Eichen, Birken und Fichten.

Die scharfe Drehung riss Ulf aus jenem Halbschlaf, in den er stets versank, wenn sie stundenlang gerudert hatten. Der Schiffsführer hatte das Steuer herumgerissen, und ihr Boot hielt fast im rechten Winkel auf das linke Flussufer zu. Ulf blickte erstaunt zu dem Schiffsführer auf. Ragnar musterte mit emporgerecktem Kinn die Fahrtstrecke, die vor ihnen lag. Sein Gesicht verzog sich zu einem breiten Grinsen, seine Züge schienen vor Behagen und Zufriedenheit zu strahlen. Doch der Ausdruck der Verachtung, der um die Mundwinkel lag, entging Ulf nicht. Ohne Hast führte Ragnar die rechte Hand zur linken Hüfte, und beinahe liebevoll schlossen sich seine Finger um den Schwertknauf.

»Ich glaube, sie werden gemeinsame Sache machen und uns angreifen.« Grims Antwort ließ nicht lange auf sich warten. »Vermutlich. Dann hat die Langeweile ein Ende! Vom ewigen Rudern haben wir alle schon Schwielen am Arsch.«

Einige Augenblicke später kam der Befehl, die Ruder einzuziehen. Ihr Langschiff glitt nun am linken Ufer flussaufwärts. Fast hätte Ulf mit seinem ausgestreckten Arm das Schilf erreichen können. Er drehte sich um und ließ seinen Blick flussaufwärts schweifen. Der Fluss verlief schnurgerade bis zum Rande des Gesichtskreises. Etwa einen Kilometer stromaufwärts lag ein Langschiff, von wenigen Ruderschlägen gehalten, schräg in der Flussmitte, den Bug flussabwärts gerichtet. Der Mast war aufgerichtet und die Rahe aufgezogen, doch das Segel eingeschlagen. Noch einmal so weit entfernt kam ihnen ein Langschiff unter vollem Segel entgegen. Ulf hörte Ragnar zu Grim sagen, das Langschiff, das jetzt in der Flussmitte trieb, sei aus einem Nebenfluss am rechten Ufer gekommen.

Er wendete sich an Gizur, der gerade das Schwert umgürtete und dann sein Hemd zurechtzupfte. »Glaubst auch du, dass dieses Boot es auf uns abgesehen hat? Vielleicht wollen sie das Langschiff überfallen, das auf sie zusegelt.«

Gizur schüttelte den Kopf und antwortete: »Nein, es gilt uns. Kein Schiff greift ein anderes an, wenn ein drittes, unbekanntes Boot in der Nähe ist. Dieses unbekannte Schiff könnte den Angegriffenen ja zu Hilfe kommen.«

Gelassen fuhr der Alte fort: »Außerdem wären sie nicht stark genug. Ich schätze, dass beide Langschiffe etwa zwanzig Ruderer haben. Nicht viele wagen es, ein gleich starkes Boot anzugreifen.« Der Weißhaarige zuckte gleichmütig die Schultern. »Warten wir ab, ob sie das entgegenkommende Schiff zu einem gemeinsamen Angriff auf uns überreden können.« Er deutete auf das Schilf, dem ihr Schiff an Backbord langsam entgegentrieb. »Was haben wir schon von vierzig Angreifern zu befürchten! Sie können nicht auf beiden Seiten an unserem Boot anlegen. Kein Langschiff wird es wagen, sich zwischen unser Boot und das Schilf zu drängen. Es würde sich im Schilf verfangen und im sumpfigen Boden stecken bleiben.«

Ulf lehnte seinen Schild, den er von der Bordwand losgebunden hatte, gegen seine Sitztruhe, rückte seinen Helm zurecht und zog die Schnalle des Gürtels, an dem das Schwert hing, fest. Er ließ den Fluss nicht aus den Augen. Das zweite Langschiff hatte inzwischen das Segel eingerollt, die Rahe aber am Mast gelassen. Die meisten Ruderer hatten die Ruder eingezogen und standen auf Deck. Nur vier Ruderleute hielten es mit gelegentlichen Schlägen auf Kurs. Es trieb mit der Strömung langsam auf das Langschiff zu, das aus dem Nebenfluss gekommen war.

Die Besatzung dieses Bootes hatte die Schilde und die Schwerter hochgerissen, als das andere Langschiff sein Segel einrollte. Ulf war es, als hätte er das Freudengeheul gehört. Ja, hatte er gedacht, das andere Boot versucht gar nicht, auszuweichen. Es musste ihnen klar sein, welche Absicht das erste Langschiff verfolgte. Und offensichtlich waren sie bereit, über einen gemeinsamen Überfall zu verhandeln. Jetzt, nachdem beide Schiffe sich auf Rufweite genähert hatten, sah er, wie die Besatzung des ersten Langschiffes die Arme in die Luft stieß und mit den Schwertern flussabwärts auf ihr Boot zeigte. Hören konnte er ihr kampfeslustiges Gebrüll nicht; dafür war die Entfernung noch zu groß.

Ulf ging hinüber zu seinem Rudernachbarn. Er half dem Griechen, die Sitzkiste loszubinden, die sie dann neben seine eigene stellten. Ragnar schritt schweigend, mit unbewegtem Gesicht, die Reihe ihrer Männer ab, die sich inzwischen auf der rechten Seite versammelt hatten, um ihre Stellung am rechten Bordrand einzunehmen. Nur einige ihrer Leute sorgten mit ihren Rudern, die sie in den sumpfigen Grund stießen, dafür, dass ihr Boot nicht abgetrieben wurde.

Als Ragnar zum Heck zurückkehrte, verzog er immer noch keine Miene. »Vierzig Feinde gegen uns dreißig! Eine Kleinigkeit für uns!« brüllte er über Deck. Dann verfinsterten sich seine Züge. »Aber den Bootsführer des ersten Langschiffes, der sich diesen Überfall auf uns ausgeheckt hat, überlasst ihr mir!«

Grim befühlte mit dem Daumen die Spitze seines Speeres. »Nimm dir nicht zu viele, Ragnar. Jeder soll seinen Spaß haben.«

Die beiden feindlichen Langschiffe waren offensichtlich handelseinig geworden. Beide Boote ruderten jetzt mit voller Kraft auf sie zu. Dann, bevor sie in die Reichweite ihrer Pfeile gerieten, zogen sie die Ruder ein und ließen die Boote treiben. Der Schiffsführer dieser Flussräuber verstand sein Handwerk, dachte Ulf anerkennend. Sein Langschiff trieb in einem solchen Winkel auf ihr Boot zu, dass es in kürzester Entfernung langsam an ihrer rechten Bordwand entlanggleiten würde. Und das zweite Boot, in dem noch vier Männer ruderten, würde nur Augenblicke später daneben, an der jenseitigen Bordwand, anlegen.

»Du und der Grieche… Rückt etwas auseinander, damit ich zwischen euch hindurchschießen kann.« Als Ulf den Kopf wendete, stand Ake, der Däne, hinter ihm, in der rechten Hand den Bogen, in der linken einige Pfeile. »Warum gehst du nicht vor zum Bug, wo unsere anderen Bogenschützen stehen?«, fragte Ulf verwundert. Der Däne schmunzelte spöttisch. »Weil sie aus diesem Winkel keine Pfeile erwarten.«

Das Langschiff der Flussräuber war nur noch zwei Bootslängen entfernt. Die Bogenschützen beider Schiffe rissen ihre Bögen hoch und legten die Pfeile ein. Ulf schob seinen Schild vor das Gesicht. Er spürte einen Aufprall und ließ seinen Schild eine Handbreit sinken. Ein Pfeil steckte im Holz, die Feder am Ende des Schaftes zitterte noch. Er sah die Bogenschützen auf beiden Booten ihre Bögen hinter sich werfen und zu ihren Schilden greifen. Deshalb drehte Ulf seinen Schild, riss die Eisenspitze aus dem Holz und schleuderte den Pfeil auf die Planken. »Einen Schritt zurück, Grieche!« hörte er Akes Stimme zu seiner Linken. Der Däne hatte bereits den Bogen gespannt und trat an die Bordwand, sobald der Grieche ihm Platz gemacht hatte. Ulf folgte dem Pfeil mit den Augen. Einer der Bogenschützen hob noch seinen Schild auf. Eben richtete er sich wieder auf und drehte sich dem Bordrand zu. Er hatte diese Bewegung noch nicht beendet, als ihm Akes Pfeil unterhalb des linken Schulterblattes in den Rücken fuhr. Der Pfeil drang bis zur Mitte ein. Ulf hätte dem Dänen so viel Kraft niemals zugetraut. Der Flussräuber stieß nicht einmal einen Schrei aus, sondern fiel wie ein Sack ins Boot.

Das Zischen der Bogensehne riss Ulf aus seinen Beobachtungen. Ake hatte bereits einen weiteren Pfeil abgeschossen. Sinnlos, dachte Ulf. Die Bogenschützen standen jetzt am Bordrand und trugen ihre Schilde. Da hörte er den Aufschrei. Akes Pfeil war einem der Flussräuber in den rechten Oberschenkel gedrungen, eine Fingerbreite vom unteren Schildrand. Der Schmerz veranlasste den Mann, den linken Arm mit dem Schild sinken zu lassen. Im gleichen Augenblick hörte Ulf erneut das Zischen der Bogensehne.

Akes Pfeil bohrte sich diesmal in die Kehle des Flusspiraten. Als er ohne einen Laut nach hinten stürzte, konnte Ulf erkennen, dass die Pfeilspitze auf der anderen Seite herausragte. »Zwei«, nickte der Däne Ulf fröhlich zu.

Das Langschiff trieb jetzt langsam auf ihren Bordrand zu. Sein schmuckloser Bug war bereits auf gleicher Höhe mit der Mitte ihres Schiffes. Ulfs Augen wanderten über die geschlossene Reihe der fremden Krieger, die, ihre runden Schilde einander überlappend, mit gezückten Schwertern an der Bordwand standen, bereit, auf ihr Schiff zu springen, sobald sich der Abstand verringern würde. Plötzlich kam Unruhe in der Schlachtreihe auf. Ein Schild fiel klatschend ins Wasser. Ulf sah, dass dem Mann, der den Schild hatte fallen lassen, ein Wurfspieß tief in der rechten Schulter steckte. Der Mann versuchte, mit beiden Händen, die Spitze des Spießes herauszureißen. Dabei verlor er das Gleichgewicht und stürzte ins Wasser. In seinem Schreck schlug er wild mit den Armen um sich, so dass das Wasser hoch aufspritzte. Gedankenschnell beugte sich einer ihrer Leute über den Bordrand und trennte ihm mit einem Schwerthieb die rechte Hand ab. Ulfs Augen folgten der abgeschlagenen Hand, die die Strömung forttrieb, während ihm das Freudengeheul seiner Leute in den Ohren gellte.

Der Verwundete verharrt einige Augenblicke regungslos, wie erstarrt. Dann stößt er einen Schmerzensschrei aus und wirft sich mit aller Kraft nach vorne. Sein Helm stößt fast gegen ihre Bordplanken. Jetzt beugt sich der weißhaarige Gizur nach vorne, packt den Mann an der rechten Schulter und reißt ihn hinauf zum Bordrand. Mit einem einzigen Schlag trennt er den Kopf vom Rumpf. Gizur wirft sein Schwert hinter sich und packt den Helm mit beiden Händen. Als er ihn hochreißt, klatscht der abgeschlagene Kopf ins Wasser.

»Warum hast du dich eingemischt, Gizur? Ich habe ihn mit dem Wurfspieß verwundet. Der Mann war mein!«, schrie einer ihrer Leute erbost.

»Niemand neidet dir den Helm, Leif«, rief der Alte begütigend und warf Leif den Helm zu.

Die Angreifer hatten wie versteinert zugesehen und keinen Laut von sich gegeben. Jetzt stieß ein Mann, der der Schiffsführer sein musste, sein Schwert in die Höhe und brüllte mit sich überschlagender Stimme: »In einigen Augenblicken sind wir nahe genug an ihrem Schiff. Dann drauf auf die verfluchten Hunde!«

»Auseinander!«, hörte Ulf die donnernde Stimme Ragnars. Er sah, wie Ragnar, ohne Schild, nur mit dem Schwert in der Rechten, mit einem riesigen Satz auf das feindliche Boot sprang. Er berührte den Bordrand mit dem linken Fuß, genau vor dem Anführer ihrer Feinde, packte mit der linken Hand dessen Schild, stieß den Mann einen Schritt zurück und riss den Schild zur Seite. Immer noch mit einem Fuß auf dem Bordrand, stieß er dem feindlichen Anführer das Schwert in die Brust. Jetzt sprang er auf die Deckplanken, das Schwert während des Sprunges herausreißend. Der Körper des feindlichen Schiffsführers drehte sich um seine eigene Achse und stürzte dann schwer auf die Planken.

Keiner der Feinde hatte auch nur eine Hand gerührt, so blitzschnell war alles vor sich gegangen. Die erstarrte Reihe der feindlichen Krieger entzog Ragnar Ulfs Blicken. Nur Ragnars Helm ragte über die Köpfe. Jetzt verschwand auch der Helm einen kurzen Augenblick. Dann sprang Ragnar in die Höhe, weit über die Köpfe der Feinde. In der Hand hielt er den abgeschlagenen Kopf des feindlichen Anführers. »Da habt ihr euren Verbündeten!«, brüllte er und schleuderte den Kopf dem zweiten Langschiff entgegen. Ulf sah, wie der Helm sich von dem Kopf löste, hörte, wie er klatschend ins Wasser fiel.

Nun löste sich die Erstarrung, die Ragnars Handstreich ausgelöst hatte. Ihre Leute brüllten vor Freude auf, wagten aber nicht den Sprung auf das feindliche Boot, weil der Abstand noch zu groß war. Auch in die Kampfreihe der Flussräuber kam Bewegung. Einige wandten sich dem wütenden Kämpfer in ihrem Rücken zu, nicht bedenkend, dass sie nun dem Feind auf dem Boot den Rücken zudrehten. Ake hatte seinen Bogen in der Hand und drängte sich zwischen ihn und den Griechen. In aller Gemütsruhe, als handele es sich um ein Wettschießen, schoss er seine Pfeile auf diejenigen Feinde ab, die ihrem Boot den Rücken zukehrten. Mindestens drei der Pfeile trafen.

Was sich auf dem feindlichen Schiff abspielte, konnte Ulf nur erraten. Er sah zwei Körper in sich zusammensacken. Offensichtlich hatte Ragnar ihnen sein Schwert in den Rücken gestoßen, aber Ulf bekam seinen Schiffsführer nicht zu Gesicht. Ulf war verblüfft. Der Sprung eines einzelnen auf das fremde Langschiff, der Angriff auf den Anführer der Feinde mitten in einer geschlossenen Schlachtreihe: Ulf konnte Ragnars Verwegenheit nur bewundern. Aber wie wollte Ragnar sich auf dem feindlichen Schiff gegen die Übermacht verteidigen? Immer noch war der Abstand zu groß, als dass ihre Leute auf das Schiff der Feinde hätten springen können, um ihren Anführer herauszuhauen.

Ein Aufschrei reißt ihn aus seinem Sinnen. Zweimal sieht er Ragnar hoch in die Luft schnellen, hoch über die Köpfe der Feinde. Jedes Mal durchtrennt sein Schwert eines der Taue, welche die Rahe mit dem eingerollten Segel festhalten. Ulf sieht die Rahe herunterstürzen, auf die Helme einiger der Feinde, die zu nahe am Mast stehen. Auf dem feindlichen Schiff herrscht jetzt unbeschreibliche Verwirrung. Alles brüllt und rennt durcheinander. Da übertönt Ragnars Donnerstimme das Geschrei: »Der ist für dich, Grim!«

Auf dem feindlichen Schiff, dessen Bug von der Strömung inzwischen über ihr Heck hinausgetrieben worden war, entstand ein Gedränge, dessen Ursache Ulf nicht erkennen konnte. Plötzlich sah er Ragnar, einige Meter aufwärts, am Bordrand stehen, hinter einem der Feinde, der zu ihnen hinüberschaute. Ulf sieht, wie Ragnar das Schwert zwischen die Zähne steckt, den Mann an beiden Hüften packt, hoch über seinen Kopf hebt und in ihre Richtung schleudert. Jetzt nimmt Ragnar sein Schwert wieder in die Hand, setzt den linken Fuß auf den Bordrand und springt auf ihr Boot zurück, noch einen ihrer Leute umreißend, der nicht schnell genug Platz gemacht hat.

Wasser spritzte Ulf ins Gesicht, als der Feind, den Ragnar ihnen entgegengeschleudert hatte, bis über den Helm in den Fluss eintauchte. »Stoß doch zu, Grim!«, rief Erik mit einer Stimme, die vor Kampfeslust zitterte, und deutete mit der Hand auf den Kopf des Gegners, der gerade wieder aus dem Wasser auftauchte. Grim stand, etwas vorgebeugt, mit unbewegtem Gesicht am Bordrand und umklammerte seinen Speer mit beiden Fäusten. »Nur ruhig, mein Junge!«, knurrte er. Der Graubärtige stieß erst zu, als der Gegner sich im Wasser aufrichtete, Arme und Brust über der Wasseroberfläche. Von seinem Platz aus konnte Ulf sehen, dass die Speerspitze am Rücken wieder heraustrat. Gemächlich richtete der alte Haudegen sich auf und hob mit dem Speer den triefenden Körper aus dem Wasser.

Jetzt reißt Grim den Sterbenden mit einem schnellen Ruck an den Bordrand. Mit der Linken zieht er den Helm vom Kopf, betrachtet den rostigen Eisenhelm mit düsterer Miene von allen Seiten und schleudert ihn weit auf den Fluss hinaus. Er schiebt den schon leblosen Körper mit der Hand vom Speer, und zieht die Spitze, um sie zu reinigen, durchs Wasser. Missmutig schaut er um sich, als sein Blick auf Ulf fällt. Über sein Gesicht zieht ein breites Grinsen, doch die Kälte in seinen Augen lässt Ulf zusammenzucken. »Schäbige Beute für einen gutgezielten Speerstoß, Ulf!«

»Vater!«, rief Erik dem Schiffsführer zu, der, zufrieden lächelnd, auf sie zuschritt. »Lass die Ruder einlegen. Wir hauen sie nieder und nehmen ihnen all ihre Beute ab!«

Grim drehte sich um und blickte verwundert auf Erik. »Bist du toll? Glaubst du wirklich, sie hätten die Beute aus ihren früheren Überfällen auf dem Boot?« Er schüttelte den Kopf. »Die haben irgendwo an dem Nebenfluss, aus dem sie gekommen sind, ein Lager, in dem sie ihre Beute versteckt haben. Das finden wir nie.«

Ragnar ging schweigend zum Steuerruder. Dann drehte er sich um und spuckte verächtlich über Bord. »Bis wir gedreht und den Mast aufgerichtet haben…«

»Schau dir doch an, Erik, welchen Vorsprung sie schon haben!«, lächelte der Grieche. »Ich habe beobachtet, wie einige mit den Rudern das Boot abgestoßen haben. Jetzt sind sie wieder in der Strömung. Die ist zwar nicht stark, aber ihren Vorsprung holen wir nicht mehr ein.«

»Wir haben doch mehr Ruderer als sie!«, beharrte Erik erbost. »Mehrere von ihnen sind tot oder schwer verwundet. Und... und in den Nebenfluss können sie nicht mehr zurück, weil wir ihnen den Weg abschneiden.«

Ragnar schüttelte missgelaunt den Kopf und deutete auf eine riesige Eiche, die hinter ihnen, am jenseitigen Ufer, ihre kahlen Äste in den Himmel reckte. »Dort ist auch ein Nebenfluss. Ich habe ihn im Vorbeifahren gesehen. Dort werden sie einbiegen.«

Ulf musste ihm Recht geben. Das Boot der Flussräuber war längst außerhalb der Reichweite ihrer Pfeile und hielt die Richtung auf die abgestorbene Eiche ein. Einige ruderten, andere zogen in fieberhafter Eile die Rah wieder hoch.

»Dann holen wir sie eben auf diesem Nebenfluss ein«, sagte Erik. Ragnars Stimme klang jetzt ungeduldig. »Zwischen den beiden Nebenflüssen gibt es nichts als Sumpf. Solche Flussräuber schlagen immer ihr Lager in einem Sumpfgebiet auf.« Er zuckte mit den Achseln. »Und im Sumpf gibt es tausend Verstecke für ein Langschiff.«

Grim grinste. »Nicht noch einmal. Ums Verrecken nicht! Da soll eher Thors Hammer dreinschlagen!«

Ragnar nickte. »Grim hat Recht! Einmal bin ich Flussräubern in einen solchen Sumpf gefolgt. Fünf Tage hat es gedauert, bis wir den Fluss wieder gefunden haben.« Er schwieg einen Augenblick. »Die Mücken haben uns fast aufgefressen.«

Erik schaute sehnsüchtig den beiden fliehenden Langschiffen nach. »Dann holen wir uns eben das zweite Boot. Es hat sicherlich eine wertvolle Ladung, denn es gehört nicht zu den Flussräubern.«

Grim lächelte abschätzig. »Siehst du nicht, dass es auf die Flussräuber wartet? Es hat gleich, als Ragnar die Rahe vom Mast schlug, das Segel wieder heruntergelassen. Jetzt hat es einen großen Vorsprung. Aber sie werden es nicht auf eine Verfolgung ankommen lassen. Sie warten auf das erste Boot, um ihm in den Sumpf zu folgen.«

Erik schüttelte heftig den Kopf. »Glaubst du wirklich, die Flussräuber werden den anderen ihr Lager zeigen?«

»Quatsch! Natürlich nicht. Aber ein Versteck werden sie ihnen zeigen. Davon gibt es ja genug.«

»Warum sollten sie, Grim?«

»Weil sie Verbündete geworden sind.« Ragnar zupfte ärgerlich an seinem Bart. »Und weil Verbündete einander zur Treue verpflichtet sind. Auch in der

Niederlage.« Er blickte zum jenseitigen Ufer. Es war jetzt offensichtlich: beide feindlichen Langschiffe steuerten auf den Nebenfluss zu. »Zurrt eure Ruderkisten wieder fest und legt die Ruder ein. Wir haben schon genug Zeit verloren.«

Auf dem Weg zu seinem Ruderplatz kam Ulf an Grim und Gizur vorüber, die noch beisammen standen. »Verrückter Einfall, die Flussräuber zu verfolgen!«, knurrte der Graubart gerade. »Ragnar weiß doch immer am besten, was zu tun ist. Wenn eine Entscheidung zu treffen ist, sollte sein Sohn öfter mal den Mund halten.«

Der Spott in Gizurs Stimme war unüberhörbar. »Noch öfter, Grim?«

Als Ulf dem Griechen half, die Sitztruhe festzubinden, blickte dieser ihn an. Ein Lächeln legte seine Augenwinkel in Falten. »Der Weg ist noch weit bis Konstantinopel, Ulf.«

Ulf stieß den Holm des Ruders nach vorne und zog ihn dann gegen die Brust. Er hatte die Augen geschlossen. An den Ufern gab es nichts zu sehen außer Wald. Seine Gedanken wanderten zurück nach Haithabu. Er versuchte, sich zu erinnern, wie lange sie nun schon unterwegs waren. Vier Wochen, fünf Wochen, er wusste es nicht. Die Fahrt durch die Ostsee, entlang der Südküste, war nicht anstrengend gewesen. Sie hatten stets einen kräftigen Westwind gehabt und brauchten nicht zu rudern. Nachts hatten sie nicht an der Küste angelegt. Nur einmal, im Land der Obotriten, bei einem Fischerdorf, wo sie eine Kuh kauften. Ragnar hatte keinen der slawischen Seehandelsplätze mit den berühmten Namen angefahren. Er wollte die Pelze, die in Konstantinopel so begehrt waren und einen hohen Preis erzielten, erst in Ladoga oder Kiew einkaufen, weil sie dort billiger waren. So hatte Ulf die Südküste nur vom Boot aus gesehen: die flache Landschaft, in der weite, von Wäldern begrenzte Sandstrände sich abwechselten mit Sanddünen und steil ins Meer abfallenden Kliffen.

Nur an einem Handelsplatz auf der Insel Rügen hatten sie zwei Tage verbracht. Ragnar wollte dort einen befreundeten nordischen Händler besuchen. Der Ort, von dem er so viel gehört hatte, hatte Ulf gefallen. Er war der wichtigste Seehandelsplatz der Ranen. Die Ranen auf Rügen waren einer der mächtigsten Stämme der Slawen. »Diese Ranen sind geschickte Händler und gefürchtete Seeräuber«, hatte Ragnar einmal anerkennend gesagt.

Ulf sah die Kreidefelsen wieder vor sich, die schon von weitem in der Sonne strahlend weiß geleuchtet hatten, als sich ihr Langschiff der Insel Rügen näherte. Die schmalen Durchfahrten und dann die breite, seeartige Bucht. Durch eine weitere schmale Durchfahrt waren sie in einen Binnensee gelangt, der übersät war mit unzähligen, verschilften Inselchen. Ulf hatte über die Schiffsanlegestellen gestaunt: am Seeufer hatte man schmale Becken ausgehoben, vielleicht ein Dutzend nebeneinander. Die Ränder waren mit Bohlen befestigt, und man konnte einfach aus dem Langschiff auf den Erddamm steigen. Ja, einige dieser Becken hatten sogar ein Schilfdach. Neugierig hatte Ulf die Schiffe der Slawen betrachtet, denn in all den Wochen, die er in Haithabu verbracht hatte, war dort kein Slawenboot eingelaufen. Diese Boote waren Ruderboote mit einem breiten Segel wie ihre eigenen Langschiffe. Aber sie waren kleiner und plumper. Sie hatten auch keine hohen Steven. Ulf konnte sich nicht vorstellen, dass diese Boote einem nordischen Langschiff gefährlich werden könnten, und er hatte Gizur gefragt, der neben ihm stand. Hinter sich hatte er Grims Stimme gehört: »Ganz einfach. Sie fallen mit vielen Booten über unsere Langschiffe her. Auf offener See allerdings rudern oder segeln unsere Langschiffe ihnen mühelos davon.«

Ragnar hatte den befreundeten nordischen Händler aufgesucht. Asbrand besaß einen der Höfe, und sie hatten auf seinem Grund ihre Zelte aufgeschlagen.

Ein Rundgang hatte Ulf gezeigt, dass dieser Seehandelsplatz keine Stadt war, nur eine Ansammlung von Gehöften. Die Häuser der Slawen unterschieden sich kaum von ihren eigenen: einstöckige Häuser aus Baumstämmen oder Flechtwerk mit einem Schilfdach, umgeben von Nebengebäuden für Sklaven oder Handwerker.

Am ersten Abend hatte ihr Gastgeber ein Festgelage ausgerichtet, zu dem vier nordische Händler gekommen waren, die dort ebenfalls Höfe besaßen. »Nein«, hatte Asbrand geantwortet, »wir befürchten hier keinen feindlichen Überfall. Die Ranen haben zwar diesen Platz nicht befestigt, wie die Slawen es meistens tun. Aber ihre große Burg ist nur eine gute Stunde entfernt.« Er hatte mit dem Kopf genickt. »Eine starke Burg. Uneinnehmbar, würde ich sagen. Mit Graben, Erdwall und Palisadenzaun.«

Bei Bier und Met hatte man sich über die Zukunft des Handels zwischen den Slawen und den Nordmännern erhitzt. »Nein, sage ich euch!«, hatte einer der Händler gewettert. »Es wird von Jahr zu Jahr schwieriger. Unter den slawischen Stämmen gärt es. Unsere Stellung in den slawischen Seehäfen wird immer unsicherer.« Er hatte sich missmutig das Bier aus dem Bart gewischt. »Über hundert Jahre waren wir hier gern gesehen. Und jetzt? Denkt an Truso! Was für ein berühmter Handelsplatz diese Stadt an der Weichselmündung einmal war! Und heute? Immer mehr nordische Händler wandern ab!«

Asbrand hatte sorgenvoll genickt: »Schon die Väter unserer Großväter haben hier, an der Südküste der Ostsee, in den Ländern der Slawen,

Handelsniederlassungen gegründet. Mein Vater, der aus Schweden kam, hat den Hof erbaut, mitten in einem Dorf der Slawen. Früher war es friedlich…«

Am nächsten Tage hatte sich Ulf den kleinen Ort auf der Insel angesehen. Der alte Gizur hatte ihn begleitet. Am Südende der Insel, außerhalb des Dorfes, stand ein Blockhaus auf einem aufgeschütteten kleinen Hügel. Gizur hatte ihn am Arm gepackt. »Besser nicht weiter! Das ist ihr Heiligtum.« Er hatte mit der Hand auf das jenseitige Ufer gedeutet, auf die Knochen, die am Strand lagen. »Dort bringen die slawischen Händler ihre Tieropfer dar. Manchmal opfern sie auch Menschen. Sklaven oder Gefangene.«

»Nein«, hatte er auf Ulfs Frage gelacht. »Das ist nicht der berühmte Tempel von Arkona. Der liegt in der Nähe, an der Küste. Arkona ist eine mächtige Tempelburg. Ich war nie dort, denn die Slawen lassen keine Fremden hinein. Aber ich habe gehört, dass diese Tempel wie all ihre Burgen aussehen: befestigt mit Erdwall, Graben und Palisaden. Und im Innern steht in einer großen Halle ein hölzernes Götterstandbild mit vier Köpfen, das sie verehren.«

An der baltischen Küste hatte Ragnar das Boot weit auf die offene See hinaus gesteuert. Nur verschwommen konnten sie von ihrem Schiff aus die Sanddünen mit Kiefern und die steilen Klippen erkennen. Als der Grieche abends Ragnar fragte, ob sie die Nacht nicht an Land verbringen könnten, hatte Ragnar entschieden den Kopf geschüttelt. »Das wäre gefährlich. Die baltischen Völker sind nicht gut auf uns Nordmänner zu sprechen. Es ist ja auch erst sechs oder sieben Jahre her: zuerst überfiel eine Flotte aus Dänemark die kurländische Küste. Aber die Dänen wurden geschlagen. Sie mussten sogar ohne ihre Beute auf die Schiffe fliehen.« Ragnar hatte verächtlich über Bord gespuckt. »Im nächsten Jahr kam Olaf mit seinen Langschiffen aus Schweden.« Ragnar hatte die Achseln gezuckt. »Zuerst ging es ja ganz gut. Die Schweden eroberten und zerstörten die Burg, die wir ›Seeburg‹ nennen. Aber ihr Angriff auf die Burg Apulia scheiterte. Na ja, nicht ganz. Die Litauer zahlten ihnen immerhin etwas Lösegeld, damit sie abzögen.«

»Den Mast aufrichten!«, rief Ragnar über Deck. Ulf holte sein Ruder ein und half beim Aufrichten des Mastes. Dann vertrat er sich die steif gewordenen Beine, denn auf seinem Ruderplatz konnte er die Füße nicht ausstrecken, ohne gegen Eriks Sitztruhe zu stoßen. Schließlich setzte er sich auf die Bordwand. Die Landschaft bot keine Abwechslung. Immer das gleiche, dachte er, Schilf und Wald. Von Zeit zu Zeit beobachtete er das Treiben auf Deck. Der alte Gizur hatte, sobald der Mast stand, seinen geliebten Würfelbecher aus dem Fellsack unter den Planken geholt und war fortgeeilt. Auf den Gängen lagen mehrere Spielbretter, und je zwei Ruderer spielten Dame oder

Mühle. Einige kämmten sich oder stutzten sich mit Spiegel und Schere den Bart. Grim saß ihm gegenüber auf dem Bordrand. Er hatte den Gabelbart auseinander geflochten. Jetzt war er gerade dabei, die Strähnen erneut in kleine Zöpfe zu drehen und ineinander zu flechten. Am Steuerruder stand Erik. Neben ihm saß der Schiffsführer mit untergeschlagenen Beinen und schärfte sein Schwert mit einem Wetzstein.

Ulf streckte das Kinn empor, um den Luftzug deutlicher zu spüren. In den Mittagsstunden war es, wenn die Sonne schien, heiß, unangenehm heiß. Ulf schloss die Augen und döste vor sich hin. In Gedanken ließ er die Erlebnisse der letzten Wochen an sich vorüberziehen.

»Neun Tage von Haithabu bis zur Mündung der Newa. Und dabei einen ganzen Tag an Land verbracht!« hatte Ragnar mit Stolz in der Stimme gesagt, als ihr Langschiff in diesen Fluss einbog, der das erste Teilstück des »Ostweges« war, der monatelangen Fahrt durch das Ostland nach Konstantinopel.

Die trägen Fluten dieses breiten, versumpften Flusses hatten sie in weniger als einem Tag zum Ladoga-See geführt, diesem riesigen See, der kein Ende zu nehmen schien, mit den Hunderten von bewaldeten Inseln und Inselchen. Unwillkürlich schauerte es Ulf. Es war noch bitterkalt gewesen. Die tief eingeschnittenen Buchten des zerklüfteten Nordufers waren sogar noch vereist. Nachts hatte er in seinem Schlafsack aus Fell, den er mit dem Griechen teilte, erbärmlich gefroren, obwohl sie sich mit mehreren Pelzen zugedeckt hatten. Beinahe drei Tage hatten sie gegen die Strömung und den eisigen Gegenwind angerudert, bevor endlich das flache Südufer in Sicht kam, und ihr Langschiff, vorbei an weiten Sandstränden und felsigen Ufern mit Weiden und Erlen, in den Wolchow einbog. Na ja, erinnerte sich Ulf, ein Gutes hatte der Ladoga-See gehabt: niemals hatten sie so viele Fische gefangen wie im gelb-braunen Wasser dieses Sees.

Ladoga! Der berühmteste Handelsplatz des Ostlandes, dessen Namen in Schweden jedes Kind kannte. Vier nordische Langschiffe hatten am Flussufer gelegen, als sie eintrafen. Mit Genugtuung erinnerte sich Ulf an das bärtige Gesicht eines der Schiffsführer, mit denen sich Ragnar ausgiebig unterhalten hatte.

»Nach Konstantinopel?!«, hatte er ausgerufen und Ragnar mit einem Blick angestarrt, in dem sich Verwunderung mischte mit Bewunderung. »Einmal habe ich es versucht. Nie wieder!« Ein anderes der Langschiffe wollte über die Wolga nach Bulgar, der Hauptstadt der Wolga-Bulgaren. »Guter Handelsplatz. Besonders für Seide und Sklaven. Ich war schon zweimal dort«, hatte Ragnar zustimmend gebrummt. Die beiden anderen Langschiffe würden mit Pelzen und Sklaven nach Birka zurückkehren.

Der Ort selbst hatte Ulf enttäuscht. Eine Ansammlung von Blockhäusern auf einem niedrigen Höhenrücken am Westufer. Die Ugrofinnen, denen der Ort gehörte, hatten Häuser von seltsamem Aussehen. Es waren Blockhäuser, bei denen sich die aufeinander liegenden Baumstämme an den Hauskanten überlappten. In die Baumstämme, die die Wand bildeten, waren breite, aber niedrige Fenster eingeschnitten. Und das Dach war nicht mit Schilf gedeckt, sondern mit Holz. Vor allem aber fiel ihm der Grundriss der Häuser auf: einige waren zweiflügelig, andere hatten mehrere hölzerne Anbauten, sogar die Haustür führte manchmal in einen solchen Anbau. Lange hatte Ulf von allen Seiten ein Haus betrachtet, bei dem zwei Flügel im rechten Winkel aneinander stießen. In diesen Winkel hinein, an beide Innenseiten, war ein weiteres Haus angebaut worden, das keine Tür besaß und deshalb nur vom Inneren des Hauptgebäudes aus betreten werden konnte.

Deshalb hatte Ulf sofort die Häuser herausgefunden, in denen nordische Händler lebten: sie sahen aus wie in der Heimat.

Sie waren drei Tage in Ladoga geblieben. Es war noch früh im Jahr. Daher waren erst wenige fremde Händler eingetroffen. Die nordischen Händler, die in Ladoga wohnten, waren reich. Ihre Kleidung und ihr Schmuck ließen daran keinen Zweifel. Aber keiner von ihnen besaß ein Langschiff. Sie benutzten für ihre Handelsfahrten die gleichen Boote wie die Finnen: einfache Boote für sechs oder acht Ruderer. »Was soll ich hier mit einem Langschiff?« hatte einer der Händler auf Ulfs Frage entgegnet. »Bei meinen Handelsfahrten bleibe ich im Ostland und komme nicht in die Ostsee. Diese kleinen Boote sind für die Flüsse viel besser geeignet. Sie können noch die schmalsten Nebenflüsse befahren, in die sich kein Langschiff wagen darf. Im Winter ziehen wir mit Schlitten los. Die Flüsse und Sümpfe sind dann zugefroren und bilden die bequemsten Straßen, die man sich denken kann. Na ja, genauso wie zu Hause in Schweden. Im Sommer fahren wir mit unseren Booten nach Kiew, nach Bulgar, oder sogar nach Itil, der Hauptstadt des Chasarenreiches.«

Ragnar ging von Händler zu Händler und ließ sich die Pelze zeigen. Ulf begleitete ihn oft. Von Tag zu Tag wurde Ragnars Gesicht finsterer. »Verfluchte Halsabschneider! Das sind ja Wucherpreise!«, hatte er eines Abends am Feuer geknurrt. Nur von einem Finnen, den er kannte, hatte er Pelze gekauft.

Bei den Verhandlungen mit den finnischen Händlern war immer Grim dabei gewesen, denn er konnte sich in ihrer Sprache mit ihnen verständigen. »Diese ugrofinnischen Stämme im Ostland sprechen eine ähnliche Sprache wie die Finnen östlich von Schweden«, hatte Grim abends auf Ulfs Frage geantwortet. Ulf, der noch nie einen Finnen gesehen hatte, hatte die Frage nachgeschoben, warum Grim die Sprache der Finnen beherrsche. Nach längerem Schweigen war das Abweisende aus Grims Blick verschwunden, und der Graubart hatte gleichmütig geantwortet: »Ich hatte eine Finnin zur Frau. Wie viele Schweden, oben im Norden.«

Von Ladoga aus hatte der Wolchow sie zum Ilmen-See geführt. Ulf sah den See wieder vor sich: die flachen Ufer, an denen die Mauer aus Wald ständig unterbrochen wurde durch einmündende Flüsse und durch Sümpfe, auf denen nur Schilfgras wuchs. Sie waren in den Lowat eingebogen und hatten, schon ein oder zwei Stunden später, an einem weiteren Handelsplatz Halt gemacht. Ulf konnte sich an den Namen des Ortes nicht mehr erinnern. Der Handelsplatz war kleiner als Ladoga, aber die Blockhäuser der Finnen waren die gleichen.

Sie waren sechs Tage geblieben. Ragnars Gesicht hatte bereits nach den ersten drei oder vier Besuchen bei den finnischen Händlern gestrahlt. »Vernünftige Preise, bei denen ein ehrlicher Händler auch noch etwas verdienen kann«, hatte er zufrieden gebrummt.

Die sechs Tage waren wie im Fluge vergangen. Ragnar hatte vom Aufgang der Sonne bis zur Abenddämmerung mit den finnischen Händlern um den Preis der Pelze gefeilscht. Ulf nickte anerkennend vor sich hin: Ragnar hatte wirklich ihre fränkischen Schwerter, ihre nordischen Fibeln und Schmuckstücke zu einem stattlichen Preis in Pelze umgetauscht. Sobald ein Handel abgeschlossen war, trugen einige Ruderer die Pelze zum Ufer, schlugen sie in Häute ein, umschnürten die Ballen mit Seilen und schafften sie auf Deck.

Ulf hatte in den sechs Tagen gelernt, die Finnen von den Slawen zu unterscheiden. Eigentlich war die Kleidung der Finnen die gleiche wie bei den Nordmännern: Umhänge, knielange Hemden und lange Hosen bei den Männern, lange Unterkleider und darüber Schürzenkleider bei den Frauen. Aber an ihrem Schmuck konnte man die Finnen sofort erkennen: nichts liebten sie mehr als Spiralen aus Silber oder Gold. Männer und Frauen trugen breite Spiralen an beiden Unterarmen, die Männer sogar an den Unterschenkeln um die Beinlinge. Selbst bei den Männern waren diese Spiralen nichts als Schmuck. Anders als beim nordischen Händler, der die Spirale am linken Unterarm nur dazu benutzt, ein Stück Silber abzuschneiden, wenn ihm die Silbermünzen ausgehen. Viele, Männer und Frauen, hatten sogar Spiralen als Zierrat auf die Kleidung genäht.

Und die Frauen trugen zwischen den Fibeln, welche die Schürzen an den Schultern zusammenhielten, eine Kette aus Glasperlen, Silber oder Gold.

Auch Ulf hatte mit den Finnen gehandelt, stets in Begleitung des Griechen, der im Feilschen mehr Erfahrung besaß. Jeder der Ruderer hatte auf dem

Schiff einen Platz für die Waren, die nur ihm gehörten, nicht der Fahrtgenossenschaft. Ulf hatte, da der ihm zustehende Stapelraum auf dem Schiff klein war, nur Silberfuchs gekauft. Diese Pelze waren die teuersten, aber der Grieche hatte versichert, in Konstantinopel zahle man dafür ein Vermögen.

In Alt-Nowgorod hatte Ulf zum ersten Mal auch Ostslawen gesehen. Die Männer trugen keine Umhänge und die Frauen keine Schürzenkleider. Auch die Slawen konnte man anhand des Schmuckes auf den ersten Blick von den Finnen unterscheiden. Männer und Frauen hatten große Ringe aus Silber um den Hals, mit denen sie auch ihre Einkäufe bezahlten. Und die Frauen trugen etwas, das Ulf noch nie gesehen hatte: Stirnreifen, an denen verschiedenartigste, oft kunstvoll gestaltete Anhänger baumelten.

Ulf hatte sich einmal mit einem finnischen Händler, der Ragnar gut bekannt und dem ihre nordische Sprache geläufig war, über die Slawen unterhalten. »Sie gehören zum Stamme der Slovenen.« Der Händler hatte auf die flachen Höhenrücken gezeigt, die vereinzelt aus der Ebene aufragten. »Auf diesen Höhenrücken stehen ihre Dörfer, denn in den Tälern gibt es meist nur Sumpf.« Dann hatte er einen Augenblick geschwiegen. »Von Westen her wandern immer mehr Slawen in unser Gebiet. Aber noch sind unsere Beziehungen friedlich.«

Ulf war bester Laune gewesen, als sie ihre Fahrt fortsetzten. Es waren einträgliche Geschäfte gewesen, seine eigenen und die der Fahrtgenossenschaft. Doch dieses behagliche Gefühl der Zufriedenheit hatte nicht lange gedauert. Kaum waren sie zwei Stunden gerudert, so sah Ulf die Stromschnellen des Lowat vor sich. Es war eine schweißtreibende Plackerei gewesen. Sie mussten das Boot entladen und dann auf den Holzstämmen, die sie für diesen Zweck dabei hatten, auf dem Ufer bis oberhalb der Stromschnellen schieben. Ragnar hatte keinen Zweifel daran gelassen: dies würde nicht die letzte Stromschnelle sein und nicht die schwierigste. Während sie sich mit aller Kraft gegen die Bordwand stemmten, hatte Ragnar gut gelaunt gebrüllt: »Hier könnt ihr einmal in Ruhe üben. Hier gibt es keine Petschenegen, die euch überfallen.«

Ragnar, der wieder am Steuerruder stand, rief nach dem Finnen. Der Mann hielt am Vordersteven Ausguck und kam jetzt nach hinten. Es ist wegen der Fischerboote, denkt Ulf. Der Finne war ein bartloser junger Mann. Sie hatten ihn an dem Handelsplatz beim Ilmen-See an Bord genommen. Sein Vater war der Händler, den Ragnar kannte, und der Sohn wollte nach Kiew. Es war kein Opfer gewesen: einen zusätzlichen Mann konnte man gut brauchen. Er konnte nach den zahlreichen Sandbänken Ausschau halten oder einen der Ruderer ablösen. Vor allem aber: der junge Finne beherrschte sowohl die Sprachen der ugrofinnischen Völker als auch die Sprache der Slawen.

»Wo Fischerboote sind, ist auch ein Dorf in der Nähe. Bei diesen fischreichen Gewässern entfernt sich kein Fischer allzu weit von seinem Dorf«, sagte Ragnar zu dem Finnen. »Wir werden den Booten folgen und so das Dorf finden. Vielleicht können wir mit den Leuten Handel treiben.«

»Was willst du kaufen?«, fragte der Finne.

»Pelze, was sonst? Auf den Dörfern sind sie immer billiger als beim Händler. Wir haben noch Platz an Deck.«

Erik, der vor ihnen auf seiner Truhe saß und sein Schwert mit einem Lappen blank gerieben hatte, blickte auf. »Warum kaufen? Wir sind dreißig Mann. Wenn die Dorfbewohner unser Langschiff erblicken, laufen sie alle davon.«

Der Finne schüttelte den Kopf. »Du glaubst, sie hätten die Pelze im Dorf? Diese Leute haben im Wald Verstecke für ihre Jagdbeute.«

»Der Finne hat Recht«, entschied Ragnar. »Wir könnten tagelang die Wälder absuchen und würden doch nichts finden. Aber in gewisser Weise hat auch Erik recht. Wenn wir bis ans Dorf rudern und dann alle gleichzeitig von Bord springen, flüchten diese Dorfbewohner in den Wald. Wir müssen behutsam vorgehen.«

Sie hatten, seit sie Alt-Nowgorod verlassen hatten, noch kein Dorf zu Gesicht bekommen. Die hiesigen Stämme, ob Finnen oder Slawen, zogen es wegen der Überfälle vor, ihre Dörfer an Nebenflüssen zu errichten.

Ulf beobachtete die Fischerboote. Es waren einfache Einbäume, mit je einem Mann besetzt. Obwohl ihr Langschiff noch weit entfernt war, zogen die Fischer hastig ihre Netze ein und ruderten zum linken Ufer, wo sie in einem Nebenfluss verschwanden. Nach einiger Zeit ließ Ragnar das Segel einrollen. »Hier muss die Einmündung sein. Ich habe mir die riesige Fichte dort gemerkt. Rudert wieder!«

Die Einmündung war beinahe völlig mit Schilf zugewachsen. In der schmalen Fahrtrinne konnten sie nicht rudern, sie mussten das Boot mit den Rudern durchstaken. Ihre Ruder blieben oft im Schlamm stecken. Der aufgewirbelte Schlamm stank faulig. Dunkle Schwärme von Stechmücken fielen über sie her. Dann wurde die Wasserfläche breiter, und die Mücken verschwanden. »Rudert ganz langsam!«, rief Ragnar. »Sonst glauben sie an einen Überfall.«

Nach einer halben Stunde kam der Befehl, das Rudern einzustellen. Ulf blickte in Fahrtrichtung. Einige hundert Meter entfernt mündete am rechten Ufer ein Flüsschen. Hinter der Mündung ragte eine sandige Landzunge weit in den Fluss hinein. In der Mitte dieser Halbinsel erhob sich ein kreisrunder, doppelt mannshoher Erdwall mit einem Palisadenzaun auf der Spitze und einem wassergefüllten Graben am Fuße. Das Tor lag zur Spitze der Landzunge hin und stand weit offen. »Wir müssen ins Dorf, bevor sie das Tor schließen«, sagte Ragnar.

»Das ist kein Dorf, das ist ein Tempel. Und zwar ein slawischer Tempel«, entgegnete der Finne. »Das Dorf wird in der Nähe sein, irgendwo hinter der Halbinsel.«

Sie ruderten ohne Hast bis zur Spitze der Landzunge. »Grim übernimmt den Befehl. Ich gehe mit fünf Mann zum Tor.« Ragnar deutete auf Gizurs Rudernachbarn. »Die fünf dahinter folgen mir an Land, bleiben aber am Ufer. Sie sollen nur unseren Rückzug decken, falls wir angegriffen werden. Legt nicht an! Haltet das Boot aber so nahe am Ufer, dass einige nachspringen können, wenn es zu einem Kampf kommt. Und, Grim, macht keinen Lärm. Sag es den Leuten leise.«

Mit einigen Ruderschlägen war ihr Boot in Sprungweite vom Ufer. Ragnar machte sich nicht die Mühe, zur Schiffsmitte zu gehen. Ohne ein Wort setzte er auf Eriks Ruderplatz den linken Fuß auf die Bordwand. In der linken Hand den Schild, in der rechten das Schwert, die Arme halb ausgebreitet, flog er mit einem Riesensprung ans Ufer. Als Ulf und die anderen nach einem kurzen Sprung von der Schiffsmitte am Ufer standen, stürmte Ragnar, ohne sich umzublicken, bereits mit langen Schritten auf das Tor zu. Sie hatten Mühe, ihn einzuholen. Ulf suchte mit den Augen den Palisadenzaun auf dem Erdwall ab, immer bereit, den Schild hochzureißen, falls sie mit einem Pfeilhagel empfangen werden sollten. Doch hinter den Spalten zwischen den senkrecht stehenden Stämmen konnte er keinen Menschen entdecken.

Sie hatten das sandige Ufer zur Hälfte überquert, als plötzlich ein alter Mann in dem offenen Tor stand. Er streckte ihnen abwehrend beide Arme entgegen und schrie etwas mit zittriger Stimme. Dann begann er, wie ein Wahnsinniger an dem rechten Torflügel zu reißen. Aber seine Kräfte reichten nicht aus, das schwere Holztor zu bewegen.

»Vorwärts!«, brüllte Ragnar. »Sonst verrammeln sie das Tor.« Mit weiten Sätzen schnellte ihr Schiffsführer auf das Tor zu. Als Ulf und die anderen auf einer Bohlenbrücke den breiten Graben vor dem Erdwall überquerten, in dem trübes Wasser faulig stank, stand Ragnar bereits breitbeinig in der Toreinfahrt. Er hatte Schild und Schwert gesenkt und ließ die Augen über den Innenhof wandern. Vor ihm sprang der alte Mann von einem Bein aufs andere, fuchtelte mit den Armen vor Ragnars Gesicht herum und schrie ihm mit seiner sich überschlagenden Fistelstimme etwas zu. »Hier ist kein Mensch. Nur dieser Greis«, rief Ragnar ihnen zu. Ulf betrachtete verwundert den rasenden Alten. Sein knielanges Hemd war schäbig und zerlöchert. Die grauen Haare hingen ihm in wirren Strähnen auf die Schultern, der fast schon weiße Vollbart war offensichtlich seit Jahren nicht gekämmt worden. Doch das Auffälligste waren die Augen: sie funkelten wie bei einem Irrsinnigen.

»Das ist der Priester«, sagte der Finne. Er rief dem alten Mann einige Worte in dessen Sprache zu. Sie waren wohl beruhigend gemeint, verfehlten aber ihre Wirkung. Der Greis begann, noch rasender mit den Armen um sich zu schlagen, und seine Stimme wurde immer schriller. »Gut, dass wir Nordmänner keine Priester brauchen«, knurrte Ragnar, während seine Augen, die mit dem eisernen Nasenschutz dazwischen noch finsterer wirkten, verächtlich die ausgemergelte Gestalt vor ihm musterten. Ragnar ging einige Schritte vorwärts. Der Alte lief an seiner linken Seite, immer lauter keifend, und versuchte, Ragnar den Schild zu entreißen. Ragnar blieb stehen und wandte dem Greis, der mit beiden Händen an seinem Schild zerrte, das Gesicht zu. Er schüttelte den Kopf. In seinem Blick lag jetzt eine Mischung aus Unverständnis und Ekel.

»Schlag die Jammergestalt doch tot!«, schrie Erik zornig.

»Wir dürfen nichts übereilen. Wenn wir in diesem Tempel keine Beute finden, müssen wir doch noch mit den Dorfbewohnern handeln«, entgegnete Ragnar achselzuckend. Er gab dem Schild einen kurzen Ruck, der Alte wurde abgeschüttelt und stürzte zu Boden.

Nach wenigen Schritten konnten sie den Innenhof überblicken. Vor ihnen erhob sich ein mittelgroßes Blockhaus. Vor der Giebelseite stand eine Bretterwand. Der Finne deutete auf den oberen Rand dieser Bretterwand. Die Spitze der Bretter war mit Schnitzereien verziert: abwechselnd mit großen und kleinen rundlichen Scheiben. Doch diese Schnitzereien waren unregelmäßig und plump. »Das sind Köpfe«, sagte der Finne, »abwechselnd der Kopf eines Mannes und der einer Frau, Sinnbild des Männlichen und des Weiblichen.« Ragnar betrachtete die Bretterwand mit unbewegten Zügen. »Wollen hoffen, dass wir drinnen Besseres finden.«

Er eilte mit großen Schritten auf die Zierwand zu. Der Greis humpelte hinter ihm her und begann wieder zu kreischen. Doch wagte er nicht, Ragnar anzurühren.

»Tut mir Leid, Ragnar, aber dieses Gekeife tut einem ja in den Ohren weh«, ruft Gizur ärgerlich. Mit einigen Schritten hat er den Priester eingeholt. Mit der Linken packt er seine Schulter, mit der Rechten setzt er dem Alten die Spitze seines Schwertes unter das Kinn. Das Schwert langsam nach oben führend zwingt er den alten Priester, den Kopf immer weiter in den Nacken zu legen. Gizur läßt das Schwert sinken. Er hat sein Ziel erreicht: der Priester beginnt nicht wieder zu schreien.

Ragnar war bereits um die Zierwand gebogen. Hinter ihr, an der Giebelseite, hatte das Blockhaus eine offen stehende Tür. Darüber blickte von der Giebelwand ein Stierschädel auf sie herab. »Dieser Stierschädel ist das Sinnbild Peruns.«

»Perun?«

»Perun ist der oberste Gott der Slawen«, erklärte der Finne. Mit zwei raschen Schritten war Ragnar im Inneren der Halle. Als Ulf eintrat, sah er, dass an der gegenüberliegenden Giebelwand eine weitere Tür wieder ins Freie führte. Fenster gab es nicht. Die Halle war leer. Nur ein hölzernes Standbild ragte in der Mitte aus dem Boden. Es hatte sieben Köpfe mit spitzen Helmen und spitzen Bärten. Doch das einfachste Flechtband an den Steven ihres Langschiffes war kunstvoller geschnitzt als dieses Götterbild. In der Mitte lief um dieses Standbild, das aus einem dünnen Baumstamm geschnitzt worden war, ein metallisch glänzendes Band. Vielleicht der Gürtel, dachte Ulf. Ragnar stand bereits an dem Schnitzbild. »Das ist kein Götterbild«, rief der Finne Ragnar zu. »In diesen Holzfiguren verehrt die Sippe ihre Ahnen. Wir Finnen haben ähnliche Ahnenbilder.« Ragnar befühlte den metallischen Reifen. »Nichts als Eisenblech!«, schrie er verärgert.

Ulfs Blick fiel auf den alten Priester. Der stand in einer Ecke und blickte mit weit aufgerissenen Augen zu ihnen herüber. Dabei murmelte er unaufhörlich vor sich hin, doch wagte er nach Gizurs Ermahnung kein lautes Wort. Der Finne stand neben ihm und redete begütigend auf ihn ein. Dann schüttelte er den Kopf. »Es hat keinen Sinn. Er hört mir nicht einmal zu.«

Ragnar war zur gegenüberliegenden Tür hinausgestürmt. Mit einer Schnelligkeit, die Ulf ihm nicht zugetraut hätte, huschte der Greis hinter ihm her. »Der Alte gibt nicht auf«, sagte Ulf zu dem Finnen. Der nickte. »Ja. Er wird euch keinen Augenblick aus den Augen lassen. Er ist bereit, für seinen Tempel zu sterben.«

Als Ulf um die Bretterwand gebogen war, die auch die hintere Tür verdeckte, sah er einen freien Platz vor sich, der bis zu den Erdwällen reichte. In der Mitte dieses Platzes war eine kreisrunde Fläche von einem flachen Graben umgeben. Im Mittelpunkt dieser Fläche steckte ein kaum kniehoher, hölzerner Pfahl, der ebenfalls Schnitzereien aufwies. Asche und verkohltes Holz an mehreren Stellen des Grabens zeigten, dass hier noch vor kurzem Feuer gebrannt hatten. »Dieses Heiligtum ist für Perun, ihren höchsten Gott. Perun ist der Gott der Fruchtbarkeit, aber Perun behütet auch die Ordnung der Welt. Im Donner und im Brüllen des Stieres, aber auch im Meckern des Ziegenbockes, spricht er zu den Menschen. Daher die Stierschädel über den Türen.«

Ragnar blickte den Finnen an und deutete auf die niedergebrannten Feuer.

»Hoffentlich waren ihre Opfer erfolgreich, und Perun hat ihnen eine reiche Jagdbeute beschert.«

Der Finne lachte. »Nein, nicht Perun. Sondern Leschi.«

»Leschi?«

»Der Waldgott Leschi beschützt die Tiere und teilt dem Menschen die Jagdbeute zu.«

Auf dem freien Platz gab es mehrere große, mit Steinen umlegte Feuerstellen. »Dort verehrt die Sippe einmal im Jahr ihre Ahnen«, sagte der Finne. »Dann werden hier Gelage gefeiert und Tänze aufgeführt. Das tun wir Finnen auch. Aber es gibt einen Unterschied: bei den Slawen gehören die Kinder zur Sippe der Mutter. Deshalb verehren die Kinder nur die Ahnen ihrer Mutter. Sie feiern niemals mit dem Vater dessen Vorfahren.«

»Aber... Wenn die Vorfahren des Vaters nicht ihre eigenen Vorfahren sind... Dann sind die Kinder nicht mit dem Vater verwandt!«

»Sozusagen. Die Kinder gehören nur zur Sippe der Mutter.«

Ragnar ging ungeduldig auf drei kleine Blockhäuser zu, die zwischen der Tempelhalle und dem Erdwall standen. »Schauen wir dort nach!«, rief er, während sich seine Gesichtszüge aufhellten. »Höchstens ein paar Vorräte«, murmelte der Finne achselzuckend vor sich hin. Die erste Hütte war offensichtlich die Wohnung des Priesters. Sie war geradezu ärmlich ausgestattet, so dass sich Ragnars Brauen finster zusammenzogen. Die beiden anderen Hütten waren tatsächlich Vorratshäuser, aber jetzt, nach dem langen Winter, schon beinahe leer.

»Was bedeuten die Bündel von Birkenzweigen und die Distelsträuße, die in jeder Hütte hängen?«, fragte Ulf den Finnen.

»Es sind Opfergaben für den Holzgeist. Die Slawen glauben, im Holz des Blockhauses wohne ein Geist. Jedes Haus hat seinen eigenen Holzgeist.«

»Verlassen wir dieses Heiligtum. Vielleicht lässt dann dieser Priester mit sich reden«, rief Ragnar und schritt vor das Tor. Kein Mensch war zu sehen, nur ihre fünf Ruderer standen am Ufer. Vom Deck aus gab Grim ihnen ein beruhigendes Zeichen: niemand hatte ihr Langschiff bemerkt. Als sie alle draußen standen, erschien der Priester im Tor. Er blickte weiterhin besorgt zu ihnen herüber; vielleicht befürchtete er einen Überfall auf das Dorf. Doch hatte er aufgehört, vor sich hin zu murmeln, und auch das Flackern in seinen Augen war verschwunden. »Sprich mit ihm, Finne«, bat Ragnar. »Sage ihm, dass wir friedfertige Händler sind, die in seinem Dorf Pelze eintauschen möchten.« Der Finne ging zu dem alten Priester hinüber. Jeder Gesichtszug, jede Geste des Greises verrieten sein Misstrauen. Doch hörte er dem Finnen wenigstens zu. »Der Priester sagt, wenn euer Drachenboot auftaucht, werden die Leute in den Wald fliehen«, rief der Finne herüber. »Steckt eure Schwerter ein!«, sagte Ragnar. Er legte seinen Schild auf die Erde und breitete dann weit die Arme aus. Sein Gesicht verzog sich zu einem breiten Grinsen, das man trotz des tiefsitzenden Helms und des Nasenschutzes freundlich nennen konnte. »Ich lade den Priester ein, uns auf dem Schiff zu dem Dorf zu begleiten.« Er griff in den Beutel an seinem Gürtel und hielt den abgehackten Teil einer Münze zwischen zwei Fingern in die Höhe. »Reines Silber. Ich schenke es seinem Tempel, wenn durch seine Vermittlung ein guter Handel zustandekommt.« Er schwieg einen Augenblick. »Halt! Sag dem Alten auch: niemals habe ich die Absicht gehabt, seinen Tempel zu berauben. Ich wollte nur nachschauen, ob sich dort Bewaffnete versteckt hielten.«

Der Finne redete auf den Greis ein und deutete auf die Münze. Die Züge des Alten hellten sich auf, und er betrachtete die Silbermünze, die Ragnar immer noch zwischen zwei Fingern hochhielt, mit gierigem Blick. Nach einigem Hin und Her war der Priester bereit, ihnen auf das Langschiff zu folgen.

Sobald sie um die Landzunge bogen, sahen sie das Dorf. Es lag am Ende der Halbinsel, an einer seeartig erweiterten Bucht. Nur die Hälfte ihrer Leute ruderte, um die Dorfbewohner nicht zu erschrecken. Das Dorf bestand aus einem guten Dutzend Blockhäusern. Rechts und links lagen kleine, noch kahle Felder, und zwischen Dorf und Waldrand weideten einige Rinder. »Nein«, entgegnete der Finne auf eine Frage. »Dieses Dorf ist nicht besonders ärmlich. Die Slawen treiben nur wenig Ackerbau. Sie leben hauptsächlich von der Jagd.«

Als sich ihr Boot dem Ufer näherte, sahen sie die Bewohner zum Waldrand rennen. Der Priester ging über die Laufplanke ans Ufer und verschwand hinter den Häusern. Ragnar fluchte bereits ungeduldig vor sich hin, als der Alte, nach fast zwei Stunden, wieder zwischen zwei Häusern auftauchte und an Deck kam.

»Die Dorfbewohner haben Angst vor euch«, übersetzte der Finne. »Sie würden zwar gern ihre Pelze verkaufen, doch sie fürchten, von euch erschlagen oder versklavt zu werden. Unvermutet erschien jedoch der Häuptling des Stammes. Er sprach den Leuten Mut zu, denn er hofft, dass ihr gute fränkische Schwerter dabei habt. Er macht euch folgenden Vorschlag: fünf Mann von jeder Seite treffen sich zwischen dem Dorf und dem Ufer. Die übrigen Dorfbewohner bleiben am Waldrand. Und ihr bleibt an Bord.«

»Einverstanden«, nickte Ragnar dem alten Priester freundlich zu. »Ich nehme es den Dorfbewohnern nicht übel, wenn sie gegenüber fremden Händlern misstrauisch sind.« Er schmunzelte spöttisch. »Schließlich sind die Handelsbräuche in dieser Gegend rau. Aber ihr sollt sehen, dass ihr uns vertrauen könnt. Euer Häuptling kommt mit vier Männern, ich aber bringe nur zwei mit.«

Während der Priester über die Laufplanke verschwand, erteilte Ragnar die nötigen Befehle. Grim musste den Waldrand und den Fluss im Auge behalten. Es war nicht ausgeschlossen, dass die Dorfbewohner Boten in die umliegenden Dörfer sandten, die Verstärkung holen sollten, um sie anzugreifen. Gizur und Erik sollten jene Schwerter und Helme aussuchen, die man zuerst anbieten würde. »Ich glaube, für diese Bauern ist unser Goldschmuck viel zu teuer«, fügte Ragnar hinzu. Er bedeutete Ulf, ihm zu folgen. »Nehmt eure Schilde mit. Wenn sie sich hinter den ersten Häusern verstecken, können sie uns mit ihren Pfeilen leicht erreichen. Aber die Schwerter lasst ihr natürlich stecken.«

Sie brauchten an dem vereinbarten Platz nicht lange zu warten. Der Priester erschien zwischen den Häusern, gefolgt von den fünf Slawen. An seiner Seite schritt in stolzer Haltung ein hünenhafter Mann mit einem Eisenhelm und mit einem Kettenpanzer, der die Arme freiließ, über dem knielangen Hemd. Seine vier Begleiter hatten ebenfalls ein Schwert umgegürtet. Einer trug sogar einen rostigen, zerbeulten Helm. Doch der Blick, mit dem Ragnar diese Vier musterte, verriet, dass er sie nicht für kampferprobte Männer hielt. Der Hüne mit dem Kettenpanzer betrachtete Ragnar mit durchdringendem Blick. »Ich bin der Häuptling dieses Stammes«, übersetzte der Finne. »Mit den Ruderleuten aus dem Norden haben wir selten gute Erfahrungen gemacht. Wir wollen Schwerter gegen Pelze tauschen. Hoffentlich ist eure Ware ihren Preis wert.«

Um Ragnars Augen wetterleuchtete es, doch er beherrschte sich. »Wenn ich Handel treibe, treibe ich ihn ehrlich. Die Schwerter, die ich anbiete, erzielen überall im Ostland den Preis, den ich fordere.« Nach einem Augenblick des Schweigens fügte er hinzu: »Und wenn ihr es euch leisten könnt: ich habe einige Schwerter, wie man in keiner Handelsstadt bessere findet. Für solche Schwerter nehme ich aber als Bezahlung nur Fuchs- und Marderfelle.«

Nachdem der Häuptling zustimmend genickt hatte, brüllte Ragnar zum Schiff hinüber, Erik solle einige teure Schwerter bringen. Auch der Häuptling schickte einen seiner Leute zurück. Erik erschien, mit fünf Schwertern auf dem Arm, als erster. Er legte die Waffen vor Ragnar auf den Boden und zog sich zurück. Dann verging eine lange Zeit, in der kein Wort gewechselt wurde, bis der Begleiter des Häuptlings mit vier unbewaffneten Männern zurückkehrte, die zwei Ballen Pelze neben den Häuptling stellten und sich dann entfernten. Ragnar hob nacheinander jedes der fünf Schwerter auf und reichte es schweigend dem Slawen. Dieser musterte die Waffen mit Kennerblick, prüfte die Biegsamkeit der Klingen, trat einige Schritte zurück und ließ die Klingen durch die Luft sausen. Dieser Hüne konnte mit einem Schwert umgehen, dachte Ulf. Nachdem er das letzte Schwert zurückgegeben hatte, ließ er die beiden Ballen öffnen. Ragnar hockte sich vor die Ballen und ließ die Pelze durch die Finger gleiten. Als Ragnar wieder aufsprang, ergriff der Häuptling eines der Schwerter. Ragnar wählte die Pelze aus, die er für das Schwert haben wollte. Dann wurde es sehr laut. »Wir sind doch nicht von so weit her in euer Land gekommen, um zu Bettlern zu werden!«, brüllte Ragnar.

»Nie hat jemand in den Ländern der Slawen einen solch unverschämten Preis verlangt!«, schrie der Häuptling. Doch es dauerte nicht lange, dann übergab der Häuptling einem seiner Männer das Schwert, der es zu den Dorfbewohnern am Waldrand brachte. Ulf trug die Pelze zu ihrem Boot. Als er mit einem Arm voll fränkischer Schwerter, gute aber billigere Ware, begleitet von Erik, der einige Eisenhelme trug, zurückkehrte, hatten die Slawen bereits vier weitere Ballen Pelze herbeigeschafft.

»Dieser Mann«, Ragnar deutete auf den Begleiter mit dem zerbeulten Helm, »wird uns zwei Kühe verkaufen. Ochsen haben sie leider nicht. Ulf sucht zwei aus und bringt sie hierher, Erik bestimmt sechs Leute, die sie gleich hier schlachten und braten.«

Ulf folgte dem Slawen zwischen den Häusern hindurch zum Waldrand. Dort deutete sein Begleiter auf die Kühe, die sein Eigentum waren, und Ulf traf seine Wahl. Die Dorfbewohner hatten ihre Scheu verloren und waren näher gekommen, um den fremden Krieger zu bestaunen. Es waren ärmliche Gestalten. Nur wenige Frauen trugen die bei ihnen beliebten Halsringe und Stirnbänder, und diese Schmuckstücke waren nur aus Bronze. Als sie die beiden Kühe zu Ragnar getrieben hatten, wurde dieser mit dem Slawen schnell handelseinig: für ein gutes, aber wenig verziertes fränkisches Schwert musste der Mann mit dem zerbeulten Helm noch einige Pelze draufgeben.

Der Handel ging inzwischen flott vonstatten. Diejenigen Dorfbewohner, die ein Schwert oder einen Helm kaufen wollten, kamen einzeln und kehrten, sobald sie mit Ragnar handelseinig geworden waren, zum Waldrand zurück. Ulf musste viele Male mit den Armen voller Pelze zu ihrem Langschiff gehen. Dabei sah er die sechs Männer, die Erik bestimmt hatte, am Ufer. Zwei hatten bereits fünf Feuer entzündet und waren dabei, die eisernen Dreifüße, auf die die Bratspieße gelegt wurden, mit den Krallen in den Boden zu rammen. Die vier anderen hatten die Kühe mit ihren Äxten schon zerlegt. Das ging rasend schnell, dachte Ulf. Na ja, solche Männer braucht jedes Schiff für eine schnelle »Strandschlachtung«.

»Wir haben Glück gehabt«, sagte der Finne zu Ulf. »Zwei Jahre lang ist kein Händler in diese Gegend gekommen. Deshalb haben mehrere Dörfer die Jagdbeute dieser zwei Jahre hier im Wald gestapelt. Sie wollten sie mit ihren kleinen Einbäumen selbst zu einem Handelsplatz bringen.«

»Bei diesem Handel haben beide Seiten Glück gehabt«, fiel Ragnar ein. »Wir bekommen diese Pelze billiger als an jedem Handelsplatz und zahlen dennoch bessere Preise als die einheimischen Händler. Doch Schluss jetzt! Ich habe genug Pelze für die Fahrtgenossenschaft eingetauscht. Wir haben keinen Platz mehr an Deck.« Bei diesen Worten warf er dem alten Priester die versprochene halbe Münze zu.

Ragnar vereinbarte mit dem Häuptling, dass jetzt diejenigen Ruderer ans Ufer kommen durften, die ihre eigenen Waren anbieten wollten. Ulf kehrte mit Ragnar auf das Schiff zurück. Grim stand breitbeinig am Heck. Er deutete mit dem Kopf auf die Pelzhaufen am Ufer, die ihre Leute in Häute einschlugen und mit Stricken umwickelten, und nickte Ragnar anerkennend zu. Doch dann wanderten die Augen des alten Haudegen wieder über die Ufer und den Fluss.

Einige Stunden waren vergangen. Die Kühe waren längst gebraten und die von Ragnar eingehandelten Pelze an Bord geschafft. Doch am Ufer ertönte noch immer ein großes Geschrei. Ein Dutzend der Dorfbewohner feilschte mit ihren Ruderern um Schwerter und Helme. Da die Bauern weder Münzen noch Silber besaßen und eine solche Bezahlung auch nicht annehmen wollten, mussten sie, um mit den Nordmännern handelseinig werden zu können, oft zuvor untereinander Pelze austauschen. Deshalb zankten sie sich nicht nur mit den Ruderern, sondern auch untereinander.

»In zwei Stunden wird es dunkel«, sagte Ragnar zu Grim. »Ich will weder hier beim Dorf noch in der Nähe lagern. Wenn der Häuptling es am Ende doch nicht ehrlich meint, hat er Zeit genug gehabt, Leute zusammenzuziehen, mit denen er nachts über unser Lager herfallen kann.« Grim nickte. »Die Ladung eines solchen Langschiffes würde, nach ihren Verhältnissen beurteilt, den ganzen Stamm reich machen. Das wissen sie.«

Am Ufer erscholl die Stimme Akes. Der Däne fluchte wie ein Stallknecht. Ihm gegenüber stand ein Slawe. In der linken Hand hielt er eines von Akes Schwertern, mit der rechten streckte er dem Dänen einen Fuchspelz entgegen. Zu Füßen des Dänen lag bereits ein Stapel Pelze. Mit den Händen zeigte Ake an, wie lang der letzte Pelz sein sollte.

Ragnar brüllte: »Ake, du kannst nicht Tage um den Schwanz eines Fuchses feilschen. Wir fahren!«

Ulf wischte sich den Schweiß aus den Augen. Die Sonne brannte unbarmherzig. Eigentlich schoben sie das Boot erst seit dem Morgengrauen über Land. Damals hatten sie zwei Tage gebraucht. Diesmal würden sie es in einem schaffen. Doch damals war die Hitze nicht so unerträglich gewesen. Damals: das war die längste Schleppstelle auf dem Ostwege. Vor vier oder fünf Wochen, als die windungsreichen Flüsschen immer schmaler und seichter wurden, zu schmal und zu seicht für ein Langschiff. Ja, zwei Tage lang hatten sie das Boot über Land geschoben, bis sie den Dnepr erreichten, den mächtigen Strom, dem sie bis zum Schwarzen Meer folgen würden. Sie hatten an der Schleppstelle kein anderes Schiff angetroffen, doch die tief eingegrabenen Spuren im Boden zeigten, dass diese Schleppstelle von vielen Schiffen benutzt wurde.

»Ja, wenn wir doch wieder beim Händler Torgöt in Kiew säßen, bei Bier und Met. Seit Wochen nichts als Wasser!« Erik grinste ihm zu. Kiew! Das war eine große Stadt gewesen! Und die einzige seit dem Ilmen-See. Zwei nordische Langschiffe lagen am Ufer, als sie in der Nähe der Unterstadt angelegt und ihr Lager aufgeschlagen hatten. Und am breiten Ufer der Unterstadt wimmelte es von kleineren Flussschiffen, den plumpen Ruderbooten mit Segel, wie sie die Slawen bauten. In der Unterstadt lebten slawische Handwerker in ihren Blockhäusern und nordische Händler, die ihre Häuser so gebaut hatten, wie sie es aus der Heimat gewohnt waren. Auch finnische Händler gab es in der Unterstadt, darunter den Onkel des jungen Finnen, den sie hierher mitgenommen hatten.

Etwa zwei Dutzend nordische Kaufleute hatte Ulf in den sechs Tagen, die sie in Kiew geblieben waren, kennen gelernt. Doch keiner war so wohlhabend wie Torgöt. Zu ihm waren auch die fünf fränkischen Händler mit ihren Ochsenkarren gekommen: sie und ihre Knechte waren verwegene Gestalten, mit Umhängen, die in Fetzen von ihren Schultern hingen, und schmutzigen, zerlöcherten Hemden und Hosen. Doch ihre Helme, Schilde und Schwerter waren beste fränkische Arbeit gewesen. Von Torgöt hatte er erfahren, dass es auch einen Handelsweg über Land zu den Reichen der Franken gab, nach der deutschen Stadt Regensburg. Eine wochenlange Reise durch Wälder und Sümpfe, beschwerlicher und gefährlicher als die Fahrt auf den Flüssen. Doch in Kiew erzielten die Franken für ihre gläsernen Trinkbecher, ihre Schwerter und den Wein Schwindel erregende Preise.

Die beiden nordischen Langschiffe wollten nach Birka zurückkehren, doch nicht über Ladoga, sondern auf dem Fluss Düna, der im Land der Balten in die Ostsee mündet.

Vierzehn der Flussboote gehörten nordischen Händlern aus Kiew und Ladoga. Sie wollten gemeinsam über den Fluss Oka die Wolga erreichen und auf der Wolga abwärts nach Bulgar, der Hauptstadt der Wolga-Bulgaren. »Prächtige Handelsstadt! Ich war schon zweimal dort«, hatte Ragnar anerkennend genickt. »Nirgendwo ist die Seide so billig wie in Bulgar. In Bulgar endet die Karawanenstraße, auf der die Seide aus China kommt. Eine endlose Handelsstraße durch sonnenverbrannte Wüsten und über himmelhohe Gebirge in das Land China, in dem noch nie ein Nordmann gewesen ist.« Fünf der Schiffe wollten sogar auf der Wolga weiterfahren bis Itil, der Hauptstadt des Chasarenreiches. »Nicht weit von Itil beginnt das Kaspische Meer«, hatte einer der Schiffsführer erzählt. »Und an der Südküste des Kaspischen Meeres beginnen die Länder der Mohammedaner, die wir das ›Seidenland‹ nennen. Die Handelsgüter der Araber und der Perser werden in Itil in reicherer Auswahl angeboten und zu günstigeren Preisen als an jedem anderen Handelsplatz im Ostland.«

»Hörst du mir überhaupt zu, Ulf?« Eriks spöttische Stimme riss ihn aus seinen Rückerinnerungen. »Du musst doch zugeben: Kiew war eine beeindruckende Stadt. Mit der Burg des Häuptlings der Poljanen hoch über der Unterstadt…«

Ulf stimmte lebhaft zu. Schließlich hatte er mit Erik zusammen diese Burganlage zweimal eingehend begutachtet, von der Oberstadt aus, die ihr gegenüberlag. Sie hatten am Rande des tief eingeschnittenen Hohlweges gestanden, der vom Ufer und der Unterstadt steil hinaufführte zur Burg und zur Oberstadt. Gegenüber, im Norden, erhoben sich die Erdwälle mit den Palisaden auf der Spitze über den Steilhängen des Ufers und der Schlucht. Auf den beiden anderen Seiten war den Erdwällen ein breiter Graben vorgelagert. Erik und er waren sich einig gewesen: diese Burg war uneinnehmbar. Es war die Burg des Häuptlings der Poljanen, des Slawenstammes, dem die Stadt Kiew gehörte. Doch hatte man sie als Fremde nicht in die Burg gelassen. Den Anführer der Slawen hatten sie niemals zu Gesicht bekommen. Allerdings hatte der Händler Torgöt erzählt, in der Burg gäbe es ein berühmtes Heiligtum der Slawen: einen eiförmigen Stein, mehr als vier Meter lang, ausgerichtet nach den Himmelsrichtungen. »Dieser Stein muss irgendetwas mit Perun zu tun haben, ihrem höchsten Gott.«

Von der Oberstadt aus konnte man auch die Unterstadt überblicken. Die hohen Steilufer traten hier weit zurück. Die Häuser der Unterstadt, die sich bis in den Hohlweg hineinzogen, konnten das breite Flussufer nicht ausfüllen. Und das gegenüberliegende Westufer des Dnepr war flach. Vom Rande des Steilufers aus betrachtet lag jenseits des Flusses ein nicht enden wollendes Meer von Baumwipfeln.

Ulf massierte sich die Muskeln am Oberarm. Sie waren von der stundenlangen Anstrengung steif geworden und schmerzten. Gizur, der ihm gegenüber saß, grinste. »Ja, diese verfluchten Stromschnellen! Aber es sind nicht nur die schlimmsten, es sind auch die letzten.« Der Grieche, der hinter Gizur stand und die Arme reckte und streckte, fiel ein: »Von den Stromschnellen bis zum Schwarzen Meer ist es nur eine Woche. Hat Ake, der Däne, gesagt. Er kennt den Fluss.«

Ulf schloss die Augen. Endlich würde ihr stolzes Langschiff wieder über die Wogen der offenen See gleiten. Er hasste die Wälder im Norden, diese lückenlose Mauer aus Bäumen. Nadelbäume, Laubbäume, gelegentlich Sümpfe, sonst nichts. Eigentlich sahen die Wälder nicht anders aus als in seiner schwedischen Heimat. Nur Buchen hatte er keine gesehen. Aber es hatte geschienen, als würden diese Wälder niemals aufhören. Tagaus tagein an beiden Ufern nur Wald!

Als sie dann ihr Boot zum Dnepr geschleppt hatten, hatte sich die Landschaft geändert. Sie war nicht mehr ganz so flach. Sogar niedrige Hügel sah man gelegentlich, und die Ufer waren manchmal hoch und steil gewesen, an einigen Stellen sogar felsig. Eigentlich, dachte Ulf, war das linke Ufer immer hoch und steil. Deshalb hatte er zunächst gar nicht bemerkt, dass der Wald zwei, drei Tage hinter Kiew zu Ende ging. Denn die Ufer waren weiterhin bewaldet. Doch bei seiner ersten Nachtwache, oben auf der Höhe des Ufers, hatte er gesehen, dass der Wald nur noch einen schmalen Saum bildete. Dahinter lag offenes Grasland mit kleinen Waldstücken, die wie Inseln wirkten. Von Tag zu Tag waren diese Waldinseln kleiner und seltener geworden. Dann waren sie ganz verschwunden. Von der Uferhöhe aus, oder vom Boot, wenn der Fluss schmal und das rechte Ufer flach war, konnte er sie sehen: die Steppe. Baumlos, grenzenlos, gelegentlich leicht gewellt, wie ein Meer. Und grau und staubig, denn die Gräser waren unter der glühenden Sonne längst verdorrt. Nur der Fluss hatte dem Auge Abwechslung geboten: mal schmaler, mal sich in viele Seitenarme verzweigend, mal traten die Ufer nah heran, mal dehnte sich das Tal kilometerweit nach beiden Seiten. Die Bilder, die dieser mächtige Strom bot, hüpften vor Ulfs Augen: Sandbänke und Inseln, sumpfige Schilfdickichte und Gestrüpp aus Erlen und Weiden, das im fußtiefen Wasser wuchs. Tief eingeschnittene Seitentäler.

»Los, Leute! Weiter!«, brüllte Ragnar herüber. Er stand bereits am Bootsheck. Ulf erhob sich und dehnte seine Glieder. Vor ihm stand ihr Langschiff, mit dem Kiel auf quer gelegten Rollen aus dünnen Baumstämmen, an beiden Seiten mit Stangen abgestützt. Es wirkte auf Ulf bedrohlich, mit der Bordkante, die ihn um Kopfeslänge überragte. Sie, die dreißig Ruderer und der Schiffsführer, würden dieses Ungetüm noch stundenlang bei dieser Gluthitze schieben müssen.

Vier Ruderer rissen die Stangen, die die Seiten stützten, fort, stemmten sie gegen Boden und Planken, die Stangen als Hebel benutzend, um das Boot waagerecht zu halten. Vier Ruderer liefen mit dem Seil, das um den Vordersteven geschlungen war, nach vorne, um zu ziehen. Ulf schloss die Augen und stemmte die Hände und die rechte Schulter fest gegen die Planken. Dann kam Ragnars Befehl. Der Kiel knirschte auf den Rollen, das

Boot bewegte sich mit einem Ruck vorwärts, eine Handbreit nur. Ragnars »Jetzt!« ertönte in gleich bleibenden Abständen. Doch in den kurzen Zwischenräumen, in denen sie nicht schoben, mussten sie sich mit ihrem ganzen Körpergewicht gegen die Bordwand pressen, damit das Boot sich nicht auf die Seite legte. Ruck für Ruck ging es vorwärts, quälend langsam, und doch Meter für Meter. Gerade eilte Gizur mit einem der Baumstämmchen an ihm vorüber nach vorne. Beim Vorwärtsgleiten war diese Rolle frei geworden und wurde nun am Bug wieder unter den Kiel gelegt. Dann kam das nächste »Jetzt!«. Ulf schob mit aller Kraft. Vor sich sah er nur den schweißbedeckten Nacken Eriks.

Ulf dehnte Hals und Rücken. Ragnar hatte die Stützhölzer gegen die Bordwände stemmen lassen. Einige Minuten Pause. Gizur hinter ihm wischte sich mit dem Arm über die Stirn und sagte keuchend: »Wenn das keine Stromschnellen sind, Ulf!«

Ulf nickte nur. Der Fluss war schmaler geworden, und Hügel hatten die Ebene abgelöst. Plötzlich klaffte vor ihnen die erste der Schluchten, eng und drohend, mit Granitwänden, die fast senkrecht abfielen. Sie hatten das Rauschen und Brausen der ersten Stromschnelle schon von weitem gehört.

»Die Stromschnellen, das geht ja noch, Gizur«, sagte Ulf. Er sah sie vor sich, die erste Stromschnelle, mit den Felsbänken und wirr verstreuten Granitblöcken, über und um die das Wasser schoss, schäumte und gurgelte. Zwei weitere Schluchten mit ebensolchen Stromschnellen waren gefolgt. »Man muss nicht einmal das Schiff entladen. Irgendwo zwischen den Felsen findet man immer eine Fahrtrinne.« Sie waren in das reißende Wasser gesprungen und hatten das Boot geschoben und gezogen. Mit Stangen hatten sie die dünnen Planken von den Felsen fern gehalten, die sie zersplittert hätten.

»Stromabwärts, Ulf. Stromabwärts«, kicherte der Weißhaarige. »Warte ab, bis wir zurückkehren und diese Schnellen gegen die reißende Strömung überwinden müssen. Wenn wir das Boot nach oben statt nach unten schieben müssen.«

Ragnars Stimme hinter ihnen klang hart. »Unterschätze diese drei Stromschnellen nicht, Ulf. Bei meiner ersten Fahrt nach Konstantinopel sind bereits in der ersten Stromschnelle zwei unserer Langschiffe zerschellt.« Er spuckte verächtlich auf den Boden. »Wenn die Schiffsführer gescheiter gewesen wären, wäre es nicht geschehen.«

»Und was sagst du zu dem ersten Wasserfall?« Ja, dachte Ulf, die Stromschnelle in der vierten Schlucht war ein richtiger Wasserfall gewesen. Doppelte Manneshöhe, schätzte Ulf. In der Mitte bildeten kahle Granitblöcke eine Art von Insel. Zu beiden Seiten wälzten sich die

Wassermassen senkrecht nach unten. Aber sie hatten das Boot nicht entladen müssen. Am Ufer entlang hatten sie es durch eine schmale Fahrtrinne geschoben. Sie hatten manchmal bis zu den Hüften im Wasser gestanden und aufgepasst, dass der Sog sie nicht umriss. Das Tosen und Zischen der stürzenden Wassermassen dröhnte Ulf immer noch in den Ohren. Und er fühlte noch die Wasserschleier auf der Haut, die der Wind herübergetrieben hatte. »Holmfors« nannten ihn die Nordmänner: der Wasserfall mit Insel.

»Wie lange noch, Ragnar?«, fragte Ulf.

»Drei Stunden oder vier.« Ragnar zuckte die Schultern.

»Aber wir sind über diesen Wasserfall doch schon hinaus«, hielt Ulf entgegen. Als sie wieder einmal das Langschiff abgestützt und die ausgeladenen Fässer, Kisten, Säcke und Ballen nachgeschleppt hatten, war Ake, der Däne, mit ihm an den Felsrand getreten. Tief unten in der senkrechten Schlucht tobte und schäumte das Wasser um ein Gewirr von Felsblöcken. Auch dies war keine Stromschnelle mehr, sondern ein Wasserfall. Selbst hier oben, am Rande der Schlucht, hatte das Getöse in den Ohren geschmerzt. Verwundert hatte Ulf die großen Vögel beobachtet, die auf den Felsen nisteten: den plumpen Körper, den langen, zurückgebogenen Hals und den riesigen, immer breiter werdenden Schnabel. »Pelikane«, hatte Ake gesagt. »Und diese brodelnde Hölle da unten nennen wir ›Aifur‹, die Ewig Wilde.«

»Sicher, Ulf«, sagte Ragnar. »Den Wasserfall haben wir schon hinter uns. Aber das nächste Seitental, durch das wir das Boot hinunter zum Fluss schaffen können, ist noch weit. Aber genug geschwatzt! An die Arbeit, Männer!«

Wieder knirschte das Boot mit einem Ruck vorwärts. Plötzlich schrie auf der anderen Bootsseite einer der Ruderer: »Reiter, Ragnar! Zwei Reiter!« Ragnars Hand fuhr zum Helm und rückte den Nasenschutz zurecht.

Ragnar ließ die Bordwand an beiden Seiten abstützen, damit das Schiff sich nicht auf die Seite legen konnte. Dann beobachteten sie die Ankömmlinge. Die beiden Reiter hielten weit draußen in der Steppe. Von hier aus schienen ihre Pferde die Größe kleiner Hunde zu haben. Ulf konnte nur erkennen, dass die Reiter spitze Hüte trugen und enge Mäntel, die bis auf die Waden reichten.

»Petschenegen«, knurrte Ragnar verdrießlich. »Oder Ungarn. Aus dieser Entfernung kann man das nicht unterscheiden.« Er blickte den davonpreschenden Reitern nach, schob die Schwertscheide am Gürtel zurecht und schnaubte verächtlich. »An dieser Stelle sind wir schon einmal von den Petschenegen angegriffen worden. Aber diesmal sind wir besser vorbereitet.« Er deutete auf den Rand der Schlucht, der nicht weiter als fünf oder sechs Meter entfernt war. »Jetzt wisst ihr, warum ich mich so nahe an der Schlucht gehalten habe. Hier sollten sie einmal einen Reiterangriff wagen!«

»Wie weit mag der Haupttrupp sein?«, warf der Grieche ein.

»Schwer zu sagen«, entgegnete Ragnar. »Ihre Kundschafter reiten dem Pulk oft in stundenlangem Abstand voraus.«

»Ja, wenn sie vorausreiten!«, fiel Erik ein. »Dann können sie bald mit ihren Leuten zurückkehren, denn der Haupttrupp reitet ihnen entgegen. Wenn sie aber den Zug zur Seite hin absichern, müssen sie den ganzen Weg zurückreiten, vielleicht ihrem Trupp noch eine Strecke folgen. Bis sie dann wieder hier sind, sind wir wahrscheinlich mit dem Boot bereits in der Schlucht, die zum Fluss hinunterführt.«

Ulf widersprach. »Diese Leute sollen doch nachsehen, ob an der Schleppstelle Boote sind, die man überfallen kann. Dann darf der Haupttrupp nicht zu weit entfernt sein, sonst erwischen sie die Boote nicht mehr.«

Ragnar entschied: »Niemand kann genau wissen, wo sich der Haupttrupp aufhält. Ich fürchte aber, Ulf hat Recht: wir werden diese Steppenräuber zu Gesicht bekommen, bevor wir die Schlucht erreicht haben. Wie dem auch sei: in der Zwischenzeit werden wir das Boot so weit schieben, wie wir können.«

Sie begannen wieder zu schieben. Der drohende Überfall verdoppelte die Kräfte der Ruderer. Sie kamen jetzt schneller vorwärts. Das Langschiff schien plötzlich leichter geworden zu sein. Ragnar sorgte dafür, dass die Ladung nicht weit zurückblieb. Sobald sie ein paar Meter geschoben hatten, wurden die Fässer, Ballen und Säcke nachgeholt. Zur Steppe hin, etwa zweihundert Meter vom Boot entfernt, hatte Ragnar einen Posten aufgestellt.

Über zwei Stunden vergingen, ohne dass sich etwas rührte. Dann hörte Ulf den Wächter brüllen: »Sie kommen! Die Reiter sehe ich noch nicht, aber die Staubwolke.«

Nun ging alles ganz schnell. Ragnar hatte längst jedem von ihnen seine Aufgabe zugeteilt.

Das Langschiff wurde nach links gekippt, so dass den Feinden der Kiel zugewandt war. Auf der gegenüberliegenden Seite wurde es mit Stangen abgestützt, auf ihrer Seite trieben sie Pflöcke in die Ritzen des Felsbodens und zurrten mit Seilen den Bordrand daran fest. Dann wurden die Fässer mit ihrem Trinkwasser, dem Trockenfleisch und dem Fladenbrot mittschiffs hinter das Boot geschoben. Die übrigen Kisten, Ballen und Säcke wurden zwischen Bug und Schluchtrand, und zwischen Heck und Schluchtrand so verteilt, dass Zwischenräume freiblieben.

Schließlich verkeilten sie die Ruder zwischen Bordwand und Spanten, so dass man trotz des schrägen Decks hinter der äußeren Bordwand sicher stehen konnte. An Bug und Heck bildeten je zehn Mann mit einander überlappenden Schilden eine zweigliedrige Schlachtreihe zwischen Schiff und Schluchtrand. Am Bug befehligte Grim, am Heck Gizur.

Ragnar kletterte mit einem Speer in der Hand nahe dem Bug zum äußeren Bordrand. Erik und Ulf folgten ihm, dann die besten ihrer Bogenschützen. Das alles hatte nur wenige Minuten gedauert. »Zieh deine Felljacke wieder aus, Ulf«, rief Ragnar herüber. »Unsere gefütterten Jacken nützen gegen die Pfeile dieser Petschenegen gar nichts. Du wirst dich nur im Kampf zu Tode schwitzen.«

Die Feinde preschten nicht im Galopp heran, sondern trabten gemächlich. In einer Entfernung von etwa 150 Metern, außerhalb der Reichweite ihrer Pfeile, hielten sie ihre Pferde an und schauten schweigend herüber. »Über hundertfünfzig Mann, schätze ich«, rief Ragnar. »150 Mann gegen 31! Aber sie sollen nur kommen!«

Aus dem wirren Haufen löste sich ein einzelner Reiter und trieb sein Pferd einige Meter vor. Dann schwenkte er mit der rechten Hand den Säbel und mit der linken den doppeltgeschwungenen Bogen über dem Kopf und schrie dabei zu ihnen herüber. Ulf wusste, dass es Drohungen und Schimpfworte waren. Als der einzelne Reiter, offensichtlich der Anführer des Trupps, seinen Bogen in den Köcher und den Säbel in die Scheide schob, begannen seine Leute, ihre Säbel, Streitäxte und Bögen zu schwenken. Dabei stießen sie ein Gebrüll aus, das Ulf an das Heulen einer Wolfsmeute erinnerte.

Jetzt erhebt Ragnar sich hinter der Bordwand. Totenstille tritt ein. Ragnar reckt seine mächtige Gestalt und breitet weit die Arme aus, in der Linken den Schild, in der Rechten den Speer. »Wagt euch doch heran, ihr feigen Hunde! Euer Gestank dringt mir in die Nase und macht mir übel.« Er schwenkt Schild und Speer. »Euch haben uns die Götter geschickt. Odin will euer Blut!« Ihr Schiffsführer schleudert den Speer mit solcher Kraft gegen den felsigen Boden, dass die Spitze zwei oder drei Fuß zurückprallt. Dann breitet er die Arme erneut aus, blickt zum Himmel und ruft mit Donnerstimme: »Odin, höre uns! Schenke uns den Sieg! Wir werden Dutzende dieser Feiglinge erschlagen und dir das Blut weihen!«

Während einer der Ruderer den Speer herbeiholte und ihn Ragnar hinaufreichte, brüllten die Feinde aus Leibeskräften. Ragnar ließ die Arme sinken. Beide Anführer hatten ihre Rede gehalten, der Kampf konnte beginnen. Doch die Reiterschar setzte sich nicht in Bewegung. Nur ihr Wolfsgeheul schallte herüber.

Lange Minuten verstrichen. Unvermittelt drang der Reiterpulk, jetzt in wohl geordneten Reihen, vorwärts und trabte auf das Schiff zu. »Grim, Gizur, geht hinter dem Boot in Deckung!«, schrie Ragnar. Ulf beobachtete die Feinde durch ein Ruderloch. Sie trabten auf eine Entfernung von 60 bis

70 Metern heran und brachten dann ihre Tiere zum Stehen. »Die Kerle wissen genau, dass unsere Pfeile auf diese Entfernung keine Durchschlagskraft haben«, knurrte Ake, der neben Ulf kauerte, missmutig. »Außerdem tragen die meisten Panzer aus Eisen oder Leder.« Die Reiter zogen in aller Ruhe ihre Doppelbögen aus dem Bogenköcher, den sie neben dem Pfeilköcher rechts am Gürtel trugen. Dann legten sie einen Pfeil ein. Ulf sah die Pfeile wie eine Wolke heranschwirren. Einige trafen die Planken, prallten jedoch ab. Die meisten Pfeile flogen aber über den Bordrand hinweg und verschwanden in der Schlucht. »Blöde Hunde! Das hätten sie sich doch denken können!«, grinste Ragnar Erik und Ulf zu.

Draußen in der Steppe ertönte ein wütendes Geheul. Ulf sah, wie die Reiter ihre Pferde herumrissen und zurücktrabten. Dann, weit außerhalb der Tragweite ihrer Pfeile, bildeten sie wieder einen wirren Haufen. Aus dem Geschrei und den heftigen Gesten schloss Ulf, dass sie berieten.

Plötzlich trabten sie erneut auf das Langschiff zu. Diesmal kamen sie näher. Erst in einer Entfernung von ungefähr vierzig Metern hielten sie ihre Pferde an und sandten einen weiteren Pfeilhagel herüber. Von den Pfeilen, die zu tief gezielt waren, blieben einige in den Bordplanken stecken. Die anderen Pfeile zischten wieder über ihre Köpfe in die Schlucht. Diesmal wendeten die Angreifer lautlos und galoppierten zurück. Ake war aufgesprungen und schoss einen Pfeil ab. Die Pfeilspitze traf mitten auf dem Rücken eines Reiters auf, prallte jedoch kraftlos ab.

Ein Panzer, dachte Ulf. Der Däne beugte sich über den Bordrand und zog einen Pfeil aus einer Planke. Er hielt Ulf die Spitze vor die Augen. »Flach, wie unsere eigenen Pfeilspitzen. Solche Pfeile haben hier nur die Petschenegen und die Ungarn. Alle anderen Steppenvölker verwenden dreiflügelige Pfeilspitzen.«

Nach einiger Zeit, in der die Feinde zu beraten schienen, löste sich ein Dutzend Reiter von dem Haufen. Bevor sie in die Schussweite ihrer Bögen kamen, teilte sich der Trupp. Die eine Hälfte trabte nach links, die andere nach rechts, beide in Richtung Schlucht. An der Spitze des linken Trupps ritt der Anführer. Sein spitzer Hut funkelte wie Silber in der Sonne. Ulf sprang vom Boot und trat zu den zehn Männern, die Grim befehligte. Die sechs Reiter trabten, für ihre Pfeile unerreichbar, bis zum Rande der Schlucht. Dann wendeten sie ihre Pferde in Richtung des Langschiffes und schauten herüber. Als Ulf sich umdrehte, sah er die sechs anderen Feinde jenseits von Gizurs Ruderern, ebenfalls weit außerhalb der Schussweite. Auf ihrer Seite ritt der Anführer einige Schritte vor. Dann richtete er sich im Sattel auf und starrte herüber. Es war zu weit, um seine Gesichtszüge zu erkennen. Er saß lange Zeit unbeweglich, ohne auch nur den Kopf zu drehen, im Sattel: eine hünenhafte Gestalt mit dem runden, spitzen Hut und dem engen Mantel, dessen Ärmel immer weiter wurden, und dessen unterer Rand die Lederstiefel fast bedeckte. Rechts am Gürtel trug er die Köcher für den Bogen und die Pfeile, links, beinahe waagerecht, die Scheide für den Säbel und das Messer. Ulf bemerkte jetzt, dass nicht nur der Spitzhut in der Sonne glänzte. Auch der Mantel und das Zaumzeug des Pferdes blitzten, als seien sie mit Silber beschlagen. Sogar am Ende des langen Zopfes, der dem Mann auf den Rücken fiel, glitzerte es silbern.

Unvermittelt hob der Anführer den rechten Arm, wendete sein Pferd, und beide Trupps jagten zurück. »Wird ihm nicht gefallen haben, was er hier gesehen hat«, feixte Grim. »Auf diesen fünf oder sechs Metern zwischen Boot und Schlucht können immer nur drei oder vier Reiter nebeneinander angreifen. Und die Ballen, Kisten und Säcke, die wir ihnen in den Weg gestellt haben, verhindern einen Angriff im Galopp.«

Eine Zeit lang herrschte Ruhe bei den Gegnern. »Gefährlich wird es erst, wenn sie zu Fuß angreifen. Dann können sie ihre fünffache Übermacht ausspielen«, rief Ulf Ragnar zu. Der schüttelte den Kopf. »Diese Reitervölker kämpfen niemals zu Fuß. Genauso wenig, wie wir Nordmänner zu Pferde kämpfen, obwohl wir doch alle reiten können.« Plötzlich lösten sich fünf Reiter aus der Schar und trabten, Bogen und Pfeile bereits in der Hand, auf sie zu. In einer Entfernung von etwa vierzig Metern hielten sie wieder ihre Pferde an und spannten die Bögen. »Brandpfeile«, murmelte Ake verächtlich. Ulf sah, wie die Flämmchen hinter der Pfeilspitze durch den Luftzug aufloderten. Doch die Büschel aus trockenem Gras, oder was immer es sein mochte, bremsten den Flug der Pfeile. Sie gingen weit vor ihrem Schiff zu Boden und erloschen bald auf dem Fels.

Sobald die Feinde den ersten Brandpfeil abgeschossen hatten, waren ihre eigenen Bogenschützen aufgesprungen. Jeder ihrer Pfeile traf, doch alle prallten an dem Panzer ab, den die Feinde unter ihrem engen Mantel trugen. »Sie schicken natürlich nur die vor, die die besten Panzer tragen«, knirschte der Däne mit wutverzerrtem Gesicht. Die fünf Reiter zerrten an den Zügeln und jagten im Galopp heran. Zwanzig Meter vor dem Schiff rissen sie die Pferde zurück. Die Tiere bäumten sich kurz auf, dann standen sie regungslos. Mit einer Schnelligkeit, die Ulf nur bewundern konnte, hatte jeder seine letzten beiden Brandpfeile abgeschossen. Diesmal erreichten die Pfeile ihr Ziel. Doch ihre Durchschlagskraft war immer noch zu gering. Sie prallten wieder an den Planken ab und fielen zu Boden.

Als die Reiter ihre Pferde herumrissen, standen ihre Schützen schon mit gespanntem Bogen. Akes Pfeil drang einem der Feinde in den Rücken. Der Mann fiel wie ein Sack aus dem Sattel. Nur Ingvar konnte mit seinem Pfeil einen weiteren der Reiter töten. Die übrigen Pfeile waren gut gezielt, konnten jedoch auch auf diese kurze Entfernung die Panzer nicht durchschlagen. Als die zwei Reiter aus den Sätteln stürzten, brach der Haupttrupp in ein wüstes Geheul aus. Die Davongekommenen jagten in aller Eile zurück.

Lange tat sich bei den Feinden nichts. Dann, Ulf stand wieder hinter der Bordwand, kamen fünf Reiter in gestrecktem Galopp auf das Langschiff zu. Links, einige Pferdelängen voraus, ritt der Anführer mit seinem silberbeschlagenen Spitzhut. Jeder der fünf Angreifer hatte zwei Brandlanzen in der Hand. Als sie in Wurfweite gekommen waren, rissen sie ihre Tiere so unvermittelt zurück, dass die Pferde an den Fesseln einbrachen. Dann flogen die fünf Brandlanzen auf sie zu. Doch die brennenden Büschel hinter der Spitze waren wieder zu langsam: zwei oder drei Meter vor der Bordwand fielen sie kraftlos zu Boden.

Sobald die Reiter zum Stehen gekommen waren, hatten sich ihre Bogenschützen erhoben. Ihre Pfeile waren wieder gut gezielt. Ulf sah, dass sie mitten auf der Brust der Reiter auftrafen. Doch sie glitten ab. »Dummheit, auf die Reiter zu schießen. Diesmal haben sie nur die mit den allerstärksten Panzern geschickt. Auf die Pferde muss man schießen!«, schrie Ake neben ihm. Der Däne hatte als einziger auf eines der Pferde gezielt. Sein Pfeil steckte tief im Hals des Tieres. Ein ersterbendes Wiehern, ein kraftloser Versuch, sich aufzubäumen, dann stürzte das Pferd zu Boden. Der abgeworfene Reiter rappelte sich auf und eilte davon. Die beiden Köcher für Bogen und Pfeile, der fast waagerecht hängende Säbel und die schwere Tasche, die er am Gürtel trug, behinderten ihn beim Laufen. Unbeholfen und schwerfällig rannte er zu seinen Leuten zurück. Ragnar verzog die Lippen zu einem verächtlichen Grinsen: »Wenn wir die einmal zu Fuß erwischten…«

Die vier übrigen Reiter hatten einen Augenblick gezögert. Dann streckte der Anführer den Arm nach ihrem Langschiff aus und brüllte seinen Leuten etwas zu. Die Feinde trabten, die zweite Brandlanze hoch erhoben in der Rechten, auf ihr Boot zu. »So nah!? Die Kerle vertrauen zu sehr auf ihre Panzer«, schmunzelte der Däne Ulf zu. Sie ließen den Feind auf Pferdeslänge herankommen. Dann sprangen ihre Bogenschützen auf und ließen die Pfeile schwirren. Ulf beobachtete den Anführer. Zwei Pfeile trafen ihn mitten auf der Brust. Der Reiter wurde durch die Wucht des Aufpralls im Sattel ein Stück zurückgeworfen, doch dann fielen die Pfeile zu Boden. Der Anführer riss den rechten Arm zurück, um die Brandlanze zu schleudern…

Ein schriller Todesschrei gellte Ulf in den Ohren. Bei zweien der Reiter hatten die Pfeile den Panzer durchbohrt. Sie stürzten aus den Sätteln. Einer hatte sich mit dem Fuß im Steigbügel verfangen. Das Pferd galoppierte laut wiehernd davon. Der Reiter wurde auf dem Boden mitgeschleift. Sein Spitzhut rollte über den felsigen Boden. Dann lösten sich die Pfeile, der Bogen und schließlich der Säbel. »Musst deine Beute mühsam zusammensuchen, Ari!«, schrie einer ihrer Ruderer.

Ragnar stand aufrecht, mit Schild und Schwert. Ulf sah die Brandlanze des Anführers heranzischen. Sie war viel zu hoch gezielt. Mit einer ruckartigen Bewegung des Schildes lenkte Ragnar sie ab. Dann riss er das Schwert zum Schlag hoch... Plötzlich sah Ulf, wie eine Brandlanze langsam von der Mähne des Pferdes herabglitt. Es musste die Lanze des Reiters neben dem Anführer sein, der aus dem Sattel geschossen worden war. Als die brennende Lanze vor dem Pferd auf den Boden fiel, wieherte das Tier auf und ging mit beiden Vorderbeinen in die Höhe. Der Anführer der Feinde war ein ausgezeichneter Reiter. Es gelang ihm, das sich aufbäumende Pferd auf den Hinterhufen zu drehen.

Als die Vorderhufe wieder den Boden berührten, und das Tier sich zu beruhigen schien, fiel Ulfs Blick auf den Schiffsführer. Ragnar hatte sein Schwert eingesteckt und den Schild weggeworfen. Mit der linken Hand und dem rechten Fuß stützte er sich auf die Bordwand. Ein Sprung und er saß hinter dem Anführer auf der Kruppe des Pferdes.

»Das könnte dir so passen!«, rief Ake neben ihm mit gespanntem Bogen. Der vierte Reiter riss seinen Bogen hoch, um auf Ragnar anzulegen. Der Pfeil des Dänen fuhr ihm durch den Hals und warf ihn aus dem Sattel.

Ragnar zieht nicht sein Schwert, sondern sein Messer. Ulf sieht den blitzschnellen Schnitt, mit dem er die Kehle des Anführers durchtrennt. Als dieser im Sattel zu wanken beginnt, und sein silberbeschlagener Spitzhut zu Boden fällt, steht Ragnar bereits wieder auf der Erde. Er reißt sein Schwert heraus und stößt es dem Pferd in die Brust. Das Pferd bricht lautlos zusammen und begräbt das rechte Bein des Anführers unter sich.

Ragnar hob den Säbel auf und wendete ihn hin und her. »Das sind Ungarn«, brüllte er herüber. »Keine Petschenegen. Der Säbel hat eine Blutrinne. Solche Säbel haben nur die Ungarn.«

Lange Augenblicke herrschte Stille. Dann brach der Reiterhaufen in ein Gebrüll aus, noch schriller und ohrenzerreißender als ihr wolfsartiges Angriffsgeheul. Einige Reiter preschten säbelschwingend los, wurden jedoch zurückgerufen. Jetzt herrschte bei den Feinden Ruhe. Offensichtlich hielten sie wieder einen Kriegsrat ab.

Ragnar stand wieder hinter der Bordwand. »Eigentlich schade um das Pferd. Hätte ich es mitnehmen können, hätte ich einen hohen Preis erzielt. Aber laufen lassen konnte ich es auch nicht: der Zaumschmuck ist viel zu wertvoll«, rief Ragnar seinem Sohn zu. In die Reihen der Gegner kam Bewegung. Sie trennten sich in zwei gleichgroße Haufen und trabten wieder, auch diesmal außer Schussweite, links und rechts auf den Schluchtrand zu. Auch jetzt ritt an der Spitze des Trupps auf der Bugseite ein Mann, dessen Spitzhut vor Silber funkelte. Er war offensichtlich der neue Anführer. Ragnar bestimmte, dass mehr Männer die Schlachtreihen an Bug und Heck verstärken sollten. Ein Angriff auf das Boot selbst war nicht zu befürchten. Der Bordrand des schräggelegten Schiffes war höher als der Kopf eines Reiters. »Sie müssten vom Sattel aus auf das Schiff klettern. Mit ihrer schweren Ausrüstung können sie das nicht«, hatte Ragnar gesagt.

Ulf trat zu Grims Leuten. Als die Reiter den Schluchtrand erreicht hatten, donnerte Ragnars Stimme: »Bildet in der Mitte, Rücken an Rücken, zwei Schlachtreihen. Kniet euch hin. Sie werden euch zuerst mit Pfeilen überschütten.«

Ulf kniete in der ersten Reihe. Ihre Schilde überlappten einander und reichten bis zu den Augen. Die Feinde hielten eine Zeit lang schweigend und offensichtlich unschlüssig am Schluchtrand. Schließlich trabte ein Teil, mehrere Reihen tief gegliedert, auf sie zu und brachte dann die Pferde zum Stehen. Während die Feinde ihre Pfeile einlegten, schossen ihre Bogenschützen. Doch ihre Pfeile fielen mehrere Pferdelängen vor dem Gegner zu Boden. Ulf wusste: die Bögen der Reitervölker trugen viel weiter als ihre.

Er sah die Pfeile heranschwirren. Ulf verspürte einen Schlag gegen den Helm, doch konnte ein Pfeil seinen Eisenhelm nicht durchschlagen. Und er sah, dass wieder viele der Pfeile in die Schlucht flogen. Die Feinde hatten ihre Reiter in Reihen von zehn Mann aufgestellt, viel zu breit für den schmalen Zwischenraum zwischen Schlucht und Schiff. Die Reiter auf dem der Schlucht abgewandten Flügel schossen aus einem ungünstigen Winkel.

Nachdem die erste Pfeilsalve wirkungslos an ihren Schilden und Helmen abgeprallt war, stießen die Feinde ihr Wutgeheul aus und ließen eine zweite Salve folgen. Doch keiner der Ruderer wurde verletzt. Diesmal schwieg der Gegner. Der neue Anführer zeigte mit dem Arm nach hinten, und sie trabten zurück zum Rest ihres Haufens. »Wir müssen sie zum Kampf herausfordern. Sonst belagern sie uns tagelang«, rief Ragnar. »Aber bleibt in der Nähe der Ballen und Fässer! Nach dem ersten Geplänkel werden sie zum Schein die Flucht ergreifen. Verfolgt sie nicht! Sonst machen sie plötzlich kehrt und überschütten euch mit ihren Pfeilen.«

»Kämpft zuerst mit dem Speer! Der Speer ist die beste Waffe gegen Reiter«, rief Grim seinen Männern zu. Ulf holte sich einen der Speere, die neben dem Boot lagen. Grims Männer schwenkten die Schilde und Speere, dabei brüllten sie aus Leibeskräften. Vom Heck hörte Ulf das Kampfgeschrei Gizurs. Dann rückten sie selber vor, langsam, ohne eine Schlachtreihe zu bilden.

Die Reiter ihnen gegenüber antworteten mit ihrem Wolfsgeheul. Mit einer Geschwindigkeit, die Ulf verblüffte, richtete sich der ungeordnete Reiterhaufen in ihre Richtung aus und trabte los zum Angriff. Als die Feinde in Schussweite waren, brüllte Ragnar: »Werft euch zu Boden, wenn die Pfeile kommen!« Ulf sah noch, wie die Reiter mit einem Ruck ihre Pferde zum Stehen brachten und den Bogen aus dem Köcher rissen. Dann warf er sich hinter einem Pelzballen zu Boden. »Auf, Männer! Sie kommen wieder«, dröhnte Ragnars Stimme vom Boot. »Ist einer von den Pfeilen getroffen worden?« Nach einigen Augenblicken ertönte im Hintergrund Gizurs Stimme: »Nur ich.« Ulf hörte das Lachen des Alten. »Ein Pfeil hat mir ein Loch in den Hemdsärmel gebohrt.«

Die Feinde vor ihm hatten den Bogen weggesteckt und trabten jetzt, den Säbel oder die Lanze in der Hand, auf sie zu. Ulf bemerkte, wie die Reiter sich gegenseitig behinderten. Sie reiten viel zu eng nebeneinander, dachte Ulf. Jeder will mit einem von uns kämpfen.

Ulf stürzte mit seinen Leuten einige Meter vor. Nun bildeten sie die Schlachtreihe und stießen ihr Kampfgeschrei aus. Die Feinde antworteten, indem sie ihr Geheul verdoppelten. Einige trieben ihre Pferde schneller vorwärts. »Jetzt zurück hinter die Ballen und Fässer!« Grims Stimme übertönte das Schlachtgeschrei. Langsam rückwärts gehend standen sie bald wieder zwischen den unregelmäßig verteilten Ballen, Kisten, Säcken und Fässern. Ihr Rückzug löste bei den Reitern ein Wutgeheul aus. Die Feinde trieben ihre Pferde zu schnellerem Trab an. »Dummköpfe! Ein Reiterangriff auf so engem Raum!«, schrie ein Nebenmann herüber.

Eines der Pferde in der vordersten Reihe brach zusammen. Ein Pfeil steckte in seiner Brust. Das Tier hatte seinen Reiter unter sich begraben und warf wild die Hufe um sich. Die Pferde wurden zur Seite gerissen, stießen gegeneinander. Einen Augenblick stockte der Angriff.

Jetzt erblickte Ulf den ersten Reiter vor sich, nur eine Pferdelänge entfernt. Hoch über sich sah Ulf das wutverzerrte Gesicht und den weitausholenden Arm mit der blitzenden Klinge. Ulfs Speer drang tief in die Brust des Pferdes ein. Mit beiden Händen riss er ihn heraus und sprang einen Schritt zurück.

Lautlos brach das Pferd mit den Vorderbeinen zusammen. Der Reiter stürzte kopfüber aus dem Sattel. Ulf ließ den Speer fallen und riss sein Schwert heraus. Mit zwei Schritten stand er neben dem Ungarn, der von dem Sturz auf den harten Felsboden halb betäubt am Boden lag. Mit einem einzigen Schlag trennte Ulf den Kopf vom Rumpf.

Als er aufblickte, sah er die Säbelklinge auf seine linke Schulter zusausen. Er sprang einen Schritt nach rechts und prallte gegen den Pferdekörper. Die Klinge zischte ins Leere. Ulf blieb nicht die Zeit, den Reiter vor ihm anzuschauen. Er jagte dem Ungarn oberhalb des Sattelbogens das Schwert in den Leib. Ulf riss die Klinge aus dem sich aufbäumenden Körper und sprang zurück.

Ein Wutschrei reißt seinen Blick nach oben. Dort sieht er einen Reiter vor sich. Ohne Hast scheinen seine Augen über die Gestalt zu wandern: herab von dem Spitzhut, auf dem ein silberner Knauf sitzt, und dessen vorderer Rand nach oben geschlagen und mit Silberbeschlägen verziert ist. Er blickt in die mordgierigen Augen in dem bartlosen Gesicht, sieht den in den Hüften eng anliegenden, bis auf die Stiefel reichenden Mantel. Und er betrachtet die silbernen Tierfiguren auf dem Mantel und dem Ledergürtel mit der weit herabhängenden Zunge. Der mit einem Riemen rechts am Gürtel befestigte, kreisrunde Lederköcher für die Pfeile zieht seinen Blick auf sich, und der lederne Köcher, aus dem der Bogen ragt, sowie die mit zwei Riemen waagerecht am Gürtel befestigte Scheide mit dem Säbel. Überall glänzen ihm silberne Beschläge entgegen.

Und dann kam die Lanzenspitze auf ihn zu. Sie war genau auf seine Brust gerichtet. Doch sie schien langsam auf ihn zuzuschweben, so langsam, als stünde die Zeit still.

Das Pferdemaul, eine Handbreit vor seinem Gesicht, erscheint Ulf riesig. Schaum fliegt von den Lefzen, und der tiefe, grunzende Ton erschreckt ihn einen kurzen Augenblick. Ulfs Erinnerung kommt zurück: wie er sich im letzten Augenblick geduckt hat. Die Lanze ist haarscharf an seinem Ohr vorbeigestoßen. Er hört noch ihr Zischen. Wie er unter dem Kopf des Pferdes auf die andere Seite gesprungen ist. Wie er dabei die Schwertklinge dem Pferd quer über die Brust gezogen hat.

Ulf konnte gerade noch zur Seite springen. Kläglich wiehernd ging das Pferd mit beiden Vorderbeinen in die Höhe. Der Reiter ließ die Lanze fallen und versuchte vergeblich, das vor Schmerz und Wut schäumende Tier durch Zurufe und mit Schenkeldruck zu beruhigen und in die Richtung zu drehen, in der Ulf jetzt stand. Mit einem einzigen Sprung war Ulf hinter dem Mann. Mit aller Kraft, die er aufbieten konnte, zog er dem Ungarn das Schwert quer über den Rücken. Der Mantel klaffte auseinander, doch es kam kein Blut. Die kleinen Eisenringe des Kettenhemdes schienen ihn höhnisch anzugrinsen.

Ein Ruck ging durch den Körper des Gegners, doch er konnte sich im Sattel halten. Das Pferd aber bäumte sich noch wilder auf und drehte sich auf den Hinterhufen. Jetzt sah Ulf vor seinen Augen den wild peitschenden Schweif.

Ulf schlug zu. Die Klinge drang dem Pferd tief in die Kruppe. Einen Augenblick schien das Tier erstarrt. Dann wieherte es auf und raste vorwärts.

Mit einem Satz war es am Schluchtrand. Der Schreckensschrei des Reiters gellte Ulf in den Ohren. Blind vor Wut und Schmerz sprang das Tier ins Leere. Der Knauf des Spitzhutes verschwand hinter der Felskante.

Ulf rannte die drei oder vier Meter zum Rande der Schlucht. Tief unten, in den tosenden Wasserwirbeln, drehten sich der Leib des Pferdes und der regungslose Körper des Reiters und stießen gegen die Felsblöcke. Ulf sah, wie der Spitzhut mit dem Silberknauf sich vom Kopf löste und davontrieb. Wut stieg in ihm auf, als Ulf an die entgangene Beute dachte.

Ulf zog den Helm vom Kopf. Es war immer noch glühend heiß, aber so leicht der Luftzug war, er brachte ihm Erleichterung. Es wurde unerträglich, wenn die Sonne stundenlang auf den Helm brannte. Zum ersten Male seit Beginn des Kampfes hatte Ulf Zeit, sich umzusehen. Die meisten Feinde waren längst geflohen. Ulf sah sie weit draußen in der Steppe davonjagen. Zwei oder drei ließen gerade von ihrem Gegner ab und rissen die Pferde zur Flucht herum, weil von allen Seiten die Nordmänner auf sie zurannten.

Ulfs Blick fällt auf Grim. Zwei Reiter auf ihren vor Aufregung tänzelnden Pferden versuchen, den Graubart mit ihren Lanzen zu treffen. Geduckt, den Speer in beiden Händen, steht der alte Haudegen zwischen den Pferden. Jetzt springt er nach rechts vor, und sein Speer dringt dem einen Reiter tief in den Leib. Und jetzt, Ulf kann kaum mit den Augen folgen, hat Grim dem Reiter zu seiner Linken den Speer in die Brust gestoßen. Langsam zieht er mit der Speerspitze den Toten aus dem Sattel.

Neben dem Bug des Bootes stand Ragnar mit Erik. Sie hatten ihre Schwerter längst wieder in die Scheide gesteckt. Ulf wischte sich den Schweiß aus der Stirn und ging zu ihnen hinüber. Ragnar schaute ihn lange an, mit unbewegtem Gesicht. »Ich habe gesehen, wie du den Reiter in die Schlucht getrieben hast.« Er schwieg einen Augenblick. »Nach seiner Kleidung muss es ein vornehmer Krieger gewesen sein. Gut gemacht, Junge!«

Erik fiel ein: »Und ich habe gesehen, wie er zuvor zwei andere Feinde erschlagen hat.« Eriks Augen strahlten. Sein Schlag auf die Schulter ließ Ulf zusammenzucken. »Eigentlich müsste ich neidisch auf dich sein. Mir hat Odin nur zwei Feinde geschenkt.«

Ragnar sah Ulf wieder lange an, doch er sagte nichts.

Grim war hinzugetreten. Gesicht und Hals glänzten vor Schweiß, aber seine Miene ließ keine Gemütsregung erkennen, und sein Atem ging so ruhig, als habe er sich gerade nach langer Rast vom Lagerfeuer erhoben. »Eine Dummheit von den Ungarn, auf diesem engen Raum einen Reiterangriff zu wagen.«

»Der Tod ihres Anführers hat sie kopflos gemacht«, entgegnete ihm Ragnar. »Sie haben 38 Mann verloren. Wir keinen.«

Ulf ging zu den beiden Feinden hinüber, die er getötet hatte. Doch ihre Kleidung war schmutzig und ärmlich, die Beute bescheiden. Sehnsüchtig dachte Ulf an den silberbeschlagenen Spitzhut in den tosenden Wirbeln der »Ewig Wilden«. Als er die Klinge des einen Säbels bog, um ihre Geschmeidigkeit zu prüfen, hörte er Gizurs Stimme hinter sich: »Gute Arbeit, Ulf! Drei Feinde! Nur Ragnar und Grim haben mehr Ungarn erschlagen.«

Ragnar schritt zu der Leiche des Anführers. Sie folgten ihm. Der Kopf lag in einer Blutlache. Die toten Augen, die ihnen entgegenstarrten, schienen Ulf immer noch voller Wildheit. Ragnar ging achtlos an der Leiche vorüber, hob den Spitzhut auf und hielt ihn gegen die Sonne. Der Knauf, der auf der Spitze saß, war aus reinem Silber. Der Filzhut steckte in einem sich verjüngenden Kegel. Das durchbrochene Silberblech zeigte Tiere und Ranken. Die nach oben gebogene Vorderkrempe war ebenfalls mit aufgenähten Silberplatten verziert, die Tiere darstellten. Vom rechten Rand der Krempe baumelten vier Kügelchen aus Gold. Am rechten Ohr trug der Anführer ebenfalls ein Gehänge mit vier Goldkugeln. Auf seinem langen Mantel, verdreckt, aber aus fein gemustertem Stoff, war Zierrat aus Silberblech aufgenäht, auf seinem lang herabhängenden Gürtel sogar Zierrat aus Gold.

Mit zwei schnellen Schnitten durchtrennte Ragnar die Riemen, welche die beiden Köcher am Gürtel hielten. Er rief zu Ake hinüber, der neben dem Reiter kniete, dem er den Pfeil durch den Hals gejagt hatte: »Du bist unser bester Bogenschütze. Dieser Anführer hatte sicher einen der besten Bögen, die es bei den Ungarn gibt. Nimm ihn dir!«

Dann schnitt er die breite Tasche ab, die der Tote auf der anderen Seite am Gürtel trug, und wendete sie hin und her. Die Öffnung war mit einer Klappe überschlagen, die mit Riemen und Schnalle auf der Außenseite geschlossen wurde. Diese Außenseite war mit Silber- und Goldbeschlägen übersät. Der Inhalt war jedoch, außer einigen Silbermünzen, wertlos.

Nachdem er das letzte Zierstück abgesprengt und in der Tasche verstaut hatte, durchschnitt Ragnar den Mantel und den Gürtel und begann, dem Toten den Kettenpanzer über den langen, blutverschmierten Zopf zu ziehen. Erik rümpfte die Nase. »Der Kerl stinkt ja fürchterlich!«

Grim lachte trocken. »Man erzählt, dass diese Steppenvölker ihre Unterkleidung niemals waschen. Sie tragen sie so lange, bis sie ihnen vom Leib gefault ist.«

Ake rief herüber: »Und man erzählt, dass sie sogar mit Genuss ihre Läuse fressen.«

Zuletzt betrachtete Ragnar den Säbel. Die schmale Klinge war ganz leicht gekrümmt, mit der Blutrinne in der Mitte, die nur die Säbel der Ungarn aufweisen. Der Griff war schräg angesetzt. Die Waffe war gute Arbeit, doch der Griff eher ärmlich verziert.

Ragnar wendete sich dem toten Pferd zu. Verwundert betrachtete Ulf den hölzernen Sattel: zwei schräggestellte Bretter für die Oberschenkel. Zwei nach außen geneigte, abgerundete Bretter bildeten die Vorder- und Rückseite. Der obere Rand war mit einem Sattelbogen verziert, doch die Schnitzereien waren einfach und Gold und Silber fehlten. Umso reicher waren die Silberbeschläge auf dem Zaumzeug, und auf der Brust trug das Tier eine kreisrunde Silberplatte.

Eriks Frage schreckte ihn auf: »Ob die Ungarn wohl zurückkommen?«

Ragnar schob gerade die Brustplatte in die erbeutete Gürteltasche. »Ganz sicher. Schon, um ihren toten Anführer zu holen.«

»Aber, warum sind sie fort? Sie hätten sich doch nur außer Schussweite zurückziehen müssen?«

»Woher soll ich das wissen?«, zuckte Ragnar die Achseln.

»Vielleicht holen sie Verstärkung?«, schlug Erik vor.

»Das halte ich für unwahrscheinlich«, fiel Ulf ein. »Auch wenn sie 38 Mann verloren haben, sind sie uns noch vierfach überlegen. Warum sollten sie die Beute mit noch mehr Leuten teilen wollen? Das Gelände eignet sich sowieso nicht für einen Massenangriff.«

»Da gebe ich Ulf recht«, sagte Grim nachdenklich. »Vielleicht erwarten sie uns bereits an der Schlucht, die ins Flusstal hinabführt. Oder sie legen uns einen Hinterhalt an der nächsten Stromschnelle.«

»Wie dem auch sei«, kratzte Ragnar sich am Bart. »Schlimm wäre es, wenn sie uns hier belagern würden. Mit ihren Bögen, die weiter tragen als unsere, könnten sie uns in aller Ruhe beschießen.«

»Aber wir haben Trockenfleisch für mehrere Tage. Und sie können uns nicht daran hindern, Wasser vom Fluss heraufzuholen«, fiel Erik ein.

»Natürlich. Aber wir können das Boot doch nicht schieben, wenn wir mit Pfeilen beschossen werden! Also, hoffen wir, dass sie in den nächsten Stunden nicht zurückkehren.« Ragnar blickte nachdenklich zu Boden. »Doch die größte Gefahr droht uns in dem Seitental. Wenn wir das Boot abwärts schieben, können uns die Feinde von beiden Seiten des Hohlweges aus beschießen. Und wir können nicht einmal hinter dem Boot Schutz vor ihren Pfeilen suchen.« Er wühlte wieder in seinem Bart. »Ich werde mir eben etwas einfallen lassen müssen!«

»Jetzt!« Und wieder schob er das Boot. Ragnar hatte weit draußen in der Steppe einen Wachtposten aufgestellt, doch kein Warnruf ertönte. Vor ihm ließ Ake das Seil los, das um den Vordersteven gewunden war, und stand mit ein paar Schritten am Schluchtrand. »Komm rüber, Ragnar! Hier können wir das Boot hinablassen!«

Ragnar eilte an die Stelle. Dann brüllte er: »Stützt das Boot ab, dann kommt hierher!«

Ulf blickte hinunter. Vor ihm lag eine Geröllhalde, die zum Fluss hinunterführte. Der Abrutsch war steil, doch es lagen keine größeren Gesteinsbrocken im Wege.

»Und wie sollen wir das Boot hinunterlassen?« Ragnar schüttelte abweisend den Kopf. »Unsere Leute können doch auf diesem Geröll nicht stehen. Es rutscht mit ihnen ab.«

»Schau doch! Zu beiden Seiten der Geröllhalde gibt es Felsblöcke. Wir lassen das Boot mithilfe von Seilen hinab, die wir um die Felsen binden.«

»Wir können die Rollen nicht unter den Kiel legen. Sie würden mit dem Geröll abrutschen. Ohne untergelegte Rollen rammt sich der Kiel jedoch in das Geröll und bleibt stecken«, warf Grim ein.

»Nein, Grim.« Akes Gesicht strahlte vor Unternehmungslust. »Ein Seil befestigen wir am Hintersteven. Die anderen Seile legen wir unter den Kiel. Nehmen wir die Seile aus Walrosshaut. Sie scheuern nicht so schnell durch.«

Ragnar umschritt die Abrutschstelle und betrachtete sie mit undurchdringlicher Miene von beiden Seiten. Dann blickte er zu Grim hinüber. Der nickte.

»Tut, was Ake vorgeschlagen hat!«

Hinter sich hörte Ulf die Zurufe der Ruderer und das Knirschen des Kiels auf dem Geröll. Vor ihm dehnte sich die Steppe. Die Hitze hatte nachgelassen, denn der Wind hatte gedreht und war kräftiger geworden.

Ulf sprach nicht mit seinem Nebenmann. Schon seit über einer Stunde warteten sie, ob die Feinde zurückkehren würden. »Da hinten!« Der Ruderer zog ihn am Ärmel. Ulf konnte die Staubwolke deutlich sehen: eine Staubwolke, wie sie eine Reiterschar in der ausgetrockneten Steppe aufwirbelt. Sie warteten, bis man die einzelnen Reiter erkennen konnte. Ulf trat an den Schluchtrand. »Sie kommen!«, rief er Ragnar zu, der neben einem der Felsblöcke stand.

»Gut! Dann los! Der Wind steht jetzt günstig«, schrie Ragnar herauf.

Ulf kniete nieder und holte Feuerstein und Feuerstahl aus dem Beutel am Gürtel. Bald glimmten die ersten Funken aus dem Zunder. Die Büschel, die er aus dem Boden riss, waren trocken wie Stroh. Sie brannten im Nu lichterloh. Gebückt ging Ulf nach rechts, um einen Grasbüschel nach dem anderen anzuzünden. Sein Gefährte übernahm die linke Seite.

Die Ungarn waren jetzt deutlicher zu erkennen. Aber auch sie bemerkten die schwarzen Rauchwolken, die auf der Brandfläche nach oben stiegen. Ulf konnte noch sehen, wie sie ihre Pferde herumrissen und in vollem Galopp davonstoben. Ein Steppenbrand holt auch den besten Reiter ein, dachte Ulf. Dann versperrte der Vorhang aus Rauch ihm die Sicht. Hinter sich hörte er die Stimme Ragnars: »Die sind wir erst einmal los! Kein Reiter wagt es, die Hufe seines Pferdes in glühende Asche zu lenken.«

Seit gestern, seit dem Überfall, hatte Ragnars Mannschaft nicht den Schweif eines Pferdes gesehen. Auch an der letzten Stromschnelle war sie unbehelligt geblieben.

Unter vollem Segel glitt ihr Boot gemächlich den Strom hinab. Vor ihnen teilte sich der Fluss in mehrere Arme und bildete fünf oder sechs verschilfte, sumpfige Inseln.

Ulf setzte den Fuß auf den Bordrand und band den Riemen um den Schaft seines Stiefels enger. »Dort muss es sein«, hörten sie Akes Stimme vom Vordersteven. Der Däne, der dort auf Ausguck stand, wies mit dem Arm zum linken Ufer. Ulf suchte mit den Augen das bewaldete Steilufer ab. Dann sah er die Eiche. Verdorrte Äste schienen sich, alles überragend, in das Blau des Himmels zu bohren. Zwischen zwei Ästen war eine Pferdehaut aufgespannt. Vom Ast darüber baumelte der abgeschlagene Pferdekopf.

Ake, der inzwischen einen anderen Ruderer auf Ausguck gestellt hatte, eilte ihnen entgegen. »Also liegt hier der Handelsplatz?«, fragte Ragnar, die rechte Hand auf der Pinne des Steuerruders, sich mit der linken durch das Haar fahrend.

»Ja«, entgegnete der graubärtige Däne. »Die alte Eiche ist ihr Opferplatz. Die Pferdehaut, die im Baum hängt, ist noch nicht vertrocknet. Die Leute, die das Pferd geopfert haben, dürften noch da sein.«

»Was für Leute?«, fiel Grim ein.

»Chasaren«, entgegnete Ake nach kurzem Nachdenken. »Zwar opfern auch andere Steppenvölker ihren Göttern, indem sie ein totes Pferd in einen Baum hängen. Aber warum sollten Steppenräuber gerade hier, an einem Handelsplatz, opfern? Nein, nein! Und die Händler sind meistens Chasaren.«

Sobald Ragnar das Langschiff nach links gesteuert hatte, und die Inseln nicht länger den Blick verstellten, lag der Handelsplatz vor ihnen. Das oben dicht mit Bäumen bestandene Steilufer trat auf eine Länge von zweihundert oder dreihundert Metern zurück und ließ einen sandigen Streifen frei. In der Mitte kam ein jetzt wasserloses Flüsschen aus einem engen Tal.

»Ja, Chasaren«, nickte Ake. »Das sind ihre Zelte.« Merkwürdige Zelte! Die Zeltstangen formten eine große Halbkugel und waren mit Fellen bespannt. Das größte der Zelte stand nahe am Ufer. Der Rand der Türöffnung war mit aufgenähten Tierfiguren aus Silberblech verziert. »Jurten«, erklärte Grim, der

Ulfs erstaunten Blick bemerkt hatte. »All diese Reitervölker haben solche Jurten.«

Jetzt stürmten Pferde und Esel, die offensichtlich zur Tränke getrieben wurden, aus dem Seitental zum Wasser. Ein kehliges Brüllen lenkte Ulfs Augen auf ein Tier, wie er noch keines gesehen hatte: höher als ein Pferd, mit bräunlichem Fell. Der lange, gebogene Hals war in die Höhe gereckt, die großen, braunen Augen glotzten bösartig auf den bunten Drachenkopf an ihrem Vordersteven, die langen, braungelben Zähne in der breiten Kinnlade mahlten aufgeregt. Auf dem Rücken hatte das Tier zwei Höcker. »Ein Kamel«, lächelte Grim. »Gute Tragetiere, die wenig Wasser brauchen. Aber bissig und widerborstig.«

Sie hatten das entgegengesetzte Ende des Uferstreifens erreicht. Ragnar ließ den Kiel auf das flache Sandufer gleiten. Schnell waren ihre Zelte aufgeschlagen. Dann wurden an den ausgesuchten Feuerstellen die Dreifüße mit den Zacken in den Sand gerammt und die schweren Eisenkessel mit dem Bügel in den Haken der herabhängenden Eisenkette eingehängt.

Ragnar trat aus seinem Zelt. Trotz der Hitze trug er den roten Umhang über den Schultern, und die goldene Brosche mit den drei Drachenköpfen. Er hatte den Helm aufgesetzt und trug in der linken Hand den Schild, den er jedoch herabhängen ließ. Das Schwert steckte in der Scheide. »Holt von allen Handelswaren, die wir haben, etwas ans Ufer! Und ihr begleitet mich!« Langsam und würdevoll schritten sie auf die Jurten zu. Als ihr Boot am Lager der Chasaren vorübergetrieben war, hatten die fremden Händler am Ufer gestanden. Sie hatten ihre Säbel in der Scheide stecken lassen und herübergeschaut, schweigend, jedoch nicht feindselig. Jetzt standen die Chasaren in einer Reihe vor ihren Jurten und warteten auf sie. Am Gürtel trugen sie nur ihre Säbel. Die Köcher mit den Pfeilen und Bögen hatten sie vor ihre Füße gelegt. Ein alter Mann mit langem, weißem Bart trat vor. Seine Kleidung unterschied sich wenig von der des ungarischen Häuptlings, dem Ragnar die Kehle durchgeschnitten hatte. Höchstens waren sein Spitzhut und der lange Mantel mit den immer breiter werdenden Ärmeln noch reicher geschmückt. Auf seinen Rücken hingen viele graue Zöpfchen, in deren Enden silberne Gehänge eingeflochten waren. Der alte Händler rief ihnen etwas zu. »Schlechtes Griechisch. Aber ich kann ihn verstehen«, sagte der Grieche zu Ragnar.

Die chasarischen Händler wollten nach Kiew. Ihre Packtiere und die Schafe und Rinder, die sie mitführten, weideten oben auf der Steppe. Die Tiere kamen nur zweimal am Tage herunter zur Tränke. Die Chasaren hatten ihre Waren zwischen den Jurten aufgestapelt: kostbare Seidenstoffe, tönerne

Amphoren mit Wein von den Ufern des Don, sogar Amphoren mit dem unbezahlbaren Pfeffer.

Die Verhandlungen zogen sich den ganzen Tag hin. Ragnar und der weißbärtige Chasar waren bald in dem einen, bald in dem anderen Lager und prüften wieder und wieder die Handelsware. Der Weißbart jammerte verzweifelt über die hohen Preise, doch die Inbrunst, mit der er die Pelze durch die Finger gleiten ließ, ließ erraten, dass dies nicht sein letztes Wort sein würde.

Zwischendurch war Ragnar mit dem Sohn des alten Händlers und zehn Ruderern durch das Seitental hinauf zur Steppe gestiegen. Dieses Seitental war eng mit steilen Wänden. In dem Flussbett standen nur noch wenige, trübe Wasserlachen. Es war übersät mit Felsbrocken und zerhackten Baumstämmen. Ulf bemerkte wohl, dass einige dieser Felsbrocken und Stämme sinnvoll angeordnet waren: sie bildeten einen Zickzackweg, der nur Raum für einen Reiter ließ. »Guter Schutz gegen einen Reiterangriff«, brummte Grim neben ihm. Der Wald auf der Höhe des Ufers bildete nur einen schmalen Streifen. Er war jedoch fast undurchdringlich, denn man hatte kreuz und quer einige Bäume gefällt. Auf der Ebene weideten die Packtiere, Pferde, Esel und mehrere Kamele. An einer anderen Stelle grasten ein Dutzend Rinder und viele Schafe. Solche Schafe hatte Ulf noch nie gesehen: sie hatten einen breiten und fetten Schwanz. Bewacht wurden die Tiere von sechzig oder siebzig Leuten, bewaffneten Knechten, die bezahlt wurden, und unbewaffneten Sklaven. Ragnar hatte gegen Silber zwei Rinder gekauft und später Wein.

Das Fleisch der Rinder kochte in den Eisenkesseln. Ulf stand am Ufer und schaute einigen Ruderern zu, die mit den leichten Fischspeeren in der Hand bis zu den Knien im Wasser standen. Am Ufer lag bereits ein großer Haufen Fische, denn der Dnepr war sehr fischreich. Endlich einmal etwas anderes als Trockenfleisch, schmunzelte Ulf vor sich hin. »Ich bin Thorgrim.« Ulf fuhr herum. Zwei blaue Augen blicken ihn freundlich an. Um das Kinn trug der junge Mann einen gestutzten blonden Bart. Doch Spitzhut und Mantel waren die der Chasaren. »Ich bin ein Nordmann und lebe in Itil.«

Ulf legte ein Ästchen auf das Feuer. Es brannte nur niedrig, und er zog die Felljacke enger um den Körper. Die wolkenlose Nacht war kühl. Schemenhaft sah er im Mondlicht, draußen auf der Ebene, die beiden Herden: das Licht des Wachfeuers reichte nicht so weit.

»Nein«, schüttelte Thorgrim heftig den Kopf. »Sicher kennen die Ungarn und die Petschenegen diesen Handelsplatz. Er befindet sich schon seit Jahren hier. Aber sie werden ihn nicht angreifen.« Er deutete auf den schmalen

Saum von Bäumen, der sich hinter ihrem Feuer zu beiden Seiten am Ufer hinzog. Die Baumwipfel hoben sich schwärzlich vom Nachthimmel ab. »Mit ihren Pferden können sie nicht bis zu dem Steilufer vordringen. Nicht durch dieses Dickicht. Und das Seitental ist so steil und schmal, dass sie absteigen und ihre Pferde am Zügel führen müssten. Immer einer hinter dem anderen. Nein, für eine Reiterschar ist dies kein geeigneter Platz für einen Angriff.« Thorgrim schwieg einen Augenblick. »Auch vom Nordufer aus können sie nicht angreifen. Diese Reitervölker brauchen zwar keine Furt, um einen solchen Fluss zu überqueren. Die lassen ihre Pferde schwimmen und bleiben im Sattel. Doch hier gibt es zwischen den Inseln viel zu viel Schilf.«

»Aber eure Packtiere? Eure Herde?«, warf Ulf ein. »Die Tiere sind hier oben auf der Ebene. Die Steppenreiter könnten sie euch rauben.«

»Wie denn?«, lächelte Thorgrim. »Weit draußen stehen vier oder fünf Wachtposten. Jetzt, in der Nacht, brauchen sie nur das Ohr auf den Boden zu legen. Dann hören sie Pferdegetrappel schon von weitem. Die Sklaven würden die Tiere in das Seitental treiben. Vielleicht könnten sie nicht schnell genug zum Uferstreifen getrieben werden. Aber die Packtiere und das Vieh würden das Seitental verstopfen. Kein Reiter käme durch. Und unsere bewaffneten Knechte würden im Wald, hinter den gefällten Bäumen, in Stellung gehen und den Feind mit Pfeilen beschießen. Für einen Reiter wären sie unangreifbar.«

Der Nordmann aus Itil stocherte mit einem Zweig in dem Feuer. Kleine Flämmchen züngelten auf. »Außerdem greifen die Steppenvölker niemals nachts an. Aber ihr habt an den Stromschnellen Glück gehabt!«

»Ragnar war klüger als die Ungarn«, schmunzelte Ulf. »Aber ich frage mich: wenn sie an den Stellen, die am besten zum Angriff geeignet sind, ständige Lager anlegten, käme kein Schiff mehr durch!«

»Das werden die Ungarn nicht tun«, widersprach Thorgrim. »Sie müssten oft wochenlang oder gar monatelang warten, bis ein Schiff käme. Außerdem: wenn die Stromschnellen endgültig gesperrt wären, käme überhaupt kein Boot mehr! Nein, Ulf, diese Ungarn suchen ihre Beute ganz woanders. Im Sommer unternehmen sie Raubzüge bis an die Donau und bis an die Grenzen des griechischen Reiches.«

»Aber sie könnten trotzdem ein Lager in der Nähe der Stromschnellen…«

»Damit die Petschenegen es finden und dem Erdboden gleichmachen«, lachte Thorgrim. »Diese Reitervölker schlagen ihre Winterlager irgendwo weit draußen in der Steppe auf. Sie schützen ihre Jurten mit Graben und Erdwall. Im Sommer ziehen sie dann auf Raub aus. Die Frauen, Kinder und Alten lassen sie im Winterlager. Selbstverständlich auch die Herden. Nur wenige waffenfähige Männer bleiben zurück, um das Lager zu schützen.«

Thorgrim sah ihm forschend ins Gesicht. »Was hast du von den Petschenegen gehört, Ulf?«

»Nicht viel...«

»Die Petschenegen sind die gefährlichsten Feinde der Ungarn. Fast jeden Sommer, wenn die Männer auf einem Raubzug sind, brechen die Petschenegen vom Osten aus in ihre Weidegründe ein. Wenn sie ein Lager finden, erschlagen sie die kampffähigen Männer und die Alten. Dann führen sie die Frauen und Kinder in die Sklaverei und treiben die Herden weg. Deshalb, Ulf, können die Ungarn kein Lager in der Nähe der Stromschnellen errichten. Die Petschenegen würden es mit Sicherheit entdecken. Nur die Tiefe der Steppe schützt ihre Lager. In der unendlichen Weite der Ebene findest du ein solches Lager nur durch Zufall.«

Ulf legte etwas Holz nach. Sie schwiegen eine Zeit lang. »Der Pferdekopf und die Pferdehaut in den Ästen der Eiche dort drüben ist wohl ein Opfer?«, fragte Ulf.

»Ja. Unsere Leute haben gestern das Pferd geopfert. Es war für Tengri-Chan bestimmt. Wer Tengri-Chan ist? Das Wort bedeutet ›König der Götter‹. Tengri-Chan ist ein Riese. Er ist der Gott des Himmels und des Lichts, und der oberste der chasarischen Götter. Die Chasaren schlachten für ihn Tiere, beschmieren einen Baumstamm mit dem Blut und hängen den Kopf und das Fell zwischen den Ästen auf. Dann tanzen sie zu Ehren des Gottes um den Baum.«

»Ist es ein Zufall, dass sie sich eine Eiche ausgesucht haben?«, fragte Ulf.

»Nein. Die Eiche ist ihnen genauso heilig wie uns. Übrigens: wie auch den Slawen im Norden. Warum auch nicht? Schließlich ist die Eiche der größte und mächtigste Baum, den es gibt.«

Draußen im Dunkel hörte man das Blöken von Schafen und die Rufe der Sklaven, welche die Tiere zurücktrieben. »Wie lange lebst du schon in Itil, Thorgrim?«

»Ich bin in Itil geboren. Mein Vater ist Schwede wie du. Aber er hat sich vor mehr als zwei Jahrzehnten als Händler in der Hauptstadt der Chasaren niedergelassen.«

»Ist das Reich der Chasaren wirklich so mächtig?« Ulf konnte es kaum glauben.

»Und ob! In Itil, in der ummauerten Stadt auf dem Westufer der Wolga, wohnen ihre Krieger. Es sind Abertausende! Das Heer besteht aus Bogenschützen und Lanzenreitern. Viele dieser Lanzenreiter sind arabische Söldner. Ja, Ulf, nur Reiter, denn die Chasaren sind ein Reitervolk wie die Ungarn und Petschenegen. Doch wenn sie in den Krieg ziehen, müssen die Häuptlinge der Sippen, die noch in der Steppe leben, ebenfalls Berittene stellen. Und auch die anderen Reitervölker, die ihnen, wie die Wolga-Bulgaren, tributpflichtig sind,.« Der junge Nordmann bohrte nachdenklich im Ohr. »Es ist schon ein mächtiges Heer. Und die chasarischen Reiter sind gut ausgerüstet. Fast alle Bogenschützen und viele Lanzenreiter tragen unter ihrem Mantel Panzer aus Leder oder gar Eisen. Viele eine eiserne Brustplatte.«

»Viele Tausend Reiter, sagst du?«

»Ja. Viele Tausend. Die Chasaren brauchen dieses Heer: ihr Reich ist ständig von den Steppenvölkern bedroht.«

Ulf schüttelte den Kopf. »Wenn ihr Heer so riesig ist, warum vernichten sie dann nicht die Ungarn und Petschenegen?«

»Wie denn? Das Heer unternimmt viele Kriegszüge gegen die Steppenvölker. Doch die weichen meist einer offenen Feldschlacht aus. Bedenke, Ulf, wie riesengroß die Steppe ist! Das chasarische Heer müsste die feindlichen Reiter monatelang verfolgen.«

Selbst im Flackerlicht des Feuers konnte Ulf sehen, wie die Augen des jungen Nordmannes leuchteten. »Schade, Ulf, dass du nicht nach Itil kommst. Das ist eine Stadt! ...Ja, ich erzähle dir von Itil. Die Hauptstadt liegt am Unterlauf der Wolga, nicht weit vom Delta. Deswegen heißt sie ja Itil: ›Itil‹ ist das chasarische Wort für Wolga. Der Fluss ist dort breit, und in der Mitte gibt es eine Insel. Auf dieser Insel steht der Palast des Chagan. Er ist von einer runden Mauer aus gebrannten Ziegeln umgeben. Diese Ziegelsteine leuchten in der Sonne, deshalb nennt man die Festung des Chagan ›Die Weiße‹. Vor der Ziegelmauer erstrecken sich auf der Insel Weinberge und wunderschöne Gärten. ...Ulf! Was man sich in Itil von diesem Palast und dieser Insel so alles erzählt! Jeder würde für sein Leben gern all diese Pracht einmal mit eigenen Augen sehen. Aber auf dem Betreten der Insel steht der Tod!«

Thorgrim verstummte und hing eine Zeit lang seinen Gedanken nach. »Na ja, von der Insel führt eine Schiffsbrücke hinüber ans Westufer. Dort erheben sich die Mauern der Stadt. Hohe, breite Mauern mit einem Tor an jeder Seite. Aber nur aus Rohziegeln. Gebrannte Ziegel darf nur der Chagan benutzen. In dieser Stadt wohnen nur die Krieger und Beamten. Die einfachen Chasaren aber, die Händler und Handwerker, haben ihre Stadt am Ostufer. Befestigt ist sie nicht. Aber sie ist riesengroß, ein Meer von Jurten.«

»Jurten? Zelte auch in der Stadt?«

»Nur wenige Chasaren besitzen ein Haus. Und wenn, dann sind das nur ganz einfache Lehmhütten. Und jenseits der Jurten weiden die Herden. Viel weiter als du sehen kannst, Ulf. Ihre Herden sind riesig, denn die Chasaren in Itil leben davon. Im Frühjahr brechen sie ihre Jurte ab und ziehen mit ihrer Herde in die Steppe hinaus. Irgendwo draußen in der Steppe hat jede Sippe ihre eigenen Sommerweidegründe. Nur die chasarischen Handwerker und Händler bleiben in der Stadt. Und natürlich die Armen, die keine Herden besitzen.

Ulf erinnerte sich an die überschwänglichen Worte der fünf Schiffsführer in Kiew, deren Ziel Itil gewesen war, und fragte nach den fremden Händlern. »Das ist richtig. In Itil wimmelt es von Händlern aus allen Himmelsgegenden: Araber, Perser, Griechen. Daneben Wolga-Bulgaren und andere Angehörige der tributpflichtigen Steppenvölker. Selbstverständlich kommen die meisten fremden Händler nur zu den großen Märkten. Aber einige Hundert leben auch in Itil. Es gibt Kirchen für die Griechen, Moscheen für die Araber und Perser und Synagogen für die Juden.«

Der Stolz auf die Stadt, die für ihn doch eine fremde war, schwang in Thorgrims Stimme: »Was für eine Stadt, Ulf! Ich war einmal in Haithabu. Ich glaube, Itil ist zehnmal so groß. Vielleicht noch größer.« Er bohrte nachdenklich in der Nase. »Aber zugegeben: verglichen mit Konstantinopel ist es immer noch eine kleine Stadt.«

Ulf zog seine Felljacke noch fester um sich. Es war noch kühler geworden. »Wer ist denn dieser Chagan?«

»Der Chagan ist der König des Chasarenreiches. Aber er regiert das Land nicht. Alle Macht hat der Beg. Der Beg führt die Truppen in den Krieg. Das müsstest du sehen, Ulf! Das endlose Band von Bogenschützen und Lanzenreitern, das sich durch die Ebene windet. Die goldstrotzende Jurte des Beg, die auf einem achträdrigen Wagen mitgezogen wird. Und vor dem Beg reitet ein reich geschmückter Reiter mit seinem Zepter: eine Kugel aus Gold auf einem langen Stab, so groß wie der Kopf eines ausgewachsenen Mannes.«

»Und warum regiert der Chagan nicht?«

»Ich weiß es nicht, Ulf. Vielleicht, weil er so heilig ist. Die Chasaren sagen, der Blick eines gewöhnlichen Sterblichen verunreinige ihn. Jedenfalls hat ihn kein gewöhnlicher Mensch je zu Gesicht bekommen. Nur die allerhöchsten Würdenträger des Reiches dürfen sich ihm nahen. Man erzählt, sie seien barfuß, knieten vor ihm nieder und berührten mit der Stirn den Boden. Und man sagt, dabei hätten sie eine Fackel in der rechten Hand, damit ihr Atem den Chagan nicht verunreinige. Auch der Beg. Der aber dürfe sich, als einziger aller Würdenträger, nach dieser Huldigung neben den Chagan auf den Thron setzen. Dieser Thron, Ulf, soll aus reinem Gold sein!«

Thorgrim dachte eine Zeit lang nach. »Wie dem auch sei: jedenfalls hat der Beg alle Macht im Chasarenreich. Er hört sich alle Bitten und Beschwerden an. Er empfängt sogar fremde Händler. Auch mein Vater war schon bei ihm. Ja, er ist so mächtig, dass er den Chagan erschlagen darf. Nein, nein: er muss ihn sogar erschlagen. Wenn er und die höchsten Würdenträger zur Überzeugung kommen, dass Tengri-Chan dem Chagan seine Hilfe entzogen hat. Der

Chagan ist der Mittler zwischen den Menschen und den Göttern. Und wenn er die Gunst der Götter verloren hat, wenn sein Heil immer schwächer wird...«

Das leuchtete Ulf ein. Erzählten nicht auch ihre uralten Heldenlieder von den Königen der Vorzeit...? Dass das Volk sie opferte, wenn sie kein Heil mehr hatten? Er stand auf, reckte sich und ging einige Schritte, um sich die Beine zu vertreten. Nur die Umrisse einiger Packtiere hoben sich schemenhaft gegen den dunklen Himmel ab. Gelegentlich hörte er den Schrei eines Esels. Ulf trat ans Feuer zurück, blieb aber stehen und verschränkte die Arme, um sich zu wärmen. Thorgrim stocherte mit einem Ast im Feuer und legte einige Scheite nach.

»Es ist kühl«, sagte Ulf.

»Ja. Die Tage sind heiß in der Steppe und die Nächte kalt.«

»Wie groß ist eigentlich dieses Reich der Chasaren?«

»Sehr groß, Ulf. Wie groß, weiß ich auch nicht. Jedenfalls gehören einige griechische Städte am Schwarzen Meer zum Chasarenreich, und die Wolga-Bulgaren mit ihrer berühmten Hauptstadt Bulgar sind ihm tributpflichtig. Die Chasaren behaupten auch, viele Stämme der Slawen hoch im Norden, weit über Kiew hinaus, würden dem Chagan Tribut zahlen.« Er klopfte sich einen Funken von der Hose. »Aber man weiß ja, wie das ist: um ihre Macht zu beweisen, zählen diese Herrscher gerne die Namen fremder Völker auf. Eine endlose Reihe von Namen. Dann behaupten sie, alle diese Völker zahlten ihnen Tribut und erkennten damit ihre Oberherrschaft an. Wer weiß, ob das immer stimmt.«

»In Kiew habe ich jedenfalls nichts von Tributzahlungen an die Chasaren gehört.«

»Das sagt wenig.« Thorgrim schüttelte den Kopf. »In Haithabu hat einmal ein Händler aus Norwegen erzählt, welche Abgaben er von den Lappen, die in der Nähe seines Hofes leben, verlangt. Gelegentlich hört man mal etwas Genaueres über den Tribut, den die slawischen Stämme angeblich zahlen: er wäre sehr niedrig. Aber du musst bedenken, Ulf, dass Tribut bei den Slawen schwer einzutreiben ist. Was sollen die Chasaren tun, wenn die Slawen nicht zahlen? Ihn gewaltsam eintreiben? Ihre Reiter können sich doch nicht in die Urwälder und Sümpfe des Nordens wagen.«

»Aber im Winter sind die Flüsse und Sümpfe gefroren. Dann können auch Reiter...«

Thorgrim lachte hell auf. »Im Winter kämpft hier niemand. Den islamischen Lanzenreitern ist es dann schon in der Steppe zu kalt.« Nach kurzem Überlegen fügte er hinzu: »Dennoch ist es möglich, dass die Slawen gelegentlich diesen Tribut zahlen. Sicher, sie haben das Reiterheer des Chagan wenig zu fürchten. Aber der Chagan könnte den Handel mit ihnen unterbinden…«

Die Stunden an einem Wachfeuer ziehen sich. Ulf dachte über das Gehörte nach. Als zum ersten Mal die Namen Bulgar und Itil gefallen waren, hatte er sich nicht viel darunter vorstellen können. Für ihn waren Konstantinopel immer die größte Stadt der Welt und das Land der Griechen das mächtigste Reich der Erde gewesen. In Schweden hatte man auch Kenntnis vom Seidenland, in dem die Araber lebten, und viele andere Völker, deren Namen in Schweden keiner kannte. Unglaubliche Geschichten hatte man erzählt über den Reichtum dieser Völker. Aber keiner hatte etwas Genaues gewusst: über ihre Städte, ihre Heere… Das Wort »Chasaren« war niemals gefallen. Und jetzt erzählte dieser Thorgrim, der es wissen musste, von einer solchen Stadt, von solchen Mauern und einem solchen Heer! Vor seinen Augen erhob sich wieder die Burg des Häuptlings von Kiew. Wie hatten Erik und er den Erdwall und die Palisaden bewundert! Und jetzt, wenn er an Itil dachte… Vor ihm die Steppe, diese kahle Ebene mit dürren Krautbüscheln und verdorrtem Gras. Und irgendwo in dieser Steppe eine riesige Stadt mit gewaltigen Mauern…

Die Stimme des jungen Nordmannes unterbrach sein Grübeln. »Genau genommen ist nur der Chagan an dem Überfall der Ungarn auf euch Schuld. Sagen jedenfalls viele Händler in Itil.«

Ulf betrachtete ihn verblüfft. »Meinst du, der Chagan stifte die Ungarn zu solchen Überfällen an? Außerdem hast du gesagt, der Chagan habe überhaupt keine Macht.«

Aufgeregte Rufe schollen zu ihnen herüber. Es musste weit draußen in der Steppe sein, denn sie hörten sie nur gedämpft. Sie waren aufgesprungen. Ohne ein Wort rannte Thorgrim davon. Nach wenigen Augenblicken verschluckte ihn das Dunkel. Ulf sah nach links hinüber. In einiger Entfernung am Waldrand glühte es wie von einem Feuer. Offensichtlich hatten dort bewaffnete Knechte ihr Wachfeuer angezündet, das von einem niedrigen Gebüsch verdeckt wurde. Ulf sah in dem schwachen Flackern undeutlich die Köpfe einiger Knechte, die ebenfalls aufgesprungen waren.

Er wartete eine lange Zeit. Draußen in der Steppe herrschte wieder Stille, und Ulfs Gedanken kreisten um das Gehörte. Je tiefer sie nach Süden kamen, desto fremdartiger wurden diese Menschen und Länder. Aber auch farbenprächtiger. Oder geheimnisvoller?… Plötzlich tauchte vor ihm Thorgrim aus dem Dunkel auf. Der junge Nordmann kehrte gemächlich an das Feuer zurück und ließ sich nieder. »Es war nichts. Nur einige Schafe haben sich weit hinaus in die Steppe verlaufen.«

Thorgrim nahm Ulfs Frage wieder auf und schüttelte lachend den Kopf.

»Nein, die Chasaren stiften nicht zu solchen Überfällen an. Sie bekriegen die Ungarn doch. Erst recht nicht der Chagan selber. Aber alles im Reiche der Chasaren geschieht in seinem Namen, niemals im Namen des Beg. Mag er nun Macht haben oder nicht. Ich wollte auf etwas anderes hinaus. Viele chasarische Händler in Itil geben dem Chagan die eigentliche Schuld an den Überfällen der Ungarn. Sie meinen, er hätte nie von den chasarischen Göttern abfallen und nie zum Judentum übertreten dürfen.«

Thorgrim lächelte über Ulfs verständnislosen Blick.

»Ja, das habe ich noch nicht erzählt. Vor einigen Jahrzehnten ist der Chagan zum Judentum übergetreten. Und mit ihm der Beg, die Heerführer, die Würdenträger und Beamten. Seitdem tragen der Chagan und der Beg jüdische Namen. Und viele Große des Reiches. Wer nicht Jude geworden ist, steigt am Hofe des Chagan nicht mehr auf.«

»So sind die Chasaren jetzt Juden?« Von den Juden hatte Ulf gehört, aber nichts Genaues.

»Juden? Nein. Die meisten Chasaren sind ihren alten Göttern treu geblieben. Keiner der Händler und Handwerker, die ich kenne, ist Jude geworden. Aber der Übertritt des Chagan und seines Hofstaates hat zu vielen Unruhen…«

»Klar, wenn der Chagan sein Volk zwingen will, die alten Götter aufzugeben…«

»Da irrst du dich, Ulf. Der Chagan zwingt niemanden, seine Religion zu übernehmen. Wenn ein Chasar allerdings eine hohe Stellung im Reich anstrebt, muss er Jude werden. Das geht jedoch die chasarischen Händler und Handwerker nichts an. Eine solche Stellung steht nur den Mitgliedern des Adels offen. Es geht um etwas anderes: nur der Chagan hat Verbindung zum obersten Gott der Chasaren, zu Tengri-Chan…«

Ulf lachte. »Und der wird den Chagan nicht erhören, wenn er Jude geworden ist.«

»Eben, eben«, nickte Thorgrim eifrig. »Das sagen auch die Chasaren. Es gibt vorgeschriebene Opfer für Tengri-Chan, die der Chagan darbringen muss. Sein Hofstaat behauptet, der Chagan lasse keines dieser Opfer aus, obwohl er Jude ist. Doch viele im Volk glauben das nicht. Schließlich darf kein gewöhnlicher Mensch bei diesen Opfern zugegen sein.«

»Ich glaube es auch nicht«, grinste Ulf.

»Ich eigentlich schon«, widersprach Thorgrim. »Denn am Hofe des Chagan leben jetzt viele Juden, die aus anderen Ländern gekommen sind. Sie schimpfen oft auf das, was sie ›heidnische Gebräuche‹ am Hofe nennen. Sie behaupten, ein Jude dürfe das nicht. Aber viele Chasaren bleiben misstrauisch…«

»Doch was hat das mit den Ungarn zu tun?«, warf Ulf dazwischen.

»Die hohen Würdenträger in der Stadt Itil sind alle Juden geworden. Aber viele Sippen der Chasaren leben nicht in der Stadt. Sie errichten ihr Winterlager, mit Erdwall und Graben wie alle diese Reitervölker, draußen in der Steppe auf den Weidegründen, die ihnen gehören. Und jedes Oberhaupt einer solchen Sippe gehört zum chasarischen Adel. Sie müssen nicht nur dem Chagan Berittene stellen, sie dürfen am Hofe auch mitentscheiden. Die meisten dieser Sippenhäuptlinge waren nicht bereit, zum Judentum überzutreten…«

»…und deshalb haben sie ihren Einfluss am Hofe des Chagan verloren?«, nickte Ulf verständnisvoll.

»So ist es. Viele Juden aus fremden Ländern sind bei Hofe an ihre Stelle getreten. Mancher jüdische Priester, den sie ›Rabbi‹ nennen, hat heute mehr Einfluss als die Anführer der größten chasarischen Sippen.«

»Das musste Ärger geben!«, schmunzelte Ulf.

»Es hat ihn gegeben. Und nicht zu wenig!«, lachte Thorgrim. »Einige Jahre nach dem Übertritt des Chagan zum Judentum kam es im Chasarenreich zu einem großen Bürgerkrieg. Die Sippenanführer in der Steppe wollten sich ihre Macht nicht nehmen lassen. Und wie das bei einem Bürgerkrieg so ist: bald kämpfte jeder gegen jeden. Verfeindete Sippenhäuptlinge bekriegten sich, die unterworfenen Steppenvölker wollten ihre Tributpflicht abschütteln…«

»Doch der Chagan hat gesiegt?«

»Ja. Schon vor vielen Jahren. Aber der Chagan hat damals zahllose seiner Gegner hinrichten lassen… Noch heute hassen ihn viele Chasaren deswegen. Doch das Schlimmste für das Chasarenreich war: viele Sippenhäuptlinge sind mit ihren Leuten zu den Ungarn geflohen. Heute noch nennt man sie die ›Aufständischen‹. Eigentlich erstaunlich: alle Steppenvölker im chasarischen Reich sprechen mehr oder minder die gleiche türkische Sprache, auch die Wolga-Bulgaren und die Petschenegen. Nur die Ungarn haben eine Sprache, die niemand versteht. Dennoch sind die ›Aufständischen‹ gerade zu ihnen geflohen. Ihre Sippen ziehen noch heute mit den Ungarn durch die Steppe.«

»Und sie sind zu Feinden des Chasarenreiches geworden!«, ergänzte Ulf.

»Selbstverständlich. In früheren Zeiten waren die Beziehungen der Chasaren zu den Ungarn, die nie tributpflichtig waren, gut: die Ungarn waren oft Verbündete im Kampf gegen andere Steppenvölker. Sie waren auch Verbündete des Kaisers in Konstantinopel und schützten die Grenzen seines Reiches. Jetzt ist das alles anders. Nicht alle Ungarn sind Gegner der Chasaren geworden. Die Ungarn zerfallen in mehrere Stämme. Zu einigen dieser Stämme schickt der Chagan Gesandte mit reichen Geschenken, um sie auf seiner Seite zu halten. Die anderen Stämme aber, die ›Aufständische‹ aufgenommen haben, sind jetzt erbitterte Feinde des Chasarenreiches. Leute aus einem solchen Stamm waren es, die euch an den Stromschnellen überfallen haben.« Der junge Nordmann spuckte ärgerlich ins Feuer. »Seitdem die ›Aufständischen‹ bei den Ungarn sind, sind die Handelswege im Lande der Chasaren sehr unsicher.«

»Slawen«, sagte Ragnar, »Slawen«. Die Männer auf den Booten waren jetzt deutlich zu erkennen. Es waren Boote, fünf Boote, wie Ulf sie in Kiew bei den slawischen Händlern gesehen hatte. Sie hatten die Segel gesetzt, und der Wind trieb sie, obwohl sie gegen die Strömung segelten, schnell auf den Handelsplatz zu. Am Bug des vordersten Bootes stand ein Mann, der ein knielanges Hemd trug wie die Slawen. »Slawen?«, rief der Grieche aufgeregt. »Vielleicht auch nicht. Seht ihr nicht den Bart? Und die Haare?«

»Ja, wie deine«, lachte Grim. »Schwarz und gekräuselt.«

Die Chasaren und Ulfs Leute beobachteten schweigend, wie die Boote anlegten und die Fremden ihre Zelte aufschlugen. Dann eilte der Grieche auf den Händler zu, der am Bug gestanden hatte. Es sind Landsleute des Griechen, dachte Ulf. Nur Landsleute, die sich in der Fremde begegnen, begrüßen einander so herzlich.

»Es sind Griechen.« Der Grieche setzte sich wieder neben Ulf. »Vier griechische Händler. Die Bootsbesatzung besteht aus Slawen. Sie haben die Boote gemietet.«

»Wo kommen sie her?« Ragnar sah dem Griechen erwartungsvoll ins Gesicht.

»Von der Schwarzmeerküste. Genauer: von der Halbinsel Krim. Sie wollen nach Kiew.«

Der Grieche hielt sich den ganzen Tag im Lager seiner Landsleute auf. Abends am Feuer, beim Abendessen, sagte er zu Ragnar: »Nach ein oder zwei Tagen Fahrt kommen wir an eine Festung. Ein großes Lager der Chasaren, umgeben von Graben und Erdwall. Erst vor zwei Jahren wurde es erbaut.«

Ragnar knurrte verdrossen: »Hoffentlich verlangen die Chasaren keinen Zoll. Ich habe keine Lust, den Zehnten zu bezahlen wie in Itil oder Bulgar.«

Der Grieche machte eine beruhigende Handbewegung. »Ich habe Nikephoros, den Händler, danach gefragt. Sie erheben keinen Zoll. Der Händler glaubt, es handelt sich um das neue Winterlager der Sippe des Tudun. Dass der Sippe diese neuen Weidegründe am Dnepr zugewiesen worden sind, damit der Tudun die Ungarn bekämpft. Oder…«

»Was ist das, ein Tudun?«, fiel Grim ein.

»Ein chasarischer Beamter. Genaueres weiß ich nicht.« Der Grieche nippte nur an seiner Weinschale. Er blinzelte Ulf zu: »Ich habe den ganzen Tag mit den Händlern Wein trinken müssen. Besten griechischen Wein.« Dann wandte er sich wieder an Ragnar. »Zurück zum Tudun. Man erzählt, der Chagan habe Abgesandte zu mehreren slawischen Stämmen im Norden geschickt, um den Tribut einzufordern. Vielleicht hat deshalb der Tudun sein Lager so weit im Norden aufgeschlagen. »

»Der Kerl soll sich zum Teufel scheren!«, knurrte Ragnar.

»Vielleicht ist diese Festung für die Händler keine schlechte Sache«, widersprach der Grieche. »Nikephoros, der Händler, weiß nicht, ob die Chasaren eine neue Stadt gründen wollen. Möglicherweise wird das Lager nach einigen Jahren wieder aufgegeben, wenn der Tudun seine Absichten erreicht hat.«

»Wieso soll ein solches Chasarenlager den Händlern, die nach Konstantinopel fahren, Vorteile bieten?« Grim blickte den Griechen verständnislos an.

»Das Lager ist in diesen zwei Jahren bereits zu einem bedeutenden Handelsplatz geworden. Nicht nur die Sippe des Tudun wohnt dort. Andere Chasaren und Angehörige weiterer Steppenvölker haben sich vor den Wällen niedergelassen.«

»Hat der Tudun viele Krieger?«, fiel Ragnar ein.

»Ja, mehrere hundert. Nicht nur die waffenfähigen Männer seiner eigenen Sippe. Der Chagan hat ihm auch eine Truppe arabischer Lanzenreiter gestellt. Dieser Tudun soll als Krieger im ganzen Chasarenreich berühmt sein.«

Am nächsten Tage nahm der Grieche ihn mit in das Lager der Händler von der Schwarzmeerküste. Ulf wurde freundlich empfangen, und man reichte ihm Wein in einer silbernen Schale. Der Grieche unterhielt sich mit seinen Landsleuten über das Byzantinische Reich, den Kaiser und die Hauptstadt Konstantinopel. Gelegentlich übersetzte er für Ulf. Nach einiger Zeit erschien auch Thorgrim, der Nordmann aus Itil, im Lager. Er war von den chasarischen Händlern geschickt worden, denn er sprach Griechisch. »Wir treiben viel Handel mit den griechischen Städten am Schwarzen Meer«, entgegnete er auf Ulfs Frage.

Als die Trinkschalen neu gefüllt waren, stieß Ulf den Griechen an. »Frag doch mal, was ein Tudun ist.«

Der Anführer der griechischen Händler kraulte sich den schwarz gelockten, kurz gehaltenen Bart. »Ein Tudun ist einer der höchsten Beamten des chasarischen Reiches. Tudune gibt es bei den tributpflichtigen Völkern. Der Tudun zieht die Abgaben für den Chagan ein. Na ja, er verkörpert sozusagen die chasarische Oberhoheit. In Bulgar sitzt einer, und auch in der Stadt, aus der ich komme. In unserer Stadt leben nur Griechen, doch die Stadt gehört zum chasarischen Reich.«

Ulf stellte viele Fragen. Er merkte bald, dass der Händler Nikephoros weit herumgekommen war und sich in den Verhältnissen des Chasarenreiches und des Byzantinischen Reiches auskannte. »Nein, nein«, lachte der Händler. »Der Tudun, an dessen Lager ihr vorüberkommen werdet, ist einer der einflussreichsten Männer des Reiches.« Seine Stimme hatte leidenschaftslos geklungen. Doch diese zusammengepressten Lippen, die Runzeln um die verkniffenen Augen verrieten seinen Abscheu. »Dieser Tudun ist ein Mann, dem man am besten aus dem Wege geht. Der Kerl ist habgierig und hinterlistig. Aber das braucht euch nicht zu stören, wenn ihr in seinem Lager Handel treiben wollt. Ihr werdet ihn gar nicht sehen. Der Tudun wird sich niemals herablassen, mit fremden Händlern zu sprechen.«

»Der Wein ist gut«, sagte Ulf.

»Wein vom Don. Sie bauen dort viel Wein an.«

Der Wein schmeckte wirklich vorzüglich. Ulf musste einen Augenblick auf die Antwort warten.

»Nein, Ulf. Wir Griechen haben nichts dagegen, im Reiche des Chagan zu leben. In der Hauptstadt Itil haben wir eine eigene Kirche und eigene Richter, die nach christlichem Recht entscheiden. Auch die Muslime und Juden haben eigene Richter.« Seine Stimme wurde zornig. »Was haben wir von dem griechischen Kaiser zu erwarten? Nichts als hohe Steuern! Und jetzt fällt wieder eine Küstenstadt nach der andern dem Kaiser in Konstantinopel in die Hand.« Er schwieg einen Augenblick. »Klar, dass sich deshalb die Beziehungen zu dem Griechischen Reich verschlechtert haben. Früher waren sie meist freundschaftlich.«

»Das ist eben der Grund, weswegen wir nach Kiew fahren«, übersetzte der Grieche. »In der Regel führen mich meine Handelsreisen zu den arabischen und persischen Küstenstädten am Kaspischen Meer.« Er lächelte bei Ulfs Frage. »Ja, diese Fahrt ist viel länger als nach Kiew. Der Weg führt von der Schwarzmeerküste durch das Asowsche Meer den Don hinauf, weit über die chasarische Festung Sarkel hinaus. Dann müssen wir die Boote einige Tage über Land zur Wolga schleppen. Auf der Wolga abwärts gelangt man nach Itil. Hinter Itil kommt bald das Wolgadelta, dann bist du im Kaspischen Meer.« Seine Züge verfinsterten sich. »Aber dieses Jahr ist die Fahrt auf dem Don zu gefährlich. Diese verdammten Ungarn und Petschenegen! Sie machen alle Handelswege zum Schwarzen Meer unsicher. Was nützt da schon eine einzige Festung am Don? Sarkel kann nicht die Schifffahrt auf einem ganzen Fluss schützen, auf dem ein Boot zwei oder drei Wochen unterwegs ist.«

Thorgrim übersetzte Ulfs Frage. »Ja, die Festung Sarkel wurde wegen der Bedrohung durch die Ungarn angelegt. Vor zwei oder drei Jahrzehnten. Übrigens von einem griechischen Baumeister, den der Kaiser in Konstantinopel dem Chagan schickte. Deshalb bestehen die Mauern auch aus gebrannten Ziegeln. Na ja, als Festung ist sie sicherlich uneinnehmbar. Die Zitadelle ist von der Stadt durch eine starke Quermauer abgetrennt und hat in einer Ecke als letzten Zufluchtsort einen quadratischen Turm. Doch was nützt das? Die Ungarn und Petschenegen werden eine solche Festung niemals angreifen. Die Reiterei des Chagan streift von Sarkel aus durch die Steppe, um die räuberischen Horden aufzuspüren. Doch die verschwinden irgendwo in der Unendlichkeit.«

Ulf hätte dem griechischen Händler stundenlang zuhören können. Von Stunde zu Stunde wurde ihm klarer, dass das Reich der Chasaren, an dessen Rand sie sich befanden, noch mächtiger war und reicher, als Thorgrim es am Wachfeuer dargestellt hatte. Der Händler erzählte mit einem Eifer, dass der Stolz, Angehöriger eines solchen Reiches zu sein, aus jedem Satz herausklang, obwohl er doch Grieche war. »Itil ist nicht einmal die am stärksten befestigte aller chasarischen Städte. Nehmt zum Beispiel Belendscher. Ich war einmal dort. Diese Stadt liegt im Kaukasusgebirge, im Tal des Flüsschens Sulak. Dort leben zwar nur wenige Chasaren. Doch die Stadt gehört zum Chasarischen Reich. Sie war früher sogar einmal die Hauptstadt. Was für eine gewaltige Festung! Die Mauer zur Talseite hin, hinter einem tiefen Graben, ist zehn Meter dick. Sie hat halbrunde, vorspringende Türme. Und das Vorgelände schützen runde Türme, durch Zwischenmauern mit der Hauptmauer verbunden.«

Der Händler blickte lächelnd in die Runde. »Uneinnehmbar, würdet ihr sagen? Und doch haben die Araber die Stadt erobert und verwüstet. Damals, als die Chasaren hundert Jahre lang mit den Arabern Krieg führten. Damals, als die Araber ihr Weltreich zusammeneroberten. Als sie dem Reich der Griechen die Provinzen Ägypten, Syrien und Mesopotamien wegnahmen. Als sie das Reich der Perser zerstörten. In diesem hundert Jahre dauernden Krieg haben die Chasaren strahlende Siege erfochten. Und blutige Niederlagen erlitten. Doch am Ende haben sie gesiegt. Die Grenzfestungen im Kaukasus, die zum Chasarischen Reich gehörten, haben den Ansturm der Araber zum Stehen gebracht. Niemals konnten die Araber in die Steppe vordringen.«

Nikephoros packte den Griechen am Arm. »Stell dir vor, was aus dem Reich der Griechen geworden wäre, wenn die Araber die Steppe erobert hätten! Der Kaiser hätte die Reste seines Reiches nicht nur an der Ostgrenze verteidigen müssen. Die Araber hätten Kleinasien auch von der Schwarzmeerküste aus angegriffen. Und sie wären sogar vom Norden, vom Balkan aus, auf Konstantinopel marschiert.« Er nahm einen tüchtigen Schluck aus seiner Weinschale. »Ja, die Chasaren haben den Abwehrkampf gegen den Islam gewonnen. All das geschah vor mehr als hundert Jahren. Aber die chasarischen Händler lieben es noch heute, von den Heldentaten ihrer Chagane zu erzählen.«

»Und jetzt?«, ließ Ulf fragen.

»Jetzt? Der Kaiser in Konstantinopel führt an seiner Ostgrenze ständig Kriege gegen die Araber. Diese Kriege machen ihn arm. Die Chasaren aber leben in Frieden mit ihren islamischen Nachbarn. Unser Handel mit den arabischen und persischen Städten am Kaspischen Meer blüht. Ja, die Chasaren machen mich reich.«

Beinahe hätte der Grieche sich verschluckt. Der Wein in seiner Schale schwappte über. Verständnislos wanderten Ulfs Augen hin und her zwischen dem Griechen, dem alles Blut aus den Wangen gewichen war, und Nikephoros, der seinem Gefährten wütende Blicke zuwarf. Psellos, einer der Händler, der selten den Mund aufmachte, hatte irgendetwas gesagt. »Das wollte Nikephoros mir wohl verschweigen«, zischte der Grieche. »Um den Handel nicht zu gefährden, den er mit uns abschließen will.«

»Was denn, Grieche?«

Ungläubig starrte Ulf seinen Rudernachbarn an. Er wollte nicht glauben, was er gehört hatte. »Doch, Ulf! Wir können nicht nach Konstantinopel. Alle Stadttore sind geschlossen. Auf den Mauern stehen Tag und Nacht die Wachen.«

Psellos lacht. »Stellt euch vor, wie sie euer Boot mit dem Drachenkopf empfangen würden! Die Schleudermaschinen auf der Seemauer würden euer Schiff mit einem Hagel von Steinen eindecken. Und mit Griechischem Feuer, das mit Wasser nicht zu löschen ist.«

»Sind es wirklich Nordmänner?« Ulf kann es einfach nicht glauben.

»Daran gibt es keinen Zweifel. Einige der Schiffe haben Drachenköpfe wie das Eure. Man erzählt, die Waräger seien mit zweihundert Langschiffen gekommen. Waräger, so nennen wir Griechen euch. Die Drachenboote sind aus dem Dnepr gekommen, sagt man. Und jetzt segelt diese riesige Flotte an den Küsten des Schwarzen Meeres und im Bosporus auf und ab. Überall plündern sie, vergewaltigen und morden …«

Ragnar starrte in die Flammen. Sein Gesicht war wie eine Maske. Kein Muskel regte sich. Er saß mit angezogenen Knien vor dem Feuer, die Ellbogen auf die Knie gestützt, die geballten Fäuste so fest gegeneinander pressend, dass die Knöchel weiß wurden. Ulf und der Grieche waren sofort zurück ins

Lager geeilt, um Ragnar die Kunde zu überbringen. Doch der hatte kein Wort entgegnet.

Minuten zerrinnen im Schweigen. Langsam wendet Ragnar das Gesicht nach links, zu Grim, der neben ihm sitzt. Aus seinen Zügen spricht nichts als Verachtung. »Was sagst du dazu, Grim?«

Grims Lachen klingt bösartig. »Zweihundert nordische Langschiffe! Was für ein Quatsch!«

»Das meine ich auch. Hast du in England jemals eine Flotte gesehen, die größer war als fünfzig Schiffe? Oder höchstens sechzig?«

»Natürlich nicht.« Grim zwirbelte seinen Gabelbart. »Fünfzig oder sechzig Langschiffe: das ist schon eine gewaltige Flotte. Doch sie erreicht England in wenigen Tagen. Von Schweden bis ins Schwarze Meer sind die Schiffe monatelang unterwegs.«

Der Grieche fiel ein: »Klammert euch nicht an dieser Zahl fest. Was bedeuten schon Zahlen? Beim Sieg werden sie genauso übertrieben wie bei der Niederlage. Wie viel glänzender ist ein Sieg, wenn man von zehnmal so viel Feinden spricht. Und jede Niederlage wird unvermeidbar, wenn die Feinde viermal oder fünfmal so stark waren wie das eigene Heer. Außerdem, Ragnar: der Kaiser käme den Küstenstädten niemals zu Hilfe, wenn man ihm berichtete, es handele sich nur um eine Hand voll Boote.«

»Vielleicht stimmt alles nicht!«, warf Erik ein.

Ragnar kratzte sich verdrießlich an der Backe. »Warum sollte uns der griechische Händler belügen? Natürlich sind es keine zweihundert Schiffe. Aber zwölf oder fünfzehn Langschiffe würden ausreichen, um gute Beute zu machen und in den Küstenstädten Angst und Schrecken zu verbreiten.«

»Aber warum hat in Ladoga und in Kiew keiner der nordischen Händler von diesem Raubzug erzählt?«

Ragnar zögerte einen Augenblick. »Vielleicht haben die Schiffe, um kein Aufsehen zu erregen, nicht gleichzeitig in Ladoga und Kiew angelegt. Und überhaupt… Warum sollten sie den nordischen Händlern in Kiew ihre Absicht auf die Nase binden? Die wollen doch nur, dass der Handel mit Konstantinopel nicht gestört wird.«

Das Abendessen war fertig geworden. Die Nachricht vom Raubzug ins Schwarze Meer wurde mit viel Geschrei und Gejohle erörtert. Bald waren sich alle einig, dass Psellos, der Händler, die Wahrheit erzählt hatte. Die Gefährten unterhielten sich lautstark über die Städte am Schwarzen Meer, die noch keiner von ihnen gesehen hatte. Ihre Augen glühten, und sie führten die Becher häufiger zu den Lippen als sonst. Ragnars Stimme ist leise: »Alle Stadttore geschlossen… Ihre Kriegsschiffe machen Jagd auf jedes nordische Boot… Dafür haben wir uns an den Stromschnellen mit den Ungarn herumgeschlagen... Also kommen wir auch diesmal nicht nach Konstantinopel.« Seine Stirn legt sich in drohende Falten. »Aber wir werden uns schadlos halten, Grim.«

Als Ulf am nächsten Morgen vor das Zelt trat, sah er Ragnar und Erik aus dem Seitental kommen. Jeder zog an einem Strick ein Schaf hinter sich her. »Bringt unsere Waren zum Opferplatz!«, brüllte Ragnar den Ruderern zu. »Ich habe von den Chasaren zwei Schafe gekauft, die werden wir Thor opfern. Holt von allen Waren, die wir haben, einige der besten Stücke!« Einige rannten zum Boot, die anderen folgten ihm. Stromabwärts, am Ende des schmalen Uferstreifens, hatten nordische Händler eine Opferstätte errichtet. Ein Holzpfahl, etwas höher als ein Mann, sollte wohl Thor darstellen. Der Kopf am oberen Ende des Pfahles war plump geschnitzt. Dann hatten Wind und Wetter das Götterbild gezaust: der Pfahl war verwittert, große Holzstücke waren abgesplittert. Nur an den beiden nebeneinander liegenden Kreisen erkannte Ulf das Gesicht des Gottes: es waren Thors fürchterlich starrende Augen, die die Blitze schleudern, welche die Menschen so fürchten. Und in den Stamm war, kaum noch erkennbar, ein Thorhammer eingeritzt. Hinter dem Götterstandbild waren einige niedrigere, zugespitzte Pfähle in den Sand gerammt. Sie waren noch verwitterter. Die vielen Knochen, die zwischen diesen Pfählen herumlagen, bewiesen jedoch, dass der Opferplatz regelmäßig von nordischen Händlern benutzt wurde.

Ragnar steht hochaufgerichtet vor dem Götterbild. Drei Ruderer bringen die ersten Opfergaben: einige Stücke Fladenbrot und gebratenes Fleisch auf einem Holzteller, einen mit Wein gefüllten Trinkbecher. Ragnar stellt die Gaben vor dem Standbild auf den Boden. Jetzt tritt er einige Schritte zurück und sinkt in die Knie. Wortlos beugt er sich nach vorne und berührt mit der Stirn den Boden. Hinter ihm presst auch Ulf die Stirn in den heißen Sand. Nun richtet Ragnar den Oberkörper wieder auf und breitet die Arme aus. »Hilf uns, Thor, Gott der Händler!« Ulf nickt zufrieden: die Stimme ihres Anführers ist gewiss oben in der Steppe zu verstehen und drüben am jenseitigen Ufer.

»Schau her zu uns, Thor! Wir haben anständige Ware. Und die Preise, die wir fordern, sind nicht unverschämt. Sorge dafür, dass die fremden Händler kaufen, zu unseren Preisen kaufen. Wir schenken dir auch zwei Schafe, fette Schafe, mit fettem Schwanz.«

Einige Männer standen auf und reichten dem Schiffsführer, der immer noch niederkniete, von den Dingen, die sie verkaufen wollten: Schwerter und Walrosskämme, Goldbroschen und Fuchspelze. Ragnar nahm die Waren und hielt sie auf ausgestreckten Händen dem Gott entgegen. Dabei pries er ihre

Waren mit Donnerstimme: »Sieh her! Hast du schon jemals einen schöneren Walrosskamm gesehen?«

Nachdem der Gott Gelegenheit hatte, all ihre Waren zu begutachten, stand Ragnar auf und gab ein Zeichen. Erik und Gizur zerrten die blökenden Schafe vor das Standbild. Zwei Ruderer schlugen den Tieren mit der Axt den Kopf ab. Behutsam hob Ragnar einen der Köpfe vom Boden auf, ging hinter das Standbild und spießte den bluttriefenden Kopf auf einen der zugespitzten Pfähle. Dann holte er den zweiten Kopf und spießte auch ihn auf einen Pfahl. Die Leiber der Schafe warf er zwischen die Pfähle.

Die Ware wurde wieder eingepackt. Ulf kehrte mit Ragnar in das Lager zurück. Sie hatten ihre Zelte noch nicht erreicht, da hörten sie schon das Gekläff der verwilderten Hunde. Ulf drehte sich um. Mehr auf den Hinterbeinen rutschend jagten die Hunde den Steilhang herunter. Ulf fragte sich, welcher Händler wohl hier in der Steppe Hunde ausgesetzt hatte, deren Nachkommen jetzt eine bissige Meute bildeten, die oben in der Steppe ihr Lager umschlich.

Auch Ragnar hatte sich umgedreht. Mit einem zufriedenen Lächeln um die Lippen schaute Ragnar zu, wie die Hunde die Schafskörper zerrissen und dann nach den aufgespießten Köpfen sprangen. Er nickte Ulf zu. »Thor ist mit unseren Gaben zufrieden. Er isst die Schafe ganz auf.«

Jetzt sahen sie den Drachenkopf genau. Das linke der beiden Langschiffe, die mit geblähtem Segel stromabwärts auf sie zuglitten, schien einen grell bemalten Drachenkopf trotzig in die Bläue des Himmels zu recken. Schweigend beobachteten sie die Ankunft der Boote. Als beide Langschiffe sich knirschend mit dem Bug auf das sandige Ufer geschoben hatten, sprangen viel zu wenig Bewaffnete von Bord. Immer noch schweigend schauten sie zu, wie die Laufplanken ausgelegt und zuerst die Mädchen und Frauen an Land geführt wurden. Ihre Hände waren mit Ketten gefesselt. Sie sahen, wie einigen der Ruderer ebenfalls Ketten angelegt wurden. »Die lassen ihre Sklaven rudern«, sagte Gizur zu Ulf. »Sie müssen viele Männer verloren haben.«

»Sklavinnen! Endlich mal ein Schiff mit Sklavinnen! Seit Kiew…« hörte Ulf hinter sich die Stimme eines der Gefährten.

»Die dritte von links, Harald! Schau dir die dritte von links an! Das Hemd…« Ein Zungenschnalzen. »Was für Brüste! Die möchte ich heute Nacht in meinem Zelt haben! Ob dieser fremde Schiffsführer wohl viel Silber verlangen wird?«

Während die Ankömmlinge noch die Zelte aufschlugen, ging Ragnar hinüber, um den Anführer zu begrüßen. Ulf sah, wie ihr Schiffsführer mit einem hoch gewachsenen jungen Mann sprach, der den Helm abgenommen hatte, so dass seine strohblonden Haare bis auf die Schultern fielen. Als Ragnar zurückkehrte, brummte er: »Die Kerle haben Pech gehabt. Sind an den Stromschnellen von den Petschenegen überfallen worden. Mehr als die Hälfte ihrer Leute wurde getötet. Und die Petschenegen haben die meisten ihrer Sklaven mitgenommen.« Er blickte Grim an: »Du hast doch auch von Gnupa aus Birka gehört?«

»Meinst du den Gnupa, von dem man erzählt, niemand habe öfter den Ostweg befahren als er?«

»Ja, Grim. Ihm gehörten die Boote. Der junge Mann, mit dem ich gesprochen habe, ist sein Sohn. Gnupa ist unter den Gefallenen. Ein Petschenege hat ihm mit der Lanze die Brust durchbohrt. Sie wollen ihn hier verbrennen.« Ragnars Finger spielten gedankenverloren mit der Goldbrosche. »Ich bin Gnupa nie persönlich begegnet. Aber nach allem, was ich von ihm gehört habe, muss er ein großer Jarl gewesen sein.«

Ein untersetzter Mann mit struppigem, grauem Bart kam auf sie zu. Die blauen Augen unter dem Helm blickten grimmig. Hinter sich her zog er an beiden Füßen den leblosen Körper eines Mannes. Als er an Ragnar vorüberging, rief er ihm zu: »Einer unserer Sklaven. Ist von einem Pfeil getroffen worden. Als wir an Land gingen, ist er gestorben.« Ulf folgte dem Mann eine Zeit lang mit den Augen. Er zog die Leiche in Richtung des Opferplatzes. Dann hörte Ulf das Gekläffe und Gejaule der Hunde, die sich um ihre Beute stritten.

Ragnar hatte jeden Tag mit den Griechen und den Chasaren verhandelt. Doch man hatte sich noch nicht über die Preise geeinigt. Am Morgen nach der Ankunft der beiden Langschiffe traf Ulf auf Thorgrim, den Nordmann aus Itil. Der strahlte: »Gut, dass diese beiden Langschiffe angekommen sind.«

»Warum?«, fragte Ulf verwundert.

»Das ist doch klar. Die können nicht mehr nach Konstantinopel. Sie wollen ihre Waren hier verkaufen und dann mit dem kleineren Boot zurückkehren. Das große Langschiff, das mit dem Drachenkopf, benötigt sechsundzwanzig Ruderer. Sie sind aber nur noch neunzehn Mann.«

»Ich sehe nicht, warum…?«

»Das ist doch leicht einzusehen. Ihr und diese Nordmänner habt alle Waren, die wir in Kiew einkaufen könnten. Sogar Sklaven. Wenn wir sie euch abkaufen, ersparen wir uns den langen und gefährlichen Weg nach Kiew.« Er deutete auf die Zelte der Griechen. »Auch die Griechen sind dieser Meinung. Ach, Ulf, wir werden schon handelseinig werden. Noch einige Tage feilschen…«

Ulf sprach mit Ragnar. Der schmunzelte vergnügt. Nachdem er beim

Mittagessen besonders große Stücke Schaffleisch verschlungen hatte, setzte er sich vor sein Zelt und kämmte sich hingebungsvoll die Haare und den Bart. Dann verschwand er im Zelt und trat mit dem roten Umhang über der Schulter und seiner Goldbrosche wieder heraus. Er trug sein Schwert am Gürtel, doch den Helm hatte er nicht aufgesetzt. »Wir gehen zuerst zu den Griechen.« Er bestimmte einige Ruderer, die ihn begleiten sollten.

Nach einigen Schritten fällt Ragnars Blick auf Rolfs Brust. Seine Züge erstarren. Deutlich sichtbar baumelt auf der Brust des jungen Ruderers ein silbernes Kreuz.

»Ich habe nicht gewusst, dass du ein Christ bist, Rolf«, zischt er.

»Ich? Bin ich blöde?« lacht der junge Mann. »Aber du weißt doch, dass die Christen uns Heiden nennen. Und mit Heiden machen sie ungern Geschäfte. Angeblich verbietet es ihnen ihre Religion. Dann legst du eben ein Christenkreuz um den Hals. Und die christlichen Händler sind gleich viel freundlicher.«

Ragnar schüttelt den Kopf und knurrt grimmig: »Du wirst Odin und Thor erzürnen. Und deren Hilfe brauchen wir dringender denn je.«

»Mach dir keine Sorgen, Ragnar! Die Christen sagen selber, dass nur der Christ wird, der sich taufen lässt. Sorge also dafür, dass sie dich nicht nass machen, dann ist es unseren Göttern gleichgültig. So machen es jetzt viele beim Handel mit Christen.«

Schon nach einer Stunde war klar: Thorgrim hatte die Lage richtig eingeschätzt. Man würde mit den Griechen bald handelseinig werden. Nikephoros, der Händler, blickte Ragnar nachdenklich ins Gesicht. »Ihr Waräger seid uns immer willkommen, wenn ihr Pelze und Sklaven bringt. Aber ihr seid auch ein fürchterlich wildes Volk. Wenn ich an die zweihundert Langschiffe denke…«

»Wir sind friedliche Händler, nichts als Händler.« Ragnars Hand spielt liebevoll mit dem Griff seines Schwertes. »Dieses Schwert ziehe ich nur im Notfall.« Ragnar hat all die Sanftmut in seine Stimme gelegt, deren er fähig ist. Dann blickt er zu Grim hinüber: »Was meinst du, Grim?«

Der Graubart feixt. »Selbstverständlich fahren wir den Langschiffen nach. Keiner unserer Gefährten wird sich diesen Raubzug entgehen lassen.«

Das übersetzte der Grieche nicht.

Der Tag verging mit Feilschen. Die Anführer aller drei Gruppen eilten von Lager zu Lager. Die Sklaven wurden begutachtet. Walrosszähne und Kämme aus Elchgeweih, fränkische Schwerter gingen von Hand zu Hand. Lautstark wurde über die Preise gestritten. Doch der Handel verlief friedlich. Nicht ein einziges Mal musste einer der Nordmänner mit seinem Schwerte drohen.

Gegen Abend hatten sie alle ihre Waren verkauft. Im Gegenzuge hatten sie nur Güter eingetauscht, die wenig Stapelplatz auf dem Schiff in Anspruch nahmen: vor allem Ballen mit Seide und einige Amphoren mit Pfeffer, dem Gewürz, das ein Vermögen kostet. Glücklicherweise hatten die Chasaren und Griechen genügend arabische Silbermünzen dabei. Sie konnten einen Teil ihrer Käufe mit Silber bezahlen.

Ragnar stand mit dem weißbärtigen Anführer der Chasaren noch vor seinem Zelt. Da ertönte die Stimme eines ihrer Ruderer: »Drei Reiter!« Der Mann stand am Ufer, mit einer Angel in der Hand. Mit dem Arm deutete er stromabwärts auf das jenseitige Ufer. Richtig! Dort, wo die Inseln endeten, sah man jenseits des Flusses drei Reiter. Sie saßen bewegungslos auf ihren Pferden und schauten herüber. Nach der Kleidung waren es Ungarn. Oder Petschenegen. Nach einiger Zeit wendeten sie ihre Pferde und trabten davon. »Wir verstärken die Wachtposten«, sagte der alte Chasar ruhig.

Am nächsten Morgen zog die Karawane der Chasaren ab. Thorgrim hatte Ulf zum Abschied aufgesucht. Sie hatten sich noch lange unterhalten. »Wer ist eigentlich der Grieche, der bei euch ist? Die griechischen Händler haben versucht, ihn auszufragen. Doch er ist all ihren Fragen ausgewichen. Er hat nur gesagt, er stamme von einer der Ägäischen Inseln im Mittelmeer.«

Ulf zuckte hilflos die Achseln. »Keiner von uns weiß es. Vielleicht Ragnar. Der Grieche spricht nie über seine Vergangenheit.«

Beim Auseinandergehen hatte Thorgrim ihm auf die Schulter geklopft. »Ich glaube, die Reiter dort drüben waren eure Ungarn. Hier könnt ihr euch gut gegen sie verteidigen. Wenn sie nicht angreifen, passt auf! Dann werden sie eurem Schiff flussabwärts auflauern.«

Der Widerschein des Lagerfeuers huschte gespenstisch über die Gesichter. »Ek...ek....« Ragnar schlug sich krachend aufs Knie. »Verflucht! Wer soll sich diese Worte merken?« »Ekklesia. Kirche«, wiederholte der Grieche geduldig. Ulf staunte erneut über den singenden Tonfall. Wenn der Grieche Nordisch sprach, fiel ihm dieser singende Tonfall kaum noch auf. Grim versuchte sein Glück. »Ek... Elender Mist! Ich kann es mir nicht merken! Da soll doch Thors Hammer dreinschlagen!« Schon seit vielen Tagen lernten sie abends am Lagerfeuer von dem Griechen griechische Worte: wichtige Worte, Worte für Dinge, die gut zu verkaufen waren, oder Worte für Dinge, die reiche Beute versprachen. Worte wie Pelze oder Kirche. Wenn sie versuchten, die fremden Laute auszusprechen, schmunzelte der Grieche vor sich hin. Ulf hatte ihn einmal gefragt. »Wir Griechen glauben, unsere Sprache ist die schönste der Welt. Keine andere Sprache klingt so wundervoll. Aber nicht, wenn sie aus eurem Munde kommt«, hatte der Grieche gelacht.

Im Laufe des Abends kam Gnupas Sohn auf eine Amphore Wein herüber. »Morgen Abend verbrennen wir die Leiche meines Vaters«, antwortete er auf Ragnars Frage.

Gnupas Sohn wusste erstaunlich gut Bescheid über die Finnen und Slawen. »Viele nordische Kaufleute in den Städten des Ostlandes haben die Pelze von den einheimischen Stämmen nicht mehr gekauft. Sie haben sie einfach als Tribut verlangt. Im Winter, wenn der kahle Wald und die zugefrorenen Sümpfe den Slawen keine Verstecke mehr boten, haben sie diesen Tribut eingetrieben.«

»Was für eine Dummheit! Wenn die Slawen unseren Händlern den Ostweg verlegen ...«

»Ja, Ragnar. Jetzt schlagen die Slawen zurück. In der Nähe von Kiew hatte Ottar sein Gehöft an einem Nebenfluss errichtet, mitten im Gebiet der Slawen. Ich kenne Ottar. Er ist eigentlich nur ein Händler. Er wollte keinen Tribut eintreiben. Dennoch haben die Slawen seinen Hof mehrmals überfallen. Ottar hatte eine Reihe tüchtiger Krieger bei sich. Aber sie waren zu wenig Leute. Er musste seinen Hof niederbrennen, damit er den Slawen nicht in die Hände fiel, und ist nach Kiew zurückgekehrt.«

Ragnar brüllt vor Lachen. »Ärgerlich genug, das mit den Slawen. Aber was für dumme Augen die Feinde gemacht haben, als sie statt des Hofes nur noch einen Haufen Asche fanden!«

Grims und Ragnars Aufregung wirkten ansteckend. Das Gespräch drehte sich immer noch um die Vorgänge im hohen Norden. Ulf war klar: Was dort oben im Norden geschah, zwischen Ladoga und Alt-Nowgorod, ging nicht nur die Finnen und Slawen etwas an. »Sag das nicht, Grim.« Gnupas Sohn schüttelte den Kopf. »Ladoga ist viel größer als der Handelsplatz beim Ilmen-See. Aber das könnte sich ändern.«

»Was willst du damit sagen?«

»Niemand weiß etwas Genaues. Doch es gibt Gerüchte, in der Nähe dieses Handelsplatzes solle ein neuer Handelsplatz entstehen, größer als Ladoga ... Ich weiß es nicht. Jeder sagt etwas anderes. Die einen meinen, der Häuptling der Slovenen werde einen neuen Handelsplatz gründen. Dieser Slawenstamm scheint inzwischen mächtiger geworden zu sein, als die Stämme der Finnen, obwohl es doch das Land der Finnen ist. Aber andere glauben, dass einer der reichen nordischen Händler diese Absicht hat.«

»Ein Handelsplatz mehr ist immer gut für den Handel«, warf Erik ein.

»Nicht immer«, lachte Gnupas Sohn bitter. »Der Platz soll befestigt werden, sagt man. Und angeblich wollen sie von allen Schiffen Zoll erheben, wie die Wolga-Bulgaren und die Chasaren. Es gibt sogar noch andere Gerüchte: Der Herr dieses neuen Handelsplatzes würde sich König nennen.«

Ragnars Stirn legte sich drohend in Falten. »Fängt dieser Quatsch auch schon im Ostland an! Vielleicht gar ein nordischer Händler.Und nennt sich einfach König. Ohne Volksversammlung, die ihn wählt und auch wieder absetzen kann.«

Gnupas Sohn zuckte die Achseln. »Ich bin auch dagegen. Aber einige unserer Händler dort oben im Norden haben mir gesagt, nur die starke Hand eines Königs könne die unruhig werdenden Stämme im Zaume halten.«

Sobald die ersten Sonnenstrahlen auf den Wellen glitzerten, begannen die Vorbereitungen für Gnupas Verbrennung. Die Griechen schauten von ihrem Lager aus zu, doch Ragnars Leute legten genauso Hand an wie die Männer des toten Jarls. Ulf suchte oben in der Steppe trockene Grasbüschel und warf sie auf die beiden riesigen Haufen aus Holz und gedörrtem Gras am Ufer.

Der Grieche wich nicht von seiner Seite. »Ich habe noch nie eine Schiffsverbrennung gesehen«, sagte er. »Ragnar hat Gnupa einen Jarl genannt. Was ist eigentlich ein Jarl, Ulf? Ist das ein Häuptling?«

Ulf schüttelte den Kopf. »Nein, Grieche. Ein Häuptling ist noch lange kein Jarl. Der Häuptling wird von der Volksversammlung gewählt. Er hat eigentlich nicht viel zu sagen. Die Volksversammlung entscheidet alles selber. Aber einer muss doch unsere großen Opferfeste zu Ehren der Götter leiten. Das ist eine der Hauptaufgaben eines Häuptlings.«

»Und was ist dann ein Jarl?«

»Jarl ist eigentlich nur ein Ehrentitel. Wenn ein Mann in seiner Gegend alle anderen überragt, an kriegerischer Tüchtigkeit und an Reichtum, dann nennt man ihn eben Jarl.«

»Ist Ragnar dann auch ein Jarl, Ulf?«

Ulf nickte. »Jetzt sicherlich. Wenn Ragnar in seine Heimat zurückkehrte, wäre er sicher der reichste Mann weit und breit. Und niemand würde wagen, ihm diesen Ehrentitel zu verweigern, wenn er ihn haben wollte. Du weißt, wie gut Ragnar mit dem Schwert umzugehen weiß.«

Irgendeiner aus dem anderen Lager brachte die Kunde: Gnupas Lieblingssklavin hatte sich bereit erklärt, sich mit ihrem toten Herrn verbrennen zu lassen. »Brav von dem Mädchen«, nickte Gizur, »mit ihrem Herrn in den Tod zu gehen. Heutzutage sind die Nebenweiber immer seltener dazu bereit. Und ich glaube, dass man sie nicht zwingen sollte. Ein Opfer, das nicht freiwillig erbracht wird, kann die Götter nur beleidigen.«

Am späten Vormittag sah Ulf in dem anderen Lager zum ersten Mal Gnupas Lieblingssklavin. Es war ein zierliches junges Mädchen mit blonden Haaren, die weit auf den Rücken herabfielen, und mit Augen, die blau waren wie das Meer. Ein Krieger in seiner festlichsten Tracht mit Helm und

Schwert, hatte sie am rechten Oberarm gepackt und führte sie von einem Zelt zum nächsten. Das Mädchen ging ganz nahe an ihnen vorüber. Ulf hätte sie mit den Fingerspitzen berühren können. Aber sie blickte nicht nach rechts und links. Ihre ausdruckslosen Augen stierten in die Ferne wie die Augen einer Toten. »Sie haben ihr Bier gegeben oder Met oder Wein. Einen berauschenden Trank mit Kräutern«, sagt Ulf zu dem Griechen, der die traumwandlerische Gestalt in dem unordentlich über den Kopf gestreiften Hemd verblüfft anstarrt. »Jetzt geht sie zu jedem einzelnen der Männer im Lager, um sich zu Ehren der Götter mit ihnen zu vereinigen.«

»Sie schläft mit allen Fahrtgenossen Gnupas! Aber warum denn?«

»Weil…« Ulf überlegte. »Weil… Die Götter wollen es eben so!«

Die Dunkelheit war hereingebrochen. Doch zwei mächtige Feuer erleuchteten das Drachenboot taghell. Am Nachmittag hatten sie die Holzscheite und die Grasbüschel über das ganze Schiff verteilt. Auch der Grieche hatte mitgeholfen. »Eigentlich schade um das prächtige Schiff«, hatte er gesagt. »Aber sie können es nicht mitnehmen. Mit 19 Mann bringen sie es niemals durch die Stromschnellen.«

Dann hatten Gnupas Sohn und zwei Verwandte dem Jarl seinen kostbarsten Umhang umgelegt. Den Kopf des Toten hatten sie auf den Schild gebettet, und Gnupas Sohn hatte ihm Streitaxt und Schwert auf die Brust gelegt.

Einige Stunden später hatten sie die Opfergaben aufs Schiff geschafft. Gnupas Sohn hatte zu Füßen seines Vaters einen großen Becher mit Wein und einen riesigen Teller mit Fleischstücken hingestellt. »Du siehst, Grieche, der Tote braucht auf der langen Fahrt nach Walhalla nicht zu hungern und zu dursten«, hatte Ulf erklärt. Schließlich hatten die Männer am Ufer eine Kuh und zwei Schafe geschlachtet und zerstückelt. Die Stücke hatten sie an Bord geworfen.

Jetzt erscholl aus dem anderen Lager ein schriller Ruf. Gnupas Sohn trat aus seinem Zelt und nahm eine der Fackeln, die man ihm reichte. Das Zelt öffnete sich wieder, und zwei Männer führten das Mädchen an beiden Oberarmen heraus. Gnupas Sohn schritt auf das Langschiff zu. Ragnars Leute strömten, ebenfalls mit Fackeln in den Händen, zum Ufer. Vor der Laufplanke hielt der Zug an. Man hatte aus drei Rudern eine Art Tor errichtet. Zwei Ruder waren in den Sand gesteckt, ein drittes war, etwas über Kopfhöhe, quer an den beiden festgebunden worden.

Vor diesem Tor trat Gnupas Sohn zur Seite. Als das Mädchen das Tor erreicht hatte, hoben es die beiden Männer in die Höhe, so dass es über das querliegende Ruder hinwegblicken konnte. »Was siehst du?«, schrie der rechte der beiden Männer. Atemlose Stille. Nach einigen Augenblicken hörte man die Stimme des Mädchens, leise aber fest: »Meine Mutter sehe ich.«

Die beiden Männer setzten die Sklavin einen Augenblick ab. Dann stemmten sie sie wieder in die Höhe. »Was siehst du?«, ertönte erneut der Ruf. »Meinen Vater sehe ich.« Vor dem alles entscheidenden Augenblick war Ulf die Kehle wie zugeschnürt. Wieder wurde das Mädchen emporgehoben, und zum dritten Mal erschallte die Frage: »Was siehst du?«

»Jetzt sehe ich meinen Herrn. Er ruft mich zu sich. Nach Walhalla, in Odins Götterhalle!«

Gnupas Sohn ging als erster über die Laufplanke an Bord. Das Mädchen folgte mit langsamen, unsicheren Schritten. Die Sklavin wäre wohl herabgestürzt, hätte sie nicht ein Krieger an beiden Schultern festgehalten. Als letzter folgte der Mann, der als zweiter das Mädchen geführt hatte. Gnupas Sohn reichte der Sklavin einen großen Becher. Sie tat einen langen Zug und begann dann zu singen. Ulf kannte das Lied. Doch er verstand die Worte nicht, denn die Stimme des Mädchens war kaum hörbar.

Nun führten die beiden Männer das Mädchen zum Bug, wo der Jarl aufgebahrt lag. Als die Sklavin die Leiche ihres toten Herrn erblickte, riss sie sich plötzlich los und warf sich vor seine Füße.

Jetzt geht alles ganz schnell. Der erste Mann hat einen Strick in der Hand, den er dem Mädchen um den Hals legt. Mit einem einzigen Ruck reißt er den zierlichen Körper in die Höhe. Ulf sieht, wie das Schwert des anderen Mannes in die Brust der Sklavin fährt. Der erste hält das Mädchen an der Schlinge fest und lässt den toten Körper neben Gnupa auf die Planken gleiten.

»Gespenstisch«, murmelt der Grieche. »Nein, heilig«, flüstert Ulf ergriffen.

Gnupas Sohn und die beiden Männer standen wieder am Ufer. Der ließ sich eine neue Fackel reichen und warf sie über Bord. Blitzschnell folgten die Fackeln der beiden Verwandten. Dann stürzten sie alle mit freudigem Gejohle auf das Langschiff zu, schleuderten ihre Fackeln auf das Deck und stießen das Boot ins Wasser. Das Langschiff war schon einige Manneslängen vom Ufer entfernt, als die ersten Flammen über den Bordrand loderten. Der Mann am Ruder steuerte das Schiff in die Strömung. Als die Flammen ihm zu nahe kamen, sprang er in den Fluss und schwamm ans Ufer.

Leichter Ostwind hatte sich plötzlich aufgetan. Das Deck stand bereits in hellen Flammen. Ihr Prasseln wurde immer lauter. Und rötlichgelb züngelten die ersten Flämmchen um den Drachenkopf am Heck. In dem Spiel von Licht und Schatten schien die Drachenfratze sie höhnisch anzuglotzen.

Das Segel blähte sich. Die ersten brennenden Fetzen lösten sich und wurden von dem Wind in die Dunkelheit gewirbelt, die sie verschluckte. Ragnar stand neben Ulf. Das blutrote Flackerlicht huschte über den Helm, die langen Haare, über Ragnars Bart. Ragnar drehte den Kopf, seine Augen suchten Ulf. »Odins Wind! Odin holt ihn.«

Zwei Tage lang waren sie gerudert. Zwei lange Tage, an denen die Sonne gnadenlos herunterbrannte, und kein Lufthauch den Schweiß trocknete.

Der Schiffsführer hatte unablässig die Ufer beobachtet, doch kein Reiter hatte sich gezeigt. Gegen Abend war ein leichter Ostwind aufgekommen, und sie hatten das Segel gesetzt. Das Boot glitt leise glucksend durch die Nacht.

Ulf sah es als erster. Er ging zum Ruder und machte Ragnar auf den blassen, rötlichen Schimmer aufmerksam, weit unten am rechten Ufer.

Sie rollten das Segel ein und ruderten vorsichtig auf den Feuerschein zu.

»Dort vorn sehe ich eine dunkle Masse über dem Wasser. Es sieht so aus, als rage eine Halbinsel von rechts weit in den Strom hinein. Die Feuer dürften dahinter brennen«, zischte Ragnar zu Grim hinüber. Ulf merkte, dass das Boot nun im rechten Winkel auf das rechte Ufer zuhielt. Dann kam der Befehl, die Ruder einzuziehen.

»Ihr beide folgt mir!« Erik und Ulf sprangen hinter dem Schiffsführer ans Ufer. Tief gebückt schlichen sie vorwärts. Ragnar hielt sich etwas abseits vom Ufer. »Wenn sie einen Wachtposten aufgestellt haben, dann nahe am Ufer«, flüsterte er. Bald zeichneten sich die niedrigen Büsche, hinter denen die Feuer brannten, schemenhaft gegen den Nachthimmel ab.

»Dort ist er.« Ragnar deutete zum Fluss hinüber. Hart am Ufer saß ein Mann, den Blick stromaufwärts gerichtet. »Wartet hier!« Ragnar schlich fort. Einige Augenblicke später stand er, nach vorne gebeugt, hinter dem Wachtposten. Blitzschnell zog Ragnar dem Ungarn die Schneide seines Schwerts quer über die Kehle. Der Spitzhut fiel nach hinten.

Schweigend führte sie Ragnar zwischen die Büsche. Vor ihnen erstreckte sich das Lager der Ungarn. Sie hatten zwei Dutzend Feuer entzündet, um die sie in kleinen Gruppen saßen. Zwischen den Büschen und den ersten Feuern lag ungeordnet eine Vielzahl von Ballen und Säcken. »Ihre Beute«, grinste Ragnar zufrieden. Dann deutete er nach rechts, in die Steppe hinaus. In einiger Entfernung vom Lager grasten die Pferde. Sie hoben sich als dunkle Masse vom Nachthimmel ab. Nachdem Ulf die Steppe einige Minuten mit den Augen abgesucht hatte, erkannte auch er die beiden Wächter.

Lautlos ließen sie sich zwischen zwei Büschen nieder. »Sie lassen die Feuer niederbrennen«, flüsterte Ragnar. »Bald ist es Zeit zum Angriff.«

Als das letzte Feuer erloschen war, schickte er seinen Sohn zurück zum Schiff. Das Lager der Ungarn lag jetzt in völliger Dunkelheit. Grims Stimme ertönte leise hinter ihnen. Sie hatten sein Kommen nicht gehört. »Wir sind da. Die beiden haben die mit Pech bestrichenen Felle dabei. Und Gizur steht mit sechzehn Mann am Ufer.«

Ragnar schlich voran. Bald waren sie so nahe gekommen, dass Ulf trotz der Dunkelheit die Pferde unterscheiden konnte. Sie weideten frei, vielleicht zweihundert Meter vom Rande des Lagers. Ein Wächter schritt unablässig auf und ab. Es musste noch einen zweiten geben, doch der war ihren Blicken durch die Pferde entzogen. Man hörte ihn nur, wenn er von Zeit zu Zeit seinem Stammesgenossen etwas zurief. »Den hinter den Pferden hole ich mir. Erik begleitet mich«, flüsterte Ragnar. »Der Wächter auf dieser Seite ist für Grim. Ulf geht mit ihm.«

Die beiden Ruderer mit den pechbeschmierten Fellen blieben zurück. Tief geduckt schlich Ulf hinter Grim vorwärts. »Leg dich hier auf den Boden. Komm nur, wenn ich dich rufe«, flüsterte Grim ihm zu. Schon lag der Graubart auf der Erde und kroch vorwärts. Nach einigen Metern blieb Grim bewegungslos liegen.

Der Wächter war, als sie vorwärts schlichen, nach links gegangen. Jetzt stand er etwa zwanzig Meter entfernt und blickte zum Lager hinüber. Sein Körper zeichnete sich deutlich gegen den Nachthimmel ab. Nun kam er langsam zurück. Sein Weg führte ihn hart an der Stelle vorüber, an der Grim lag, doch der Wächter hatte nur Augen für die Pferde, von denen einige unruhig stampften. Kaum war er einen Schritt an Grim vorüber, als dieser hinter ihm aufsprang und dem Ungarn mit dem linken Arm die Kehle zudrückte. Der Wächter stieß keinen Laut aus, er hob nicht einmal die Arme. Ohne Zögern durchschnitt Grim mit der rechten Hand seine Kehle. Dann ließ er den Körper auf die Erde gleiten.

Sie standen wieder bei den beiden Ruderern und warteten auf Ragnar und Erik. Nach einiger Zeit tauchten beide, tief geduckt, vor ihnen auf. »Ihr beide wartet hier, bis ihr Gizur mit seinen Leuten an euch vorüberschleichen seht. Er wird ganz in eurer Nähe vorüberkommen müssen. Dann geht ihr langsam mit euren Fellen hinüber zu den Pferden. Macht eure Arbeit lautlos. Ich habe nachgesehen: Einen dritten Wächter gibt es nicht. Wenn ihr fertig seid, lauft ihr zum Boot. Dann rudert ihr das Boot zur Landzunge. Zwei bleiben an Bord, die andern kommen uns zu Hilfe.«

Sie zogen sich in den Schutz der Büsche zurück. Nach einigen Minuten kehrte Erik mit Gizur und seinen sechzehn Mann zurück. »Ich denke, wir sollten…« Eriks Angriffsplan leuchtete Ulf ein. Ragnars Gesichtszüge konnte er nicht erkennen. Aber er hörte die tiefe Befriedigung in seiner Stimme. »Einverstanden, Erik. Einen besseren Plan gibt es nicht. Wir sind viel zu schwach, um das ganze Lager zu umzingeln.« Er teilte Gizurs Leute in drei Gruppen ein und gab ihnen Erik mit. Die drei Gruppen sollten sich in einem Abstand von jeweils zehn bis fünfzehn Metern auf den Boden legen und auf das Zeichen zum Angriff warten. Gizur sollte mit der ersten Gruppe das äußerste Ende der Umzingelungslinie bilden. »Sobald ihr das Feuer seht, greift ihr an. Wir müssen sie im Schlaf überraschen. Denkt daran: Wir sind einundzwanzig Mann gegen weit über hundert Feinde. Wir müssen ohne unser Kampfgeschrei angreifen. Wenn ihr schreit, hören sie, wo ihr steht. Und sie hören, wie wenige ihr seid!«

Ulf stand mit Ragnar und Grim hinter einem vorgeschobenen Busch. Wie Schemen verschwanden ihre Kameraden in der Dunkelheit. Sie warteten. Plötzlich züngelte ein Flämmchen auf. Einer der beiden Ruderer, die bei den Pferden standen, hatte sein pechbeschmiertes Fell entzündet. Ulf sah, wie er, das brennende Fell schwingend, auf die nächststehenden Pferde zurannte. Ulf sprang vorwärts. Ragnar und Grim waren schon weit voraus.

Ganz gedämpft dringt das Wiehern und Stampfen der Pferde zu ihm herüber. Ulf fühlt nur die hasserfüllten Blicke der beiden Ungarn, die ihm am nächsten liegen. Ulf weiß nicht, ob er diese wutfunkelnden Augen in der Dunkelheit wirklich sieht, oder es sich nur einbildet. Was er tatsächlich fühlt, ist der Widerstand, auf den seine Klinge trifft, als sie zweimal den Feinden, die gerade den Oberkörper aufrichten, in die Kehle fährt. Vor ihm rappelt sich schlaftrunken eine Gestalt auf. Die linke Hand des Mannes greift zum Säbel, den der Ungar nicht einmal während des Schlafes abgegürtet hatte. Doch schon dringt Ulfs Schwertspitze tief in seinen Körper.

Links erblickte er Grim. Wie ein Gespenst sprang der Graubart hin und her. Fast rhythmisch fuhr seine Streitaxt auf die aufgeschreckten Gestalten herunter. Er sieht nur noch die Streitaxt blitzen – fünfmal, sechsmal? Ulf könnte es nicht sagen.

Jetzt drang das Wiehern und Stampfen in sein Bewusstsein. Ein flüchtiger Blick zeigte ihm, dass die beiden Ruderer mit ihren lichterloh brennenden Fellen zwischen den Pferden hin und her rannten. Viele der Tiere stürmten bereits mit hellem, ängstlichem Gewieher hinaus in die Steppe.

Ein Ungar kam auf ihn zu, schwerfällig, den Säbel in der rechten Hand, aber noch nicht zum Schlag erhoben. Als Ulf einen Schritt auf ihn zu machte, wich der Mann zurück. Plötzlich sah Ulf Ragnar vor sich. Der sprang von einem Feind zum andern und ließ das Schwert herabsausen. Seine Klinge zischte wie von alleine durch die Luft. Die Feinde hatten noch nicht einmal die Waffen in der Hand, wenn sie traf.

Ein kurzer Blick über das Lager beruhigte Ulf. Ihr lautloser Angriff hatte die gewünschte Wirkung: Am anderen Ende des Lagers standen nur wenige Feinde auf den Beinen. Ihre Gestalten hoben sich erkennbar gegen den Himmel ab. Viele der Ungarn hatten den Angriff wohl noch nicht einmal bemerkt. Oder sie begriffen die Lage nicht. Ulfs Schwert schlug wild nach beiden Seiten. Er fühlte, wie es traf, sah undeutliche Gestalten, die sich halb aufgerichtet hatten, zu Boden sinken. Aber er hatte keine Zeit, sich seine Gegner wirklich anzusehen.

»Dort ist ihr Anführer! Drauf auf den Hund!« Eriks Stimme zerriss die Stille. Ulf blickte hinüber. Erik stand einige Meter vor seinen Leuten mitten zwischen Feinden, die noch knieten oder auf dem Boden lagen. Sein rechter Arm war ausgestreckt. Ulf folgte der Richtung mit den Augen. Weit von Erik entfernt stand ein einzelner Ungar aufrecht zwischen den Schlafenden. Ulf konnte nur erkennen, dass es eine hünenhafte Gestalt war. Eriks Ruf schien dem Anführer der Ungarn klargemacht zu haben, dass es sich um einen Angriff handelte. Er blickte zu ihnen herüber und brüllte einen Befehl.

Zuerst hörte Ulf Grims Keuchen. Dann sprang er an ihm vorüber und schlug erneut mit der Streitaxt zu. Ulf blieb einen Augenblick stehen. Keiner der Ungarn war ihm nahe genug, um auf ihn einzudringen. Und die ersten Feinde flohen. Jetzt hörte er die Schreie, zuerst vereinzelte, dann immer mehr. Es war nicht das wolfsartige Angriffsgebrüll der Ungarn, klang eher nach Bestürzung oder Unsicherheit. Ein Blick belehrte ihn, dass inzwischen wohl das ganze Lager auf den Beinen war. Einige deuteten schreiend in die Richtung, in der die Pferde gestanden hatten, und rannten in die Steppe hinaus, den Tieren nach, die längst die Nacht verschluckt hatte. Doch die anderen kamen auf sie zu. Langsam noch und zögernd. Wieder sah Ulf links vor sich Grim. Er zertrümmerte wie ein Rasender mit seiner Streitaxt Schädel. Jetzt sprang der Graubart zurück und brüllte mit seiner Donnerstimme: »Ragnar! Die Feinde sammeln sich. Sie gehen zum Gegenangriff über. Gib den Befehl zum Rückzug!«

Ulf prallte im letzten Augenblick zurück. Ragnar stand nur eine Armeslänge vor ihm. Beinahe wäre Ulf in ihn hineingelaufen. Der Schiffsführer hatte bei Grims Ruf das Schwert sinken lassen. Jetzt drehte er sich um. Ulf trat vor Bestürzung einen Schritt zurück. Diese blutdürstigen Augen hatte er zuletzt in Haithabu gesehen, als Ragnar mit dem Schiffsführer über Orms Schiff gesprochen hatte – das Schiff mit dem roten Drachenkopf. »Nein.« Es ist kein Ruf. Eher ein Keuchen. Ein Schrei, den die Wut erstickt. Jetzt springt der Schiffsführer vorwärts. Einen Ungarn, der den Säbel schon zum Schlag erhoben hat, schleudert er einfach mit einem Fauststoß zur Seite.

Ulf springt ihm nach. Alles verschwimmt vor seinen Augen. Ragnar schlägt mit dem Schwert um sich. Er selbst verteilt Schwerthiebe nach allen Seiten. Doch er nimmt kaum mehr wahr, ob er getroffen hat. Er stürmt nur noch hinter dem Schiffsführer vorwärts. Schwerthiebe, Schwerthiebe, Feinde, die getroffen niederstürzen, Feinde, die angstvoll zurückweichen.

Dann steht der Anführer vor ihnen. Ulf erkennt ihn an seiner reich verzierten Kleidung. Er wartete mit gezücktem Säbel auf Ragnar. Aber er hat keine Chance. Ulf hört kaum Ragnars gepressten Schrei. Dann fliegt der Schiffsführer mit einem wahren Panthersprung auf den Ungarn zu. Der

Anstoß ist so gewaltig, dass der Mann, mit der Klinge in der Brust, nach hinten zu Boden gerissen wird. Ragnar bückt sich, setzt den Fuß auf den Körper und reißt das Schwert heraus.

In Ulfs Ohren gellt es. Nichts nimmt er wahr, als den zum Schlag erhobenen Säbel. Und den Mann, einen wahren Riesen, der hinter Ragnar steht. Ulf weiß selbst nicht, wie es ihm gelungen ist, einen so viehischen Schrei auszustoßen. Doch er hat seinen Zweck erreicht: Der Riese wendet sich ihm zu. Ulf starrt gebannt auf die Faust mit dem Säbelgriff über ihm, als sein Schwert dem Gegner in den Leib dringt. Jetzt sieht er, schattenhaft, links neben sich Ragnars Bart und Helm und das zum Schlag erhobene Schwert. Doch Ragnar schlägt nicht mehr zu. Der Säbel löst sich aus der Faust, und der massige Körper vor ihnen sinkt in sich zusammen.

Nun hatte Ulf genug Zeit, sich umzusehen. Einige Ungarn standen in der Nähe, die Waffen in der Hand, doch wie zu Stein erstarrt. Als der erste Feind einen Schrei ausstieß und davonstürzte, standen Ragnar und er im Nu alleine mit den beiden Leichen zu ihren Füßen.

Vom Ufer her ertönte das Kampfgeschrei der Nordmänner. Die acht Ruderer waren mit dem Boot gelandet und stürmten jetzt brüllend zum Kampfplatz. Doch der Kampf war vorüber. Schreiend rannten die Ungarn hinaus in die Nacht. Ragnar schritt wortlos an seiner Seite. Als sie Grim erreichten, der seine Streitaxt längst wieder in den Gürtel gesteckt hatte, brüllte Ragnar über den Platz: »Niemand verfolgt den Feind. Wir haben keine Zeit. Nehmt den Toten nur das ab, was nicht aufhält!« Dann wandte er sich Grim zu. Aus seiner Stimme klang Behagen. »Wir werfen die Beute, die die Ungarn am Ufer aufgestapelt haben, schnell auf Deck, ohne sie uns anzusehen. Dafür haben wir morgen Zeit. Jetzt müssen wir uns beeilen.«

»Ich glaube nicht, dass die Pferde sich allzu weit entfernt haben«, brummte der Graubart.

»Gewiss nicht. Die Ungarn werden bald zurückkehren.«

Das Segel knarrte. Erik stand am Ruder. Vor Grims Ruderkiste hockten Ragnar und der Graubart und wühlten in dem Haufen erbeuteter Waffen. Missmutig ließ Ragnar den Finger über die Schneide eines Säbels gleiten. Ulf, der auf der Bordwand saß, blickte zu Erik hinauf, der, mit der Ruderpinne in beiden Händen, neben ihm stand. »Diese Säbel sind einfach und haben nur wenig Verzierung«, sagte Ulf. Ragnar blickte bei diesen Worten herüber. Dann knurrte er grimmig, aber schwieg. Ulf richtete wieder einmal die Augen zum Himmel. Dichte, schwarze Wolken jagten über den Himmel. »In der Steppe regnet es im Sommer selten. Aber wenn es regnet, schüttet es wie aus Eimern«, hatte Ake, der Däne, auf seine Frage geantwortet. Das jenseitige Ufer war flach. Kein Baum, so weit der Blick reichte. Nur braunes, vertrocknetes Gras. Unter dieser dunklen Wolkendecke, fand Ulf, sah die Steppe irgendwie bedrohlich aus.

Ragnar und Grim hatten die Waffen zur Seite gelegt. Ragnar drehte eine goldene Schale zwischen den Fingern. Ein schönes Stück, mit eingeritzten Kampfszenen verziert. Doch Ragnars Gesicht hellte sich nicht auf. Mit einer verächtlichen Handbewegung wies er auf die Waffen. »Wir werden das Zeug im Lager des Tudun verkaufen müssen. Das nimmt uns nur Stapelplatz weg.«

Eine längere Zeit verstrich. Grim war zum Vordersteven gegangen. Ragnar hatte das letzte Beutestück aus der Hand gelegt. Jetzt saß er Ulf gegenüber auf der Bordwand. Er schwieg, doch in seinem Gesicht wetterleuchtete es. Plötzlich stand er auf und stellte sich breitbeinig, mit den Fäusten in den Hüften, vor Ulf. Er schaute ihm lange in die Augen, und sein Blick wurde freundlicher. »Du hast mir das Leben gerettet, Ulf. Dafür danke ich dir. Du warst im Kampf nicht nur tapfer, sondern auch umsichtig.« Ein finsterer Blick wandert zu Erik. »Dein Geschrei hat auch dem letzten Ungarn klargemacht, dass sie von zwei Seiten angegriffen wurden.«

»Ich wollte… In diesem Augenblick…«

»Habe ich nicht gesagt, Erik, wir würden lautlos angreifen?«

»Wenn ich gewusst hätte…«

»Dein Bruder Aslak hätte es gewusst!« Ragnar drehte sich jäh um, nagte wütend an den Lippen und ging zurück zur Bordwand. »Ein Krieger braucht nicht nur einen kraftvollen Arm, sondern auch Verstand.«

Ulf schaute zu Erik auf. Der erwiderte seinen Blick mit scheelem Grinsen. Die Wolken hatten sich verzogen, ohne dass ein Tropfen gefallen wäre. Die Sonne brannte wieder von einem strahlend blauen Himmel. In ihrem gleißenden Licht erschien die verdorrte Steppe viel freundlicher. »Das Lager des Tudun«, rief Grim vom Vordersteven. Ulf rannte zur Bordwand. Vor ihnen lagen die Inseln, von denen Nikephoros, der griechische Händler, gesprochen hatte. Das linke Ufer war hoch, aber es fiel sanft zum Fluss ab. Den Inseln gegenüber lag eine flache Einbuchtung. Ein Graben und dahinter ein Erdwall liefen vom Ufer die Böschung hinauf, bildeten oben auf der Steppe einen Halbkreis und kehrten am Ende der Einbuchtung wieder zum Ufer zurück. Draußen, in der Steppe verstreut, standen viele Jurten. Noch weiter draußen sah Ulf Herden weiden, Schafe, Rinder und Pferde.

Als sie näher kamen, erkannte Ulf, dass die Festung durch einen Querwall unterteilt war. Am Scheitelpunkt des Halbkreises ragte ein aus Ziegeln errichteter Turm über die Wälle. Im vorderen Teil, dem Fluss zu, standen Jurten dicht gedrängt. Doch Boote sah Ulf nicht. Die Krieger auf den Wällen, die ihre Ankunft beobachteten, mussten Araber sein. Ihre hellen Burnusse und Turbane leuchteten in der Sonne. In der linken Hand hielten sie geschwungene Langbogen, hatten aber keine Pfeile eingelegt.

Ragnar ließ das Langschiff auf dem flachen Sandstrand auflaufen. Dann schritt er über die ausgelegte Laufplanke mit dem Griechen, Grim und Ulf ans Ufer. Die Schilde hielten sie gesenkt, das Schwert steckte in der Scheide. Zwischen den Jurten ließ sich niemand blicken. Nur die Bogenschützen auf den Wällen schauten schweigend auf sie herab. Vor ihnen lag eine schmale Gasse, die zu einem hölzernen Tor im Querwall führte.

Ein Trupp von Kriegern kam durch die Gasse langsam auf sie zu. Sie trugen den Spitzhut und den Mantel der Chasaren mit den sich verbreiternden Ärmeln. Bei einigen stand der Mantel am Kragen offen. Die Kettenhemden unter dem Mantel funkelten in der Sonne. Die Krieger trugen runde, mit Leder überzogene Schilde und die Lanze oder den Säbel in der Hand. Verdrossen ließ Ragnar den Blick nach allen Seiten wandern. »Die sind dreimal so viel wie wir.«

Vor den letzten Jurten am Ufer nahmen die Chasaren in einer Reihe Aufstellung. Das alles schien eingeübt. Kein Laut war zu hören.

Schließlich öffnete sich die Reihe, und ein Mann schritt langsam aus der Gasse auf sie zu. Er trug den chasarischen Spitzhut und Mantel, beides mit Zierrat aus Silberblech übersät. Der Mann führte keinen Schild, und sein Säbel hing waagerecht an der linken Hüfte in der Scheide. Doch die vier Leibwächter auf jeder Seite waren kampfbereit. Die schwarzen Augen über dem schwarzen Vollbart blicken feindselig. »Ich bin nicht der Tudun. Den werdet ihr gar nicht zu Gesicht bekommen«, übersetzte der Grieche.

Ragnar musste lange verhandeln. Sie mussten die Waffen, die sie den Ungarn abgenommen hatten, vorzeigen und den Preis nennen, den sie fordern würden. Endlich wurde das Gesicht des Kommandanten etwas freundlicher. »Deine Leute können ans Ufer kommen. Doch ihr müsst hier am Ufer bleiben. Ich werde das Tor öffnen lassen. Dann können auch die Leute aus dem Lager draußen mit euch handeln.« Grußlos wandte er sich um und verschwand mit seinen acht Leibwächtern in der Gasse. Doch die Reihe der Krieger am Rande der Jurten blieb. Sie sahen, wie jenseits der Jurten in dem Erdwall zur Linken ein hölzernes Tor aufschwang. Bald kamen durch die Jurtenreihen die ersten Käufer auf sie zu. In kurzer Zeit waren sie von schmutzstarrenden Männern umringt. Mit Schaudern dachte Ulf daran, wie es in den Jurten dieser Steppenreiter stinken musste. Ihr Handel zog sich zähflüssig dahin. Keiner der Käufer sprach griechisch…

… Der Mann ließ Ragnar den Säbel vor die Füße fallen und war blitzschnell zwischen den Jurten verschwunden. In wenigen Augenblicken standen sie allein am Ufer. Allein vor der stummen Kampfreihe der Chasaren.

Dann sieht Ulf über den Jurten die beiden Standarten: lang, spitz zulaufend, grellbunt flattern sie an zwei Lanzenspitzen. Zwischen den Jurten sprengen berittene Bogenschützen hervor und umringen sie. Die Pfeile sind schussbereit eingelegt.

Plötzlich öffnet sich in dem Kreis eine Lücke. Ulf weiß sofort: Der Mann, der sein Pferd mit einigen tänzelnden Schritten auf sie zutreibt, ist der Tudun. Zuerst sieht er die große, runde Silberplatte auf der Brust des Pferdes und das Glitzern der silbernen Beschläge auf Riemen und Zaumzeug. Dann sieht er das Gesicht. Über dem kurz geschnittenen, schwarzen Vollbart schauen schwarze Augen kalt und hochmütig auf sie herab. Der Mann trägt einen breitkrempigen Hut, mit Fuchsfell besetzt. An den Säumen seines Chasarenmantels glitzern goldene und silberne Beschläge.

»Ich bin Nassi, der Tudun. Wie konntet ihr euch hierher wagen?«, übersetzte der Grieche und fügte verdrossen hinzu: »Der Kerl spricht ein ausgezeichnetes Griechisch.« Ragnar erzählte von dem Überfall auf das Lager der Ungarn. »Du lügst! Ich habe diese Räuber mit meinen Leuten heute Morgen überfallen.« Ein zufriedenes Lächeln umspielte seine Lippen. »Es lebt keiner mehr. Ich habe sie alle hinrichten lassen.« Dann blickte er wieder finster. »Sie hatten keinerlei Beute bei sich. Leider.«

»Weil wir sie ihnen abgenommen haben«, entgegnete Ragnar.

»Unsinn! Sie hatten den Überfall, den sie planten, noch nicht ausgeführt.«

Ein Krieger drängt sich durch die Reiter, reicht dem Tudun eine goldene Schale. »Verflucht!,« grollt Ragnar. »Die Hunde haben unser Schiff durchstöbert.« Das Gesicht des Tudun strahlt vor Zufriedenheit. »Das ist eine chasarische Arbeit. Ihr habt ein Chasarenlager überfallen!«

Ragnar erklärte nochmals, wie die Sachen in ihre Hand gekommen waren. Die Mundwinkel des Tudun waren verächtlich herabgezogen. Er hörte dem Griechen kaum zu, sondern ließ seinen Blick über die Erdwälle wandern. Auch Ulf war es nicht entgangen: die Zahl der Bogenschützen auf den Wällen hatte sich verdreifacht. Und ihnen gegenüber stand, hinter den Schilden, diese Reihe von schweigenden Männern mit Helmen und Säbeln. Der Tudun unterbrach den Griechen mitten im Satz. »Warum soll ich das glauben?« Dann versank er in Nachsinnen. Plötzlich richtet er sich im Sattel auf, wirft den Kopf in den Nacken und sagt scharf: »Ich habe jetzt keine Zeit, mir eure Geschichte anzuhören. Ich werde später über euch richten. Bis dahin seid ihr meine Gefangenen.«

Ragnars Hand zuckt nach dem Schwert, doch ihr Schiffsführer beherrscht sich im letzten Augenblick. Er sieht zu Grim hinüber.

Der zuckt nur die Achseln: »Hast du einmal die Pfeile gezählt, die auf uns gerichtet sind?«

Ragnar erhob dennoch lautstark Einspruch. In dem Tudun schien zunächst Wut aufzusteigen, doch unvermittelt änderte sich seine Miene. »Meinetwegen. Ich will jedes Blutvergießen vermeiden. Vielleicht seid ihr ja auch unschuldig.« Seine Stimme klang eine Spur freundlicher. »Also betrachtet euch bis morgen als unsere Gäste. Meine Sippenangehörigen werden je einen von euch in ihre Jurte aufnehmen.«

»Wir lassen uns nicht trennen!«, schrie Ragnar wütend. Seine Finger krampften sich um den Gürtel. Er musste alle Kraft aufwenden, nicht den Schwertgriff zu berühren. Doch seine Vorstellungen hatten keinen Erfolg. »Die Gesetze der Gastfreundschaft schreiben bei den Chasaren vor, dass so viele Männer wie möglich das Recht haben, einen der Gäste zu bewirten.«

Als der Tudun ihnen befahl, die Waffen abzulegen, sah Ulf, dass ihr Schiffsführer vor Wut fast platzte. Er brüllte dem Tudun zu, sie würden eher kämpfend untergehen, als ihre Waffen herzugeben. »Gäste? Ein waffenloser Mann ist nie ein Gast, er ist ein Gefangener!«

Ulf bemerkt, dass der Grieche diesmal nicht übersetzt. Doch der Tudun sieht Ragnars wutverzerrtes Gesicht und scheint den Sinn seiner Worte zu erraten. Einige Augenblicke trommelt er wütend mit beiden Fäusten auf den hölzernen Sattelbogen. Dann, schlagartig, wird sein Blick freundlicher. Freundlicher, denkt Ulf, doch irgendwie auch lauernd. »Gut! Ihr könnt eure Waffen behalten. Ihr sollt bis morgen, bis ich über euch richte, wirklich unsere Gäste sein. Aber ihr dürft mein Lager nicht verlassen. Euer Schiff wird von meinen Leuten besetzt. Und da ihr Waffen habt, darf keiner von euch die Jurte verlassen. Ich werde zwischen den Jurten Krieger aufstellen, die jeden von euch erschlagen, den sie draußen antreffen.«

Die Beratung war kurz. »Auch wenn ich dem Kerl nicht traue... Keiner von uns käme lebend hier fort.« Dann wandte sich Ragnar an den Griechen. »Er soll uns schwören, dass wir als seine Gäste behandelt werden, bis wir wieder vor ihm stehen!« Der Tudun hörte dem Griechen wortlos zu. Dann schaute er ihrem Schiffsführer lange ins Gesicht. Seine Miene war undurchdringlich. »Ich schwöre es«, übersetzte endlich der Grieche.

Ein Chasar zu Fuß war an Ulf herangetreten und zupfte an seinem Ärmel. Mit einer Handbewegung gab er Ulf das Zeichen, ihm zu folgen. Mein Gastgeber, dachte Ulf angewidert. Doch er zuckte die Achseln, schritt hinter dem Mann her zwischen die Jurten. Sein Gastgeber drehte sich nicht ein einziges Mal um. Zwischen den Jurten war kein Mensch zu sehen, bis...

Die Hände krallen sich tief in seinen Hals. Chasaren packen ihn an Armen und Beinen. Die Kerle steckten hinter den Jurten, schießt es Ulf durch den Kopf. Jetzt legt sich eine Eisenkette um seine Handgelenke. Als man ihn vorwärts stößt, hört er noch das Brüllen von Grim und Ragnar.

Zwei Mann packten Ulf an den Oberarmen und führten ihn durch das offen stehende Tor im Querwall. Auch im hinteren Teil der Festung sah er zunächst nur Jurten. Doch als sie um zwei oder drei der Jurten gebogen waren, standen sie vor einem lang gestreckten Grubenhaus. Einer der Chasaren schob den Vorlegebalken an der Holztür zurück. Wieder wurde Ulf vorwärts gestoßen. Er stolperte auf den in den Boden gehauenen Stufen, die in die Grube hinabführten, stürzte im Inneren auf den Lehmboden. Einen Augenblick war er wie betäubt. Undeutlich fühlte er, wie eine Kette um seine Füße geschlungen wurde. Nun schleifte man ihn ein Stück vorwärts und ließ ihn auf den Boden fallen. Dann hörte er, wie die Tür zugeschlagen wurde.

Nach einiger Zeit setzte sich Ulf auf. Sein Rücken berührte die Wand. Mit den Fingerspitzen betastete er sie. Sie bestand aus festgeschlagenem Lehm. Langsam gewöhnten sich seine Augen an die Dunkelheit. Er unterschied in der Mitte des Raumes die beiden Pfosten, die das Spitzdach trugen. Er erkannte in der linken hinteren Ecke einige aufeinander gestapelte Säcke und... Ja, in der rechten Ecke, ihm gegenüber, kauerte ein Mensch auf dem Boden.

Die Tür wurde wieder aufgerissen. Die Chasaren schleiften an den Schultern ein Dutzend ihrer Männer herein, bereits an den Füßen gefesselt, und ließen sie wie Säcke auf den Boden fallen. Dann zerrten sie die Gefangenen zur rechten Wand, schlangen ihnen eine Kette um die Handgelenke und zogen die Kettenenden durch Eisenringe. Ulf hörte Schlüssel kreischen.

Die Tür schlug wieder zu. »Verdammter Mist!«, fluchte der Ruderer links von ihm, nachdem er sich neben ihn an die Wand gesetzt hatte. Noch einmal öffnete sich die Tür. Grim und Ragnar wurden hereingeschleift. Im Licht der Türöffnung konnte Ulf sehen, dass ihre Kleider in Fetzen herunterhingen und ihre Gesichter blutverschmiert waren.

Grim saß jetzt rechts von ihm, daneben Ragnar. In den ersten Minuten war kein Wort gefallen. »Wer von euch ist hier? Nennt eure Namen!«, sagte Ragnar. Sie waren fünfzehn. Keiner hatte gesehen, wo die anderen, darunter der Grieche, geblieben waren.

Jeder hing seinen Gedanken nach und schwieg. »Wo seid ihr her?« Ulf fuhr auf. Die Stimme kam aus der Ecke ihm gegenüber. Die Gestalt, die dort gekauert hatte, stand nun aufrecht. In dem Dämmerlicht konnte Ulf sie nur undeutlich erkennen. Doch er sah den Mantel und den Spitzhut eines Chasaren. Aber der Mann hatte Nordisch gesprochen. »Ich bin Sven. Ein Schwede. Aber ich wohne in Itil.« Einen Augenblick herrschte erstauntes Schweigen. »Ich war mit einer Handelskarawane auf dem Wege von der Schwarzmeerküste nach Itil. Da hat mich der Tudun gefangen genommen.«

»Überfällt der Kerl auch Handelskarawanen?«, brummte Ragnar.

»Nein. Er traf mit seinen Reitern auf unsere Karawane. Da erkannte er mich. An meinen blonden Haaren, meinem blonden Bart und den blauen Augen. Und außerdem... Natürlich merkt man, dass das Chasarische nicht meine Muttersprache ist.«

»Was will er denn von dir?«, fragte Grim.

»Na ja, diese nordischen Langschiffe im Schwarzen Meer. Wir Waräger, wie sie uns nennen, sind jetzt die Feinde des Griechischen Reiches. Der Tudun will mich bei nächster Gelegenheit auf die Halbinsel Krim schaffen und dort an den Befehlshaber einer der griechischen Städte ausliefern.«

»Und wenn die Nordmänner auch jetzt Feinde des Griechischen Reiches sind... Deshalb sind sie doch noch lange nicht die Feinde der Chasaren«, hielt Grim ihm vor.

»Doch. Jedenfalls nach Ansicht des Tudun. Er würde den Griechen doch in ihrem Kampf gegen die Langschiffe beistehen, wenn er den Schiffen den Rückweg über den Dnepr abschnitte. Eine solche Hilfe würde die Beziehungen zwischen dem Reiche der Chasaren und dem Kaiser in Konstantinopel verbessern. Und... Jeder weiß: der griechische Kaiser verteilt großzügige Geschenke, wenn er von den Nachbarländern unterstützt wird.« Der Nordmann, dessen Stimme verriet, dass er noch ein junger Mann war, schwieg einen Augenblick. »Der Tudun wird selbstverständlich nicht sagen, dass ich mit einer Handelskarawane unterwegs nach Itil war. Er wird behaupten, ich sei der einzige Überlebende eines Langschiffes, das er auf dem Wege ins Schwarze Meer auf dem Dnepr abgefangen und vernichtet habe. Er rechnet damit, dass der Kaiser ihm seidene und brokatene Prunkgewänder und teuren Goldschmuck schenkt.«

»Hat der Tudun dir das erzählt?«, fragte Ragnar.

»Nicht der Tudun. Der Kerl, der die Gefangenen bewacht. Er will mir natürlich Angst machen. Ihr werdet das Schwein bald kennen lernen.«

Vergeblich sannen sie nach einem Weg, sich von ihren Fesseln zu befreien. Die Ketten, die hinter ihrem Rücken um ihre Handgelenke geschlungen waren, endeten in einem schweren Eisenschloss. Ragnar war, sobald die Chasaren das Grubenhaus verlassen hatten, aufgesprungen. Die Kette zwischen dem Eisenring an der Wand und dem Schloss an ihren Handgelenken erlaubte einige kurze Schritte. Ragnar hatte sich vorgebeugt und mit aller Gewalt gezerrt, bis er atemlos gekeucht hatte. »Sinnlos!«, hatte der Nordmann aus Itil gerufen. »Der Eisenring ist draußen an einem Querholz befestigt. Ich habe es gesehen. Du müsstest die Wand einreißen.«

Nur Sven, dem Nordmann aus Itil, hatte man die Hände vor dem Körper gefesselt. Dafür hatte man seinen linken Fuß an den Trägerbalken gekettet.

Ragnar hatte diesen Pfosten untersucht. Selbst wenn es gelänge, den Pfosten aus dem Boden zu reißen, so dass der junge Nordmann sich frei bewegen könnte, würde das ihre Befreiung nicht fördern. Das Dach des Grubenhauses würde an dieser Stelle einstürzen, und alles wäre verraten. Ragnar stand jetzt mit dem Rücken vor Sven. Dieser fingerte mit seinen nach vorne gebundenen Händen an der Kette und dem Schloss. »Es hat keinen Zweck, Ragnar. Ohne den Schlüssel geht es nicht.« Ragnar kehrte mit den kurzen Schritten, die ihm die Fußfesseln erlaubten, zu ihrer Wand zurück. »Und wie sollen wir an diesen Schlüssel gelangen?«, fragte er mürrisch.

»Der Gefangenenwächter trägt ihn stets im Gürtel.«

An den Luftlöchern in den Giebeln erkannte Ulf, dass es draußen Nacht geworden war. Niemand war gekommen. Seit vielen Stunden beratschlagten sie über die Art und Weise, wie sie ihrem Kerkermeister den Schlüssel abnehmen könnten. Doch noch niemandem war ein Einfall gekommen, der wirklich Aussicht auf Erfolg versprach.

Ulf öffnete die Augen, richtete sich auf und gähnte. Draußen war es Tag. Ragnar saß schon aufrecht an der Wand und starrte verdrossen auf den Lehmboden. Die nächsten Stunden vergingen unter brütendem Schweigen.

Die Tür flog auf. Ulf musste seine Augen erst an das Licht gewöhnen. Langsam erfasste sein Blick die unförmige Gestalt, die sich jetzt die Stufen herabschob. Ein Chasar mit Spitzhut und Mantel. Der Mantel und die Lederstiefel starrten vor Schmutz, ebenso der Vollbart und die langen, dünnen Zöpfchen, die auf seine Schultern herabfielen. Dieser Mann, dachte Ulf, ist nicht dick. Er ist fett. »Das ist er«, zischte Sven, der Nordmann aus Itil. Der Dicke kam einige Schritte auf sie zu. Dann blieb er breitbeinig mitten im Raum stehen. Die beiden Chasaren, die ihm gefolgt waren und hinter ihm stehen blieben, hatten ihre Klingen gezogen.

Wortlos ließ der Wärter seinen Blick von einem zum andern wandern. Lange starrt er mit höhnischem Grinsen Ragnar an. Aus dem offenen Mund floss der Geifer in den struppigen Bart. »Damit habt ihr wohl nicht gerechnet, ihr blöden Hunde.« Das feiste Gesicht feixte genüsslich, doch die Augen waren hasserfüllt auf Ragnar gerichtet. »Warum sollte der Tudun einen einzigen Mann opfern, wenn er euch auch ohne Blutvergießen in die Hand bekommen konnte? Ja, der Tudun ist schlau, schlauer als ihr alle zusammen, ihr dummen, ungehobelten Waräger.«

Der Fettwanst wartete einige Zeit auf eine Antwort. Doch keiner sprach ein Wort. Das machte ihn noch wütender. Er tat einige Schritte auf den ihm am nächsten liegenden Ruderer zu und hob den rechten Fuß, um ihm einen Tritt zu versetzen. Dabei geriet er ins Straucheln und konnte sich nur mit

Mühe auf den Beinen halten. Der Kerl ist besoffen, durchfuhr es Ulf. Der Kerkermeister zog sich vorsichtig wieder in die Nähe der Treppe zurück. Dann überschüttete er sie mit einer Flut von Schimpfworten und Beleidigungen. Sven konnte nur Bruchstücke übersetzen.

Als er erschöpft einen Augenblick innehielt, rief der Nordmann aus Itil ihm irgendetwas zu. Der Kerkermeister antwortete mit wutverzerrter Stimme. Das, was Sven ihm entgegnete, schien ihn in noch größeren Zorn zu versetzen. Zuletzt schrie er wie ein Rasender. Doch plötzlich verstummte er. »Er hat mir erzählt, dass die andere Hälfte eurer Leute in einem ebensolchen Grubenhaus steckt. Ich habe ihm gesagt, wir würden von diesen anderen, die den Chasaren entkommen seien, befreit. Das hat ihn in solche Wut versetzt, dass er mir einiges verraten hat. Doch als ich nach euren Waffen fragte, hat das besoffene Schwein etwas gemerkt.«

Der Kerkermeister stand lange schwerfällig da und stierte, ohne den Blick zu wenden, auf Ragnar. Dann stieß er mit gepresster Stimme hervor: »Ihr verfluchten Waräger! Waräger haben meinen Eltern den Kopf gespalten.«

Ragnar zuckte mit den Achseln. »Frag ihn, wann wir endlich vor den Tudun geführt werden«, bat er Sven. Der Dicke stemmte beide Fäuste in die Hüfte und lachte, bis der unförmige Leib bebte. »Es wird keine Gerichtsverhandlung geben. Wozu?«, prustete er immer noch lachend hervor.

»Ich habe es euch ja schon gesagt: Der Tudun lässt euch hinrichten und behält die Beute für sich«, rief Sven herüber.

»Ihr bekommt nichts zu fressen und zu saufen. Für solche Hunde sind selbst Brot und Wasser noch zu schade«, schrie der Fettsack und wandte sich zur Treppe. Ragnars Gesicht war aschfahl. Doch kein Zug verriet seine Wut. Ulf hatte keine Ahnung, wie sie aus diesem Verlies entkommen sollten. Dennoch sagte ihm sein Gefühl, dass sich dieser Fettwanst soeben um seinen Kopf geredet hatte.

Als die Holztür wieder zugeschlagen war, sagte Sven: »Es ist so, wie ich dachte. Der Tudun ist ein berühmter Krieger, aber falsch und habgierig.«

»Ein berühmter Krieger?«, grollte Ragnar. »Ein feiger Dieb! Wenn er unsere Beute haben wollte, hätte er sie uns im offenen Kampf nehmen sollen. Genügend Leute hatte er ja. Offener Raub macht jedem Mann Ehre. Wer aber die Beute ohne Kampf will, ist ein Dieb. Und ein Dieb ist verächtlicher als ein Feigling im Kampf!«

Wieder versuchten sie stundenlang, ihre Ketten zu öffnen, doch vergeblich. Sie waren so eng um ihre Hände und Füße geschlungen, dass jeder Versuch, sich herauszuwinden, aussichtslos war. Einer der Ruderer hatte einen Stein gefunden. Ragnar stand jetzt mit dem Rücken vor dem Nordmann aus Itil. Sven hielt den Stein in den gefesselten Händen und hämmerte auf dem Schloss herum, das Ragnars Armfesseln zusammenhielt. Das Klirren erschien Ulf bedenklich laut, doch das Schloss gab nicht nach.

Die Tür knarrte. In dem hell erleuchteten Eingang erschien einer der chasarischen Wächter. Geistesgegenwärtig trat Sven, der nur am linken Fuß gefesselt war, vor Ragnar. Der Chasar rief ihnen einige Schimpfworte zu, kam jedoch nicht herunter in die Grube, sondern warf die Holztür wieder zu. »Das mit dem Stein ist sinnlos und macht die Wächter misstrauisch«, murrte Ragnar. »Bevor auch nur einer von uns frei wäre, würde das Hämmern alle Chasaren herbeilocken. Nein, wir brauchen den Schlüssel, den der Kerkermeister bei sich hat.« So saßen sie nun alle wieder an der Wand. Schon lange war es draußen wieder dunkel geworden.

Plötzlich ertönte wieder dieses Knarren! Zuerst sah Ulf die Fackel in der Tür. Dann schob sich der massige Körper des Kerkermeisters durch die Öffnung. Der Dicke schloss umständlich und unbeholfen die Tür hinter sich. Nun kam er die Stufen herab, langsam und vorsichtig. Ulf sah, dass er schwankte und sich kaum auf den Beinen halten konnte. »Heute Abend ist er noch viel betrunkener«, brummte Ragnar zufrieden.

»Er hat seinen Säbel und das Messer dabei. Und den Schlüssel. Aber wie kriegen wir den Kerl?«, fragte Grim.

»Er wird sich wieder vor mich hinstellen, um mich zu beschimpfen«, entgegnete Ragnar. »Du gleitest auf den Boden, stößt deine Füße gegen seine Schienbeine. Er wird nach vorne fallen, und ich werfe mich mit der Brust auf seinen Kopf. Dann kann er nicht um Hilfe schreien. Es ist ein Leichtes, diesen Fettsack zu ersticken.«

»Leichter gesagt als getan«, murmelte der Graubart. »Wenn er nicht an der richtigen Stelle steht…«

»Hast du einen besseren Plan?«, knurrte Ragnar. Mit einer langsamen und vorsichtigen Bewegung, die dem betrunkenen Dicken nicht auffallen konnte, zog er die Füße an sich, um sich hinzuknien.

Doch der Kerkermeister kam nicht auf sie zu. Er steckte die Fackel an der gegenüberliegenden Wand zwischen zwei Streben und tastete sich dann zögernd mit der linken Hand an der Wand entlang. Ragnar gegenüber, außerhalb der Reichweite Svens, ließ er sich mit dem feisten Rücken gegen die Wand fallen. Dann schnaufte er, keuchte und spuckte.

Als er wieder zu Atem gekommen war, überschüttete er Ragnar mit einem Wortschwall. Sven konnte nur wenige der Schimpfworte übersetzen. Doch Ulf entging nicht, dass der Dicke deutlich lallte. Dann hielt er inne. Die Schimpfkanonade hatte ihn offensichtlich erschöpft. Im flackernden Licht der Fackel sah sein Gesicht noch abstoßender aus. Der Geifer floss in breiten Strömen von seinen Lippen. Trotz des Gestankes in der Grube, in der so viele

Männer in ihrem eigenen Schmutz liegen mussten, drang der Alkoholdunst bis zu Ulf herüber.

Endlich versuchte die zusammengesackte Gestalt, sich etwas aufzurichten. Der Fettwanst will eine stolze Haltung einnehmen, dachte Ulf voller Verachtung. »Wir feiern heute Abend ein Fest, ein großes Fest. Schade, dass ihr nicht teilnehmen könnt.« Er lachte, dass sein unförmiger Leib wabbelte. »Aber der Tudun hat etwas Besseres mit euch vor.« Er blickte lange mit hassverzerrten Zügen zu Ragnar herüber. »Der Tudun wird die Beute, die ihr bei den Ungarn gemacht habt, für sich behalten. Eine schöne Beute, eine reiche Beute«, grinste er. »Deshalb gibt der Tudun heute Abend das Fest.«

Der Dicke hörte nicht auf zu schwatzen. »Ja, ihr sollt es wissen: Der Chagan hat dem Tudun dreihundert Lanzenreiter und Bogenschützen geschickt. Mit diesen Leuten soll der Tudun Ungarn und Petschenegen bekriegen. Doch alle Beute, die er bei den Ungarn und Petschenegen macht, muss er mit Itil teilen. Deshalb hat der Tudun vor allen seinen Leuten erklärt, er glaube euch nicht, dass ihr eure Beute den Ungarn abgenommen habt. Denn alle Beute, die er bei irgendwelchen Fremden macht, darf er behalten.«

Er kicherte eine Zeit lang in sich hinein. »Nach eurer Gefangennahme hat er die dreihundert Lanzenreiter und Bogenschützen weggeschickt. Ein Fest nur für unsere Sippe ist doch viel billiger! Wein für einhundertzwanzig Mann statt für vierhundertzwanzig. Ja, der Tudun liebt das Geld und das Gold.« Einige Augenblicke rang er wieder keuchend nach Atem. »Und morgen früh werden wir euer Schiff entladen. Die Krieger des Chagans sollen eure Beute gar nicht zu Gesicht bekommen. Die kommen erst nach der Mittagsstunde wieder.« Er schwieg einen Augenblick. »Ja, ja, unser Tudun ist ein Schlaukopf. Wenn ihr nur halb so schlau gewesen wäret…« Er lachte aus vollem Halse und presste die Hände gegen seinen wabbelnden Wanst.

Der Dicke hat den Säbel gezogen und macht einige unsichere Hiebe durch die Luft. Dann lässt er seinen Blick über ihre Reihe wandern. »Und morgen früh, wenn wir das Boot entladen haben, werdet ihr alle hingerichtet.« Er streckt seinen zitternden linken Arm gegen Ragnar aus. »Und du verfluchter Hund: Deinen Schädel wird er dem Kaiser in Konstantinopel schicken.

Der Bote wird dem Kaiser erzählen, der Tudun habe mehrere Langschiffe auf dem Wege nach Konstantinopel abgefangen. Dann schenkt der Kaiser ihm Prunkgewänder und goldenen Schmuck. Ja, ja: kleinlich ist der Kaiser der Griechen nicht.«

»Jetzt oder nie«, flüsterte Grim. Er ließ sich auf den Boden gleiten und schob die Füße, ganz langsam, in Richtung des Dicken. Trotz seiner Trunkenheit war dem Kerkermeister diese Bewegung nicht entgangen. Er blieb zwar mit dem Rücken an die Wand gelehnt, doch streckte er Grim die

Säbelspitze entgegen. Dabei schrie er ihm zornig etwas zu. Ulf entging jedoch nicht die Angst in seinen Zügen.

»Zurück!«, warnte Ragnar. »Der Feigling flüchtet sonst. Wir müssen ihn möglichst lange hinhalten. Den Schlüssel brauchen wir heute Nacht.«

Der Dicke lehnte immer noch an der gegenüberliegenden Wand und hatte die Augen geschlossen. Sein Kopf sank langsam nach vorn. Sie beobachteten ihn mit gierigen Augen, aber an der Wand war er unerreichbar für sie... Der Spitzhut rutschte von seinem Kopf und rollte über den Lehmboden. Die schmutzstarrenden Zöpfchen, in die das schüttere Haar geflochten war, fielen ihm über die Stirn. Schwerfällig bückte er sich, schien das Gleichgewicht zu verlieren, fing sich wieder. Seine Hände tasteten nach dem Hut, erreichten ihn aber nicht. Neben Ulf ging Grim vorsichtig auf die Knie.

Prustend und ächzend richtete sich der Kerkermeister wieder auf und machte einen Schritt zurück. Er schien unsicher geworden, fuchtelte mit dem Säbel in ihre Richtung und keifte ihnen eine Flut von Drohungen zu. Doch seine Stimme klang weniger zornig als ängstlich. Langsam schob er seinen feisten Körper an der Wand entlang. Doch nicht in Richtung auf die Treppe, sondern auf die Ecke zu, in der Sven lag. Der Nordmann aus Itil war aufgesprungen. Ulf sah, wie er die nach vorne gefesselten Hände langsam ausstreckte, um sie dem Dicken um den Hals zu krallen. Doch der blieb jetzt stehen und schloss einen kurzen Augenblick ermüdet die Augen. Er war zu weit entfernt, als dass Sven ihn hätte am Hals packen können. Kurzentschlossen beugte sich der Nordmann aus Itil so weit vor, wie die Fußkette es erlaubte. Seine ausgestreckten Finger reichten gerade bis zum Gürtel des Dicken. Ulf sah, wie er langsam den Schlüssel herauszog...

Der Schlüssel fiel neben Ulf. Mit einem Ruck streckte Ulf das rechte Bein darüber. Doch das Klirren des schweren Schlüssels auf dem Lehmboden hatte der Betrunkene gehört. Er öffnete die Augen und starrte misstrauisch zu Ulf herüber. Dann tat er einen Schritt vorwärts, blieb wieder stehen...
»Wir müssen den Fettwanst ablenken, Ulf«, flüsterte Grim heiser. »Damit du mir das Schloss an den Handfesseln öffnen kannst.« Ragnars Donnerstimme füllte bereits den Raum. Er überschüttete den Dicken mit einer Flut an Schimpfworten. Ängstlich wich der Kerkermeister zur Wand zurück.

Jetzt schrie auch Sven auf den Dicken ein. Auf dessen Zügen malte sich zuerst Verblüffung. Dann trat er zwei Schritte auf den Nordmann zu und begann, schrill zu kreischen.

»Ich beschimpfe und verspotte ihn, den Tudun und die Chasaren«, rief Sven herüber. »Der Dicke redet sich immer mehr in Wut.«

»Reiz ihn nicht zu sehr! Er hat seinen Säbel in der Hand!«, warnte Ragnar.

»Keine Angst«, lachte Sven. »Er wird mich nicht erstechen. Das fette

Schwein hat gar keine Zeit dazu. Er ist vollauf damit beschäftigt, mir beizubringen, was für unüberwindliche Helden die Chasaren sind.«

Ulf und Grim setzten sich Rücken an Rücken. Es war nicht schwer, das große Hängeschloss mit den Fingern zu ertasten. Bald drehte sich der Schlüssel. Der Kasten fiel zu Boden, dann der Bügel.

Im Nu hatte der alte Recke Ragnar von seinen Arm- und Fußfesseln befreit. Das Klirren der Ketten wurde von dem Gekeife des Dicken übertönt.

Der stand jetzt mit zornrotem Gesicht vor dem Nordmann. Den Säbel hatte er in die Scheide geschoben und gestikulierte mit geballten Fäusten.

Ein Sprung! Ragnar umklammerte mit der linken Hand Mund und Kinn, um den Kerkermeister am Schreien zu hindern. Mit der Rechten zog er den Säbel aus der Scheide. »Nordmänner haben den Eltern den Kopf gespalten. Und ein Nordmann wird dem Sohn die Kehle durchschneiden«, brummte er befriedigt. Er stieß den Dicken gegen die Wand. Die weit aufgerissenen Augen glotzten ins Nichts. Aus der klaffenden Halswunde spritzte Blut. Langsam rutschte der fette, stinkende Körper an der Wand herab zu Boden.

»Grim nimmt das Messer. Ich schaue nach, ob draußen Wächter sind. Vergesst die Fackel nicht.« Mit einigen Sprüngen war Ragnar an der Tür. Er streckte vorsichtig den Kopf heraus. »Kein Wächter draußen«, rief er gedämpft.

»Ich führe euch zu dem zweiten Grubenhaus. Es liegt dort hinter den Jurten«, sagte Sven. »Ich habe es gesehen, als man mich hierher brachte.« Die Jurten schienen leer und verlassen. Nach wenigen Schritten waren sie bei dem anderen Grubenhaus. Grim warf den Vorlegebalken zurück und verschwand im Eingang, gefolgt von dem Rudermann, der die Fackel trug.

»Gut gemacht, Ragnar«, schmunzelte Gizur und rieb sich die Handgelenke. Nur kurze Zeit hatte Grim gebraucht, um die Gefährten von den Fesseln zu befreien. »Wahrscheinlich sind unsere Waffen dort drüben«, sagte Sven. »Dort gibt es eine Hütte aus Lehm und Flechtwerk.«

Die Erdwälle zeichneten sich deutlich gegen den Himmel ab. Sie schienen unbesetzt. Auch die Umrisse der Jurten waren im Sternenlicht erkennbar. Deshalb trat der Ruderer seine Fackel aus. Sie schlichen vorwärts.

Ragnars Handbewegung gebot ihnen Halt. Sie kauerten sich zu beiden Seiten in den Schatten der Jurten. Rechts trat ein älterer Mann in die Gasse, der ärmlichen Kleidung nach ein Sklave. Sie warteten, bis er vorüber war. Er war schon fast hinter der gegenüberliegenden Jurte verschwunden, als er sich umdrehte. Misstrauisch blickte er in ihre Richtung. Dann tat er einige schnelle Schritte vorwärts. Grim, der ihm am nächsten war, stand mit einem einzigen Sprung vor ihm. Mit dem linken Arm presste er den Mann an seine Brust, mit der rechten Hand drückte er ihm das Kinn nach hinten. Ulf hörte das Genick knirschen. »Vorwärts!«, rief Grim gedämpft und stieg über die Leiche.

Die Tür der Hütte war ebenfalls nur mit einem Vorlegebalken verschlossen. Im Inneren zündete der Ruderer wieder die Fackel an. Zu zwei Haufen aufgetürmt lagen ihre Waffen an der Flechtwand.

Ragnar rückte sich den Nasenschutz zurecht. »Jetzt kann es losgehen«, brummt er gut gelaunt. In der gegenüberliegenden Ecke waren Fackeln aufgestapelt. »Jeder nimmt sich eine«, befahl Ragnar. »Ihr könnt sie jetzt ruhig anzünden.«

Draußen vor der Hütte schickte Ragnar zwei Ruderer los, um entlang dem Querwall Jurten anzuzünden. »Ake, Snorre, ihr nehmt euch je einen Mann mit und geht hinunter zum Boot… Aber steckt keine Jurten an! Dazu habt ihr jetzt keine Zeit. Beeilt euch! Wir können nicht lange warten.«

Sie brauchten nicht lange zu warten. Ake, der Däne, kam als erster zurück. »Am Boot war nur ein einziger Wächter. Und der war betrunken.«

»Du hast doch…«

»Warum fragst du, Ragnar?«, fragte Ake schnippisch. »Der bewacht nie wieder etwas.«

Sie schlichen vorsichtig bis zur letzten Jurtenreihe. Vor ihnen lag der hintere Teil der Festung mit dem quadratischen Ziegelturm in der Mitte des halbkreisförmigen Erdwalls. Am Fuß des Turmes stand eine riesige, reich geschmückte Jurte. Das Festzelt des Tudun, dachte Ulf. Rechts davon befand sich eine ähnliche, nur kleinere Jurte. Aus ihr drang lautes Gelächter. Aber es waren nur Frauenstimmen.

Mit finsterem Blick musterte Ragnar die große Jurte vor dem Turm. Er winkte seine Leute herbei und flüsterte: »Bald werden die Chasaren die brennenden Jurten am Querwall bemerken. Deshalb versteckt euch hinter diesen Jurten hier. Sie werden zur Brandstelle eilen und euch geradewegs in die Arme laufen. Also nicht schreien!« Nach einem Augenblick fügte er hinzu: »Den Tudun überlasst ihr mir. Ich will versuchen, den Hund lebendig in die Hand zu bekommen. Wir können ihn als Geisel benutzen, wenn die Übermacht zu groß wird.« Er lachte hämisch auf. »Außerdem zahlt so ein Tudun ein hohes Lösegeld.«

Ragnar stellte sich mit Grim hinter die mittlere Jurte in der vordersten Reihe. Die übrigen Männer verteilten sich nach allen Seiten. Ulf blickte sich um. Der Querwall war hinter den hochschlagenden Flammen kaum noch zu erkennen. Jetzt hörte man auch ein Prasseln. Er stand mit Erik hinter einer der vordersten Jurten. Der Vorhang, der die Tür zu der großen Jurte verdeckte, wurde zurückgeschlagen, und ein Chasar trat heraus. Der Feuerschein beleuchtete ihn taghell. Einen Augenblick starrte er verblüfft in die Flammenwand, dann rannte er schreiend in die Jurte zurück. Augenblicke später stürzten Dutzende von Chasaren heraus. Sie sahen, dass es auch noch zwei weitere Türen gab. Lautlos warteten sie, bis die Chasaren hinter den Jurten verschwunden waren. Dann hörte Ulf von allen Seiten Todesschreie. Doch der Tudun erschien nicht.

»Vorwärts!« Ragnars Stimme schallte durch das Lager. Er rannte schon mit Grim auf die große Jurte zu. Ulf und Erik folgten. Doch inzwischen waren auch die Frauen aus ihrer Festjurte gestürzt. Als sie die fremden Krieger sahen, rannten sie, spitze Angstschreie ausstoßend, ziellos kreuz und quer. Ulf musste zwei zur Seite schleudern, um sich Bahn zu schaffen. Doch er folgte Grim auf dem Fuße, als dieser in die Jurte stürmte.

Gegenüber dem Eingang saß der Tudun mit gekreuzten Beinen auf Kissen, die mit Brokatdecken belegt waren. Quer durch den Raum, in drei langen Reihen, waren Lederdecken auf den Boden gebreitet. Sie dienten wohl als Tische. Überall auf dem Boden sah Ulf zerbrochene Weinamphoren, Fleischstücke und verstreutes Obst. Die wenigen Chasaren, die bei dem Tudun in der Festjurte geblieben waren, wichen nach allen Seiten zurück.

Ragnar macht einen riesigen Sprung nach vorne. »Jetzt hole ich mir den Tudun.« Doch in diesem Augenblick öffnet sich der Vorhang am rechten Seiteneingang. Säbelschwingende Chasaren stürzen auf sie zu. Wenigstens vierzig Mann, denkt Ulf.

Er wirft einen kurzen Blick um sich. In der Jurte befinden sich höchstens ein Dutzend Nordmänner. An der Spitze der Chasaren, etwa zehn Schritte voraus, rennt ein reich geschmückter Krieger auf Ragnar zu. Doch als er vor ihm steht, entfällt der Säbel der erhobenen Faust, und sein abgeschlagener Kopf rollt über den Boden. Die Chasaren, die ihm folgen, laufen schreiend auseinander.

Ulf blickt wieder nach dem Tudun. Die Kissen sind leer. Da sieht er, wie der Tudun die Holztür jenseits des Hintereingangs aufstößt und im Turm verschwindet. Die Klinge von Ragnars Messer zittert noch im Holz der Tür. Der nimmt sein Schwert wieder in die Rechte und holt das Messer. »Diese Tür können wir nicht aufbrechen«, schreit er wutschnaubend. »Zum Schiff!«

In aller Eile rafften sie silberne und goldene Trinkschalen und einige Goldgefäße zusammen. Gierig schüttete Ulf den Wein in den Schalen in sich hinein und stopfte einige Fleischstücke zwischen die Zähne. Dann ließ Ragnar Feuer an die Jurte legen.

»Sammelt euch bei der Hütte, in der unsere Waffen lagen!« Mühelos übertönte seine Stimme das Gekreische der Frauen, die Schreie der Männer und das Prasseln der Flammen. Im Licht und Schatten des Feuers sah Ulf die Gefährten von allen Seiten zu der Hütte eilen. Offensichtlich wurden die meisten ebenso wenig verfolgt wie er. Nur selten hörte er die Ausrufe ihrer Krieger, die auf einen Chasaren stießen. »Hier habe ich einen der Chasarenhunde!« Es war Gurds Stimme. Sie kam von rechts. »Wieder ein Chasaren-schwein weniger!«, schrie Floki hinter ihnen.

Als sie die Hütte erreichten, fehlte niemand. »Holt einige Säcke Getreide!« befahl Ragnar. »Ich habe sie vorhin in der hinteren rechten Ecke gesehen.« Vor ihnen waren die meisten Jurten bis zum Querwall bereits niedergebrannt. Auf dem linken Erdwall rannte eine Gruppe Chasaren mit Kampfgeschrei in ihre Richtung. Als ein Pulk ihrer Leute auf den Wall zustürmte, hasteten sie schweigend zurück. »Sind wohl nicht mehr so fest auf den Beinen, diese Chasaren«, lachte der weißhaarige Gizur neben ihm.

Ragnar wandte sich um. »Die meisten mögen mehr oder weniger betrunken sein. Dennoch sind es immer noch viel zu viele gegen uns. Wir müssen schleunigst zum Boot.«

Sie eilten jetzt durch das weit offen stehende Holztor im Querwall und die Gasse auf das Ufer zu. Beißender Rauch drang ihnen in Augen und Nase. Am anderen Ende der Festung hörten sie Rufe. »Sie sammeln sich zum Gegenangriff«, sagte Ragnar. Den Ruderern, die er losgeschickt hatte, um auch im unteren Teil der Festung möglichst viele Jurten in Brand zu stecken, brüllte er nach: »Aber haltet euch dabei nicht zu lange auf!«

Sie mussten einige Augenblicke auf die Männer warten, die die schweren Getreidesäcke nachschleppten. Deshalb drangen sie, um den Weg abzukürzen, jetzt nach links zwischen die Jurten ein. Ulf war hinter Ragnar und Grim. Sie kamen an einer Jurte vorüber, aus der die ersten Flammen schlugen. Da sah Ulf, wie sich der Türvorhang bewegte und im Eingang ein Kopf erschien. Ragnar stand schon mit erhobenem Schwert, zum Schlag bereit. Das junge Mädchen, das aus dem Eingang sprang, erstarrte einen Schritt vor Ragnar. Das bräunliche Haar fiel ihr in langen Locken auf die Schultern, die Schminke auf dem Gesicht war vom Schweiß zerfressen. Ein schönes Mädchen, dachte Ulf. Die Chasarin richtete den Blick zu Ragnars Gesicht empor, starrte wie ein Kaninchen auf die Schlange.

Ragnar ließ sein Schwert sinken. »Ein hübsches Mädchen, Ulf«, grinste er. »Ich würde hier gerne Frauen jagen – wenn wir Zeit hätten.« Er wandte sich ab. »Schnell zum Schiff!«, brüllte er. Das Mädchen verschwand kreischend zwischen den Jurten.

Ihr Langschiff lag vor ihnen, halb aufs Ufer gezogen, unmerklich schaukelnd. Ulf richtete den Blick zum Vordersteven empor. Der Drachensteven ragte dunkel vor den flimmernden Sternen. Diesmal, so schien es Ulf, nickte der Drachenkopf mit den Glotzaugen, dem halbkreisförmigen Maul und den hauerartigen Zähnen ihm zu.

Sie schoben das Boot in den Fluss, bis das Wasser Ulf bis zur Brust ging. Der benutzte die Gelegenheit, um wenigstens ganz kurz bis über den Kopf ins Wasser zu tauchen. Dann zog er sich am Bordrand hoch.

Sie ruderten nicht, sondern ließen sich mit der Strömung in die Flussmitte treiben. Ulf kniete am Bordrand und schöpfte mit seinem Becher Wasser. Viele Becher voll.

Der Widerschein der Flammen, der wie flüssiges Feuer über die Wellen huschte, erreichte ihr Boot nicht mehr. Sie sahen jetzt auf den beiden Erdwällen und am Ufer die Chasaren. »Ihr Wutgebrüll klingt viel überzeugender als ihr Kampfgeschrei, als wir über sie herfielen.« Grim spuckte verächtlich über Bord.

Sven, der Nordmann aus Itil, drängte sich zu ihnen durch. »Warum lässt du das Boot stromabwärts treiben, Ragnar?«

Der Schiffsführer sah ihn überrascht an. »Ich habe dir doch erzählt, dass wir ins Schwarze Meer wollen .«

Svens Stimme verriet sein Erstaunen. »Aber doch nicht sofort! Der Tudun wird uns morgen Mittag mit allen seinen Leuten verfolgen. Diese Reiter sind schneller als jedes Boot, denn sie können die Windungen des Stromes abschneiden. Sie werden uns auf beiden Ufern nachreiten und an den schmalen Stellen mit Pfeilen beschießen.« Er redete eifrig auf Ragnar ein. »Wir brauchen noch drei oder vier Tage bis zur Mündung des Dnepr. Und nirgends gibt es Büsche und Bäume. Wenn sie am Ufer entlangreiten, sehen sie das Drachenschiff schon aus der Ferne.«

»Wir müssen bald das Delta erreichen«, entgegnete Ragnar. »Da hinein können uns diese Reiter doch nicht folgen!«

Die langen, blonden Haare flogen um die Ohren, so heftig schüttelte Sven den Kopf. »Sie können! Das Delta ist im Sommer nicht sumpfig. Und die vielen Arme, in die sich der Fluss teilt, durchschwimmen die Chasaren auf ihren Pferden. Nirgends kann man sich im Delta verbergen. Die höchsten Büsche, die es dort gibt, gehen dir nicht einmal bis zum Knie.«

Ragnar blickte fragend zu Grim hinüber. Der wandte sich an Sven. »Wie geht es denn nach dem Delta weiter?«

»Dann erweitert sich der Fluss zu einer gewaltigen Bucht, in die auch der Dnestr mündet, und die man für einen Teil des Schwarzen Meeres halten könnte. Auf dieser Wasserfläche könnte man uns nur mit dem Boot verfolgen. Danach müsst ihr das Schwarze Meer überqueren. Und bevor ihr nach Konstantinopel kommt, geht es durch den Bosporus, die Meerenge zwischen Schwarzem Meer und Mittelmeer. Doch durch die kann ein Langschiff in wenigen Stunden rudern. Die Griechen haben zwar die Meerenge auf beiden Seiten stark befestigt…«

»Wir nennen das die Langen Mauern«, warf der Grieche ein.

»Aber sie können die Langschiffe nicht vom Ufer aus beschießen«, fuhr Sven fort. »Dazu ist die Meerenge auch an ihrer engsten Stelle zu breit. Die Langschiffe, die ihr sucht, können die Griechen nur mit ihrer Flotte aufhalten.«

»Noch haben wir diese Langschiffe nicht gefunden«, unterbrach Ragnar. »Was schlägst du vor?«

»Rudert stromauf. Ich kenne dort, etwa einen halben Tag von hier, eine Insel, die ein prächtiges Versteck für ein Langschiff bietet. Von der Fahrtrinne aus ist sie euch wohl kaum aufgefallen. Selbst wenn die Chasaren auch stromaufwärts Späher aussenden sollten, ist das Boot vor Entdeckung sicher. Kein Reiter treibt sein Pferd in dieses sumpfige Schilf. Warum warten wir nicht dort fünf oder sechs Tage? Wir haben mehrere Säcke Getreide, und der Dnepr wimmelt von Fischen.«

Ragnar schob nachdenklich seinen zerrissenen Mantel zurecht.

»Die Chasaren wissen doch auch, wie schnell ein Langschiff ist«, drängte Sven. »Sie können sich ausrechnen, wann ihr das Delta erreicht habt. Dann seid ihr ihnen entgangen, und sie müssen die Verfolgung abbrechen.« Er schwieg einen Augenblick. »Und ein oder zwei Tage später, wenn uns keiner mehr sucht, schleichen wir uns im Schutz der Nacht und der Inseln am Lager des Tudun vorüber.«

»An die Ruder!«, rief Ragnar über Deck und legte das Steuer herum.

Die Insel, von der Sven gesprochen hatte, lag bald vor ihnen. Ragnar musterte sie lange. Dann nickte er zufrieden. »Zieht die Ruder ein!«

Sobald die Zelte aufgeschlagen und die Feuerstellen eingerichtet waren, gingen sie schwimmen. Eine Ruderlänge vor Ulf schwamm Grim, neben ihm Gizur. Der Alte zwinkerte Ulf zu, doch er sagte nichts. Mit schnellen, fast unhörbaren Stößen war er bei Grim und drückte dessen Kopf unter Wasser. Prustend und spuckend tauchte der Gabelbart wieder auf. »Warte, Gizur!«, lachte er. Doch der Alte schwamm wie ein Lachs. Besser als Loki, dachte Ulf, dieser listenreichste aller Götter, der sich in einen Lachs verwandelt hatte und dennoch von Odin und Thor mit seinem eigenen Netz gefangen worden war.

Ulf trat im Wasser auf der Stelle, um das Schauspiel zu genießen. Grim war ein kräftiger und ausdauernder Schwimmer, einer der besten, die ich je gesehen habe, musste Ulf anerkennen. Wie ein Fisch schoss er auf Gizur zu. Doch stets griffen seine Hände ins Leere. Der wendige Alte war abgetaucht.

Drei Tage waren vergangen. Ulf lehnte mit dem Rücken gegen einen Baumstamm und genoss die warme Vormittagssonne. Neben sich hörte er das Glucksen des Wassers, das Schilf, wenn sich die Stängel aneinander rieben, und das Rascheln der Blätter. Ulf ließ sich von der leichten Brise die Stirn kühlen. Mit halbgeschlossenen Augen beobachtete er das Treiben im Lager. Einer wusch seine Kleider. Überall lagen Spielbretter, vor denen zwei Ruderer hockten. Irgendwo ertönte der Jubelruf Gizurs, den das Glück beim Würfelspiel offensichtlich nicht verlassen hatte. Ragnar saß mit gekreuzten Beinen vor seinem Zelt und stocherte mit Nadel und Faden lustlos in den Löchern und Rissen seines Mantels herum. Nach einiger Zeit stand er auf und legte den geflickten Umhang um die Schultern. Besser sahen die Risse und Löcher auch nicht aus, dachte Ulf. Nur anders.

Der Schiffsführer strich mit dem Finger, missmutig vor sich hin brummelnd, über die Nähte. Dann zuckte er die Achseln und rief seine Mannschaft zu sich. Sie saßen in einem Kreis vor Ragnars Zelt. Die Beratung wogte hin und her. Keinem erschien es schwierig oder gar gefährlich, in zwei, drei Tagen im Schutze der Dunkelheit am Lager des Tudun vorbeizukommen. Doch was der Grieche über das Schwarze Meer erzählte, stimmte sie nachdenklich. »Vielleicht müssen wir die Langschiffe auch ganz woanders suchen«, fuhr der Grieche achselzuckend fort. »Sie können schon längst durch den Bosporus gerudert sein. Dann treiben sie sich irgendwo im Mittelmeer herum.« Keiner wusste Rat. Ein Dutzend Langschiffe, irgendwo auf der grenzenlosen Weite des Meeres…

Ragnar kratzte sich den Bart. »Aber wenn wir die Langschiffe finden, dann rechnen wir mit dem Tudun ab! Auf der Rückfahrt kommen wir wieder an seinem Lager vorbei. Und wenn wir nur zehn Schiffe wären… Auch zehn Schiffe brauchen die vierhundert Mann des Tudun nicht zu fürchten.«

Grim ließ die Gabel seines Bartes liebevoll durch die Fingerspitzen gleiten. »Wall und Graben sind ein wirksamer Schutz gegen die Reiterangriffe der Steppenvölker. Doch ohne Palisaden sind sie für uns kein Hindernis.«

»Ob aber die anderen mitmachen?«, warf Ake, der Däne, ein. »Ihre Boote werden bis über den Bordrand mit Beute beladen sein. Was ist im Lager des Tudun noch zu holen, wenn zweihundert oder dreihundert Mann es sich teilen müssen?«

»Der Beute wegen greifen sie das Lager nicht an, da gebe ich dir Recht«, fiel Gizur ein. »Aber jedem nordischen Handelsmann ist eine Festung der Chasaren hier am Dnepr ein Dorn im Auge. Noch verlangen die Chasaren keinen Zoll. Aber wie lange? Vielleicht bauen sie bald eine noch größere Festung und fordern von jedem Langschiff den Zehnten!«

Grim schlug sich mit der Faust aufs Knie. »Wenn wir die Festung des Tudun zerstören, werden sich seine Krieger aus der Gegend zurückziehen.«

Der Grieche schüttelte den Kopf. »Warum? Sie werden nur eine stärkere Festung bauen. Das wissen auch die Leute auf den Langschiffen, die wir suchen. Deshalb glaube ich nicht, dass sie das Lager des Tudun angreifen werden. Und der Tudun wird sie auch nicht in einen Kampf verwickeln. Was soll er mit seinen Reitern gegen ein Dutzend Langschiffe machen, die am helllichten Tage an seiner Festung vorübersegeln?«

»Aber diese Schiffsführer sind doch auch Händler! Sie werden es nicht zulassen, dass die Chasaren am Dnepr Zoll erheben«, beharrte Gizur.

Der Grieche lachte. »Habt ihr Nordmänner Sarkel zerstört, die Festung der Chasaren am Don? Zahlen dort nicht alle eure Langschiffe den Zehnten?«

»Nein, Grieche.« Der Nordmann aus Itil schüttelte den Kopf. »Sarkel ist etwas ganz Anderes. Die Ziegelmauern dieser Festung kann man nicht mit den Erdwällen des Tudun vergleichen. Für unsere Langschiffe ist diese Festung uneinnehmbar. Und außerdem: Der Don fließt mitten durch das Reich der Chasaren. Der Dnepr aber bildet die äußerste Grenze ihres Gebietes, Wochen entfernt von ihrer Hauptstadt Itil.«

Erik rieb sich das Kinn. »Selbst wenn sie die Festung des Tudun angreifen... Vielleicht ist er gar nicht da. Der Kerkermeister hat uns doch erzählt, der Chagan habe ihm dreihundert Reiter geschickt, damit er gegen die Ungarn und die Petschenegen zieht. Er wird oft wochenlang irgendwo draußen in der Steppe sein.«

»Das kann er nicht wagen«, widersprach Ulf. »Wenn die Langschiffe, die ins Schwarze Meer gefahren sind, auf demselben Wege zurückkommen, kann er sein Lager nicht unter dem Schutz weniger Männer zurücklassen.«

»Warum sollte er mit einem Angriff auf sein Lager rechnen? Auf der Hinfahrt haben die Langschiffe es doch auch nicht angegriffen!«

»Da wollten sie erst einmal Beute machen. Und bei den Griechen ist mehr zu holen als bei den Chasaren.«

»Ich glaube...«, brummte Ragnar...

»Reiter! Draußen in der Steppe!«, rief Ful von seinem Baum herunter. Ulf drehte sich um. Ful saß rittlings auf einem Ast, von dem aus er die Steppe an beiden Ufern beobachten konnte. Ragnar hastete an Ulf vorüber. Er nahm nicht den unteren Ast, sondern sprang nach einem höheren. Als Ulf und Sven den untersten Ast erstiegen hatten, saß Ragnar längst neben dem Wächter. Ulf betrachtete die Reiter. Sie zogen, weit, weit draußen, nach Nordosten. Sie führten viele ledige Pferde mit sich. Doch er sah auch zwei Jurten...

»Die Jurten bewegen sich ja!«, rief Ragnar verblüfft. »Acht Pferde ziehen sie über den Boden. Wie machen die Kerle das?«

Sven lachte. » Diese Jurten stehen auf achträdrigen Wagen. Doch die Räder sind so niedrig, dass Gräser und Kräuter sie verdecken.«

Ragnar bedeckte mit der Hand die Augen. »Sie führen hinter den Reitern viele Pferde und Maultiere mit. Die Maultiere sind alle schwer beladen, viele der Pferde auch. Aber ein Dutzend Pferde, schätze ich, geht ledig. Das werden ihre Ersatzpferde sein.«

Sven widersprach. »Ersatzpferde führen diese Reiter am Zügel. Man kann es von hier aus nicht sehen, aber ich wette, dass die ledigen Pferde ungesattelt sind. Diese Pferde sind Geschenke.«

Ragnar blickte zweifelnd zu ihm hinüber. »Warum sollten diese Reiter ihre Pferde verschenken? Vielleicht wollen sie sie irgendwo verkaufen.«

Sven lächelte. »Das muss ein Hochzeitszug sein. Dann sind die Pferde ein Geschenk für den Brautvater oder den Bräutigam. Keine reiche Braut kommt umhin, edle Pferde zu schenken. Und die Packtiere tragen den Brautschatz. Die Braut muss reich sein.«

»Warum die Braut?«, fiel Ulf ein. »Wenn es ein Hochzeitszug ist, kann es doch auch der des Bräutigams sein.«

»Nein.« Sven schüttelte den Kopf. »Die kleinere der beiden Jurten ist eine Frauenjurte. Sie ist anders geschmückt als die große. Das könnt ihr auf diese Entfernung nicht erkennen, aber ich...«

»Reiche Braut... Geschenke... Brautschatz... So viele Geschenke...« Ragnar nagte mit den Zähnen an den Lippen.

»Das da draußen muss der Tudun sein«, rief Sven fröhlich.

»Der Tudun?« Ragnar blickt dem Nordmann aus Itil erwartungsvoll ins Gesicht. »Das wäre großartig! Aber woher willst du das wissen?«

»Sehr einfach«, entgegnete Sven. »Ihr seht doch, wie die Spitze der großen Jurte in der Sonne funkelt. Das ist eine Kugel aus Gold. Auch die Ungarn und die Petschenegen schmücken ihre Jurten, aber nicht so aufwändig. Das da draußen sind Chasaren. Sehr reiche Chasaren.«

»Können es nicht auch andere Chasaren sein?«

»Sehr unwahrscheinlich«, antwortete der Nordmann aus Itil. »Es muss sich um den Häuptling einer Sippe handeln. Aber hier leben außer dem Tudun keine Chasaren.«

Ragnar beschattete wieder mit der Hand die Augen. Nach einiger Zeit rief er: »Ich kann sie nicht genau zählen. Aber es können nicht viel mehr als fünfzig sein.« Er kraulte sich mit der Hand das Haar. »Wie sollen wir nur drankommen? Wir können doch den Reitern nicht in die Steppe nachlaufen. Vielleicht... Wenn wir am Ufer einige Feuer anbrennen...«

Sven klopfte ihm auf die Schulter. »Die Mühe mit den Feuern kannst du dir sparen. Ich glaube, ich weiß, wohin der Tudun will. Ein oder zwei Stunden stromaufwärts von hier gibt es eine Stelle, wo ein solcher Hochzeitszug ans andere Ufer übersetzen kann. Es ist keine eigentliche Furt. Doch diese niedrigen Wagen, auf denen die Jurten sitzen, können schwimmen. Und der Zug da draußen hält genau diese Richtung ein.«

Die Zelte waren noch nie so schnell abgebrochen. Sie ruderten nur langsam, denn die beiden Drachenköpfe waren von weitem zu sehen. »Die Stelle, die ich meine, muss bald kommen«, rief Sven, der neben Ragnar stand, aufgeregt. »Es gibt dort am rechten Ufer einige Büsche. Hier sind Büsche selten.« Plötzlich deutete der Nordmann aus Itil mit dem Arm nach vorn. »Dort sind die Büsche!« Er beschattete wieder die Augen mit der Hand. »Und dahinter sehe ich die Spitzen der beiden Jurten. Die Pferde weiden weit draußen in der Steppe. Der Tudun muss mit seinen Leuten am Ufer lagern!«

Die Ruder bogen sich jetzt förmlich. Alle ruderten aus Leibeskräften. »Lande nicht an ihrem Lagerplatz, sondern hinter den Büschen!«, rief Sven. »So weit reichen ihre Pfeile nicht. Diese Reiter werden sich nicht mit ihren Bogen im Gebüsch verstecken, sondern zu ihren Pferden rennen. Und hinter den Büschen tritt das Ufer zurück. Von ihrem Lagerplatz aus können sie uns mit Pfeilen nicht erreichen.«

Als der Kiel auf dem Sand knirschte, waren die Ruder längst eingezogen. Mit einem Sprung stand Ulf im Wasser. Mit den Schilden vor dem Körper und der Waffe in der Hand rannten sie auf das Gebüsch zu. Doch kein Pfeil flog. Vor den Büschen gab Ragnar das Zeichen, anzuhalten. Von rechts kam einer der Ruderer auf ihn zu. Vor sich her schob er eine alte Frau. Mit der linken Hand hielt er ihre Schulter umklammert, mit der rechten drückte er ihr seine Messerspitze gegen die Kehle. »Dieses alte Weib kam gerade aus den Büschen.« Ihre Augen waren angsterfüllt auf Ragnars Helm und Nasenschutz gerichtet.

Der Nordmann aus Itil flüsterte lange mit der alten Frau. »Es ist der Tudun«, sagte er dann zu Ragnar. »Er hatte einen Zusammenstoß mit den Petschenegen. Der Tudun hat gesiegt, aber unter furchtbaren Verlusten. Seine Vor- und seine Nachhut wurden bis auf den letzten Mann massakriert.« Sven stellte der Alten weitere Fragen. »Der Tudun will zu einem Häuptling der Ungarn, der in einem Lager in der Steppe auf dem jenseitigen Ufer wartet. Dieser Stamm ist den Chasaren immer noch freundlich gesinnt. Der Tudun will dem Häuptling seine Tochter als Braut zuführen. Außerdem hofft er auf die Hilfe der Ungarn. Er will mit ihnen die Petschenegen jagen.«

Der Nordmann aus Itil deutete auf die kleinere der beiden Jurten hinter den Büschen. »Die Tochter des Tudun sitzt in ihrer Jurte. Die Alte ist eine ihrer Dienerinnen.«

»Pass du auf die Alte auf, Gizur! Sie darf ihre Leute nicht warnen«, sagte Ragnar. Gizur packte die alte Frau an den Haaren und trieb sie mit der Schwertspitze vorwärts.

Sie drangen vorsichtig in das Gebüsch ein. Es war dicht genug, ihre kleine Schar vor den Blicken der Chasaren zu verbergen. Ragnar winkte Grim, Sven und Ulf, ihm zu folgen. Nachdem sie sich zwischen einigen Sträuchern hindurchgezwängt hatten, standen sie an der Rückseite der kleineren Jurte. Mit einem einzigen Schwerthieb zerteilte Ragnar die Lederbespannung und verschwand im Inneren. Grim folgte ihm auf dem Fuße.

Als Ulf in die Jurte tratt, stand Ragnar vor den mit Brokat belegten Kissen, die in der Mitte des Raumes lagen. Die Tochter des Tudun hielt er an sich gepresst, die Schwertklinge war gegen ihren Hals gerichtet. Das Mädchen war hübsch, aber sehr jung. Unter dem roten, mit goldenem und silbernem Zierrat übersäten Turban fielen hellbraune Locken hervor. Das Gesicht schien trotz der dick aufgetragenen Schminke leichenblass. Sven trat vor das Mädchen und hob einen Gegenstand in die Höhe, der auf ihrem Chasarenmantel baumelte. »Ein Sonnenamulett mit vier Falkenköpfen. Ein Glücksbringer. Alles reines Gold, Ragnar.«

»Dafür haben wir jetzt keine Zeit«, zischte der. »Draußen hört man noch keinen Laut. Sie haben unsere Leute immer noch nicht bemerkt. Wie dumm von ihnen, an den Büschen keinen Wächter aufzustellen.«

Der Nordmann aus Itil zuckte die Achseln. »Sie haben ihre Wächter bei den Pferden draußen in der Steppe aufgestellt. An einen Angriff von einem Schiff aus haben sie gar nicht gedacht.«

Jetzt erblickte Ulf den Graubart. Vor ihm drückten sich zwei Dienerinnen an die Wand der Jurte. Grim hielt die Streitaxt gesenkt. Denn die grimmigen Augen über dem Gabelbart genügten, die beiden alten Frauen zum Schweigen zu bringen.

»Es kann losgehen. Jage die beiden Dienerinnen fort!«, rief Ragnar. Grim gab den beiden Frauen einen Wink mit der Streitaxt. Mit lautem Gejammer verschwanden sie hinter dem Türvorhang. Ragnar schob das Mädchen vor sich her, Sven nahm Ragnars Schild auf, und Ulf hielt den Vorhang zur Seite.

Vor dem Zelt blieb Ragnar stehen und rief seine Mannschaft. Die Gefährten traten aus den Büschen und bildeten eine Schlachtreihe. Da kein Befehl zum Angriff kam, blieben sie stehen. Nur Gizurs lachende Stimme war zu hören: »Da kann ich diese Alte endlich loswerden!« Ulf sah, wie die alte Dienerin kreischend zwischen den Kriegern des Tudun verschwand.

Die Chasaren waren wie auf ein Kommando aufgesprungen. Es mussten über fünfzig sein. Zwanzig mehr als wir, überlegte Ulf gleichmütig. Wie sie dastanden, die Säbelscheiden und Pfeilköcher noch in den Händen, fürchtete Ulf die Übermacht nicht. Die Chasaren starrten mit verblüfften Gesichtern auf ihre Schlachtreihe. Jetzt hörte Ulf die ersten Schreie. Einige rannten hinaus in die Steppe zu ihren Pferden.

Die Stimme des Tudun lenkte Ulfs Blick zu dem kleinen Feuer. An diesem Feuer hatte er offensichtlich allein gesessen. Jetzt stand er daneben, die rechte Hand erhoben. Sein Ruf war ein Befehl gewesen: Die Chasaren, die zu den Pferden eilen wollten, kehrten um. Dann ließ der Tudun den Arm sinken.

Nassi, der Tudun, stand bewegungslos, hoch aufgerichtet. Auch jetzt verriet seine Haltung hochmütigen Stolz. Die schwarzen Augen über dem schwarzen Bart waren auf Ragnar gerichtet und auf das Mädchen vor ihm mit dem Schwert an der Kehle. Doch kein Muskel in seinem Gesicht zuckte. Minutenlang blickte er dem Schiffsführer schweigend in die Augen. Dann trat er langsam, gemessenen Schrittes, auf Ragnar zu. Sein Säbel steckte in der Scheide, den Schild hatte er gar nicht aufgehoben. Einen Schritt vor Ragnar blieb er stehen. Sein Gesicht war unbewegt, doch in seinen Augen funkelte ein Stolz, als sei der Kampf vorüber, und er stehe vor dem Anführer der Besiegten. »Lass das Mädchen frei, Waräger!«, übersetzte Sven. »Diese Sache sollten wir zwischen uns beiden austragen, Anführer gegen Anführer.«

Ulf blickte an ihrer Schlachtreihe entlang. So weit er sehen konnte, funkelte in allen Augen die Begeisterung. Welchen Nordmann lässt die Aussicht auf einen Zweikampf zwischen den Anführern kalt? Und der Tudun war einer der berühmtesten Krieger der Chasaren! Ulf wusste, dass auch seine Augen funkelten.

Der Tudun nannte seine Bedingungen. Seine Tochter sollte auf jeden Fall ihre Freiheit erhalten. Als Sieger würde Ragnar die Mitgift zufallen. Die Krieger des Tudun sollten Pferde und Habe behalten.

Ragnar trat vor seine Schlachtreihe. »Wer lieber kämpfen will, der trete vor!«, sagte er. Die letzten Worte gingen in den jubelnden Rufen fast unter: »Zweikampf, Zweikampf!«

Dann berieten sie. »Auf das Mädchen können wir verzichten«, meinte Ragnar. »Auch wenn sie die Tochter eines Tudun ist: Die Halsabschneider in Kiew werden für sie nicht mehr geben als für jede andere Sklavin auch.«

Erik widersprach. »Wir könnten sie in Birka verkaufen! Bei uns Nordmännern bringt doch eine Sklavin von hoher Geburt dem Haus Ehre. Dafür zahlt man auch.«

»Das ist schon richtig, aber…« Grim schüttelte den Kopf. »Ja, ja, wenn sie die Tochter eines englischen oder irischen Königs wäre. Aber eine Chasarin? Wer hat in Schweden schon viel von den Chasaren gehört? Oder gar von einem Tudun? Keinem Käufer in Birka kannst du klar machen, dass dieses Mädchen etwas Besonderes ist.«

Erik beharrte: »Die Händler in Kiew werden die Tochter eines Tudun nicht als einfache Sklavin weiterverkaufen. Sie werden von der Sippe des Mädchens ein hohes Lösegeld verlangen.«

»Das werden sie tun. Aber uns werden sie dennoch nicht viel mehr bezahlen«, erwiderte Ragnar. »Sie werden über die Gefahren für den Boten jammern, der vielleicht niemals lebend zurückkehrt. Und über die monatelangen, vielleicht jahrelangen Verhandlungen.«

»Dann... Ja, dann treiben wir eben selber das Lösegeld ein. Wir lagern an einer sicheren Stelle in der Nähe der Festung. Dann senden wir einen Boten. In zwei oder drei Tagen könnten wir das Lösegeld haben.«

Ulf fiel ein. »Das würde viele Wochen dauern, Erik. Woher soll ihre Sippe das Lösegeld nehmen? Einige ihrer wertvollsten Goldsachen haben wir schon. Die Mitgift auch. Pferde, Rinder und Schafe können wir nicht gebrauchen. Ihre Sippe müsste wohl Boten zu anderen Sippen...«

»Der Tudun kann seine Tochter wiederhaben«, entschied Ragnar.

Die Regeln für den Zweikampf waren schnell ausgehandelt. Doch als Ragnar erklärte, sie würden das Mädchen als Geisel behalten, bis der Kampf vorüber wäre, widersprach der Tudun heftig.

»Ich schwöre bei Odin, dass wir das Mädchen nach dem Zweikampf freigeben«, entgegnete Ragnar kalt.

»Und wenn du dein Wort nicht hältst?«, fuhr ihn der Tudun zornig an.

Ragnars Augen blickten eisig. »Ich bin kein Tudun. Ich habe meinen Schwur noch nie gebrochen.«

Der Tudun hatte nachgeben müssen. Die Krieger standen in einer Reihe. Schilde und Waffen hatten sie vor sich auf den Boden gelegt. Zwei Nordmänner hielten das Mädchen fest.

Ragnar trat auf den Kampfplatz. Schild und Schwert hielt er gesenkt. Dann öffnete sich die Reihe der Chasaren, und der Tudun trat hervor. Er legte Schild und Säbel vor sich auf den Boden und ließ dann den Chasarenmantel von den Schultern gleiten. Sein Kettenpanzer, der von den Oberarmen bis zu den Hüften reichte, glitzerte in der Sonne. Er schaute Ragnar hochmütig an. »Niemand soll sagen, ich hätte dich nur besiegt, weil du keinen Panzer hattest.« Dann zog er das Eisenhemd über den Kopf.

»Unsinn«, lachte Grim neben Ulf. »Er weiß selbstverständlich, dass er mit einem solchen Eisenpanzer viel zu langsam wäre. Und auf Dauer halten diese dünnen Eisenringe Ragnars Schwert doch nicht stand.« Als der Tudun den Chasarenmantel wieder anlegte, grinste der Graubart Ulf zu: »Eine Dummheit! Dieser schwere Mantel! Er schützt ihn nicht vor dem Schwert, doch er behindert seine Bewegungen.«

Nun standen sich die Gegner gegenüber. Ragnar breitete die Arme mit Schild und Schwert weit aus und blickte zum Himmel empor. »Odin!«, brüllte er. »Sieh dir diesen Chasaren an, diesen Tudun. Ich weihe dir sein Blut. Mein Schwert wird ihn fressen. Seine Hände werden vor Angst zittern wie die jungen Birkenblättchen im Frühlingswind, und seine Beine werden beben vor Furcht...«

Die kalte Stimme des Tudun fiel ihm ins Wort. »Rede nicht, kämpfe!«

Als Sven ihm die Worte des Chasaren zurief, spiegelte sich Enttäuschung nicht nur auf Ragnars Gesicht. Auch die Gefährten blicken einander betreten an. Ulf schüttelt verständnislos den Kopf. Bei einem guten Zweikampf messen sich die Kämpfer nicht nur mit den Waffen, sondern zuvor mit Worten. Und jeder von ihnen weiß, wie wortgewaltig Ragnar sein kann.

Die ersten Hiebe fielen. Trotz des langen Mantels war der Tudun nicht langsamer. Immer wieder wehrte Ragnar seine Hiebe mit dem Schwert ab statt mit dem Schild. Doch die leichtere Säbelklinge zerbrach nicht. Deshalb versuchte Ragnar, den Chasaren durch einen Hagel von Schwerthieben zu ermüden. Ragnar sprang hin und her, ohne Unterlass zischte seine Klinge herab. Aber der Schild oder der Säbel des Tudun waren immer dazwischen. So gewaltig waren Ragnars Schläge, dass der Rand des runden Schildes, den der Tudun ihm entgegenstreckte, trotz der eisernen Einfassung splitterte. Doch auch der Holzschild zerbrach nicht. »Der Tudun ist Ragnar als Kämpfer ebenbürtig«, murmelte Grim unruhig. »Fast…«

Ulf sah die weit aufgerissenen Augen des Mädchens, das die beiden Ruderer an den Oberarmen gepackt hielten, angstvoll auf den Vater gerichtet. Er sah das zufriedene Schmunzeln um Grims Lippen. Kein Zweifel, der Tudun begann zu ermüden. Seine Bewegungen wurden langsamer. Noch riss er den Schild rechtzeitig hoch, doch bald würde…

Der Tudun reißt Ragnars Schild zur Seite und stößt zu. Die Säbelspitze fährt neben Ragnars linkem Arm ins Leere. Blitzschnell führt der Chasar einen Schlag gegen Ragnars Unterschenkel. Doch der ist hoch genug gesprungen. Der Chasar richtet sich wieder auf. Ragnars Füße haben den Boden noch nicht berührt, da fährt sein Schwert dem Tudun in die Brust. Seine Faust, die den Griff noch umklammert, drückt den Körper nach hinten.

Der Aufschrei der Tochter schrillt durch das Grölen der Männer. Sie zerrt wie eine Rasende an den Fäusten, die ihre Arme umklammern. Die Chasaren stürmen wutbrüllend in die Steppe, zu ihren Pferden, und galoppieren davon.

Einige der Gefährten rannten zu den Lasttieren. Ihre jubelnden Rufe schallten herüber. »Zwei Goldgefäße!«, rief einer. »Schau hierher, Ragnar! Golddurchwirkte Brokatstoffe! Vier große Ballen!«

Ragnar ging zu den beiden Rudermännern, die die Tochter des Tudun festhielten. Er nahm dem Mädchen die goldene Kette mit dem Amulett aus vier Falkenköpfen vom Hals und streifte die schweren, goldenen Ohrgehänge ab. »Lasst das Mädchen laufen!«

»Freilassen? Ja.« Die Stimme des einen Ruderers war heiser. »Aber warum denn sofort, Ragnar?« Die Finger des Mannes krallen sich über der Brust des

Mädchens um den Mantelsaum. »Lass uns…« Ulf, der hinzugetreten ist, blickt in eine von Lüsternheit verzerrte Fratze.

Die Hand des Gefährten fällt kraftlos herunter. Bei Ragnars Blick bleiben ihm die Worte im Halse stecken. »Seit wann bricht ein Nordmann bei einem Zweikampf sein Versprechen?«

In vorsichtiger Entfernung halten ein Krieger der Chasaren und eine der Dienerinnen mit einem ledigen Pferd. Die Tochter des Tudun rennt schreiend hinaus in die Steppe und springt in den Sattel.

Sie standen am Vordersteven. Auf drei Seiten dehnte sich die Weite des Meeres. Doch vor ihnen waren Inseln aufgetaucht. Ragnar deutete mit dem Arm nach rechts. »Seht ihr dort hinten die drei Inseln? An denen müssen wir vorüber. Wir sind nur eine Ruderstunde zu weit nach Westen abgekommen.« Er drehte sich um. »Halt mehr nach Steuerbord!«, rief er Gizur zu, der am Ruder stand. »Ich schätze, wir haben fünf oder sechs Tage eingespart. Immer an den Küsten entlang, und dann, zwischen Finnland und Schweden, von einer Aland-Insel zur anderen: Das ist ein langer Weg nach Birka.« Gutmütig grinsend sah er Ulf an. »Quer über die offene See zu steuern, ist immer ein Wagnis«, erklärte er. »Aber der Himmel war so strahlend blau, kein Wölkchen weit und breit.«

»Und wenn der Himmel sich doch bewölkt hätte? Wenn Nebel aufgezogen wäre?«, fragte Ulf.

«Dann wären wir vom Kurs abgekommen«, gab Ragnar gleichmütig zurück. »Kein Schiffsführer kann sagen, wo Nord und Süd ist, wenn er nicht am Tag die Sonne, nachts den Nordstern vor Augen hat. Auch ich nicht.«

Ulf ließ sich die Gelegenheit nicht entgehen. So nahe am Ziel war Ragnar offensichtlich guter Laune und bereit, über diese Dinge Auskunft zu geben. »Nein, Ulf. Kein Schiffsführer merkt, wenn er nach Westen oder Osten vom Kurs abkommt. Das kann man nur ganz grob schätzen. Ich muss wissen, wie lang die Fahrtstrecke ist. Und dann muss ich, so gut das eben geht, unsere Geschwindigkeit berechnen. Aber hier in der Ostsee wäre es halb so schlimm, wenn das Schiff vom Kurs abgekommen wäre. Ich kenne alle Küsten an der Ostsee. Daher kann ich immer abschätzen, in welcher Richtung Birka liegt.«

Ulf stand am Bordrand und betrachtete die Inseln, die immer näher kamen. Grim grinste. »Es dauert noch viele Stunden, Ulf.« Er deutete auf das Segel, das der Wind blähte. »Wir haben jetzt tagelang prächtigen Ostwind gehabt. Genau den richtigen Wind, um vom Ostweg quer über die Ostsee zur Mälar-Bucht zu gelangen. Und jetzt dreht der Wind langsam nach Süden. Wir werden auch in der Mälar-Bucht segeln können. Aber vorher musst du noch ein paar Stunden rudern«, lachte der Graubart.

Ulf staunte, als er um sich blickte. Ihr Langschiff hatte die vorgelagerten Inseln erreicht. Ulf sah auf allen Seiten nichts als Inseln. Die meisten waren klein: ein paar Bäume und Büsche auf den Felsen. Und viele waren so winzig, dass ein Mann kaum auf ihnen stehen konnte: nichts als Felsen, die ein Stückchen aus dem Wasser ragten. Ein Wirrwarr von Inseln und Inselchen, ein undurchschaubarer Irrgarten.

Ragnar rief Erik und Ulf zu sich. Er hatte die Rah tiefer setzen lassen. Das Segel bekam nun weniger Wind, und der Steven glitt nur noch gemächlich durch das Wasser. Zu häufig und zu schnell musste das Langschiff wenden. Ragnars Arm wies nach rechts. »Seht ihr diese Insel? Diese Felsnase müsst ihr euch merken«, sagte er zu Erik und Ulf. Dann rief er nach achtern: »Etwas mehr Steuerbord, Gizur!« Kurze Zeit später glitten sie an drei Felsspitzen vorüber, die nur um Armeslänge aus dem Wasser ragten. »Merkt euch diese Felsspitzen«, sagte Ragnar. Dann rief er Gizur zu: »Hart Backbord!«

Die Fahrt durch diese Inselwelt dauerte Stunden. Ragnar erklärte ihnen alle Landschaftsmerkmale, nach denen er sich richtete, um die schmale Einfahrt in die Mälar-Bucht nicht zu verfehlen. Die Inseln, Inselchen und Felsspitzen, die Ragnar zeigte, verschlang Ulf mit den Augen. Ulf wusste, dass viele Schiffsführer außerstande waren, die Zufahrt nach Birka zu finden. Sie waren auf die Hilfe der einheimischen Fischer angewiesen.

»Wer kann sich all diese tausend Inseln merken!« Erik stampfte zornig mit dem Fuß auf die Planken.

»Wenn du sie dir nicht merken kannst, wirst du als Schiffsführer tagelang in diesem Inselwirrwarr herumirren«, entgegnete Ragnar kalt.

Schließlich holten sie das Segel ein, schoben die Ruder durch das Ruderloch und setzten sich auf ihre Sitztruhen. »Rudert!«, rief Ragnar. Ihr Langschiff glitt in die Enge zwischen der See und der Bucht. Diese Durchfahrt ist wirklich schwer zu finden, dachte Ulf. An zwei, drei Stellen rückten die Hügel eng zusammen und fielen schroff und felsig ab.

Als die Enge hinter ihnen lag, wurde das Segel hochgezogen. Ulf stand wieder neben dem Schiffsführer am Vordersteven. Ihr Boot glitt ruhig zwischen den vielen Inselchen dahin. Ulf hatte einen Fuß auf die Bordwand gesetzt und betrachtete schweigend die Landschaft. Der Himmel war noch immer wolkenlos. Auf den Inseln und an den flachen Ufern nur Wald. Doch überall schimmerte schon das Braun des Herbstlaubes durch das Grün.

Ragnar schüttelte den Kopf. »Nein, Ulf. Das ist nicht Birka.« Er deutete auf die wenigen Häuser am Sandstrand und auf die Felsplatten der kleinen Insel. »Das ist Helgö. Bevor Birka gegründet wurde, vor einigen Jahrzehnten, war Helgö der bedeutendste Handelsplatz in Schweden. Aber jetzt … Birka hat ihm den Rang abgelaufen. Nur wenige Langschiffe legen dort noch an.«

»Birka!« Ragnar deutete auf eine Insel zu ihrer Linken. »Die Stadt liegt auf der anderen Seite.« Einstweilen sah Ulf nur schütteren Wald. Das Weiß der zahllosen Birkenstämmchen schimmerte in der Sonne. Nach diesen Birken war die Stadt benannt. Birka, dachte Ulf, die größte Handelsstadt der Nordmänner nach Haithabu! Als erstes sah er fünf oder sechs Friesenkoggen in einer kleinen Bucht vor Anker liegen. Doch als sie um die kleine Landzunge bogen, lag die Stadt vor ihnen. An dem breiten Sandstrand, am Fuße des Hügels, sah Ulf das ungeordnete Gewirr der Häuser. Es war ihm sofort klar: Birka war viel kleiner als Haithabu. Ein, zwei Dutzend nordische Landschiffe waren den Sandstrand hinaufgezogen.

Sie ruderten nicht bis zur Stadt. Der Schiffsführer steuerte im rechten Winkel auf das Ufer zu. Er ließ das Segel einholen und den Mast umlegen. Nur sechs Mann ruderten. Dann schob sich der Kiel auf den Sandstrand.

Die Häuser lagen zum Greifen nahe. Doch Ragnar ließ sie nicht in die Stadt. Nachdem die Zelte aufgeschlagen, die Kisten, Säcke und Ballen ausgeladen und mit ihren beiden Segeln abgedeckt waren, begann er sofort mit dem Bau der Grubenhäuser. »Ihr habt ein halbes Jahr Zeit für Birka«, knurrte er, als einer der Ruderer maulte. »Wollt ihr, dass der Boden schon gefroren ist, wenn ihr die Gruben aushebt?«

Als Ulf gegenüber dem Griechen bemerkte, Ragnars Eile sei verfehlt, denn es sei noch Herbst, und der erste Frost noch fern, lachte der: »Du hast noch keine Überwinterung erlebt, Ulf. Was meinst du, was geschieht, wenn er die Männer in die Stadt lässt? Sie feilschen tagelang mit den Händlern um ihre Beutestücke. Sie suchen sich eine Unfreie, die ihr Geld nimmt. Ragnar müsste den ganzen Tag durch die Stadt rennen, um die Ruderer für den Bau der Grubenhäuser einzusameln.« Er lachte. »Bis sie fertig wären, läge vielleicht der erste Schnee. So arbeiten sie dreimal so schnell.«

Der Grieche hatte Recht behalten. Die Leute schufteten wie die Besessenen. Ragnar war am nächsten Morgen mit fünf Ruderern in die Stadt gegangen. Sie kamen mit zwei Säckchen Eisennägeln zurück, mit Schaufeln und Hacken, und mit einem Dutzend Breitäxten.

Ragnar ließ sechs rechteckige Gruben von doppelter Manneslänge ausheben. Eine würde zur Aufbewahrung der Wintervorräte dienen. Während einige Männer hackten und schaufelten, bis die Gruben ihnen über die Hüfte reichten, besorgten andere das Holz. Ragnar ließ auf den nahe liegenden Inseln Kiefern fällen und die Stämme mit dem Langschiff herbeischaffen. Dann wurden sie zu Brettern gespalten. Sie verwendeten keine Schaber. Die Bretter wurden mit der Breitaxt nur ganz grob zugeschlagen.

Das Langschiff fuhr mehrmals zu den gegenüberliegenden Inseln. Es brachte Birkenrinde für die Dächer und Holz und Reisig für die Feuerung.

Hinter ihrem Lagerplatz gab es zwar Wald, aber die Händler aus Birka hatten die besten Bäume längst geschlagen. Ragnar überließ die Zimmermannsarbeiten Asbrand, einem jungen, bartlosen Mann, der dieses Handwerk beherrschte. Er war einer ihrer tatendurstigsten Ruderer und handhabte im Kampf die Streitaxt genauso gut wie beim Bauen die Breitaxt. Da die Grubenhäuser im Frühjahr verfallen konnten, wählte Asbrand die einfachst mögliche Bauart: senkrecht entlang den Grubenwänden in den Boden gerammte Bretter, auf die Stämmchen, die den spitzen Dachstuhl bildeten, waagrecht genagelte Bretter, darüber Birkenrinde. Dann stachen Ulf und die anderen, die die Erdarbeiten ausgeführt hatten, Grassoden aus und beschwerten sie auf dem Dach mit Steinen.

«Es ist schneller gegangen, als ich dachte«, brummte Ragnar zufrieden, als er prüfend um die Grubenhäuser herumging. »Heute Abend könnt ihr fertig sein.« Er hatte Recht. Bald hatten sie die stufenförmige Bank an beiden Längsseiten im Innern, die sie beim Ausheben der Grube ausgespart hatten, mit Brettern verschalt. Noch ein paar Felle drauf... Der Herd gegenüber der Tür bestand nur aus einer mit Steinen umlegten Vertiefung. Auf eine Holztür hatten sie verzichtet. Felle würden denselben Dienst leisten. Ulf reckte und streckte sich. Nur in der Mitte der Hütte konnte man sich aufrichten. Klein für sechs Mann, dachte er, aber warm.

Nicht weit von ihren Grubenhäusern begann der Wald. Dazwischen lagen Gräber, einfache Erdhügel, denen sie aus dem Wege gingen. Denn es gibt Tote, die nicht sogleich den Weg finden zu den Hallen der Verstorbenen, zu Odin, zu Thor oder gar zu der schrecklichen Todesgöttin Hel. Und diese Toten, die in der Nähe ihrer Gräber oder ihrer früheren Häuser herumstreifen, können den Lebenden großen Schaden zufügen.

Am nächsten Morgen zogen sie das Boot weiter auf den Sandstrand hinauf. Unter den Kiel legten sie Rundhölzer und stützten die Bordwände mit Stangen ab. Lieber Grubenhäuser bauen, dachte Ulf. Sie hatten die Deckplanken ausgehoben, und er kniete im Schiffsraum über dem Kiel. Die Planken mussten sauber gekratzt werden. Dann wurden sie geteert.

Ulf betrachtete von seinem Grubenhaus aus das geteerte Langschiff: der schwarzgraue Rumpf mit der Bordwand, die selbst Ragnar um Kopfeslänge überragte, sah düster aus, beinahe drohend. Umso greller stachen die beiden Drachenköpfe an den Steven ab.

Nun hatten sie Zeit. Viel Zeit, monatelang. Doch es war zu spät, um in die Stadt zu gehen. Die Sonne würde bald hinter den Bäumen am Westufer verschwinden, und die Händler hatten ihre Waren längst eingepackt. Ragnar hatte nachmittags mehrere Fässer Bier und Met eingekauft. Zum ersten Mal seit vielen Tagen würden sie etwas Besseres trinken als Wasser, denn betrunkene Männer arbeiten schlecht. Einige Ruderer drehten bereits die Bratspieße mit dem Ochsen und den beiden Schafen über den Feuern. Ragnar kam mit einigen befreundeten Händlern, die er zu dem Fest geladen hatte, von der Stadt herüber. Die Tische und Bänke die er von ihnen ausgeliehen hatte, waren längst aufgestellt. Ulf schmunzelte vergnügt in sich hinein. Im Geist sah er bereits die Fleischhaufen, das Bier und den Met auf den noch leeren Brettern. Doch sie würden die Tische und Bänke bald zurückgeben. Monatelang würde es hier nichts mehr geben als kniehohen Schnee.

Jetzt standen die Leckerbissen wirklich vor ihm. Die Gespräche drehten sich zunächst um das, worüber Händler am liebsten reden: das Geschäft. »Birka wird von Jahr zu Jahr größer«, schrie einer der Händler nach einem tiefen Zug. »Doch dieser Beutezug nordischer Langschiffe im Schwarzen Meer – heller Wahnsinn, sage ich. Was ist, wenn der Kaiser in Konstantinopel keine Langschiffe mehr in sein Reich lässt?«

«Recht hat er!«, schrie ein Anderer. »Du weißt genau, Ragnar: Unsere schwedischen Langschiffe gehen selten auf Beutezug nach England, Irland oder in die Frankenreiche!«

»Ja«, brüllte ein anderer dazwischen und schlug den Holzkrug auf den Tisch, dass das Bier spritzte. »Es ist der Handel auf dem Ostwege mit Konstantinopel, der Birka reich gemacht hat.«

Grim lachte: »Warum regt ihr euch auf? Sobald diese Drachenschiffe wieder verschwunden sind, wird der Handel weitergehen wie bisher. Fast jedes Jahr führt der Kaiser in Konstantinopel einen Feldzug gegen die Araber. Doch der Handel mit den Arabern blüht!«

»Ich weiß nicht....« Gurd, der Händler schüttelte zweifelnd den Kopf. »Auf jeden Fall schaden solche Wikingerfahrten unserem Handel. Was tun wir Händler in Birka nicht alles, damit die fremden Händler kommen ...«

«So ist es!«, fiel einer ein. »Sogar ein eigenes Recht gilt auf dieser Insel. Ein Recht wie nirgendwo in Schweden. Hier an der Mälar-Bucht gibt es vier Things. Und jede dieser Volksversammlungen hat selbstverständlich ihr eigenes Recht. Aber alle diese Rechte haben eines gemeinsam: Das Blutgeld für einen Nordmann, der aus einem anderen Thing stammt, ist niedrig. Aber bei den friesischen und slawischen Händlern... Für einen Fremden, der kein Nordmann ist, zahlen sie überhaupt kein Blutgeld.«

»Richtig.« Der Händler Gurd strich sich über den Bart. »Aber nach unserem Recht, hier in Birka, zahlt jeder Nordmann den vollen Blutpreis, wenn er einen fremden Händler erschlägt.«

Ragnar schüttelte zweifelnd den Kopf. »Was nützt das schon? Die Ostsee wimmelt doch von Schiffen, die Jagd auf Händler machen, nordische und slawische.«

Schließlich erzählte Ragnar von ihrer Rückfahrt. »Schade. Ich hätte Sven, diesen Händler aus Itil, von dem ich euch erzählt habe, gern als Ruderer behalten. Wirklich schade, dass er in Kiew geblieben ist.«

»Aber ein Jammer ist es auch um die Pferde, von denen du erzählt hast. Waren sie wirklich so wertvoll?«

»Prächtige Pferde, Gurd! Solche Pferde hast du noch nicht gesehen! Na, ja, diese Reitervölker haben natürlich die besten Pferde. Und wenn ein Anführer einem anderen Anführer Pferde schenkt…«

»Ein Jammer. Hier hättest du viel mehr für sie erzielt als in Kiew.«

»Das weiß ich selbst«, knurrte Ragnar. »Aber ab Kiew Pferde an Deck, sechs oder acht Wochen lang! Du weißt genauso gut wie ich: Unsere Langschiffe nehmen die Pferde höchstens mit, wenn die Fahrt zwei, drei Tage dauert. Sonst holen sich unsere Leute, wenn sie reiten wollen, die Pferde im Feindesland. Pferde findet man schließlich überall.«

»Und wie nützlich uns diese zehn Pferde an der Stromschnelle waren!« Gizur schmunzelte vor sich hin. »Zehn Pferde vor das Boot gespannt… Wir kamen kaum nach, die frei werdenden Rollen wieder unter den Kiel zu schieben!«

»Ihr habt Glück gehabt«, sagte Gurd. »Ich frage mich, warum euch die Ungarn an den Stromschnellen nicht den Weg verlegt haben. Die Chasaren werden ihnen nach dem Tod des Tudun doch einen Boten gesandt haben!«

»Vielleicht. Vielleicht auch nicht«, warf Ulf ein. »Die Ungarn wussten doch nicht, dass wir auf dem Weg zu den Stromschnellen waren. Die Chasaren dachten, wir würden den anderen Langschiffen ins Schwarze Meer folgen.«

Gurd tat einen Zug, dass der Met durch seinen Bart auf die goldene Fibel tropfte, die seinen Umhang zusammenhielt. »Und die Beute? Habt ihr die auch in Kiew verkauft?«

Ragnar lächelte ihm zu. »Keine Sorge! Nur die billigeren Stücke. Und das Gold- und Silberblech, das sowieso eingeschmolzen wird. Aber die Schmuckstücke, die auch einem Nordmann gefallen, haben wir dabei.« Er deutete auf die beiden mit den Segeln abgedeckten Stapel. »Und unser Langschiff war voll mit Seide und Brokat.« Über den Becherrand funkelten Gurds Augen.

Als Ulf erwachte, war es Nachmittag. Schräg schien die Sonne durch die Türöffnung. Sein Kopf dröhnte. Nur langsam konnte er das Schnarchen unterscheiden, das von den beiden Schlafbänken zu ihm herüberdrang. Ragnar, Grim, Erik, Gizur, mit denen er das Grubenhaus teilte. Nur der Grieche war verschwunden. Ulf hatte gestern Abend auch aus der tönernen Amphore mit dem Wein vom Ufer des Don getrunken, die Ragnar vor seine

Gäste auf den Tisch gestellt hatte. Auch heute würde er nicht in die Stadt kommen, dachte Ulf bedauernd, und schlief weiter.

Am nächsten Morgen ging er allein in die Stadt. Sie war sogar wesentlich kleiner als Haithabu: ein ungeordnetes Gewirr von Häusern. Er suchte sich in den engen Gassen seinen Weg zwischen Ziegen und Schweinen – und zwischen dem stinkenden Abfall. Am jenseitigen Ende erstieg er die kahlen Felsplatten des niedrigen Hügels, der steil zur Bucht abfiel. Von diesem Hügel aus lag die ganze Stadt zu seinen Füßen: die Häuser, der breite Sandstrand, die hochgezogenen Langschiffe der fremden Händler.

Ulf verbrachte den Tag in der Stadt. Die Häuser, auch die der reichsten Händler, konnten dem, der Haithabu gesehen hatte, nicht imponieren. Sie waren wie überall in den Ländern der Nordmänner: einfache, rechteckige Häuser mit Wänden aus Lehm und Flechtwerk oder aus Brettern, die spitzen Dächer gedeckt mit Stroh oder Schilf. Birkas Reichtum zeigte sich erst, als Ulf an die Verkaufsstände der Handwerker und Händler trat. Die goldenen Broschen und Schwertknäufe der Goldschmiede, die friesischen Tuche und byzantinischen Seidenstoffe der Tuchhändler, die teuren Tonkrüge und Trinkbecher aus Glas, die aus dem Rheinland kamen, alle Kostbarkeiten, die Ulf in Haithabu gesehen hatte, gab es auch hier. Und überall arbeiteten Kammmacher. Birka war berühmt für seine fein geschnitzten Kämme aus Elchgeweih, die sich nur die Reichen leisten konnten. Ulf nahm die Fibeln und Kämme in die Hand, befühlte die Stoffe und plauderte mit den Händlern. Die meisten kannte er schon. Sie waren in ihr Lager herübergekommen, um beim Bau der Grubenhäuser zuzuschauen – und auch mitzuhelfen, denn fast jeder Händler kannte Ragnar.

Auf dem Rückweg blieb er vor dem Haus eines Schuhmachers stehen. Der Mann saß auf einem dreibeinigen Holzschemel, hatte ein Brett auf den Knien und schnitt Ziegenleder zu. Rechts und links von seinem Schemel war je eine Grube, in der stinkende Lederreste verrotteten. Ulf beobachtete, wie der Schuhmacher die abgeschnittenen Lederstücke bald in die linke, bald in die rechte Grube warf. »Das weißt du nicht, junger Mann? Hier in der rechten Grube sammle ich alle Lederstücke, die ich an den Fersen und Zehen abschneide. Das machen alle Schuhmacher so. Diese Lederstücke sind für Odin. Daraus macht der Gott sich einen Stiefel, wenn er am Tage des Weltunterganges seinen letzten Kampf, den Kampf mit dem Wolf Fenris, austrägt. Wenn er dem fürchterlichen Fenriswolf den Fuß in den Rachen stößt. Dann braucht Odin einen festen Stiefel.« Der Schuhmacher schüttelte den Kopf. »Nein, nein, das bringst du durcheinander. Aus den Fingernägeln der Toten wird das Boot sein, das Loki und die Feuerriesen zum Land der Götter tragen wird, zum letzten Kampf der Riesen gegen die Götter.«

Einen ganzen Tag verbrachte Ulf am Hafen. Er schaute den Männern zu, die zwischen den Warenstapeln vor ihren Spielbrettern am Boden hockten, und den Frauen, deren Kopftücher, hinten zu zwei Zipfeln gebunden, zeigten, dass sie verheiratet waren. Bei vielen hielten faustgroße goldene Fibeln die beiden Teile ihrer Schürzenkleider zusammen, und die Perlenketten zwischen den Broschen, die geflochtenen Halsketten aus Gold oder Silber, ließen keine Zweifel daran, dass ihre Ehemänner zu den reichsten Händlern oder Handwerkern der Stadt zählten. Stundenlang feilschten die Frauen keifend mit den Schiffsführern um einen Seidenstoff oder einen rheinischen Tonkrug. Doch ihre Beutel waren prall, und am Ende kauften sie doch.

Ulf zog viele Schiffsführer in ein Gespräch. Er war noch jung, aber ein Ruderer, der bis ins Land der Chasaren gekommen ist, konnte es schon wagen, einen erfahrenen Schiffsführer anzusprechen. »Wir bleiben alle nur noch ein paar Tage. Es ist schon Oktober«, sagte einer. Die Langschiffe, die zu den Handelsplätzen im Ostland wollten, waren längst ausgelaufen. Auf ihrer Rückfahrt waren sie einigen begegnet. »Manchmal frieren die Flüsse im Ostland sehr früh zu. Und wer will schon im Eis stecken bleiben!«, sagte einer der Schiffsführer. Die Schiffsführer, die noch in Birka waren, würden eine letzte Handelsfahrt nach Haithabu unternehmen. Einige würden auf dem Wege die schwedische Insel Gotland anlaufen. »Auf Gotland gibt es zwar keine Stadt«, sagte einer. »Aber die Bauern dort sind die reichsten in den Ländern der Nordmänner. Sie sind durch den Handel reich geworden.«

Ein Mann schrie Ulf zu, auszuweichen. Vor ihm stand ein schnaubendes Pferd. Ulf trat zur Seite. Der Mann neben dem Wagen, der ihn angerufen hatte, war, seiner Kleidung nach zu urteilen, ein Unfreier. Der Wagen war auf den ersten Blick gebaut wie jeder andere: vier Räder mit kurzen Speichen und breitem Kranz, Zugriemen, die von den Enden der Vorderachse zum Leibriemen des Pferdes liefen, dazu Handgriffe am Fahrgestell, mit denen man den Wagen aus dem Morast heben konnte. Doch einen solchen Aufbau hatte Ulf noch nie gesehen: Die beiden halbkreisförmigen Auflagen trugen eine gerundete Wanne aus Holz, und die Auflagen endeten in fein geschnitzten Männerköpfen, die ihre spitzen Bärte grimmig in die Luft reckten. Unter diesen Bärten liefen die Seile, mit denen die Wanne festgezurrt war. Ulf folgte dem Wagen mit den Augen. Der Unfreie trieb das Pferd neben einem Langschiff, das nur mit dem Vordersteven auf dem Ufer lag, ins Wasser. Dann band er mit einigen Ruderern die Holzwanne los. Sie wurde an Deck gehoben und einfach ausgeschüttet. Die Elchgeweihe polterten auf die Planken.

Von Tag zu Tag fand Ulf mehr Gefallen an dem stundenlangen Feilschen. Er begleitete Ragnar jetzt oft zu den Händlern in der Stadt und zu den wenigen Schiffsführern, deren Boote noch am Strand lagen. Die Zobelfelle, die sie auf der Rückfahrt eingekauft hatten, fanden innerhalb von Stunden einen Käufer. Nirgends in den Nordländern wurden so viele Pelzwaren gehandelt wie in Birka. Doch bei dem Brautschatz der Tochter des Tudun ließ Ragnar sich Zeit. Den größten Teil hatten sie schon in Kiew losgeschlagen. Denn es gab Dinge im Reich der Chasaren, die die Kauflust eines Slawen reizten, die eines Nordmannes aber nicht: fein geschnitzte Verschlussstücke aus Bein für Weinschläuche, runde Spiegel aus Silber oder Bronze, lange Festgewänder für Männer und Frauen, die fast bis zum Boden reichten, und deren Ärmel zum Handgelenk hin immer weiter wurden.

Auch alle billigeren Beutestücke hatten sie in Kiew verkauft, um sie nicht tagelang über Land schleppen zu müssen. Die Stücke aus schwerem Gold hatten sie aber für Birka aufgehoben. Von Sven hatten sie erfahren, dass die Sonnenamulette am kostbarsten waren: kreisförmige Amulette mit Falkenköpfen, Amulette in Pferdeform, alles aus reinem Gold. Für die meisten würden die Händler keinen Käufer finden. Aber sie würden sie einschmelzen. Doch das Feilschen begann erst richtig, wenn die Ballen aus Seide und Brokat auf den Verkaufstisch kamen. Oft hatte sich Ulf darüber amüsiert, dass Händler und Schiffsführer stets in das gleiche Gejammere ausbrachen, um ihre Preisvorstellungen durchzusetzen: Immer weniger Käufer hätten einen Beutel, der für diese Ware reiche, kein Bauer der Umgegend könne sich diese sündhaft teuren Stoffe leisten. Damit hatten sie selbstverständlich recht. Niemand auf Ulfs Hof und keiner ihrer Nachbarn besaß ein Kleidungsstück aus Seide oder gar Brokat. Und dennoch konnten ihre Langschiffe nicht genug von diesen Stoffen herbeischaffen. Es gab die reich gewordenen Händler, die erfolgreichen Seefahrer, die mit üppiger Beute heimkehrten. Keiner der Händler erwartete ernsthaft, dass Ragnar sich von seinem Gezeter beeindrucken ließ. Ragnar kannte die Händler, und Ragnar kannte die Preise. Vom ersten Wort an wussten beide Seiten, dass der Handel zustandekommen würde. Aber man konnte den ganzen Tag verschwatzen, über Gott und die Welt plaudern, sein Gegenüber wegen dessen unersättlicher Raffgier anbrüllen und dem Gespräch gleich wieder eine unverfängliche Wendung geben. Zwei wunderbare Wochen, und ihre Beute war verkauft.

Ragnar hatte jeden Händler, jeden Schiffsführer, nach dem roten Drachenkopf und nach Orm gefragt. Seine Augen waren immer schmaler geworden, als die Händler ihm erzählten, Orm sei mit seinem Langschiff vor zwei Sommern in Birka gewesen. Aber seine Spur habe sich verloren. Orm habe kein Wort über seine Pläne verlauten lassen. Nur einmal erfuhr Ragnar Genaueres: Einer der befreundeten Händler, die für ihn Erkundigungen einzogen, berichtete von einem Schiffsführer, der Orm gut kannte. Orm lebe nicht im Ostland, hatte der Mann erzählt, sondern immer noch an der norwegischen Küste, aber irgendwo weit im Norden, wo es nur noch vereinzelt Höfe der Nordmänner gäbe, wo nur die Lappen das Land durchstreiften. Aber jener Schiffsführer selbst sei niemals so weit nach Norden gekommen und habe den Weg zu Orms Hof nicht beschreiben können.

Sie nutzten die letzten sonnigen Nachmittage weidlich aus. Überall standen die Spielbretter auf dem Boden, rasselten die Würfel im Becher. Doch Ragnar achtete darauf, dass auch die Waffenübungen nicht zu kurz kamen. Beim Bogenschießen übertraf niemand Ake, den Dänen. Wenn er mit seinem leicht spöttischen Grinsen den Pfeil einlegte, konnte man darauf wetten, dass er den anvisierten Ast auch treffen würde. Aber Ake schoss manchmal auf eine solche Entfernung, dass sich niemand mit ihm messen wollte.

Ulf übte oft mit Grim und Ragnar. Er merkte, wie er von Woche zu Woche dazulernte. Ulf hatte selten mit dem Speer oder der Streitaxt gekämpft. Wie schnell der Graubart war, hatte er oft genug beobachtet. Ulf gewann seine Kämpfe gegen den alten Recken nie, aber er lernte von ihm alle Kniffe, mit denen man den Gegner verwirren kann. Und Ragnar forderte ihn beinahe täglich zum Schwertkampf auf. Seit dem nächtlichen Überfall auf das Lager der Ungarn besaß Ulf, der auf dem heimatlichen Hof nur selten mit dem Vater und den Brüdern geübt hatte, genügend Selbstvertrauen. Er wusste, wie schnell er eine Blöße des Gegners erkannte, wie schnell er mit dem Schwert war. Aber der Mann mit dem eisernen Nasenschutz war stets schneller.

Doch was waren diese Übungskämpfe gegen einen Schaukampf zwischen Ragnar und Grim! Des öfteren kamen befreundete Händler mit ihren Frauen und Kindern und drängten die beiden so lange, bis Ragnar sein Schwert aus der Scheide zog und der Graubart seufzend seinen Speer herbeiholte. Trotz der dick mit Fellen umwickelten Schwertklinge und Speerspitze wurden die Bewegungen der beiden Kämpfer kaum langsamer. Der Graubart, geduckt mit gebeugten Knien, den Speer in beiden Händen, wirbelte so schnell herum, dass das Auge ihm kaum folgen konnte, und stieß blitzartig zu. Grim traf nie, immer schaffte Ragnar den rettenden Sprung zur Seite. Aber auch Ragnar kam niemals nah genug heran für einen Schwertschlag.

Die Vorräte für ihre Überwinterung hatte Ragnar schon in den ersten Tagen nach ihrer Ankunft gekauft. Denn sie wurden umso teurer, je näher der Winter herannahte. In dem Grubenhaus, das als Vorratslager diente, hingen Trockenfleisch und Trockenfisch, in Wind und Sonne gedörrt oder über dem Feuer geräuchert, bis an die Decke. Jetzt kaufte Ragnar nur noch Met und Bier. Egil braute das beste Bier in Birka. Eigentlich handelte er mit Glaswaren. Aber viele Schiffsführer und sogar seine Nachbarn baten ihn immer wieder um ein Fass Bier.

»Gehen wir zu Egil. Seine Unfreien sollen uns morgen ein neues Fass bringen«, hatte Ragnar angeordnet, und Ulf war ihm mit dem Griechen und Gizur gefolgt. Das Gespräch kam alsbald auf die konkurrierenden Handelsorte. Kaupang beunruhigte Egil wenig. Die Hand voll Bauernhöfe und Holzschuppen an der Mündung des Oslofjordes stellten für Birka keine Konkurrenz dar. Die Märkte, die dort mehrmals im Jahr stattfanden, wurden mit Waren aus Haithabu und Birka beliefert. Kaupang versorgte die norwegische Südküste, aber das Land selbst hatte wenig Güter anzubieten, nur billigen Speckstein, aus dem man einfache Schüsseln und Töpfe fertigte – kein Handel, mit dem sich ein Händler wie Egil abgegeben hätte.

»Aber mit Gotland ist das eine andere Sache«, knurrte Egil missmutig. Die große Insel, mitten in der Ostsee gelegen und daher leicht zu erreichen, zog immer mehr Händler an. Obwohl es auf Gotland keine richtige Handelsstadt wie Haithabu oder Birka gab, waren die Bauern so reich, dass sie auch außerhalb der Marktzeiten alles aufkaufen konnten.

»Wir spüren das hier in Birka«, klagte Egil. »Aber reden wir über etwas Anderes. Bleibt ihr hier bis zu den Opferfeiern in Uppsala?«

»Nein«, entgegnete Ragnar. »Wir gehen im Frühjahr wieder auf Wikingerfahrt.«

»Schade. Warst du schon einmal in Uppsala?«

Ragnar schüttelte den Kopf. »Diese Opferfeiern finden ja nur alle neun Jahre statt. Wenn eine abgehalten wurde, war ich nie in dieser Gegend.«

»Dann müsst ihr eben später abfahren. Jetzt seid ihr in dieser Gegend. Nach Uppsala ist es von hier nur ein Katzensprung: zum Nordufer der Bucht und ein Stück das Flüsschen hinauf.«

»Wir haben keine Zeit, Egil. Wenn man zu einer Wikingerfahrt aufbricht, darf man nicht Monate verschenken.«

Der Händler winkte ab. »Ich weiß. Aber die Opferfeiern in Uppsala muss man einfach gesehen haben. Aus allen Ländern der Nordmänner strömen die Leute dorthin.«

»Jeder Nordmann weiß…«

»Ach was Ragnar! Nicht wissen! Dort gewesen muss man sein. Was für ein Markt an der Mündung des Flüsschens! Auf diesem Markt verdienen wir oft mehr als in einem ganzen Jahr in Birka.«

»Ja ihr«, lachte Ragnar. »Aber eure Pelze, die wir hier kaufen, bringen im Westen, bei den Friesen in Dorestad, oder im Osten, in Bulgar, mehr ein.«

»Aber die Opferfeiern, Ragnar, die Opferfeiern! Wenn Odin, Thor und Freya das neunfache Opfer dargebracht wird. Wenn wir mit den Hunden, den Ziegen, den Schafen, den Kühen, den Pferden hinüber zum heiligen Hain ziehen. Wenn …«

»Dieser heilige Hain soll am Fuße von Grabhügeln liegen...«

»Ja. Fünf Erdhügel. Die Leute erzählen, in diesen Erdhügeln seien alte Könige begraben, Könige aus grauer Vorzeit: die Ynglinge.«

»Ich wüsste gern...«

»Niemand weiß wirklich, ob es diese Könige gegeben hat, Ragnar. Aber den heiligen Hain müsst ihr sehen! Wenn die Opfertiere dann an den Ästen der heiligen Bäume aufgehängt werden, neun Pferde, neun Ziegen... Ach, Ragnar. Das lässt sich nicht beschreiben. Das muss man selbst erlebt haben!«

»An sich würde jeder von uns gerne...«

»Und erst die Menschenopfer müsst ihr sehen, den Höhepunkt. Wenn sie singen und dann neun Männer und neun Frauen an den Ästen hängen.«

»Es muss herrlich sein!«, seufzte Gizur.

»Das ist es gewiss!« Ragnar zuckt die Achseln. »Aber Beute ist mir lieber.«

Abends, am Feuer vor ihrem Grubenhaus, setzte der Grieche seinen Trinkbecher wieder ab. »Ich bin jetzt über acht Jahre bei euch, Ulf. Aber niemals habe ich bei euch ein Menschenopfer gesehen.«

»Wir opfern den Göttern keine Menschen, Grieche. Nur Tiere«, lachte Ulf.

»Aber Egil erzählte doch von Menschenopfern in Uppsala, Ulf!«

»Schon richtig. Aber diese Menschenopfer gibt es nur in Uppsala. Und nur alle neun Jahre.«

»Und warum neun Männer und neun Frauen? Warum jeweils neun Tiere? Ist die Neun bei euch eine heilige Zahl?«

Ulf antwortete nicht. Die Frage des Griechen verwirrte ihn. Vielleicht gab es so etwas wie heilige Zahlen. Aber sein Vater, seine Oheime und die Nachbarn hatten niemals über heilige Zahlen gesprochen. Mit Sicherheit wussten sie nicht darüber Bescheid.

»Aber warum opfert ihr Nordmänner Menschen?«, beharrte der Grieche. »Feinde kann man natürlich erschlagen. Aber den Göttern Menschen opfern, das tun nur noch die Slawen.«

»Ich sagte doch schon: Wir opfern Menschen nur in Uppsala. Und nur alle neun Jahre.«

»Ja, aber warum?«

»Ich weiß es nicht. Du musst Gizur fragen. Der kennt sich in diesen Dingen am besten aus.«

Missmutig folgte Ulf dem Weiß mit den Augen. Die spitzen Dächer der Häuser, die flache Felskuppe dahinter: Alles lag unter einer geschlossenen Schneedecke. »Der erste Schnee!«, hatte Grim ärgerlich gerufen, als er bei Sonnenaufgang aus dem Grubenhaus getreten war. Noch war die Bucht nicht zugefroren, nur an ihrem Rande hatte sich die erste, dünne Eisschicht gebildet. Ulf hasste den Winter, wie jeder ihn hasste. Die Unfreien würden die Tische und Bänke abholen. Die Gefährten würden nicht mehr bei Ochsenfleisch, Met und Bier im Freien sitzen. Sie würden sich den ganzen Tag lang in den Grubenhäusern aneinander drängen und unablässig husten, weil der Rauch des Feuers nur langsam durch die Öffnung unter dem Giebel abziehen konnte. Sogar das Langhaus seiner Familie in Schweden war im Winter gemütlicher. Es war zwar auch stets von Rauchschwaden durchzogen, und das Vieh, das am anderen Ende des langen Raumes untergebracht war, stank erbärmlich. Aber die Wärme der Tierkörper und ihr Dung heizten das große Langhaus besser als die rußenden Feuer. Vor allem aber gab es in einem Langhaus mehr Platz als in einem Grubenhaus.

Es schneite fast jeden Tag, und die Schneedecke wurde immer höher. Die wenigen Schritte zwischen ihren Grubenhäusern hatten sie mit Schaufeln frei gehalten, so dass der Schnee sich auf beiden Seiten des Pfades bis auf Brusthöhe türmte. Und zur Stadt hinüber war ein Trampelpfad entstanden. Aber sobald sie diese Pfade verließen, versanken sie bis über die Knie im Schnee. Nach einigen Wochen war auch die Bucht zugefroren.

Eines Tages brachte Ragnar aus der Stadt Pferdeknochen mit. Ulf hatte die seinen bald mit der Messerspitze durchbohrt. Nun konnte er sie mit einer Schnur an der Schuhsohle festbinden. An die Stelle der Kampfübungen trat das Schlittschuhlaufen. In den ersten Wochen verbrachten sie fast jeden Tag Stunden auf dem Eis. Ulf maß sich gerne mit Ragnar und Grim. Er war ein guter Schlittschuhläufer, der sich geschickt mit dem angespitzten Stock vorwärts stoßen konnte. Deshalb fühlte er sich ein wenig beschämt, dass er, der junge Mann, mit Ragnar und Grim, die um so vieles älter waren, nur mit Mühe Schritt halten, sie aber niemals überholen konnte. Doch Ragnar und der Graubart waren bei weitem nicht die besten Schlittschuhläufer. Niemand konnte es in dieser Disziplin mit Hakon aufnehmen, einem jungen Mann, dessen Augen weniger grimmig wirkten als der geflochtene blonde Gabelbart. Er beherrschte wie kein zweiter die größte Schwierigkeit beim Eislauf, die Kurve. Blitzschnell hob Hakon abwechselnd einen der beiden Füße, um ihn ein wenig schräger wieder aufzusetzen. Doch dann verlor auch der Schlittschuhlauf den Reiz des Neuen, und sie hockten wieder den größten Teil des Tages in ihren verräucherten Grubenhäusern.

»Am Nordufer haben sie Elche gesehen.« Ragnar, der aus der Stadt zurückkam, schüttelte seine Fellmütze aus. Grim, der in einer Ecke lehnte, fuhr in die Höhe. »Jetzt schon? Meistens ziehen sie doch später nach Süden.«

»Hier gibt es doch immer Elche«, warf Erik ein.

»Gewiss«, brummte der Graubart. »Aber wenn es nur wenige sind… Es ist mühsam, sie im tiefen Schnee aufzustöbern.«

Ulf sagte nichts. Aber auch er spürte die Jagdleidenschaft in sich aufsteigen. Er kannte die Elche. Auch in den Wäldern um ihren Hof im Süden tauchten sie gelegentlich auf.

Zwei Tage später brachen sie im ersten Dämmerlicht auf. Ragnar hatte bei den Händlern die Skier zusammengeborgt, die man für die Elchjagd benutzte. Ulf war mit den seinen zufrieden. Hier, in der Bucht, wo in der letzten Nacht Neuschnee auf die Eisdecke gefallen war, war er einer der schnellsten, stets an der Spitze ihres Zuges. Der kurze rechte Ski mit dem Fell auf der Unterseite haftete gut auf dem Schnee, und der lange linke Ski mit der Rinne auf der Unterseite glitt ruhig und gleichmäßig über die flache Schneedecke. Ulf benutzte selten den Stock, um sich abzustoßen. Die Sonne stand noch schräg über den Baumwipfeln, als sie sich dem Nordufer näherten. In dieser Gegend wollten Jäger die Spuren mehrerer Elche gesehen haben.

»Haltet auf den Stein zu!«, rief Ragnar hinter ihm. Der Stein stand nahe am Ufer zwischen zwei riesigen Tannen, schmal und übermannshoch. Grim stand bereits vor ihm, hatte den Handschuh ausgezogen und wischte mit den Fingern die Schneeflocken aus den Ritzen. »Was ist das?«, hörte Ulf hinter sich die Stimme des Griechen. »Ein Runenstein«, antwortete Erik. Ulf sah gespannt zu, wie die Runeninschrift, die sich am linken Rand entlangzog, langsam wieder sichtbar wurde. Man konnte erkennen, dass die eingeritzten Zeichen einmal mit roter Farbe ausgemalt waren, aber die Farbe war zum größten Teil abgeblättert. Neben ihm stieß ein Ruderer seinen Nachbarn an. »Kannst du das lesen?« Der trat einen Schritt auf den Stein zu: »Ja. Hier steht: Diesen Stein setzte Gurd für seinen Bruder Börn.«

»Was soll das bedeuten?«, hörte Ulf wieder den Griechen. »Ein Gedenkstein. Die Vorüberkommenden sollen an einen Mann namens Börn erinnert werden, der tot ist«, entgegnete Ragnar.

»Also ein Grab?«

»Nein, Grieche, kein Grab. Nur ein Gedenkstein. Hier muss es einen Weg geben. Deshalb habe ich auf diesen Stein zugehalten.«

»Einen Weg? Warum?«

»Natürlich errichtet man Runensteine nur dort, wo sie auch gesehen werden, also an Wegen. Aber neben einem Weg würden wir niemals ein Grab anlegen.«

Nach und nach kam unter Grims Fingern ein Bild zutage. Noch konnte Ulf die Zeichnung nicht erkennen. Er wartete gespannt. Auch Ulf hatte noch nie einen Runenstein gesehen, nur von ihnen gehört. »Ich habe schon mehrere gesehen, die meisten auf der Insel Gotland«, antwortete Ragnar auf eine Frage. »In früheren Zeiten waren sie häufig. Jetzt stellt man keine mehr auf.«

»Nicht doch, Ragnar!«, fiel der Graubart ein. »Einer meiner Nachbarn setzte einen solchen Erinnerungsstein für seinen Sohn, der aus dem Ostland nicht zurückgekehrt ist. Hier in Mittelschweden sind sie besonders häufig.«

Langsam nahm die Zeichnung, die der Graubart freilegte, Gestalt an. »Ein Mann, der in einem Ruderboot steht«, rief der Grieche enttäuscht.

»Nicht irgendein Fischer, Grieche«, entgegnete Gizur. »Unser Gott Thor.«

»Und da kommt der Kopf der Weltschlange!«, schrie einer.

»Ja«, nickte der Weißhaarige. »Thors Kampf mit der Weltschlange.« »Wenn Thor damals nur die Weltschlange erschlagen hätte!«, hörte Ulf einen der Ruderer seufzen. Ulf hatte sich umgewandt. Gizur schwieg. Die Falten auf seiner Stirn wurden vom Nachdenken noch tiefer. »Ja, was wäre, wenn Thor die Weltschlange getötet hätte? Was wäre den Menschen erspart geblieben, und auch den Göttern? Vielleicht sogar der Weltuntergang!«

»Was ist das, die Weltschlange?«, unterbrach ihn der Grieche.

»Eines der schrecklichen Kinder Lokis, des schönen Gottes des Unheils. Loki hatte mit einer Riesin drei Kinder: die Todesgöttin Hel, den Wolf Fenris, der eines Tages Odin verschlingen wird, und eben diese Weltschlange.«

»Dieses Scheusal!«

»Ja, Sven, ein fürchterliches Ungeheuer. Zuerst gelang es Loki, seine Brut in einer Höhle vor den Blicken der Götter zu verbergen. Aber als sie immer größer wurden, entdeckte Odin sie. Die Weltschlange schleuderte er tief auf den Meeresgrund...«

»Aber sie hörte nicht auf zu wachsen!«

»Ja, sie wurde immer größer. Jetzt liegt sie unten auf dem Meeresgrund, dort, wo die Meere enden, die die Welt der Menschen umgeben, und ist so lang geworden, dass sie sich selber in den Schwanz beißt.«

»Und was war mit Thor?«, fragte der Grieche.

»Eines Tages besuchte Thor einen Riesen und fuhr mit ihm in einem Ruderboot weit auf die offene See hinaus, um zu fischen. Der Gott hatte den Kopf eines riesigen Bullen als Köder an seinem Angelhaken. Als der Bullenkopf im Wasser versank...«

»...schnappte die Weltschlange zu!«, unterbrach einer.

»Richtig! Erst schäumte das Meer auf, dass die Wellen so hoch wurden wie Berge. Dann tauchte ihr giftsprühender Rachen neben dem Boot aus der Flut. Thor ist der stärkste unserer Götter. Die Weltschlange wollte sich natürlich losreißen. Ihr Schwanz peitschte den Meeresgrund so wild, dass die Erde bebte. Doch Thor ließ nicht locker. So gewaltig zog er an der Angel...« Der Alte deutete auf die Zeichnung, »Hier, unter dem Boot, seht ihr ein Bein. Es ist Thors Bein. Thor zog so gewaltig an der Angel, dass er mit dem rechten Fuß durch den Boden des Bootes brach. Da stemmte sich der Gott einfach mit dem rechten Bein gegen den Meeresgrund. Beinahe hätte er...«

»...er wollte schon zuschlagen!«

»Ja, Sven. Schon holte Thor mit seinem rot glühenden Hammer zum todbringenden Schlag aus, da...«

»...zerschnitt der Riese die Angelschnur.«

»Torgöt sagt es, Grieche. Der Riese hatte Todesangst bekommen, als er den Rachen der Weltschlange vor sich sah. Deshalb zerschnitt er die Angelschnur, und die Weltschlange sank zurück auf den Meeresgrund.«

»Nun«, der Grieche kraulte sich die schwarzen Locken. »Was hat euer Thor mit diesem Riesen gemacht?«

»Es war damals kein guter Tag für Thor. Selbstverständlich schlug er dem Riesen seinen Hammer auf den Kopf. Der Riese fiel ins Wasser, aber es gelang ihm, ans Ufer zu schwimmen.«

Ragnar nickte. »Eine der schönsten Geschichten, die es über Thor gibt. Aber wir müssen weiter. Sucht nach dem Pfad!« Der Pfad war trotz der Schneedecke bald gefunden, aber nach wenigen hundert Schritten standen sie vor undurchdringlichem Unterholz. Zugewachsen, dachte Ulf. Wohl seit vielen Jahren nicht mehr benutzt. Sie mussten ihren Weg quer durch die Wälder nehmen. Trotz der Skier kamen sie nur langsam vorwärts, denn die Suche nach lichteren Stellen in dem Unterholz war mühselig. Deshalb folgten sie, wenn immer möglich, den zugefrorenen Bachläufen und vertauschten ihre Skier mit den Schlittschuhen.

Jetzt waren sie schon seit Stunden unterwegs. »Dort drüben.« Der Graubart deutete nach links. »Dort drüben scheint der Schnee niedriger zu liegen. Elche meiden den Tiefschnee.« Auf Ragnars Zuruf ließen Erik und Gizur die beiden Hunde, die sich Ragnar für die Jagd ausgeliehen hatte, von der Leine. Die Tiere stoben kläffend davon, wirbelten den Schnee auf und waren nach kurzer Zeit verschwunden. Bald hörten die Männer, irgendwo hinter dem Birkengesträuch und den Felstrümmern, lautes Kläffen. »Vorwärts!« Ragnar stieß sich mit dem rechten Bein ab und schoss vorwärts. Das Hundegebell kam immer näher. Nach einigen hundert Metern bogen sie um einen Felsblock und sahen den ersten Elch vor sich. »Bären oder Wölfe«, brummte der Graubart enttäuscht. Die Hunde tänzelten um einen Elch mit gewaltigem Geweih, der, halb zugeschneit, auf dem Boden lag. Brust- und Bauchhöhle waren aufgebrochen, und spitze Knochen schauten unter dem zerrissenen Fell hervor. Zwei der Gefährten zertrümmerten mit ihren Streitäxten den Schädel des Tieres und brachen die Geweihschaufeln heraus.

Erik und der Weißhaarige brachten die Hunde zum Schweigen. Ulf hatte die Elchkuh auch gesehen, wenn auch nur für einen Augenblick. »Schwärmt aus und nehmt Büsche als Deckung«, befahl Ragnar. »Der Wind steht günstig.« Ulf stieß sich mit dem rechten Fuß kräftig vorwärts. Der linke Ski glitt leicht und widerstandslos über die ebene, etwas angefrorene Schneedecke. Aber Ake vor ihm hatte bereits einen Vorsprung von zwei bis drei Skilängen. Lautlos flogen sie auf ein dichtes Gebüsch neben einer riesigen Tanne zu. Ulf zitterte vor Jagdfieber. Nur wenige Male hatte er sich mit dem Stock abgestoßen. Dann fingerte er nach dem Bogen auf seinem Rücken. Der Däne war ihr bester Bogenschütze. Aber auch Ulf hatte viel geübt. Heute würde er ...

Ake gab ihm mit der Hand ein Zeichen, und Ulf verlangsamte seine Fahrt. Vor dem Gebüsch hielt er neben dem Dänen an. Ein kurzer Blick nach rechts zeigte ihm, dass sie die ersten waren. Die anderen hatten die Büsche, die sie als Deckung ausgewählt hatten, noch lange nicht erreicht. Vorsichtig schob sich Ake links an dem Gebüsch vorbei, dann hielt er hinter einigen schneebedeckten Zweigen an. Als Ulf neben ihm stand, begannen seine Augen zu leuchten. Vor ihnen, auf freier Fläche, stand die Elchkuh. Auch Akes Augen funkelten, aber vor Spott. »Ein ausgezeichneter Platz. Näher heran können wir nicht, denn es gibt keine Deckung. Jetzt zeig, was du gelernt hast, Ulf.« Ulf schaute den Dänen erstaunt an. Die Elchkuh stand in Reichweite ihrer Pfeile, aber für einen sicheren Schuss doch zu weit entfernt. »Du musst alle deine Kraft in den Schuss legen, Ulf«, flüsterte Ake ihm zu. »Der Pfeil muss tief eindringen.«

Ulf schüttelte alle Bedenken ab. Wenn der Däne sich zutraute... Schnell hatte er den Pfeil auf die Sehne gelegt. Dann warteten sie. Die Elchkuh kehrte ihnen den dicken Stummelschwanz zu und warf den Kopf äugend nach beiden Seiten. Jetzt begann sie sich ruckweise und zögernd umzudrehen. Ulf behielt mit halbem Auge Akes Bogen im Blick. Langsam hob der Däne seinen Bogen und spannte die Sehne. Ulf war genauso schnell. Beide Pfeile zischten durch die Zweige. Die Hirschkuh äugte jetzt zu ihnen herüber. Mit angehaltenem Atem folgte Ulf den beiden Pfeilen. Würde er...? Die Federn am Ende der Pfeilschäfte zitterten zu gleicher Zeit. Beide Pfeilspitzen waren dicht nebeneinander in die Brust des Tieres gedrungen. Die Elchkuh riss den Kopf hoch und öffnete langsam das breite Maul. Aber sie hörten keinen Laut. Das Tier begann am ganzen Körper zu zittern. Plötzlich brach es mit den Vorderbeinen ein.

Sie knieten vor dem Tier, das regungslos im Schnee lag. Ake deutete auf die beiden Pfeile. »Deiner ist genauso tief eingedrungen wie meiner.«

»Zwei Prachtschüsse!« Ragnar beugte sich über Ulfs Schulter. »Ein junges Tier. Das gibt das saftigste Fleisch.«

Sie fällten mit den Äxten zwei dünne Baumstämmchen, schlugen die Zweige ab und banden die tote Elchkuh fest.

»Die Sonne steht schon schräg«, brummte Grim verdrossen. »Wir können nicht länger nach einem Männchen suchen.« Ulf sagte nichts, aber er fühlte sich erleichtert. Auch er hätte gerne einen Bullen aufgestöbert. Aber unaufhaltsam kroch die Kälte in seinen Pelzmantel, weil sie sich schon seit einer Viertelstunde wegen des dichten Unterholzes nur langsam vorwärts schieben konnten. Sie fanden keinen Bach, dem sie hätten folgen können. Das Unterholz wurde dichter und dichter. Ast um Ast musste Ulf zur Seite stoßen. Er konnte nicht verhindern, dass der Schnee auf ihn herabrieselte. Immer mehr schmelzende Schneeflocken rannen ihm am Hals herunter, in den Kragen seines Hemdes... »Wir haben keine Zeit mehr für lange Umwege«, rief Ragnar einem maulenden Ruderer zu.

Ulf war der erste hinter Ragnar und Grim. Seit einigen Minuten kämpften sie sich durch ein Schneegestöber. Die dicken Flocken trieben Ulf ins Gesicht, klebten an seinen Augenwimpern. Ragnar und Grim bogen eben um einen Felsblock, da sah Ulf über der Pelzmütze des Graubarts, undeutlich im Wirbel der Schneeflocken, die gewaltigen Schaufeln, den klobigen Kopf mit dem breiten Maul und den Kehllappen, der wie ein Spitzbart niederhing. Sie hatten den Wind gegen sich. Dennoch war es Ulf ein Rätsel, warum das Tier das leise Knirschen des Schnees unter ihren Skiern, das Rascheln ihrer Pelzmäntel nicht bemerkt hatte.

Ulf ließ den Stock fallen und packte seinen Speer mit beiden Händen. Da sah er schon die beiden Speerenden vor sich nach vorne stoßen. Ragnar und Grim sprangen zur Seite. Ihre Speere waren dem Elch tief in die Brust gedrungen. Einen langen Augenblick stand er bewegungslos, dann brach er zusammen.

Ulf betrachtete staunend den toten Bullen. Das rötlichbraune Fell war an vielen Stellen abgeschabt, die weißbehaarten Beine von zahllosen Narben übersät. Ragnar beugte sich bereits über die weitausladenden Schaufeln und zählte die Enden. »Ein Vierzigender, Grim! Hast du schon einmal...?«

Der alte Recke stand, auf seinen Speer gestützt, vor dem toten Elch und schüttelte den Kopf. »Nein! Einen Vierzigender habe ich noch nie gesehen.«

Der alte Bulle musste liegen bleiben. Sein Fleisch war zu zäh, sein Fell zu abgewetzt. »Gutes Silber«, grinste der Mann, der die Schaufeln abschlug.

Die Tage wurden wieder länger. Sie hatten in der Mittwinternacht zusammen mit einigen Händlern in der Stadt das Julfest gefeiert. Aber Ulf dachte nicht an die mehrtägigen Saufgelage. Er dachte über die Zukunft nach. Wieder und wieder hatten die Händler über die nordischen Langschiffe gewettert, die im Schwarzen Meer geplündert hatten. Ulf fand ihre Klagen längst nicht mehr übertrieben. Der Reichtum von Birka war wirklich bedroht, wenn der Handel mit Konstantinopel zum Erliegen kam. Vor allem aber war es für sie wohl sinnlos, in diesem Jahr einen neuen Vorstoß nach Konstantinopel zu wagen. Auch Ragnar hatte nur den Kopf geschüttelt, als Ulf ihn darauf angesprochen hatte. »Zu unsicher. Wahrscheinlich lassen sie uns nicht hinein.«

Dann kam der allererste Händler. Ein unbedeutender kleiner Händler aus der Umgebung. Die Pelze, die er auf seinem Schlitten hinter sich her zog, waren kaum der Beachtung wert. Aber er hatte eine aufregende Nachricht in seinem Gepäck. Sie saßen abends in ihrem Grubenhaus. Das Feuer an der Giebelwand glimmte nur noch. Trotzdem schwitzte Ulf unter seinen Pelzen. Seine Gedanken kreisten um die Neuigkeit, die der Händler überbracht hatte. Seit Tagen berieten sie nun.

»Wir müssen zu einem Entschluss kommen«, brummte Ragnar. »Was hältst du von Paris, Grim?«

»Klingt doch gut!«, rief Erik.

»Vielleicht kämen wir zu spät«, gab Ulf zu bedenken. Ragnar wühlte wieder schweigend in seinem Bart.

Immer mehr Jäger und Pelzhändler strömten zu dem großen Wintermarkt nach Birka. Für die Jäger und Fallensteller war die Winterjagd zu Ende. Einige konnten sich nicht einmal einen richtigen Schlitten leisten. Sie hatten ihre Jagdbeute auf einen ausgehöhlten Baumstamm gebunden, den sie an einem Strick hinter sich her zogen. Aber gerade diese Jäger brachten eine Beute, für die Birka bekannt war: das graue Winterfell des Eichhörnchens. Die reichsten Pelzhändler kamen mit zweispännigen Pferdeschlitten.

Der Wintermarkt zog sich zwei, drei Wochen hin. Dann kehrten die ersten Händler heim, die Schlitten voll beladen mit friesischem Wollstoff, verzierten Glasbechern aus dem Rheinland und den teuren rheinischen Tonkrügen mit Griff, schwarzblau mit hellen Mustern, die die Händler dick mit Fellen umhüllten, damit der Wein in ihnen nicht gefriere.

Keiner der Jäger oder Händler konnte auf die Ankunft der Langschiffe warten, um die Preise zu drücken. Sie waren zu Lande gekommen, weil im Winter die grundlosen Sümpfe, die knietiefen Schlammlöcher auf den Wegen zugefroren waren. Und sie mussten die kritischen Strecken überwunden haben, wenn das Eis auf der Mälar-Bucht langsam brüchig wurde. Auch im Winter würde bei Vielen der Rückweg Wochen dauern.

Ragnar unterhielt sich mit mehreren Pelzhändlern, manchmal stundenlang, aber er kaufte nichts. Ulf bemerkte, dass er von Tag zu Tag unruhiger wurde, aber er brauchte nicht nach dem Grund zu fragen. Die Preise, die man bei den Jägern und Pelzhändlern auf diesem Markt erzielen konnte, waren die günstigsten. Aber sollte ihr Langschiff nur mit Pelzen nach Haithabu oder Dorestad?

Dann kam der Nachmittag, an dem Ragnar seine Mannschaft zusammenrief. Jeder von ihnen wusste von der bevorstehenden Belagerung von Paris.

Fünf oder sechs der Pelzhändler hatten die Nachricht bestätigt. Ein Dutzend der Schiffsführer, die in Haithabu überwinterten, würden im Frühjahr auslaufen und sich den Belagerern von Paris anschließen. Vermutlich hatte der letzte Schiffsführer, der sich im späten Herbst noch auf die See wagte, die Neuigkeit nach Schweden gebracht. Ulf entsann sich der vielen Gespräche, die er mit den Gefährten geführt hatte: Die meisten wollten nach Paris. Dennoch war Ulf überrascht, wie schnell ihre Beratung zu Ende ging: Keiner wollte zurückbleiben, keiner wollte nach einem Schiff in die Heimat suchen. Nicht einer wollte eine Handelsfahrt. Und auch ein Raubzug nach England oder Irland war nicht mehr im Gespräch.

Zufrieden lächelnd kehrte Ulf zu seinem Grubenhaus zurück. Er hatte die Fahrt nach Paris noch mit Ake begesprochen. Der Däne war einer derjenigen gewesen, die am lautesten gejubelt hatten. Jetzt blieb Ulf vor einem der Grubenhäuser stehen und steckte den Kopf durch die Tür, an der das Fell zurückgeschlagen war. »Du hast kein Wort gesagt«, rief er dem jungen Mann zu, der sich an der Wand auf der Schlafbank räkelte.

»Gesagt? Warum sollte ich etwas sagen?« Asbrand, der das Holzbeil so geschickt zu führen verstand wie die Streitaxt, griff in seine Sitzkiste, die mit offenem Deckel neben ihm stand, wühlte darin und holte einen großen, prallen Beutel heraus. Ulf hörte das Silber klirren und sah das fröhliche Grinsen auf dem jugendlichen Gesicht. »Zwei solche Beutel sind besser als einer«, lachte Asbrand. Die Augen des jungen, bartlosen Mannes funkeln vor Tatendurst. »Unten im Süden, wo unser Hof liegt, werde ich reicher sein als alle Nachbarn.«

Erst taute der Schnee, dann zeigte das Eis, das die Mälar-Bucht bedeckte, Risse, und schließlich schmolzen die letzten Eisschollen. An den Birkenästchen sprossen die ersten Triebe.

Ragnar wartete einige Tage. Mit den Händlern der Stadt ging er zum Strand, wenn ein neues Langschiff auf die Stadt zusteuerte und begrüßte die Schiffsführer, von denen er viele kannte. Sobald sie ihre Zelte aufgebaut und den großteil ihrer Waren verkauft hatten, sprach er die Schiffsführer an, einen nach dem anderen. Von den meisten erhielt er eine Absage. Die Händler, die aus Haithabu gekommen waren, bestätigten, dass ein gutes Dutzend Langschiffe in Richtung Paris ausgelaufen sei. Aber keiner hatte Lust, sich an der Belagerung zu beteiligen. »Kein Wunder«, brummte Grim. »Dazu hätten sie sich bereits in Haithabu entscheiden können.«

Auch die meisten der schwedischen Schiffsführer, in der Regel ins Ostland fuhren, winkten ab. Ulf war bei einem dieser Gespräche dabei gewesen. »Sie lassen kein Langschiff nach Konstantinopel«, hatte Ragnar eingewendet.

Der Schiffsführer hatte nur mit dem Fuß gestampft. »Dann eben nicht die Große Stadt! Dann fahre ich dieses Jahr nach Bulgar.«

Nur zwei hatten Ragnar aufgeschlossen zugehört. Sie saßen jetzt am Tisch vor ihrem Grubenhaus. Die Abende waren noch kühl. Aber es war eine Wonne, der stickigen Enge der Grubenhäuser entfliehen zu können und wieder in der frischen Luft zu sitzen. Ake malte gerade das Westfrankenreich in den glühendsten Farben. »Ein einziges Mal war ich dort. Nur ein kurzer Überfall. Aber was für eine Beute!«

»Ich war schon in England und Irland.« Die Augen in Ingvars Gesicht funkelten noch wilder als sonst. »Dieses Jahr wollte ich wieder hin.«

»Die Beute im Westfrankenreich ist genauso reichlich«, beteuerte Ake. »Warum diesmal nicht Paris?«

»Eigentlich war ich immer nur auf Handelsfahrten im Ostland. Aber du hast Recht, Ake.« Der andere Schiffsführer fingerte nachdenklich an seiner Fibel. »Warum nicht einmal nach Westen? Niemand soll behaupten, ein Schwede könne das Schwert nicht führen.«

»Auch ich war noch nicht in Paris.« Ragnar setzte den Metkrug ab. »Doch die«, er deutete auf Grim, Erik, Gizur und den Griechen, »die waren schon mit mir im Westfrankenreich.«

»Aber Paris kennst du nicht!«, fiel Ingvar ein.

»Nein, Paris nicht. Aber wir haben im Westfrankenreich gute Beute gemacht – genauso gute Beute wie in England.«

»Vielleicht sollten wir doch nach England fahren«, meinte Ingvar unschlüssig.

»Nach England fahren viel zu viele unserer Langschiffe«, wehrte der Graubart ab. »Die Nordmänner schnappen sich gegenseitig die Beute weg.«

Die Diskussion zog sich noch Stunden hin. Die beiden Schiffsführer sagten weder Ja noch Nein. Doch als sie endlich gegangen waren, brummte Grim: »Thors Hammer soll sie erschlagen! Die können wir nicht überreden. Am Ende werden beide nicht mitkommen.« Und wirklich waren nur sechs Ruderer bereit, sich ihrer Fahrtgenossenschaft anzuschließen.

»Paris!«, lachte Erik und schlug sich auf die Schenkel. »Da muss viel zu holen sein, Vater!« Ragnar blickte nicht auf. Er beantwortete Eriks Frage nicht, sprach wie zu sich selber. »Gute Beute, ja. Sehr gute Beute. Aber wieder vergeht ein Jahr, in dem wir nicht nach diesem Höllenhund suchen, diesem verfluchten Orm. Wie lange noch, Erik…?«

In drei Tagen würden sie auslaufen. Für morgen war die Abschiedsfeier geplant. Ulf dachte an die Vorbereitungen. Er saß in dem Grubenhaus und fror. Für die dicken Pelze war es längst zu warm. Aber wenn der Wind so pfiff wie heute, kroch die Kälte unter die Decke, die er um die Schultern geschlagen hatte. Ulf blickte hoch. Grims bulliger Körper verdeckte die niedrige Türöffnung. »Ich... ich... Ragnar schickt mich. Es ist wegen... wegen Aslak. Ragnars Sohn, den du erschlagen hast. Und natürlich wegen deines Onkels, den Ragnar getötet hat. Ich glaube... Ragnar meint...« Grim zerwühlte mit den Fingern sein graues Haar. Diplomatie war nicht seine Stärke. Doch dann gab er sich einen Ruck: »In anderen Fällen besteht Ragnar auf der Blutfehde. Noch nie hat er Blutgeld genommen.«

Ulf schwieg. Er beschloss, den Graubart erst einmal anzuhören.

Grim setzt sich auf die Schlafbank gegenüber. »Eines weißt du noch gar nicht, Ulf: Auch ich habe wegen Aslak eine Blutrache gegen dich.«

Ulf zuckt zusammen. Er glaubt, nicht richtig gehört zu haben. »Ja, Ulf. Nur wenige wissen es. Denn wir reden nicht darüber. Aber ich bin Ragnars Blutsbruder.«

»Du hast mit Ragnar...« Die Worte ersterben Ulf auf den Lippen.

»Ja, Ulf. Ragnar und ich haben gegenseitig unser Blut getrunken. Mit Met vermischt. Wie damals Odin und Loki, als die beiden Götter noch Freunde waren. Und als Ragnars Blutsbruder...«

»...musst du Aslaks Tod genauso rächen wie Ragnar und Erik.«

Der Graubart nickte. »Aber über den Blutpreis entscheidet Ragnar als Vater allein.« Grim blickte Ulf lange an, aber in seinen Augen lag etwas wie Wohlwollen. »Wie ich schon sagte... Ragnar hat immer auf der Blutrache bestanden und niemals den Blutpreis genommen. Und Aslak war nicht irgendein Verwandter. Aslak war sein erstgeborener Sohn. Deshalb hat Ragnar so lange gezögert.«

Der Graubart schien eine Antwort zu erwarten. Als Ulf schwieg, fuhr er fort: »Es ist natürlich eine zweischneidige Sache für Ragnar, nicht dein Blut zu fordern, sondern sich mit Silber zu begnügen. Du weißt doch selber: Manche Leute werden sagen, wenn er das Silber nimmt, Ragnar trage seinen erstgeborenen Sohn im Beutel.«

Ulf nickte. Der Graubart hatte Recht. Den Blutpreis zu nehmen, um eine Blutfehde zu beenden, galt vielen als unehrenhaft. »Aber jetzt will Ragnar die Blutrache gegen dich aus der Welt schaffen. Schließlich wirst du nach Paris mitkommen. Eine Blutrache, die jedes Mal wieder auflebt, sobald die Fahrtgenossenschaft endet...«

Aber Ulf konnte nicht, durfte nicht...

»Der Blutpreis ist klar«, fuhr der Graubart fort. »Aslak gegen deinen Onkel. Mann gegen Mann.«

Ulf fühlt, dass seine Kehle zugeschnürt ist. »Grim, ich würde gerne... Aber... ich bin der jüngste Sohn. Wie kann ich ohne meine Sippe...«

Der Graubart nickt. »Du hast Recht. Eine Blutfehde beilegen, ohne deinen Vater zu fragen… Dein Vater ist näher verwandt mit deinem Onkel als du. Und es gibt sicher noch andere Verwandte, die dir vorgehen.«

»Das ist es ja, Grim.«

»Aber wann wirst du deine Familie wieder sehen, Ulf? Wann kannst du deinen Vater und deine Brüder fragen? Es ist niemandem verboten, eine Blutfehde ohne einen Beschluss der Sippe zu beenden, wenn man die Sippe nicht befragen kann.« Der Graubart kam herüber und legt ihm die Hand auf die Schulter. »Du solltest Gizur fragen.«

Wenig später ging Ulf mit dem Alten am Strand auf und ab. »Selbstverständlich hast du Recht, Ulf. Dein Vater, und, wenn er noch Brüder hat, seine Brüder haben den Blutpreis zu bestimmen. Nicht du als der Jüngere. Aber das kann nicht immer gelten. Denk doch an Haithabu: Die meisten Händler, die dort leben, werden ihre Sippe niemals wieder sehen. Wenn sie eine Blutrache haben, müssen sie allein entscheiden.« Der Alte blickte ihn prüfend an. »Wirst du nach dieser Fahrt auf euren Hof zurückkehren, Ulf?«

Der Alte hatte eine Frage gestellt, über der Ulf schon oft gegrübelt hatte. Die Entscheidung, auch dieses Jahr wieder in Ragnars Fahrtgenossenschaft einzutreten, war ihm leicht gefallen. Aber er wusste auch, dass er die Frage nach seiner Zukunft nur vor sich herschob.Doch mit einem Mal wurde ihm klar: Auch nach der Belagerung von Paris würde er nicht in das elterliche Langhaus zurückkehren, sondern sich wieder einer Fahrtgenossenschaft anschließen – und auch dies würde nicht das letzte Mal sein. Nein, er würde sich jeder Fahrtgenossenschaft anschließen, die Ragnar zusammenstellte. Deshalb antwortete er dem Alten ohne Umschweife: »Eines Tages kehre ich auf unseren Hof zurück. Aber das liegt in weiter Ferne, Gizur.«

Der Alte nickte zufrieden. »Das wusste ich, Ulf. Und deshalb darfst du allein entscheiden. Auch wenn du der Jüngste bist.«

»Wenn du mir einen Rat gibst, Gizur, kann ich meinen Verwandten sagen…«

»Deshalb sind wir ja hier, Ulf. In solch schwer wiegenden Angelegenheiten sollte ein junger Mann stets den Rat eines erfahrenen Älteren einholen. Ich vertrete sozusagen deine Sippe. Und was die Sippe und das Recht der Nordmänner angeht… Ich glaube, Ulf, da weiß ich besser Bescheid als dein Vater und deine Brüder.«

»Meine Entscheidung bindet meine Verwandten.« Er murmelte es mehr zu sich selber. »Wenn ich den Blutpreis annehme, ist die Blutfehde beigelegt. Keiner aus meiner Sippe hat dann das Recht, Ragnar zu töten, weil er den Onkel erschlagen hat.«

»Richtig, Ulf.«

»Meine Verwandten dürfen Ragnar aber erschlagen, wenn sie ihn berauben wollen. Oder wenn sie denken, er habe sie beleidigt. Aber den Tod meines Onkels dürfen sie ihm nicht mehr zum Vorwurf machen.« Er musste lächeln. Der Gedanke, irgendeiner seiner Verwandten würde es ohne Not wagen, Ragnar zum Kampf herauszufordern, war abwegig.

»Ja, Ulf. Deine Sippe hat dann keine Blutrache mehr gegen Ragnar.«

Der Weißhaarige packte ihn plötzlich am Arm. »Du darfst annehmen, Ulf. Selbstverständlich habe ich schon mit Ragnar gesprochen. Er gibt dir ein Schwert mit einem wunderschönen Griff als Blutpreis. Du wirst in der Stadt ein ebenso teures Schwert kaufen. Da ich weiß, wie viel Ragnars Schwert wert ist, werde ich dich zum Händler begleiten.« Jetzt wirken die kantigen Züge entspannt. »Aslak und dein Onkel. Zwei gleichwertige Schwerter. Niemand kann dir einen Vorwurf machen, Ulf.«

Ulf achtete nicht auf den Bratenduft, der von den beiden Feuern herüberzog. Jetzt, vor Beginn des Abschiedsgelages, sollte die Blutfehde beigelegt werden. Ragnar stand ihm gegenüber. Die Schwerter, die den Blutpreis darstellten, hielten sie gekreuzt. Wenn Ulfs Blick zu den Umstehenden abschweifte, las er in ihren Gesichtern tiefen Ernst. Nicht nur die Ruderer der eigenen Fahrtgenossenschaft umringten sie. Auch andere Nordmänner waren herbeigeeilt, war doch die Beilegung einer Blutfehde ein bedeutendes Ereignis.

»Ulf hat Aslak erschlagen, Ragnars erstgeborenen Sohn. Und Ragnar hat Ulfs Onkel erschlagen«, tönte die Stimme des Weißhaarigen über das Rund. »Aber diese Fehde ist beendet. Beide haben den Tod des Mannes, den sie verursacht haben, mit Silber gebüßt. Wie der Spruch es sprach, wie die Weisen es wussten, wie die Erfahrenen es entschieden…« Der kunstvolle Gleichklang der Stabreime nahm kein Ende.

Ulfs Blick fiel auf Ragnars Gesicht, doch dessen Züge waren starr, die graublauen Augen unergründlich. »Beim Met und beim Mahl, auf dem Langschiff und im Langhaus sollt ihr zusammensitzen, friedlich als Freunde.« Ulf hatte Mühe, der Stimme des Alten zu folgen. Zu vieles wirbelte ihm durch den Kopf. Er sah den Drachenkopf wieder, wie er durch den Nebel stieß, sah das erhobene Schwert des Ungarn hinter Ragnar…

»Wenn künftig Streit entsteht zwischen euch, sollt ihr ihn beilegen als Freunde. Wenn es sein muss mit Silber, aber niemals mit dem Schwert.« Die Stimme des Alten wurde noch lauter. »Doch wer von euch diesen Schwur bricht, wer von euch diesen Frieden nicht hält, der sei friedlos und flüchtig, ehrlos und erbärmlich, so weit Schwerter klirren, so weit Schilde blinken, so weit Langschiffe rudern, so weit Adler fliegen…«

Sie hatten die Schwerter ausgetauscht. Nun gaben sie sich die Hand. Der Schwur, den sie nachzusprechen hatten, war kurz. Einen flüchtigen Augenblick schloss Ulf die Augen. Sobald der Alte die Gunst der Götter herabgefleht und den Treubrüchigen verflucht hatte, würden der Tod Aslaks und der Tod seines Oheims vergessen sein. Schließlich ist der Tod im ehrlichen Kampf das Beste, was einem Nordmann widerfahren kann, denn er öffnet ihm das Tor zu Odins Halle.

»Ihr alle seid Zeugen dieses Schwurs gewesen«, rief der Alte. »Wer ihn bricht, soll für die Menschen ein Wolf sein, ein Wolf, den jeder Nordmann hetzen darf und ohne Blutgeld erschlagen.«

Ulf fühlte Eriks Hand auf seiner Schulter. Die Stimme hinter ihm klang fröhlich. »Jetzt können wir Freunde sein, Ulf. Das Blut meines Bruders steht nicht mehr zwischen uns.«

Die Sonnenstrahlen tanzten glitzernd auf dem Fluss, dessen Wasser ihnen träge entgegenkam. Ulf stand vor seiner Ruderkiste und ließ den Blick über die Ufer wandern: sanfte Hügel, Wald und Wiesen. Gelegentlich hatten Inseln den breiten Fluss in zwei oder drei Arme geteilt. Ulf legte die Hand über die Augen, denn die schräg stehende Sonne blendete ihn. »Da vorne! Da vorne liegt es!«, schrie der Mann am Bug. Ja, da lag Paris. Ulf sah die spitz auslaufende Insel und die hohen Steinmauern in ihrer Mitte, die Kirchtürme, welche die Mauern hoch überragten, die Holzbrücken, die zum nördlichen und südlichen Ufer führten. Er starrte wortlos auf die Mauern, die immer näher kamen. So gewaltig hatte er sich Paris nicht vorgestellt! Mauern ganz aus Stein, mit runden Türmen. Selbst in Dorestad, dieser reichen Handelsstadt im Lande der Friesen, hatte er keine Gebäude aus Stein gesehen. Und hier: statt Palisaden aus Holz richtige Mauern aus Stein.

Grim war neben ihn getreten und kraulte sich missmutig den Gabelbart. »Sehr hohe Mauern. Solche Mauern sind schwer zu erstürmen.« Er wandte sich dem Griechen zu, der neben seiner Ruderkiste auf dem Bordrand saß. »Sind diese Mauern so hoch wie in Konstantinopel? Das musst du als Grieche doch wissen!«

Der Grieche brach in ein schallendes Gelächter aus. »Dieses Mäuerchen?«, stieß er, immer noch lachend, hervor. »Das ist nicht viel höher als die Mauern, mit denen bei uns die Reichen ihre Gärten schützen.«

»Deswegen werden diese hier nicht niedriger. Grim hat Recht!«, rief Ragnar vom Steuerruder herüber. »Gute Krieger können eine solche Mauer leicht verteidigen. Falls die Westfranken tapfere Krieger sind…«

»Das ist ja Ragnar!«, schrie einer am Ufer. Sie waren jetzt auf der Höhe des ersten Lagers. Links von ihnen lag ein gutes Dutzend Langschiffe auf dem

Ufer. Dahinter wimmelte es von Zelten mit gekreuzten Zeltstangen, die meisten mit geschnitzten Tierköpfen verziert. Am Wasser, zwischen den auf das Ufer gezogenen Booten, standen die Nordmänner. Sie schwenkten zur Begrüßung Schild und Schwert durch die Luft oder schlugen mit der flachen Klinge gegen die Schildbuckel. »Ragnar, Ragnar!«, schrie der Mann erneut und hob sein Schwert. »Du hast Recht, Snorre«, brüllte ein anderer. »Es ist Ragnar. Wirklich. Jetzt geht es endlich los!«

Sie kamen an mehreren Lagern vorbei – großen mit einem Dutzend Langschiffen oder kleinen, vor denen nur zwei oder drei Boote am Ufer lagen. Ragnar hatte Erik ans Steuer gestellt und stand am linken Bord. »Schön, dich zu sehen, Odinkar!«, brüllte er, das Schwert schwenkend, oder: »Dich hätte ich nicht hier erwartet, Gurd!« Viele der Nordmänner am Ufer grüßte er, während sie an einem Lager nach dem anderen vorüberglitten. Ulf betrachtete die Lager auf beiden Ufern. Es waren Dutzende von Schiffen. Doch in manchem Lager sah er kaum einen Krieger vor den Zelten.

»Wir landen dort hinten, am Nordufer bei den beiden Langschiffen in der Nähe der Brücke!«, rief Ragnar seinem Sohn zu.

»Warum nicht noch näher an der Brücke?«, fragte Erik. »Dann sind wir bei jedem Kampf die Ersten.«

»Wir dürfen uns nicht näher an die Mauern wagen«, schüttelte Ragnar den Kopf. »Diese Westfranken haben Schleudern, riesige Schleudern aus Holzbalken, mit denen … Da!« Ein Felsbrocken zischte durch die Luft und klatschte mehrere Bootslängen vor ihnen ins Wasser. Ein erster Gruß der Westfranken, dachte Ulf.

Als der Sand unter dem Kiel knirschte, kam ein Krieger, ein mittelgroßer Mann mit struppigem Bart und einer Narbe auf der rechten Wange, auf ihr Boot zu. »Ich bin Asved«, stellte er sich vor. »Seid uns willkommen! Ihr kommt spät. Wir belagern Paris bereits seit Januar. Alle Klöster auf beiden Ufern sind längst geplündert und niedergebrannt.«

»Dort drüben in der Stadt wird doch noch etwas zu holen sein!«, lachte Ragnar fröhlich.

»Das will ich hoffen«, warf ein Mann ein, der sich durch die anderen Krieger gedrängt hatte. Wild funkelnde Augen unter dem Eisenhelm, das bartlose Gesicht von Narben übersät, musste es sich um einen tapferen Krieger handeln. Doch der Mann trug fränkische Kleidung, und seiner Aussprache nach konnte er nicht bei den Nordmännern geboren sein.

»Das ist Gerbert. Ein Westfranke und einer meiner besten Männer«, sagte Asved.

Zwei Tage vergingen mit Besuchen. Ragnar ging von Zeltlager zu Zeltlager, um Bekannte zu treffen, Fremde kamen in ihr eigenes Lager, um ihn kennen zu lernen. Bald kaufte er einen fetten Ochsen von Nordmännern, die in der Umgebung von Paris eine riesige Herde zusammengeraubt hatten. Und er schaffte Holzfässer mit Bier und Met herbei.

Auch Ulf sah sich in den anderen Zeltlagern um. Oft wurde ihm ein Krug gereicht, und man bat ihn, von Ragnars Fahrten zu erzählen. Über dessen Aufenthalt in England wusste er wenig, aber wenn er von den Ungarn berichtete, vom Reich der Chasaren, blickte er in staunende Augen. Keiner der Männer war je im Ostland gewesen.

Die beiden Tage vergingen wie im Fluge. Am Abend, als sie mit ihren Nachbarn und mit Freunden Ragnars um die Feuer saßen, tat dieser einen tiefen Zug aus dem Bierkrug und sagte, behaglich rülpsend: »Zwei gemütliche Tage nach der langen Fahrt von Birka. Aber morgen sollten wir uns ansehen, wie wir über diese Mauern kommen.«

Vor Sonnenaufgang setzten sie mit erbeuteten Ruderbooten auf das linke Ufer der Seine über. Mehrfach gingen sie die Insel ab, auf der sich die Stadt erhob. Oft blieb Ragnar stehen und musterte die Mauern. Die waren zwar aus Stein und verstärkt durch halbrunde Türme, aber überall sah man Zeichen des Verfalls. Breschen, aus denen sich die Steine gelöst hatten, hatte man nur notdürftig wieder geflickt, und auch die Zinnen der Brustwehr waren an vielen Stellen zerbröckelt. Ragnar deutete auf die lange Holzbrücke, die zum südlichen Ufer der Seine führte. »Über die Brücke können wir nicht angreifen. Der Turm am anderen Ende, durch den das Stadttor führt, ist der höchste und stärkste der ganzen Mauer.«

Die wütenden Zurufe der Verteidiger schallten von der Mauer herüber. Gelegentlich schossen diese einen Pfeil ab oder schleuderten einen Stein, aber sie standen weit außer Schussweite. »Die Pariser fühlen sich sehr sicher«, knurrte Ragnar. »Dort hinten steht sogar ein Stadttor offen, und sie weiden eine kleine Herde zwischen der Stadtmauer und dem Ufer der Insel.«

»Wenn die meisten unserer Leute irgendwo auf einem Raubzug sind, weiden ihre Herden sogar hier auf diesem Ufer«, entgegnete Asved, der sie begleitete. Er deutete auf einige rußgeschwärzte Trümmer auf halber Höhe des Wiesenhanges, der hinter ihnen sanft zur Seine abfiel. »Das war eine Abtei. Die Pariser nennen sie nach einem ihrer Heiligen: Germanus.« Er schnalzte mit der Zunge. »Wir kamen im Januar so überraschend, dass die Mönche ihre Schätze nicht mehr in die Stadt retten konnten. Ich war auch dabei. Die Kirche hat sich wirklich gelohnt. Aber die Holzhütten der Bauern, die die Felder der Mönche bestellen, waren kaum die Fackeln wert, mit denen wir sie in Brand gesteckt haben.« Asved zuckte bedauernd die Schultern. »Jetzt wirst du im Umkreis von zwei oder drei Tagen um Paris keine Kirchen, keine Klöster mehr finden, die nicht ausgeraubt sind und niedergebrannt.«

Am Ufer, nicht weit von der langen Holzbrücke, standen Mauerreste. Ulf blieb verblüfft stehen, als vor ihm unversehrt ein steinernes Tor mit rundem Bogen und dreieckigem Giebel aufragte. Der Grieche warf nur einen kurzen Blick darauf. »Dieses Tor haben die Römer gebaut. Hier am Ufer muss damals die Stadt gelegen haben. Schade, dass man sie auf die Insel verlegt hat. Dort ist sie viel schwerer anzugreifen.« Ulf ließ seinen Blick über die Trümmer ringsum schweifen. Von den Römern wusste er nicht viel. Doch er wusste, dass in diesen Ruinen nichts zu holen war.

Dann kehrten sie zum nördlichen Ufer zurück. Die Stadtmauer sah auf dieser Seite nicht anders aus, nur die Holzbrücke zum Nordufer war kürzer. Einige Kirchtürme ragten über die Mauerkrone. Asved, der Schiffsführer, deutete auf sie. »Die Kirchen von Paris sind berühmt für ihren Reichtum«, sagte er. Ulf erkannte, dass die Insel, auf der die Stadt lag, die Form eines Schiffes hatte. Nicht weit davon erhob sich eine zweite, kleinere Insel. »Nein, dort gibt es kein Zeltlager«, antwortete Asved auf Ragnars Frage. »Niemand will dort lagern. Die Insel ist zu sumpfig.«

Am übernächsten Abend kam Ragnar mit einer jungen Frau ins Lager zurück. »Gerberga heißt sie«, rief er den Fahrtgenossen zu, die ihm entgegeneilten. »Und spottbillig war sie. Unsere Landsleute haben so viele Gefangene gemacht, dass sie keine Käufer mehr finden.«

Gerberga blieb stehen, als sie die ersten Zelte erreichten, und blickte sich um. Ihre Miene verriet keine Gefühlsbewegung, doch in ihrem Blick lag etwas wie Neugier. Ulf musterte das schlichte, knielange Kleid aus ungefärbter Wolle. Das Kleid einer Unfreien, dachte er. Dieses Westfrankenmädchen wird keine Schwierigkeiten machen. An die Unfreiheit ist sie längst gewöhnt, wahrscheinlich auch an die Nordmänner. Vielleicht lebte sie bereits seit Monaten bei den Ruderleuten aus dem Norden in Gefangenschaft. Ulf waren auch die verstohlenen Blicke nicht entgangen, die Gerberga von Zeit zu Zeit auf ihren neuen Herrn warf. Kein Wunder: Ragnar trug heute wieder seinen roten Mantel mit der Goldfibel. Ein bärenstarker Mann mit sorgfältig gestutztem Bart und stahlblauen Augen...

»Sie ist hübsch«, sagte Ragnar schmunzelnd zu seinem Sohn. »Wohlgerundete Brüste und ein strammer Hintern.«

Erik schwieg, und Ulf erriet seine Gedanken. Der Vater würde diese Sklavin gewiss nicht mit ihm teilen. »Sie musste ihr Kleid ausziehen. Schließlich habe ich sie für mein Lager gekauft, und nicht für die Arbeit«, erzählte Ragnar weiter. »Jeder weiß ja, wie leicht man beim Kauf einer Unfreien betrogen wird.«

Ulf nickte vor sich hin. Schminke auf die Falten, ein Kleid, das körperliche Mängel verdeckt... Sklavenhändler galten als gerissene Burschen. Na ja: bei einer Unfreien, die Arbeit auf dem Feld oder im Stall verrichten soll, kommt es auf Schönheit nicht an. Aber bei einer Sklavin für das nächtliche Lager...

Gerberga sagte mit wohlklingender, fester Stimme einige Worte, die keiner verstand. »Schade, dass Gerbert, der Westfranke, nicht im Lager ist«, meinte Ragnar zu seinem Sohn. »Ich habe aus ihr nur herausbekommen, dass sie ›Gerberga‹ heißt. Sie kann kaum ein Wort Nordisch.«

Hinter Ulf lachte einer der Ruderer. »Du wirst ihr auch ohne Worte klar machen, Ragnar, was du von ihr willst.«

Ulf wandte sich ab und blickte in Gizurs missmutiges Gesicht. »Die Sache mit dem Mädchen gefällt mir nicht.«

Ulf starrte den Alten verständnislos an. »Die Frau ist doch hübsch, bildhübsch. Mit dem blonden Haar und den blauen Augen sieht sie aus wie eine Frau aus unseren Nordländern. Und hast du nicht durch die vielen Risse in ihrem Kleid gesehen, wie weiß ihre Haut ist?«

Gizurs schüttelte ärgerlich den Kopf. »Du willst mich nicht verstehen, Ulf. Wenn Grim auch eine Sklavin in unser enges Zelt holt... Vielleicht kauft jeder unserer Gefährten sich eine Unfreie. Wie voll es dann im Lager wird!«

Ulf antwortete nicht. Schließlich spielte er selbst ja auch schon seit Tagen mit dem Gedanken, sich für wenig Silber eine Unfreie zu kaufen. Aber seinen Zeltgenossen, den Griechen, würde es stören, das wusste Ulf. Sie hatten zwar nie darüber gesprochen, aber die Miene des Griechen war unmissverständlich, wenn in einem der vielen Lager ein Nordmann mit einer Unfreien in sein Zelt ging. Und bei schönem Wetter machten sich manche gar nicht erst die Mühe, sondern lüpften ihrer Unfreien mitten im Lager den Rock bis über den Hintern. »Barbarische Sitten«, pflegte der Grieche bei einem solchen Anblick zu knurren. Doch dessen Empfindlichkeit war Ulf gleichgültig. Der Grieche war nicht in den Nordländern geboren und verstand ihre Sitten nicht. Und jetzt hatte Ragnar ein Beispiel gegeben. Gerberga hatte Ulf ausnehmend gut gefallen...Er wandte sich um, um noch einen Blick auf die junge Frau zu werfen. Doch Ragnar war mit seiner neugekauften Schönheit längst im Zelt verschwunden.

»Nimm deinen Bogen und komm mit mir, Ulf«, sagte Ake, der Däne, am nächsten Morgen. Sie hockten sich, den Bogen in der linken und einen Pfeil in der rechten Hand, gegenüber der Stadtmauer am Ufer nieder. Die Warnrufe der Wächter auf der Mauer wurden immer seltener, da sie sich nicht bewegten. Die Bogenschützen und Steinschleuderer hatten längst aufgegeben, denn sie waren außer Schussweite.

»Siehst du den Krieger, der den safrangelben Wimpel trägt, Ulf?«, fragte der Däne mit einem erwartungsvollen Lächeln auf dem Gesicht. »Sie werden immer unvorsichtiger. Vor allem dieser Fahnenträger. Er geht so stolz auf der Brustwehr auf und ab, als seien wir gar nicht vorhanden.«

»Aber er trägt ein Kettenhemd, Ake«, entgegnete Ulf.

»Na und? Ich schieße auf seinen Hals.« Er drehte unruhig den Bogen zwischen den Fingern. »Man muss geduldig warten, bis ihre Aufmerksamkeit erlahmt. Wie bei jeder Jagd.« Akes Rippenstoß kam plötzlich. »Jetzt!« Der Däne sprang mit langen Sätzen vorwärts und riss den Bogen hoch. Sein Pfeil fuhr dem Fahnenträger mitten durch den Hals. Ohne einen Laut stürzte der Mann nach hinten von der Mauer. Seine Lanze mit dem gelben Wimpel fiel über die Zinnen und blieb vor der Mauer liegen. Ulf war nachgesprungen und hatte auf einen anderen Verteidiger geschossen, der zwischen zwei Zinnen stand und ihnen den Rücken zuwandte. Doch sein Pfeil traf ihn zwischen den Schulterblättern und prallte am Kettenhemd ab. »Du solltest noch ein bisschen üben, Ulf«, lachte der Däne spöttisch. »Zeit und Gelegenheit hast du hier genug.«

Ragnars Miene wurde mit jedem Abend düsterer. Lange schon verhandelte er mit den anderen Schiffsführern über einen Angriff auf die Stadt. Als einer der Gefährten fragte, wann die Stadt endlich angegriffen werde, setzte er den Krug so heftig auf den Boden, dass das Bier spritzte. »Die Stadt angreifen? Mit wem denn? Seit Monaten liegen diese Memmen schon vor den Mauern, und es fällt ihnen nichts ein. Aber alle meine Vorschläge lehnen sie ab.«

Zwei, drei Wochen waren vergangen, als eine laute Stimme Ulf morgens aus dem Schlaf riss. Dann hörte er das Läuten der Glocken, die Trompetenstöße und die Hörner. Er sprang auf und griff nach Helm und Waffen. Schmale Hände krallten sich um sein Knie und versuchten ihn zurückzuhalten. Olafs Sklavin, die er gelegentlich in sein Zelt holte, hatte sich unter den Fellen hervorgewühlt und sich aufgerichtet. Ihre Augen blickten erwartungsvoll zu ihm auf, und ihre Zungenspitze lockte zwischen den halbgeöffneten Zähnen. Olafs Unfreie war ein Mädchen, das von der Liebe nie genug bekommen konnte. Ulfs Blick wanderte zu ihren Brüsten. Ärger über die morgendliche Störung wollte in ihm aufsteigen, doch Ulf riss sich zusammen, schüttelte den Kopf und stürzte aus dem Zelt. Soeben schlug auch Ragnar die Zeltbahn zurück. Hinter ihm stand Gerberga, nackt und schön. Mit einer Handbewegung scheuchte Ragnar sie ins Zelt zurück und nahm Schild und Schwert kampfbereit in die Hand. »Das ist Ejulf.« Ragnar grinste verächtlich. »Wenn seine Tapferkeit so groß ist wie seine Stimme laut, nimmt er die Stadt ganz allein.«

Vom Rand ihres Zeltlagers sahen sie weit drüben, jenseits der kurzen Nordbrücke, die Besatzung einiger Langschiffe am Ufer stehen. Ejulf, ein jüngerer Mann mit kunstvoll gedrehtem Spitzbart, war einige Schritte vorgetreten und brüllte seine Drohungen und Verwünschungen hinüber. Einer der Franken, die auf ihrer Seite kämpften, übersetzte sie ins Französische, ebenso die Antworten.

»Der Mann dort oben auf der Mauer, mit dem prächtigen Kettenhemd und dem reich verzierten Schild, ist der Graf des Königs«, sagte Ragnar.

»Im Drohen sind beide einander ebenbürtig«, lachte Gizur.

Die Schmähungen flogen hin und her. Grim stieß Ulf in die Seite. »Siehst du, dass viele dieser Leute Ruderboote tragen.« Der Graubart schüttelte den Kopf. »Ich glaube gar, die wollen hier über den Fluss setzen. Jetzt... nachdem der Graf Gelegenheit hatte, alle Reserven auf diesem Mauerabschnitt zusammenzuziehen.«

»Sie werden nicht einmal über den Fluss kommen«, nickte Ulf. »Die Bogenschützen und die Schleuderer werden sie niedermachen.«

Immer noch drangen Schimpfreden herüber. Jeder Schmähruf, jede Drohung wurde mit einem johlenden Gelächter beantwortet. »Wir werden eure Köpfe...!« brüllte der Anführer zu den Mauern hinauf...

Wie auf ein Kommando ließen die Nordmänner die Boote fallen. Ejulf hatte mitten im Satz innegehalten und lief nun mit langen Schritten auf die Holzbrücke zu. Seine Männer folgten ihm. Ihr Kriegsgeschrei gellte Ulf in den Ohren. Sobald die Nordmänner in Schussweite gerieten, flogen die Pfeile der Franken und die Steine ihrer Schleuderer. Ulf sah vier oder fünf Nordmänner zu Boden sinken. Mindestens zweihundert Meter, dachte er verächtlich. Für die Franken auf der Mauer ist der Weg kürzer. Wie konnte dieser Ejulf erwarten, dass der Turm am Ende der Brücke unbesetzt sein würde?

Die ersten Nordmänner hatten die Holzbrücke erreicht und stürmten mit erhobenen Streitäxten auf das Tor zu. Doch für die Besatzungen mehrerer Langschiffe war die Brücke zu schmal. Die meisten Nordmänner standen noch am Ufer und hielten die Schilde über den Kopf, um den Hagel der Pfeile und Steine abzuwehren. Vom Tor her drang das Krachen der Beilhiebe. Ulf sah, wie die Krieger in der ersten Reihe, vielleicht fünf oder sechs, mit den Streitäxten auf das Tor einhieben. Ulf schüttelte den Kopf. Die Streitäxte waren viel zu schmal, um das Tor entscheidend zu beschädigen.

Ulf sah die Krieger herabstürzen. Von Pfeilen getroffen oder von Steinen, taumelten sie gegen das niedrige Brückengeländer und klatschten ins Wasser. Zehn, zwölf, fünfzehn... Ulf konnte nicht mitzählen. »Brav!« Gizur rüttelte an seiner Schulter und zeigte stromabwärts. Auf der Höhe des nächsten Zeltlagers trieben einige Ruderboote auf dem Wasser. »Sie fischen die ersten Toten aus dem Fluss«, fügte der Alte hinzu. »Brav! So unsinnig der Angriff auch ist, diese Männer verdienen ein anständiges Begräbnis.«

Zwei Krieger eilten an ihnen vorüber. Zwischen sich führten sie einen jungen Mann ohne Helm. Der arme Kerl konnte die Beine kaum bewegen. Sein Kopf war feuerrot, die halbgeschlossenen Augen starrten ins Leere. »Er hat einen Eimer mit kochendem Öl auf den Kopf bekommen«, rief einer der Krieger herüber.

Ulfs Blick streifte Ragnar. Soeben stieß der Schiffsführer die Klinge, die er in der Erregung ein Stück aus der Scheide gezogen hatte, zurück. In seinen Augen funkelte blanke Wut. Kein Beilschlag war mehr zu hören, die Brücke wieder leer. Nur einige Leichen lagen auf den Bohlen. Die Angreifer hatten sich ans Ufer zurückgezogen. Immer noch drang das Siegesgeschrei der Verteidiger von den Mauern herüber.

Die Stimmung in den Zeltlagern wurde nach dem kläglich gescheiterten Angriff von Tag zu Tag gereizter. Ragnars Leute gingen von Lager zu Lager und forderten die Krieger auf, ihren Schiffsführer zum Anführer zu wählen. Ulf war von morgens bis abends unterwegs. Die meisten der Krieger, mit denen er sprach, stimmten ihm zu. Doch nach und nach merkte er, dass es Besatzungen gab, von denen er keinen Mann überzeugen konnte. »Wir sind schon viel länger in Frankreich«, hörte er wieder und wieder. »Wir kennen die Westfranken besser als Ragnar. Unser Schiffsführer muss der Anführer werden!« Ulf gab nicht auf. Ragnars Anhängerschar in den Zeltlagern wuchs. Doch was würden die anderen tun? Würden sie abziehen? Der Krieger, mit dem er gerade sprach, hörte ihm wohlwollend zu, als er von Ragnars Taten in England erzählte und von der Notwendigkeit sprach, einen gemeinsamen Anführer zu wählen. Dann fuhr der Mann mit den Fingern durch seinen blonden Gabelbart. »Du hast ja Recht Ulf, aber…« Er deutete mit der Hand auf verschiedene Zeltlager. »… jeder von denen will Anführer werden.«

Wochen zogen ins Land. Neue Langschiffe kamen und schlugen ihr Zeltlager auf. Doch viele Lager wurden auch abgebrochen, und die Schiffe ruderten davon. Fast jeden Tag kehrten berittene Nordmänner von einem Raubzug zurück und trieben Herden vor sich her. Nie zuvor hatten sich so viele fette Ochsen vor ihren Zelten auf den Bratspießen gedreht. Fleisch und Getreide waren billig zu kaufen.

Alle Versuche, sich mit den anderen Schiffsführern über einen gemeinsamen Angriff auf die Stadt zu verständigen, waren fehlgeschlagen. »Meinetwegen«, sagte Ragnar beim Mittagsmahl und warf den letzten Knochen weg. »Ich habe jedenfalls zugesagt. Wir können doch nicht tagaus, tagein nur vor den Zelten hocken. Und die beiden anderen Schiffsführer leihen uns Pferde.«

»Ich bezweifle, dass dort noch etwas zu holen ist«, murrte Grim und stocherte mit dem Messer zwischen den Zähnen.

Die Schiffsführer der beiden Langschiffe, mit denen Ragnar den Zug verabredet hatte, kamen mit ihren Leuten wenig später in ihr Lager. Ulf lieh man einen feurigen Hengst. Das Tier würde einen hohen Preis erzielen, dachte Ulf, wenn man einen Käufer fände. Doch die meisten Langschiffe würden die zusammengeraubten Pferde nicht mitnehmen. Es war bequemer, ohne Pferde an Bord die Flüsse entlang zu rudern. Wenn man einen Raubzug über Land plante, fanden sich auf den Weiden am Ufer immer noch genügend Pferde. Ulf nahm die Brosche von der linken Schulter und zog den Umhang so weit nach vorne, dass er ihn im Sattel nicht behinderte. Dann steckte er die beiden Tuchstreifen mit der Brosche über der rechten Hüfte zusammen.

Es war nur ein kurzer Ritt zu den Weinbergen. Die Hütten der Weinbauern waren leicht zu finden, doch vor den Hufen ihrer Pferde lagen nur verkohlte Reste. »Wir hacken die Weinstöcke um!«, rief einer der Schiffsführer. Ragnar hatte sein Pferd so gewendet, dass er zur Stadt hinunterschaute. Von dem steilen Hügel aus, den die Pariser »Montmartre«, den »Berg der Märtyrer«, nennen, hatte man eine gute Aussicht auf die Stadt. Ulf betrachtete lange die Insel und die Stadtmauern, die Kirchtürme und die spitzen Dächer der Holzhäuser. Ein wütendes Knurren zog seinen Blick auf Ragnar. Der Schiffsführer hieb mit dem Schwert zwei, drei Reben ab. »Wie lange sollen wir noch warten, bis wir diese Stadt erobern? Und diese Leute wollen Weinstöcke abhauen!«

Ragnar hatte also doch Recht gehabt, dachte Ulf. Er lauschte erneut hinaus in die Nacht. Doch er hörte nur noch das gleichförmige Plätschern des Regens. Vor knapp zwei Wochen war der Bote beinahe der Wache eines Zeltlagers in die Hände gefallen. Im letzten Augenblicke war es ihm gelungen, einen der Wächter niederzureiten. Dann hatte ihn die Nacht verschluckt. Alle waren sich einig gewesen: es handelte sich um einen Boten an den westfränkischen König. Niemand im Lager wusste, wo sich König Karl aufhielt. Der König pflegte im Lande umherzuziehen, von einem seiner Königshöfe zum anderen. Wahrscheinlich aber stand er jetzt irgendwo an der Spitze eines Heeres und kämpfte gegen plündernde Wikinger oder einen aufständischen Adligen. Die meisten hatten geglaubt, der König sei weit weg, und es würden drei oder vier Wochen vergehen, bis der Bote zurückkehre. Doch Ragnar war misstrauischer gewesen. Deshalb lagen sie seit Tagen nachts bei der Brücke, die zum Nordufer der Seine führt, im Hinterhalt. Und vorhin: das hatte geklungen wie der Huf eines Pferdes, der gegen einen Stein stößt. Zu sehen war nichts. Der Regen hatte etwas nachgelassen, doch immer noch lief das Wasser in kleinen Bächen an der Decke herunter, die Ulf sich um die Schultern geworfen hatte. Längst rann ihm das Wasser kalt in den Nacken.

Ulf zuckte zusammen: da war es wieder. Das gleiche Geräusch, nur viel näher. Grim packte seinen Speer auch mit der linken Hand. »Reiter kommen«, flüsterte er.

Der Hufschlag wurde deutlicher. Es waren mehrere Pferde. Sie standen geduckt und lauerten auf den Feind. Doch vor sich sahen sie nur die schwarze Wand aus Nacht und Regen. »Näher an die Brücke, hat Ragnar gesagt«, flüsterte Grim. Ulf schlich vorwärts. Grim war ihm nur wenige Schritte voraus, doch plötzlich waren auch die Umrisse seiner mächtigen Gestalt im Dunkel verschwunden. Die anderen sah Ulf nicht. Ein wütender Ausruf, den er nicht verstand, ließ ihn herumfahren.

Vor sich sieht er den Kopf eines Pferdes und über sich das zum Schlag erhobene Schwert. Ulf springt zur Seite, der Schwerthieb trifft ins Leere. Bevor der Reiter den Arm wieder hochgerissen hat, steht Ulf neben ihm. Seine Klinge trennt die Hand mit dem Schwert vom Arm. Der Reiter stößt ein Schmerzgeheul aus, das Pferd wiehert auf und tut einen Sprung vorwärts. Mit einem riesigen Satz jagt er dem Reiter nach, um ihm die Klinge in den Rücken zu stoßen. Doch sein Fuß gleitet auf dem glitschigen Boden aus, und er fällt der Länge nach in den Schlamm.

Ulf hörte nur noch das Klappern der Hufe auf dem Holz und die Schmerzensschreie. Er eilte auf die Brücke zu. Vor ihm lösten sich aus dem Dunkel die Umrisse eines Reiters und die Gestalt des alten Haudegen. Dieser Reiter war ebenso geschickt im Umgang mit dem Pferd wie im Umgang mit dem Schwert. Grim umkreiste ihn, vorgebeugt, den Speer in beiden Händen. Der Franke riss das Pferd auf den Hinterhufen herum und führte, weit aus dem Sattel gelehnt, wuchtige, gutgezielte Hiebe. Doch der Graubart war stets schon längst zur Seite gesprungen. »Lass ihn mir, Ulf!«, brüllte Grim zornig. Wieder war der Arm mit dem Schwert ins Leere gesaust. Der Graubart trat einen Schritt nach vorn und riss seinen Speer nach oben. Der Schaft traf den Unterarm, und das Schwert wirbelte davon. Schon steht Grim vor dem Franken. Er muss mit dem Pferd zusammengestoßen sein, denn das Tier tut aufwiehernd einen Sprung nach vorne. Der Reiter rutscht aus dem Sattel und hängt in der Luft. Die Spitze von Grims Speer ragt um Armeslänge aus seinem Rücken.

Sie rannten gemeinsam zur Brücke. Mehrere Reiter mussten die Brücke bereits erreicht haben, denn sie hörten das Geklapper der Hufe auf dem Holz. Auf der Brücke stand Ragnar mit Schild und Schwert. Neben ihm lag ein Erschlagener. »Vier Reiter vor uns«, brüllte Ragnar ihnen entgegen. Dann sprang er vorwärts, hinein in das Dunkel. Sie stürmten ihm nach. Ulf sah die Kruppe eines Pferdes und den um sich schlagenden Schweif. Auf dem Rücken des Pferdes erblickte er schemenhaft eine unförmige Masse, die nach links rutschte und dann zu Boden fiel. Jetzt war er nahe genug, um die Einzelheiten zu erkennen. Das Pferd war verschwunden. Vor ihm kniete Ragnar auf den Holzbohlen und war im Begriff, aufzustehen. Neben ihm lag der fränkische Reiter. Sein Kopf war ein Stück weitergerollt. Ulf begriff: Ragnar war von hinten auf das Pferd gesprungen, hatte den Reiter aus dem Sattel gerissen und ihm am Boden den Kopf abgeschlagen. »Schleift die Leichen ans Ufer! Schnell! Sobald der letzte Reiter durch das Tor ist, kommen die Pfeile!«, rief Ragnar einem Ruderer zu, der sich anschickte, einem Toten das Kettenhemd über den Kopf zu ziehen. Und wieder behielt Ragnar recht. Sobald sie am Ufer standen und das Quietschen und Ächzen des Holztores hörten, das sich schloss, hagelten die Pfeile und Steine. Doch sie standen außer Schussweite.

Die fränkischen Reiter hatten den Halbkreis durchbrochen, den ihre Mannschaft um den Aufgang zur Brücke gezogen hatte. Sechs hatten sie erschlagen. Doch drei Reitern war die Flucht in die Stadt gelungen. Und am nächsten Morgen erfuhren sie aus den Spottreden, die von der Stadtmauer herüberschallten, dass der Graf selbst der Bote gewesen und ihnen entkommen war.

»Siebentausend. Siebentausend Pfund Silber. Hat König Karl ›der Kahle‹ gezahlt. Wirklich gezahlt!«, lachte Börn fröhlich und setzte den Bierkrug an die Lippen. Börn war aus Norwegen. Ein alter, grauhaariger Mann, den Ragnar in England kennen gelernt hatte. Sie saßen schon stundenlang um die Feuer und erzählten von den Wikingerfahrten im Lande König Karls des Kahlen. Nicht nur Börn war gekommen. Auch andere, die die Reichtümer Frankreichs, seiner Kirchen und Klöster, schätzten und das Land kannten. Alte Freunde Ragnars und neue Bekanntschaften, die er in den Zeltlagern gemacht hatte. »Das ist jetzt schon sechzehn Jahre her«, fuhr Börn fort. »Es war unsere erste Belagerung von Paris. Eigentlich war es nicht viel anders als diesmal. Wir haben die Klöster und Kirchen auf beiden Ufern niedergebrannt, doch die Stadt auf der Insel nicht erobern können. Aber der französische König zahlte siebentausend Pfund Silber Lösegeld, damit wir abzögen.« Der Alte rieb sich bei der Erinnerung an das Silber die Hände. Sein von Bier und Met gerötetes Gesicht strahlte. »Siebentausend Pfund! Ich bekam damals fast drei Pfund Silber!«

»Aber vor fünf Jahren?«, lachte einer. »Bei der zweiten Belagerung von Paris? Was habt ihr da bekommen?«

»Na ja, na ja. Man kann nicht immer solches Glück haben.« Börn machte eine wegwerfende Handbewegung. »Aber immerhin: wir haben wieder alle Kirchen und Klöster im Umland geplündert. Schon wahr: die Stadt konnten wir vor vier Jahren wiederum nicht erobern. Und leider schickte König Karl diesmal kein Lösegeld.«

»Nein«, schrie einer dazwischen. »König Karl schickte uns nicht nur kein Lösegeld. Er hat uns Nordmännern damals, vor fünf Jahren, eine schwere Niederlage bereitet.«

Der alte Börn zuckte verächtlich die Achseln. »Aber nicht uns. Nicht den Belagerern von Paris.«

Jemand schreit: »König Karl wird kommen. Er wird ein Lösegeld zahlen. Schließlich ist unter den Städten, die der König besitzt, Paris eine der wichtigsten.«

Einer pflichtet bei: »Ja. König Karl ist oft in Paris.«

Die Krüge wurden immer schneller leer. Ulf tat einen tiefen Zug. Dann kratzte er sich behaglich am Kopf. Er liebte diese Erzählungen.

»Selber Schuld waren sie«, rief einer hitzig. »Haben sie nicht in der Nacht die Stadtmauer umzingelt und die Tore aufgebrochen? Haben sie nicht dem Bischof und den anderen, die sich in die Kathedrale geflüchtet hatten, die Kehle durchgeschnitten?«

»Ja. Und dann haben sie die Stadt – ›Chartres‹ nennen sie die Westfranken – in Brand gesetzt«, entgegnete der Sprecher. »Aber auf dem Rückweg …«

»Auf dem Rückweg, auf dem Rückweg zu den Booten«, fiel der andere ihm ins Wort, »wurden sie von den Franken, die ihnen entkommen waren, eingeholt und niedergemacht.«

»Ich kenne die Geschichte auch.« Ragnar blickte missmutig in seinen Bierkrug. »Es war kein gutes Jahr für die Nordmänner im Westfrankenreich, damals. Damals vor drei Jahren. Man erzählt, König Karl habe in diesem Jahr sogar drei Monate lang unsere Insel unten im Süden, an der Mündung der Loire, belagert. Noirmoutier, auf der die meisten Nordmänner, die im Westfrankenreich auf Wikingerfahrt sind, überwintern.«

»Belagert?«, lachte einer höhnisch. »Ich war dabei. Ja, König Karl erschien mit einem großen Heer und lagerte drei Monate lang gegenüber der Insel. Aber da er keine Boote hatte, konnte er sie nicht angreifen.«

»Er und seine Krieger standen monatelang am Ufer und mussten zuschauen, wie unsere Langschiffe ausliefen oder mit reicher Beute zurückkehrten«, schrie jemand, schon mit schwerer Stimme. »Weil er keine Boote hatte, musste er abziehen.«

»Nicht nur wegen der fehlenden Boote. Damals, vor drei Jahren, fiel doch auch der ostfränkische König Ludwig in das Westfrankenreich ein.«

»Davon habe ich in Haithabu gehört«, brummte Ragnar nachdenklich. »Wer hat gesiegt?«

»Keiner«, entgegnete einer. »König Ludwig ›der Deutsche‹ hatte gehofft, die Großen des Westfrankenreiches würden sich auf seine Seite schlagen. Aber er fand nur wenige Verbündete. So musste er wieder abziehen.«

»Vielleicht fällt König Ludwig auch dieses Jahr wieder ins Westfrankenreich ein. Dann kann der westfränkische König kein Heer schicken, um Paris zu entsetzen.«

»Nein, Ragnar«, widersprach jemand. »Der westfränkische König Karl und der ostfränkische König Ludwig haben im vergangenen Sommer Frieden geschlossen. Zusammen mit dem dritten Frankenkönig haben sie einen Schwur abgelegt, einander nie mehr anzugreifen, sondern beizustehen.«

»Man weiß ja, wie lange solche Schwüre der Könige halten«, knurrte Grim verächtlich. »Die drei Frankenkönige bekämpfen sich doch dauernd, obwohl sie miteinander verwandt sind.«

»Du magst Recht haben, Grim. Aber in diesem Jahr hat sich König Ludwigs Sohn, Karlmann, gegen seinen Vater erhoben. Der König des ostfränkischen Reiches hat jetzt andere Sorgen.«

Eines Morgens weideten die Pariser ihre Herden vor den Stadtmauern. Sie hatten die Tore geöffnet und die Tiere auf den grünen Streifen zwischen Mauer und Ufer getrieben. Ulf schaute zur Stadt hinüber. Gelegentlich rannte ein Nordmann mit dem Bogen in der Hand vorwärts, um auf die Tiere, vor allem die Kälber und Ziegen, zu schießen. Doch bevor er die Sehne spannen konnte, kamen von der Stadtmauer die Steine und Pfeile und schlugen den Bogenschützen in die Flucht. »Ist doch klar, dass sie alle ihre Krieger auf die Mauer gestellt haben, um die Herde zu schützen«, grinste Ake, der Däne, abschätzig. »Und ihre Pfeile und Steine fliegen weiter, denn sie stehen auf der Mauer viel höher als unsere Bogenschützen. Das weiß doch jeder Depp.«
Grims Augen blickten finster. »Aber… wenn wir nicht ständig auf die Tiere schießen, merken die da drüben auf der Mauer, wie wenige wir geworden sind.«
»Das merken die auch so, Grim«, schrie einer ihrer Leute. »Von der Stadtmauer aus sehen sie doch, wie unsere Langschiffe ablegen oder die Reitertrupps losziehen.«
»Hast ja recht, Thorsten«, knurrte der Graubart. »Aber wir müssen die Herde angreifen, wir müssen… »

Ragnar unterbrach ihn. Er hatte stundenlang mit gekreuzten Beinen in der Nähe des Ufers gesessen, die Ellbogen auf die Knie und das Kinn auf die Fäuste gestützt, und finster zur Insel hinübergeblickt. Jetzt war er aufgesprungen. »Ja, wir müssen die Herde angreifen. Aber nicht heute. Heute stehen zu viele Krieger auf der Mauer. Wenn wir die Tiere einige Tage unbeachtet lassen…«

»Dann lässt ihre Wachsamkeit nach«, rief einer.

»Zumindest stellen sie nicht jeden Tag alle ihre Krieger von morgens bis abends auf die Mauer«, nickte Ragnar. »Bei einem plötzlichen Überfall können wir viele der Tiere töten. Solange die Leute drüben eine solche Herde besitzen, können wir die Stadt nicht aushungern.«

Ragnar sprach mit den anderen Schiffsführern. Niemand machte den Vorschlag, die Herde auf die von den Nordmännern besetzten Ufer zu treiben. Es wäre schwierig gewesen, Ochsen und Kühe auf den kleinen Ruderbooten, die ihre Leute erbeutet hatten, ans andere Ufer zu schaffen. Und das vor den Augen der Wächter auf der Mauer. Außerdem brauchten die Belagerer kein zusätzliches Vieh. Hatten viele Zeltlager doch jetzt schon kaum genug Männer, um die erbeuteten Herden zu bewachen. Ragnars Vorschlag, die Tiere abzuschlachten, fand deshalb Zustimmung.

Einige Tage verstrichen. Jeden Morgen bei Sonnenaufgang öffneten sich die Tore, und die Rinder und Ziegen drängten zum Ufer. Eines Nachts schafften sie die Boote an das nördliche Ufer gegenüber der Stadtmauer. Die Ruderboote wurden hinter Büschen versteckt, die Krieger legten sich flach auf den Boden. »Wir greifen sofort an«, hatte Ragnar entschieden. »Bevor die Hirten Ordnung in die Herde gebracht haben.«

Ulf fror. Seit Stunden lag er nun schon auf dem feuchten Boden. Bei jeder Bewegung tropfte der Tau von den Grasspitzen. Drüben auf der Insel drängelten die Tiere am Ufer, um zu saufen. Zwei oder drei Nachzügler rannten noch durch eines der Tore.

Ragnar sprang auf. Still, um die Wächter auf der Mauer nicht vorzeitig zu warnen. Schweigend rannten sie mit ihren Booten zum Fluss. Als der erste Trompetenstoß die Luft zerriss, klatschten ihre Boote bereits aufs Wasser. Jetzt hängt alles davon ab, wer schneller ist, dachte Ulf. Ihre Boote schossen vorwärts, nur wenige Pfeile und Steine flogen ihnen entgegen. Vereinzelte Warnrufe und Schreie schallten von der Mauer herüber. Ragnar sprang ans Ufer, bevor die Spitze ihres Kahnes dagegen stieß. Mit einem Schlag seines Kampfbeiles zertrümmerte er einem fetten Ochsen den Schädel. Ulf rannte geduckt zwischen den Rindern hin und her. Nur für den tödlichen Hieb mit der Streitaxt richtete er sich auf. Ohne Pause schmetterten jetzt die Trompeten und Hörner auf der Mauer. Ulf blickte nicht zur Mauer hinüber. Die Pfeile und Steine, die immer zahlreicher herüberflogen, sagten ihm genug: Der Feind sammelte seine Krieger auf der Mauer. Die Hirten waren gleich bei ihrer Landung zu den Toren gerannt. Keiner war ihnen gefolgt. Nur die Herde am Ufer bot einen gewissen Schutz gegen die Bogenschützen und Schleuderer. Die Pfeile und Steine der Belagerten trafen die Tiere und führten zu einer heillosen Verwirrung. Ulf fühlte die Knüffe und Püffe der blind vorwärts drängenden Rinder kaum. Immer enger drängten sich die verängstigten Tiere zusammen. Nur ein, zwei Schritte musste sich Ulf durch die Tierleiber bahnen, dann kam er wieder zu einem Schlag. Die Krieger der drei Langschiffe, die Ragnar für diese Aufgabe abgestellt hatte, arbeiteten schnell. Sie zerrten die Tierleichen ans Ufer und stießen sie ins Wasser, damit die Belagerten sich nicht in der Nacht das Fleisch holen konnten.

»Zurück!«, brüllte Ragnar. Geduckt ging Ulf zum Ufer, mit beiden Armen die muhenden und brüllenden Kühe auseinander stoßend. Beinahe wäre er über eine meckernde Ziege gestolpert, die zwischen den Rindern eingekeilt war. Die Ruderer hatten die Riemen bereits eingelegt, als Ulf ins Boot sprang. Er kniete sich zwischen zwei Ruderer und riss seinen Schild hoch. Das Wasser spritzte schon über den Bootsrand. Als ihre Boote auf dem Fluss und damit für die Belagerten deutlich sichtbar waren, wurde das Geschrei auf der Mauer ohrenbetäubend. Auf Ragnars Weisung hielten die Boote Abstand. Viele der Pfeile und Steine klatschten ins Wasser. Ulfs Schild wurde von einem Pfeil getroffen, und gelegentlich hörte er den Aufschrei eines Nordmannes, den ein Geschoß getroffen hatte. Doch nach wenigen Augenblicken lief das Boot aufs Ufer. Sie ließen die Boote liegen und rannten vorwärts, um außer Schussweite zu gelangen.

»Nur einige leichte Verletzungen«, murmelte Ragnar zufrieden, nachdem er mit den Schiffsführern der anderen Langschiffe gesprochen hatte. Ulf blickte zurück zur Insel. Immer noch rannten muhende Kühe und meckernde Ziegen durcheinander. Doch die Herde war zum großen Teil vernichtet. Stromabwärts war der Fluss bedeckt mit Tierleichen. Ragnar stand breitbeinig und kraulte sich den Bart, und Ulf vergaß die Rinder, als er die lodernde Glut in seinen Augen sah: »Ich habe eine Bresche entdeckt, die wir angreifen können.«

Sie hatten sechs Tage verstreichen lassen. Keiner war in die Nähe der Uferstelle gegangen, die der Bresche gegenüberlag. Ulf kniete im vordersten Boot. Vorsichtshalber hielt er den Schild vor Kopf und Brust. Seine Knie steckten fingertief im Wasser. Er konnte nur einige Schritt weit sehen. Denn dichter Nebel lag über dem Fluss. Die Ruderer arbeiteten langsam und vorsichtig, um kein Geräusch zu verursachen, das die Wächter auf der Mauer hätte misstrauisch machen können. Ulf fröstelte. Hoffentlich hat die Wachsamkeit der Belagerten nach dem Überfall auf die Herde nachgelassen, dachte er. »Nur wenn wir unverschämtes Glück haben, können wir mit wenig mehr als hundert Mann die Stadt einnehmen«, hatte Ragnar gesagt. Eigentlich ging es nur um den Beweis, dass die Mauern von Paris nicht uneinnehmbar waren. Ragnar hoffte, die anderen zu einem Sturmangriff auf die Mauern überreden zu können, sobald es Nordmännern gelungen war, eine dieser Mauern zu überwinden.

Ein leichter Ruck ging durch das Boot. Der Bug war gegen das Ufer gestoßen. Mit einem kurzen Sprung stand Ulf an Land. Schweigend, vorsichtig auftretend, schlichen sie vorwärts. Geisterhaft verzerrt, tauchte vor ihnen die Mauer aus dem Nebel auf. Es war alles genau abgesprochen. Jeder Mann von den fünf Langschiffen, die auch die Herde überfallen hatten, kannte seine Aufgabe, denn es war nicht möglich, laute Befehle zu erteilen, ohne die Wächter auf der Mauer zu warnen.

Ulf blieb hinter der wuchtigen Gestalt Ragnars stehen, der wortlos wartete, bis die anderen aufgeschlossen hatten. Zwei Schritte weiter rechts ragte Grims Gabelbart kämpferisch nach vorn. Mit quälender Langsamkeit begann Ragnar zu klettern. Ulf ließ den alten Recken vor. In dem Nebel konnte er die Mauerkrone noch nicht sehen. Erst als er mit Händen und Füßen nach oben kletterte, erkannte er die Bresche. Das obere Stück der Mauer war nach außen gestürzt. Die Steine bildeten einen Haufen, der bis zur halben Höhe der Stadtmauer reichte. Im Laufe der Jahrzehnte hatten sich zwischen den Steinen Staub und Erde festgesetzt. Doch die Steine lagen teilweise nur locker im Erdreich. Vor jedem Schritt musste Ulf mit der Hand ihre Festigkeit prüfen. Ein einziger herunterrollender Stein hätte alles verraten. Über sich sah er nur die Schuhe Grims. Der Haufen endete, die Mauerbresche war mit Felsbrocken und kleinen Baumstämmen flüchtig aufgefüllt. Hier war bei jedem Tritt noch größere Vorsicht geboten.

Ein kurzer Blick nach links oben. Grim stand jetzt oben auf der Bresche. Er hielt den Schild über den Kopf. Links von ihm auf der Mauer, etwa einen Meter höher, standen zwei Feinde. Eigentlich konnte Ulf nur ihre Beine sehen. Doch er hörte das dumpfe Prasseln des Holzes, als zwei Schwerthiebe den Schild des Graubarts trafen, und das helle Klirren, als die Schneiden von einem der Eisenbeschläge abglitten. Dann sah er verschwommen Grims Streitaxt nach vorne sausen. Sie traf den linken der Feinde in den Bauch. Mit einem Aufschrei fiel der Mann ihm entgegen und hätte ihm fast den Schild aus der Hand gerissen. Dann hört Ulf wieder jenes inzwischen so vertraute, dumpfe Geräusch, das entsteht, wenn die Klinge einer Streitaxt in den Körper eines Menschen eindringt. Den Todesschrei nahm Ulf kaum noch wahr.

Ulf setzt den Fuß auf die Spitze der Bresche. Mit einem einzigen Schwung wird er oben stehen. Da sieht er von rechts das Schwert kommen. Der Stoß ist genau auf Grims Rücken gerichtet. Ulf reißt den Schwertarm hoch. Doch der Stein unter seiner rechten Fußspitze ist locker. Ulf rutscht ab. Er schlägt trotzdem zu. Er kann nicht mehr auf das Handgelenk des Feindes zielen, doch das Klirren sagt ihm, dass er das Schwert des Angreifers getroffen hat.

Dann fühlt er wieder festen Boden unter den Füßen. Sein Gegner steht noch immer am Rande der Mauer rechts über ihm, das Schwert zum Schlag erhoben, den Körper mit dem Schild deckend. Er steht zu hoch für einen wirkungsvollen Schwerthieb, er will abwarten, bis Ulf die Spitze der Bresche erreicht hat. Eigentlich sieht Ulf in dem nebligen Dunkel nur das untere Ende dieses Schildes genau, den Schildrand und darunter die Lederstiefel. Die Füße! Ulf stößt zu, und seine Schwertklinge fährt dem Mann tief in den Unterschenkel.

Ulf kümmert sich nicht um das Schmerzgebrüll. Diesmal rutscht er nicht ab. Noch ein Schwung, und er steht auf der Bresche. Da schießt von links eine Speerspitze auf ihn zu. Ulf hat keine Zeit mehr, den Schild hochzureißen. Er kann nur noch ausweichen, indem er den Oberkörper zurückbiegt. Er fühlt die Klinge über seine Felljacke schaben, und spürt einen leichten Schmerz – keine ernsthafte Wunde, nur eine Schramme. Da poltert der Speer vor seine Füße. Erst jetzt wird Ulf bewusst, dass er über dem Kopf seines Angreifers Grims Streitaxt gesehen hat.

Ulf versteht die Worte nicht, aber er kann sich denken, dass es Flüche sind. Als er aufblickt, sieht er rechts auf der Mauerkrone einen neuen Feind, der mit dem Schwert zum Schlag ausholt. Ulf rammt seine Klinge schräg nach oben. Er weiß nicht, ob er den Mann getroffen hat. Doch lautlos stürzt der Körper vor seine Füße.

Jetzt steht Ulf auf der Bresche. Er dreht sich nach rechts. Das Schwert hat beinahe seine linke Schulter erreicht. Da hört er das Zischen der Streitaxt. Der rechte Arm des Feindes fällt von dessen Schulter. Ulf spürt, wie das der Hand entfallende Schwert seine Schulter berührt. Ein schmerzhafter Aufprall, aber nicht mehr kraftvoll genug, um seine Felljacke zu durchschneiden. Grims zweiter Axthieb fährt schräg in den Hals des Feindes. Der Körper vor ihm sackt langsam in sich zusammen. »Schon sind wir wieder quitt«, brummt der Graubart neben ihm vergnügt.

Bei dem rasenden Gebimmel der Kirchenglocke fährt Ulf zusammen. Erst jetzt erinnert er sich wieder daran, dass er zuvor schon zwei, drei Trompetenstöße gehört hat. Rechts auf der Mauer sieht er einige der Verteidiger. Sie sind fünf oder sechs Meter entfernt und scheinen langsam zurückzuweichen. In dem Nebel kann er die Männer nicht genau unterscheiden. Doch es müssen mehrere sein. Links auf der Mauerkrone liegen zwei Leichen. Dahinter steht Ragnar. Ulf sieht nur seinen Rücken und einen Teil seines Schildes. Ragnar kämpft gegen Feinde, die von vorne auf ihn eindringen. Doch die Schreie sagen ihm, dass es zwei gewesen sind. Ragnar dreht den Kopf nach hinten und zeigt mit der Schwertspitze nach vorn. »Da hinten stehen die Verteidiger. Wegen des Nebels kann ich sie nicht zählen. Aber ein

Dutzend werden es sein.« Neben ihm brummt Grim: »Und dauernd werden es mehr.«

Der Alte behielt Recht. Sie sahen wenig, aber sie hörten die Rufe, die auf beiden Mauerseiten immer näher kamen. Und sie sahen verschwommen die Fackeln, die die Verteidiger mitbrachten. Ulf warf einen Blick nach unten. Der Nebel war in der Stadt nicht so dicht wie auf dem Fluss und am Ufer. Immer schneller bewegten sich die Lichtpunkte der Fackeln auf die Mauer zu. Ulf starrte auf den Mann an der Spitze. Eigentlich erkannte er nur das Kettenhemd, das auch die Arme bedeckte. Vor oder neben diesem Anführer liefen Verteidiger mit Fackeln. In deren fahlem Schein blitzte gelegentlich der eine oder andere Eisenring auf. Der Anführer brüllte seinen Leuten einen Befehl zu. Sie mussten die Mauer bald erreicht haben.

»Alle zurück!«, donnert Ragnar. »Es sind zu viele.«

»Au«, schreit einer unter ihm, der gerade an der aufgefüllten Bresche emporklettert, und den Ulfs Schuh versehentlich getroffen hat. In fiebernder Eile klettert Ulf hinab. Als er den Steinhaufen erreicht hat, springt er zur Erde. »Schnell zu den Booten!«, brüllt über ihm Grim.

Als Ulf wieder im Boot kniet, hört er, durch den Nebel seltsam verzerrt, Ragnars Brüllen: »Rudert stromaufwärts! Schnell!« Die Ruder klatschten ins Wasser, die Boote schossen stromaufwärts. Von der Stadt sieht Ulf nur noch vereinzelte Lichter, die den Nebel schwach durchdringen.

Zuerst erkennt er die Fackeln auf der Mauer. Dann hört er das Zischen der Pfeile. Einige der Verteidiger haben ihre Bogen mitgebracht und schießen in den Nebel hinein: geradeaus und stromabwärts – kein Pfeil fliegt in ihre Richtung.

Ulf blickte missmutig vom Pferd herab auf die verkohlten Holzreste. Wieder alles niedergebrannt, dachte er. Seit drei Tagen waren sie nun unterwegs. Asved, der mit ihnen das Zeltlager teilte, hatte sich mit seiner Mannschaft angeschlossen. Das dritte Langschiff in ihrem Lager war vor zwei Wochen abgefahren. Sie hatten sich Pferde gekauft. In den drei Tagen waren sie an vielen Klöstern vorübergekommen. Doch sie hatten nur verkohlte Mauern gefunden. Sie hatten keine Herde gesehen, kein einziges Stück Vieh. Entweder hatten es andere Nordmänner längst geraubt, oder die Bauern hielten sich mit ihren Tieren irgendwo in den Wäldern versteckt.

»Hier im Norden ist nichts mehr zu holen, Ragnar«, rief einer der Gefährten herüber. Ragnar schwieg. Als er sein Pferd vorwärts trieb, hörte Ulf das Schmatzen des Lehms, der sich von den Hufen löste. Während ihres dreitägigen Rittes hatte es ununterbrochen geregnet. Ulf fror in seinem nassen Hemd unter der wassertriefenden Wolldecke, die er um die Schultern geschlagen hatte. Erst vor wenigen Minuten hatte der Regen aufgehört. Sie trabten hinter Ragnar her. Neben ihm ritt Asved, der andere Schiffsführer, der Mann mit dem struppigen grauen Bart und der blutroten Narbe.

»Dort ist eine Wagenspur!« Ragnar hatte sich im Sattel halb umgedreht und zeigte mit dem Arm nach rechts.

Der Wald zu ihrer Rechten, an dem sie seit mehreren Stunden entlangritten, war zu Ende, und Ulf erkannte die Wagenspur sofort. Sie führte, vom Ende des Waldes kommend, im rechten Winkel auf sie zu. Sie ritten über brachliegende Felder, die in diesem Jahr wohl gar nicht bestellt worden waren. In dem durchweichten Erdreich hatten sich die Wagenräder tief eingegraben. Sie hielten ihre Pferde vor der Spur an.

»Sie ist ganz frisch«, sagte Grim.

Ragnar gab seinem Pferd wortlos die Sporen und folgte der Spur in leichtem Trab. Die Pferde mussten geschont werden. Durch den dreitägigen Regen, durch den grundlosen Schlamm, waren die Tiere ermüdet.

Erik trieb sein Pferd neben Ulf: »Vielleicht ist unser Zug doch nicht umsonst«, lachte er. »Dieser Wagen ist sicher nicht mit Heu beladen.«

Die Spur führte über eine Wiese, dann wieder über brachliegende Felder. Plötzlich riss Ragnar, der an der Spitze ritt, sein Pferd zurück und gab mit dem Arm das Zeichen zum Halten. Dann wendete er sein Pferd und ritt die wenigen Schritte zu ihnen zurück.

»Sie sind da vorne. Das Gebüsch verdeckt sie. Aber wenn wir nur einige Schritte weiter reiten, werden sie uns bemerken, sobald sich einer umdreht.«

Grim rückt sich den Helm zurecht. »Wie viele?«

»Vielleicht ein Dutzend. Ich habe sie nicht gezählt.«

»Worauf warten wir noch?«, fragte Grim und zupfte unternehmungslustig an den Spitzen seines Gabelbartes.

Sie trieben ihre Pferde in Galopp. Ragnar behielt Recht: Nach wenigen Augenblicken sahen sie den Zug vor sich: ein niedriger, plumper Wagen mit vier Rädern, von vier Ochsen gezogen, und von bewaffneten Reitern umgeben. Fünfzehn Mann, zählte Ulf.

Auf dem aufgeweichten Boden waren die Huftritte der Pferde kaum zu hören. Obwohl den ermatteten Tieren der Galopp schwer fiel, waren sie dem Wagen schon sehr nahe gekommen, bevor sich einer der Verfolgten umdrehte und einen Warnruf ausstieß. Sie trieben ihre Tiere zu größerer Eile an. Da sah Ulf, wie der Berittene, der noch zu ihnen herüberstarrte, mit einem Pfeil im Hals aus dem Sattel stürzte. Als er sich umdrehte, schwang sich Ake, der Däne, den Bogen in der linken Hand, grinsend wieder auf sein Pferd. Die Reiter vor ihnen stoben in alle Richtungen auseinander. »Vier von uns gegen einen von ihnen. Zuviel für sie«, lachte einer der Ruderer.

Als sie den Wagen erreichten, waren die fränkischen Krieger längst außer Schussweite. Einige der Nordmänner verfolgten sie, kehrten jedoch bald um, da sie mit ihren ermüdeten Pferden die gut berittenen Franken nicht einholen konnten. Ragnar war vom Pferd gesprungen und stand hinter dem Wagen. Die Zugochsen standen mit gesenkten Köpfen. Ulf blieb im Sattel und musterte den Karren. Der Wagenkasten war halbrund, das Holz mit Leder überzogen, darüber ein Verdeck aus Fellen. Ragnars Oberkörper verschwand im Wageninneren. Als die Felle sich wieder teilen, erschienen der Kopf und die Schultern einer jungen Frau, die der Schiffsführer unter beiden Achseln gepackt hielt. »Sie hatte sich unter Decken versteckt«, schmunzelte Ragnar. Mit einem Ruck zerrte er sie heraus.

Die junge Frau war totenbleich. Sie hielt die Augen geschlossen und bebte am ganzen Körper. Ragnar trat einen Schritt zurück, musterte sie von Kopf bis Fuß und nickte zufrieden. »Ein guter Fang. Sie muss eine Adlige sein.« Das mit Edelsteinen besetzte Goldband, das ihr Kopftuch hielt, die beiden Goldketten mit den goldenen Anhängern um ihren Hals und das goldene Armband schienen ihm Recht zu geben. Der lange Mantel und das Hemd, dessen Ärmel über die Handgelenke reichten und das bis zu den Knöcheln fiel, waren allerdings aus einfacher Leinwand. Reisekleidung, dachte Ulf. Mit einem Ruck riss Ragnar den Umhang auseinander und packte den Gürtel. Die Frau schrie auf. Ihre Augen weiteten sich, und sie starrte mit angstverzerrtem Gesicht auf den fremden Hünen. Dessen Stirn legte sich in Falten. »Leder, einfaches Leder. Keine goldenen Beschläge, keine Edelsteine.«

Er ließ die Frau los, trat einen Schritt zurück und deutete auf den Wagen. »Durchsucht ihn. Sie muss mehr Schmuck haben. Und sie hat bestimmt einen reich geschmückten Gürtel bei sich.«

Einige der Gefährten sprangen ab und kletterten auf den Wagen. »Ein Sack Mehl«, schrie einer enttäuscht, »ein Fass mit gepökeltem Schweinefleisch«, ein anderer. Beide Hände aufstützend schwang sich Ragnar in den Wagen und verschwand hinter den Fellen. Als er wieder herabsprang, hielt er ein geschnitztes Holzkistchen in den Händen. »Sie hat doch einen Gürtel mit Gold und Edelsteinen. Und noch viel mehr«, lachte er.

»Nehmen wir den Wagen mit?«, fragte Gerbert, der Franke.

»Wie denn? Wir müssen auf dem Rückweg wieder mehrere Flüsse durchqueren«, entgegnete Erik kopfschüttelnd. Über das narbenzerfurchte Gesicht des Franken huschte ein Lächeln. Er deutete auf den halbrunden, lederbezogenen Wagenkasten. »Ganz einfach. Dieser Wagen schwimmt.«

»Nein« entschied Ragnar. »Die Ochsen sind zu langsam. Wir laden die Beute auf die Packpferde.«

Ulf sah zu, wie der Däne dem fränkischen Krieger, den er erschossen hatte, die Rüstung auszog. Zufrieden schmunzelnd stopfte Ake den Lederhelm, den mit Eisenschuppen bedeckten Lederpanzer und die ledernen Beinschienen in einen Sack. Dann hob er den Schild auf, der neben der Leiche lag. »Dreieckig«, sagte er verächtlich und warf ihn weg.

Seit Stunden regnete es wieder. Die Wolldecke, die Ulf um die Schultern gelegt hatte, war völlig durchweicht. Übellaunig blickte Ulf in die Landschaft. Der vom Boden aufsteigende Dunst schien alles zu verschlucken. Vor ihm ritt Ragnar, an seiner rechten Seite die Frau, die sie auf das Pferd des erschossenen Kriegers gesetzt hatten. Seit drei Tagen waren sie schon auf dem Rückweg. In einigen Stunden würden sie ihr Zeltlager erreichen.

Das Wiehern eines Pferdes riss ihn aus seinen Gedanken. Die junge Frau hatte schon einige Pferdelängen Vorsprung, und sie trieb ihr Pferd mit den Schenkeln und schrillen Zurufen zu noch größerem Tempo an. Sie will fliehen, schoss es Ulf durch den Kopf. Das Pferd des fränkischen Kriegers war ein ausgezeichnetes Tier, und wenn sie erst einmal in diesem Nebel verschwunden wäre… Ulf richtete sich im Sattel auf und zog die Zügel an. Ragnars Pferd war schon mehrere Pferdelängen voraus. »Bleib, Ulf!« Grim, der an seiner Seite ritt, schüttelte den Kopf. »Warum willst du ihr nachreiten? Ragnar ist doch bereits hinter ihr.«

Der Graubart hatte Recht. Ein kurzer, scharfer Galopp, und Ragnar drängte sein Pferd neben das der Fliehenden. Er beugte sich weit aus dem Sattel und riss der jungen Frau die Zügel aus den Händen. In einem kurzen Bogen trabte er mit seiner Gefangenen zurück.

»Da drüben stehen Birken. Gib ihr die Rute, Ragnar!«, schrie einer ihrer Gefährten erbost. »Oh ja!«, johlte ein anderer. »Noch nie habe ich eine solche Adlige nackt gesehen.«

Ragnar aber schüttelt lächelnd den Kopf. »Wenn du sie nicht peitschen willst, dann soll sie wenigstens zwei Tage hungern und dursten!«, rief ein anderer.

»Was fällt euch ein!«, lachte Ragnar auf. »Unsere Gefangene soll gesund und munter aussehen. Wenn die Priester der Franken glauben, dass sie doch bald stirbt… Meint ihr, sie zahlen dann ein hohes Lösegeld?«

Am Morgen nach ihrer Rückkehr ins Zeltlager ging der Franke mit ihnen zur Stadtmauer. Der Narbengesichtige schrie den Wachen zu, dass sie die Tochter eines Grafen gefangen hatten. Ulf schmunzelte vergnügt vor sich hin. Der Franke hatte die junge Frau ausgefragt, und Ragnars Gesicht hatte gestrahlt, als er hörte, die Gefangene sei die Tochter eines Grafen. Ulf wusste nicht genau, was ein Graf war. Aber der Franke hatte ihm auf seine Frage versichert, dass ein Graf zu den höchsten Würdenträgern im Reich der Westfranken zähle.

Der Priester kam bereits am Nachmittag. Es war ein ältlicher Mann mit braunem Umhang. Unter der Kapuze starrten schwarzen Augen aus einem bleichen Gesicht, das hager und bartlos war. Der Franke deutete auf seine nackten Füße, die in Holzschuhen steckten. »Ich wette, dieser Priester trägt eigentlich Lederstiefel, Strümpfe und Gamaschen. Er hat sich als einfacher Mönch verkleidet. Aber der Bischof sendet nur hochrangige Priester, wenn es um den Loskauf einer Grafentochter geht.«

Ragnar holte die junge Frau aus seinem Zelt. Seit ihrem Fluchtversuch waren ihre Hände gefesselt. Als er die Gefangene erblickte, huschte ein Ausdruck des Erschreckens über die hageren Züge des Priesters, den er vergeblich zu verbergen trachtete. Ragnar war dies nicht entgangen. Ein zufriedenes Lächeln spielte um seine Lippen. Der Priester kennt sie, dachte Ulf. Deshalb wird er auch einen hohen Preis zahlen. Lange jammerte der Priester, rief seine Heiligen an und rang die Hände. Aber Ragnar ließ von seiner Forderung nicht ab: vier Pfund Silber für jeden der beteiligten Nordmänner. Er stand breitbeinig, die Arme vor der Brust verschränkt, vor dem Geistlichen, der sich immer mehr in Erregung steigerte. Er antwortete nicht auf die Fragen des Priesters, die der Franke ihm übersetzte. Er stand einfach da, schüttelte den Kopf, und seine Augen blickten grimmig zu beiden Seiten der Nasenschiene.

Das Silber kam am nächsten Morgen. Die Kunde von dem fürstlichen Lösegeld hatte sich in allen Zeltlagern herumgesprochen, und viele Nordmänner standen an der Brücke, als sich das Tor öffnete und mehrere Mönche die Beutel heranschleppten.

»Sie haben ein Zeltlager überfallen!« Der grauhaarige Krieger, der die Nachricht überbrachte, schäumte vor Wut. »Sie sind mitten in der Nacht in drei Booten gekommen. Der Wächter ließ sie ans Ufer, denn sie waren wie Nordmänner gekleidet.« Der Alte fuchtelte wild mit dem Schwert. »Sie haben zehn Männer erschlagen.«

Es war der erste Ausfall der Belagerten. »Es wird nicht der letzte sein«, knurrte Grim. »Es ging alles so einfach. Und sie hatten Erfolg!«

»Wir müssen alle Zeltlager doppelt und dreifach bewachen«, rief einer.

»Das wird nicht einfach sein«, schüttelte ein anderer den Kopf. »In vielen Lagern sind nur einige Männer zurückgeblieben, die die Sklaven und Herden bewachen. Die anderen sind irgendwo auf einem Raubzug.«

»Wir können nicht überall auf beiden Ufern Wachen aufstellen«, meinte Ragnar. »Und bei dem Nebel, den wir in den letzten Tagen hatten, können wir vom Ufer aus nicht sehen, ob ihre Boote ablegen und wohin sie steuern.« Aber er hatte sofort einen Plan, um die Verteidiger in eine Falle zu locken:

»Unser Zeltlager liegt der nördlichen Brücke am nächsten. Sie werden es ganz gewiss angreifen, wenn sie sehen, dass die meisten unserer Leute weg sind.« So waren ihre beiden Langschiffe am Morgen fortgerudert und hatten erst außer Sichtweite der Stadt wieder angelegt. Nur Ulf war mit drei anderen Ruderern zurückgeblieben. Sie waren den ganzen Tag über geschäftig zwischen den Zelten hin und her geeilt, damit die Wächter auf der Stadtmauer sie auch zählen konnten. Nun, nachdem die Dunkelheit angebrochen war, und der Nebel vom Fluss heraufkroch, kehrten die Besatzungen der beiden Langschiffe zu Fuß ins Zeltlager zurück. Jetzt saßen sie am Ufer, nebeneinander in einer langen Reihe, schweigend und wartend.

Die Stunden verstrichen quälend langsam. Längst hatte der Nebel sie eingehüllt. Ulf konnte selbst Gizur, der zu seiner Rechten saß, nur schemenhaft erkennen. Das Warten fiel ihm von Stunde zu Stunde schwerer. Immer häufiger schweiften seine Gedanken ab. Das leise Glucksen der Wellen, drei Schritte vor ihm, wirkte einschläfernd. Ulf schloss die Augen. Irgendwo dahinten, zu seiner Linken, war die Insel mit den Stadtmauern. Fast vier Monate lagen sie schon vor Paris.

»Zwei Boote!« Das Flüstern Gizurs riss ihn aus seinen Gedanken. Der Alte war bereits aufgesprungen und beugte sich zu ihm nieder.. Auch Ulf hörte jetzt das langsame, vorsichtige Eintauchen von Rudern ins Wasser und stand vorsichtig auf. Der Weißhaarige war an seinen Platz zurückgekehrt und kaum noch zu erkennen. Dann hörte Ulf das gedämpfte Knirschen. Eines der Boote musste ans Ufer gestoßen sein. Angestrengt starrte er in die Nebelwand. Eine Ewigkeit schien es her zu sein, dass er das Knirschen des Kieles gehört hatte.

Der Schatten tat einen Sprung. Dann stand sein Gegner vor ihm. Der Mann musste ihn um Haupteslänge überragen. Ulf sah nur den Schild und darüber den Helm. Ohne nachzudenken stieß er zu. Doch bereits das helle Klirren sagte ihm, dass seine Schwertspitze an einem der Eisenbeschläge des Schildes abgeglitten war. Ulf sprang einen Schritt zurück und riss seinen eigenen Schild hoch. Die Wucht des Schwerthiebes war so gewaltig, dass sein linker Unterarm einknickte und der Schildrand scheppernd gegen seinen Helm prallte. Ulf sprang hin und her, um den Hieben seines Gegners auszuweichen. Aber es gelang ihm immer erst im allerletzten Augenblick, den Schild zwischen seinen Körper und das rasende Schwert bringt. Sein linker Arm beginnt unter der Wucht der Schläge zu ermüden. Die Klinge seines Feindes schien ohne Pause herabzusausen. Der Franke musste über Bärenkräfte verfügen. Ulf kam nicht ein einziges Mal zum Schlag.

Ulf macht einen weiten Satz nach links. Noch ist ihm der Gegner nicht gefolgt. Vor sich sieht er dessen Schildrand und den zum erneuten Schlag erhobenen Arm. Da schnellt er vorwärts und stößt, am Schildrand vorbei, mit aller Kraft zu. Doch die Spitze seines Schwertes bleibt an etwas Hartem hängen. Ein Eisenring, denkt Ulf. Sein Gegner trägt ein Kettenhemd...

Der Schwerthieb verfehlt Ulfs linke Schulter um Haaresbreite. Wäre er nur einige Fußbreit weniger ausgewichen... Wieder prasseln die Schwerthiebe auf seinen hochgerissenen Schild. Ulf sieht seinen Gegner nicht mehr. Er nimmt nur eines noch wahr: den Arm, der nach jedem Aufprall das Schwert wieder hochreißt.

Da hört er hinter sich einen unterdrückten Wutschrei. Ulf springt nach links, so weit er kann. Als er sich umdreht, sieht er den zweiten Angreifer. Der Mann hat genau hinter ihm gestanden. Seine Schwertspitze zeigt noch zu Boden, er hat das Schwert noch nicht wieder emporgerissen.

Jetzt dringen beide Feinde auf ihn ein. Es sind erfahrene Krieger. Sie kommen nicht Schulter an Schulter auf ihn zu, sondern im Abstand von vielleicht zwei Metern. Sie wollten ihn von beiden Seiten in die Zange nehmen. Ulf springt, den Schild quer über dem Kopf, rückwärts. Doch die beiden Schilde und die Helme darüber kommen näher und näher. Er kann sich nicht zur Flucht wenden. Zu nahe sind die Gegner. Mit einem einzigen Sprung würden sie ihn einholen und ihm das Schwert in den Rücken stoßen.

Der baumlange Krieger steht mit einem einzigen Satz links neben ihm. Diesmal schlägt er nicht von oben. Ulf sieht die Schwertspitze erst, als sie an seinem linken Oberarm vorbei auf seine Kehle zustößt. Blitzartig wirft er den Kopf nach hinten. Das Schwert vor seinen Augen ist nur ein Schatten. Die Spitze hat seinen Hals nur um Fingerbreite verfehlt, und rechts über ihm schwebt das zum Schlag bereite Schwert des zweiten Angreifers.

»Hierher, du Hund!« Es ist die Stimme Gizurs. Der zweite Angreifer fährt herum und reißt den Schild hoch. Nur das Prasseln des Holzes zeigt Ulf, dass der Weißhaarige hinter seinem zweiten Gegner steht und auf ihn einschlägt. Mit einem Sprung ist Ulf hinter dem Franken und stößt ihm das Schwert in den Rücken. Doch wieder klingt es wie Eisen. Auch dieser Mann trägt ein Kettenhemd, dem mit Ulfs Schwert nicht beizukommen ist.

Von links schiebt sich der Schild seines ersten Gegners auf ihn zu. Diesmal reißt Ulf seinen Schild nicht hoch. Mit einem Satz steht er vor seinem Gegner, rechts von dessen Schild. Mit aller Kraft, deren er fähig ist, schlägt er zu. Sein Schwert trifft genau die rechte Schulter. Doch der Hüne lässt nicht einmal den zum Schlag erhobenen Arm sinken. Trotz des dicken Hemdes, das unter dem Kettenpanzer getragen wird, muss ein Schlag von solcher Wucht eine Prellung hinterlassen. Dieser Franke ist ein furchtbarer Gegner!

Der Todesschrei klingt in dem Nebel irgendwie gedämpft. Ulf weiß auch nicht, woher er kommt. Doch sein Gegner lässt plötzlich den Arm sinken und brüllt einen Befehl. Zwei oder drei riesige Sprünge, und er ist im Nebel verschwunden.

»Sie fliehen!«, schrie Gizur. Ulf flimmerte es vor den Augen. Doch er zwang sich, den Feinden in den Nebel zu folgen. Als er keuchend am Ufer stand, hörte er hinter der Nebelwand das Klatschen von Ruderblättern.

»Sie werden nicht wiederkommen.« Grim schob seine Streitaxt tiefer in den Gürtel. »Sie müssen jetzt damit rechnen, dass vor jedem bewohnten Zeltlager ausreichend Wachen stehen.«

»Wir haben nur einen getötet«, schimpfte Erik erbost.

»Sie haben selbstverständlich ihre besten Krieger geschickt, Erik«, entgegnete der Graubart.

»Dann haben sie nicht genug gute Krieger, um zwei Boote zu bemannen.« Ragnars Stimme klang erbost. »Der junge Mann, den ich erschlagen habe, hatte kein Kettenhemd. Er hatte nur einen unbrauchbaren Helm und ein minderwertiges Schwert. Ein einfacher Krieger.« Er blickt zu Ulf herüber. »Der Franke, mit dem Ulf gekämpft hat, war wohl der Graf selber.«

Die Unruhe in den Zeltlagern wuchs. Überall standen die Nordmänner in kleinen Gruppen und blickten zu der Insel hinüber. Über Paris strahlte die Sonne. Gemächlich stolzierten die Wächter auf der Stadtmauer, unbekümmert, unbehelligt von den Kriegern aus dem Norden.

»Wir brauchen einen Anführer.« Unzählige Male hatte Ulf es gehört in den letzten Tagen. Von morgens bis abends kamen Krieger in ihr Lager, junge, ungestüme Nordmänner, die den Kampf wünschten, und erfahrene, an Narben reiche Krieger. Sie alle wollten nur eines: Ragnar sollte zum Anführer gewählt werden. Ragnar sträubte sich nicht. »Wenn genügend Langschiffe es wollen… Aber die meisten Schiffsführer dulden keinen Anführer über sich.«

Wieder ging Ulf tagaus, tagein von Zeltlager zu Zeltlager und warb für Ragnar. »Wenn auch nur die Hälfte von dem stimmt, was man in England über ihn erzählt…« Wie oft hatte Ulf diese Worte gehört. Doch viele Schiffsführer hörten solchen Diskussionen unter ihren Leuten schweigend zu. In ihren Gesichtern konnte Ulf wenig Begeisterung lesen, sobald die Rede auf die Wahl eines Anführers kam.

Dann erschien Thorbrand in ihrem Lager. Thorbrand war ein alter Norweger, der mit Ragnar in England gekämpft hatte. »Habt ihr es schon gehört? Ejulf will auch Anführer werden. Seine Anhänger schwärmen durch die Lager und werben für ihn.« Der Alte lachte kurz und trocken. »Denkt euch, was er vorschlägt: Wir sollen auf alle Mauerbreschen gleichzeitig Scheinangriffe unternehmen. Dann will er, während die Verteidiger abgelenkt sind, beide Brückentore stürmen.«

»Ejulf ist ein Narr!«, knurrte Grim ärgerlich. »Wie viele Langschiffe haben wir noch? Jedes Boot hat zwanzig bis dreißig Mann. Wenn wir mehrere Mauerbreschen und zwei Stadttore gleichzeitig angreifen...«

»...dann verzetteln wir unsere Kräfte. Das brauchst du mir nicht zu erklären, Grim.« Der alte Norweger lachte erneut. Doch diesmal schwang in seinem Lachen der reine Hohn. Ulf dachte an Ejulfs ersten Sturmangriff auf die nördliche Brücke. Er sah den jungen Nordmann vor sich, dem kochendes Öl den Kopf verbrannt hatte. Vor seinen Augen trieben wieder die Leichen stromabwärts, die die Boote aufgefischt hatten, um sie würdig zu begraben. Ulf schüttelte ungläubig den Kopf. Zum ersten Male überkam ihn ein Gefühl der Unsicherheit: Waren diese Nordmänner wirklich in der Lage, die Stadt zu erobern? Wollten sie es überhaupt? Oder hofften sie nur noch, König Karl werde ein Lösegeld zahlen?

In den folgenden Tagen gab es in den Lagern viel Streit. Ejulfs Anhänger rührten die Werbetrommel für ihren Schiffsführer. Sie warben stürmisch und großmäulig. Aber die meisten Krieger, die sie ansprachen, schüttelten finster den Kopf. Eines Morgens stieß Ulf fast mit Ragnar zusammen. Der kam gerade von einem anderen Zeltlager zurück. »Er ist weg, Ulf. Ejulf ist heute Nacht mit seinem Langschiff fortgerudert.« Ragnar schnäuzte verächtlich auf den Boden. »Sie haben ihre Zelte mitgenommen.«

In diesem Augenblick begannen alle Glocken von Paris zu läuten. Ragnar gürtete sein Schwert um, holte Helm und Schild aus seinem Zelt und eilte zum Ufer. Seine Männer folgten. Auf der Stadtmauer wimmelte es von Menschen. Sobald sie sich einen Platz am Ufer ausgesucht hatten, von dem aus sie alles überblicken konnten, erkannte Ulf, dass sogar Frauen und Kinder auf der Mauer standen. Grim blickte Ragnar fragend an. Der zuckte hilflos die Achseln. »Dort kommt der Franke!«, rief Erik. Tatsächlich trottete das Narbengesicht mit einigen Ruderern seines Langschiffes gemächlich auf sie zu. Ulf hörte ihm ungläubig zu. Es sei ein christlicher Feiertag, berichtete Gerbert. An diesem Tage verehrten die Christen einen ihrer kleineren Götter, die sie Heilige nannten. Dieser Gott sei für die Pariser sehr wichtig. Gerbert nannte auch seinen Namen, aber Ulf vergaß ihn sofort.

Auf der Mauer kam Ordnung in das Gedränge. Ein Mann erschien auf der Mauerkrone, und das Stimmengewirr verstummte. »Der Bischof«, erklärte der Franke. Ulf konnte ihn nicht genau erkennen. Dennoch staunte er. Die weite Kleidung, die dieser Bischof trug, war prächtiger als alles, was er je gesehen hatte. Auf dem Kopf trug er einen spitzen Hut, der in der Sonne wie Gold und Silber leuchtete, und in der rechten Hand hielt er einen langen Stab, dessen oberes Ende glitzerte, als sei es aus reinem Gold. In die Menge kam Bewegung. Priester sammelten sich um den Bischof, einige mit großen

Kreuzen in den Händen, wie Ulf sie bereits in Dorestad, der Handelsstadt der Friesen, gesehen hatte. Dahinter standen Bewaffnete, dann folgten die unbewaffneten Männer, schließlich Kinder und Frauen.

Wie ein Heer, das sich zur Schlacht aufstellt, dachte Ulf. Aber was sollten die Frauen und Kinder dabei?

»Eine Prozession«, erklärte der Franke. »Sie tragen die Reliquie des Heiligen um die Stadtmauern. Die Reliquie soll die Stadt vor euch schützen.«

»Eine Reliquie, was ist das?«, fragte Ragnar.

»Es sind die Knochen des Heiligen.«

Ragnar wirft Grim einen Blick zu, in dem sich Unverständnis malt. Doch der Graubart zuckt nur die Schultern und schüttelt den Kopf. »Stell dir vor, Ragnar! Die tragen die Knochen eines Gottes hin und her!«

Plötzlich wurden die Kreuze in die Höhe gereckt, und der Zug setzte sich in Bewegung. Ulf fuhr zurück. Er hörte es ganz deutlich: Die Leute dort oben auf der Stadtmauer sangen ein Lied. Neben ihm krallte Grim die Finger in seinen Gabelbart. Sein Blick war finster. »Die benehmen sich, als seien wir gar nicht da!« Ragnar stand breitbeinig, mit vor der Brust verschränkten Armen. »Ja. Die zeigen uns, dass sie uns nicht mehr fürchten.«

»Nicht mehr lange!« Hinter ihnen erklingt die vergnügte Stimme des Dänen. »Mein Bogen trägt weiter als ihre.« Den Bogen in der Hand, pirschte sich Ake ans Ufer. Sein erster Pfeil traf den Bischof, blieb aber in dessen weiten Gewändern stecken. Der zweite Pfeil war besser gezielt. Er fuhr einem der Priester, die ein Kreuz trugen, durch den Hals. Ulf sah den Mann zusammensinken. Das Kreuz kippte über eine Zinne und zersplitterte am Fuße der Mauer. Das entsetzte Kreischen der Frauen übertönte das wütende Gebrüll der Bewaffneten. Priester, Bürger, Frauen und Kinder drängten zu den Abgängen. In kürzester Zeit war die Stadtmauer leer. Nur die Wächter schickten ihre Pfeile und Steine herüber. Doch Ake war längst zurück. Der Franke stand einige Schritte abseits. Ein höhnisches Feixen verzerrte seine narbenzerfurchten Züge, und er rieb sich zufrieden die Hände.

Das Langschiff war zunächst gar nicht aufgefallen. Es hatte am Ufer angelegt, neben anderen Langschiffen, und die Ruderer hatten ihre Zelte aufgeschlagen. Doch die Kunde hatte sich von Lagerfeuer zu Lagerfeuer verbreitet, wie ein Sturmwind. »Ihr seid also wirklich im Mittelmeer gewesen?«, fragte Ragnar. Der Angesprochene war ein Mann mittleren Alters, bartlos, mit schütterem Haar. Ragnar hatte ihn mitgebracht in ihr Zeltlager. Gurd war einer der Ruderer auf dem neu angekommenen Langschiff. »Wir haben sogar Sevilla und Cordoba angegriffen. Zwei riesige Städte der Araber in Spanien.« Über seine wettergegerbten Züge lief ein hämisches Lächeln. »Bis Sevilla

waren wir sehr erfolgreich. Aber dann in Cordoba…« Er tat einen tiefen Zug aus seinem Bierkrug. Dann blinzelte er Ragnar spöttisch an. »Du kennst diesen Börn ja. Er wollte schon immer mit dem Kopf durch die Wand.«
»Dieser Börn war euer Anführer?«, fiel Grim ein.
»Ja. Einer der beiden Anführer. Den anderen wirst du nicht kennen. Er heißt Hasting.« Gurd schob sich ein riesiges Stück Schweinebraten zwischen die Zähne, und kauend fuhr er fort: »Na ja, anschließend hatten wir mehr Glück. Wir fuhren einen großen Fluss – diese Westfranken nennen ihn die Rhone – hinauf und herunter. Wohlhabende Städte, reiche Klöster. Ihr kennt das ja. Die Gefangenen haben wir in einem Hafen in Nordafrika verkauft. An die Araber oder Berber. Wer kennt sich da schon aus! Jedenfalls bekamen wir viele Beutel mit Silberstücken.«
»Habt ihr noch Bier?«
»Versuch doch mal unseren Met.«
»Her damit!«
»Ihr seid umgekehrt. Wo sind die anderen jetzt?« Ragnars Augen funkelten vor Wissbegier.
»Irgendwo an der Küste Italiens. Zwei Jahre waren für uns genug. Vor zwei Jahren sind wir mit zweiundsechzig Schiffen von der Insel Noirmoutier aufgebrochen.« Gurd lachte hell auf. »Aber jetzt sind es viel weniger.«

Immer mehr Langschiffe verschwanden, manche mitten in der Nacht. Einige fuhren die Seine stromaufwärts. Dann mussten die Ruderer die Boote über Land schieben, bis die Pfeile und Steine der Wächter auf den Stadtmauern sie nicht mehr erreichten. Ulf stand mit dem Franken am Ufer und sah zu, wie die Ruderer ihr Langschiff beluden. »Wer glaubt denn noch, dass wir Paris erobern? Oder dass König Karl ein Lösegeld zahlt?«, hatte der Schiffsführer auf seine Frage verdrossen geknurrt.

Nun wurden die Sklaven zum Boot geführt. Es war eine lange Reihe. Dieses Langschiff hatte reiche Beute gemacht. Unter den ängstlichen oder ausdruckslosen Gesichtern der gefesselten Männer und Frauen fiel Ulf ein junger Mann auf, dessen Gesicht strahlte. Plötzlich sprang er aus der Reihe und begann zum Boot zu rennen. Einer der Ruderer riss ihn an der Schulter zurück und stieß ihn in die Reihe. Ulf war verblüfft. Er bat den Franken, den jungen Mann zu befragen. Gerbert bekam bereitwillig Auskunft. Ulf konnte die Worte des jungen Mannes nicht verstehen, doch die Fröhlichkeit in dessen Stimme war unüberhörbar. Einer der Ruderer gab dem jungen Mann einen Stoß gegen die Schulter. »Genug geschwatzt! Wir müssen zum Boot.«

»Der junge Mann war Fronarbeiter in einem Kloster«, erzählte Gerbert. »Er meint, noch mehr arbeiten müsse er auf den Feldern der Nordmänner auch nicht. Aber seit Jahren hat er nicht so viel zu essen bekommen wie hier im Zeltlager.«

Die Abfahrt so vieler Langschiffe bewog Ragnar, die verbliebenen Schiffsführer einzuladen. Zwei Dutzend waren gekommen und saßen nun um das Feuer. »Natürlich müssen wir beraten, wie es weitergehen soll«, sagte einer. Doch sie berieten jetzt schon seit vielen Stunden. Weniger als die Hälfte war für einen offenen Sturmangriff auf die Mauern. Diese Schiffsführer hofften immer noch, König Karl oder der Bischof von Paris würden für ihren Abzug ein Lösegeld zahlen.

Manch einer ertränkte den Missmut über das ergebnislose Hin und Her im Met. Soeben schenkte Gerberga nach. Schon lange trug sie ein neues Kleid, denn Ragnar hielt sie wie eine Nebenfrau. Es war nicht das Kleid einer Freien, denn eine Nebenfrau bleibt unfrei, sondern ein einfaches Wollhemd, wie es auch die Unfreien in den Nordländern trugen, ein eng anliegendes Hemd, das die Schönheit ihrer Gestalt noch unterstrich. Gerade bückte sich das Mädchen zu dem Krug hinab, der neben Olaf stand. Dessen Gesicht, das durch zwei schräg laufende Schwertnarben und den Spitzbart verwegen aussah, war bereits durch den Met gerötet und lief jetzt blutrot an. Plötzlich fuhren seine Hände in den Ausschnitt und hoben Gerbergas schneeweiße Brüste heraus. »Eine hübsche Sklavin hast du, Ragnar!«

Ulfs stockte der Atem. Er warf einen hastigen Blick auf Ragnar. Dessen Augen waren schmal wie Schlitze, die Stirnadern geschwollen. Ein Zweikampf wird unvermeidlich sein, dachte Ulf. Wenn ein angetrunkener Gast eine Unfreie berührt, nimmt das ein Nordmann nicht übel. Aber Gerberga ist inzwischen die Nebenfrau des Gastgebers. »Lass sie los!«, schrie Gizur, der neben Olaf saß, und riss dessen Hände zurück. »Weißt du nicht, dass sie Ragnars Nebenfrau ist?« Die Röte wich aus Olafs Gesicht. »Das… das wusste ich nicht.«

Keiner sprach ein Wort. Wie betrunken musste dieser Mann sein, fragte sich Ulf. Gerbergas Kleid war rot – das Wollkleid einer Unfreien, aber nicht ungefärbt, braun oder grau, wie bei einer einfachen Sklavin. Jeder Nordmann musste wissen, dass eine Unfreie, die ein hübsches, buntes Kleid trug, mehr war als eine Magd, dass sie das Lager ihres Herrn teilte. Außerdem machte es kaum einen Unterschied, ob ein Gast den Hausherrn mit Absicht beleidigte oder aus Unachtsamkeit. Olaf hatte Ragnars Ehre verletzt. Würde ihr Schiffsführer auf der Blutrache bestehen?

Immer noch schwiegen die Gäste und warteten auf Ragnars Entscheidung. Doch der rührte sich nicht. Er saß wie versteinert. Ulf wusste: die Entscheidung würde Ragnar nicht leicht fallen. Olaf sah nicht nur verwegen aus, er war auch ein verwegener Kämpfer. Deshalb mochte Ragnar ihn. Vor allem aber: Olaf war einer der eifrigsten Befürworter eines baldigen Angriffs unter Ragnars Führung.

Ragnars Stimme klang gepresst. Es fiel ihm sichtlich schwer, ruhig zu erscheinen. »Olaf und ich sind Freunde. Niemand kann mir Feigheit vorwerfen, wenn ich auf sein Blut verzichte und das Bußgeld annehme.«

»Ich habe bei dem Überfall auf ein Kloster köstlichen Wein erbeutet, Ragnar«, rief Olaf. »Morgen schicke ich dir ein Fass. Und ein goldenes Armband für deine Sklavin.«

Ragnar nickte Zustimmung. Seine Stimme hatte jetzt einen versöhnlichen Klang. »Gerberga ist nicht nur hübsch. Sie ist gut auf dem Lager. Aber ich kann mit ihr kaum ein Wort reden.«

Alle Mienen entspannten sich, und einer der Schiffsführer war so klug, sofort eines seiner Abenteuer zu erzählen. Ari war trotz seines weißen Haares ein bekannter Krieger, gefürchtet wegen seines todesverachtenden Mutes. »Wir sollten uns vielleicht taufen lassen«, lachte Ari. »Warum denn nicht? Ich habe mich schon mehr als zwanzigmal taufen lassen. König Karl lässt sich die Taufe etwas kosten. Danach gibt es ein Festmahl, ein Festmahl, wie ihr noch keines mitgemacht habt. Und vor der Taufe bekommt jeder ein herrliches weißes Hemd.«

»Pass auf, dass es dir nicht ergeht wie Harald«, lachte einer dazwischen. »Der hat sich auch taufen lassen. Damals war noch Karls Vater Ludwig, den die Franken ›den Frommen‹ nannten, König. Plötzlich wollten fünfzig Nordmänner auf einmal getauft werden. So viele weiße Hemden hatte der König nicht. Da ließ er die Hemden zerschneiden, und jeder Täufling bekam ein halbes.«

»Ich habe immer ein unzerschnittenes Hemd bekommen«, lächelte der Weißhaarige. »Doch ich glaube wirklich: Wenn wir uns taufen lassen, zahlt der Bischof ein höheres Lösegeld für unseren Abzug, weil er uns dann für Christen hält.«

»Wenn ihr nicht wollt, wie wäre es mit der halben Taufe?«, schrie einer. »Dann müsst ihr nur niederknien, und der Bischof schwenkt das Kreuz über euch hin und her. Er schlägt es euch aber nicht auf den Kopf. »Segnen« nennen das die Christen. Doch ihr werdet nicht ins Wasser getaucht. Ihr seid dann nur halbe Christen, aber die Christen treiben lieber Handel mit einem halben Christen als mit einem Nordmann, der nur an seine Götter glaubt.«

»Vielleicht zahlt der Bischof an halbe Christen auch nur das halbe Lösegeld?«, warf einer ein.

»Kein anständiger Nordmann wird Christ. Auch kein halber«, knurrte Ragnar.

»Recht hast du, Ragnar!«, schrie ein anderer zornig. »Was aus einem

Nordmann wird, wenn er zum Christentum übertritt, will ich euch erzählen: Vor zwei Jahren plünderten Nordmänner ein Kloster des heiligen Bertinus, ein reiches Kloster am Fluss Isère, irgendwo dort im Osten.«
Alle blickten den Sprecher an, denn solche Geschichten hört jeder Nordmann gern. »Aber der Anführer war zum Christentum übergetreten. Deshalb blieben einige Mönche während der Plünderung sogar in der Kirche zurück. Als die Beute zusammengeschleppt war, legte der Anführer einen Teil auf den Altar. Er übergab das schöne Gold und Silber…« Ulf fuhr zurück. »Ja, ihr habt richtig gehört: Der Anführer ließ einen Teil der Beute zurück als Geschenk für den Heiligen. Aber es kommt noch schlimmer: Beim Abzug kehrten einige Ruderer in die Kirche zurück und packten die erbeuteten Sachen, die auf dem Altar lagen, in ihre Säcke. Da beschwerten sich die Mönche bei dem Anführer. Der ließ die Ruderer am Klostertor aufhängen.«

Ragnar hatte mit versteinertem Gesicht zugehört. »Welcher Nordmann gibt Beute, die er in ehrlichem Kampf erworben hat, zurück?«

Die Stimme Gizurs klingt schneidend. »Die Beute steht allen Fahrtgenossen zu. Wenn der Anführer so blöde ist, einen Teil zurückzulassen, darf er das nur mit seinem eigenen Beuteanteil tun. Und wenn die Ruderer nicht auf ihren Beuteanteil verzichten wollten, so war das ihr gutes Recht. Erst die eigenen Leute um ihren Beuteanteil betrügen und sie dann noch aufhängen!« Die harten Züge des Alten erschienen noch kantiger. »Da sieht man, wo das Christentum hinführt: Die Nordmänner verlieren jedes Gefühl für Anstand und Recht.« Ulf nickt vor sich hin. Gizur hat ihm aus der Seele gesprochen.

Die Beratung schleppte sich wieder dahin. »Ich glaube nicht, dass der Bischof ein Lösegeld zahlen wird«, schüttelte einer den Kopf.

»Hat er nicht bei der ersten Belagerung von Paris siebentausend Pfund gezahlt?«, hielt ein anderer dagegen.

»Ja, aber bei der zweiten Belagerung vor fünf Jahren hat er nichts gezahlt.«

»Nicht der Bischof hat bei der ersten Belagerung gezahlt, sondern der König. Aber von König Karl sieht und hört man nichts«, sagte einer nachdenklich. »Wenn man wüsste, wo der König sich aufhält, könnte man leichter erraten, ob er auch diesmal die Stadt freikaufen wird.«

»Ich weiß, wo dieser kahlköpfige König sich aufhält.« Alle schauten auf Floki. Floki war ein erfahrener Schiffsführer und ein gefürchteter Krieger. Doch er hatte in all den Stunden kein Wort gesagt und nur finster vor sich hin gestarrt. »Ja, ich weiß es. Heute Morgen habe ich es erfahren. Ihr wisst, dass Nordmänner auf der Insel Oissel, in der Loire, seit Jahren ein Lager aufgeschlagen haben, nicht weit von der Stadt Nantes. Ein Lager, das mit Erdwällen befestigt ist.« Floki blickte noch immer finster zu Boden. »Eine Flotte von Langschiffen ist aus England herübergekommen. Sie haben einen

Schiffsführer namens Weland zum Anführer gewählt. Dann haben sie an den Ufern der Somme geplündert. Der König ist ihnen entgegengezogen und hat Weland fünftausend Pfund Silber, Vieh und Getreide angeboten, wenn sie die Nordmänner auf der Insel Oissel belagern. Jetzt will Weland das Lager erobern. Oder ein Lösegeld von sechstausend Pfund Silber von den Belagerten.«

Der weißhaarige Ari blickte auf. Aus seinen Zügen sprach Verachtung. »Nun wissen wir auch, warum so viele unserer Langschiffe in den letzten Tagen heimlich abgefahren sind.«

Floki behielt Recht. In den nächsten Tagen kamen die Werber auch in ihr Lager. Sie rieten, die Belagerung von Paris abzubrechen und sich statt dessen den Belagerern des Wikingerlagers auf Oissel anzuschließen. Ragnar hatte nur den Kopf geschüttelt. Jetzt aber redeten die Werber auf ihre Ruderer ein. Ulf entging es nicht, dass die Mannschaft von Tag zu Tag ratloser wurde. Aber niemand machte den Vorschlag, gegen die Nordmänner zu ziehen.
»Wie lange wollt ihr noch warten?« Der Eifer sprach aus den Augen und der Stimme des jungen Ruderers. Seit Tagen warb der junge Mann in ihrem Zeltlager für die Teilnahme an dem Zug gegen die Nordmänner auf der Insel Oissel. »König Karl kommt nicht, um die Stadt auszulösen. Er verhandelt an der Loire mit den dortigen Nordmännern.« Der junge Mann machte eine Pause und sah sie erwartungsvoll an. »Und was ihr noch nicht wisst: Eine große Schar kommt die Seine herauf und will sich mit den Belagerern vor der Insel Oissel vereinigen. Man spricht von sechzig Langschiffen.« Er ging auf Ragnar zu, der mit finsterer Miene etwas abseits stand. »Ich soll dich einladen. Alle Schiffsführer sollen eine Beratung abhalten.« Ragnar schnäuzte ihm verächtlich vor die Füße. »Wir schlachten lieber einen Ochsen.«

Längst waren die Holzteller leer und die Feuer niedergebrannt. Doch noch immer wurden die Trinkbecher nachgefüllt. Die Mannschaft war zu keinem Ergebnis gekommen. Einige wollten in Frankreich bleiben. »Das Land ist voll schiffbarer Flüsse. Und an den Ufern wimmelt es von Städten und Klöstern«, hatte einer gesagt. Die anderen wollten nach England. Drei oder vier Dänen planten, sich dort anzusiedeln. »Das Land ist fruchtbar, und die Engländer können uns nicht mehr vertreiben.« Doch für die anderen kam nur eine Wikingerfahrt in Betracht. »Ich war dreimal in England mit dir, Ragnar. Und jedes Mal waren unsere Beutel voll.« Ragnar blickt den Sprecher schweigend an. Während der Beratung ist er einsilbig gewesen. Auch jetzt schüttelt er nur den Kopf.

Plötzlich rannte Gerbert, der Franke, auf Ragnar zu. Wild mit den Armen fuchtelnd redete der Narbengesichtige auf ihn ein. Ragnar stand auf, steckte das Schwert in die Scheide und rief nach Grim. Ulf und andere Ruderer schlenderten hinüber. Die Aufregung des Franken hatte sie neugierig gemacht. »Der Priester, der das Lösegeld für die Grafentochter ausgehandelt hat, hat Gerbert von der Mauer aus angerufen, als er am Ufer stand«, sagte Ragnar zu Grim. »Der Priester will heute Nacht in unser Zeltlager kommen und mit mir verhandeln.«

»Worüber?« Grim ließ nachdenklich die Spitzen seines Gabelbartes durch die Finger gleiten.

»Das hat er nicht gesagt.«

»Er will es nur Ragnar selber sagen«, fiel der Franke ein.

Undurchdringlicher Nebel lag über dem Fluss. Ulf stand am Ufer und wartete auf die Ankunft des Priesters. Er wartete schon seit Stunden. Endlich hörte er das Klatschen der Ruder. Er rief einige Worte in die Nacht, und das Boot stieß beinahe vor seinen Füßen gegen das Ufer. Zwei Priester stiegen aus, hinter ihnen ein Mann mit fränkischem Mantel. Der Ruderer blieb im Boot sitzen. Beide Priester trugen die gleiche bräunliche Kutte mit Kapuze und die gleichen Holzsandalen. Schweigend führte Ulf sie ins Lager.

»Wir werden nie erfahren, wer der Mann wirklich ist«, flüsterte Ragnar Grim zu. Der nickte. »Er hat sich wieder als ganz einfacher Mönch verkleidet.« Als sie um das Feuer saßen, behandelte Ragnar die beiden Boten wie Gäste. Er setzte ihnen Ochsenfleisch vor und Krüge mit Met und Bier. Der Priester, der das Lösegeld ausgehandelt hatte, ließ die Fleischstücke unberührt und nippte nur einmal an einem der Krüge. Der zweite Priester sprach ein erstaunlich gutes Nordisch und kam ohne Umschweife zur Sache. Er versprach beiden Langschiffen ein Lösegeld, wenn sie die Belagerung abbrächen. Ragnar hatte schweigend und mit unbewegter Miene zugehört. Dann stand er würdevoll auf und sagte zu dem Franken: »Wir werden euren Vorschlag beraten.«

Sie ließen die Franken am Feuer zurück und gingen zum Rande des Zeltlagers, damit der fränkische Dolmetscher ihre Beratung nicht mit anhören konnte. »Warum bieten sie nur unseren beiden Langschiffen Lösegeld?«, rief Erik ungestüm. »Dieser Priester führt irgendetwas im Schilde.«

Gizur schüttelte den Kopf. »Wieso? Sie denken wohl, Ragnar sei der Anführer. Die meisten Zeltlager sind abgebrochen. Aber die Belagerten müssen damit rechnen, dass einige vor den Mauern überwintern. Und langsam wird es für die Leute in der Stadt Zeit, sich neue Vorräte zu beschaffen.«

»Vielleicht werden sie auch den anderen Langschiffen Lösegeld anbieten, sobald sie mit uns handelseinig geworden sind«, meinte einer.

»Habt ihr es vergessen, dass Ragnar der erste und einzige Nordmann war, der auf ihrer Mauer stand«, schrie ein anderer.

»Die Franken glauben, wenn Ragnar geht, gehen alle.«

»Warum bieten sie auch dem zweiten Langschiff in unserem Lager Lösegeld?«, beharrte Erik. »Sie müssen doch gesehen haben, dass der zweite Schiffsführer mit den meisten seiner Leute gestern fortgeritten ist.«

»Gerbert, der Franke, der im Lager zurückgeblieben ist, war der einzige, den der Priester ansprechen konnte«, sagte Ulf. »Der Priester spricht doch unsere Sprache nicht. Dann aber muss er auch ihnen Lösegeld anbieten.«

Ragnar hatte die Arme vor der Brust verschränkt. »Einerlei! Wir verlangen so viel Silber wie bei der ersten Belagerung. Drei Pfund je Mann!«

Sie gingen zurück zum Feuer. Gerbert, der Franke, folgte ihnen. Als er in den Feuerschein trat, fuhr der zweite Priester in die Höhe. Er streckte dem Franken mit beiden Händen das Kreuz entgegen, das er an einer Kette auf der Brust trugt. In seinen weit aufgerissenen Augen stand Abscheu. Heiser stieß er einige Worte hervor, die Ulf nicht verstand, die aber wie Verwünschungen klangen. In Gerberts narbenzerfurchtem Gesicht zuckte es. Seine Augen sprühten vor Hass. Mit einem unterdrückten Schrei wollte er sich auf den Priester stürzen, doch Grims gewaltige Arme umklammerten ihn von hinten. »Darf der mich beleidigen?«, keuchte der Franke. »Ich musste für diese Mönche arbeiten, auf den Feldern ihres Klosters...«

Ragnar lächelt spöttisch. »Beruhige dich, Gerbert!« Er hält dem wutschnaubenden Mann drei Finger vor die Augen. »Drei Pfund Silber für jeden! Drei Pfund!«

Der Priester, mit dem sie verhandelten, war sitzen geblieben, aber seine Augen waren schreckgeweitet auf Ragnar gerichtet. Drei Pfund Silber für über fünfzig Mann, klagte er, so viel Silber gebe es in ganz Paris nicht.

Ragnar hört ihm wortlos zu. »Ihr könnt auch in Gold bezahlen. Oder mit Schwertern und Helmen. Das Schwert eures Grafen wird wohl ein Vermögen wert sein.«

Das Silber wurde am nächsten Morgen gebracht. Der Priester brachte es persönlich, begleitet von einigen Franken. Stundenlang prüfte Ragnar die Silberstücke mit der Messerspitze auf ihre Echtheit geprüft und wog sie. Die Vorbereitungen für ihre Abfahrt dauerten nur wenige Stunden. Zuletzt führte Ragnar Gerberga aus dem Lager. Sie trug ihr rotes Kleid und hatte sich sorgfältig gekämmt. Bei der Fahrt, die sie beschlossen hatten, konnten sie keine Frau auf dem Langschiff brauchen. Als er allein zurückkehrte, war seine Miene verdrossen. »Niemand wollte sie kaufen. Nicht einmal für den halben Preis«, knurrte er. »Zuletzt habe ich sie Sigurd geschenkt.«

»Welchem Sigurd?«

»Dem Sigurd, mit dem wir damals in England das Kloster überfallen haben. Sigurd hat einen großen Hof in Dänemark. Er wird nach Dänemark zurückkehren und Gerberga mitnehmen. Sie strahlte, als sie es erfuhr.«

»Ein reicher Hof«, grinste Erik. »Und ein Herr, der nicht nur jung ist, sondern auch gut aussieht.«

Jetzt verteilte Ragnar die Silbermünzen an die Fahrtgenossen. »Wir hätten mehr bekommen, wenn wir die Stadt erobert hätten«, meinte er verdrossen. »Aber mit Männern, die sich zu keinem Entschluss durchringen können…«

»Ins Mittelmeer!« So hatte die Mannschaft gemeinschaftlich beschlossen. Ulf hatte einige Stunden am Ruder gestanden. Jetzt löste ihn Erik ab. Ulf führte jetzt öfter das Ruder. Ihr Schiffsführer saß dann daneben auf dem Bord und schien sich nur mit dem Schleifen oder Putzen seines Schwertes zu beschäftigen. Doch Ulf entgingen die prüfenden Blicke nicht, mit denen Ragnar ihn immer wieder musterte. Manchmal erklärte der Schiffsführer Erik und ihm auch Dinge, die ein Steuermann wissen muss: wie man aus dem Stand der Sonne den Kurs des Schiffes berechnet, oder welche Vögel anzeigen, dass Land in der Nähe sein muss. Ulf wischte sich den Schweiß von der Stirn. Seit Tagen war der Himmel wolkenlos, und eine solch gnadenlose Sonne kannte Ulf bisher nur aus der ukrainischen Steppe. Er holte den Trinkbecher aus seiner Sitztruhe und ging nach vorne zum Wasserfass. Wenigstens hatten sie frisches Wasser. Ulf musste bei diesem Gedanken schmunzeln.

Es war an einer felsigen, steilen Küste gewesen. »Das muss die Insel Sizilien sein«, hatte der Grieche gesagt. Erst hatten sie den Bach gesichtet, der ins Meer mündete, dann die Ziegen, die auf den Klippen weideten. Sie waren schnell ans Ufer gerudert. Während einige Männer die Fässer füllten, hatte Ake, der Däne, Ziegen geschossen, ohne sich um die Dorfbewohner zu kümmern, die vom Rande der Klippen Verwünschungen zu ihnen herunterschrien. Als aber die beiden Lanzenreiter am Rand der Klippen erschienen waren, hatten sie sich schleunigst aus dem Staub gemacht – nicht zu früh, denn bald hatte eine Staubwolke angekündigt, dass eine größere Schar im Anmarsch war. Das war vor vier Tagen gewesen.

Gizur stand am Wasserfass, den vollen Becher in der Hand. »Große Schiffe haben sie, die Araber. Zwei Ruderreihen übereinander.« Der Alte grinste spöttisch. »Aber langsam. Die beiden vorhin haben uns nicht einmal zehn Minuten lang verfolgt. Dann haben sie eingesehen, dass unser Langschiff ihnen mühelos davonrudert.«

Grim trat hinter sie. »Ragnar hat einen Kurs gesteuert, auf dem sie die Segel nicht setzen konnten. Das ist das Wichtigste.«

Ulf nickte. »In der Meerenge – ›Gibraltar‹ nannte sie der Grieche – haben sie doch auch Jagd auf uns gemacht.«

»Ja. Es hat uns nichts genutzt, dass wir bei Nacht gefahren sind«, brummte der Graubart. »Der Mond und die Sterne waren zu hell.«

Der Alte setzte den Becher ab. »Der Grieche hat erzählt, der Kaiser in Konstantinopel habe ähnliche Schiffe. Aber solange wir auf offener See sind, werden uns diese Zweiruderer niemals einholen.«

Ulf dachte an Gurd, den alten Ruderer, den Ragnar mit in ihr Zeltlager gebracht hatte. Er hatte noch viele Abende an ihren Feuern gesessen und von der Fahrt der zweiundsechzig Langschiffe ins Mittelmeer erzählt. Die Nordmänner waren in der Meerenge von Gibraltar auch auf die Zweiruderer der Araber gestoßen und hatten im Kampf mehrere Schiffe verloren. Ragnar und Grim hatten ihn stundenlang ausgefragt, und einmal hatte Ragnar gemeint: »Sie müssen die ersten gewesen sein. Noch nie habe ich vorher von einem nordischen Langschiff gehört, das im Mittelmeer war.«

Grims verdrossene Stimme unterbrach seine Gedanken. »Was nutzt uns unsere Schnelligkeit, wenn kein Handelsschiff in Sicht kommt. Der Grieche hat gesagt, im Westen des Mittelmeeres wimmele es von arabischen Kauffahrern. Doch in zwei Wochen haben wir nicht ein einziges Lateinersegel gesehen.«

»Und wie viel Stauraum hätten wir für Handelsgüter!«, seufzte der Weißhaarige. »Unter den Planken liegen nur die Beutel mit dem Silber.«

Ragnar stand wieder am Steuer. Ruhelos wanderten seine Augen über die glatte See. Zusätzlich hatte er am Vordersteven einen Mann aufgestellt. Das Segel blähte sich nur leicht, doch da sie Rückenwind hatten, machten sie gute Fahrt. Missmutig sah der Schiffsführer zu Grim hinüber. Aber der Graubart lag in der warmen Vormittagssonne vor seiner Sitztruhe und schnarchte laut. »Immer noch kein Segel?«, fragte Erik, der auf seiner Truhe saß und seinen Helm blank putzte. »Keine Spur von einem Segel«, knurrte Ragnar. »Wo bleiben nur diese Handelsschiffe?«

Vom Vorderdeck drang wüstes Geschrei herüber. Ragnar ließ die Ruderpinne los und sprang in weiten Sätzen nach vorne. Zwei Ruderer haben sich beim Glücksspiel in die Haare gekriegt, dachte Ulf. In den letzten Tagen war Ragnar schon oft vom Steuer weggerannt und hatte geschlichtet. Im Hintergrund hörte Ulf seine donnernde Stimme. Nach einigen Augenblicken kehrte er zurück. Der Ärger stand ihm ins Gesicht geschrieben. Als Erik, der das Ruder übernommen hatte, ihm die Pinne wieder überließ, polterte er los: »Mit sieben Pfund Silber im Beutel werden die Einsätze immer höher. Und wenn die Einsätze höher werden... Hoffentlich finden wir bald einen Hafen.« Ragnar blickte in den nächsten Tagen oft besorgt auf die Mannschaft.

Auf den Rat des Griechen hin fuhren sie seit vier Tagen nach Norden. Sie hatten gelegentlich Land gesehen, aber weder Schiffe der Sarazenen noch

Piratenschiffe der Slawen, vor denen der Grieche gewarnt hatte. Gelegentlich kreuzten kleine Fischerboote in der Nähe der Küste. Wenn sie nahe genug vorüber kamen, konnten sie erkennen, wie die Fischer verwundert zu den beiden Drachenköpfen herüberstarrten. Aber sie flohen nicht, denn Ragnar hielt geraden Kurs.

»Du solltest dich näher an der Küste halten«, sagte der Grieche, der zu Ragnar an das Steuer getreten war. »Bald muss die dalmatinische Küste kommen. Dort gibt es die ersten Häfen, die zum Griechischen Reich gehören.«

»Es wird auch Zeit. Wir brauchen dringend Handelswaren. Und wir werden sie wohl kaufen müssen«, entgegnete Ragnar mürrisch.

Die Küste war steil und felsig. Oft leuchtete der blanke Kalkstein zwischen dem Grün der Laubbäume. Sie kamen an vielen vorgelagerten Inseln vorbei, die ebenso felsig waren. »Dort!«, rief Erik. Sie standen bei Ragnar am Ruder und Erik zeigte auf einen niedrigen Felskamm vor steilen Höhen.

»Die Sonne blendet«, sagt Grim. »Aber ich glaube, man sieht Mauern und Häuser. Was meinst du, Grieche?«

Der zuckte sichtlich zusammen. Er hatte unverwandt auf die Steilwand gestarrt, die dem Boot gegenüber lag. »Die Bäume, diese Bäume… Wir nennen sie Pinien.«

»Und die Stadt?«, fragte Ragnar ungeduldig. »Gehört sie den Slawen oder dem Kaiser in Konstantinopel?«

Der Grieche schüttelte sich, wie um wach zu werden. »Wenn es eine Stadt ist, gehört sie dem Kaiser. Die Slawen haben einen großen Teil der Küste erobert. Aber sie meiden die Städte.«

Die Umrisse der Stadt zeichneten sich immer klarer ab. Ein niedriger, felsiger Höhenrücken fiel sanft nach rechts ab. Auf seinem Kamm waren die türmebewehrten Mauern und die Kuppeln der Kirchen jetzt deutlich zu erkennen. Hinter der Stadt, hinter diesem Höhenrücken, ragten bewaldete Felsenberge schroff und abweisend auf.

»Das muss der Hafen sein«, sagte Ragnar. Vom Fuß des Höhenrückens liefen zwei Felsvorsprünge ein Stück ins Meer hinaus, schräg aufeinander zu. Sie waren gerade breit genug für die Mauer, die sie trugen. An ihrer Spitze endeten beide Mauern in einem runden Turm. Zwischen diesen Türmen lag die schmale Hafeneinfahrt. »Selbst den Hafen haben sie befestigt«, meinte Gizur missmutig.

»Wir Griechen haben die besten Festungsbaumeister der Welt.« Der Stolz in der Stimme des Griechen war nicht zu überhören. »Das sind andere Mauern als in Paris.«

Ragnar ließ das Segel einrollen und den Mast umlegen. Mit nur sechs Ruderern an den Riemen glitt das Langschiff ganz langsam auf die

Hafeneinfahrt zu. Die Türme zu beiden Seiten der Einfahrt hatten unter dem Dach eine Reihe von schmalen Rundbogenfenstern. Aber hinter keinem dieser Fenster ließ sich ein Mensch blicken, als sie vorüberfuhren. »Sie müssen uns doch bemerkt haben«, wunderte sich Erik. »Unsere Drachenköpfe fallen schon von weitem auf.« Der Grieche zuckte nur hilflos die Achseln.

Jetzt lag das Hafenbecken vor ihnen. Vor den steilen Felsen, auf denen die Stadt lag, dehnte sich ein schmaler, flacher Sandstrand. »Kein Schiff im Hafen«, schüttelte Ragnar den Kopf.

»Doch«, entgegnete Grim spöttisch. »Siehst du nicht das winzige Fischerboot dort hinten? Und der Fischer steht im Boot und verkauft seine Fische an vier oder fünf Leute.« Ulf betrachtete den Sandstrand. Außer dem Fischer und den wenigen Käufern war kein Mensch zu sehen.

»Und das soll einer der berühmten griechischen Märkte sein?«, fragte Erik giftig. »Wie sollen wir hier Handelswaren einkaufen?«

»Die Händler und Handwerker haben ihre Läden oben in der Stadt«, entgegnete der Grieche besänftigend.

»Wir werden ja sehen«, sagte Ragnar. »Haltet eure Waffen bereit! Aber unauffällig!«, brüllte er über Deck.

Der Sand knirschte unter dem Kiel. Ragnar hatte das Schiff in der hinteren linken Ecke des Hafenbeckens auf den Strand laufen lassen. »Hier können wir ungestört ein Lager aufbauen, wenn diesen Leuten friedliche Händler willkommen sind«, sagte er. »Im Rücken haben wir die Felsen, auf denen die Stadt liegt, und links die Hafenmauer. Da können die Neugierigen nicht um unser Lager schleichen.«

Nichts regte sich. Der Fischer und seine Kunden waren geflohen, sobald sich der Drachenkopf durch die Einfahrt geschoben hatte. Auf den Mauern blinkte kein Helm, erschien keine Lanzenspitze. »Bleibt an euren Ruderplätzen! Lasst eure Waffen nicht sehen!«, rief Ragnar den Ruderern zu.

Er winkte Grim, dem Griechen und Ulf, ihm zu folgen. Am Vordersteven schwangen sie die Laufplanke über Bord und gingen hinüber zum Strand. Sie mussten lange warten. Ragnar stand, das Schwert in der Scheide, breitbeinig mit verschränkten Armen, auf dem Sand, den Schild gegen die Oberschenkel gelehnt. Seine Miene wurde immer ungeduldiger. Im hinteren Teil des Hafens führte ein breiter Weg in Kehren, steil und mit tief ausgehauenen Absätzen, zur Stadtmauer hinauf und endete vor einem Torturm.

»Wir sollten zur Stadt hinaufgehen«, sagte der Grieche. »Vielleicht ist sie verlassen. Von den Slawen zerstört.«

Endlich öffneten sich die Flügel des Stadttores. Eine Gruppe von Männern erschien. Acht von ihnen, je zwei an den vier Tragebalken, trugen eine Sänfte heraus und setzten sie auf dem obersten Absatz des Weges zu Boden. Der kastenförmige Aufbau war an den Seiten und am Dach mit buntem Stoff bespannt. Vor und hinter der Sänfte schritten einige Schwerbewaffnete.

Jetzt stieg ein Mann aus der Sänfte. Er trug einen Helm und einen Brustpanzer, die beide rötlich glänzten. »Dieser Mann scheint jung und kräftig zu sein«, sagte Ragnar verwundert zu dem Griechen. »Warum lässt er sich tragen?«

»Er ist ein hoher Beamter. Wahrscheinlich der Statthalter dieser Seefestung. Bei uns Griechen lassen sich die hohen Beamten meist in einer Sänfte tragen. Sie halten es für unter ihrer Würde, zu Fuß zu gehen.«

Der Mann mit dem Brustpanzer schaute bewegungslos zu ihnen herunter.

»Geh du hin, Grieche! Vor dir fürchtet er sich am wenigsten«, schickte Ragnar den Griechen los.

Sie folgten ihm mit den Augen, als er langsam den Weg hinaufschritt. Seinen Schild hatte er zurückgelassen. Der Mann mit dem Brustpanzer und die Bewaffneten blickten ihm unbewegt entgegen. Das Gespräch zwischen dem Griechen und dem Mann, den dieser für den Statthalter hielt, erschien Ulf endlos. Doch er sah dort oben keine feindselige Bewegung. Als der Grieche umkehrte, verschwanden die Sänfte und die Bewaffneten wieder im Stadttor, das sich hinter ihnen schloss.

»Leon heißt euch willkommen. Er hat nichts dagegen, dass wir im Hafen unser Lager aufschlagen.«

»Wer ist dieser Leon?«, fragte Ragnar.

»Er ist der Statthalter dieser Seefestung. Er wird uns einen Boten senden.«

Sobald sie das Langschiff auf den Strand gezogen und ihre Zelte aufgeschlagen hatten, kam ein Mann den Weg herunter. Immer noch konnten sie auf den Mauern keinen Menschen sehen. Doch offensichtlich hatte man sie heimlich beobachtet. »Ein Beamter«, sagte der Grieche, als der Ankömmling vor Ragnar trat und ihn mit einer tiefen Verbeugung begrüßte. Das langärmelige Hemd, das dieser Beamte trug, war aus feinem Stoff, aber ohne Verzierung. An dem Stoffstück aber, das seine Schultern bedeckte und bis über den Gürtel herabfiel, glitzerten Perlen und Edelsteine. Er unterhielt sich lange mit dem Griechen, machte Ragnar wiederum eine tiefe Verbeugung und ging.

»Der Statthalter lädt dich und alle unsere Leute zu einem Festmahl ein. Heute Abend«, sagte der Grieche mit zufriedener Miene.

»Sollen wir etwa unsere Waffen abgeben?«, fuhr Grim auf.

»Nein.« Der Grieche schüttelte den Kopf. »Der Statthalter bittet euch sogar, in voller Bewaffnung zu erscheinen.«

Es war ein großer Raum, in den sie geführt wurden, achteckig und mit einer Kuppel überdacht. In der Mitte stand ein langer Tisch, von Tüchern bedeckt, die bis zum Boden reichten. Mit vielen Verbeugungen führte der Beamte, der in ihrem Zeltlager gewesen war, Ragnar zum Ehrenplatz in der Mitte der Tafel, einem Stuhl ohne Lehne mit fein gedrechselten Beinen. Als Ulf neben dem Griechen saß, betastete er das Tuch auf dem Tisch. »Aus den Tüchern, mit denen der Tisch bedeckt ist, könnte man viele prächtige Gewänder machen«, flüsterte er dem Griechen zu. Der betrachtete mit glänzenden Augen einen Becher, der auf dem Tisch stand. Der Becher war über und über mit kleinen, fein geschnitzten Figuren bedeckt. An einer Stelle schienen Männer mit Lanzen einen Eber zu jagen.

»Ja, es sind Jagdszenen«, nickte der Grieche. »Dieser Becher ist aus Elfenbein. Seit wir Griechen Ägypten verloren haben, ist Elfenbein sehr teuer.«

Ragnar hatte die Hand ausgestreckt, aber sogleich wieder zurückgezogen. Jetzt betrachtete er erstaunt die kunstvoll verzierten Schalen und Becher aus Silber, die überall auf dem Tisch standen. »Allein diese Schalen und Becher ergäben einen prallen Sack«, grinste er Grim an, der neben ihm saß.

Ein Diener oder Sklave eilte herbei und riss ihnen gegenüber einen Vorhang zur Seite. Leon trat ein – ein Mann mittleren Alters mit schwarzen Augen, schwarzen Locken und einem schwarzen gestutzten Bart, der glänzte, als sei er mit Öl getränkt. Leon war ein kräftiger Mann, und die Schwertnarbe auf der linken Wange verlieh ihm ein kriegerisches Aussehen.

»Er trägt eine Stola«, flüsterte der Grieche. Doch Ulf hatte nur Augen für die Goldfäden, die im Licht der Öllämpchen glitzerten, die auf dem Tisch standen oder an feingliedrigen Ketten von der Decke hingen. Und vor allem für die Perlen und Edelsteine, mit denen der um den Nacken gelegte Tuchstreifen übersät war, dessen beide Enden über die Brust herabhingen. Sogar die seidenen Schuhe verzierten Perlen.

»Nur hohe Beamte des Reiches und hochrangige Geistliche dürfen die Stola tragen«, fügte der Grieche leise hinzu. »Aber Leon hat mir seinen Titel noch nicht genannt.«

Leon verbeugte sich tief vor Ragnar. Der war aufgestanden und verneigte sich ebenfalls. Wie gut ihm dieser fremdländische Gruß gelang, dachte Ulf. Hinter Leon waren vier weitere Männer eingetreten. Drei waren ähnlich prächtig gekleidet wie der Statthalter. Der vierte war ein Priester. Der Mann trug eine einfache schwarze Kutte mit Kapuze, doch das große Kreuz, das an einer Kette auf seiner Brust hing, war aus gediegenem Silber. Seine schwarzen, lockigen Haare waren so ungepflegt wie der struppige Vollbart.

»Was soll dieser Priester hier?«, knurrte Ragnar zu Grim.

Nachdem die Griechen an der anderen Seite des Tisches Platz genommen hatten, Leon gegenüber Ragnar, füllten Diener die Weinschalen und reichten Trauben, Äpfel und unbekannte Früchte auf silbernen Schalen.

»Benimm dich, Halfdan! Mach uns keine Schande!«, wies Ragnar einen der Ruderer zurecht, der dem Diener die Weinamphore entrissen hatte und sie gerade an die Lippen setzte.

Das Gespräch kam bald zur Sache. »Leon möchte, dass wir für ihn kämpfen. Er rechnet mit einem Angriff der Kroaten auf die Stadt und hat nicht genügend Leute«, übersetzte der Grieche.

»Gegen die Kroaten kämpfen?« Ragnar wiegte leicht den Kopf. Doch das Funkeln in seinen Augen verriet, dass der Gedanke ihm nicht missfiel.

»Wir sollen alle einen monatlichen Sold erhalten. Und nach der Belagerung ein großes Geschenk«, fügte der Grieche hinzu.

Sie hatten längst die Helme in die Schilde hinter ihren Stühlen gelegt und die Schwerter abgegurtet. Die Diener setzten ihnen vergoldete Teller vor. Das mit einer Sauce angerichtete Fleisch schmeckte köstlich. Ulf hatte das Fleischstück in den Mund geschoben und leckte sich jetzt die Finger ab. Doch die Diener brachten bald neue Teller.

»Die dalmatinischen Küstenstädte sind in steter Gefahr«, übersetzte der Grieche. »Früher, vor Jahrhunderten, gehörte der ganze Balkan zum Oströmischen Reich. Aber der Kaiser in Konstantinopel hat fast alles verloren. Nur einige Städte an der Küste und einige Inseln sind ihm geblieben.«

»Wer hat das Land erobert? Die Slawen?«, fragte Ragnar.

Der Mann, der zu Leons Rechten saß, mischte sich ein. Nikolaos war Leons Onkel, ein älterer Mann, dessen Locken und gestutzter Bart bereits grau schimmerten. »Hier in Dalmatien haben sich die Slawen angesiedelt. Der größte Stamm sind die Kroaten.«

»... und die wollen die Stadt angreifen?«, sagte Ragnar.

»Ja«, nickte Alexios. »Und wir haben nicht mehr viel Zeit.« Alexios war Leons jüngerer Bruder und sah ihm sehr ähnlich.

»Schmeckt dir unser griechischer Wein?« Der Statthalter zupfte seinen Mantel zurecht, um Ragnar nicht anblicken zu müssen. Doch der Besitzerstolz in seiner Frage war unüberhörbar. Eine überflüssige Frage, dachte Ulf. Er sieht doch, wie Ragnar Schale um Schale schlürft...

»Die Araber sind für uns eine ebenso große Gefahr. Sie sitzen in Sizilien und dehnen ihre Herrschaft immer weiter aus. Ihre Schiffe bedrohen die Seewege in der Adria...« begann Nikolaos, der Onkel.

»Kaiser Michael kämpft gegen die Araber an den Ostgrenzen unseres Reiches. Im Zweistromland«, unterbrach ihn Leon. »Unser Kaiser ist ein großer Feldherr. Manchmal kämpft er auch gegen Slawen und Bulgaren an der Nordgrenze. Aber jetzt braucht er Truppen und Schiffe im Osten.«

»Richtig. Und deshalb kann der Kaiser uns keine Kriegsschiffe senden.« Die Stimme des Onkels klang abfällig. »Wir sind auf uns allein gestellt.«

»So ist es«, fiel der Statthalter ein. »Wir rechnen jeden Tag mit einem Angriff der Kroaten auf unsere Stadt. Aber ich habe nur wenige Soldaten. Viel zu wenig...«

»Frag ihn, wie viel Sold er uns bietet.« Ragnar stieß den Griechen ungeduldig an.

Der Statthalter öffnet bereits den Mund zu einer Antwort, als der Priester sich herüberbeugte und ihn am Ärmel zupfte. Er deutete mit dem Finger auf sie. Seine Augen funkelten feindselig. Heftig redete er auf Leon ein. Dieser zuckte die Schultern und wandte sich Ragnar zu.

»Unser Priester verlangt, dass ihr euch vorher taufen lasst!«

Ragnars Miene versteinerte. Seine Finger fuhren zu dem goldverzierten Teller. Da dort keine Knochen lagen, packte er das Fleisch und warf es dem Priester ins Gesicht. Die Sauce tropfte in den struppigen Bart.

Der Mann in der schwarzen Kutte stieß einen Angstschrei aus und stürzte aus dem Saal. Leons Gesicht wirkte betreten. »Du hättest ihn nicht beleidigen dürfen, Ragnar!«, übersetzte der Grieche.

Ragnars Stimme war hart. »Wir lassen uns nicht taufen!«

»Aber er ist der oberste Geistliche hier.« Der Statthalter wirkte ratlos.

Ragnar spuckte verächtlich auf den Boden. »Einen Priester kann man nicht beleidigen. Er hat keine Ehre, denn er kämpft nicht für sie.« Seine Augen blickten drohend. »Wie kann jemand den Göttern die Opfer bringen, der kein Ansehen genießt? Wie kann jemand Ansehen genießen, der nicht im Kampf einer der Tapfersten ist?«

Leon tuschelte lange mit dem Oheim und dem Bruder. Seine Miene hellte sich auf. »Ich werde morgen mit dem Priester sprechen. Er wird sich beruhigen. Von Taufe wird keine Rede mehr sein.«

Dann sprach der Statthalter lange mit dem Griechen. Der übersetzte nicht.

»Worüber redet ihr?«, knurrte Ragnar misstrauisch.

Der Grieche schüttelte nur den Kopf. »Wir unterhalten uns über Gegenden im Reich der Griechen. Ihr kennt sie nicht.«

»Was für eine Sprache sprecht ihr?« Leon blickte Ragnar fragend an.

»Die Franken nennen unsere Sprache ›Dänisch‹. Auch die Nordmänner in Schweden und Norwegen sprechen sie.«

»Dänemark, Schweden, Norwegen...« Leon schüttelte den Kopf. »Von diesen Ländern habe ich noch nie gehört!«

»Es sind die drei Länder, in denen die Nordmänner leben«, entgegnete Ragnar stolz.

Leon hatte nach dem Zwischenfall mit dem Priester hastig einige Schalen Wein geleert. Er wirkte jetzt leicht angetrunken. Weitschweifig schilderte er die Bedrohung der Adria durch die Slawen und Araber. Dann kam er auf die

Stadt und den bevorstehenden Angriff der Kroaten zu sprechen. Doch Ragnars Fragen nach dem monatlichen Sold schien er zu überhören. Ragnar packte den Griechen so fest am Oberarm, dass der die Weinschale fallen ließ. »Er soll uns endlich sagen, wie viel Sold er uns bietet!«

Leon flüsterte kurz mit seinem Onkel und seinem Bruder. Dann wandte er sich Ragnar zu. Dessen Augen weiteten sich, als der Grieche übersetzte. Auch Ulf starrte den Statthalter an.

»Das ist ja so viel wie drei Schiffsladungen. Drei Schiffsladungen von teuren Waren.« Er blickt Grim an. »Da kann kein Nordmann nein sagen.«

Der Graubart grinste. »So viel Silber, und wofür? Für nichts weiter als für eine Keilerei mit den Slawen.«

Sie gingen spät zurück in ihre Zelte. Ragnar hatte Leons Angebot sofort angenommen. Denn als er die Ruderer befragte, ob einer dagegen sei, hatten alle nur schallend gelacht.

Am nächsten Morgen wurden sie wieder in den Palast gerufen. Sie gingen zu fünft. Im hellen Tageslicht hatte Ulf Gelegenheit, sich in Ruhe umzuschauen. Der Palast bildete das untere Ende der Stadt. Sein westliches Tor lag dem Stadttor gegenüber, das zum Hafen führte. Ulf blieb einen Augenblick vor dem Palasttor stehen und blickte in die Höhe. Die beiden Tortürme waren achteckig und hatten, wie das Stadttor, im obersten Geschoss eine Reihe kleiner Rundbogenfenster. Darüber leuchteten die roten Ziegel des spitzen, achteckigen Daches. Hinter dem Tor standen rechts und links des Weges zur kuppelförmigen Empfangshalle zweistöckige Gebäude, auch diese mit spitzen roten Ziegeldächern und den Rundbogenfenstern im Obergeschoss. Gelbe Holzpfosten stützten Vordächer aus roten Ziegeln, die vor dem Erdgeschoss entlangliefen.

»Ein alter römischer Palast«, sagte der Grieche zu Ulf. »So haben vor ein paar hundert Jahren die Römer gebaut.«

Der Beamte führte sie zu dem achteckigen Bau in der Mitte des Palastes. Gestern Abend war Ulf nicht aufgefallen, dass die Türen nicht unmittelbar in den Empfangssaal führten. Vor jeder der vier Türen gab es einen viereckigen Vorraum.

»Wartet hier, ich hole den Statthalter«, sagte der Beamte zu dem Griechen. Ulf blickte sich um. Vor ihnen, dem Eingang gegenüber, lag die Türöffnung, die zum Saal führte. Sie war auf der anderen Seite durch einen dicken Vorhang verschlossen.

»Ich bin gespannt, was wir von Leon hören werden«, sagte Ragnar zu Erik.

Hinter dem Vorhang hörten sie Stimmen. Der Grieche lauschte gespannt. Der Vorhang schluckte den Schall, doch merkte Ulf an den Stimmen, dass sich Leon mit seinem Onkel unterhielt.

»Sie streiten«, sagte der Grieche und trat näher an den Vorhang. Auch Ulf merkte jetzt, dass Leons Stimme erregt klang.

»Der Kaiser hört auf jeden. Auch auf einen Stallknecht«, übersetzte der Grieche.

Dann die Stimme des Nikolaos. Sie klang ärgerlich. »Basileios ist mehr als ein ehemaliger Stallknecht.«

Jetzt fiel Alexios, der jüngere Bruder, ein: »Man sollte den Kaiser niemals schelten!«

Leons Stimme war leiser geworden. »Ich verstehe nicht jedes Wort«, schüttelte der Grieche den Kopf. »Aber er spricht zu seinem Sohn.«

»Das ist wohl der mit den langen schwarzen Locken und ohne Bart«, sagte Gizur. »Der junge Mann, der gestern bei dem Festmahl dabei war und nicht ein einziges Mal den Mund aufmachte.«

Der Grieche nickte. »Du hast Recht, Gizur. Auch jetzt antwortet er ängstlich. Er weicht aus. Er will offensichtlich keine klare Antwort geben.«

Die Stimme des Onkels war jetzt deutlich zu hören. Er schien ziemlich laut zu werden. »Vergesst niemals: Bardas ist unser Verwandter. Und er hat alle Macht. Wer ist dagegen Basileios?«, übersetzte der Grieche. Ulf wurde nachdenklich. Die beiden Namen sagten ihm nichts – umso mehr die Stimme des Nikolaos. Seine Worte hatten klar und entschieden geklungen, doch sein Tonfall schien Ulf unaufrichtig. Das Gespräch hinter dem Vorhang verstummte. Nach einiger Zeit kehrte der Beamte zurück.

»Der Statthalter ist bereits in der Empfangshalle.« Er schob den Vorhang zur Seite und ließ sie eintreten.

Die Tische waren fortgeräumt. In der Mitte der Halle stand auf einem Teppich ein Sessel mit Armlehnen und hoher Rückenlehne aus geschnitztem Elfenbein. Leon erhob sich. Er war allein. Die Nordmänner wurden zu fünf schwarzen Holzstühlen geführt, die in einer Reihe, dem Sessel gegenüber, aufgestellt waren. Nach einer kurzen Begrüßung brachten Diener Silberschalen mit Wein. Dann schickte sie der Statthalter mit barschen Worten hinaus. Als die Haussklaven hinter dem Vorhang verschwunden waren, stand Leon wieder auf und schaute misstrauisch hinter jeden einzelnen der Vorhänge, die die Türen verdeckten. Nachdem er sich wieder gesetzt hatte, sagte er zu dem Griechen: »Sprecht leise. Hier haben alle Wände Ohren.«

Ragnar blickte ihn erstaunt an. Doch der Statthalter ließ ihn nicht warten. Er kam ohne Umschweife zur Sache.

»Ich möchte, dass ihr im Palast wohnt. Ihr sollt meine Leibwache sein.«

»Aber wir sprechen doch deine Sprache nicht«, ließ Ragnar übersetzen.

Ein leises Lächeln huschte über Leons Gesicht. »Eben deshalb. Ihr kennt keinen hier. Deshalb könnt ihr auch mit keinem unter einer Decke stecken.«

In Ragnars Gesicht malt sich Verblüffung, aber er sagt kein Wort.

Der Statthalter beugte sich vor und flüsterte: »Es gibt in dieser Stadt und diesem Palast einen Verräter. Das ist sicher. Ich weiß nur noch nicht, wer.«

Ragnar und seine Mannschaft bauten die Zelte ab und schleppten ihre Habseligkeiten in die Quartiere, die man ihnen anwies. Ulf bekam zusammen mit dem Griechen ein Zimmer, das neben Ragnars Raum lag. Fast so groß wie ein Haus in Schweden, dachte Ulf, als er seine Blicke durch den Raum wandern ließ. Der Tür gegenüber gab es drei hohe Rundbogenfenster. Der Palast bildete hier die östliche Seite der Stadtmauer. Darunter fielen die Felsen steil ab. Gegenüber ragte schroff das Küstengebirge auf.

Der Grieche tippte ihm auf die Schulter. »Schau die Bettgestelle an und diese beiden niedrigen Tische. Zwar kein Elfenbein, aber feinste Drechselarbeit.« Der Grieche schüttelte den Kopf. »Diese Möbel. Die silbernen Trinkschalen, die auf den Tischchen stehen. Ich werde aus diesem Leon nicht schlau. Er muss aus einer steinreichen Familie stammen. Die Bezahlung, die der Kaiser dem Statthalter einer kleinen Seefestung in Dalmatien gewährt, ist nicht so hoch, dass er einen Palast so einrichten kann.«

Ulf lachte. »Dann kann er uns auch keinen solchen Sold und ein solches Geschenk anbieten.«

Der Grieche nickte. »Für dieses Geld könnte er ein Söldnerheer anwerben. Aber… Na ja, wo sollte er Söldner herkriegen? Alle, die als Krieger etwas taugen, hat der Kaiser längst angeworben.«

Der Vorhang, der die Tür verdeckte, öffnete sich, und der Priester trat ein. Er grüßte nicht, sondern warf Ulf nur einen giftigen Blick zu. Dann eilte er zu einer Nische und riss das Bild, das dort stand, an sich. Er drückte das Bild fest gegen seine Brust, so dass Ulf nur die hölzerne Rückseite sah. Dann hastete er wortlos aus dem Raum.

»Er will seine Ikone vor euch Heiden in Sicherheit bringen«, grinste der Grieche. »Er hat die Schauseite gegen seine Brust gepresst, damit der heilige Georg deinen Anblick nicht ertragen muss.«

Ulf hatte das Bild längst untersucht. Zwar glänzte die Vorderseite wie Gold und Silber, aber es war nur ein feiner Überzug. Auch die bunten Edelsteine auf der Kleidung dieses christlichen Gottes waren nur aufgemalt.

Der Grieche hatte seine Trinkschale auf einem der Tischchen abgesetzt und räkelte sich auf seinem Stuhl. Sie hatten beide oft aus der Weinamphore nachgeschenkt, die eine der Dienerinnen ins Zimmer gestellt hatte. Der Grieche deutete auf ein Paar Sandalen, das in einer Ecke stand. Er lachte. »Neue Sandalen, Ulf. Du musst sie anziehen, darfst aber keinen Schritt darin gehen.«

Als er Ulfs verblüfftes Gesicht sah, lachte er noch schallender.

»Wir Griechen, jedenfalls viele Griechen, glauben an dieses Zaubermittel: in wenigen Tagen findest du eine Geliebte.«

Ragnar sprach nicht darüber, ob er den Statthalter um ein Paar neue Sandalen oder schlicht um eine Sklavin gebeten hatte. Jedenfalls kam Anna am Nachmittag mit einem Weinkrug und warf sich vor Ragnar zu Boden. Sie war ein hübsches Mädchen, zierlich, mit braunen Haaren und braunen Augen, und wohnte nun bei Ragnar. Der rief von nun an den Griechen oft in sein Zimmer, denn nur mit dessen Hilfe konnte er mit dem Mädchen reden. Wochen später seufzte er. »Wie sie auf dem Lager ist, Grim? Wie eine Wildkatze!«

»Wach auf!« Der Grieche rüttelte ihn an der Schulter. »Wach auf, Ulf!«

Ulfs Kopf dröhnte. Trotz aller Anstrengung gelang es ihm nicht, die Augenlider ganz aufzureißen. Er hatte die Nacht mit dem Griechen in den Weinschenken der Stadt verbracht. Vor seinen Augen tanzten noch verschwommene Erinnerungsfetzen: Krüge und nackte Mädchenbrüste.

»Nimm dich zusammen, Ulf! Es geht los. Falkon wird uns die Befestigungen zeigen.«

Das Rütteln an seiner Schulter wurde stärker. Selten hatte Ulf einen solchen Kater gehabt. Doch er folgte, noch halb im Schlaf, dem Griechen.

Falkon wartete vor dem Tor des Palastes auf sie. Er war ein noch junger, kräftiger Mann. Unter dem Helm quollen lange braune Locken hervor, und sein Vollbart war struppig. Ulfs Augen blieben an dem Brustpanzer haften: ein Panzer aus Bronze, der bis über die Hüften reichte, mit einem aus dem Metall getriebenen Falken in der Mitte. »Ein römischer Panzer«, erklärte der Grieche. In seiner Stimme schwang etwas wie Bewunderung.

Falkons braune Augen musterten den blassen, verkaterten Ulf spöttisch. »Mach dir nichts draus, Ulf«, gähnte Gizur neben ihm. »Dieser griechische Wein ist schwer und steigt zu Kopf. Das haben wir alle gemerkt.«

Sie umschritten auf der Mauer die Stadt. Es waren die stärksten Mauern, die Ulf je gesehen hatte: Mauern aus Ziegeln mit beinahe mannshohen Zinnen und mehreren vorgesetzten Türmen, die denen an der Hafeneinfahrt glichen. Auf allen Seiten ruhten die Mauern auf steil abfallenden Felsen. Doch diese Mauern und Türme zerbröckelten an vielen Stellen. Schließlich ragte vor ihnen wieder die Mauer des Palastes auf, höher als die Stadtmauer.

Falkon ließ die braunen Augen über die Reihe ihrer Gefährten wandern, lange und nachdenklich. Die Schwertnarben auf den Wangen stachen in dem Sonnenlicht deutlich hervor. »Ich freue mich, dass ihr Waräger uns zu Hilfe gekommen seid. Ich habe nur achtzig Mann. Ihr habt gesehen, wie lang die Stadtmauer ist. Diese Kräfte reichen niemals, um alles zu besetzen.«

»Nur achtzig Mann für eine ganze Seefestung. Warum?«, ließ Erik den Griechen übersetzen.

Falkon zuckte hilflos die Achseln. »Neben den Soldaten des Kaisers habe ich auch noch einige Dutzend bewaffnete Bauern. Die haben sich vor dem Angriff der Kroaten in die Stadt geflüchtet. Die stärksten habe ich mit Helmen und Schwertern ausgerüstet.« Falkon schüttelte den Kopf. »Aber diese Bauern können kein Schwert führen. Sie springen von der Mauer, sobald der erste Kroate sie erklettert.« Er schwieg eine lange Zeit. »Draußen stehen fünf- bis sechshundert Mann. Noch verstecken sie sich hinter den Büschen und Bäumen. Und zwischen der Stadt und diesem Heer ist nur diese zerbröselnde Mauer. Unser Archont ist ein guter Mann. Aber er hat kein Geld, um die Mauern der Seestädte auszubessern.«

»Wer ist dieser Archont?«, ließ Ragnar fragen.

»Der Archont ist der Statthalter des Kaisers in Dalmatien. Ihm unterstehen alle Küstenstädte. Der Archont hat seinen Sitz in einer Hafenstadt, gegen deren Festungsmauern die Kroaten seit Jahrhunderten anrennen. Sie nennen sie ›Zadar‹.«

»Wir haben mit Steinen und Stämmen die Breschen geflickt, so gut es eben ging«, fiel Himerion ein. Ulf betrachtete den bartlosen jungen Mann mit den langen schwarzen Locken. Himerion war der Sohn des Statthalters – der Mann, der bei dem Festmahl kein Wort gesagt hatte. Er hatte Falkon bei dem Rundgang auf den Stadtmauern begleitet. An einigen gefährdeten Stellen hatte er sein Schweigen gebrochen, und seine Bemerkungen über die Verteidigung der Stadt ließen vermuten, dass er wohl wusste, die Waffen zu führen. »Aber diese Ausbesserungen sind eben Flickwerk«, fuhr Himerion fort. »Wir haben keine Baumeister.«

»Ja, keine Baumeister.« Falkon nickte heftig. »Die Baumeister braucht der Kaiser für seine neuen Festungen gegen die Araber im Osten.«

Ragnar kraulte sich mit den Fingern den Bart. Dann blickte er Falkon voll ins Gesicht. »Da draußen werden dann an die fünfhundert Feinde stehen. Wer sind diese Leute? Gegen wen sollen wir kämpfen?«

»Es sind Kroaten, der kriegerischste Stamm der Kroaten.« Falkon lächelte. »Viele dieser Slawen sind bereits Christen geworden. Sie tragen griechische Kleidung, und ihre Anführer nennen sich ›Archonten‹. Er deutete auf die Mauer. »Aber vor dieser Mauer, wird Duschan stehen, kein Christ, sondern der gefürchtetste Krieger unter allen Kroaten.«

Ragnar und seine Mannschaft richteten sich in ihren Quartieren ein und verbrachten die Nächte in den Schenken, während Falkons Leute auf den Stadtmauern wachten. Doch auch Ragnar schritt mit allen Männern mehrmals die Mauern ab. Bald kannten sie alle die gefährdeten Stellen in- und auswendig: all jene Stellen, an denen der Feind die Felsen erklettern konnte, und die Mauerbreschen, die auch ohne den Einsatz von Leitern erstürmt werden konnten.

Am zweiten Tag ging Ulf mit dem Griechen in die Stadt. Am Tag bot sie wenig. Eine schnurgerade Straße führte vom nördlichen Palasttor zum gegenüberliegenden Stadttor. Die Straße war zu beiden Seiten mit Säulenreihen eingefasst, aber die meisten Säulen lagen zerborsten auf der Erde. Auf der anderen Seite der Stadt, auf der höchsten Stelle des Felsenrückens, lag eine Kirche. Von der Hauptstraße aus konnte man ihre Kuppel sehen. Doch Ulf beachtete sie nicht. Der Statthalter hatte die Waräger gebeten, die Kirchen der Stadt nicht zu betreten. Die Häuser waren aus Stein, aber halb zerfallen. Viele standen leer. »Die meisten Stadtbewohner sind vor dem Angriff in die Nachbarstädte geflüchtet«, hatte Falkon erklärt. »Was ihr hier an Bürgern seht, sind meistens Bauern aus der Umgebung. Sie fliehen vor den Kroaten in die Stadt, weil sie kein Geld für eine Schiffsreise haben.«

Eines Tages prallte Ulf vor seinem Zimmer beinahe mit Ragnar zusammen. Der verbrachte die Tage meist mit Falkon. Deshalb sah Ulf tagsüber auch den Griechen nur gelegentlich. »Falkon ist ein ehrlicher Krieger«, hatte Ragnar bereits am zweiten Tage gesagt. Jetzt trug er den Mantel nur locker über die Schulter. Sein mächtiger Körper steckte in einem Kettenhemd, das fast bis an die Ellenbogen und an die Knie reichte. Er brüllte nach Anna. Die Sklavin trat aus dem Zimmer, den Kamm noch im Haar, den Spiegel in der Hand. Ragnar riss den Spiegel an sich. Dann betrachtete er sich lange von allen Seiten. Ein Lächeln der Zufriedenheit lief über seine Züge. Plötzlich gab er den Spiegel dem Mädchen zurück. »Schade. Ich werde diese Rüstung wieder ausziehen. Auf dem Wehrgang mag sie nützlich sein, als Schutz gegen Bogenschützen und Schleuderer. Aber im Kampf ist sie zu schwer. Ein Anführer muss immer der erste sein. Und der schnellste.«

Ragnars Miene war düster, als er mit dem Griechen auf Ulf und Grim zutrat, die sich auf dem Gang vor ihren Räumen unterhielten. »Dieser verfluchte Onkel!«, knirschte er. »Meine Sklavin hat erzählt, Nikolaos habe dem Statthalter Vorwürfe gemacht, weil er uns Nordmänner als Leibwache genommen hat.«

»Warum? Reut ihn das viele Silber, das uns Leon geboten hat?«, lachte der Graubart.

»Nein.« Der Schiffsführer runzelte die Stirn. »Leons Onkel hat gesagt, die Unteranführer der kaiserlichen Garnison betrachteten es als Misstrauensbeweis, wenn die Leibwache des Statthalters nicht aus Griechen, sondern aus Warägern bestehe.«

Grims Blick wurde nachdenklich. »Und was haben die anderen gesagt? Der jüngere Bruder und der Sohn?«

Ragnar zuckte die Achseln. »Bei dem Gespräch, das Anna heimlich mitgehört hat, war nur der Sohn zugegen. Und Himerion hat allem, was sein Vater sagte, zugestimmt.«

»Ängstlich zugestimmt, sagt Anna«, lachte der Grieche.

Am gleichen Tage besuchte sie der Statthalter in ihren Räumen und erkundigte sich nach ihrem Wohlergehen. Leon hatte Sklaven mitgebracht, die große Weinkrüge herbeischleppten. Der Statthalter hat sich von diesem grau gelockten Onkel nicht beeinflussen lassen. Ulf schmunzelt zufrieden.

Falkon hatte Ragnars Rat abgelehnt, die Vorstadt zu räumen und niederzubrennen. »Eigentlich muss ich dir Recht geben, Ragnar«, hatte der Befehlshaber geantwortet. »Die Mauern sind niedriger, und die Felsen leichter zu ersteigen. Wir haben viel zu wenig Leute, um die Vorstadt zu verteidigen.«

»Die Slawen werden sie erobern«, hatte der alte Haudegen geknurrt. »Jage mit deinen Männern die Leute, die dort wohnen, in die Stadt und setze die Dächer in Brand. Dann bietet die Vorstadt den Angreifern keinen Schutz. Wir können von den höheren Stadtmauern aus in die Ruinen hineinschießen.«

Aber Falkon hatte nur den Kopf geschüttelt. »Ja, wenn es nach mir ginge... Die Bauern aus dem Umland, die in die verlassenen Häuser eingezogen sind, wollen nicht in die Stadt. Das ist ihre Sache. Ich habe sie gewarnt.« Ulf sah wieder das verdrossene Lächeln, das um die Lippen des Befehlshabers zuckte. »Doch gegen Gregor konnte ich mich nicht durchsetzen.«

»Wer ist dieser Gregor?«, fiel Ragnar ein.

»Gregor ist der reichste Händler der Stadt. Er hat sein Lagerhaus in der Vorstadt. Er will seine Waren nicht in die Stadt schaffen lassen. Dort habe er kein Gebäude mit ebenso festen, eisenbeschlagenen Türen. Gregor befürchtet, die vielen mittellosen Bauern, die in die Stadt geströmt sind, würden sein Lager über kurz oder lang plündern.«

Nach diesem Gespräch blieb Ragnar noch lange auf der Mauer stehen und starrte auf die Vorstadt hinunter. Dann gab er sich einen Ruck. Seine Augen blickten kalt, als er sich umdrehte. Er gab dem Griechen, Grim und Ulf einen Wink, ihm zu folgen. Sie eilten quer durch die Stadt in den Palast und wurden von einem Sklaven in den Vorraum der Empfangshalle geführt. Der Statthalter ließ sie nicht lange warten. Ein Sklave schlug den Vorhang zur Seite, und sie traten vor Leon, der in seinem elfenbeingeschnitzten Sessel saß. Sobald sie auf den Stühlen ihm gegenüber Platz genommen hatten und die

Weinschalen gereicht waren, blickte der Statthalter Ragnar an. »Ich weiß, es geht um die Vorstadt. Falkon hat es mir bereits erzählt.« In seinem Gesicht lag etwas, das Ulf sich nicht zu deuten wusste. War es Unentschlossenheit? War es Ratlosigkeit? »Wir wissen natürlich, wir können die Vorstadt im Falle eines Angriffs nicht verteidigen. Ich habe dies Gregor selber gesagt. Aber er wollte nicht auf mich hören.«

»Dann muss man noch einmal mit diesem Händler reden«, sagte Ragnar entschlossen.

»Reden?« Leon lachte bitter auf. »Gregor ist, wie alle anderen reichen Händler, längst in eine andere Küstenstadt geflüchtet.« Die Miene des Statthalters wurde ernst. »Gregor ist der reichste Händler der Stadt. Alle Häuser in der Vorstadt gehören ihm. Nicht nur das Lagerhaus. Ohne seine Zustimmung kann ich die Waren nicht in die Stadt schaffen und die Häuser niederbrennen lassen. Du musst das verstehen, Ragnar. Der Kaiser, der Archont in Zadar... sie schicken kein Geld. Sie haben keines. Ich bin auf die Reichen in dieser Stadt angewiesen. Ich darf sie mir nicht zu Feinden machen.«

Der Statthalter wartete schon, als sie in die Empfangshalle geführt wurden. Bei aller Würde, mit der er in seinem elfenbeinernen Sessel saß, entging Ulf nicht, dass er sich Mühe geben musste, nicht unruhig hin und her zu rutschen. Der Onkel, der Sohn, der jüngere Bruder und Falkon, die zu seinen Seiten saßen, machten ernste Gesichter. Leon wartete kaum ab, bis ihnen die Weinschalen gereicht waren. »Ihr habt es selbst gehört. Duschan will nicht nur mit mehr Kriegern zurückkehren, sondern auch mit Schiffen. Dieses Jahr hat er die Belagerung sehr spät begonnen. Obwohl ihr das einzige Schiff wart, das sich in den Hafen wagte, war unsere Versorgung nie gefährdet. Unsere Vorräte reichten aus. Wenn er aber im Frühjahr kommt...«

Nikolaos unterbrach ihn. »Wenn seine Schiffe die Zufahrt zum Hafen abschneiden, sind unsere Vorräte bald aufgebraucht.« Die Stimme des Onkels klang ernst. Dennoch glaubte Ulf, einen spöttischen Unterton herauszuhören.

»Ihr könnt doch im Winter Vorräte herbeischaffen. Lasst Schiffe aus den anderen Küstenstädten kommen«, schlug Ragnar vor.

Der Statthalter schüttelte den Kopf. »Im Herbst und Winter fährt kein Schiff in der Adria. Alle fürchten die Stürme.«

Der Onkel ergriff wieder das Wort. »Ich glaube nicht, dass der Zupan im nächsten Jahr zurückkehrt. Die meisten Fürsten der Kroatenstämme wollen keinen Krieg gegen den Kaiser führen. Sie fürchten, dass Kaiser Michael bei einem Angriff auf eine seiner Küstenstädte im nächsten oder übernächsten

Sommer einen Rachefeldzug führt. Und wie er die Araber besiegt hat, wissen sie.«

»Deshalb ist der Zupan auch so spät gekommen«, pflichtete Alexios, der jüngere Bruder, bei. »Er hat, wie wir wissen, lange mit den anderen Zupanen verhandelt. Aber keiner ist ihm gefolgt.«

Der Statthalter blickte missmutig vor sich hin. »Ich teile die Ansicht meines Onkels und meines Bruders nicht. Wir wissen, zwei Zupane hatten beinahe schon zugesagt, sich dem Angriff anzuschließen. In diesem Winter wird Duschan sie herumkriegen. Und die beiden haben Schiffe, Zweiruderer. Was meinst du, Himerion?«

Der Sohn hatte die ganze Zeit schweigend vor sich hin gestarrt. Jetzt zuckte er zusammen. »Du hast Recht, Vater.«

Leon schwieg lange. Zwei Schalen Wein schienen seine Stimmung nicht zu heben. »Es ist zum Verrücktwerden. Seit Jahren bedrängt der Kaiser die Bulgaren. Die Bulgaren bedrängen die Serben, die Serben die Kroaten. Dennoch erobern die Kroaten eine Küstenstadt und eine Insel nach der anderen.«

»Seit Kaiser Michael die Macht ausübt, sind die Kroaten vorsichtiger geworden«, fiel Nikolaos ein. »Ihr müsst nämlich wissen: der Kaiser bestieg den Thron vor dreiundzwanzig Jahren. Damals war er vier Jahre alt. An seiner Stelle regierte seine Mutter Theodora.«

»Ja«, lachte Leon. »Und vor fünf Jahren schickte er seine Mutter und seine Schwestern ins Kloster. Jetzt regiert der Kaiser selber. Ich habe schon gesagt, dass er einen erfolgreichen Feldzug gegen die Araber im Osten geführt hat.« Leons Miene verdüsterte sich wieder. »Aber was nützen uns seine Siege hier in Dalmatien? Seine Heere stehen wieder fern im Osten, in Mesopotamien. Und seine Flotte greift die Küstenstädte der Araber an. Nein, Ragnar. Aber vielleicht könnte Venedig uns helfen. Venedig hat Schiffe. Venedig ist die mächtigste Stadt Italiens. Und es sitzt in derselben Mausefalle. Wenn die Slawen an der Balkanküste im Osten und die Araber in Sizilien und Unteritalien im Westen mit ihren Schiffen die Adria sperren, ist Venedigs Handel am Ende.«

»Aber von Venedig haben wir keine Hilfe zu erwarten. Pietro Tradonico, der Doge, ist ein alter Mann. Ein uralter Mann. Und er fürchtet die vornehmen Familien der Stadt mehr noch als die Slawen und Araber.«

Ragnar stürmte in das Zimmer, das Ulf zusammen mit dem Griechen bewohnte. Neben ihm stolperte Anna, seine zierliche Sklavin. Er hatte sie am linken Oberarm gepackt. Ihre kleinen Füße konnten den riesigen Schritten des Schiffsführers kaum folgen. »Anna will mir etwas Wichtiges sagen. Aber ich kann sie nicht verstehen«, rief Ragnar dem Griechen zu. Der Grieche sprach lange mit dem Mädchen. Seine Miene wurde finster und finsterer. Dann wandte er sich Ragnar zu. »Anna hat im Palast etwas gehört. Etwas, worüber heimlich die Diener tuscheln. Gestern Abend hat Falkon mit dem Statthalter gesprochen. Unter vier Augen.« Der Grieche lachte kurz und höhnisch auf. »Aber was bedeutet das schon in einem griechischen Palast? Viele der Sklaven wissen bereits von diesem Gespräch. Der Befehlshaber Falkon hat offen den Verdacht geäußert, ein Mitglied der Familie des Statthalters stecke mit dem Feind unter einer Decke. Die letzten drei Ausfälle seien offensichtlich verraten worden. Aber ganz gewiss nicht von einem der Soldaten. Auch nicht von einem der nachgeordneten Offiziere. Denn keiner seiner Männer sei an jedem der Ausfälle beteiligt gewesen. Und er habe dem jeweiligen Unteranführer, der den Ausfall leiten sollte, seinen Plan erst kurz vor Einbruch der Dunkelheit mitgeteilt. Dann habe er den Unteranführer an seiner Seite behalten und nicht einen Augenblick aus den Augen gelassen, bis sich das Tor öffnete.«

Ein Diener holte Ragnar. Der stürmte in ihr Zimmer, um den Griechen mitzunehmen, und winkte auch Ulf, ihm zu folgen. Grim, Erik und Gizur standen irgendwo Wache auf der Mauer.

Als der Diener den Vorhang zur Seite schob, sahen sie den Statthalter mit seinem Onkel, seinem jüngeren Bruder und seinem Sohn mitten in der Empfangshalle stehen. Der Befehlshaber Falkon befand sich bei ihnen. Die Mienen der Männer ließen keinen Zweifel, dass sie sich stritten. »Wenn es schon die Sklaven in diesem Palast wissen, dann wissen es morgen auch deine Soldaten. Und übermorgen weiß es die ganze Stadt.« Alexios, der jüngere Bruder, warf Falkon einen giftigen Blick zu. »Wie kannst du es wagen, einen von uns als Verräter zu bezeichnen? Wo sind die Beweise? Nur weil drei kleine Ausfälle schief gegangen sind…«

»Sie sind nicht schief gegangen, sie sind verraten worden!« Falkon blickte dem jüngeren Bruder kalt in die Augen. »Keiner der drei Unteranführer, die die Ausfälle geleitet haben, kann der Verräter sein. Keiner von ihnen hatte Zeit, sich unbeobachtet mit dem Feind in Verbindung zu setzen. Und wenn die Kroaten mit vielleicht zwanzig Mann uns einen Hinterhalt legen, brauchen sie Zeit zur Vorbereitung. Und keiner meiner Soldaten kannte den Plan. Was für Beweise verlangst du? Nur wir waren eingeweiht. Jeder von uns kann der Verräter sein.«

»Unsinn!« Alexios schüttelte zornig den Kopf. »Jeder weiß, dass in diesem Palast die Wände Ohren haben. Dein eigenes Gespräch mit Leon ist doch auch belauscht worden. Vielleicht ist einer der Diener der Verräter.« Sein Ton wurde milder. »Ich will niemanden verdächtigen. Aber wenn es einen Verräter gibt, warum muss es jemand aus unserer Familie sein?«

»Gibt es überhaupt einen, Alexios?«, schrie der Oheim dazwischen.

»Ja, Nikolaos hat Recht. Was ist denn geschehen? Eine Reihe von Ausfällen verlief wie geplant. Bei den letzten drei sind unsere Trupps auf eine feindliche Übermacht gestoßen. Das kann vorkommen. Wer wird da gleich von Verrat reden?«

Wut verzerrt die Züge des Oheims. »Keine Spur von Verrat sehe ich! Bei einer Belagerung können nicht alle Ausfälle gelingen. Immer wird man einmal auf eine feindliche Übermacht stoßen. Und du redest gleich von Verrat, Falkon! Und der Verräter ist sogar ein Mitglied unserer Familie.« Seine Stimme überschlägt sich fast. »Wenn es einen Verräter gibt, warum bist du es nicht? Du hast diese Ausfälle geplant. Wenn du weißt, wo der Feind steht, konntest du unsere Spähtrupps ihm in die Hände laufen lassen!«

Falkons Hand fährt in Richtung des Schwertknaufs an seinem Gürtel. Doch er beherrscht sich. Seine Stimme klingt ruhig und kalt: »Ich habe es ja schon gesagt: jeder von uns kann der Verräter sein.«

Sie hatten ihre Toten mitgenommen. Um Mitternacht, zur Wachablösung hatten sie zwei ihrer Rinderbeute tot aufgefunden. Auf einem anderen Mauerabschnitt stießen sie auf die Leichen von drei ermordeten Soldaten. Ein Stück entfernt lag Falkon. Erschlagen. Am nächsten Morgen hatten sie die beiden Ruderleute vor den Mauern begraben, den Helm, den Schild und das Schwert mit ins Grab gelegt. Jetzt fand in der Kirche auf dem kleinen Hügel nahe dem nördlichen Stadttor die Trauermesse statt für den Befehlshaber und die drei getöteten Soldaten. Sie, alle, die keinen Wachdienst auf den Mauern versahen, hatten sich in Ragnars Zimmer versammelt. Anna, Ragnars Sklavin, huschte hinaus, einen neuen Weinkrug zu holen.

Ulf starrte finster in seine leere Weinschale. Sie tranken schon lange, aber der Wein vermochte die Stimmung in dem düsteren Raum nicht zu heben. Ein Blitz zuckte über den Himmel. Einen Augenblick lang konnte Ulf die Bäume und die Bergwände jenseits des Fensters erkennen. Dann folgte ein Donnerschlag, der die Erde beben ließ. Neben ihm starrte Gizur hinaus in die Finsternis. »Thor ist wieder unterwegs«, murmelt der Weißhaarige. »Heute reißen die beiden Böcke seinen Wagen so schnell über den Himmel, dass die Erde bebt.« Ulf nickt. »Und Thor ist böse. Selten schleudert er solche Blitze aus seinen starrenden Augen.«

Ragnar trat zu ihnen ans Fenster. »Wir könnten Thors Hammer gebrauchen. Der Hammer, der jeden Riesen erschlägt, wäre gerade das Richtige für diese Kroaten!«

»Fürchtest du die Slawen?«, rief einer der Ruderer im Raum.

Ragnar blickte den Frager ernst an. »Nicht, solange die Mauern dazwischen sind. Aber was nützen uns die Mauern, wenn wir einen Verräter in der Stadt haben!«

»Falkon ist tot. Er scheidet als Verräter aus«, brummte Grim. »Sie würden nicht ihren eigenen Mann erschlagen.«

Dann blieben nur der Statthalter selbst und sein Oheim, dachte Ulf beklommen. Konnte der Statthalter Leon selbst...?

»Bei uns Griechen ist alles möglich«, antwortete der Grieche auf Ragnars Frage. Seine Stimme klang spöttisch. »Leon wäre nicht der erste Statthalter, der eine Stadt des Kaisers dem Feind in die Hände gespielt hätte. Aber ich glaube nicht, dass er der Verräter ist. Leon hätte nichts zu gewinnen. Er ist ja bereits Statthalter. Ein höheres Amt kann er hier nicht erreichen.«

»Vielleicht will er sich unabhängig machen. Unabhängig vom Kaiser in Konstantinopel, meine ich«, knurrte Grim.

Der Grieche lachte. »Das können wir ausschließen. Leon käme nur vom Regen in die Traufe, und das weiß er.«

»Wieso?«, fragte Ragnar.

»Der Kaiser ist weit. Und er ist mit den Arabern beschäftigt. Er könnte eine abtrünnige Stadt an der dalmatinischen Küste nicht zurückerobern. Jedenfalls nicht sofort«, antwortete der Grieche. »Aber der Statthalter würde nicht unabhängig, wenn er sich vom Kaiser lossagte. Er würde zu einem Gefolgsmann der Kroaten. Der Zupan Duschan würde mit seinen Leuten gewiss nicht in eine Stadt ziehen, um dort zu leben. Aber er würde Tribut verlangen. Und dieser Tribut wäre höher als die Abgaben an Konstantinopel.«

»Es gäbe für Leon noch einen anderen Beweggrund«, warf Ulf ein. »Wenn er befürchten muss, sein Amt zu verlieren...«

Der Grieche schüttelte abwehrend den Kopf. »Ich habe mit vielen Leuten in der Stadt gesprochen. Einige kennen sich in den Verhältnissen am Kaiserhof recht gut aus. Leons Stellung ist ungefährdet.«

Ragnar knirschte mit den Zähnen. Er hielt plötzlich sein Schwert in der Hand und strich mit den Fingerspitzen liebevoll über die Klinge. »Dann muss dieser Onkel Nikolaos der Verräter sein!«

Minuten später eilte Anna ins Zimmer. Sie trug keinen Weinkrug, sondern lief schnurstracks zum Griechen und flüsterte ihm etwas zu.

»Das darf doch nicht wahr sein!« Ragnars Augen sprühen vor kalter Wut, als der Grieche Annas Worte übersetzt hat. »Nikolaos, den Onkel, zum Befehlshaber ernennen! Den Verräter selbst!«

Betretenes Schweigen lastete auf dem Raum. Anna war, sobald der Grieche die Neuigkeiten übersetzt hatte, die im Palast umliefen, wieder hinter dem

Türvorhang verschwunden. Der Grieche stand unbeweglichund starrte finster auf den Boden. Ragnar war an das Fenster getreten. Ulf fühlte sich unbehaglich. Er dachte an die Feinde draußen vor der Mauer. Immer noch hielten sie sich versteckt, aber jeder wusste, dass sie da waren. Zehn Feinde kamen auf jeden von ihnen. Ein einziger Verräter genügte, um ihnen des Nachts eine der Ausfallpforten zu öffnen. Und dann…

Ulf erkannte die Stimme. Es war einer der Sklaven des Statthalters, der Ragnars Namen rief. Ulf hörte Anna antworten. Das Mädchen war wieder in Ragnars Zimmer zurückgekehrt. Dann schob der Grieche den Türvorhang beiseite, trat in den Gang und verhandelte mit dem Diener. »Wir sollen sofort zum Statthalter kommen. Zu einer Beratung.«

»Ich lasse erst Grim, Gizur und meinen Sohn holen. Die Sache ist zu ernst«, entgegnete Ragnar.

Der Grieche schüttelte den Kopf. »Dieser Diener sagt, es sei sehr eilig.«

Sie eilten die wenigen Steinstufen hinauf zu dem breiten Wehrgang auf der Palastmauer. Der Sklave hastete voraus. Sie folgten ihm bis zum nordöstlichen Eckturm. Der Diener schob den Vorhang zur Seite und ließ sie in das oberste Turmzimmer eintreten. Ulf war noch nie in diesem Eckturm gewesen. Er hatte jedoch gehört, dass dieser Raum der Lieblingsaufenthalt des Statthalters sei. Ein Blick auf die drei Rundbogenfenster auf jeder Seite zeigte ihm, warum: Von dieser Stelle aus konnte Leon die Stadtmauern und die ganze Stadt überblicken. Der Raum war so kahl wie die Turmzimmer in den anderen Ecktürmen. Drei fein geschnitzte Sitze waren an die Wand gerückt worden. Ansonsten war das Zimmer leer. Nicht einmal ein Weinkrug war zu sehen. Der Statthalter stand dem Eingang gegenüber an die Wand gelehnt. Er trug das einfache, gegürtete Langhemd eines Bauern oder Dieners. Leons Miene verriet, dass er sie ungeduldig erwartet hatte. Der Oheim stand neben ihm. Er trug das gleiche Prunkgewand wie bei ihrem ersten Zusammentreffen in der Empfangshalle. Nikolaos reckte den Kopf stolz in die Höhe.

»Ihr sollt es hören, bevor es sich im ganzen Palast herumgesprochen hat: Ich habe meinen Onkel Nikolaos zum Nachfolger Falkons ernannt.«

»Wir haben es bereits gehört«, entgegnete Ragnar trocken. Über Leons Gesicht huschte ein Schatten von Unmut. Aber aus dem Blick, den der Onkel auf Ragnar warf, sprach unverhohlener Hass. Doch Nikolaos hatte sich sofort wieder in der Gewalt und setzte ein freundliches Lächeln auf. »Gut! Dann können wir gleich zum Gegenstand unserer Beratung kommen. Der Mord an Falkon. Er wurde zum Schweigen gebracht, weil er bestimmt die Verschwörung aufgedeckt hatte.«

»Ja.« Der Statthalter nickte bekümmert. »Es gibt leider keinen Zweifel mehr: Hier im Palast ist ein Verräter.«

»Ich weiß auch, wer der Verräter ist«, fuhr der Oheim fort. »Es muss ein Spitzel des Psellos sein. Psellos hatte viele Vertraute unter der Dienerschaft.«

»Wer ist dieser Psellos?«, fragt Ragnar misstrauisch.

»Mein älterer Bruder.« Leons Stimme klingt jetzt zornig. »Wir haben uns viel gestritten. Da ist...« Der Statthalter verstummte.

»Ja. Psellos, Leons älterer Bruder, ist zum Statthalter in einer unserer Nachbarstädte geflüchtet. Er hat die Kroaten auf uns gehetzt. Und er hat immer noch Freunde unter der Dienerschaft. Einer davon muss uns belauscht haben.«

Ragnar schüttelte mürrisch den Kopf. »Ich habe die Räume vor dem Zimmer, in dem wir die Beratung abgehalten haben, selbst durchsucht. Kein Mensch war drin. Hinter jeden Vorhang habe ich mein Schwert gestoßen.«

Nikolaos hob abwehrend die Hände. »Diese Palastsklaven sind gerissen, wenn es gilt, ihre Herren zu belauschen.«

»Wir wissen nicht einmal, ob Psellos bei diesem Statthalter ist.« Ulf fuhr herum. Alexios, Leons jüngerer Bruder, und Himerion, sein Sohn, lehnten an der gegenüberliegenden Wand. Ulf hatte sie bei seinem Eintritt übersehen, und sie hatten bisher kein Wort gesagt. »Ein einziger Händler will Psellos im Palast des Statthalters gesehen haben. Mehr wissen wir über seinen Aufenthalt nicht. Und der Statthalter hat auf Leons Schreiben geantwortet, unser älterer Bruder sei nie bei ihm gewesen. Warum sollte er dich belügen, Leon?«

»Weil er mit den Slawen unter einer Decke steckt!«, fiel der Oheim ein.

»Wie kannst du Romanos beschuldigen, den Kaiser zu verraten?«, empörte sich Alexios. »Dem ist es nur gelungen, sich mit den kroatischen Stämmen gut zu stellen. Auch mit diesem Zupan Duschan.«

»Lassen wir Romanos«, sagte Nikolaos kalt. »Hier gilt es, den Verräter zu entlarven. Ich werde selbst einen Plan dafür entwickeln.«

»Wie?«, knurrte Ragnar.

»Es wird mir irgendetwas einfallen«, entgegnete der Oheim hochmütig.

»Ja, wir brauchen Beweise«, fiel der jüngere Bruder ein.

Ulfs Blick fällt auf den Statthalter. Leons Gesicht wirkt abgespannt, und seine Stimme klingt müde. »Vielleicht fällt dir wirklich etwas ein. Du bist in diesen Dingen ja geschickt. Hältst auch du einen Vertrauten des Psellos für den Verräter, Himerion?«

Der bartlose Jüngling stotterte: »Was Nikolaos da über die Palastsklaven gesagt hat... «

Der Statthalter unterbrach ihn ungeduldig: »Wir werden ja sehen, was dabei herauskommt. Jetzt muss Nikolaos zu den Soldaten. Den Offizieren habe ich es bereits gesagt. Die Soldaten wollen ihren neuen Befehlshaber feiern. Alexios und Himerion werden auch mitgehen. Ich würde euch selber begleiten, aber ich muss mit Ragnar einiges besprechen, was die Bewachung des Palastes angeht.«

Nikolaos nickte zustimmend, warf Ragnar einen scheelen Blick zu und verließ, gefolgt von seinen beiden Verwandten, den Raum. Einige Augenblicke später folgte ihnen Ragnar. Als er wiederkehrte, sagte er knapp: »Alle drei Räume, die zu diesem Zimmer führen, sind leer. Ich habe einen meiner Leute als Wache aufgestellt. Er kann unser Gespräch nicht verstehen, aber er wird niemanden durchlassen.«

Ragnar redete nicht lange um die Sache herum. »Ich fürchte, du hast den Verräter selbst zum Befehlshaber ernannt, Leon«, begann er. Dann zählte er alle Gründe auf, die gegen den Oheim sprachen. Der Statthalter hörte ihm schweigend und mit betrübter Miene zu. Seine Stimme war leise. »Was du sagst, Ragnar, klingt zwar schlüssig. Aber ich glaube nicht, dass Nikolaos der Verräter ist. Ich kenne meinen Oheim viel länger als du. Er ist vertrauenswürdig. Es muss uns ein Vertrauter des Psellos belauscht haben.«

»Glaubst auch du, dass der Statthalter, von dem Nikolaos sprach, mit den Slawen unter einer Decke steckt?« Ragnars Stimme klang rau.

»Nein, das nicht«, wehrte der Statthalter ab. »Romanos ist dem Kaiser treu. Man kann es ihm schließlich nicht verübeln, wenn er sich mit den Kroaten gut stellt. Er hat nur halb so viel Soldaten wie ich. Aber«, jetzt wurde Leon heftig, »diese guten Beziehungen zu den Kroaten kann sich mein älterer Bruder zunutze machen, ohne dass der Statthalter es merkt. Psellos hat heimlich mit den Slawen verhandelt. Er hat uns die Kroaten auf den Hals gehetzt!«

»Niemand von der Dienerschaft konnte uns belauschen«, beharrte Ragnar.

»Mein Onkel hat Recht. Er weiß, wie findig diese Sklaven sein können. Er verehrt den neuen Kaiser Michael. Er bewundert seine Tatkraft, seine Siege. Niemals würde er ihn verraten. Und auch mir ist er zugetan. Er hat damals für mich am Kaiserhof gesprochen. Und es ist großmütig von ihm, das Amt des Befehlshabers zu übernehmen, denn eigentlich ist es unter seiner Würde. Er hat sich nur bereit erklärt, weil sich keiner unserer Offiziere dafür anbietet.« Leon schüttelte entschieden den Kopf. »Du irrst dich, Ragnar. Du musst dich irren. Mein Onkel fällt mir nicht in den Rücken. Schließlich verdanke ich ihm mein Amt als Statthalter!«

Schweigend kehrten sie in ihre Gemächer zurück. Ragnar hatte auf dem Rückweg kein Wort gesprochen, aber seine Augen glühten, so dass Ulf es nicht wagte, ihn anzusprechen.

In seinem Zimmer überlegten Ulf und der Grieche, wie man diesen verräterischen Onkel ausschalten könne, doch sie kamen zu keinem Ergebnis. Draußen auf dem Gang hörte man die stampfenden Schritte ihres Schiffsführers. Der Grieche lüftete den Türvorhang ein wenig und schaute in den Gang hinaus. Dann kam er mit ratlosem Gesicht zurück. »Ragnar geht ruhelos auf und ab. Dabei murmelt er zornig etwas vor sich hin.« Der Grieche schüttelte den Kopf. »Jetzt bin ich so lange bei euch. Ich habe keine Schwierigkeiten mehr mit eurer Sprache. Aber die Worte, die Ragnar vor sich hin sagt, kenne ich nicht. Er meint, er brauche die Hilfe eines Loki. Und immer wieder knirscht er: ›Ratatosk, Ratatosk!‹«

Trotz seiner düsteren Stimmung lachte Ulf hell auf. »Loki ist einer unserer Götter, Grieche. Er ist der Gott der Lüge und Täuschung, der Gott des Unheils. Deshalb haben ihn die anderen Götter vertrieben. Aber Loki ist auch der schlaueste aller Götter, schlauer noch als Odin selbst. Er ist gerissen und heimtückisch. Obwohl er ein böser Gott ist, wenden wir uns manchmal an ihn, wenn nur List und Schläue noch helfen können.«

Der Grieche nickte. »Diesen Loki könnten wir gebrauchen. Aber warum sagt Ragnar immer ›Ratatosk, Ratatosk‹? Was meint er mit ›Nagezahn‹?«

»Nagezahn ist ein Eichhörnchen.«

»Ein… ein Eichhörnchen?«, fragte der Grieche gedehnt.

»Ein Eichhörnchen, ja. Aber kein gewöhnliches Eichhörnchen. Es lebt auf dem Weltenbaum, der alle Welten zusammenhält. Auf den Ästen dieses Baumes liegen die Welt der Götter, die Welt der Riesen, die Welt der Zwerge. Und unsere Welt, die Welt der Menschen.«

Der Grieche schüttelte verächtlich den Kopf. »Was kann uns ein Eichhörnchen helfen?«

»Nagezahn soll uns nicht helfen. Dieses Eichhörnchen hilft niemandem, weder den Göttern noch den Menschen. Es ist böse. Auf der Spitze der Weltesche sitzt ein Adler, und in seinen Wurzeln haust ein Drache. Das Eichhörnchen klettert Tag und Nacht den Stamm auf und ab. Dem Adler flüstert es ins Ohr, was der Drache Schlechtes über ihn gesagt hat, und dem Drachen erzählt es, wie abfällig der Adler über ihn redet. Aber Nagezahn lügt. Es will nur den Adler und den Drachen aufeinander hetzen. Wenn sie in einen Kampf gerieten, würde der Weltenbaum zerstört – und mit ihm die Welt.«

»Dann hat Ragnar Recht«, flüsterte der Grieche traurig. »Dieser Nikolaos wird alle aufeinander hetzen. Die Soldaten auf uns, den Sohn und den Bruder auf den Statthalter und ganz gewiss die Kroaten auf die Stadt.«

Die Tage verstrichen, zogen sich hin zu Wochen. Es waren langweilige Tage. Tage, an denen für Ragnars Gefährten der Wachdienst auf der Mauer abwechselte mit dem Besuch der Weinschenken. In dieser Nacht hatte Ulf stundenlang auf der Stadtmauer gefroren, denn die Nächte wurden merklich kühler, besonders wenn der Himmel wolkenlos war und ein starker Wind von der See herüberfegte. Der Herbst war angebrochen.

Ulf konnte den Missmut seiner Gefährten verstehen, denn ihm erging es nicht anders. Wie hatte er, als sie ankamen, über die Weinschenken gestaunt, den süßlichen Wein in sich hinein geschüttet und nach den prallbrüstigen Schankmädchen gehascht! Aber der Reiz des Neuen war verflogen. Ulf besuchte die Schenken nur noch wegen der Mädchen. Die Gefährten waren, wenn sie bei den Krügen hockten, streitsüchtig geworden. Oft waren Krüge geflogen, wenn er in eine Schenke trat. Schlägereien mit den Soldaten des Statthalters waren an der Tagesordnung. Denn nur die Krieger verbrachten ihre Zeit bei den Schankwirten. Die wohlhabenderen Einwohner hatten die Stadt verlassen, und die Bauern, die sich hinter die Mauern geflüchtet hatten, konnten sich den teuren Wein nicht leisten. Unmutig fiel Ulfs Blick auf das Spielbrett in der Ecke ihres Zimmers. Er griff nur noch selten nach den Spielsteinen. Die Winterstürme hielten sie fest und die Aussicht auf üppigen Sold. Doch wie sehnten sie das Frühjahr herbei. Wieder kämpfen nach Nordmännerart. Intrigen, Verrat – so handelten keine ehrlichen Männer.

Der Diener trug den dritten Krug Wein auf ihr Zimmer und verschwand wieder hinter dem Türvorhang. Sie schenkten sich selber ein. Ulf saß mit übereinander geschlagenen Beinen auf seinem niedrigen Bett und schloss einen Augenblick lang die Augen. Der Wachdienst auf der Mauer hatte ihn ermüdet. Stundenlang auf einer Mauer stehen, das war langweilig, das war zermürbend. Einen Augenblick lang hatte Ulf kein Ohr für das Stimmengewirr.

»Schade, dass ich gleich gehen muss«, knurrte Rolf. Die Worte ließen Ulf aufschrecken, dann wandte er dem Kameraden den Blick zu. Rolf stand vor ihm, ein breites Grinsen auf dem Gesicht.

»Du hast…«

»Wachdienst! Was denn sonst, Ulf? Aber heute gehe ich besonders ungern. Ragnar und ihr, hier im ersten Stock, ihr habt den besten Wein…«

»Unsinn«, unterbrach ihn Ulf. »Der Statthalter schickt euch die gleichen Amphoren mit demselben Wein…«

»Aber nicht so viel, Ulf!«, brüllte Floki missmutig herüber. Er lehnte an der gegenüberliegenden Wand und zupfte an seinem struppigen Vollbart. »Wenn wir Wein verlangen, bekommen wir keinen.«

»Das ist wahr!«, schrie ein anderer. »Wie können es den Dienern so oft sagen, wie wir wollen…«

»Dann müsst ihr eben Griechisch lernen«, schmunzelte Ulf. »Wein heißt auf Griechisch…«

»Behalt dein Griechisch für dich, Ulf!« Es war Ari, der nun mitten im Zimmer auf dem Boden hockte und eine Schale Wein in sich hinein geschüttet hatte. Er rülpste und fuhr fort: »Meinst du, wir wissen nicht, was Wein auf

Griechisch heißt? Aber die Diener – die tun immer so, als verstünden sie uns nicht.«

»Sie wollen uns einfach nicht verstehen«, hörte er aus einer anderen Ecke.

Thorsten nahm die Hand von der Amphore, aus der er gerade seine Schale nachfüllen wollte, und trat mit hastigen Schritten vor ihn. »Es ist, wie Ari sagt. Die Diener wollen uns nicht verstehen. Wenn wir ihnen befehlen, Wein zu bringen, verbeugen sich diese Haussklaven fast bis zum Boden und zucken die Achseln. Dabei lächeln sie uns noch an! Du kennst doch ihr schmieriges Lächeln, Ulf!«

»Jeder von uns kennt das griechische Wort für Wein«, brüllte einer zornig. »Die Mädchen in den Schenken verstehen uns immer.«

Thorsten war noch einen Schritt näher getreten und wölbte die mächtige Brust. Der Zorn stand ihm ins Gesicht geschrieben. »Wir wollen mehr Wein, Ulf! Du solltest einmal mit Ragnar reden…«

»Mit Ragnar reden? Warum tut ihr das nicht selber? Fürchtet ihr euch vor ihm?«

»Quatscht nicht dauernd vom Wein!« Alle Köpfe wandten sich nun Gunnar zu. Der war ein untersetzter Mann mittleren Alters. Er stand breitbeinig mitten im Raum, die Fäuste auf die Hüften gestemmt. Seine Stimme klang aufgebracht. »Bier! Bier, sage ich! Ich kann diesen Wein nicht mehr sehen, nicht mehr riechen. Er ekelt mich an.« Die Röte in seinem bartlosen Gesicht, die nicht vom Zorn stammte, strafte seine Worte Lügen.

»Es gibt in diesem Palast genügend Weizen…«, rief einer.

Ulf nickte zustimmend. Nur dreimal hatten sie in all den Wochen Bier gebraut. Nicht dass Ulf der schwere, süßliche Wein der Griechen nicht schmeckte. Aber was war er gegen Bier und Met!

Der Mann, der einige Schritte vor Ulf auf dem Boden hockte, rülpste erneut. »Er hat Recht! Bier muss her! Ich habe keine Lust mehr, den ganzen Tag in einer Schenke herumzusitzen und teuren Wein zu saufen. Außerdem kenne ich alle Schankmädchen…«

»Besonders die mit den langen blonden Haaren, nicht wahr, Ejulf?«

»Alles ist viel zu teuer!«, grölte einer aus dem Hintergrund. »Diese Schankwirte sind wahre Halsabschneider. Mein Silber zerrinnt mir zwischen den Fingern. Ihre Mädchen verlangen…«

»Unsinn, Leif! Das Silber verlierst du beim Spiel, nicht bei den Mädchen.«

»Halt's Maul, Thorgrim! Leon soll die Sklavinnen öfter schicken!«

Rolf und ein zweiter Ruderer schritten zur Tür, um ihren Wachdienst anzutreten. Sie wären beinahe mit dem Griechen zusammengestoßen.

»Was gibt es Neues, Grieche?«, riefen zwei oder drei. Der Grieche griff nach seiner Weinschale, die auf dem Tischchen stand und füllte sie aus der

Amphore. »Was soll es schon Neues geben?« Er schlürfte in langen Zügen. »Nichts.«

»Aber Ragnar hat doch wieder mit dem Statthalter gesprochen.«

»Na und? Ihr kennt doch Leon. Er schwankt wie ein Schilfrohr im Winde. Ringt sich zu keiner Entscheidung durch.«

»Es ist schon Wochen her, dass Falkon erschlagen wurde. Und zwei unserer Leute«, beharrte Sven. »Es muss doch endlich etwas geschehen! Wir müssen Leif und Toke rächen!«

»Falkon war ein tapferer Krieger«, rief einer dazwischen, schon mit schwerer Zunge. »Wenn alle diese Soldaten so tapfer wären wie Falkon...«

»Leif und Toke!«, wetterte einer. »Ja, wir müssten die Fahrtgenossen rächen. Aber wie denn? Willst du eine der Pforten öffnen und hinausstürmen, Sven?«

»An Gegnern würde es Sven nicht mangeln«, lachte einer spöttisch.

»Hört auf mit dem Quatsch!« An sich war Ivar ein bedächtiger Mann. Aber jetzt blitzten seine Augen vor Wut. »Wir sitzen hier herum, reden, und reden und warten auf einen Angriff der Kroaten. Warten, bis ihnen der Verräter eine Pforte öffnet...«

»Wir wissen doch alle, wer der Verräter ist!«, brüllte jemand. »Ragnar hat uns aufgefordert, diesen Nikolaos keinen Augenblick aus den Augen zu lassen. Sollen wir wirklich warten, bis er den Feind in die Stadt lässt?«

»Totschlagen! Totschlagen!«, schrien zwei.

Unwillkürlich muss Ulf seufzen. Eigentlich hatten die Gefährten ihm aus der Seele gesprochen. Doch Ulf wusste auch, dass Leon gewisse Rücksichten zu nehmen hatte...

Der Grieche redete auf die erregten Männer ein. Zum wiederholten Male versuchte er, die Unterschiede zwischen dem Reich der Griechen und den Nordländern klar zu machen, die Ruderer zur Geduld zu mahnen. Ulf hörte nur mit halbem Ohr hin, denn er wusste längst, was der Grieche sagen würde. Vieles, dem Ulf, nachdem er mit den Verhältnissen vertrauter war, nicht widersprechen konnte. Dennoch. Leons Zaudern... Ulf leert die Schale in einem Zug.

Nachdem der Grieche geendet hatte, herrschte einen Augenblick lang Stille. Dann hörten sie Snorres Stimme. Sie klang sanft und versonnen. »Wenn ich an unser Langschiff denke... Jeden Tag sehen wir das Meer... Wir sind doch auf Wikingerfahrt und keine Söldner.«

»Gut, Leon zahlt uns viel Silber«, nickte einer. »Aber für den Kampf. Nicht, um tatenlos herumzustehen.«

»Ohne Kampf keine Beute!«, schrie ein anderer.

Der Diener brachte noch einen vierten Weinkrug. Hinter den Rundbogenfenstern funkelten längst die Sterne, als die Gefährten gingen. Als letzter wankte Ejulf rülpsend hinaus. Ulf streckte sich auf seiner Liege aus, dehnte und räkelte sich und gähnte behaglich. Er liebte solche Gespräche mit den Gefährten.

Am nächsten Tage, als Ulf im Garten auf und ab ging, trat Asved von hinten auf ihn zu und legte ihm die Hand auf die Schulter. »So kann es nicht weitergehen, Ulf!« Asved war ein unauffälliger Mann mit kurzen Haaren und einem bartlosen Gesicht. Aber Ulf schätzte ihn nicht nur als Krieger, sondern auch seinen wachen Verstand. »Ragnar muss den Statthalter zum Handeln zwingen. Du siehst genauso gut wie ich, wie unruhig unsere Leute werden. Sprich mit Ragnar...«

»Warum redest du nicht selbst mit ihm, Asved?«

»Wie denn, Ulf? Ich habe Ragnar seit Tagen nicht zu Gesicht bekommen. Wenn er zurückkehrte, hatte ich gerade Wachdienst. Außerdem: Ragnar ist so oft bei dem Statthalter...«

Ulf sprach mit Ragnar, dieser mit Leon. Ragnar berichtete wenig über seine Unterredung. Doch Anna, Ragnars Sklavin, erzählte dem Griechen, die Diener im Vorzimmer hätten jedes von Ragnars Worten verstanden. Am nächsten Morgen kamen ein Ochse, ein Dutzend Weinkrüge und ein Beutel mit Silbermünzen. Am Abend huschten zwei Dutzend Haussklavinnen in ihre Gemächer. Doch Leon blieb untätig.

Die ersten Bauern kamen in die Stadt. Ulf liebte es, ihnen zuzuschauen, wenn sie mitten auf der Straße an dem Schulterjoch rissen, um ihre beiden Ochsen zum Stehen zu bringen, und dann von den plumpen, zweirädrigen Karren herab das Getreide verkauften, das sie vor den plündernden Kroaten versteckt hatten. Die Stadt hatte während der Belagerung nie Not gelitten, denn Leon hatte große Getreidevorräte angelegt. Deshalb war die Menge, die sich lärmend um die Karren drängte, auch nicht bereit, die geforderten Wucherpreise zu bezahlen. Die Flüche der enttäuschten Bauern erheiterten Ulf. Er konnte jetzt viel von dem verstehen, was sich die erbosten Bauern und Käufer gegenseitig an den Kopf warfen. Der Grieche hatte, wenn sie allein waren, mit ihm meist Griechisch gesprochen. Und er war ein unermüdlicher Lehrer gewesen. Auch Ragnar hatte von seiner Sklavin Anna viel Griechisch gelernt. Nur selten noch holte er den Griechen, wenn er sich mit dem zierlichen Mädchen mit dem langen, braunen Haar unterhalten wollte.

Dann trafen auch Schiffe ein. Es waren nur wenige. Sie kamen alle aus den nächstgelegenen byzantinischen Küstenstädten, denn sie wollten nach zwei, drei Tagen, vor dem nächsten Wintersturm, zurück im sicheren Hafen sein. Aber sie brachten Getreide, Olivenöl und Wein. »Mit diesen Vorräten kann die Stadt ein halbes Jahr lang eine Belagerung aushalten«, meinte Ragnar. Und mit einem der Schiffe kamen auch zwanzig Soldaten. »Mehr kann der Archont nicht schicken, sagt Leon«, berichtete Ragnar. »Leon hatte bereits zwanzig Soldaten mehr, als der Stadt zustehen.«

Nur die reichen Händler, die vor dem Zupan Duschan aus der Stadt geflohen waren, kehrten nicht zurück. Eine Hand voll kam mit den Schiffen, um nach ihren Häusern und ihrer Habe zu sehen. Sie gingen aber bald wieder an Bord, um die Abfahrt des Schiffes nicht zu versäumen. »Die wissen schon, dass Duschan versprochen hat, im nächsten Frühjahr zurückzukommen«, lachte der Grieche.

Die Schiffe hatten auch Honig mitgebracht. Ragnar ließ einige Honigkrüge und einen riesigen Kessel bringen, den er mitten im Garten vor ihren Wohnräumen aufstellte. Begehrliche Blicke folgten ihm, als er das Wasser und den Honig verrührte und die Gewürze beifügte, die er sich vom Küchenmeister hatte geben lassen. Seit Monaten hatten die Ruderer keinen Met mehr getrunken. Und jetzt würde es nur noch wenige Tage dauern, bis dieser Göttertrank vergoren war.

Ragnar sprach wenig in diesen Tagen, aber Ulf wusste, dass er seine Sklavin Anna ermunterte, die Ohren offenzuhalten. Das Mädchen mit den mandelförmigen, braunen Augen musste mit unzähligen Dienern auf gutem Fuße stehen, denn sie überbrachte fast jeden Tag Neuigkeiten. Diesmal holte Ragnar wieder einmal den Griechen als Dolmetscher. »Ich will jedes Wort verstehen. Es kommt auf alle Einzelheiten an«, brummte er, als er mit dem Griechen und Ulf den Gang überquerte. Als Ulf eintrat, lehnten Erik und Grim bereits an der Wand. Doch der Grieche konnte nur bestätigen, dass Ragnar richtig verstanden hatte. »Anna sagt: Nikolaos nimmt viele der Soldaten zu einem Gespräch unter vier Augen auf die Seite. Und immer fragt er, ob es wirklich Zufall sei, dass ihr, gerade bevor die Belagerung beginnt, in diesen Hafen eingelaufen seid. Viele Soldaten misstrauen euch bereits. Sie zeigen es euch nicht offen. Aber hinter euerm Rücken reden sie über euch.«

Ragnar hatte ruhig zugehört. Jetzt schnaubte er: »Warum sagt er mir nicht offen ins Gesicht, dass er mich für einen Verbündeten des kroatischen Zupan hält? Weil er zu feige ist. Und weil er selber der Verräter ist. Er will nur seine Mannschaft verunsichern.«

»Und das wird ihm gelingen«, fiel Ulf ein. »Draußen vor den Mauern im nächsten Frühjahr wieder tausend Feinde und hier, hinter ihrem Rücken, unangreifbar in dem befestigten Palast, dreißig Nordmänner… Es wird Nikolaos leicht fallen, den Soldaten Angst einzujagen.«

Erik nickte. »Ja, nur dreißig Nordmänner. Aber diese Soldaten wissen, dass sie uns nicht gewachsen sind, auch wenn sie jetzt hundert zählen.«

»Nikolaos muss uns loswerden! Schließlich stehen wir seinen Plänen im Wege. Deshalb hetzt er die Soldaten gegen uns auf.«

»Selbstverständlich, Ulf. Er will den Statthalter zwingen, uns fortzuschicken. Vater, du darfst dir das nicht gefallen lassen! Fordere diesen Nikolaos zum Zweikampf! Er kann nicht ablehnen…«

Der Grieche lachte schallend. »Ihr seid hier nicht in eurer nordischen Heimat. Kein Feldherr des Kaisers wird sich auf einen Zweikampf einlassen. Diese Herren überlassen den Kampf lieber den einfachen Soldaten.«

»Dann wird Ragnar den Feigling eben erschlagen, sobald er ablehnt«, fauchte Grim.

Aber Ragnar hob abwehrend die Hand: »Wir dürfen Nikolaos nicht vorzeitig töten. Der Kerl hat Verbündete, von denen wir keinen kennen. Diese Verbündeten würden weitermachen.« Er schweigt einen Augenblick. Dann sagt er nachdenklich: »Von Nikolaos wissen wir, dass er ein Verräter ist. Vielleicht können wir ihn heimlich beobachten, seine Pläne und seine Mitwisser herausfinden. Wen sollen wir beobachten, wenn er tot ist? Hundert Soldaten? Das Heer von Sklaven in diesem Palast?«

Die Einladung kam unerwartet. »Der Sohn? Himerion?«, murmelte Ragnar nachdenklich, sobald der Diener geendet hatte. Er blickte fragend zu Grim hinüber. »Himerion war bei einigen der Unterredungen dabei. Er hat kaum etwas gesagt. Mit uns hat er kein Wort gesprochen. Und jetzt sollen wir, wir fünf, zu einem Festmahl in seine Räume kommen?« Sie hatten gerade über das Julfest gesprochen, als der Diener mit der Botschaft hereinplatzte. Ragnar sah einen nach dem anderen fragend an. Doch er erhielt keine Antwort. Auch Ulf wollte kein Grund einfallen, der den Sohn des Statthalters veranlassen könnte, das Gespräch mit ihnen zu suchen. Denn bei einem Festmahl kann er nicht schweigen… »Ablehnen können wir nicht. Immerhin ist Himerion der Sohn des Statthalters«, beschloss Ragnar. »Außerdem möchte ich herausfinden, was der junge Mann von uns will.«

Himerions Diener führte sie kreuz und quer durch Gärten und Höfe, die durch Mauern und Säulenreihen von einander geschieden waren. Ulf wunderte sich über den Weg, den der Mann nahm. Sollten sie im Unklaren darüber gelassen werden, wo Himerions Gemächer lagen? Oder sollte niemand sehen, dass sie auf dem Wege zu Leons Sohn waren?

Der Raum, in dem Himerion sie empfing, lag abseits, im ersten Stock neben dem nordwestlichen Eckturm. Ulf verstand nicht, warum die Gemächer des Sohnes so weit entfernt von der Wohnung des Statthalters lagen. Der Raum, in dem sie saßen, war klein und hatte drei Rundbogenfensterchen, durch die der Blick auf die westliche Stadtmauer fiel. Warum wohnte Himerion hier, neben dem Eckturm, obwohl die leer stehenden Räume in den Gebäudevierecken größer und heller waren? Der Tisch, bis zum Boden mit kostbarem Tuch bedeckt, füllte fast den ganzen Raum. Die Luft war stickig vom Ruß der Öllämpchen.

Klein, aber abgelegen, dachte Ulf. Hier im ersten Stock, das hatte Ulf gesehen, als sie hinaufgeführt wurden, würden Himerions Sklaven jeden entdecken, der in einem der Nebenräume lauschen wollte. Diese Nebenräume waren ungewöhnlich kahl. Nur ein einziger Wandvorhang verdeckte die Türen.

Ulf betrachtete den Tisch. Vergoldete Schalen mit Blumen und Früchten, Weinschalen, Weinkrüge und Teller aus Silber mit kalten Speisen: Der Tisch war völlig überladen. Die Diener mussten Stunden gearbeitet haben, ihn zu decken. Aber jetzt bediente sie nur ein einziger Sklave, ein alter Mann mit mürrischem Gesicht, offensichtlich Himerions Vertrauter. Deshalb hat er die meisten Speisen sofort auftragen lassen, dachte Ulf. Dann braucht er nur einen einzigen Diener.

Himerion saß ihnen gegenüber auf der anderen Seite des Tisches auf einem kostbar geschnitzten und gedrechselten Stuhl, aber hinter den Blumen, Krügen und Schüsseln ihren Blicken beinahe entzogen. Er schien Mühe zu haben, das Gespräch zu eröffnen und Ragnar tat ihm nicht den gefallen, das Wort zu ergreifen. Schweigend leerte er seine Weinschale, schweigend griff er nach den Trauben.

Endlich gab sich der Sohn des Statthalters einen Ruck und begann zu sprechen. »Falkons Tod…« Himerion stotterte lange herum, doch dann redete der sonst so Schweigsame, immer schneller, fast ohne Pause. Der Grieche konnte kaum noch übersetzen. Doch der Sohn des Statthalters verlor kein Wort über die Stadt oder über die Kroaten. Stattdessen schildert er weitschweifig die Lage in Italien und im Byzantinischen Kaiserreich. Nichts von dem, was Himerion erzählte, war Ulf neu. Grim stieß ihn an und grinste. »Der will etwas. Er redet jetzt nur um den heißen Brei herum.«

Als hätte er ihn verstanden, brachte Himerion jetzt das Gespräch auf Machtkämpfe in Konstantinopel. Ragnar blickte verwundert auf. »Basileios? Ist das der ehemalige Stallknecht?«

Himerion warf ihm einen kurzen Blick zu, der seinen Unmut nicht verbergen konnte. »Am Hof in Konstantinopel ist schon eine Zirkustänzerin Kaiserin geworden!«, entgegnete er gereizt. Dann verstummte er und stocherte lustlos in einer Fleischspeise herum. Endlich nahm er das Gespräch wieder auf. Aber seine Stimme klang unsicher.

Ulf war die Ungeduld in Ragnars Gesicht nicht entgangen. Jetzt fiel der Schiffsführer ein: »Hast du irgendwelche Neuigkeiten, Himerion?«

Dem jungen Mann war die Frage offensichtlich unangenehm. Er rutschte auf seinem Stuhl hin und her, ohne zu antworten.

Ragnar bemühte sich nicht länger, seinen Ärger zu verbergen. »Bardas und Basileios…«

Himerion zuckte zusammen, griff nach der Schale, die vor ihm stand, und starrte hinein. »Diese Sauce ist zu süß.«

»Wenn dieser Basileios sich am Hofe durchsetzt…«

»Viel zu süß. Ich muss es dem Koch sagen.«

Plötzlich begann der Sohn des Statthalters zu sprechen. Zuerst immer wieder innehaltend, in abgehackten Sätzen, dann schneller und schneller. Er nannte zahllose Namen, die keiner der Nordmänner je gehört hatte, Namen von Höflingen und hohen Beamten in Konstantinopel. Wortreich schilderte er, wer in der Gunst des Kaisers steige und wer falle. Dazwischen immer wieder die Namen Bardas und Basileios. Aber, denkt Ulf, dieser Himerion lässt alles in der Schwebe. Keines seiner Worte verrät, wie er selber zu diesen Machtkämpfen steht. Zu Bardas und Basileios und zu all den anderen, denen er eine glänzende Zukunft unter Kaiser Michael voraussagt.

»Bardas? Bardas ist der höchste Beamte des Reiches. Und Bardas ist unser Verwandter. Natürlich stehen wir alle auf seiner Seite«, entgegnete Himerion endlich auf Ragnars Frage. Doch sein unsteter Blick wollte zu dieser klaren Aussage nicht passen.

»So viel habe ich verstanden …« Ragnars Stimme verriet jetzt seine Ungeduld. »Dieser Basileios will deinen Verwandten Bardas aus dem Amt verdrängen. Wenn es ihm gelingt, ist das schlecht für euch? Hat es Auswirkungen auf diese Stadt?«

Ulf blickte überrascht in Himerions angsvoll aufgerissene Augen. »Das wollte ich nicht sagen… So weit kann man nicht gehen… Das wäre eine Übertreibung… Wie darf man wagen…?« Der Sohn des Statthalters stotterte immer weiter. Dann nahm er sich wieder zusammen. »Ihr habt mich missverstanden. Die Verhältnisse am Hof sind schwierig. Wahrscheinlich undurchschaubar für Fremde, die das Reich nicht kennen. Da ist so vieles ineinander verflochten, ich kann es euch nicht erklären…«

Neben ihm knurrt der Graubart: »Was will dieses Muttersöhnchen bloß von uns?«

Ragnar lacht grimmig: »Der wird nicht mit der Sprache herauskommen, fürchte ich.«

Himerion nahm hastig einen Schluck aus der Weinschale. Dann fiel sein Blick auf den Griechen, und seine Augen leuchteten auf. Ulf verstand: Himerion wollte keine weiteren Fragen mehr beantworten. Deshalb verwickelte er seinen Landsmann in ein Gespräch. Bisher hatte der Grieche ruhig übersetzt, gelegentlich mit einem spöttischen Lächeln um die Lippen. Jetzt verdüsterten sich seine Züge. Denn der Sohn des Statthalters begann ihn nun seinerseits auszufragen.

»Warum übersetzt du nicht?«, fragte Gizur ungeduldig.

»Wir reden über das Griechische Reich, und zwar über Gegenden, in die wir nie kommen werden«, entgegnete der Grieche abweisend. Doch Ulf verstand die Worte Himerions. Nicht jedes einzelne Wort, aber den Sinn.

Eben antwortete der Grieche: »Ich stamme aus einer Stadt am Schwarzen Meer. Einer Stadt auf der Halbinsel Krim. Es ist nur eine kleine Stadt. Du wirst den Namen gar nicht kennen. Es gibt keine Händler dort. Nur Fischer.«

Der Sohn des Statthalters lächelte. Er hatte seine Selbstsicherheit wieder gefunden. »Schade, dass du deinen Namen nicht nennen willst. Dass du auch meinem Vater gesagt hast, du wolltest deinen griechischen Namen nie mehr im Leben hören.« In seinen Augen funkelte leiser Spott. »Du sprichst nicht das Griechische des einfachen Mannes. Wer so redet wie du, hat die klassischen Schriften gelesen, deren Sprache das gewöhnliche Volk gar nicht mehr richtig versteht.« Aber der Grieche antwortete nicht.

Lange Zeit wurde kein Wort gesprochen, Ragnar schlürfte missmutig seinen Wein. Himerion starrte gedankenverloren vor sich auf den Tisch. Dann raffte er sich auf und erinnerte sich an die Pflichten eines Gastgebers. Wie erleichtert blickte er auf Gizur. »Ich habe gehört, dass du am besten über eure Götter Bescheid weißt. Hier kennt keiner eure Götter, euren Glauben. Willst du mir nicht etwas darüber erzählen?«

»Unsere Götter?«, sagte der Weißhaarige verdrossen. »Es gibt viele. Und viele Geschichten über sie. Ich kann das nicht alles erzählen…«

»Vielleicht nicht alles«, bat Himerion. »Wie ist nach eurer Auffassung die Welt entstanden? Wir glauben, dass Gott sie in sieben Tagen erschaffen hat.«

Der Alte sah ihn erstaunt an. Dann zuckte er die Achseln und sagte geduldig: »Niemand weiß das genau. Viele sagen, die Welt sei aus der Leiche eines Riesen entstanden. Dieser Riese war ein Eisriese und hieß Ymir. Damals gab es noch einen Gott, der Buri hieß. Über Buri weiß ich nicht viel. Nur, dass er Odins Vater war. Odin ist unser vornehmster Gott. Wenn du es also hören willst: Eines Tages erschlug Buri zusammen mit seinem Sohn Odin und anderen Söhnen diesen Riesen Ymir. Alles versank in dem Blut des Eisriesen. Die anderen Eisriesen ertranken, bis auf einen einzigen Riesen und eine einzige Riesin. Diese beiden entflohen mit einem Einbaum nach Riesenheim, der Welt, in der die Eisriesen jetzt leben. Die beiden sind also die Vorfahren der jetzigen Eisriesen. Seitdem hassen die Eisriesen die Götter. Sie wollen die Ordnung, die die Götter unserer heutigen Welt gegeben haben, wieder zerstören. Aus Rache für Ymirs Tod.«

»Sprich weiter!«, drängte Himerion, erleichtert über die Wendung des Gespräches. »Gut, der Riese Ymir ist tot. Aber wie entstand die Welt?«

»Die Welt?«, knurrte Ragnar verdrossen. »Himerion soll endlich über diese Stadt sprechen.«

»Wird er nicht«, feixte der Graubart. »Jedenfalls jetzt noch nicht.«

»Dieser Himerion ist und bleibt ein Feigling, Grim.«

»Wie die Welt entstanden ist? Meinetwegen«, seufzte Gizur. Gedankenverloren strich er sich den Mantel glatt, bis das letzte Fältchen verschwunden war. Unwillkürlich straffte sich seine Gestalt, und sein Blick wanderte über die Runde. Dann begann er: »Buri und seine Söhne, vor allem Odin, zerstückelten den Leichnam des Riesen. Sein Fleisch wurde zu Erde. Die Knochen wurden zu Bergen und die Zähne zu Steinen und Felsen. Aus dem Schädel aber machte Odin das Himmelsdach. Damit der Himmel nicht auf die Erde stürzt, müssen ihn vier Zwerge tragen, die Odin zu diesem Zweck erschaffen hat: im Norden und Süden, im Osten und im Westen.«

Himerion nickte. »Eine schöne Geschichte. Ich höre so etwas gern«, sagte er ermunternd.

»Das glaube ich dir aufs Wort, du Schlaukopf«, knurrte Gizur vor sich hin. »Solange ich dir Göttergeschichten erzählen muss, brauchst du nicht über deine wahren Absichten zu sprechen.« Er blickte auf den Griechen: »Das brauchst du ihm nicht zu übersetzen.«

Ragnar unternahm noch einen weiteren Vorstoß, um Himerion zum Reden zu bringen – über die Stadt, die Kroaten und Leon. Doch der brachte alles in einen Zusammenhang mit Konstantinopel, mit den Machtkämpfen am Hofe. Immer wieder unterbrach ihn Ragnar mit der Frage, welche Auswirkungen der Aufstieg dieses oder jenes Mannes auf die Stellung des Statthalters Leon habe. Doch Himerion wich aus.

Schließlich packte ragnar den Stier bei den Hörnern: »Keiner von uns kennt diese Leute, Himerion. Was gehen uns die Streitereien an eurem Kaiserhof an? Sag mir nur eines: Hat Leon, hat diese Seefestung Nachteile zu befürchten, wenn Basileios und all die anderen, die du genannt hast, die Gunst des Kaisers erringen?«

Himerion zuckte zusammen, eher ängstlich als abweisend. Und wieder stotterte er beinahe. »Ich wollte auf etwas Anderes hinaus... Die Stellung meines Vaters ist... Macht euch keine Sorgen. Mein Vater kann von jedem am Hof Unterstützung erwarten. Schließlich ist es der Wunsch des Kaisers, dass keine der dalmatinischen Küstenstädte in die Hand der Kroaten fällt. »

Das Gespräch versickerte. Der Sohn des Statthalters blieb einsilbig und starrte meist geistesabwesend ins Leere. Doch als sie aufbrachen, murmelte er beim Abschied: »Wir müssen darüber noch einmal reden...«

Als er in seinem Zimmer mit dem Griechen allein war, konnte Ulf seine Neugier nicht länger bezähmen. »Dem griechischen Händler am Dnepr hast du erzählt, du stammtest von den Ägäischen Inseln, Grieche. Diese Inseln sind nicht weit von hier. Aber Himerion sagtest du, deine Geburtsstadt liege fern von hier am Schwarzen Meer …« Er unterbrach sich, denn der Grieche fuhr mit einem Ruck hoch. In seinen Augen funkelte der helle Zorn. Doch sogleich entspannten sich seine Gesichtszüge wieder. Bevor er antwortete, holte er tief Atem. »Im Reich des Kaisers, der sich sogar Statthalter Gottes auf Erden nennt, ist es für viele gut, wenn…« Er beendete den Satz nicht.

Als der erste schwere Wintersturm bereits über die Stadt hinweg gefegt war, machte Ragnar mit seiner Mannschaft das Langschiff winterfest. Es lag noch immer im Hafen, auf den Sandstrand hinaufgezogen. Nun schoben sie kleine Stämme unter den Kiel und stützten beide Seiten mit so vielen Pfosten ab, dass auch der stärkste Sturm das Boot nicht umwerfen konnte. Dann begann die Knochenarbeit. Die Planken und Spanten wurden innen und außen sauber gekratzt. Am erschöpfendsten war die Arbeit unten im Laderaum unter den Deckplanken, in der Nähe des Kiels. Nach drei Tagen war Ragnar zufrieden und erklärte: »Morgen können wir mit dem Teeren beginnen!« Darauf hatten sie zwei weitere Tage lang das Holz mit Teer bestrichen. Immer noch klebten Teerspuren an Ulfs Fingern. Doch nun schaute er zufrieden zu ihrem stolzen Langschiff hinüber: Graubraun, beinahe schwärzlich, stand es zwischen den Stützbalken auf dem Strand, düster wie der wolkenverhangene Himmel darüber.

Ulf genoss den Winter. Die Überwinterung in einer dalmatinischen Hafenstadt erschien ihm ein Vergnügen, verglichen mit dem harten Winter in den verschneiten Grubenhäusern auf der Insel Birka. Keine einzige Schneeflocke fiel vom Himmel und der teilweise anhaltende Regen störte ihn kaum. Obwohl der Winter nun hereingebrochen war, wurde es auch an Regentagen nicht wirklich kalt. Waffenübungen, Spiele, Schankmädchen: Die Tage flogen dahin.

»In fünf Tagen ist die Mittwinterwende«, sagte Ragnar eines Tages. »Ich werde den Met ansetzen.« Ulfs Herz schlug bei diesen Worten höher. Die Julfeier ist das wichtigste Fest im nordischen Leben. Wenn die Sonne am nächsten Tage wieder länger scheint, ist dies ein Vorzeichen, dass es dank der Götter einen neuen Frühling und einen neuen Sommer geben wird.

Sklaven schleppten einen riesigen Kessel herbei, der im Erdgeschoss in einem der unbenutzten Räume aufgestellt wurde. In weiteren Kesseln sollte Bier gebraut werden. Ragnar selbst setzte in dem großen Kessel den Met an. In das Wasser und den Honig bröselte er einige Gewürze, die er sich wieder beim Küchenmeister des Palastes besorgt hatte. Ulf konnte nicht anders. Jeden Tag ging er mehrmals in die Räume, in denen die Kessel standen, und sog genüsslich den Duft des gärenden Mets und Bieres ein.

Dann war der Tag des Julfestes gekommen. Ulf saß im Garten. Befriedigt schaute er auf seinen runden Schild, der vor seinen Füßen lag. Die Kerben und Schrammen der vielen Schwertkämpfe waren verschwunden. In den letzten Wochen hatten sie mit Hilfe der Palastschmiede alle ihre Waffen ausgebessert. An den schadhaften Stellen war das Holz des Schildes erneuert worden, und die Außenseite war mit frischem Leder bezogen. Ulf selbst hatte das Leder mit schwarzen und gelben Streifen bemalt, den Farben ihres Langschiffes. Stolz betastete er seinen neuen Mantel. Den hellgrauen Stoff hatte er bei einem Händler in der Stadt gekauft, und ein Palastsklave, der als Schneider arbeitete, hatte ihm daraus einen Umhang im fränkischen Stil genäht, wie ihn die Händler in Haithabu und Birka verkauften.

»Trink mit mir!« Der alte Gizur streckte ihm den Bierkrug entgegen. »Ich habe ein Geschenk für dich, Ulf.« Der Weißhaarige zog aus dem Beutel an seinem Gürtel einen Anhänger mit Halskette. Ulf betrachtete den silbernen Anhänger auf seiner Handfläche. Er stellte eine Frau auf einem Pferd dar mit einem Speer und dem Trinkhorn in den Händen: eine Magd Odins, eine Walküre. »Ich habe deinen Namen eingeritzt«, sagte Gizur und deutete auf die Runen. »Dies gehört Ulf«, stand da geschrieben, und darunter: »Sieg.«

»Das ist jetzt dein Amulett. Es wird dich im Kampf beschützen.«

Ulf nickte. Er wusste ja, dass die Walküren in der Schlacht über das Leben der Krieger entscheiden. Unsichtbar reiten sie über dem Schlachtfeld durch die Luft, und der Krieger, auf den ihr Speer deutet, fällt im Kampf.

»Mögen sie noch lange ihren Speer nicht auf dich richten, Ulf«, sagt der Alte leise und drückt ihm die Hand. »Und wenn sie dich eines Tages doch zu Odin holen, dann mögen dir die Walküren vor Odins Halle das Trinkhorn reichen, damit du in die Schar seiner Krieger aufgenommen wirst.«

Die Bierkrüge kreisten, aber sie tranken nicht zu viel. Denn jeder wollte noch dabei sein, wenn auf dem Höhepunkt des Festes der Met ausgeschenkt wurde. Ulf hörte gespannt einem jungen Mann zu, der eine Geschichte erzählte, die sich nicht allzu weit von ihrem Hof in Schweden zugetragen hatte. Den Namen des Häuptlings, von dem der Gefährte erzählte, hatte er bereits gehört. »Sie haben richtig gehandelt!«, rief einer der Ruderer, als der Erzähler geendet hatte. »Wenn der Häuptling im Kampf gefallen ist, soll die Volksversammlung den Besten zu seinem Nachfolger wählen. Auch wenn er nicht der Sohn oder der Bruder ist.«

»Auch wenn er nicht einmal zur Sippe des Häuptlings gehört!«, fiel Thorsten eifrig ein.

»Quatsch!«, schrie ein anderer erbost. »Immer noch gilt, dass der älteste Sohn Nachfolger wird.«

»Oder ein anderer aus der Sippe, Sven«, rief einer wütend.

»Warum denn? Was ist schon ein Häuptling? Das Thing wählt ihn, und die Volksversammlung kann ihn auch wieder absetzen, wenn er ungerecht ist oder erfolglos, wenn er kein Heil mehr hat«, spöttelte Ake, der Däne.

Ulf schwieg. Er wusste nicht, wie er selber auf der Volksversammlung abstimmen würde. Die Meinungen prallten aufeinander. Gizur wiegte den Kopf. »Vielleicht wäre es wirklich besser, den Besten zum Nachfolger zu wählen und nicht einen Verwandten. Aber… den Sohn zu wählen, ist ein alter Brauch, und unsere alten Bräuche sind heilig.«

»Alles Quatsch!«, knurrte Grim. »Wie oft hängen Sieg oder Niederlage vom Anführer ab. Wir sind doch alle Freie. Wir sind alle gleich.« Eine tiefe Falte des Unmuts erschien zwischen seinen Augenbrauen. »Soll ich mit einem Feigling in den Kampf ziehen, oder mit einem Dummkopf? Nur weil er der Sohn des alten Anführers ist! Nein, Gizur. Nur der Beste ist gut genug!«

Schließlich kam Ragnar zurück. Er stand vor ihnen und wollte gerade den Mund aufmachen, als zwei der Nordmänner brüllend auf ihn zusprangen. Mit der einen Hand hielten sie sich abgehackte Schweinsköpfe vor das Gesicht, mit der anderen packten sie den Schiffsführer an den Schultern. Dann kam gemessenen Schrittes der Dritte auf Ragnar zu. Er hatte das Gesicht mit einem Stofffetzen verhüllt und hielt einen Eisenstab in der Hand, wie ihn die Händler zum Abmessen des Tuchs verwenden. Würdevoll legte er dem Schiffsführer die Messlatte an die Schultern, schob sie sorgfältig hin und her. Dann verkündete er unter dem grölenden Jubel der Männer das Ergebnis. Ragnar schaute ihn verständnislos an. »Was ist mit meinen Schultern? Es ist doch gleich, wie breit sie sind!«

Alle lachten. »Hast du es nicht gehört, Ragnar?«, prustete der Vermummte und ließ die Messlatte sinken. »Die Griechen haben uns erzählt, dass man an der Schulterbreite sehen kann, ob ein Mann eine Geliebte hat.«

»Und auch, wie viele«, fügte ein Anderer hinzu.

Grim schlug dem Schiffsführer krachend auf den Rücken. »Und bei deinen Schultern, Ragnar, hast du mindestens drei!«

Der große Augenblick war gekommen. Sie warfen die Pelze über die Schultern, nahmen die frischbemalten Schilde in die linke und die Speere in die rechte Hand und stellten sich in zwei Reihen hintereinander auf. Dann zogen sie feierlich zu der Empfangshalle, die ihnen der Statthalter für ihre Julfeier zur Verfügung gestellt hatte. Schon am Vortag hatten die Sklaven einen großen Tisch in die Mitte der Halle geschleppt und den Metkessel darauf gehoben.

Vor der Empfangshalle trennten sich die beiden Reihen. Ragnar führte seine Gruppe zu einer Tür auf der linken Seite. Ulf schritt in der rechten Reihe als zweiter hinter Grim. Einen Augenblick standen sie still vor ihrer Tür auf der rechten Seite der Empfangshalle. Dann rissen Diener die Tür auf und schoben die Türvorhänge zur Seite. Brüllend rannten sie los, durch den Vorraum in die achteckige Halle. Wie ein Wilder hämmerte Ulf mit dem Speer auf seinem Schild und schrie: »Jul, Jul!« Als er die Halle erreichte, stürmte gerade Ragnar mit seinen Leuten herein. Noch fester schlug Ulf den Speer gegen den Schild und brüllte »Jul! Jul!«, bis es ihm im Hals kratzte. Jeder musste sein Bestes geben.

Beim Tisch angekommen, verstummten sie. Im Nu hatten sie sich zu einer Doppelreihe um den Tisch aufgestellt. Auf Ragnars Befehl rannten sie dreimal um den Tisch herum. Mit einem Satz stand ihr Anführer auf dem Tisch und tauchte den Krug in den Met. Ulf packte den nächsten Becher, der auf dem Tisch stand, und reckte ihn Ragnar entgegen. Sobald die Becher geleert waren, bildeten sie wieder eine Doppelreihe.

Jetzt erst sah Ulf, dass der Statthalter, sein Bruder und sein Sohn ihr Julfest durch ihren Besuch ehrten. Nun stimmte Ragnar eines der traditionellen Lieder an, und die anderen fielen sofort ein. Drei nordische Lieder sangen sie hintereinander ohne Pause. Ulf fand, dass diese Julfeier die schönste war, die er bisher mitgemacht hatte.

Die Reihen lösten sich auf. Jeder ging mit seinem Becher zu dem langen Holztisch, den die Diener in einer Ecke aufgestellt hatten. Ulf sah aus den Augenwinkeln, wie der Statthalter sich von ihrem Schiffsführer verabschiedete. Dann begann ihr Festmahl.

Die Diener trugen die letzten leeren Teller weg und füllten die Krüge mit neuem Met und Bier. Ragnar erhob sich, den Metkrug in der Hand. »Auf Odin! Und auf die Toten!« Sie leerten die Krüge in einem Zug. In Ulfs Erinnerung tauchte der Kopf seines jüngeren Bruders auf, den ein Nachbarsohn vor Jahren bei einer Blutfehde mit dem Speer durchbohrt hatte, und er sah die glasigen Augen seines Onkels wieder vor sich, den nassen Sand und den Drachenkopf, der durch den Nebel gestoßen war.

Die Becher wurden wieder und wieder nachgefüllt. Die Männer erzählten sich Geschichten von Wikingerfahrten, von Kämpfen und Beute. Auf einen Wink brachte einer der Diener Gizur die Leier, und drei der Ruderer griffen zu ihren Flöten, die aus den Schienbeinen von Schafen geschnitzt waren.

Ulf hätte dem Alten stundenlang zuhören können. Wie geschickt er mit den Fingern die sechs Saiten anschlug! Sie machten Musik und sangen lange.

»Singe uns eine Geschichte, Gizur!«, schrie einer der Gefährten. »Ja. Eine der Heldentaten unserer Götter!«, stimmte ein anderer zu.

»Was wollt ihr hören?« Der Weißhaarige blickte in die Runde.

»Wie Odin und Thor den schlauen Loki gefangen haben!«

»Nein, wie Loki Odins Frau das Goldhaar stahl!«

»Erzähle von Thor!«, schallte es von allen Seiten. Der Alte nickte gutmütig. »Meinetwegen von Thor. Kennt ihr die Geschichte, wie ein Riese Thors Hammer stahl?« »Ja«, kam die Antwort. »Aber wir wollen sie wieder hören!«

Auch Ulf kannte die Geschichte. Sie war eine der schönsten, die über die Götter erzählt wurden. Und er hatte nie einen besseren Sänger gehört als den weißhaarigen Alten. Ulf lehnte sich genießerisch zurück.

Gizur trat drei Schritte zurück und schlug auf seiner Leier einige Töne an. Dann sagte er: »Ihr kennt alle Thors Hammer.«

»Der Hammer, mit dem Thor die Riesen erschlägt«, rief einer.

»Der Hammer, der stets zurückfliegt, wenn Thor ihn geschleudert hat«, schrie ein anderer. »Der glüht wie geschmolzenes Eisen.«

»Ja. Ihr kennt ihn«, lachte der Alte. Er machte eine Pause und ließ die Finger über die Saiten seiner Leier gleiten.

»Nun, eines Morgens entdeckte Thor, dass sein Hammer fehlte. Nirgends war er zu finden. Der jähzornige Gott brüllte vor Wut auf, dass die Berge bebten. Ihr wisst, wie Thor brüllen kann, wenn er in Wut gerät! Als Loki das Zorngebrüll hörte, eilte er zu Thors Halle. ›Wenn ich meinen Hammer nicht wiederbekomme, kann ich Asenheim, die Welt der Götter, nicht mehr gegen die Riesen verteidigen‹, klagte Thor. Der schlaue Loki, der listenreiche Gott, wusste Rat. Von der Göttin Frigga, Odins Frau, borgte er sich das Federkleid. In Gestalt eines Falken flog er über Land und Meer, bis er auf einem Hügel den Riesen Thrym sah. Ihn fragte Loki nach dem Hammer. Voller Stolz gab der Eisriese zu, Thors Hammer gestohlen zu haben. ›Niemals wird Thor ihn wieder finden. Ich habe ihn vergraben, acht Meilen unter der Erde.‹ Doch hört, Leute, was der Riese dann sagte: Er werde den Hammer zurückgeben, wenn die schöne Frigga mit dem goldenen Haar, unsere Liebesgöttin, seine Frau werde.«

»Pfui!«, schrien einige. »Ein Eisriese und Frigga!«

»Ja. Thor war verzweifelt. Er musste seinen Hammer wiederhaben. Aber als er Frigga bat, den Riesen zu heiraten, zerriss die schöne Göttin wütend ihre goldene Halskette. Doch diesmal wusste Heimdall Rat. Heimdall, der Gott, der die Regenbogenbrücke bewacht, die von Riesenheim, dem Land der Riesen, nach Asenheim, dem Land der Götter, führt. Thor solle den Riesen Thrym aufsuchen, als Braut verkleidet, Loki sich in eine Frau verwandeln und als Magd ausgeben.«

Wieder unterbrach sich der Alte und spielt einige Töne. »Ihr könnt euch die Freude des Riesen nicht vorstellen, Männer, als er die tiefverschleierte

Braut sah, die er für die Liebesgöttin Frigga hielt. Sofort ließ er in seiner Halle das Hochzeitsmahl auftragen. Doch wie staunte er, als Thor, hungrig von der langen Reise, acht Ochsen auf einmal verschlang!«

»Acht Ochsen!«, johlte einer. »Kein Gott übertrifft Thor beim Fressen und Saufen!«

Gizur nickte zufrieden und fuhr fort: »›Wundere dich nicht, Thrym‹, zerstreute der listige Loki seine Bedenken. ›Acht Tage lang hat deine Braut nichts gegessen, so sehnte sie sich nach dir.‹ Immer lustiger wurde der Riese, als ihm der Met zu Kopf stieg und die Hochzeitsnacht näherrückte. Er beugte sich vor, um seine Braut zu küssen. Doch angstvoll fuhr er zurück, als er hinter dem Schleier Thors rot glühende Augen erblickte. Und wieder beruhigte ihn der listenreiche Loki.«

Der Alte schlug die Leier an und sang weiter:

»Flammen glühen hinter dem Schleier, flackernde, und Feuer,
frohlockend ist sie und fordernd.«

Unwillkürlich zählte Ulf mit. Er kannte die Regeln des Stabreimes.

»So glücklich war der Riese, dass Frigga sich in Liebe zu ihm verzehrte«, erzählte Gizur weiter, »dass er freudig einwilligte, als Loki vorschlug, die Trauung sofort zu vollziehen. Der Eisriese ließ den Hammer von seinen Unfreien holen und legte ihn selbst als Hochzeitsgeschenk auf Thors Schoß. Ihr könnt euch vorstellen, Männer, was jetzt geschah.«

»Thor hat ihn erschlagen!«, jubelten sie.

»Ja. Niemals fuhr Thors Hammer mit gewaltigerer Wucht nieder als damals auf Thryms Schädel. Und auf diese Weise, mit Lokis und Heimdalls Hilfe, hat Thor seinen Hammer wieder geholt.«

Immer noch ließen sie von den Dienern die Krüge nachfüllen. Aber einige waren schon vornüber auf den Tisch gesunken und schnarchten vor sich hin. Thorsten, der jüngste der Ruderer, hatte sich zu ihnen gesetzt. Met und Wein hatten seine Zunge gelöst, und unaufhörlich erzählte er von dem heimatlichen Hof in Schweden: von der Heumahd, von dem Fest, das sich über Tage hinzieht, wenn die Ernte eingebracht ist. Ulf sah es wieder vor sich: das Langhaus seiner Sippe, die waldbedeckten Hügel. Doch wie fern war das alles! Zwischen ihm und diesem Hof lag mehr als eine wochenlange Fahrt über See. Irgendwie schien ihm das Meer dazwischen nicht nur riesig, sondern grenzenlos und unüberwindbar.

»Und Schnee gibt es hier auch nicht«, hörte er Thorsten. »Du bist doch auch aus Schweden, Grim. Fehlt dir nicht manchmal unsere Heimat?«

»Recht hast du, Thorsten«, grinste der Graubart. »Die Winter in Schweden sind lang und kalt und düster. Doch die Jagd im Schnee, wenn die Spuren der Elche und Bären sich im Schnee abzeichnen, wenn sich deine Jagdbeute im kahlen Wald nicht mehr verstecken kann…« Plötzlich verfinsterte sich das Gesicht des alten Recken. »Aber zurück möchte ich auch nicht!« Grim wandte sich ab und griff nach seinem Trinkbecher.

»Und du, Ragnar? Gefällt es dir nicht in deiner norwegischen Heimat?«

Um Ragnars Lippen spielte ein vieldeutiges Lächeln. »An dieses oder jenes denkt wohl jeder Mann gern zurück. Wenn du deine Söhne zum allerersten Male im Gebrauch der Waffen unterweist. Wenn sie noch mit Stöcken nach dir schlagen statt mit dem kleinen Holzschwert.« Ragnar blickt lange in seinen Bierkrug, doch er trank nicht. »Aber hast du vergessen, Thorsten, wie die Winter in den Nordländern wirklich sind? Wenn der Sommer kühl und verregnet war, und im Winter erst die Kühe im Stall verhungern und dann die Unfreien und die Alten. Das ist deine erste Wikingerfahrt, Thorsten. Auch du wirst lernen, die See mehr zu lieben als deinen Hof«, sagte Ragnar leise.

»Aber ich…

»Jenseits der Wellen, Thorsten, gibt es keinen Hunger. Jenseits der Wellen findest du immer Silber und Gold.«

»Reiche Städte und Klöster«, lachte Grim.

»Und wenn du alt wirst, Thorsten?«, fuhr Ragnar fort. »Den Jungen ein Ärgernis, der Frau, die dann die Schlüssel an der Fibel trägt und auf dem Hof das Sagen hat, eine Last.« Die langen Haare fliegen um die Ohren, so heftig schüttelte er den Kopf. »Nein, Thorsten! Niemals den Strohtod sterben!«

»Wer einmal Odins Mann geworden ist, bleibt es. Bis in einem deiner Kämpfe die Walküre mit der Spitze ihres Speeres auf dich zeigt«, knurrte Grim.

»Grim hat Recht«, nickte Ragnar. »Wer einmal Odins Mann geworden ist, will nur Eines: wenn er im Kampf fällt, zu Odins Krieger werden, in Odins Halle leben mit all den toten Helden… in Walhalla.«

»He, Ragnar!«, grölte einer am anderen Ende des Tisches. »Wann kommen endlich die Sklavinnen?«

Die kleine Anna lächelte verschämt, als sie eintrat, und ein paar Worte an Ragnar richtete. Der blickte den Griechen verständnislos an. »Ich habe sie nicht verstanden. Dieses Wort kenne ich nicht.« Der Grieche grinste breit. »Deine Sklavin hat gesagt, was der Statthalter über euer Julfest erzählt. Leon meint, euer Gesang klinge wie Hundegebell.«

Ulf schüttelt ungläubig den Kopf über so viel Unverstand. Ihre herrlichen nordischen Lieder! Und wie laut sie gesungen hatten!

Wieder feixte der Grieche genüsslich. »Und Anna hat auch erzählt, dass euch die Griechen wegen eurer Sprache ›die Heiseren‹ nennen«.

Das Julfest dauerte zwölf Tage. An allen Enden der Stadt und des Palastes trieben die Nordmänner ihr Unwesen. Brüllend sprangen sie aus einem

Winkel, in dem sie sich versteckt hatten, und erschreckten die Frauen und Mädchen mit stinkenden Stierköpfen, die sie sich aufsetzten, und blutverkrusteten Fellen, in die sie sich hüllten. Ulf hütete sich, selbst Opfer eines Schabernacks zu werden. Doch er war nicht vorsichtig genug. Denn als er eines Tages das Haus betreten wollte, in dem ihre Räume lagen, übersah er Ake, den Dänen, der auf dem schrägen Vordach lauerte. Der Inhalt des Bierkruges ergoss sich über seinen Kopf.

Ulf hockte mit gekreuzten Beinen in seinem Zimmer auf dem Boden. Vor ihm stand die Weinschale, doch er rührte sie nicht an. Er war allein. Ragnar war mit dem Griechen zum Statthalter gegangen, und die anderen verbrachten bereits den Nachmittag in den Weinschenken. Ulf ließ seine Gedanken zurückwandern. Akes Anschlag mit dem Bierkrug fiel ihm ein. Einige Wochen später hatte die ganze Stadt solchen Schabernack getrieben – viel ungezügelter als die Nordmänner beim Julfest. Männer und Frauen hatten sich auf den Straßen aufgeführt wie Irrsinnige. Auch die Soldaten und sogar die Sklaven im Palast, waren bereits am Mittag betrunken.
»Karneval«, hatte der Statthalter verächtlich erklärt. »Mir macht das nur Ärger. Jedes Jahr verlangen die Bischöfe, wir Beamte des Kaisers sollten diese Feste verbieten. Denn es ist ein heidnischer Brauch aus der Zeit, als das Reich noch nicht christlich war. Die Feiern galten einem heidnischen Gott, der Dionysos hieß. Das mögen die Bischöfe nicht. Sie wollen nur christliche Feste. Du kannst dir nicht vorstellen, Ragnar, wie Theophanes mir dieses Jahr wieder in den Ohren gelegen hat!«
»Also ist dieser Trottel ein Bischof«, hatte Ragnar geknurrt.
»Ein Bischof? Nein. Theophanes ist ein einfacher Pope. Aber er ist der einzige Priester, den wir noch haben.« Leons Gesicht hatte sich verfinstert. »Unser Bischof lebt in Konstantinopel. Die meisten Bischöfe leben dort. Unter einem Vorwand besuchen sie den Patriarchen in Konstantinopel, und dann kehren sie nie in ihre Provinzstädte zurück.«
»Du solltest dir von diesem Popen keine Vorschriften machen lassen.«
»Eigentlich müsste ich auf die Bischöfe hören«, hatte der Statthalter zum Abschluss gesagt. »Aber wenn es um den Karneval geht, wagt das kein kaiserlicher Beamter. Es gäbe einen Aufruhr. Und ich habe eine Stadt, die in den nächsten Monaten wieder vom Feind belagert werden wird. Unmut, Unzufriedenheit unter den Soldaten und Stadtbewohnern, ist das Letzte, was ich mir leisten kann.«

Ulf dachte an die wilden Tänze auf den Straßen, die Masken vor den Gesichtern, und die Frauen, die sich die Kleider vom Leibe gerissen hatten. So schlimm hatten es ihre Gefährten nicht getrieben. Dennoch missfiel ihm auch deren Verhalten. Die Mannschaft war von Monat zu Monat unruhiger geworden. Zänkereien waren an der Tagesordnung, wenn auch noch niemand zur Waffe gegriffen hatte. Und einige hatte schon ihr ganzes Silber durchgebracht, das Silber aus Paris und das Silber des Statthalters – beim Spiel, beim Wein, bei den Mädchen... Und der eine oder andere hatte im Suff sogar schon gedroht, die Fahrtgenossenschaft zu verlassen und sich als Soldat anwerben zu lassen. Erst Ragnars persönliches Eingreifen hatte die Disziplin wieder hergestellt.

Zum Glück aber lagen die vielen verregneten Tage hinter ihnen, und die Sonne stand von Tag zu Tag länger am Himmel. Es war Frühling geworden. Drei Wochen arbeiteten sie schon an ihrem Langschiff. Es war eine mühselige Arbeit, das Boot im Frühjahr fahrtbereit zu machen. Aber kein Ruderer klagte, dass ihm abends die Muskeln schmerzten. Zu verlockend war der Gedanke an den Augenblick, in dem der Vordersteven nach langen Monaten zum ersten Mal wieder die Wellen zerteilt. Ragnar hatte jedem Mann seine Aufgabe zugewiesen. Segel und Ersatzsegel mussten geflickt, die Taue ausgebessert werden. Ragnar selbst überprüfte jedes einzelne der Taue, die unterhalb der Wasserlinie die Planken mit den Spanten verbanden, jeden einzelnen Eisennagel, mit dem die Planken über der Wasserlinie an den Spanten befestigt waren. Ulf hatte bei der Abdichtung des Schiffes mitgearbeitet, hatte das klebrige Gemisch aus Schafwolle und Harz in die Fuge an der Unterkante jeder Planke geschmiert. Tagelang waren seine Finger an der Weinschale und am Bierkrug festgeklebt. Aber Ulf hatte kaum darauf geachtet. Denn das Abdichten des Bootes war eine der wichtigsten Aufgaben. Je weniger Wasser das Schiff auf See machte, desto seltener musste die Bilge ausgeschöpft werden. Und es war eine elende Arbeit, auf See mit der Schöpfkelle in der Hand auf den Knien in dem engen Kielraum hin und her zu rutschen. Nun war die Überholung abgeschlossen. Man hatte die vier obersten Planken wieder abwechselnd schwarz und gelb gestrichen, und ihr stolzes Langschiff hatte wieder in der Sonne geleuchtet.

Zuletzt mussten nur noch die beiden Steven bemalt werden. Stundenlang hatte Ulf dem Ruderer zugesehen, der diese Aufgabe übernommen hatte. Ful war ein untersetzter, kräftiger Mann mittleren Alters mit struppigem Bart und breiten Händen. Bewundernd sah er zu, mit welchem Geschick dieser Ful, der eher schwerfällig wirkte, den Pinsel handhabte. Wie viele langweilige Stunden auf See hatte Ulf damit zugebracht, dem Spiel der Linien auf den geschnitzten Steven zu folgen! Er hatte es nie vermocht, obwohl die Köpfe der Schlangen und Vögel, der Kopf und die krallenartigen Klauen des glotzäugigen Greifes, in unterschiedlichen Farben bemalt waren. Ulf hatte zwar die Köpfe leicht gefunden, auch die Beine, Krallen und Klauen, aber dem

Rumpf des Tieres hatten seine Augen trotz der Farbe nicht folgen können. Zu zerstückelt, zu sehr ineinander verflochten waren diese bandförmigen Leiber. Doch Ful kannte die Regeln, die diesem Geflecht zugrunde lagen. Ohne Zögern fuhr sein Pinsel vom Kopf zu den Beinen. Zum ersten Male erkannte Ulf die verschlungenen Leiber der einzelnen Tiere.

Thorsten trat auf Ulf zu. »Haben sie den Wein schon gebracht, Ulf?«

»Ja.«

»Das ist gut. Sehr gut. Ein schöner Tag!«

Ulf blickte nach oben. Der Himmel war wieder strahlend blau und wolkenlos. Etwas kühl war es noch, und Ulf trug seine Felljacke. Aber die Nordmänner verbrachten wieder viele Tage im Garten. Auf Ulfs Befehl hatten die Haussklaven zwei Weinamphoren angeschleppt, und die Gefährten johlten vor Freude. Vergnügt ließ sich Ulf die Trinkschale nachfüllen.

»Was redest du da, Börn?«, lachte Thorsten neben ihm. »Die Schlägereien in den Schenken machen dir keinen Spaß mehr? Ausgerechnet dir!«

Börn, der sich gerade mit zwei anderen Ruderern lautstark unterhielt, drehte sich um. Er war ein breitschultriger Mann mit Händen wie Schaufeln, der es in jeder Schenke mit drei Männern aufnahm. »Und warum sollte es mir Spaß machen, Thorsten?«

»Weil du bei jeder Schlägerei Sieger bleibst!«

Börn zuckte gleichmütig die Achseln. »Na und? Die Soldaten, diese Feiglinge, laufen inzwischen vor jeder Schlägerei davon.«

»Was gehen mich die Schlägereien an?«, murrte Börns Nebenmann. »Ich langweile mich in diesem halbverfallenen Palast zu Tode. Und erst das Essen! Alles in kleinen Schüsseln, mit Sauce. Wenn ich an die Knochen denke mit Fleisch, das über dem Feuer gebraten wurde...«

Ulf schwieg. Auch er dachte sehnsüchtig an ihre Bratspieße. Immerhin schickte der Statthalter einmal in der Woche einen fetten Ochsen. Sie bekamen viel mehr Fleisch und Wein als die Soldaten. Das weckte deren Neid und war einer der Gründe für die ständigen Streitereien zwischen den Ruderern und Leons Kriegern. Ulf schob den Gedanken beiseite. Niemand brauchte in dieser Seefestung zu hungern. Der Statthalter hatte im Winter genügend Tiere und Viehfutter eingekauft. Das wusste sicher auch Duschan, der Zupan. Er konnte nicht hoffen, die Stadt im Sommer auszuhungern.

Thorsten grinste. »Mir gefällt es hier auch nicht mehr. Diese Haussklaven – wie sie mit unhörbaren Schritten umherschleichen. Ihre verstohlenen Blicke. Ich glaube, überall in diesem Palast lauert der Verrat.«

Ulf zuckte unwillkürlich zusammen. Thorsten hatte einen Gedanken ausgesprochen, der ihn von Tag zu Tag stärker bedrückte. Wie gut für die

Stimmung der Kameraden, dachte Ulf, dass sie nicht Griechisch verstanden. So entgingen ihnen all die Kleinigkeiten, das tägliche Ränkespiel, von dem die Sklavin Anna zu erzählen wusste – nirgends greifbar, nicht wirklich bedrohlich, aber allgegenwärtig.

Hakon trat hinzu und polterte los: »Verflucht! Auch ich kann diese griechischen Schleicher und Kriecher nicht mehr sehen! Und ihre Sprache tut mir in den Ohren weh. Manchmal fährt meine Hand unwillkürlich zum Schwertgriff... Warum sind diese Leute nicht alle so wie unser Grieche?«

»Du willst sie doch wohl nicht alle auf unser Langschiff nehmen, damit sie es lernen?«, lachte einer.

Als Ragnar in den Garten trat, war er sofort von allen seinen Leuten umringt, kam er doch mit dem Griechen und Gizur von dem Festmahl zurück, das der Sohn des Statthalters ausgerichtet hatte. Ragnars finsterer Blick verriet freilich, dass die Hoffnungen, die er an dieses Gespräch geknüpft hatte, nicht in Erfüllung gegangen waren. Himerion hatte diesmal nur Ragnar und Gizur eingeladen, dazu selbstverständlich den Griechen, der als Dolmetscher diente. Sie hatten gehofft, Himerion würde im kleinsten Kreise Farbe bekennen.

»Was hat das Jüngelchen diesmal gesagt?«, fragte der Graubart.

»Was wohl? Dasselbe Geschwafel wie bei unserer ersten Einladung«, knurrte Ragnar. »Konstantinopel, die Höflinge, der Kaiser.«

»Ich hätte eigentlich wissen müssen, warum er gerade mich einlud«, grinste Gizur. »Sobald Ragnar auf eine klare Antwort drängte, fing Himerion wieder von unseren Göttern an. Diesmal wollte er von mir wissen, wo wir Nordmänner nach dem Tode leben.«

»Was gehen diesen Griechen die Hallen unserer Verstorbenen an?«, schimpfte einer der Ruderer.

»Aber heute hat es Himerion geschickter gemacht«, fuhr der Alte fort. »Gleich zu Anfang musste ich ihm von Rans Halle erzählen, und er wollte wissen, wie die Ertrunkenen in der goldenen Halle auf dem Meeresgrund leben. Sogar über das Schicksal der Unfreien, von denen wir glauben, dass Thor sie nach ihrem Tode in seine Halle aufnimmt, hat er mich ausgefragt – ausgerechnet der Sohn eines Statthalters! Hier, in diesem Leben, liegen ihm seine Sklaven nicht so am Herzen.«

Der Weißhaarige wiegte nachdenklich den Kopf. »Als Ragnar ihn klipp und klar fragte, ob er Nikolaos für den Verräter halte, erkundigte sich Himerion nach Odins Halle.«

»Odins Halle!«, brüllt einer aus dem Hintergrund. »Odins Halle ist nur für uns Nordmänner! Nur unsere Krieger, wenn sie tapfer im Kampf gefallen sind, werden von den Walküren auf ihren Pferden zu Odin getragen.«

Gizur blickt Ragnar schmunzelnd an. »Dennoch, auf irgendetwas will Himerion hinaus. Aber er findet nicht den Mut…«

»Auch ich bin davon überzeugt«, brummt Ragnar mürrisch. »Ich glaube nicht, dass Himerion immer nur von den Machtkämpfen in Konstantinopel spricht, weil ihm nichts Besseres einfällt. Aber der junge Mann wird nie mit der Sprache herausrücken.«

Ulf teilte Ragnars Ansicht. Bardas und Basileios. Nikolaos – klare Fragen, auf die der Sohn des Statthalters die Antwort schuldig geblieben war. Das nächste Mal würde Gizur von der Todesgöttin Hel erzählen müssen…

Als Ragnar und Grim gegangen waren und Gizur wieder beim Würfelspiel saß, hatten ein Dutzend Ruderer Ulf, Erik und den Griechen mit Fragen bestürmt. Aber zu Nikolaos war ihnen auch nach Himerions Festmahl nichts Neues eingefallen. Deshalb kam das Gespräch nun auf die Mädchen in den Schenken. Erik lachte und schlug ihm auf die Schulter. »Ja, diese Braunhäutige bei dem Wirt Theodosios gefällt mir auch am besten, Ulf!«

»Du meinst doch die, die Maria heißt?«

»Ja, diese Maria. Was die für schwarze Augen hat!«

»Und ihr Hals…«, setzte Ulf an.

»Wie flink ihre Zungenspitze ist!«, schwärmte Erik weiter. »Und wie sie ihre Brüste gegen deinen Körper presst, wie du ihre festen Brustwarzen auf deiner Haut spürst! Aber wenn sie erst die Schenkel spreizt…«

Ulf sah sie wieder vor sich: die schäbige Kammer im ersten Stock der Schenke, das schmutzige Lager, den Weinkrug in der Ecke… Aber die Mädchen in der Schenke waren nicht zimperlich. Sie sträubten sich nicht einmal, wenn manchen Fahrtgenossen nach den vielen Weinkrügen der Aufstieg über die steile Holzleiter zu mühsam war, wenn sie die Mädchen im Schankraum zu Boden rissen und ihnen das Hemd über den Kopf zogen. Meistens empörten sich die griechischen Soldaten darüber, und eine Schlägerei war die Folge…

»…können sie nicht. Oder wollen es nicht. Ach, wenn unsere Frauen doch auch so gut auf dem Lager wären, Ulf!«

»Natürlich sind die hier in der Liebe besser, Erik. Es sind ja Dirnen!«

»Man lernt viel von ihnen. Bei uns in den Nordländern… Wenigstens bei der Nebenfrau könnte man… Ja. Sie darf sich nicht sträuben…«

Mitten in diesem anregenden Gespräch erschien Ragnar mit Grim im Gefolge und winkte Ulf und den Griechen: »Besprechung beim Statthalter!«

Mit langen Schritten strebten sie dem Häuserblock zu, in dessen Ecke, neben dem nordöstlichen Turm, die Gemächer des Statthalters lagen. Der Diener eilte voraus. Die Besprechung sei dringend, hatte er gesagt. Ragnar folgte ihm, Grim und er waren einige Schritte zurückgeblieben.

Da löst sich aus einem dunklen Winkel des Ganges eine Gestalt. Wahrscheinlich hatte der Mann sich hinter einer Türöffnung versteckt. Mit zwei langen, lautlosen Sätzen stand er hinter Ragnar. Ulf hatte das graue, bis auf die Waden fallende Hemd des Haussklaven kaum wahrgenommen. Seine Augen starrten nur auf das hocherhobene Messer: »Ragnar!« Der fuhr herum, seine Hand schlug auf den Arm des Sklaven, dessen Stich ging ins Leere.

Schon stand Grim hinter dem Mann und rammte ihm das Schwert in den Rücken. Dann drehte er mit einem Fußtritt den auf dem Bauch liegenden Körper um. Missmutig starrte er in die gebrochenen Augen. »Schade, dass ich ihn erstechen musste. Wir hätten ihn schon zum Singen gebracht.«

»Ich habe keine Erklärung«, sagte der Statthalter kopfschüttelnd, als sie ihm den Vorfall meldeten.

Am nähsten Tag ließ er sie wieder zu sich rufen. »Ich habe selbstverständlich Erkundigungen eingezogen. Der Mann war ein Haussklave. Aber er arbeitete außerhalb des Palastes, in der Wäscherei. Bei dieser Arbeit hat er euch höchstens aus der Ferne zu Gesicht bekommen. Er hatte auch keinen Streit mit einem deiner Waräger. Wie sollte er auch?«

»Der Mann hat nicht aus Rache gehandelt.« Ragnars Stimme klang hart. »Irgendeiner hat ihn beauftragt, mich aus dem Weg zu räumen!«

Leon nickte zustimmend. »Ja, das glaube ich auch. Aber wer?«

»Wer hat diesen Sklaven gekannt?«, fragte Grim.

»Vielleicht war der Mann ein Vertrauter deines Onkels«, warf Ragnar ein.

Über das Gesicht des Statthalters zuckte es wie Unmut. »Du verdächtigst Nikolaos zu Unrecht. Keiner von uns hat diesen Mann gekannt. Keiner von uns war je in der Wäscherei. Diese Sklaven liefern die gewaschenen Sachen bei anderen Sklaven ab. Auf mich und meine Familie treffen sie nie.« Leon schüttelte heftig den Kopf. »Mein Onkel Nikolaos wäre viel zu stolz, die Wäscherei zu betreten.« Einen Augenblick schwieg er. »Aber etwas anderes ist mir unerklärlich: Der Sklave hat gesehen, dass ihr zu fünft wart, den Diener mitgerechnet. Wenn ihm der Anschlag gelungen wäre, hätten Grim, der Grieche und Ulf ihn sofort totgeschlagen. Und wäre die Belohnung noch so hoch – für Silber geht kein Sklave in den sicheren Tod.«

»Wir hätten ihn nicht sofort totgeschlagen, wenn wir es hätten vermeiden können«, knurrte der alte Recke. »Wir hätten den Namen seines Auftraggebers schon aus ihm herausgeprügelt«

»Ja«, meinte Ragnar. »Sie hätten ihn gefangen genommen.«

»Das wird ihm auch sein Auftraggeber gesagt haben«, fiel Ragnar ein. »Vielleicht hat er ihm auch versprochen, dafür zu sorgen, dass du selbst seine Bestrafung an dich ziehst.«

Leon blickte verwundert auf. »Gewiss hätte ich einen Haussklaven, der einen meiner Freunde ermordet, bestraft. Und ich hätte ihn auch gezwungen, seinen Hintermann zu nennen. Aber ich weiß nicht, worauf du hinaus willst, Ragnar. Folter und Henker sind doch keine Versprechungen, mit denen man einen Sklaven verleiten könnte…«

»Doch«, widersprach Ragnar bestimmt. »Wenn sein Auftraggeber ein Mann ist, der bei deinen Entscheidungen in deiner Nähe ist, und wenn er Einfluss auf dich hat. Wenn er dich dahin bringt, dass du den Mörder zunächst einmal in den Kerker schaffen lässt…«

Leon fuhr zurück. »Jetzt weiß ich, was du meinst. Man kann dem Mann versprechen, ihn aus dem Kerker zu befreien.«

»Wer hat einen Schlüssel zu den Verliesen, Leon?«

»Niemand. Nur der Gefangenenwächter natürlich.«

»Und wer darf die Gefangenen aufsuchen? Mit ihnen sprechen?«

»Keiner. Ohne meine Erlaubnis darf der Kerkermeister niemanden zu den Gefangenen lassen.«

»Also ist der Wächter allein?«

»Je nachdem. Wenn es viele Gefangene gibt, oder einen wichtigen Gefangenen, dem auf keinen Fall die Flucht gelingen darf, werden auch Soldaten zur Bewachung abgestellt. Aber sie haben keinen Schlüssel.« Ein gequältes Lächeln zuckt um Leons Lippen. »Du brauchst nicht erst zu fragen, Ragnar. Selbstverständlich hat mein Onkel jederzeit Zugang zu den Verliesen. Er ist schließlich der Befehlshaber der Soldaten, die die Gefangenen bewachen müssen. Wenn Nikolaos wirklich…« Leon verstummt jäh. Erschrecken malt sich bei dem Gedanken in seinem Gesicht. »Nein, noch einer kann jederzeit die Verliese betreten, ohne aufzufallen. Er ist für alles im Palast verantwortlich, also auch für die Kerker. Mein Bruder Alexios.«

Diesmal hielt der Zupan Duschan keine Rede. Er zeigte der Seefestung, dass die Belagerung wieder begonnen hatte, indem er mit seinen Booten außer Schussweite an der Hafeneinfahrt vorüberfuhr. Ragnar stand mit seinen Wikingern auf den beiden Türmen am Ende der Hafenmauern. Doch sie sahen nur flache Boote mit sechs oder acht Ruderpaaren und einem kleinen Segel. »Sie haben keine Zweiruderer dabei«, bemerkte der Grieche.
»Das ist nur ein kleiner Teil seiner Leute«, sagte der Statthalter. »Die übrigen rücken auf dem Landweg an.« Bald verschwanden die Boote hinter einer felsigen Landzunge im Norden. In der Nacht ließ sich einer der Offiziere des Statthalters zu der Felszunge rudern. Er berichtete, der Feind habe die Boote in der großen Bucht hinter dieser Halbinsel auf den Strand gezogen. In der Bucht wimmele es von Menschen.

»Wir warten nicht, bis die Kroaten im Morgengrauen die Stadt angreifen«, beschloss Ragnar auf diese Meldung hin. »Wir überfallen ihr Lager!«

»Und wenn die Slawen früher kommen? Bevor wir zurück sind?« Eriks Gesicht konnte Ulf in den trüben Licht der beiden Öllämpchen, die in Ragnars Zimmer auf dem Boden standen, nicht erkennen. Aber der Zweifel in seiner Stimme war unüberhörbar. »Wenn unsere Leute nicht da sind, kann Nikolaos dem Feind die Tore öffnen.«

»Leon hätte…«, murrte Grim.

»Hat er auch!«, lachte Ragnar. »Sobald der eine der beiden Späher dem Statthalter die Vorbereitungen des Feindes zum Aufbruch gemeldet hat. Leon hat die Wachen an den Toren neu verteilt. Natürlich unter einem harmlos klingenden Vorwand, damit keiner misstrauisch werden kann. Von dem bevorstehenden Angriff der Kroaten wissen nur Leon und ich.«

»Und Nikolaos«, sagte Erik mürrisch.

»Und Nikolaos.« In Ragnars Stimme schwang leiser Spott. »Davon gehe auch ich aus. Aber Nikolaos weiß nicht, dass der Statthalter zwei Späher ausgeschickt hat, und keinem der Soldaten ist es bekannt. Die Pforte, durch die sie hinausgeschlüpft sind, und die Mauerabschnitte, von denen aus man diese Pforte einsehen kann, wurden von unseren Leuten bewacht.«

»Dann glaubt Nikolaos jedenfalls, er habe noch viele Stunden Zeit, um seine Vorbereitungen zu treffen«, brummte Grim zufrieden.

»Ja, bis kurz vor Morgengrauen«, nickte Ragnar. »Und auf meine Bitte hat Leon seinen Onkel zu sich eingeladen. Er wird ihn stundenlang hinhalten.« Ragnar sprang auf und griff nach dem Schwert. »Macht euch fertig! Wir müssen zum Hafen. Ich habe unsere Leute schon vorausgeschickt.«

Sie eilten durch die dunklen Gärten zu dem Palasttor, das zum Hafen führte. Kein Sklave begegnete ihnen. Ragnar zog den Schlüssel aus dem Gürtel. »Den Schlüssel zum Stadttor auf der anderen Seite der Straße habe ich auch«, sagte er. »Niemand wird uns bemerken. Der Statthalter hat alle Wachen von den Mauern und Türmen, die hafenwärts liegen, abgezogen.«

Die Nacht war stockdunkel. Ulf musste mit den Füßen nach den Stufen tasten, die zum Hafen hinunterführten. Das Langschiff und die Ruderer sah er erst, als sie fast die gegenüberliegende Ecke des Hafens erreicht hatten. Gizur trat auf Ragnar zu. »Wir sind abfahrbereit. Aber was sollen diese zehn Soldaten mit ihren Krügen bei uns? Der Statthalter hat sie vor einigen Augenblicken selbst gebracht. Aber er hat meine Fragen nicht beantwortet.« Ragnar trat zu den Soldaten, die in einer Gruppe etwas abseits standen. Lange betrachtete er die zehn Krüge, die sie vor sich in den Sand gestellt hatten. An den Krügen selbst fand Ulf nichts Bemerkenswertes. Aber warum sollten sie auf ihr Boot gebracht werden? Der Schiffsführer blickte sich um und winkte den Griechen herbei. »Und du, Grieche? Kannst du erraten, warum uns Leon diese Krüge sendet?«

Der Grieche lachte. »Griechisches Feuer!«

Ragnar schüttelte zweifelnd den Kopf. »Brennt das Zeug wirklich unter Wasser?«

Der Grieche nickte. »Ja. Griechisches Feuer kann man nicht mit Wasser löschen.«

»Woraus besteht es?«, fragte Grim neugierig.

Der Grieche zuckte die Achseln. »Niemand weiß das. Es ist das bestgehütete Geheimnis im ganzen Reich. Der Kaiser lässt das in eigenen Werkstätten zusammenmischen. Dann wird es auf die Flotten verteilt. Aber kein Flottenkommandeur kennt die Zusammensetzung.«

Ragnar warf einen nachdenklichen Blick auf die Krüge. »Ich wüsste zu gerne...«

»Die Araber wüssten das auch zu gerne«, lachte der Grieche leise. »Das Griechische Feuer ist bei Seeschlachten eine Waffe, der die Araber nichts entgegenzusetzen haben. Sie würden jedem ein Vermögen zahlen, der ihnen die Zubereitung verriete. Aber sie haben noch keinen gefunden, der das Geheimnis kennt.«

Das Langschiff glitt leicht von dem flachen Sandstrand ins Wasser. Während sie im Wasser standen und das Boot festhielten, hoben die zehn Soldaten des Statthalters vorsichtig ihre Krüge über die Bordwand. Dann kletterten sie an Bord. Ungeschickt und schwerfällig, fand Ulf. Ulf stützte sich mit beiden Armen auf den Bordrand und schwang mit einem einzigen Sprung die Beine ins Boot. Dann setzte er sich auf seine Ruderkiste und griff nach dem Ruder.

Ragnar wendete das Boot im Hafenbecken. Als sie zwischen den beiden Wehrtürmchen, die den Hafeneingang sicherten, hindurchglitten, steuerte er nicht nach Norden, in Richtung des feindlichen Lagers, sondern hinaus auf die offene See. Einen Augenblick lang wunderte sich Ulf, dann war ihm die Absicht des Schiffsführers klar: Die Wolkendecke war an einigen Stellen aufgerissen. Ebenso wie er die Mauern der Seefestung erkennen konnte, hätten die Wachen auf der Nordmauer ihre hochaufragenden Steven gesehen. Und bald merkte er, dass Ragnar in einem weiten Bogen auf die Halbinsel zuhielt. Es war eine kurze Fahrt. Bei Tageslicht konnte man die Landzunge, hinter der sich die Bucht mit dem Lager der Feinde erstreckte, von der nördlichen Stadtmauer aus deutlich erkennen. Als der Schiffsführer den Befehl erteilte, die Ruder einzuziehen, drehte Ulf sich um. Das Boot lag vor der Spitze der Halbinsel, doch hatte der Bug den flachen Strand nicht berührt. Eine Gestalt trat aus den Büschen und stieg am Bug ins Boot. Als der Mann an seinem

Ruderplatz vorüberkam, missmutig seine wassertriefenden Hosen betastend, erkannte Ulf den Späher des Statthalters. Der Soldat flüsterte Ragnar zu: »Die Feinde sind schon ausgerückt, vor einer halben Stunde etwa.«

»Wir greifen sofort an!«, entschied der.

Ulf tauchte wieder sein Ruder ein. Doch bald kam Ragnars Befehl, die Riemen einzuziehen. Ulf warf einen Blick zum Ufer hinüber. Auf dem breiten Strand loderten einige Feuer. In ihrem Schein zeichneten sich Zelte ab und dahinter Erdwälle. Vor den Feuern sah er die auf den Strand hinaufgezogenen Boote der Kroaten. Aber sie waren zu weit entfernt, um Einzelheiten erkennen zu können. Der Feuerschein reichte gerade bis zu den Booten. Ihr Langschiff lag im Dunkeln, den Blicken etwaiger Wächter entzogen.

»Wir werden hinüberschwimmen müssen«, rief Ragnar gedämpft. »Vielleicht haben sie auch bei den Booten Wachen aufgestellt. Je zwei schwimmen zum linken Ende, zur Mitte und zum rechten Ende des Lagers. Ich mit Erik nach links, Grim mit Ulf in die Mitte, Gizur und Ake nach rechts.«

Ulf rückte die Schwertscheide zurecht und sprang über Bord. Er schwamm langsam, damit Grim ihn einholen konnte. Bis zum Ufer in der Lagermitte waren es vielleicht achtzig oder hundert Meter. Bei dieser spiegelglatten See störte ihn die Schwertscheide am Gürtel nur wenig beim Schwimmen. Bald tauchte Grims Kopf neben ihm auf. Sie schwammen langsam, denn Ragnar und sein Sohn hatten eine viel weitere Strecke zurückzulegen. Je näher sie dem Ufer kamen, desto mehr Einzelheiten konnte Ulf ausmachen. Die Feuer beleuchteten jetzt die Erdwälle. Davor waren hohe Stapel aufgetürmt: Brennholz und Vorräte. »Es hat seit Wochen nicht geregnet«, rief Grim leise zu ihm herüber. »Die Zelte werden brennen wie Zunder. Vorwärts jetzt! Ragnar und Erik werden angekommen sein.«

Sie schwammen schneller, aber mit vorsichtigen Bewegungen, um das Wasser nicht aufzuwühlen und möglichst wenig Geräusch zu verursachen. Der Schein der Feuer reichte hier ein wenig über das ihnen zugekehrte Heck der Boote hinaus. Ulf hätte eine menschliche Gestalt in den Booten oder daneben erkannt. Grim erriet seine Gedanken. »Nein, wir müssen in jedes der Boote in unserem Abschnitt hineinschauen. Es könnte einer darin liegen.«

Ulf fühlte Grund unter den Füßen. Vorsichtig schritten sie auf das nächstgelegene Boot zu, fast bis zum Kinn im Wasser. Als das Wasser flacher wurde, schoben sie sich auf den Knien vorwärts, dann krochen sie auf dem Bauch weiter. Zwischen den ans Ufer gezogenen Booten gab es weite Zwischenräume, die von den Lagerfeuern hell genug beleuchtet wurden und keine Deckung boten. Doch Grim wusste sich zu helfen. Er bedeutete Ulf, sich genau hinter ihm zu halten, und hielt sich genau in dem schmalen Schatten, den ein Boot warf. Ulf lag flach auf dem Sand, die Füße noch im Wasser. Der Graubart hatte das Heck des Bootes erreicht. Vorsichtig richtete er den Oberkörper auf, gerade weit genug, um über den Bordrand blicken zu können. Dann ließ er sich wieder zu Boden fallen. »Leer«, sagte er leise. »Zurück! Rückwärts hinaus aus dem Feuerschein!«

Ulf schob sich rückwärts, bis das Wasser um ihn herum wieder die Schwärze der Nacht angenommen hatte. So schwammen, wateten und krochen sie von Boot zu Boot. Sie sahen keinen Menschen in der Nähe der Boote, nur hinten im Lager selbst. Grim war jetzt beim achten oder neunten Boot. Er hob den Kopf über den Bordrand und ließ sich sofort wieder in den Sand fallen. Er gab Ulf ein Zeichen, neben ihn zu kriechen. Dieses Boot lag weniger im Schein der Feuer, es warf einen breiteren Schatten. »Ein Mann liegt im Boot. Er scheint zu schlafen«, flüsterte der Graubart ihm zu. »Du bleibst hier.« Ulf sah, wie Grim das Messer aus dem Gürtel zog und sich, eng an die Bordwand geschmiegt, am Boot entlangschob. Ulf wagte es, den Kopf etwas zu heben und über den Bordrand zu blicken. In der Mitte des Bootes lag ein Mann auf zwei oder drei Fellen. Vielleicht ein Wächter, der eingeschlafen ist, dachte Ulf. Der Kopf des Mannes berührte fast den linken Bordrand.

Dann taucht hinter der Bordwand Grims Helm auf, das graue Haar, seine Augen – und Grims rechter Arm mit dem Messer, das blitzschnell den Hals des schlafenden Kroaten durchschnitt. Im nächsten Augenblick war Grim wieder verschwunden.

Ulf kroch zurück. Als ihn wieder tiefe Dunkelheit umgab, und er sich gerade aufrichten wollte, hörte er neben sich eine gedämpfte Stimme: »Ich bin‘s, Ragnar. Ich habe Grim beobachtet. Auch wir haben nur einen Wächter gefunden.«

Erik war zum Langschiff zurückgeschwommen. Sie brauchten nicht lange zu warten. Die Ruderschläge waren kaum zu hören. Nur ein leises Plätschern, als sich die Gefährten vorsichtig am Bordrand hinabließen und durch das seichte Wasser zum Ufer wateten. Ragnars Plan war einfach: Die zehn Soldaten mit ihren Krügen würden sich am Ufer verteilen, zusammen mit zehn Ruderern, die ihnen den Rücken frei hielten. Auf jeden Soldaten kamen drei Boote. Der Rest würde, mit Ragnar an der Spitze, das Lager stürmen.

Hinter ihm schleppte der Soldat, der Ulf zugeteilt war, seinen geheimnisvollen Krug. Irgendwo, weit hinten im Lager, hörte er einen Ruf. Einen Augenblick lang hielt Ulf inne und ließ seinen Blick über das Lager schweifen. In dem unsicheren Schein der flackernden Feuer sah er einige Feinde hin und her rennen. Aber keiner kam auf sie zu. Der Soldat war bereits über die niedrige Bordwand des am Nächsten liegenden Bootes gesprungen und kniete jetzt in der Mitte des Bootes. Der Krug stand vor ihm. Ulf konnte ihn im Widerschein der Lagerfeuer erkennen. Aber er sah nur dessen Rücken. Nicht einmal das Geheimnis, wie man das Griechische Feuer entzündet, würde er also erfahren!

Vor dem Mann schoss eine Flamme in die Höhe, über seinen Kopf hinaus. Der Soldat sprang auf. Er hielt den Krug an beiden Henkeln, die Öffnung waagerecht nach vorne. Meterlange Flammen sprühten aus diesem kleinen Loch. Mit einer Bewegung, die Übung verriet, schwenkte er den Krug quer über das Deck. Eine Flüssigkeit spritzte heraus, die sich noch in der Luft in Flammen verwandelte. Jetzt, da das Slawenboot von den Flammen taghell erleuchtet wurde, sah Ulf auch das eingerollte Segel in der Bootsmitte. Eine Stichflamme schoss aus dem Stoff. Auch an den Seitenplanken begannen die ersten Flammen zu züngeln.

Der Soldat sprang über den gegenüberliegenden Bordrand. Dann rannte er, den Feuer speienden Krug immer noch waagerecht nach vorne haltend, auf das nächste Boot zu. Ulf folgte ihm. Als er um den Bug des Bootes bog, war aus den züngelnden Stichflammen links von ihm eine mannshohe, wabernde Feuerwand geworden. Ulf zuckt zusammen, als ein brennendes Stückchen des Segels gegen seine Stirn wirbelte.

Der Soldat hatte die wenigen Meter bis zum zweiten Boot längst zurückgelegt. Er eilte, seinen Feuertopf in einem Halbkreis über das Boot schwenkend, von der Bootsmitte zum Heck. Bei jedem Schritt züngelten hinter ihm die ersten Flämmchen auf. Alles vor Ulfs Augen war in taghelles Licht getaucht, denn das übernächste Boot, Gizurs erstes, bildete längst ein wirbelndes Flammenmeer. Schwarze Wolken beißenden Rauches wogten träge hin und her. Die schwache Brise, die von der See kam, trieb sie nur langsam auf das feindliche Lager zu.

Ulf blieb stehen. Der Blick auf das Lager war ihm versperrt. Um ihn herum nur Flammen und dieser beißende Rauch, der ihn zum Husten reizte. Hinten, im Lager der Kroaten, hörte er wütendes Geschrei, dazwischen die Stimme eines Mannes, der Befehle brüllte, die Ulf nicht verstand. Das Kampfgeschrei der Nordmänner war längst verklungen.

Der Soldat hatte jetzt ihr drittes Boot erreicht. Ulf wartete nicht, bis er seine Arbeit beendet hatte. Der Kampf würde bald vorüber sein. Ohne ihn? Ulf sprang in den Vorhang aus Rauch hinein. Der Rauch schmerzte in den Augen. Sehen konnte er wenig. Doch das leise Klirren links von ihm entging ihm nicht. Ein weiter Sprung nach links, und er wäre beinahe mit einem Kroaten zusammengestoßen, der auf das brennende Boot zueilte.

Ulf zögert nicht. Ihm genügen die Umrisse, die er in diesem Dunkel erkennen kann. Der Feind trägt einen Eisenhelm. Deshalb zielt Ulf auf die Stelle zwischen Schulter und Hals. Doch er schlägt noch nicht zu. Denn der Kroate erhebt das Schwert nicht. Er wirft sich herum und sucht sein Heil in der Flucht. Ulf ist schneller. Mit zwei Sprüngen hat er den Slawen eingeholt.

Nur einen Atemzug lang zuckt Ulf zusammen. Hinter seinem stürzenden Gegner taucht aus dem Dunkel ein zweiter Kroate auf. Ein stämmiger Mann mit Lederhelm. Der neue Gegner hebt sein Schwert zum Schlag, doch Ulfs Schwert ist schneller.

»Nimm die Fackel! Wir zünden die Vorräte an«, hörte Ulf Gizur hinter sich. Der Alte drückte ihm eine brennende Fackel in die Hand, sprang über den Toten vor Ulfs Füßen und verschwand im Rauch. Ulf folgte ihm. Nach einigen Sprüngen sah er das Lager vor sich: Dutzende von Zelten, zwischen denen fünf oder sechs Feuer flackerten. In ihrem Schein war der Umriss des doppelt mannshohen Erdwalls, der das Lager halbkreisförmig einschloss, deutlich zu erkennen. Und Ulf sah auch die Stapel entlang des Walles, die Vorräte der Feinde. Hier trieb der Wind nur einzelne Rauchschwaden durch die Zeltreihen.

Das Kampfgebrüll hatte aufgehört. Die Zelte verstellten Ulf den Blick, aber die Rufe, die er von Zeit zu Zeit vernahm, zeigten, dass die siegreichen Nordmänner bereits die Zelte plünderten. Gizur stand wieder neben ihm. Der Alte deutete in die Richtung, aus der die Rufe kamen. »Sie brauchen uns nicht mehr. Der Kampf ist schon vorbei.« Dann zog er Ulf am Arm und zeigte in die entgegengesetzte Richtung. »Und die bekommen wir nicht mehr«, sagte er bedauernd. Ulf folgte mit den Augen seiner ausgestreckten Hand. Zwei Kroaten rannten gerade durch das offen stehende Holztor. »Nein«, schüttelte Ulf den Kopf. Es hatte keinen Sinn, die beiden Flüchtenden zu verfolgen. Er kannte das enge Tal, das zwischen den Küstenklippen und den Bergen zur Stadt hinüberführte. Es war mit Felstrümmern übersät. Hier fand ein Flüchtender während der Nacht tausend Verstecke.

Er eilte mit dem Weißhaarigen zu dem Wall. Außer den entflohenen Wachen sahen sie keinen Menschen. Wortlos hielt Gizur seine brennende Fackel an das Fell, das einen mannshohen Getreidehaufen abdeckte. Während die ersten Flammen züngelten, sagte der Alte: »Leider habe ich nur diese beiden Fackeln in einem der Boote gefunden.« Ulf eilte zu einem riesigen Haufen Brennholz hinüber. Nach der wochenlangen Trockenheit stand das Holz sofort in Flammen.

Noch verteilten sie die brennenden Scheite auf die gestapelten Vorräte, als von links Kampfrufe erschollen. »Einige Slawen kehren zurück«, schrie der Alte, warf seine Fackel von sich und stürzte davon. Ulf rannte ihm nach, konnte ihn aber nicht einholen. Schon lag der Kampfplatz vor seinen Augen. Nur ein gutes Dutzend Kroaten hatte den Gegenangriff unternommen.

Ragnars Leute hatten sie schnell überwunden, und die Sieger zogen den Toten die Helme vom Kopf und nestelten die Schwerter von den Gürteln.

Nur einer der Feinde kämpfte noch: mit Grim. Die Flammen eines Lagerfeuers huschten über die Gestalten der beiden Kämpfer, die sich gegenüberstanden. Grims Gegner war ein Mann, der dem Alten an Körpergröße gleich kam. Er trug Helm und Kettenhemd – wohl einer der Anführer, dachte Ulf. Gerade war das Schwert des Kroaten klirrend von Grims Schildbuckel abgeprallt. Der alte Recke kämpfte ebenfalls mit dem Schwert. Seine Klinge sauste auf die Schulter des Kroaten zu. Der wehrte den Schlag mit dem Schwert ab. Das Geklirr des Eisens sagte Ulf, dass der Graubart seinen Schlag mit Wucht geführt hatte. Jetzt hagelte es Schwertschläge. Noch gelang es dem Kroaten, sie abzuwehren, aber nur im allerletzten Augenblick und mit größter Mühe. Offensichtlich ermüdete der Mann mehr und mehr. In wenigen Augenblicken würden Grims wuchtige Hiebe ihm das Schwert aus der Hand schlagen. Ulf würde den Kampfplatz nicht mehr erreichen, bevor Grims tödlicher Hieb oder Stich ...

»Nicht zuschlagen!« Es war Ragnars Stimme, die durch das Lager donnerte. »Ich will ihn lebend.« Irgendwo aus dem Dunkel tauchte Ragnar auf. Mit den Sprüngen eines Raubtieres warf er sich auf den Kroaten. Seine Arme schlangen sich um die Brust des Gegners. Ulf rannte los...

Grim hatte das Schwert sinken lassen. Niemals konnte sich der Slawe aus diesen Armen befreien, die seine Brust zusammenpressten. Ulf hörte das leise Klirren der Eisenringe, als Ragnar das Kettenhemd zusammendrückte. Der Kroate hatte den Mund weit aufgerissen und schnappte nach Luft. Sein hocherhobener Schwertarm zitterte. Jetzt entglitt das Schwert den kraftlosen Fingern. Die emporgestreckten Arme des Mannes sanken herab. Ulf hatte schon ein Seilstück aus seinem Gürtel gezogen. Er packte den linken Arm des Mannes und schlang das Seil um das Handgelenk. Ragnar öffnete die Arme und trat einen Schritt zurück. Sofort fesselte Ulf dem Besiegten beide Handgelenke aneinander. Der Slawe wehrte sich nicht. Seine Brust hob und senkte sich ächzend, er wankte und wäre fast gestürzt.

»Das ist einer ihrer Anführer. Vielleicht können wir von ihm etwas erfahren.« Ragnar kraulte sich zufrieden den Bart.

Einige Schritte entfernt stand einer der Soldaten des Statthalters. Er trat vor den Gefangenen und schaute ihm lange und prüfend ins Gesicht. Dann lächelte er. »Dieser Mann ist kein Unterführer. Ich kenne ihn. Es ist einer der drei Zupane.«

Nun kam Ragnars Befehl, die Zelte zu plündern und in Brand zu stecken. »Beeilt euch! Wir müssen zurück in die Stadt!«

Doch die meisten Zelte waren schon ausgeräumt. Im Hintergrund zündeten einige Nordmänner die letzten Vorratsstapel an. Ulf schaute zu, wie die Beute aufs Boot geschafft wurde, das die an Bord verbliebenen Ruderer inzwischen auf den Strand gesetzt hatten. In den Zelten der einfachen Krieger fanden sie nicht viel Wertvolles. Das meiste wurde an Ort und Stelle zerschlagen. Auch die erbeuteten Waffen taugten nicht viel. Die meisten würden sie von Bord aus ins Meer werfen. Doch an Ragnars Gürtel baumelt jetzt das Schwert des Zupan: ein fränkisches Schwert bester Arbeit mit einem goldenen Griff in byzantinischem Stil. Die mit Leder überzogene Holzscheide war an der Spitze und an der Öffnung mit breiten Goldplatten verziert, in denen Edelsteine funkeln. Und aus den Zelten der Zupane wurden Geräte aus Gold und Silber weggeschleppt, Dinge, die die Slawen wohl bei Überfällen auf griechische Städte erbeutet hatten. Ulf hatte zwei Feinde getötet. Ein guter Anteil an der Beute war ihm sicher.

Der Statthalter blickte immer noch finster zu Boden. Leon schwieg jetzt schon lange. Dann hob er die Augen und warf dem Gefangenen einen drohenden Blick zu.

Ulf betrachtete den Zupan. Gekleidet war er wie ein einfacher slawischer Krieger mit knielangem Hemd und Hose, obwohl sie in seinem Zelt prachtvolle byzantinische Gewänder erbeutet hatten. Seine Kleidung war durch die im Kerker verbrachte Nacht nicht sauberer geworden. Er stand, die Hände auf dem Rücken gefesselt, breitbeinig vor dem Statthalter, den Kopf stolz erhoben. Seine Lippen verzogen sich verächtlich. Leon hatte vergebens versucht, die Würde seines Amtes auszuspielen. Er hatte, bevor der Gefangene vor ihn geführt wurde, seinen Purpurmantel, für den der schwarze Stuhl mit Armlehnen eigentlich zu schmal war, lange und sorgfältig zurechtgezupft. »Er dürfte eigentlich keinen Purpur tragen«, hatte der Grieche Ulf zugeflüstert. »Er ist nur der Kommandeur einer Garnison. Und Purpurmäntel sind dem Kaiser vorbehalten und den allerhöchsten Würdenträgern des Reiches. Aber der Kaiser ist weit.«

Jetzt saß Leon würdevoll und steif auf seinem gedrechselten und elfenbeinverzierten Sessel und wagte kaum, sich zu bewegen. Doch seine Prunkkleidung hatte auf den kroatischen Stammeshäuptling keinen Eindruck gemacht. Warum auch, dachte Ulf. Die byzantinischen Gewänder, die ihnen in dessen Zelt in die Hände gefallen waren, waren ebenso kostbar.

Ulf blickte auf Ragnar, der als einziger von ihnen neben dem Statthalter auf einem Sessel saß. Auch Ragnar trug seinen roten Mantel. Das blanke Schwert hatte er über die Knie gelegt. Aber er hatte noch kein Wort gesagt.

»Er will nicht reden. Aber er muss. Ich werde ihn zwingen!«, fauchte der Statthalter. Ragnar packte sein Schwert und stand auf. »Machen wir es kurz!

Ich habe diesen Mann nur gefangen genommen, damit er uns den Namen des Verräters nennt.« Er setzte dem Gefangenen die Schwertspitze an die Kehle. »Wenn er mit der Wahrheit nicht herausrückt, ist er für uns wertlos. Ich werde das tun, woran ich Grim gestern gehindert habe.« Er blickte dem Zupan kalt in die Augen. »Rede, oder ich schneide dir die Kehle durch!« »Halt!«, schrie der Statthalter. Leon fuhr halb aus dem Sessel und streckte den rechten Arm abwehrend aus. »Ich kenne diese Zupane. Er wird jetzt nichts sagen. Aus Stolz geht er lieber in den Tod. Aber morgen werde ich ihn foltern lassen.«

Grim hatte fest zugepackt. So sehr der Zupan auch zerrte, er konnte den Oberarm nicht losreißen und sich auf den Statthalter stürzen. Mit wutverzerrtem Gesicht spuckte er auf den Teppich vor Leons Füße. »Ich kenne euch Griechen und eure Grausamkeit«, brüllte er auf Griechisch. »Ich werde auch unter der Folter schweigen. Doch meine Männer werden mich fürchterlich rächen!« Diesmal traf der Speichel Leons linken Seidenschuh. »Verflucht sei dein Kaiser Michael, seist du, Leon! Und verflucht sei deine ganze Stadt! Wir werden sie dem Erdboden gleichmachen.«

Der Statthalter sprang auf. Seine rechte Hand fuhr zur linken Hüfte. Zornig stieß er einen Fluch aus, als ihm zu Bewusstsein kam, dass er unbewaffnet war. Dann fasste er sich. »Führt den Gefangenen ab!«

Ulf legte das Schwert zur Seite, dessen Schneide er gewetzt hatte. Sein Blick glitt achtlos über die Weinschale hinweg. Auch der Wein schmeckte ihm heute nicht. Zu groß war seine innere Unruhe. Die Neugier folterte ihn. Kreidebleich war der Sklave des Statthalters gewesen. Gestammelt hatte er vor Aufregung. Er hatte Ragnar und den Griechen gebeten, ihm sofort zu folgen. Aber alle Fragen, worum es ginge, hatte er unbeantwortet gelassen.

Der Vorhang an der Tür wurde zur Seite gerissen. Grim trat ein, hinter ihm Erik. »Was ist los, Ulf? Warum sollten wir sofort auf Ragnars Zimmer kommen? Aber Ragnars Zimmer ist leer.« Ulf erfuhr nur, dass ein Sklave Grim und Erik auf der Stadtmauer, wo sie Wache hielten, aufgesucht hatte. Auch er hatte nur seinen Auftrag ausgerichtet. »Wahrscheinlich wusste der Mann gar nicht, warum wir Ragnar aufsuchen sollen«, schloss der Graubart.

Sie standen im Gang und warteten. Grim trat von einem Fuß auf den anderen. Immer wieder schob er sich den Gürtel und die Schwertscheide zurecht. Endlich das Poltern von Schritten auf der Treppe. Ragnar eilte an ihnen vorüber zu seinem Zimmer. »Kommt mit!«, rief er ihnen zu. Beinahe hätte er den Türvorhang aus seiner Befestigung gerissen.

Als Ulf als letzter eintrat, wendete Ragnar ihnen den Rücken zu. Er stand an einem der Fenster und starrte hinaus. Seine Schultern hoben und senkten sich vor Erregung. »Was ist denn los, Vater?«, rief Erik ungeduldig. Mit einem Ruck fuhr Ragnar herum. Der Grimm in seinem Gesicht ließ Ulf zusammenzucken. »Der Zupan ist entflohen!«

Einen langen Augenblick herrschte betretenes Schweigen. »Er steckte doch im Kerker«, grollte Grim.

»Ja. Er steckte im Kerker.« Ragnars Stimme klang jetzt ratlos. »Ich habe mir diesen Kerker selber angesehen. Der Gefangene war mit schweren Eisenketten an die Zellenwand gefesselt. Die Wände sind sogar aus Stein. Und das Luftloch ist so klein, dass sich höchstens eine Katze hindurchzwängen könnte.«

»Und die Tür?«, fragte Ulf.

»Die Tür? Schweres Holz, mit Eisen beschlagen. Selbst mit einer Streitaxt bräuchte man Stunden, um sie zu zertrümmern. Und außen mit einem riesigen Vorhängeschloss gesichert – ein Vorhängeschloss, das nur ein Schmied mit seinen Werkzeugen gewaltsam öffnen könnte. Und die Tür des Ganges, der zu den Verliesen führt, hat ein ebensolches Vorhängeschloss.« Er packte einen der Weinkrüge, die überall auf dem Boden herumstanden, ließ sich krachend in einen Sessel fallen und setzte den Krug an die Lippen. Lange tropfte der Wein aus seinem Bart.

Als er den Krug wieder auf den Boden stellte, waren seine Züge noch düster, aber beherrscht. »Lasst euch erzählen. Als ich mit dem Griechen bei dem Statthalter eintraf, war nur der Kerkermeister da. Der musste die Geschichte wiederholen, die er Leon erzählt hatte. Am Morgen, als er die Kerkertür aufschloss, um nach dem Gefangenen zu sehen, war das Verlies leer. Aber Tür und Schloss waren unversehrt. Auch die Tür zum Gang war verschlossen. Und nur der Kerkermeister hat die Schlüssel.«

»Der Zupan hat den Kerkermeister bestochen«, rief Erik. »Für Silber tun solche Leute alles!«

Ragnar schüttelte den Kopf. »Du vergisst eines, Erik: der Kerkermeister hätte den Zupan aus dem Verlies lassen können und auch aus dem Gang, der zu den Kerkern führt. Dafür hat er die Schlüssel. Aber er konnte ihn nicht aus der Stadt hinaus bringen.«

»Vielleicht ist er noch in der Stadt«, entgegnete Erik.

»An diese Möglichkeit haben wir gedacht. Der Statthalter lässt die Soldaten jeden Winkel der Stadt durchsuchen. Jedes Haus, jede Hütte. Und ich habe jedem Suchtrupp einen Nordmann mitgegeben. Aber ich glaube nicht, dass sie den Zupan finden.«

Eriks Augen funkelten zornig. »Dann ist er eben in der Nacht über die Mauer geklettert. An vielen Stellen der Stadtmauern sind doch die Ziegel zerbröselt. Man braucht kein Seil und keine Leiter, um hinabzuklettern.«

Ragnar schüttelte wieder den Kopf. »An all diesen Stellen standen heute Nacht Nordmänner Wache. Ich habe selbst diese Wachtposten aufgestellt. Und an allen Toren und Pforten.«

Er fuhr sich mit den Fingern durch den Bart. »Wisst ihr, wer zuletzt bei dem Gefangenen war? Nikolaos! Mitten in der Nacht weckte er in der Wachstube den Kerkermeister durch einen Fußtritt und ließ sich zu dem Gefangenen führen. Als Befehlshaber müsse er sich persönlich davon überzeugen, dass diesem wichtigem Gefangenen die Flucht unmöglich sei, hat Nikolaos gesagt. Der Kerkermeister musste die Tür aufschließen, und der Onkel des Statthalters trat an den Eingang. Der Zupan lag auf dem Boden, mit Händen und Füßen an die eisernen Ketten geschlossen, die in der Wand befestigt sind. Nikolaos sprach ihn an, doch der Kroate schleuderte ihm nur slawische Schimpfworte entgegen. Der Gefangenenwächter musste die Tür wieder abschließen, und Nikolaos ging ohne ein Wort weg. Der Kerkermeister hat auch den Gang hinter ihm verschlossen.«

Grim zwirbelte schon lange an seinem Gabelbart. »Dann wissen wir, wer dem Zupan die Flucht ermöglicht hat!«, polterte er los.

Ragnar zuckte die Achseln. »Auch ich habe Nikolaos im Verdacht. Selbst Leon schien sich über das Verhalten seines Oheims zu wundern. Aber er kann und will gegen ihn nichts unternehmen. Er sagt, er habe keine Beweise in der Hand. Selbstverständlich hat der Befehlshaber das Recht, sich zu jeder Tages- und Nachtzeit zu vergewissern, dass der Gefangene noch da ist. Außerdem hat der Kerkermeister hinter Nikolaos das Verlies und den Gang wieder verschlossen. Und…«

»Vielleicht hat der Onkel einen Schlüssel!«, warf Erik ein.

»Bestimmt nicht«, entgegnete Ragnar kopfschüttelnd. »Der Statthalter selbst hat keinen Schlüssel zu den Kerkern. Wozu auch? Wenn er mit einem der Gefangenen sprechen will, lässt er ihn sich vorführen.«

»Vielleicht hat sich Nikolaos einen Schlüssel nachmachen lassen. Schließlich gibt es genügend Schmiede in der Stadt«, beharrte Erik.

Ragnar wirkte ratlos. »Wie denn? Der Schmied muss doch den Schlüssel sehen, den er nachmachen soll. Und der Kerkermeister hat hoch und heilig beteuert, seit Jahren habe er den Schlüsselbund niemals aus der Hand gegeben.«

Erik stampfte zornig auf. »Dann hat Nikolaos eben den Kerkermeister bestochen.«

Ulf widersprach: »Das halte ich für unwahrscheinlich. Wenn der Kerkermeister mit dem Befehlshaber unter einer Decke steckte, hätte er den Besuch des Onkels gegenüber dem Statthalter gar nicht erwähnt. Ein Besucher bei dem Gefangenen, so kurz vor dessen Flucht – das muss Verdacht erregen.«

»Ja«, nickte Ragnar. »Außerdem wäre der Kerkermeister, wenn er zusammen mit Nikolaos den Zupan befreit hätte, mit dem Kroaten geflohen. Er muss doch den Zorn des Statthalters fürchten. Und eine Strafe, vor der ihn auch Nikolaos nicht schützen kann. Die Slawen hätten ihm nichts getan.«

Der Vorhang wurde zurückgeschoben, und der Grieche trat ein. »Nichts. Keine Spur von dem Kroaten.« Der Bericht des Griechen war kurz. Die Suchtrupps hatten die Häuser der Stadt durchsucht, dann den Palast. Sie hatten keinen Teil des Palastes ausgelassen: weder das Gebäude, in dem die Frau des Statthalters mit ihren Töchtern wohnte, noch die Räume, in denen die Sklaven des Statthalters lebten. Ein Trupp, dem sich der Grieche anschloss, hatte sich in die Gemächer des Befehlshabers begeben. Nikolaos hatte sie freundlich empfangen, die Umsicht des Statthalters gelobt. Er hatte sie selber in die vier Räume geführt, in denen er sich aufzuhalten pflegte. Als Befehlshaber musste er darüber verärgert sein, dass Leon erst Ragnar empfangen und die Suchtrupps ausgeschickt hatte, bevor er seinen Onkel zu sich bat. Aber Nikolaos hatte sich den Ärger nicht anmerken lassen.

»Wie ist der Zupan aus der Stadt entkommen?«, brummte Grim. »Unsere Leute…«

»Das erscheint mir nicht das Wichtigste«, unterbrach ihn Ulf. »Der Kroate ist ein kräftiger Mann. Wenn sein Befreier ihm ein langes Seil mitgebracht hat, konnte er sich auch an jenen Stellen von der Mauer herablassen, die von unten nicht zu ersteigen sind. Und gerade diese Stellen werden kaum bewacht. Nein, Grim. Die Frage ist: Wie hat Nikolaos – oder wer auch immer – ohne Schlüssel die beiden Schlösser geöffnet?«

Ragnar kratzt sich am Kopf. »Noch ist die Sache rätselhaft. Wenn Nikolaos dem Zupan zur Flucht verholfen hat, haben wir keine Ahnung, wie.«

Der Kerkermeister blickte betreten zu Boden. Er war ein untersetzter Mann in schmutzigen Kleidern, aber an seinem Gürtel baumelte als Zeichen seines Amtes ein großer Schlüsselbund. Der Statthalter hatte Ragnar in die Empfangshalle holen lassen. Nur Ulf, der erst für die Nacht zur Wache eingeteilt war, hatte ihn begleitet. Aber in der Empfangshalle wartete schon der Grieche auf sie. Offensichtlich hatte Leon einen Diener zu ihm auf die Stadtmauer geschickt. Der Statthalter saß in seinem Sessel und grüßte kurz. Dann fuhr er den Mann an, der mit allen Anzeichen der Unterwürfigkeit vor ihm stand: »Wiederhole den Warägern das, was du mir soeben erzählt hast.«

Der Kerkermeister warf einen ängstlichen Blick auf Ragnar. »Ich… ich habe das letzte Mal nicht alles gesagt.« Er kratzte sich verlegen am Kopf. »Das mit dem Öllämpchen habe ich nicht erwähnt. Als wir vor der Tür standen, hinter der der Zupan steckte, tat der Befehlshaber einen unvorsichtigen

Schritt und stieß mir mit dem Ellenbogen das Öllämpchen aus der Hand. Es war eines der Lämpchen aus Ton und zerbrach auf dem Boden in tausend Stücke. Der Befehlshaber schickte mich hinauf in die Wachstube, ein anderes zu holen.«

Ragnar zog die Brauen hoch. »Also war Nikolaos einige Zeit allein da unten?«

Der Kerkermeister nickte wortlos.

»Und den Schlüssel hatte er auch«, stieß der Statthalter grimmig hervor.

Wieder nickt der Kerkermeister. »Den Schlüsselbund musste ich dem Befehlshaber geben. Er wollte selbst die Tür aufschließen. Ich habe mir nichts dabei gedacht. Schließlich ist Nikolaos der Befehlshaber und der Stellvertreter des Statthalters. Und ich stand ja daneben – bis das Öllämpchen auf den Boden fiel…«

Ragnar blickte den Kerkermeister lange an. Dann fragte er barsch: »Und wie war das mit dem Gespräch zwischen dem Befehlshaber und dem Zupan, von dem du erzählt hast?«

Dem Kerkermeister stand der Angstschweiß in dicken Tropfen auf der Stirn. »Als ich mit dem neuen Lämpchen zurückkehrte, schloss der Befehlshaber die Tür auf. Ich wollte ihm dabei leuchten, aber er nahm mir die Lampe aus der Hand und befahl mir, bis an die jenseitige Wand zurückzutreten. Er brauche meinen Schutz nicht. Der Gefangene sei ja an die Wand gekettet, und er brauche keinen Zeugen. Was der Zupan zu sagen habe, ginge mich nichts an. Jedenfalls… Der Befehlshaber zog die Tür hinter sich zu. Nach einigen Augenblicken kam er aus dem Verlies und schloss die Tür ab. Dabei schimpfte er, mit dem Zupan könne man nicht reden. Der Kroate habe ihm nur slawische Schimpfworte entgegengeschleudert. Nein, ich selber habe kein Wort gehört. Die Tür war doch zugeschlagen.«

»Am Schlüsselbund des Kerkermeisters war auch der Schlüssel für die Ketten des Gefangenen«, sagte der Statthalter zu Ragnar. »Und genügend Zeit, den Zupan zu befreien, hatte mein Onkel.«

»Warum hast du das nicht gleich nach der Flucht erzählt?«, fuhr Ragnar den Kerkermeister an.

»Erst hielt ich es nicht für wichtig. Der Befehlshaber kann mit jedem Gefangenen sprechen, wann immer er will. Und auch allein. Der Befehlshaber hat auch das Recht, die Schlüssel zu den Verliesen von mir zu verlangen. Und das mit dem Öllämpchen… Na ja, ich… ich wollte mir den Befehlshaber nicht zum Feind machen. Wenn ich sein Ungeschick erwähnt hätte… Aber später… Später bin ich misstrauisch geworden. Ich habe über die Flucht des Zupan nachgegrübelt. Tag und Nacht. Ich konnte nicht mehr glauben, dass der Kommandeur mir das Öllämpchen nur durch Ungeschick aus der Hand gestoßen hat. Für den Schritt und für die Drehung, durch die sein Arm die Lampe berührte, gab es keinen Grund. Und dass der Befehlshaber nach meiner Rückkehr noch mit dem Zupan gesprochen hat, dafür hatte ich nur sein Wort. Gesehen oder gehört habe ich nichts.« Er blickte angstvoll auf den Statthalter.

»Das ist alles, was er weiß«, sagte Leon kalt. Dann fuhr er den Kerkermeister an: »Aber warum hast du drei Tage gewartet, bis du mir die Wahrheit erzählt hast?«

Der Kerkermeister rieb sich verlegen den Nacken. »Herr, bedenke: Ich habe ja keine Beweise gegen den Befehlshaber. Vielleicht steckte der Kroate wirklich noch in dem Verlies, als dein Onkel die Tür abschloss. Wenn ich den Befehlshaber der Truppen zu Unrecht verdächtige…«

»Du kannst gehen«, unterbricht ihn der Statthalter eisig. »Ich werde darüber nachdenken, welche Strafe du verdient hast.«

Am nächsten Morgen war der Kerkermeister tot – erstochen von einem Soldaten, mit dem er in der Nacht bei einem Zechgelage in Streit geraten war. Der Soldat war, so erfuhren sie noch, ein Vertrauter des Onkels.

Ragnar sprang auf und winkte vier der Gefährten, ihm zu folgen. »Suche den Griechen«, rief er Ulf zu. »Dann kommt nach. Die anderen sind alle auf der Stadtmauer.« Ulf fand den Griechen auf ihrem Zimmer. Sie eilten zu den Privatgemächern des Statthalters. Die vier Ruderer hielten im Vorraum des Empfangszimmers Wache. Als Ulf den Vorhang zur Seite schob, standen Leon und Ragnar in der Mitte des Raumes. Vor ihnen stand ein Mann, in dem Ulf den Türsteher erkannte. Er streckte abwehrend beide Arme aus und rief mit Angst in der Stimme: »Nein, Herr! Ich habe gestern Nacht euer Gespräch nicht belauscht! Wie hätte ich auch lauschen können? Hast du nicht selbst, oh Herr, mich hinausgeschickt und hinter mir die Tür des Vorraums abgeschlossen? Du hast doch den Schlüssel stecken lassen. Ich hätte die Tür gar nicht aufschließen können.«

Der Statthalter warf Ragnar einen ratlosen Blick zu. Offensichtlich, dachte Ulf, sprach der Türsteher die Wahrheit. »Du musst mir mehr berichten, Leon«, sagte Ragnar. Er rief aus dem Vorraum zwei der Nordmänner herein und trug ihnen auf, den Türsteher auf den Gang hinaus zu führen und dort zu bewachen. »Tötet ihn, wenn er zu fliehen versucht.«

Sobald der Türsteher den Raum verlassen hatte, sagte Ragnar: »Ich weiß immer noch nicht, was denn nun verraten worden ist.«

»Mein Gespräch mit Alexios. In dieser Nacht war mein Bruder bei mir.«

»Und ihr habt natürlich über den Kerkermeister gesprochen«, fuhr Ragnar ärgerlich auf.

»Nein, Gott sei Dank, nicht.« Leons Stimme klang erleichtert. »Eigentlich habe ich Alexios zu mir gebeten, um mit ihm über die Flucht des Zupan zu reden. Er sollte die Aussage des Kerkermeisters als erster erfahren, noch vor meinem Sohn. Ich wollte ihm zeigen, wie sehr ich ihm vertraue.« Leon zuckte die Achseln. »Aber es kam nicht dazu. Mein Bruder hat Nikolaos mit Lob überschüttet, seine Umsicht, seinen Mut bei seinen Spähzügen. Alexios hätte sich nicht überzeugen lassen. Du kennst ihn ja, Ragnar. Wo sind die Beweise, dass es Nikolaos war, der den Zupan aus dem Kerker befreite? Aber ich habe mich zu einigen abfälligen Bemerkungen über meinen Onkel hinreißen lassen, ihn eine ›tückische Schlange‹, ›treulos wie die Slawen‹ genannt.«

Ragnar grinste behaglich. »Eigentlich keine Geheimnisse…«

»Ja«, fuhr der Statthalter eifrig fort. »Aber Nikolaos weiß es schon. In der Nacht ging einer unserer Soldaten durch eine Gasse. Vor ihm kreuzten zwei andere Soldaten seinen Weg, ohne ihn in der Dunkelheit zu bemerken. Einer der beiden wettert lautstark: ›Jetzt beschimpft der Statthalter schon unseren Anführer. Vorhin hat er ihn eine tückische Schlange, einen treulosen Slawen geheißen.‹«

»Gut«, fiel Ragnar ein. »Diese beiden Soldaten sind selbstverständlich Verbündete deines Onkels. Jetzt kennen wir endlich zwei der Verschwörer. Wir werden sie zum Reden bringen.«

Der Statthalter schüttelte den Kopf. »Als der Soldat an die Kreuzung kam, waren sie längst im Dunkel verschwunden. Auch an der Stimme hat er sie nicht erkannt. Erst später ist dem Mann klar geworden, dass kein Soldat wissen kann, was der Statthalter in derselben Nacht mit seinem Bruder gesprochen hat. Da kam er am Morgen zu mir.«

Ragnar fuhr sich mit den Fingern nachdenklich über die Stirn. »Nikolaos hat es von deinem Bruder Alexios erfahren, das ist doch klar!«

Leons Lächeln war hilflos. »Gerade Alexios scheidet aus. Er war noch bei mir, als der Soldat das Gespräch mithörte. Wir haben stundenlang über frühere Erlebnisse geplaudert. Alexios hat nicht einmal den Raum verlassen. Und kein Diener war im Zimmer. Die Weinkrüge habe ich bereits am Abend hinstellen lassen. Auch konnte sich kein Diener in den Vorraum schleichen. Der Türsteher hat ja recht: Er hätte die Tür zum Vorraum gar nicht aufschließen können.«

Ragnar schickte Ulf und den Griechen ins Nebenzimmer. Als sie zurückkehrten, richteten sich erwartungsvolle Blicke auf sie. Aber Ulf schüttelte den Kopf. »Wir haben nicht ein Wort gehört.« Leon seufzte: »Und ich habe eben mit Ragnar viel lauter gesprochen als mit meinem Bruder.«

Nach einigem Überlegen sagte Ragnar: »Vom Gang aus kann man ein Gespräch in deinem Empfangszimmer nicht belauschen. Die Tür zum

Vorraum ist viel zu dick, und der Vorhang am Eingang zum Empfangszimmer dämpft die Stimmen. Und es gibt nur dieses eine Nachbarzimmer.« Er ließ die Augen durch den Raum schweifen. »Also muss man dich von den Fenstern aus belauscht haben.« Auch Ulf schaute durch eines der Fenster mit den halbrunden Bögen. Der Fels, auf dem die Palastmauern gründeten, fiel steil ab in die Tiefe. Niemand konnte von dort unten mit einer Leiter die Fenster erreichen. Ragnar beugte sich hinaus und blickte nach oben. »Wenn man dort oben ein Seil an einer Zinne der Palastmauer befestigt und sich herablässt... Es wäre zwar gefährlich...«

Leon schüttelte den Kopf. »Ich saß so, dass ich die ganze Nacht den Fenstern das Gesicht zuwandte. Wenn sich draußen eine Gestalt herabgelassen hätte, hätte ich sie bemerken müssen. Und ein Lauscher hätte bis zur Fensteröffnung herunterkommen müssen. Es hätte ihm nichts genutzt, sich nur bis oberhalb der Fenster abzuseilen. Wir sprachen viel zu leise.«

»Wenn man ein Gespräch in diesem Raum weder von den Fenstern noch vom Nachbarzimmer oder vom Gang aus belauschen kann, dann, Leon, hat sich der Lauscher eben in diesem Raum versteckt«, erklärte Ragnar bestimmt.

»Aber wo denn?«, erwiderte Leon verblüfft. »Schau dich doch um! In diesem Raum gibt es nur einen Tisch und einige Sessel.«

Ragnar antwortete nicht. Mit einem Sprung stand er an der Wand zum Nachbarzimmer. Die Wand bestand aus Ziegelsteinen, abwechselnd fünf Reihen mit der Längsseite verlegt, darüber zwei Reihen mit der Schmalseite. Ulf betrachtete die Wand verwundert. Nirgends fehlte ein Ziegel, die Fugen waren sorgfältig verputzt.

Ragnar sprang auf den Tisch, den er an die Wand gerückt hatte. Mit dem Finger fuhr er über seinem Kopf die Fugen entlang. Dann riss er sein Messer aus dem Gürtel und stieß es zwischen zwei Ziegelsteine. Die Klinge verschwand bis zum Heft.

Viermal, fünfmal verschwand sein Messer zwischen einer Lage Ziegel. Ragnar sprang vom Tisch herunter und steckte das Messer zurück. »Die Sache ist mir klar: Dort oben unter der Decke hat man Schlitze in den Mörtel gestoßen. Der Mörtel ist nicht einfach herausgebröckelt. Die Schlitze sind so lang wie die Ziegelsteine und regelmäßig angelegt. Aber warum hört man dann nichts im Nebenzimmer?«

»Schlitze im Mörtel?«, schrie Leon. »Deshalb sollte ich die Wandvorhänge entfernen!« Und auf Ragnars fragenden Blick: »Damit ich nicht immer nachschauen muss, ob sich hinter den schweren Wandvorhängen ein Lauscher verborgen hat. Und ... na, du kannst dir denken, wer mir das geraten hat: mein Onkel.«

Ohne Antwort eilte Ragnar aus dem Raum. Im Gang lehnte der Türsteher kraftlos an der Wand. Seine Augen folgten ihnen angstvoll, als sie in das Nebenzimmer eilten. Die Wandvorhänge waren schnell zur Seite geschoben. Doch so sehr sie auch suchten: nirgends fehlte Mörtel zwischen den Ziegeln. »Das verstehe ich nicht«, meinte Ragnar kopfschüttelnd.« »In deinem Empfangszimmer sind die Schlitze so tief wie die Ziegelsteine. Hinter der Mauer müsste man eigentlich hören, was in dem Raum gesprochen wird. Aber hier ist der Mörtel unversehrt. Also gibt es eine doppelte Mauer. Aber wozu dann die Schlitze in deinem Empfangszimmer? In diesem Raum konnten Ulf und der Grieche kein Wort von unserer Unterhaltung verstehen.«

»Ein Geheimgang!«, rief der Statthalter. »Dass ich nicht selber darauf gekommen bin! In diesem Palast...«

»Ein Geheimgang? Was ist das?« Ragnar blickte ihn verständnislos an. Doch seine Augen glühten immer finsterer, als Leon es erklärte. »Du musst wissen, Ragnar, dass dieser Palast noch von den Römern gebaut wurde, vor vierhundert, fünfhundert Jahren, vielleicht noch früher. Die einen sagen, der Palast habe einem Kaiser gehört, andere meinen, hier habe ein Senator aus Rom gewohnt. Römische Paläste hatten keine Geheimgänge. Aber jetzt gibt es welche, unterirdische. Von dem Gang, der zur Ausfallpforte führt und in dem der Dämon haust, habe ich schon erzählt.«

»Dann muss die Tür im Gang sein«, sagte Ragnar. »In dieser Wand gibt es keine. Und in deinem Empfangszimmer wäre sie nutzlos.«

Sie traten in den Gang hinaus. Die Angst im Gesicht des Türstehers war verschwunden. Er weiß, dass wir in dem Zimmer nichts finden konnten, dachte Ulf. Ragnar bedeutete ihm mit einem Blick und einem Augenzwinkern, das Gesicht des Türstehers nicht aus den Augen zu lassen. Zwischen der Tür des Empfangszimmers und der Tür zum Nachbarzimmer war die Wand mit einem schweren Wandvorhang geschmückt. Ragnar achtete nicht auf die kunstvoll eingewobenen Vögel und Löwen. Mit der Schwertspitze schlug er die Stange aus der Halterung, und der Wandvorhang krachte zu Boden.

Ulf sah das mannshohe Rechteck sofort: In den Fugen an seinem Rand gab es keinen Krümel Mörtel. Sein Blick wanderte zurück zu dem Türsteher: dessen Gesicht war kreidebleich, die Augen hatte er geschlossen.

Ragnar donnerte mit der Faust gegen die Wand. Als er gegen das Rechteck schlug, klang es hohl. »Nur ganz dünne Ziegel«, murmelte er. Dann fuhr er mit dem Finger in einen Ziegel auf der rechten Seite, bei dem ein Stück herausgebrochen schien. »Ein Schlüsselloch.«

»Gib den Schlüssel zu dieser Tür heraus, du Hund!« Der Statthalter stand mit wutblitzenden Augen vor dem Türsteher. »Ich kenne... ich... kenne diese Tür nicht«, würgte der Mann hervor. Ragnar riss ihm den Schlüsselbund aus dem Gürtel. Der dritte Schlüssel paßte, und die Tür bewegte sich geräuschlos nach innen. Ragnar forderte Ulf und den Griechen auf, in den Gang zu treten. Dann begab er sich mit dem Statthalter in das Empfangszimmer. Aus den Augenwinkeln sah Ulf noch, wie einer der Gefährten dem Türsteher die Schwertspitze an die Kehle setzte.

Der Gang war schmal und wäre, hätte nicht die Tür aufgestanden, stockdunkel gewesen. Unter der Decke gab es einige Lichtpunkte, die aber den Raum nicht erhellen konnten. Der Grieche kletterte auf Ulfs Schultern. »Die Schlitze sind zu schmal und zu hoch angebracht, als dass man den Raum überblicken könnte«, sagte er, nachdem er wieder am Boden stand. Und jetzt hörten sie deutlich die Stimmen aus dem Empfangszimmer. Sie verstanden die Worte, auch wenn leise gesprochen wurde. Ulf und der Grieche traten in den Gang.

Aus dem Vorraum zum Empfangszimmer trat jetzt der Statthalter, hinter ihm Ragnar. Leons Züge waren hart. Langsam schritt er auf den Türsteher zu. »Also hast du Lump mich belauscht und alles an Nikolaos verraten!«, sagte er drohend.

»Nein... nein, oh Herr. Ich... ich habe... nicht ein einziges Mal gelauscht«, stammelte der Türsteher, dem der Angstschweiß in dicken Tropfen von der Stirn rann. »Dein Onkel hat es mir verboten. Er hat gesagt, hier würden Dinge besprochen, die keinen Diener etwas angingen. Und wenn ich mich in diese Angelegenheiten einmischte, wenn ich selber lauschen würde, ließe er mich umbringen.« Ulf glaubte dem angstschlotternden Mann. Er hatte den Türsteher schon oft gesehen – ein ängstlicher Sklave, der die Peitsche fürchtete, unterwürfig, ja kriecherisch. Ein richtiger Feigling.

»Willst du mir weismachen, niemand habe diesen Geheimgang benutzt, um meine Gespräche zu belauschen?«, brauste der Statthalter auf.

»Nein, nein! Dein Onkel selbst hat dich belauscht. Immer wenn du mir sagtest, dass du Gäste erwartest, musste ich deinem Onkel Bescheid geben.«

Leon blickte ihn ungläubig an. »Wie konnte mein Onkel in diesen Gang gelangen, ohne von meinen Dienern bemerkt zu werden?«

»Oh Herr, du hast doch selbst befohlen, dass kein Diener diesen Gang betreten darf, wenn du Gäste erwartest. Niemand außer mir konnte mit deinem Onkel zusammentreffen, wenn er heraufschlich.«

»Frage ihn, warum er für Nikolaos arbeitet«, sagte Ragnar und zog sein Schwert.

»Der Befehlshaber hat mich gut bezahlt, oh Herr«, stieß der Türsteher hervor, schreckensbleich auf Ragnars Klinge starrend. »Er gab mir jeden Monat dreimal so viel, wie du deinen Sklaven zu schenken geruhst, oh Herr.«

»Mein eigener Türsteher verrät mich! Der meiner Sklaven, dem ich das größte Vertrauen entgegengebracht habe!«, brüllte Leon. »Aber deine Strafe wird fürchterlich sein. Ich werde…«

Die Worte erstarben ihm auf den Lippen, als er auf die Schwertklinge starrte, die Ragnar aus der Brust des Dieners zieht. »Warum hast du ihn erstochen? Ich hätte ihn selbstverständlich hinrichten lassen.«

»Du dürftest den Mann gar nicht hinrichten lassen«, entgegnet Ragnar ungeduldig. »Auch wenn er nur ein Sklave war – irgendeine Erklärung für die Todesstrafe hätte man von dir erwartet. Niemand hätte dir geglaubt, Leon, dass du einen Sklaven dem Henker übergibst, weil er einmal unaufmerksam oder frech war.«

Ragnar bückte sich, wischte die Schwertklinge am Gewand des Toten sauber und steckte sie in die Scheide. »Nikolaos hätte sofort gewusst, dass sein Geheimnis verraten ist.«

Der Statthalter blickte unschlüssig. »Du magst Recht haben, Ragnar. Aber auch jetzt muss ich den Tod dieses Mannes irgendwie erklären.«

Spott blitzt in Ragnars Augen. »Erzähl den Leuten, ich hätte den Mann erstochen, weil er mir eine unehrerbietige Antwort gegeben hätte. Schiebe alles auf den Jähzorn der Waräger.«

Unwillkürlich umklammerte Ulfs Faust den Schwertgriff. Nein, er brauchte die Klinge nicht zu ziehen. Friedlich schauten die Bergwände auf die Stadtmauern herab. Hell schimmerten die Kalksteinfelsen in der mittäglichen Sonne, unterbrochen nur durch das Grün der Wälder, die sich die Berghänge hinaufzogen. Im Tal wiegte ein leichter Wind die Bäume und Sträucher. Selbst in den Nächten waren ihre Späher nicht auf den Feind gestoßen. Ulf kämpfte gegen den Missmut an, der in ihm aufstieg. Die felsige Landzunge entzog das Lager der Kroaten ihren Blicken. Aber er war dort gewesen. Er wusste, dass dort Hunderte von beutehungrigen Slawen nur auf den Befehl ihrer Zupane lauerten, sich auf die Seefestung zu werfen. Tausend, hatte Duschan behauptet. Warum griffen sie nicht an? Warum standen sie seit Wochen Tag und Nacht auf der Mauer, ohne dort draußen einen Helm oder ein Schwert aufblitzen zu sehen?

Ulf brauchte Grim nicht zu fragen. Der Graubart stand neben ihm, Schild und Schwert gegen eine Zinne gelehnt und ließ mürrisch die Augen über das Tal schweifen. Grim hasste die Langeweile des Wachdienstes genauso wie er.

Ulf nahm den Helm vom Kopf. Es war unerträglich heiß unter dem Eisenhelm. »Eine ganze Nacht und einen halben Tag auf der Mauer.« Der Graubart wischte sich den Schweiß von der Stirn. »Ich sterbe vor Durst. Sobald wir abgelöst werden, gehen wir in die nächstbeste Schenke, Ulf.«

Es war ein einstöckiges Häuschen in einer Seitengasse. Es sah nicht einladend aus, aber es war die nächstgelegene Weinschenke.

Grim trat die Brettertür mit einem Fußtritt auf, dass sie in den Angeln quietschte. Vor ihnen lag ein kleiner Raum, von Fenstern, die eher Löcher waren, nur schwach beleuchtet. Auf dem Lehmboden standen roh gezimmerte, niedrige Stühle und noch niedrigere Tischchen. Aber das Schankmädchen mit den schwarzen Locken, das sich tief vor ihnen verneigte, war eine Schönheit. Ihre Tunika reichte kaum bis über die Hüften.

In einer Ecke hockten zwei Soldaten des Statthalters, die bei ihrem Eintritt getuschelt und ihnen unfreundliche Blicke zugeworfen hatten. Sie achteten nicht auf die beiden. Der Wein war billig, und so schmeckte er auch. Aber sie leerten ihre Krüge auf einen Zug. Als das Mädchen neue Krüge vor sie hinstellte, entzog es sich mit einem hellen Gekicher Ulfs Hand, die nach ihrem nackten Schenkel griff.

»Lass sie, Ulf! Es gibt jetzt Wichtigeres.«

»Was?«

Grims Augen verengten sich. »Leon. Dieser Kerl benimmt sich von Tag zu Tag merkwürdiger. Was man da hört…«

Ulf nickte.

Seit Tagen hatten sie den Statthalter nicht gesehen. Die Geschichten, die Ragnars Sklavin erzählte, wenn sie von der Dienerschaft den neuesten Palastklatsch erfahren hatte, waren unverständlich und deshalb beunruhigend. Gestern hatte Leon alle Diener aus den Gebäuden gejagt, die im Viereck seinen Garten umstanden. Den Tod hatte er jedem angedroht, der es wagen sollte, in den nächsten Stunden einen Blick in den Garten zu werfen. Selbstverständlich hatte einer der Diener allen Mut zusammengenommen und sich an ein Fenster im Obergeschoss geschlichen. Der Stier, den einige Soldaten zuvor in den Garten getrieben hatten, und der trotz seiner gefesselten Beine wutschnaubend die Blumenbeete zertrampelte, musste die Neugier anstacheln. Ein alter Mann, dem der Ruf vorausging, die Träume deuten und in den Sternen lesen zu können, war mit einer Handmühle und einem Kleidungsstück aus einer Tür getreten. Da hatte Leon dem schnaubenden Tier die Schwertklinge quer über den Hals gezogen.

Während der Stier langsam verblutete, hatte der Statthalter in fieberhafter Eile das Kleidungsstück zerrissen und die Fetzen durch die Handmühle gedreht. »Einer der Köche«, hatte Anna geschlossen, »kennt sich in diesen Dingen aus: Es ist der wirksamste Zauber, meint er, einen Feind zu töten. Aber natürlich muss man die Zauberformeln kennen, ohne die kein Schadenzauber wirkt. Leider hat der Diener, der das alles vom Fenster aus beobachtete, kein Wort verstanden.«

Der alte Mann, berichtete Anna, verbrachte jetzt viele Stunden bei dem Statthalter. Mehrmals am Tage ließ Leon ihn durch einen Eilboten herbeirufen. »Mal lässt er sich die Sterne deuten. Dann wieder einen Traum.« Das zarte Mädchen schüttelte sich. »Niemand kann die Zukunft so gut voraussagen wie dieser alte Mann. Das weiß jeder.«

Ragnars verständnisloser Blick wanderte von der Kleinen zu Grim. »Die Zukunft voraussagen, Träume deuten...«

»Manche von uns glauben, die Schamanen der Lappen könnten das auch«, brummte der Graubart. »Ich habe viele Nordmänner gekannt, im Norden Schwedens und im Inneren von Norwegen, die solche Schamanen befragen. Sie schwören auf ihre Zauberkünste. Der Bär soll...«

»Ja, ich weiß: die Lappen verehren den Bären. Sie sagen, der Bär verleihe ihren Schamanen Kräfte.« Ragnar zuckte die Achseln. »Dummes Zeug!«

Auch der Grieche brachte ähnliche Neuigkeiten. Der Statthalter hatte ihn in ein Gespräch verwickelt, in ein Gespräch über Dämonen.

»Und du? Glaubst du auch an eure Dämonen?«

Der Grieche überhörte Ragnars Frage. »Ich musste ihm alles über eure Zwerge berichten. Leon hat mich stundenlang ausgefragt. Er wollte die Dämonen der Griechen mit euren Zwergen vergleichen.«

»Dich ausgefragt?«, lachte einer der Umstehenden. »Ausgerechnet dich, einen Griechen! Was weißt du denn über die Zwerge?«

»Alles, Snorre! Dass es schwarze Zwerge gibt und weiße.«

»Richtig. Aber...«

»Die weißen Zwerge, die ihr auch Elfen nennt, sind freundlich, wenn sie einem Menschen begegnen. Manchmal helfen sie den Menschen sogar. Aber die schwarzen Zwerge sind böse. Man geht ihnen besser aus dem Wege, wenn man zufällig einen trifft. Man meidet sie, aber man braucht sie nicht wirklich zu fürchten.«

»Man kann einem schwarzen Zwerg nur in der Nacht begegnen«, warf Ake, der Däne, ein. »Am Tag leben sie unter der Erde oder in Höhlen. Denn wenn sie ein Sonnenstrahl trifft, versteinern sie.«

»Ja«, nickte Ragnar. »Man darf sich nicht mit den schwarzen Zwergen einlassen. Sie sind schlau und versuchen, die Menschen zu überlisten, sie zu irgendetwas zu überreden, was ihnen Schaden bringt.«

»Aber sie sind auch gute Handwerker. Die geschicktesten Handwerker, die es gibt«, fuhr der Grieche fort. »Sogar Thors Hammer, mit dem er die Riesen erschlägt, den Hammer, der nach jedem Wurf zurückfliegt, haben sie geschmiedet.«

»Donnerwetter! Selbst das weißt du, Grieche!«, schrie einer dazwischen.

»Leon wollte auch wissen, wie eure schwarzen Zwerge aussehen!«

»Und was hast du ihm gesagt?«

»Dass sie nicht, wie die Dämonen der Griechen, jede beliebige Gestalt annehmen können. Sie sehen aus wie Menschen. Aber sie sind klein und hässlich. Und ihre Haut ist pechschwarz.«

Ragnar schüttelt den Kopf. »Woher weißt du das alles, Grieche? Wir reden doch nicht über die Zwerge. Auf dem Meer gibt es keine.«

»Ich hatte Gizur dabei.«

Am nächsten Morgen erschien der Statthalter in ihrem Garten. Er bat Ragnar, die erfahrensten seiner Leute zu einer Beratung zusammenzurufen. Leon bestand darauf, diese Beratung in Ragnars Zimmer abzuhalten. »Alle Palastdiener sind neugierig und klatschsüchtig. Du kannst ihnen die Peitsche vor die Nase halten, dennoch würde einer versuchen, sich im Garten zu verstecken.«

Leon nippte nur an der Weinschale, während sie auf Erik, Gizur und Ake, den Dänen, warteten, die von der Stadtmauer geholt werden mussten. Als sie eintrafen, fingerte Leon an der Weinschale, ohne sie zum Munde zu führen. »Die Lage ist ernst«, sagte er matt. »Tyche muss uns beistehen.«

»Tyche? Wie viele Krieger bringt er mit?«, fragte Ragnar.

Leon lächelte. »Tyche ist das Glück. Jeder von uns weiß, dass es ohne Glück keinen Erfolg gibt. Unsere Priester hören das nicht gerne. Erfolg und Misserfolg, sagen sie, hänge allein vom Willen Gottes ab. Auf ihn müsse man vertrauen. Aber als die Griechen noch Heiden waren, haben sie das Glück, Tyche, als Göttin verehrt. Sobald einer von der Tyche spricht, wittern unsere Priester heidnisches Gedankengut. Aber von den Priestern abgesehen habe ich keinen Menschen kennen gelernt, der nicht so denkt wie ich. Das Glück, Tyche, ist das Wichtigste im Leben des Menschen.«

Ragnar hatte die Brauen zusammengezogen. »Glück, Leon? Was wir jetzt brauchen, sind klare Entscheidungen. Wir müssen endlich handeln!«

Leon nickte. »Das meint mein Sterndeuter auch. Er hat die Stellung der Gestirne verglichen: Die Entscheidung naht. Deshalb bin ich hier.«

Gizur lachte verächtlich. »Wie kann man nur aus den Sternen die Zukunft lesen wollen? Sonne, Mond und Sterne sind nichts als Aschefunken. Odin hat sie aus dem Land der Feuerriesen geholt und an das Himmelsgewölbe gesetzt. Wie können Aschefunken das Leben eines Menschen beeinflussen?« Doch der Grieche übersetzte seine Worte nicht. »Lass ihn«, meinte er begütigend zu dem Weißhaarigen. »Alle Griechen glauben an die Sterne.«

»Ich verstehe eines nicht«, meinte Ragnar. »Warum greifen die Kroaten nicht an? Über tausend Krieger sollten…«

»Ich weiß es«, fiel Leon ihm triumphierend ins Wort. »Aber erst seit heute Nacht. Deswegen müssen wir ja beraten. Heute Nacht hat mich ein Händler aufgesucht. Einer jener griechischen Händler, die mit ihren Waren von einem slawischen Stamm zum anderen ziehen. Diese Leute erfahren viel. Der Händler hat gehört, warum der Zupan Duschan den Angriff hinauszögert.«

»Also, warum?«

»Duschan wartet auf einen vierten Zupan und dessen Krieger. Dieser kroatische Stamm will sich den Belagerern anschließen. Aber es gibt noch Streitereien mit den Nachbarstämmen. Deshalb blieb dieser Zupan im letzten Herbst aus und kann auch jetzt noch nicht aufbrechen.«

Ragnar blickte ungläubig. »Der Zupan Duschan hat nach deiner Meinung über tausend Krieger. Wir haben hundertzwanzig. Und Duschan weiß das. Er braucht keine Verstärkungen, um anzugreifen.«

»Natürlich könnte der Zupan allein angreifen«, entgegnete der Statthalter, »aber er will den anderen Zupan an der Beute beteiligen.«

»Nur ein Dummkopf wird andere an der Beute beteiligen, wenn er sie für sich alleine haben kann«, murrte Grim. »Dein Händler erzählt Unsinn.«

Leon lächelte nur. »Ihr kennt die Verhältnisse in diesem Land nicht. Überall bei den Slawen entstehen kleine Reiche. Stämme schließen sich zusammen, und der Zupan des größten Stammes wird Oberzupan. Noch sind es ganz kleine Reiche. Noch wagt keiner der Zupane, sich König zu nennen. Aber nach wohlklingenden Titeln gieren sie alle. Vor allem nach griechischen. Einige nennen sich bereits Archont.«

»Du glaubst also, Duschan will...« fragte Ragnar.

»Ja, ich kenne diesen Duschan«, nickte Leon. »Er wird von brennendem Ehrgeiz verzehrt. Jetzt hat er zwei Zupane bei sich, die ihn als obersten Anführer anerkennen. Aber die Stämme dieser Zupane sind klein. Wenn er als Oberzupan, gar als Archont, ernst genommen werden will, braucht er noch einen vierten Zupan, der seine Oberherrschaft anerkennt.« Ein entspanntes Lächeln huschte über Leons bisher verkrampftes Gesicht. »Und jetzt werdet gerade ihr Waräger verstehen: Duschan muss dem Zupan und seinen Leuten Beute verschaffen. Wie anders kann er sich den Stamm verpflichten als durch einen großen Beuteanteil? Und Duschan will sich vor dem Stamm, der seine Oberhoheit anerkennen soll, als Kriegsherr hervortun. Alle sollen dabei sein, wenn er dem Kaiser in Konstantinopel eine Stadt entreißt.«

Ragnar schwieg. Der Statthalter störte ihn nicht beim Nachdenken. »Das, was du sagst, macht Sinn, Leon. Aber was ist, wenn dein Händler von Nikolaos bestochen ist?«

»Bestochen? Von Nikolaos?« Leon blickte ihn verständnislos an.

»Ja, von Nikolaos bestochen. Was ist die Folge, wenn wir der Geschichte des Händlers Glauben schenken? Wir rechnen dann nicht mehr mit einem baldigen Angriff. Und wir werden auf den Stadtmauern Wachen abziehen.

Du weißt doch selbst, Leon: Deine Soldaten murren, dass wir seit Wochen, Tag und Nacht, die Wachposten verdoppeln und verdreifachen. Und meine Leute murren auch schon. Dass sie kaum noch in die Weinschenken kommen, kaum noch schlafen. Wenn Nikolaos erreicht, dass wir die Wachen verringern, kann Duschan angreifen.«

»Ach, so meinst du das?« Leon schüttelte heftig den Kopf. »Nikolaos hat den Händler nicht bestochen, konnte ihn gar nicht bestechen. Er kennt den Mann überhaupt nicht. Auf seinen Handelsfahrten zu den Slawen kommt er niemals so weit nach Norden. Er hat den weiten und gefährlichen Umweg zu mir nur gemacht wegen der Belohnung, die er erwartet und selbstverständlich auch bekommen hat.«

»Du vertraust ihm also?«

»Ja. Ich kenne diesen Händler als ehrlichen Mann. Vor Jahren habe ich ihn weit im Süden kennen gelernt. In einer griechischen Hafenstadt, in der er wohnt. Nikolaos war noch nie in dieser Stadt.«

Ragnars Finger wühlten in seinem Bart. »Jetzt wird mir einiges klar.«

Sobald sie von dem unterirdischen Gang und der Ausfallpforte erfahren hatten, hatten sie die Frage hin und her erörtert, warum Nikolaos den Feind nicht einfach durch diesen Gang in die Stadt eingelassen hatte. Niemand hatte Pforte und Gang bewacht. Doch Duschan wollte mehr als nur die Stadt in seine Hand zu bringen. Es konnte ihm nicht genügen, nachts heimlich einzudringen und die Schlafenden zu erschlagen. Der Zupan musste, wenn sein Ruhm als Kriegsherr sich unter den slawischen Stämmen verbreiten sollte, dem Kaiser die Seefestung in offenem Kampf abnehmen. Sicherlich würden die Verschwörer ihm heimlich ein Tor oder eine Pforte öffnen. Aber die Kroaten würden gleichzeitig einen Angriff auf die Mauern unternehmen. Seine slawischen Krieger, die er nicht alle in seinen Plan einweihen konnte, würden dann herumerzählen, die Stadt sei im Sturm genommen worden.

»Der unterirdische Gang…« Ulf hörte dem Gespräch nicht mehr zu. Seine Gedanken schweiften zurück. Sobald sie von dem unterirdischen Gang gehört hatten, hatte Ragnar auch das Geheimnis gelöst, wie der gefangene Zupan aus der Stadt hinaus gelangt war. Der Gefangene brauchte nur dem Kerkermeister, der in seine Wachstube eilte, vorsichtig zu folgen und sich dann in der Nähe zu verstecken. In einem halb leer stehenden Palast war das nicht schwierig. Und Nikolaos hatte dem Kroaten noch in der gleichen Nacht die unbewachte Ausfallpforte geöffnet.

Ulf musste schmunzeln. Gizurs Einfall war großartig gewesen. Lange hatten sie keinen Weg gefunden, Nikolaos daran zu hindern, den unterirdischen Gang weiter zu benutzen, ohne ihn merken zu lassen, dass sein Geheimnis verraten war. Da kam Gizur mit seinem Götterfest! Ragnar hatte einen Raum des leer stehenden Gebäudes, in das der unterirdische Gang mündete, zu dem Heiligtum erklärt, in dem sie in einigen Wochen das Götterfest feiern würden. Dann hatte er Tag und Nacht einen Wachtposten vor das Haus gestellt, damit kein Fremder den Ort entweihe. Nikolaos hatte Ragnar mit dem Mut der Verzweiflung bestürmt, denn er konnte nun den unterirdischen Gang nicht mehr erreichen, ohne von dem Wachtposten gesehen zu werden! Zuerst hatte er ihnen für das Fest andere Räume angeboten, größere und besser ausgestattete, am Ende gar Leons Empfangshalle. Dann hatte Nikolaos Vorhaltungen gemacht, er brauche jeden einzelnen Mann zum Wachdienst auf der Mauer, und kein Grieche werde den Tempel eines heidnischen Gottes betreten. Aber der Wächter stand noch immer. Gizur hatte tausend einleuchtende Gründe gefunden, warum das Fest gerade in diesem Gebäude gefeiert werden müsse, und warum ein Wächter unerlässlich sei. Was verstanden diese Griechen von ihren nordischen Göttern!

»Das glaube ich auch«, hörte er Ragnars Stimme.

Eine lange Pause trat ein. Der Statthalter hing offensichtlich seinen Gedanken nach. Plötzlich hob er den Kopf und blickte Ragnar mit starren Augen ins Gesicht: »Nikolaos muss sterben.« Grim nickte grinsend. »Ich habe mit meinem Sohn und meinem Bruder über ihn gesprochen.« Leons Stirn verdüsterte sich.

Ragnar beugte sich vor. »Und was haben Himerion und Alexios gesagt?«

»Als ich von der Flucht des Zupan sprach, von dem Bericht des Kerkermeisters und von dem Geheimgang neben meinem Empfangsraum, war mein Sohn bestürzt, so bestürzt, dass er lange Zeit nur herumstotterte. Zuerst beantwortete er meine Fragen nicht. Aber als ich ihn bedrängte, von ihm eine klare Entscheidung verlangte, hat er mir zugestimmt. Nikolaos muss weg.« Nachdenklich fuhr Leon fort: »Na ja. Vielleicht hängt mein Sohn mehr an Nikolaos, als ich dachte.«

»Und Alexios?«, warf Ragnar ein.

Tiefe Falten erschienen auf der Stirn des Statthalters, und er stampfte mit dem Fuß auf. »Mein Bruder? Alexios hat geredet und geredet. Immer für meinen Onkel. Und immer dasselbe: Die Beweise reichten nicht aus. Vielleicht habe der Onkel mich nur aus Neugier belauscht oder aus Misstrauen. Aber was habe das alles mit den Kroaten zu tun? Wo seien die Beweise, dass Nikolaos mit den Kroaten in Verbindung stehe?«

»Die Ausfallpforte im Palast, der unterirdische Gang, durch die Nikolaos unbemerkt ein- und ausgehen konnte...«, warf Ragnar ein.

»... habe ich gar nicht erwähnt«, unterbrach ihn der Statthalter. »Wozu? Ich hätte Alexios nicht überzeugen können. Schließlich hat niemand beobachtet, dass mein Onkel diese Pforte benutzt hat.«

Grim braust auf: »Bist du der Statthalter oder Alexios? Du hast einen Verräter in der Stadt. Er ist sogar der Befehlshaber deiner Truppen. Lass ihn hinrichten!«

Leon schüttelt bekümmert den Kopf. »Das darf ich nicht wagen. Es könnte meinen eigenen Kopf kosten.«

»Ein Statthalter hat doch wohl das Recht, einen Verräter hinrichten zu lassen«, widerspricht Ragnar.

»Selbstverständlich. Aber Nikolaos hat viele Freunde – in meiner Familie und am Kaiserhof. Sie werden dem Kaiser einreden, nur er habe über Nikolaos zu richten. Eigentlich stimmt das nicht. Aber ihr kennt diese Speichellecker am Kaiserhof nicht! Sie werden die Weisheit des Kaisers rühmen. Nur er selbst könne in einem so schwierigen Fall die Wahrheit herausfinden. Und dem Kaiser wird es schmeicheln. Außerdem – sie werden nicht nur meinen Bericht lesen. Alexios steht schließlich nicht auf meiner Seite. Sie werden sich mit meinem Bruder in Verbindung setzen, und der behauptet dann, es hätten keine Beweise gegen Nikolaos vorgelegen. Die Freunde meines Onkels werden dem Kaiser die Angelegenheit so darstellen... Nein, der Kaiser wird niemals an die Schuld meines Onkels glauben.«

Wieder trat Schweigen ein. Dann warf der Statthalter zornig den Kopf in den Nacken. »Es gibt nur einen Weg: Nikolaos muss verschwinden, aber heimlich. Niemand darf mich mit seinem Tod in Verbindung bringen. Wenn seine Mitverschwörer glauben, ich hätte den Befehlshaber ermorden lassen, bricht der Aufstand aus.«

Er beugt sich weit vor, seine Augen sind erwartungsvoll auf Ragnar gerichtet. »Wenn du Nikolaos mit dem Schwert erstichst... Ihr benutzt den unterirdischen Gang, um die Leiche unbemerkt vor die Stadtmauern zu schaffen. Am Morgen glauben dann die Wachen, der Befehlshaber habe einen Spähgang unternommen und sei dabei von Feinden überrascht worden. Alles ganz einfach: ein schneller Stich im Dunkeln...«

Ragnars Augen verengten sich. Er blickte den Statthalter kalt an. »Ich werde den Verräter töten. Aber nur in einem ehrlichen Kampf. Kein Nordmann wird sich dazu hergeben, Nikolaos feige hinterrücks zu erstechen.«

Sie besprachen noch lange den Plan.

Missmutig betrachtete Ulf die ausgehauenen Felswände, über die bei jeder Bewegung der drei Fackeln Licht und Schatten huschten. Die Luft war stickig hier unten, obwohl der unterirdische Gang nicht lang war, und sie die Tür am Ende der Stufen, die in den Palast hinaufführten, offen gelassen hatten. »Ob Nikolaos kommt?« Der Statthalter hatte mehr zu sich selbst gesprochen. Ihre Geduld wurde auf die Probe gestellt. Sie warteten bereits lange, über eine Stunde, schätzte Ulf. Endlich schimmerte am Ende des Ganges ein Lichtschein. Mit einer Fackel in der Hand stieg der Befehlshaber die Stufen hinab und eilte auf sie zu. »Was soll das, Leon?«, schrie er schon von weitem. »Warum hat mich dein Diener an diesen von Gott verdammten Ort bestellt?« Nikolaos blieb drohend aufgerichtet vor dem Statthalter stehen und polterte weiter: »Du weißt doch genauso gut wie ich: In diesem Gang haust die ›Schöne Frau‹«. Willst du uns alle umbringen, Leon? Reicht es nicht, dass der Dämon einen unserer Männer erwürgt hat?«

Unauffällig hielt Ulf seine Fackel etwas höher, so dass ihr Lichtschein voll auf das Gesicht des Befehlshabers fiel. Im flackernden Licht sah er mühsam beherrschte Wut in dessen Zügen, abgrundtiefes Misstrauen, aber keine Spur von Angst.

Als Leon antwortete, zuckte Ulf zusammen. Der Statthalter hätte, so war es abgesprochen, den unaufschiebbaren Spähergang erwähnen sollen, den er mit dem Befehlshaber unternehmen wollte. Doch Leons Stimme bebte vor Ärger. »Hast du wirklich so viel Angst vor den Dämonen, Nikolaos? Bist du nicht...?« Leon brach ab. Er schien seinen Fehler eingesehen zu haben, denn er sprach hastig weiter. »Ich fürchte mich nicht vor der ›Schönen Frau‹. Und ich hoffe, du auch nicht, Nikolaos. Wir müssen heute Nacht durch diese Ausfallpforte...«

Nikolaos war einen Schritt zurückgefahren, und sein Gesicht war aschfahl geworden. Doch nur einen Augenblick lang. Dann zuckte ein teuflisches Lächeln über seine Züge. »Endlich hast du dich verraten, Leon!«, stieß er zwischen den Zähnen hervor. »Endlich weiß ich, warum der Türsteher sterben musste.« Der Befehlshaber griff nicht nach seinem Schwert. Mit einer blitzschnellen Bewegung, der Ulf mit den Augen kaum folgen konnte, riss er einen Dolch aus dem Gewand. »Aber ich habe alles geahnt! Ihr bekommt mich nicht! Dafür habe ich gesorgt. Auch wenn fünf gegen einen stehen.« Der Dolch fuhr auf Leons Brust zu. Aber Ragnars Faust krachte auf das Handgelenk. Ein Schmerzensschrei, und die Waffe lag am Boden. Gedankenschnell hob der Statthalter den Dolch auf. Als er wieder aufsprang, krallten sich die Finger des Onkels um seinen Hals. Nikolaos sagte nichts, doch seine wutstierenden Augen schienen aus den Höhlen zu treten. Der Statthalter stieß zu, gegen die Kehle des Befehlshabers. Nikolaos riss unwillkürlich den Kopf zur Seite, und die Klinge streifte nur seinen Hals.

Es war nur eine unbedeutende Schnittwunde, aus der nur wenig Blut tröpfelte. Doch die Finger des Befehlshabers lösten sich von Leons Hals. Schlagartig änderten sich seine Züge. Die wutverzerrte Fratze erstarrte zu einer totenbleichen Maske. Torkelnd wich Nikolaos einige Schritte zurück und fuhr mit der linken Hand zum Hals. »Blut...«, murmelte er tonlos, »Ich muss sterben.«

Ragnar stach nicht zu. Kurz vor der Brust des Befehlshabers hielt die Schwertspitze inne. Ulf sah nichts als Verachtung im Gesicht des Schiffsführers. »Du wirst sterben, Nikolaos! Aber durch mein Schwert.« Ragnar spuckte dem Befehlshaber ins Gesicht. »Dass du ein Verräter bist, Nikolaos, weiß ich. Aber, ich hätte nie geglaubt, dass du auch ein solcher Feigling bist! Und so wehleidig! Nur ein paar Blutstropfen...«

Nikolaos antwortete nicht. Er stand einfach vor ihnen, bewegungslos, erstarrt. Plötzlich durchlief ein Zittern den ganzen Körper. Langsam, dann immer schneller, sackte er in sich zusammen. »Der Dolch... vergiftet...« Nur mit Mühe konnten sie die hingehauchten Worte verstehen. Der Körper zuckte krampfartig, dann streckte er sich.

Ragnar wandte seinen Blick von den starren Augen. »Auch gut«, brummte er. »Kein Kampf, keine Blutspuren. Wir müssen die Leiche ganz nahe bei der Stadtmauer ablegen. Sie darf den Slawen nicht in die Hände fallen.«

Der Statthalter schüttelte sich kurz. Dann klang seine Stimme ruhig. »Wenn die Kroaten die Leiche finden und wegschaffen – wäre das nicht die einfachste Lösung?«

Ragnar schüttelte den Kopf. »Sie würden die Leiche deines Onkels verschwinden lassen. Für die Kroaten wäre es von Nachteil, wenn die Verschwörer erfahren, dass sie führerlos sind.« Einen Augenblick dachte Ulf nach. Ragnar hatte Recht – wie konnten die Feinde den Belagerten klar machen, dass nicht sie den Befehlshaber erschlagen hatten?

Der Statthalter stand bereits vor der Ausfallpforte und drehte den Schlüssel im Schloss. Ulf und Grim reichten ihre Fackeln dem Griechen, der mit Leon im Gang zurückbleiben sollte. Dann warfen sie die Schilde auf den Rücken. Der Graubart packte den Toten an den Achseln, Ulf an den Füßen. Ragnar kletterte voraus. Es war ein beschwerlicher Abstieg. Von der Ausfallpforte führte kein Pfad die Felsen hinab. Im Stockdunkel der Nacht mussten sie mühsam die Vorsprünge suchen, auf die sie die Füße setzen konnten. Und sie durften die Leiche nicht über den Boden schleifen. Es musste so aussehen, als wäre Nikolaos an der Stelle im Kampf gefallen, an der sie ihn ablegen würden. Endlich erreichten sie die Talsohle. »Weit brauchen wir ihn nicht zu tragen«, flüsterte Ragnar. »Die erste Stelle, die die Wächter nicht von den Stadtmauern aus einsehen können, ist gut genug.« Ein solcher Felsvorsprung war bald erreicht. Ulf und Grim ließen die Leiche auf den Boden fallen. Ragnar beugte sich über sie und stieß sein Schwert zweimal in die Brust. Ulf und der Graubart schlugen ihre Schwerter so zusammen, dass sie möglichst laut klirrten. Dazwischen schlugen sie einander gegen die eisernen Schildbuckel.

»Das reicht«, lacht der Graubart. »Jetzt darfst du deinen Todesschrei ausstoßen, Ulf!« Ragnar klopfte ihm auf die Schulter. »Gut gemacht, Ulf. Diesen Todesschrei hat die halbe Stadt gehört.«

Sie eilten zu der Ausfallpforte zurück. Trotz der Dunkelheit erkannte Ulf jetzt, wie gut versteckt die Ausfallpforte war. Als er die Leiche trug, hatte er keine Gelegenheit gehabt, sich umzusehen. Ein schmaler Felsspalt führte nach oben, so steil, dass kein Fremder ihn für einen begehbaren Pfad halten würde. In der Mitte des Felsspaltes stand ein Gebüsch, das den Blick versperrte, und durch das sie sich vorhin mühsam gezwängt hatten. Die Ausfallpforte selbst war schmal und lag am Ende des Spaltes. Die dunkle Masse jenseits des Spaltes war einer der beiden Tortürme. Dort lag das Osttor des Palastes. Aber der Spalt war so tief, dass die Wachen von den Zinnen des Turmes aus nicht hineinblicken konnten.

Mit dem Statthalter und dem Griechen eilten sie durch den Gang zurück. Als sie die Stufen halb erstiegen hatten, und ihre Fackeln durch die aufgeklappte Falltür ragten, traten Erik und Gizur auf sie zu. »Nikolaos ist allein gekommen«, rief Erik ihnen zu. »Auch später ist ihm keiner seiner Leute gefolgt. Unser Wächter draußen, vor unserem angeblichen Heiligtum, hat niemanden gesehen. Deshalb brauchten wir uns nicht mehr zu verstecken.«

»Dass Nikolaos bei seinen Vätern ist, haben wir mitbekommen«, lachte der Weißhaarige.

Der Statthalter begab sich allein in seine Räume. Ulf sah noch den Diener davoneilen, der die Wachen befragen sollte, ob der Oheim bereits von seinem Spähgang zurückgekehrt sei.

Kurz nach Tagesanbruch ließ der Statthalter Ragnar in die Empfangshalle rufen. »Ulf! Grieche! Ihr geht mit!«, brüllte dieser auf dem Gang. Als Ulf hinter dem Griechen durch die Tür trat, hatte Ragnar schon die Treppe erreicht. Grim, Erik und Gizur folgten ihm.

In der Empfangshalle schritt, als sie eintraten, der Statthalter unruhig auf und ab. Leon trug Helm und Schwert. »Ich habe Befehl gegeben, nach dem Befehlshaber zu suchen«, rief er ihnen zu, ohne stehen zu bleiben. Somit konnten sie einstweilen nur eines tun: warten. Ulf schien, als sei die Zeit stehen geblieben. Endlich riss einer der Diener einen Türvorhang zur Seite, und der Offizier Genesios stürzte herein. Er meldete, die Leiche des Befehlshabers sei gefunden worden, am Fuße der Felsen. »Ich habe meinen Onkel vor diesem Spähgang gewarnt«, murmelte Leon.

Sie eilten zum östlichen Stadttor. Dort wurden sie bereits von zwei anderen Offizieren erwartet. Der Statthalter winkte Genesios und den anderen Offizieren, ihm zu folgen. Dann suchte er zehn Soldaten aus, die sie begleiten sollten. Der Soldat, der auf die Suche nach Nikolaos geschickt worden war, führte sie zur Leiche. Ulf sah, dass die Augen der Offiziere auf den

Statthalter geheftet waren. Leons Gesicht war eine undurchdringliche Maske. Seine Augen ruhten einige Augenblicke auf dem Toten, dann ließ er den Blick von einem Offizier zum anderen wandern. »Der Befehlshaber hat heute Nacht einen Spähergang unternommen. Ich wusste, dass es zu gefährlich war. Leider hat er nicht auf mich gehört«, sagte er ruhig. »Mein Onkel Nikolaos war ein kluger Mann. Dennoch hat er zu viel gewagt.« Angesichts der Zweideutigkeit dieser Bemerkung fiel es Ulf schwer, ernst zu bleiben.

Vier Soldaten trugen den Toten zum Stadttor. Hinter dem Tor stand Alexios. Schweigend, mit unbewegten Zügen, schaute er dem Leichnam lange ins Gesicht. Dann suchten seine Augen die des Bruders. Auf seinen Wink traten die Offiziere zur Seite, und die Träger gingen weiter. »Nikolaos war tapfer und treu«, grollte er leise mit einem wütenden Seitenblick auf Ragnar. »Und du, Leon, hast ihn für einen Verräter gehalten!«

Die Nordmänner kehrten mit dem Statthalter in die Empfangshalle zurück. Leon hatte alle notwendigen Befehle erteilt. Der tote Befehlshaber sollte in der Kirche aufgebahrt werden. Die Offiziere der Garnison waren am Nachmittag in die Empfangshalle bestellt, um die Entscheidung des Statthalters über die Nachfolge im Oberbefehl entgegenzunehmen.

»Vielleicht wäre es besser gewesen«, brummte Ragnar, »du hättest sofort einen Nachfolger für Nikolaos bestimmt.«

Leons Stimme klang bekümmert. »Vielleicht. Aber ich will meinen Sohn ernennen, nicht Alexios. Ich traue meinem Bruder nicht mehr. Alexios hat jedoch einen größeren Anspruch auf dieses Amt.« Und nach einer kurzen Pause: »Bis heute Nachmittag muss ich mir einen einleuchtenden Grund einfallen lassen, Alexios zu übergehen.«

Sie standen in der Halle herum, ungeduldig wartend. Seit Stunden schon saß der Statthalter auf seinem Sessel, die Ellbogen auf die Knie gestützt, das Kinn in den Händen vergraben, schweigend und grübelnd, und starrte vor sich hin ins Leere. Ulf zuckte zusammen, als ein Türvorhang zur Seite geschoben wurde, und einer von Leons Dienern eintrat. Mit einer tiefen Verbeugung trat der Mann vor den Statthalter. »Verzeih mir, oh Herr, wenn ich dich in deiner Trauer störe.«

Leon richtete sich auf. In seinem Gesicht sah Ulf wieder den Stolz und die Überheblichkeit, die hohe byzantinische Beamte zur Schau tragen. »Was gibt es Wichtiges, Gregor?«

Der Diener wirkte ängstlich. »Ich glaube, du solltest es wissen, oh Herr. Es gibt... In der Stadt herrscht Unruhe. Ich meine, unter den Soldaten...« stotterte er.

»Heraus mit der Sprache, Gregor!«

»Ich habe das Gespräch einiger Soldaten mitgehört. Ganz zufällig, oh

Herr. Sie schreien ja laut genug. Der Arzt hat die Leiche des Befehlshabers untersucht. Der Arzt behauptet, der Befehlshaber sei nicht an den zwei Schwertstichen in seiner Brust gestorben.«

»Woran dann?«, fuhr der Statthalter auf. »An Gift«, stammelte der Diener. »Der Arzt meint, der Befehlshaber sei vergiftet worden.«

Mit einem Sprung stand Ragnar neben dem Diener und packte den Mann am Arm. »Vergiftet! Was für ein Unsinn! Wer soll denn den Befehlshaber vergiftet haben? Haben diese tollen Hunde dazu etwas gesagt?«

Das Gesicht des Dieners war jetzt kalkweiß. »Ja«, antwortet er beinahe flüsternd. »Die Soldaten meinen… Sie sagen, der Statthalter habe seinen Onkel vergiftet.«

Leon war aufgesprungen. Ulf bewunderte seine Selbstbeherrschung. Aus Leons Zügen, aus seinem Kopfschütteln, sprach nur eines: grenzenlose Traurigkeit über so viel Unverstand. »Du hast Recht getan, Gregor, mir das sofort zu erzählen. Du wirst eine Belohnung erhalten. Dieser Arzt ist verrückt geworden. Ich selbst werde den Soldaten erklären, warum mein Onkel sich nicht hat abhalten lassen, auf Kundschaft zu gehen, obwohl er wusste, dass vor den Mauern der Feind auf ihn lauerte.« Mit einem Wink seiner Hand entließ er den Diener. Aber der ging nicht. »Noch eines musst du wissen, oh Herr. Die Soldaten sagten, sie wollten jetzt losschlagen.«

Als der Diener hinausgehuscht war, blickte der Statthalter Ragnar betreten an. »Ich muss sofort hinaus zu meinen Leuten. Aber … Was soll ich ihnen sagen?«

Ragnar kam nicht dazu, zu antworten. Draußen hörten sie wüstes Geschrei, Waffenlärm. Als sie durch den Vorraum ins Freie stürzten, prallte Ulf unwillkürlich einen Schritt zurück. Der Pflasterweg, der zum Nordtor des Palastes führte, war voller Menschen: Soldaten, Kroaten, dazwischen einige Nordmänner im Kampf Mann gegen Mann. Genesios, der Offizier, rannte auf die Empfangshalle zu. Als er den Statthalter erblickte, blieb er stehen. »Die Kroaten sind überall in der Stadt«, schrie er herüber. »Die Verräter haben ihnen zwei Pforten geöffnet. Auch hier im Palast stand das Nordtor weit offen.«

»Drängen wir die Feinde hinaus!«, brüllte der Statthalter und stürmte vorwärts, Ragnar nach, der bereits mit raubtierartigen Sätzen dem Feind entgegeneilte.

Ulf fühlte, wie ihm das Blut zu Kopf stieg, als er vor dem ersten Kroaten stand. Kochend vor Wut stieß er mit dem Schwert zu, in den Rücken des Mannes, der mit einem Soldaten focht. Vor ihm spaltete Grims Streitaxt gerade einen Schädel. Der Mann, der jetzt mit wilden Schwerthieben auf ihn eindrang, war ein byzantinischer Soldat. Nichts als tiefe Genugtuung erfüllte

Ulf, als seine Klinge die Halsschlagader des Angreifers durchschlug. Links von ihm kämpfte Genesios, das Gesicht blutüberströmt, gegen zwei Kroaten. Ulf sprang dem Offizier zur Hilfe. Drei, vier Sprünge noch… Da sah Ulf, wie der Speer eines Soldaten dem Offizier in den Rücken fuhr. Ulf riss sein Schwert hoch und sah nur noch die schreckgeweiteten Augen, als seine Klinge dem Mann in die Brust fuhr.

Ulf brauchte einen Atemzug lang, bis ihm klar wurde, dass es Ragnars Worte waren, die das Kampfgeschrei übertönten: »Hierher, zu mir!« Ulf ließ sein Schwert sinken und sprang einen Schritt zurück. Der Kroate vor ihm, das Gesicht halb hinter dem Schild versteckt, machte keine Anstalten, ihn zu verfolgen. Ulf drehte sich um. Auf der anderen Straßenseite erblickte er den Statthalter und Ragnar, Schulter an Schulter kämpfend. Die Feinde vor ihnen wichen vor der Flut von Schwerthieben zurück, aber die Nachdrängenden schoben sie wieder vorwärts, so dass die Angreifer nicht einmal eine richtige Kampfstellung einnehmen konnten. Auf jeden Schwertschlag folgte das Schmerzgeheul der Getroffenen. Ulf rannte hinüber. Für die Schwerter und Streitäxte, die zu seiner Linken klirrten, hatte er kaum ein Auge. Vereinzelte Feinde vor ihm, die sich aus dem Knäuel gelöst hatten, wichen angstvoll aus. Drüben rannte er an einigen kämpfenden Nordmännern vorbei und drängte sich links von Ragnar in die Reihe. Den Soldaten, der ihm mit erhobenem Schwert und Schild gegenüberstand, kannte er gut. Gerade ihn hätte er niemals für einen Verschwörer gehalten. Deshalb umklammerte er mit tiefer Befriedigung den Griff seines zum Schlage erhobenen Schwertes… Aber Ulf schlug nicht zu. Der Anblick der Streitaxt lähmte ihn einen Augenblick. Wie Blitze fuhr es nieder, nach jedem Schlag sofort wieder hoch in der Luft, kam von hinten bei jedem Hieb näher auf seinen Gegner zu. Ulf sprang zurück. Der Soldat vor ihm fiel wie ein Sack nach vorne, mit dem Gesicht auf das Pflaster. Vergeblich versuchte Ulf, zur Seite auszuweichen, als der Schild auf ihn zuflog. Zu gewaltig war der Sprung gewesen. Der Schild, mit dem Grim den Soldaten niedergestoßen hatte, streifte noch schmerzhaft Ulfs Schulter. Ulf stürzte vorwärts, auf den am Boden Liegenden zu. Aber er kam zu spät. Ein Soldat hatte schon seinem verräterischen Kameraden das Schwert in den Rücken gebohrt.

Endlich gelang es ihnen, Schulter an Schulter eine Schlachtreihe zu bilden, im Rücken die Säulen, die das Vordach trugen. Einige Nordmänner waren unter das Vordach geeilt, um Feinde abzuwehren, die sie im Rücken umgehen wollten. Aber ihre Schwerter und Äxte blieben meist untätig. Das Knäuel der Kämpfenden vor ihnen löste sich auf. Die Gegner, die ihnen gegenüberstanden, wichen zurück. Ulf sah die Kroaten den Weg entlanglaufen. Sie schienen die Beute dem Kampf vorzuziehen.

»Vorwärts?«, fragte der Graubart, der sich zwischen Ulf und Ragnar geschoben hatte. Doch Ragnar antwortete nicht. Ulf erkannte den Grund im nächsten Augenblick. Vom Nordtor her kam Bewegung in die Menge. Ein Trupp brach sich Bahn, die Kroaten, die im Wege standen, wichen kampflos aus. Dann erkannte Ulf den Mann an der Spitze: einen der Offiziere. Der streckte sein Schwert in die Luft und schrie herüber: »Rache für Nikolaos!«

Rechts neben Ragnar trat der Statthalter einen Schritt vor. »Überlasst den Verräter mir!« Leons Stimme klang bestimmt und kalt. Ulf hatte bereits einen Fuß vorgesetzt, um sich auf die Verschwörer zu stürzen. Doch er bleibt stehen. Wenige Schritte von dem Offizier entfernt brach Alexios, gefolgt von einigen Soldaten, aus dem Gewühl. »Hierher, du Schuft!«, schrie er dem Verräter zu. Mit zwei Sätzen war Leons jüngerer Bruder neben dem Verschwörer. Der kam nicht mehr dazu, den Schild zu heben, als Alexios ihm das Schwert bis ans Heft in den Leib stieß.

Der Jubelruf erstarb auf Ulfs Lippen. Alexios zog das Schwert nicht heraus. Langsam beugte sich sein Körper nach vorne. In seinem Rücken zitterte ein kroatischer Wurfspieß.

Links von sich hörte Ulf einen Wutschrei und sah, wie sein Nebenmann losstürmte. Schon hob Ulf den Fuß... da donnerte Ragnars Stimme: »Zurück! Zurück in die Schlachtreihe!« Ragnar hat Recht, dachte Ulf. Es wäre eine Verrücktheit gewesen, sich mit einem Feind, der jetzt bereits nach Hunderten zählte, auf Einzelkämpfe einzulassen. Auch der Statthalter, obwohl er ihre Sprache nicht verstand, schien den Sinn von Ragnars Worten zu erfassen. Leon war vorwärts gestürmt, seinem Bruder zu Hilfe. Aber er hatte ihn nicht mehr erreicht.

Als Alexios vornübersank, den Wurfspeer im Rücken, war der Statthalter wie versteinert stehen geblieben. Jetzt drehte er sich um und... »Himerion! Endlich!«, hörte Ulf seinen Aufschrei. Dann sah er Leons Sohn. Einige Nordmänner jubelten vor Freude. Ulf schwieg, denn sein Gehirn arbeitete fieberhaft. Wie viele Soldaten hatte Himerion mitgebracht? Konnten sie zum Gegenangriff übergehen? Sich zum offen stehenden Nordtor durchschlagen, es schließen...? Jäh brachen seine Gedanken ab.

Mit erhobenem Schwert sprang Himerion auf seinen Vater zu. Seine niedersausende Klinge streifte noch die Schulter, als der Statthalter sich zur Seite warf. Dann blitzte Leons Schwert auf, mitten auf die Brust seines Sohnes gerichtet. Doch der wich geschickt aus. »Ihr bleibt!«, brüllte Ragnar. Mit Raubtiersätzen stand er vor Himerion, bevor der Statthalter sein Schwert zum nächsten Schlag erhoben hat. Ragnars Schwert fuhr herab – ins Leere.

Hände hatten Himerion zurückgerissen. Jetzt setzten sich dessen Begleiter in Bewegung. Zögerlich, vorsichtig kamen die Feinde auf ihre Schlachtreihe zu. Nicht nur Soldaten, durchfuhr es Ulf, viele Kroaten! Himerion war nicht mehr zu sehen.

Ragnar rief dem Statthalter etwas zu. Beide rannten zur Schlachtreihe zurück. Ein schlecht gezielter Wurfspieß prallte neben Ulf von Grims Schild ab. Doch die Feinde rückten nicht mehr vor.

Irgendwie erschien es Ulf, als hätten sie bereits Stunden gegen die Kroaten und die Verschwörer gekämpft. Dann wurde ihm klar, dass nur Minuten zwischen dem Tod des treuen Offiziers Genesios und Ragnars Angriff auf den verräterischen Himerion lagen. Sie standen plötzlich allein. Überall rannten Kroaten und Soldaten hin und her. Aber es wurde nicht mehr gekämpft. Die Soldaten waren Verschwörer oder hatten sich auf deren Seite geschlagen. Vor den Türen der Gebäude gab es ein Gedränge, die ersten eilten bereits mit ihrer Beute davon. Ulf erkannte auch, warum sie niemand angriff: Beutemachen war verlockender als der Kampf mit einer Schlachtreihe der Nordmänner. Erik trat zu Ragnar: »Sofort in unsere Räume, Vater! Wir müssen das Silber holen!«

»Wie denn? Wie sollen wir hinkommen?«, knurrte Grim mit mühsam unterdrückter Wut. »Vierzehn gegen Hunderte! Außerdem ist das Silber nicht mehr da. Die ersten, die in unsere Räume eingedrungen sind, haben es längst unter sich verteilt. Wir müssen...«

»Bildet einen Keil!«, unterbrach ihn Ragnars befehlende Stimme. »Wir müssen uns zum Schiff durchschlagen! Sofort! Hoffentlich kommen wir nicht zu spät.«

Der Statthalter packte seinen Arm. »Ihr braucht euch nicht mitten durch die Feinde zu schlagen. Es gibt einen unterirdischen Gang, der zum Hafen hinunterführt.« Leon machte eine kurze Pause und lächelte siegessicher. »An diesem Gang liegt auch die Schatzkammer. Soll das Silber meinem treulosen Sohn in die Hände fallen? Er kennt den Gang, die Kroaten nicht.« Ragnar wandte Ulf den Rücken zu. Aber in Grims Gesicht sah Ulf ein zufriedenes Grinsen. »Führe uns zu dem Gang, Leon!«, hörte er Ragnar.

Der Statthalter eilte voraus, unter dem säulengetragenen Vordach an zwei oder drei Türen vorüber. Dann verschwand er hinter einer aufgestoßenen Tür. Als Ulf diese Tür beinahe erreicht hatte, stieß er mit Ragnar zusammen, der sich umgedreht hatte und davoneilte. »Schnell hinein! Alle!«, rief er.

Der Raum war leer. Als letzter kam Ragnar. Er ließ die Leiche, die er an den Schultern hereingezogen hatte, zu Boden fallen. Der Mann trug die Kleidung eines einfachen Palastdieners. Ein Hieb hatte ihm den Schädel gespalten. »Zieh das Hemd, die Hose und die Sandalen des Toten an, Leon«, sagte Ragnar. Der Statthalter sah ihn verblüfft an. »Sie werden glauben, es sei deine Leiche. Das verspreche ich dir. Er hat ungefähr deine Gestalt. Schnell!«

Während einer der Ruderer dem Toten noch die Sandalen des Statthalters überstreifte, stieß Ragnar der Leiche das Schwert zwei oder dreimal in die Brust. Grims Streitaxt zerhackte das Gesicht bis zur Unkenntlichkeit. Der Graubart hatte Ragnars Absicht sofort verstanden. »Glaubt ihr wirklich, sie werden darauf hereinfallen?«, zweifelte Leon. »Mein Sohn wird überall herumfragen. Niemand wird sich melden und sagen, er habe mich…«

Ragnar lachte kurz. »Schau die Goldringe mit den Edelsteinen an, die du an den Fingern trägst. Und die goldene Kette an deinem Hals. Dieser Tote trägt keinen Schmuck. Also haben die Kroaten oder die Soldaten, die den Statthalter erschlagen haben, seinen Schmuck geraubt, obwohl er jetzt Himerion gehört, ihrem Verbündeten oder ihrem Befehlshaber. Himerion wird also nicht erwarten, dass sich jemand meldet.«

Leon eilte zu der Tür, die in den Nebenraum führte. »Die Fackeln liegen hinter der Tür«, rief er. Über die Köpfe der vor ihm Stehenden hinweg konnte Ulf nur undeutlich sehen, was geschah. Ein schmales Stück Ziegelmauer bewegte sich plötzlich und verschwand aus seinem Blickfeld. Als Ulf durch die Tür trat, befand er sich in einem schmalen Zwischengemach, ihm gegenüber die Tür zum Nachbarzimmer. Links führte ein Gang, durch die Fackeln schwach beleuchtet, abwärts. »Der letzte zieht die Tür zu!«, brüllte Ragnar von unten. Ulf war der Letzte. Sein Vordermann hielt die Fackel, während er die Tür zurückschob. Sie bestand aus Holz und war außen mit zerschnittenen Ziegelsteinen verkleidet, die kaum mehr als fingerdick waren. Als Ulf die Tür zuschlug, hörte er ein metallisches Klicken.

Sie hasteten vorwärts. Die Fackel seines Vordermannes beleuchtete sorgfältig ausgehauene Felswände, die nur wenig Feuchtigkeit zeigten. Der Gang verlief jetzt eben. Ulf kam an einem dunklen Loch vorüber. Vielleicht ein Seitengang, der hier mündete. Die Richtung musste zum Nordtor des Palastes führen, fuhr es ihm durch den Kopf. »Hier rechts hinein!«, rief vorne der Statthalter.

Als Ulf als Letzter in den Seitengang einbog, hörte er Geschrei. Die Helme seiner Vordermänner nahmen ihm die Sicht, aber weit hinten, weit vor ihnen, huschten Lichter an der Decke des Ganges hin und her. Fackeln. »Zurück!«, schrie der Statthalter. »Sie stehen bereits vor der Schatzkammer. Es gibt dort auch einen Gang…«

»Zurück?« Die Donnerstimme des Graubarts bebte vor Grimm. »Sollen wir den Hunden auch dieses Silber überlassen?«

»Wir kämpfen uns durch!«, hörte er Ragnar. »Der Gang ist so schmal, dass immer nur einer kämpfen kann. Daher ist es gleich, ob sie uns an Zahl überlegen sind. Lass mich vor, Leon! Ich werde sie zurückjagen!«

»Nein, nein!«, schrie der Statthalter. »Wenn sie in diese Gänge eingedrungen sind, werden sie uns im Seitengang auch von hinten angreifen. Uns von beiden Seiten einschließen. Dann sind wir verloren!«

»Unsinn!« Grims Stimme dröhnte in dem engen Gang. »Erst kämpfen wir uns den Weg nach vorne frei, dann den Rückweg!«

»Nein! Hört doch auf mich!«, Leons Stimme schien sich zu überschlagen. »In dem Seitengang, der zum Hafen hinunterführt, ist Holz aufgeschichtet. Sie brauchen es nur anzuzünden, dann ist uns der Weg zum Hafen versperrt. Es dauert viele, viele Stunden, bis der Rauch wieder abzieht. Wollt ihr in diesen Gängen ersticken? Und wir könnten auch nicht zum Eingang zurück. Oben würden sie uns mit großer Übermacht erwarten. Und immer nur einer von uns könnte die steilen Stufen hinaufklettern.«

Einen Moment Stille, dann brüllte Ragnar: »Leon hat Recht! Zurück!«

Während Ulf, nunmehr an der Spitze ihres Trupps, zurückeilte, drängten sich der Statthalter und Ragnar an ihm vorbei. »Decke unseren Rückzug!«, rief ihm Ragnar zu. Ulf presste sich gegen die Felswand und ließ die Gefährten vorüber. Als Ulf an dem Hauptgang, durch den sie gekommen waren, vorübereilte, sah er sie: die Fackeln im Hintergrund, die dunklen Gestalten, die auf diese Entfernung im Flackerlicht nicht zu unterscheiden waren. Umso deutlicher hörte er ihr Gebrüll.

Der Gang, der zur Schatzkammer führte, setzte sich auf der anderen Seite in westlicher Richtung fort. Nach etwa hundert Schritten erblickte Ulf die Holzhaufen. Sie hatten fast die gesamte Breite des Ganges versperrt. Die an ihnen vorüberrennenden Männer hatten die Haufen umgerissen. Jetzt lagen die Scheite verstreut auf dem Boden. Vor sich sah Ulf eine Fackel nach der anderen verschwinden. Offensichtlich führte der Gang steil abwärts. Hinter sich hörte er das Geschrei der Feinde. Nahe, bedrohlich nahe, schien es ihm. Doch er blickte sich nicht um. Mehrmals verfing sich sein Fuß in den Scheiten am Boden, und er stolperte. Die Fackel des Vordermannes warf nur wenig Licht auf dieses Durcheinander unter seinen Füßen.

Ulf hörte den Wurfspieß an sich vorüberzischen, haarscharf an seiner rechten Wange vorbei. Er sah, wie sich die Finger seines Vordermannes spreizten, wie die Fackel nach unten fiel. Und dann sah er den Körper nach vorne stürzen, den Wurfspieß mitten im Rücken. Ulf fuhr herum. Vor sich sah er Kroaten und Soldaten. Die Feinde waren noch zwanzig, dreißig Schritt entfernt. Einige drängten sich von hinten durch und behinderten dadurch die vorderen. Der Trupp war in diesem Augenblick beinahe zum Stehen gekommen. Aber zwei hatten sich von den Verfolgern gelöst. In ein, zwei Atemzügen mussten sie ihn erreicht haben…

Der Gang war zu niedrig für einen Schwertschlag von oben. Ulf duckte sich hinter seinem Schild. Er blieb stehen, wo er stand. Zu leicht konnte er auf diesen Holzscheiten ausrutschen... Der erste Verfolger, ein schwarzbärtiger Kroate, tat mit vorgestrecktem Schwert einen Sprung auf ihn zu. Als sein linker Fuß auftraf, rutschte er aus. Einen kurzen Augenblick geriet der Kroate aus dem Gleichgewicht und streckte beide Arme zur Seite, wodurch sein Schild den Körper freigab. Ulf schnellte aus seiner geduckten Stellung empor. Von unten drang sein Schwert in die Brust des Gegners. Mit einem Ruck schleuderte Ulf den Mann nach hinten. Der Kroate stürzte gegen den Schild seines Hintermannes. Der geriet ebenfalls ins Straucheln und stieß den Schild zur Seite, um den Körper abzuschütteln. Mit einem Sprung stand Ulf vor ihm. Auch Ulfs Fuß glitt auf einem Holzscheit aus. Aber sein Schwert traf den Gegner. Nicht in die Brust, auf die Ulf gezielt hatte, doch es fuhr dem Mann vor ihm bis ans Heft in den Bauch.

Ulf riss das Schwert heraus und drehte sich um. Er wollte die Fackel des gefallenen Ruderers aufheben, aber er blickte in kniehohe Flammen. Die Fackel war vermutlich in den reichlich aufgeschichteten Zunder gefallen, und Dutzende Holzscheite brannten bereits lichterloh. Die Gluthitze, die ihm entgegenschlug, trieb Ulf den Schweiß aus allen Poren. Mit einem Satz sprang er über die Flammen hinweg. Sein rechter Fuß knickte ein, als er auftraf, ein beißender Schmerz zuckte durch sein Bein. Einen Augenblick schwankte er, schien sein rechtes Bein einzuknicken. Dann verbiss er den Schmerz und trat mit dem rechten Fuß auf – etwas unsicher, aber es ging. Ulf bückte sich und schleuderte eine Hand voll brennender Scheite nach hinten. Überall neben ihm züngelten kleine Flammen auf.

Nach wenigen Schritten führte vor ihm eine Treppe abwärts. Beim Hinuntersteigen trieb ihm der Schmerz in seinem rechten Fuß das Wasser in die Augen. Aber der Fuß trug ihn. Nur die ersten Stufen wurden von den brennenden Holzscheiten erleuchtet, dann war es dunkel um ihn. Er musste sich mit der rechten Hand und den Füßen vortasten. Eine Ewigkeit schien er schon diese Stufen hinunterzuklettern. Sein Bein knickte zwar nicht ein, aber er konnte den rechten Fuß nur vorsichtig aufsetzen. Dann sah er unten am Ende der Treppe einen hellen Schein. Minuten später stand Ulf im Freien.

Vor ihm fielen die Felsen ab zum Strand und zum Hafenbecken. Einen gebahnten Pfad gab es nicht, aber die Felsen ließen sich an dieser Stelle leicht erklettern. Unten sprangen die letzten Ruderer auf den Sandstrand hinunter. Ragnar lief bereits über den Strand auf das Langschiff zu. Ulf zuckte zusammen. Ihr Langschiff! Dort war es. Der Drachenkopf am Vordersteven schwankte leise über dem Wasser. Ihr Schiff war bereits ins Wasser geschoben, und auf dem Deck jubelten ihnen die Kameraden zu, die in der Stadt Wache gestanden und sich auf eigene Faust durchgekämpft hatten. Neben dem Vordersteven erblickte Ulf das weiße Haar Gizurs. Der Alte legte die

Hände an den Mund und schrie, offenbar auf eine Frage Ragnars, herüber: »Nur zwei fehlen. Diese Kroaten sind uns ausgewichen, wo sie konnten.«

Minuten später saß Ulf auf seiner Truhe und ließ das Ruderblatt eintauchen. Zu beiden Seiten glitten die Felsvorsprünge mit den niedrigen, zinnengekrönten Hafenmauern vorüber. Auf der Stadtmauer über dem Hafen sah Ulf keinen Menschen. Erst jetzt rannten einige Feinde auf die linke Hafenmauer, schreiend und auf ihr Langschiff deutend. Einige Pfeile klatschten weit hinter ihrem Boot ins Wasser. Dann zogen links und rechts die niedrigen Türme vorüber, die die Hafeneinfahrt bewachten.

Der Mast war hochgewuchtet, das Segel gesetzt. Ulf saß untätig auf seiner Ruderkiste. Seinen rechten Fuß hatte er eingehend betastet. Die Schmerzen hatten nachgelassen. Missmutig wanderte sein Blick zur Schiffsmitte, zu dem Holzfass, in dem kein Wasser war, und zu dem anderen Fass ohne Dörrfleisch. Seine Ruderkiste war leer, ebenso der Fellsack unter den Decksplanken. Unwillkürlich fuhr seine Hand zu der Goldfibel an seiner linken Schulter. Wenigstens sie war gerettet, weil Ragnar geraten hatte, den besten Mantel anzulegen. Ulf lächelte trübsinnig. Heute Morgen, auf dem Wege zu Leons Empfangshalle, hatten sie mit langwierigen Gesprächen gerechnet, Gesprächen mit den Offizieren und Soldaten über Nikolaos' Nachfolge. Die Pracht ihrer Kleidung sollte Leons Soldaten beeindrucken....

Der Gedanke an die schweren Beutel, in denen ihr Silber ist... Der Gedanke, dass irgendwo in dieser Stadt jubelnde Kroaten, jubelnde Verräter sitzen und diese Beutel vor sich ausgeschüttet haben, macht Ulf rasend. Zum letzten Mal betrachtet er die weißglänzenden Felswände, das Grün der emporsteigenden Wälder, die Türme mit den Rundbogenfenstern und spitzen Ziegeldächern und die Kuppel der Empfangshalle, die über die Zinnen der Palastmauer ragt.

»Nur ein Dreivierteljahr sind wir hier gewesen«, rief der Grieche herüber. »Herbst, Winter und Frühjahr. Aber mir kommt es vor, als hätte ich Jahre meines Lebens in diesem Drecksnest vertrödelt!«

Ulf sprang auf, dehnte die Glieder und gähnte ausgiebig. Die Bläue des Himmels, dieses gleißende Licht, schmerzte in den Augen – ein unbeschreiblich helles Blau, wie er es noch nie gesehen hatte. Greller noch als auf der Hinfahrt. Er dachte an die Mitternachtssonne, hoch oben im Norden. Oft hatten die Leute davon erzählt, auch auf seinem Hof in Südschweden, wo es keine Mitternachtssonne gab. Aber die Sonne hier, über den griechischen Inseln, war etwas anderes. »Natürlich kenne ich die Mitternachtssonne im Norden«, hatte Ragnar auf seine Frage geantwortet. »Aber so etwas wie diesen Himmel hier habe ich noch nicht gesehen.« Und der Grieche, an den er sich gewandt hatte, hatte genickt: »Nirgends ist der Himmel so strahlend und klar wie über Griechenland. Auch nicht in den anderen Gebieten, die zu unserem Reich gehören.«

Nicht weit von ihrem Schiff glitt eine winzige Insel vorüber: Sand, Fels, Grün, umgeben vom Blau des Meeres. Sie waren bereits an vielen Inseln vorübergekommen, kleinen und großen. Die »Ägäischen Inseln« hatte der Grieche sie genannt. Ulf erinnerte sich an die erste dieser Inseln. Sie hatten trotz der Mittagshitze gerudert, denn der Wind, der hier meist aus Norden kam, war für ein Langschiff, das nach Osten hielt, nicht günstig. Wie hatten sie die Ruder eingezogen und waren aufgesprungen, als Ragnars Stimme vom Steuer herüberschallte: »Eine kleine Stadt!« Ja, es war eine kleine Stadt gewesen, weißgetünchte Häuser in grünen Anpflanzungen, mehr war aus der Entfernung nicht zu unterscheiden. Doch ihre jäh aufgeflammte Hoffnung auf Beute hatte der Grieche zunichte gemacht. Lachend hatte er gerufen: »Rudert weiter! Auf all diesen Inseln ist für uns nichts zu holen. Die Flotten der Araber plündern sie fast jedes Jahr.«

Ulf schlenderte langsam zum Wasserfass. Er setzte den Fuß auf den Bordrand und band den Riemen um den Schaft seines Stiefels enger. Dann holte er sich aus dem zweiten Holzfass ein Stück getrocknetes Fleisch. Vorräte hatten sie inzwischen genug. Nach Einbruch der Dunkelheit hatten sie auf ihrer Fahrt nach Süden in der Nähe einer griechischen Hafenstadt angelegt. Leon hatte den Griechen in die Stadt geschickt, zu einem befreundeten Händler, dem er vertraute. »Der Statthalter hier soll mich nicht sehen«, hatte Leon gesagt. »Wahrscheinlich ist er noch mein Freund. Aber besser, auch er hält mich für tot.« In der Nacht war der Händler mit dem Griechen und einigen Sklaven gekommen und hatte die bestellten Vorräte gebracht. Für den Ring, den Leon ihm reichte, hatte der Händler noch viel Silber draufgegeben.

Ulfs Blick schweifte zum Vordersteven. Dort saß der Statthalter auf der Bordwand und starrte hinaus auf die See. Leon verließ diesen Platz nur selten. Die schlichte, graue Tunika, die über die Knie reichte, der Strick statt eines Gürtels um die Hüfte – diese einfache Kleidung eines Sklaven stand in schreiendem Widerspruch zu dem lockenumrahmten Kopf mit den kriegerischen Zügen, mit der Schwertnarbe auf der linken Wange und dem sorgfältig gestutzten schwarzen Bart. Wer würde diesen Mann in Konstantinopel für einen Sklaven halten?

Ulf ging hinüber und setzte sich neben den Statthalter. Leon hatte ihm freundlich entgegengeblickt. »Endlich mal wieder einer, mit dem ich reden kann. Was machen eure Verwundeten, Ulf?«

»Die Wunden werden verheilt sein, wenn wir in Konstantinopel sind. Keiner war schwer verwundet.«

Es gab nichts zu tun, deshalb sprachen sie über die Ereignisse, die zum Untergang der Seefestung geführt hatten. Bald kreiste ihr Gespräch um Himerion, den Sohn des Statthalters. Sein Verrat, sein plötzliches Auftauchen an der Spitze der Verschwörer, ließen Ulfs Gedanken nicht ruhen.

»Ja, ich glaube, mein Sohn steckte mit meinem Oheim unter einer Decke«, antwortete der Statthalter nach einigem Nachdenken. »Auch wenn er zuletzt den Tod des Befehlshabers billigte. Ihm blieb nichts anderes übrig.«

Ulf erzählte von den beiden Gastmählern, zu denen Himerion eingeladen hatte. Der Statthalter hatte zunächst mit unbewegtem Gesicht zugehört. Plötzlich legt er Ulf die Hand auf die Schulter. »Weiter, Ulf! Weiter! Was hat mein Sohn noch erzählt? Welche Namen hat er erwähnt? Versuche dich zu erinnern, Ulf! Es ist wichtig. Daraus kann man vielleicht schließen, was Himerion von euch wollte.«

»Von Bardas hat er gesprochen und von Basileios.«

Der Statthalter wischte Ulfs Antwort mit seiner Handbewegung beiseite. »Das besagt nichts. Selbstverständlich ist der Machtkampf zwischen Bardas und Basileios bei uns Tagesgespräch. Von wem noch, Ulf? Von wem noch?«

Namen? Ulf kramte in seiner Erinnerung. Der Sohn des Statthalters hatte viele Namen genannt, mit einer Sturzflut von Namen und Titeln hatte Himerion sie damals überschüttet. Drei oder vier der Namen fielen Ulf ein. Bei einem stutzte der Statthalter, bei einem weiteren zuckte es wie Unmut über seine Züge. »Weiter!«

»Und von einem Gregor hat er gesprochen.«

»Gregor«, murmelte der Statthalter. »Gregor.«

»Ja. Himerion hat ihn oft erwähnt. Er soll ein Berater des Kaisers...«

Eine Handbewegung des Statthalters gebot ihm Schweigen. »Gregor! Jetzt ist mir alles klar, Ulf!«

»Ist dieser Gregor dein Feind, Leon?«

Ein wütendes Auflachen. »Gregor ist ein Günstling des Basileios, einer seiner Verbündeten – gewiss kein Freund meines Verwandten Bardas.«

»Ich hätte Himerion einen solchen Verrat nie zugetraut. Er wirkte so entschlusslos. Dieses endlose Gerede über Konstantinopel...«

Leon wühlte mit den Fingern verzweifelt in seinen Locken. »Warum hat mir Ragnar niemals etwas von diesen Besuchen erzählt? Wenn ich das gewusst hätte, wäre alles anders gekommen!«

»Warum sollte er?«, entgegnete Ulf verdutzt. »Himerion hat doch nichts Gescheites gesagt...«

Leon packte seinen Arm, dass es schmerzte. Seine Stimme klang heiser. »Alles hat er gesagt! Ulf, mein Sohn wollte euch auf seine Seite ziehen. Ihr solltet mit den Verschwörern gemeinsame Sache machen.«

Ulf blickte erstaunt auf den Mann, der jetzt lange schwieg, in dumpfes Brüten versunken. Dann seufzte Leon. »Aber Ragnar kennt die Verhältnisse in Konstantinopel nicht, auf deren Veränderung mein Sohn anspielte. Er hat ihn nicht verstanden. Ragnar konnte ihn nicht verstehen.«

Als der Grieche das letzte Wort übersetzt hatte, begannen die Männer vor Freude zu grölen. Ulf schwieg. Für ihn kam das Versprechen des Statthalters nicht überraschend. Ihnen gegenüber hatte Ragnar bereits eine entsprechende Andeutungen gemacht. »Aber...« Erik, der an seiner Seite stand, kam näher und flüsterte vorsichtig: »Was glaubst du? Bekommt der Statthalter in Konstantinopel wirklich das Silber, um uns auszuzahlen? Und dazu noch das große Geschenk, das er uns versprochen hat?« Ulf nickte heftig. »Warum nicht?« Hatte Leon nicht alles überzeugend erklärt? Schon mehrfach hatte Ulf gehört, wie einflussreich die Familie des Statthalters in Konstantinopel war. Und Leons Verwandter in Konstantinopel musste ihm Beistand leisten, da hatte Leon Recht. Er war der Statthalter, den Verräter in den eigenen Reihen zur Flucht getrieben hatten, Verräter, die mit den Feinden des Reiches zusammengewirkt, ihnen eine Stadt des Kaisers in die Hände gespielt hatten. Und der Kaiser? Was blieb dem Kaiser anderes übrig als seinen vertriebenen Statthalter zu unterstützen? Auch Bardas würde sich, da war Ulf sich sicher, für Leon ins Zeug legen. Der engste Berater des Kaisers, der nach dem Kaiser mächtigste Mann am Hofe, war Leons Verwandter. Und... Leon hatte es ja gerade erklärt: Die Machtstellung des Bardas war umso gefestigter, je mehr seiner Verwandten in hohen Staatsämtern saßen. Bardas konnte den Statthalter nicht fallen lassen! Wenn aber Leon die Gunst des Kaisers und seines engsten Beraters hatte... Ja, dann würde sich auch Johannes, ein weiterer Verwandter in Konstantinopel, auf seine Seite schlagen. Außerdem hatte Leon gesagt, dieser Johannes, ein entfernter Vetter, sei ihm sehr zugetan.

Unwillkürlich fuhr Ulfs Hand zu dem Lederbeutel an seinem Gürtel. Er fühlte nur noch wenige Silberstücke darin. Aber bald würde dieser Beutel wieder prall gefüllt sein. Er würde noch etwas warten müssen... Der Statthalter musste sich das Silbergeld erst von den Verwaltern seiner Güter in Kleinasien schicken lassen. Zufrieden lächelte Ulf. Wie hatte ihn der Gedanke, wieder und wieder, in Wut versetzt: nach monatelanger, gefahrvoller Reise erreichten sie endlich die »Große Stadt«. Aber ohne Waren, die sie mit einem Riesengewinn verkaufen könnten. Und ohne Silber, um die Kostbarkeiten einzukaufen, welche die Händler in Konstantinopel feilboten. Ohne Silber wäre ihre Wikingerfahrt zur »Großen Stadt« vergeblich gewesen. Jeder Nordmann, dem er von den Wundern Konstantinopels erzählt hätte, hätte ihm atemlos zugehört. Aber nicht deshalb wagten sich die Nordmänner nach der »Großen Stadt«. Jeder, der von einer solchen Wikingerfahrt heil zurückgekehrt war, war ein reicher Mann. Erik stieß ihn freundschaftlich in die Rippen: »Du, Ulf! Das Langschiff wird die Waren kaum tragen können, die wir für das Silber bekommen, das Leon uns versprochen hat.«

Die Fahrt hatte noch viele Tage gedauert. Trotz des beständigen Nordwindes hatte Ragnar meistens das Segel gesetzt, und das Schiff legte so weit nach Steuerbord über, dass gelegentlich Wasser durch die hölzernen Schieber sickerte, die die Ruderlöcher verschlossen. Trotzdem kam das Langschiff nur langsam vorwärts. Aber wenigstens hatten sie in dieser Hitze nicht auf den Ruderkisten schwitzen müssen. Nur in den Dardanellen, der Meerenge, die kein Ende zu nehmen schien, und die der Grieche »Hellespont« nannte, mussten sie gelegentlich zu den Rudern greifen. Zu nah rückten an manchen Stellen die hügeligen Ufer zusammen. Zu nah hätte der Nordwind das Boot an die Küste gedrückt. Denn wo immer der Drachenkopf auftauchte, liefen an den Ufern die Soldaten des Kaisers zusammen. Und die Pfeile, die weit entfernt ins Wasser fielen, zeigten, dass man sie nicht willkommen hieß.

Endlich, nach fast zwei Tagen, dehnte sich wieder offene See vor ihrem Bug. Nicht ganz offen, denn meist sah man auf beiden Seiten die Küste, aber die war fern. An einer der kleinen Inseln, die im Süden auftauchten, als sie in das Marmara-Meer einliefen, legten sie an und füllten an einem Bach das Wasserfass. Die Insel war offensichtlich unbewohnt.

Jetzt, im goldgelben Licht der Nachmittagssonne, schoss das Schiff vorwärts, an den Ufern entlang, die ihnen immer näher kamen. Ulf drängte sich mit den anderen am Bug. Dort hinten, hatte der Grieche gesagt, lag die »Große Stadt«. Der Wind hatte sich gedreht, und das prallgefüllte Segel hinter ihm knarrte.

Dann sah Ulf die Mauer und erstarrte. Turm reihte sich an Turm. Ulf versuchte, die Türme zu zählen, aber bei zwanzig gab er auf. Immer noch dehnte sich diese zinnengekrönte, in regelmäßigem Abstand von Befestigungstürmen unterbrochene Mauer ins Endlose. Der Grieche sah Ulf an: »Die Seemauer.« Ulf betrachtete dieses Gesicht. Er hatte sich immer noch nicht an den Vollbart gewöhnt, den der Grieche sich hatte stehen lassen: ein tiefschwarzer, gekräuselter Vollbart, der sein Aussehen völlig veränderte.

»Hört diese Mauer denn niemals auf?«, fragte Ulf den Griechen. »Ganz da hinten biegt die Seemauer nach Westen ab. Dahinter liegt das Goldene Horn. Das Goldene Horn ist eine lange, schmale Bucht. Diese Bucht bildet Konstantinopels Hafen.« Der Grieche deutete auf die Türme. Sein Gesicht glänzte vor Stolz. »Diese Seemauer hat einhundertachtundachtzig Türme, Ulf! Sie ist acht Kilometer lang.«

Ulf gab keine Antwort. Er hatte nur Augen für diese Mauer. Je näher sie kamen, desto gewaltiger erschien sie ihm. Schon konnte er die Ziegelreihen erkennen, die Zinnen auf der Mauerkrone. Und überall in gleichen Abständen diese ebenfalls zinnengekrönten, vorspringenden Türme. Was waren die Mauern von Paris gegen diese Seemauer?

Ein Rippenstoß des Griechen weckte ihn aus seinen Träumereien. »Schau den Turm da vorne, Ulf, am Anfang der Seemauer! Das ist der schönste Befestigungsturm von ganz Konstantinopel. Alles aus Marmor! Deshalb nennen wir ihn den Marmorturm.« Ulf konnte jetzt die Köpfe der Soldaten zwischen den Zinnen erkennen. Er hörte ihr Geschrei, undeutlich zwar, aber unmissverständlich: Diese Rufe waren feindselig. Dann kam der Pfeilhagel. Die Pfeile klatschten weit vor dem Schiff ins Wasser. Aber sie waren eine deutliche Warnung. Ragnar ließ das Segel einrollen und den Mast umlegen. Nur mittschiffs arbeiteten einige Ruderer. So glitt ihr Boot knapp außer Schussweite langsam an der Seemauer entlang.

Der Statthalter hatte den Griechen zu sich gewinkt. Nun standen sie am Vordersteven, und Leon sprach auf den Griechen ein. Turm um Turm zog an ihnen vorüber, als der Statthalter endlich mit dem Arm auf ein kleines Tor in der Mauer wies. Die Seemauer fiel an dieser Stelle nicht steil ins Meer ab, sondern vor dem Tor erstreckte sich ein schmaler Uferstreifen, von dem aus eine gemauerte Anlegestelle ins Wasser ragte. Nur ein verlassenes Fischerboot schaukelte an der Mole. Ragnar steuerte auf die Anlegestelle zu. Bevor sie in die Reichweite der feindlichen Pfeile gerieten, ließ er die Ruder einholen. Der Grieche legte beide Hände an den Mund und brüllte aus Leibeskräften hinüber. Auf der Mauer war sicherlich nicht jedes seiner Worte zu verstehen. Aber der Grieche wiederholte den Namen »Johannes« und einen Schwall großartiger Titel so oft, dass die Soldaten hinter den Zinnen ihn verstehen mussten. Jedenfalls flogen keine Pfeile, und schließlich schallte ein mehrfach wiederholtes, halbwegs verständliches »Wartet!« herüber.

»Sie holen sicher einen Offizier«, rief der Grieche nach hinten. Sie mussten lange warten. Endlich erschien ein Mann zwischen den Zinnen und winkte ihnen, näher zu kommen.

Während die Ruderer in der Schiffsmitte die Ruderblätter eintauchten, eilte der Statthalter nach hinten, setzte sich neben Ragnar auf das Deck und verbarg das Gesicht hinter den gespreizten Fingern seiner Hände. Jetzt gab der Mann auf der Mauer ein Zeichen, anzuhalten. Vom Bug aus rief der Grieche zu den Zinnen hinauf: »Wir müssen zu Johannes!« Wieder dieser Schwall von Titeln. »Es ist sehr wichtig!« Der Offizier auf der Mauer schien zu überlegen. Dann rief er ihnen zu, an der Mole anzulegen, aber im Boot zu bleiben. Nur der Grieche solle ans Ufer kommen.

Das Langschiff schaukelte schon lange neben der Mole, als sich das Tor in der Mauer öffnete. Der Grieche sprang an Land. Der Offizier kam an der Spitze eines Trupps auf den Griechen zu. Es waren mindestens sechzig Mann, und alle trugen schwere Kettenhemden. Vor dem Griechen blieb der Offizier stehen, Verachtung sprach aus seinem hocherhobenen Gesicht. Grußlos fuhr er den Griechen an: »Du bist ein Grieche?« Als dieser nickte, deutete der Befehlshaber auf das Langschiff. »Aber das sind Waräger!« Feindseliger hätte seine Stimme nicht klingen können. »Macht euch fort! Wir dulden keine Waräger in der Stadt!«

Der Grieche blieb ruhig. »Überlasst die Entscheidung besser Johannes! Wir haben eine Botschaft für ihn. Eine sehr wichtige Botschaft.«

Der Offizier ließ seinen Blick verächtlich über die Mannschaft wandern. »Was hat Johannes mit euch Warägern zu schaffen – einer der höchsten Beamten des Reiches!«

Der Grieche hielt ihm das zusammengefaltete und versiegelte Papier vor das Gesicht, das er von dem Statthalter erhalten hatte. »Hier ist die Botschaft. Sie ist nicht nur wichtig, sondern auch eilig. Deshalb müssen wir sie überbringen. Ein Langschiff der Waräger ist schneller als jedes eurer Kriegsschiffe. Was wird Johannes sagen, wenn er diese Botschaft erst morgen oder übermorgen erhält, weil wir deinetwegen einen anderen Boten senden mussten?«

Ulf sah, wie der Offizier erbleichte. »Ich habe nicht gesagt… Ich meinte nur…«, murmelt er. »Johannes soll diese Botschaft selbstverständlich erhalten. Du kannst mir sagen, worum es sich handelt.«

»Es ist eine absolut vertrauliche Botschaft«, erklärte der Grieche würdevoll. »Was wird Johannes sagen, wenn er erfährt…«

Der Offizier hob abwehrend die Hände. »Ich will gar nicht wissen, was in dieser Botschaft an Johannes steht. Aber wir haben strengen Befehl, keine Waräger in die Stadt zu lassen. Einer meiner Männer wird dieses versiegelte Papier Johannes überbringen. Dann soll er selbst entscheiden.«

Der Grieche nickte und übergab dem Offizier das Schreiben. Einer der Soldaten verschwand damit im Laufschritt unter dem Tor.

Der Offizier hatte sich mit seinen Soldaten bis zum Tor zurückgezogen. Offensichtlich wollte er ein weiteres Gespräch mit dem Griechen vermeiden. Plötzlich entstand dort einige Unruhe. Die Soldaten stoben auseinander, und zwei Sänften kamen auf sie zu. Vorneweg rannten vier Schnellläufer mit Knüppeln in den Händen. Die erste Sänfte kam vor dem Griechen zum Stehen. Die Sklaven, je zwei vorne und hinten auf beiden Seiten, nahmen die Tragbalken von den Schultern und setzten den stoffverkleideten Holzkasten auf den Boden. Die Tür öffnete sich, und Johannes stand vor ihnen. Der Mann, fand Ulf, sah dem Statthalter ähnlich. Er hatte etwa das gleiche Alter, den gleichen gestutzten, schwarzen Bart, nur schmalere Schultern. Aber sein Gesicht war bleicher, sorgsam geschützt vor den sengenden Sonnenstrahlen, und keine Narbe zeugte von bestandenen Kämpfen. Die Ringe an seinen Fingern funkelten bis zu Ulf herüber, aber die Kleidung war die eines einfachen Griechen. Johannes wandte sich zu dem Offizier um. Dieser hatte sich zu Ulfs Erheiterung bereits vor der Sänfte bis fast zum Boden verbeugt. Johannes winkte den Soldaten zu verschwinden. Dann wandte er sich den Nordmännern zu. »Folgt mir in meinen Palast. Ihr sollt meine Gäste sein.«

Ragnar erteilte rasch seine Befehle. Während einige das Boot vertäuten, holten die anderen ihre Fellsäcke unter den Planken hervor. Ragnar gab Ulf und einigen Ruderern einen Wink. »Wir nehmen Leon in die Mitte. Die Soldaten auf der Mauer sollen ihn nicht erkennen.« Dann sprangen sie auf die Mole. Den Statthalter in der Mitte, gingen sie zur hinteren Sänfte. Johannes war herangetreten und verbeugte sich gemessen vor Ragnar. »Hier ist nicht der Ort für eine Unterhaltung. Sparen wir uns weitere Worte auf, bis wir in meinem Palast sind«, sagte er kurz. Der Statthalter bestieg die Sänfte und schlug die Tür zu. Dann fiel ein Brokatvorhang. Niemand würde sehen, wer in dieser Sänfte saß, dachte Ulf.

Der Palast war nur wenige Schritte vom Tor entfernt. Johannes führte sie in eine Halle. Drei oder vier holzgeschnitzte Sessel standen an einer Wand, ansonsten war der Raum leer. Aber die kostbaren Wandvorhänge verrieten, dass es der Empfangsraum war. Er wirkte streng, beinahe abweisend.

Diener traten ein und reichten jedem eine weingefüllte Silberschale. Mit lauter Stimme und vielen Worten hieß Johannes sie willkommen. Seine Begrüßung, sein Dank für ihre Hilfe klangen überschwänglich, gelegentlich so gestelzt, dass Ulf auf die Übersetzung des Griechen warten musste. Aber wie lobend seine Worte auch waren, sein Gesicht blieb unbewegt. Er verbeugte er sich noch einmal gemessen vor Ragnar. »Die Diener werden euch gleich zu euren Räumen führen. Für Einzelheiten ist morgen noch Zeit genug. Aber erlaube, dass Leon mir vorher noch erzählt, was sich zugetragen hat. Leons Schreiben ist so knapp... Ich habe es gar nicht richtig verstanden.«

Leon ließ sich die Schale wieder füllen und berichtete mit kurzen Worten von der Belagerung der Seefestung. Johannes hörte ihm unbewegt zu. Als Leon erzählte, wie sein Bruder Alexios beim Versuch, ihm das Leben zu retten, gefallen war, unterbrach ihn Johannes zum ersten Mal. »Gott sei seiner Seele gnädig.« Doch die Stimme war kalt. Leon hatte Nikolaos bisher nicht erwähnt. Erst jetzt sprach er von der Verschwörung und dem Tod des Verräters vor der unterirdischen Pforte. Ulf beobachtete Johannes scharf. Einen kurzen Augenblick zuckte es über dessen Gesicht. Wie Bestürzung, dachte Ulf. Dann hatte Johannes sich wieder in der Gewalt. Seine Miene war so undurchdringlich wie zuvor. »Wer hätte das gedacht!« Mehr sagte er nicht. Als der Statthalter auf Himerion zu sprechen kam, den Versuch des Sohnes, den eigenen Vater zu erschlagen, schwieg Johannes. »Der eigene Sohn! Ist das nicht ungeheuerlich, Johannes?«

Wieder beobachtet Ulf Leons Verwandten. Doch dessen Züge verrieten seine Gedanken nicht. Johannes schwieg eine Weile. Dann sagte er kühl: »Natürlich muss man den Verrat verachten. Verrat schändet die Ehre unserer ganzen Familie.« Nach kurzem Schweigen fuhr er fort: »Du bist der Ansicht, Leon, hinter der ganzen Verschwörung stecke dein älterer Bruder. Da muss ich dir widersprechen. Psellos ist längst tot!«

Ein Diener stand neben dem Türvorhang. Johannes wandte sich Ragnar zu. »Dieser Mann wird euch zu euren Räumen führen. Ich habe euch ein Mahl auftragen lassen. Und...«, zum ersten Mal huschte etwas wie ein Lächeln um seine Lippen, »die Diener haben viele Weinkrüge hingestellt. Erlaube, dass ich mich mit Leon zurückziehe. Wir haben viel zu besprechen.«

Der Graubart reckte und streckte sich, als die ersten Nordmänner mit dem Diener hinter dem Türvorhang verschwanden. »Die Große Stadt, Ragnar! Manchmal habe ich nicht geglaubt, dass wir sie jemals sehen würden.« Ragnar schwieg. In seinem Gesicht konnte Ulf nichts lesen. Aber er sah den tiefen Atemzug...

Einige Stunden später warf Ulf den letzten Knochen neben den silbernen Teller. Genüsslich reckte er die Arme in die Höhe und rülpste. Der Diener, der den Türvorhang zur Seite geschoben hatte, verbeugte sich tief. »Wenn ihr ein Bad wünscht...« Sie sprangen alle auf.

Der Haussklave führte sie durch einige Räume, dann deutete er auf eine Tür. »Dahinter ist das Bad. Es ist alles hergerichtet, Öl und Tücher liegen bereit.« Ulf warf seine Kleider zu Boden, wo er gerade stand. Dann rannte er zur Tür, die Grim vor ihm soeben aufriss. Heißer Dampf quoll ihnen entgegen. Im Inneren des Baderaumes brodelten die Dampfschwaden. Sie konnten höchstens zwei Schritt weit sehen. Vorsichtig tastete sich Ulf mit den Füßen bis zu dem Rand des großen Beckens, das sich undeutlich abzeichnete. Mit einem Sprung war Ulf im Wasser und tauchte bis über den Kopf ein. Die Hitze tat ihm gut. Er dachte an die eiskalten Winter in Schweden und die Dampfbäder, in denen sie einmal in der Woche ihre durchfrorenen Körper aufwärmten. Als er wieder auftauchte, spritzte ihm von allen Seiten das Wasser entgegen. Die letzten Gefährten sprangen gerade in das Becken. Lange tauchten sie auf und unter in dieser angenehmen Hitze, die die Muskeln löste. Dann begannen sie sich übermütig mit Wasser zu bespritzen.

Ein Geräusch ließ Ulf zusammenfahren, ein Geräusch wie ein glockenhelles Kichern. Dann sah er, wie das Gesicht in dem Dampf langsam Konturen annahm: wassertriefende schwarze Locken, schwarze, mandelförmige Augen. Das Mädchen tat einen Schritt auf Ragnar zu. Ulf bewunderte den zarten Körperbau, die festen Brüste. »Du bist Ragnar?« Der nickte nur. »Mein Herr hat mich dir zugeteilt. Ich soll bei dir bleiben, solange du unser Gast bist.« Sie legte ihre Arme um Ragnars Hals. »Mein Name ist Zoe.«

Und wieder Gekicher. Nackte Mädchen sprangen aus dem Dampf. Arme legten sich um Ulfs Hals. Brüste, glühend heiß, pressten sich gegen ihn. Ulfs Hände glitten über feuchte Schultern, den Rücken, tauchten ins Wasser. Seine Fingerspitzen streichelten feste Hinterbacken. Blendend weiße Zähne öffneten sich und eine weiche Zunge strich über seine Lippen. Dann zog die Sklavin sein Ohr zu ihrem Mund herab. »Komm…«

Ragnars gesamte Mannschaft saß im Garten, als Johannes sie am Nachmittag aufsuchte. Ulf ließ seine Augen über die Gestalt des Byzantiners gleiten. Er dachte zurück an das Festmahl, das Leon ihnen gegeben hatte, an das prächtige Festgewand des Statthalters, und war enttäuscht. Johannes trug eine schwarze Tunika ohne Verzierungen und schwarze Schuhe. »Das ist eine ganz einfache Kleidung«, flüsterte Ulf dem Griechen zu. »Ob dieser Johannes wirklich so einflussreich ist, wie Leon behauptet?«

»Einfache Kleidung?«, lächelte der Grieche. »Sieh doch, wie lang und weit diese Tunika ist! Ja, Johannes trägt kein Prunkgewand. Aber je länger und weiter die Tunika, umso höher der Rang ihres Trägers. Und schwarze Schuhe tragen nur hohe Beamte.«

Ragnar trat vor und begrüßte den Hausherrn. Sie tauschten einige Höflichkeiten aus, dann kam der Byzantiner zur Sache: »Ich komme wegen eures Schiffes. Es bleibt an der Mole, an der ihr es gestern vertäut habt. Ich habe befohlen, das Stadttor geschlossen zu halten. Die Soldaten werden jeden verscheuchen, der an dieser Mole anlegen will. Auch das Fischerboot, das gestern dort lag, habe ich entfernen lassen. Aber die Wachen haben Befehl, euch Waräger durch das Tor zu lassen.«

Der Grieche mischte sich ein: »Warum sollen wir nicht im Hafen anlegen, im Goldenen Horn?«

Das Lächeln, das über die Züge des Byzantiners spielte, war undurchdringlich. »Es wäre zu gefährlich. Die aufgebrachten Massen würden möglicherweise versuchen, euer Schiff in Brand setzen. Und viele andere Schiffe würden mitverbrennen. Die Stadtwache könnte es nicht verhindern.«

»Aber warum?«, fragte Ragnar. »Konstantinopel ist eine Handelsstadt. Hier legen Schiffe aus vielen Ländern an.«

»Das ist richtig«, stimmte Johannes zu. »Aber das Volk hasst die Waräger. Vielleicht habt ihr es noch nicht gehört: Im letzten Sommer machte eine

Flotte eurer Langschiffe das Schwarze Meer unsicher. Die Waräger plünderten viele unserer Küstenstädte. Jede Woche gelangte eine neue Schreckensmeldung in die Stadt. Und dann kam diese Flotte durch den Bosporus nach Konstantinopel. Unsere Stadtsoldaten schworen, sie hätten vor der Seemauer einen Wald von Drachenköpfen gesehen. Zweihundert Langschiffe, behaupten sie.« Sein Gesicht war ernst geworden. »Das Volk rechnete jeden Tag mit einem Angriff auf die Stadt. Der Patriarch und der Präfekt, der Kommandeur der Stadtwache, jagten dem Heer des Kaisers Eilboten nach. Kaiser Michael musste seinen Feldzug gegen die Araber abbrechen, um die Hauptstadt zu retten. Aber als Heer und Flotte in Konstantinopel ankamen, waren die Langschiffe der Waräger längst über alle Berge.«

Das Schmunzeln, das jetzt um die Lippen des Hausherrn zuckte, fand Ulf, war ziemlich hämisch. »Kaiser Michael schäumte vor Wut. Im Sommer zuvor hatte der Kaiser mit seinem Heer am Euphrat einen glänzenden Sieg über die Araber erfochten. Und vergangenes Jahr standen die Zeichen wieder günstig. Er hätte sicherlich die eine oder andere arabische Grenzstadt erobert. Ich stand selbst in der Nähe unseres erhabenen Kaisers Michael. Ich habe gesehen, wie der Stadtpräfekt zitterte. Kein Wunder, dass er von einer riesigen Flotte stammelte... Zweihundert Schiffe – mindestens.« Er blickte Ragnar an. »Jetzt werdet ihr verstehen, warum es in der Stadt für Waräger gefährlich ist. Es ist wirklich besser, kein Stadtbewohner kommt in die Nähe eures Langschiffes.«

Johannes nahm Ragnar einige Schritte zur Seite und sprach noch längere Zeit auf ihn ein. Dann verließ er den Garten.

Am nächsten Vormittag, bevor die Haussklaven das Mittagsmahl auftrugen, kehrte Ragnar vom Statthalter zurück. Als Ragnar die beiden prall gefüllten Lederbeutel in die Höhe hielt, drängten die Gefährten mit funkelnden Augen herbei. »Es ist nur eine Anzahlung«, sagte er, als er jedem zehn Silberstücke in die Hand drückte. »Leon muss warten, bis die Verwalter seiner Güter in Kleinasien mehr Silber schicken. Er hat schon Boten abgesandt.« Während Ulf die Münzen in den Beutel an seinem Gürtel steckte, fuhr Ragnar mit ernster Miene fort: »Ich habe mit Johannes gesprochen. Wir können in die Stadt, aber ohne Helm und Waffen. Unsere Kleider unterscheiden sich kaum von denen der Franken. Das Volk wird uns für Franken halten. Aber redet nicht zu viel – schon gar nicht im Suff. Die Leute sollen nicht erfahren, dass wir Nordmänner sind und dass wir in der dalmatinischen Seefestung waren!«

Grim zupft spöttisch an seinem Gabelbart. »Sie werden nicht viel ausplaudern, Ragnar«, lachte er. »Ihr Griechisch reicht bestenfalls für die Huren.«

Ulf warf den Mantel über einen Stuhl und streckte sich auf seinem Bett aus. Er war mit dem Griechen in vielen Schenken gewesen. In seinem Kopf wirbelte alles durcheinander: himmelhohe Säulen, riesengroße Kuppeln und fremdartige Gesichter. Ulf dachte zurück an den ersten Spaziergang durch die »Große Stadt«.

Es waren nur wenige Schritte gewesen vom Palast des Johannes zum Fuße des Hügels. Dann waren sie die Treppe hinauf gestiegen, hinauf, wie der Grieche sagte, zur größten Kirche der Welt. Wie eine Bergkuppe war sie Ulf vom Fuß des Hügels aus erschienen, die große Kuppel, die alle Bauwerke der Stadt überragte. Auf der rechten Seite der Treppe, hinter einer Mauer, kletterte ein Gewirr von Gebäuden den Hang hinauf und versperrte den Blick auf die Kirche. »Der Palast des Patriarchen«, erklärte der Grieche.

Als sie die letzten Stufen hinter sich hatten, waren sie in einen rechteckigen Hof getreten. Ulf hatte die Säulengänge bewundert, die diesen auf drei Seiten umgaben. Der Hof war fast menschenleer. Einige Händler hatten ihre Stände aufgebaut mit Kuchen in den verschiedensten Formen. »Ja, während der Gottesdienste verkaufen hier die Kuchenbäcker ihre Waren«, hatte der Grieche erklärt. Dann hatte ihn der Grieche durch die Säulen in den inneren Vorraum geführt. Staunend hatte Ulf die mit Marmor verkleideten, rechteckigen Stützpfeiler betrachtet, die Gewölbe unter der Decke und die mächtigen Holztüren zu beiden Seiten. Der Grieche hatte mit wichtiger Miene auf die mittlere Tür gedeutet. »Diese Tür ist immer verschlossen. Nur der Kaiser betritt durch sie die Kirche. Gehen wir dort hinein.«

Angesichts dieser Pracht war Ulf zurückgeprallt. »Da hast du sie,« hatte der Grieche mit spöttischem Unterton gesagt. »Die Hagia Sophia, die Kirche der heiligen Weisheit. Man sagt, ihr Bau habe dreihundertzwanzig Tonnen Gold gekostet.« Ulf war gestanden wie angewurzelt und hatte nicht begreifen können, dass Menschen in der Lage waren, eine solch ungeheuere Halle zu errichten. Nur Walhalla, die Halle Odins, mochte größer sein. Der Grieche hatte ihm erklärt, dass ein Kaiser Justinian diesen Bau vor dreihundert Jahren errichtet habe. Dieser Kaiser habe viele Kirchen gebaut und viele Paläste. Er sei der größte Kaiser des byzantinischen Reichs gewesen, das damals noch Mesopotamien, Syrien und Ägypten umfasst habe. Und Justinians Feldherren hätten auch Italien und Teile von Spanien und Nordafrika erobert. Heute hingegen bestehe das Reich nur noch aus Griechenland, Kleinasien und der einen oder anderen Stadt auf der Halbinsel Krim, an den Küsten Dalmatiens und Italiens. Alles andere hätten die Araber erobert. Und die Bulgaren und Slawen. Oder die Chasaren.

Ulf hatte nur mit einem halbem Ohr zugehört. Immer wieder waren seine Augen zu dem gewaltigen Halbrund zurückgekehrt. Sie waren an den gewaltigen Marmorsäulen vorbeigegangen mit den kunstvoll gemeißelten Kapitellen an der Spitze, Ulf hatte unter der großen Kuppel gestanden, von der der Grieche gesagt hatte, kein Bauwerk, kein Turm auf der Erde sei höher. Und diese Kuppel war wirklich zehnmal so hoch gewesen wie der Dachfirst eines schwedischen Langhauses.

Schließlich hatte Ulf auch noch einen Warnruf des Griechen überhört und war hinter die niedrige Brüstung aus Marmorplatten und Silberblech hinter der Kanzel vorgedrungen. Plötzlich war einer der schwarz gekleideten Priester hinter einer Säule hervorgesprungen. Seine Lippen und sein struppiger Vollbart hatten vor Erregung gebebt, als er den Zorn Gottes auf den Frevler herabbeschworen hatte. Dies sei der Chor, hatte der Grieche erklärt, den nur die Priester betreten dürften.

Ulf dachte an die vielen Männer in schwarzen Kutten, die überall geschäftig hin und her eilten. »Sieben Sitzreihen für die Priester gibt es in der großen Halle? Dann muss es dort viele Priester geben.«

»Über hundert, Ulf«, antwortete der Grieche schläfrig.

Ulfs Gedanken wanderten zurück zu den prachtvollen Bildern, die aus lauter kleinen, farbigen Steinchen zusammengesetzt waren. Bei vielen dieser Bilder hatte man nicht mehr erkennen können, was sie eigentlich darstellten, und Ulf erinnerte sich an den plötzlichen Zorn des Griechen, als er ihm eine Erklärung gegeben hatte, die Ulf nicht verstanden hatte.

»Aber warum, Grieche«, fragte er, »warum hat man diese Bilder, diese Mosaiken zerstört?«

Aus den Zügen des Griechen sprach blanke Verachtung. »Wegen des Bilderstreites.«

Ulf verstand nicht, warum diese Christen überhaupt Bilder von Menschen herstellten. Und er verstand erst recht nicht, warum sie sich dann um diese Bilder stritten. Doch der Grieche richtete sich auf und fuhr fort: »Dieser Bilderstreit hat unserem Reich unendlich geschadet. Während die Araber und die Slawen unsere Grenzen unsicher machten, stritten wir darüber, ob man von Christus und den Heiligen Bilder machen darf. Ja, ob man überhaupt Bilder von Menchen und Tieren machen darf. Ein ganzes Jahrhundert währte dieser Bilderstreit.«

Ulf schüttelte ungläubig den Kopf. »Ja, das kannst du nicht verstehen. Natürlich haben die Bilderfeinde behauptet, es gehe ihnen um den rechten Glauben. Die Bibel verbiete dem Menschen, sich von Mensch und Tier Abbilder zu machen. Denn Gott habe die Menschen und Tiere erschaffen. Wer aber Menschen und Tiere lebenstreu nachmache, im Bild oder als Statue, wolle selbst Schöpfer spielen und sein wie Gott.« Er grinste spöttisch. »Aber selbstverständlich ging es um Handfesteres. Die Bischöfe fürchteten um ihren Einfluss, die Klöster und Mönche um ihr Geld. Es ist eigentlich ganz einfach, Ulf: die Ikonen, die Bilder von Christus, Maria und den Heiligen, wurden damals beim Volk immer beliebter. Manche warfen sich vor den Ikonen nieder wie vor dem Kaiser.«

»Sich vor einem Bild auf den Boden werfen!« Ulf schüttelte den Kopf. »Du willst mir wohl einen Bären aufbinden?«

»Nein. Aber du kannst dir nicht vorstellen, Ulf, was die Leute für einen Unsinn über die Ikonen erzählten. Nicht nur Heilung und Hilfe erwarteten sie von diesen Bildern. Manchmal glaubten sie sogar, die Ikonen hätten sich selbst gemalt. Und als eine unserer Städte von den Arabern belagert wurde, faselten die Leute, eine Ikone habe des Nachts ihre Kirche verlassen, sei über die Stadtmauer geschwebt und habe die Belagerungsmaschinen des Feindes in Brand gesteckt. Schließlich besuchten die Gläubigen nur noch die Klöster, in denen wundertätige Ikonen hingen. Die Bischofskirchen standen leer. Selbst hohe Geistliche lehrten, Worte, auch die Worte der Bibel, seien missverständlich, und nur im Bild, in der Ikone also, erkenne der Christ die göttliche Wahrheit unmittelbar. Kein Wunder, dass die Bischöfe um ihre Macht bangten, wenn die Menschen ihr Heil nur in den Klöstern suchten, bei den Mönchen… Dazu musst du wissen, dass die meisten Klöster nicht dem Bischof unterstehen, sondern dem Kaiser oder ihrem Stifter, einem Privatmann. Da verlieren der Patriarch und seine Bischöfe bald allen Einfluss auf die Massen.«

»Und die Mönche?«, fragte Ulf.

»Die Klöster wurden immer reicher – jedenfalls alle die Klöster, die eine berühmte Ikone besaßen. Selbstverständlich mussten die Gläubigen Geschenke mitbringen, wenn sie die Ikone sehen wollten.« Das Gesicht des Griechen wurde noch düsterer. »Ein Jahrhundert, ein volles Jahrhundert, tobte dieser Streit. Mal verboten die Kaiser die Ikonen, mal erlaubten sie die Bilderverehrung oder duldeten sie wenigstens. Jetzt scheint der Bilderstreit beendet. Vor beinahe zwanzig Jahren ließ die Kaiserin Theodora die Bilderverehrung wieder zu. Damals war Michael schon Kaiser. Aber er war erst drei oder vier Jahre alt, und seine Mutter regierte an seiner Stelle. Deshalb siehst du in allen Kirchen die Handwerker bei der Arbeit. Sie ersetzen die zerstörten Mosaiken durch neue.«

Der Grieche griff nach der Weinschale, tat einen großen Schluck und legte sich wieder zurück, während Ulf weiter die Eindrücke ihres Rundgangs auf sich wirken ließ. Der Kaiserpalast hatte ihn enttäuscht. Viel konnte man davon nicht erkennen. Vom Fuße des Hügels dehnte sich hinter hohen Mauern ein Meer von Bäumen bis zur Seemauer, deren Türme und Zinnen von den Baumwipfeln halb verdeckt wurden. Hinter der Seemauer glitzerte das Meer in der Sonne. Der Grieche hatte auf das jenseitige Ufer gedeutet: »Dort liegt Kleinasien. Der Palast besteht aus zahlreichen Innenhöfen und Gärten, die durch Säulengänge und Mauern voneinander getrennt sind. Und in der Mitte steht die große Empfangshalle des Kaisers.«

Ulf hatte gestaunt über die Vielzahl der Gebäude, aus denen der Palast bestand, und der Grieche hatte erklärt: »Die kaiserliche Familie bewohnt nur einen Teil des Palastes. In den anderen Gebäuden wohnen hohe Würdenträger. Wieder andere sind reine Verwaltungsgebäude. Dort befinden sich die Kanzleien der verschiedenen kaiserlichen Ämter. Teile des Palastes stehen den Einwohnern offen: die Amtsgebäude, wenn der Beamte sie vorlädt. Aber nur die höchsten Würdenträger des Reiches dürfen den Teil betreten, in dem die kaiserliche Familie lebt. Dieser Teil des Palastes ist selbstverständlich streng bewacht. Die Wachen töten jeden Eindringling.«

Anschließend hatte ihn der Grieche zur Pferderennbahn geführt und ihm dabei einen merkwürdigen, viereckigen, steinernen Pfeiler gezeigt, der sich nach oben immer mehr verjüngte. Das sei ein ägyptischer Obelisk, hatte er erklärt. Der römische Kaiser Theodosius habe ihn vor dem Zirkus aufstellen lassen und er sei zu Schiff aus Ägypten gekommen – zu Schiff, ein Ungetüm, das länger war als ihr Langschiff!

Die Pferderennbahn hatte sich als hufeisenförmiger Bau erwiesen mit übereinander liegenden Sitzreihen, die immer weiter zurücktraten. Vierzig hatte Ulf gezählt. Er hatte die Loge des Kaisers gesehen, vor der vier riesige Pferde aus Bronze standen.

»Der Kaiser!«, wandte sich Ulf wieder an den Griechen. »Wie sieht er aus?«

»Wo? In der Arena, meinst du sicher. Nun, in der Öffentlichkeit trägt er seine Krone: einen Stirnreif mit geschlossenem Bügel, übersät mit Edelsteinen und Perlen, seinen goldbestickten Purpurmantel und seinen goldenen Herrscherstab. Und zu beiden Seiten der Kaiserloge, so weit die steinernen Brüstungen reichen, sitzen die Senatoren und die höchsten Würdenträger. So, wie wir sie gesehen haben, wirkt die Loge kahl. Aber wenn der Kaiser kommt, wird sie prächtig geschmückt.«

»Liebt der Kaiser Pferderennen?«

»Ich weiß es nicht. Aber manchmal muss sich der Kaiser dem Volk zeigen. Die Menge in einen seiner Paläste zu lassen, wäre zu gefährlich. Deshalb kommt der Kaiser immer in diesen Zirkus, wenn er eine Ansprache an das Volk halten will.«

»Tut er das oft?«

»Nein. Aber es gibt Gelegenheiten, bei denen der Kaiser sich seinem Volk zeigen muss. Unsere Bräuche schreiben das vor.« Einen Augenblick schwieg der Grieche. »Wenn ein neuer Kaiser gewählt ist, ist hier die Hölle los. Dann hält der neue Kaiser eine Ansprache an das Volk. Nur wenn das Volk ihm zujubelt, kann er Kaiser werden.«

»Also wählt das Volk den Kaiser?«

Der Grieche verschluckte sich fast vor Lachen. »Das Volk den Kaiser wählen? Ganz gewiss nicht! Das Volk am allerwenigsten. Manchen Kaisern gelingt es, einen ihrer Söhne zu ihrem Nachfolger zu machen. Als Kaiser Theophilos starb, wurde sein Sohn Michael zum Kaiser gekrönt. Aber, wie ich schon sagte, Michael war damals erst drei oder vier Jahre alt. Deshalb regierte für ihn seine Mutter, die Kaiserwitwe Theodora. Ihr engster Ratgeber und damit der mächtigste Mann im Reich war Theoctistos. Vor sechs Jahren ließ Bardas, ein Bruder der Kaiserin, Theoctistos ermorden. Kurz danach übernahm Michael die Regierungsgeschäfte. Der Kaiser war damals, glaube ich, achtzehn Jahre alt. Weil seine Mutter aber weiterregieren wollte, steckte er sie und seine Schwestern ins Kloster.«

Der Grieche machte eine kleine Pause, dann fuhr er fort: »Aber die Kaiserwürde ist eigentlich nicht erblich. Im byzantinischen Reich kann jeder Kaiser werden, der genügend Hofbeamte und Heerführer auf seine Seite zieht. Wenn einer glaubt, stark genug zu sein, erklärt er den Kaiser für abgesetzt. Gelingt es dem Empörer, den Kaiser in seine Gewalt zu bekommen, lässt er ihn ermorden. Manchmal schickt er ihn auch nur in ein Kloster. Auch in diesem Falle kann er sicher sein, dass der bisherige Kaiser den Thron nicht zurückgewinnen kann. Denn ein Mönch darf nicht Kaiser sein.«

»Und dann setzt sich der Verräter die Krone auf?«

Der Grieche grinste bei Ulfs Frage. »Nein, nein, Ulf. Der Empörer kann sich nicht selbst zum Kaiser krönen. Zuerst muss das Heer ihn auf den Schild heben. Dann tritt der neue Kaiser, hier im Hippodrom, vor das Volk. Dort muss ihm das Volk zujubeln. Diese Zustimmung des Volkes ist ein unerlässlicher Bestandteil der Kaiserwahl.«

»Und wenn das Volk nicht jubelt? Wenn es den neuen Kaiser nicht will?«

»Das Volk wird ihm zujubeln, Ulf. Das Volk hat noch jedem neuen Kaiser zugejubelt. Dafür sorgen schon die Geschenke, die der Kaiser an die Menge verteilen lässt. Je unbeliebter ein neuer Kaiser ist, umso teurer die Geschenke.« Der Grieche fuhr sich mit den Fingern durch seinen frisch gewachsenen Bart. »Anschließend zieht der Kaiser zum Senat. Dort wählen ihn die Senatoren zum Kaiser – was heißt wählen? Sie werfen sich ihm zu Füßen. Diese Ehre steht nur dem Kaiser zu. Ja, und dann krönt der Patriarch den neuen Kaiser in der Hagia Sophia.«

»Und wenn der Patriarch nicht will…?«

»… setzt ihn der Kaiser ab. Anders als im Westen, ernennt und entlässt bei uns der Kaiser die Patriarchen.«

Ulf dachte einen Augenblick nach. »Und die Hofbeamten, von denen du gesprochen hast? Müssen sie auch zustimmen?«

Das Grinsen des Griechen war nun voller Hohn. »Ihre Aufgabe haben sie längst erfüllt. Sie haben die Fäden gezogen. Jetzt warten sie nur noch auf die Ämter und Geschenke, mit denen der neue Kaiser sie belohnt.«

»Welchen Zweck hat eigentlich die Säulenreihe mitten auf der Rennbahn?«, fragte Ulf weiter.

»Diese Säulen sind aufgestellt worden, um den Platz in zwei gleiche Hälften zu teilen. Die eine Hälfte gehört den ›Grünen‹, die andere den ›Blauen‹. Das sind die Anhänger der beiden Rennställe. Die Wagenrennen in diesem Zirkus sind das wichtigste gesellschaftliche Ereignis in Konstantinopel. Die Rennställe gehören entweder reichen Höflingen und Beamten oder wohlhabenden Händlern und Handwerkern. Im ersten Fall sind die Wagenlenker blau, im zweiten Fall sind sie grün gekleidet. Die meisten Bürger, auch die einfachen Leute, die sich nicht einmal ein Pferd leisten können, sind Anhänger eines der beiden Rennställe, also entweder ›Blaue‹ oder ›Grüne‹. Während der Rennen feuern diese Anhänger ›ihre‹ Wagenlenker an, die ihre Farbe tragen. Dabei brüllen sie wie verrückt und schwenken blaue oder grüne Tücher. Alle Kaiser fürchten die ›Blauen‹ und die ›Grünen‹ noch mehr.«

»Kann es dem Kaiser nicht egal sein, welcher Wagen das Rennen gewinnt?«, warf Ulf verwundert ein.

Der Grieche schüttelte den Kopf: »Der Zirkus fasst hunderttausend Menschen. Selbstverständlich ist es dem Kaiser gleichgültig, welcher der beiden Rennställe gewinnt. Aber wenn er einen Krieg verloren hat... Wenn Feinde in das Reich einfallen und die Lebensmittel, die an die Armen verteilt werden, knapp werden... Wenn die Flotten der Araber unseren Handel stören, dann brodelt es im Volk, dann ist es einfach, die Massen aufzuhetzen. Besonders die ›Grünen‹ hetzen unter ihren Anhängern gegen den Kaiser. Doch nur im Zirkus bekommt der kleine Mann seinen Kaiser zu Gesicht – und in den Zirkus gehen hunderttausend Leute. Hier, auf der Pferderennbahn, macht sich dann die Wut der Menge Luft. Hier kann es schnell zum Aufruhr kommen. Belisar, ein Feldherr des Kaisers Justinian, hat in diesem Zirkus bei einem solchen Aufruhr einmal vierzigtausend Zuschauer niedermetzeln lassen.«

Ulf fand noch immer keine Ruhe. Die Eindrücke, die auf seinem ersten Rundgang durch die »Große Stadt« auf ihn eingestürmt waren, diese Erinnerungsfetzen, kreisten in seinem Kopf. Wieder wanderte sein Blick die mächtigen Pfeiler hinauf, schweifte über zwei endlose Bogenreihen. Eine so gewaltige Brücke hatte er noch nie gesehen, und auf dieser Brücke hatte sich eine zweite Brücke erhoben, und sie hatte die riesige Entfernung von der Spitze eines Hügels bis zu einer anderen Hügelkuppe überspannt. Aber so hoch diese Doppelbrücke auch war – für einen Wagen war sie zu schmal, und Ulf hatte auch keine Fußgänger gesehen. Mit seinem spöttischsten Grinsen hatte der Grieche erklärt, dass dieses gigantische, einen Kilometer lange Bauwerk nur zu dem Zweck geschaffen worden sei, Wasser in die Hauptstadt zu leiten.

»Was ich nicht begriffen habe, Grieche: Was macht man mit dem vielen Wasser, das über diesen Aquä... – ich hab's vergessen – in die Stadt fließt?«

»Es gibt keine Quelle auf dem nördlichen Hügel der Stadt. Das Wasser kommt auf solchen Aquädukten aus den Hügeln der Umgebung. Hier in der Stadt wird es auf vierzehn Zisternen verteilt. Selbst wenn ein Belagerer die Wasserleitung außerhalb der Stadtmauern zerstört, hat Konstantinopel Wasser für Jahre. Einige der Zisternen liegen unter der Erde – unterirdische Säulenhallen, größer als Leons Empfangshalle. Diese Hallen sind bis zur Decke mit Wasser gefüllt. Von den Zisternen aus wird das Wasser über die Stadt verteilt. Diese Wasserleitungen und Zisternen stammen noch aus der Zeit der alten Römer.«

Ulf schwirrte der Kopf. Er dachte an seine Heimat, die Brunnen neben den Häusern. Einfache, in den Boden gegrabene Schächte waren das, die Öffnung mit Brettern verkleidet, damit keine Erde ins Wasser fiel, wenn Eimer und Seil am Rande scheuerten. Dass die Mauern und Kirchen größer waren als irgendwo sonst auf der Welt, hatte Ulf erwartet. Aber dass man im Reich der Griechen dem Wasser steinerne Brücken und unterirdische Paläste baute – niemand in der Heimat würde ihm das glauben.

Ulf genoss die Tage im Palast des Johannes. Kaum hatten sie einen Wunsch geäußert, trugen diensteifrige Haussklaven herbei, was ihr Herz begehrte. Überall im Garten standen die halb vollen Amphoren mit griechischem Wein herum. Das Essen, das man ihnen auftrug, war, Ulf konnte es nicht bestreiten, köstlich zubereitet, köstlicher als alles, was ihnen der Statthalter bei seinen Festgelagen vorgesetzt hatte. Sie hatten auch in einer Ecke des Gartens eine Feuerstätte anlegen dürfen, und wenn sie dieser erlesenen Speisen überdrüssig waren, drehte sich ein Ochse oder ein Schaf an dem eisernen Bratspieß.

Ragnars Mannschaft verbrachte die Tage und Abende meist im Garten, und dieser Garten erschien Ulf wie ein Wunder. In der Mitte stand ein offener, achteckiger Pavillon aus Holz, auf den gekieste Wege sternförmig zuführten. Überall gestutzte Büsche und Blumenbeete. Der Grieche hatte ihm die griechischen Namen all dieser Blumen und Sträucher genannt. Aber Ulf hatte sie vergessen. Nur den Namen der Bäume hatte er behalten. Es waren Zypressen. Diese Bäume, deren dichtes Geäst aussah wie ein umgedrehter Fichtenzapfen, gefielen Ulf genauso gut wie die Malereien auf der Gartenmauer. Tiere und Jagdszenen, geschickt umrahmt von davor stehenden Büschen. Ulf kannte, abgesehen von dem Palasttor und dem Empfangsraum, nur das zweistöckige Gebäude, in dem sie untergebracht waren, und diesen Garten. Aber der Palast des Johannes musste sehr weitläufig sein. Vom Obergeschoss aus konnten sie sehen, dass das Anwesen durch Mauern in zahlreiche, oft kleine Gärten eingeteilt war. In diesen Gärten standen in regelloser Ordnung Gebäude, deren Ziegelmauern durch die spitzen Wipfel der Zypressen schimmerten. Aber Ulf hatte noch keinen der anderen Gärten betreten. Die Pforten waren stets verschlossen und mit schweren Eisenschlössern gesichert.

Ragnar ließ sie oft allein in diesen Tagen. Er suchte regelmäßig den Statthalter auf, der ein prachtvolles Haus am anderen Ende des Palastes bewohnte. Aber die Stunden, die er abwesend war, verbrachte er nicht nur bei Leon. Zoe, das Mädchen aus dem Dampfbad, schien es ihm angetan zu haben, und wenn er im Garten saß, bearbeitete er häufiger Haar und Bart mit Kamm und Schere als Schwert und Streitaxt mit dem Wetzstein.

Nur zu einem der Palastbewohner hielten die Nordmänner engeren Kontakt, und das war Romanos, der Anführer der Leibwache. Romanos sah man den kampferprobten Krieger an. Der schwarze, struppige Vollbart verdeckte nur zum Teil die Schwertnarben auf seinen Wangen. Ragnar schien an dem raubeinigen Söldner Gefallen zu finden. Beim Wein erzählte Romanos viel von der Stadt, den Schenken und den Mädchen. Nur über die Verhältnisse des Hausherrn Johannes verlor er kein Wort. Auch Ragnar mied das Thema. »Vielleicht weiß Romanos nicht einmal, wer Leon ist.«

Wieder einmal waren Ulf und der Grieche in das Gewühl der Stadt eingetaucht. Der Grieche nickte, als Ulf auf den schwarzbärtigen Mann mit Turban und knöchellangem Kaftan deutete. »Ja, das ist ein Araber. In Konstantinopel wimmelt es von fremden Händlern. Aber die wichtigsten sind die Araber. Die Araber bringen Waren aus den entferntesten Ländern. Aus Indien und aus Ländern, die noch weiter im Osten liegen, deren Namen niemand kennt. Ein Teil der Güter kommt mit Karawanen durch die Steppe, über das Reich der Chasaren. Aber der größte Teil der Gewürze, der Seidenstoffe, der Parfüme wird von arabischen Händlern nach Konstantinopel geschafft. Zu Schiff über das Mittelmeer. Auf Maultieren und Kamelen durch Kleinasien.«

Der Grieche machte eine Gebärde des Bedauerns. »Früher, vor mehr als zweihundert Jahren, als Syrien und Ägypten noch zu unserem Reich gehörten, haben wir Griechen das Geschäft gemacht. Jetzt müssen wir alles von den Arabern beziehen, und diese fremden Händler werden reicher und reicher. Die arabischen Händler sind schlau und tapfer. Selbst wenn der Kaiser mit einem großen Heer gegen ihre Landsleute zieht, kommen sie. Ich weiß nicht, wie sie das schaffen. Sie sind ebenso listig wie mutig. Irgendwie finden ihre Karawanen immer Pfade, um die Truppen des Kaisers zu umgehen.«

»Werden sie denn hereingelassen, wenn Krieg ist?«, warf Ulf ein. »Unser Langschiff wollte man doch auch abweisen!«

Der Grieche schwieg einen Augenblick unschlüssig. »Ich weiß wirklich nicht, wie sie es schaffen. Aber sie kommen. Auch wenn der Kaiser den Handel mit dem Reich des Kalifen verbietet. Jeder versucht, solche Verbote zu umgehen. Selbst die Mutter des Kaisers, Theodora, hat ein Schiff ausgerüstet, um Waren bei den Arabern einzukaufen. Damit hat die Kaiserin das von ihr erlassene Handelsverbot selbst gebrochen, heimlich natürlich. Außerdem dürfen der Kaiser und die Beamten nicht Handel treiben. Es ist unter ihrer Würde. Sie dürfen ihr Vermögen nur in Grundstücken anlegen.«

Der Grieche feixte. »Schau nicht so verwundert, Ulf. Jedenfalls kommen diese arabischen Händler auf irgendeine Weise bis zur ersten byzantinischen Stadt. Dort müssen sie Zoll bezahlen. Nicht viel: zwei Prozent, vier Prozent, das schwankt. Dann bekommen sie eine schriftliche Bescheinigung über den gezahlten Zoll und dürfen ihre Waren überall im Reich verkaufen, zu jedem Preis, der ihnen beliebt. Niemand darf weitere Abgaben von ihnen verlangen, und ....«

Ulf schüttelte den Kopf: »Warum sind eure Kaiser so großzügig? Die Franken, die Chasaren, alle, die an den Handelswegen Zölle erheben, verlangen den Zehnten!«

Wieder verzog der Grieche das Gesicht zu einem hämischen Grinsen. »Großzügig? Unsere Kaiser sind niemals großzügig, Ulf. Aber jeder Kaiser weiß, dass Konstantinopel vom Handel lebt. Es ist die größte Handelsstadt der Welt. Seide, Gewürze – alle christlichen Länder des Westens müssen diese teuersten aller Güter von Konstantinopel beziehen. Aber jetzt will Venedig...« Seine Stimme wurde schneidend. »Venedig will sich in den Handel mit dem Osten hineindrängen. Venedig, diese Hand voll Holzhäuser auf sumpfigen, stinkenden Inseln... Schon haben die Venezianer vom Kalifen das Recht erkauft, ägyptische Häfen anzulaufen ...«

Ulf runzelte die Stirn. »Gut, irgendwie gelangen diese arabischen Händler bis Konstantinopel. Aber sind sie hier sicher? Hat Johannes nicht gemeint, die Menge würde jedes nordische Langschiff in Brand setzen?«

»Araber werden in dieser Stadt geduldet, auch vom Volk. Unsere Händler brauchen sie. Nur wenn der Kaiser im Krieg mit den Arabern eine schwere

Niederlage erleidet, wenn die Massen Angst haben vor einem arabischen Angriff auf die Stadt, vertreibt der Kaiser manchmal die Fremden. Aber sie sind bald wieder da. Die syrischen Seidenhändler haben sogar eine Moschee in dieser Stadt.«

Durch gewundene Gassen führte der Grieche ihn zu einem Stadttor. Sobald sie es durchschritten hatten, lag der Hafen vor ihnen, das Goldene Horn. Stundenlang drängten sie sich durch das Gewühl an den Landungsstegen. Ulf konnte seinen Blick nicht losreißen von den dickbäuchigen Handelsschiffen mit den trapezförmigen Segeln, und immer wieder wanderte sein Blick zurück zu den gewaltigen Mauern, die hinter ihnen aufragten. »Ja, die Seemauer ist hier am Goldenen Horn noch höher als am Marmara-Meer, wo du sie zuerst gesehen hast. Schade nur, dass keine einzige Dromone im Hafen ist.«

»Dromone?«

»Dromonen, das sind unsere größten Kriegsschiffe. Manche sind mehr als doppelt so lang wie unser Langschiff. Und sie haben zwei Ruderreihen übereinander. Hundert Ruderer und noch mehr.«

Später schlenderten sie durch eines der neuen Stadtviertel. Die drei Gefährten, die sich ihnen angeschlossen hatten, waren längst in einer der Hafenschenken verschwunden. Manchmal waren die Gassen so eng, dass sie sich an die Hauswand drücken mussten, um den Lastenträgern auszuweichen. Doch in vielen der offenen Läden, in die Ulf blickte, waren ungeheuere Kostbarkeiten an der Wand aufgestapelt. In den einstöckigen Häuschen, deren Türen weit offen standen, konnten sie den Goldschmieden zuschauen, den Handwerkern, die Email anfertigten – Kostbarkeiten, für die, wie jeder Nordmann wusste, die »Große Stadt« berühmt war.

»Viele dieser Handwerker sind frühere Sklaven«, erklärte der Grieche. »Freigelassene. Ihr Herr leiht ihnen Geld, damit sie sich in der Nähe seines Palastes ein Haus bauen und als Handwerker niederlassen können oder als Händler. Er schützt sie vor der Willkür und Habgier der Beamten und beschafft ihnen Genehmigungen, die oft schwer zu erlangen sind. Dafür zahlen sie ihm einen Teil ihres Gewinnes. So verdienen auch die Beamten an Handel und Gewerbe, ohne gegen das Gesetz zu verstoßen. Denn sie selbst betreiben ja keinen Handel und kein Gewerbe.«

Langsam wurden Ulf die Blicke lästig, die sie beide auf sich zogen. Eigentlich fielen Fremde in den Menschenmassen, die sich durch die Straßen und Gassen dieser Riesenstadt wälzten, kaum auf. Aber der Gegensatz zwischen ihm und dem Griechen war augenfällig. Ulf schmunzelte. Der Grieche war eitel geworden. Sorgfältig schnitt er hier an einer Locke herum, stutzte dort ein paar Barthaare, bevor er den Palast des Johannes verließ. Sicherlich war der Grieche mit seinen schwarzen Haaren und Augen ein gut aussehender Mann. Aber die verstohlenen Blicke der Mädchen und Frauen wanderten meist schnell hinüber zu Ulf, zu seinen hellblauen Augen und seinem langen, weißblonden Haar. Und Ulf sah mehr als nur Erstaunen in manchen dieser Augen. Gewiss: es waren nur Dienerinnen, die zu Einkäufen geschickt wurden, oder die Töchter und Ehefrauen einfacher Händler und Handwerker, die nicht in der Abgeschlossenheit ihrer Häuser leben konnten – oder mussten. Trotzdem hatte sich Ulf schon mehrfach selbst dabei ertappt, wie er nach einem solchen Blick unwillkürlich den Sitz der Goldfibel auf seiner Schulter geprüft hatte...

Als sie zum Palast des Johannes zurückeilten, war die Dunkelheit hereingebrochen. Am Tage schon hatten Scharen von Bettlern ihnen die gekrümmten Hände entgegengestreckt. Jetzt aber, im Dunkel der Nacht, schien ein ganzes Heer aus den Seitengassen zu quellen. Entlang der Hauswände, kreuz und quer unter den Säulengängen, die die Hauptstraßen säumten, lagen Arme auf der Erde und schliefen. »Es gibt zu viele Bettler in Konstantinopel«, fluchte der Grieche, als sein Fuß wieder einmal gegen eines der Lumpenbündel gestoßen war. »Die Hauptstadt wächst und wächst – auf Kosten der Provinzen, die veröden. Die Mehrzahl dieser Armen sind Bauern. Wenn sie an den Grenzen wohnen, fliehen sie vor den Einfällen der Feinde, die ihre Äcker niederbrennen, ihr Vieh stehlen und sie selbst als Sklaven verkaufen. Ist aber die Grenze weit weg... Na ja, dann fliehen die Bauern vor den hohen Steuern oder vor den Großgrundbesitzern und Klöstern, die ihnen die Höfe wegnehmen.«

Die Einladung des Hausherrn kam am folgenden Tage. Als der Türvorhang sich hinter Ulf als dem Letzten schloss, stand Ragnars gesamte Mannschaft in einem großen, rechteckigen Raum. Die Wände waren mit Wandvorhängen verkleidet, aber es gab keine Mosaiken und keine Wandmalereien. Dies war, flüsterte ihnen der Grieche zu, nicht die Empfangshalle des Hausherrn, sondern ein Festsaal für Gäste minderen Ranges. Aber der Tisch in der Mitte des Raumes bog sich beinahe unter den Platten und Krügen aus Silber. Johannes kam auf sie zu und begrüßte Ragnar mit einer Verbeugung. Der Hausherr trug kein Festgewand, nur eine weite Tunika mit langen Ärmeln, die bis auf die Schuhe fiel. Immerhin waren diese aus schwarzer Seide.

Dann fiel sein Blick auf den Mönch. Der Mann mit der schwarzen Kutte und dem schmutzigen, schwarzen Vollbart stand hinter dem Tisch und verzog das Gesicht zu einem Grinsen, das wohl freundlich aussehen sollte. Der Hausherr deutete auf den Mönch. »Ihr kennt Symeon noch nicht. Symeon ist der Abt eines Klosters – und mein Geheimschreiber.«

Jetzt hörte Ulf die Stimme Leons. Der Statthalter, noch einfacher gekleidet als der Hausherr, trat auf sie zu und begrüßte sie mit freundlichen Worten. Ulf hatte ihn seit dem Tag ihrer Ankunft in Konstantinopel nicht mehr zu Gesicht bekommen, denn Ragnar suchte ihn stets allein auf. Ulf forschte verstohlen in seinem Gesicht. Leons Freude, sie wieder zu sehen, schien aufrichtig. Doch irgendwie wirkte der Statthalter bekümmert, wenn er es auch zu verbergen trachtete.

Ragnar führte mit der Messerspitze ein Fleischstück zum Mund. Der Hausherr hatte sich nicht lange mit Höflichkeiten aufgehalten. Kaum waren die Weinschalen gefüllt, ließ er auch schon das Mahl auftragen. Ulf blickte missmutig in die silberne Schüssel, die vor ihm stand. Er hatte sein Messer aus dem Gürtel gezogen und stocherte in der Schale nach den Fleischstücken. Ulf musste zugeben: Das Fleisch schmeckte köstlich, nach Gewürzen, die er nicht kannte. Aber die Fleischstücke waren so klein! Ragnar schob sich mit dem Messer einen Bissen nach dem anderen zwischen die Zähne und schmatzte genüsslich. Er wollte den Hausherrn erst einmal reden lassen, bis klar wurde, was diese plötzliche Einladung zu bedeuten hatte. Und Grim, Erik, der Grieche würden erst recht nicht als erste das Wort ergreifen. Denn das stand ihrem Anführer zu. Deshalb widmete sich Ulf der Schüssel, die ein Diener vor ihm niedersetzte. Vielleicht würden die Fleischstücke größer sein.

»Wir können vor Symeon offen sprechen. Ich habe ihn eingeweiht«, kam der Hausherr zur Sache.

»Ich kann es einfach nicht glauben«, fiel der Statthalter ein. »Wir haben uns doch so viel Mühe gegeben, meine Ankunft geheim zu halten.«

»Auch mir ist es ein Rätsel«, sagte Johannes beruhigend. »Aber es hat keinen Sinn, den Kopf in den Sand zu stecken: Er ist über alles unterrichtet.«

Leon ließ die Gabel sinken. Der Statthalter gab sich keine Mühe mehr, seine Besorgnis zu verbergen. »Sei aufrichtig, Johannes. Hat Basileios etwas mit der Sache zu tun?«

Ulf sah den Hausherrn erbleichen. Nach einem kurzen Schweigen stieß Johannes hastig hervor: »Basileios? Nein, nein! Wie kommst du darauf? Glaube mir, Basileios ist nicht dein Feind. Jetzt darf ich noch keinen Namen nennen. Aber es besteht keine Gefahr: Seit Tagen eile ich von einem Hofbeamten zum anderen. Morgen werde ich…«

»Was gibt es denn?«, unterbrach Ragnar ungeduldig.

»Schwierigkeiten«, murmelte Leon, mehr zu sich selber.

Johannes sprach schnell. Offensichtlich wollte er den Statthalter nicht zu Wort kommen lassen. »Ja, es gibt ein paar Schwierigkeiten. Aber das ist nichts Besonderes. Ihr kennt die Verhältnisse am Kaiserhof nicht. Man trifft immer auf Widerstand…« Johannes Blick hatte plötzlich etwas Lauerndes, obwohl er es zu verbergen suchte. Er sprach nun langsam, mit Pausen, als überlege er jedes einzelne Wort. »Der eine oder andere Hofbeamte... ist meinem Vetter feindlich gesinnt. Aber... es besteht wirklich keine Gefahr. Man muss nur etwas Geduld haben. Geduld!«

»Geduld haben!«, brauste Ragnar auf. »Wir warten auf das Silber, das Leon uns versprochen hat, auf unseren Sold!«

Der Hausherr erhob abwehrend die Hände. »Es gibt keinen Grund zur Aufregung. Euer Sold hat mit den Schwierigkeiten, die ich mit Leon erörtert habe, nichts zu tun. Ihr müsst nur warten, bis die Boten, die Leon auf seine Güter geschickt hat, zurückkehren.« Der Byzantiner versucht ein Lächeln, das wohl beschwichtigend sein soll. »Die Schwierigkeiten, von denen wir sprachen, betreffen nur Leon. Es geht darum, wie der Statthalter seine Interessen beim Kaiser durchsetzen kann. Bestätige es ihnen, Leon!«

»Ja, ja.« Der Statthalter scheint mit seinen Gedanken ganz woanders zu sein. »Für euch Waräger gibt es keine Gefahr.«

Ulf hörte nur noch mit halbem Ohr zu. Der Hausherr war ein aufmerksamer Gastgeber und gab den Dienern einen Wink, die Weinschalen und Schüsseln nachzufüllen, bevor sie leer waren. Aber er machte keine Anstalten, sich mit ihnen zu unterhalten. Augenscheinlich war Johannes der Auffassung, seinen Pflichten als Gastgeber Genüge getan zu haben, indem er sie zu dem Festmahl eingeladen hatte und jetzt für volle Teller und Trinkschalen sorgte. Der Statthalter und der Hausherr unterhielten sich intensiv und warfen dabei mit Namen um sich, die Ulf nicht kannte, und mit schwülstigen Titeln, deren Sinn er nicht verstand. Offensichtlich sprachen sie über Beamte und Höflinge, deren wechselnde Gunst beim Kaiser, und den Nutzen oder Schaden, den diese Würdenträger den Plänen der beiden bringen könnte. Ulfs Blick fiel auf den Abt. Der beteiligte sich mit keinem Wort an dem Gespräch. Aber sobald ein Name fiel, schnitt er Grimassen. Ulf fiel es leicht, im Gesicht des Mönches zu lesen, wie dieser zu den genannten Würdenträgern stand: Wohlwollen und Missgunst wechselten in seinen Zügen, und nicht selten sprach aus seinen Augen der blanke Hass. Ulf stocherte wieder mit dem Messer in seiner Schüssel. Wie dieser Priester zu den Großen des Reiches stand, konnte ihm gleichgültig sein.

Das Gespräch zwischen dem Hausherrn und dem Statthalter wandte sich nun dem laufenden Feldzug des Kaisers zu. »Kaiser Michael wird Syrien und Ägypten nicht zurückerobern. Er kann es gar nicht«, sagte Johannes kopfschüttelnd.

»Er muss! Es ist der Wille Gottes!«, mischte sich der Abt ein. »Der Kaiser muss diese Länder, die zum Reich gehört haben, den Ungläubigen entreißen. Und die Christen in Syrien und Ägypten vom Joch des Kalifen befreien.«

»Wollen sie denn befreit werden?«, lächelte der Hausherr. »Wie oft haben die Kaiser und Patriarchen, als Syrien und Ägypten noch zu unserem Reich gehörten, die Christen im Osten verfolgt! Aber die Araber lassen sie in Ruhe. Sie tasten ihren Glauben nicht an.«

»Zu Recht verfolgt, zu Recht!«, eiferte der Priester. »Ketzer waren sie. Wie oft haben der Kaiser und die Bischofsversammlung ihre Irrlehren verdammt! Ihnen immer und immer wieder geduldig die Natur Christi erklärt. Aber sie wollten nicht widerrufen, von ihrem Irrglauben nicht lassen!«

»Mag sein«, entgegnete der Hausherr kühl. »Immerhin ist der Bilderstreit beendet, und das Volk darf wieder seine Ikonen verehren. Das Verbot der Ikonen, ihre Zerstörung, hatten den Hass der Ostchristen auf uns noch gesteigert. Denn nirgendwo spielen die Ikonen eine größere Rolle als bei den Christen des Ostens. Aber dennoch, Symeon: Sie hassen den Kaiser und den Patriarchen immer noch. Nicht ohne Grund hat sich in Syrien und Ägypten kaum ein Schwert erhoben, als die Reiterheere der Araber über sie herfielen. Nur die kleinen Garnisonen des Kaisers versuchten Widerstand.«

»Weil sie Ketzer waren!«

»Nein, Symeon. Weil wir Griechen in Syrien und Ägypten so unbeliebt waren. Die zahllosen griechischen Händler und Beamten, die in den Städten Syriens und Ägyptens lebten, deren Väter und Vorväter bereits dort geboren wurden, sprachen kein Wort Aramäisch oder Koptisch. Sie wollten die Sprache der Barbaren nicht erlernen. Wenn sie eine Apfelsine auf dem Markt kauften, hatten sie einen einheimischen Dolmetscher dabei. Und die Bischöfe, die der Kaiser sandte? Wenn einer davon einmal die Landessprache erlernte, wenn einer ihrer Bischöfe einmal in der Lage war, sich mit den Priestern und Mönchen seines Bistums zu unterhalten, haben wir sie verdächtigt…«

»…verdächtigt?«, fauchte der Abt. »Wie viele der griechischen Bischöfe, die sich mit diesen Barbaren eingelassen haben, sind selbst deren Irrglauben zum Opfer gefallen!«

»Als Herren des Landes haben sich die Griechen aufgespielt«, sprang der Statthalter dem Gastgeber zur Seite. »Obwohl die Syrer und Ägypter Christen waren wie sie selbst. Der Kaiser und der Patriarch haben den Klöstern im Osten, den syrischen und ägyptischen Bischöfen tausend Schwierigkeiten bereitet…«

»Der Kaiser und der Patriarch kämpften für die Reinheit des Glaubens…«

»Dieser Kampf gegen die angeblichen Irrlehrer hat das Reich den Osten gekostet, Symeon!«

»Endlich mal einer, der diesem Priester über das Maul fährt«, grinst der Grieche neben Ulf.

Ulf betrachtet verwundert das zorngerötete Gesicht des Statthalters. Bisher hat Leon geistesabwesend gewirkt, sich an dem Gespräch nur beteiligt, wenn er angesprochen wurde. »Wenn der Kaiser mit seinem Heer in Syrien einfiele, würden die dortigen Christen ihn nicht unterstützen, Symeon.«

»Das ist gleichgültig«, betonte der Abt mit einem wütenden Blick auf Leon. »Die Syrer und Ägypter sind zwar Ketzer, aber doch Christen. Der Kaiser als Stellvertreter Gottes auf Erden muss über alle Christen herrschen. Es ist seine oberste Pflicht, die Heiden aus allen Ländern zu vertreiben.«

Johannes schüttelte den Kopf. »Nicht alle Priester denken wie du, Symeon. Wenn es wirklich der Wille Gottes wäre, dass der Kaiser das Reich der Kalifen zerstörte... Ja, Symeon. An Unruhe und Zerstrittenheit fehlt es im Reich der Araber nicht. Aber noch sind die arabischen Heere und Flotten stark genug, ihre Länder gegen den Kaiser zu verteidigen. Auch das muss Gottes Wille sein, Symeon! Der Patriarch Photias hat mir selbst gesagt: Auch das Reich der Araber entspricht dem Plan Gottes. Deshalb muss und darf der Kaiser keinen heiligen Krieg gegen die Araber führen. Jedenfalls nicht jetzt und nicht heute. Erst wenn Gott ein Zeichen gibt...«

Leon kam dem Abt zuvor. »Ja, die einzige Aufgabe des Kaisers im Osten ist, die Reichsgrenze zu sichern. Und das tut Kaiser Michael.«

Der Hausherr nickt Leon zu. »Und wie! Im Jahre 856, im gleichen Jahr, als Kaiser Michael die Regierungsgeschäfte selbst in die Hand nahm, besiegte er die Araber im Zweistromland. Und vor zwei Jahren – was für eine neue, schwere Niederlage hat er ihnen zugefügt! Hat Kaiser Michael nicht wichtige Grenzfestungen und Grenzstädte in Mesopotamien erobert? Seitdem Michael als Kaiser herrscht, gab es keinen arabischen Raubzug mehr nach Kleinasien. Und unsere Flotten sind schon einige Jahre länger erfolgreich: dreimal haben sie die Hafenstadt Damietta im Nildelta geplündert.«

Ragnar schob sein Messer in den Gürtel. Die Schüsseln vor ihm waren leer. Dann blickt er den Byzantiner an: »Was gehen uns die Araber an! Was sollen wir tun? Darüber hast du noch kein Wort verloren!«

Falls die Frage dem Byzantiner unbehaglich war, ließ er es sich zumindest nicht anmerken. »Ihr könnt gar nichts für Leon tun.«

»Ich rede nicht von Leon. Ich rede von unserem Silber.«

»Wie Johannes schon sagte: Ihr müsst die Rückkehr meiner Boten abwarten«, meinte der Statthalter.

»Und wie lange wird das noch dauern?« Ragnars Geduld war sichtlich am Ende. Ulf wunderte sich schon lange über die Selbstbeherrschung ihres Anführers: Ulf selbst hatte mehrfach den Wunsch verspürt, das Gespräch der drei Byzantiner über verloren gegangene Provinzen zu unterbrechen und die Frage nach dem versprochenen Sold und Geldgeschenk zu stellen.

Der Statthalter blickte betreten zu Boden. Der Hausherr kam ihm zu Hilfe. »Wann? Das kann Leon nicht auf den Tag genau sagen. Der Weg zu seinen Gütern in Kleinasien ist weit. Noch machen die Schiffe der Araber die Küste Kleinasiens unsicher. Aber sobald die kaiserliche Flotte ausläuft... Die Araber fürchten das Griechische Feuer. Ihre Kriegsschiffe werden sofort flüchten, zurück an ihre eigenen Küsten.«

»Das kann Monate dauern!«, brauste Ragnar auf.

»Außerdem können Leons Verwalter das Geld auf dem Landwege schicken«, polterte nun der Grieche los. Ulf starrte verblüfft auf seinen aufgebrachten Nachbarn. Dass sich der Grieche mit keinem Wort an dem Gespräch der drei Byzantiner beteiligte, hatte Ulf nicht gewundert. Er dachte an den Bart, den sein Rudernachbar sich hatte wachsen lassen, und er dachte an die vielen Erklärungen, die der Grieche ihm auf ihren Streifzügen durch die Stadt gegeben hatte. Johannes sollte nicht merken, wie vertraut er mit den Verhältnissen des Reiches war. Aber jetzt wurde auch der Grieche ungeduldig. »Warum sollen wir warten, bis Leons Boten zurückkehren? Leon kann sich das Geld doch leihen.«

Der Statthalter öffnete schon den Mund, aber der Hausherr kam ihm zuvor. Johannes setzte seine Worte vorsichtig und zögernd. »Unsere Familie ist reich. Jeder wird Leon Geld leihen. Auch ich würde ihm selbstverständlich die Summe vorstrecken. Doch ich warte selber auf die Boten meiner Gutsverwalter, die mir die Jahreserträge meiner Güter überbringen sollen. Aber vielleicht hast du Recht. Leon sollte die Möglichkeit, das Geld zu leihen, in Erwägung ziehen...«

»Wir wollen nicht monatelang in Konstantinopel bleiben...«

Das Lächeln um seine Lippen zeigte, dass der Hausherr seine Selbstsicherheit wieder gefunden hatte. »Es gibt da nur eine Schwierigkeit: Keiner darf wissen, dass Leon in Konstantinopel ist. Ihr braucht nicht mehr lange zu warten. Morgen oder übermorgen habe ich eine Audienz ... Bei wem, darf ich nicht sagen. Danach weiß ich mehr.«

Ragnar trat ins Zimmer. Wütend schleuderte er den Gürtel mit der Schwertscheide in eine Ecke und stürzte den Wein hinunter, den seine Sklavin Zoe ihm reichte.

»Also brauchen wir gar nicht erst zu fragen«, knurrte Grim.

»Es ist immer dasselbe. Leon verlässt sich auf seinen Verwandten. Leon wird von Johannes regelmäßig besucht. Aber noch hat er keinen Termin beim Kaiser. Bardas sei zu sehr mit den Kriegsvorbereitungen beschäftigt.«

Ulf war enttäuscht. Ragnar hatte den Statthalter aufgesucht, um die Fragen zu klären, die Leon beim gestrigen Festmahl offen gelassen hatte.

»Und wie soll es weitergehen?« Grims Stimme klang besorgt. »Ein Glück, dass dir gestern Johannes beim Abschied noch den Beutel mit Silber gegeben hat. So können unsere Männer weiterhin zu den Mädchen in den Schenken.«

»Aber sie sind unruhig«, fiel Ulf ein. »Sie fragen mich, wie lange…«

»Meinst du, ich weiß das nicht selbst?« Tiefe Falten über den Brauen verrieten, dass Ragnar sich nur mühsam beherrschte. »Mehrmals am Tag sprechen sie mich an. Wollen wissen, wann sie ihren Sold bekommen, Waren einkaufen können.«

»Was hast du gestern gemeint«, wandte Grim sich an den Griechen, »als du sagtest, Leon solle sich das Silber leihen. Ich habe das nicht verstanden. Wer soll dem Statthalter Silber leihen?«

»Irgendeiner der hohen Beamten. Viele dieser Leute haben ein riesiges Vermögen. Sie verleihen Geld an Freunde oder an Personen, von denen sie sich irgendeine Unterstützung erwarten.«

Ulf stellte nun die Frage, über die er schon lange nachgegrübelt hatte. »Hat Leon wirklich das viele Silber, das er uns versprochen hat? Die Schatzkammer in seinem Palast ist ja Himerion in die Hände gefallen.«

Das Lächeln des Griechen wirkt beruhigend. »Macht euch keine Sorgen! Was Leon da verloren hat, ist nur ein winziger Teil seines Vermögens. Ich habe Erkundigungen eingezogen: Leons Familie ist wirklich eine der reichsten im Land. Und der Statthalter besitzt riesige Güter in Kleinasien.«

»Ich habe Leon heute Morgen gefragt«, knurrt Ragnar. »Er meinte, im jetzigen Augenblick dürfe er an niemanden mit der Bitte herantreten, ihm das Silber zu leihen. Es sei zu gefährlich.«

Der Grieche nickt. »Außer Johannes weiß so gut wie niemand, dass der Statthalter lebt und in Konstantinopel ist.«

»Dann soll Johannes ihm das Silber geben!«, brauste der Graubart auf. »Reich genug ist er!«

Der Grieche kratzte sich am Kopf. »Was diesen Punkt angeht, glaube ich Johannes. Er hat im Augenblick nicht genügend Geld zur Hand.«

»Also ist die Familie doch nicht so reich, wie du gesagt hast!«

»Doch, Grim! Es geht um etwas Anderes. Genaueres habe ich nicht erfahren können. Aber Johannes stattet unzähligen Hofbeamten einen Besuch ab. Da kommt er nicht mit leeren Händen. Wenn er etwas erreichen will, muss er große Geschenke machen. Deshalb hat er kein Geld mehr im Haus. Er wartet auf die Boten seiner Gutsverwalter mit den Jahreserträgen.«

Ulf fiel ein: »Wenn Leon nicht in Erscheinung treten darf, warum leiht sich nicht Johannes das Silber und stellt es seinem Vetter zur Verfügung?«

Er musste lange auf die Antwort des Griechen warten. »Vielleicht will Johannes niemanden wissen lassen, dass er Geld braucht. Leute wie er haben immer genug Geld, um ihren Palast zu unterhalten. Wenn ihm das Geld ausgegangen ist, kann jeder sich denken, weshalb: weil Johannes Unsummen an bestechliche Höflinge gezahlt hat.«

»Ich hoffe, der Grieche behält mit seiner Vermutung recht«, murmelte Ragnar.

»Wie dem auch sei.« Grim lehnte mit dem Rücken an der Wand und verschränkte die Arme über der breiten Brust. »Jedenfalls sind wir von Leon und diesem Johannes abhängig. Da soll Thors Hammer dreinfahren! Wenn wir das versprochene Silber nicht erhalten, verlassen wir die ›Große Stadt‹ mit einem leeren Langschiff. Was für eine Schande! Die Händler in Haithabu werden sich totlachen!«

»Leon halte ich für ehrlich«, brummte Ragnar nachdenklich.

»Er mag es ehrlich meinen. Schließlich hat er uns im Winter, nach der ersten Belagerung, das versprochene Silber tatsächlich ausgezahlt. Aber was kann uns dieser Schwächling jetzt nützen?«, schimpfte der Graubart. »Er hat kein Silber. Und dieser Johannes? Traut ihr dem?«

Sie erhitzten sich über der Frage, was von ihrem Gastgeber zu halten sei.

»Das bringt alles nichts«, schloss Grim. »Wir wissen so gut wie nichts über diesen Johannes.«

»Außer dass er am Kaiserhof ein einflussreicher Mann ist«, entgegnete Ragnar. »Aber mir scheint, das bringt ihm nicht unbedingt Vorteile. Diese Machtkämpfe, in die er verwickelt ist, und die niemand von uns durchschaut… Wenn Johannes auf das falsche Pferd setzt, könnte er Schwierigkeiten mit seinem Kaiser bekommen.«

»Schwierigkeiten mit der Kirche hat er schon!« Der Grieche schmunzelte selbstzufrieden, als alle ihn anblickten. »Letztes Jahr wurde seine Frau beim Ehebruch mit einem seiner Schreiber erwischt. Johannes ließ dem Schreiber die Nase abschneiden. Seiner Frau gelang noch in der Nacht die Flucht in ein Kloster. Schließlich gibt es hier ja genügend Klöster. Niemand zweifelt daran: Johannes hätte auch seiner Frau die Nase abschneiden lassen.«

»… die Nase abschneiden lassen?«

Der Grieche lächelte über Ulfs Verblüffung. »Johannes war dazu berechtigt. Das Gesetz sieht vor, dass einem ehebrecherischen Paar die Nasen abgeschnitten werden. Die Frau wird dann in ein Kloster gesteckt. Zwei Jahre lang darf der Ehemann ihr verzeihen und sie zurücknehmen. Tut er es, bleibt die Ehe bestehen. Holt sie der Mann in dieser Zeit nicht zurück, ist die Ehe geschieden. Aber das steht nur im Gesetz. Wenn der Ehemann seine untreue Frau nicht mehr will, trennt man sich üblicherweise im Guten. Keiner der Leute, die mir die Geschichte erzählt haben, hat jemals davon gehört, dass ein Beamter wirklich seiner Ehefrau die Nase abschneiden ließ.«

»Und das nimmt die Kirche ihm übel!«

»Nein. Aber jetzt will Johannes eine Witwe heiraten, die schon zwei Ehemänner durch den Tod verloren hat. Eigentlich dürfte er das nicht. Die Kirche ist überhaupt dagegen, dass Witwen sich wiederverheiraten. Aber das Gesetz lässt es zu. Eine zweifache Witwe darf aber auch nach dem Gesetz nicht nochmal heiraten.«

»Also...«

»Nichts also. Johannes hat es geschafft, dass Photias, der neue Patriarch, die beiden früheren Ehen der Frau für nichtig erklärt hat. Jetzt ist es so, als sei sie nie verheiratet gewesen.« Der Grieche grinste breit. »Man muss in diesem Staat schon eine Stellung haben, um eine solche Entscheidung des Patriarchen zu erlangen. Aber es kommt noch besser: Kaum hatte sich die Klosterpforte hinter seiner untreuen Ehefrau geschlossen, da ließ Johannes seinen Sohn, den einzigen Sohn, entmannen und schenkte ihn einem Kloster. ›Erstlingsopfer‹ nennen wir Griechen das. Er muss nun Mönch werden – schau nicht so erstaunt, Ragnar. Die Sache ist doch klar: Ein Mönch kann nicht Erbe werden. Nun wird Johannes von den Kindern aus der zweiten Ehe, die er schließen will, beerbt.«

»Seinen eigenen Sohn. Den erstgeborenen Sohn. Der Erstgeborene ist der Stolz eines jeden Vaters...«, murmelte Ragnar vor sich hin.

»Na ja, so seht ihr Nordmänner das. Aber bei uns ist ein solches ›Erstlingsopfer‹ durchaus üblich. Darum geht es aber nicht: Johannes hat nicht aus Frömmigkeit gehandelt. Seine erste Ehefrau war, weitläufig, mit Bardas verwandt, wie er selbst und Leon. Die Witwe, die Johannes jetzt heiraten will, ist hingegen eine entfernte Verwandte des Basileios. Merkt ihr etwas?«

Ragnar kratzte sich nachdenklich den Bart. »Auch Zoe hat mir erzählt, da sei irgendetwas mit seiner Frau. Aber das Mädchen weiß nichts Genaues.«

»Kann sie auch gar nicht wissen!«, lachte der Grieche. »Johannes hat sie doch erst vor kurzem gekauft. Außerdem versteht unser Gastgeber es meisterhaft, die Dinge, die in seinem Palast vorgehen, vor seiner Dienerschaft zu verheimlichen. Haussklaven schwatzen immer. Da hilft auch die Drohung mit der Peitsche nichts. Deshalb umgibt sich Johannes mit einer kleinen Schar von Vertrauten, die er mit Wohltaten und Geschenken überschüttet. Der Rest seiner Haussklaven darf bestimmte Teile des Palastes nicht betreten. Nur so kann er verhindern, dass die ganze Stadt erfährt, was hier geschieht.«

»Wenn seine Vertrauten so verschwiegen sind, woher weißt du es dann?«

Der Grieche machte eine wegwerfende Handbewegung. »Was heißt schon ›Vertrauter‹ und was heißt ›verschwiegen‹? Irgendeinen Haussklaven, der für eine Silbermünze den Mund aufmacht, gibt es immer. Man muss nur lange genug suchen.«

»So kommen wir nicht weiter.« Ragnar ließ sich von Zoe, die neben einer Weinamphore in einer Ecke hockte, die Schale füllen. »Wir müssen mehr über unseren Gastgeber erfahren. Du kennst dich doch in Konstantinopel aus, Grieche. Wenn du nicht nur die Diener fragst... Wenn du versuchst, mit irgendeinem dieser Hofbeamten ins Gespräch zu kommen...«

»Das kann ich nicht... darf ich nicht...«, stotterte der Grieche plötzlich. Ulf musste wieder an den Bart denken, den der Grieche sich kurz vor ihrer Ankunft hatte stehen lassen.

»Ich wiederhole meine Frage...« In Grims Stimme schwang Ungeduld. »Können wir Johannes trauen? Nach allem, was du erzählt hast?«

Der Grieche blickte dem Graubart achselzuckend ins Gesicht. »Genau so viel oder genau so wenig wie jedem anderen dieser Höflinge.«

»Dann müssen wir eben abwarten, ob die Boten Leon das Silber bringen.«

»Es wird uns nichts andres übrig bleiben, Grim. Hoffentlich nicht monatelang.«

Ulf wischte sich den Schweiß von der Stirn. Seit Stunden lief er mit Erik und dem Griechen in dieser Hitze kreuz und quer durch die Stadt. Ulf holte tief Atem. Wie oft war er mit dem Griechen die beiden Hauptstraßen der Stadt auf und ab gegangen! »Mese« nannte man beide, die Straßen »in der Mitte« der Stadt. Ulf konnte sie immer noch nicht auseinander halten, diese zahllosen Plätze, zu denen sich beide Straßen erweiterten. Runde Plätze, viereckige Plätze, immer mit baumhohen Säulen geschmückt und mit mindestens einer Säule in der Mitte. Auf manchen Säulen standen übermannshohe, bronzene Standbilder. »Römische Kaiser«, hatte der Grieche erläutert. »Manche Säulen trugen die Standbilder heidnischer Götter. Die haben die Christen zerschlagen. Aber die römischen Kaiser werden nicht angetastet. Wir betrachten sie als Vorgänger unserer jetzigen Kaiser.« Lange hatte Ulf vor einigen dieser Säulen gestanden und die Friese bewundert, die sorgfältig aus dem Stein gemeißelten Krieger. Fremdartig sahen sie aus mit ihrem Helmbusch und einem Rock anstelle der Hose. »Römische Legionäre«, hatte der Grieche erklärt. »Es sind Siegessäulen. Auf diesen Säulen ließen die römischen Kaiser die Schlachten darstellen, in denen sie gesiegt haben.«

Immer wieder hatten ihre Wanderungen sie zum »Platz des Stieres« zurückgeführt. Dort teilte sich die »Mese« genannte Straße. Ein Zweig führte nach Norden, der andere nach Westen. Der »Platz des Stieres« war der Hauptplatz der Stadt, geschmückt mit einer Säule und einem runden, säulengetragenen Torbogen, der durch keine Mauer führte, sondern frei stand. »Kein Tor«, hatte der Grieche den Kopf geschüttelt. »Ein Triumphbogen. Errichtet von einem römischen Kaiser zum Gedenken an einen seiner Siege.«

Wie ein Wunder erschienen Ulf die beiden Mesen. Ein Meer von Menschen und Tieren, ein unbeschreibliches Gedränge. Auf der gepflasterten Fahrbahn brüllten die Ochsentreiber, wenn ihr Wagen im Gewühl der hochbepackten Esel und Maultiere stecken blieb. Dazwischen schallten die Rufe der grellbunt gekleideten herrschaftlichen Diener, die mit Stöcken den Weg für die Sänfte eines hohen Beamten frei prügelten.

Die Fußgänger zogen die beiden Säulengänge vor, welche die Mesen beinahe ununterbrochen auf beiden Seiten säumten, zwei überdachte Säulenreihen, unter denen man kilometerweit gehen konnte, ohne im Regen nass zu werden. Aber auch in diesen Säulengängen herrschte ein unaufhörliches Geschiebe. Noch nie hatte Ulf so viele Straßenhändler gesehen.

An vielen Stellen der Stadt gab es Häuser mit fünf Stockwerken, mit acht, ja mit noch mehr. Zuerst hatte Ulf sie für Paläste gehalten, weil sie so hoch waren. Aber dann waren ihm Zweifel gekommen: die kleinen Fenster, die ungewaschenen Kinder, die vor den Türen lungerten, und der Gestank, der aus den schmalen Türöffnungen drang. »Nein«, hatte der Grieche erklärt. »Es sind Mietshäuser. In diesen Häusern wohnen nur die Armen. Je höher die Häuser, desto kleiner die Zimmer.«

Hinter ihnen lag jetzt eine mächtige Stadtmauer. Aber sie schien verlassen. Kein Soldat hielt auf der Mauer Wache. »Die alte Stadtmauer des römischen Kaisers Constantinus«, bemerkte der Grieche beiläufig. »Nach diesem Kaiser ist Konstantinopel benannt. Vorher hieß es Byzanz.« Weit hinten, am Ende der Straße, zeichneten sich Mauerzinnen und Türme ab. »Dort ist die Landmauer«, lächelte der Grieche. Ulf stutzte. Sie würden von der inneren Stadtmauer zur äußeren über eine Stunde gehen, schätzte er.

Langsam wurden die Häuser niedriger und traten weiter auseinander. Sie sahen weite, unbebaute Flächen, Trümmerfelder, Gärten und dazwischen immer wieder Friedhöfe. »Nun ja, die Stadt hat nicht mehr so viele Einwohner wie zur Zeit des römischen Kaisers Theodosius, der die Landmauer dort vorne bauen ließ«, antwortete der Grieche auf Eriks Frage. »In der Römerzeit hatte Konstantinopel eine halbe Million Einwohner.«

»Million? Was ist eine Million?«, fragten Ulf und Erik wie aus einem Munde. Der Grieche zuckte die Achseln. »Erinnert ihr euch, was der Händler Gorm über Haithabu erzählt hat? Haithabu, hat er gesagt, habe fünfhundert Einwohner. Unter den römischen Kaisern hatte Konstantinopel tausendmal so viel. Aber dann kam die Pest. Ein Drittel der Einwohner sind an der Pest gestorben, vielleicht sogar zwei Drittel. Niemand weiß es. Jedenfalls ist die Bevölkerung Konstantinopels jetzt kleiner – vielleicht halb so groß. Aber dann hätte Konstantinopel immer noch fünfhundertmal so viel Einwohner wie Haithabu. Und inzwischen wächst die Stadt wieder, von Jahr zu Jahr.«

Ulf betrachtete wieder und wieder die Türme, die Mauern und den Wassergraben. Nur mit halbem Ohr hörte er Eriks Stimme. »Diese Mauer hört wohl niemals auf.«

»Doch«, lachte der Grieche. »Dort im Westen ist das Marmara-Meer. An seinem Ufer endet die Landmauer und geht in die Seemauer über. Aber diese Landmauer ist sechstausend Meter lang.«

Sie standen vor einem hölzernen Steg, der über den Wassergraben führte. »Wenn die Stadt belagert wird, werden zuerst diese Holzstege zerstört. Dann haben die Angreifer den Wassergraben vor sich. Er ist zwanzig Meter breit«, sagte der Grieche mit unverhohlenem Stolz. Er schritt voran, über den Steg hinüber. Nun standen sie auf einem breiten Weg. Vor ihnen ragte die zinnengekrönte Außenmauer auf, aus der sich in kurzen Abständen schmale, halbrunde Wehrtürme vorschoben. Der Grieche deutete nach oben. »Seht ihr die zweite Zinnenreihe hinter dieser Mauer? Das ist die Innenmauer. Die Außenmauer ist neun Meter hoch, die Innenmauer noch zwei Meter höher. Der Raum zwischen den beiden Mauern ist mit Erde aufgefüllt. Dort oben könnte man mit einem Pferdewagen fahren. Aber nur die Soldaten dürfen den Wehrgang betreten.«

Ulf verstand nun, warum der Grieche mit einem höhnischen Lächeln auf Paris geblickt und von einer »Gartenmauer« gesprochen hatte.

Erik war an die Außenmauer getreten und blickte in die Höhe. »Zweimal haben die Araber Konstantinopel belagert, einmal sogar ein ganzes Jahr lang«, erzählte der Grieche weiter. »Aber diese Mauern sind uneinnehmbar. Die Araber mussten unverrichteter Dinge abziehen. Seit anderthalb Jahrhunderten sind ihre Heere und Flotten nie mehr hierher vorgedrungen.«

Sie folgten dem Wassergraben nach Westen, zu ihrer Linken unablässig begleitet von dieser gewaltigen Mauer. »Wer hat sie erbaut?«, wandte sich Erik an den Griechen.

»Die alten Römer. Kaiser Theodosius. Deshalb nennen wir die Landmauer die ›Theodosius-Mauer‹. Es war derselbe Kaiser Theodosius, der auch den Hippodrom errichten ließ. Unter Theodosius Justinian sind die bedeutendsten Bauwerke in Konstantinopel entstanden.«

»Warte noch!« Ulf fasste den Griechen, der weitergehen wollte, am Arm. »Du redest dauernd von den Römern. Aber ihr seid doch Griechen!«

»Ja. Wir sind Griechen, aber wir nennen uns immer noch ›Römer‹. In allen Urkunden, die unsere Beamten aufsetzen, ist nur vom ›Reich der Römer‹ die Rede, auch wenn hier kaum noch jemand die lateinische Sprache beherrscht. Nur einige Kanzlisten, die die Schreiben an den Papst in Rom und die Könige im Westen aufsetzen, können noch Latein. Denn diese Schreiben werden immer noch in der Sprache der alten Römer abgefasst.«

Der Grieche weidete sich an ihrer Verwirrung. »Eigentlich ist es ganz einfach. Zuerst machte Kaiser Constantinus, der die alte Stadtmauer erbaut hat, die Stadt Byzanz zur neuen Hauptstadt des Römischen Reiches, zum ›Neuen Rom‹, und gab ihr seinen Namen: Konstantinopel. Dann teilte Kaiser Theodosius, von dem die große Landmauer stammt, das Römische Reich in zwei Hälften: den Osten mit der Hauptstadt Konstantinopel bekam einer seiner Söhne, der andere den Westen mit der Hauptstadt Rom. Westrom ist untergegangen. Dort herrschen jetzt die Frankenkaiser. Aber Ostrom... Ostrom, das ist unser Reich.«

»Und wann...?«

»Vor fast fünf Jahrhunderten wurde das Römische Reich geteilt.«

Erik gab Ulf einen freundschaftlichen Rippenstoß. »Du, Ulf! Vor fünfhundert Jahren! Wie es da wohl bei uns ausgesehen hat?«

»Ich glaube, da herrschten bei uns noch die alten Könige, von denen unsere Lieder berichten.«

»Die alten Könige, die noch mit den Göttern verkehrten«, nickte Erik.

Nach einer Stunde deutete der Grieche vorwärts. »Gleich sind wir am Goldenen Tor, dem schönsten Stadttor Konstantinopels.« Bald erhob sich vor ihnen ein riesiger, dreibögiger Triumphbogen mit wuchtigen Ecktürmen. Ulf und Erik betrachteten verblüfft die vier Tiere aus Bronze, die vor dem Tor aufgestellt waren: plumpe Tiere mit gewaltigen, herunterhängenden Ohren und einem Rüssel, der bis zum Boden reichte. »Elefanten«, erläutert der Grieche. »Die Römer haben manchmal Elefanten aus Afrika geholt.«

Durch den mittleren Torbogen führte der Grieche sie in einen kleineren Hof. Gegenüber dem kaiserlichen Triumphbogen erhob sich ein ähnliches Tor, nur kleiner. »Hinter diesem Tor liegt ein Wassergraben. Dann beginnt der Westzweig der Mese«, sagte der Grieche. »Beeilen wir uns!«

Erik rührte sich nicht. Dann sagte er kopfschüttelnd zu Ulf: »Denkst du noch an die Burg in Kiew? Die Burg des Slawenfürsten mit den Erdwällen und Palisaden? Wie sie uns damals beeindruckt hat! Aber wenn ich das alles sehe...«

Den Bratengeruch hatten sie nicht erwartet. Heute Morgen war noch keine Rede davon gewesen, dass ein Ochse geschlachtet werden sollte. »Gut, dass du kommst«, rief Ragnar seinem Sohn zu. »Das ist Odinkar aus Schweden!«

Ulf betrachtete den Mann, den ihr Schiffsführer Odinkar genannt hatte: ein untersetzter Mann mit Vollbart und einer breiten Narbe quer über die Stirn. Die blauen Augen, die blonden Haare und die Kleidung verrieten den Nordmann. »Ich habe Odinkar bei unserem Langschiff getroffen. Er hat dort auf mich gewartet«, fuhr Ragnar fort. »Odinkar ist ein Stadtsoldat.«

Erik warf einen zweifelnden Blick auf den Helm und das Schwert, die der Gast neben seinen Stuhl gelegt hatte. »Ein Stadtsoldat? Ein Soldat im Dienst des Kaisers? Deine Kleidung ist die eines Nordmannes. Und du hast ein fränkisches Schwert.«

Odinkar lachte. »Na und? Die fränkischen Schwerter sind auch bei den Soldaten des Kaisers beliebt. Und als Soldat kann ich anziehen, was ich will. Wir Soldaten müssen unsere Waffen und Kleider selbst kaufen. Nur die hohen Befehlshaber erhalten vom Kaiser Festgewänder.«

Odinkar schüttelte bei Ulfs Frage den Kopf. »Nein, wir Stadtsoldaten ziehen nicht mit dem Kaiser gegen die Araber. Unsere Aufgabe ist es, die Stadt zu verteidigen. Außerdem – ich bin Fußsoldat. Auf dem wochenlangen Marsch an die Ostgrenze nimmt der Kaiser nur wenig Fußvolk mit. Sein Heer besteht zum größten Teil aus Reiterei, leicht bewaffneten Lanzenreitern und schwer bewaffneten Panzerreitern.«

»Ich wundere mich, dass du genommen worden bist«, warf Grim ein. »Man scheint uns Nordmänner in Konstantinopel nicht zu mögen. Die ersten Soldaten, die wir zu Gesicht bekamen, haben uns mit einem Pfeilhagel empfangen.«

Der Stadtsoldat lacht. »Ich habe das Wort ›Waräger‹ gar nicht in den Mund genommen. Ich sagte nur, ich sei aus Gotland. Hier weiß doch niemand, wo Gotland liegt.«

Sehnsüchtige Blicke wanderten hinüber zu dem Feuer in der Ecke des Gartens. Aber der Ochse, den die Sklaven am Bratspieß drehten, war noch nicht gar. Umso rascher wurde der Met nachgeschenkt. Längst hatten viele der Gefährten die flachen Trinkschalen achtlos zur Seite geworfen und streckten den Krügen ihre großen Holzbecher entgegen. Von allen Seiten prasselten die Fragen auf den Gast ein, der so viel über dieses reiche, doch so fremde Land wusste. »Nein, ich habe den Kaiser noch nie gesehen. Nur aus der Ferne, wie die anderen Stadtbewohner auch. Der Kaiser hält sich die Menge vom Leibe. Nur die allerhöchsten Würdenträger des Reiches dürfen sich ihm nahen und sich ihm zu Füßen werfen.«

Odinkar nippte nur an seiner Trinkschale und nickte dem Frager zu, der ihm grölend den Becher entgegenreckte. »Ja. Der Kaiser ist beim Volk beliebt. Sehr beliebt sogar. Warum auch nicht? In den fünf Jahren, in denen Michael jetzt die Regierungsgeschäfte selbst führt, hat er zwei siegreiche Feldzüge gegen die Araber unternommen. Erst vor zwei Jahren hat er ihnen einige Grenzfestungen weggenommen. Die Grenze im Osten ist heute viel sicherer. Die ewigen Raubzüge der Araber nach Kleinasien haben aufgehört. Unter Kaiser Michael ist das Reich wieder stark geworden.«

Inzwischen warfen die bronzenen Ölpfannen mit dem spitzen, in die Erde gerammten Fuß, ihren Schein über das Halbdunkel im Garten, das immer schneller der Nacht wich. Licht und Schatten huschten über die Gesichter der Gefährten, ihre vom Met glänzenden Augen. Odinkar wies den Diener zurück, der ihm Ochsenfleisch nachlegen wollte. Und wieder fielen Ulf die misstrauischen Blicke auf, mit denen der Sklave seit seinem Eintreten den Stadtsoldaten musterte.

Der wandte sich Ragnar zu. »Du hast mir von eurem Kampf in der dalmatinischen Seefestung erzählt. Aber wir wurden unterbrochen. Offenbar wisst ihr gar nicht, dass ein Bote Himerions am Hof erschienen ist.«

Ragnars zornige Stimme unterbrach die tiefe Stille. »Was sagst du? Himerion? Woher weißt du das?«

Der Gast zuckte gleichmütig die Achseln. »Unsere Kommandeure erfahren alles, was am Hof geschieht. Sie sind doch alle mit irgendeinem Hofbeamten befreundet. Sie reden selbstverständlich über diese Neuigkeiten. Und ich bin dabei, denn ich bin schließlich auch ein Offizier der Stadtsoldaten. Aber zurück zu diesem Boten: Himerion hat berichtet, er habe die Stadt zurückerobert. Das ist alles, was ich weiß.«

»Himerion muss doch...«

»Geduld, Ragnar! Himerions Bote ist erst gestern eingetroffen. Noch ein paar Tage, und ich weiß mehr. Dann besuche ich euch und erzähle alles.«

Odinkar mischte sich nicht in ihr Gespräch. Wieder und wieder erörterten sie Himerions Absichten – ohne Ergebnis. »Lasst das!«, lächelte der Stadtsoldat. »In ein paar Tagen kennen wir seine Pläne.«

Das Gespräch geriet ins Stocken. Odinkar beschäftigte sich mit seiner Trinkschale, die er sich immer schneller nachfüllen ließ. Ulf beobachtete Ragnar. Er hatte ein unbestimmtes Gefühl, dass Ragnar mit seinen Gedanken ganz woanders war. Dennoch überraschte ihn der Ton seiner Frage, diese Kälte in der Stimme, obwohl sein Gesicht unbewegt blieb.

Odinkar schüttelte den Kopf. »Außer euch sind seit über einem Jahr keine Nordmänner mehr in die Stadt gekommen. Die nordischen Händler werden auch nicht mehr hineingelassen, seitdem im letzten Sommer Drachenboote die Küsten des Schwarzen Meeres und die Ägäischen Inseln unsicher machten.« Er grinste zufrieden. »Was hatten diese Griechen für eine Angst! Hier in Konstantinopel, meine ich! Der Patriarch Photias ließ den Mantel der Jungfrau Maria aus einer Kirche holen und in einer feierlichen Prozession auf den Stadtmauern um die ganze Stadt tragen. Dann behauptete er, dieser Mantel habe die Nordmänner von einem Angriff auf Konstantinopel abgehalten.«

War Ragnar erleichtert oder enttäuscht? Ulf konnte seine Miene nicht deuten. »Danach haben wir keine nordischen Langschiffe mehr gesehen – doch: ein einziges. Ich stand selbst Wache auf der Seemauer, als es vorüberzog. Meine Kameraden schossen ihre Pfeile ab und brüllten. Ich aber hatte irgendwie Heimweh. Es war ein so schönes Boot, Ragnar! Mit einem roten Drachenkopf.«

Ragnar riss die Augen auf und starrte den Mann an. Dann trank er seine Silberschale auf einen Zug aus.

»Ja, ich sah dem Langschiff nach, bis es am Horizont verschwand. Was für ein stolzer Anblick!«

»Wann?« Seine Stimme klang mühsam beherrscht.

»Vor etwa einem Monat.«

Ulfs blickt zu Ragnar hinüber. Eine unheimliche Ruhe liegt in dessen Augen, eine Ruhe… Er erinnert sich an den Hafen von Haithabu, den Schiffsführer, mit dem Ragnar gesprochen hatte. Die Ruhe in Ragnars Augen ist die gleiche wie damals – eine Ruhe, hinter der Blutgier lauern und Tod.

Die Nacht war hereingebrochen. »Wer ist eigentlich dieser Johannes?«, grollte der Graubart. »Wir wissen im Grunde sehr wenig über ihn.«

»Nun, Johannes ist einer der höchsten Beamten. Das wisst ihr bereits. Ob ihr ihm trauen dürft? Sein Ruf ist nicht der beste. Aber sein Einfluss ist groß.«

»Auch auf Bardas?«

»Sicher. Johannes und Bardas sind ja verwandt.«

»Der Statthalter Leon vertraut auf Bardas. Er ist überzeugt, Bardas werde ihm sobald als möglich eine Audienz beim Kaiser verschaffen. Im Augenblick habe Bardas nur keine Zeit. Er sei mit den Kriegsvorbereitungen beschäftigt.«

Odinkar schüttelt befremdet den Kopf. »Was sagst du da, Grim? Wisst ihr nicht, dass Bardas gar nicht mehr in Konstantinopel ist? Der Kaiser ist schon vor eurer Ankunft mit seinem Heer aufgebrochen, und Bardas als oberster Ratgeber musste ihn natürlich begleiten. Johannes konnte also, solange Leon hier ist, mit Bardas überhaupt nicht reden.«

Totenstille. Ulf hat es die Sprache verschlagen. Plötzlich springt Ragnar auf. Er hatte, seitdem die Rede auf den roten Drachenkopf gekommen war, unbeweglich dagesessen. Jetzt packt er den Nordmann an der Schulter: »Was redest du da, Odinkar? Der Kaiser hat die Stadt verlassen?«

Sie drängten Odinkar nicht zum Aufbruch. Doch sobald der Stadtsoldat sich verabschiedet hatte, bestimmte Ragnar einige Männer, die ihn begleiten sollten. »Auch wenn es mitten in der Nacht ist, wir müssen mit Leon sprechen.« Der Weg führte zwischen Mauern entlang, bis sie vor einer Pforte standen. Jenseits der Mauer zeichneten sich im Mondlicht das Ziegeldach eines Gebäudes und die Wipfel einiger Zypressen ab. Sie hämmerten lange gegen die Pforte, bis ein Schlüssel im Schloss kreischte. Der Diener bemühte sich, hinter tausend ehrerbietigen Verbeugungen die Feindseligkeit in seiner Stimme zu verbergen. Der Statthalter sei erkrankt. Der Leibarzt des Hausherrn habe der Dienerschaft strengstens verboten, Besucher vorzulassen. »Diesen Sklaven habe ich noch nie bei Leon gesehen«, brummte Ragnar nachdenklich, als er sich zum Gehen wandte.

Sie saßen noch lange in dem nachtschwarzen Garten, den die Öllämpchen nur wenige Schritte weit erleuchteten. Aber wie sie die Dinge auch drehten und wendeten, sie kamen nicht weiter. Solange Ragnar keine Unterredung mit dem Statthalter bekam, konnten sie keinen Entschluss fassen. Einer nach dem anderen verschwand im Haus.

Ulf nutzte die Gelegenheit. In den zwei Jahren seit Haithabu hatte er Erik nur ein einziges Mal noch nach Orm gefragt und nach Eriks Mutter Gudrun. Die Antwort des Freundes hätte nicht schroffer ausfallen können. Jetzt war er mit Ragnar allein. Vorsichtig wählte er seine Worte. »Es ist nur eine Blutrache, Ulf. Eine Blutrache, wie sie jeder gute Nordmann hat.« Ragnars Worte waren kühl, ohne eine Spur von Leidenschaft. »So, wie Odinkar den Drachenkopf beschrieb, gehörte das Langschiff Orm aus Norwegen. Unsere Blutrache ist viele Jahre alt. Es wird Zeit, dass wir sie austragen. Aber dieser Orm geht mir aus dem Wege.« Ulf bezweifelte das. Doch er sagte es nicht.

Ragnar verbrachte ganze Tage auf den Märkten der Stadt. Er versuchte kaum, seine Unsicherheit zu verbergen. Doch er begutachtete bei den Händlern die Seidenstoffe und Gewürze, bei den Handwerkern die Emailarbeiten und feilschte um den besten Preis. Abends erzählte er von der Fracht, die sie unter den Deckplanken verstauen, von den Preisen, die sie in Haithabu erlösen würden. Innerhalb eines einzigen Tages könnten sie die Ladung zusammenkaufen, falls der Statthalter ihnen den ausstehenden Sold und das Geschenk auszahlte. Die Stimmen wurden lauter und die Trinkschalen und Becher schneller leer, wenn die Gefährten im Garten über die Kostbarkeiten sprachen, für die Konstantinopel berühmt war, wenn sie ihren Gewinn berechneten. Ulf beteiligte sich selten an diesen Gesprächen, aber von Tag zu Tag wurde ihm klarer: Er freute sich auf Haithabu.

Manchmal nahm Ragnar einige der Ruderer mit auf die Märkte. Heute stand Ulf mit Ake, dem Dänen, und einem Schiffskameraden namens Rolf neben Ragnar vor dem Häuschen eines Handwerkers. Ragnar legte das Schmuckstück auf den Tisch zurück, hinter dem der Mann, schweigend, aber mit hellwachen Augen, saß. Auch Ulf konnte sich nicht genug wundern über den Glanz, in dem die Farben des Glasüberzuges erstrahlten. Email: kein Handwerker in Haithabu oder Birka beherrschte diese Technik. Welche Preise würden sie dafür zahlen!

»Wann zahlt uns Leon endlich aus?«, fragte Rolf mit Gier in den Augen. »Wir wollen Waren einkaufen.«

»Ein paar Wochen werden wir noch warten müssen«, entgegnete Ragnar gelassen. »Bis die Boten seiner Gutsverwalter eintreffen.«

»Wenn sie überhaupt kommen.« Der feindselige Unterton in der Stimme des Gefährten war nicht zu überhören. »Seit Tagen ist nun dieser Leon angeblich krank. Johannes lässt niemanden zu ihm. Viele von uns glauben nicht, dass wir das Silber je erhalten werden.«

Das zornige Zucken um Ragnars Mundwinkel war im Nu wieder verflogen. Aber Ulf wusste, es fiel ihm schwer, sich zu beherrschen. Zu oft stellten die Ruderer ihm die gleiche Frage, auf die doch keiner eine Antwort wusste. »Sollen wir lieber abfahren? Mit leeren Händen?«

»Jedenfalls nicht endlos warten«, brauste der Nordmann auf. »Wenn Leon dieses Mal nicht zahlt, plündern wir eben den Palast…«

Einen Augenblick war Ragnar sprachlos. Dann öffnete er den Mund, aber das Lachen des Gefährten kam ihm zuvor. »Entschuldigt! Das war unüberlegt. Dreißig Nordmänner gegen Tausende von Stadtsoldaten! Aber wir haben wirklich keine Lust, monatelang zu warten.«

»Wir haben keine Zeit!«, sagt Ragnar ernst. »Viel wichtiger, Rolf: Bevor die Herbststürme losbrechen, müssen wir dieses unbekannte Meer verlassen haben. In Konstantinopel lässt man uns vermutlich nicht überwintern. An der Küste feindlicher Länder geht es auch nicht. Wir müssen wenigstens die Wikingerlager in England oder im Westfrankenreich erreichen.«

Auf dem Rückweg ging Rolf neben Ulf, zupfte ihn am Ärmel und flüsterte: »Manchmal glaube ich, Ragnar hat es gar nicht so eilig.«

Rolfs listiges Augenzwinkern verblüffte Ulf. »Du hast es doch eben selber gehört: Wir müssen hier weg!«

»Ja. Schon… Aber Ragnar hat hier seine Zoe, die er nicht auf das Langschiff mitnehmen kann. Wie er sie behandelt! Die Gefährten sprechen bereits darüber. Sie meinen…«

»Unsinn!«, unterbrach ihn Ulf und schritt schneller aus, um die anderen einzuholen. Gewiss, Ragnar behandelte Zoe mit ausgesuchter Freundlichkeit. Warum auch nicht? Zoe war zwar nur eine Sklavin, aber ihre Bewegungen waren voller Anmut, ihre Umgangsformen vornehm, und der Grieche meinte, sie sei sogar gebildet. Kein Wunder, dass auch Ragnar sich in ihrer Gegenwart nicht so benahm wie die Ruderer untereinander. Das alles war für Ulf klar. Doch es hatte keinen Sinn, Rolf dies zu erklären…

Ulf war nicht dabei gewesen, als Grim und Gizur einige Tage zuvor das gleiche Thema erörtert hatten…

»Ja«, nickte der Alte. »Man darf auch gegenüber einer Sklavin, mit der man das Lager teilt, achtungsvoll und zuvorkommend sein. Aber Ragnar behandelt diese Zoe, als sei sie die Hausherrin.«

Grim schwieg einen Augenblick. »Weißt du, was ich glaube, Gizur? Diese Zoe erinnert Ragnar an Gudrun, seine tote Frau.«

»Ich habe Gudrun nicht gekannt. Diese Griechin ist zwar schön, aber sie ist zierlich, hat schwarze Locken und ebenso schwarze, mandelförmige Augen… So kann doch Gudrun nicht ausgesehen haben.«

Grim schüttelte den Kopf. »Natürlich nicht! Aber ich glaube, es geht um etwas ganz Anderes…«

Sie hatten über das Flackern in den tief liegenden Augen wohl bemerkt, die offene Feindseligkeit in dem Blick, die der Schreiber nicht einmal zu verbergen trachtete. Der Abt trug eine schwarze Kutte mit einer Kapuze, die er aber nicht übergestülpt hatte, so dass allen die kreisrunde kahle Stelle auf seinem Hinterkopf auffiel. »Die Tonsur, das Erkennungszeichen eines Mönches«, erklärte der Grieche. Symeon hatte sie im Garten aufgesucht und eine Einladung des Hausherrn überbracht. Am Abend sollte Ragnar zusammen mit einigen seiner Leute, die er auswählen möge, Gast des Hausherrn sein. Johannes habe mit den Warägern Wichtiges zu besprechen.

»Merkwürdig«, brummte Ragnar, sobald der Türvorhang sich hinter dem Schreiber geschlossen hatte. »Zweimal habe ich Johannes durch die Diener um eine Unterredung wegen der angeblichen Erkrankung Leons bitten lassen. Das hat dieser Abt mit keinem Wort erwähnt.«

Offensichtlich ging die Zeit des Wartens, des Herumlungerns, zu Ende. Doch sobald die Sonne verschwunden war, erschien der Schreiber erneut. Wortreich und weitschweifig und unter vielen Verbeugungen entschuldigte er den Hausherrn. Johannes sei unpässlich. Ein Anfall seines Leidens habe ihn auf das Bett gestreckt. Er sei untröstlich, die für beide Seiten hochwichtige Unterredung aufschieben zu müssen. Aber, in zwei, drei Tagen…

Sie mussten vier Tage warten. Dann tauchte der Schreiber wieder in ihrem Garten auf und überbrachte eine neue Einladung für den Abend. Doch, kaum war die Sonne verschwunden, erlebten sie wieder seine tiefen, geheuchelten Bücklinge: Johannes habe erneut einen Anfall erlitten. »Es ist ein Jammer. Diese Anfälle kommen des öfteren abends«, fügte Symeon hinzu und bemühte sich, seinem Gesicht den Ausdruck aufrichtiger Besorgnis zu geben. »Dabei wird die Angelegenheit von Tag zu Tag dringender.«

»Worum es geht, kann ich auch nicht sagen.« Der Grieche zuckte die Achseln. »Aber Johannes will natürlich Zeit schinden.« Ragnar blieb stumm. Seit der Abt gegangen war, lehnte er am Gartenpavillon und musterte mit düsterem Blick die Mauer, die sie von den Räumen des Hausherrn trennte.

Es war am späten Nachmittag des folgenden Tages, als der Diener kam. Johannes bat Ragnar zu einem Gespräch. Die Angelegenheit sei dringend.

Ragnar möge einige seiner Vertrauten mitbringen. Die Nordmänner blickten sich skeptisch an, doch der Diener führte sie unverzüglich auf dem Weg, der das südliche mit dem nördlichen Palasttor verband, an Mauern entlang durch eine schmale Pforte in einen Garten. »Der Herr erwartet euch in seiner Bibliothek«, sagte der Haussklave und deutete auf ein von Zypressen umstandenes Häuschen mit kleeblattförmigem Grundriss. Er schob für Ragnar, der voranschritt, den Türvorhang zur Seite. Ulf trat als zweiter ein.

Der Anblick, der sich ihm bot, ließ ihn zurückprallen. Die Innenwände zwischen den halbrunden Nischen waren bis zur Decke mit Mosaiken verziert – sterbende Krieger, die sich am Boden wanden, über ihnen die Hufe bäumender Pferde, deren Reiter mit Lanzen nach Feinden stachen. Und an einer anderen Wand eine Jagdszene: ein Hirsch, eingekreist von kläffenden Hunden, nach dem eine halbnackte Frau einen Speer schleuderte. Gegenüber dem Eingang stand ein reich geschnitzter Schrank. Zwischen dem schwarzen Holz glänzten eingelegte Platten hell hervor, auch sie mit Reliefs bedeckt. Ulf wusste, dass es Elfenbein war. Vor dem Schrank stand ein Gerät, das einem Mann bis zur Brust reichen mochte: ein schwerer Fuß mit einer schrägen Platte als Abschluss, aus dem gleichen schwarzen Holz geschnitzt. »Ein Bücherschrank und ein Stehpult«, flüsterte ihm der Grieche begeistert zu.

Der Hausherr stand bei ihrem Eintritt mitten in dem Raum, neben ihm der Mönch. Johannes begrüßte sie mit ausgesuchter Höflichkeit und deutete auf die im Kreis aufgestellten Sessel, während der Diener die Trinkschalen füllte.

»Das Glück, das den Arabern gegen uns so lange hold war, hat sie verlassen. Ohne die Hilfe der Tyche nutzt ihnen ihre Tapferkeit nichts.«

Ihr Gastgeber stand noch immer bei Symeon. Mit einer leichten Verbeugung hatte er sie gebeten, noch einige Minuten zu warten, bis er mit seinem Geheimschreiber fertig sei.

Die schwarzen Augen des Abtes funkelten vor Wut. »Sprich nicht von Tyche! Es war Gottes Wille, dass der Rest unseres Reiches…«

Johannes ließ sich nicht unterbrechen. »Nenne es, wie du willst! Jedenfalls hat Kaiser Michael die Araber schon zweimal besiegt. Aber im Norden, auf dem Balkan, sieht es schlecht aus. Von den vielen römischen Provinzen sind dem Kaiser nur noch einige Hafenstädte und Inseln an der dalmatinischen Küste geblieben. Der schlimmste Feind des Reiches im Norden ist Chan Boris. Seine Bulgaren haben nicht nur große Teile des Reiches auf dem Balkan erobert und viele unserer Städte. Jetzt unterwerfen sie auch ihre Nachbarn, die Slawen. Aber Kaiser Michael wird auch sie besiegen und …«

Der Priester fuhr giftig dazwischen: »Der Kaiser muss den Bulgarenchan zwingen, zum Christentum überzutreten… Der neue Patriarch müsste…«

»... wird er auch!«, unterbrach Johannes den Einwurf des Abtes. »Photias wird Missionare zu den Bulgaren und Slawen senden. Kaiser Michael hat beschlossen, mit Hilfe der Kirche seinen Einfluss auf dem Balkan auszudehnen. Natürlich muss der Chan der Bulgaren gezwungen werden, sich taufen zu lassen. Ist erst der Herrscher getauft, gehört sein ganzes Volk zur Christenheit, ob die Leute wollen oder nicht. Und unser Kaiser ist immer noch der römische Kaiser und damit Stellvertreter Gottes auf Erden: der oberste Herrscher über alle christlichen Fürsten. Dann werden auch die Bulgaren...«

»Der neue Patriarch wird keinen Erfolg haben. Gott ist gegen ihn. Wie konnte der Kaiser es wagen, dem Patriarchen Ignatios...«

Der Hausherr betrachtete den eifernden Mönch kühl. Dann unterbrach er ihn: »Was willst du? Der Kaiser hat das Recht, den alten Patriarchen abzusetzen und einen neuen zu bestimmen. Als er bei seinem Regierungsantritt Ignatios durch Photias ersetzte...«

Der Mönch wurde immer hitziger. »Niemand bestreitet dem Kaiser das Recht, den Patriarchen zu ernennen. Aber nicht Photias! Photias war kein Priester. Auch ein Kaiser darf keinen Laien zum Priester weihen lassen, fünf Tage später zum Bischof befördern und schon am nächsten Tage zum Patriarchen ernennen. Ignatios kann sich das gar nicht gefallen lassen.«

Johannes lächelte zweideutig. »Ich muss mich wundern. Du hast also nichts mehr dagegen einzuwenden, dass ein Patriarch von Konstantinopel gegen die Entscheidung seines Kaisers den Papst in Rom anruft?«

Der Mönch wurde noch bleicher. Seine Stimme klang unsicher. »Ich gebe zu, dieses Schreiben an den Papst hat Ignatios auch bei seinen Anhängern geschadet. Wie konnte er den römischen Papst um einen Schiedsspruch bitten?« Er blickte den Hausherrn trotzig an. »Aber Photias soll auch an den Papst geschrieben haben!«

Der Byzantiner zuckte die Achseln. »Davon habe ich gehört. Warum auch nicht? Schließlich war es sein Vorgänger Ignatios, der den Papst als Schiedsrichter angerufen hat. Da darf auch Photias seinen Standpunkt darlegen.« Johannes lachte spöttisch. »Ob Photias, ob gar der Kaiser sich an den Schiedsspruch halten, wenn der Papst gegen Photias entscheidet, ist noch eine ganz andere Frage!«

Die Augen des Abtes glühten. »Man hätte den Papst in Rom überhaupt nicht anrufen dürfen! Weder Ignatios noch Photias! Diesen Ketzer, den Gott verdammen möge! Wie kann er sich einbilden, er stünde über dem Patriarchen von Konstantinopel, nur weil in seiner Kirche die Gebeine eines Apostels begraben sind, in der Hagia Sophia aber nicht. Der Patriarch ist Herr über die ganze Kirche, auch über den Papst!« Seine Stimme überschlug sich fast. »Unsere Patriarchen müssen Tag und Nacht gegen die Irrlehren aus dem Westen kämpfen. Vertritt nicht der Papst in Rom in entscheidenden Fragen unseres heiligen Glaubens ketzerische Ansichten? Fasten die Christen im Westen nicht sogar am Samstag? Und feiern sie nicht die heilige Kommunion mit ungesäuertem Brot? Ja, hat dieser Papst nicht sogar den Mönchen verboten, Bärte zu tragen?«

Der Grieche beugte sich zu Ulf herüber. »Wie dieser Priester herummault! Als ob das Reich nicht andere Sorgen hätte!«

Johannes nickte versöhnlich. »Wer würde dir widersprechen! Die Westkirche weicht in vielen wichtigen Fragen vom rechten Glauben ab. Aber du musst auch den Kaiser verstehen, Symeon: Der Papst ist sein wichtigster Verbündeter im Kampf gegen die Araber in Sizilien. Der Kaiser kann wegen dieser Differenzen nicht mit der Westkirche brechen. Und was Photias angeht – gut, er war kein geweihter Priester, doch einer der höchsten Beamten des Reiches und ein kluger Schriftsteller. Ignatios dagegen konnte nur mit Mühe seinen Namen schreiben. Doch diese Auseinandersetzung zwischen dem neuen Patriarchen und dem neuen Papst ist auch gefährlich. Papst Nikolaus scheint mir ein tatkräftiger Mann zu sein…«

»Herrschsüchtig ist er …«, fuhr der Priester dazwischen.

»Nun, das scheint mir ungefähr dasselbe…«, lachte Johannes…

… Der Mönch verabschiedete sich mit einer tiefen Verbeugung von dem Hausherrn. Als der Türvorhang hinter ihm zurückfiel, zuckte Johannes die Achseln. »Symeon hat uns aufgehalten. Mit seinem Besuch habe ich nicht gerechnet. Aber er hat mir, bevor ihr kamt, etwas Wichtiges mitgeteilt.«

Der Byzantiner sah Ragnar an, zögernd und unsicher. Ulf hatte den Eindruck, dass dem Hausherrn der Besuch des Abtes nicht unlieb gewesen war und dass er Mühe hatte, sein eigentliches Anliegen vorzutragen. Doch plötzlich gab sich der Hausherr einen Ruck. »Was ich euch zu sagen habe, war nicht für Symeons Ohren bestimmt: Leons Leben ist in Gefahr.«

Ragnar blickte überrascht auf. »Ich dachte, dein Palast sei sicher. Aber wenn du es für notwendig hältst, werden einige meiner Leute den Statthalter Tag und Nacht bewachen.«

»Das ist überflüssig. Gefahr droht Leon nur, sobald er die Palastmauern hinter sich lässt. Hier im Palast haben nur ausgesuchte Sklaven und Diener Zutritt zu ihm. Die anderen, bei denen ich nicht weiß, ob sie sich von einem Außenstehenden bestechen ließen, wissen gar nicht, dass mein Gast der Statthalter Leon ist.«

»Wo ist Leon? Ist er wirklich krank?«

Johannes ließ sich den Unmut über Ragnars Misstrauen nicht anmerken. »Hm… Ich will dir reinen Wein einschenken. Leon ist nicht krank.«

»Deine Diener lassen mich seit Tagen nicht zu ihm, obwohl ich…«

»Du wirst es gleich verstehen. Ich habe im Palast das Gerücht verbreiten lassen, mein Gast sei erkrankt und auf Anraten meines Leibarztes auf mein Landgut gebracht worden. Deshalb haben dich seine Diener, die zu meinen verschwiegensten Leuten zählen, nicht in sein Haus gelassen. Dein Besuch hätte alles verraten. Ihr werdet von diesen gottverdammten Sklaven, denen nicht einmal die Peitsche die Neugier austreiben kann, ebenso auf Schritt und Tritt beobachtet wie ich selbst. Glaube mir: Es ist besser. Besser für Leon. Nicht einmal seine Diener wissen, wer er wirklich ist.«

»Aber ich muss mit Leon reden. Über unser Silber. Wir haben einen langen Rückweg.«

Der Byzantiner setzte ein verständnisvolles Lächeln auf. »Keine Sorge! Das Geld, das Leon euch versprochen hat, ist euch sicher. Sobald die ersten Boten von den Gütern eintreffen, erhaltet ihr es.«

»Wir können nicht Monate warten. Die Herbststürme werden bald einsetzen.«

»Es dauert nicht Monate. Ich sagte: sobald die ersten Boten eintreffen. Auch die Boten von meinen eigenen Gütern. Selbstverständlich strecke ich Leon das Geld vor. Aber jetzt habe ich nicht genug. Ich hatte in der letzten Zeit so viele Ausgaben...«

»Ich möchte trotzdem mit dem Statthalter sprechen.«

»Das kann ich verstehen. Ich werde mir etwas einfallen lassen. Vielleicht schicke ich die Dienerschaft unter einem Vorwand in meinen anderen Palast. Morgen oder übermorgen.«

Ragnar blickte sinnend vor sich hin. Auch Ulf war sich nicht im Klaren, ob sie diesem Byzantiner, dessen Stimme immer freundlicher geworden war, Vertrauen schenken dürften.

»Zurück zu Leon! Ihr sollt den Statthalter als Schutzwache begleiten, wenn er in die Stadt geht.«

Ragnar schaute den Hausherrn verständnislos an. »In die Stadt? Wollte sich Leon nicht solange hier verstecken, bis der Kaiser ihn rufen lässt?«

»Selbstverständlich«, entgegnete der Byzantiner. »Aber Leon ist nur der Statthalter einer kleinen Hafenstadt. Er hat keinen Anspruch auf ein prächtiges Gefolge, wenn er den Kaiser im Palast aufsucht. Der Kaiser wird nur wenige Soldaten zu seiner Begleitung schicken.«

Ragnar bemühte sich nicht, den Zweifel in seiner Stimme zu verbergen. »Es sind nur wenige Schritte von deinem Palast zum Kaiserpalast. Wer würde es wagen, auf offener Straße über die Soldaten des Kaisers herzufallen, die den Statthalter begleiten?«

Der Byzantiner seufzte. »Du verstehst mich nicht. Niemand wird Leon offen angreifen. Aber man wird Leon nicht zu der großen Empfangshalle führen, denn er ist keiner der Höchsten des Reiches. Der Kaiser wird ihn in irgendeinem seiner vielen Gärten empfangen. Der Weg dorthin führt durch Höfe, andere Gärten und schmale Durchgänge. Überall Mauern. Und hinter jeder Mauer kann ein Bogenschütze lauern.«

Ragnar schüttelte den Kopf. »Niemand weiß, dass der Statthalter in Konstantinopel ist. Wenn Leon im Kaiserpalast erkannt wird, bleibt wohl kaum Zeit, einen Anschlag auf sein Leben vorzubereiten.«

Das Lächeln des Byzantiners erschien Ulf herablassend. »Ihr kennt den Kaiserhof nicht. Selbst wenn er wollte, könnte der Kaiser niemanden empfangen, ohne dass es die höchsten Hofbeamten von ihren Spitzeln erfahren. Der Kaiserpalast ist für einen Mordanschlag hervorragend geeignet. Unübersichtlich und verwinkelt. Ein Meuchelmörder kann sich ungesehen anschleichen und kann ebenso ungesehen verschwinden.«

»Aber wie können wir da helfen?«, fragte Ragnar. »Würde man uns überhaupt in den Kaiserpalast lassen?«

»Eigentlich nicht. Aber ich habe Einfluss genug, um es zu ermöglichen. Ihr dürft Leon natürlich nicht bis zum Kaiser begleiten. Der Kaiser würde keine Waräger empfangen. Aber das ist auch nicht nötig. Denn niemals würde ein Anschlag in Gegenwart des Kaisers ausgeführt.«

»Selbstverständlich könnten wir Leon in die Mitte nehmen. Für einen Bogenschützen wäre er dann schwer zu treffen«, beharrte Ragnar. »Aber der wirksamste Schutz wäre, die anschließenden Höfe und Gärten zu sichern, so dass ein Heckenschütze sich nicht anschleichen kann. Das würde man uns schwerlich erlauben. Das einfachste wäre, du alarmierst die Palastwachen…«

Das Gesicht des Byzantiners zeigte Unmut. »Meinst du, ich brauche dich für einen solchen Rat? Ich weiß selbst am besten, wie schwer es sein wird, den Statthalter wirksam zu beschützen. Und die Audienz beim Kaiser wird nicht mehr lange auf sich warten lassen. Aber ich kann, außer mit euch, mit niemandem über diese Angelegenheit sprechen. Das macht die Sache ja so schwierig. Der leiseste Verdacht, den ich äußere, kostet nicht nur Leon den Kopf. Er kostet auch meinen. Ich glaube zu wissen, wer den Anschlag plant. Aber niemals würde ich es wagen, diesen Namen offen auszusprechen.«

Ragnar blickt dem Byzantiner schweigend ins Gesicht. Dann sagt er unvermittelt: »Ich glaube nicht, dass der Kaiser dem Statthalter eine Audienz gewährt. Der Kaiser hat nämlich die Stadt längst verlassen. An der Spitze seines Heeres, zusammen mit Bardas.«

Johannes erbleichte und starrte schweigend auf den Boden.

Dann hob er den Blick. »Ja, es wird Monate dauern, bevor Kaiser Michael aus dem Osten zurückkehrt. Dann wird er Leon empfangen. Aber meinst du, der Statthalter will so lange warten? Die Sache eilt doch! Es gibt schließlich

Beamte am Hofe. Glaubt ihr wirklich, ein Verräter wie Himerion dürfe in unserem Reich ungestraft monatelang mit dem Feind paktieren, nur weil der Kaiser auf einem Kriegszug ist? Selbstverständlich gibt es Würdenträger, die in seiner Abwesenheit entscheiden dürfen. Sie besitzen das Vertrauen des Kaisers. Kaiser Michael wird bei seiner Rückkehr ihre Entscheidung billigen.« Hochmütiger Stolz lag jetzt in seinen Augen. »Ein solcher Würdenträger wird Leon in den nächsten Tagen empfangen. Dafür habe ich gesorgt. Mehr darf ich heute noch nicht sagen.«

Ragnar gähnte. Sie saßen bereits seit Stunden wieder in ihrem Garten. »Wir könnten uns noch stundenlang die Köpfe heiß reden, was Johannes beabsichtigt. Natürlich lügt er. Erst bereitet er die Audienz beim Kaiser vor, jetzt muss er zugeben, dass Kaiser Michael gar nicht in der Stadt ist. Erst ist Leon krank, jetzt muss er ihn vor einem Anschlag schützen... Aber was können wir tun? Nichts als abwarten!«

Erik setzte seinen Krug ab. Er blickte dem Griechen nach, der in eine andere Ecke des Gartens gegangen war und sich dort mit zwei Kameraden unterhielt. »Der Grieche! Ist euch auch aufgefallen, wie misstrauisch Johannes den Griechen angesehen hat?«

Misstrauen? Ulf hatte aus den verstohlenen Blicken, die der Hausherr während des Gespräches auf den Griechen geworfen hatte, eher Feindseligkeit herausgelesen.

»Wundert dich das?«, fragte Ragnar seinen Sohn. »Der Grieche muss Johannes doch lästig sein.«

»Lästig? Warum?«

»Weil er die Verhältnisse kennt«, lachte Grim. »Ganz verbergen kann er das nicht. Mit uns hätte Johannes leichteres Spiel.«

»Wie er versucht hat, den Griechen auszufragen. Bis der seinem Drängen nachgab und sagte, er möge ihn ›Gregor‹ nennen. Seinen wirklichen Namen wolle er niemals mehr hören.«

Ulf nickte. Bei den wenigen Auskünften, zu denen der Grieche sich herbeigelassen hatte, hatte ihr Gastgeber kaum versucht, seinen Unglauben zu verbergen.

»Aus einer Kleinstadt auf der Halbinsel Krim will er stammen. Es muss euch doch auch aufgefallen sein: Jedes Mal nennt der Grieche eine andere Heimatstadt. Dem griechischen Händler am Don hat er erzählt, er komme von den Ägäischen Inseln.« Erik streckte sich. »Ich werde ihn einmal nach seiner Geschichte fragen!«

Ragnars Stimme klang bitterböse: »Was geht das dich an? Als ich den Griechen zum ersten Male traf, erzählte er mir, warum er aus seiner Heimat fliehen musste. Jetzt ist er neun Jahre bei uns. Ein guter Mann, tapfer und treu. Wenn er ...«

»Bist du ein Unfreier, Erik?«, fauchte Grim. »Nur die Unfreien sind neugierig und klatschen.«

Unwillkürlich wanderte Ulfs Blick zu dem weißhaarigen Gizur. Der Alte hielt die Weinschale bewegungslos in den Händen. »Selbst Odin, der weiseste Gott, Odin, der uns das Wissen brachte, stellt den Menschen nicht solche Fragen, Erik! Seine Schlachtjungfrauen, die Walküren, die über den Kampfplatz durch die Luft reiten, achten nur darauf, ob der Krieger, den sie für Odins Halle auswählen, treu und tapfer ist.«

Als sie vor dem Palast standen und der Türwächter den schweren Torflügel zurückzog, wischte sich Ulf das Erbrochene von seinem Mantel. Immerhin fühlte er sich jetzt besser. Die letzte Amphore war zu viel gewesen, aber Ulf war das gleichgültig. Es war ein wunderschöner Tag gewesen. Ulf dachte an die Weinkrüge, das Kichern und Quieken der Mädchen. Zum ersten Mal war die gesamte Mannschaft gemeinsam durch die Weinschenken und Freudenhäuser der Stadt gezogen.

Der Diener verbeugte sich fast bis zum Boden. »Mein Herr erwartet euch sehnlichst«, sagte er zu Ragnar. »Schon seit Stunden.« Ragnar und Grim folgten bereits dem Haussklaven, der mit weiten Schritten voranging. Ulf war wieder nüchtern. Seine Neugier besiegte den Rausch. Er musste einige Ruderer zur Seite schieben, die zu ihren Gemächern mehr torkelten als eilten. »Es muss etwas Wichtiges sein«, hörte Ulf Gizurs Stimme hinter sich. Der Diener führte sie in einen Teil des Palastes, den sie noch nie betreten hatten. »Was ist geschehen?« Ragnars Stimme dröhnte lauter als sonst, doch der Diener hastete vorwärts, ohne sich umzudrehen. Dann schloss er eine niedrige Gartenpforte auf.

Der Garten, in dem sie standen, war der schönste, den Ulf je gesehen hatte. Überall zwischen den Zypressen mit ihren schmalen Kronen leuchteten ihnen Sträucher entgegen mit Blüten oder Früchten in allen Farben des Regenbogens. Ulf stutzte. Der niedrige Strauch mit wenigen Zweigen neben dem Kiesweg sah fremdartig aus, mit Blättern und Zweigen, die silbrig im Dämmerlicht glänzten. Ulf beugte sich über den seltsamen Strauch und ließ einen Finger über einen Zweig und zwei oder drei der Blätter gleiten. Alles fühlte sich kalt an wie Metall. Dann berührte er die Blüte, die aussah wie reines Gold. Erstaunt zuckte er zusammen, als er einen Tropfen auf seinem Finger verspürte, und der süßliche Duft eines Parfüms ihm in die Nase drang. Dann sah er die Vögel auf den Zweigen. Sie schlugen im leichten Abendwind die Flügel und zwitscherten. Ihr Leib schimmerte wie Silber, doch die Schnäbel, Flügel und Schwänze schienen aus reinem Gold. Ulf fuhr zurück, als er mit dem Finger einen dieser Vögel berührte. Er flatterte nicht auf, sondern zwitscherte weiter. Aber die silbrig glänzenden Federn, das war Ulf in diesem Augenblick klar, waren wirklich aus Silber.

Hinter sich hörte Ulf Eriks Stimme: »Was mag das sein, Ake?« Ake, der Däne, war ihnen gefolgt. Als einziger hatte er die Worte des Dieners verstanden, denn der Grieche hatte sie nicht übersetzt. Jetzt drängte der Grieche herbei und lachte: »Diese Sträucher sind wirklich aus Gold und Silber. Die Blüten dieses Strauches spenden Parfüm. Manchmal fließt aus solchen Sträuchern auch Wein.« Er beugte sich zu dem Strauch nieder. »Diese Vögel mit künstlichen Flügeln aus Gold und Silber sind die größte Kostbarkeit der kaiserlichen Gärten. Dieser Johannes muss noch reicher sein, als ich dachte.«

Ragnar schüttelte verständnislos den Kopf. »Ich sehe, dass alles, auch die Flügel und Blätter, aus Gold und Silber ist. Aber die Vögel zwitschern doch und schlagen die Flügel!«

»Das ist ja das Geheimnis«, lachte der Grieche. »Ein Geheimnis, das die Goldschmiede hüten. Ich weiß nur, dass der Wind das Zittern der Blätter, den Flügelschlag, auch das Zwitschern bewirkt.«

Die Nordmänner schritten auf dem Kiesweg zur Mitte des Gartens. Der Haussklave war zu dem Gebäude gerannt, dessen Mauer durch die Zypressen schimmerte. Der runde Platz, auf den viele Pfade mündeten, war leer. Keine Stühle, keine Tafel, kein Sklave, der sie bedienen würde, nicht einmal eine Amphore Wein. Ragnar warf Grim einen erstaunten Blick zu.

Plötzlich erschien Johannes zwischen zwei Zypressen. Er keuchte, als sei er gerannt. Das Gesicht über dem schwarzen Gewand war totenbleich. »Endlich! Wie viele Stunden habe ich auf euch gewartet!« Er schloss die Augen. Seine Züge wirkten eingefallen. »Es ist etwas Furchtbares geschehen!«

»Was denn? Rede!«, drängte Ragnar.

»Leon ist ermordet worden.«

Keiner sprach ein Wort. Dann platzte Grim heraus: »In deinem Palast!«

Der Hausherr schlug die Augen auf und tat einen tiefen Atemzug. Seine Stimme klang tonlos. »Schlimmer noch, Waräger. Von meinen eigenen Sklavinnen!« Alle schrien nun durcheinander, bis Ragnar mit einer Handbewegung Schweigen gebot. Stockend begann Johannes zu berichten. Seine Geschichte war kurz: Er hatte zwei Sklavinnen, die er zu den fleißigsten und treuesten zählte, zur Bedienung des Statthalters abgestellt. Ein Diener hatte Leon gegen Mittag, als dieser zu einer verabredeten Unterredung mit dem Hausherrn nicht erschien, in seinem Bad gefunden, augenscheinlich ertrunken. Doch der Arzt, den Johannes herbeiholen ließ, entdeckte auf dem Schädel des Toten eine blutunterlaufene Stelle. Der Statthalter war offensichtlich durch einen hinterrücks geführten Schlag auf den Kopf betäubt worden und dann ertrunken. Sofort fiel der Verdacht des Hausherrn auf die beiden Sklavinnen, denn sie hatten Leon im Bad Gesellschaft zu leisten und zu bedienen. »Ich ließ sofort das Zimmer durchsuchen, in dem die Mädchen schliefen«, fuhr der Byzantiner fort. »Einer meiner Diener fand, unter den Sachen der Mädchen versteckt, alle Ringe und Goldketten, die Leon mitgebracht hatte.«

Ragnar kratzte sich hinter dem Ohr »Wenn die Mädchen den Statthalter erschlagen haben, um sein Geschmeide zu rauben – das gibt keinen Sinn, Johannes! Der Verdacht musste zuerst auf die beiden Mädchen fallen. Es musste ihnen klar sein, dass ihre Sachen durchsucht würden!«

Der Byzantiner machte ein bekümmertes Gesicht. »Wenn es doch nur ein Raubmord wäre! Eine solche Tat an einem meiner Verwandten, in meinem eigenen Palast, wäre schrecklich genug! Aber diese Sklavinnen haben in fremdem Auftrag gemordet!«

»Wie willst du das wissen?«, fiel Grim ein.

»Sehr einfach. Schon die äußeren Umstände waren eindeutig: die Sklavinnen hatten ihre Sachen bereits zusammengepackt. Sie wollten nach der Mordtat fliehen. Mein Diener hat sie dabei überrascht, sie brauchten mit einer solchen Störung nicht zu rechnen. Leon verbrachte oft den größten Teil des Tages im Bad. Und er hatte den beiden Sklavinnen nicht gesagt, dass er heute mit mir verabredet war.«

Der Zweifel auf Ragnars Gesicht war unübersehbar. »Ich kann es kaum glauben. In wessen Auftrag sollen diese Sklavinnen denn gehandelt haben?«

Johannes seufzte. »Im Auftrage des Mannes, von dem ich gestern gesprochen habe.«

Grims Stimme war eisig. »Woher willst du das wissen?«

»Eines der beiden Mädchen hat es mir gestanden. Eine halbe Stunde später sollten sie an einer abgelegenen Mauerpforte auf einen Diener dieses Mannes warten. Er hätte ihnen zur Flucht verholfen.«

»Mag sein«, bemerkte Ragnar nachdenklich. »Die Flucht wäre ihnen leicht gefallen. Aber irgend jemand muss doch vorher den Mordanschlag mit ihnen verabredet, ihnen eine Belohnung geboten haben. Es muss also in deinem Palast einen…«

»Ich weiß es selbst: einen Verräter geben. Ja, einen Verräter. Und ich habe diesen Schuft noch nicht entlarvt!«

»Wir werden diese Sklavinnen sofort befragen«, rief Ragnar. »Ich hole mein Schwert…«

»Das ist nicht möglich.« Plötzlich klang die Stimme des Byzantiners sachlich und kühl. »Sie sind tot.«

»Tot?«, riefen Ragnar und Grim wie aus einem Munde.

»Romanos, der Anführer meiner Leibwache, hat ihnen auf meinen Befehl sofort den Kopf abgeschlagen.« Der Körper des Byzantiners straffte sich. »Glaubt ihr etwa, in meinem Palast dürfe ein Sklave einen Mord begehen, ohne dass die Strafe auf dem Fuße folgt?«

»Natürlich werde ich diesen Mord an dem Auftraggeber rächen. Die Mädchen waren doch nur seine Werkzeuge. Aber…« Johannes zuckte wie hilflos die Achseln. »Aber ich brauche noch einige Tage Zeit. Dann kommt jemand zurück. Einer der allerhöchsten Würdenträger des Reiches, meine ich… Ohne seine Billigung darf ich nicht wagen…«

Der Byzantiner brach ab. Nach einer kurzen Pause sagte er höflich: »Verzeiht, Waräger, dass ich euch nicht einmal eine Schale Wein anbiete. Aber seitdem diese beiden Sklavinnen mich verraten haben, seitdem ich weiß, dass es in diesem Palast einen noch viel gefährlicheren Verräter gibt, wage ich nicht mehr, bei einer solchen Unterredung irgendwelche Diener in unsere Nähe zu lassen. Was Leons Ermordung angeht, müssen wir eben abwarten. Aber ich habe noch etwas anderes Wichtiges mit euch zu besprechen.«

Ragnar warf ihm einen fragenden Blick zu, sagte aber nichts.

»Eigentlich habe ich es bereits gestern angedeutet: nur euer Langschiff ist schnell genug, um den arabischen Kriegsschiffen zu entkommen. Ihr sollt für mich nach Kleinasien fahren.«

Der Byzantiner schwieg einen Augenblick. Dann fuhr er fort: »Ich besitze Güter in dieser Provinz. Deshalb gebe ich euch einen Brief an den Verwalter meiner Güter mit. Er wird euch sechstausend Silbermünzen auszahlen.«

»Du?«, fragte Ragnar erstaunt. »Wofür willst du uns bezahlen?«

»Ihr sollt ein wichtiges Dokument mitnehmen, das für den Seestrategen der dortigen Küstenprovinz bestimmt ist. Ihr dürft es nur dem Strategen selbst aushändigen. Wie wichtig dieses Dokument ist, erseht ihr aus der Höhe der Belohnung, die ich euch biete. Ein Bote zu Lande würde zu viel Zeit brauchen. Und unsere Schnellruderer würden von den arabischen Kriegsschiffen aufgebracht. Unsere Flotte ist, ich habe es euch gestern bereits erzählt, noch nicht ausgelaufen.«

»Und das Silber, das Leon uns versprochen hat?«

»Bekommt ihr bei eurer Rückkehr nach Konstantinopel. Der Seestratege wird euch eine Antwort mitgeben.«

Ragnar blickte Grim unschlüssig an. »Ich muss dein Angebot erst mit meinen Männern beraten. Wenn wir diese Fahrt unternehmen, haben wir nicht nur die arabische Flotte zu fürchten. Ich habe gehört, dass auch eure Kriegsschiffe bereits vor der kleinasiatischen Küste kreuzen. Ich denke, die kaiserlichen Kriegsschiffe würden ein Langschiff…«

Das Lachen des Byzantiners klang ungezwungen. »Ja. Seit die Langschiffe der Waräger im vorigen Sommer vor Konstantinopel auftauchten, wird jedes unserer Kriegsschiffe Jagd auf ein solches Langschiff machen. Aber das soll euch keine Sorgen bereiten. Ihr braucht euch, wenn ihr auf eines unserer Kriegsschiffe stoßt, nicht auf eure Schnelligkeit zu verlassen. Ich gebe euch einen Geleitbrief mit. Unsere Kommandanten werden euch dann nicht nur unbehelligt lassen. Sie sind verpflichtet, euch jede denkbare Unterstützung zu gewähren. Das Recht, einen solchen Befehl auszustellen, habe ich.« Johannes nickte Ragnar freundlich zu. »Mein Schreiber Symeon, der Abt, wird diesen Geleitbrief selbst aufsetzen und euch morgen bringen.«

Gegen Mittag des nächsten Tages erschien der Priester in ihrem Garten. Ohne viele Worte überreichte er Ragnar den Geleitbrief. Beim Weggehen fügte er beiläufig hinzu: »Das Dokument, das ihr überbringen sollt, konnte ich noch nicht aufsetzen. Ihr müsst euch noch ein oder zwei Tage gedulden. Johannes muss vorher noch einen Boten abwarten.«

Der Grieche drehte das Dokument hin und her. Ulf sah nur die schwungvollen Buchstaben, die er nicht lesen konnte, und das schwere Siegel. »Kein Papier, sondern Pergament. Pergament ist nicht nur teurer und haltbarer. Es zeigt auch, dass das Dokument sehr wichtig ist.« Er deutete auf das Siegel. »Dieses Siegel stammt aus der Kanzlei des Kaisers.« Der Grieche schwieg einige Augenblicke nachdenklich, dann blickte er Ragnar an. »Ich habe den Text mindestens zehnmal durchgelesen, Wort für Wort. Es hat keinen Sinn, ihn vorzulesen. Die Formeln und Klauseln unserer Kanzleisprache versteht ihr doch nicht. Aber dieser Text ist in Ordnung. Man kann bei einem griechischen Beamten nicht vorsichtig genug sein. Sie kennen ihre Kniffe und Finten. Manchmal widerrufen sie durch einen geschickten Halbsatz, ja, durch ein einzelnes Wort, das ein Unkundiger übersieht, den gesamten Inhalt des Schreibens. Ein solcher Befehl hat dann einen ganz anderen Sinn, als ein Uneingeweihter aufgrund des Wortlautes meint.«

»Aber du glaubst, dieser Text sei in Ordnung?«, fragte Ragnar.

»Ja. Ich habe keine verdächtige Stelle entdeckt. Es handelt sich, wie Johannes sagt, um einen Geleitbrief. Aber nicht irgendeinen Geleitbrief. Es ist geradezu ein Empfehlungsschreiben, ausgestellt im Namen der Kanzlei des Kaisers und, außer von Johannes, von einem Kanzleibeamten unterschrieben.«

Aber das Dokument, das sie überbringen sollten, kam und kam nicht. Langsam wurde Ulf ungeduldig. Er schlenderte zu dem Griechen hinüber, der in einer Ecke des Gartens auf einer Bank saß. Der Grieche las in einem Buch. Ulf wusste, dass er dieses Buch von Johannes ausgeliehen hatte. Ulf ließ sich von dem Griechen das Buch reichen. Er betrachtete den Ledereinband. Keine Goldverzierungen, keine Edelsteine. Dann blätterte er die Seiten durch: einfache, schmucklose Buchstaben, keine Bilder. Enttäuscht reichte er dem Griechen das Buch zurück. Wie oft hatten Ragnar und andere Ruderer, die in England und Irland gewesen waren, von Büchern erzählt! Bücher waren oft die reichste Beute in Kirchen und Klöstern. Häufig waren die Buchdeckel mit mehr Gold und Edelsteinen verziert als die Kelche auf den Altären. »Bei uns nicht«, entgegnete der Grieche auf seine Frage. »Bei uns im Osten ist das anders als im Westen. Viele Kirchen und Klöster besitzen gar keine Bücher. Nicht alle unsere Priester und Mönche können lesen. Sie stammen oft aus den untersten Volksschichten. Im Westen, Ulf, werden die Bücher von den Mönchen im Kloster geschrieben, abgeschrieben. Dann werden sie kunstvoll verziert, denn diese Bücher aus Pergament sind sehr wertvoll, und das nicht nur für euch Nordmänner – wegen des Goldes und der Edelsteine. Hier im Osten werden in den Klöstern keine Bücher abgeschrieben oder nur sehr selten. Und dann nur Bücher, die sich mit der christlichen Religion befassen.«

»Aber wer schreibt dann die Bücher?«, fragte Ulf.

»In Konstantinopel gibt es viele Buchhändler. Sie unterhalten große Werkstätten, in denen Schreiber Bücher kopieren – Sklaven, die in der Rechtschreibung bewandert sind und auch alte Texte verstehen. Solche Sklaven sind selbstverständlich wertvoll und teuer. Dennoch sind die Bücher in Konstantinopel viel billiger als im Westen. Denn wir verwenden kein teures Pergament, sondern Papier. Und die Schreiber malen nicht jeden Buchstaben einzeln. Es gibt jetzt eine Kleinschrift, in der man sehr schnell schreiben kann.«

»Aber wer kauft solche Bücher?«, fragte Ulf kopfschüttelnd.

»Viele, Ulf. Bei uns können viel mehr Menschen schreiben und lesen als im Westen. Selbstverständlich alle Beamte und Höflinge. Aber auch viele Händler und Handwerker. Der Pöbel auf den Straßen natürlich nicht. Im Westen dagegen können selbst Könige und Fürsten meist nicht lesen, erst recht nicht schreiben. Bei uns aber schreiben viele hohe Beamte Bücher, nicht nur Bischöfe. Sogar manche Kaiser haben berühmte Bücher geschrieben. Und wer es sich leisten kann, kauft Bücher. Johannes besitzt zweiunddreißig Bücher. Andere Beamte haben noch viel mehr.«

Ulf schüttelte erneut den Kopf. »Du sitzt seit vielen Stunden auf dieser Bank und liest in dem Buch. Wozu? Was steht in einem solchen Buch?«

»In diesem Buch, Ulf, wird die Geschichte von Barlaam und Josaphat erzählt. Barlaam ist ein Mönch. Als Kaufmann verkleidet zieht er in das ferne Land Indien. Dort, am Hofe des Königs von Indien, überredet er Josaphat, den Sohn des Königs, ein christliches Kloster zu gründen. ›Barlaam und

Josaphat‹ ist bei uns einer der beliebtesten Romane. Nur die Geschichten um Alexander, den Welteroberer, sind genauso berühmt.«

»Was für ein Quatsch!«, rief Ulf ärgerlich. »Ich weiß doch von dir, dass du diese Missionare gar nicht magst!«

»Da hast du recht, Ulf«, lachte der Grieche. »Aber dieser Roman ist voll spannender Abenteuer. Deshalb ist er auch so beliebt.«

Ulf schwieg und dachte über das Gehörte nach. Wie konnte der Grieche still in einer Ecke sitzen und spannende Abenteuer in einem Buch nachlesen? Auch Ulf liebte es, wenn die Abenteuer anderer erzählt wurden. Aber zu einer solchen Erzählung gehörten Met und Bier und die Stimme des Sängers, der nicht nur durch die Wahl seiner Worte die Spannung steigern konnte. Ulf lächelte unwillkürlich. Und vor allem das Gejohle der Zechgenossen, wenn der Skalde zum Höhepunkt des Kampfes kam...

Ragnars Gebrüll unterbrach ihn. »Grim, Erik, Gizur!« Der Grieche sprang auf und legte das Buch auf die Bank. Die Gerufenen eilten ihrem Schiffsführer entgegen. Ragnar stürmte den von Zypressen gesäumten Kiesweg entlang, als gelte es einen Sturmangriff. Neben sich schleifte er Zoe, seine Sklavin mit dem schwarzen Lockenkopf. Als sie Ragnar gegenüberstanden, wäre das atemlos keuchende Mädchen zu Boden gesunken, hätte es Ragnar nicht mit eiserner Faust am Oberarm gepackt. Noch immer liefen der zierlichen Sklavin die Tränen über die Wangen. »Zoe hat mir eine unglaubliche Geschichte erzählt«, wütete Ragnar. »Ihr müsst sie euch anhören. Der Grieche übersetzt, wenn wir etwas nicht verstehen. Es kommt auf jedes Wort an.«

Ulf musterte die Dienerin. Sie zitterte am ganzen Leib. »Eine der beiden Sklavinnen, die den Statthalter erschlagen haben, war meine Schwester«, würgte sie unter Tränen hervor. Grim öffnete bereits den Mund zu einer Frage, aber Ragnar brachte ihn mit einer Handbewegung zum Schweigen. »Deshalb fürchte ich um mein Leben. Johannes wird davon ausgehen, dass meine Schwester mir den Mordplan verraten hat. Dann muss er mich als Mitwisserin verschwinden lassen.« Wieder stockte sie. »Ich habe tatsächlich von dem Mord erfahren, aber erst, nachdem meine Schwester bereits hingerichtet war. Die beiden Mädchen haben aus Angst gehandelt. Meine Schwester hat einer Dienerin, mit der sie befreundet war, alles erzählt. Mich konnte sie nicht mehr aufsuchen. Sie durfte Leons Haus nicht verlassen.«

»Wer...«

Die Sklavin fuhr fort, ohne auf Grims Frage zu achten. »Ein Diener hat den Abt, diesen heimtückischen Kerl, am Vormittag in dem Zimmer gesehen, in dem die beiden Mädchen schliefen. Der Abt muss es gewesen sein, der die Schmuckstücke des Statthalters unter ihren Habseligkeiten versteckte. Sie haben sie nicht gestohlen. Nicht einmal eine Belohnung sollten sie erhalten.«

Grim brauste auf. »Aber wer hat…«

Die Sklavin wandte ihm das Gesicht zu. Nur mit Mühe verstand Ulf ihr Flüstern: »Wer den Mord an Leon befohlen hat? Mein Herr. Johannes.«

Die Kleine war, sobald Ragnar ihren Arm losgelassen hatte, ins Haus zurückgerannt. Ake, der Däne, trat vor. Er war hinzugetreten, weil er Griechisch verstand. Die übrigen Ruderer waren ferngeblieben, denn der Grieche hatte nicht übersetzt. Akes Stimme war noch spöttischer als sonst. »Und was tun wir jetzt, Ragnar?«

Erik bricht los: »Das fragst du noch, Ake? Endlich haben wir einen Grund, diesen Johannes totzuschlagen, diesen falschen Hund! Auf diesen Augenblick habe ich schon lange gewartet.«

Ragnar schaut seinen Sohn erstaunt an. »Wir? Warum wir, Erik? Ist der Mord an Leon vielleicht ein Grund zur Blutrache? Leon war kein Verwandter, er gehörte nicht zu unserer Sippe.«

Gizur, der in allen Fragen der Sitte und des Rechts wohlbewanderte, blickt Erik kopfschüttelnd an. »Dein Vater hat Recht. Dieser Mord geht uns nichts an. Da Leon mit niemandem von uns verwandt war, könnte nur die Treue uns zur Rache verpflichten. Als wir in Dalmatien in seine Leibwache traten, schuldeten wir ihm Treue. Und als wir ihm versprachen, ihn nach Konstantinopel zu bringen, schuldeten wir ihm wieder Treue. Wer damals den Statthalter angriff, dem wir Schutz versprochen hatten, beleidigte unsere Ehre. Aber jetzt…«

Ragnar fällt ein: »Jetzt sind wir dem Statthalter zu nichts verpflichtet. Leon hat sich hier in Konstantinopel nicht unter unseren Schutz gestellt. Ihn zu rächen ist Sache seiner Familie.«

Erik bebte vor Zorn. »Gut. Der Statthalter war nicht unser Verwandter, und deshalb sind wir nicht zur Blutrache verpflichtet. Aber dieser Johannes hat doch auch uns Nordmänner hintergangen. Belogen und betrogen hat er uns! Rufe die Männer zusammen und erzähle ihnen die Geschichte: Sie werden den ganzen Palast niedermachen!«

Der Graubart wehrte kühl ab. »Und während wir noch den Hausherrn totschlagen, rennen seine Sklaven auf die Straße und erzählen es den Stadtsoldaten. Wir können nicht alle Tore und Pforten dieser Palastmauer bewachen. Dann müssten wir Hals über Kopf fliehen, Erik! Und die Wache am Tor in der Seemauer, hinter dem unser Langschiff liegt, würde uns wahrscheinlich nicht durchlassen. Wir müssten wohl mit ihnen kämpfen. Nun gut. Ich hätte vor diesen Stadtsoldaten keine Angst. Aber wir würden Konstantinopel als arme Leute verlassen. Mit einem leeren Langschiff, ohne Waren.«

Ake fiel ein: »Die Ruderer sind unzufrieden. Vielleicht sollten wir die Fahrt nach Kleinasien, von der Ragnar erzählt hat, doch unternehmen.«

»Du willst wirklich nach Konstantinopel zu Johannes zurückkehren, Ake?«, fragte Ragnar ungläubig.

»Nein. Aber dem Seestrategen den Brief überbringen. Wir bekommen dann wenigstens die sechstausend Silberstücke.«

Erik zerrte ärgerlich an seinem Hemdkragen. »Hoffentlich ist dieser Abt noch nicht abgereist. Er hat doch die Ringe und Ketten Leons im Zimmer der Mädchen versteckt. Ich würde ihn mir gerne vornehmen! Der Kerl würde uns allerhand erzählen…«

»Nein«, sagte Ragnar. »Nein, Erik.« Ulfs Blick wanderte zu Ragnar. In dessen Augen stand Unheil, aber seine Stimme klang unbewegt: »Johannes darf nicht ahnen, dass wir ihn mit Leons Tod in Verbindung bringen.«

Rede und Gegenrede flogen noch lange hin und her. Niemand war sich sicher, ob man mit den Zahlungen, die der Byzantiner versprochen hatte, wirklich rechnen könne. Am Ende stimmte selbst Erik seinem Vater zu, als Ragnar nochmals klarstellte, er fühle sich nicht zum Rächer Leons berufen. Aber zu einer Entscheidung kamen sie nicht. »Ich weiß wirklich nicht, ob wir diese Fahrt unternehmen sollen«, fasste Ragnar zusammen. »Diesem Johannes macht es nichts aus, uns gegenüber sein Wort zu brechen. Aber ein wichtiger Befehl, den nur wir überbringen können,… Vielleicht zahlt er wirklich. Na, ja, heute müssen wir uns noch nicht entscheiden. Aber passt auf: Niemand darf gegenüber Johannes einen Verdacht andeuten.«

Die Beratung war beendet. Ulf hörte im Weggehen noch Grims Frage, warum die Sklavin Zoe erst jetzt Ragnar diese Geschichte erzählt habe. Und Ragnars gereizte Antwort: »Das Mädchen hat Angst, Grim. Todesangst, dass sie als Mitwisserin beseitigt wird.«

»Sie wagt ihr Leben für Ragnar. Einem anderen hätte sie kein Wort gesagt.«

»Warum, Grieche?«

»Hast du nicht bemerkt, dass sie ihn liebt?«

»Liebt?«

Am nächsten Morgen erschien Symeon noch vor dem Frühstück. »Ich habe eine wichtige Botschaft von Johannes zu überbringen«, sagte der Abt. »Ihr wisst, er muss, bevor er das Dokument ausstellt, das ihr mitnehmen sollt, noch einen Boten abwarten. Dieser Bote kommt heute Nacht.« Die unsteten Augen des Abtes wanderten über sie. »Ihr könnt also morgen oder übermorgen abfahren. Den Geleitbrief habt ihr schon. Bei der Schnelligkeit eures Langschiffes und mit diesem Geleitbrief habt ihr nichts zu befürchten. Aber ihr ahnt gar nicht, welch großen Dienst ihr dem Reich erweist, wenn das Dokument rechtzeitig in die Hände des Strategen gelangt. Ich muss noch heute abreisen. Ich werde euch nicht wieder sehen. Den Segen Gottes darf ich nicht auf euch herabflehen, da ihr keine Christen seid. Aber eine glückliche, eine erfolgreiche Reise darf ich euch wünschen.« Der Mönch mit dem schmuddeligen Bart blickte sie freundlich an. Doch Ulf entging die Falschheit in diesen Augen nicht.

Jedenfalls bestand noch kein Anlass, Vorbereitungen für die Abreise zu treffen. Trockenfleisch, Fladenbrot und Wasser für eine Woche konnte man binnen weniger Stunden auf das Langschiff schaffen. Und die Beutel der Ruderer waren leer: Die Silbermünzen des Hausherrn, die Ragnar unter ihnen verteilt hatte, waren längst in den Händen der Schenkenmädchen. Deshalb war an den Einkauf von Handelsgütern nicht zu denken. »Wenigstens einen Vorschuss muss er geben«, brummte Ragnar. Auch Ulf schien der Gedanke unerträglich, in einer byzantinischen Hafenstadt, einem nicht unbedeutenden Handelsplatz, mit einem Langschiff anzulegen, dessen Laderaum leer war. So blieb ihnen nichts, als abzuwarten.

»Ich habe einiges gehört, Ragnar! Neues und Wichtiges.« Odinkars Stimme schallte durch den Garten. Der Stadtsoldat schritt gerade hinter einem Haussklaven durch die Gartenpforte. In wenigen Augenblicken war er von allen Gefährten, die den Tag nicht in der Stadt verbrachten, umringt.

Odinkar trank drei Weinschalen leer, während Ragnar von der Ermordung Leons und der Fahrt nach Kleinasien berichtete. Als Ragnar von dem Boten sprach, den der Hausherr in dieser Nacht erwartete, stutzte der Stadtsoldat. Dann brach er in ein schallendes Gelächter aus. »Diesen Boten sollt ihr abwarten? Ich weiß es besser: Der Bote war bereits vor zwei Tagen bei Johannes.« Nun fuhr er ernst fort. »Dieser Johannes hintergeht euch. Einen Brief sollt ihr dem Seestrategen überbringen? Also hat Johannes euch nicht gesagt, dass er selbst dieser Seestratege ist. Der Kaiser hat ihn kurz vor seiner Abreise zum Seestrategen ernannt. Johannes müsste längst bei der Flotte sein.«

Ragnar wartete, bis das zornige Geschrei abgeebbt war. »Johannes ist selber dieser Seestratege! Und warum bleibt er in Konstantinopel?«

»Ganz einfach. Weil Bardas fort ist, beim Heer des Kaisers. Johannes benutzt diese Gelegenheit, um mit dessen Gegenspieler zu verhandeln. Mit Basileios, meine ich. Johannes sucht eine Verbindung zu Basileios, der am Hof zurückgeblieben ist. Ich weiß, dass er Basileios schon Geschenke geschickt hat. Eurem Gastgeber reicht das Amt eines Seestrategen noch lange nicht. Basileios soll ihm einen neuen Hoftitel verschaffen, denn Basileios hat in diesen Dingen großen Einfluss auf den Kaiser. Ihr müsst wissen: auch die höchsten Staatsbeamten sind erst zufrieden, wenn sie einen Hoftitel ergattert haben, einen möglichst langen, möglichst wohltönenden. Und die Titelsucht dieses Johannes ist stadtbekannt. Erst wollte er ›Hüter der Kaiserlichen Gemächer‹ werden. Diese Auszeichnung hat ihm ein anderer weggeschnappt.

Jetzt steckt ihm ein anderer Titel in der Nase: ›Wächter der Kaiserlichen Gärten‹. Auch kein schlechter Titel…«

»Ein Flottenbefehlshaber, der die Gärtner des Kaisers überwacht…«, knurrte Grim dazwischen.

»Unsinn. Solche Hoftitel haben nichts mit einem Amt, einer bestimmten Aufgabe, zu tun. So kann ein ›Wächter der Gärten‹ durchaus die Kasse der Kriegsflotte verwalten.«

»Warum will ein Mann wie Johannes…«

»Solche Hoftitel sind eine Auszeichnung. Sie zeigen, wie hoch man in der Gunst des Kaisers steht. Jeder Kaiser erfindet neue Hoftitel. Da kannst du noch so oft den Kopf schütteln, Ragnar! Wenn ein neuer Kaiser an die Macht kommt, muss er viele Leute belohnen. Vielleicht haben sie ihm zur Macht verholfen wie Bardas. Andere sind seine Vertrauten. In ihre Hände will er die Staatsgeschäfte legen. Glaubt ihr wirklich, Kaiser Michael vertraut den Hofbeamten, die Theoctistos ausgesucht hat, der Mann, den er hat ermorden lassen? Seitdem Kaiser Michael die Macht übernommen hat, umgibt er sich mit seinen Günstlingen. Johannes ist noch keiner. Aber er will einer werden. Und, da die Hofbeamten immer einflussreicher sind als die Staatsbeamten, strebt jeder Staatsbeamte nach einem Hoftitel.«

»Wie viele Beamte, Beamte der Kaiserwitwe Theodora, meine ich, hat Michael schon umbringen lassen?« Ulf blickt den Griechen, der sich bisher nicht an der Unterhaltung beteiligt hat, erstaunt an.

»Noch keinen. Er hat nur viele entmachtet. Ihre Aufgaben seinen Günstlingen übertragen.« Odinkar klatschte sich mit beiden Händen auf die Schenkel und lachte lauthals. »Aber was nicht ist, kann noch werden! Schließlich hat der Kaiser das Recht, jeden Augenblick den Henker herbeirufen zu lassen. Davon erzählen unsere Befehlshaber immer wieder. Und wenn sie selbst bei Hofe erscheinen müssen – wie oft haben Kaiser einen Beamten, den sie noch am Tage zuvor mit Wohltaten überschütteten, mit dem rot glühenden Schwert blenden lassen? Wie viele Beamte, wie viele Höflinge, die sich am Morgen noch zu den engsten Vertrauten des Kaisers rechneten, endeten am Mittag auf dem Hof, auf einen Pfahl gespießt? Oder der Kaiser ließ ihnen bei lebendigem Leibe die Haut abziehen. Sogar Kaiser selbst sollen so geendet haben, sobald ein Empörer ihnen die Krone entrissen hatte.«

Ragnar spuckte verächtlich aus. »Was sind diese Kaiser für Leute? Wenn uns Nordmännern etwas gefällt, kämpfen wir mit dem Besitzer um die Beute und töten ihn. Das ist ein ehrlicher Kampf. Aber wir quälen ihn nicht. Wir erschlagen ihn nur, um Beute zu machen.« Ulf konnte dem nur zustimmen. Durfte doch ein Freier nicht einmal ohne Grund die Unfreien verprügeln. Was würden die Nachbarn dazu sagen?

»Das verstehe ich«, warf Ulf ein. »Johannes braucht Zeit, um mit Basileios ins Reine zu kommen. Aber wenn der Flottenführer in Konstantinopel bleibt, entgeht ihm doch wohl der Anteil an der Beute, die seine Flotte macht?«

»Selbstverständlich ist Johannes in größter Eile. Er hat nur noch wenige Tage Zeit. Er muss die Fäden zu Basileios sehr schnell knüpfen. Schon rätseln die Kommandanten der Stadtsoldaten beim Wein darüber, wie lange Johannes es noch wagen wird, in Konstantinopel zu bleiben. Wenn der Seestratege nicht bald mit seiner Flotte ausläuft... Der Zorn des Kaisers ist gefürchtet! Die kaiserliche Flotte hat in den letzten Jahren viele Siege gegen die Araber errungen. Dreimal hat sie die ägyptische Hafenstadt Damietta geplündert. Solche Niederlagen zur See machen den Kalifen geneigter, im Herbst, wenn die Zeit für Kriegszüge zu Ende geht, mit dem Landheer, an dessen Spitze der Kaiser steht, einen Frieden zu schließen, der für den Kaiser günstig ist. Außerdem...«, lachte Odinkar, »... ist eine Hafenstadt wie Damietta eine fette Beute. Und du hast selbstverständlich Recht, Ulf: Der Seestratege erhält einen Anteil an der Beute. Und nicht den geringsten.«

Der Nordmann wirkte nachdenklich. »Ihr dürft Johannes nicht unterschätzen. Es wird jetzt viel über ihn gesprochen. Manche glauben, er werde noch viel höher steigen. Aber ein Beamter kann auch schnell wieder fallen. Man erzählt, Johannes habe in den letzten drei Jahren viele Güter in Kleinasien aufgekauft. Na, ja, wer die Gunst des Kaisers verliert, lebt am liebsten weit weg von Konstantinopel. Und wenn es noch schlimmer kommt: Johannes hat hier in Konstantinopel ein Kloster gegründet. Ihr kennt ja den Mönch, den er zum Abt ernannt hat.«

»Ein Kloster?«, wunderte sich Ragnar. »Was will ein Admiral mit einem Kloster?«

Odinkar grinste über das ganze Gesicht. »Es gibt nichts Besseres als ein Kloster, um der Rache des Kaisers zu entgehen. Notfalls flüchtet er in sein eigenes Kloster. Der Kaiser würde es nicht wagen, den Frieden eines Klosters zu brechen.«

»Noch nie hat das ein Kaiser gewagt«, nickte der Grieche. »Außerdem wäre sein Vermögen auf dise Weise vor dem Zugriff des Kaisers sicher. Denn der Kaiser darf einem Kloster nichts wegnehmen.«

»Und Johannes verschenkt Gräber an seine Freunde, das Recht, in der Klosterkirche bestattet zu werden«, fuhr Odinkar spöttisch fort. »Seine Klosterkirche wird eines Tages voller Grabmäler sein. Er braucht für seinen Aufstieg halt viele Freunde.«

Ragnar fuhr zurück. »Gewinnt man Freunde, indem man sie bestattet?«

Der Grieche lächelte. »Grabschenkungen sind ein gutes Mittel, sich Freunde zu verschaffen. Leute, die auch aufsteigen wollen, aber nicht das

Geld haben, um selbst ein Kloster zu gründen, und nicht die Beziehungen, um selbst vor dem Kaiser erscheinen zu dürfen.«

»Ja«, bestätigte Odinkar. »Johannes braucht viele dieser Freunde. Sie brauchen sein Geld, seinen Einfluss. Und er braucht einen großen Anhang. Nichts verschafft mehr Ansehen und Einfluss beim Kaiser als ein großer Anhang. Unablässig werden in Konstantinopel neue Klöster gegründet. Photias, der neue Patriarch, sieht das gar nicht gerne. Er will eine Bischofsversammlung einberufen, um die Gründung von Klöstern zu erschweren.«

Ragnar starrte nachdenklich vor sich hin. »Basileios. Immer wieder dieser Name! Einen ehemaligen Stallknecht hat ihn Leon genannt. Ich begreife ja, dass ein Beamter wie Johannes sich gut mit ihm stellen will. Aber was haben wir damit zu tun? Sind diese Verhandlungen mit Basileios der Grund, weshalb Johannes uns in Konstantinopel zurückhalten will?«

Der Wikinger zuckte die Achseln. »Ich weiß es nicht. Jedenfalls ist Johannes in den Machtkampf zwischen Bardas und Basileios verstrickt. Braucht er euer schnelles Langschiff, um Botschaften zu übermitteln? Briefe, die er einem Beamten oder Soldaten nicht anvertrauen darf? Ich weiß es wirklich nicht. Auf jeden Fall könnten die nächsten Tage für Johannes entscheidend werden. Ihr wisst, wer Bardas ist: der Oberste Ratgeber des Kaisers. Vor sechs Jahren hat Bardas seinen Vorgänger ermordet. Theoctistos, den Ratgeber der Kaiserwitwe Theodora, die damals die Regierungsgeschäfte für den minderjährigen Michael führte. Und Kaiser Michael…«

»Kaiser Michael hat den Mord an Theoctistos befohlen!« Ulf stutzte. Noch nie hatte die Stimme des sonst so gelassen wirkenden Griechen so hasserfüllt geklungen.

»Ja. Die ganze Stadt redete davon, der Mord wäre im Einverständnis mit dem Kaiser geschehen. Schließlich übernahm wenige Wochen oder Monate nach dem Tode des Theoctistos Kaiser Michael die Regierungsgeschäfte. Das ist, wie gesagt, erst sechs Jahre her. Bardas' Stern jedenfalls ist bereits im Sinken. Man munkelt, Basileios werde ihn aus seinem Amt verdrängen.«

»Das heißt natürlich, ihn ermorden.« Diesmal ist die Genugtuung in der Stimme des Griechen unüberhörbar.

»Ja. Er wird ihn wohl ermorden lassen«, lacht Odinkar. »Das ist hier in Konstantinopel so üblich.«

»Wiederum im Einvernehmen mit Kaiser Michael«, ergänzte der Grieche.

»Gewiss. Basileios könnte einen solchen Mord nur wagen, wenn er sich der Gunst des Kaisers sicher wäre. Ohne den Kaiser kann er doch nicht Oberster Ratgeber werden. Natürlich weiß keiner, wie dieser Machtkampf ausgehen wird. Viele halten Basileios für einen fähigen Mann. Einige hoffen sogar, er werde eines Tages den Kaiser selbst ermorden und den Thron besteigen.

Vielleicht, vielleicht auch nicht. Jedenfalls wäre ein solcher Kaisermord nicht das erste Mal...«

»Ein Kaisermord ist in Konstantinopel nicht gerade unüblich«, setzt der Grieche verächtlich hinzu.

»Feine Leute, eure Kaiser«, brummt Ragnar. »Und solche Männer regieren ein derartiges Reich! Mit Städten, Palästen, mit Mauern und Türmen, wie ich sie noch nie gesehen habe!«

»... und im Westen, in den Reichen der Franken, niemals sehen wirst!«, schloss der Grieche stolz.

Sie warteten, bis die beiden Diener das Tischchen und die Silberplatte hingestellt hatten. Ihr Gast griff in eine der Schüsseln, kostete und leckte sich genüsslich die Finger ab. »Besser wird es am Kaiserhof auch nicht schmecken. Aber mehr kann ich euch über Johannes und die Absichten, die er mit euch verfolgt, nicht sagen.«

Odinkar blickte Ragnar erwartungsvoll an. »Eigentlich bin ich auch wegen einer anderen Sache hier. Ihr werdet euch wundern! Beim Kaiserhof ist ein Schreiben von Himerion eingegangen.«

Ulf blickte den Nordmann verblüfft an.

»Ja. Zuerst hat Himerion nur einen Boten gesandt. Angeblich war es zu gefährlich, einen Brief auf dem Landweg nach Konstantinopel zu schmuggeln. Dieser Bote war selbstverständlich ein Vertrauter Himerions. Da es sich aber um einen einfachen Soldaten handelte, konnte er allen unangenehmen Fragen ausweichen – ein einfacher Soldat kennt keine Einzelheiten... In Wahrheit, Ragnar, wollte Himerion nur mit Johannes absprechen, wie sie den Überfall auf die Seefestung und vor allem Himerions Rolle bei Hof am besten darstellen. Jetzt sind sich die beiden einig, und Himerion hat einen ausführlichen schriftlichen Bericht übersandt.«

»Was steht in diesem Schreiben?«, fragte Ragnar.

»Gelesen habe ich es selbstverständlich nicht. Aber einige unserer obersten Kommandeure. Sie reden über nichts anderes mehr.« Odinkar lachte schallend. »Stellt euch vor: Der Statthalter Leon und sein Onkel Nikolaos sind Seite an Seite gefallen, an der Spitze ihrer Soldaten für Kaiser und Reich gefallen, nachdem sie vorher noch ein wahres Blutbad unter den Kroaten angerichtet haben! Aber es kommt noch toller: Nach dem Tode des Statthalters stellte sich Himerion an die Spitze der Truppe. Nie zuvor hat der Kaiser von solchen Heldentaten gegen eine Übermacht gehört, wie Himerion sie vollbracht haben will! Weit über die Hälfte der Soldaten ist gefallen. Aus eurer Erzählung weiß ich natürlich, dass es sich um jene Soldaten handeln muss, die nicht zu den Verschwörern überliefen. Die Plünderung der Stadt konnten sie angeblich nicht verhindern. Aber es gelang Himerion, mit dem Rest seiner Truppe in die angrenzenden Wälder zu fliehen. Himerion will sich mit seinen Soldaten zwei Tage lang irgendwo im Küstengebirge versteckt haben. Der Zupan Duschan sei mit dem größeren Teil seiner Leute bereits am Vortag abgezogen. Nur noch zweihundert Kroaten seien in der Stadt zurückgeblieben. Da seien sie des Nachts in die Seefestung zurückgekehrt und über die Slawen hergefallen. Die hätten immer noch ihren Sieg gefeiert. Deshalb will Himerion mit dem Rest einer Truppe zweihundert Feinde niedergemacht haben. Wie findet ihr das?«

Sein spöttischer Blick wanderte von Ragnar zu Grim, doch von beiden erhielt er keine Antwort. »Himerion hat furchtbar auf den Putz gehauen! Ein blutiges nächtliches Gemetzel, und Himerion immer vorne weg. Keiner der in der Stadt zurückgebliebenen Kroaten sei entkommen. Aber jetzt kommt der Gipfel der Frechheit: Himerion will mit Duschan einen Friedensvertrag geschlossen haben, in dem der Zupan die Oberhoheit des Kaisers anerkennt. Himerion schlägt vor, der Kaiser solle im Gegenzug den Titel ›Archont‹ anerkennen, den sich der Zupan nach der Eroberung der Stadt zugelegt hat. Und Duschan hat sogar versprochen, sich taufen zu lassen.«

Ragnar blickte zweifelnd. »Dieser Duschan ist ein tapferer Krieger. Warum will er Christ werden?«

»Fällt ihm gar nicht ein! Duschan will sich von dem Priester taufen lassen. Das ist etwas ganz anderes. Ihr müsst wissen: Es fällt dem Kaiser leichter, einem kroatischen Häuptling den griechischen Titel eines Archonten zu verleihen, wenn der Mann durch die Taufe als Christ gilt. Frag lieber, warum tut der Priester das? Auch das steht in dem Schreiben: Himerion schlägt vor, seinen Priester zum Bischof der Slawen zu ernennen. Dieser Priester habe bei der Erstürmung der Stadt ein Gemetzel an den Einwohnern verhindert…«

Grim ließ seine Bartspitzen los. »Also stand der Priester auf der Seite der Verschwörer! Wir haben den Mistkerl in den letzten Wochen gar nicht mehr zu Gesicht bekommen.«

»Möglich. Auf jeden Fall steht er jetzt auf Himerions Seite. Aber was bleibt ihm anderes übrig? Er macht halt für sich das Beste aus der neuen Lage. Er versucht, Bischof zu werden anstelle des jetzigen Amtsinhabers, der sich seit Jahren in Konstantinopel herumdrückt.«

Odinkar leerte seine Weinschale auf einen Zug. »Eigentlich möchte ich auch einmal in einem solchen Palast wohnen.«

»Du kannst ja an unserer Stelle einziehen«, lachte Ragnar. »Uns hängt er zum Hals heraus. Aber erzähle weiter!«

»Na ja, Ragnar, wenn der Kaiser diese Geschichte hört, sobald er von seinem Feldzug zurückkehrt… Wenn der Kaiser sie glaubt, dürfte es Himerion nicht schwer fallen, sein Ziel zu erreichen.«

»Himerion will wohl anstelle seines Vaters Statthalter werden?«, fragte Ulf.

»So bescheiden ist er nicht«, lächelte Odinkar. »In seinem Schreiben schlägt er vor, in Dalmatien ein Thema zu gründen…«

»Ein was?«

»Ein Thema. Dann kann Himerion Stratege werden.«

Ragnar kratzte sich am Kopf. »Was ist das überhaupt, ein Stratege?«

»Ich erkläre es euch«, mischte sich der Grieche ein. »Das Reich ist in neue Verwaltungseinheiten gegliedert worden, die Themen. Jedes Thema muss dem Kaiser eine bestimmte Anzahl von Soldaten stellen. Diese Soldaten sind Bauern, die freiwillig die Wehrpflicht übernehmen. Jeder Bauer muss einen bewaffneten Reiter stellen. Dabei muss er nicht selbst dienen, sondern kann auch einen Ersatzmann bezahlen. Dafür erhält er Steuerfreiheit. Und das will etwas heißen in diesem Land! Die Steuerlast ist so hoch, dass viele Bauern ihre Höfe verlassen und in eine Stadt oder nach Konstantinopel flüchten. Und der Stratege? Der Stratege ist der höchste Befehlshaber des Themas.«

»Und ein Seestratege?«

»Wenn das Thema an der Küste liegt, muss es Schiffe und Mannschaften stellen. Dann befehligt der Stratege diese Flotte.«

Odinkar nickte. »Überall im Reich gibt es Themen, nur in Dalmatien noch nicht. Es dürfte Himerion nach dem Überfall auf die Stadt nicht allzu schwer fallen, den Kaiser zu überreden, auch in Dalmatien ein Thema einzurichten. Schließlich kann der Kaiser dann den Slawen mehr Soldaten entgegenstellen: die Bauern, die sich freiwillig verpflichten.«

»Also wird dieser Schuft sein Ziel erreichen!«, grollte Grim.

»Auf jeden Fall hat er gute Aussichten. Warum sollte der Kaiser nicht Himerion zum Strategen ernennen? Nach seinem strahlenden Sieg über die Kroaten! Schon Nikolaos wollte Bardas überreden, die Provinz Dalmatien in ein Thema umzuwandeln. Dann wäre Nikolaos höchstwahrscheinlich der Stratege des neugegründeten Themas geworden. Aber Bardas wollte nicht, noch nicht. Deshalb war Nikolaos ein Feind des Bardas, der doch sein Verwandter war. Und daher wurde Nikolaos für euren Gastgeber gefährlich: ein Mann wie Johannes wird sich nie festlegen, bevor der Machtkampf zwischen Bardas und Basileios entschieden ist. Wenn aber Nikolaos, sein Verwandter, sich offen gegen Bardas stellte… Ich glaube, ihr habt Johannes einen großen Dienst erwiesen, indem ihr Nikolaos erschlagen habt.«

»Wer soll alle diese Zusammenhänge verstehen?«, murmelte Ragnar vor sich hin. »Aber eines steht fest: Himerion war ein Verbündeter seines Großonkels Nikolaos.«

Odinkar lachte wieder. »Beide wollten Leon los werden. Und beide standen mit den Kroaten im Bunde!«

»Jetzt wird mir klar, warum die Seefestung in die Hände der Kroaten fallen musste – wenigstens zeitweise.« Auch Ulf wartete gespannt auf die nächsten Worte des Griechen. »Eine solche Niederlage….«

»… macht den Kaiser geneigter, in Dalmatien ein Thema einzurichten«, pflichtete Odinkar bei.

»Das auch«, grinste der Grieche. »Vor allem aber der glorreiche Sieg über die Kroaten. Der Rückzug der drei Zupane war von Anfang an eingeplant. Der Kaiser hätte Nikolaos und Himerion, die Besieger der Slawen, schwerlich übergehen können.«

»Ja. Aber diesem Plan stand Leon im Wege. Er war dem Kaiser treu, und er war entschlossen, die Seefestung zu verteidigen. Und solange er lebte, konnte Himerion nicht sein Nachfolger werden.«

»Thema? Stratege?« Ulf fand Odinkars Gedankengang nicht zwingend. »Vielleicht war alles viel einfacher: Nikolaos wollte Statthalter werden und Himerion anstelle Falkons Truppenkommandeur. Schließlich hatten die beiden kein Amt und keinen Titel.«

»Das können wir ausschließen, Ulf. Ich weiß, dass auch Nikolaos alles getan hat, um seinem Neffen das Amt des Statthalters zu verschaffen. Also wollte Nikolaos nicht selbst Statthalter werden. Nein, er strebte nach Höherem: dem Amt des Strategen.«

»Aber es gibt in Dalmatien doch auch die Statthalter der anderen Hafenstädte. Und den Provinzstatthalter«, zweifelte Ulf.

»Den Archonten meinst du? Alles Männer der Kaiserwitwe Theodora. Keine Gegner für Nikolaos. Wenn der Oberste Ratgeber des Kaisers sich für ihn einsetzte, war ihm das Amt sicher. Aber da legte Bardas sich quer. Aus Gründen, die ich nicht kenne, wollte Bardas in Dalmatien kein Thema. Jetzt begannen Nikolaos und Himerion, Fäden zu Basileios zu knüpfen. Himerion war vorsichtig…«

»Das haben wir gemerkt«, knurrte Ragnar.

»Nikolaos weniger. Man munkelt, Bardas sei schon misstrauisch geworden – ein Grund mehr für Himerion, zuletzt der Ermordung seines Großonkels zuzustimmen.«

Ragnars Gelächter klang bitter. »Und wir haben Nikolaos nicht nur diesem Johannes aus dem Wege geräumt. Wir haben den Weg frei gemacht, damit Himerion nach dem Amt des Strategen greifen kann.«

»Johannes?« Odinkar drehte unschlüssig den Metkrug zwischen den Fingern. »Ich glaube nicht, dass Johannes von Anfang an in den Plan eingeweiht war. Warum sollte er? Das Spiel der beiden war lebensgefährlich und brachte Johannes keine Vorteile. Aber jetzt muss er sich an die neue Lage anpassen.«

»Sie hat für ihn Vorteile und Nachteile«, murmelte der Grieche.

»Johannes wird alles in seiner Macht Stehende tun, um Himerion zum Amt des Strategen zu verhelfen«, vermutete Odinkar. »Zwei Strategen in der Familie: Das stärkt Ansehen und Einfluss der ganzen Sippe. Vor allem aber: Johannes ist jetzt auf Gedeih und Verderb mit Himerion verbunden. Wenn herauskommt, dass zwei Mitglieder der Familie den Kaiser verraten haben! Johannes wird sich in Stücke reißen, damit man bei Hof Himerions Geschichte Glauben schenkt.«

»Das ist nur die halbe Wahrheit«, entgegnete der Grieche trocken. »Johannes hat seinem Verwandten Bardas viel zu verdanken – seinen ganzen Aufstieg bei Hof. Noch ist Bardas der höchste Ratgeber des Kaisers. Doch sein Stern ist im Sinken. Viele glauben, dass Basileios an seine Stelle treten wird. Wenn Bardas stürzt, könnte Johannes alle Ämter verlieren und in Ungnade fallen. Johannes' Stellung ist jetzt schon gefährdet. Aber als Verwandter zweier Verräter? Verräter, für die auch er sich beim Kaiser immer eingesetzt hat? Das würde ihn den Kopf kosten.«

Ragnars Stimme riss Ulf aus seinen Gedanken. »Und Psellos, Leons älterer Bruder? Ihn hat Leon immer mit der Verschwörung in Verbindung gebracht...«

»Hier hat euch Johannes die Wahrheit gesagt: Psellos ist längst gestorben.«

»Aber warum hat Johannes den Statthalter ermordet?«, fragte Erik. Ragnar kam dem Gast zuvor: »Das liegt doch auf der Hand! Wenn Johannes sich mit Himerion verbündet hat, stellte Leon für beide die größte Gefahr dar. Er war der einzige, der ihre Pläne durchkreuzen konnte. Leon kannte die Wahrheit! Niemand durfte je mit ihm sprechen.«

»Himerion hat auch seine Mutter und seine beiden Schwestern von den Kroaten erschlagen lassen«, grinste Odinkar. »Sie wussten zu viel. Auf seine Soldaten kann er sich verlassen. Keiner von ihnen kann den Mund aufmachen, ohne vom Kaiser als Verräter hingerichtet zu werden.«

Odinkar setzte den Metkrug neben den Stuhl und räkelte sich. »Eine feine Geschichte, was? Dieser Himerion muss ein richtiger Prahlhans sein. Wie er seine Tapferkeit schildert! Wäre er anstelle seines Vaters Statthalter gewesen, schreibt er, hätte er die Stadt mit seinen wenigen Soldaten auch gegen zweitausend, dreitausend Kroaten gehalten. Die Kroaten konnten die Stadt nur erobern, weil Fremde...«

Odinkar hält bestürzt inne. Dann schlägt er sich mit der Hand gegen die Stirn. »Fremde! Warum habe ich daran nicht gedacht? Die Fremden – das seid ihr! Ihr! Wer denn sonst? Ragnar, man wird euch... Sie brauchen einen Sündenbock! Sie werden dir und deinen Leuten den Verrat in die Schuhe schieben.« Er packte Ragnar so fest am Arm, dass dessen Metkrug zu Boden fiel. »Ihr müsst die Stadt verlassen! Johannes wird euch als die einzigen Mitwisser beseitigen. Ihr solltet heute noch aus Konstantinopel verschwinden. Sofort! Noch diese Nacht!«

Ragnar sagte kein Wort, nachdem ihr Gast Abschied genommen hatte. Aber er ließ die Metkrüge einsammeln und in sein Zimmer stellen. Ulf verstand: Die Mannschaft sollte nüchtern bleiben. Eine sofortige Abreise war möglich. Grim, Erik, Gizur und Ake zogen durch die Weinschenken, um ihre Mannschaft einzusammeln.

»Hofklatsch!« Die Stimme des Griechen war immer lauter geworden. Dabei hatte Ulf doch nur eine einfache Frage gestellt, nachdem sie ihre Fellsäcke gepackt hatten. »Odinkar hat schon Recht: Alle wissen, was am Hof geschieht. Die ganze Stadt redet darüber. Und natürlich wissen die Höflinge mehr als die Händler. Und die hören mehr als der Mann auf der Straße. Aber man darf nicht zu früh urteilen. Niemand kann jetzt bereits sagen, wie der Machtkampf zwischen Bardas und Basileios ausgehen wird.« Der Grieche starrte lange auf den Wein in seiner Trinkschale. Dann klang seine Stimme fast tonlos: »Ja, Odinkar hat Recht. Man steigt und fällt schnell am Hof. Am Hof…« Zitterte da etwas wie Hohn durch seine Stimme? »Und man stirbt schnell im Reich des Kaisers, der sich Stellvertreter Gottes auf Erden nennt.« Immer noch blickte der Grieche mit versteinertem Gesicht auf die Schale. Seine Stimme war hart und kalt. »Ich wollte nur sagen… Man muss einfach den Ausgang des Machtkampfes abwarten.«

Noch ehe die Gefährten alle versammelt waren, sandte Ragnar einen der Diener zu dem Hausherrn mit der Bitte um eine sofortige Unterredung. Zu Ulfs Verblüffung kehrte der Diener zurück, verbeugte sich tief und sagte: »Mein Herr lässt bitten.«

Ragnar winkte dem Griechen und Ulf, ihm zu folgen. Der Diener führte sie in das Schreibzimmer, in dem der Byzantiner ihnen zum ersten Mal den Unbekannten aufgetischt hatte, der Leon nach dem Leben trachten sollte. Der Haussklave schob ihnen den Türvorhang zurück, folgte ihnen jedoch nicht. In der Mitte des Raumes stand ein anderer Diener, der sich fast bis zum Boden verbeugte. »Mein Herr bittet euch um etwas Geduld. Es wird nur wenige Augenblicke dauern. Er ist wegen eines wichtigen Boten abgerufen worden.« Dann verschwand der Sklave hinter dem Türvorhang.

Ragnar stemmte die Hände in die Hüften und musterte mit verbissenem Gesicht den Bücherschrank, das Schreibpult, die Wandvorhänge und die Wandmalereien. Ulf wurde erst aufmerksam, als der Grieche bereits in der Ecke stand, vor einer brusthohen Marmorsäule mit einem gemeißelten Männerkopf darauf. Doch erst als der Grieche den Kopf zur Seite schob und darunter ein Loch zum Vorschein kam, verstand er. »Ein Geheimfach«, lachte der Grieche. Dann sah Ulf, wie der Grieche einen zusammengerollten Brief auseinander zog. Mit zitternden Händen überflog er das Schreiben. »Den Brief, den wir überbringen sollen. Er ist längst fertig.«

Johannes trat lautlos ein. Ulf hatte nicht bemerkt, dass der gegenüberliegende Türvorhang sich bewegte. Aber Ragnar reagierte sofort. Er breitete die Arme aus und begrüßte den Hausherrn mit solch dröhnender Stimme, dass Johannes regelrecht zusammenfuhr und ihn erschrocken anstarrte. Ulf sah, wie der Grieche den Marmorkopf zurückschob. Das Schreiben war verschwunden. Aber der Grieche konnte nicht vermeiden, dass ein leises Knirschen zu hören war. Sofort fuhr Johannes herum.

Doch der Grieche stand schon mit dem Gesicht zur Wand und schien sich in die Einzelheiten einer Jagdszene vertieft zu haben. Ragnar versuchte den Byzantiner abzulenken. Ohne mit der Wimper zu zucken, pries er die Malereien und Mosaiken an den Wänden, für die sie alle nur ein Kopfschütteln übrig hatten, in den höchsten Tönen. Der Hausherr hörte ihm schweigend zu. In den unbewegten Zügen, den kalten Augen, konnte Ulf nichts lesen. Doch das Schweigen machte ihn misstrauisch. Vielleicht hatte Johannes begriffen, dass der Grieche den Inhalt seines Schreibens kannte.

Ragnar begann nun einen langen Monolog über Ehre und Treue der Nordmänner, der in dem Vorschlag gipfelte, Johannes bei der Rache an den Mördern Leons beizustehen. Doch der entließ sie mit der wiederholten Versicherung, das ihnen geschuldete Silber müsse jeden Tag eintreffen.

Ragnar wartete die Rückkehr Grims, Eriks und Gizurs nicht ab. Er rief Ulf und den Griechen auf sein Zimmer, um Rat zu halten. »Schade«, knurrte er, »Johannes war schlau. Auf unseren Vorschlag, ihn bei seiner Rache für Leon zu unterstützen, ist er nicht eingegangen.« Tatsächlich hatte sich der Hausherr nicht zu einem einzigen Wort über Leons Tod verleiten lassen.

»Ich weiß nicht, was ich von diesem Schreiben halten soll.« Der Grieche schüttelte immer wieder den Kopf. »Es muss einen verborgenen Sinn haben. Der Empfänger soll zwischen den Zeilen lesen...«

»Das verstehe ich nicht«, murrte Ragnar.

»Das Schreiben ist an seinen Stellvertreter gerichtet. In der Hafenstadt, von der Johannes gesprochen hat, und die der Hauptort des Seethemas sein dürfte. Das Schreiben handelt von einem arabischen Schiff, das einen Überfall auf eine Küstenstadt unternommen hat. Johannes fordert seinen Stellvertreter auf, die arabischen Freibeuter hinzurichten. Er malt ihm die Zufriedenheit des Kaisers aus, wenn er hört...«

»Na und?«, zuckte Ragnar die Achseln.

»Aber das gibt doch alles keinen Sinn, Ragnar! Sein Stellvertreter weiß das selbst am besten. Dieser Befehl ist nicht nur überflüssig. Er ist auch alles andere als dringend. Selbst wenn die gefangenen Seeräuber noch am Leben wären, wenn Johannes als Seestratege in der Hafenstadt eintrifft, könnte er die Hinrichtung nachholen. Warum will er uns sechstausend Silbermünzen zahlen, nur damit dieses Schreiben einige Tage früher bei seinem Vertreter eintrifft?«

Er blickte Ragnar an, doch der schwieg. »Ich kann mich an jedes Wort in dem Brief erinnern. Aber ich finde nichts. Keinen verborgenen Hintersinn. Der Brief enthält keine der Floskeln, keine der Redewendungen, die für den Eingeweihten den Wortlaut ins Gegenteil verkehren.«

»Also bedeutet das Schreiben wirklich, dass der Stellvertreter die Araber sofort hinrichten soll.«

»Nein, Ragnar. Nein und nochmals nein! Das kann nicht sein. Die Fallstricke in diesem Schreiben liegen woanders. Es ist knapp gehalten wie jeder militärische Befehl. Aber eines ist mir aufgefallen: Belanglose Einzelheiten werden wiederholt, manchmal dreimal. Und gerade bei diesen Einzelheiten drückt er sich verschwommen aus! So schreibt er, sein Vertreter ›wird schon wissen‹, ›soll nachdenken‹... So unklar fasst man keinen militärischen Befehl ab.«

»Was sind das für Einzelheiten?«, fragte Ragnar.

»Zum Beispiel der Name der Stadt, die die Araber geplündert haben. Der Name kann doch kein Geheimnis sein, das man dem Papier nicht anvertraut! So lange Johannes mit seiner Flotte nicht ausläuft, verwüsten die Araber viele Küstenstädte. Sein Vertreter kennt die Namen dieser Städte. Und Johannes muss die Sache auch gemeldet worden sein, sonst wüsste er nichts von dem arabischen Raubschiff. Einmal heißt es im Zusammenhang mit dieser Stadt: »Du wirst die geeignetste finden«. Das macht doch keinen Sinn! Und immer wieder habe ich gelesen: »Das Schiff, das in deinem Hafen liegt.« Warum betont Johannes das so auffällig? Selbstverständlich liegt das arabische Seeräuberschiff, das zwei Dromonen aufgebracht haben, in diesem Hafen. Wo denn sonst? Und er spricht niemals nur von ›Arabern‹. Immer schreibt Johannes: ›diese einunddreißig Araber‹.«

Der Grieche geht in die Knie, als Ragnar ihm die Hand auf die Schulter schlägt. »Grieche! Grieche!« Seine Augen blitzen. »Ist denn das so schwer? Bestimmte Redewendungen sollen den Sinn eines Schreibens in sein Gegenteil verkehren, sagst du? Und der Stellvertreter soll nachdenken? Dann denke doch einmal nach! Johannes spricht von Arabern, aber...«

»Du meinst...?«

»Klar, das ›Schiff, das in seinem Hafen liegt‹, ist unser Langschiff, wenn wir dem Vertreter den Brief überbringen. Und die ›einunddreißig« Araber‹? Sind wir nicht einunddreißig? Die ›geeignete Stadt‹, die der Vertreter finden soll:

Die Araber haben viele Städte geplündert. Eine davon soll der Vertreter uns in die Schuhe schieben. Damit er einen Grund hat, uns hinzurichten.«

Ragnar holte Grim, Erik, Gizur und Ake selbst auf sein Zimmer, als diese aus der Stadt zurückkehrten. Sie hatten alle ihre Gefährten aufgetrieben, und keiner war so betrunken, dass er nicht hätte kämpfen können.

Jetzt dauerte die Beratung schon eine Stunde, schätzte Ulf. Der Plan des Byzantiners trat immer deutlicher zu Tage. Nur ihr Tod verschaffte Johannes Sicherheit. Wenn bekannt wurde, dass der Statthalter den Untergang der Seefestung überlebt hatte und nach Konstantinopel geflüchtet war, brach Himerions Lügengebäude zusammen. Aber Leon war tot. Er konnte nicht mehr reden. Ulf nickte vor sich hin: Niemand würde Johannes mit dem Mord an dem Statthalter in Verbindung bringen. Zwei habgierige Sklavinnen hatten seinen Gast ermordet und waren dafür hingerichtet worden. Die Dienerschaft wusste nicht, wer dieser Gast gewesen war. Irgendein Verwandter namens Leon. Leon war ein Allerweltsname und die Familie des Hausherrn weit verzweigt. Und der Statthalter hatte gewiss nicht geplaudert.

Auch für Himerions Soldaten war der Statthalter tot, gefallen bei der Erstürmung seiner Stadt. Wahrscheinlich wusste nicht einmal Himerion, dass seinem Vater die Flucht gelungen und Johannes Schuld an seinem Tode war. Solche Geheimnisse verriet ein Mann wie Johannes nicht ohne Not.

Nur sie standen dem Byzantiner noch im Wege. Noch gab es Zeugen. »Eigentlich«, hatte der Grieche gelacht, »will niemand unsere Geschichte hören.« Einfache Beamte würden es nicht wagen, gegen Johannes vorzugehen. Und hochrangige Würdenträger würden sich niemals herablassen, sie zu empfangen. Sie waren nur Waräger, Händler und Seeräuber, Feinde des Reiches. »Und mich wollen sie erst recht nicht hören«, grinste der Grieche. »Einen Landsmann, der seinen Namen nicht nennen will und seit Jahren mit euch Heiden auf einem Boot fährt.« Aber ein Mann wie Johannes hatte auch Gegner und Neider. Wenn es den Feinden des Byzantiners zu Ohren käme…

Der Stellvertreter des Seestrategen würde nicht viele Fragen stellen. Selbst wenn er sie zu Wort kommen ließe und sie von Leons Schicksal und Himerions Plan berichteten – Johannes war sein Vorgesetzter, dessen Befehl er ausführen würde. Was sollte der Mann auch tun? Nach Konstantinopel berichten? Ein solcher Ungehorsam würde ihn den Kopf kosten. Ein kleiner Beamter in einer Provinzstadt mischt sich nicht ein in das Ränkespiel der Mächtigen in Konstantinopel.

»Wir müssen zu einem Entschluss kommen!«, drängte Ragnar.

Niemand hatte Ragnars Feststellung widersprochen. »Ja, Johannes muss uns ebenso verschwinden lassen wie den Statthalter. Und ein Ort an der kleinasiatischen Küste, weit weg von Konstantinopel, wäre sehr geeignet.«

»Und das Volk würde über unsere Hinrichtung jubeln. Uns Nordmännern trauen die Griechen doch alles zu – nicht einmal zu Unrecht!«, spottete Ake, der Däne. »Nachdem vor einem Jahr nordische Langschiffe den griechischen Hafenstädten im Schwarzen Meer einen Besuch abgestattet haben…«

Umso mehr gingen die Meinungen auseinander in der Frage, was zu tun sei. Auch Ulf hatte keine Ahnung. Dass sie Konstantinopel noch heute Nacht verlassen mussten, war jedem von ihnen klar. Aber ganz ohne Beute?

»Wir können nicht einfach den Palast plündern«, grollte Grim. »Es bliebe nicht unbemerkt. Und es gibt zu viele Stadtsoldaten…«

»Fürchtest du die Stadtsoldaten?«, fuhr Erik auf. »Wir werden sowieso mit ihnen kämpfen müssen. Oder glaubt ihr, sie würden uns mitten in der Nacht gehorsam das Tor öffnen und uns mit dem Langschiff abfahren lassen?«

»Wenn Johannes ein Seestratege ist, kann er auch den Befehlshabern der Stadtsoldaten Befehle erteilen«, fiel der Grieche ein. »Johannes ist kein Dummkopf. Er hat den Wachen an der Seemauer längst Befehle erteilt für den Fall, dass wir unser Langschiff abfahrtbereit machen.«

»Und der Geleitbrief?«, fragte Ulf.

»Der Geleitbrief?« Der Grieche dachte eine Weile nach. »Das könnte gehen. Ich müsste den Wachen klar machen, dass Johannes seine Meinung geändert hat.«

»Ich glaube, Johannes würde uns nicht aufhalten«, warf der Weißhaarige ein. »Verschwinden lassen muss er uns. Aber warum in Konstantinopel? So kurz nach dem Tode Leons? Johannes könnte nicht verhindern, dass seine Diener schwatzen…«

Grims Finger ließen die Spitzen seines Gabelbartes los. »Verschwinden lassen, ja. Aber nicht mit Hilfe seiner Leibwache. Das sind nur fünfzehn Mann. Und wie fettgefressen sie sind! Selbst wenn über die Hälfte unserer Ruderer betrunken in den Weinschenken herumläge, könnten die Krieger des Romanos uns nicht niedermachen. Nein, Johannes muss die Stadtsoldaten zu Hilfe holen…«

»Das wird er vermeiden!« Alle Unsicherheit war aus der Stimme des Griechen verschwunden. »Die Stadtsoldaten herbeirufen… Es wäre das Dümmste, was Johannes tun könnte. Wenn wir uns der Übermacht ergeben, wenn Johannes uns dann des Verrates, des Zusammenspiels mit den Kroaten beschuldigt, werden wir dem Stadtpräfekten vorgeführt. Und der ist, wie Odinkar erzählte, nicht sein Freund.«

»Johannes kann also weder seine Leibwache einsetzen noch die Stadtsoldaten.« Ragnars Stirn lag in tiefen Falten. »Hat Johannes bemerkt, dass der Grieche seinen Brief gelesen hat? Wenn nein, dann wird er seinen Plan ausführen und uns zu seinem Vertreter schicken. Hat er aber das

Knirschen gehört und richtig gedeutet, als der Grieche die Büste zurückschob… Wenn Johannes weiß, dass der Grieche den Brief kennt, sieht alles anders aus. Er kann sich nicht darauf verlassen, der Grieche habe den Brief nicht verstanden.«

»Ihm ist jetzt klar, wie misstrauisch wir geworden sind«, nickte Ulf.

»Ja. Wenn er uns abfahren lässt, muss er befürchten, dass wir nie bei seinem Stellvertreter in Kleinasien eintreffen.«

»Du meinst, er wird hier…«, meinte Grim.

»Ja, er wird uns jetzt und hier umbringen lassen. In seinem eigenen Palast. Wenigstens muss er es versuchen, denn er hat keine andere Wahl. Johannes kann niemals sicher sein, dass wir unsere Geschichte nicht doch einem einflussreichen Beamten erzählen.«

Wieder wogen die Meinungen hin und her. »Streitet euch nicht!« lachte der Grieche. »Johannes wird es niemals auf einen Kampf in seinem Palast ankommen lassen. Wenn er einen Anschlag auf uns vorhat, wird er mit Gift arbeiten.«

»Gift?«

»Ja, mit Gift, Ragnar. Giftmord ist hier eine hoch entwickelte Kunst.«

Keiner widersprach Ragnars Vorschlag, mitten in der Nacht abzufahren. Aber würde Johannes ihre Flucht nicht verhindern? Würde der Geleitbrief ihnen das Tor in der Seemauer öffnen? Ulf war sich nicht sicher.

»Loki müsste uns helfen«, seufzt Gizur. »Der Gott der Lüge und Täuschung weiß immer einen Ausweg.«

»Aber nicht ohne Beute…« stieß Ake hervor, heiser vor Zorn.

Ein Diener des Johannes beendete die Debatte. Ein spöttisches Lächeln huschte über Ragnars Gesicht, als dieser seinen Auftrag ausrichtete: Der Hausherr bitte sie, am nächsten Morgen abzufahren. Zum Abschied habe er für sie ein Festmahl herrichten lassen. »Mein Herr lässt sich entschuldigen: Er kann erst spät in der Nacht euer Gast sein. Ein hoher Würdenträger bei Hof hat ihn rufen lassen. Aber er wird euch auf jeden Fall noch heute Nacht das Schreiben übergeben, das ihr nach Kleinasien bringen sollt.«

Sobald der Diener sich zurückgezogen hatte, rief Ragnar nach einem der beiden Sklaven, die ihnen zur Bedienung zugeteilt waren. Der Mann, der herbeieilte und sich tief vor Ragnar verbeugte, war nicht Michael. Ulf hatte dieses Gesicht schon gesehen, zuletzt im Schreibzimmer des Johannes. Dort hatte dieser Sklave sie erwartet und die vorübergehende Abwesenheit des Hausherrn entschuldigt. Ein Vertrauter des Johannes, durchzuckte es Ulf.

»Wo ist Michael?«, fragte Ragnar streng.

»Michael ist fort, zusammen mit eurem zweiten Diener. Mein Herr hat sie in seinen anderen Palast geschickt. Heute Nacht müssen alle Diener und

Dienerinnen in diesen Palast. Nur ich und Manuel bleiben hier, um euch bei dem Festmahl zu bedienen. Mein Name ist Psellos.«

»Warum?«, Ragnar gab sich keine Mühe, sein Misstrauen zu verbergen.

»Mein Herr hat diesen Palast einem hohen Würdenträger zur Verfügung gestellt, der morgen in Konstantinopel eintrifft. Deshalb muss der Palast heute Nacht hergerichtet werden.«

»Wer ist dieser Würdenträger?«

»Mein Herr hat es uns nicht gesagt.«

»Warum hat Johannes euch geschickt? Warum braucht er, um seinen Palast herzurichten, ausgerechnet Michael und unseren anderen Diener? Du und Manuel, ihr hättet diese Arbeit genauso gut verrichten können!«

Bisher hatte der Mann mit jener unterwürfigen Gewandtheit geantwortet, die den Haussklaven der Vornehmen anerzogen ist. Doch auf diese Frage war er offensichtlich nicht vorbereitet. Erst zögert er, und als Ragnars Augen zu blitzen begannen, stotterte er: »Weil... Sie müssen... Oh Herr...! Unser Herr hat es uns nicht gesagt.«

Ragnar schickte den Diener fort. Dann drehte er sich um und verschränkte die Arme vor der Brust. Das Grinsen auf seinem Gesicht war unterdrückte Wut. »Jetzt wissen wir Bescheid. Johannes entfernt unter einem Vorwand die Dienerschaft aus dem Palast, damit sie nicht Zeuge des Mordanschlages auf uns wird.«

»Wir wissen noch mehr«, fiel der Grieche ein. »Johannes wird zum Gift greifen, das steht fest. Seine Leibwache ist nicht stark genug, um über uns herzufallen. Und wenn – trotz allem – die Stadtsoldaten kämen...«

»Es gibt mehr als genug davon«, murrte Ake. »Was könnten wir einunddreißig Mann...?«

»Das meine ich nicht«, unterbrach ihn der Grieche. »Wenn die Soldaten des Kaisers uns festnähmen, bestünde für Johannes kein Grund, das geheim zu halten.«

»Und er bräuchte die Diener nicht wegzuschicken«, nickte Ragnar.

Ulf stimmte zu, genauso überzeugt wie die anderen. Er konnte die Zufriedenheit, die in Ragnars Miene zu lesen war, nachempfinden. Endlich waren diese ereignislosen Tage vorüber. Die »Große Stadt«, die Pracht ihrer Bauten, die Kostbarkeit ihrer Handelswaren hatten ihn begeistert. Und die Weinschenken mit den lachenden und scherzenden Mädchen würden ihm fehlen. Dennoch erschauerte er beinahe vor Freude bei dem Gedanken, wie ihr stolzes Langschiff wieder durch die offene See gleiten würde. Frischer Wind – das war es! In diesem Palast hatten die Hinterlist, die Heimtücke sie vom ersten Tage an umlauert wie die Fieberdünste eines stinkenden Sumpfes. Zorn stieg in ihm auf: Überall Verrat. Sein begehrlicher Blick fiel auf sein Schwert. Aber es konnte ihm nichts nutzen. Wie leicht könnten sie das Lügengewebe des Johannes zerreißen! Wenn sie nur mit einem Beamten… Aber mit wem? Und diese hochnäsigen Beamten würden keine Fremden empfangen. Erst recht keine Feinde.

»Zu welchem Gift wird Johannes greifen?« Ragnars Frage war an den Griechen gerichtet.

»Schwer zu sagen…« brummte der. »Wenn ich einunddreißig Männer auf einen Schlag vergiften sollte, würde ich …« Die Namen der Gifte, die der Grieche jetzt aufzählte, hatte Ulf noch nie gehört. Während der Grieche noch ihre Vorzüge und Nachteile gegeneinander abwog, hatte Ulf die Namen wieder vergessen. »Auf jeden Fall sind entweder die Speisen oder die Getränke vergiftet.«

Alle Vorbereitungen für ihre Abreise waren in zwei Stunden erledigt. Die Ruderer hatten auf den umliegenden Märkten Trockenfleisch und Fladenbrot eingekauft und auf das Langschiff geschafft. Ein Krieger der Leibwache öffnete ihnen das Tor, denn die Torwächter waren bereits verschwunden. Einen Teil der Vorräte nahmen sie mit in den Palast. Die argwöhnischen Blicke des Dieners Psellos verschwanden, als Ragnar ihm erklärte, bei den Nordmännern gehörten Trockenfleisch und Fladenbrot zu jedem Festmahl. Zuletzt ließ Ragnar zehn Amphoren Wein holen. Sie wurden in das Zimmer gestellt, das Ragnar selbst bewohnte. Dann zog Ragnar den Schlüssel aus dem Schloss.

»Hier hast du Pergament, Grieche.« Ragnar hält dem Griechen ein Stück Pergament und ein Tintenfass mit Feder hin. »Ich habe mir beides von Psellos bringen lassen.«

»Und was soll ich schreiben?«, staunt der Grieche.

»Ich will Zoe freilassen. Auf das Langschiff kann ich sie nicht…« Ragnar biss sich auf die Lippen und fuhr hastig fort: »Was ich meine: Ich will Zoe die Freiheit schenken.«

Der Grieche unterdrückte ein Lächeln. »Ich verstehe. Aber wir brauchen zwei Verträge. Im ersten Vertrag kaufst du Zoe von ihrem Herrn, Johannes. In der zweiten Urkunde schenkst du ihr die Freiheit. Natürlich muss der Kaufvertrag so aussehen, als stamme er aus der Kanzlei des Johannes. Aber das macht mir keine Mühe.«

Der Grieche suchte sich eine Bank mit einem steinernen Tisch davor, rührte lange mit der Feder die Tinte und begann zu schreiben. Die Hälfte ihrer Männer stand um ihn herum. Die Schnelligkeit, mit der eine Feder über Pergament oder Papier huscht, war immer wieder verblüffend. »Und hier musst du unterschreiben, Ragnar.« Der Grieche deutete auf zwei Stellen auf dem Pergament und hielt Ragnar die Feder hin. »Den Kaufvertrag und die

Freilassungsurkunde.« Ragnar ließ sich umständlich auf der Bank nieder und zerrte seinen Gürtel zurecht. Dann fuhr er vorsichtig mit der Feder über das Pergament. Dennoch wäre die Schreibfeder fast zerbrochen. Endlich standen die nordischen Runen unter den beiden Urkunden. Ragnar warf die Feder weg. »Wie könnt ihr mit solchen Dingern schreiben! Mit dem Messer, mit dem wir unsere Runen ritzen, ist das doch viel einfacher!«

Ake hatte sich über Ulfs Schulter gebeugt, um sich nichts von dem Vorgang entgehen zu lassen. Jetzt blickte er den Griechen lange und nachdenklich an. »Du weißt so viel über Gifte, Grieche. Du kennst dich aus mit Geheimfächern. Und Urkunden kannst du auch aufsetzen…« Ein einziger Blick des Griechen ließ ihn verstummen. »Glücklicherweise hat Johannes Zoe nicht in den anderen Palast geschickt wie die übrigen Diener«, wechselte der Däne schnell das Thema.

»Das konnte er nicht«, sagt Ulf. »Es musste Ragnars Misstrauen erregen.«

Sie konnten nur noch warten, bis der Abend anbrach. Ihre Fellsäcke waren verschnürt, und sie trugen Schwert und Helm. Auch die Schilde lagen griffbereit im Garten. Der Anführer der Leibwache, der von dem Festmahl gehört hatte und deshalb in ihren Garten gekommen war, hatte sie verblüfft angestarrt. Doch Romanos hatte sich schnell beruhigt, als Ragnar ihm erklärte, Nordmänner trügen bei einem Festmahl alle ihre Waffen – zu Ehren des Gastgebers, des Hausherrn Johannes.

Die Diener des Johannes stellten in ihrem Garten eine lange Tafel auf und deckten sie mit kostbaren Tüchern. Dann schleppten sie Sessel herbei, und zuletzt trugen sie die Speisen auf. Johannes hatte nicht zu viel versprochen: auf der Tafel wäre kein Platz mehr gewesen auch nur für eine einzige weitere Schüssel. Das dampfende Fleisch lachte ihnen entgegen. Es waren riesige Fleischstücke, keine Häppchen, die man aus einer Sauce oder Suppe fischen musste. Johannes hatte den Geschmack eines Nordmannes getroffen. Die Diener waren eiligst verschwunden, den anderen in den zweiten Palast des Johannes gefolgt. Nur der Vertraute des Hausherrn stand einige Schritte abseits und wartete in unterwürfiger Haltung auf den Befehl, die Becher zu füllen. Ulf beobachtete ihn aus den Augenwinkeln. Der lauernde Blick, das kaum unterdrückte Staunen belustigten ihn. Der Mann sah, dass die fresslustigen Waräger nicht über die Fleischstücke herfielen, sondern immer noch in Gruppen im Gespräch beieinander standen.

Der Diener war fassungslos. Er verbeugte sich vor Ragnar. »Darf ich dir den Becher voll schenken, Herr? Das Fleisch wird kalt.«

»Nein«, entgegnete Ragnar freundlich. »Wir warten noch auf einen Gast. Aber ihr beide sollt diesen Gast nicht sehen! Folge mir. Ich werde euch in eines der Zimmer einschließen.« Der Hausklave starrte Ragnar einen

Augenblick verblüfft an. Schon öffnete er den Mund zu einer Entgegnung. Mit dem Plan des Hausherrn war es sicher nicht zu vereinbaren, wenn seine Vertrauten die Waräger nicht länger beobachten konnten. Aber er ließ den Mund wieder zufallen. »Vorwärts!« Der Graubart stand hinter ihm. Der schmächtige Diener reichte dem alten Recken kaum bis zu den Schultern. Nach einem kräftigen Rippenstoß stolperte er wortlos vor den beiden her.

»Die beiden Diener sind wir los«, lachte Ragnar, als er mit Grim zurückkehrte. »Ein solches Schloss könnten selbst wir beide nicht aufbrechen.«

»Dann brauchen wir auf den Gast nicht länger zu warten«, rief einer der Gefährten spöttisch herüber.

»Nein.« Ragnars Züge sind plötzlich steinhart geworden. »Wir warten nicht auf ihn. Jetzt nicht. Aber der Gast wird kommen…«

Ragnar antwortete auf Eriks Frage nicht. Er ging von Platte zu Platte, von Schüssel zu Schüssel, und warf etwas von den Speisen auf den Rasen. Dann beobachteten sie die Spatzen, die herbeiflogen und sich tummelten. Nur Augenblicke stritten sich die Spatzen um die Brocken. Dann klang das aufgeregte Tschilpen immer ängstlicher, die Vögel plusterten sich auf und staksten unsicher hin und her. Nach wenigen Minuten lag der letzte Sperling tot im Gras. Ulf verstand.

»Alles ist vergiftet«, nickte Grim.

»Schüttet die Speisen in eine Ecke hinter den Büschen«, wandte sich Ragnar den Kameraden zu. »Es soll so aussehen, als hätten wir alles aufgefressen.« Er nahm eine kleine Silberschüssel, leerte den Inhalt auf den Boden, schnitt ein Stück Rinderbraten ab und legte es hinein. »Diese Schüssel lasst ihr hier.«

»Der Rinderbraten riecht köstlich. Aber du wirst ihn doch nicht wirklich versuchen wollen?«, fragte Grim verblüfft.

Ragnar blickt ihn mit eisigem Lächeln an: »Das ist für unseren Gast. Für Johannes, wenn er zurückkehrt.«

Die Mondsichel stand bereits über den spitzen Wipfeln der Zypressen. Viele Stunden waren vergangen. »Wir müssen bald gehen. Wir müssen in den anderen Palast.« Der Anführer der Leibwache gähnte. Romanos riss den Mund so weit auf, dass Ulf seine Zahnlücken hätte zählen können. »Wir gehen, sobald ihr eingeschlafen seid. Alle Diener sind bereits in dem anderen Palast außer den beiden, die Johannes zu eurer Bedienung zurückgelassen hat. Wo sind sie eigentlich? Ich habe sie heute Abend noch nicht gesehen… Na ja, wir sollen nur verhindern, dass ihr während der Abwesenheit des Hausherrn und der Sklaven stehlen könnt. Das sage nicht ich, Ragnar! Das hat Johannes gesagt!«

Die Nordmänner blickten einander an. Endlich hat der alte Krieger mit dem trotz der Schwertnarben eher feist wirkenden Gesicht gesagt, was sie hören wollten: Die Leibwache hatte keinen Befehl, über sie herzufallen.

Ragnar nickte dem Graubart befriedigt zu. Lange hatten sie hin und her beratschlagt, ob es zu einem Kampf mit der Leibwache kommen würde, sobald sie Anstalten träfen, den Palast zu verlassen. Niemand von ihnen fürchtete diese fünfzehn wohlbeleibten Krieger, deren Schwerter seit Jahren kein Blut mehr geleckt hatten. Aber ein Kampf im Palast konnte nicht ohne Lärm abgehen. Und Todesschreie mussten die Wächter an dem Tor in der Seemauer, das nur fünfzig oder sechzig Schritte entfernt lag, misstrauisch machen. Doch jetzt war es heraus. Romanos war nicht ihr Feind.

Ulf ließ seinen Blick über die Tafel schweifen. Einige der byzantinischen Krieger waren mit dem Oberkörper über den Tisch gesunken und schnarchten zwischen und auf den silbernen Platten und Schüsseln vor sich hin. Einige lagen sogar bereits auf dem Boden. Andere stierten mit letzter Kraft ins Leere. Romanos war noch der munterste, obwohl auch ihm die Augenlider ständig zufielen. »Eure Fahrt nach Kleinasien, Ragnar... Ich weiß nicht, wie viel euch Johannes versprochen hat... Aber Johannes wird sein Wort halten. Er hat uns stets den Sold gezahlt... Am vereinbarten Tag, meine ich, nicht Monate später... Wie lange müssen die Soldaten des Kaisers in manchen Provinzen auf ihr Geld warten!«

Ragnar antwortete nur noch selten. Sie warteten einfach, bis auch Romanos eingeschlafen war. Es war Zoes Einfall gewesen. Sie hatte vorgeschlagen, ein Schlafmittel in die vier Weinkrüge zu schütten, aus denen sie ihren Gästen einschenkten, und Ragnars zierliche Sklavin hatte das Schlafmittel auch irgendwo in dem leeren Palast besorgt.

Gunnar erschien in der Gartenpforte und winkte ihnen zu. Gunnar war einer der Ruderer, die Ragnar an den Pforten in der Palastmauer aufgestellt hatte, um die Rückkehr des Hausherrn zu melden. Der Byzantiner würde vor den Sklaven, vor Tagesanbruch, in den Palast zurückkehren. Ulf wusste, wo Gunnar gestanden hatte: an einer versteckten Pforte am anderen Ende des Palastes. »Ich bin ihm nachgeschlichen«, flüsterte Gunnar. »Ich kann euch führen. Er ist allein.«

Auf die Krieger der Leibwache brauchten sie keine Rücksicht mehr zu nehmen. Sie schnarchten um die Wette. Ulf zog sein Schwert. Ragnar ließ drei der toten Spatzen in die kleine Silberschale fallen, auf das vergiftete Fleischstück. Grim schmunzelte erwartungsvoll, trennte mit dem Schwert eine Ecke der kostbaren Tischdecke ab und legte sie über die Schüssel. Dann nahm er die Schüssel in die Hand.

Sie folgten Gunnar. »Sein Schreibzimmer«, nickte Ragnar, als Gunnar auf den kleeblattförmigen Kuppelbau zwischen den Zypressen deutete. Sie vermieden den Weg, damit der Kies nicht unter ihren Schuhen knirschte, und schlichen zwischen den Büschen und Sträuchern vorwärts.

Als Ragnar den rechten Arm hob, sprangen sie schnell und möglichst geräuschlos über den breiten Kiesstreifen, der das Gebäude umgab. Ulf war einer der vordersten. Über Grims Rücken sah er, wie Ragnar hinter dem Türvorhang des Vorraumes verschwand. Der alte Recke vor ihm gab sich nicht die Mühe, die Türvorhänge zur Seite zu schieben. Den zweiten Vorhang, der in das Schreibzimmer führte, riss er beim Vorwärtsstürmen herunter. Ulf sah, wie die Vorhangstange von Grims Helm herabglitt.

Vor ihnen stand der Hausherr. Bei Ragnars Eintreten war er offensichtlich hinter das Lesepult zurückgewichen. Jetzt starrte er mit weit aufgerissenen Augen und offenem Mund sprachlos zu ihnen herüber. Ragnar war hinter der Tür stehen geblieben und richtete sich nach einer tiefen Verbeugung wieder auf. »Von Romanos habe ich erfahren, dass du noch in der Nacht zurückkehren würdest.« Ragnars Stimme war ruhig und höflich. »Vielleicht dachtest du, es sei zu spät, uns noch aufzusuchen. Deshalb sind wir hier. Wir alle wollen dir für das Festmahl danken, an dem du nicht teilnehmen konntest.«

Trotz des trüben Lichts der Öllämpchen erkannte Ulf, wie kreidebleich das Gesicht war, aus dem die schreckgeweiteten Augen ihnen entgegenstarrten. Die Lippen des Byzantiners zuckten, aber er brachte kein Wort heraus. Ragnar schritt mit weit ausgebreiteten Armen auf das Schreibpult zu. »Bei uns Nordmännern ist es Sitte, dem Gastgeber, wenn er an dem Mahl nicht teilnehmen kann, die besten Bissen aufzuheben. Es wird uns eine Freude sein, zuzuschauen, wie es dir schmeckt!« Auf einen Wink trat der Graubart gemächlich auf den Hausherrn zu und streckte ihm einladend die Silberschüssel entgegen. Als er vor dem Byzantiner stand, nahm er den Fetzen des Tischtuchs herunter. Johannes stierte auf die toten Vögel, Schweißtropfen perlten von seiner Stirn. »Greif zu, Johannes! Tote Sperlinge sind für uns Nordmänner der größte Leckerbissen.«

»Warum... warum liegen... liegen die toten Spatzen auf dem Fleisch?«, würgte der Byzantiner hervor.

»Die Spatzen haben an dem Fleisch herumgepickt. Es ist ihnen offensichtlich nicht bekommen. Vielleicht war es vergiftet«, sagte Ragnar scharf.

Der Byzantiner wankte einige Schritte zurück und ließ sich kraftlos gegen die Wand fallen. Um ihn schloss sich der Halbkreis der Nordmänner. Der Blick des Hausherrn irrte von einem Gesicht zum anderen. »Vergiftet...« stammelte er. »Wer... wer sollte das Fleisch vergiftet haben?«

»Du«, sagte Grim, gemütlich grinsend.

»Ihr glaubt... ihr glaubt doch nicht, dass ich, der Hausherr...« Entsetzt starrte der Byzantiner auf Ragnar, auf die graublauen Augen zu beiden Seiten des eisernen Nasenschutzes. »Nein, glaubt nur das nicht! Ich brauche euch doch.« Selbst der weite, schwarze Umhang konnte nicht verbergen, dass der Hausherr am ganzen Körper zitterte. Plötzlich zuckte etwas wie ein Hoffnungsstrahl durch die schwarzen Augen in dem kalkweißen Gesicht. »Es war Symeon. Ja, der Abt muss es gewesen sein. Er wird…«

»Nimm endlich!«, unterbrach ihn Grim.

»Ja, Symeon wird meine Diener bestochen haben… Er hasst euch Heiden. Und Symeon…« Die Stimme des Byzantiners erstarb, als Grim ihm einen toten Spatzen tief in den Rachen stopfte. Ächzend würgte Johannes den toten Sperling heraus. Speichel troff in seinen gekräuselten Bart. »So glaubt mir doch! Symeon…«

Seine Worte gingen in ein Röcheln über, als Ragnars Schwertspitze sich in seine Brust bohrte.

»Bist du verrückt?«, schrie Ragnar seinen Sohn an und entriss Erik das Öllämpchen. Die winzigen Flämmchen am Saum des Wandbehanges erloschen. »Warum setzen wir den Palast nicht in Brand?«, fragte Erik trotzig.

»Weil die Stadtsoldaten an dem Tor in der Seemauer die Flammen sogleich bemerken würden«, knurrte Ragnar.

»Wenn der Palast brennt, werden sie uns trotz unseres Geleitbriefes nicht hinauslassen«, fiel Ulf ein.

Ragnar nickte. »Der Tod dieses Seestrategen darf erst morgen früh entdeckt werden.«

Ragnar schickte einige Ruderer in die nächstgelegenen Gebäude. Sie kehrten bald mit Gerät aus Gold und Silber zurück. Ragnar schüttelte den Kopf. »Wir können nicht den ganzen Palast durchsuchen. Jeden Augenblick kann einer der Sklaven vorzeitig zurückkehren…«

»Den erschlagen wir«, unterbrach ihn Erik aufgeregt.

»Und wenn er uns entkommt? Die Sklaven kennen in diesem Palast jeden Winkel. Wie leicht können sie sich in der Dunkelheit verstecken. Und dann benachrichtigen sie die Stadtsoldaten, Erik!«

Sie eilten zu ihren Räumen zurück. Zoe erwartete sie. Die kleine Sklavin sagte kein Wort, doch Ulf sah die Erleichterung in ihren Augen. Ulf half, das Gold und Silber in ihren Fellsäcken zu verstauen, aber Ragnar riss ihn an der Schulter hoch. »Komm mit, Ulf! Wir müssen noch mit den beiden Sklaven abrechnen.« Ulf rannte hinter dem Schiffsführer her, durch den Garten und eine Tür. Vor ihm, auf der anderen Seite des Ganges, stand Grim und drehte gerade den Schlüssel im Schloss um. Neben ihm hielt Erik eine Fackel. Als sie die Tür aufstießen, kam Psellos, der Sklave des Johannes, auf sie zu und sagte mit einer tiefen Verbeugung: »Ist euer Gast gegangen? Sollen wir beide euch weiter bedienen?«

»Das wird nicht nötig sein«, lachte Grim. »Wir haben alles aufgegessen.«

»Und alles ausgetrunken«, setzte Ragnar hinzu. Ulf muss innerlich über den verständnislosen Blick lächeln, mit dem der Vertraute des Hausherrn die beiden mustert.

»Die Speisen verzehrt und ihr seid noch…? Dann… dann werden wir die Schüsseln und Platten wegräumen«, stotterte der Sklave.

»Auch die Spatzen haben von deinen Speisen gefressen. Jetzt sind sie alle tot. Die Vögel haben euer Gift offensichtlich schlechter vertragen als wir«, lächelte Ragnar.

»Gift!«, fuhr der Diener auf. Plötzlich wich die Unterwürfigkeit aus seinen Zügen. Sein Ton wurde hochmütig: »Wie dürft ihr Waräger es wagen…«

»Warum sollten wir noch weitere Zeit verschwenden?«, fragte der Alte und schlug dem Sklaven die Streitaxt in den Schädel.

Der andere Diener, ein junger Mann mit verschlagenem Gesicht, hatte sich schweigend in die gegenüberliegende Ecke gedrückt. Nur bei dem Beilhieb hatte er kurz aufgeschrien. Jetzt winkte ihm Ragnar, näher zu kommen. Mit angstverzerrten Zügen wankte er auf sie zu. »Willst auch du leugnen, dass du ein Giftmischer bist?«, fragte Ragnar beinahe freundlich. Der junge Mann streckte abwehrend beide Arme aus und schrie: »Nein, nein! Wir beide haben das Gift nicht in die Speisen getan. Das ist in der Küche geschehen. Wir haben nur das Gift in euren Met geschüttet. Der Met…«

»In unseren Met? Wo ist er jetzt?«, unterbrach ihn der Graubart.

Der Diener warf einen panischen Seitenblick auf Grim und die bluttriefende Schneide seiner Streitaxt. »Wir haben die Kessel in den Raum nebenan geschafft. Dort stehen die Krüge, mit denen wir euch bedienen sollten. Den größten Teil des Mets haben wir in Fässer umgegossen. Aber einen Rest haben wir in den Kesseln gelassen.« Der Sklave hatte mehrmals gestockt, doch Ragnars Schwertspitze an seinem Hals hatte ihn bewogen, fortzufahren. Jetzt schwieg er angstvoll.

»Was hat euch Johannes befohlen?«, drängte Ragnar.

»Wir sollten die Speisereste in einem anderen Garten vergraben und den vergifteten Met dort ausschütten. Dann sollten wir die Kessel mit dem Rest des Mets in den Garten schaffen.«

»Aber wenn am Morgen einunddreißig Waräger tot im Garten liegen – wie wollte Johannes unseren Tod erklären?«, herrschte Grim ihn an.

»Unser Herr meinte, man könne alles auf den Met schieben. Er stand so lange in der Sonne. Und die riesigen Kessel waren beinahe leer. Unser Herr hat gesagt, dieses Getränk mache auch den Stärksten krank…«

»Und wenn irgendjemand doch festgestellt hätte, dass Gift im Met war?«, fragte Grim.

»Dann... dann wollte Johannes sagen, der Met sei schlecht geworden. Weil er tagelang in der Sonne gestanden habe. Wenn man euren Met schon ansieht...«

Ragnar schob Grims Arm zur Seite. »Den überlässt du mir«, knurrte er und erhob sein Schwert zum Schlag.

Die ersten drängten zum Palasttor hinaus. Einige Ruderer schleppten die Fellsäcke mit der Beute. »Halt sie auf, Erik! Steh nicht herum!« Ragnar sprang mit Riesensätzen an seinem Sohn vorüber in den Saal neben dem Tor, in dem Johannes sie empfangen hatte. Vor Zorn brüllend entriss er den drei Ruderern die Fackeln, die sie in die Wandvorhänge stoßen wollten. »Warum hast du sie nicht aufgehalten?«, fuhr er seinen Sohn an, als er hinter den drei Männern zurückkehrte.

»Sie wollten nicht auf mich hören«, entgegnete Erik störrisch. »Ich kann ihre Wut gut verstehen: erst der Giftanschlag, dann so wenig Beute...«

»Wir dürfen nicht...« Ulf verstummte bei Eriks giftigem Blick.

Ragnars Murmeln klang drohend: »Und was habe ich dir vorhin gesagt, Erik? Niemand darf Feuer an den Palast legen.«

»Aber wenn unsere Ruderer...«

Ragnar wandte sich ab. Seine Stimme ließ Ulf zusammenzucken. »Erik! Wer befehlen will, muss erst lernen, zu gehorchen.«

Sie hatten die kurze Gasse erreicht, die hinunter zum Tor in der Seemauer führte. Ragnar blieb stehen und strich der kleinen Sklavin mit der Hand über die schwarzen Locken. »Hier müssen wir uns trennen, Zoe. Die Freilassungsurkunde hast du schon.« Er griff unter seinen Mantel und nestelte etwas von seinem Gürtel ab. Dann streckte er dem Mädchen einen schweren Lederbeutel entgegen. »Silberstücke, Zoe. Du musst die Stadt verlassen, sobald die Tore geöffnet werden. Man wird dich morgen früh suchen.«

Das Mädchen warf ihm die Arme um den Hals, klammerte sich an ihn. Behutsam löste Ragnar ihre Finger und drückt ihr den Beutel in die zitternden Hände. Im Flackerlicht der Fackeln schimmerten Tränen in Zoes Augen. »Ragnar!«, hauchte sie und huschte davon. Ulf wandte sich dem Tor zu. Als er sich nach einigen Schritten umdrehte, stand Ragnar immer noch und schaute der kleinen Sklavin nach. Zu lange, dachte Ulf.

»Ohne Befehl dürfen wir euch nicht hinauslassen. Nicht mitten in der Nacht.« Der Stadtsoldat schüttelte den Kopf. Er stand breitbeinig vor dem Tor und ließ sich keine Furcht anmerken. »Es ist nur einer. Erstechen wir ihn!«, hörte Ulf eine Stimme neben sich. »Ruhig, Börn!« Das war Ragnars Stimme. »Wir können dieses schwere Stadttor nicht aufbrechen.«

»Wartet nur noch einen Augenblick. Mein Kamerad muss bald mit einem der Kommandeure zurückkommen. Der mag entscheiden.«

Sie brauchten nicht lange zu warten, bis der zweite Stadtsoldat mit einem Mann zurückkehrte, der ihnen schon von weitem mit herrischer Stimme zurief: »Warum wollt ihr die Stadt verlassen? Mitten in der Nacht!« Der Grieche hielt ihm den Geleitbrief entgegen. Der Offizier las ihn im Schein einer Fackel und gab ihn dem Griechen zurück. »Gut, ihr habt einen Geleitbrief. Einen Geleitbrief, in dem steht, dass jeder Soldat des Kaisers euch Hilfe leisten muss. Aber Johannes hat befohlen...«

»Es ist gleichgültig, was Johannes gestern oder vorgestern befohlen hat«, unterbrach ihn der Grieche scharf. »Johannes will, dass wir noch in dieser Nacht aufbrechen. Wozu hätte er uns sonst diesen Geleitbrief mitgegeben?«

»Ja ihr habt seinen Geleitbrief. Aber sein Befehl lautete anders...«, murmelte der Mann. Dann gab er sich einen Ruck und blickte Ragnar misstrauisch an. »Ich werde einen der beiden Soldaten in den Palast des Seestrategen schicken... Es sind ja nur einige Schritte...«

»Bist du des Teufels?« Ulf fuhr zusammen. So scharf, so schroff hatte die Stimme seines Rudernachbarn noch nie geklungen. »Was wird der Seestratege deinem Soldaten sagen? Erst drängt er uns zur Abreise und gibt uns diesen Geleitbrief, dann hältst du uns auf. Wir müssen mit unserem Langschiff eine Botschaft überbringen, eine wichtige Botschaft. Jede Stunde ist kostbar. Eine Botschaft an den Kaiser. Was werden wir dem Kaiser sagen, wenn wir zu spät kommen?«

Der Offizier fuhr förmlich zurück und stammelte vor sich hin: »Der Kaiser... An den Kaiser...« Doch einer der beiden Stadtsoldaten drehte bereits den Schlüssel im Schloss. Dann schwangen die schweren Torflügel auseinander...

»Lasst alles an Deck!«, rief Ragnar, während der Graubart bereits die Taue durchschlug, mit denen das Langschiff festgebunden war. »Und legt die Ruder ein. Wir müssen sofort hier weg.«

Ulf liebte es, das leise Glucksen des Wassers, wenn die Ruderblätter eintauchten. Und die Ruderkiste unter ihm schien ihm bequemer als alle die Sessel und Kissen im Palast des Seestrategen Johannes. Einen Augenblick sah er hinüber zum Horizont. Dort lag sie, die »Große Stadt«. Schon weit entfernt. Unscharf zeichneten sich im Mondlicht die Türme und Mauern, die Kuppeln, gegen den Nachthimmel ab.

Der dumpfe Klang ließ Ulf zusammenzucken. Er stand mit Ragnar und Grim am Bug. Schweigend hatten sie die Küste betrachtet. Als Ulf sich umdrehte, traute er seinen Augen nicht. Das Schiff sah riesig aus, wie ein Ungeheuer. Eine endlos scheinende Reihe von Rudern bewegte sich im Takt der Gongschläge. Nein, zwei Ruderreihen, übereinander angeordnet.

Sie waren eben zwischen einer kleinen Insel und dem Festland hindurchgefahren. Jetzt lag wieder ein Stück offener See vor ihnen. Und auf diesem freien Stück wimmelte es von diesen gewaltigen Zweiruderern. Die Kriegsschiffe hielten auf die Küste zu. Diese Schiffe waren noch viele Pfeilschüsse weit entfernt. Ulf betrachtete die beiden Ruderreihen auf jeder Seite des Schiffes, die beiden Masten mit den merkwürdig schräg gestellten Rahen... »Das müssen Dromonen sein«, knurrte Grim. Das Schiff, das Ulf zuerst gesehen hatte, wandte ihnen die Breitseite zu. Es war viel näher als die anderen, und hatte als einziges beide Segel gesetzt. Drüben hatte man sie längst bemerkt. Auf den hölzernen Türmen mittschiffs und am Heck drängten sich die Bogenschützen.

Der Grieche drängte sich nach vorn. »Zweiruderer«, rief er Ragnar zu. »Dromonen.«

»Wie viel Mann sind dort drüben an Bord?«

»Jede Reihe besteht aus fünfundzwanzig Rudern. Ich habe sie gezählt. Zwei Reihen und an jedem Ruder ein Mann. Das sind hundert Ruderer. Aber die zählen nicht. Es sind Rudersklaven, angekettet an ihre Ruderbänke.«

Ragnar deutete auf die Holztürme. »Ja«, nickte der Grieche. »Das sind die Bogenschützen und die Feuerwerfer. Und an der Schiffsbrüstung stehen die Schwerbewaffneten. Eine solche Dromone hat mindestens so viele Soldaten wie Ruderer. Meistens mehr.«

»Hundert Soldaten!«, fuhr Grim auf.

»Wahrscheinlich sogar hundertfünfzig«, meinte der Grieche missmutig.

»Legt den Mast um! Wir rudern ihnen davon!«, brüllte Ragnar über das Deck. Dann wandte er sich an den Griechen. »Wir sind viel schneller als eine solche Dromone, glaube ich.«

Der Grieche nickt. »Mehr als doppelt so schnell. Aber...«

Ulf sah auf dem Schiff gegenüber, hinter den Helmen der Soldaten an der Brüstung, einen Balken hochschnellen. Dann flog etwas auf sie zu. Ein großer Stein, erkannte Ulf, als das Geschoss hoch über ihre Köpfe hinweg flog und weit draußen ins Wasser klatschte.

»Eine Schleudermaschine«, sagte der Grieche. »Diese Katapulte schießen dreimal so weit wie die besten Bogenschützen der Ungarn.«

Drüben winkte ein Mann an der Brüstung. Als Ragnar an den Bordrand trat, rief er herüber: »Legt hier an unserer Bordwand an! Dann kommt euer Anführer an Bord!« Ragnar sah Grim fragend an. Der schüttelte den Kopf. »Auch wenn wir viel schneller sind... Die offene See erreichen wir nicht.«

»Nein«, knurrte Ragnar. »Wir müssten zwischen den Schiffen hindurch. Die Bogenschützen würden uns von beiden Seiten beschießen. Der Abstand zwischen den Schiffen ist zu gering.«

»Und wenn wir dort vorne, zwischen den beiden Inseln…?« Der Grieche unterbrach Erik. »Es wäre ein großes Wagnis. Sie haben nicht nur diese Schleudermaschinen. Diese Dromonen schleudern auch griechisches Feuer auf die Gegner. Das Schiff ist verflucht nahe…«

Ragnar nickt. »Ich gehe an Bord. Wozu haben wir denn den Geleitbrief?«

Laute Befehle schallten über das Deck der Dromone. Die beiden Ruderreihen wurden eingezogen. Langsam verlor das riesige Schiff an Fahrt. Da die Ruderer das Segel eingerollt und den Mast umgelegt, aber noch nicht zu den Rudern gegriffen hatten, war die Dromone dem Langschiff nun ein Stück voraus. Ragnar stellte Erik ans Ruder und ging nach vorne. Mit leichten Schlägen ruderten sie auf die Breitseite des byzantinischen Kriegsschiffes zu. Als Ragnar zurückkam, trug er seinen teuersten Mantel und die goldene Fibel mit den drei Löwenköpfen. In der Hand hielt er den Geleitbrief. Er winkte Gizur zu sich. »Zieht die Ruder nicht durch das Ruderloch. Haltet mit einigen Riemenschlägen immer einen solchen Abstand von dem Schiff, dass wir gerade noch ins Wasser springen und dann den Bordrand ergreifen können. Sobald wir an Bord sind, müsst ihr mit aller Kraft losrudern!«

Der Weißhaarige sah ihn erstaunt an. »Fliehen? Also glaubst du nicht, dass der Geleitbrief uns Schutz gewähren wird?«

»Doch, Gizur. Der Grieche hat ihn ja gelesen und für gut befunden. Aber man muss auf alles vorbereitet sein.«

Als sie neben der Dromone lagen, so nahe, dass sich die beiden Schiffe fast berührten, staunte Ulf über die Größe des griechischen Kriegsschiffes. Es war doppelt so lang wie ihr Langschiff, und die Bordkante so hoch über ihren Köpfen, dass selbst der größte Mann sie nicht mit den Fingern hätte erreichen können, auch nicht im Sprung. Ragnar winkte Grim, seinem Sohn, dem Griechen und Ulf. Er deutete auf das Seil, das die Soldaten von der Brüstung aus in ihr Boot geworfen hatten. »Ihr klettert zuerst hinauf. Wenn ich als erster oben wäre, würden sie vielleicht keinen anderen mehr an Deck lassen.«

Unwillkürlich prüfte Ulf mit den Fingern der linken Hand, ob die Schwertscheide in der richtigen Lage zum schnellen Ziehen war.

Dann hangelte er sich hinter Grim an dem Tau in die Höhe. Als er an der unteren Reihe der Ruderlöcher vorbeikam, schlug ihm aus dem Schiffsrumpf ein grauenhafter Gestank entgegen. Endlich schwang er sich über die Brüstung. Beinahe wäre er über die eiserne Kette gestolpert. Er stand auf dem offenen Deck zwischen zwei Ruderbänken. Auf der rechten Bank hockte zusammengesunken ein Ruderer, gegen dessen Fußketten er gestoßen war. Der Ruderer zu seiner Linken hatte die Ellbogen auf die Knie und den Kopf auf die Arme gelegt. Sein nackter Rücken war voller blutiger Striemen. Selbst hier oben, auf dem offenen Deck, stank es. Hinter sich hörte er die Stimme des Griechen, der gerade über die Brüstung kletterte. »Pfui! So stinkt es immer auf diesen Kriegsschiffen. Sie lassen die Rudersklaven in der unteren Reihe, unter Deck, niemals nach oben an die frische Luft.«

Ulf hatte keine Zeit, sich umzuschauen. Ein bärtiger Krieger mit Eisenhelm und einem Lederpanzer, auf den in Reihen kleine Metallplättchen genäht waren, fuhr Grim an: »Warum kommt ihr zu fünft? Ich habe doch befohlen, dass nur der Schiffsführer an Bord kommen soll!«

»Ich bin ein Grieche und werde übersetzen«, rief der Grieche hinter ihm. Ulf trat einen Schritt zurück, als Ragnar, der als letzter an Bord gestiegen war, den Griechen und Erik zur Seite schob und vor den Kommandanten trat. Ragnar grüßte mit einer höflichen Verbeugung. Doch der Kommandant antwortete nur mit einem leichten Neigen seines Kopfes. Selbst diese Andeutung eines Grußes, die unter Byzantinern als bewusste Unhöflichkeit gelten musste, schien ihn zu reuen. Verärgert blickte er auf Ragnar. Seine Stimme klang herrisch und herablassend. »Ihr seid Waräger! Was habt ihr hier, vor der Küste Kleinasiens, verloren? Wir kennen eure Schiffe. Sie bringen nichts als Mord und Plünderung.«

Ragnar wusste sich zu beherrschen. Kein Muskel in seinem Gesicht zuckte. Doch seine Stimme war voller Selbstsicherheit. »Ja, wir sind Waräger. Aber wir sind hier im Auftrag des Seestrategen Johannes. Er hat uns einen Geleitbrief mitgegeben.« Mit diesen Worten reichte er dem anderen das Dokument.

Der hatte überrascht zugehört. Sein Erstaunen wuchs, als er den Geleitbrief, zweimal, dreimal, genauestens durchlas. Dann wandte sich der Byzantiner an den Krieger zu seiner Seite. »Es stimmt. Dieser Geleitbrief ist von dem Seestrategen Johannes ausgestellt und vom Kaiserhof bestätigt worden. Wir sollen diese Waräger nicht nur in Ruhe lassen, nein, wir müssen ihnen auch jede denkbare Unterstützung gewähren.«

Der Angesprochene schüttelte den Kopf. »Jeden Tag rechnen wir mit dem Eintreffen des Seestrategen. Schon vor Wochen sollte die Flotte auslaufen. Und was kommt? Nicht Johannes selber, nur sein Geleitbrief!«

Ragnar fiel ein: »Johannes kann Konstantinopel nicht verlassen.« Um seine Mundwinkel zuckte es spöttisch. »Dafür gibt es einen guten Grund. Doch diesen Grund darf ich dir nicht nennen. Aber eines ist wohl klar: Unsere Fahrt hängt mit dieser Verhinderung des Seestrategen zusammen.« Er schwieg einen Augenblick, um seinen Worten Nachdruck zu verleihen. »Der Seestratege Johannes hat uns, weil unser Langschiff schneller ist als eure Einruderer, eine wichtige mündliche Botschaft anvertraut. Eine Botschaft, die unbedingt den Kaiser erreichen muss!«

Der Kommandant wühlte mit den Fingern in seinem Vollbart und las den Geleitbrief erneut. Unvermittelt machte er vor Ragnar eine tiefe Verbeugung. »Ja, so muss es sein. Seid willkommen an Bord. Ich werde diesen Geleitbrief zum Stellvertreter des Seestrategen bringen.« Der Byzantiner eilte auf den hinteren Schiffsturm zu, eine hölzernen Plattform auf vier Pfosten, zu der von beiden Laufstegen aus eine Holztreppe hinaufführte.

Der Unterteil dieses Aufbaues, zwischen den vier Pfosten, war mit reich verzierten Tüchern verhängt, hinter denen der Kommandeur verschwand. Sie mussten lange warten. Ulf hatte Zeit, sich umzuschauen: die Ruderbänke zu beiden Seiten, die Laufstege daneben, die beiden Masten mit den schrägen Rahen und der Schiffsturm in der Mitte, dem am Heck gleich. Auf diesen beiden Plattformen drängten sich die Bogenschützen. Überall auf Deck sah er schwer bewaffnete Soldaten. Der Grieche mochte mit seiner Schätzung Recht haben, die Dromone trage hundertfünfzig Kämpfer. Die Soldaten hielten sich jedoch im Hintergrund. Nur drei oder vier hatten den Kommandanten begleitet. Endlich wurden die Wandvorhänge unter der hinteren Plattform auseinander geschlagen. Hinter dem Kommandanten trat der Stellvertreter des Johannes heraus: ein jüngerer Mann mit kunstvoll gelegten Locken und aufwändig gestutztem Bart, ohne Waffen und Rüstung, in einem byzantinischen Prunkgewand, das auf diesem stinkenden Deck fehl am Platz wirkte.

Dieser Stutzer war also der Mann, zu dem Johannes sie schicken wollte, der die gefährlichen Zeugen vom Leben zum Tode befördern sollte! Ulf war es, als könne er all die Duftwässerchen riechen, mit denen sich dieser Grieche begossen hatte. Aus Miene und Haltung des Mannes sprach Hochmut.

Während der stellvertretende Seestratege vor dem Eingang stehen blieb und zu verbergen trachtete, dass er sie unablässig aus den Augenwinkeln musterte, ging der Kommandant die beiden Laufstege entlang und sprach mit den Soldaten. Sobald er ihnen den Rücken kehrte, begannen die Bewaffneten, kreuz und quer auf Deck hin und her zu gehen. Scheinbar ziellos, aber Ulf merkte, dass sie am Ende, wie zufällig, in ihre Richtung strömten.

»Die sollen uns einkreisen«, knurrte Grim.

»Meinst du, ich merke das nicht?«, lachte Ragnar.

»Noch können wir fliehen…«

»Nein, Grim. Warum sollten wir uns den Pfeilen der Bogenschützen aussetzen? Dieser stellvertretende Flottenführer kann noch nicht wissen, dass Johannes tot ist. Und sein Geleitbrief wirkt doch, das haben wir gesehen.«

Jetzt trat der Befehlshaber auf sie zu. Vor und hinter ihnen stand nun ein Haufen Schwerbewaffneter. »Euer Schiffsführer soll zum Stellvertreter des Seestrategen kommen. Allein!« Die Stimme des Byzantiners klang zurückhaltend, aber nicht offen feindselig.

Ulf blickte zu dem Vertreter des Johannes hinüber. Vor dem Schiffsturm bildeten jetzt Soldaten in je drei Reihen eine Gasse, an deren Ende der

Byzantiner stand. Sein hochnäsiger Gesichtsausdruck zeigte, dass alles zu einem Empfang vorbereitet war, bei dem er durch die Gasse der Bewaffneten und seine überzogene Prunkkleidung Eindruck schinden wollte.

»Gib mir dein Schwert!«, fuhr der Kommandant Ragnar unfreundlich an.

»Wir Nordmänner trennen uns niemals von unseren Waffen!«, brauste Ragnar auf. »Sie sind das Zeichen des freien Mannes.«

Die Stimme des Kommandanten klang jetzt drohend. »Wenn du nicht dein Schwert abgibst, muss ich euch gefangen nehmen lassen. Du siehst doch selbst, dass der Stellvertreter des Seestrategen auch waffenlos ist.«

»Geh nicht, Ragnar!«

»Doch, Grim! Was bleibt mir übrig? Widerstand wäre sinnlos. Unsere Ruderer können nicht an Bord klettern, dafür ist dieses Schiff zu hoch. Und vor und hinter uns, in Griffweite, zwei, drei Dutzend Soldaten.« Er zog sein Schwert und reichte es dem Befehlshaber. »Passt auf! Wenn ich springe, müsst ihr auch springen. Ich werde euch ein Zeichen geben, wenn unsere Flucht erforderlich ist.«

Ihr Schiffsführer stand jetzt vor dem Vertreter des Seestrategen. Dieser hatte Ragnars Verbeugung nicht erwidert. Ulf konnte kein Wort verstehen, dafür war die Entfernung zu groß. Aber Gesten und Mienenspiel des Byzantiners ließen keinen Zweifel, dass seine Sprache feindselig und grob war.

Der Rippenstoß kam von Grim. »Siehst du das Gesicht, Ulf?«

Ulf nickte. Die Züge des Byzantiners zeigten in diesem Augenblick nichts als Hass, unverhohlenen Hass. Unvermittelt hielt er Ragnar den Geleitbrief vors Gesicht und zerriss ihn. »Uns gefangen nehmen!«, brüllte Ragnar auf. Dann verstand Ulf wieder nichts. Die beiden redeten heftig aufeinander ein. Plötzlich gab der Byzantiner den Soldaten einen Befehl, und die beiden Reihen wichen einige Schritte zurück. Dann winkte er Ragnar noch näher zu sich heran. Das Lächeln auf dem Gesicht des Byzantiners war Hohn, reiner Hohn. Das, was er zu Ragnar sagte, war offensichtlich nicht für die Ohren der Soldaten bestimmt. »Lenkt sie ab!«, brüllte Ragnar herüber.

Grim war schneller als Ulf. Mit wahrer Donnerstimme brüllte er nordische Schimpfwörter über Deck. Alle Byzantiner schauten verblüfft zu ihm herüber, auch die Soldaten, die bei dem Vertreter des Johannes standen.

Ulfs Augen kehrten zu Ragnar zurück. Der stand jetzt unmittelbar vor dem Byzantiner, breitbeinig und mit abgespreizten Ellenbogen, so dass sein Umhang das Prunkgewand verdeckte. Ulf sah nur noch ein Stück vom Kopf des Byzantiners. Und dieser Kopf sank eben nach unten und verschwand hinter Ragnars Schultern. Natürlich – sie hatten nicht an Ragnars Messer gedacht. Wahrscheinlich wussten sie nicht, dass ein Nordmann stets sein Kampfmesser am Gürtel trägt.

»Springt!«, schrie Ragnar. Ulf sah noch, wie Ragnar nach rechts sprang, auf die Soldaten zu, deren Blicke immer noch auf den Schimpfworte brüllenden alten Recken gerichtet waren. Ragnar schlug zwei Soldaten die Faust mit solcher Wucht ins Gesicht, dass sie nach hinten stürzten und dabei ihre Nebenleute umrissen. Dann schnellte er zu der linken Reihe hinüber. Wieder sah Ulf Ragnars Faust, das Durcheinander unter den Soldaten...

Ulf griff nach Ragnars Schwert. Der Kommandant stand ihm gegenüber, aber er starrte immer noch mit ungläubigem Staunen auf den brüllenden Graubart. Ein Faustschlag auf die Finger, und Ulf hatte die Waffe in der Hand. Er sah, wie Grim das Schwert aus der Scheide zog, aber sofort zurückschob. »Kein Kampf! Nur weg!«, hört er Grims Stimme.

Der Rudersklave, an dem Ulf vorübersprang, machte keine Anstalten, ihn aufzuhalten. Teilnahmslos saß er auf seiner Ruderbank.

Als Ulf wieder aus dem Wasser auftaucht, hört er links von sich ein Klatschen, und Wasser spritzt ihm ins Gesicht. Dann tauchen Ragnars Helm und Bart auf. Mit einem einzigen Beinstoß hat Ulf ihr Langschiff erreicht. Ein weiterer Beinstoß, und seine Finger krallen sich um die oberste Seitenplanke. Links von ihm, wassertriefend, schwingt sich bereits Ragnar über den Bordrand.

Ulf stemmte sich über die Bordwand. »Mach schnell«, sagte der Ruderer, der bereits den Ruderholm bis zum Anschlag in das Ruderloch geschoben hatte. Ulf rannte zu seiner Ruderkiste. Vor sich sah er Eriks klatschnasses Haar und Hemd, hinter dem Steuerruder Ragnars zufriedenes Gesicht.

Jetzt tauchte auch Ulfs Ruderblatt ein. »Nicht vor den Bug, Ragnar!«, schrie der Grieche. »Diese Dromonen haben am Bug Feuerwerfer!« Aus den Augenwinkeln sah Ulf, wie der Grieche sich auf die Ruderkiste setzte und nach dem Ruder griff. Vor ihm fuhr gerade Grims Oberkörper mit dem Rudergriff zurück.

Ragnars Donnerstimme klang fröhlich: »Für ihre Bogenschützen auf den Schiffstürmen ist der Winkel sehr ungünstig. Alle ihre Pfeile treffen neben das Boot. Ist einer verletzt?«

Von hinten hörte Ulf einen der Ruderer rufen: »Mich hat ein Pfeil am Arm gestreift. Nicht der Rede wert!«

»Die Bogenschützen verlassen jetzt die Schiffstürme«, rief Ragnar, »und rennen zum Bug. Aber auf den engen Holztreppen kommen sie nicht schnell vorwärts, und am Bug können sich nur wenige aufstellen. Außerdem wendet ihnen unser Boot das schmale Heck zu. Noch schneller, Männer! Gleich sind wir außer Schussweite!«

Ulf blickte einen Augenblick hoch. Vereinzelt noch klatschten Pfeile aufs Wasser, aber schon mehr als eine Bootslänge hinter ihrem Heck. Die

Dromone lag noch unbeweglich auf dem Wasser und machte keine Anstalten, sie zu verfolgen. Ein solch langer und schwerer Zweiruderer konnte ihr geschmeidiges Langschiff niemals einholen, weder unter Segeln noch beim Rudern. Das hatte der Kommandant an Deck des byzantinischen Kriegsschiffes sicherlich erkannt. Stattdessen schallten Hörner und Gongschläge. Ein Blick hinaus auf die offene See belehrte Ulf, dass die Dromonen, die in die Bucht einliefen, zu weit entfernt, sie einzuholen, begannen, sich quer zu legen. Ein Entkommen aufs offene Meer war unmöglich. Die Abstände zwischen den Dromonen waren zu gering. Bei jedem Versuch, zwischen zwei der Schiffe hindurch zu fahren, wären sie in einen tödlichen Pfeilhagel von beiden Seiten geraten.

»Ein Schnellruderer. Er löst sich aus der Gefechtsreihe. Er will uns die Durchfahrt zwischen der Landzunge und der Insel verlegen!«, rief der Mann am Bug. Ulf konnte sich nicht umdrehen. Aber er sah nach wenigen Minuten das befriedigte Schmunzeln um Ragnars Lippen. Ragnar gab dem Steuerruder eine leichte Wendung. Dann rief er dem Mann am Bug zu: »Ja, dieser Einruderer ist schneller als die Zweiruderer. Aber er ist viel weiter von der Durchfahrt entfernt als wir.«

Ulf hatte keine Zeit mehr, auf irgendetwas anderes zu achten als auf die Gleichmäßigkeit seines Ruderschlages. »Geschafft, Männer!«, brüllte Ragnar über Deck. »Gleich biegen wir in die Durchfahrt ein.« Jetzt warf Ulf einen kurzen Blick auf das Kriegsschiff, das ihnen den Weg hatte verlegen wollen. Es hatte, wie ihr eigenes Langboot, nur eine Ruderreihe und einen Mast. Im Übrigen war es gebaut wie die Zweiruderer. Der Gong dort drüben auf dem Deck, der den Ruderern den Takt vorgab, ertönte fast ohne Pause. Die langen, schweren Ruder hoben und senkten sich mit verblüffender Geschwindigkeit. Lange, dachte Ulf, würden die Rudersklaven dieses Tempo nicht durchhalten können. Und tatsächlich: ein letzter Gongschlag, und die Ruder wurden eingezogen. Der Schiffsführer hatte eingesehen, wie aussichtslos seine Verfolgungsjagd war. Ulf sah noch, wie die Bogenschützen am Bug und auf dem Schiffsturm am Heck die Pfeile von der Sehne nahmen und sich abwandten. Dann gab es nur noch die schmale Durchfahrt, Felsen und Bäume zu beiden Seiten.

»Ich höre wieder Gongschläge«, rief der Mann am Ausguck herüber. »Sie kommen von rechts. Aber das Schiff sehe ich nicht.« Jetzt achtete auch Ulf auf die dumpfen Schläge. Doch sie schienen ihm weit entfernt.

»Rudert, so schnell ihr könnt!«, brüllte ihr Schiffsführer. Die Felsen blieben zurück. Sie hatten wieder die offene See erreicht. Das Dröhnen der Gongschläge war nicht mehr zu hören. »Langsamer! Wir sind an dem Einruderer vorüber«, schallte Ragnars Stimme über Deck. Ulf holte tief

Atem. Er keuchte noch von der Anstrengung der letzten Minuten. Dann blickt er auf und...

Hinter Ragnars Helm, hinter dem Drachenkopf – nichts als Flammen. Ulfs Rudernachbar zog den Riemen ein und sprang zu Ragnar ans Ruder. Einen Augenblick später wandten beide sich wieder um. »Sie haben mit griechischem Feuer auf uns geschossen«, rief Ragnar erleichtert. »Aber zu spät!«

Niemand wartete auf den Befehl. Die Ruder flogen ins Boot, dann drängten alle zum Heck. Ulf starrte ungläubig die See hinter ihnen. Die hochaufschlagenden Flammen waren längst zusammengesunken. Aber das Wasser hinter ihnen schien zu brennen, überall züngelten kleine Flammen. »Man kann es wirklich nicht mit Wasser löschen«, beantwortete der Grieche zum dritten Mal die Frage einiger Ruderer. »Man kann nur versuchen, die Flammen zu ersticken. Das griechische Feuer ist tatsächlich die gefährlichste Waffe in einem Seegefecht.« Dann deutete er zu dem Einruderer hinüber. Ulf staunte. Der Grieche hatte vorhin, als sie sich der Dromone näherten, die Wahrheit gesagt. »Das Ding aus Metall am Bug ist der Flammenwerfer«, erläuterte er jetzt. »Allein sein Anblick soll den Feind einschüchtern. Deshalb die Lippen und die Zähne. Der Flammenwerfer sieht aus wie das aufgerissene Maul eines Ungeheuers.« Zum ersten Male konnte Ulf den Bug eines byzantinischen Kriegsschiffes in Ruhe betrachten. Anders als bei den nordischen Langschiffen war der Bug zur Wasserlinie hin nicht eingezogen, sondern stand weit über das Deck vor. »Der Rammsporn«, entgegnete der Grieche auf Ulfs Frage. »Das Holz ist mit Metallplatten verstärkt. Manchmal rammen sie das feindliche Schiff damit. Aber das ist gefährlich: zu leicht verhaken sich dabei die beiden Schiffe unlösbar ineinander.«

Endlich kam der Befehl. Seit wie vielen Stunden hatte Ulf darauf gewartet? Hatte er überhaupt noch darauf gewartet? Noch in der Abenddämmerung hatte von hinten Ake, der Däne, mürrisch gerufen: »Wir sind jetzt den ganzen Tag gerudert, Ragnar. Warum machen wir keine Pause?« Doch Ragnar hatte den Griechen zu sich ans Ruder gewunken und dann mit dröhnender Stimme erklärt, sie müssten weiter rudern, auch wenn die Knochen krachten. Offensichtlich sammelte sich die byzantinische Flotte an diesem Küstenabschnitt. Hinter jeder der Inseln, an denen sie gelegentlich vorüberglitten, konnten Kriegsschiffe vor Anker liegen. Und nicht immer sei der Abstand so günstig...

Ulf zog das Ruder ein und legte es neben den umgeklappten Mast auf den Laufsteg. Das Segel konnten sie nicht setzen, denn der Wind war ungünstig, er hätte ihr Boot gegen die Küste gedrückt. Ulf sprang auf und dehnte und reckte sich. Seine Muskeln schmerzten kaum noch, sie schienen ihm eher eingerostet. Diese verfluchte Ruderkiste, dachte Ulf. Auch zwei oder drei Felle konnten nicht verhindern, dass einem der Hintern wehtat. Es war längst Nacht geworden. Über ihnen wölbte sich ein klarer Sternenhimmel, das Boot schaukelte sanft...

Übel gelaunt biss Ulf in das trockene, zäh gewordene Fladenbrot. Er hockte zwischen Ragnar und Grim am Steven. Viele Ruderer hatten sich herangedrängt. Wie eine dunkle Mauer ragte die Reihe der Männer vor ihm auf.

»Endlich haben wir Zeit!«, rief Erik, der neben dem Steuerruder auf dem Bordrand saß, herüber. »Was hat eigentlich der Stellvertreter des Seestrategen zu dir gesagt, Vater?« Ragnar starrte lange vor sich auf die Planken. Dann legte sich seine Stirn in Falten, und er ballte die Fäuste. »Natürlich hat uns dieser Johannes hereingelegt!«

»Wie denn?«, fragen Grim und der Grieche wie aus einem Munde.

»Weil dieser Abt den ersten Buchstaben zu weit nach rechts gesetzt hat. Eine winzige Lücke nur, am Anfang der ersten Zeile. Aber diese Lücke widerrief alles, was dann folgte, machte den gesamten Geleitbrief ungültig. Deshalb galt für den Stellvertreter des Seestrategen der allgemeine Befehl, jedes Langschiff der Nordmänner, auf das die Flotte trifft, zu vernichten.« Ragnar kaute wütend auf den Lippen. »Seine höhnische Fratze, als er mir sagte, dieses Geheimnis dürfe ich ruhig erfahren! Es werde mir nichts mehr nützen!«

Einen Augenblick herrschte Stille. Auch Ulf schwieg verblüfft. Ein Schreiben, in dem die Stellung eines einzigen Buchstabens... Eriks Stimme unterbrach seine Gedanken. »Eines verstehe ich nicht: Der Kommandant, der uns an Bord empfangen hat, hat den Geleitbrief doch auch gelesen. Und er ist höflich geblieben. Ich glaube, er war am Anfang gar nicht feindselig.«

»Ganz einfach«, lachte der Grieche. »Dieser Befehlshaber war nicht eingeweiht. Er kennt solche Geheimzeichen nicht. Selbstverständlich zieht die kaiserliche Kanzlei nur die allerhöchsten Würdenträger und Befehlshaber ins Vertrauen. Sonst würde ihre Geheimsprache schnell bekannt werden.«

Der Grieche kratzte sich die schwarzen Locken. »Deshalb mussten auch die Wachen zurücktreten. Sie durften das Geheimnis nicht erfahren. Aber... noch nie habe ich gehört, dass die Stellung eines Buchstabens den Sinn eines Schreibens verändert. Ich kenne zwar alle Worte und Formulierungen, die die kaiserlichen Kanzlisten in einem ganz anderen Sinne verwenden, als der durchschnittliche Grieche sie versteht...«

Ragnar blickte den Griechen lange staunend an. »Den Göttern sei Dank!«, seufzte Gizur. »Wäre dieser Stellvertreter nicht so eitel gewesen... Er wollte Ragnar unbedingt zeigen, wie schlau die Griechen sind...«

»Ja«, lachte Ragnar. »Wenn er die Wachen nicht hätte zurücktreten lassen, hätten sie mich sofort gepackt!«

Ulf saß neben dem Griechen auf dessen Sitztruhe und dachte über das Gehörte nach. Unschlüssig betrachtete er das Gesicht seines Rudernachbarn, die schwarzen Locken, das bartlose Kinn. Denn der Grieche hatte den Vollbart sofort nach ihrer Abfahrt aus Konstantinopel wieder abrasiert. Wie sollte er anfangen? »Wenn nur sehr hohe Beamte solche Geheimzeichen kennen…« Der Blick, der aus den schwarzen Augen auf ihn schoss, ließ ihn verstummen. Er würde dem Griechen niemals mehr Fragen stellen, beschloss Ulf. Keine Fragen, die sich auf dessen früheres Leben bezogen.

Ulf fühlte sich immer noch schlapp – kein Wunder nach zehn Stunden ununterbrochenen Ruderns. Sie hatten den Mast aufgerichtet, denn der Wind hatte gedreht und blies nun aus Norden. Ulf konnte nicht einschlafen. Die Bilder des gestrigen Tages wirbelten in seinem Kopf, seine Gedanken wanderten von dem Geleitbrief zu der höhnischen Fratze des Byzantiners auf der Dromone und den unsteten Augen des Abtes Symeon in der »Großen Stadt«. Ulf hatte sich auf Eriks Ruderkiste gesetzt, das Kinn auf die Hände gestützt, und stierte schlaftrunken über das Deck. Mit halbem Ohr hörte er das Knarren des Segels, das Glucksen des Wassers an der Bordwand und das laute Schnarchen Eriks, der vor seiner Ruderkiste lag und schlief. Links zeichneten sich im Sternenlicht die verschwommenen Umrisse der Bergkette ab, die sie nun seit Tagen begleitete. Aber Ulf hatte keinen Blick mehr für die Küste. Er schloss die Augen.
»…muss mit ihm sprechen…« Die heisere Stimme ließ ihn auffahren. »Wir wollen nicht länger…« Um das Wasserfass stand ein Dutzend Ruderer. Sie sprachen gedämpft, aber aus ihren erregten Gesten und aus den Wortfetzen, die zu ihm herüberdrangen, schloss Ulf, dass sie stritten.

Einen Augenblick ließ Ulf den Kopf wieder sinken. Dann beschloss er, zum Wasserfass hinüberzugehen, um zu erfahren, was die Ruderer mitten in der Nacht so erregte. Aber es war zu spät. Auf beiden Laufstegen drängten die Männer zum Heck, Ake, der Däne, an der Spitze. Ulf trat die wenigen Schritte zu Ragnar, der auf dem Bordrand saß und mit der linken Hand die Ruderpinne hielt. Auch Erik und der Graubart waren aufgesprungen.

Die Ruderer bildeten in einigem Abstand einen Halbkreis um sie. In der Dunkelheit konnte er ihre Gesichter kaum erkennen. Vielleicht deshalb erschienen sie ihm bedrohlich. Vorn im Boot hörte er einzelne Rufe und das Knarren der Planken unter den Füßen derer, die zum Heck eilten. Ake trat vor Ragnar. Sein Gesicht, aus der Nähe im Licht der Sterne zu erkennen, wirkte unentschlossen. »Ich… ich muss mit dir reden, Ragnar!« Auch seine Stimme klang gequält. »Die Ruderer… Wir, meine ich…«

»Sag's doch endlich!«, schrie einer von hinten.

Ake gab sich einen Ruck. »Wir sind jetzt das zweite Jahr in diesem verfluchten Mittelmeer und...«

»...und unsere Beutel sind leer!«, unterbrach ihn ein zorniger Ruf.

»Ja, Ragnar. Niemand von uns bestreitet... Ich meine, du warst im Kampf immer der Beste. Und wir haben tapfer gekämpft. Auch wenn wir der Übermacht weichen mussten... Aber kein Nordmann geht des Kampfes wegen auf Wikingerfahrt. Wir sind hier, um Beute zu machen.«

»Ja, Beute, Beute!«, brüllten einige. Ake hatte seine Selbstsicherheit wiedergewonnen. »Du musst doch zugeben, Ragnar, dass...«

»Dummkopf! Was ist mit Paris?«, schrie hinten einer ungehalten. »Sind drei Pfund Silber pro Mann keine Beute? Und wie gut uns der Statthalter Leon bezahlt hat!«

»Und wo sind deine Silberstücke, Hakon?«, lachte einer höhnisch. »Die Kroaten haben sie!«

»Im ehrlichen Kampf verloren!«, schrie Hakon aufgebracht zurück. »Jeder Nordmann kann die Beute, die er gemacht hat, auch wieder verlieren.«

»Natürlich hat Hakon Recht.« Der Ärger in der Stimme des Dänen war nicht mehr zu überhören. »Natürlich kann jeder Nordmann die Beute auch wieder verlieren. Das kann einmal vorkommen. Aber seit zwei Jahren verlieren wir immer wieder...«

Seine letzten Worte gingen in dem zustimmendem Gebrüll unter, das aus dieser schwarzen Mauer aufsässiger Ruderer ihnen entgegenschlug. Akes Körper straffte sich. »Du warst ein großer Krieger, Ragnar. Ich sagte es schon. Odin hat dir im Kampf immer beigestanden. Aber die Götter müssen auch...« Plötzlich senkte er die Stimme. »Wenn das Heil den Anführer verlässt...« Einen Atemzug lang zögerte er. »Ragnar, wo ist dein Heil?«

Ulf hatte sich über die Selbstbeherrschung ihres Schiffsführers gewundert. Ragnar war auf dem Bordrand sitzen geblieben. Von Zeit zu Zeit hatte es um seine Lippen gezuckt. Jetzt sah Ulf, wie seine linke Hand sich um die Ruderpinne zusammenkrallte. Die Zeit schien Ulf quälend langsam dahinzuschleichen, denn immer noch sagte Ragnar kein Wort. Plötzlich sprang er auf und schob Ulf die Ruderpinne hin. Beide Fäuste ballten sich. »Seid ihr verrückt geworden!«, brüllte er. »Ja, wir haben unsere Beute verloren. Aber...« Er brach ab, verschränkte die Arme vor der Brust und schaute Ake lange schweigend an. Jetzt klang seine Stimme beinahe gleichmütig: »Ja, ihr habt Recht, Ake. Wir brauchen neue Beute. Aber warum habe ich nicht auf das offene Meer gesteuert, obwohl wir jeden Augenblick auf eine Flotte des Kaisers oder der Araber stoßen können? Warum fahren wir seit Tagen an dieser Küste entlang, Ake? An dieser Küste gibt es reiche Städte, reiche Klöster! Dieses Land ist reich, Ake, sehr reich!«

Ulf stand wieder von seiner Ruderkiste auf und schlenderte zum Heck. Die Ruderer hatten sich nach Ragnars Worten schnell verlaufen. Jetzt hörte er überall auf dem Deck nur noch Schnarchen. Aber diese Unzufriedenheit, das Rumoren in der Mannschaft, bedrückte Ulf und ließ ihn keinen Schlaf finden. Ragnar saß wieder neben dem Ruder auf der Bordwand und starrte mit versteinerten Zügen in den Sternenhimmel. Er schien Ulf nicht zu beachten.

Ulf trat einen Schritt näher, denn er konnte das leise Murmeln kaum verstehen. »Unsere Ruderer sind ja im Recht, Ulf. Wir brauchen Beute, und zwar bald.«

Ulf öffnete die Lippen...

»Nein, Ulf. Sie haben wirklich Recht. Der Anführer muss für Beute sorgen. Und dafür braucht er Heil. Aber warum... Warum sollte mir Odin seinen Beistand versagen?« Plötzlich funkeln seine Augen wieder. »Noch ein, zwei Tage, und sie werden sehen, wo mein Heil geblieben ist!«

Die goldgelben Streifen, die über die Felsen huschten, dieses Licht der aufgehenden Sonne, und das ferne Gebirge, konnten Ulf nicht aufheitern. Missvergnügt starrte er zur Küste hinüber. Der Grieche war neben ihn getreten. Seine Augen strahlten. »Die Westküste Kleinasiens, Ulf. Wohl die schönste Küste in unserem ganzen Reich. Die Küstenebene ist sehr fruchtbar.«
Ulf betrachtete zum ersten Male die Gebirgskette im Hintergrund. Sie war weit entfernt. Zu Fuß würde man sie wohl erst in einem halben Tag erreichen. Seit Tagen fuhren sie an diesen Bergkämmen, Kuppen und Rücken entlang, die gelegentlich hart ans Wasser traten, manchmal nur aus weiter Ferne herüberschimmerten. Aber Ulf hatte dem Gebirge in all den Tagen kaum einen Blick gegönnt. »Wie heißen diese Berge?«

»Das ist der Taurus. Im Osten wird dieses Gebirge immer höher und wilder.«

Ulf erinnerte sich: In dieser Nacht, als die Küstenebene schmaler und schmaler wurde, hatte er, undeutlich, kaum vernehmbar, ein Geheul gehört, das Heulen eines Wolfes.

»Ja, Ulf. In diesen Bergen gibt es Wölfe, sogar Bären.« Der Grieche deutete auf eine Felskuppe, die schroff zum Meer abfiel. »Dort oben möchte ich ein Landhaus haben, Ulf! Viele Große des Reiches bauen an dieser Küste Landhäuser, seit die Raubzüge der Araber seltener geworden sind.«

Ulf blickte seinen Rudernachbarn ungläubig an. »Ein Haus so hoch oben? Ein langer Weg bis zum Strand. Und unmittelbar an der Küste? Nirgendwo ist der Sturm stärker. Warum nicht in einer ruhigen Bucht, Grieche?«

»Wegen des Ausblicks. Dort oben liegt dir dieses blaue Meer zu Füßen.«

Ulf schwieg. Er wusste nicht, was er entgegnen sollte. Seit wann war das Meer herrlich? Wer würde es stundenlang betrachten? Das Meer war Ägirs

Reich. Wie viele Langschiffe der Nordmänner hatte dieser fürchterliche Gott der Stürme bereits in die Tiefe gezogen? Und unten, in der dunklen Tiefe, wartete auf die Ertrunkenen die Göttin Ran... Gewiss, auch Ulf liebte das Meer auf seine Weise – zwar nicht das Spiel der Sonnenstrahlen auf den Wellenkämmen, aber die Länder, die hinter dieser endlosen Wasserwüste lagen, die Reichtümer, die jedem winkten, der sich hinaus auf Ägirs tückisches Reich wagte und seinen Stürmen trotzte.

»Im Taurus-Gebirge gibt es viele Zedern«, sagte der Grieche. »Und Zedern sind das beste Holz für den Schiffbau.«

Wenig später verschwand die Küste hinter grauen Schwaden. Nebel im Sommer sei hier sehr selten, hatte der Grieche gesagt. Das konnte Ulfs Stimmung nicht heben. Verdrossen blickte er in die Nebelschwaden, die ihr Boot umhüllten. Das Schiff tastete sich mit gerefftem Segel vorwärts, denn hier gab es kleine Inseln und gefährliche Felsklippen, die aus dem Wasser ragten. Ulf stand am Vordersteven auf Ausguck. Missmutig starrte er in die milchige Suppe. Doch plötzlich wurde es heller um ihn.

Da hörte er schon Ragnars Stimme: »Zieht die Rah wieder bis zur Mastspitze! Der Nebel lichtet sich. Wir können volle Fahrt aufnehmen.« Nur wenige Augenblicke, und die Sonnenstrahlen glitzerten wieder auf den Wellen. Einzelne Nebelschleier trieben noch über das Wasser, aber Ulf konnte die Küste wieder erkennen. Sie waren ihr gefährlich nahe gekommen. Zerklüftete Felsvorsprünge, sandige Buchten und, fast zum Greifen nahe, die Bergwände des Taurus im Hintergrund. Ulf beschirmte mit der Hand seine Augen gegen die schräg stehende Morgensonne und schaute lange hin... »Eine Kuppel!«, brüllte er über Deck.

Ragnar überließ das Steuerruder seinem Sohn und rannte zum Vordersteven, gefolgt von dem Griechen. Viel war noch nicht zu sehen: die sandige Bucht zu ihrer Linken, ein schroffer Felsvorsprung und dahinter, vermutlich auf einem anderen Felsvorsprung, die Kuppel und ein Stückchen Mauer. »Wahrscheinlich ein Kloster«, meinte der Grieche.

Ragnar ließ den Mast umlegen, und ihr Langschiff ruderte auf die Bucht zu. Ragnar blieb mit Ulf am Bug stehen. Er zupfte aufgeregt an seinem Bart. »Immer muss ich an diesen Symeon denken, den verfluchten Abt. Wenn den mein Schwert noch fressen könnte...«

Der Kiel hatte sich auf den flachen Sandstrand geschoben. Ragnar stand immer noch am Vordersteven. Ulf hatte Schild, Helm und Schwert unter den Planken hervorgeholt. »Beeilt euch«, rief Ragnar. »Es ist noch früh am Morgen. Vielleicht sind alle Mönche noch im Kloster.«

Hinter ihm ging Erik und trug die Waffen seines Vaters. Nur vier Mann sollten ihn begleiten, hatte Ragnar herübergerufen. Jetzt schob er sich den

Nasenschutz seines Helmes zurecht und sprang mit einem Satz über Bord. Ulf, Erik, Grim und der Grieche folgten. Es war ein steiler Aufstieg auf den Felsvorsprung, der die Sicht auf das Kloster verdeckte. Nur einige windzerzauste Bergeichen wuchsen an den Hängen. Einen Pfad gab es nicht. Sie mussten sich zwischen den Felsblöcken durch viel Gestrüpp zwängen.

Jetzt lag das Kloster unter ihnen – auf dem nächsten, aber niedrigeren Felsvorsprung, wie sie vermutet hatten. Hohe Mauern umschlossen einen rechteckigen Hof, in dessen Mitte das größte Gebäude mit einer wuchtigen Kuppel stand. »Die Kirche«, erklärte der Grieche. »Der ziegelgedeckte Bau dahinter enthält den Speisesaal der Mönche. Leider kann man die übrigen Gebäude nicht erkennen. Die Mauern sind zu hoch.«

»Was für ein Kloster ist das?«, fragte Ragnar.

»Ich weiß es noch nicht. Ich muss es genauer betrachten.« Sie gingen auf dem Felsrücken hin und her, das Gebüsch sorgfältig als Deckung benutzend, obwohl vor und auf den Mauern sich kein Mensch sehen ließ. Aber von keinem Standort aus konnten sie in den Hof blicken. »Jetzt weiß ich es!«, rief der Grieche leise. »Es ist ein Kloster des heiligen Michael.«

Ragnar sah ihn fragend an.

»Der heilige Michael war ein Krieger. Die Christen glauben, dieser Heilige leite die Seelen der Toten ins Jenseits.«

»Na und?«, brummte Ragnar. In seinem Gesicht konnte Ulf unschwer lesen, dass das Mauerviereck in ihm noch keine Begeisterung weckte.

»Das ist ein Glück für uns. Ein Heiliger, der die Seelen der Toten ins Jenseits geleitet, ist besonders wichtig für die Soldaten und ihre Befehlshaber. Wenn es in dieser Kirche irgendeine Reliquie des Heiligen gibt oder seine Ikone, erhält dieses Kloster Geschenke von vielen Offizieren.«

Ragnar schien nicht überzeugt. Er starrte verdrossen auf die kahlen Mauern. »Aber dieses Kloster ist klein, recht klein.«

»Umso besser für uns«, widersprach der Grieche eifrig. »Die großen Klöster sind meist nicht die reichsten. Die Gläubigen spenden lieber kleinen Klöstern. Aus irgendeinem Grunde glauben sie, eine Reliquie oder eine Ikone wirke größere Wunder, wenn sie einem kleinen Kloster gehört. Sie sagen: ›großes Kloster, kleine Gnade‹.«

»Sind denn nicht alle Klöster reich? In England…«

»Nein, Ragnar. Hier ist es nicht wie in England. Viele Klöster sind arm. Sie haben keine Reliquie und keine Ikone, die die Gläubigen von weither anlockt. Deshalb erhalten sie keine Geschenke.«

»Und wovon leben die Mönche?«

»Sie müssen zusehen, wie sie zurechtkommen. Schon drei Mönche können ein Kloster gründen. Manche Klöster besitzen nur einige Äcker und

Weiden, die den Mönchen schon gehört haben, als sie noch Bauern waren. Vor den Steuereintreibern des Kaisers sind diese Bauern ins Kloster geflüchtet, sind Mönche geworden und haben ihr Land dem Kloster vermacht. Ein solches Kloster zu überfallen lohnt die Mühe nicht. Ihr würdet nur einige Säcke mit Getreide finden und die schwarzen Kutten der Mönche.«

Der Graubart spuckte verächtlich auf den Boden.

»Aber ihr würdet die Kutten nicht einmal anrühren wollen, denn sie sind schmutzig, abgetragen und stinken. Ja, sie stinken, weil die Mönche nur dreimal im Jahr baden dürfen, obwohl sie ein Badehaus haben.«

Der alte Recke rümpfte die Nase.

»Es ist so, Grim. Nur die Kranken dürfen öfter baden.«

Erik schaute den Griechen erwartungsvoll an. »Gibt es in dem Kloster auch Frauen?«

Der Grieche schmunzelte nachsichtig. »Nein, Erik. Dies ist ein Mönchskloster. Kein weibliches Wesen darf seinen Fuß hinein setzen, keine Frau, kein Mädchen, nicht einmal ein weibliches Tier. Und ein Nonnenkloster darf kein Mann betreten außer einem einzigen Priester, der die Messe liest; denn Gottesdienst zu halten ist Frauen verboten.«

Der Grieche deutete zu den Mauern hinüber. »Hinter diesen Mauern gibt es also nur die Mönche und vermutlich einige Diener, dazu, zum Schutz des Klosters, ein paar Bewaffnete. Wenn das Kloster reich ist, unterhält es eine Schule für Knaben. Diese Knaben sind aber jetzt noch nicht im Kloster – es ist noch zu früh am Morgen. Denn die Schüler dürfen nicht im Kloster schlafen, damit die Mönche nicht von der Fleischeslust ...« Ragnars Blick wandert angewidert zu der Kuppel hinüber.

»Pferdeäpfel!« Der Grieche deutete jetzt auf den kahlen Platz vor der Torseite des Klosters. Er war in heller Aufregung. »Sie haben Pferde!«

Grim schüttelte den Kopf. »Pferde? Die nützen uns nichts. Hier können wir sie nicht verkaufen, und auf das Boot können wir sie nicht mitnehmen.«

Mit strahlendem Gesicht klopft der Grieche dem Graubart auf die Schulter. »Sie nützen uns doch! Die Pferde beweisen, dass dieses Kloster reich ist.«

»Weil sie ein paar Pferde haben?«, schüttelte Grim ungläubig den Kopf.

»Ja, weil sie ein paar Pferde haben«, lachte der Grieche. »Die meisten Mönche reiten nicht. Aber in diesem Kloster gibt es einige reiche Mönche...«

»Reiche Mönche!«, jubelte Ulf mit den anderen.

»Ja, reiche Mönche, denn sie besitzen Pferde. Nur sehr reiche Mönche reiten. Viele Reiche treten, manchmal nur für ein paar Jahre, als Mönch in ein Kloster ein. Aber sie arbeiten nicht wie die einfachen Mitbrüder. Sie lesen Bücher oder schreiben welche. Vor allem aber bringen sie ihre Diener mit, ihre Reitpferde, ihre Kostbarkeiten...«

Ragnars Gesicht hellte sich auf.

»Ja«, fuhr der Grieche eifrig fort, »Vielleicht sind sie vor dem Zorn des Kaisers geflüchtet. Dann müssen sie ihr Geld und ihre Kostbarkeiten mit ins Kloster nehmen. Über die Klöster hat der Kaiser keine Macht. Er darf das Vermögen eines Mönches nicht einziehen.«

Grims Schlag auf die Achsel wirft Ulf fast zu Boden. »Hörst du, Ulf? Diese kahlen Mauern dort drüben sehen zwar nach nichts aus. Aber die Sache wird besser und besser.«

Auf den beiden Seiten, die sie von dem Höhenrücken aus überblicken konnten, hatte das Mauerviereck keine Türen oder Tore. Die ihnen zugewandte Mauer trat hart an den Fels. Auch auf der gegenüberliegenden Seite schien die Mauer bis an den Hang zu reichen. Zur Küstenebene hin fiel der Felsrücken bald steil ab. An einigen Stellen sahen sie die Spitzkehren des Pfades, der hinabführte. »Das Dorf ist ziemlich nahe«, brummte Ragnar nachdenklich. »Wenn es zum Kampf kommt, müssen die Bauern dort unten das Geschrei und den Waffenlärm hören.«

»Na und?«, lachte Grim. »Lass sie doch den Mönchen zu Hilfe kommen! Sollen wir uns vor ein paar schlecht bewaffneten Bauern fürchten?«

»Unsinn!«, knurrte Ragnar. »Dennoch ist es besser, wenn nachher niemand weiß, wer das Kloster überfallen hat.«

»Diese paar Bauern!«, rief Erik verächtlich. »Das Dorf ist ja halb zerfallen.«

Ulf betrachtete die verstreuten, erbärmlichen Hütten dort unten. Sicherlich die Hälfte von ihnen war eingestürzt. »Auf jedem Hof stehen drei oder vier Hütten beieinander. Aber warum sind alle so klein?«, fragte Ulf.

»Sie kennen keine Langhäuser wie ihr. Das Wohnhaus, der Stall und die Scheune bilden eigene Gebäude. Aber das Wohnhaus ist nicht größer und besser als der Stall oder die Scheune, denn diese Bauern sind arm. Sie…«

»In diesen Häusern ist nichts zu holen«, unterbrach ihn Ragnar ungeduldig.« »Das sieht man auf den ersten Blick. Aber warum gibt es so viele Mauern, ja sogar Gräben mit Palisadenzäunen dahinter? Dort muss doch etwas zu finden sein! Wer solche…«

Der Grieche grinste. »Diese mit Mauern oder Palisadenzäunen eingefriedeten Flächen sind die Gärten der Bauern, nichts anderes. Unsere Bauern schützen ihre Gärten immer so. Dort findet ihr nichts als Obstbäume und Gemüse.« Er deutete zum Waldrand. »Schafe, Ziegen und Schweine. Dort seht ihr einen der Hirten, die die Herde bewachen. Kein einziges Rind! Das Dorf ist wirklich arm. Denn Rinder sind wertvoll in unserem Reich.«

»Aber diese Küstenebene muss fruchtbar sein!«, meinte Erik. »Wie hoch das Korn auf den Feldern steht! Wenn sie natürlich die meisten Äcker brachliegen lassen…«

Der Grieche zuckte die Achseln. »Wie sollen die wenigen Bauern alle Äcker bestellen? Ich schätze, die Hälfte der Dorfbewohner ist bereits geflüchtet.«

»Vor den Arabern?«, fragte Ulf.

Der Grieche feixt. »Vor den Steuereinnehmern des Kaisers. Der Kaiser braucht Geld für seine Feldzüge. Die Steuern werden von Jahr zu Jahr höher. Deshalb verlassen viele Bauern ihre Höfe. Dieses Dorf wird in ein paar Jahren menschenleer sein.«

»Warum?«

»Weil die zurückgebliebenen Bauern die Steuern der geflüchteten zahlen müssen. Dafür dürfen sie deren Äcker und Felder bestellen. Ist aber erst einmal die Hälfte geflohen, sind nicht mehr genügend Arbeitskräfte da.«

»Da sieht man mal einen.« Erik deutete mit der Hand auf einen Bauern, einen hageren Greis mit hüftlangem Hemd und Hose, der zwei Ochsen unter einem Schulterjoch vor sich her trieb. »Ein fetter Ochse wäre nicht schlecht«, schmunzelt der Graubart. »Wir…«

»Schlag dir deinen Ochsen aus dem Kopf, Grim!«, grinst Ragnar. »Wir werden uns in diesem Dorf nicht blicken lassen. Niemand braucht zu wissen, dass die Mönche Besuch von Nordmännern hatten. Schon jetzt dürfen unsere Langschiffe nicht mehr nach Konstantinopel.«

Erik sah das Glitzern als Erster. »Bewaffnete mit Helmen und Kettenhemden.« Seine Hand deutete auf die kleine Ecke des Hofes, die sie einsehen konnten. Dort standen jetzt vier Bewaffnete.

»Wie viele Krieger mag das Kloster haben, Grieche?«

»Schwer zu sagen, Ragnar. Wenn es hoch kommt, zwei Dutzend oder drei.«

»Lass es zwanzig oder dreißig mehr sein. Wir sind dreißig Nordmänner!«, schnaubte der Graubart verächtlich. »Die Bewaffneten dort drüben sind alte Männer, und die Mönche selber sind zu feige, um zu kämpfen.«

»Es sind sicher Soldaten, die aus dem Heer des Kaisers entlassen wurden, weil sie zu alt sind«, sagte der Grieche.

»Wie bei der Leibwache des Johannes«, lachte Ragnar. »Wir haben diese Helden ja gesehen: außer Romanos alle zu fett zum Kämpfen!«

Grim nickte. »Und der Weg, der vom Ende der Bucht zum Kloster hinaufführt, ist für unsere Zwecke wie geschaffen. Vom Dorf aus kann man ihn nicht einsehen.«

Doch Ragnar hörte ihn nicht mehr. Er war bereits auf dem Rückweg zu ihrem Boot, wo sich Minuten später die ganze Mannschaft einfand.

»Ich weiß es nicht.« Wieder schüttelte der Graubart den Kopf. »Ich weiß es wirklich nicht, Ake.«

»Selbst wenn die Mauer so hoch ist wie drei Männer: Drüber kommen wir doch!«, entgegnete der Däne trotzig. Sie standen neben dem Bug ihres

Langschiffes auf dem Sandstrand der nächsten Bucht. Bei den Worten »reiches Kloster« hatten die Gefährten gejohlt und gegrölt, dass Ragnar zornig gefaucht hatte: »Haltet doch das Maul! Wollt ihr, dass man euer Geschrei bis ins Kloster oder ins Dorf hört?« Die Beratung war in eine Sackgasse geraten. Keinem war bisher der zündende Einfall gekommen. Alle Vorschläge, wie man in das Kloster gelangen könne, schienen undurchführbar. Ulf bemerkte in den Augen der Ruderer, die sie umstanden, das Umschlagen von Freude in Zorn. »Wie lange sollen wir hier noch rumquatschen?«, rief einer. »Warum über die Mauern klettern? Wir nehmen das Kloster im Sturmangriff!«

»Wir hauen die Wachen am Tor nieder, und schon sind wir drin!«, ergänzte ein anderer.

»Wie oft soll ich euch Dummköpfen noch erklären, dass ein solches Kloster kein Tor hat, sondern nur eine kleine Pforte, die immer verschlossen ist.«

»Wir machen aus dieser Pforte mit unseren Streitäxten Brennholz, Grieche!«

»Wenn ein Kloster so hohe Mauern hat, hat es auch eine feste Pforte – dickes Holz, mit Eisen beschlagen. Wir bräuchten eine Stunde, um sie zu zertrümmern. In dieser Zeit verrammeln sie den Eingang von innen.«

»Wir brechen die Pforte auf. Dreißig Mann und ein Baumstamm als Rammbock…«

»Warum so viel Umstände?«, schrie einer dazwischen. »Über die Mauer! Ein Baumstämmchen mit halb abgeschlagenen Ästen als Leiter und drüben an Seilen hinunter…«

»Und das alles am helllichten Tage! Du musst verrückt sein, Halfdan!« Gislur wurde wütend. »Auch wenn die Bewaffneten alte Männer sind – mehr als fünf von uns könnten sich nicht gleichzeitig in den Hof hinablassen…«

Ragnar hob beide Arme. »Ihr seid alle verrückt! Ich habe einen Einfall.« Auch Ulf musste in das Gelächter einstimmen, als der Schiffsführer seinen Plan entwickelt.

Nun lag die Klosterpforte vor ihnen. Sie trugen keinen Helm, keinen Schild und keine Waffen. Die Vermutung des Griechen war richtig gewesen: Die Pforte war klein, eisenbeschlagen und geschlossen. Sie lag unter einem schrägen Vordach aus gelben Ziegeln. »Seht ihr, das Kloster ist reich!« Der Grieche zeigte auf zwei Steinbänke unter dem Vordach.

»Warum?«, knurrte Grim. »Es sind doch ganz gewöhnliche Steinbänke.«

»Die Bänke sind für die Bettler. Man lässt keine Bettler ins Kloster. Hier müssen sie warten, bis die Mönche ihnen durch das Fensterchen neben der Pforte die Geschenke herausreichen: Essen, Kleidungsstücke. Oder auch Geld.«

»Na und?«, Der Graubart schien nicht überzeugt.

»Nur an wenigen Klosterpforten erhalten die Armen Almosen. Nur reiche Klöster sind mildtätig.«

Ulf legte die goldenen Ringe der schweren Kette, die er um den Hals trug, sorgfältig zurecht. Ragnar hatte darauf bestanden, dass er seinen besten Mantel anzog. Dann hatte er ihm die Goldkette um den Hals gelegt. »Sie wird ihnen gefallen«, hatte er gelacht. Während er Erik und Gizur mit einigen Ruderern losgeschickt hatte, zwei Baumstämmchen zu fällen und zu schälen, hatte er Grim und Ulf aufgefordert, den Griechen zum Kloster zu begleiten.

Der Grieche winkte ihnen, auf halbem Wege stehen zu bleiben, und ging allein zur Klosterpforte. Das Hämmern des herabhängenden Eisenstückes gegen die eisernen Türbeschläge schallte laut und deutlich zu ihnen herüber. Dennoch regte sich nichts. Der Grieche hatte bereits ein Dutzend Mal gegen die Tür gedonnert, als endlich hinter der Mauer, schräg über dem Vordach, zwei Männer erschienen: ein Bewaffneter mit Helm und Kettenhemd, neben ihm ein Mönch in schwarzer Kutte. »Was willst du? Warum begehrst du Einlass?«, rief der Mönch herunter. Der Grieche trat unter dem Vordach hervor, winkte sie herbei, und antwortete. Allmählich, nach vielen Fragen, wurde die Stimme des Mönches freundlicher. »Wartet!«, sagte er und verschwand mit seinem Begleiter. »Er hat lange nicht geglaubt, dass ich ein richtiger Grieche bin.«

Sie mussten wiederum lange warten, bis die Pforte knarrend aufging. Ein Bewaffneter erschien in der Türöffnung und winkte sie herein. Der kleine Raum, in den sie traten, lag im Halbdunkel, denn es gab nur zwei winzige Fenster, und die Tür gegenüber war geschlossen. Der Raum war leer und kahl, nicht einmal die Mauerziegel waren getüncht. In der Mitte des Raumes saß auf einem niedrigen Sessel ein dicklicher Mönch mit grauem Haar. Sein Vollbart, der ihm bis auf die Brust herabhing, war struppig, und seine schwarze Kutte genauso speckig wie die Kutte des hohlwangigen jungen Mönches, der zu seiner Rechten stand. Doch der Hochmut in seinem Gesicht ließ keinen Zweifel: Sie standen vor dem Abt. Die vier Schwerbewaffneten hinter ihm trugen das Schwert in der Scheide, umklammerten jedoch den Schwertgriff. Sie bemühten sich, unter ihren Helmen grimmig dreinzublicken, aber selbst das Dämmerlicht konnte nicht darüber hinwegtäuschen, dass diese Männer zu alt waren und zu dick für einen Schwertkampf.

»Vater!«, der Grieche trat vor den Abt und verbeugte sich tief. »Vater, wir brauchen eure Hilfe. Gott hat uns ein großes Unglück…«

»Man hat mir gesagt, diese beiden Männer seien Waräger«, unterbrach ihn der Abt mit einer Stimme, die ölig und abweisend zugleich war. »Über die Waräger hört man nichts Gutes!«

»Es gibt überall gute und schlechte Menschen, Vater. Die Waräger…«

»Nicht unter den Heiden! Die sind alle schlecht!« Die Augen des Abtes blitzten zornig.

Der Grieche verbeugte sich abermals. »Vater, du weißt nicht, dass viele Waräger bereits zum wahren Glauben bekehrt worden sind. Sie sind gute Christen geworden...«

»Woher willst du das wissen?«

»Ich lebe als griechischer Händler in einer ihrer Handelsstädte, in Haithabu. Die meisten der warägischen Händler, mit denen ich es zu tun habe, sind Christen. Seit ein Mönch namens Ansgar zweimal als Missionar nach Haithabu reiste...«

»Das muss ein Missionar des Papstes in Rom gewesen sein«, warf der Abt verächtlich ein. »Diese Waräger sollten sich von einem Abgesandten des Patriarchen in Konstantinopel taufen lassen!«

Der Grieche nickte ehrerbietig. »Wer würde dir in dieser Frage widersprechen, Vater! Deshalb sind wir ja hier.«

Der Abt blickte ihn überrascht an, aber er schwieg.

»Ich habe diese Waräger in Konstantinopel kennen gelernt. Sie kamen...«

»Seit wann lässt man Waräger wieder in die Hauptstadt?«

»Eigentlich dürfen Waräger seit ihren frechen Raubzügen im Schwarzen Meer, für die Gott sie strafen wird, Konstantinopel nicht mehr betreten, Vater. Aber bei diesen Warägern hat der Stadtpräfekt eine Ausnahme gemacht. Ihr Anführer, Ragnar ist sein Name, ist ein Freund des neuen Seestrategen. Kennst du Johannes, Vater?«

Der Abt zuckte zusammen. In seiner Stimme schwang etwas wie Ehrerbietung. »Ich kenne diesen Johannes nicht persönlich. Aber ich habe viel von ihm gehört. Die Gnade des Kaisers soll über ihm leuchten. Man hat mir berichtet, Johannes werde in den nächsten Tagen...«

Der Grieche nickte. »Man hat dir recht berichtet, Vater. Johannes ist bereits auf dem Wege zu seiner Flotte. Die Waräger sind mit ihrem Langschiff vorausgefahren, weil es schneller ist als jeder griechische Schnellruderer. Sie sollen einige Befehle des Seestrategen...«

»Mit einem Langschiff sind diese Waräger gekommen?«, fragte der Alte misstrauisch.

»Ja, Vater. Mit einem der nordischen Langschiffe. Ich fahre mit ihnen nach Haithabu zurück. Haithabu kann man nur zu Schiff erreichen, Vater.«

Der Abt machte eine wegwerfende Handbewegung. »Ich weiß nicht, wo Haithabu liegt. Es ist mir auch gleichgültig. Du hast mir immer noch nicht gesagt, was diese Waräger von uns wollen.«

Ulf traute seinen Augen nicht. Dem Griechen liefen tatsächlich einige Tränen die Wangen herunter. »Vater, Gott hat uns ein großes Unglück... Ich habe dir von Ragnar erzählt, ihrem Anführer, dem Freund des Seestrategen. Ragnar ist heute Nacht gestorben!«

Der Abt verzog keine Miene. »Was geht es mich an, wenn ein Heide stirbt?«

»Ragnar war kein Heide! Er hat sich in Konstantinopel taufen lassen.«

Der Abt gab sich keine Mühe, seine Zweifel zu verbergen. »Früher, vor diesen Überfällen, sind viele Waräger nach Konstantinopel gekommen. Das weiß auch ich. Aber noch nie habe ich gehört, dass einer dieser warägischen Händler Christ geworden sei.«

»Es ist das Verdienst des Seestrategen, Vater. Der Himmel möge es ihm danken. Johannes ist einer der frömmsten Christen, die ich kenne. Er hat in Konstantinopel ein Kloster gegründet. Symeon, der Abt dieses Klosters...«

»Von diesem Kloster und diesem Symeon habe ich noch nichts gehört.«

Der Grieche blickte mit verklärten Augen zur Decke. »Symeon ist ein Prediger, wie ich noch selten einen gehört habe, Vater. Er rührt das Herz eines jeden Menschen, wenn er von unserem Glauben spricht. Ich habe ja selber miterlebt, wie hingerissen diese Waräger seinen Worten gelauscht haben.« Verstohlen schaute Ulf zu Grim hinüber.

»Ich will mich nicht loben, Vater. Schließlich bin ich kein Priester und kein Missionar, nur ein friedliebender Händler. Aber ich spreche die Sprache der Waräger. Selbstverständlich habe ich den Abt Symeon mit besten Kräften unterstützt. Kurz: der Abt hat Ragnar getauft.«

Der Grieche betrachtete schweigend das Gesicht des Abtes. Doch dessen Miene war undurchschaubar. »Ragnar wollte christlich bestattet werden, Vater. Als sein Auge bereits brach, hat er mir ins Ohr geflüstert, wie viel ihm am Segen der Kirche lag.«

Die Augen des Abtes funkeln böse. »Soll er etwa in unserer Kirche begraben werden?«

Der Grieche schüttelt den Kopf. »Nein, Vater. Selbstverständlich weiß ich, dass nur allerhöchste Würdenträger des Reiches erwarten können, ihre Grabstätte in einer so berühmten Klosterkirche zu finden. Es geht nur um den christlichen Gottesdienst. Und dabei...«

»Ich kenne dich nicht. Du kannst mir viel erzählen.« Die Stimme des Abtes klang jetzt feindselig. »Aber von den Warägern habe ich gehört: Es ist gefährlich, sich mit ihnen einzulassen.«

Der junge Mönch neben dem Abt war dem Gespräch mit wachsender Unruhe gefolgt, hatte aber geschwiegen. Jetzt schrie er: »Vater! Denke an die Gräueltaten der Waräger in Italien!«

Der Grieche ließ sich nicht beirren. »Nur ein christlicher Gottesdienst, Vater. Es war nicht nur der Wille des Toten. Alle Waräger auf dem Schiff haben mich bestürmt, zu dir zu gehen, Vater. Ragnar war nicht nur dem Namen nach Christ. Die Worte des Abtes Symeon sind so tief in sein Herz gesunken... Auf der langen Seefahrt nach hier, wenn das Segel gesetzt war, und die Ruder untätig blieben, hat der Schiffsführer seinen Leuten alles erzählt, was er von dem Abt Symeon gelernt hat. Ragnar sprach von der heiligen Jungfrau, den Wundertaten unserer Heiligen, so ergreifend...«

Ulf kämpfte ein Lachen nieder. Doch Grims Stimme klang klar und sanft: »Ja. Wunderschöne Geschichten.«

»Und jetzt, bei Ragnars Begräbnis, wollen sich auch die Ruderer taufen lassen. Alle, Vater!«

Der alte Abt fuhr förmlich zurück. »Niemals! Hörst du, niemals! Ich hätte den Verstand verloren, wenn ich so viele Waräger in meine Kirche ließe.«

»Vater«, sagte der Grieche begütigend, »die Waräger werden keine Waffen tragen. Und du hast doch so viele Schwerbewaffnete...«

Der Abt streckt ihm abwehrend die Hände entgegen. »Diese Waräger sollen im Kampf wahre Teufel sein. Meine Männer dagegen...« Der Abt brach ab und biss sich aus Zorn über die Worte, die ihm entschlüpft waren, auf die Lippen. »Ich meine natürlich, dass unsere Krieger deine Waräger nicht zu fürchten brauchen. Dennoch ist es viel zu gefährlich. Jeder Wortstreit würde die Heiligkeit unserer Klosterkirche schänden. Vielleicht gar eine Prügelei in unserem Kloster!«

Der Grieche schwieg einen Augenblick. Ein kaum wahrnehmbarer Spott zuckte um seine Lippen. »Vater, die Waräger haben Geschenke für das Kloster mitgebracht.«

Der dicke alte Mann führ von seinem Sessel auf. Seine Blicke schienen den Griechen durchdringen zu wollen. »Geschenke? Was für Geschenke?«

»Vater«, flehte der junge Mönch neben ihm, »Vater, denkt an Italien!«

Der Abt warf ihm einen ungehaltenen Blick zu. »Man kann sich die Geschenke ja einmal ansehen, Theophanos!«

Auf einen Wink reichte Ulf dem Griechen die Goldkette, die er um den Hals getragen hatte. Der Abt wog die Kette in seiner Hand. Dann ließ er die goldenen Kettenringe durch die Finger gleiten. Es gelang ihm einigermaßen, seine Miene zu beherrschen. Aber die Gier, mit denen seine Fingerspitzen das Gold betasteten, war offensichtlich. Endlich hatte er sich wieder in der Gewalt. Er reichte dem Griechen die Kette zurück und sagte kühl: »Eine schöne Goldkette. Aber unser Kloster ist wertvollere Geschenke gewohnt.«

»Das kann ich mir denken.«

Der Zorn über die Unnachgiebigkeit des habsüchtigen Alten verzerrte Ulfs Züge, doch der Abt bemerkte nichts. Mit weit aufgerissenen Augen starrte er auf das Kreuz, das der Grieche unter seinem Mantel hervorgeholt hatte und ihm vor die Augen hielt. Der Abt betrachtete das goldene, mit Edelsteinen besetzte Kreuz lange und eingehend. Anfänglich gab er sich keine Mühe, die

Gier in seinen Augen zu verbergen. Dann setzte er eine unbewegte Miene auf und reichte das Kreuz zurück. »Ein schönes Kreuz. Aber…«

»Vater wir haben noch mehr Geschenke für den heiligen Georg!« Lächelnd gab der Grieche dem Graubart einen Wink. Grim zog unter seinem Mantel das zweite Kreuz hervor. Es war doppelt so groß und mit Edelsteinen geradezu übersät. Es musste Johannes ein Vermögen gekostet haben.

»Vater, Vater«, schrie der junge Mönch gequält auf. Ulf blickte zu ihm hinüber. Aus dem hohlwangigen Gesicht sprach die nackte Angst. »Vater, denke an Luna!« Ulf verstand den jungen Mönch nicht. Er hatte diesen Namen noch nie gehört. Doch der Abt hatte längst nach dem zweiten Kreuz gegriffen und fuhr den Mönch erbost an: »Schweig endlich, Theophanos! Ich muss auch an den heiligen Michael denken. Ich kann dem Heiligen die Geschenke nicht vorenthalten, die man ihm bringen will.«

»Woher haben diese Waräger die beiden Kreuze? Hast du dich das einmal gefragt, Vater?«

Der Abt blickte zu dem jungen Mönch empor und strich sich mit den Fingern nachdenklich durch den struppigen Bart. Dann wanderte sein misstrauischer Blick zu dem Griechen. »Ja, woher…«

»Die Waräger haben… haben…« Der Grieche war offensichtlich um eine Antwort verlegen.

Doch die Stimme des alten Grim klang ruhig und sachlich: »Die Halskette und die beiden Kreuze hat uns der Seestratege Johannes geschenkt. Unser Schiffsführer Ragnar sollte in Haithabu eine christliche Kirche erbauen…«

»Ja«, fiel der Grieche ein. »Für diese Kirche waren die beiden Kreuze bestimmt. Aber Ragnar hatte seine Meinung geändert: Die Kreuze sind für eine Kirche in Haithabu zu wertvoll. Wenn es sich herumspricht, dass dort in einer Kirche zwei solche Kreuze hängen… Haithabu ist eine unbefestigte Stadt, Vater. Und viele Waräger dort sind noch Seeräuber.«

Der Abt blickte ihn nachdenklich an. »Und warum…?«

»Wenn es ein zu großes Wagnis ist, Vater, solche Kreuze heute schon in einer Kirche im Lande der Waräger aufzuhängen, sollen sie dort bleiben, wo sie vor den Feinden unseres Glaubens sicher sind. Auch Ragnar wollte die Kirche in Haithabu dem heiligen Michael weihen – alle Ruderer waren einverstanden…«

Der dicke Abt sprang mit einer Schnelligkeit auf, die Ulf ihm nicht zugetraut hätte. Mit einer Handbewegung gebot er dem jungen Mönch Schweigen. Sein Gesicht war nun eine undurchdringliche Maske. »Wartet hier! Ihr werdet bald meine Entscheidung hören!«

Jetzt standen sie allein mit den vier Bewaffneten in dem düsteren Raum. Vergeblich hatte der Grieche versucht, die Klostersoldaten in ein Gespräch zu verwickeln. Die Soldaten hatten keine Antwort gegeben. Grim zupfte unablässig mit den Fingern an den Spitzen seines Gabelbartes. Auch Ulf wurde ungeduldig. Sie warteten bereits über eine Stunde. Da öffnete sich die gegenüberliegende Tür einen Spaltbreit, und ein schmächtiges altes Männchen schlüpfte herein. Der alte Mönch war bartlos und dürr wie ein Skelett. Als er vor ihnen stand, trat Ulf unwillkürlich einen Schritt zurück. Der alte Recke knurrte in ihrer Sprache: »Hast du nicht erzählt, Grieche, die Mönche baden dreimal im Jahr? Dieser Kerl vor uns stinkt, als hätte er seit seiner Geburt noch nie gebadet!«

Der Mönch dehnte und reckte seine unansehnliche Gestalt. Offensichtlich wollte er Eindruck auf sie machen. Es gelang ihm halbwegs, etwas wie Strenge in seine eingefallenen Züge zu legen. Aber die verstohlenen Blicke, die er zu der Goldkette um Ulfs Hals wandern ließ und zu den Goldkreuzen, die der Grieche und Grim so auffällig vor die Brust hielten, entgingen ihnen nicht. »Der Abt lässt euch Folgendes ausrichten«, begann er mit hoher Fistelstimme. »Ihr müsst unbewaffnet erscheinen. Ihr dürft auch keine Helme tragen. Fünfzehn Mann lassen wir mit der Leiche eures Anführers in die Kirche und taufen sie. Dann müssen sie das Kloster verlassen. Anschließend taufen wir den Rest. Aber nie mehr als fünfzehn Mann auf einmal!«

Als sie zur Bucht zurückkehrten, war die Bahre fertig: zwei Baumstämmchen, dazwischen Felle. Ragnar, der seinen Helm trug, seinen roten Mantel und die Goldfibel mit den drei Löwenköpfen, überprüfte selbst, dass die Ladung nicht verrutschen konnte. Dann setzte sich der Zug in Bewegung, an der Spitze acht Ruderer mit der Bahre. Auf halber Höhe, als die Bäume lichter wurden und den Blick von der Höhe auf den Zickzackpfad nicht mehr verdecken konnten, wurde die Bahre auf den Boden gesetzt. Ihr Schiffsführer legte sich sorgfältig auf den Fellen zurecht. Dreimal, viermal schob er das Schwert auf der Brust hin und her, bis die schlaffe, über dem Schwertgriff liegende Hand es gut packen konnte. »Jetzt bist du eine schöne Leiche, Vater«, witzelte Erik. »Wie schmuckvoll die Klinge auf deiner Brust liegt!«

»Und wie liegt es sich auf fünfzehn Schwertern und Streitäxten?«, feixte der Graubart.

Auf der Höhe angekommen, versteckte sich der Rest der Mannschaft hinter Büschen, denn sie trugen Schilde und Waffen. Die fünfzehn, die zuerst getauft werden sollten, schoben sich zu beiden Seiten so eng an die Bahre, dass kein Blick auf den Verblichenen fallen konnte. Erik stand am Ende der Bahre, zwischen den Tragebalken hinter dem Kopf seines Vaters. Ein kurzer Blick zurück überzeugte Ulf, dass er seine Rolle gut spielte. Tiefer Ernst lag auf den jugendlichen Zügen – die mannhaft beherrschte Trauer eines

Sohnes. Vorn drängte sich der Grieche zwischen die Träger und hielt mit beiden Händen das Goldkreuz. Ulf stand vorne links hinter dem zweiten Träger. Ihm gegenüber hatte Grim den Gabelbart emporgereckt. Eher grimmig als schmerzerfüllt, dachte Ulf beim Anblick dieser harten Züge. Der alte Recke trug das große, mit Edelsteinen übersäte Goldkreuz in der rechten Faust mit der Spitze nach unten, wie eine Streitaxt.

Der Zug setzte sich langsam in Bewegung, über die freie Fläche auf die Klosterpforte zu. Sobald die Träger das Vordach erreicht hatten, knarrte die Pforte auf. In dem halbdunklen Vorraum wartete ein einzelner, gichtgebeugter Mönch auf sie. »Ihr tragt ja Helme!«, fuhr er den Griechen giftig an.

»Selbstverständlich, Bruder! Aber keiner von uns trägt eine Waffe, Bruder. Unser Anführer war in seiner Heimat ein berühmter Häuptling. Wir…«

Noch, schien es Ulf, klang die Stimme des Griechen friedfertig. »Der Abt hatte doch befohlen, ihr solltet…«

Der Grieche warf einen kurzen Blick zurück. Auch Erik und die hinteren Träger hatten die Klosterpforte durchschritten und standen nun im Vorraum. Die Tür ihnen gegenüber, die in den Klosterhof führte, war weit geöffnet. »Rede keinen Unsinn, Bruder!«, unterbrach ihn der Grieche scharf. »In der Heimat dieser Männer wäre es eine Beleidigung für den verstorbenen Häuptling, wenn sie bei diesem Begräbnis keine Helme trügen.«

Die Bahre setzte sich in Bewegung, genau auf den alten Mönch zu, der im letzten Augenblick zur Seite wich. »Der Tote trägt ja ein Schwert auf der Brust!«, schrie er ängstlich.

»Selbstverständlich haben wir ihm sein Schwert quer über die Brust gelegt«, entgegnete der Grieche wieder sanft. »Ich habe dir doch schon erklärt, Bruder, dass er in seiner Heimat ein großer Häuptling war.«

»Das ist gegen die Vereinbarung. Was wird der Abt sagen, wenn…?«

Jetzt fuhr der Grieche den Mönch, der aufgeregt und unschlüssig neben ihnen herhinkte, mit harter Stimme an: »Lass das doch den Abt selbst entscheiden! Auch unsere Kaiser werden mit der Krone auf dem Kopf und dem Herrscherstab auf der Brust aufgebahrt. Warum sollten diese Männer es bei ihrem Häuptling anders halten?«

»Weil… Ich darf nicht…«

»Halte endlich den Mund! Siehst du nicht diese beiden Kreuze? Aus reinem Gold mit vielen Edelsteinen! Und der Tote trägt die Goldkette um den Hals. Willst du, dass wir umkehren? Es ist deine Schuld, wenn der heilige Michael diese Geschenke nicht erhält.« Wie ein geprügelter Hund humpelte der Alte nun neben ihnen her.

Ulf ließ, sobald er die gegenüberliegende Tür durchschritten hatte, seinen Blick über das Kloster wandern. Die Mauern umschlossen einen weiten Hof.

In der Mitte erhob sich eine breite Kirche mit flachem Dach und, am Ende des Daches, der Kuppel, die sie als erstes gesehen hatten. Die ihnen zugewandte Schmalseite war mit Ikonen bemalt. Aber Ulf hatte für diese Bilder keinen Blick übrig. Seine Aufmerksamkeit galt dem Mönch, der vor dem Holzgerüst neben den Kirchentor stand und mit einem Knüttel gegen die an Seilen aufgehängte Metallplatte schlug. »Wir haben keine Glocken wie im Westen«, erläuterte der Grieche.

Ulf musterte scharf, aber unauffällig, die Gepanzerten, die in einer ungeordneten Reihe zu beiden Seiten des gepflasterten Weges herumstanden. Angerostete Helme, abgescheuerte Lederpanzer, an denen viele der aufgenähten Metallplättchen abgerissen waren, Gesichter, die nicht kampfbereit aussahen, sondern mürrisch. Zu beiden Seiten des geöffneten Kirchentores lungerten weitere Bewaffnete herum. Höchstens dreißig, schätzte Ulf.

Aus dem Kirchentor drang Mönchsgesang. »Überall auf dem Hof schleichen Mönche herum«, sagte der Grieche. »Sie hätten sich für diese Totenfeier alle in der Kirche versammeln müssen. Aber der Abt will unsere Geschenke, ohne dass seine Mönche sich anstrengen müssen.«

Das Mittelschiff war hell. Durch die großen Rundbogenfenster hinter den Seitenschiffen flutete das Sonnenlicht in den Raum. Das Mittelschiff war leer. Nur hinten in den beiden Seitenschiffen, nahe der Kuppel, gab es einige Holzbänke. Die flachen Holzdecken und die Pfeiler vor den Seitenschiffen waren mit riesigen menschlichen Gestalten und Gesichtern bemalt. Aber Ulf achtete nur auf den dicken Abt und die Hand voll Mönche im Hintergrund. Hinter den halbhohen Holzsäulen, die das Mittelschiff von dem Chor mit der Kuppel abtrennten, flackerten Kerzen. »Dort müssen wir hin!«, flüsterte der Grieche. »Dort ist der Altar.«

Langsam, ohne Hast, schritten sie auf den Altar zu. Ulf wandte kurz den Kopf zurück. Hinter ihnen drängten die Bewaffneten, die er im Hof gesehen hatte, durch das Kirchentor. Aber sie blieben im Hintergrund stehen.

Der Abt kam ihnen mit zwei Mönchen einige Schritte entgegen. Die übrigen Mönche setzten hinter den Holzsäulen ihren Gesang fort. Die beiden Träger, die vor Ulf schritten, blieben stehen, und der Grieche trat zur Seite. Der Abt trug noch die gleiche speckige Kutte. In der Rechten hielt er ein goldenes Weihwasserfässchen, doch er schwenkte es nicht. Seine Blicke ruhten gierig auf dem vergoldeten Schwertknauf, der unter Ragnars schlaffer Hand hervorschaute. »Ein prachtvoll verziertes Schwert. Während der Totenfeier darf das Schwert nicht auf der Leiche liegen. Gebt es mir! Ich werde es dem Heiligen als Geschenk darbringen.«

Sanft setzte die Bahre auf die Marmorplatten auf, und sie traten alle einen halben Schritt zurück. Jetzt erhob der Abt den Weihwasserkessel… Ragnar setzte sich nicht erst auf. Mit einem einzigen Schwung stand er vor dem Abt, der ihm kaum bis zu den Schultern reichte. »Du sollst das Schwert von mir selbst erhalten«, knurrte er, bevor er zustach.

Die Felle wurden von der Bahre gerissen. Ihre Waffen hatten sich auf dem langen Marsch kaum verschoben. Ulfs Schwert lag noch immer unter Grims silberbeschlagener Streitaxt. Ulf wartete, bis der alte Recke zugegriffen hatte. Dann richtete er sich auf. Die Angstschreie der wenigen Mönche verhallten in dem riesigen Raum. Vorne, am Kirchentor, standen die Bewaffneten, stumm und regungslos, von dem unerwarteten Geschehen wie betäubt. Die ersten Nordmänner rannten unter Kampfgeschrei auf sie los.

Ulfs Blick fiel auf den Graubart. Er stand gegenüber, vor einem der Pfeiler. Vor ihm drückte sich mit stierem Blick der hohlwangige Mönch, der dem Abt zur Vorsicht geraten hatte, kraftlos gegen den Pfeiler. »Ich habe es geahnt!«, schrie er mit überschnappender Stimme. »Der gleiche Trick, mit dem ihr gottverdammten Waräger die italienische Stadt Luna erobert habt.«

»Du solltest nicht mit deinem Wissen prahlen, Priester, sondern um dein Leben kämpfen«, höhnte der Alte. Aber der Mönch riss nicht einmal die Arme hoch, als das schwere Goldkreuz auf seinen Schädel krachte.

Ulf kam zu spät. Als er hinter die Säulen sprang, in den Altarraum, lagen die Mönche bereits tot am Boden. Gegenüber, an der Wand, stand der letzte aufrecht, starr vor Schreck. Er schrie nicht einmal, als eine Schwertspitze ihm in die Brust fuhr. Neben Ulf rannte der Grieche. Sie würden auch bei den Bewaffneten zu spät kommen. Die letzten sanken soeben unter den Hieben der Schwerter und Streitäxte zu Boden. Ihre Gegenwehr, fand Ulf, war kraftlos und linkisch gewesen – wie die Schläge des Holzschwertes, mit denen der Knabe sich beim ersten Üben gegen den erfahrenen Krieger wehrt.

Ulf und der Grieche hatten den Hof erreicht. Der Grieche deutete auf die ziegelgedeckten Vordächer an den beiden Längsmauern. »Dahinter liegen die Zellen der Mönche, Ulf. Mal sehen, was wir dort finden.« Gemächlich gingen sie zu einem der Vordächer hinüber. Eile lohnte sich nicht mehr. Überall innerhalb der Mauern sah Ulf ihre Gefährten. Hier und da, aus irgendeinem Winkel des Hofes, scholl ein Todesschrei herüber. Soeben drängten die Wikinger, die am Waldrand hatten zurückbleiben müssen, durch die Klosterpforte und die Tür des Vorraumes. »Einer der Wächter ist durch die Klosterpforte geflüchtet«, schrie Rolf herüber. »Er ist uns direkt in die Hände gelaufen.«

»Drei bleiben an der Pforte, damit keiner entkommen kann«, dröhnte Ragnars Stimme über den Hof.

Sie eilten von Zellentür zu Zellentür, und bei jeder Zelle wuchs Ulfs Enttäuschung. Hinter jeder Tür nichts als ein mannshoher Raum mit gewölbter Decke, kahle, ungetünchte Wände, ein paar einfarbige, billige

Tonkrüge, abgewetzte Matten. Der Grieche war unter dem Vordach hervorgetreten. »Dort, in dem großen Gebäude hinter der Kirche, werden die Zellen der reichen Mönche liegen, Ulf.«

»Gibt es hier wirklich reiche Mönche?«, fragte Ulf ungläubig. Es war ein doppelstöckiges Gebäude aus Ziegelsteinen, groß, aber schmucklos, mit Rundbogenfenstern und einem Ziegeldach.

Der Grieche nickte. »Das Gebäude ist zweigeschossig, Ulf. Im Erdgeschoss liegt das Refektorium, der Speisesaal...«

»Mit Geschirr aus Silber und Gold?«

»Nein«, lachte der Grieche. »In einem solchen Speisesaal gibt es nur einfache Holztische und Bänke. Aber im ersten Stock liegt die Wohnung des Abtes. Dort oben ist auch Platz für einige große Zellen, also für die Zellen der reichen Mönche.«

Als sie vor diesem Gebäude standen, trat einer der Nordmänner aus der Tür im Erdgeschoss. »Nichts als Tische und Bänke«, sagte er. »Nur das!« Plötzlich riss er ein schweres Goldkreuz in die Höhe. Sie traten durch die zweite Tür, die zur der Treppe in den ersten Stock führte. Auf den knarrenden Holzbrettern polterte Ragnar ihnen entgegen. »Da oben habe ich einen erledigt. Das muss ein wirklich reicher Mönch gewesen sein. Schafft die Kisten herunter! Tragt sie in die Nähe der Pforte!«, brüllte er nach oben.

Ragnar winkte Ulf und dem Griechen, ihm zu folgen. In der Nähe der Pforte blieb er mitten auf dem Hof stehen und rief die Mannschaft zusammen. Von dieser Stelle aus konnten sie die kleineren Gebäude, die im Hof standen, überblicken. Vorratsräume, Küche, Badestube, erklärte der Grieche. Ragnar schickte Leute los, die die einzelnen Gebäude durchsuchen und die Beute herbeischleppen sollten. Sie kehrten mit vielen Säcken und Körben zurück, mit Korn und Lebensmitteln, die für Wochen reichen würden, mit Tonkrügen voller Oliven, Öl und Wein. Aber der Haufen vor Ragnars Füßen, auf dem die Wertgegenstände gesammelt wurden, wuchs nur langsam: Goldkreuze, einige mit Edelsteinen, einige wenige Gefäße aus Gold, dazu der Zierrat aus Silber, den sie mit ihren Messern aus dem Altar herausgebrochen hatten, zuletzt ein kunstvoll mit Gold und Elfenbein verziertes Kästchen. »Das Kloster ist nicht so reich, wie du dachtest, Grieche«, knurrte Ragnar mit einem Blick auf die Schätze zu seinen Füßen. »Immerhin reich genug, um es ein zweites Mal zu versuchen.«

Die zehn Kisten, die einige Männer aus dem Obergeschoss des Wohnhauses herbeischleppten, mussten schwer sein. Obwohl sie viel kleiner waren als ihre Sitztruhen auf dem Schiff, trugen je zwei Mann eine Kiste auf den Schultern. Halfdan, der erste, schrie fröhlich herüber: »Du wirst staunen, Ragnar! Silbergeld, alles Silbergeld.«

Ragnar richtete sich auf. Sein Gesicht strahlte. Er hatte jede einzelne der zehn Kisten durchwühlt, und Halfdan hatte Recht gehabt: Sie waren alle bis zum Rand mit Silbermünzen gefüllt.

»Merkwürdig.« Der Grieche kratzte sich am Kopf. »Klöster bekommen selten so viel Bargeld als Geschenk…« Er ließ sich von Ragnar die Räume im Obergeschoss des Abthauses beschreiben und die Kleidung des Mannes, den Ragnar dort erschlagen hatte. »Jetzt ist mir alles klar! Der Mann war kein reicher Mönch, sondern ein kaiserlicher Beamter. Das viereckige Stoffstück auf seinem Mantel, das du mir beschrieben hast, war sein Rangabzeichen.«

»Ein kaiserlicher Beamter?«, fragte Ragnar zweifelnd. »Was will denn so einer in einem Kloster?«

»Er war hier als Gast, auf der Durchreise. In dieser Gegend gibt es wenig Städte, wenig Gasthöfe und keine Festungen, in denen ein Beamter Unterkunft finden könnte.«

»Aber ein Mann kann doch nicht zehn Kisten…«, warf Ulf ein.

»Hinten im Hof habt ihr doch genügend Pferde und Maulesel gefunden. Selbstverständlich hatte er eine Eskorte bei sich.«

»Eine Eskorte?«, schüttelte Ragnar den Kopf. »Wo soll die sein?«

»Weiß ich es? Vielleicht sind die Soldaten außerhalb des Klosters unterwegs. Vielleicht treiben sie Steuern ein. Aber sie können auch unter den Toten sein – einige schienen mir etwas jünger und besser ausgerüstet.«

»Ist auch gleichgültig!«, Ragnar winkte mit einem liebevollen Blick auf die Kisten ab. »Selbst wenn sie zurückkehren – wir fürchten sie nicht.«

»Nein. Es können nicht viele sein. Wahrscheinlich ist dies die Kriegskasse für eine der Flotten – vielleicht für Johannes.«

»Der braucht sie nicht mehr«, brummte Ragnar zufrieden und befahl: »Wir verteilen die Beute auf dem Schiff. Das wird schnell gehen; denn heute kann keiner einen größeren Anteil erwarten, weil er mehr Feinde erschlagen hat. Hier blieb niemand Sieger, weil er der bessere Kämpfer war, sondern weil er den Feinden am schnellsten nachgelaufen ist.«

»Es ging alles so schnell«, murrte Grim. »Ich habe nur einen Mönch abbekommen. Denk dir, Ragnar, nicht einmal mit der Streitaxt, sondern mit dem Goldkreuz.«

Ragnar zuckte die Schultern. »Was willst du? Der Beamte, den ich erschlagen habe, trug ein Schwert. Er hat es noch nicht einmal gezogen.«

Sie waren mehrmals den Pfad hinabgeklettert, der zur Bucht hinunterführte. Der größte Teil der Beute war bereits auf dem Langschiff verstaut, dazu viele Tonkrüge mit Wasser aus dem holzüberdachten Brunnen im Hof. Hinter ihnen kam Grim mit einigen Ruderern aus der Pforte. Sie warfen die brennenden Fackeln weg. Ragnar schrie nach Ake, dem Dänen. Auf dem steilen Pfad wurden sie bald von Grim und seinen Leuten eingeholt. Wenige Augenblicke später kam auch Ake angerannt. »Die hölzernen Dachstühle werden erst in Flammen aufgehen, wenn wir unser Boot erreicht haben«, sagte der Graubart. »Erst dann werden die Bauern unten im Dorf etwas merken. Die Schreie konnten sie nicht hören. Es ist zu weit.«

»Keiner kam auch nur in die Nähe des Pfades, der zum Kloster hinaufführt.« Der Blick des Dänen ruhte betrübt auf seinem Bogen.

Die Nordmänner hatten noch ein halbes Dutzend Spitzkehren vor sich. Ulf hatte das Gefühl, als würde ihn der Fellsack mit den erbeuteten Goldsachen auf seiner rechten Schulter in die Knie drücken. Doch er zwang sich zum Weitergehen. Neben ihm keuchte Ragnar unter einer der Kisten mit den Silbermünzen. Er hatte abgewinkt, als ihm Hilfe angeboten wurde. »Verfluchte schwarze Kutten!«, stieß er zwischen den Zähnen hervor. Dann schwieg er einige Augenblicke. Schließlich meinte er nachdenklich: »Weißt du, Ulf, in England haben wir die Mönche nur erschlagen, wenn wir mussten. Es ist keine Ehre für einen Krieger, hinter Feiglingen herzurennen, die sich nicht einmal wehren. Aber hier, hier, Ulf habe ich immer nur zwei Gesichter vor mir gesehen: die verschlagenen Augen des Abtes Symeon, der uns den Geleitbrief gebracht hat und meinem Schwert entgangen ist. Und die höhnische Fratze des Vize-Seestrategen auf dem Schiff, als er mir das Geheimnis des Geleitbriefes verriet.«

Wenig später saß Ragnar auf dem Bordrand neben dem Steuerruder. Er wendete ein Kästchen hin und her und schmunzelte zufrieden, wenn das Gold und Silber im Sonnenlicht funkelte. Dann blickte er zu Erik auf, der an der Ruderpinne stand. »Dieses Kästchen ist das Kostbarste, was wir im Kloster erbeutet haben. Sieh die fingernagelgroßen Edelsteine, mit denen es besetzt ist.« Der Verschluss bereitete ihm Mühe, denn er fingerte lange daran herum, bevor der Deckel aufging. Die Spannung in seinem Gesicht schlug jäh in Enttäuschung um, als er hineingriff und einen kleinen Knochensplitter zwischen den Fingern hielt. »Leer, Erik!«, grollte er. »Es ist nichts drin. Nur dieser Knochensplitter.« Zornig hob er den Arm, um das Stückchen Knochen über Bord zu werfen.

»Halt, halt!« Die Stimme des Griechen überschlug sich förmlich. Auch Ulf, der auf seiner Ruderkiste vor sich hin gedöst hat, fuhr auf und starrte verwundert auf seinen Rudernachbarn, der mit Riesensätzen auf Ragnar zusprang. »Den Knochen darfst du nicht wegwerfen Ragnar! Er ist das Wertvollste!«

Der blickte ihn erstaunt an. Dann betrachtet er das Stückchen Knochen von allen Seiten, wobei sein Gesicht immer ratloser wurde. »Wertvoll? Ein winziges Stück Knochen?«

»Das ist die Reliquie, Ragnar. Der Knochen stammt von dem heiligen Michael. Jedenfalls glauben die Leute das.«

»Eine Reliquie? Etwas Derartiges hat doch auch Paolo, der venezianische Handelsherr, erzählt.«

»Ja. Von der Reliquie des heiligen Markus, deren Besitz die Stadt berühmt gemacht hat.«

Ragnar ließ den Knochensplitter wieder in das Kästchen fallen, schlug den Deckel zu und stellte das Kästchen wieder vor seine Füße. Dann verschränkte er die Arme über der Brust. »Du meinst also, Grieche, wir könnten dieses Stückchen Knochen verkaufen?«

Der Grieche nickte heftig. »Es ist ein Vermögen wert. Wertvoller als alles, was wir sonst noch erbeutet haben. Wenn du es weggeworfen hättest...«

Ragnar verzog verächtlich die Lippen. »Ausgebleichte Knochen finden sich überall. Wir hätten einen anderen Splitter hineingelegt.«

Sie beratschlagten lange über den Verkauf der Beute. Gold und Silber konnte man auch in einem arabischen Hafen absetzen. Aber der Grieche beharrte darauf, den Reliquienschrein in einer großen christlichen Stadt zu verkaufen. »Die Araber zahlen für eine christliche Reliquie nichts. Und die christlichen Gemeinden in den Hafenstädten Syriens und Ägyptens sind nicht reich genug. Wenn wir es in einer der großen Handelsstädte in Italien verkaufen, vielleicht in Amalfi...«

Es war nicht einfach, zu einem Entschluss zu gelangen. Kein Nordmann kannte das Mittelmeer. Der Grieche wusste zwar etwas über die angrenzenden Länder und hatte auch den Namen vieler Inseln schon gehört. Da er aber kein Seemann war, konnte er über ihre Lage und die Entfernungen nichts Genaues sagen. Die byzantinischen Häfen an der kleinasiatischen Küste waren ihnen verschlossen. »Jeder würde den Reliquienschrein erkennen und wissen, aus welchem Kloster er stammt.«

»Also würden sie das Kästchen nicht kaufen?«

»Nein, nicht kaufen, Ragnar. Sie würden versuchen, es uns mit Gewalt abzunehmen.«

»In Italien wäre das anders, Grieche?«

»Ja. Die christlichen Städte in Italien gehören nicht zum Griechischen Reich. Sie brauchen den Zorn des Kaisers nicht zu fürchten. Außerdem betrachten sie die Anhänger des Patriarchen als halbe Heiden.«

Eine Fahrt entlang der Südküste des Mittelmeeres kam nicht in Betracht, legte der Grieche dar. Sie würden, jetzt, da Krieg herrschte zwischen dem Kaiser und dem Kalifen, den arabischen Flotten in die Hände laufen. Außerdem wimmelte es vor den arabischen Küsten von sarazenischen Seeräuberschiffen. »Wir sind schneller«, knurrte der Graubart.

»Mag sein. Aber ihr Nordmänner wisst nichts über die Länder westlich Ägyptens. Wüste, nichts als Wüste. Wo sollen wir da Wasser finden?«

Der Wind gab schließlich den Ausschlag. Er hatte gedreht und blies jetzt steif aus Osten. Das Segel war gebläht, und die Leinwand knatterte. Der Vordersteven schoss förmlich durch die Wellen. »Wir fahren geradeaus, nach Westen«, entschied Ragnar. »Sicherlich treffen wir auf die eine oder andere Insel, die es dort geben soll.«

»Es ist ein weiter Weg bis Italien, Vater.«

»Ich weiß, was ich wage. Aber wir haben zusätzliche Wasserfässer an Bord. Und nach Norden kann ich immer noch steuern.«

Der Himmel war wolkenlos, und die Sterne funkelten in einem Glanz, wie Ulf es im Norden nie gesehen hatte. Unwillkürlich hielt er die Ruderpinne fester. Zum hundertsten Mal in dieser Nacht musterte er die Rah, die zu beiden Seiten weit über die Bordwand hinausragte, das Segel, das sich im schwachen Rückenwind nur wenig wölbte, die Mastspitze, die sich deutlich gegen den Sternenhimmel abhob. Dann blickte er über die Reihen der Ruderkisten an beiden Bordwänden. Die Gefährten schliefen. Ulf sah ihre Köpfe oder Beine zwischen den Sitztruhen in den Laufsteg ragen. Es war eine ruhige Nacht. Von Zeit zu Zeit knarrte eines der Seile, die das Segel hielten, oder das Wasser gluckste an der Bordwand. Nur das Schnarchen der Ruderer unterbrach die Stille. Ulf war zufrieden. Er liebte ihr Langschiff, und er fühlte etwas wie Stolz, wenn er an die Seefestung zurückdachte oder gar an die »Große Stadt«. Es war ein Land gewesen, wie es im Norden keines gab – die gewaltigen Bauwerke, das Menschengewühl in den Straßen. Nicht viele Nordmänner schafften den endlosen Weg nach Konstantinopel. Sie aber hatten die »Große Stadt« nicht auf den trägen Strömen des Ostlandes erreicht, sondern über dieses geheimnisvolle Meer, das man Mittelmeer nannte. Ulf geriet ins Träumen. Er malte sich die Zukunft in den leuchtendsten Farben aus. Er sah sie vor sich, die Händler in Haithabu und Birka, mit denen er plaudern würde, die verblüfften, achtungsvollen Blicke der Schiffsführer, wenn er von seinen Fahrten erzählen würde. Manchmal tauchte auch das Gesicht eines Nachbarn vor ihm auf, des einen oder anderen Nachbarn in seiner schwedischen Heimat Schonen. Irgendwann einmal würde er im Winter ihre Höfe besuchen, wenn sie die Nachbarschaft zu einem Festgelage einluden. Oder er würde selbst große Feste veranstalten, als reichster Mann ihrer Gegend, reich geworden auf Wikingerfahrten. Wie würden sie an seinen Lippen hängen! Sie waren alle Bauern, und nur wenige hatten ihre Gegend jemals verlassen. Für sie waren die Länder, die er gesehen hatte, war die »Große Stadt« nichts als Namen aus einem Märchen.

Ulf fuhr zusammen. Er hatte Ragnar nicht bemerkt. Jetzt stand dieser mit verschränkten Armen seitlich von ihm, im Sternenlicht deutlich zu sehen, und schaute eine Zeit lang schweigend zu ihm herüber. »Du hältst gut Kurs, Ulf. Das ist auf offener See gar nicht so einfach. Wenn man das Ruder auch nur ein wenig schräg hält, kann man in kurzer Zeit weit vom Kurs abkommen.« Unvermittelt wandte Ragnar sich ab und ging auf die erste Ruderkiste zu. »Und mit der Sonne und dem Nordstern kann er auch schon umgehen«, hörte Ulf ihn brummeln.

Einige Zeit später tauchte Gizurs Kopf hinter seiner Ruderkiste auf. Der Alte sprang auf, dehnte und reckte sich, kam dann auf Ulf zu und setzte sich neben diesen auf die Bordwand. Ulf wartete geduldig. Er wollte als Jüngerer das Gespräch nicht beginnen. Endlich gähnte der Weißhaarige ausgiebig. »Ich kann nicht richtig schlafen, Ulf«, begann er. Sie sprachen über dieses und jenes, und Ulf merkte bald, dass der Alte keine bestimmte Absicht verfolgte, sondern nur die Zeit verplaudern wollte. Ulf gab sich einen Ruck und erwähnte Ragnars lobende Worte. Der Weißhaarige nickte gleichmütig. »Ich habe mit Ragnar über dich gesprochen. Ich weiß, was er über dich denkt.« Das Gespräch plätscherte dahin.

»Ich finde, du solltest öfters ein Lied vortragen, Gizur. Ich kenne keinen besseren Sänger als dich.«

Der Alte saß, die Hände auf die Knie gelegt, regungslos und schweigend. Dann kam seine Stimme leise: »Früher, Ulf, als ich jung war, habe ich gern gesungen. Gern und oft.«

Ulf nutzte die Gelegenheit. Der alte Gizur war kein gesprächiger Mann. »Wo hast du all diese Lieder gelernt, die Lieder von Göttern und Helden?«

»Von meinem Vater, Ulf. Mein Vater war Bauer in Norwegen. Aber daneben war er so etwas wie ein Skalde.«

Ulf warf einen erstaunten Blick auf das eckige, bartlose Gesicht. Er hatte noch nie einen Skalden gesehen. Es waren berühmte Männer, deren Namen man auch auf dem abgelegensten Hof kannte. »So war dein Vater ein richtiger Skalde?«

Gizur seufzte. »Was verstehst du unter einem richtigen Skalden? Niemand kann von seinen Liedern leben. Unsere größten Skalden sind von Haus aus reiche Männer. Sie können es sich leisten, nach der Erntezeit, von Hof zu Hof zu ziehen. Jeder wird einen guten Skalden freudig willkommen heißen, ihn als Ehrengast empfangen.«

»War dein Vater ein solcher Skalde?«

Gizurs Stimme klang gepresst. »Nein, Ulf. Aber er kannte die Lieder. Er wusste alles über die Götter, was ein Nordmann wissen kann. Und er konnte mit dem Stabreim umgehen.«

»Dann war er doch ein großer Skalde, Gizur!«

»Mein Vater war ein armer Bauer. Die Gegend in Norwegen, in der unser Hof liegt, ist karg. Niemand dort kann es sich leisten, ein halbes Jahr herumzuziehen. Mein Vater besuchte die Feste der Nachbarn. Immer stand er im Mittelpunkt, wenn er zur Leier griff. Die Leute grölten vor Begeisterung.«

»Und dein Vater brachte dir diese Kunst bei?«

»Natürlich. Seit meiner frühen Jugend. Mir und meinen beiden älteren Brüdern. Aber ich glaube nicht, überheblich zu sein, wenn ich sage: Ich war ein viel besserer Sänger als meine Brüder.«

Ulf unterbrach die Stille nicht. Er hielt es für geraten zu warten, bis der Alte wieder anfangen würde. Das Julfest in der Seefestung fiel ihm ein, Gizurs würdevolle Haltung, seine gemessenen Bewegungen, als er inmitten der johlenden Männer das Götterlied vortrug. Ja, so wie der Weißhaarige musste ein richtiger Skalde aussehen. »Auch ich habe nach dem Tod meines Vaters die Feste der Nachbarn besucht, und sie jubelten mir genauso zu wie ihm. Aber ein armseliger Hof und drei Brüder... Du weißt selbst, Ulf, was ich meine. Da bin ich denn auf Wikingerfahrt gegangen.«

Ulf konnte nicht länger schweigen. »Du bist auf deinen Wikingerfahrten reich geworden, Gizur. Da hättest du doch...«

Gizur sah ihn an, lange und fest. Um die faltigen Augen spielte der Spott. »Ja, ich hätte es mir leisten können, hätte unserem Hof fernbleiben, von Fest zu Fest ziehen können. Aber kein Nordmann, kein richtiger Nordmann, geht nur einmal auf Wikingerfahrt oder zweimal. Wer seinen ersten Gegner erschlagen hat, wer zum ersten Male eine erbeutete Goldschale in den Fingern dreht, kommt niemals mehr davon los.« Er lachte kurz auf, kurz und hässlich. »Auch du wirst niemals mehr davon loskommen, Ulf – bis dich Ran auf den Meeresgrund zieht oder Odin in seine Halle holt.«

»Aber eines Tages will ich zurück zu meinen Eltern und zu meinen Brüdern. Irgendwann.«

Gizur sah ihm starr in die Augen. Kein Muskel zuckte in dem kantigen Gesicht. »Glaube mir, Ulf, du wirst deine Heimat nicht wieder sehen. Auch deine Eltern und Brüder wirst du niemals wieder sehen.«

»Aber...«

»Zwei Jahre... Das ist eine lange Zeit, Ulf. Du bist in dieser Zeit zum Mann geworden. Du hast dich sehr verändert.«

Unwillkürlich schloss Ulf die Augen. Der Alte störte ihn nicht. Eigentlich hatte Gizur nichts gesagt, was ihn hätte überraschen können. Schon oft hatte er selbst darüber nachgegrübelt. Natürlich hatte er sich verändert. Er war nicht mehr der unbeschwerte Junge, der mit seinem Vater nach Dorestad fahren durfte – vielleicht die einzige große Reise für einen Bauernsohn. Aber...

»Gizur, ich liebe das Leben auf einem Schiff. Ich will auch noch lange auf einem Schiff bleiben. Aber ob ich immer…«

»Nein, Ulf!« Die Runzeln in dem Gesicht schienen sich zu glätten, wichen einem wehmütigen Lächeln. »Machen wir uns doch nichts vor: Diese knarrenden Planken sind unsere Heimat geworden, eine winzige Heimat, ein paar Schritte nach jeder Seite. Aber vor dir nichts als Meer. Und dahinter…«

Ulf entgegnete nichts. Er war nicht bereit, noch nicht bereit, es offen zuzugeben. Aber in seinem Innersten fühlte er: Gizur hatte die Wahrheit gesagt.

»Nein, Ulf. Du und ich, wir werden beide niemals mehr bei der Heumahd schwitzen oder einen Stall ausmisten.« Die Stimme des Alten verriet keine Gefühle mehr. »Selbstverständlich habe ich es bedauert, nur noch selten nach der Leier greifen zu können, wenigstens einige Jahre lang. Aber dann gab es für mich nur noch eine Heimat: ein Langschiff.«

»Du musst viel erlebt haben, Gizur…« lockte Ulf.

Der Alte blickte ihn an. Seine Augen verrieten, dass er Ulfs Absicht durchschaut hatte. »Auf so vielen Wikingerfahrten erlebt man viel, da hast du Recht.« Im Licht der Sterne schienen die schlohweißen Haare in geheimnisvollem, bläulichen Silber zu leuchten. Der Alte nestelte an dem Amulett herum, das er um den Hals trug. Ulf kannte den fingernagelgroßen, kastenförmigen Thron aus Gold: den Thron des Gottes Thor. »Thor hat mir immer geholfen. Wer ist solange auf Wikingerfahrt gegangen wie ich? Du weißt, wie gefährlich die See ist. Und wer Beute will, darf auch den Kampf mit ebenbürtigen Gegnern nicht scheuen. Ich habe sicherlich viel erlebt, Ulf. Am meisten mit Ragnar. Jetzt bin ich schon siebzehn Jahre auf seinem Langschiff. Fast so lange wie Grim.«

»Willst du nicht…?«

»Nein, Ulf. Ich will nichts erzählen. Heute nicht.«

Das Gespräch verstummte. Dann fing der Alte wieder an: »Ich gebe Ragnar Recht. Aus dir wird einmal ein guter Schiffsführer. Früher wollte ich auch…« Ulf wartete geduldig. Aber die tiefen Falten in Gizurs Gesicht hatten sich geglättet. Der Alte hatte offensichtlich keine Lust, das Gespräch fortzusetzen, sondern ließ den Blick über den Sternenhimmel schweifen.

»Du hättest dir ein eigenes Langschiff bauen lassen können. Genug Silber hattest du doch!«

Wieder lachte der Alte kurz auf. »Genug Silber hatte ich, Ulf. Obwohl ein gutes Langschiff, ein Langschiff wie dieses, ein Vermögen kostet. Aber ein Langschiff über offenes Meer zu steuern… Ein Schiffsführer muss so viel wissen. Es reicht nicht, sich mit dem Sonnenstand auszukennen und mit der Laufbahn des Nordsterns.«

»Man kann das lernen.«

»Vielleicht. Wahrscheinlich, Ulf. Ich jedenfalls habe es nie gelernt. Einige Jahre habe ich es versucht. Nun ja, es ist mir eben nicht gelungen. Du darfst aber nicht glauben, Ulf, es mache mir etwas aus.« Ulf glaubte es trotzdem.

Zwei Tage später sahen sie Schiffe auf sich zukommen. Es waren Einruderer, und sie sahen aus der Entfernung nicht viel anders aus als die Einruderer, die Ulf vor der kleinasiatischen Küste gesehen hatte. »Diese Schiffe gehören nicht zur kaiserlichen Flotte«, meinte der Grieche. »Was wollen zwei kaiserliche Kriegsschiffe so weit weg von der heimatlichen Küste und mitten auf dem offenen Meer? Es werden Araber sein, Sarazenen. Und die sind immer Seeräuber.«

Sie hatten das Segel eingeholt, den Mast umgelegt und zu den Rudern gegriffen. Das Schiff schnitt nicht mehr so leicht durchs Wasser. Dazu war es viel zu schwer beladen. Dennoch waren sie den Seeräubern einfach davongerudert. Bald waren die beiden Masten am Horizont verschwunden. »Wir sind schneller als jedes dieser Schiffe«, schmunzelte Ragnar. »Nur vor einem Sturm müssen wir uns hüten. Das Schiff liegt zu tief im Wasser.«

Zweimal legten sie an und füllten an einem Bach ihre Wasserfässer auf. Der Grieche war der Ansicht, es müsse sich bei dem Land, auf das sie gestoßen waren, um Inseln handeln. Aber er wusste nur, dass es in dieser Gegend Inseln gab. Ihre Namen kannte er nicht.

Jetzt dehnte sich wieder das offene Meer vor ihrem Steven, blaues Wasser, fast ohne Wellen. Erik stand am Ruder, Ulf saß neben ihm auf dem Bordrand und leistete ihm Gesellschaft. Immer noch blies der Wind stetig aus Osten, und die Ruder lagen neben dem Laufsteg. Ragnar und Grim kamen auf sie zu und ließen sich vor dem Achtersteven nieder. Grim legte das Spielbrett auf die Planken, doch Ragnar schüttelte den Kopf. »Nicht Mühle oder Dame, Grim. Wir haben Zeit, viel zu viel Zeit.« Er drehte das Spielbrett um, so dass die verschiedenfarbigen Kästchen auf der Rückseite zum Vorschein kamen. »Spielen wir Hneftafl.« Sie steckten die Spielsteine aus rotem und blauem Glas in die vorgeschriebenen Felder, dann griff der Graubart zum Würfelbecher. Erik und Ulf beendeten ihr Geplauder, und Erik schaute gespannt den Spielzügen zu. Hneftafl war das anspruchsvollste der nordischen Spiele. Die Augenzahl des Würfels bestimmte die Anzahl der Felder, die der Spielstein überspringen durfte, und die zulässigen Züge waren genau festgelegt. Ein solches Spiel konnte Stunden dauern.

Bald lagen vor Ragnar und Grim die gegnerischen Spielsteine, die sie bei ihren Zügen aus den Feldern geschlagen hatten. Noch war kein Gewinner in Sicht. Ulf fuhr auf, als er vergnügtes Geschrei vernahm. Bis jetzt hatte er nur Augen für das Spiel gehabt. Er hatte nicht bemerkt, dass die Ruderer auf der gegenüberliegenden Bordseite die Riemen eingelegt hatten, das Ruderblatt aber nicht ins Wasser tauchten. Ulf sprang als erster auf die Füße. Ruderlaufen! Gab es einen herrlicheren Spaß? Auch Ragnar und Grim waren aufgestanden. Nach einigem Hin und Her war Grim bereit, an Stelle Eriks das Steuerruder zu übernehmen. Dann eilten sie vor zum Bug und stellten sich am Ende der Schlange an.

Unter jubelndem Gebrüll sprang der erste in der Reihe über die Bordwand auf den vordersten Ruderholm. Einige Augenblicke schwankte er hin und her, drohte herabzufallen, dann hatte er sein Gleichgewicht wieder gefunden. Vorsichtig setzte er den linken Fuß auf den nächsten Ruderriemen. Es war kein besonders weiter Schritt erforderlich, etwa neunzig Zentimeter, und die See war flach wie ein Brett. Dennoch war es schwierig, nach jedem Schritt auf dem runden Holz wieder ins Gleichgewicht zu gelangen, und vor jedem, der sich an diesem Spiel beteiligte, lagen fünfzehn Riemen. Der erste Ruderer rutschte mehrmals mit einem Fuß ab und schien das Gleichgewicht bereits verloren zu haben, aber im allerletzten Augenblick gelang es ihm dennoch, den rettenden Fuß auf den nächsten Riemen zu setzen. Erst beim achten Ruder ereilte ihn sein Schicksal: Unter allgemeinem Gejohle platschte er ins Wasser.

Der beste war Harald, der dreizehn Riemen geschafft hatte. Ulf trat näher an die Bordwand und zerrte den Gürtel zurecht. Er war nach Erik der nächste. Erik schlug sich glänzend, sprang schnell von einem Riemen auf den nächsten und schien nie in Gefahr, das Gleichgewicht zu verlieren. Jetzt trat er vom dreizehnten Riemen auf den vierzehnten und blieb stehen! Alle brüllten los. Er hatte Harald überboten. Beim fünfzehnten Riemen geriet sein Fuß ins Rutschen, aber mit einem Riesensprung erreichte er die Bordwand und stand wieder auf dem Deck.

Ulf hörte nichts mehr. Er sah nur die Reihe der fünfzehn Riemen vor sich. Zweimal geriet er ins Straucheln, konnte sich aber im letzten Augenblick fangen. Jetzt hatte er den zwölften Riemen erreicht. Entschlossen beugte er den Oberkörper nach vorne und setzte den rechten Fuß auf. Schon hob er den linken Fuß, da rutschte der rechte ab, und das Wasser schlug über ihm zusammen.

Als er wieder auftauchte und das Wasser ausspuckte, arbeiteten auch seine Ohren wieder: Das Gelächter ließ sich gar nicht überhören. Immerhin hatte er, wie Harald, dreizehn Riemen geschafft. Das Wasser war eine Wohltat bei dieser Hitze. Genüsslich stieß sich Ulf mit einem einzigen Schwimmstoß zu den Planken und griff mit der rechten Hand nach der Bordkante. Doch zog er sich nicht am Bordrand hoch. Gespannt starrte Ulf auf Ragnar, der als letzter antrat. Ragnar berührte keinen der Riemen mit beiden Füßen. Er trat, ganz kurz mit einem Fuß auf den nächsten Riemen und war mit dem anderen Bein bereits wieder in der Luft. Er war so schnell, dass er gar keine Zeit hatte, ins Straucheln zu geraten. Als Ulf zum Heck blickte, sah er Ragnars Fuß auf dem fünfzehnten Riemen. Dann der Sprung auf den Bordrand, ein Schwanken, und der Jubel ging in Spottgelächter über, als Ragnar sich, wassertriefend und prustend, an der Bordwand hochzog.

Ulf klopft dem Freund anerkennend auf die Schulter, und neben sich hörte er Ragnars breites Lachen: »Gut gemacht, Erik!«

Am Nachmittag stand Ulf mit Erik und dem Griechen vor dem Fass mit dem Fladenbrot. Sie kauten alle drei lustlos auf dem trockenen Zeug herum. Ihr Vorrat würde noch für eine Reihe von Tagen reichen. Aber immer Fladenbrot, nur Fladenbrot! Etwas getrocknetes Fleisch und geräucherten Fisch hatten sie in Konstantinopel eingekauft. Die Kameraden hatten trotz der Eile lange gesucht, aber nicht viel bekommen. Und dieses Wenige war längst aufgegessen. Im Kloster hatten sie weder Trockenfleisch noch Trockenfisch gefunden. Der Grieche hatte ihnen den Grund erklärt, aber Ulf hatte ihn vergessen. Erik zeigte auf einen Fisch, der ein Stück über die Wasseroberfläche sprang. »Hier wimmelt es von Fischen. Wir bräuchten nur die Angeln auszulegen. Wenn man doch auf einem Langschiff Feuer machen könnte!«

»Was soll's?« Der Grieche zuckte gleichmütig die Achseln. »Wir können eben abends nicht an der Küste anlegen, um Fische zu braten.«

Sie schlenderten zum Steuerruder zurück, an dem Ragnar stand. Aber keiner von ihnen hatte Lust, das Gespräch fortzusetzen. Langsam wurden die Männer ungeduldig. Immer noch hatten sie günstigen Ostwind, aber seit vielen Tagen kein Land mehr gesehen.

Der Grieche entdeckte die Schnellruderer als erster. Es waren Einruderer, und das Segel an der schrägen Rah war beschlagen. Die beiden Schiffe ruderten hintereinander und kreuzten weit voraus ihren Kurs. Von diesen beiden Schiffen aus musste man ihr Langschiff ebenfalls bemerkt haben. Aber die beiden Schiffe machten keine Anstalten, ihren Kurs zu ändern. »Es scheinen keine Seeräuber zu sein«, brummte Ragnar.

Der Grieche legte die linke Hand über die Augen, dann deutete er mit dem Arm nach vorne. »Seht ihr die langen Stofffetzen, die an den Mastspitzen flattern? Wimpel, Flaggen, oder wie ihr es nennen wollt. Ich kenne die Farben. Ich habe oft Schiffe mit solchen Wimpeln in Konstantinopel gesehen, im Goldenen Horn. Diese Schiffe sind aus Amalfi.«

»Was bedeutet das für uns?«, fragte Ragnar.

»Erstens sind es keine Piratenschiffe. Sonst würden sie auf uns zuhalten. Und Kriegsschiffe sind es auch nicht. Sie steuern nach Süden. Dort liegen die

Länder der Araber. Zwei Einruderer könnten es nicht wagen, einen arabischen Hafen anzugreifen.«

»Willst du damit sagen, es seien Handelsschiffe?«

»Es muss sich um Kauffahrerschiffe handeln, Ragnar.«

»Aber das sind Schnellruderer. Solche Schiffe haben nicht viel Platz für Handelswaren. Die breiten Segelschiffe…«

»Die breiten Segelschiffe sind als Handelsschiffe selbstverständlich besser. Sie können mehr Fracht laden. Aber es wäre für sie ein allzu großes Wagnis, quer über das Mittelmeer zu segeln – nicht nur wegen der Stürme. Hier wimmelt es doch von arabischen Seeräubern. Handelsschiffe werden nicht gerudert. Wenn kein günstiger Wind weht, sind sie viel zu langsam.«

Ragnar wandte sich ab. »Lassen wir sie fahren. Wir können nicht zwei Einruderer angreifen.«

Der Grieche schüttelte heftig den Kopf. »Nicht fahren lassen, Ragnar! Folge ihnen!«

Ragnar blickte den Griechen erstaunt an.

»Das ist doch einfach, Ragnar. Diese Schiffe halten auf irgendeinen Hafen im Süden zu. Also auf einen arabischen Hafen, einen Hafen, wie wir ihn suchen.«

»Einen richtigen Handelshafen?«, fiel Erik ein.

»Natürlich. Die italienischen Kaufleute kennen die Küsten. Sie wissen, in welchen arabischen Häfen Seeräuber lauern. Außerdem können wir ihnen die Reliquie verkaufen. Araber zahlen nichts dafür. Wir haben es dann nicht nötig, einen italienischen Hafen anzulaufen.« Er fährt sich mit der Hand durch die schwarzen Locken. »Na ja, ich habe so ein Gefühl. Von Navigation verstehe ich nicht viel, und die Entfernungen kenne ich auch nicht. Aber ich glaube, Italien liegt längst hinter uns. Wir sind viel weiter im Westen.«

Ragnar legte das Ruder um und folgte den italienischen Einruderern nach Südwesten. Da der Wind rasch auf West umsprang, legten sie den Mast um und griffen zu den Riemen. Sie kamen schnell auf – zu schnell, so dass Ragnar nur die halbe Mannschaft rudern ließ. So hielten sie weiten Abstand von den beiden Schiffen. Deren segellose Masten waren gerade noch am Horizont zu erkennen.

Ragnar winkte den Griechen ans Steuer. Auch Ulf, der nicht ruderte, schlenderte zum Heck. »Du willst sie nicht einholen?«, fragte der Grieche verwundert. »Hast du keine Angst, sie in der Nacht zu verlieren? Die Küste ist vielleicht Tage weit entfernt.«

Ragnar schmunzelte. »Hast du nicht die Vögel beobachtet, Grieche?«

Ulf nickte. Auch er hatte die Vögel gesehen, sind doch Vögel ein zuverlässiger Hinweis auf die Nähe von Land. Im Sommer gab es keine Zugvögel.

»Was mag das für eine Küste sein?«, fragte Ragnar den Griechen.

»Ich weiß es nicht. Ich kann nur sagen, dass hier im Süden die Länder des Maghreb liegen müssen, wie die Araber sagen, die Länder des Westens, des Sonnenunterganges.«

»Gibt es hier große Städte?«

Der Grieche zuckte die Achseln. »Über diese Länder habe ich nicht viel gehört. Sie sind so weit entfernt, dass selbst der Kalif in Bagdad in diesen Ländern wenig zu sagen hat. Er betrachtet den Maghreb zwar als Teil seines Kalifates, aber die Leute dort sehen das ganz anders.«

»Und ihre Städte?«

Der Grieche dachte einige Zeit nach. »Von zwei Städten kenne ich die Namen: Kairuan in Tunesien und Fes in Marokko. Das sind die beiden größten Städte des Maghreb. Aber sie liegen im Landesinneren. Die Küsten hier sind sehr unsicher.«

»Es muss hier aber Hafenstädte geben«, behauptete Ragnar bestimmt. »Schiffe aus Italien überqueren nicht das Mittelmeer, um an einer Küste anzulegen, an der sie nirgends Handel treiben können.«

Die Vögel hatten nicht getäuscht. Nach rund vier Stunden tauchte vor dem Backbordbug Land auf. »Es muss eine hohe Steilküste sein«, brummte Ragnar. Einige Zeit später erkannten sie am äußersten Rande des Gesichtskreises einen Gebirgszug, und ganz allmählich hob sich auch die Küste vor ihnen ab. Es war eine Ebene mit niedrigen Hügeln, die sich bis zu den fernen Bergen zu erstrecken schien. Und schließlich lag am schmalen Ende einer breiten, trichterförmigen Bucht die Hafenstadt vor ihnen. Die italienischen Schiffe hatten die Bucht inzwischen erreicht. Offensichtlich gingen sie am rechten Ufer nahe der Mündung vor Anker.

Ulf stand mit Erik und dem Griechen am Vordersteven und schaute zu der Stadt hinüber – ein Gewirr aneinander gebauter, würfelförmiger Häuser, hellbraune, fensterlose Massen, die größeren wohl zweistöckig. Am Ende der Bucht lag ein weiter Platz, auf dem es von Menschen wimmelte. »Das muss der Markt sein«, meinte der Grieche.

»Und der Turm dort hinten?« Erik deutete auf einen hohen, schmalen Turm am entgegengesetzten Ende der Stadt.

»Wie der Turm einer christlichen Kirche sieht das nicht aus«, antwortete der Grieche. »Es wird das Minarett einer Moschee sein.«

Ragnar ließ nicht bis zum Rande der Stadt rudern. Sie fuhren ein Stück in die Bucht hinein, etwas weiter als die italienischen Schiffe, und legten dann am östlichen Ufer an. Die Bucht war hier noch breit. Sie konnten erkennen, dass die amalfischen Handelsschiffe am gegenüberliegenden Ufer die Ruder eingezogen hatten, und Leute auf Deck geschäftig hin und her eilten. Für genauere Beobachtungen war die Entfernung zu groß. »Zwanzig Mann gehen mit mir«, befahl Ragnar. »Aber lasst eure Waffen stecken!«

Das Ufer, auf dem sie standen, war kahl. Das Gras war dürr, und an vielen Stellen kam der Sand zum Vorschein. Die Küstenebene selbst schien fruchtbarer. In der Ferne leuchtete an vielen Stellen sattes Grün herüber. Von ihrer Anlegestelle aus konnten sie die Stadt in etwa einer Viertelstunde erreichen.

Die Menschen auf dem Marktplatz mussten den Drachenkopf bemerkt haben, noch bevor sie die Bucht erreicht hatten. Und jetzt waren sie auf dem flachen Strand genauso deutlich zu erkennen wie die Händler dort drüben hinter ihren Verkaufsständen. Doch immer noch schien sich niemand um sie zu kümmern. Langsam und vorsichtig schritten sie auf den Markt zu, die Schwerter in der Scheide, die Streitäxte im Gürtel, die Schilde friedlich herabhängend. Absichtlich hielten sie Abstand voneinander – nichts sollte an eine Schlachtreihe erinnern.

Sie hatten den Markt beinahe erreicht. Die Menschen blickten jetzt zu ihnen herüber, aber niemand traf Anstalten zur Flucht. Endlich drängte sich ein Bewaffneter durch das Gewühl und eilte auf sie zu. Ihm folgte ein junger Mann. Der Bewaffnete war ein älterer Mann mit eiserner Spitzhaube und einem schwarzen, gestutzten Bart. Sein Kaftan stand vorne offen und gab den Blick frei auf das Kettenhemd, das bis zu den Knien reichte, und auf den schmucklosen Schwertknauf neben seinem Gürtel.

Der Mann mit dem Spitzhelm kam bis auf wenige Schritte heran, dann bedeutete er ihnen mit einer Handbewegung, stehen zu bleiben.

Der junge Mann hinter ihm trat vor. Sein Kaftan war grau, mit Ärmeln, die zu den Handgelenken hin immer weiter wurden, und reichte bis auf die Ledersandalen. Solche Kaftane hatte Ulf bei den Lanzenreitern des chasarischen Tudun gesehen. Aber dieser junge Mann trug keinen Turban. Sein Haar war ebenso braun wie seine Augen. Der junge Mann sagte einige Worte. Irgendwie kam Ulf die Sprache bekannt vor. Hinter sich hörte er die Stimme des Griechen: »Das muss Italienisch sein.« Der Grieche versuchte es mit einem griechischen Gruß. Sofort antwortete der junge Mann in leidlichem Griechisch. »Das ist«, er deutete mit dem Kopf auf den Bewaffneten, »Kamal, der Oberste der Marktwächter. Er hat noch nie ein Schiff wie eures gesehen. Wo kommt ihr her?«

»Aus einem fernen Land im Norden«, antwortete Ragnar vorsichtig. »Wir wollen hier Handel treiben. Wir bieten Gold, Silber und Edelsteine.«

Während der Italiener übersetzte, musterte der Oberste der Marktwächter sie misstrauisch. Dann stellte er dem jungen Mann eine lange Reihe von Fragen. Der rief herüber: »Kamal misstraut euch. Er fürchtet, ihr wollt die Händler überfallen.«

Ragnar breitete die Arme aus und lächelte freundlich. »Wir kommen nur mit zwanzig Mann. Die anderen bleiben dort draußen bei unserem Boot. Wovor fürchtet er sich dann?«

Der junge Mann und der Oberste der Marktwächter tuschelten lange. Plötzlich drehte sich Kamal um und stolzierte hocherhobenen Hauptes davon, ohne sie noch eines Blickes zu würdigen. Der junge Mann lächelte. »Kamal hat euch erlaubt, die Stadt zu besuchen. Aber ihr müsst ohne Schilde kommen.«

Ragnar zuckte die Achseln. »Meinetwegen. Wir holen jetzt unsere Waren vom Schiff.«

Als er sich umdrehte, zupfte der junge Mann ihn am Ärmel. »Aber ihr sprecht doch die Sprache dieser Händler nicht!«

Ragnar nickte. »Was für Leute sind es?«

»Die meisten Stadtbewohner sind Berber. Unter den Händlern gibt es ein Dutzend Araber und vier oder fünf Juden.« Der junge Mann lächelte Ragnar aufmunternd an. »Wenn du mir eine Silbermünze gibst, übersetze ich eure Worte den Händlern.«

»Wer bist du?«, fragte ihn der Grieche.

»Ein Sklave des Statthalters. Aber...« Seine Stimme klang plötzlich stolz. »Ein Palastsklave.«

»Du bist Italiener?«

»Ja. Ich heiße Enrico.«

»Warum sprichst du Griechisch?«

»Ich bin aus Süditalien, aus einem Dorf bei Bari. Die Stadt Bari haben die Sarazenen dem Kaiser in Konstantinopel weggenommen. Dort herrscht jetzt ein arabischer Emir. Aber viele Leute sprechen Griechisch. Von ihnen habe ich es gelernt.«

Der Grieche blickte ihn misstrauisch an. »Also ein christlicher Sklave. Die wollen doch alle fliehen. Aber wir werden nicht...«

»Fliehen?« Enrico lachte hell auf. »Bin ich verrückt? In der Gegend, aus der ich komme, herrscht ständig Krieg. Mal brennt der Emir von Bari unsere Felder nieder und schlachtet unser Vieh, mal tun es christliche Heere, die angeblich die Sarazenen bekämpfen.«

»So fühlst du dich denn wohl als Sklave eines arabischen Statthalters?« fragte Ulf ungläubig.

»Es ist mir noch nie so gut gegangen wie hier in Algerien!« Der junge Mann grinste noch breiter. »Der Statthalter ist freundlich zu mir. Ich glaube, er wird mich bald freilassen.«

»Hast du denn das Geld, um dich freizukaufen?«, fiel der Grieche ein.

»Ich brauche mich nicht freizukaufen. Jedes Jahr lässt der Statthalter zwei oder drei Sklaven frei. Das ist für einen Muslim verdienstvoll. Und dann...«

Er zwinkerte dem Griechen vertraulich zu. »Wenn ich dann zum Islam übertrete, werde ich wohl Beamter. Oder Soldat. Oder sogar Steuereintreiber!«

Ragnar hatte mit den Ruderern das Langschiff erreicht und holte unter den Planken die Ballen und Säcke hervor, die man den Händlern zuerst anbieten wollte. Auf seinen Wink waren Ulf und der Grieche mit dem jungen Italiener ein Stück zurückgeblieben. Der Fremde brauchte ihr Boot und ihre Waren nicht aus der Nähe zu sehen. »Ragnar wird dir eine Silbermünze geben, wenn du für uns übersetzt«, versprach der Grieche. »Aber hast du Zeit? Musst du nicht im Palast arbeiten?«

»Arbeiten? Nein.« Enrico schüttelte lächelnd den Kopf. »Niemand im Palast arbeitet. Der Statthalter ist nicht da.«

»Wo ist er hin?«

»Er ist vorige Woche mit seinem Heer ausgezogen, um einen Berberstamm zu überfallen.« Er zeigte auf die fernen Berge. »Dort hinten…«

»Was für Berge sind das?«

»Das Atlas-Gebirge. In den Steppen hinter diesen Bergketten gibt es viele räuberische Stämme. Manche sind noch nicht einmal zum Islam übergetreten. Gelegentlich fallen sie in die Küstenebene ein, um zu rauben und zu morden. Es ist Aufgabe des Statthalters, sie zu vertreiben.«

»Wie lange ist der Statthalter weg?«

»Wir erwarten ihn in drei oder vier Tagen zurück. Länger darf er mit seinem Heer nicht fortbleiben. Sonst erfahren andere Berberstämme davon und überfallen die Stadt.«

Bald standen sie auf dem Marktplatz. Er war halbkreisförmig und von Gebäuden umgeben, die auf beiden Seiten fast bis ans Wasser der Bucht reichten. Am westlichen Ende stand ein ausgedehntes, rechteckiges Gebäude. Eigentlich fiel es nur durch seine Größe auf, denn von außen sah man nur die gleichen kahlen, fensterlosen Außenmauern aus den gleichen bröseligen Lehmziegeln wie bei den anderen Häusern. Nur die beiden Tore hatten eine Steinumfassung. Sie waren geschlossen – starke Holztore, mit Eisenblech beschlagen. »Der Palast des Statthalters«, erklärte der Italiener. »Im Palast sind einige Wachen zurückgeblieben. Die anderen sind in der Stadt als Marktwächter.«

Sie hatten keine Zeit, sich an den Verkaufsständen der Händler umzuschauen. Enrico führte sie quer über den Marktplatz in eine Gasse. »Die Hauptstraße der Stadt. Von ihr zweigt die Gasse der Gold- und Silberschmiede ab.« Diese Hauptstraße war eine enge, schmutzige Gasse mit einstöckigen Läden, die zur Straße hin offen waren. Die Nordmänner hatten einige Mühe, sich mit ihren Säcken und Ballen durch das Gewühl zu drängen. Doch die Gasse, in die sie dann einbogen, war noch viel schmaler. Zuerst schritten sie zwischen schmucklosen Lehmziegelmauern dahin, mit schmalen Türen und gelegentlich einem fensterartigen Loch darüber, hinter dem sich dann und wann ein Gesicht zeigte. Überall stank es nach Kot und Urin. Plötzlich, hinter einer Biegung, gabelte sich die Gasse. Die beiden Gässchen waren noch enger, aber ein offener Laden reihte sich an den anderen. »Rechts sind die Geschäfte der Handwerker, die Lederwaren herstellen. Schaut sie euch später an. Die Gegend ist berühmt für ihre Lederwaren.« Der junge Mann führte sie in das linke Gässchen. Ulf merkte bald, dass sie an die richtigen Händler geraten waren. Die offenen Läden waren eng und düster, aber die Silberplatten und die Schmuckstücke, die sie anboten, zeugten vom Reichtum der Stadt.

Ragnar ließ sich Zeit. Er wollte alle Goldsachen verkaufen, denn mit Silberstücken kann der Händler leichter bezahlen als mit Gold und Edelsteinen. Sie zeigten die Beute aus dem Kloster verschiedenen Händlern, und bald waren sie von Goldschmieden umringt. Die Ladenbesitzer liefen ihnen nach, damit der Handel nicht ohne sie stattfinde. Als Ragnar die ersten Silbermünzen entgegengestreckt wurden, zog er die Taschenwaage aus dem Beutel an seinem Gürtel. Sorgfältig klappte er die Waagbalken auseinander und hängte die beiden Waagschalen an die dafür vorgesehenen Kettchen. Dann suchte er die passenden Gewichte aus und legte die erste Silbermünze auf die andere Waagschale. »Was tust du da?« Der Italiener schien genauso verblüfft wie die umstehenden Händler. »Die Händler hier bezahlen mit Silberdirhems. Der Kalif in Bagdad hat sie prägen lassen. Jeder Händler in einem arabischen Land nimmt sie als Zahlungsmittel entgegen. Sie haben doch überall den gleichen Wert!«

»Ich wiege eure Dirhems«, knurrt Ragnar. »Jeder nordische Händler wiegt sie. Wir wissen alle, was eine Münze ist. Aber wir wissen auch, dass man das Gewicht einer Münze verfälschen kann. Wie oft kratzt man etwas ab!«

Am Ende hatten die Nordmänner die meisten Gold- und Silbersachen losgeschlagen. Nur wenige Stücke hatten sie als Ganzes verkauft – einen Krug oder eine Schale. Die byzantinischen Muster entsprachen nicht dem Geschmack der Händler. Sie wogen die Beutestücke und bezahlten nur das Material. Dabei gab es kaum Streit. Denn für Gold und Silber zahlten alle gleiche Preise. Das Feilschen fing erst an, wenn es um die Edelsteine ging.

Als das meiste verkauft war, machten sie sich auf den Rückweg. Der Italiener war bei den Händlern zurückgeblieben, um die Dirhems einzusammeln, die ihm als Provision zustanden. Jetzt lief er an Ulf vorüber zur Spitze ihres Zuges. Sein plumpvertraulicher Blick traf Ragnar. »Ich kenne im Palast hübsche Sklavinnen, die für eine Silbermünze…«

»Darüber reden wir später. Morgen.«

Als sie wieder auf dem Marktplatz standen, streckte der Italiener Ragnar die Hand entgegen. »Gibst du mir jetzt das versprochene Silberstück? Ich muss zurück in den Palast.« Sobald der Palastsklave im Gewühl verschwunden war, schickte Ragnar fünfzehn Ruderer mit den prall gefüllten Fellsäcken zu ihrem Langschiff zurück. Genügend Männer sollten die Hände frei haben, um das Silber gegebenenfalls verteidigen zu können. »Wir schauen uns noch ein bisschen auf dem Markt um«, sagte Ragnar. »Morgen sind wir dann mit unseren Einkäufen umso schneller fertig.«

Aber sie waren erst an zwei oder drei Verkaufsstände getreten, als der Grieche Ragnar zurief: »Dort drüben sind sie!« Ulf folgte seiner Handbewegung mit den Augen. Ja, das mussten die Händler aus Amalfi sein. Sie trugen keine Kopfbedeckung und anstelle des Kaftans fränkische Mäntel. Ohne ein Wort eilte der Grieche davon und drängte sich durch die Verkaufsstände, bis er die italienischen Handelsherren erreicht hatte. In dem Gewimmel von Händlern, Lastträgern und Käufern konnten sie den Griechen nur gelegentlich ausmachen. In diesen Augenblicken sahen sie, wie er mit weitausladenden Gebärden auf die italienischen Händler einredete.

Sie warteten lange. Plötzlich tauchte der Grieche aus dem Gewühl auf, gefolgt von zwei Männern. Vater und Sohn, dachte Ulf, als er deren Züge musterte. Der Ältere trat auf Ragnar zu. Seine Verbeugung war kurz und hochmütig. »Wie viel willst du für die Reliquie des heiligen Michael?«, fragte er auf Griechisch.

Ragnar antwortete nicht. Er wandte sich an den Griechen. »Was hast du ihnen erzählt? Sie sollen nicht wissen, dass wir das Kloster überfallen haben. Diese Kaufleute aus Amalfi kommen doch nach Konstantinopel…«

»Wo denkst du hin?«, lachte der Grieche. »Ich habe erzählt, wir seien vor der kleinasiatischen Küste auf ein arabisches Seeräuberschiff gestoßen.«

Ragnar wiegte bedenklich den Kopf. »Ob sie uns wirklich abnehmen, dass ein arabisches Seeräuberschiff das Kloster überfallen hat und wir ihm die Beute abgejagt haben?«

»Wahrscheinlich nicht. Aber die Geschichte wird ihnen gefallen.«

»Gefallen? Warum?«

»Nun, es spricht sich doch bis Konstantinopel herum, wenn irgendwo in Italien die geraubte Reliquie des heiligen Michael auftaucht. Diese amalfischen Händler müssen auf den Kaiser in Konstantinopel Rücksicht nehmen. Wie schön für sie, wenn sie seinen Beamten erzählen können, sie seien gar nicht mit den eigentlichen Klosterräubern zusammengetroffen. Dass sie das Beutestück nach Konstantinopel zurückbringen, kann auch der Kaiser nicht ernstlich erwarten. Er muss froh sein, wenn es den Ungläubigen wieder abgenommen worden und in die Hände von Christen gelangt ist.«

»Wie viel?« Der Kaufherr versuchte gar nicht, seine Ungeduld zu verbergen. »Zeige ihnen auch die beiden Kreuze aus dem Palast des Johannes«, drängte der Grieche. »Ich habe mit ihnen noch nicht darüber gesprochen. Aber, wie ich dir schon sagte, für solche Kreuze zahlen die Christen mehr als nur den Preis für das Gold und die Edelsteine.«

»Wie viel?« Der Blick, den Ragnar dem italienischen Kaufherrn zuwarf, war ohne eine Spur von Freundlichkeit. »So viel du bietest.«

Die beiden amalfischen Kaufherren hatten ihre Begleiter auf dem Markt zurückgelassen und waren den Nordmännern zu ihrem Langschiff gefolgt. Dort ließ Ragnar den Reliquienschrein holen. Als erfahrene Händler bemühten sich die Italiener, ihren Mienen nichts anmerken zu lassen, aber das kurze, gierige Aufflackern in ihren Augen, sobald der Ältere das Kästchen in die Hand nahm, konnten sie nicht unterdrücken. »Lass dich nicht herunterhandeln, Ragnar«, drängte der Grieche. »Sie werden jeden Preis zahlen, um in den Besitz einer solch berühmten Reliquie zu gelangen.«

»Werden sie denn glauben, dass der Knochensplitter echt ist?«

»Sie werden es glauben. Es steht doch auf dem Kästchen. Ihr könnt diese griechische Inschrift nicht lesen, aber sie können es.«

Das erste Gebot des Älteren war keineswegs niedrig. Wortlos nahm Ragnar ihm den Schrein ab und reichte ihn dem Ruderer, der sich anschickte, das Kästchen wieder in dem Fellsack zu verstauen. Ulf sah das sekundenschnelle Erschrecken in den Augen der beiden Kaufleute. Das nächste Gebot war bereits wesentlich höher. »Wir wissen, was eine solche Reliquie des heiligen Michael wert ist«, fuhr der Grieche den Älteren an. Der Sohn warf ihm einen wütenden Blick zu. Es ist ihnen klar, dachte Ulf, dass der Grieche ein Christ ist oder war und deshalb den Wert der Reliquie kennt. Deshalb sind sie wütend auf ihn. Mit uns hätten sie leichtes Spiel gehabt.

Eine Stunde, und der Handel war abgeschlossen. Ragnars Miene war undurchdringlich, aber Ulf kannte dieses Gesicht zu gut. Er merkte wohl, dass auch der Schiffsführer verblüfft war, in welche Höhe der Grieche den Kaufpreis getrieben hatte. Das Gejammere, sie hätten gar nicht so viel Silber, wie er verlange, hatte den Griechen kalt gelassen. Unbarmherzig und genüsslich hatte er die Namen italienischer Städte aufgezählt, die sich glücklich schätzen würden, wenn die Reliquie des heiligen Michael nicht nach Amalfi ginge, sondern ihnen angeboten würde.

Dann zog der Ruderer die beiden Kreuze aus dem Palast des Johannes aus dem Fellsack. Der Ältere der Kaufherren konnte ein Zittern in der Stimme nicht unterdrücken, als er sein erstes Angebot abgab. Doch das Feilschen um die beiden Kreuze war kurz. Die Italiener hatten eingesehen, dass Ragnar dank des Griechen den Preis kannte, den man für solche christliche Kunst in

Italien erzielen konnte. Und sie hatten erkannt, dass ihre wütenden Blicke den Griechen nicht davon abhielten, den Preis in die Höhe zu schrauben. Als sie am Ende den Handel durch einen Handschlag mit Ragnar bekräftigten, bemühten sie sich nicht länger, ihre Zufriedenheit zu verbergen.

Die Kaufherren aus Amalfi kamen, als die ersten Sonnenstrahlen über die Planken des Langschiffes huschten. Sie mussten den Weg um die Bucht mitten in der Nacht angetreten haben. Zwölf Männer schleppten die Beutel mit dem Silber. Niemand wunderte sich, als Ragnar und Grim ihre zusammenklappbaren Waagen aus dem Gürtel zogen und eine Silbermünze nach der anderen abwogen. Es waren Silbermünzen aus aller Herren Länder: arabische, persische, byzantinische, fränkische und englische. Jeder Händler nahm solche Münzen als Zahlung, aber nur nach ihrem Gewicht.

Es dauerte drei Stunden, bis alle Münzen gewogen waren. Aber es gab keinen Streit um das Gewicht. Man hatte nicht versucht, sie zu übervorteilen. Ragnar war mit den Ruderern bereits wieder an Deck und die Begleiter der amalfischen Kaufherren außer Hörweite, als die beiden Händler sich noch einmal zu dem Griechen umwandten, der als einziger noch in ihrer Nähe stand. Obwohl Ulf sich etwas abseits hielt, konnte er die Worte verstehen. »Gott möge dich strafen, Grieche«, zischte der Sohn. »Nur du bist Schuld, dass wir diesen Heiden einen so hohen Preis für die Gebeine eines unserer größten Heiligen bezahlen mussten. Uns bleibt nur der Trost, dass diese Reliquie endlich nicht mehr in den schmutzigen Händen dieser griechischen Ketzer ist.« Der Grieche wandte sich wortlos ab. Aber aus seinem Gesicht sprachen abgrundtiefe Verachtung, gepaart mit hämischer Freude.

Der Markt war an diesem Morgen noch voller als am Vortag. Die ganze Umgegend schien in der Stadt zusammengeströmt zu sein. Aber die Nordmänner sahen nur Männer mit Turbanen und Kaftanen, keine Fremden. Die Kaufleute aus Amalfi waren mit ihrer Reliquie sofort in See gegangen, und andere Schiffe befanden sich nicht im Hafen.

Ragnar und sein Gefolge zwängten sich mit Stößen und Püffen durch die Menschenknäuel. So mancher drehte sich um und öffnete bereits den Mund, aber beim Anblick der zwanzig Nordmänner erstarben ihm die Flüche und Verwünschungen auf den Lippen. Sie gingen kreuz und quer und schauten eine Zeit lang zu, wie in einer Ecke um Esel, Maultiere und Kamele gefeilscht wurde. Eriks nächster Rippenstoß traf Ulf. »Neger!«, sagte er und wies auf ein Dutzend Männer, Frauen und Kinder mit gekräuseltem Haar, wulstigen Lippen und tiefschwarzer Haut, die mit gefesselten Händen auf dem Boden hockten. Der Sklavenhändler riss eine junge Frau an den Schultern hoch, zog ihr das sackartige Kleid über den Kopf und überschüttete Ragnar mit einem Wortschwall. Ulf verstand kein Wort, aber die Gesten des Händlers waren unmissverständlich. Er hob mit den Handflächen die spitzen Brüste in die Höhe und fuhr mit dem Finger von der Hüfte zum Schenkel. Dann riss er die Frau mit einem scharfen Ruck an beiden Schultern herum und deutete auf das ausladende Hinterteil. Mit einem Fingerdruck auf eine Gesäßbacke zeigte er, wie stramm das Fleisch war. Ulf blickte staunend auf die nackte Schwarze: In dieser Gestalt hatte er weibliche Schönheit noch nie gesehen. Die schwarzen Sklavinnen in Konstantinopel hatten anders ausgesehen.

Ragnar drehte sich um. Sein Blick ließ keinen Zweifel an der Endgültigkeit seines Befehls. »Nein, Sven. Wir kaufen keine Sklavinnen. Das Boot ist voll.«

»Nein, nein, so habe ich das nicht gemeint.« Sven war ganz aufgeregt. »Ich will nur mal eben...« Er hatte die Hände ausgebreitet, als habe er den gewaltigen Hintern schon im Griff und ziehe die Schenkel auseinander.

Der Grieche lacht auf. »Was willst du? Hier mitten auf dem Markt? Das werden die Muslime niemals erlauben!«

Nun standen sie vor der Reihe der Gewürzhändler. Sie schlenderten von einem Stand zum anderen, Ragnar prüfte lange die Gewürze in den geflochtenen Körbchen, zerrieb sie zwischen den Fingern und roch daran. Das Seidenland, das Reich des Islam, war berühmt für seine Gewürze, doch die Auswahl auf diesem Markt war bescheiden. Ragnar kaufte nur so viel, wie in zwei Fellsäcke ging. Dann wandte er sich den Obsthändlern zu, um die allerletzten Einkäufe vor ihrer Abfahrt zu tätigen. Er ließ zwei Säcke mit Apfelsinen und drei mit getrockneten Datteln und Feigen füllen. Dann schickte er fünf der Gefährten los, um die Säcke zum Schiff zu tragen.

Ulf hätte sich gerne den Helm vom Kopf gerissen. Es war Mittag und unerträglich heiß unter diesem Helm. »Folgt mir! Wir gehen noch einmal in die Gasse der Lederhandwerker.« Ulf legte den Krummsäbel, für den ein Nordmann keine Verwendung hatte, dessen Verzierungen ihm aber gefallen hatten, auf die staubige Bastmatte zurück. Als er sich aufrichtete, starrte er verblüfft in das Gesicht des Händlers. Der hagere Alte hatte Mund und Augen aufgerissen, sein grauer Vollbart schien in die Luft zu ragen. Ulf verstand erst, als er die Pfeilspitze sah, die aus dem faltigen Hals ragte. »Verflucht! Wenn ich nur meinen Speer hätte!«, hört er Grim hinter sich.

Die Lanze war genau auf Ulfs Brust gerichtet. Noch ein Sprung des Pferdes, und die Lanzenspitze würde zustoßen. Ulf wartete mit gezogenem Schwert. Er sah Grim erst, als dieser schon in die Höhe sprang. Als die Streitaxt niedersauste, fielen als erstes die drei Schnüre, die das Tuch festhielten, das der Berber sich um Kopf und Hals gebunden hatte. Dann färbte sich der weiße Stoff rot. Der Graubart riss den Reiter aus dem Sattel. Gebrochene Augen starren Ulf entgegen. Ein hageres Gesicht, dunkle Haut, schwarzer Schnauz- und Spitzbart. Grim hatte sich über die Leiche gebeugt und riss die goldenen Ohrringe aus den Ohren. Dann durchschlug er den Gürtel des Mannes und zog die Scheide mit dem Krummschwert heraus. »Nimm die Lanze, Ulf!«

Erst allmählich wurde Ulf klar, wie die Dinge standen. Einzelne Reiter jagten über den Markt, Reiter in wallenden Burnussen, mit Tüchern, die Kopf und Hals bedeckten.

Die Händler und Käufer stoben kreischend nach allen Seiten auseinander, wurden von der Menge da und dort gegen eines der Pferde geschoben, dessen Reiter vergeblich versuchte, sich durch Schläge mit dem Krummsäbel Bahn zu schaffen. Dann sah Ulf hinüber zum Palast des Statthalters. Beide Tore standen offen und ein Dutzend Berber galoppierte in den Hof. »Sven, zurück zum Boot! Es soll näher kommen«, hörte er Ragnars Brüllen. »Wir anderen schauen uns einmal im Palast um!«

Sie stürmten vorwärts, zertrampelten dabei die Waren, die auf dem Boden ausgelegt waren, stießen die kopflos Fliehenden zur Seite und erreichten das nächstgelegene Palasttor. Als erstes sahen sie im Hof die Leichen. Vier oder fünf bewaffnete Wächter, einige Palastsklaven. Ulf schaute genauer hin. Das bartlose Gesicht mit dem braunen Haar – das war Enricos, der junge Italiener, der sie gestern in die Gasse der Goldschmiede geführt hatte. In der Stirn klaffte eine tiefe Wunde.

Ansonsten war der Hof leer. Kahle Mauern an drei Seiten, in der Mitte der vierten eine kurze Säulenhalle mit Pfeilern aus Lehmziegeln und hufeisenförmigen Gewölben. In der Mitte der Säulenhalle stand auf einem Steinsockel ein hölzerner Sessel. Dieser Hof ist die Empfangshalle des Statthalters, schoss es Ulf durch den Kopf.

Ragnar und Grim hatten fast das linke der beiden Tore erreicht, die neben der Säulenhalle in das Palastinnere führten. Ulf rannte los. Er überholte einige ihrer Gefährten und holte Ragnar und Grim ein, kurz nachdem sie unter dem Torbogen verschwanden. Vor ihnen lag ein kleiner Hof mit gemauerten Räumen in zwei Stockwerken übereinander auf allen vier Seiten. Einen kurzen Augenblick lang betrachtete Ulf die hölzernen Treppen, die zu dem Umgang im ersten Stock hinaufführten, die grün bemalten Türen und Fensterläden. Dann sah er die ersten Flammen aus den Fenstern schlagen.

Am entgegengesetzten Ende des Hofes trat ein Berber aus einer der Türen im Erdgeschoss, die Arme schwer beladen mit zusammengerollten Teppichen. Als der Mann sie erblickte, rannte er laut rufend durch eine Pforte in der gegenüberliegenden Mauer. Ulf lief, so schnell er konnte. Es flimmert ihm bereits vor den Augen, aber er konnte mit Ragnar nicht Schritt halten. Als er durch die Pforte keuchte, durch die der Berber verschwunden war, stand Ragnar bereits vor dessen Leiche.

Sie befanden sich in einem Garten. Doch Ulf hatte keinen Blick für die Blumen und Büsche. Auch nicht für die hölzerne, buntgestrichene Laube in der Mitte des Gartens, die bereits in hellen Flammen stand. Er sah nur den mannshohen Haufen in einer Ecke des Gartens – die Beute, welche die Berber zusammengetragen hatten.

»Es sind höchstens zehn«, lachte neben ihm Grim verächtlich. Nur vier oder fünf Gegner stürmten ihnen entgegen. Ulf suchte sich einen Mann aus, der ein blaues Tuch so um den Kopf gebunden hatte, dass nur die Augen frei blieben. Doch er fühlte etwas wie Enttäuschung, als er zur Seite sprang, der Krummsäbel des Berbers ins Leere zischte, während Ulfs Schwertspitze zwischen seinen Rippen eindrang. Nicht einmal ein Panzerhemd!

Von den fünf Angreifern war keiner mehr am Leben. Die übrigen Berber waren wie vom Erdboden verschwunden. Schon rissen die Ruderer den Haufen auseinander. Sie nahmen nur die besten Stücke. Die Kissen aus Seide, die großen Silberplatten, auf denen die Speisen vorgelegt wurden, und den goldenen und silbernen Frauenschmuck. Der Graubart beugte sich gerade über zwei Ballen, die mehrfach mit Bastmatten umwickelt und verschnürt waren. Als er aufschaute, lag ein Ausdruck ungläubigen Staunens auf seinem Gesicht. »Voll mit weißblauen Porzellanschalen!« Einen Augenblick lang traute Ulf seinen Ohren nicht. Porzellan aus dem fernen, geheimnisumwitterten Lande China, die kostbarste Handelsware, die es auf der Welt gab!

Ragnar drängte zum Aufbruch. Zehn ihrer Leute, darunter der Grieche und Gizur, hatten die Arme voll bis hinauf zu den Augen. Nur sie vier konnten noch die Feinde abwehren. Als sie wieder in den Hof traten, trieb ihm beißender schwarzer Rauch Tränen in die Augen. Die Treppen und der hölzerne Umgang standen lichterloh in Flammen. An einigen Stellen sah Ulf noch die Bemalung des Holzes: kunstvolle Flechten und Bänder. Sie standen wohl in dem Hof, den der Statthalter mit seiner Familie bewohnte. In der Mitte des Hofes tänzelten unruhig sechs Pferde, an der Ummauerung eines Brunnens festgebunden.

Ulf hörte das Krachen im allerletzten Augenblick und sprang zurück. Vor seinen Füßen lag ein brennender Balken. »Reiter vor dem Tor!«, schrie einer der Ruderer. Ulf zählte sechs. »Wir treiben ihnen die Pferde entgegen!«, brüllte Ragnar.

Im Nu waren die Stricke durchhauen. Es genügten einige Schläge mit der Breitseite der Schwerter, und die angstverwirrten Tiere stoben durch das gegenüberliegende Tor auf den Markt. Ragnars Männer nutzten die Verwirrung, die bei den Feinden entstand, als die Pferde am Tor einen wirren Knäuel gebildet hatten, und stürmten nun unmittelbar hinter den Tieren ins Freie. Die sechs Reiter waren vor den anstürmenden Pferden zurückgewichen, dann auseinander gedrängt worden. Nur einige Schritte von Ulf entfernt kämpfte einer der Reiter mit seinem Pferd, das, durch die fliehenden Pferde und das immer lautere Prasseln des Feuers kopflos geworden, sich wiehernd aufbäumte. Der Berber drehte ihm den Rücken zu, als Ulf mit der Lanze zustach.

»Nicht verfolgen! Zurück zum Schiff!«, schrie Ragnar. Zum ersten Male seit dem Berberangriff schaute Ulf sich auf dem Marktplatz um. Ein Dutzend Leichen, zerstreute Körbe und Matten, sonst war der Platz leer. Die fünf Berber preschten auf die Hauptstraße zu. Und ihr Schiff lag am Ufer, nur zweihundert Meter entfernt. Eine Hand voll ihrer zurückgebliebenen Männer waren von Bord gesprungen und eilten ihnen entgegen. Vermutlich hatten sich die Berber deshalb nicht zum Kampf gestellt. Ragnar, Grim, Erik und Ulf rannten als letzte zum Boot. Die ersten Ruderer waren bereits in das seichte Wasser gewatet und reichten ihre Lasten über Bord. Einer der Männer deutete mit dem Finger hinter sich und schrie: »Da kommen noch mehr Reiter!« Ulf blickt sich um. Helle Burnusse, schwarze Turbane, über den Köpfen kreisende Krummsäbel, eine dichte Staubwolke, die die Beine der Pferde fast verdeckte. Aber die Vordersten waren immer noch in der Hauptstraße. Wahrscheinlich, dachte Ulf, haben sie zuerst die Läden der Gold- und der Waffenschmiede geplündert. Er spürte Ragnars freundschaftlichen Rippenstoß. »Die kommen zu spät, Ulf.«

Als Ulf über die Bordwand kletterte, tauchten bereits die ersten Ruder ein. Und als Ulf sein eigenes Ruder durch das Ruderloch schob, grinste Ragnar am Steuer breit. »Sie haben jetzt das Ufer erreicht. Dummköpfe! Sie schießen Pfeil auf Pfeil ab und sehen doch, dass wir längst außer Schussweite sind.«

Ragnar ließ seine Leute gemächlich rudern. An beiden Ufern der Bucht sah Ulf je einen Reitertrupp dahinjagen. Die Pferde waren schneller als das Langschiff, und die Reiter gewannen einen großen Vorsprung. Da die Bucht sich aber ständig verbreiterte, wurden die Pferde kleiner und kleiner.

Ulf blickte übellaunig in das trübe Wasser. Der Strom war hier breit und träge, und es stank nach Sumpf. Wie viele Tage ruderten sie jetzt schon ununterbrochen? Der Wind war ihnen nicht günstig gewesen. Auch im Rückblick waren es die anstrengendsten Tage gewesen, die er auf diesem Langschiff erlebt hatte. Immer wenn Ulf sich im Rudertakt vor- und zurükkbeugte, schnarchten Erik und Gizur. Die unbarmherzige Sonne zwang sie, einander schon nach drei oder vier Stunden abzulösen. So ging es Tag und Nacht. Sie hielten einen solchen Abstand zur Küste des Seidenlandes, dass sie nur gelegentlich die Spitzen einer Bergkette am Horizont erkennen konnten. Schiffen waren sie ausgewichen. Keines hatte Anstalten gemacht, sie zu verfolgen. Dann hatten sie die Meerenge von Gibraltar durchfahren, und hinter der Meerenge hatte sich Ragnar in Sichtweite der Nordküste gehalten.

Ulf zog das Ruder ein. Vor ihm rappelte sich Erik gähnend von den Planken auf. Er war an der Reihe. Sobald Ulf sich ausgiebig gereckt und gedehnt hatte, störte ihn diese baumlose Sumpflandschaft weniger. Eigentlich war er mit der Entscheidung des Schiffsführers einverstanden. Es wäre gefährlich gewesen, die Beute aus dem Palast des Berber-Statthalters in einem arabischen Hafen anzubieten. Reiter auf guten Pferden waren schneller als ihr Langschiff. Die Kunde von dem Überfall konnte sich wie ein Lauffeuer an der ganzen Küste verbreitet haben.

Niemand hatte Ragnars Vorschlag widersprochen. Jeder kannte die märchenhaften Geschichten über diese Stadt, die angeblich den Vergleich mit Konstantinopel nicht zu scheuen brauchte. Aber keiner von ihnen wusste genau, wo sie lag. Doch Ulf hatte keinen Zweifel: Der Fluss, in den sie vor zwei Tagen eingebogen waren, musste sie hinführen. Die wenigen Nachrichten, die sie besaßen, und die sie sorgfältig miteinander verglichen hatten, ließen keine andere Deutung zu: Flussaufwärts musste Cordoba liegen.

Die weiten, sumpfigen Flussschlingen lagen längst hinter ihnen. Immer noch wand sich der Strom träge durch ein breites Tal. Aber vor ihnen, zu ihrer Linken, tauchten in der Ferne Berge auf. Die Stadt musste schon sehr nahe sein, denn sie hatten gehört, sie liege nicht im Gebirge. Ulf war wie gerädert nach zwei Tagen und zwei Nächten auf diesem Fluss – Tage und Nächte, in denen er immer wieder zum Ruder hatte greifen müssen. Doch er spürte die schmerzenden Muskeln kaum. Ungeduldige Neugier hatte von ihm Besitz ergriffen.

Sie achteten schon lange nicht mehr auf den Trupp von Lanzenreitern, der ihnen seit vielen Stunden auf beiden Ufern folgte. Diese Reiter hielten sich stets außer Schussweite. Es war klar: Sie sollten ihr Langschiff überwachen, aber nicht angreifen. Ulf hatte gesehen, dass die Reiter Langbogen mit sich führten. Es wäre ihnen ein Leichtes gewesen, ihr Boot mit einem Pfeilhagel einzudecken. Der Fluss war an vielen Stellen sehr breit, aber nicht tief. Immer wieder wurde er von Sandbänken in mehrere Arme geteilt – Sandbänke, die rötlich braun schimmerten und auf denen sich die kräftigen Farben blühender Oleanderbüsche deutlich vom Schilfwuchs abhoben. Hundertmal hätten die Lanzenreiter Gelegenheit gehabt, ihre Pferde in das seichte Wasser zu treiben und ihnen von solchen Sandbänken aus den Weg zu verlegen.

Vorsichtshalber hatten sie niemals am Ufer angelegt. Auch an der großen Stadt Sevilla mit ihren wuchtigen Stadtmauern waren sie im Dunkel der Nacht vorübergerudert. Sie waren nicht unbemerkt geblieben, aber unbehelligt. Und die Schiffe, die sie überholt hatten oder die ihnen entgegenkamen, hatten sich vor ihnen ans Ufer geflüchtet oder hinter eine Sandbank – plumpe Flussschiffe mit schrägstehender Rah und merkwürdig geschnittenem, fast trapezförmigem Segel. Die Landschaft hatte Ulf gefallen, obwohl sie fremdartig war: flach, gelegentlich mit niedrigen Hügeln, übersät mit Weinbergen und Olivenhainen. Denn diese Landschaft sah fruchtbar aus und wohlhabend.

Langsam schwanden Ulfs letzte Zweifel. Die Berge rückten näher, die großen hölzernen Schöpfräder an den Ufern, die Tag und Nacht knarrten und ihre Kübel bei jeder Umdrehung in die Bewässerungsgräben leerten, folgten an den Ufern immer dichter aufeinander. Die Lehmhütten der Bauern wurden verdrängt durch wuchtige Rechtecke aus Lehmziegelmauern, die hinter dem Grün von Bäumen und Büschen beinahe verschwanden. »Das sind keine Bauernhöfe«, meinte der Grieche, der neben Ulf auf der Truhe hockte. »Das sind die Landhäuser der Reichen.«

Als die Landzunge mit einem Lärchenwäldchen, das die Sicht versperrte, umrudert war, lag auf dem linken Ufer Cordoba vor ihnen. Halbzerfallene Steinmauern, die Lücken sorgfältig ergänzt durch schmutzig-bräunliche, erdfarbene Lehmziegelmauern, gelegentlich überragt von würfelförmigen, fensterlosen Gebäuden, dem Turm einer christlichen Kirche und dem schmalen Minarett einer Moschee. Hinter der Stadt stiegen Vorberge auf, aber die höchsten Höhen lagen immer noch in weiter Ferne.

Dann sah Ulf die Brücke – eine Brücke aus Stein, aus behauenen Steinen! Nie zuvor hatte Ulf Derartiges gesehen. In unzähligen Bögen schien sie den Fluss zu überspannen, mit niedrigen Brückenpfeilern zwischen den Bögen, und diese Brückenpfeiler erinnerten Ulf an den breiten Bug einer Friesenkogge. »Eine römische Brücke«, sagte der Grieche erstaunt.

Nur acht Mann ruderten noch, und das Langschiff glitt träge auf das Nordufer und die Brücke zu. Ulf stand mit den Übrigen am Bug. Sie wurden erwartet. Auf der Brücke drängten sich Schützen mit langen Bogen, die aber keine Pfeile eingelegt hatten. Unten am Ufer, am Fuße der Brücke und der Mauer, blickten ihnen Schwerbewaffnete entgegen. Sie trugen Eisenhelme, Brustpanzer, Lanzen und Krummschwerter und um Helm und Nacken bunte, oft schwarze Tücher, während weitgeschnittene, leichte Gewänder die Brustpanzer fast verdeckten.

Als sie in Hörweite waren, traten zwei Männer vor. Einer trug den typischen muslimischen Kaftan und einen Turban. Der andere schien kein Muslim zu sein. Sein langes schwarzes Haar war unbedeckt, Hemd und Hose waren aus einfachem Stoff. Der Mann mit dem Kaftan signalisierte ihnen mit emporgestreckter Hand, das Rudern einzustellen. Dann rief der andere ihnen etwas zu. Ulf erkannte, dass er zwei verschiedene Sprachen benutzte,

Sprachen, die Ulf nicht verstand. Der Grieche drängte sich an den Bordrand. »Wir sind friedliche Händler«, rief er ans Ufer. »Wir wollen Handel treiben.« Der Schwarzhaarige sprach längere Zeit mit dem Turbanträger. Dann rief er in leidlichem Griechisch herüber: »Legt hier an! Aber eure Leute sollen sich auf ihre Ruderplätze setzen. Nur euer Schiffsführer darf mit zwei oder drei Leuten ans Ufer kommen.«

Ragnar schickte die Ruderer zurück zu den Sitztruhen und Erik zu Grim, der am Ruder stand. Ulf und dem Griechen gab er einen Wink zu bleiben. Nach wenigen Ruderschlägen stieß der Vordersteven sanft gegen das Ufer. Ulf musterte zunächst die Schwerbewaffneten. Gute Waffen, kampfgewohnte Gestalten, aber die Krummschwerter und die runden Lederschilde blieben gesenkt. Diese Leute hatten offenbar nicht den Befehl, im nächsten Augenblick über sie herzufallen. Ragnar war bereits ans Ufer gesprungen, und Ulf folgte mit dem Griechen.

Der Schwarzhaarige trat auf den Griechen zu. »Bist du ein Grieche?«

»Ja. Und wo hast du Griechisch gelernt?«

»Ich war mit unseren Handelsschiffen viele Jahre unterwegs. Deshalb übersetze ich, wenn Fremde kommen, für unsere Marktwächter. Mein Name ist Diego. Ich bin ein christlicher Spanier.« Dabei blickte er auf den Mann mit dem Turban. »Das ist Mahmud, einer der Marktwächter.« Ulf betrachtete den Marktwächter. Er trug einen dichten, schwarzen Vollbart. Seine Augen blickten nicht freundlich, nicht feindselig, eher misstrauisch. »Wer sind die anderen?«, fragte Diego.

»Wir sind Nordmänner«, entgegnete Grim.

»Das habe ich mir gedacht. Die Araber nennen euch die ›Wilden Heiden aus dem Norden‹, seit eure Leute vor drei Jahren die Gegend von Sevilla geplündert haben.«

»Wir gehörten nicht dazu. Wir wollen nur unsere Handelsware verkaufen«, beschwichtigte der Grieche.

Diego sprach wieder längere Zeit mit dem Marktwächter. »Zeigt die Waren, die ihr anbieten wollt.«

»Warum hier? Warum nicht auf dem Markt?«

»Der Marktwächter muss entscheiden, ob er euch in die Stadt hineinlässt. Und es ist seine Aufgabe zu prüfen, ob die Waren, die ihr verkaufen wollt, in Ordnung und ihren Preis wert sind.«

»Wir haben sogar chinesisches Porzellan«, fiel Ragnar ein.

Der Spanier blickte ihn verblüfft an. Dann redete er eifrig auf den Marktwächter ein, dessen Gesicht sich zusehends aufheiterte.

»Bringt die Waren, die ihr auf dem Markt anbieten wollt, ans Ufer. Der Marktwächter will sie sehen.«

Ulf flüstert Ragnar zu, es sei zu gefährlich. Wenn sie fliehen müssten, könnten sie die Waren nicht mehr auf das Langschiff zurückschaffen. Doch Ragnar hatte nur einen halben Blick für ihn und zuckte die Achseln. »Dieses Wagnis muss jeder Händler eingehen. Wir könnten sowieso nicht fliehen. Die Bogenschützen könnten uns von oben beschießen. Aber selbst wenn wir von hier wegkämen, würden uns ihre Reiter den Weg verlegen, denn sie sind schneller als unser Langschiff. Sie kennen die Gegend und können alle Flussbiegungen abschneiden.«

Auch der Grieche meint beruhigend: »Ich glaube nicht, dass sie uns die Waren wegnehmen wollen. Cordoba ist eine in der ganzen Welt berühmte Handelsstadt. Sie kann sich das gar nicht leisten. Sie kann fremde Händler abweisen, aber nicht berauben.«

Ihre Ruderer reichten die Ballen über Bord, und Ragnar schnürte sie auf. Der Marktwächter versuchte nicht, sein Entzücken zu verbergen, als die ersten weißblauen Porzellangefäße zum Vorschein kamen. Schließlich trat Mahmud einige Schritte zurück und kraulte sich unentschlossen den Vollbart. »Ihr habt prachtvolle Waren«, sagte Diego. »Insbesondere das Porzellan gefällt dem Marktwächter. Chinesisches Porzellan wird so selten angeboten. Aber er weiß nicht, ob er euch in die Stadt lassen darf.«

Ragnar zeigte auf das jenseitige Ufer. »Meinetwegen bauen wir unseren Verkaufsstand dort drüben auf, am Ende der Brücke. Dort gibt es keine Häuser, nur freies Feld. Die Käufer können über die Brücke kommen.«

Der Spanier grinste, dann schüttelte er den Kopf. »Dort drüben geht es nicht. Da sind diese Araber eigen.«

»Aber es ist doch freies Feld«, meinte der Grieche erstaunt.

»Jetzt«, entgegnet Diego vielsagend. »Früher stand hier eine Vorstadt, in der reiche spanische Händler und Handwerker lebten, die zum Islam übergetreten waren. Dann ließ sie der Emir dem Erdboden gleichmachen.«

»Warum?«, fragte Ulf.

»Weil die Leute aus dieser Vorstadt einen Aufstand anzettelten. Sie ärgerten sich über Steuererhöhungen und versuchten den Palast des Emirs in der Stadt zu stürmen.«

»Das wird ihm nicht gefallen haben«, lachte der Grieche.

»Emir Al-Hakal war ein harter, grausamer Mann. Ich habe ihn nicht mehr gekannt, er ist schon lange tot. Er ließ seine Leibwache drei Tage lang die ganze Stadt nach den Aufrührern durchsuchen. Die meisten Aufständischen wurden bereits vor dem Palast niedergemetzelt. Von den Übrigen, die seiner Leibwache später in die Hände fielen, ließ er dreihundert hinrichten und ihre Leichen kreuzigen. Der Rest der Gefangenen musste Andalusien für immer verlassen.«

»Was hat diese alte Geschichte mit unserer Absicht zu tun, dort drüben unseren Verkaufsstand aufzubauen?«, fragte Ragnar stirnrunzelnd.

»Emir Al-Hakal ließ die Vorstadt niederreißen. Kein Stein blieb auf dem anderen. Dann befahl er, Felder und Gärten anzulegen. Seitdem darf dort kein Gebäude errichtet werden.«

»Wir wollen ja keine Vorstadt bauen.«

»Das ist gleichgültig. Ich sagte es schon: In diesem Punkt sind die Emire heute noch empfindlich. Der Marktwächter würde den Kopf verlieren, wenn er es wagte, Fremden zu erlauben, dort drüben ein Lager zu errichten. Und gar ›Wilden Heiden aus dem Norden‹.«

Der Marktwächter rief Diego einen scharfen Befehl zu. Offensichtlich hatte er eine Entscheidung getroffen. »Der Marktwächter lässt euch mit euren Waren in die Stadt. Aber nur fünf von euch dürfen die Stadt betreten. Sie…«

»Fünf Männer können diese Waren nicht tragen«, knurrte Ragnar.

»Der Marktwächter schickt euch Lastträger. Es wimmelt davon in der Stadt, und sie sind billig. Euer Schiff darf hier nicht anlegen. Ihr fahrt unter der Brücke hindurch bis hinter die nächste Flussbiegung. Dort können deine Leute an Land gehen. Aber sie werden von Lanzenreitern bewacht.«

Ulf rümpfte die Nase. Dieser Empfang schien ihm recht unfreundlich.

»Auch die fünf, die den Markt besuchen dürfen, werden von Bewaffneten begleitet. Bis zum Abend müsst ihr Stadt und Umgebung verlassen haben.«

Ragnar winkte Grim und Erik ans Ufer. Der Graubart zuckte gleichmütig die Achseln. »Meinetwegen. Es ist doch nicht das erste Mal, dass nordische Händler sich nicht frei in einer Stadt bewegen dürfen.« Als Ragnar die Bedingungen des Marktwächters annahm, nickte der Schwarzhaarige. »Ihr geht mit mir zum Markt. Der Marktwächter lässt Träger holen und folgt mit euren Waren nach. Er ist verpflichtet, den Handel zu beaufsichtigen.«

Als sie die Steinstufen zur Brücke hinaufstiegen, schritten zehn Schwerbewaffnete voran, zehn weitere folgten. Ulfs Besorgnis war verschwunden. Man hatte nicht einmal von ihnen verlangt, die Waffen abzulegen.

Auf der Brücke blieb Ulf einen Augenblick stehen. Seine Augen folgten dem schmalen Uferstreifen und der dahinter aufragenden Stadtmauer. »Palmen und Granatäpfelbäume.« In Diegos Stimme schwang Stolz. »Beide kommen in Spanien nicht vor. Aber einer der Emire hat sie aus Syrien eingeführt und anpflanzen lassen. Hier am Ufer und in vielen Gärten der Stadt.«

Pestgestank stieg Ulf in die Nase. Sein Blick fiel auf einen Galgen, der unweit der Brücke am Flussufer aufgerichtet war. An einem Strick, der um die Beine geschlungen war, baumelte eine Leiche. Ulf erkannte die Kutte eines Mönches. Die nach unten hängende Kapuze wirkte gespenstisch. Sie war leer. Der Kopf des Mannes war abgeschlagen. Er steckte auf der Spitze einer Lanze am Fuß des Galgens, aufgedunsen, bläulich-schwarz, bedeckt mit Tausenden von Schmeißfliegen.

Der Grieche deutete mit der Hand auf die Leiche. »Euer Emir scheint die Mönche nicht zu lieben.«

Der Schwarzhaarige warf einen verächtlichen Blick auf den Toten, dann spuckte er nach der Leiche. »Der Emir hat nichts gegen Mönche. Natürlich ist er selbst Muslim. Aber in der Stadt gibt es mehrere christliche Klöster.«

Der Grieche lachte. »Der Mann dort am Galgen ist doch keines natürlichen Todes gestorben!«

Auch Diego musste lächeln. »Selbstverständlich hat der Emir ihn hinrichten lassen. Es ist nur einer dieser gottverdammten Irren.«

»Was für Irre?«

Wieder spuckte Diego nach dem stinkenden Leichnam.

»Christen, die unbedingt als Märtyrer sterben wollen. Seitdem dieser Eulogio…«

»Eulogio? Wer ist das?«

Diego winkte ab. »Eulogio war ein Mönch. Dann wurde er zum Bischof von Toledo gewählt. Aber bevor er sein Amt antreten konnte, ließ der Emir ihn köpfen.«

Grim, der vor ihnen stand, wandte den Kopf über die Schulter und grinste. »Du kannst sagen, was du willst. Aber der Emir scheint euch Christen wirklich nicht zu lieben!«

Der Spanier schüttelte den Kopf. »Das ist nicht wahr! Christen und Juden müssen zwar eine besondere Steuer zahlen, die Kopfsteuer. Aber ansonsten lassen uns die Muslime in Ruhe. Wir haben unsere eigenen Bischöfe…«

»Die der Emir dann köpfen lässt«, fiel Grim feixend ein.

»Nein, nein. Wir haben auch unsere eigenen Kirchen und Klöster. Kein Muslim stört uns bei unseren Gottesdiensten. Ja, wir tragen sogar unsere Toten offen durch die Straßen der Stadt zum Friedhof, mit dem Priester, der das Kreuz trägt, an der Spitze. Der Emir hindert uns nicht daran.«

Der Grieche blickte erstaunt. »Und warum sollte er euch daran hindern?«

»Weil wir nach islamischem Recht unseren christlichen Glauben nicht in der Öffentlichkeit ausüben dürfen, nur in unseren Häusern und Kirchen. Aber der Emir duldet es. Alle Emire haben es geduldet – auch wenn gelegentlich einer der islamischen Rechtsgelehrten mault.«

»Aber dieser Eulogio?«, bohrte der Grieche weiter.

»Dieser Eulogio war ein Narr! Stellt euch vor: seine Brüder gehören zu den reichsten Kaufleuten der Stadt. Und einer der Brüder, obwohl Christ, ist ein hoher Palastbeamter. Aber Eulogio wurde Mönch…«

Der Grieche zuckte gleichmütig die Achseln. »Na und? Auch bei uns, im Reich der Griechen, werden viele Söhne aus reichem Hause Mönch.«

»Ich habe ja nichts gegen Mönche«, fauchte der Spanier. »Aber dieser Eulogio hetzte alle Leute auf. Alle Christen, ob Mann, ob Frau, ob Kind, müssten im Kampf gegen den Islam als Märtyrer sterben, lehrte er. Und wer nicht sterben wollte, den verfluchte er in seinen unzähligen Reden. Selbst die, die Arabisch lesen und schreiben können, beschimpfte er als Verräter am christlichen Glauben.«

»Also gab es viele christliche Aufstände...«, warf der Grieche ein.

»Aufstände? Keinen einzigen. Eulogio rief die Christen nicht zum bewaffneten Kampf auf. Ich sagte es doch schon: Als Märtyrer sollten sie sterben. Muhammad, den Propheten des Islam, sollten sie öffentlich verhöhnen. Seine Hetzreden machten viele Christen verrückt: Sie gingen auf die Märkte und schrien, Muhammad, der Prophet, sei nicht, wie die Muslime glauben, nach seinem Tode von Engeln ins Paradies getragen worden. Immer dasselbe schrien sie: ›Glaubt ihr das ernsthaft, ihr Anhänger des falschen Propheten? Des falschen Gottes? Hört her! Ich werde euch erzählen, was wirklich geschah: Muhammed ist nicht im Himmel. Nein, in der Nacht haben die räudigen Hunde seinen stinkenden Leichnam verschlungen.‹ Frauen und Mädchen waren darunter, Bettler. Ja, sie schlichen sich sogar beim Freitagsgebet in die Moschee und brüllten dort, die Hunde hätten den toten Propheten gefressen.«

Grim drehte sich um. »Das war wohl nicht nach dem Geschmack des Emirs«, feixte er.

Doch wieder schüttelte Diego den Kopf. »Es war ganz anders. Wir haben uns oft über die Engelsgeduld gewundert, die der Stadtrichter und der Emir mit diesen Irren hatten. Ihr müsst wissen: Nach islamischem Recht steht auf einer Beleidigung des Propheten die Todesstrafe. Das gilt aber nur für Muslime. Wenn ein Christ abfällig über Muhammad spricht, kümmert sich der Emir nicht darum. Nur in der Öffentlichkeit dürfen wir ihren Propheten nicht verhöhnen. Schon gar nicht beim Freitagsgebet in der Moschee. Darauf steht auch für Christen die Todesstrafe. Aber oft sahen der Stadtrichter und der Emir von der Hinrichtung ab und ließen die Sache mit ein paar Peitschenhieben durchgehen.«

»Warum?«

»Die Emire brauchen Frieden in ihrem Reich. Sie wollen es sich nicht mit ihren christlichen Untertanen verderben. Aber Eulogio selbst brüllte oft auf den Plätzen und Straßen der Stadt herum, der Prophet sei von den räudigen Hunden gefressen worden. Wenn die Soldaten ihn dann vor den Stadtrichter führten, legte er erst richtig los! Eine Sturzflut von Beschimpfungen und

Verwünschungen des Propheten Muhammad. Und immer wieder die Behauptung, die Leiche des Propheten sei von Hunden gefressen worden. Aber der Stadtrichter hörte sich alles geduldig an und unternahm nicht viel. Ein paar Mal wurde Eulogio ins Gefängnis gesteckt. Aber nur kurz. Dann wurde er wieder freigelassen.«

Ulf schüttelte den Kopf. Die Christen waren ihm gleichgültig, und von den Anhängern des Islam wusste er so gut wie nichts. Doch dieser Stadtrichter schien ihm kein rechter Mann zu sein. »Vor drei Jahren war dann endlich Schluss«, fuhr der Schwarzhaarige fort. »Wieder hatte Eulogio, gerade zum Bischof von Toledo gewählt, in den Straßen dieser Stadt den Propheten verhöhnt. Wieder war er vor den Stadtrichter geführt worden und hatte die Geschichte mit den Hunden erzählt. Wieder wollte der Stadtrichter das Todesurteil nicht fällen und schickte den Gefangenen vor den Wesir, den obersten Ratgeber des Emirs. Ich habe von Leuten gehört, die dabei waren, dass der Wesir diesem Eulogio lange und geduldig zugeredet hat. Aber die einzige Antwort, die er bekam, war, die Hunde hätten den Propheten gefressen. Da reichte es. Eulogio wurde enthauptet.«

Diego deutete auf die aufgedunsene Leiche am Galgen. »Das war vor drei Jahren. Aber ihr seht, mit dem Tode des Eulogio hat dieser Irrsinn noch nicht aufgehört – obwohl alle Bischöfe die Christen aufrufen, die Lage der Christen nicht zu verschlechtern und ihr Leben nicht sinnlos zu opfern.«

Als sie das Stadttor hinter der Brücke durchschritten, fiel ein Schwarm Bettler über sie her. Leere Augenhöhlen schienen sie anzuglotzen, handlose Armstummel reckten sich ihnen entgegen, und den zerrissenen Lumpen entströmte ein fürchterlicher Gestank. Natürlich verstanden die Bettler keine nordischen Schimpfworte, umso besser aber die Stöße und Püffe, mit denen die Nordmänner sie sich vom Leibe hielten. Jetzt humpelten sie zum Straßenrand und sanken wieder in den Staub und Schmutz.

Die Straße war zu beiden Seiten von Mauern eingerahmt, hohen Ziegelmauern, erdfarben und fensterlos, die nur hier und da der Wipfel einer Dattelpalme überragte. Die Mauer auf der linken Straßenseite wurde durch mehrere Tore unterbrochen. Schwere Holztore, mit Eisen beschlagen, die geschlossen waren. Diego hatte den fragenden Blick des Griechen bemerkt. »Das ist der Palast des Emirs. Er ist geschlossen, denn Emir Muhammad ist mit seinem Wesir auf einem Kriegszug.«

Der Graubart gab Ulf einen freundschaftlichen Rippenstoß und sagte auf Nordisch: »Auf einem Kriegszug? Da sollten wir uns einmal erkundigen. Wenn in einem Land Krieg herrscht, lässt sich leicht Beute machen.«

Doch der Grieche hatte die Frage längst gestellt. »Ja, auf einem Kriegszug. Der Emir unternimmt mit seinem Heer in jedem Sommer einen Kriegszug.«

»Hat er viele Feinde? Feinde, die seinem Reich gefährlich werden könnten?«, fragte Ulf.

»Eigentlich nicht. Der Emir von Cordoba beherrscht den größten Teil der iberischen Halbinsel. Die Araber nennen sie Andalusien. Seine Macht reicht von der portugiesischen Atlantikküste im Westen bis zur spanischen Mittelmeerküste im Osten. Und der Emir besitzt das größte Heer.«

»Will er irgendwelche Nachbarländer erobern?«, unterbrach der Grieche.

»Auch nicht. Im Norden gibt es noch einige kleine arabische Reiche, die seiner Herrschaft nicht unterstehen, und dahinter, im äußersten Norden, bis zu den Pyrenäen, kleine christliche Staaten. Aber was zählen die schon? Die Christen haben nur eine Stadt, die diesen Namen verdient: Barcelona. Die großen und reichen Städte Andalusiens sind alle in der Hand des Emirs: Toledo, Granada, Sevilla.«

»Wozu also der Kriegszug?«, beharrte Ulf.

»Ich weiß nicht, wem in diesem Jahr der Kriegszug gilt. Vielleicht einigen aufrührerischen Arabern. Vielleicht hat der Kriegszug aber auch gar kein Ziel, und der Emir unternimmt ihn nur, weil er eben jeden Sommer einen Kriegszug unternimmt.«

»Aber was hat der Emir davon, wenn...«

Der Spanier hatte nur ein Achselzucken für die Frage übrig. »Das ist doch ganz einfach. Der Emir muss jedes Jahr einen Kriegszug unternehmen, damit das Heer beschäftigt ist. Das stehende Heer kostet den Emir ein Vermögen. Wenn es im Sommer nicht in den Krieg zieht, wenn seine Soldaten keine Aussicht auf Beute haben, muss der Emir ihnen noch mehr Sold zahlen, und seine Krieger kommen nur auf dumme Gedanken.«

Ulf verspürte einen Stoß gegen seine rechte Schulter. Er sah gerade noch, wie das große Brett, das ein Junge auf dem Kopf trug, umkippte. Die nach Olivenöl duftenden Fladenbrote rutschten herab und fielen in den Straßenstaub. Ulf hörte, obwohl er kein Wort verstand, dem Gekeife genüsslich zu. Der Mann, der sich einen riesigen Tonkrug auf den Rücken geschnallt hatte, zeterte am lautesten. Diego zuckte gleichmütig die Schultern. »Ein Bäckerjunge, der die Brote austrägt, und ein Wasserverkäufer sind zusammengestoßen. Das kommt bei diesem Gedränge immer wieder vor.«

Ragnar ging mit Riesenschritten auf eines der offen stehenden Tore auf der anderen Straßenseite zu. Der Schwarzhaarige lief ihm hinterher, zupfte ihn am Ärmel und rief aufgeregt: »Das ist die große Moschee. Hier dürfen nur Muslime eintreten.«

Enttäuschung malt sich auf Ragnars Gesicht. »Ich möchte wenigstens einen Blick hineinwerfen.«

»Solange du nicht durch das Tor trittst...«

Ulf trat nun an eines der Tore. Vor ihm lag ein viereckiger Hof, auf drei Seiten von einer unverputzten Ziegelmauer umgeben, mit Brunnen, Orangenbäumen und Palmen. »Der Vorhof der Moschee«, erklärte der Spanier. »Siehst du die vielen Leute? Die Muslime treffen sich nicht nur zum gemeinsamen Gebet in der Moschee. Sie regeln dort auch ihre Geschäfte.«

Ulf zeigte auf einen schmalen, rechteckigen Turm an der Schmalseite. Dieser, so erinnerte er sich, war ihm als erstes aufgefallen, als sie sich der Stadtmauer näherten. Einfache, gemauerte Stufen liefen um die vier Seiten und führten zu einer Plattform auf der Spitze. »Das Minarett. Von hier aus ruft der Muezzin zum Gebet. Fünfmal am Tag.« Dann fiel Ulfs Blick auf eine kleine Gruppe: Ein verhutzelter alter Mann mit grauem Vollbart und Turban saß mit untergeschlagenen Beinen auf dem Boden, vor ihm ein Dutzend Männer. »Ein Gelehrter«, erläuterte Diego. »Er spricht über den Koran, ihr heiliges Buch, oder über irgendeine Wissenschaft. Cordoba ist bekannt für seine islamischen Gelehrten. Sie lehren immer in einer Moschee. Die Muslime sind stolz auf ihre große Moschee in Cordoba. Sie behaupten, es sei die prächtigste Moschee westlich von Ägypten.«

»Sie ist wirklich sehr groß«, murmelte Ulf.

»Ja«, nickte Diego. »Und der Vater des jetzigen Emirs hat die Säulenhalle noch verlängern lassen. Es gibt auch noch andere Moscheen in dieser Stadt. Aber er wollte, dass alle Muslime Cordobas zum Freitagsgebet in diese Moschee kommen.«

Ulf wandte sich bereits zum Gehen, als sein Blick im Vorhof auf einen hölzernen Käfig fiel. »Ein Käfig?«, fragte er den Spanier. »Halten sie wilde Tiere in der Moschee?«

Der Schwarzhaarige lachte schallend. »Wilde Tiere? Na ja, wild genug ist er ja! Dieses Holzding mit den Stäben ist für den Emir.« Auf Ulfs ungläubigen Blick fügte er hinzu: »Emir Muhammad hat ihn bauen lassen, um sich beim Freitagsgebet vor den Gläubigen zu schützen.«

»So greifen sie den Emir in der Moschee an…«

»Warum nicht? Wenn die Menge wütend ist… Die Moschee bietet dem Herrscher keinen Schutz. Schon den dritten Kalifen…«

»Was ist ein Kalif?«

»Die Kalifen sind die Nachfolger des Propheten Muhammad, die Herrscher des großen Reiches im Osten. Schon den dritten Kalifen, Usman, hat eine aufrührerische Menge totgeschlagen, während er gerade betete.«

Ragnar war zu ihnen getreten. Er hatte schweigend zugehört. Jetzt verzog er verächtlich die Lippen. »Habt ihr die Öllampen in den Säulengängen gesehen? Die meisten sind aus Glas, Kupfer oder Bronze. Nur ganz wenige aus Silber. Wenn ich da an die Kirchen in England denke…«

Nun standen sie auf dem Markt, einem weiten Platz, den würfelförmige, fensterlose Häuser einsäumten. Der Marktaufseher wartete dort mit den Lastträgern. Während sie ihre Ware auf Fellen ausbreiteten, umdrängten sie zwei Dutzend Gestalten, die ihnen getrocknete Vogelköpfe unter die Nase hielten. Diego wartete nicht ab, bis Ragnars Augenbrauen sich stärker zusammenzogen. Mit einigen scharfen Worten scheuchte er die Männer davon. »Harmlose Händler«, sagte er entschuldigend. »Sie verkaufen getrocknete Vogelköpfe als Amulette.«

Sobald Ragnar und Grim ihre Waagen aus dem Beutel zogen und die Waagebalken aufklappten, trat der Marktwächter auf sie zu. Während die beiden noch die Waagschalen in die Kettchen einhängten, rief er ihnen einige Worte zu, die Ulf nicht verstand. »Ihr sollt Mahmud eure Gewichte zeigen. Er will sie nachwiegen«, übersetzte der Spanier. Auf Grims fragenden Blick fügte er hinzu: »Auf den Märkten in Cordoba müssen die Marktwächter alle Maße und Gewichte überprüfen, die die Händler verwenden.«

Der Verkauf ihrer Waren ging zügig vonstatten. Ulf stand hinter Ragnar und Grim und musterte die Männer, die sich drängelten, um einen Blick auf die ausgelegten Felle mit ihrer Handelsware zu werfen. Bald konnte Ulf Christen und Muslime schon an der Kleidung unterscheiden. Die Muslime trugen Burnusse, weite Mäntel mit Ärmeln und Kapuzen, oder sie hatten Kopf und den Hals mit dem Haik, einer breiten Stoffbahn, umhüllt. Noch schneller erkannte Ulf, ob der Mann, der sich gerade zu ihren Waren niederbeugte, genug Silber im Beutel hatte, um Gold, Silberschmuck und Porzellan bezahlen zu können. Waren Haar und Bart gepflegt? Die Kleidung aus teurem Stoff und sauber? Man konnte, fand Ulf, sich darin kaum täuschen. Außerdem bemerkte er, wie die zwanzig Stadtsoldaten, die in einigem Abstand ihren Verkaufsplatz in einem lockeren Kreis umstanden, mit barschen Worten die Neugierigen verjagten, die offensichtlich nicht zahlen konnten, sondern nur die Fremden und ihre Waren begaffen wollten.

Die Gegenstände aus Gold und Silber hatten längst Käufer gefunden, nur um die weißblauen Schalen aus chinesischem Porzellan wurde noch gefeilscht. Für die chinesische Ware verlangte Ragnar Schwindel erregende Preise, aber trotz des Gezeters der Käufer wechselte Stück für Stück den Besitzer.

Diego hatte nur zu Beginn eingegriffen. Jetzt lungerte er untätig herum. Ragnar konnte den Spaniern und Arabern, die ihm gegenüberstanden, auch ohne Worte, nur mit den Fingern, klar machen, für wie viel Silbermünzen er ein Stück hergeben würde. Erik legte Ulf die Hand auf die Schulter. »Schauen wir uns einmal den Markt an, Ulf.« Als sie sich durch die Umstehenden drängten, schloss sich der Spanier unaufgefordert an. »Ihr dürft den

Marktplatz nicht verlassen«, mahnte er. Fünf Stadtsoldaten folgten ihnen in einem Abstand von zwei oder drei Schritten.

Sie blieben vor vielen Verkaufsständen stehen. Immer wieder machte Diego sie auf Händler aufmerksam, die Lederwaren anboten. »Cordoba ist berühmt für seine Lederwaren.«

Einige Augenblicke schauten sie einem Mann zu, der ein Dutzend Zuhörer in singendem Tonfall mit einem Wortschwall überschüttete. Seine wilden Gesten, die Gesichter, die er schnitt, verblüfften Ulf. »Ein Geschichtenerzähler«, erklärte der Spanier. »Für eine kleine Münze erzählt er den Leuten Märchen oder die Geschichte eines islamischen Helden.« So etwas wie ein Skalde, dachte Ulf. Aber was würden die Nordmänner sagen, wenn einer ihrer Skalden solche Grimassen schnitte!

Nur noch zwei Porzellanschalen standen zum Verkauf. Ulf schaute nach dem Stand der Sonne. Es war noch lange nicht Mittag – genügend Zeit also, Waren einzukaufen, die im Norden guten Gewinn abwerfen würden. Lange vor Sonnenuntergang würden sie die Stadt verlassen.

Ulf schlenderte die paar Schritte von ihrem Verkaufsstand zu einer Hauswand hinüber, vor der ein Mann saß. Er trug einen Turban und saß mit untergeschlagenen Beinen auf einer Matte. »Ein Schreiber«, erklärte Diego, der Ulf auch bei diesen wenigen Schritten gefolgt war. »Siehst du den Turban? Der Mann ist ein Gelehrter. In Andalusien tragen nur die islamischen Gelehrten Turbane. Schließlich sind sie alle auch Korangelehrte, und ein Korangelehrter muss einen Turban auf dem Kopf haben. Bei den anderen Muslimen sind sie nicht so beliebt.«

Vor dem Schreiber hockte ein Mann im Staub und redete auf ihn ein.

»Was schreibt er?«, fragte Ulf.

»Alles, was du willst. Eheverträge, Briefe. Der Mann, der vor dem Schreiber sitzt, kann nicht lesen und schreiben. Aber er will eine Bittschrift an den Wesir richten.«

Der junge Schreiber rückte sorgfältig ein kleines Kupfergefäß zurecht. »Das ist seine Tinte. Sie wird aus Galläpfeln hergestellt.« Dann schüttete er aus einem Fläschchen feinen Sand hinein und aus einer größeren Glasflasche Wasser. Mit gewichtiger Miene, die wohl zu seinem Handwerk gehörte, steckte er ein zugespitztes Schilfröhrchen in das Kupfergefäß und rührte bedächtig. Schließlich griff er nach dem Holzbrett, das neben ihm lag, und legte es quer über die Knie. Dann spannte er einen Seidenfaden quer über das Pergament. »Das sind die Linien, auf denen er schreibt«, sagte der Spanier.

Leute, die ein Stück Pergament voll schrieben, verfehlten auf Ulf niemals ihren Eindruck – vielleicht weil er nie verstand, warum ein Mensch sich solche Mühe machte und seine Botschaft nicht einfach mündlich brachte. Er beugte sich noch tiefer über das Brett. Die Bögen und die Punkte, die das huschende Schilfrohr auf dem Pergament hinterließ, hatten keine Ähnlichkeit mit den eckigen Runen der Nordmänner.

Ulf senkte den Kopf noch dichter an das Pergament. Seine Augen wurden von der Spitze des Schilfrohres förmlich angezogen, die so leicht und fließend schwungvolle Linien von rechts nach links zog. Plötzlich blieb das Schilfrohr stehen. Der junge Schreiber sah zu ihm auf, und einen Augenblick trafen sich ihre Blicke. Dann hörte er die Worte des Schreibers. Er verstand sie nicht, aber er spürte in seiner Stimme die Mischung aus Erstaunen über den Fremdling und Stolz über die Bewunderung, die seine Kunst erregte.

Ein Klirren lässt Ulf herumfahren. Als erstes sieht er die Waage, Ragnars Waage, die am Boden liegt, dann Ragnars Gesicht: weit aufgerissene, ungläubig stierende Augen, erstarrte, versteinerte Züge, aus denen die Farbe gewichen ist. Unwillkürlich weicht Ulf zurück, als Ragnar zum Sprung ansetzt. Käufer und Gaffer fliegen auseinander, als seien sie Weizenhalme, in die ein Windstoß fährt. Schon oft hat Ulf Ragnars raubtierartige Sprünge gesehen. Aber jetzt stürmt Ragnar über die ausgelegten Handelswaren, reißt Händler zu Boden. Er achtet nicht auf die zornigen Rufe, die ausgestreckten Hände der Soldaten, die nach ihm greifen und ihn doch nicht festhalten können. Staunend und sprachlos sieht Ulf die Schneise, die sich ihr Schiffsführer durch das Gewühl des Marktes brach. Hat er recht gehört? »Ragnar!« Ja, dort hinten steht der Mann, der Ragnars Namen gerufen hat. Ulf traut seinen Augen nicht. Der Helm, der blonde Vollbart, der Mantel: ein Nordmann! Bedächtig, das Kinn stolz emporgereckt, zieht der Fremde sein Schwert aus der Scheide.

Ulf ist es, als hörte er die Schwerter klirren. Händler und Käufer sind schreiend und kreischend auseinandergestoben. Die beiden Schwertkämpfer stehen allein zwischen zerbrochenen Tontöpfen und zertretenen Gewürzschalen. Eben weicht der Fremde gewandt einem fürchterlichen Schlag nach seiner rechten Schulter aus. Ragnar hebt das Schwert zum nächsten Hieb. Der Fremde weicht zwei, drei Schritte zurück. »Bleib stehen!«, hört er Ragnar brüllen. »Kämpfe mit mir, Orm!«

Ulf wird von fieberhafter Erregung gepackt. Wie aus weiter Ferne hörte er Eriks Aufschrei. »Orm! Das ist Orm!«

Die zornigen Rufe der Soldaten hört er kaum, Befehle, die er nicht versteht. Orm! Der rote Drachenkopf! Dann wird sein Blick wieder klar: Dort drüben haben sich die Klingen über den Köpfen der Kämpfer gekreuzt, mit gleicher Wucht. Einen Atemzug lang scheinen sie in der Luft stillzustehen. Dann kommen die Soldaten. Sie stürzen sich auf die beiden Kämpfer, reißen sie zu Boden, wälzen sich in einem wirren Knäuel über ihnen.

Zum ersten Mal schaute Ulf zu seinen Gefährten hinüber. Sein Blick begegnet dem des alten Recken. Schweißtropfen stehen auf seiner Stirn – der Schweiß der Erregung, die jeden Nordmann packt, der Zeuge eines solchen Zweikampfs wird. Grims Stimme klingt gewaltsam ruhig. »Diese Kerle werden ihn seine Sache mit Orm nicht ausfechten lassen!«

Jetzt schleppten die Soldaten Ragnar herbei. Sein Mantel hing in Fetzen an ihm herunter, aber Ulf sah keine Wunde. Ragnars Hände waren auf dem Rücken gefesselt. Wie ein Bär die Hunde, hatte Ragnar auf dem ersten Stück des Weges die Soldaten, die seine Arme gepackt hielten, mehrmals abgeschüttelt. Doch als er jetzt, von vier Bewaffneten gehalten, auf sie zutrat, machte er keine Anstalten mehr, sich zu befreien. Sein Gesicht war leichenblass, die Augen zu beiden Seiten des Nasenschutzes starrten in die Ferne. Grim trat auf ihn zu und redete begütigend auf ihn ein. »Ich weiß, dass du ihn zwanzig Jahre lang gesucht hast. Aber es war Odins Wille, Ragnar. Er möchte, dass eure Blutfehde nicht heute entschieden wird und nicht hier…« Doch der Graubart bricht ab, als er diese leeren Augen sieht, die Augen eines Menschen, der sich seiner Umgebung nicht bewusst ist.

Ulf war überrascht, dass er sie nicht früher gesehen hatte: die Bogenschützen, die sie in drei Reihen umzingelt und ihre Pfeile auf sie angelegt hatten. Nebelhaft erinnerte er sich daran, dass Bewaffnete aus dem Palast gestürzt waren. Aber Ulf hatte alles nur am Rande wahrgenommen. Wirklich gesehen hatte er nur die klirrenden Schwerter.

Der Oberste der Marktwächter trat vor sie, ein Mann mit schwarzem Turban, schwarzem Kaftan und schwarzem Spitzbart. Irgendjemand hatte ihn herbeigeholt. Aus den Augen des Mannes funkelte die blanke Wut, dennoch schien er unsicher und unentschlossen. Nachdem er sie eine lange Zeit schweigend gemustert hatte, fuhr er sie plötzlich an: »Mit euch Heiden aus dem Norden hat man nichts als Ärger! Vor drei Jahren haben eure Raubschiffe die Umgebung von Sevilla geplündert. Sogar Cordoba wollten sie angreifen.« Ein verächtliches Lächeln huschte über sein Gesicht. »Aber das Heer des Emirs hat sie geschlagen. Sie mussten ihre Gefangenen und ihre Beute wieder herausgeben. Und ihr, ihr habt den Marktfrieden gebrochen. Ihr habt…«

Unvermittelt verstummte er und begann mit dem Marktwächter Mahmud und dem Spanier zu flüstern. Die Wikinger standen schweigend und warteten. In Ragnars Gesicht war die Farbe zurückgekehrt, aber sein Blick erstickte in Ulf jeden Wunsch, ein Wort an ihn zu richten. »Wie lange sollen wir noch warten?«, knurrte Grim. Doch sie mussten noch lange warten.

Der Oberste der Märkte würdigte sie keines Blickes. Immer noch tuschelte er mit dem Marktwächter und dem Spanier. Offensichtlich sollten auch die Soldaten das Gespräch nicht mithören. Endlich war diese Beratung zu Ende. Ohne sich noch einmal umzudrehen schritt der Oberste der Märkte durch die Reihe der Soldaten, die sich ehrerbietig vor ihm öffnete, gefolgt von dem Marktwächter. Nur der Spanier blieb stehen und trat jetzt auf sie zu. Diego zögerte einen Augenblick und wusste offensichtlich nicht, wie er anfangen sollte. »Ihr… ihr habt unglaubliches Glück gehabt. Ihr habt den Marktfrieden gebrochen. Gewalttätigkeiten während des Marktes sind ein schweres Verbrechen, das…«

»Was hat der Oberste der Märkte über uns beschlossen?«, unterbrach Grim ihn knapp.

Diego machte eine beschwichtigende Handbewegung. »Ich habe es doch schon gesagt. Ihr habt Glück gehabt. Es ist Aufgabe des Obersten der Märkte, über solche Taten zu richten. Aber er hatte keine Lust.«

»Keine Lust!« Die Augen des Griechen kleben in ungläubigem Staunen an Diegos Gesicht.

Der lächelte hintergründig. »Na, wie diese hohen Herren so sind. Eigentlich hätte der Oberste der Märkte euch schwer bestrafen müssen, wahrscheinlich sogar mit dem Tode. Aber das ist nicht so einfach…«

»Warum?«, fragte der Grieche knapp.

»Nun ja, Cordoba ist ein berühmter Handelsplatz, berühmt in der islamischen Welt und berühmt in der Welt der Christen. Der Oberste der Märkte muss es sich gut überlegen, bevor er sich an fremden Händlern vergreift. Selbst wenn er nach dem Gesetz im Recht ist.«

»Aha!«, kam es Ulf unwillkürlich über die Lippen. Der Schwarzhaarige warf ihm einen dankbaren Blick zu. Offensichtlich fielen ihm die Worte leichter, wenn ihn die ganze Horde nicht nur schweigend anstarrte. »Einerseits habt ihr nach den hiesigen Gesetzen ein schweres Verbrechen begangen. Außerdem seid ihr Heiden aus dem äußersten Norden, und die hassen der Emir und das Volk seit dem Überfall auf Sevilla. Er hätte das Recht gehabt, euch hinrichten zu lassen. Aber wenn sich das herumspricht, und die christlichen Händler Angst bekommen… Die Märkte von Cordoba nicht mehr zu besuchen… Also, der Oberste der Märkte will keine Entscheidung treffen, denn er weiß nicht, was der Emir dazu sagen wird, wenn er von seinem Feldzug heimkehrt. Deshalb hat er erwogen, den Fall an den Stadtrichter abzugeben. Der Stadtrichter hätte…«

»Wer ist dieser Stadtrichter?«, unterbrach ihn Grim.

»Der Stadtrichter ist der oberste Beamte in dieser Stadt. Er entscheidet auch über die Bestrafung aller Verbrechen. In eurem Falle dann, wenn der Oberste der Märkte ihm den Fall vorlegt.«

»Wird er ihm den Fall vorlegen?«, fragte der Graubart ungeduldig.

»Nein. Ich sagte es schon. Der Stadtrichter ist in der gleichen Zwangslage: Soll er nach dem Gesetz entscheiden oder an Cordobas Handel mit den Christen denken? Deshalb wäre der Stadtrichter zornig auf den Obersten der Märkte gewesen, wenn der ihm euren Fall zugeschoben hätte. Also…«

Auch der Spanier hatte das verächtliche Grinsen auf dem Gesicht des Griechen bemerkt. »Nein, so ist das nicht. Auf unseren Stadtrichter lässt hier niemand etwas kommen, weder die Muslime noch die Christen. Er ist ein kluger und gerechter Mann. Wir Christen haben unsere eigenen Richter. Dennoch bringen viele christlichen Händler ihre Streitigkeiten vor den islamischen Stadtrichter, weil er so klug und gerecht ist. Aber ein Stadtrichter muss auch immer an den Emir denken. Sicherlich hätte der Stadtrichter, wäre euer Fall ihm vorgelegt worden, die Entscheidung gern an den Wesir weitergegeben. Aber der Wesir ist ja mit dem Emir auf einem Kriegszug. Soll der Stadtrichter euch monatelang einsperren, bis der Wesir zurückkommt? Jedenfalls hielt der Oberste der Märkte es für besser, den Stadtrichter mit eurem Fall nicht zu behelligen. Er meint…«

Ragnars Stimme unterbrach den Redefluss: »Was soll mit uns geschehen?«

»Ihr werdet aus der Stadt ausgewiesen und dürft sie nie mehr betreten. Aber nicht einmal euer Eigentum wird beschlagnahmt. Damit du mit dem anderen Fremden nicht erneut Streit anfängst, muss der mit seinem Langschiff die Stadt sofort verlassen. Sein Schiff, das nach euch an der Brücke angelegt hat, ist schon losgefahren. Es wird auf beiden Seiten des Flusses von Reitern begleitet, damit dein Gegner nicht auf den Gedanken kommt, irgendwo am Ufer anzulegen und auf dich zu warten. Ihr…«

Ragnar öffnete bereits den Mund, und seine mächtige Gestalt straffte sich. Doch die vier Soldaten, die ihn an den Armen hielten, packten fester zu, und Grim legte ihm begütigend die Hand auf die Schulter. Achselzuckend fuhr Diego fort: »Ihr aber dürft die Stadt erst bei Einbruch der Dunkelheit verlassen. Auch euer Langschiff wird am Ufer von Reitern begleitet. Versucht ja nicht, das andere Schiff einzuholen, solange ihr euch im Reich des Emirs befindet!«

Wieder hatten sie Tag und Nacht gerudert, ohne ein einziges Mal am Ufer anzulegen. Der Oberste der Märkte hatte Wort gehalten: Sobald die Sonnenscheibe im Westen hinter den Berggipfeln verschwunden war, hatten sich die Soldaten des Emirs zurückgezogen und ihr Langschiff freigegeben. Gizur, der während ihres Aufenthaltes in der Stadt das Langschiff befehligt hatte, war so klug gewesen, den Bauern, die ihre Tiere auf die Märkte in der Stadt trieben, einige Schafe abzukaufen, obschon die Preise, die diese Bauern verlangt hatten, einen Schwerthieb verdient hätten. Nun hatten sie genügend gebratenes

Fleisch. Und der Befehlshaber der Schwerbewaffneten, die sie auf dem Marktplatz bis zur Abenddämmerung umzingelt hielten, hatte Grim und Ulf nicht daran gehindert, in Begleitung einiger Soldaten einen Vorrat an Fladenbrot einzukaufen.

Auch bezüglich der Eskorte war der Oberste der Märkte bei seinem Wort geblieben: Auf jedem Ufer folgte ein Reitertrupp dem Langschiff. Doch die Lanzenreiter hielten sich vom Fluss fern.

Ulf holte seinen Riemen ein. Die Zeit der Ablösung war gekommen. Aber er hatte keine Zeit zum Schlafen. Er rieb sich die den steifen Schultern, dann ging er zu Erik hinüber. Der stand jetzt, nur mit kurzen Unterbrechungen, seit zwei Tagen am Ruder. Er hatte seine Sache gut gemacht. Auf diesem Fluss durfte der Mann am Steuer das Wasser vor dem Bug keinen Augenblick aus den Augen lassen. Bei den vielen Sandbänken und Untiefen des Guadalquivir konnte das Langschiff jederzeit auf Grund laufen. Doch nur zweimal war ihr Kiel über den Sand geschabt, ohne sich hineinzubohren. Jetzt aber hielt Erik nur mehr mühsam die Augen offen.

Ulf ergriff die Ruderpinne. Dann wandte er keinen Blick mehr von den Wellen vor ihrem Steven, von ihrer Kräuselung, aus der die Wassertiefe zu schätzen er inzwischen gelernt hatte. Ragnars Rücken war immer in seinem Blickfeld, denn der Schiffsführer saß an der Bordwand, gleich neben dem Vordersteven. Dort saß er seit vorgestern Abend, bewegungslos, das gezogene Schwert auf den Knien. Ulf war in seinen Ruderpausen einige Male zum Bug gegangen, doch er hatte Ragnar nicht angesprochen. Neben der hünenhaften Gestalt, die einem Standbild glich, lag griffbereit der Schild. Die Augen blickten starr in die Ferne. Ihr Ausdruck war es, der Ulf abgehalten hatte, den Schiffsführer anzureden. Denn aus diesem Blick sprach mehr als nur Kampfesgier, sprach ein unstillbarer Blutdurst.

Grim trat nun zu ihm. Ulf hatte beobachtet, wie der Graubart zum Bug geschlendert war. Auch ihm hatte Ragnar keinen Blick gegönnt. Einen Augenblick schwieg der Alte, dann zuckte er die Schultern. »Ich verstehe ihn ja. Zwanzig Jahre lang hat er diesem Zusammentreffen entgegengefiebert…«

Dann waren sie beide in Schweigen verfallen. Was hätte Ulf auch sagen sollen? Die Frage, die ihm seit langem auf der Zunge lag, hatte Ulf hinuntergeschluckt. Der Graubart war sichtlich nicht in der Stimmung, Fragen nach Orm, Fragen nach dieser Blutfehde zu beantworten.

So betrachteten sie in dumpfem Schweigen die Ufer, die immer weiter auseinander traten, die niedrigen Hügel vor ihnen, an denen oft der Sand nackt zu Tage trat und verriet, dass es sich um Dünen handelte. Die Lanzenreiter hatten längst angehalten. Wenn Ulf sich umdrehte, sah er gelegentlich ihre Speerspitzen in der Ferne funkeln.

Die Dünen glitten an der Bordwand vorüber, und das Langschiff begann zu schaukeln. Sie hatten das offene Meer erreicht. Ulf musterte missmutig-den Himmel. »Warum spielen Rans Töchter nicht in ihrer goldenen Halle?«, brummte Grim. »Natürlich freut man sich, wenn der Fluss hinter einem liegt, und die Wellenmädchen in ihren grünblauen Kleidern auf dem Wasser der offenen See spielen. Aber diese Schaumkronen…« Ulf nickte nur. Es bedurfte nur eines Blickes auf den Himmel. Das Spiel der Wellenmädchen würde immer wilder, und sie würden lauter und lauter mit ihrem Bruder, dem Wind, um die Wette singen.

Ragnar sagte kein Wort. Er sah Ulf nicht einmal an, als er ihm die Ruderpinne aus der Hand riss. Langsam drehte das Langschiff nach Westen. Lange Zeit hatte Grim schweigend dabeigestanden, während Ulf sich auf den Bordrand gesetzt hatte. »Wir müssen zurück zur Küste, Ragnar. Daraus könnte ein Sturm werden.« Ragnars Stimme klang ruhig und deutlich, doch sie schien aus einer anderen Welt zu kommen. »Der Wind steht zu ungünstig, um das Segel zu setzen. Wenn er weiter zunimmt, werden wir zur Küste zurückrudern. Aber nicht hier, Grim. Vermutlich haben die Lanzenreiter uns einige Späher bis zu den Dünen nachgeschickt.«

Ulf stand am Bug und musterte den Gesichtskreis. Der Himmel hatte sich überzogen. Kurze, harte Wellen brachen sich an der Bordwand. Der Wind war steif, aber es war noch kein Sturm. Rechts lag, Grau in Grau, die Küste. Noch bestand keine Gefahr. Noch konnten sie die Küste mühelos erreichen, falls der Wind noch steifer würde. Das einzige, worauf sie achten mussten: langsam, beinahe unmerklich drehte der Wind. Doch Ulf gab dem Schiffsführer recht: Sie waren der Flussmündung noch zu nahe.

Zweimal rieb sich Ulf die Augen. Es war alles zu verschwommen. Im trüben Licht eines sonnenlosen Himmels, wenn die Abenddämmerung noch nicht hereingebrochen war, aber der Tag sich neigte, waren Dinge weit draußen auf dem Meer schwer zu erkennen. Doch je länger Ulf hinüberstarrt, desto sicherer wurde er sich: Das dort drüben war ein Drachenkopf.

»Orm! Dort drüben ist Orm!« Ulf war nicht leicht zu erschrecken, dennoch durchfuhr ihn ein Schreck. So laut hatte Ragnar noch nie gebrüllt.

Jetzt ruderte die ganze Mannschaft, und sie ruderte mit der Zeit um die Wette. Ulf stand am Ruder und beobachtete besorgt die kurzen Wellen, die gegen die Bordwand klatschten. Von Zeit zu Zeit blickte er auf das rot-weiß gestreifte Segel, das immer näher kam und sich, obwohl halbgerefft, jeden Augenblick von der Rah und den Seilen loszureißen schien. Orms Langschiff, vor kurzem noch ein Schatten am Horizont, wurde größer und größer. Es schien ihnen entgegenzufliegen. Ulf konnte nicht umhin, den fremden Schiffsführer zu bewundern. Der Wind hatte nach Westen gedreht, und

Orms Schiff hatte Rückenwind. Dennoch war es ein Wagnis, bei dieser Windstärke ein Segel, selbst ein halbes Segel, zu setzen. Und trotz der unruhigen See wurde Orms Langschiff zusätzlich gerudert. Immer wieder blieb Ulfs Blick an den beiden Ruderreihen haften, die sich in dem aufgewühlten Wasser immer ungleichmäßiger zurückschoben und dennoch nicht zusammenstießen und an den Reihen rot-weiß-gestreifter Schilde, die über den Riemen an der Bordkante entlangliefen. Die roten Streifen schienen trotz des düsteren Himmels zu leuchten, ihm kampflustig entgegenzugrinsen.

Orm hatte das Segel eingeholt. Beide Langschiffe änderten den Kurs und liefen nun in spitzem Winkel aufeinander zu, um sich Bord an Bord legen zu können. Ulf konnte bereits über den Schilden die Helme und Bärte der Ruderer erkennen. Bei jedem Blick auf den Vordersteven wuchs Ulfs Besorgnis. Schon waren die Wellenkämme, die sich vor dem Bug brachen, mit Schaum bedeckt, schon fegte der steife Wind die ersten Schaumstreifen durch die Luft. Der Vordersteven tauchte tief ein, bäumte sich auf, neigte sich weit nach links und rechts. Die ersten Ruderblätter, von den Wellenbergen aus dem Takt gebracht, krachten gegeneinander. Ulf achtete nicht auf das Schwanken der Planken unter seinen Füßen. Er maß die Entfernung zu der rot-weißen Schilderreihe links von ihrem Schiff. Bald mussten die Ruder eingezogen werden, und die beiden Langschiffe würden noch ein Stück vorwärts gleiten, beinahe Seite an Seite. Der Abstand würde Ragnar reichen, um hinüberzuspringen. Eigentlich müsste er reichen. Aber in dieser groben See lag kein Schiff auch nur einen Augenblick still. Die beiden Langschiffe konnten gegeneinander stoßen, auseinander getrieben werden... Doch es war nicht Ulfs Entscheidung, und er wusste das. Ulf schaute gebannt auf die schwankende Gestalt neben dem Vordersteven. Seitdem der rote Drachenkopf aufgetaucht war, stand Ragnar dort, den Schild in der Linken, das Schwert in der Rechten, und hielt sich nicht einmal am Steven fest. Seit diesem Augenblick hat nur zu dem Langschiff hinübergestarrt, das auf sie zukam.

Ulf blickte zu Grim hinüber. Er hatte auf den Rat des Graubarts gehofft, auf den Rat, auch ohne Befehl des Schiffsführers von dem fremden Langschiff wegzuhalten. Doch Grim riss mit verbissener Miene an seinem Ruder und schaute nicht auf. Ulf zuckte hilflos die Achseln.

»Näher! Ich springe hinüber!« Gedämpft, verzerrt hörte er Ragnars Worte durch das Pfeifen des Windes. Noch einmal zuckte Ulf die Schultern. Ulf wusste, er konnte nichts tun. Die aufgepeitschte See würde diese beiden Männer an den Vordersteven ihrer Langschiffe nicht abhalten können, auf den schwankenden Planken ihren Zweikampf auszutragen. Auf dem Marktplatz in Cordoba hatte er Orm nur aus der Ferne gesehen, eigentlich nur den blonden Vollbart erkannt. Jetzt sah Ulf die schulterlangen, blonden Haare unter dem Helm, die kühnen Gesichtszüge. Dann wanderte Ulfs Blick zu dem Drachenkopf, dem roten Drachenkopf, nach dem Ragnar seit zwei Jahrzehnten suchte – ein groteskes Ungeheuer, kreisrund mit weißen Augen, ein Kopf, der aus nichts zu bestehen schien als aus dem runden Maul und vier weiß bemalten Hauern.

Ulf hatte nur noch einen Blick für die beiden Männer am Bug ihrer Schiffe. Sie standen einander gegenüber, Schild und Schwert ausgestreckt, den Mund weit aufgerissen. Ulf wusste, was sie sich zubrüllten: die vor einem Zweikampf üblichen Schmähungen und Drohungen. Aber ihre Worte verwehte der Wind.

Der Regen kam plötzlich. Von einem Augenblick zum anderen prasselte er herunter. Ulf erkannte die beiden Männer am Bug ihrer Schiffe nur noch in Umrissen, wie durch einen Schleier hindurch.

Ulf rief keinen Befehl über Deck. Das Pfeifen des Windes hätte seine Worte übertönt. Doch die Ruderer wussten selbst, was zu tun war. Die Ruder flogen herein, und die ersten nestelten bereits an den Knoten, um die Schilde, die der Sturm abgerissen hätte, loszubinden.

Dann kam der Stoß. Beinahe hätte er Ulf aufs Deck geschleudert. Mit beiden Händen musste er sich an der Ruderpinne festhalten. Vor sich sah Ulf nur noch eine dunkle Regenwand. Nur die nächsten ihrer Ruderer waren noch schemenhaft zu erkennen. Plötzlich stand Ragnar vor ihm. Das Wasser lief in Strömen an ihm herunter. »Lass mich ans Ruder, Ulf! Wir müssen von Orms Schiff wegsteuern. Sonst werfen die Wogen die Langschiffe gegeneinander.« Ragnars Brüllen drang im Getöse des Sturmes nur dumpf an sein Ohr. Er konnte die Worte mehr erraten als verstehen, doch er spürte die abgrundtiefe Bitterkeit in der Stimme dieses Mannes.

Die ersten Sonnenstrahlen tasteten über die spiegelglatte Wasserfläche, als Ulf den Kopf hob. Er war noch wie zerschlagen von dieser Nacht. Es war kein Orkan gewesen, aber der Regen war auf die Planken geprasselt, dass Ulf kaum die Hand vor Augen sah. Dann hatte der Sturm die Wellen über die Bordwand gepeitscht, und sie hatten auf den Knien gelegen und wie Rasende die Schöpfkellen über die Planken gleiten lassen, viele Stunden lang.

Vor ihm erhoben sich Erik und Grim und dehnten ihre Glieder. Ulfs Blick fiel auf Ragnar. Der stand bereits wieder am Ruder. Seine Augen wanderten unablässig über die leere Wasserfläche. »Der feige Hund hat den Sturm benutzt, um zu fliehen!«, bellte er herüber.

Ulf sagte nichts. Was hätte er entgegnen sollen? Wenn ein Sturm aufkommt, wenn das Steuerruder aus dem Wasser gezogen und festgezurrt wird, damit die Brecher es nicht abreißen, ist ein Langschiff hilflos dem Wind ausgeliefert. Sturm und Dünung treiben es, wohin sie wollen. Orms Schiff war nirgends zu sehen. Doch wie hätte er, mitten in einem Sturm, entfliehen sollen? Die beiden Schiffe waren auseinander getrieben worden, wer weiß wie weit. Auf offener See konnten sie einander nicht mehr finden.

»Nehmen wir uns diesen Kerl vor!« Ragnars Augen funkelten böse, als er Ulf und Erik einen Wink gab, ihm zum Bug zu folgen. Der Fremde saß auf dem Bordrand, ein bartloser Mann mittleren Alters. Ein großer Kämpfer ist er nicht, dachte Ulf. Der Mann blickte ihnen mit erhobenem Kopf entgegen und versuchte seine Angst hinter einem trotzigen Gesichtsausdruck zu verbergen. Ulf hatte erst später erfahren, dass Orms Ruderer beim Zusammenstoß der beiden Langschiffe über Bord gegangen und von den eigenen Leuten aufgefischt worden war.

»Seit wann kennst du Orm?«, fuhr Ragnar ihn an.

Der Mann versuchte ruhig zu erscheinen. »Seit einigen Jahren.«

»Dann musst du Orms Hof kennen!«

Der Ruderer zuckte vor Ragnars blutgierigem Blick zurück. »Und wenn ich ihn kenne… Ich darf es euch nicht verraten. Ich habe Orm die Treue geschworen«, stammelte er.

Im Nu saß ihm Ragnars Schwertspitze auf der Brust. »Ich scheiße auf deinen Treuschwur! Sag mir, wo Orms Hof liegt!«, brüllte er mit überschnappender Stimme.

Grims Griff, mit dem er den Schiffsführer am Oberarm packte, war hart. »Bist du verrückt geworden, Ragnar? Weißt du nicht mehr, was ein Treuschwur bedeutet?«

Ragnars Schwert sank hilflos herab. Er blickte von einem zum anderen, ernüchtert, aber ratlos.

»Was bedeutet dein Treuschwur noch?«, sagte Ulf freundlich. »Hat dir nicht Orm selbst die Treue gebrochen?«

»Die Treue gebrochen? Mir?« Der Mann blickte Ulf ins Gesicht, verwirrt, aber ein wenig beruhigt.

»Warum haben dich deine Leute nicht aus dem Wasser gezogen?«

Einen Augenblick dachte der Ruderer nach. »Sie werden nicht gemerkt haben, dass ich bei dem Stoß über Bord ging.«

»Natürlich haben sie das!«, schrie einer von hinten.

Ulf lächelte innerlich. Jetzt hatte er den Mann da, wo er ihn haben wollte. Einer der Ruderer hatte erzählt, dass er einen schwachen Ruf aufgefangen hatte: »Hakon ist über Bord!« Ulf wusste nicht, ob der fremde Schiffsführer diesen Zuruf im Pfeifen des Sturmes hatte hören können. Er konnte nicht sagen, ob das Langschiff überhaupt in der Lage gewesen wäre, nach einem Mann zu suchen, der über Bord gegangen war. Aber was machte das?

»Natürlich hat dir Orm die Treue gebrochen. Deine Leute haben gesehen, wie du ins Wasser gefallen bist. Sie haben es Orm zugerufen, aber er war zu feige, nach dir suchen zu lassen. Er wollte nur fliehen!«

»Orm ist kein Feigling...«, brummte der Ruderer nachdenklich. Erik warf Ulf einen dankbaren Blick zu.

»Ob Feigling oder nicht: Dein Schiffsführer hätte alles Menschenmögliche unternehmen müssen, dich aus dem Wasser zu fischen. Sie hätten dir Ruder entgegenstrecken müssen...« Ulf brach ab und ließ seine Worte auf den Mann einwirken. Der schwieg eine lange Weile, die Ellenbogen auf die Knie, das Kinn auf die Hände gestützt, und starrte vor sich hin. »Ihr meint also...?«

»Selbstverständlich meinen wir!«, Grims Stimme war ruhig, aber bestimmt. »Jeder Schiffsführer muss alles versuchen, einen Mann zu retten, der über Bord geht.«

»Also hat Orm...«

»... dir die Treue gebrochen! Was denn sonst?«

Wieder verfiel der Ruderer in Schweigen. Dann blickte er zu dem Graubart auf. In seinen Augen blitzte der Zorn. »Wenn Orm mir die Treue gebrochen hat, brauche ich meinen Schwur auch nicht zu halten!«

»So ist es!«, nickte Grim befriedigt.

»Wenn ich an Bord bleiben darf...«

»Sage uns, wo Orms Hof liegt, und wir nehmen dich mit bis an eine Küste, wo es Nordmänner gibt.«

Nur einen kurzen Augenblick zögerte der Ruderer noch. »Gut, ich werde es euch sagen. Ich war schon mehrfach auf Orms Hof. Er liegt weit im Norden.«

»An der norwegischen Westküste?«

»Ja, an der norwegischen Westküste.«

Ragnars Stimme klang sachlich. Er hatte seine Beherrschung wieder gewonnen. »Ich habe alle Buchten und Fjorde nach Orms Hof abgesucht. Jahrelang.«

»Orms Hof liegt ganz weit im Norden. Dort, wo keine Nordmänner mehr siedeln. Wo nur noch die Lappen mit ihren Rentieren umherziehen.«

»Ich bin noch weiter nach Norden gekommen.« Ragnar warf einen misstrauischen Blick auf den Ruderer. »Bis über die Stelle hinaus, wo die Küste zu Ende geht. Bis zu den Eisschollen des Sturmmeeres, des Meeres, von dem die Leute sagen, dahinter beginne das Land der Eisriesen.«

Der Ruderer zuckte die Achseln. »Das glaube ich dir gerne. Du kannst hundertmal in den Fjord einbiegen, an dem Orms Hof liegt. Du wirst ihn niemals entdecken.«

»Warum?«

»Der Hof liegt in einer kleinen Bucht. Aber er liegt versteckt hinter Felszungen, die weit in den Fjord hineinragen. Niemand, der nicht ganz bis zum Ende des Fjordes fährt, wird die schmale Zufahrt zu der Bucht entdecken.«

»Ich habe alle diese Fjorde gründlich abgesucht...«

»Vom Fjord aus sieht es aus, als bildeten die Felsvorsprünge das Ufer. Niemand wird dahinter eine Bucht vermuten.«

Ragnar fuhr sich durch den Bart. »Beschreibe mir diesen Fjord!«

»Wie soll ich dir einen Fjord beschreiben? Es gibt hunderte, vielleicht tausende.«

»Nenne mir Landmarken«, grollte Ragnar. »Auffällig geformte Berge, merkwürdige Felsen, alles, wonach sich ein Schiffsführer richtet.«

»Ich bin kein Schiffsführer. Ich kann den Weg nicht beschreiben. Aber ich würde den Fjord wieder finden...«

»Also willst du uns den Fjord zeigen?«, fiel Grim ein.

»Ja. Bevor ihr mich über Bord werft... Außerdem erfordert Orms Treubruch Rache. Er wird sicherlich meinen Beuteanteil für sich behalten.«

»Das wird er gewiss«, nickt Grim.

»Grim wird dir einen Platz anweisen«, sagt Ragnar. »Dann werden wir weitersehen.«

Das Salzwasser brannte ihm in den Augen. Ulf ließ den Brecher über sich hinwegrollen, schnappte dann gierig nach Luft. Die Muskeln in seinem rechten Arm hatten längst aufgehört zu schmerzen. Es kam ihm vor, als schiebe er seit Stunden die Schöpfkelle über die Planken. Er sah, wie der Sturm das Wasser, das er hochwarf, mit sich fortriss, aber er fühlte nichts.

In diesem Augenblick hasste Ulf den Meeresgott. Die See war ruhig gewesen, eine gleichmäßige, niedrige Dünung aus dem Osten, darüber ein bedeckter Himmel. Sie hatten trotzdem gute Fahrt gemacht. Ägirs Wutanfall war urplötzlich über sie gekommen. Nichts ahnend hatten sie die Ruder eingetaucht, als der hässliche Alte zornschnaubend seinen weißen Bart raufte. Sie hatten gerade noch Zeit gehabt, die Schilde abzubinden, die Ruder einzuziehen und die Holzdeckel über die Ruderlöcher zu schieben. Dann tobte und heulte der Sturm schon um ihr Langschiff. Ragnar war keine Zeit mehr geblieben, von der Küste wegzusteuern. Sie hatten diese Küste nur als niedrige, verschwommene Linie im Westen gesehen. Doch der Sturm trieb das Langschiff unerbittlich darauf zu.

Als Ulf einen Augenblick die Holzschaufel sinken ließ, keuchend nach Atem rang, sah er es: eine drohende Masse, pechschwarz, an der sich die Brecher aufbäumten, die weiße Gischt, die der Sturm im Nu zerstäubte. Langsam stiegt die Angst in ihm auf. Der Sturm war schwer gewesen.

Unablässig waren die Brecher über den Bordrand geschwappt. Aber das Langschiff war nicht in Gefahr gewesen. Wie Irrsinnige hatten sie Wasser geschaufelt, doch sie waren im Kampf mit den Brechern Sieger geblieben. Aber das schwarze Ungeheuer draußen, an dem die Wogen meterhoch leckten, kam immer näher. Ulf machte sich nichts vor: Der Sturm würde ihr Langschiff gegen diesen Felsen schleudern.

Ulf spürt einen scharfen Schmerz, als er mit der linken Hüfte gegen seine Sitztruhe gestoßen wird. Doch es ist nicht der Brecher, der vor Augenblicken über ihn hinweggerollt ist. Ragnar schiebt sich auf Händen und Knien an ihm vorüber, drückt ihn gegen die Ruderkiste. Ulf sieht noch, wie er neben dem umgelegten Mast ein Ruder losschneidet und sich auf allen vieren zum Hintersteven schiebt. Dann kommt der nächste Brecher. Er trifft Ulf mitten ins Gesicht. Als er das Wasser ausgespuckt hat, wieder Atem holen kann, sieht er Ragnar, hoch aufgerichtet, am Hintersteven. Mit dem rechten Arm klammert er sich fest, in der linken Hand hält er, wie eine Lanze eingelegt, das Ruder – ein verzweifelter Versuch, das Boot von dem Felsen, der jetzt nur noch eine Armeslänge von der Bordwand entfernt ist, mit Hilfe des Ruders abzustoßen, ein aussichtsloser Versuch.

Das Geheul des Sturmes, der sich in den Klippen der Küste fängt, verbindet sich mit dem Klatschen des Wassers, das gegen die Felsen peitscht, zu einem ohrenbetäubenden Getöse. Vor Ulf baut sich der Wellenkamm hinter dem Steven auf, wird höher und höher und schlägt dann über die Bordwand. Unwillkürlich duckt sich Ulf noch tiefer und legt den rechten Arm vor die Augen. Als er sich wieder aufrichtet, hört er das Krachen splitternden Holzes. Das Geräusch kommt von mittschiffs. Ist einer der Ständer gebrochen, auf denen die Rah mit dem Segel vertäut war? Oder ist…? Die Rah fliegt nach hinten, langsam wie ein Speer, der seine Kraft verausgabt hat und sich zu Boden senkt. Ulf stockt der Atem. Mit weit aufgerissenen Augen starrt er auf Ragnar, der sich noch an den Steven klammert. Die Spitze der Rahe trifft ihn im Nacken.

Ein scharfer Ruck geht durch das Boot. Ulf hat Mühe, sich auf den Knien zu halten. Irgendwo hinter ihm ist das Langschiff gegen einen Felsen gekracht. Ulf sieht, wie das schäumende Wasser Ragnars Körper umschlingt, um seine Brust wirbelt, immer höher… Dann ist der Platz am Steven leer.

Ulf überlegt nicht. Unwillkürlich schiebt er sich auf den Knien vorwärts, in dem sinnlosen Versuch, den Schiffsführer ins Boot zurückzuziehen. Diesmal ist das Knirschen noch lauter, der Ruck noch kräftiger. Hinter der Bordwand nichts als dunkler, wassertriefender Fels – die Felswand, gegen die das Boot gedrückt worden ist. Ulf weiß, was das Knirschen bedeutete: Eine Planke der Bordwand muss gebrochen sein, vielleicht auch mehrere. Und

Wenn die gebrochene Planke unter der Wasserlinie liegt, wird das Langschiff sinken. Unwillkürlich lässt Ulf die Holzkelle fallen. Es hat keinen Sinn mehr, Wasser auszuschaufeln.

Nur einen winzigen Augenblick verschwendet Ulf an diesen Gedanken. Und dennoch ist dieser Augenblick zu lang. Ulf hat nicht auf die Brecher geachtet. Die Woge klatscht ihm voll ins Gesicht und in die Augen, das Wasser dringt ihm in den Mund. Verschwommen nur nimmt er den nächsten Ruck wahr, der den Schiffsrumpf erzittern lässt. Wieder ist er von gurgelndem Wasser eingehüllt. Er fühlt, wie die Woge ihn von den Knien reißt, mit sich schiebt. Er will sich irgendwo festklammern, aber er kann die Arme in dem strudelnden Wasser nicht bewegen. Er ringt nach Luft, doch er schmeckt nur Salzwasser. Dann packt jemand seinen rechten Fuß. Er spürt, wie sein Rücken über die harte Bordkante schabt, als er ins Boot zurückgezerrt wird. Fühlt die Deckplanken unter sich…

…Langsam wich seine Erschöpfung, und ihre Lage drang ihm ins Bewusstsein: Das Langschiff rollte nicht mehr, es stampfte nicht mehr, es wurde von den Wogen, die sich an den umliegenden Felsen brachen, wie ein Stück Holz hin und her geworfen. Und immer wieder diese Rucke, wenn sie gegen einen Felsen stießen.

Ulfs Hand tastete nach dem Gürtel. Er empfand etwas wie Befriedigung, als er den Beutel mit den Goldstücken fühlte. Ägirs Fingern waren sie entgangen. Die Brecher, die über die Bordwand geschlagen waren, hatten das Schiff nicht in die Tiefe zerren können. Aber hier an den Felsen lauerte die schöne Ran, Ägirs Schwester und Frau, mit ihrem Netz, das sie über die Langschiffe wirft, um sie gegen die todbringenden Felsen zu ziehen. Doch Ulf hatte das Gold dabei, mit dem die Meeresgöttin ihre Halle auf dem Meeresgrund schmückte, das Gold, für das sie den Ertrunkenen den Met reichte.

Noch ein Ruck. Ulf hob den Kopf. Vor seinen Augen eine Ruderkiste, die sich von den Seilen losgerissen hatte. Sie rutschte auf ihn zu, langsam nur, aber sie wurde immer größer und drohender. Es gelang Ulf nicht, sich aufzurichten. Er hob den rechten Arm, um die Sitztruhe zurückzustoßen, aber er fühlte, dass sein Arm kraftlos war. Der stechende Schmerz an der Stirn kam im gleichen Augenblick, als der Brecher über ihm zusammenstürzte.

Allmählich kam Ulf zu sich. Er lag auf dem Rücken, irgendwo auf den Deckplanken. Immer deutlicher erkannte er die Beine, die über ihn hinwegsprangen, und als er, auf den Schmerz nicht achtend, den Kopf ein wenig drehte, sah er die Lederschuhe, die auf der Bordkante aufsetzten, die Hosen, die sich über Bord schwangen. Es schien ihm eine Ewigkeit zu dauern, bis er seine Benommenheit niedergekämpft und sich auf die Knie aufgerichtet hatte. Sein Blick wurde klarer. Die Brecher hatten ihn bis in die Schiffsmitte geschwemmt. Neben ihm, vor ihm bis zum Bug, überall sah er die Finger, die sich um die Bordwände krallten, die Köpfe der Ruderer jenseits der Bordwand, die von Zeit zu Zeit unter einem Brecher verschwanden, deren Hände aber nicht losließen.

Mit einem Satz stand Ulf auf den Beinen. Die Benommenheit war verflogen. Dann setzte er den Fuß auf die Bordwand und sprang über einen der Köpfe hinweg. Er fühlte Grund unter den Füßen. Das Wasser mochte ihm hier, mittschiffs, bis an den Hals gehen, wenn nicht immer wieder die Wogenkämme über ihm zusammengeschlagen wären. Ulf kämpfte sich in dem tiefen Wasser nach vorne, auf den Bug zu. Das wirbelnde Wasser stieß ihn hin und her, doch irgendwie kam er vorwärts. Da sah er Grim, dicht neben dem Bug. Der Graubart zerrte mit beiden Händen an der Bordwand, ließ nicht einmal nach, wenn sein Kopf unter einem Brecher verschwand.

Jetzt krallte auch Ulf die Finger um die Bordwand. Schnell zog er sich gegen das Boot, bis er es auch mit der rechten Hand ergreifen konnte. »Der Kiel liegt auf dem Strand auf«, brüllte Grim. »Aber nicht weit genug. Wir müssen das Boot höher hinaufziehen, sonst werfen es die Wogen auf beiden Seite solange gegen die Klippen, bis alle Planken zersplittert sind.« Ulf sah den weit aufgerissenen Mund des Graubarts. Aber in dem Getöse des Sturms schnappte er nur Wortfetzen auf.

An den Bordrand geklammert, wartete Ulf, bis die Woge ihn wieder fallen ließ, seine Füße wieder Grund fanden. Dann stemmte er sie erneut gegen den Sand, der unter ihnen wich, spannte seinen Körper an und zog mit einem Ruck. »Dieser verfluchte Sog... Wir schaffen es nicht!« Ulf brauchte nicht viel von Grims Worten zu verstehen. Er merkte selbst, wie langsam sie vorwärts kamen. Wie sie mit jedem Ruck, der beinahe ihre Muskeln zerriss, das Langschiff höchstens einen Fingerbreit auf den Strand zogen. Und wie oft der Sog es zurückzerrte in das tosende Wasser. Bald würden sie ermüden...

Ulfs Finger lockern sich unwillkürlich. Sie haben gemeinsam gezogen. Aber dieses Mal geht ein wahrnehmbarer Ruck durch das Langschiff. Es kommt ihnen förmlich entgegen – nicht eine Fingerbreite, sondern eine Handbreite. Erstaunt schaut Ulf zu Grim hinüber. Da fällt sein Blick auf das Seil über dessen Kopf, das Seil um den Vordersteven unterhalb des Drachenkopfes. Als seine Augen dem Seil folgen, zuckt Ulf zusammen: Nur bis zu den Knien im Wasser, steht Ragnar, das Seil in den Fäusten.

Der Regen hatte aufgehört. Der Wind fegte tief liegende Wolkenbänke über die Landschaft. Dieser Wind war schneidend und kalt, aber es war kein Sturm mehr. Ulf schaute sich noch einmal nach allen Seiten um. In dem trüben, grauen Licht wirkten diese Hügel bedrückend: hohe, runde Hügel, mit Heide bedeckt, nirgends ein Baum. Einige Ruderer hatten gesagt, diese Landschaft erinnere sie an den Norden Norwegens. Aber Ulf kannte Norwegen nicht. Sie waren in Schottland, und zwar weit im Norden. Darüber war Ragnar sich mit allen Ruderern einig gewesen, die bereits einmal bei einem Raubzug irgendwo an dieser Küste angelegt hatten.

Das Langschiff war bei günstigem Südwind an der englischen Küste entlanggesegelt, immer in Sichtweite. Einige der Ruderer hatten gemurrt, weil Ragnar niemals die Küste angesteuert hatte. Hinter vorgehaltener Hand hatten sie den anderen immer wieder von den reichen Klöstern und Kirchen Englands erzählt. Ein kurzer Überfall... Doch nur einmal hatte einer der Ruderer Ragnar darauf angesprochen. Ragnars Antwort war kühl und nüchtern gewesen: Wenn sie Orm die Beute abjagen wollten, durften sie keine Zeit verlieren. Orms Langschiff hatte einen Vorsprung, und Hakon, der Ruderer aus Orms Mannschaft, hatte bestätigt, Orm werde ohne anzuhalten an England vorüberfahren. Ragnars Vorhaltungen hatten die Ruderer überzeugt. Schließlich malten sie sich schon seit Tagen aus, welcher Beuteanteil auf sie entfiele, wenn Orms Langschiff in ihre Hände geriete. Aber noch mehr hatte Ragnars Blick sie überzeugt, die Glut in seinen Augen, über die seine beherrschte Stimme nicht hinwegtäuschen konnte. Und wenn Ragnar häufiger Erik oder Ulf das Steuerruder überlassen hatte, wenn er stundenlang bewegungslos am Bug gestanden und mit den Augen die leere See abgesucht hatte, war auch Ulf ihm lieber aus dem Wege gegangen.

Ulf stieg zur Bucht hinunter, die kurz und schmal zwischen steil abfallenden Felswänden lag. An ihrem Ende gab es gerade genug Sandstrand, um einige Zelte aufzuschlagen. Beim Anblick der gewaltigen Felsblöcke und Felsnadeln, die auf beiden Seiten der Mündung aus dem Wasser ragten, wunderte sich Ulf immer aufs Neue, dass ihr Langschiff nicht zerschellt war. Zwar war die Farbe an vielen Stellen abgewetzt, aber die meisten Planken hatten gehalten. Nur zwei Planken in der rechten Bordwand waren gebrochen, zum Glück über der Wasserlinie.

Erik und der Grieche knieten vor einem der Zelte. Ihre Köpfe berührten fast den Boden. Der Grieche bemühte sich, mit beiden Händen den Wind von dem winzigen Häufchen Birkenschwamm abzuhalten, und Erik schlug mit dem Feuerstahl gegen den Feuerstein. Die meisten Funken verwehte der Wind. Aber gerade als Ulf hinzutrat, züngelte in dem Zunder ein winziges Flämmchen auf, und Erik warf getrocknete Wacholderrinde darüber. Missmutig betrachtete Ulf das Brennholz, das mannshoch neben der Feuerstelle aufgehäuft war. Verdorrte Heide, vom Regen durchweicht, denn sie hatten nirgends Büsche oder Bäume gefunden. Diese Heide würde schnell niederbrennen und viel Rauch entwickeln. Dann zuckte er die Achseln. Er würde abends seine Felljacke anziehen, und Fleisch zum Braten hatten sie ohnehin nicht.

Ragnar kam, begleitet von Grim und sieben Ruderern, auf das Feuer zu. »Setzt euch um das Feuer. Wir müssen beraten.« Ulf wusste, dass diese sieben Ruderer schon einmal in Schottland gewesen waren. Sie bildeten mit Ragnar und Grim einen Kreis. Ihr Schiffsführer wartete, bis die übrigen Ruderer sich eingefunden hatten und in kleinen Gruppen herumstanden, um der Beratung zu folgen. Ulf stand hinter Ragnar und Grim. Er war gespannt, was er über dieses Land erfahren würde, dessen Namen er zuvor nie gehört hatte.

»Hier in Schottland leben zwei Völker, Ragnar, die Pikten und die Schotten«, begann Ake.

»Diese Namen habe ich schon gehört«, brummte Ragnar. »Aber worin unterscheiden sie sich, Ake?«

Der Däne wirkte unentschlossen. »Man sagt, sie sprächen verschiedene Sprachen. Die Schotten sprechen keltisch wie die Iren in Irland...«

»Und diese Sprache verstehst du, Ake?«

»Na ja, was heißt verstehen. In Irland habe ich einige Worte aufgeschnappt. Aber die Pikten sprechen eine ganz andere Sprache.«

»Immer mehr Iren, erzählt man, kommen herüber nach Schottland, um sich anzusiedeln«, warf Sven ein. »Es soll hier heftige Kämpfe geben – nicht nur mit den Pikten, sondern auch zwischen den Schotten und den einwandernden Iren.«

»Auch in England hört man, Pikten und Schotten seien tapfere Krieger«, sagte Ragnar nachdenklich.

»Bist du noch nie auf sie gestoßen? Du warst doch schon hier?«

»Wir haben auf unserem Rückweg von England ein paar Mal an dieser Küste angelegt, Ake – gerade lange genug für eine Strandschlachtung. Wenn die Bauern uns gesehen haben, sind sie Hals über Kopf geflohen.«

»Das heißt noch lange nicht, dass die Leute feige sind«, widersprach Ake.

»Natürlich nicht. Wir waren doch über dreißig Mann. Und die Dörfer sind hier klein.«

»Schafe!«, schrie einer der Umstehenden. »Holen wir uns ein paar Schafe! Ewig dieses Trockenfleisch!«

»Es ist zu gefährlich, Rolf! Es wird Tage dauern, bis wir unser Boot ausgebessert haben. Am besten, die Bewohner dieser Küste bekommen uns gar nicht zu Gesicht.«

»Wenn die Dörfer hier so klein sind... Außerdem – wir können die Schafe ja auch kaufen, Ragnar.«

»Solange wir nicht wissen...«

»Ja, Städte gibt es in Schottland nicht«, erklärte Olaf. »Aber es soll Kirchen und Klöster geben…«

»Aber nur bei den Schotten«, wurde er unterbrochen.

»Nein, auch bei den Pikten. Auch die Pikten sind Christen…«

»Suchen wir uns eines dieser Klöster!«, schrie einer.

»Unsinn, Toke! Schotten und Pikten sind arm. In ihren Klöstern ist nichts zu holen.«

Ake nickte. »Deshalb gibt es in Schottland auch keine nordischen Händler. In Irland haben wir die Handelsstadt Dublin gegründet. Unsere Händler machen dort gute Geschäfte. Doch hier haben die Stämme kein Silber.«

»Aber einige Nordmänner haben sich an der schottischen Ostküste angesiedelt«, sagte einer der Ruderer, ein älterer, bedächtiger Mann.

»Auf den Inseln in der Irischen See gibt es viele…«

»Nein, nein. Ich meine hier, an der Ostküste.«

»Ich habe in England einen Nordmann aus Norwegen getroffen, der in irgendeiner Bucht an dieser Küste einen Bauernhof angelegt hat«, brummte Ragnar. »Er musste ihn aufgeben, weil seine Nachbarn, ich weiß nicht, ob Pikten oder Schotten, so feindselig waren. Da ging er zurück nach England.«

»Vergiss unsere Nordmänner nicht, Ragnar!«, spöttelte Ake. »Auf dem Weg nach Norwegen kommen doch auch unsere Langschiffe an dieser Küste entlang. Und die überfallen den Hof eines Nordmannes genauso wie ein Dorf der Schotten oder Pikten.«

»Ja«, stimmte der Ältere zu. »Es ist ein großes Wagnis, sich an dieser Küste anzusiedeln. Aber dennoch gibt es hier einige Nordmänner. In England…«

»In England«, knurrte Grim unwillig, »in England gibt es an manchen Stellen inzwischen so viele Nordmänner, dass die englischen Könige sie gar nicht mehr vertreiben können. Aber wir wissen immer noch nicht, ob hier Schotten oder Pikten leben.«

»Pikten, glaube ich«, warf einer ein. »Wir sind hier hoch im Norden. Die Schotten versuchen, wie man hört, die Pikten zu unterwerfen. Aus dem Süden Schottlands sollen sie sie schon verdrängt haben.«

»Es ist doch gleichgültig, ob hier Pikten oder Schotten leben«, rief einer der Ruderer von hinten.

»Rolf hat Recht! Dreißig Mann nehmen es mit jedem Dorf auf.«

Ragnar schüttelt abwehrend den Kopf. »Selbstverständlich fürchten wir uns nicht vor einem Dorf. Auch nicht vor zweien oder dreien. Aber wenn sich die ganze Gegend gegen uns zusammenrottet…«

»Wir haben Posten auf allen Hügeln ringsum aufgestellt. Wenn sie uns angreifen, können wir uns auf das Schiff zurückziehen.«

Ragnar zog die Brauen zusammen. »Das Langschiff ist nicht seetüchtig. Es ist besser, wir müssen nicht hinaus aufs offene Meer. Wir sollten die schadhaften Planken sobald wie möglich ausbessern und dann verschwinden.«

»Wenn wir einen geeigneten Baum finden«, seufzt Grim.

»Einen wird es hier doch irgendwo geben. Wir haben keine Zeit, neue Planken einzusetzen. Wir nageln einfach Holzbretter über die Bruchstellen.«

Am nächsten Morgen meldete einer der Wachtposten, er habe eine Frau gesehen. »Sie ritt am Fuße des Hügels vorüber, auf dem ich Wache stand.«

»Hat sie dich gesehen?«

»Nein, ich lag auf dem Boden, wie du befohlen hast. Da konnte sie mich von unten nicht sehen.«

»War sie allein?«

»Ja.«

»Merkwürdig«, brummte Ragnar. »Ihr Dorf muss weit entfernt sein. Unsere Kundschafter haben alle Richtungen zwei Gehstunden weit abgesucht.«

»Wie sah die Frau aus? Ihre Kleidung, ihr Pferd?«, fragte Ake, der Däne.

Der Ruderer zuckte die Achseln. »Die Frau konnte ich kaum erkennen. Sie war zu weit entfernt. Aber sie saß so seltsam auf dem Pferd: Sie ließ beide Beine auf einer Seite herabbaumeln, und das Pferd trug eine riesige, gestreifte Pferdedecke.«

»Pikten«, murmelt der Däne. »So reiten ihre Frauen. Und die Pikten lieben diese gestreiften Schabracken.«

Am dritten Tage fand der Suchtrupp endlich einen geeigneten Baum, eine sturmzerzauste Kiefer in einer abgelegenen Bucht, mehr als eine Fußstunde entfernt. »Kiefernholz taugt nichts für Schiffsplanken«, murrte Grim verdrossen. »Nur aus Eichenholz kann man gute Langschiffe bauen.« Ragnar hatte den Bericht des Suchtrupps angehört, ohne eine Miene zu verziehen. Jetzt brauste er auf: »Was redest du für Unsinn, Grim! Diese einzelne Kiefer in einer sonst baumlosen Gegend ist ein Geschenk der Götter. Lange genug haben sie sich Zeit gelassen. Endlich, endlich unterstützen sie mich wieder in meinem Kampf gegen Orm. Odin weiß, und Thor weiß es auch, dass ich hinter diesem verfluchten Hund seit zwanzig Jahren her bin. Und als ich ihn finde, sein Langschiff beinahe eingeholt habe, kommt dieser Sturm... Die Götter lassen dieses Schwein entkommen, während sie mich hier festhalten.«

Gizurs Stimme klang scharf, aber seine Augen blickten traurig. »Bist du von Sinnen, Ragnar? Beleidige die Götter nicht! Was haben Odin und Thor mit diesem Sturm zu tun? Ägir zaust seinen Bart und lässt die Stürme über die See fegen, wann er will. Und Ran wirft ihre Netze von den Küstenfelsen auf unsere Langschiffe, wann immer sie Lust hat.«

Ragnars Stimme unterbrach die drückende Stille: »Wir brauchen sowieso keine Eiche, Grim. Wir haben hier keine Zeit, Planken zu spalten, zurechtzuschaben und zu biegen. Für die Bretter, die wir auf die beiden gebrochenen Planken nageln, genügt Kiefernholz. Unter Umständen ein einziger Ast, wenn er dick genug ist. Wenn die Leute sich eilen, können wir heute Abend noch losrudern.«

Zehn Ruderer zogen mit ihren Breitäxten los, um die Kiefer zu fällen oder einen Ast abzuschlagen. Als er seine Weisungen erteilt hatte, erstieg Ragnar die Böschung der Bucht und setzte sich an den Rand der Küste, dort, wo die Klippen senkrecht ins Meer abstürzten. Er werde Wache halten, damit die Pikten sie nicht mit Booten vom Meer aus angreifen könnten, hatte er mit einer Stimme geknurrt, die keinen Widerspruch duldete.

Ulf sah quer über die Bucht. Dort oben saß Ragnar, seit Stunden in derselben Stellung: die Knie angezogen, das Kinn auf beide Hände gestützt, den Kopf zum Meer gewandt. Ulf zuckte unwillkürlich die Achseln. Selbst sein Sohn würde nicht wagen, ihn zu stören. Aber er hatte es immer gewusst, dass die Sache mit Orm für Ragnar mehr war als eine gewöhnliche Blutrache...

Zufrieden betrachtet Ulf die schwarzen Augen auf den beinernen Würfeln. Zufrieden hört er das leise Klirren, als ein weiteres Silberstück auf das Häuflein vor seinen Füßen fiel. Gestern hatte er schon gewonnen, heute wieder – gegen einen so ausgefuchsten Würfelspieler... »Ich werde immer besser. Oder Thor hilft mir...«

»Thor?«, lachte Gizur spöttisch. »Meinst du wirklich, Ulf, die Götter kümmerten sich um unsere Spiele? Sie haben Besseres zu tun. Nein, Glück hast du gehabt. Und Glück muss man haben, beim Spiel wie im Leben.«

Jedenfalls hatte Ulf begonnen, das Würfelspiel zu lieben. Zwei Tage und zwei Nächte waren sie nun unterwegs, seitdem ihr Langschiff in der Nacht aus der Bucht in Schottland ausgelaufen war. Und die Sonne näherte sich dem Scheitelpunkt. Ulf stopfte die Silberstücke in den Beutel an seinem Gürtel, dann erhob er sich und dehnte den Rücken. Fell hin, Fell her, die Sitztruhen waren hart, und nach einigen Stunden tat einem der Hintern weh. Auf der Ruderkiste ihm gegenüber hielt der weißhaarige Alte bereits nach einem anderen Mitspieler Ausschau. Langsam schlenderte Ulf den Laufsteg auf seiner Bootsseite entlang nach vorne zum Bug. Nirgendwo waren die Deckplanken ausgehoben, niemand musste derzeit im Kielraum Wasser schöpfen. Der Rückenwind bauschte das Segel, und das Langschiff schien wie ein Fisch, schnell und geschmeidig, durch das Wasser zu gleiten.

Ulf hatte es nicht eilig. Hier und dort blieb er bei den Brettspielern stehen. Mit auf die Hände gestütztem Kinn saßen sie auf ihren Ruderkisten und starrten gedankenverloren auf die Spielbretter auf den Planken zwischen ihren Füßen. Ulf ging zum Heck zurück. Der Grieche saß auf seiner

Ruderkiste und kämmte sich die Läuse aus den schwarzen Locken. Vor ihm saß Grim. Der Graubart hielt den Schaft seines Speeres zwischen den Knien und putzte gedankenverloren die silbernen Einlagen auf der Spitze. Schließlich trat Ulf zu Ragnar ans Steuer. Aber auch der war zu keinem Gespräch aufgelegt. Unermüdlich ließ er die Augen über die leeren Wogen schweifen. Plötzlich hob er den rechten Arm und deutet nach vorn. Ganz hinten über der Kimm erkannte Ulf verschwommene Linien. »Das ist Norwegen, Ulf. Norwegen.«

»Und wir sollten doch zuerst nach Haithabu fahren und dort unsere Beute verkaufen.« In Halfdans Augen funkelte der Trotz. Sein Bart und sein schulterlanges Haar waren so ungekämmt wie immer. Halfdan war ein Mann, der gerne das große Wort führte, wenn von seinen Taten die Rede war. Aber im Kampf alles andere als ein Feigling. »Sven und Ari meinen das auch!« Doch als er in Ragnars Augen blickte, fuhr er einen Schritt zurück.

»Die Fahrtgenossenschaft hat abgestimmt, Halfdan. Du warst selber dabei. Die Mehrheit will Orms Langschiff verfolgen. Und nicht nach Haithabu.«

Ohne ein Wort wandte Halfdan sich ab und ging zu seinem Ruderplatz zurück. Aber Ulf hörte den unterdrückten Fluch, als der Mann an seiner Sitztruhe vorüberkam.

Ragnar hatte eine kleine Bucht ausgesucht mit nicht zu steilen Hängen, die dicht bewaldet waren. Hier gab es weit und breit keinen Menschen. Ulf war noch damit beschäftigt, seinen Beuteanteil in den großen Fellsack zu stopfen. Niemand hatte widersprochen. Eine gefahrvolle Fahrt wie diese, eine Fahrt mit ungewissem Ausgang, unternahm man nicht mit einem Langschiff, dessen Kielraum voll Silber war. Seit dem Morgen hatte Ragnar am Strand die arabischen Dirhems gewogen und verteilt. Nun trugen alle Fahrtgenossen ihre Säcke den Hang hinauf, und jeder suchte sich einen geeigneten Platz, um seine Beute zu vergraben – in der Nähe eines auffälligen Baumes, der als Wegweiser dienen konnte, und an einer Stelle, die nicht so steil war, dass bei Regen mit einem Erdrutsch gerechnet werden musste.

Ulf hatte die Grube wieder zugefüllt und stampfte mit den Füßen die Erde fest. Befriedigt ließ er seinen Blick über die Bucht wandern. Ein geschickt gewähltes Versteck! Eine unauffällige Bucht, von denen es hier Tausende gab. Niemals würde sich ein Mensch hierher verirren. Die bewaldeten Hänge waren zu steil, um ein Haus zu bauen, zu steil auch, um Jäger anzulocken. Und die Felsnase am Eingang der Bucht, das gegenüberliegende Inselchen, waren Landmarken, die ein Schiffsführer, der nach ihnen suchte, nicht übersehen konnte. Unten am Strand lag das Langschiff. Orms Ruderer, der nicht zur Fahrtgenossenschaft gehörte, war an Bord geblieben.

»Jeder merkt sich möglichst viele Stellen, an denen seine Nachbarn ihre Beute vergraben haben«, rief Ragnar. Jeder von ihnen konnte im Kampf getötet werden. Hier wäre seine Beute auf ewig verloren, wenn nicht einer der anderen Ruderer sie wieder finden könnte. Geheimnisse vor den Fahrtgenossen gab es nicht. Einem Fahrtgenossen die Beute stehlen – niemals hatte man von einer solch ehrlosen Tat erzählt.

Zögernd trat Halfdan auf Ragnar zu. Vorsichtig wich er seinem Blick aus. »Hast du daran gedacht, Ragnar, dass auch Orm seine Beute vergraben könnte? Dann verfolgen wir ihn vergebens.«

»Natürlich habe ich über diese Möglichkeit nachgedacht«, knurrte Ragnar. »Aber Orm wird es nicht tun.«

»Warum nicht? Wenn er klug ist...«

»Nein, Halfdan. Orm weiß gar nicht, dass wir ihn verfolgen. Warum sollte er irgendwo seine Beute vergraben?«

Halfdan schüttelte den Kopf. »Vielleicht rechnet er damit, dass sein Ruderer, der über Bord gefallen ist, geplaudert hat. Er kennt dich, Ragnar. Er weiß dann, dass du ihm auf den Fersen bist.«

Ragnar dachte kurz nach. »Selbst dann hat er keine Veranlassung, seine Schätze zu vergraben. Sein Boot ist schwer beladen. Er wird ohne Aufenthalt zu seinem Hof zurückkehren. Je mehr er sich beeilt, desto schwerer kann er eingeholt werden.«

»Auf einer so langen Strecke? Die ganze Westküste entlang bis hoch hinauf in den Norden? Da schmilzt jeder Vorsprung schnell dahin, Ragnar!«

»Was hätte er davon, hier im Süden seine Beute zu vergraben? Er müsste sie doch wieder abholen. Das wäre eine lange Fahrt. Hin und zurück. Bei uns ist das etwas Anderes. Wir müssen auf jeden Fall wieder zurück.«

Halfdan wiegte zweifelnd den Kopf. »Selbst wenn du Recht hättest, Ragnar... Er wird auf jeden Fall seine Schätze in der Nähe seines Hofes vergraben. Wie sollen wir sie finden?«

Einige Ruderer waren hinzugetreten und hörten der Auseinandersetzung schweigend zu.

»Warum so ängstlich, Halfdan? Das ist doch sonst nicht deine Art!«, fuhr Grim ihn an. »Wer einem anderen Langschiff die Beute wegnehmen will, muss es erst erwischen. Da hast du natürlich Recht. Es kann dir auch entkommen. Ist das aber ein Grund, die Verfolgung erst gar nicht aufzunehmen? Und wenn Orm die Beute bei seinem Hof vergräbt... Wir werden kurz nach ihm eintreffen. Wir werden...«

Ulf nickt zustimmend. »Es ist nicht leicht, einen großen Schatz zu vergraben, ohne Spuren zu hinterlassen. Abgebrochene Äste und Zweige, Erde, die sich noch nicht gesetzt hat.«

Der Fjord, in den sie wenig später einbogen, war gewaltig. In seiner schwedischen Heimat hatte man Ulf von diesen himmelhohen Schluchten an der Westküste Norwegens erzählt, in denen das Meer sich tief ins Land fraß. Immer schon hatte Ulf gehofft, einen dieser Fjorde mit eigenen Augen sehen. Senkrecht ins Wasser stürzende Felswände auf beiden Seiten, in das Blau des Himmels ragende Bergspitzen in der Ferne – all das hatten sie beschrieben. Aber Ulf, der wusste, dass keiner der Erzähler jemals selbst in Norwegen gewesen war, hatte es für eine Übertreibung gehalten. Nun wurde ihm klar, dass selbst der glänzendste Geschichtenerzähler nicht genug Vorstellungskraft aufbringen konnte, um die Wucht dieser Landschaft wirklich auszumalen. »Selbst bei diesem guten Rückenwind müssten wir einen ganzen Tag segeln, um an das Ende des Fjordes zu gelangen«, hatte Ragnar auf Ulfs Frage geantwortet. »Aber Ketils Hof liegt nur einige Stunden entfernt.«

Ulf stand mit Grim und Erik bei Ragnar am Steuer. »Ich freue mich, Ketil wieder zu sehen«, brummte der Graubart.

»Ich auch«, lachte Ragnar. »Aber vor allem können wir bei ihm unser Boot ausbessern. Es gibt berühmte Schiffsbaumeister in dieser Gegend.«

»Du hast gelegentlich von Ketil erzählt…«

»Ja. Vor zehn Jahren habe ich ihn das letzte Mal gesehen. In England«, unterbrach Ragnar. »Einer der besten Krieger, die ich je getroffen habe.«

»Nicht nur ein Kämpfer, der den Tod nie scheute, Erik«, warf Grim ein. »Auch ein Krieger voller List und Verschlagenheit.«

»Und du meinst, Vater…«

»Ketil ist jetzt zu alt, um noch auf Wikingerfahrt zu gehen. Aber er ist ein einflussreicher Mann in der Gegend. Vielleicht kann er uns ein zweites Langschiff zur Verfügung stellen, mit Leuten, die eine gute Beute zu schätzen wissen.«

»Vielleicht schickt er seine beiden Söhne mit«, nickte der Graubart.

»Das hoffe ich auch. Ketils Söhnen bin ich vor einigen Jahren begegnet. Wir könnten sie gut gebrauchen. Es sind tapfere Krieger wie ihr Vater.«

Die Landschaft faszinierte Ulf so, dass er sogar Gizurs Angebot, die Würfel zu werfen, ausschlug. Schweigend stand er an der Bordwand, um zu schauen. Er folgte mit den Augen einem Wasserfall, der von einer senkrechten Felswand herunterstürzte und sich dabei in unzählige Tröpfchen auflöste, die im Sonnenlicht glitzerten wie ein Schleier. Es dauerte lange, bis der erste Bauernhof in Sicht kam, ein Langhaus, an dessen Wänden Steine übereinander geschichtet waren, erst teilweise mit frischen Grassoden bedeckt. Dazu Nebengebäude, umgeben von kleinen Feldern, eingezwängt auf beiden Seiten von dichten Wäldern. Der Fjord war hier zu breit, um alle Einzelheiten erkennen zu können. Aber Ulf sah ein gutes Dutzend Kühe und sehr viel mehr Schafe dort drüben weiden. Felder, die noch nicht abgeerntet waren, leuchteten gelbbraun herüber. Es war ein warmer Tag – nicht mehr die Gluthitze des Mittelmeers, aber auch hier wölbte sich ein strahlend blauer Himmel. Ein fruchtbares Land, dachte Ulf. Die Bauernhöfe in diesem Fjord mussten einfach wohlhabend sein!

»Endlich haben wir Ketils Hof erreicht«, nickte Gizur zufrieden. Sie hatten gerade den Mast umgelegt, und Ulf erhob sich aus seiner gebückten Stellung. Am rechten Ufer lag in einer flachen, halbkreisförmigen Einbuchtung ein Langhaus. Auf beiden Seiten endeten steile, bewaldete Abhänge am Fuße schroffer Felsmauern. Ulf stellte sich zu Grim und Erik, während einige Ruderer das Langschiff gemächlich auf den Strand zutreiben ließen.

»Das muss Ketil sein.« Die Unsicherheit in Grims Stimme war nicht zu überhören. Am Ufer stand, auf einen Stock gestützt, ein Greis, ein uralter Mann mit kahlem Schädel und weißem Bart und krummem Rücken.

Ragnar trat als erster auf den Hausherrn zu. Er bemühte sich, seine Betroffenheit zu verbergen. »Ich habe deinen Drachenkopf bereits aus der Ferne erkannt, Ragnar. Wie freue ich mich, dass ihr mich besucht!« Ulf konnte die heisere Stimme des alten Mannes kaum verstehen. Während die Fahrtgenossen, die Ketil kannten, den Greis umringten, sah Ulf sich um. Aus einigem Abstand schauten zwei alte Frauen herüber. Es waren Unfreie, denn ihre grauen Haare waren kurzgeschoren und ihre Wollkleider ungefärbt. Das Langhaus vor der Felswand machte einen stattlichen Eindruck, aber Ulf entging nicht, dass die Dächer der meisten Grubenhäuser eingestürzt waren. Und die niedrigen Mauern aus Feldsteinen, mit denen man Felder und Pferche abgrenzte, waren von Unkraut überwuchert. Statt Getreideähren leuchteten in der Sonne Distelköpfe. Zwei Kühe zählte Ulf und einige Schafe. Keine Schweine, keine Ziegen.

Jetzt trat aus der Tür auf der Schmalseite des Langhauses eine Frau und eilte auf sie zu. Sie trug ein eng anliegendes, langes Wollkleid, das braun gefärbt war, und statt des Gürtels einen Strick um die Hüfte. Obwohl sie kein Schürzenkleid trug, musste es die Hausherrin sein, denn um den Kopf war ein braunes Leinentuch gebunden, dessen hinten verknotete Enden weit abstanden, und in der Hand hielt sie den Willkommenstrunk. Der Kreis, der sich um Ketil gebildet hatte, öffnete sich, und Ragnar, Grim und Gizur gingen der Frau einige Schritte entgegen. »Seid unsere Gäste, Ragnar, Grim, Gizur! Ihr und alle eure Leute!« Das Gesicht der Frau war vom Alter zerfurcht, und unter dem Kopftuch schauten graue Strähnen hervor. Aber ihre hagere Gestalt war ungebeugt.

Das Kuhhorn ging von Hand zu Hand – kein Met, nur Bier. Als Ulf es an seinen Nachbarn weiterreichte, fiel sein Blick auf den zerfransten Rand.

Irgendwann einmal, schoss es ihm durch den Kopf, war der Rand dieses Trinkhornes mit Silber eingefasst. »Seid willkommen auf unserem Hof!«

Ulf hörte die freundlichen Worte, mit denen die Hausfrau ihre Gastfreundschaft anbot. Aber ihr Blick strafte diese Worte Lügen. Ihr waren sie nicht willkommen.

Als das Trinkhorn geleert war, zog Ragnar ein reich mit Silber verziertes Schwert unter seinem Mantel hervor. Die Augen in Ketils eingefallenem Gesicht leuchteten auf, als er das kostbare Gastgeschenk erblickte. Doch das Schwert entfiel seinen zittrigen Finger und fiel klirrend zu Boden.

»Hast du dir das Langhaus angesehen, Grim?«, flüsterte Ulf.

Der nickte bekümmert. »Die Grassoden an den Wänden und auf dem Dach sind seit Jahren nicht erneuert worden.«

»Ja. Sie zerbröseln einfach«, stimmte Ragnar mit verbissenem Gesicht zu. »Es wird besser sein, wir schlagen hier am Ufer unsere Zelte auf.«

Sie brachten nur das Notwendigste an den Strand.

»Ihr wollt also euer Boot ausbessern? Zwei Planken ersetzen?« In Ketils Augen war Leben gekommen, als Ragnar von der Havarie berichtete, und seine Stimme klang nicht mehr so zittrig. »Zwei Planken ersetzen. Das dauert mehrere Tage. Aber eure Leute werden sich nicht langweilen. Wenn ich von England erzähle… Erinnerst du dich, Ragnar? Damals, als…«

Ulfs Blick wanderte von einem Pfosten zum anderen, entlang den aufgeschütteten, holzverschalten Schlafbänken auf beiden Seiten des Langhauses. Die beiden Pfosten, welche die Dachbalken trugen, und zwischen denen er saß, waren halb verfault. Sie hätten längst ersetzt werden müssen. Und die Bretter hinter seinen Füßen waren an vielen Stellen zersplittert. Erde rieselte heraus. Die Pfostenreihe vor der Schlafbank gegenüber sah nicht besser aus.

»Also hört! Die Geschichte mit dem Kloster muss ich euch erzählen…«

»Du alter Trottel! Immer die alten Geschichten von deinen Raubfahrten! Den Raubzügen, die dem Hof nichts gebracht haben als Not.« Die Stimme der Hausfrau klang schneidend. Sie stand abseits, den Spinnrocken mit dem Flachs in die linke Armbeuge geklemmt, und drehte mit beiden Händen den Faden, an dessen Ende die Spindel hing.

Ragnars Stimme war nur mühsam beherrscht. »Sei nicht ungerecht, Gunhild! Ketil prahlt nicht! Was er erzählt, hat er wirklich erlebt. Und gute Beute dabei gemacht!«

Die beiden Zipfel des Kopftuchs im Nacken der Hausherrin zitterten. Ihre Stimme klang ruhig, aber feindselig. »Ja, du bist der Gast, Ragnar. Da muss die Hausfrau schweigen…«

Eine der beiden alten Frauen schob den Arm über die Schultern der Ruderer, die Ulf gegenüber auf der Holzbank saßen, und stellte den Tonkrug vor ihnen auf den Tisch. Das Bier war dünn, das bauchige Tongefäß unverziert und schäbig. Ulf musste an den Brei denken, den man ihm vorgesetzt hatte: fleischloser Haferbrei, gekocht in einer einfachen Specksteinschüssel, die die Hausfrau in die glühende Asche der Feuerstelle setzte. An die Gabel, die nur aus Holz war. An die Fleischstücke, die man vor ihm auf das Holzbrett gelegt hatte. Sie waren so klein gewesen, dass sie auf eine Spitze der zweizinkigen Gabel gepasst hatten.

Immer noch stand Gunhild, die Hausfrau, abseits, und drehte die Spindel. Niemand von ihnen hatte eine Bemerkung gemacht. Aber keiner von ihnen hatte versucht, die Enttäuschung zu verbergen. »Es ist nur ein kleiner Imbiss, Ragnar. Ich hatte keine Zeit, Vorbereitungen zu treffen. Wenn man alle Hausarbeit zusammen mit zwei Frauen leisten muss, die eigentlich schon zu alt zum Arbeiten sind...« Gunhilds Stimme schlägt plötzlich um. Der begütigende Ton verschwindet, die alte Schärfe kehrt zurück. »Es hat keinen Sinn, es zu verschweigen, Ragnar: In diesem Jahr haben wir wenig Vorräte. Wir haben zwei schwere Winter hinter uns...«

»Die kältesten Winter, an die ich mich erinnere«, nickte Ketil.

»Ja«, fuhr die Frau fort. »So kalt, dass einige Bauern ihre Kühe im Stall eingemauert haben. Du weißt selbst, Ragnar: Hier an der Küste ist der Winter viel milder als drinnen im Land. Sogar die Kühe lassen wir im Winter draußen, wenn nicht gerade ein Schneesturm tobt.«

»Selbst Schafe und Ziegen haben die Bauern ins Haus genommen«, warf Ketil ein. »Man konnte sie nicht mehr auf Futtersuche schicken. Monatelang.«

»Dann reicht das Winterfutter natürlich nicht«, brummte Ragnar.

Gunhild hatte aufgehört, an dem Faden zu drehen. »Viele Tiere sind bereits im ersten Winter verhungert, und im zweiten Winter gab es dann eine Hungersnot auch unter den Menschen.«

»Auf Olafs Hof sind drei Menschen verhungert.«

»Ketil hat Recht. Im Frühjahr sind in unserer Gegend viele Menschen verhungert. Sie hatten im ersten Winter ihr Saatgut verzehrt...«

»Jeder Bauer weiß...«, knurrte Ragnar.

»Selbstverständlich weiß jeder Bauer, dass er verloren ist, wenn er sein Saatgut angreift. Aber sollten sie verhungern, Ragnar? Sie hofften auf einen warmen Sommer, eine reiche Ernte. Doch der Sommer nach dem harten Winter war kühl. Nichts als Regen. Auch wir mussten im Herbst unsere dritte Kuh schlachten. Wir hatten nicht genügend Heu. Wir haben zwei Kühe durch den Winter gebracht und einige Schafe – mit Mühe und Not. Glücklicherweise brauchten wir kein Heu mehr für die Pferde. Wir haben unsere Pferde schon lange verkauft...«

Ketil winkte mit einer fahrigen Bewegung ab. »Kalte Winter, schlechte Ernten, das kann vorkommen, Ragnar. Aber Freyr wird mit dem Wagen, den der goldene Eber zieht, über unsere Felder fahren. Dann kehrt die Fruchtbarkeit zurück.«

»Wird er wirklich?«, zischt Gunhild. »Wie oft haben wir diesem Gott geopfert? Wie viele Male haben wir seine Holzstatue auf Schlitten über die Felder gezogen? Nicht nur im Frühjahr, wie es Brauch ist. Wie viele Krüge Met und Bier haben wir über sein erregtes Glied gegossen? Der reiche Askil, den die Volksversammlung immer wählt, sogar Wein. Aber der Gott, der unablässig die Spitzen seines langen Gabelbartes dreht, ist launisch.«

Ulf hörte Gizurs Stimme: »Alle Götter sind launisch, Gunhild.«

»Freyr ist kein Gott wie die anderen, Gizur.«

»Warum nicht, Gunhild? Weil Freyr nicht zur Sippe der Asen zählt wie Odin und Thor, sondern zu den Wanen? Wie Freya, die nicht nur seine Frau ist, sondern auch seine Schwester. Die Asen und die Wanen wohnen in verschiedenen Götterwelten. Dennoch sind alle Götter gleich.«

»Recht hast du, Gizur!« Kraftlos fiel Ketils Hand zurück bei dem vergeblichen Versuch, mit der Faust auf den Tisch zu schlagen. »Auch Freyr ist ein mächtiger Gott!«

Gizur nickte. »Nicht nur mächtig. Nicht nur ein großer Krieger, sondern etwas ungeduldig, deshalb zwirbelt er ständig seinen Gabelbart.« Der Weißhaarige lächelte spöttisch. »Na ja. Ich kann seine Ungeduld verstehen. Neun endlose Nächte musste er auf Gerd, die bildschöne Riesentochter, warten. Aber Freyr ist einer unserer größten Götter. Wenn ich an sein Schiff denke. Zusammengelegt passt es in einen Beutel an seinem Gürtel. Aber wenn Freyr es auseinander faltet, trägt es alle Götter und ihre riesigen Hallen. Und es fliegt durch die Luft…«

»Was nützt uns Menschen das? Unsere Opfer waren umsonst. Ich sagte es schon. Der Sommer war kalt und nass.«

»Warum habt ihr nur Freyr geopfert, Gunhild? Warum nicht auch Thor? Thor ist doch für den Regen verantwortlich!«

»Natürlich haben wir auch Thor geopfert, Gizur.«

Ragnar wandte sich dem Hausherrn zu. »Warum habt ihr keine Pferde mehr, Ketil?« Der wich seinem Blick aus. »Wir mussten die Pferde verkaufen. Wir hatten nicht mehr genug Heu für sie.«

Wieder drehten Gunhilds Finger den Faden mit der Spindel. Sie blickte zu ihrem Tisch herüber. »Wir haben längst unsere besten Wiesen verkauft, Ragnar. Und wir haben viel zu wenig Unfreie, um genügend Heu zu mähen. Die Hänge hier sind steil. Und sie sind schon lange zugewachsen. Wo es noch offene Flächen gibt, wachsen mehr Steine und Disteln als Gras.«

Jetzt wandte Ketil sich seinem Ehrengast zu, der zu seiner Rechten saß. »Wenn ich noch mähen könnte, Ragnar! Ich hätte niemals zugelassen…«

Die Stimme seiner Frau kam wie ein Peitschenhieb. »Als du noch mähen konntest, Ketil, warst du immer auf Wikingerfahrt. Du kamst nicht, wie üblich, zur Ernte zurück. Deshalb sind die Hänge zugewachsen.«

Grim, der zur Linken des Hausherrn saß, schüttelte den Kopf. »Wie könnt ihr ohne Pferde pflügen? Auch einen Ochsen habe ich nirgends gesehen.«

Ketil versuchte, seinen gekrümmten Rücken zu straffen. »Unser Nachbar sendet uns einen Unfreien mit einem Ochsen. Wundert euch das? Einem Helden, der von England erzählen kann, hilft jeder.«

»Schweig, du Dummkopf! Der Nachbar hilft uns, weil er Geschenke erwartet. Wo sind denn all die Silbersachen hin, die du aus England mitgebracht hast? Sie sind in den Truhen der Nachbarn, die mit ihren Unfreien aushelfen mussten. Aber jetzt bekommen wir immer weniger Hilfe. Denn unsere eigenen Truhen sind leer…«

Der Greis starrt Ragnar angstvoll an. »Ein paar schwere Jahre, das kommt auf jedem Hof vor. Nicht wahr, Ragnar? Es wird auch wieder besser.«

Wie denn? dachte Ulf. Ohne Tiere, ohne Arbeitskräfte?

Gunhild fuhr fort. »Die letzten beiden Sklaven, die wir haben, sind auf der Heumahd. Sie kommen in einigen Tagen zurück. Es sind die Männer der beiden Unfreien, die euch bedienen. Den Rest könnt ihr euch denken. Sie sind fast so alt wie Ketil.«

Ulf zuckte bei dem Gedanken zusammen.

»Ihr wisst es selbst: Ein Mann braucht zwei Wochen, um das Heu für eine einzige Kuh zu mähen – zehn Stunden am Tag. Muss ich euch erklären, wie lange hier die Winter sind? Und in zwei Wochen schaffen sie es nur, wenn sie die Sense benutzen können. Mit der Sichel dauert es länger. Aber unsere beiden Alten brauchen selbstverständlich doppelt so lang. Wir haben niemals genügend Gras. Wir mischen es mit Laub und Heidekraut.« Gunhilds Stimme klang schnippisch. »Da werden die Kühe nicht fett, Ragnar.«

Der blickte auf den Hausherrn. »Wo sind denn die anderen Unfreien geblieben, die vielen, die ich früher auf deinem Hof gesehen habe?«

Ketil wehrte mit zittrigen Händen ab. Ulf glaubte, durch die brüchige Stimme des Greises etwas von der alten Härte des Kriegers zu hören. »Das ist eine lange Geschichte, Ragnar. Eine traurige Geschichte. Vielleicht erzähle ich sie dir später einmal.«

Gunhild drehte ihnen jetzt den Rücken zu. Sie ging vor dem Webstuhl, der hinter der Feuerstelle schräg gegen einen der gegenüberliegenden Pfosten lehnte, auf und ab und zog die Schussfäden durch. »Entschuldigt, wenn ich euch den Rücken zudrehe. Aber einer muss auf dem Hof ja weben. Die beiden alten Frauen haben genug andere Arbeit. Für uns könnte der Tag doppelt so lang sein.« In ihrer Stimme schwang wieder der alte Trotz. »Früher brauchte ich den Webstuhl nicht im Wohnhaus aufzustellen, wie die kleinen Bauern. Aber das Grubenhaus für den Webstuhl ist längst eingestürzt.«

»Ich habe es schon gesagt: Ottar ist ein ausgezeichneter Schiffsbaumeister.« Der Greis nickte heftig. »Ottar hat für den Jarl zwei prächtige Langschiffe gebaut.«

Vom Webstuhl drang Gunhilds Stimme herüber: »Und jetzt baut er für den Jarl ein drittes. Die Besatzung findet der Jarl leicht: Die Leute strömen herbei. Junge Männer lassen sich immer zu einer Wikingerfahrt verführen!«

»Unsinn, Gunhild.« Ketil ballte mühsam eine Faust. »Unsere Gegend ist arm. Die jungen Männer können nur in der Fremde reich werden.«

Die Hausfrau warf ihm einen verächtlichen Blick zu. »So reich wie du! Die Narren merken gar nicht, dass der Jarl nur seine Macht ausdehnen will.«

»Wer ist dieser Jarl?«, fragte Ragnar. Ketils eingefallener Kopf wackelte. Vielleicht wollte er etwas wie Hochachtung ausdrücken. »Der Jarl hat einen großen Hof, und der Jarl ist ein großer Krieger.«

»Machtgierig ist er!«, schrie Gunhild dazwischen. »Alle Hofbesitzer an diesem Fjord sind frei und gleich. Aber heute zählt auf der Volksversammlung nur noch der Reichtum. Viel Land oder viel Silber.«

»Oder große Taten, Gunhild!«

»Wie bei dir, Ketil?«, schnaubte die Hausfrau. »Hört auf der Volksversammlung noch jemand auf dich, Ketil? Askil will nicht nur von dem Thing gewählt werden, um die Feiern zu Ehren der Götter zu leiten. Der Jarl möchte, dass die Volksversammlungen aller umliegenden Fjorde sich zu einem Landschaftsthing zusammenschließen. Selbstverständlich will er auch dort gewählt werden. Und er will, dass unser Götterfest nur noch in seiner Halle ausgerichtet wird. Erst dann dürfte er sich eigentlich Jarl nennen, denn sonst hat er noch nichts geleistet. Aber er tut es schon jetzt.«

Ketils Stimme klang verwundert. »Was du nur gegen Askil hast? Er ist der richtige Mann. Er hat einen großen Hof, hat viel Silber. Hat große Heldentaten vollbracht.«

»Alter Narr!«, fauchte Gunhild. »Askil wird nach und nach alle Freien in die Abhängigkeit zwingen. Uns zuerst. Bisher brauchten wir von ihm noch nichts zu borgen.«

Ketils Augen strahlten. »Ja, Ragnar. Der Jarl hat uns angeboten, zur Ernte einige seiner Unfreien zu schicken. Aber wir kamen auch allein zurecht...«

»...allein zurecht, du Narr? Wir können nicht einmal mehr genügend Heu machen. Nein, wir kamen niemals allein zurecht, Ragnar. Aber wir blieben frei und unabhängig.«

Ketils Hände krampften sich wütend zusammen. »Unsinn! Der Jarl hat keine Hintergedanken. Er handelt aus der Achtung, die ein großer Krieger einem anderen großen Krieger schuldet. Auch wenn Freyr es einmal nicht gut meint: Ein Held bleibt immer einer der Großen. Wenn ich an meine Tochter Gudrun denke… Die Heirat meiner Tochter Gudrun! Was war das für ein Fest! Vier Tage lang. Wie haben wir den Göttern geopfert und ihnen zugetrunken! Jeden Tag haben wir Freyr Opfer gebracht – ihr wisst schon, wegen der Zeugungskraft, und weil er dem Haus Reichtum bringt. Und Freya, seiner Schwester und Gemahlin. Die meisten hier glauben, der Frieden im Haus und zwischen den Eheleuten hänge von Freya ab. Deshalb habe auch ich ihr am meisten geopfert.«

»Alter Lügner! Weil sie so schön ist. Ihre blauen Augen und ihr goldenes Haar haben dich betört. Und weil du alter Bock vielleicht glaubst, sie werde auch dir erscheinen und auf dein Lager kriechen. Erzählt man nicht, Freya sei oft mit Menschen ins Bett gegangen? Sogar mit Riesen. Deshalb mag ich sie nicht. Wenn wir freien Frauen…«

»Wenn du die Ehe brechen würdest«, unterbrach Ragnar gereizt, »würde die Volksversammlung über deine Strafe entscheiden, Gunhild. Wie, weiß ich nicht. Das ist von Landschaft zu Landschaft verschieden. Aber wenn du dich mit einem Unfreien einließest, würdest du selber unfrei. Das ist überall so.«

Gunhilds Stimme klang streitlustig. »Die meisten Frauen hier opfern Freya mehr als allen anderen Göttinnen und Göttern. Und was sie von Freya alles erwarten! Kindersegen, eine leichte Geburt, kein Streit im Haus. Dabei ist Freya nichts als eine Hure. Sie schläft mit allen Göttern und allen Riesen. Stimmt es nicht, Gizur? Du weißt am meisten…«

Der Weißhaarige zuckte die Achseln. »Na und? Alle wissen: Freya treibt es mit vielen Göttern und Riesen. Andere Götter und Riesen verschmäht sie. Wer weiß, warum? Auch ich verstehe das Tun und Lassen der Götter oft nicht. Es sind eben Götter, keine Menschen, Gunhild.«

Ketil rutschte unruhig auf der Wandbank hin und her. Die alten Sklavinnen brauchten immer länger, um das Bier nachzufüllen. Ulf ahnte, dass sie es bei jeder Runde mehr mit Wasser strecken mussten. Ragnar setzte gerade den Tonkrug ab und flüstert hinter Ketils Rücken Grim zu: »Morgen brauen wir unser eigenes Bier.«

Der Gastgeber nutzte die Pause. »Und wie oft haben wir Frigga geopfert, Ragnar! Wir…«

Gunhild ruft dazwischen: »Ich auch! Frigga ist weise. Schließlich ist sie Odins Frau. Vor allem aber: Frigga ist treu.«

»Die Tische haben sich gebogen, Ragnar«, fuhr der Hausherr fort. »Wer hat hier bei einer Hochzeit mehr aufgetragen als mein Schwiegersohn?«

»Viele, du Dummkopf. Ja, es war ein braves Festgelage. Aber kein großes. Viele der Gäste hatten schon bessere erlebt.«

Ketil schüttelte unwillig den Kopf. »Hat es dir denn nicht gefallen, Gunhild?«

»Mir? Mir schon. Seit Jahren haben wir uns zum ersten Mal wieder satt gegessen.«

»Mein Schwiegersohn! Ragnar, Grim, Gizur: Ihr solltet ihn kennenlernen! Was für ein angesehener Mann! Und er war auch in England. Er hat...«

Wieder unterbrach ihn seine Frau: »Ja, Silber hat er mitgebracht. Aber die rechte Hand hat er dabei verloren. Was soll's? Wir bekamen keinen besseren. Der Brautpreis reichte nicht, um Vieh und Unfreie zu kaufen. Aber wir brauchten das Silber dringend.«

Der Hausherr plauderte mit Ragnar über dessen Pläne. »So weit nach Norden würdest du Orm folgen? Bis ins Sturmmeer?« Ketils Stimme klang ehrfürchtig. »Ich kenne außer dir niemanden, der schon einmal dort gewesen ist, Ragnar. Dort beginnt doch das Land der Eisriesen. Man erzählt, überall höre man die Schreie der Eisriesen, die Thors Hammer getroffen hat.«

»Ja«, nickte Ragnar. »Wenn die Gletscher abbrechen und ins Meer stürzen, wenn die Eisschollen bersten, herrscht ein unbeschreibliches Getöse. Es kommt vom Wagen des rotbärtigen Gottes. Wenn die beiden Böcke ihn über Land ziehen, beben die Felsen, und das Eis zerbricht.«

Ketils Augen wurden immer größer, während Ragnar die Verfolgung Orms schilderte, die reiche Beute, die er erwarte. »Ich habe gehofft, deine Söhne werden uns begleiten, Ketil. Ich kenne sie, Ketil. Ich habe sie einmal getroffen. Wo sind sie? Auf Wikingerfahrt?«

Der Gastgeber rutschte unruhig hin und her und schlug die Augen nieder. Die Hausherrin hatte sich wieder umgedreht. Sie versuchte ein gequältes Lächeln. »Ich weiß, dass du sie getroffen hast, Ragnar. Sie haben es selbst erzählt, als sie von ihrer ersten Wikingerfahrt zurückkehrten – damals, vor drei Jahren. Sie waren damals siebzehn Jahre alt.«

»Aber schon richtige Krieger!«, nickte Ragnar anerkennend. »Männer, wie ich sie jetzt brauche.«

Gunhilds Stimme kam kalt wie die Eisschollen im Sturmmeer. »Meine beiden Söhne gehen nicht mehr auf Wikingerfahrt, Ragnar.«

»Lass darüber die Männer entscheiden, Gunhild! Den Vater. Nein, deine Söhne selbst. Sie sind erwachsen.«

Die Gestalt der Frau am Webstuhl sank ein wenig zusammen »Meine beiden Söhne gehen nicht mehr auf Wikingerfahrt, Ragnar. Sie sind tot.«

Einen Augenblick herrschte Totenstille in dem düsteren Raum. Dann erklang vom Webstuhl eine hohle Stimme. »Sie starben in England, Ragnar.«

Ketil hing kraftlos über dem Tisch, die Arme aufgestützt, die Augen auf die Tischplatte gerichtet. Das Gespräch stockte. Ulf setzte den Tonkrug wieder ab. Er war schon lange leer, dass die Sklavinnen erschienen, um nachzugießen. Neben ihm herrschte allgemeines Schweigen. Ulf ließ den Blick durch die Halle schweifen. An vielen Stellen waren die Dachsparren gebrochen und zersplittert, war die Birkenrinde unter den Grassoden weggefault. Im Winter, bei Schnee, dachte Ulf, muss es in dieser Halle ständig tropfen.

Es blieb still, und die Tonkrüge blieben leer. Die Hausfrau war an ihren Webstuhl zurückgekehrt. Sie drehte ihnen wieder den Rücken zu und schlug die Schussfäden mit dem Holz, das einem Schwert ähnlich sieht, nach oben. Ketil saß vornübergebeugt, die Hände schlaff im Schoß. Ulf musterte den eingefallenen Kopf mit dem kahlen Schädel und dem spinnwebartigen Bart, aus dem glanzlose Augen ins Nichts starren. Der Imbiss war vorüber. Wie großartig hat er sich auf der Anfahrt das erste Festgelage ausgemalt, den Empfang bei einem berühmten Helden: Wein in Gläsern aus dem Rheinland, dann volle Fleischberge auf Holzplatten, die mit Silber eingefasst sind. Er würde noch einmal an Bord gehen, zu dem Holzfass mit dem Trockenfleisch.

Ottar kam bereits am nächsten Mittag. Auf Gunhilds Rat war einer ihrer Männer zum Nachbarn gerudert. Der hatte einen Unfreien als Boten zu dem Schiffsbaumeister geschickt. Ottar kam allein, in einem einfachen Ruderboot. Kurz vor dem Ufer holte er die Ruder ein. Lange und schweigend betrachtete er das halb auf den Strand gezogene Langschiff.

Ottar war kein Freund vieler Worte. Nach kurzer Begrüßung besichtigte er mit Ragnar das Schiff. Ulf folgte ihnen mit Grim. Ulf sah die Augen unter der halbkugelförmigen Filzkappe aufblitzen, wenn Ottar an Bord hier und da niederkniete, die Spanten abtastete und mit der Fingerspitze die Holznägel prüfte, mit denen die Planken über der Wasserlinie an den Spanten befestigt waren. Dabei sprach er kein Wort. Als sie wieder am Ufer standen, nickte er vor sich hin. »Ich habe dein Schiff nie gesehen, Ragnar. Aber ich habe davon gehört. Saubere Arbeit!«

»Ich will Eichenholz für die beschädigten Planken.«

»Selbstverständlich. Es wäre eine Schande, bei einem solchen Prachtschiff Kiefernholz zu verwenden. Nur das härteste Holz ist gut genug.«

»Gibt es in der Nähe geeignete Eichen, Ottar?«

»Eichen sind in diesem Fjord selten geworden«, lachte der Schiffsbaumeister. Dabei schlug er sich mit den Händen gegen die Brust, dass der Holzstaub aus seinem knielangen Wollhemd aufwirbelte. Ottar machte keine Umstände. Er trug keinen Mantel, und überall klebte der Holzstaub – an seinen Hosenbeinen, auf der Filzkappe und im Haar.

»Wo bekommen wir das Holz her, Ottar?«

Der Schiffsbaumeister lächelte verschmitzt. »Ich habe immer gutes Eichenholz auf Vorrat. Meine Leute suchen Eichen tief im Landesinneren, schleppen sie über Berg und Tal. Die Zeiten sind vorbei, in denen wir noch irgendwo am Ufer einen Baum fällen und den Stamm dann mit dem Ruderboot über das Wasser ziehen konnten. Zu viele Langschiffe wurden inzwischen gebaut…« Er legte Ragnar die Hand auf den Arm. »Wenn du gut zahlst, bekommst du das beste Eichenholz, das es gibt. Ich bewahre immer einige Stämme in einem Teich auf. Im Wasser hält das Holz sich jahrelang.«

Die Einzelheiten waren rasch geklärt. »Ihr braucht nur einen einzigen Schiffsbauer: einen Mann, der es versteht, die Seitenplanken zu biegen. Alle anderen Arbeiten können deine Leute unter meiner Aufsicht erledigen. Kommt mit eurem Langschiff ans andere Ufer, zu meinem Hof. Dort habe ich alle Werkzeuge, die wir brauchen.«

»Und ist dein Mann gut?«, brummte Ragnar. »Wenn die Planken nicht richtig gebogen werden…«

»Wir haben die besten Schiffshandwerker weit und breit. Bauern aus der Umgebung, von denen der eine dies kann und der andere jenes.« Wieder ließ Ottar seinen Blick über die Drachenköpfe wandern. »Sogar Holzschnitzer haben wir, die solch prächtige Drachenköpfe herstellen können wie deine. Oder Bärenköpfe, Hundeköpfe, Geierfratzen – eben alles, was vor den bösen Geistern des Meeres schützen kann.«

Ottars Hof lag am jenseitigen Ufer, nicht allzu weit entfernt, hinter einem lotrecht abfallenden Berg, der sich weit in den Fjord vorschob. Das Ufer war flach, die Berge traten weit zurück. Ulf betrachtete vom Schiff aus nachdenklich das Gehöft. Das Langhaus wandte dem Wasser die Giebelseite zu. Eigentlich sah es genauso aus wie Ketils Langhaus: die Seitenwände leicht nach außen gewölbt, das tief herabgezogene Dach mit einer Reihe schräger Balken abgestützt. Aber die Grubenhäuser, die es umgaben, waren nicht eingestürzt und die Umfriedungen aus übereinander gelegten Steinen nicht verwildert. Getreidehalme schwankten hinter den Mäuerchen, sogar Weizen. Auf den Wiesen am Waldrand grasten zwei oder drei Dutzend Kühe und zahllose Schafe. Zwischen den Grubenhäusern sprangen Ziegen hin und her, und einige Schweine suhlten sich am Strand. Gunhilds Worte fielen ihm ein. Dieser Hof jedenfalls war reich!

Sie hatten ihre Zelte mitgenommen. Es wäre zu zeitaufwändig gewesen, jeden Abend mit Ruderbooten zu Ketils Hof zurückzukehren. Jetzt war das Langschiff auf den Strand hinaufgezogen worden, die Seiten mit Brettern abgestützt. Wieder erschien es Ulf riesig mit den übermannshohen Bordwänden und den steilen Steven.

Für Ulf gab es wenig zu tun. Zunächst mussten die beiden Eichenbretter für die Planken gebogen werden. Darum kümmerte sich ein alter Bauer, der täglich von seinem Hof herbeiruderte, um die Holzpflöcke, zwischen denen das Brett steckte, zu versetzen. Niemand durfte dem Mann in seine Arbeit hineinreden: Nur jahrelange Erfahrung lehrte, wie stark der Druck auf das Brett sein musste. Ragnar hatte es einmal versucht. Nach jedem Sonnenaufgang kniete er vor den eingeklemmten Brettern, betastete das Holz und versuchte nicht, seine Wut zu unterdrücken. Denn das Holz bog sich quälend langsam. »Du musst Geduld haben, Ragnar«, hatte der alte Mann mit einer Entschiedenheit geantwortet, die Ulf ihm nicht zugetraut hätte. »Biegt man das Holz zu schnell, bricht es.«

Wortlos hatte Ragnar sich abgewandt, war zum Strand hinunter gegangen und hatte hinaus auf das Wasser gestarrt. Jetzt saß er Tag für Tag Stunden am Ufer und wandte keinen Blick von der im Sonnenlicht glitzernden Wasserfläche. Ulf stellte keine Fragen. Wozu auch? Ragnar würde vor seinem inneren Auge immer nur eines sehen: Orms roten Drachenkopf.

Ulf nutzte die Zeit, um den Schiffsbauern bei ihrer Arbeit zuzuschauen, und er genoss die Bewunderung in den Blicken des Griechen, der ihn die meiste Zeit begleitete. Gunhild hatte Recht gehabt: Das dritte Langschiff für den Jarl war bereits im Bau. Der Kiel lag auf zurechtgehauenen Stämmen, die Steven waren schon befestigt. Da das Boot noch keine Seitenwände hatte, hielten zwei gekreuzte und oben zusammengebundene Baumstämmchen die Steven aufrecht. Ein Mann hockte auf dem Kiel und meißelte geduldig auf beiden Seiten die Fuge für die unterste Planke aus. Am meisten hatte Ulf über die Geschicklichkeit gestaunt, mit der zwei Mann unter den wachsamen Augen des Schiffsbaumeisters den gewaltigen Eichenstamm gespalten hatten. Festgekeilt in einer Astgabel, war der Stamm an einem Ende mit der Breitaxt genauso geteilt worden, wie man eine Torte in Stücke schneidet. Nach wenigen Stunden war der Stamm, dessen Durchmesser über einen Meter betrug, in zweiunddreißig Bretter zerlegt. Ulfs Sippe hatte ihr Langschiff für die Reise nach Dorestad aus Kiefernholz gebaut. »Weniger haltbar, aber einfacher zu bearbeiten«, hatte ein erfahrener Nachbar gesagt. Schließlich war keiner ein geübter Schiffsbaumeister gewesen. Die Kiefernstämme hatten sie einfach in der Mitte gespalten. Dabei hatte jeder Stamm nur zwei Planken ergeben. Jetzt aber lagen die zweiunddreißig Bretter aus dem Eichenstamm neben dem Bootsgerippe.

Die Bauern, die das Langschiff des Jarls bauten, arbeiteten nicht den ganzen Tag daran. Es war ja Erntezeit. Der eine oder andere kam für einige Stunden herbei gerudert. Jeder hatte seine Aufgabe, sein bestimmtes Werkzeug. Der eine sorgte für die gleichmäßige Stärke der Planken, der andere arbeitete mit Hammer und Stemmeisen die Aufnahmen für die Spanten ein. Ein anderer schabte die Planken mit dem gebogenen Eisen, während ein weiterer mit dem beidhändigen Eisenbohrer die Löcher für die Holznägel bohrte. Diese Leute verstanden ihr Handwerk. Schon knieten einige auf den ersten Brettern und zogen unermüdlich die eisernen Schaber über das Holz, mit denen die Planken geglättet wurden. Und einer begann bereits, an den Unterseiten die Falze herauszuarbeiten, die das Harz und die Wolle aufnehmen würden, mit denen die Fugen zwischen den Planken abgedichtet wurden. Auch die ersten Spanten entstanden, herausgehauen aus Stücken von Kiefernstämmen, die im passenden Abstand dicke Äste aufwiesen.

Ottar antwortete geduldig auf seine Fragen. »Nein. Die Querspanten werden nicht am Kiel befestigt, sondern nur an den Planken. Das ist das Geheimnis unserer Langschiffe, Ulf. Deshalb sind sie so elastisch und deshalb geben die dünnen Planken dem Druck des Wassers nach, ohne zu brechen.« Allmählich verstand Ulf, warum die Nordmänner ihre Langschiffe auch »Schlangen des Meeres« nannten – weil deren Rumpf den Bewegungen der Wogen folgte.

Ragnars Züge blieben verdüstert, zeigten niemals die Spur eines Lächelns. Doch er nutzte die erzwungene Wartezeit und kaufte von Ottar Met, Bier und mehrere Kühe. »Ich mache dir einen guten Preis für die Kühe, Ragnar. Ich habe selbst zu viele. Viele Bauern mussten Kühe verkaufen. Billig. Sie hatten nicht genug Winterfutter – die beiden schweren Winter, du wirst davon gehört haben.« Auch Ulf betrachtete es als willkommene Abwechslung, die Kühe mit der Streitaxt zu schlachten, am Spieß über dem Feuer zu braten, und das Fleisch zum Trocknen in den Seewind zu hängen. Es war viel zu viel Fleisch für ihr Holzfass, aber Ulf brauchte nicht zu fragen: Der Rest würde Ketils Hof über einen Winter bringen.

Ulf döste in der Mittagssonne vor seinem Zelt, als ihn zorniges Geschrei aus seinen Gedanken riss. Ottar und die beiden Handwerker, die gerade an dem Langschiff des Jarls arbeiteten, standen bereits am Ufer. Sie fluchten so laut, dass Ulf jedes Wort verstehen konnte. Er erhob sich und ging die wenigen Schritte zum Strand hinunter. Nichts war zu sehen, außer einem Ruderboot, ganz in der Ferne, das auf sie zuhielt. Bald stand Ulf in dichtem Gedränge. Nicht nur seine Fahrtgenossen waren herbeigeschlendert. Aus den Grubenhäusern und von den Feldern rannten die Unfreien herbei, und sogar Ottars Hausfrau, die sich selten in der Nähe ihrer Zelte sehen ließ, trat zu ihnen. Überall hörte Ulf Verwünschungen.

»Was ist los, Ottar?«, fragte Ragnar. »Was ist mit dem Mann dort draußen im Boot?«

»Er ist noch sehr weit weg. Aber bald wirst du es selber sehen. Der Kerl trägt eine schwarze Kutte.«

Hinter sich hörte Ulf ein ärgerliches Räuspern. Die Stimme klang so gepresst, daß er sie kaum erkannte. Aber die Worte verrieten, dass es Grim war: »Kuttenfurzer, Thors Hammer soll dich erschlagen!«

»Willst du sagen, es gibt hier einen Missionar?«, fragte Ragnar verblüfft. »Hier draußen im Fjord?«

Ottar spuckte wütend ins Wasser. »Der Kerl treibt sich seit einem Jahr auf allen Höfen herum. Die Leute hassen ihn. Aber sie können ihm nichts tun: Der Jarl beschützt ihn.«

»Askil?« Ragnar schüttelte ungläubig den Kopf. »Er nennt sich Jarl und ist doch ein Christ!«

»Nein. Der Jarl ist kein Christ. Das Gerede dieses Mannes hört er sich stundenlang an, aber bekehren lässt er sich nicht.«

»Aber warum…?«, fiel der Graubart ein.

»Der Jarl glaubt, es sei eine Ehre für ihn, wenn ein christlicher Priester auf seinem Hof verkehre.«

»Eine Ehre…?«, fragte Ragnar verständnislos.

»Ja. Weil dieser Mönch lesen und schreiben kann und vieles weiß, wovon wir noch nie gehört haben.«

»Lesen und schreiben können doch die meisten von uns.«

»Sicher. Aber dieser Priester hat ein dickes Buch in einer fremden Schrift bei sich. Meist lässt er es auf dem Hof des Jarls zurück, weil es so kostbar sei. Der Jarl ist stolz, dass er jetzt ein Buch auf seinem Hof hat.«

»Wozu braucht er Bücher?«, fragte Ragnar.

»Bücher sind etwas Schönes«, lachte der Graubart lauthals. »Jedenfalls, wenn sie Gold und Edelsteine auf dem Deckel haben.«

»Niemand braucht Bücher«, entschied Gizur. »Wer die Götter anrufen will, muss die Zauberformeln auswendig wissen. Man darf die Worte nicht lange in einem Buch suchen. Sonst werden die Götter ungeduldig. »

»Der Jarl liebt es, wenn der Mönch vor seinen Gästen aus diesem Buch vorliest. Niemand versteht die Sprache…«

»Lateinisch«, warf der Grieche ein.

»Mag sein. Dann übersetzt der Mönch, was er vorgelesen hat. Stundenlang. Und der Jarl hört zu, obwohl er selbst immer wieder lachen muss über das, was er hört.«

»Man kennt doch die merkwürdigen Göttergeschichten der Christen«, knurrte Gizur.

Der Schiffsbaumeister nickte bekümmert. »Solche Geschichten erzählt dieser Priester auf jedem Hof – ob die Leute sie hören wollen oder nicht.«

»Warum schlagen sie ihn nicht tot?«, rief Erik.

»Aus Angst vor dem Jarl. Er hat befohlen, jeder Mann müsse freundlich und höflich zu diesem Tagdieb sein. Zwei oder drei Bauern in diesem Fjord besitzen christliche Sklaven. Niemand hätte etwas dagegen, wenn der Priester mit denen sprechen würde. Schließlich versuchen wir nicht, die Christen zu unserem Glauben zu bekehren.«

»Das wäre auch noch schöner« spottete Gizur. »Unsere Götter sind nur für uns. Sie kümmern sich nicht um die Christen.«

»Aber der Mönch redet meistens auf die Bauern selber ein«, fuhr Ottar fort. »Er verkündet lauthals, er werde sie alle bekehren.«

»Er ist Schuld daran, dass die letzten beiden Winter so schlimm waren«, zischte Ottars Frau. »Er hat Freya verärgert.«

Ottar nickte zustimmend. »Das glauben die meisten hier. Und eines Tages wird einer diesen Mönch erschlagen. Aber man muss vorsichtig sein, man muss die Leiche ins Wasser werfen. Dann ist der Mann eben bei einer seiner Bootsfahrten ertrunken.«

Ragnars Stimme war kalt: »Warum dieser Aufwand, Ottar? Jag den Mann von deinem Hof, wenn du ihn nicht hier haben willst. Was geht dich dieser so genannte Jarl an?«

Dem Schiffsbaumeister war diese Frage offensichtlich unangenehm. Er zögerte längere Zeit mit der Antwort. »Das verstehst du nicht, Ragnar. Wir sind in dieser Gegend alle mehr oder weniger von dem Jarl abhängig. Je schlechter die Ernten werden, desto mehr.«

»Und du?«, fuhr Grim auf. »Ist dein Hof nicht einer der wohlhabendsten in diesem Fjord?«

»Gewiss. Aber auch ich brauche den Jarl. Er bezahlt die Langschiffe, die ich baue. Und mit dem Schiffsbau verdiene ich mehr als mit dem Hof.«

»Unsinn! Bau sie selbst! Du bist doch nicht arm!«

»Warum sollte ich? Ich bin noch nie auf Wikingerfahrt gewesen. Ich bin nur Schiffsbaumeister. Um ein Langschiff zu bemannen, braucht man tapfere Männer. Die bekommt nur der Jarl. Die jungen Männer in der Gegend, soweit sie auf Wikingerfahrt gehen wollen, bewundern den Jarl. Sie lassen sich gerne auf seinen Hof einladen, denn zu seinen Festgelagen kommen von weit her erfahrene Krieger.«

»Und auf der Volksversammlung dürfen diese jungen Männer dann das Maul aufreißen, obwohl sie noch viel zu jung sind«, fauchte Ottars Frau. »Der Jarl fragt sie einzeln nach ihrer Meinung. Natürlich teilen sie immer die Seine. Und die erfahrenen Alten übergeht er dabei.«

»Wir hatten gehofft, der Priester werde nicht wiederkommen«, nickte der Schiffsbaumeister. »In diesem Frühjahr ist er mit seinem Boot davongefahren und hat keinen unserer Höfe aufgesucht. Aber ich hätte es besser wissen müssen: Schließlich ist sein Buch bei dem Jarl zurückgeblieben.«

Ragnar wandte sich ab und schritt zum Wasser, denn das Boot hatte sich dem Strand genähert. »Ich werde mir diesen Priester einmal näher ansehen.«

Der Mönch sprang an Land und zog sein Boot auf den Strand hinauf. Die Kapuze hatte er zurückgeschlagen, und Ulf konnte die kreisrunde Tonsur auf seinem Hinterkopf sehen. »Hoffentlich wirst du dich bald zu dem einzig wahren Gott bekehren, Ottar!«, rief er mit einer Stimme, die zu hoch war für seinen untersetzten, feisten Körper. Das feindselige Schweigen schien ihm gleichgültig. »Wie oft habe ich schon gesagt, du musst dich taufen lassen – du und alle deine Leute. Gebt mir Met und Fleisch!«

Seine Augen wurden starr vor Staunen, als Ragnar, auf den er nicht geachtet hatte, mit einem einzigen Schritt vor ihm stand. Der Priester reichte ihm nur bis zur Brust. Langsam wanderten die Augen des Mannes in der Kutte nach oben, hinauf zu dem Nasenschutz und den graublauen Augen. Sein Gesicht wurde bleicher und bleicher. Zweifellos konnte er in Ragnars Augen lesen, dass dieser keine Gastfreundschaft für ihn hegte.

»Warum bist du hierher gekommen, Priester?«

Auf der Stirn des Mönches bildeten sich die ersten Schweißtropfen. »Es ist die Aufgabe eines jeden Priesters, Gottes Wort...«

Ragnar packte mit der linken Hand die Kutte und hob den Mönch wie eine Feder hoch. Immer näher kam dessen Gesicht dem Nasenschutz. »Ich will wissen, warum du zu diesem Fjord zurückgekehrt bist!«

»Der Erzbischof hat mich gesandt«, stammelte der Priester eingeschüchtert und nach Luft ringend. »Der Erzbischof von Bremen. Er ist für alle Missionare zuständig, die in eure nordischen Länder geschickt werden.«

»Warum hierher?«

»Der Erzbischof meint, wir könnten hier die erste christliche Kirche bauen. Er glaubt, der Jarl werde es erlauben.«

»Niemand braucht hier eine Kirche. Aber eine Kirche zu bauen, kostet Silber. Soll der Jarl es dir geben?«

»Nein«, würgte der Mönch hervor. »Der Erzbischof hat mir einen Beutel mit Goldstücken...«

Ragnar ließ die Kutte los. Der Priester fiel auf die Füße und wäre beinahe zusammengeknickt. Er schlug sich mit der Hand auf den Mund. Schlagartig wurde ihm klar, welche Dummheit er begangen hatte.

Ragnar blickte mit einem freundlichen Grinsen zu ihm hinunter. »Dein Erzbischof hat sich geirrt. Vielleicht hast du ihm falsch berichtet. Die Nordmänner hier wollen keine christliche Kirche. Deshalb brauchst du die Goldstücke nicht. Gib sie her!«

»Nein, nein!« Entsetzt streckte der Priester beide Arme aus. »Ich darf den Beutel nicht herausgeben. Der Erzbischof hat ihn meiner Obhut anvertraut.«

Ragnars Gesicht verfinsterte sich wieder. Langsam zog er sein Schwert aus der Scheide, hielt die Klinge dem Mönch vor die Augen und prüfte mit dem Daumen die Schärfe der Schneide.

»Du brauchst keine Angst zu haben! Der Erzbischof wird dir nicht böse sein. Ich selbst werde an deiner Stelle die Obhut über den Beutel übernehmen. Ich werde sein Gold hüten wie meinen Augapfel.« Langsam drehte sich die Klinge dem Gesicht des Mönches zu. Der stand wie versteinert.

»Wie lange noch…?«, brüllt Ragnar.

Da fuhr die Hand des Mönches unter seine Kutte. Und die zitternden Finger zogen einen prallgefüllten Lederbeutel hervor.

Der Priester hatte vom Ufer abgestoßen. Als genügend Wasser zwischen ihnen lag, schien sein Mut zurückzukehren. Er stand auf und schrie mit überschnappender Stimme herüber: »Gott möge dich verdammen! Nein, der Jarl wird dich bestrafen!«

Ragnar lachte schallend auf. Dann brüllte er dem Davonrudernden nach: »Wenn dein Jarl den Beutel will, mag er ihn sich holen. Ich werde gern mit ihm um das Gold kämpfen.«

Sie saßen um das Feuer zwischen den Zelten. Die Unfreien hatten sich verlaufen. Ottar hatte breit gegrinst: »Du hättest ihn totschlagen sollen! Na, wenigstens hast du das Gold. Mir kann der Jarl nichts anhaben. Ich musste den Priester nicht in Schutz nehmen. Er war nicht Gast auf meinem Hof.«

Ragnar hatte den Beutel vor sich auf dem Boden liegen und nahm jedes Goldstück einzeln heraus. Seine Züge wurden immer heiterer.

»Diese Missionare werden langsam zur Landplage«, brummte der Graubart. »Immer öfter hört man, dass sie in unseren Ländern auftauchen.«

»Eine Gefahr sind sie«, entgegnete Gizur mit harter Stimme.

»Ach was, Gefahr! Welcher Nordmann wird unsere Götter gegen ihre eintauschen wollen, Gizur! Du weißt doch auch, was sie erzählen. Sogar gegen unsere Wikingerfahrten sind sie!«

»Gibt es nicht schon hier und da unter unseren Leuten Christen, Grim?«

»Besonders unter den Nordmännern, die nach England und Frankreich kommen«, nickte Ragnar.

»Macht euch keine Sorgen!«, zuckte der Graubart die Achseln. »Einzelne, ja. Aber die übergroße Mehrheit wird unsere Götter niemals aufgeben. Was hat denn das Christentum zu bieten? Wenn ich an Walhalla denke…«

»Mach dir die Sache nicht zu leicht, Grim.« Der Alte blickte bekümmert. »Ich kenne viele Nordmänner, die noch keine Christen sind, aber vielleicht welche werden. Und immer nennen sie den gleichen Grund: Da die Länder

der Franken und der Engländer so reich sind, müssten auch ihre Götter mächtiger sein als unsere.«

»Gizur hat Recht!«, rief Erik. »Wenn wir alle Missionare totschlagen, können sie auch keinen Nordmann bekehren.«

Ragnar legte gerade wieder eine Goldmünze auf das Häuflein. »Wenn das so einfach wäre, Erik. Ich kann Gizur nicht widersprechen. Immer mehr Nordmänner, die von ihrer Wikingerfahrt in unsere Länder zurückkehren, loben sogar diese christlichen Priester – obwohl sie ihnen, wenige Tage oder Wochen zuvor, ihre Schätze geraubt haben. Aber ich denke wie Grim: Wer die Heldentaten kennt, die Thor und Odin verrichtet haben, wer weiß, wie herrlich das Leben nach dem Tod in Odins Halle ist, achtet ihre Götter gering. Kraftlose Gestalten!«

Am nächsten Tage sprach sie Ottar noch einmal auf den Mönch an. »Alle sind dir dankbar, Ragnar, dass du diesen Priester in seine Schranken verwiesen hast. Auch alle meine Unfreien. Wir haben lange darüber gesprochen, und jetzt ist uns klar: Dieser Missionar war auch schuld an unserem Ziegensterben. Im Frühjahr sind nämlich viele unserer Ziegen verendet. Erst haben wir den Priester gar nicht damit in Verbindung gebracht. Denn er hatte ja den Fjord verlassen. Aber jetzt wissen wir es besser: Die Elfen wussten, dass er zurückkehren würde. Deshalb waren sie verärgert…«

Ulf mischte sich nicht ein. Er nickt nur unwillkürlich. Der Tod war etwas Alltägliches und kaum der Rede wert. Auch der Tod einer Ziege, einer Kuh oder eines Schweines. Aber wenn die Todesfälle sich häufen, wenn alle Ziegen… Ulf wusste, dass die weißen Zwerge, die Elfen, meist freundlich zu den Menschen sind. Schlimmes muss ein Mensch ihnen angetan haben, bevor sie beginnen, die Ziegen der Menschen umzubringen.

»Wenn du wüsstest, was dieser Priester über die weißen Zwerge gesagt hat, als er die kleinen Opfer sah, die wir vor dem Stein aufgestellt hatten, in dem die Elfen wohnen. Ich wage gar nicht, seine Worte zu wiederholen. Eher schneide ich mir die Zunge ab. Die Elfen beschützen das Haus und die Haustiere. Wenn sie aber geärgert werden…«

»Was habt ihr getan, um sie zu besänftigen?«

»Alles, was man tun kann, Gizur. Wir haben einen Stier geschlachtet und sein Blut auf dem Stein verschmiert, in dem die Elfen wohnen.«

Die Besucher waren eine willkommene Abwechslung. Sie kamen aus allen Teilen des Fjordes. Manche hatten einen vollen Tag gerudert, um Ottars Hof zu erreichen. Ragnar beantwortete geduldig die Fragen der Bauern, die von seinen Wikingerfahrten gehört hatten, und doch so wenig von der Welt jenseits ihres Fjordes wussten. Junge Männer, die aussahen, als könnten sie in einem Kampf bestehen, zog er zu langen Gesprächen auf die Seite. Am Ende waren drei bereit, in die Fahrtgenossenschaft einzutreten.

Eines Nachmittags stand Ulf bei dem Schiffsführer. Sie schauten zu Askils Langschiff hinüber, an dem die ersten Seitenplanken eingesetzt wurden.

»Hast du es schon gehört, Ragnar?« Es war Orms Ruderer. »Man hat den roten Drachenkopf vor der Mündung des Fjordes gesehen. Vor einer Woche.«

Ragnar zuckte zusammen, doch er beherrschte sich. »Also ist Orm auf dem Wege nach Norden«, bemerkte er gelassen.

»Ja. Aber das meine ich nicht. Orm ist einfach an Sigurds Hof vorübergefahren, obwohl er ganz am Anfang des Fjordes liegt. Er hat Sigurds Eltern nicht gemeldet, dass ihr Sohn in Italien gefallen ist…«

»Vor allem hat er Sigurds Beuteanteil nicht abgeliefert«, grinste Ragnar.

»Ja. Damit hat er Sigurd die Treue gebrochen.«

»Orm heißt ›Schlange‹, und Orm ist treulos wie eine Schlange«, murmelt Ragnar vor sich hin.

»Ja, treulos. Genauso treulos wie bei mir.« Orms Ruderer packt ihn am Arm. »Nimm mich in deine Fahrtgenossenschaft auf, Ragnar. Auch ich habe eine Rache gegen Orm.«

Dann ging alles schneller, als Ulf erwartet hatte. Die neuen Seitenplanken hatten genügend Biegung. Nur wenige Stunden, und sie waren mit Holznägeln an den Spanten befestigt, die Fugen zur nächsten Planke mit Harz und Schafwolle abgedichtet.

Ottar, der Schiffsbaumeister, hatte Farbe besorgt. Nichts war mehr von den Wunden zu sehen, die Schottlands Felskliffe ihrem Langschiff geschlagen hatten. Wieder glänzten die Seitenplanken über der Wasserlinie abwechselnd Schwarz und Gelb. Ungezählte Male hatte Ragnar den Anstrich mit den Fingerspitzen geprüft. Jetzt war er trocken und fest.

»Wir sind fahrtbereit.« Es klang kalt. »Aber wie viele Tage hat mich das gekostet!«

Die drei jungen Männer, die der Fahrtgenossenschaft beitreten wollten, hatten ihre Waffen und Fellsäcke längst geholt. Bevor sie das Langschiff ins Wasser schoben, legten die Drei ihren Eid ab. Hakon, Orms Ruderer, ließ Ragnar gar auf den Goldreif schwören, den er am linken Arm trug, auf Odins Ring – den heiligsten Schwur der Nordmänner.

Ulf schob seinen Holzteller zurück, rülpste und furzte. Die Fleischberge, die man ihm aufgeladen hatte, waren zu groß. Dann griff er zum Bier. Köstlicher Met, leckeres Bier. Aber immer noch in den gleichen, schäbigen Tonkrügen.

Ketil hatte sie an der Tür seines Langhauses empfangen, mit einem blauen Mantel über den gekrümmten Schultern, aus feinem friesischen Tuch, aber abgewetzt. Eine Goldfibel hielt ihn auf der linken Schulter zusammen, wie sie ein Krieger nur selten erbeutet. Und Gunhild, die beim Abschiedsgelage ihrem Mann gegenüber auf der Holzbank saß, trug ein Leinenkleid, sorgfältig gefältelt, aber vielfach geflickt. Darüber ein rotes Schürzenkleid mit zwei Goldbroschen auf den Schultern. Die Gastgeber hatten sich herausgeputzt mit allem, was sie besaßen. Doch Gunhild trug keinen Schmuck mehr.

»Ich muss mich als Hausfrau schämen, euch euer eigenes Fleisch, euren eigenen Met vorzusetzen.« Ihre Stimme klang versöhnlich, ihre Augen waren es nicht. »Aber unsere Säcke und Fässer sind leer. Jeder von euch hat gemerkt, dass das Bier, das wir euch bei eurer Ankunft vorsetzten, gestreckt war. Und auch die Baumrinde im Haferbrot kann euch nicht entgangen sein. Fladenbrot aus Hafer: Man kann es nur zerkauen, solange es warm ist. Aber wenn der Hafer noch mit Baumrinde vermischt ist...« Sie lächelte freudlos. »Ich kann euch nichts vormachen: Roggen und Weizen, aus denen man mit Hefe oder Sauerteig Brotlaibe backen kann, bauen wir längst nicht mehr an.«

»Mach dir keine Sorgen, Gunhild!« Ragnar streckte ihr den Metkrug entgegen. »Wir kennen deine Gastfreundschaft von früher.«

Ulf lehnte sich zurück gegen die Bretter, mit denen die Wand hinter der Schlafbank verkleidet war. Man saß nicht bequem auf einem einzigen, fast haarlosen Schaffell, aber sein Bauch war voll. Sie hatten bereits ihren Spaß gehabt und Orms Ruderer, der als Letzter in die Fahrtgenossenschaft aufgenommen worden war und am Ende der Bank saß, mit den abgenagten Knochen beworfen. Jetzt war die Zeit für die Männer gekommen, von ihren Abenteuern zu erzählen.

Ulf beteiligte sich nicht an dem Gespräch. Was hätte er auch beitragen sollen? Er war nie in England gewesen, und die Unterhaltung drehte sich nur um England. Jeder ihrer Ruderer, der dort gewesen war, konnte etwas erzählen: von Klöstern und Städten, von Kämpfen mit den Engländern, bei denen die Nordmänner nicht immer siegreich geblieben waren. Am meisten sprach Ketil. In seine eingesunkenen Augen war Feuer gekommen, und seine greisenhafte Stimme klang fast wieder kämpferisch. Ulf musste bei dieser Geschichte lauthals lachen. Er sah die Kirche vor sich, den wohlbeleibten Priester, der mit bloßen Händen seinen goldenen Kelch gegen Ketils Schwert verteidigen wollte. »Ja!« Der Hausherr versuchte vergeblich, mit der Faust auf den Tisch zu schlagen. »Wenn ich auf der Volksversammlung von meinen Wikingerfahrten erzähle...«

»... dann lacht das ganze Thing.« Gunhild hatte sich über den Tisch gebeugt. Ihre Augen blitzten vor Zorn. »Rufen sie dir nicht immer zu: ›Wo ist das Silber? Warum sind deine Dächer eingestürzt?‹ Und wenn wir den Hof verlieren, darfst du dort nicht einmal mehr den Mund aufmachen.«

»Rede kein dummes Zeug, Gunhild. Wer will mir auf dem Thing das Wort verbieten?«

»Der Jarl natürlich. Schon lange lässt er die ärmeren Freien nicht mehr zu Wort kommen. Denkst du nicht mehr an Torgöt? Wie sie ihn auf der letzten Volksversammlung mit Hohn und Spott überschüttet haben, als er eine Beschwerde vorbringen wollte? Solange, bis der alte Mann aufhörte zu reden und sich ganz hinten unter den Zuschauern versteckte. Waren das nicht die Anhänger des Jarls?«

Grims Faust krachte auf die Tischplatte. »Jeder Freie hat das Recht, auf der Volksversammlung zu sprechen. Wenn ich hier lebte…«

»…hätten sie den Jarl gar nicht erst zum Leiter des Things gewählt«, fiel die Hausherrin schnippisch ein. »Aber Leute wie dich gibt es nicht mehr in diesem Fjord.«

»Was sagst du da, Gunhild?« Ein Abglanz kriegerischen Zornes legte sich über Ketils eingefallene Züge. »Auch ich habe keine Angst vor dem Jarl. Askil würde es nicht wagen, mit mir zu kämpfen. Der Jarl fürchtet mich.«

Die Hausherrin lehnte sich auf ihrer Bank zurück. »Schweig! Dich fürchtet nicht einmal mehr ein Kind. Am allerwenigsten der Jarl. Dieser Mann…«

Ulf bewunderte die Geduld, mit der Ragnar den Streit schlichtete, aber seine Hoffnungen, mehr über dessen Abenteuer in England zu erfahren, erfüllten sich nicht. Das eine oder andere hatte er von Ruderern erfahren, die mit Ragnar drüben gewesen waren. Auch Grim und Gizur erzählten von Zeit zu Zeit eine einzelne Begebenheit, doch nichts, woraus Ulf sich hätte ein Gesamtbild machen können. Und jetzt, das war unübersehbar, setzte Ragnar alles daran, seinen alten Freund erzählen zu lassen. Wenn der Greis ermüdete, ins Stocken geriet, prosteten Ragnar und Grim ihm zu. »Das haben wir noch nicht gehört, Ketil. Das musst du uns genauer erzählen.«

Ragnar nickte. »Ja, Ketil, du warst bei den ersten, die in England überwinterten. Vorher kehrten unsere Langschiffe im Herbst immer zurück.«

»Das war ein Fehler, Ragnar. Sobald wir anfingen, den Winter in England zu verbringen, haben wir immer größere Reichtümer erbeutet…«

Der Met spritzt auf Ulfs Mantel. Die Hausfrau hatte mit der Hand ihren Tonkrug fortgestoßen und war aufgesprungen. Ihre Augen blitzten. Das Gesicht war rot vor Zorn. Sie legte ihre Finger auf die Goldfibeln, die die beiden Schürzen zusammenhielten. »Schau sie dir an, Ragnar! Das sind die Reichtümer, die mir geblieben sind. Die ich anlege für unsere Gäste. Falls sich in diese Bruchbude noch einmal ein Gast verirrt.«

Ragnar blickt besorgt in ihr wutverzerrtes Gesicht.

»Wie viel Stunden soll ich mir noch euer Geschwafel anhören über Klöster und Kirchen, über reiche Beute?«

»Beruhige dich, Gunhild! Der Met…«

»Nein, Ragnar, es ist nicht der Met. Ich habe genug. Ich kann es nicht länger ertragen. Jetzt werde ich dir die Geschichte erzählen.«

»Welche Geschichte?«

»Die Ketil nicht zu erzählen wagt.«

»Lass gut sein, Gunhild!«

Doch die Hausherrin hatte keinen Blick für Ragnars begütigende Handbewegung. »Ja, Ketil fuhr immer nach England. In den ersten Jahren kam er zur Ernte zurück. Silber hat er mitgebracht, feine Stoffe, Glasbecher und ein vergoldetes Kästchen aus einer Kirche, in das er einritzte: ›Dies gehört Gunhild‹.«

»Das war ein Kästchen, Ragnar!«, nickte Ketil vor sich hin. »Nie habe ich ein schöneres Kästchen…«

»Dann kam Ketil erst nach der Ernte zurück. Du weißt, Ragnar, auf einem Hof hat der Mann seine Aufgaben und die Frau ihre. Als Ketil nicht zur Ernte zurückkehrte, musste ich von den Grubenhäusern zu den Feldern, von den Feldern zu den Grubenhäusern. Wie oft am Tag! Unfreie arbeiten nicht viel, wenn sie nicht beaufsichtigt werden.«

»Meine Unfreien…«

»Schweig, Ketil! Dann blieb Ketil den Winter über in England.«

»Auf diese Weise machten wir mehr Beute.«

»Nein, Ketil. Weil dir die Erntearbeit zu mühsam war. Von Sonnenaufgang bis Sonnenuntergang ist man auf den Feldern und Wiesen. Und hier in Norwegen fährt man manchmal das letzte Heu ein, wenn der erste Schnee bereits gefallen ist. Und all die tausend anderen Arbeiten auf einem Hof: Bretter und Pfosten erneuern, Grassoden stechen. Da hatte Ketil es in England bequemer. Er saß vor seinem Zelt und prahlte mit seinen Heldentaten.«

Ragnars Stimme wurde schärfer: »Ketil prahlt nicht. In England kannten ihn viele…«

»Wenn er Met gesoffen hat, prahlt er wie kein zweiter.«

»Wir waren Zeugen…«, warf Grim zornig ein.

Aber Gunhild hörte ihnen gar nicht zu. »Im ersten Herbst kam der erste Überfall. Meine Söhne waren noch zu jung zum Kämpfen. Also hatte ich auf dem Hof nur Unfreie, die nicht kämpften. Wir flohen in den Wald. Als wir zum Hof zurückkehrten, waren alle Truhen im Haus leer. Auch einen der vergrabenen Horte hatten die Räuber gefunden. Nur wegen des Regens brannte unser Hof nicht nieder, obwohl sie alles angezündet hatten. Die anderen Horte, die sie nicht gefunden hatten, mussten wir damals ausgraben. Alles Gold, alles Silber, aller Schmuck ging drauf für den Kauf neuer Tiere. Sie hatten alle Kühe und Schafe, Schweine und Ziegen geschlachtet.«

Ketils auf sie gerichteter Finger zitterte in der Luft. »Dann musst du aber auch alles erzählen, Gunhild! Als ich zwei Jahre später zurückkehrte, brachte ich viel Beute mit. Reichlicher Ersatz…«

Die Hausfrau warf einen kurzen Blick auf ihren Mann. »Ja, einen Winter lang warst du auf dem Hof. Dann fuhrst du wieder nach England. Die Söhne hätten damals ihren Vater gebraucht…«

»Ach was! Ich gab ihnen Snorre. Du kanntest Snorre, Ragnar. Snorre war einmal ein Freier. Deshalb konnte er die Waffen führen. Er hat die Jungen ausgebildet.«

»Lass mich zufrieden mit deinem Snorre, Ketil. Snorre war damals schon so gichtig, dass er die Waffen kaum noch halten konnte, geschweige denn führen. Und Snorre starb im ersten Winter. Das nächste Frühjahr war kaum angebrochen, als wieder ein fremdes Langschiff in den Fjord einlief. Unser Hof wurde zum zweiten Mal überfallen. Diesmal kämpften meine beiden älteren Söhne mit den Feinden. Aber sie waren fast noch Kinder und wurden erschlagen. Als sie damals vor meinen Füßen lagen, Ragnar, ihr schönes flachsblondes Haar blutverkrustet… Auch unsere Unfreien kämpften diesmal mit. Sie waren tapfer und töteten mehrere Angreifer. Du weißt, was das bedeutet, Ragnar? Ein Unfreier, der einen deiner Feinde tötet, muss die Freiheit erhalten. Unsere Unfreien sind jetzt kleine Bauern in der Nachbarschaft. Sie halfen mir weiter auf dem Hof, weil wir sie gut behandelt hatten. Dafür erwarteten sie selbstverständlich Geschenke. Bald hatte ich kein Silber mehr…«

»Ja, wenn…«

»Meine beiden älteren Töchter haben sie damals mitgenommen. Jetzt leben sie irgendwo als Unfreie. Ich wartete zwei Jahre. Zwei endlose Jahre. Dann kam Ketil zurück. Aber sein Boot war leer. Und viele der Ruderer waren getötet worden.«

Ragnar zuckte die Achseln. »Jedes Langschiff, das mit Beute beladen aus England zurückkehrt, muss mit einem Überfall rechnen, Gunhild. Hat Ketil denn nicht nach deinen Töchtern gesucht?«

»Natürlich. Aber Ketil fand sie nicht. Niemand wusste etwas über ihren Verbleib. Ja, und dann war Ketil zu alt für England. Und er war auch zu alt für die Hofarbeit. Er schickte unsere beiden jüngeren Söhne nach England. Sie kehrten nie zurück. Und jetzt, Ragnar, jetzt: Wir haben kein Silber mehr, keine Unfreien. Unser Hof zerfällt. Hast du die langen Trümmerhaufen neben der Eiche gesehen? Das waren einmal Ställe für fünfzig Kühe.« Gunhild stützte sich mit den Händen auf die Tischplatte und beugte sich weit vor. Einige Augenblicke starrte sie ihren Ehemann an. »Gib mir wenigstens meine beiden jüngsten Söhne wieder, Ketil.«

Der Alte drückte den krummen Rücken gegen die Hauswand. »Sie sind bei Odin, Gunhild. Dort haben sie es besser.«

»Ja«, lachte die Frau höhnisch. »In Odins Halle. Dort haben sie es besser. Ich weiß, was ihr euch erzählt: von der Ziege Heidrun, die immer Met gibt, vom Eber Sährimnir, der morgens für die Krieger geschlachtet wird und abends wieder aufersteht. Und über die toten Krieger: wie sie den Tag über gegeneinander kämpfen, und nach Sonnenuntergang, wenn alle Wunden verheilt sind, lassen sie sich mit Met und Bier voll laufen. Und hier, Ragnar, hier müssen wir im Winter die Kühe schlachten!«

Ulf hörte nur noch das Knistern der Flämmchen in der Feuerstelle. Gunhild stand wieder aufrecht hinter dem Tisch. Ulf betrachtete ihr Gesicht. Die Wut war verschwunden, aber auch die Härte. Er sah nur noch die verhärmten Züge einer alten Frau.

Dann begann die Hausherrin wieder zu sprechen. Es war nur ein Flüstern. »Verzeih mir, Ragnar. Haben wir Freien nicht gelernt: Behalte deinen Kummer für dich? Belästige niemanden mit deinen Sorgen, am allerwenigsten den Gast. Ich weiß, ich habe die Gesetze der Gastfreundschaft mit Füßen getreten, – ich, die Tochter eines Jarls.«

Ulf hörte nur noch die Tür, die hinter der Hausfrau ins Schloss fiel. Ragnar legte Ketil die Hand auf die Schulter und hob den Tonkrug: »Trink mit mir, Ketil!«

Der Met tat dem Hausherrn sichtlich wohl. »So sind sie eben, die Weiber«, kicherte er kindisch. Ragnar sah den alten Mann lange und schweigend an. »Nein, Ketil. Gunhild hat nicht ganz Unrecht...«

»Glaube ja nicht, Ragnar, ich hätte Angst vor ihr. Ich zahle es meiner Frau immer heim. Vor ein paar Tagen... Vor ein paar Tagen habe ich ihr eine Kröte ins Bett gesetzt.« Sein Kichern klang irre. »Wie sie aufgeschrien hat, Ragnar! Sie fürchtet sich nämlich vor Kröten.« Unwillkürlich fielen Ulf wieder alle die Geschichten von alten Männern ein, die sich mit kindischen Streichen dafür rächten, dass sie nicht mehr die Herren auf dem Hof waren.

Ulf trank still vor sich hin. Ketils Geschichten hörte er nur mit halbem Ohr zu. Der Alte hatte sie alle schon einmal erzählt. Aber Ragnar ließ ihn nicht zur Ruhe kommen. »Trink mit mir, Ketil! Erzähle, wie du ...«

Ketil stierte auf die Tischplatte. »Was Gunhild da gesagt hat, Ragnar... Ich weiß es, und ihr wisst es auch: Im Haus hat die Ehefrau allein das Sagen. Und auf den Feldern, wo der Ehemann... Dort kann ich nicht mehr hin. Die Feldarbeit, die muss Gunhild jetzt auch machen.« Einen Augenblick schwieg er. »Ich habe viel zu lange gelebt, Ragnar. Es ist furchtbar, so alt zu werden wie ich – und so schwach. Eine Zeit lang achten sie das Alter. Schätzen die Erfahrung. Aber wenn man zu alt wird...«

Ragnar hob seinen Krug. »Nimm einen Schluck, Ketil. Der Met wird dir gut tun.«

Der Alte aber schaute nicht auf, sondern redete weiter. »Wenn keiner deine Taten mehr hören will, Ragnar! Wenn sie am Tisch sitzen und dich scheel anstieren, weil sie an den nächsten Winter denken. Schließlich müssen sie die Alten durchfüttern. Nein, die Alten sollten rechtzeitig sterben. Sie müssen! Sie dürfen den Jüngeren nicht das Wenige wegessen.«

»Ketil!«

»Und wenn sie nicht von selbst sterben, sollen die Alten die gefährlichsten Arbeiten übernehmen, damit nicht ein Jüngerer zu Tode kommt.« Ketil blickte Ragnar ängstlich ins Gesicht. »Glaube ja nicht, ich hätte es nicht versucht! Zu den Vogelfelsen bin ich hinausgefahren, wo wir die Eier aus den Nestern holen. Wer von diesen Felsen stürzt, ist tot. Aber mit diesen gichtigen Füßen? Ich bin einfach abgerutscht. Immer rutschte mein Schuh ab, wenn ich ihn auf den Felsen setzen wollte, Ragnar. Wieder und wieder. Und dann… Dann fiel ich ins Boot zurück.«

Plötzlich bewunderte Ulf diesen ausgemergelten alten Mann. Welches Verantwortungsbewusstsein er zeigte! Mochte er seine kindlichen Späße mit den Kröten zum Besten geben! Etwas von dem alten Krieger schimmerte durch bei diesem hinfälligen Greis mit der brüchigen Stimme.

»Wer bei einer gefährlichen Sache zu Tode kommt, den nimmt Thor in seine Halle auf, sagt man. Und diese Halle soll größer sein als Odins Halle.«

»Weil Thor auch die Unfreien zu sich holt«, hörte Ulf Gizurs Stimme.

»Zu Thor will ich, Ragnar! Wenigstens zu Thor. Auf gar keinen Fall zu Hel. Was man sich über Hel erzählt, ist furchtbar. Du musst es wissen, Gizur!«

Gizur blickte lange in seinen Bierkrug. »Na, ja, man sagt, Hels Halle sei nicht so schön wie Thors Halle.«

»Sag die Wahrheit, Gizur! Erzählt man nicht, bereits an der Brücke zu Hels Totenreich empfange den Gestorbenen eine schaurige Riesin?«

»Das stimmt.« Gizur nickte unlustig. »Die Riesin Modgud besteht nur aus Knochen. Sie ist ein Skelett. Sie bewacht die Brücke, die über den Fluss führt, der die Welt der Menschen von Nebelheim trennt.«

»Und Nebelheim, Hels Totenreich, ist voll eisiger Nebel und Dunkelheit. Sagt man das nicht, Gizur?«

Der nickte nur.

»Es stimmt also! Und vor Hels Halle, in einer finsteren Höhle, ist der Höllenhund Garm angekettet. Sein Geheul geht den Toten durch Mark und Bein. Ich weiß, Gizur.«

»Der Höllenhund ist über und über mit Blut bespritzt«, pflichtete Gizur bei.

»Aber was ist das alles gegen Hel selbst, Gizur. Sie soll gräßlich sein!«

»Hel ist eben die Todesgöttin, Ketil. Und außerdem ist Hel eines der drei schrecklichen Kinder, die der Gott Loki mit einer Riesin gezeugt hat.«

Der Alte nickte bekümmert. »Ich weiß, ich weiß. Hels Bruder ist der Wolf Fenris, der Odin verschlingen wird. Und ihre Schwester ist die böse Weltschlange. Die Todesgöttin Hel müssen selbst die Lebenden fürchten. Wenn sie mit ihrem dreibeinigen Pferd über die Erde reitet, säumen Tod und Seuchen ihren Weg.«

Gizur starrte wieder auf seinen Bierkrug.

»Weiche mir nicht aus, Gizur! Sage mir, wie Hel den Toten in ihrer Halle entgegentritt.«

»Sie soll... Manche meinen...«

»Ach was, Gizur. Ich weiß es, du weißt es. Hel ist auf der linken Seite eine wunderschöne Frau mit schneeweißer Haut... Mit einer Schulter, einer Brust wie... Und die andere Hälfte ist ein verwesender, stinkender Leichnam.«

»Man erzählt so«, murmelt Gizur zwischen zusammengebissenen Zähnen.

Eine Holzbank knarrte. Sonst herrschte Stille. Jeder schien seinen Gedanken nachzuhängen. Als erster ergriff Ketil wieder das Wort. »Ich will nicht in Hels Halle, Ragnar! Ich will auch nicht zu Thor. Ich will zu Odin nach Walhalla!«

Ragnar blickte den Hausherrn betreten an. »Du weißt doch, Ketil...«

»Natürlich weiß ich, dass nur ein Krieger, der im Kampfe fällt, in Odins Halle kommt.«

»Also...«

»Kein Also, Ragnar.« Die Augen des Greises fieberten. »Im Kampf bin ich nicht gefallen. Leider. Aber ist ein Zweikampf nicht auch ein Kampf? Ein genauso guter Kampf? Wenn du mich im Zweikampf mit deinem Speer tötest, Odins Lieblingswaffe...«

»Wir sind Freunde, Ketil.« Ragnars Stimme klang unbehaglich. »Und Freunde können keinen Zweikampf ausfechten.«

Über das runzlige Gesicht des Hausherrn huschte ein verschmitztes Lächeln. »Aber wenn ich dich beleidige! Dann musst du mit mir kämpfen!«

Ragnar schaute zur Seite.

»Wenn ich sage, du seist ein Feigling, der in England selbst vor einem waffenlosen Mönch davongelaufen ist.«

Ragnar lachte, aber es klang gequält.

»Oder gar eine Beleidigung, die kein Krieger auf sich sitzen lassen kann. Wann hast du zum letzten Mal geboren, Ragnar?«

Je länger Ragnar schwieg, desto angstvoller wurde der Blick des Alten. »Sag ruhig ja, Ragnar. Du brauchst keine Angst zu haben. Du kannst diesen

Zweikampf nicht verlieren.« Ketil hob seine zittrigen Hände. »Sieh her, Ragnar. Diese Hände können Speer und Schild nicht mehr halten.«

Ragnar sieht dem Hausherrn lange ins Gesicht. Sein Blick ist unergründlich. Beim Klang seiner Stimme läuft es Ulf kalt den Rücken herunter. Sie war noch nie so sanft. »Nein, wir machen keinen Zweikampf. Nein, Ketil. Odin lässt sich nicht täuschen.«

Der Hausherr lag vornübergebeugt auf der Tischplatte, das Gesicht auf den Armen, und schnarchte. Ulf betrachtete die runzlige Glatze. Ketils Bierkrug war noch halb voll. »Grim«, seufzte Ragnar. »Nur keinen Strohtod. Nicht auf dem Strohlager sterben wie die Kuh im Stall.« War sein Gesicht bleich? Ulf konnte es in dem Halbdunkel nicht entscheiden.

»Nein, Erik, nein. Gunhild hat ja Recht. Die beiden Töchter in der Sklaverei, und die vier Söhne tot! Wenn die Söhne und der Mann auf der Wikingerfahrt bleiben, geht der Hof zugrunde. Aber wenn die Männer nicht aus der Fremde Reichtum holen…«

Gizurs Lachen klang hässlich. »…geht der Hof auch zugrunde. Schließlich kenne ich unsere Höfe in Norwegen. Karge Böden, viele Kinder. Dann zwei, drei Missernten…«

Ragnar blickte Erik lange an. »Deine Mutter war nicht so. Gudrun war…« Er fuhr sich mit der Hand über die Stirn. »Nein, lassen wir das, Erik… Gunhild ist eine verbitterte alte Frau. Odin und Thor haben es nicht gut gemeint mit ihrem Mann und Freya nicht mit ihrem Hof.«

Eriks Stimme war giftig: »Eine bösartige Alte ist sie! Bösartig wie die Schwarzzwerge… So eine ist nicht würdig, die Frau eines Kriegers zu sein, eines berühmten Kriegers, wie Ketil einer war. Sie kann nicht verstehen… Nein, sie will nicht verstehen, was ein Krieger an Ruhm und Ehre…«

Ragnar schüttelte den Kopf. »Jede Wikingerfahrt kann die letzte sein. Auch deine erste. Keiner, der in die Fremde zieht, weiß, ob er zurückkehrt. Aber wer auf seinem Hof bleibt, weiß auch nicht, ob…«

Gizurs Züge wirkten in dem Halbdunkel noch kantiger. »Wessen Langschiff sinkt, wer im Kampf fällt, hat eben Pech gehabt. Aber wer auf seinem Hof bleibt, jahrelang hungert, so dass die erstbeste Krankheit ihn dahinrafft, hat ebenfalls Pech. Es gibt Glück und Pech, im Leben wie beim Spiel. Nur die Nornen wissen, was die Zukunft bringt. Nicht die Menschen, nicht die Götter. Nur die Nornen. Da kann man niemandem einen Rat geben…«

Ulf dachte an seine schwedische Heimat, an seine erste Wikingerfahrt nach Dorestad. Manche Nachbarn hatten sich nicht beteiligen wollen. Es waren tapfere Männer darunter, die ihre Waffen zu führen verstanden, Männer, die niemand zum Blutgegner haben wollte.

Ulf beugte sich über den Tisch, um Eriks Gesicht besser sehen zu können.

»Manche denken eben an ihre Frauen und Kinder und bleiben lieber daheim, Erik.«

»Unsinn! An die Gefahr denken sie, Ulf. Schlappschwänze sind sie. Den Kampf fürchten sie. Ja, den Kampf, Ulf... Es sind ehrlose Feiglinge.«

Ulf schien es, als käme Grims Stimme von irgendwo, von weit her. »Wie viele Jahre bist du jetzt auf unserem Langschiff, Erik? Ich bin seit achtzehn Jahren mit Ragnar zusammen, länger als jeder andere auf unserem Boot. Nicht alle waren Helden, die die Gier nach Gold und Silber über die See trieb. Nicht jeder ist ein Feigling, der nicht auf Wikingerfahrt geht.«

Sie fuhren bei Sonnenaufgang.

Das Ruder ins Boot ziehen. Die Holzscheibe über das Ruderloch drehen. Aufspringen. Das Ruder auf die andere Seite des Laufsteges legen, neben den umgeklappten Mast. Mit den drei Rudernachbarn die Spitze des Mastes am Heck anheben, den Mast hochwuchten, während andere vom Bug aus mit Seilen ziehen. Einer schiebt den Eichenblock in den Sockel: Der Mast steht. Andere zurren die Seile, die die Mastspitze halten, an den Querrippen fest. Wieder andere wuchten die Rah von den drei Ständern, lösen das eingerollte Segel, ziehen die Rah mit Tauen am Mast hoch. Und wieder das Getrampel der Hin- und Herlaufenden, wenn die Enden des Segels festgemacht werden. Zusammen mit dem Griechen die Stangen holen, die neben dem Mast gelegen haben. Kreuzweise mit ihnen das Segel an den Bordwänden abstützen. Erledigt. Der Wind bläht das Segel. Ulf kann zu seiner Truhe zurückkehren.

Wie oft hatten sie in den letzten Tagen den Mast aufgerichtet und wieder umgelegt! In der engen Fahrtrinne, die häufig ihre Richtung änderte, blieb der Wind oft aus oder wehte ungünstig. Gewiss, es war eine schweißtreibende Arbeit, aber immer noch besser als Rudern.

Ulf betrachtete die steilen Felswände zu beiden Seiten. Der Nordweg entlang der Küste glich eher einem – manchmal – schmalen Fluss als einer Meeresküste, obwohl links, hinter den Inseln, das offene Meer lag. Ein wildes, sturmreiches Meer, wie er wusste, eine Wasserwüste, in der ihre wagemutigsten Langschiffe nie etwas anderes gesichtet hatten als Eisberge und -schollen.

Der Weg nach Norden führte an der Küste entlang, der aber, fast ohne Unterbrechung, Inseln vorgelagert waren, Inseln, die so dicht beieinander lagen, dass der schmale Wasserstreifen zwischen ihnen selten den Blick auf den Atlantik frei gab. Und die Festlandsküste zur Rechten wurde von Fjorden zerschnitten, von Buchten die, wie Ragnar gesagt hatte, sich oft tagelang ins Land zogen. Manchmal kamen sie an breiten Buchten vorüber, in denen die Wälder auf halber Höhe der runden Kuppen endeten. Manchmal waren die Hügel und Berge mit dichtem Wald bedeckt. Und dann wieder die senkrechten Felswände auf beiden Seiten oder steile Bergspitzen, die drohend auf das kleine Langschiff auf dem schmalen Wasserstreifen zu ihren Füßen herabschauten. Ulf dachte an die Küste Dalmatiens zurück, an die Küste Kleinasiens. Hier in Norwegen war alles wilder, gewaltiger und bedrohlicher.

Außer Fischerbooten waren sie keinem Schiff begegnet. Sie waren jetzt seit drei Tagen unterwegs. Und immer trieb Ragnar zur Eile. Murrend nur hatte er eingewilligt, nachts am Ufer anzulegen und die Zelte aufzuschlagen. Bei aller Unruhe, die ihn von Tag zu Tag mehr befiel, hatte er Grim Recht geben müssen: Es war gefährlich, bei Nacht zu rudern oder zu segeln. Unzählige Schären konnten dem Langschiff zum Verhängnis werden. Aber diese Nächte im Zelt wurden immer kürzer. Ihnen blieb wenig Zeit für den Schlaf.

»Nun, Ulf«, erklärte Grim auf die Frage, warum man in dieser überschaubaren Fahrtrinne keinem Schiff begegnete. »Hierher kommen selten Händler. Was sollen sie hier auch einkaufen? Speckstein können sie eintauschen, sonst nichts.«

Ulf dachte an die Haufen von Specksteinen, die er in Haithabu gesehen hatte, den weichen Stein, aus dem die einfachen Leute sich Schüsseln schnitzten, Töpfe und Krüge. Es gab natürlich Schiffe, die ihn aus Norwegen holten. Aber der Graubart oder Ragnar, auf einer solchen Handelsfahrt?

»Wenn du in Norwegen rheinisches Glas siehst oder Silbergefäße«, grinste Ragnar, »dann hat der Hausherr sie von jenseits des Meeres mitgebracht. Er hat sie jedenfalls nicht gekauft. Mit Speckstein kannst du solche Kostbarkeiten nicht bezahlen.« Grim schüttelte den Kopf. »In Norwegen wird kein Händler reich.«

»Allerdings«, warf Ragnar ein, »ganz hoch oben im Norden, dort, wo nur noch die Lappen leben, findest du wieder teure Handelsware: Rentiergeweih oder Walrossbein, für das die Franken fast so viel bezahlen wie für das Elfenbein, das die Araber ihnen liefern. Aber so weit nach Norden kommt selten ein Händler aus Dänemark oder Schweden. Man muss sich dort auskennen. Für einen Fremden ist es schwer, mit den Lappen zu verhandeln.«

»Und noch schwerer ist es, die Lappen überhaupt zu finden. Im Sommer fischen sie manchmal an der Küste. Aber meistens ziehen sie durch das Landesinnere, immer hinter den großen Rentierherden her, die sie jagen«, nickte Grim. »Ja. Und dort oben sind auch die Höfe der Nordmänner, mit denen du Handel treiben kannst, selten und schwer zu finden.«

Ragnar hatte nicht darüber gesprochen, wen er besuchen wollte, als er in den Fjord gesteuert hatte. Auch Grim hatte offensichtlich keine Lust, Ulfs Frage zu beantworten. »Mach dir keine Sorgen. Ragnar weiß, was er tut. Er kennt den Mann, und ich kenne ihn auch. Snorre ist der richtige Mann für uns.«

Der Hof, auf den ihr Langschiff zusteuerte, war der größte, den Ulf je gesehen hatte. Der Fjord war breit, umgeben von sanften Hügeln. Das Langhaus lag unweit des Wassers inmitten von Grubenhäusern und steinernen Umfriedungen. Der Hof dehnte sich fast eine halbe Gehstunde weit. Überall kleine Felder und Wiesen, und am Waldrand eine Kuhherde.

Die Bewohner hatten sich am Strand versammelt. Der Regen hatte aufgehört, aber der Himmel war noch wolkenverhangen, und Ulf sah bereits aus der Ferne, dass sie ihre besten Mäntel angelegt hatten. Ein gutes Dutzend Freie mit Helm und Schwert und, etwas abseits, eine Hand voll Unfreie.

»Sei mir willkommen, Ragnar! Alle deine Leute werden meine Gäste sein.« Der Hausherr war einige Schritte vorgetreten – ein breitschultriger, untersetzter Mann mittleren Alters mit einem gewaltigen Gabelbart. Die handgroße Goldfibel, die seinen blauen Mantel auf der rechten Schulter zusammenhielt, war darauf berechnet, Eindruck zu machen.

»Ich freue mich, dich wieder zu sehen, Snorre!«, schrie Ragnar hinüber. »Wann haben wir uns das letzte Mal getroffen?«

»Vor sechs Jahren, Ragnar. In England.«

Ragnar hatte das Gastgeschenk überreicht, als der Halbkreis sich öffnete, und die Hausfrau auf sie zuschritt. In der Hand hielt sie das Kuhhorn. Ihr folgten vier Sklavinnen mit weiteren Kuhhörnern. Der Met war einer der besten, den Ulf je getrunken hatte, und der Rand der Hörner war mit schwerem Silber beschlagen.

»Nein. Ich bin danach nicht mehr nach England gekommen«, beantwortete der Hausherr Grims Frage.

Unwillkürlich dachte Ulf an Gunhild und warf einen Blick auf die Hausfrau. Doch diese lächelte freundlich. Ulf bemerkte wohl, wie sie sich Mühe gab, durch geschicktes Drehen der Schultern die beiden Goldfibeln zur Geltung zu bringen, die die Schulterschlaufen mit der vorderen Schürze verbanden. Ein junges Mädchen war neben sie getreten, mit strohblondem Haar, das bis auf die Schulter fiel, nachdem es am Hinterkopf zu einem kunstvollen Knoten verflochten war. Das Mädchen trug nicht das Kopftuch der verheirateten Frau und musste deshalb die Tochter des Hausherrn sein.

Ulf hörte Hufschlag. Ein bartloser junger Mann preschte heran und sprang aus dem Sattel. Nach Reiterart trug er den Mantel nur über der linken Schulter und hatte Vorder- und Hinterteil auf der rechten Hüfte mit einer Fibel zusammengesteckt. Dieser junge Mann hatte vermutlich irgendwo die Feldarbeit beaufsichtigt. Dennoch war auch seine Fibel aus gediegenem Silber.

»Mein älterer Sohn«, stellte der Hausherr ihn vor. »Die anderen Männer sind meine Gäste.«

»Als ich zum letzten Mal auf deinem Hof war, waren dein Sohn und deine Tochter noch Kinder«, murmelte Ragnar.

»Ja. Und unser Überfall mit fünf Langschiffen auf die kleine Stadt in England, deren Namen ich vergessen habe, liegt auch schon sechs Jahre zurück«, nickte Snorre. »Seitdem war ich nicht mehr in England. Es gibt hier so viel zu tun.«

Bis zum Langhaus waren es nur wenige Schritte. Aber der Besitzer des Hofes führte sie zunächst am Ufer entlang bis zu dem Langschiff, das auf den Sandstrand hinaufgezogen war. »Ein ganz anderer Stevenschmuck«, bemerkte Ragnar verwundert.

»Ein ganz neues Schiff«, lachte Snorre. »Erst im Sommer fertig geworden. Es ist das schnellste weit und breit. Wenn ein fremdes Langschiff in die Mündung des Fjordes einbiegt, reiten Boten von Nachbar zu Nachbar. Bevor das fremde Schiff meinen Hof erreicht, haben wir dieses Schiff längst bemannt.«

»Und woher kommen die Ruderer? Du brauchst zwanzig Mann.«

»Du siehst doch, ich habe immer viele Gäste auf dem Hof. Und wenn wir noch einige zusätzliche Ruderer brauchen, holen wir sie uns auf den nächstgelegenen Höfen.«

Ulf war einen Augenblick stehen geblieben. Er betrachtete das Gebäude hinter dem Schiff, das bis ans Wasser reichte und so lang war wie das Schiff selbst. Ein Bootshaus, in dem das Langschiff im Winter lag, geschützt vor Sturm und Schnee. Neben dem Schiff stand ein älterer Unfreier vor einem Haufen Zeltstangen und Planen. Er war damit beschäftigt, die herumliegenden Bretter zu etwas zusammenzufügen, das aussah wie ein Bett. Die beiden Pfosten am Fußende waren mit einfachen Schnitzereien verziert. Aber die Pfosten am Kopfende bestanden aus mannshohen, breiten Brettern, die oben in einen runden, grell bemalten Drachenkopf ausliefen. Ulf hatte Betten im Reich der Griechen gesehen, aber sie waren niedriger gewesen, zierlicher und nicht zerlegbar.

»He, du da! Ich will dich etwas fragen!«

Der Unfreie drehte sich langsam um. Sein Blick unter den buschigen Augenbrauen war voller Misstrauen. »Was willst du wissen?«

»Was ist denn das?«

»Ein Bett. Das siehst du doch!«

»Wozu braucht Snorre es?«

»Er nimmt es mit auf das Boot. Wenn er abends am Ufer anlegt, wird das Bett in seinem Zelt aufgeschlagen.«

»Er ist sehr vornehm geworden, dieser Snorre«, knurrte der Graubart neben Ulf.

Als sie den Hausherrn wieder eingeholt hatten, fragte Ragnar gerade: »Du hast sehr viel mehr unfreie Frauen auf dem Hof als das letzte Mal. Aber wo sind die Männer?«

»Ja, im Augenblick sind nicht viele da.« Der Hausherr zögerte einen Augenblick. »Ich habe die meisten auf die Heumahd geschickt. Andere sollen den Viehabtrieb von den Bergwiesen vorbereiten.«

»Den Viehabtrieb? Jetzt schon? Mitten in der Erntezeit?«

»Ja, ja«, entgegnet Snorre leichthin. »Diese Bergwiesen sind weit entfernt. Andere Unfreie sind beim Torfstechen. Meine Unfreien werden einige Tage fort sein.« Schnell fügt er hinzu: »Wir schneiden nur das beste Gras. Meine Kühe bekommen kein Heu, das mit Laub oder Fischmehl gestreckt ist.«

Auch das Langhaus zeugte von Snorres Reichtum. Die Schäden, die der Schnee in den langen Wintermonaten anrichtete, waren im Frühjahr ausgebessert worden. Die Grassoden, mit denen die Steinschicht an den Seitenwänden und das Dach bedeckt waren, stießen fugenlos aneinander, und das Holz der schrägen Pfosten, die das überstehende Dach trugen, war nirgends angefault. Snorre schmunzelte befriedigt, als er in die ungläubigen Gesichter seiner Gäste blickte. Die Haustür auf der Giebelseite war der Stolz des Hausherrn. Sie war nicht breiter oder höher als bei anderen Langhäusern, denn jede Öffnung lässt Wärme entweichen. Aber die beiden Seitenpfosten waren über und über mit Schnitzwerk bedeckt. Die Greiftiere mit den Glotzaugen und den gespreizten Krallen verflochten ihre bandförmigen Leiber mit den Flechten und Ranken zu einem unentwirrbaren Knäuel. Auch dieses Schnitzwerk war im Frühjahr neu bemalt worden, und trotz des trüben Himmels leuchteten die Farben. Der Dachfirst bestand aus gekreuzten Drachenköpfen, die Ulf bereits vom Boot aus aufgefallen waren. Snorre beeilte sich nicht, die Gäste ins Innere zu führen, sondern überließ sie einige Augenblicke ihrem Staunen.

Als die zusammengenähten Tierfelle, mit denen im Sommer die Türöffnung verhängt war, hinter ihm zurückglitten, sah Ulf einen prächtig ausgestatteten Raum vor sich. Die Bauweise unterschied sich in nichts von anderen Langhäusern: die gleichen aufgeschütteten Schlafbänke entlang den Seitenwänden, davor die gleichen Pfostenreihen, die Schlafbänke und die Seitenwände als Zeichen des Wohlstandes mit Brettern verschalt. Aber an jedem dieser Pfosten hing ein Tonlämpchen mit Walrosstran, deren Flämmchen das Halbdunkel so weit erhellten, dass der Blick bis zum Ende der Halle reichte. Zu beiden Seiten der Tür standen lange Holztruhen, die mit senkrechten Eisenbändern verstärkt waren, und diese Bänder waren dicht an dicht mit Reihen von Zinnägeln befestigt und verziert. Gesichert waren sie mit faustgroßen Vorhängeschlössern aus Eisen, deren Bügel mit zwei Tierköpfen geschmückt waren. Und an der gegenüberliegenden Schmalseite, gerade noch zu erkennen, standen ähnliche Truhen.

In diesem Langhaus gab es keinen abgeteilten Raum für die Tiere. Der Hausherr konnte es sich leisten, im Winter auf die Wärme zu verzichten, die die Tierleiber und der Dung ausstrahlten. Dann aber musste das Langfeuer in der Mitte des Raumes Tag und Nacht brennen, mussten Snorres Unfreie vor jedem Winter Unmengen von Holz herbeischaffen. Ulf staunte nicht nur über die Menge weicher Schaffelle, die überall auf den Schlafbänken lagen. Erst langsam wurde ihm klar, dass es Federbetten waren, die darüber lagen. Ulf hatte noch keine Federbetten gesehen, denn sie galten bei den Bauern seiner Heimat als überflüssiger Luxus. Mit halbem Ohr hörte er, wie Ragnar dem Graubart zuflüsterte: »Snorre scheint immer reicher zu werden.«

»Er will nur seine Gäste beeindrucken«, entgegnete Grim feindselig.

Die Stimme des Hausherrn riss Ulf aus seinem Sinnen. Eine Zeitlang hatte er nicht zugehört, hatte nur Augen gehabt für die beiden Hochsitze in der Mitte der Halle. Ihnen gegenüber, jenseits des glimmenden Langfeuers, saß Snorre mit seinem älteren Sohn auf der Wandbank. Seine Schlafbank war höher als die anderen, und die Pfosten zu beiden Seiten waren geschnitzt und bemalt. Zwei Unfreie, hübsche junge Mädchen, hatten dem Hausherrn und seinem Sohn Federkissen in den Rücken geschoben. Dann hatten sie Walrosstran in die Schalen gegossen, die zu beiden Seiten der Schlafbank auf langen Eisenspitzen in den Lehmboden gerammt waren. Das Flackern dieser zusätzlichen Lämpchen rechts und links des Hochsitzes ließ Licht und Schatten über die Gesichter des Hausherrn und seines Sohnes huschen und über den kurzen, schmalen Webteppich über ihren Köpfen, dessen Bilder Ulf im Halbdunkel nicht erkennen konnte. Aber der Hochsitz neben ihm, auf dem Ragnar zwischen Erik und Grim saß, hatte ebenfalls geschnitzte Pfosten und an der Wand einen Webteppich. Auf diesem gewebten Tuch hatte Ulf kleine Szenen erkannt: Wagen, die von Pferden gezogen wurden, Nordmänner, die mit der Breitaxt einen Baum fällten und zerteilten. Menschen und Tiere, die so aussahen wie im wirklichen Leben und damit Figuren, die Schnitzer und Goldschmiede mieden. Ragnars Wandbank war ebenfalls erhöht, aber deutlich niedriger als die gegenüberliegende. Auch die beiden eisernen Lämpchen fehlten vor dem Hochsitz für die Gäste. Ulf und den anderen Ruderern hatten die Mädchen ebenfalls Kissen gebracht. Alles war darauf abgestimmt, den Hochsitz des Hausherrn herauszuheben. Dieser Snorre sitzt wie auf einem Thron, befand Ulf.

»Wie ich schon sagte: Weit und breit gibt es hier kein schnelleres Langschiff als mein neues«, fuhr der Hausherr fort. »Ihr wart ja auch bei Ottar, dem Schiffsbauer. Er hat es gebaut.«

»Ottar muss ein ausgezeichneter Schiffsbauer sein«, nickte Ragnar zustimmend. Man musste in dieser Halle laut sprechen, wenn man auf der gegenüberliegenden Seite verstanden werden wollte.
»Ottar ist der beste, Ragnar, der beste in ganz Norwegen, glaube ich. Aber er baut nicht nur wundervolle Langschiffe. Ottar hat auch Schnitzer zur Hand, die dir die Steven so prachtvoll verzieren, wie du es bezahlen kannst.« Ulf dachte an die beiden Stevenköpfe, die er auf Snorres neuem Langschiff gesehen hatte: schwarzbemalte Hundeköpfe mit langen Ohren, langem Maul und langen Zähnen. Es war eher der Kopf eines Ungeheuers als der eines Hundes, geschaffen von einem Schnitzer, der sein Handwerk beherrschte, dachte Ulf. Ein solcher Mann mochte vielleicht sogar solch herrliche Drachenköpfe schnitzen, wie Ragnars Langschiff sie aufwies.

Wieder hatte Ulf einen Augenblick nicht zugehört. Gerade sagte Ragnar: »Mach dir nichts draus, Snorre. Wie oft glaubte ich bereits, ihn eingeholt zu haben. Aber überall gibt es Verstecke in diesen Fjorden, zwischen diesen Inseln und Inselchen.«

»Da hast du natürlich Recht, Ragnar. Und doch – eine ganze Woche waren wir beide hinter Orm her. Und dann kommt man mit leeren Händen zurück!«
Ragnars Mannschaft schlug ihre Zelte zwischen dem Ufer und dem Langhaus auf. Ragnar, Grim und Erik hatten die angebotenen Schlafbänke im Langhaus angenommen, denn eine Ablehnung hätte den Hausherrn beleidigt. Aber Snorre hatte nichts dagegen einzuwenden, als Ulf mit den übrigen Ruderern vorgeschlagen hatte, in ihren Zelten zu übernachten. Die Schlafbänke an den Wänden hätten nicht für alle gereicht. Sie hätten sich zu Zweien eine Schlafbank teilen müssen. Ulf verzichtete gern auf die Federkissen. Der Himmel war wieder heiter und die Luft warm. In ihren Zelten hatten zwei Mann mehr Platz als auf den Schlafbänken im Langhaus.

Der Grieche hatte keine Lust, ihn zu begleiten. So schlenderte Ulf allein über den Hof. Er betrachtete die Felder zwischen den niedrigen Steinwällen, die zum Teil bereits abgeerntet waren, und auf denen nicht nur Hafer, Roggen und Gerste wuchsen, sondern auch etwas Weizen. Er unterdrückte einen Fluch über seine Unachtsamkeit, als er gegen einen schweren Holzeimer stieß, den zwei ältere Frauen am Henkel schleppten. Er war mit dem Knie gegen eines der Eisenbänder gestoßen, durfte sich aber den Schmerz nicht anmerken lassen. Der Eimer war voll Quark, und Ulf wusste, dass ihn die Unfreien in einem der Vorratshäuser in den Boden graben würden.

Als der Pferdeschlitten auf ihn zukam, war Ulf aufmerksamer und trat rechtzeitig zur Seite. In dem Holzkasten über den in der Mitte gespaltenen Baumstämmen, die als Kufen dienten, standen drei Eimer mit Deckel. Die ganze Gegend musste sumpfig sein, dachte Ulf, denn nur bei weichen Böden kann man im Sommer solche Schlitten anstelle von Wagen verwenden.

Dann betrachtete er die Holzgerüste am Ufer, an denen die Fische in langen Reihen untereinander zum Trocknen hingen. Er hatte beinahe das Ende des Hofes erreicht, als er den Schmied sah. Das letzte Grubenhaus, wegen der Feuergefahr etwas abseits gelegen, war die Schmiede. Neben dem Gebäude waren Reisighaufen aufgetürmt, und vor der Tür stand auf einem Baumstumpf der kleine, eiserne Amboss. Daneben kniete ein Unfreier und fachte mit dem Blasebalg das offene Feuer an. Überall lagen Hämmer und Eisenzangen auf dem Boden– weit mehr, als ein Bauernhof brauchte. Der Unfreie am Feuer verstand augenscheinlich etwas von der Schmiedekunst. Wahrscheinlich war er der Schmied des Hofes. Aber der Mann mit der halbkugeligen Filzmütze und dem Lederschurz vor Hemd und Hose, der gerade eine Eisenspitze mit der Zange in die Flammen hielt, war ein Freier. Als Ulf hinzutrat, blickte er einen Augenblick auf. Sein Haar, das unter der Filzkappe hervorquoll, und sein grauer Vollbart waren struppig und ungepflegt, aber in seinen Augen lag ebenso viel Stolz wie in seiner Stimme.

»Ich habe euch ankommen sehen. Ich bin Floki, der Wanderschmied. Wenn ihr etwas zu schmieden habt, bringt es her.«

Als Ulf nur stumm nickte, wandte sich der Schmied wieder seiner Arbeit zu und legte die rot glühende Spitze auf den Amboss. Während der Unfreie die Zange hielt, hämmerte Floki auf der Spitze herum. Es war die Eisenspitze eines Hakenpfluges, mit dem man die Erde aufritzte. Die Astgabel, an deren Ende die Eisenspitze befestigt war, lag auf dem Boden vor einem Haufen langstieliger Sensen und kurzstieliger Sicheln, die offensichtlich ausgebessert werden sollten. Dahinter, auf einer glattgeschabten Felsplatte, lag ein Stück Eisenblech, das der Schmied bereits geglättet hatte. Immer wieder bewunderte Ulf die Geschicklichkeit, mit der ihre Schmiede Eisenplatten auf flachen Steinen so zurecht hämmerten, dass sie glatt und eben waren wie geschabtes Holz. Und dieser graubärtige Floki verstand sein Handwerk wie kein Zweiter. Ulf hätte ihm stundenlang zusehen können. Er hatte von diesen Wanderschmieden gehört. Auf ihrem Hof in Schweden hatte sich niemals einer blicken lassen, denn sie ließen sich ihre Arbeit teuer bezahlen.

Aber bei aller Hochachtung vor den handwerklichen Fertigkeiten des Wanderschmiedes vergaß Ulf nicht, was die Leute sich über sie erzählten: Es handele sich um geheimnisumwitterte, gefährliche Gesellen, die vieles wüssten über geheime Künste und Zauberei.

»Du wirst staunen, Ragnar.« Der Hausherr strahlte über das ganze Gesicht und krachte den Krug auf die Tischplatte, dass das Bier spritzte. »Orm ist vor drei Tagen vorübergekommen.«

Ragnar beugte sich auf seinem Hochsitz weit vor. »Warum hast du das nicht gleich gesagt, Snorre!«

»Es sollte eine Überraschung für euch sein. Ein Fischer hat gesehen, wie Orms Langschiff an der Mündung dieses Fjordes vorbeifuhr.« Abwehrend streckte der Hausherr beide Hände aus. »Bleib ruhig sitzen, Ragnar, und genieße, was dir meine Unfreien auftragen werden. Die Sache hat keine Eile. Orm wird uns nicht entkommen.«

»Aber wenn er einen Vorsprung von drei Tagen hat,...«

»Keine Angst! Orm gewinnt keinen Vorsprung. Ich weiß, wo der Hund jetzt steckt. Auf jeder seiner Fahrten nach Norden besucht er einen Jarl. Die beiden sind Freunde. Und Orm wird dort einige Tage bleiben...«

»Warum hast du sein Langschiff nicht angegriffen...?«

»Weil ich kein Boot hatte, Ragnar. Mein jüngerer Sohn und einige Gäste waren mit meinem Langschiff zu Besuch auf einem Hof am Ende des Fjordes. Sie kamen erst am nächsten Abend zurück.«

»Wo ist der Hof, den Orm aufsucht?«

»Drei Tagesreisen von hier. Wir werden dich zu diesem Hof begleiten. Orm ist sicherlich noch dort.«

»Bist du mit dem Hofbesitzer befreundet, Snorre?«

Snorre grölte vor Lachen, dass sein riesiger Gabelbart wackelte. »Befreundet? Nein, nicht gerade befreundet. Aber ich wollte den Kerl schon lange einmal überfallen.«

Immer wieder starrte Ulf verwundert auf die runde Holzplatte mit dem geschnitzten Rand, die vor ihm auf den Tisch lag, denn sie wurde niemals leer. Gekochtes Kalbfleisch häufte sich darauf, gebratener Fisch, geröstetes Lamm. Acht halbrunde Eisenkessel hatten die Unfreien an den Ketten über dem Langfeuer aufgehängt. Unablässig trugen sie in Holztrögen weitere Fleischstücke herbei, die sie an einem Feuer vor dem Langhaus gebraten hatten, oder Fleisch, das sie in das kochende Wasser der Kessel warfen, die Nebenfrau selbst ging mit der zweizinkigen Eisengabel von Kessel zu Kessel, fischte die garen Stücke heraus, zerteilte sie selbst am Ende eines der Tische auf dem Schneidebrett, wobei sie keinen ihrer Gäste aus den Augen ließ. Sobald Ulf ein Fleischstück hinuntergeschlungen hatte, erschien bereits wieder eines der Mädchen auf der anderen Seite des Tisches mit dem Holztrog in der Hand und einem neuen Fleischstück auf der Gabel. Eben legte es gekochtes Hühnerfleisch auf seinen Teller. Ulf hatte bereits Magenschmerzen, aber er würde keinen Fetzen Fleisch auf diesem Holzteller zurücklassen. Schließlich wusste er, was sich gehörte. Snorre, der Hausherr, wollte den Gästen seinen Reichtum vor Augen führen, indem er sogar das seltene Hühnerfleisch auftragen ließ. Nun war es seine Pflicht als Gast, seine

Dankbarkeit zu erweisen. Dabei hatte bereits die köstliche Grütze aus Nüssen, mit Roggen, Gerste und Hafer gemischt, seinen Hunger gestillt. Dennoch schob Ulf wieder ein Stück Weizenbrot in den Mund – Brot, das sich in Norwegen nur die Wohlhabenden leisten konnten.

Ulf warf einen Blick auf Erik. Ragnars Sohn hatte die Specksteinschüssel in der Hand und schob sich mit dem Holzlöffel die Grütze in den weit aufgerissenen Mund. Als er sie hinuntergewürgt hatte, blinzelte er Ulf zu. »Seit Konstantinopel haben wir nicht mehr so gut gegessen, Ulf.«

Ulf nickte. »Und nicht so viel.«

Endlich wurden die Eisenkessel abgehängt, und die Mädchen trugen die leeren Holzteller weg, dazu die Schüsseln mit Preiselbeeren, Nüssen und geronnener Milch, die Ulf nicht angerührt hatte. Die beiden Jungen, die während des Essens auf ihren Knochenflöten gespielt hatten, stahlen sich davon. Thorgrim, der Skalde, der auf dem Ehrenplatz rechts neben dem Hochsitz des Hausherrn gesessen hatte, erhob sich würdevoll und schritt nach hinten, um die Leier von seiner Schlafbank zu holen. Die Mädchen füllten die Krüge mit Bier und Met auf und stellten dann eine Silberschale mit Obstwein vor jeden Gast auf den Tisch. Ulf nippte nur an dem süßen Getränk, das viel stärker war als Met und Bier.

Der Skalde stand jetzt zwischen dem Langfeuer und dem Hochsitz des Hausherrn und entlockte seiner Leier einige Töne, den Auftakt seines Vortrags. Ulf liebte die Gesänge der Skalden, aber Thorgrim enttäuschte ihn. Gewiss, der Skalde beherrschte die Regeln des Stabreimes, und er war ein Meister der Umschreibung, der höchsten Kunst des Skalden. Welch herrliche Rätsel er seinen Zuhörern zu knacken gab! Was meinte er mit »Eis des Kampfes«? Natürlich das Schwert, denn ein gut gezielter Schwerthieb lässt auch den wildesten Gegner erstarren. Und was bedeutete »Sturm des Schwertes«? Einen Kampf selbstverständlich. Ulf war stolz auf sich: Jede Umschreibung Thorgrims konnte er erraten. Wenn der Skalde vom »Weg des Langschiffes« sang, sah Ulf das Meer vor sich. Doch so kunstvoll Thorgrims Strophen auch waren – was der Mann sang, gefiel Ulf nicht. Er sang nur von den Taten, die der Besitzer des Hofes verrichtet hatte, und diese wurden nur mit wenigen Worten angedeutet, niemals eingehend geschildert. Dazu war alles viel zu dick aufgetragen, die reinste Lobhudelei. Und es kam noch schlimmer: Der Skalde sang nun nicht mehr von Snorres vergangenen Heldentaten, nein, er schwärmte von irgendwelchen Heldentaten, die dieser in Zukunft, irgendwann, vollbringen würde. Das Benehmen der Gäste, die der Hausherr auf seinem Hof um sich geschart hatte, widerte ihn an. Unablässig grölte einer der jungen Männer: »Ja, das kann nur Snorre.« Oder: »Snorre wird das tun. Er ist der richtige Mann!«, riss seinen Krug hoch und trank dem Herren des Hofes zu. Neben sich hört Ulf, wie der weißhaarige Gizur auf der anderen Seite des Hochsitzes Grim und Ragnar zuzischte: »Ein Preislied wie auf einen König.«

Ulf starrte in das prasselnde Feuer. Er hatte dem Skalden zuletzt gar nicht mehr zugehört. »Ist Thorgrim nicht wundervoll?«, brüllte Snorre von der anderen Seite des Hauses herüber. »Er ist der beste Skalde weit und breit!« Achselzuckend hob Ulf seinen Krug, um dem Sänger, der die Leier weggelegt hatte, zuzutrinken. Sein Blick wanderte zur Decke durch das Rauchloch über dem Langfeuer. Durch die Rauchschwaden hindurch sah er funkelnde Sterne an einem wolkenlosen Nachthimmel.

»Ich weiß noch nicht genau, wie viele Boote mitfahren werden, Ragnar«, sagte Snorre. »Ich habe jedenfalls schon Boten losgeschickt, auch in die benachbarten Fjorde.«

»Wie viel Langschiffe hast du in diesem Fjord?«

»Zwei. Das andere liegt auf einem Hof am Ende des Fjordes. Es wird morgen hier sein.«

»Und wie viel Boote erwartest du aus den anderen Fjorden?«

Drüben breitete der Hausherr die Arme aus. »Insgesamt befehle ich über sieben Langschiffe. Sieben schnelle Boote, vollbemannt.« Der Hausherr schüttete den Met in sich hinein. Ulf konnte in dem Flackerlicht nicht entscheiden, ob er bei Snorre ein Stirnrunzeln gesehen hatte. Jedenfalls klang die Stimme knurrig: »Na, ja. Auf jeden Fall werde ich dir fünf Langschiffe mitgeben. Wehe den Kerlen, wenn sie sich weigern!«

»Und wer soll die Flotte befehligen?«

»Du, Ragnar. Auf meinem eigenen Boot fährt mein jüngerer Sohn mit, der morgen zurückkommt. Mein Ältester ist hier unabkömmlich.«

Die Hausfrau, die nach dem Festmahl im Hintergrund verschwunden war, schritt nun auf Ragnar zu, um sich nach dem Wohlbefinden ihrer Gäste zu erkundigen. Die Goldfibeln vor den Schultern, die die Schlaufen der beiden Schürzen auf Brust und Rücken zusammenhielten, die Perlenkette zwischen den beiden Fibeln, die beiden geflochtenen Silberketten um den Hals – Ulf hatte den Eindruck, der Hausherrin gehe es weniger um das Wohl der Gäste als um die Zurschaustellung ihres Schmuckes.

»Fährst du denn nicht selbst mit, Snorre?«

Einen Augenblick herrschte auf dem Hochsitz gegenüber Stille. Dem Hausherrn war die Frage sichtlich unangenehm: »Du weißt, wie gerne ich mit dir wieder Orm jagen würde, Ragnar. Aber es geht leider nicht. Ich habe hier so viele Aufgaben zu erledigen... Ich komme einfach nicht weg.«

»Was kann es Wichtigeres geben als eine Blutrache, eine Raubfahrt?«, hörte Ulf den Graubart neben Ragnar knurren.

»Gut, es ist Erntezeit«, meinte Ragnar. »Aber du hast genügend Unfreie. Dein jüngerer Sohn kann sie beaufsichtigen.«

»Das verstehst du nicht, Ragnar. Die Verhältnisse haben sich geändert.«

»Schade, schade«, schrie einer von Snorres Gästen dazwischen. »Wie viel Feinde würde Snorre erschlagen, wenn er Zeit hätte!«

»Glaube nicht, Ragnar, dass… Es fällt mir nicht leicht, auf einen solchen Kampf zu verzichten. Aber alle meine Gäste fahren auf meinem Schiff mit.«

Ragnar starrte einen Augenblick schweigend auf den Hochsitz gegenüber. »Was für ein Fest feierst du eigentlich, Snorre? Wer feiert schon während der Erntezeit?«

»Ja… Hm… Eigentlich ist es kein richtiges Fest. Diese jungen Männer sind die meiste Zeit des Jahres auf meinem Hof. Sie gehen nur für ein paar Tage auf ihre eigenen Höfe zurück. Ich brauche sie zur Unterhaltung, Ragnar: Auf dem Hof sind genügend Unfreie. Die können die Arbeit ohne mich erledigen. Ich gehe mit meinen Gästen auf die Jagd. Wir üben uns im Schwimmen. Und wir machen Waffenspiele…«

»Mit dem Jarl werden wir Heldentaten verrichten«, schrie einer herüber. »Und berühmte Krieger werden«, grölte ein anderer und hob den Krug.

»Du hörst es selber, Ragnar. Ich sagte es schon: Die Zeiten haben sich geändert. Ich muss mit meinen Gästen beraten, was die Volksversammlung beschließen soll…«

»Lässt das Thing sich seine Beschlüsse denn vorschreiben?«, knurrte der Graubart so laut, dass der Hausherr ihn hörte.

»Man kann doch die Leute nicht beschließen lassen, was sie wollen, Grim.« Aus Snorres Stimme klang Verachtung. »Freie nennen sie sich alle. Aber was bedeutet das schon? Nicht alle Freien sind gleich. Warum also sollten alle mitreden? Wer keinen Besitz hat, keine berühmten Vorfahren…«

»Und wer sind deine Gäste?«, fragt Ragnar kühl.

»Junge Männer von den umliegenden Höfen. Söhne, die den Hof nicht erben werden. Auf der Volksversammlung würde niemand auf sie hören. Wer aber bei einem berühmten Jarl…«

»Da kommt es nicht so darauf an, wie wohlhabend der Hof des Vaters ist und wie berühmt die Vorfahren waren«, schrie einer und trank dem Jarl zu. »Denn die Ehre, Gefolgsmann des Jarls zu sein…«

»Ja, ja, ja«, brüllten alle und streckten ihre Krüge dem Hausherrn entgegen. Keiner nimmt sich aus, bemerkte Ulf missmutig.

»Es geht darum, wer im nächsten Jahr das große Opferfest für alle Götter auf seinem Hof ausrichten wird«, fuhr Snorre fort, »wenn wir im Frühjahr mit dem Fleisch der Pferde und der Eber und mit Met die Götter stärken. Ihr wisst ja, das Thing wählt den Betreffenden. Ich bin mir mit den meisten

Nachbarn einig, dass nur mein Hof für das große Götterfest in Betracht kommt. Im nächsten Jahr und in jedem Jahr. Leider gibt es in der Gegend zwei Kerle, die sich auch Jarl nennen. Sie verlangen, es solle mit dem Götterfest bleiben wie bisher. Es solle reihum ausgerichtet werden, jedes Jahr auf einem anderen großen Bauernhof. Was für eine Unverschämtheit! Habe ich nicht den besten Skalden, um die Götterlieder vorzutragen? Aber es gibt noch zu viele Freie, die auf die beiden hören. Deshalb habe ich daheim so viel zu tun. Denn wer auf der Volksversammlung die meisten Freunde hat...«

Der Graubart beugt sich zu Ragnar hinüber. Ulf hört ihn grollen: »Wenn man Snorre so reden hört... Er tut, als wolle er König werden... Thors Hammer soll ihn erschlagen!«

Das gehässige Grinsen um Ragnars Lippen ist kein Spiel der Flammen. »Nein, Grim. Nicht erschlagen. Wir brauchen ihn noch. Aber Snorre sagt leider die Wahrheit: Es hat sich viel verändert in den letzten Jahren. Snorre ist nicht mehr damit zufrieden, Jarl genannt zu werden. Der Ehrentitel reicht ihm nicht. Er will Macht. Snorre will ein König werden, Grim!«

Jetzt grölten auf allen Seiten die Gäste des Jarls und ihre eigenen Ruderer und prahlten mit ihren Taten – mit dem Unterschied, dachte Ulf, dass Ragnars Männer diese Kämpfe wirklich durchgestanden hatten, während Snorres Gäste noch von ihnen träumten.

»Wir müssen uns noch über die Einzelheiten einigen«, begann der Hausherr wieder das Gespräch. »Die Fjorde, aus denen die übrigen Langschiffe kommen, liegen alle im Norden. Wenn wir keine Zeit verlieren wollen, müssen sich die Boote also im Norden versammeln.«

Ragnar stimmte zu.

»Also sind wir uns einig. Zwei Tagesreisen von hier sollen alle Boote auf dich warten, denn sie werden früher dort sein als du.«

»Warum das, Snorre? Selbstverständlich erreichen die Boote, die im Norden aufbrechen, den Sammelplatz früher. Aber warum sollen die beiden Langschiffe aus diesem Fjord mich nicht begleiten?«

»Alle Boote müssen einzeln fahren, Ragnar. Eine Tagesreise weit im Norden liegt ein Fjord. Dort hat ein Jarl seinen Hof, der mein Feind ist. Wir streiten uns seit Jahren um den Einfluss auf die umliegenden Fjorde. Wenn unsere Langschiffe in einem Pulk auf seinen Fjord zufahren, wird er sich angegriffen fühlen.«

»Fürchtest du ihn, Snorre? Hat er mehr Langschiffe?«

»Ich fürchte ihn nicht. Wenn er uns in einen Kampf verwickelte, würde er unterliegen. Aber jeder Kampf...«

»Ich gebe dir Recht, Snorre«, nickte Ragnar. »Jeder Kampf bedeutete einen Zeitverlust. Orm könnte uns entkommen...«

»Ich meine noch etwas anderes, Ragnar: Der Jarl, bei dem Orm sich befindet, hat nicht weniger Langschiffe als wir. Wir können uns also auf dem Weg keine Verluste leisten…«

Die Unfreien hatten die Tische fortgetragen. Ulf lehnte sich behaglich gegen das Kissen in seinem Rücken, während Ragnar dem Hausherrn erzählte, wie sie an der kleinasiatischen Küste das Kloster des heiligen Michael überfallen hatten. »So feige wie die Mönche in England«, lachte Snorre schallend. »Lassen sich ohne Gegenwehr abschlachten!«

Ulf blickte misstrauisch hinüber zum Ende des Langfeuers. Dort standen drei von Ragnars Männern und vier Gäste des Hausherrn, und ihre Unterhaltung wurde immer hitziger. Bei dem Stimmengewirr konnte Ulf nicht verstehen, worüber sie stritten, aber die Wirkung des Mets und des Biers war unverkennbar.

»Was für eine Beute!«, Snorre klatschte sich vor Freude auf die Schenkel.

»Sei doch vernünftig, Egil! Niemand hat behauptet…«, hörte Ulf mit halbem Ohr aus der Gruppe der Streitenden.

»Und diese Beute habt ihr mitgebracht?« Der Hausherr lachte noch immer in sich hinein und beugte sich erwartungsvoll vor.

»Ich habe dich nicht beleidigt, Egil«, hörte Ulf einen der beiden Streithähne brüllen.

Der Gastgeber war aufgesprungen. »Streitet euch nicht in meinem Haus!«, rief er hinüber. »Ihr seid meine Gäste. Ich will nicht, dass meine Gäste…«

»Du und dieser Fremde… Ihr habt gesagt…« Die Stimme des Mannes, der Egil genannt wurde, schnappte über. Plötzlich wichen die Umstehenden zurück. Ulf konnte das Messer in Egils Hand sehen. Der Mann, der Egil gegenüberstand, packte dessen Hand. »Wenn du willst, fechten wir die Sache morgen aus, Egil«, schrie er wütend.

»Nein, jetzt!«, kreischte Egil in höchstem Zorn. »Erst dieser fremde Hund, dann du…« Ulf sah die Faust mit dem Messer in der Luft schweben. Egil hatte mit einem Ruck seine Hand losgerissen. Und jetzt erkannt Ulf auch, auf wen die Messerspitze zielte: auf Hakon, Orms Ruderer.

Dann sah er nur noch Ragnar und Grim aufschnellen. Der Graubart erreichte den Tobenden einen Schritt früher. Die linke Hand umklammerte Egils Schulter, die andere dessen Knie, dann riss Grim den Mann in die Höhe. Einen Atemzug lang schwebte Egils Körper über dem Kopf des Graubartes, dann krachte der Mann auf den Boden.

»Verschwinde!«, knirschte Grim und fingerte erregt an seinem Gabelbart. »Lass dich heute nicht mehr blicken! Sonst mache ich dich kalt!«

Ächzend rappelte Egil sich auf, warf dem Graubart einen rachsüchtigen Blick zu und humpelte aus der Halle.

Nach dem Zwischenfall hatte der Hausherr zunächst einmal die Krüge nachfüllen lassen. Jetzt saß Snorre wieder auf seinem Hochsitz und kraulte sich unbehaglich den Bart. »Ich muss mich entschuldigen, Ragnar. Eine Prügelei... na, die gehört zu einem gelungenen Festmahl dazu. Aber ein Messerangriff...«

»Nicht nur meine Leute, Snorre, auch deine Gäste, die dabeistanden, haben es bestätigt: Hakon, unser Ruderer, hat sich in den Streit gar nicht eingemischt«, grollte Ragnar.

»Das stimmt.« Snorre tat einen tiefen Zug und wischte sich dann das Bier aus dem Bart. »Ich verstehe es nicht. Diesen Egil kenne ich als einen besonnenen jungen Mann.«

»Von Besonnenheit habe ich nichts gemerkt«, knurrte Ragnar. »Man greift bei einem Festgelage nicht zum Messer!«

»Du hast ja Recht, Ragnar. Ich werde Egil wohl auf seinen Hof zurückschicken müssen.« Snorre bog sich zu dem Skalden hinüber, und die beiden flüsterten längere Zeit miteinander. Dann hob der Gastgeber den Arm: »Die Mädchen werden neuen Obstwein bringen, und Thorgrim wird uns ein Lied singen. Vergessen wir den Vorfall!«

»Was singst du, Thorgrim?«, schrie einer der Männer. Der Skalde stand am Ende der Feuerstelle, die Leier im linken Arm, strich sich bedächtig über den Bart, und ließ den Blick über die Bankreihen schweifen, um die Spannung der Zuhörer zu steigern.

»Von Sigurd singe ich euch. Von dem größten Helden, den es je gab.« Auch Ulf jubelte auf. Er kannte kein schöneres Heldenlied und war gespannt, was Thorgrim singen würde, denn jeder Skalde erzählte das Lied vom Helden Sigurd etwas anders.

Der Skalde schlug einige Töne an. »Fafnir und Regin, seine treulosen Söhne, sie erschlugen den Vater...« Thorgrim ließ die Leier sinken und fuhr mit schallender Stimme fort: »Ihr wisst es alle: Fafnir und Regin waren zwei Brüder. Zwerge. Ihr Vater besaß einen Goldschatz, wie kein Mensch je einen gesehen hat. Seine treulosen Söhne wollten ihm den Schatz rauben. Zu einem offenen Überfall waren die beiden Zwerge zu feige. Deshalb warteten sie, bis die Nacht hereinbrach, und ihr Vater sich auf seinem Fellager zur Ruhe legte. Da schlichen Fafnir und Regin herbei und schlugen mit ihren Schwertern dem Schlafenden den Kopf ab.«

»Alle Zwerge sind feige und hinterlistig«, brüllte einer dazwischen.

»Nein, nicht alle. Aber was Fafnir und Regin nicht wussten: Es lag ein Fluch auf dem Goldschatz. Dieser Fluch hatte bereits ihrem Vater den Tod gebracht, nämlich den heimtückischen Tod durch die Hand seiner eigenen Söhne.«

Ulf nickte vor sich hin. Dieser Fluch würde auch die beiden Mörder ins Verderben stürzen.

»Als Fafnir und Regin in die Höhle traten, in der ihr Vater den Goldschatz versteckt hatte, begann der Fluch zu wirken: Fafnir beschloss, seinen Bruder zu ermorden, um den Schatz für sich allein zu haben.«

Wieder einige Töne auf der Leier.

»Fluch gebiert Falschheit, Fafnir
betrügt Regin, Bruder...«

Ulf nickte zufrieden: drei »F«, zwei »B«. Dann schloss er die Augen. Er sah die Gestalten vor sich, von denen der Skalde berichtete. Wie Fafnir sich in einen Drachen verwandelte, um seinen Bruder zu verschlingen. Doch Regin gelang die Flucht. Der Zwerg wanderte in das Land der Menschen und ließ sich dort als Schmied nieder, denn kein Mensch versteht so viel von der Schmiedekunst wie die Zwerge. Fafnir aber kroch auf einen Hügel, grub sich mit seinen Lindwurmkrallen eine Höhle und verbarg darin den Schatz. Jetzt liegt der Lindwurm Fafnir vor der Höhle und bewacht sein Gold. Viele haben von dem Schatz gehört, viele wollen Fafnir das Gold abnehmen. Aber wenn sie den Hügel hinaufsteigen, wenn der Lindwurm sein Maul aufreißt und Feuer und Gift speit, verlässt sie der Mut.

»Dann kam Sigurd in Regins Schmiede«, erzählte der Skalde. »Sigurd war noch ein Knabe, und er blieb bei dem Schmied, denn Regin lehrte ihn Dinge, die kein Mensch je gewusst hat.«

»Wann erschlägt Sigurd den Drachen?«

»Warte doch, Sven!«

Als Sigurd zum Mann herangewachsen war, begann der Zwerg, ein Schwert zu schmieden, das beste Schwert, das er je geschmiedet hatte. Monatelang hämmerte Regin es auf dem Amboss, dann war die Klinge so scharf, dass sie eine Schneeflocke zerschnitt, die der Wind dagegen wehte.«

»Töte meinen Bruder Fafnir«, lockte Regin, »du bist der richtige Mann für dieses Schwert!« Der Zwerg und Sigurd zogen in das Land der Zwerge, zu dem Hügel, auf dem der Drache seinen Schatz hütete. Fafnir, der Lindwurm, verließ nur einmal am Tag seine Höhle. Dann kroch er feuerschnaubend zum Bach hinunter, um seinen Durst zu stillen. Regin, klug wie alle Zwerge, riet Sigurd, auf dem Pfad, den der Drache nahm, ein Loch zu graben und sich darin zu verbergen. Als der Lindwurm am nächsten Tag über das Loch kroch, in dem Sigurd kauerte, stieß Regins Wunderschwert zu. Die Spitze durchdrang die Hornschuppen so leicht, wie ein Schwert Wasser teilt.«

Der Skalde griff wieder zur Leier.

»Nichts nutzte Fafnir sein Schnauben noch der tödliche Schaum, den er sprühte, als Leiche sank der Lindwurm zu Boden.«

Thorgrim ließ die Leier sinken. Es hatte keinen Zweck, weiter zu sprechen. Zu laut lobten die Zuhörer Sigurds List.

»Seid ruhig! Lasst mich erzählen, wie es weitergeht. Als Fafnir tot war, wagte sich auch sein Bruder Regin heran. Der feige Zwerg hatte sich während des Kampfes versteckt. Er forderte Sigurd auf, dem Drachen das Herz aus dem Leib zu schneiden und es über dem Feuer zu braten. Wenn sie es äßen, erklärte der Zwerg, gingen der Mut und die Stärke des Drachens auf sie über.

Als Sigurd glaubte, das Herz sei gar, wollte er es vom Bratspieß abnehmen. Aber Sigurds Hand zuckte zurück, Er hatte sich den Finger verbrannt. Schnell steckte er den Finger in den Mund...«

»Die Vögel, die Vögel«, jubelten alle.

»Ihr wisst es: Kaum war etwas von dem Blut des Drachenherzens auf Sigurds Zunge geträufelt, da hörte Sigurd über sich Stimmen. Die Stimmen kamen aus den Ästen des Baumes, unter dem sie das Feuer entzündet hatten. Als Sigurd die Vögel erblickte, wusste er, dass er jetzt ihre Sprache verstand. Eine Meise sagte: »Sigurd ist ein Narr. Er weiß nicht, dass Regin beschlossen hat, ihn im Schlaf zu erschlagen.« Und ein Star entgegnete: »Genauso, wie die beiden Zwerge ihren Vater umgebracht haben. Regin möchte den Schatz für sich allein.«

Erwartungsvolle Stille herrschte. »Als Sigurd von den Vögeln die Wahrheit erfahren hatte, schlug er dem Schmied mit dessen eigenem Schwert den Kopf ab. Dann führte er sein Pferd zu Fafnirs Höhle und lud den Goldschatz auf.«

Die letzten Töne der Leier verklangen.

»Nie funkelte Gold feuriger, nie freute sich ein Mensch mehr als Sigurd, kein Held schickte mehr Feinde in Hels Halle der Toten, als Sigurd mit Regins schimmerndem, Unheil bringendem Schwert.«

Alle waren aufgesprungen, grölten und streckten ihre Krüge dem Skalden entgegen. »Schweigt!«, überbrüllte der Hausherr das Geschrei. »Seht zu, wie ein Jarl einen Skalden belohnt!« Auf Snorres Bitte brachte einer seiner Gefolgsleute sein Schwert und das des Sängers. Dann zog Snorre unter einem Kissen einen schweren Goldreif hervor. Auf einen Wink des Hausherrn warf eines der Mädchen Holzscheite in die Feuerstelle, und Snorre wartete, bis aus dem fast niedergebrannten Feuer wieder Flammen aufloderten. Dann stellte er sich auf die eine Seite des Feuers, winkte Thorgrim auf die gegenüberliegende, steckte den Goldreif über das Schwert und hielt die Klinge quer über die Flammen. Ulf war neben den Skalden getreten. Mit zufriedenem Schmunzeln beobachtete er, wie Thorgrims Klinge gegen Snorres Schwertspitze stieß, sich an der Klinge entlangschob bis über den Goldreif hinaus und sich hob, so dass der Goldring auf sein Schwert herüberrutschte. Unter dem Gejohle der Umstehenden streifte der Skalde den Goldreif über sein linkes Handgelenk. Dann schlug er die Leier an, die einer ihm reichte. In einigen wohlgesetzten Strophen pries er die Gastfreundschaft des Hausherrn, seine Freigiebigkeit gegenüber den Dichtern.

Ulf stellte den Metkrug sofort wieder auf den Boden. Er spürte keinen Durst mehr, nur noch die Müdigkeit, die allmählich, aber unwiderstehlich von ihm Besitz ergriff. Lange hatten sie sich noch über Sigurds Heldentaten unterhalten, dann über ihre eigenen, nun aber, nach so vielen Stunden, ging der Gesprächsstoff aus. Einen kurzen Augenblick lang schloss Ulf die Augen.

»Dieses Schwein! Dieser Feigling! Dieser ehrlose Dieb!« Ulf fuhr auf. Er hat die Stimme eines ihrer Gefährten erkannt. Toke steht an der Tür. Jetzt stürmt er auf den Hochsitz des Hausherrn zu und hält Snorre sein bluttriefendes Schwert unter die Nase. »Das ist das Blut eines deiner Gäste, Snorre! Egils Blut!«

Alle waren aufgesprungen. Auf einen Wink des Hausherrn erzählte Toke. »Ich musste raus. Pinkeln. Da sehe ich im Mondlicht einen Schatten an unserem Boot. Ich schleiche mich an… Dieser Egil kniet auf dem Deck, hat einige Planken ausgehoben und beugt sich in den Kielraum hinunter…«

Snorre betrachtete einige Augenblicke stumpf das Blut auf der Schwertklinge. »Du hast Egil erschlagen?«

»Selbstverständlich! Ich stand so schnell hinter dem Kerl, dass er sich nicht mehr aufrichten konnte, bevor mein Schwert ihm in den Rücken fuhr.« Mit wutfunkelnden Augen deutete er auf die Klinge. »Sieh doch selbst, wie lang diese Blutspur ist. Das Schwert ist vorne wieder herausgekommen.«

Ragnar wartete schweigend und geduldig, bis der Gastgeber das Wort ergreifen würde. Snorre ließ sich Zeit. Nachdenklich zerwühlte er die Spitzen seines Gabelbartes. »Niemand kann dir einen Vorwurf machen. Aber ich hätte es auch niemals für möglich gehalten, dass Egil ohne eure Erlaubnis eure Ladung durchstöbern würde!«

Ragnar öffnete bereits den Mund, doch Toke kam ihm zuvor. »Unsere Ladung zu stehlen! Ich habe diesen Egil beim Diebstahl erwischt.«

Wieder schwieg Snorre einen Augenblick »Es ist möglich, dass Egil euch bestehlen wollte. Jedenfalls war er mein Gast. Und ihr seid auch meine Gäste. Wenn er sich auf euer Schiff schleicht, hat er die Gesetze der Gastfreundschaft gebrochen.«

Schnell wich Ulf zur Seite, um nicht getroffen zu werden, als Ragnar verächtlich auf den Boden spuckte. »Ehrloser Schurke! Dieb! Zu feige, um mit dem Besitzer um die Beute zu kämpfen. Wenn er nicht siegen kann, muss der Ehrliche eben verzichten.«

Der Gastgeber nickte und entschuldigte sich umständlich für den Zwischenfall, der seinen Gästen in seinem eigenen Hause widerfahren war. Seine

Stimme klang bekümmert, und seine Worte waren höflich. Doch sein Blick gefiel Ulf nicht.

Ragnars innere Unruhe, die er nicht zu verbergen trachtete, schien sich zu legen, als Snorres Langschiff am übernächsten Morgen im Schein der ersten Sonnenstrahlen vom Ufer abstieß. Snorres jüngerer Sohn war mit dem zweiten Langschiff zurückgekehrt und stand jetzt am Steuer des väterlichen Bootes. Einige Stunden später folgte ihm das andere Langschiff. Ragnar ließ ablegen, als der Mittag schon lange vorüber war. »Diesmal wird Orm uns nicht entkommen«, lachte Snorre, als er von Bord sprang.

Das Langschiff hatte vor vier Stunden den Fjord verlassen und war wieder in den Nordweg eingebogen. Hier, zwischen steilen Küstenbergen und den Felswänden der Inseln, war von dem Südostwind kaum noch etwas zu spüren. Sie hatten den Mast umlegen müssen und zogen wieder an den Riemen. »Eine Nebelbank«, hörte Ulf die Stimme des Mannes am Bug. Dort hielt Orms Ruderer Ausschau, denn allzu leicht konnten sich die tückischen Felsspitzen, die kaum aus dem Wasser ragten, in den Schiffsrumpf bohren.

Der Nebel kroch langsam über das Schiff hinweg, wurde dichter und dichter. Eigentlich war der Abend hereingebrochen, aber je weiter nach Norden sie kamen, desto länger blieb es hell. Im Norden, hatte Ulf gehört, versank im Sommer die Sonnenscheibe niemals hinter dem Horizont. Für wenige Stunden, mitten in der Nacht, wurde ihr Licht fahler, aber nichts wurde von der Dunkelheit verschluckt, selbst der kleinste Felsbrocken blieb sichtbar.

Jetzt konnte Ulf nicht einmal das Ruderblatt erkennen, wenn er es aus dem Wasser hob. Der Nebel wirkte weniger bedrohlich als unwirklich: eine undurchsichtige Wolke, weder hell noch dunkel, in der dennoch hier und da die letzten Sonnenstrahlen glitzerten. »Ein Boot!«, schrie Orms Ruderer. »Vielleicht. Ich kann es nicht genau erkennen.«

Auf Ragnars Befehl wurden die Riemen eingezogen. Immer langsamer glitt das Schiff durch das Wasser.

»Bist du Ragnar?« Die Stimme kam mitten aus dem Nebel. Sie klang, als käme sie von weither, aber Ulf wusste, dass der Nebel den Ruf eines Menschen verzerrt. Er war aufgesprungen. Von Steuerbord drangen Ruderschläge herüber. Das Boot hatte beinahe ihre Bordwand erreicht, als Ulf es zum ersten Mal sah. Ein einfaches Boot mit zwei Rudern, die ein Mann bediente. Mit einigen Ruderschlägen lag es längsseits, und der Mann ließ das Langschiff an sich vorübertreiben. Als das Steuerruder neben ihm auftauchte, packte er die Bordwand. Es musste ein Fischerboot sein. Ulf, der zu Ragnar getreten war, sah die zusammengelegten Netze in dem Ruderboot.

Der Fischer war aufgesprungen und hielt sich mit der linken Hand am Bordrand fest – ein bartloser Mann Ende Zwanzig mit einem Stirnband und dem einfachen Wollhemd eines Fischers. »Ja, du musst Ragnar sein. Die schwarzen und gelben Planken, dazu der Drachenkopf: der rote Rachen mit den weißen Eckzähnen, die gelben Augen: So hat man mir euer Schiff beschrieben«, sagte der Fischer ruhig.

»Was willst du von uns?«, knurrte Ragnar. »Warum hältst du uns auf?«

Ein Lächeln ging über die Züge des Fischers. »Weil ich auf dich gewartet habe!«

Ragnar bemühte sich nicht, das Misstrauen auf seinem Gesicht zu verbergen. »Du hast auf uns gewartet? Bist du wirklich ein Fischer?« Er deutete auf das Netz mit den Senkgewichten aus Speckstein neben der Ruderbank. »Du hast es nicht einmal ausgeworfen! Deine Ausrüstung ist trocken.«

»Weil ich auf dich gewartet habe«, lachte der Fischer. »In diesem Nebel konntet ihr leicht unbemerkt an mir vorüberfahren. Das Netz auswerfen kann ich später.«

»Und was willst du von uns?«

Das Langschiff lag jetzt unbeweglich auf dem Wasser, und der Fischer, der noch immer in seinem Boot stand, hielt sich mit der linken Hand mühelos an ihrem Bootsrand fest. »Ihr kommt von Snorre, dem Jarl«, sagte er.

Ragnar gab keine Antwort.

»Ich weiß, dass ihr bei Snorre wart. Ich muss euch warnen.«

»Du? Uns warnen? Du kennst uns doch gar nicht.«

»Nein«, grinste der Fischer. »Aber du wirst mich bezahlen, wenn du hörst, was der Jarl…«

»Der Jarl?«, brummte der Graubart, der neben Ragnar stand. »Wenn du etwas über ihn weißt, warum verrätst du ihn?«

Das Gesicht des Mannes verändert sich schlagartig. In seinen Augen funkelt jetzt blanke Hass. »Ich verrate den Jarl, weil er uns unterjochen will. Ich bin ein armer Fischer, aber ich bin ein Freier. Doch der Jarl will sich als unser aller Herr aufspielen…«

Während Ragnar ihn noch unentschlossen anblickte, fuhr der Fischer ruhiger fort: »Natürlich musst du mich bezahlen. Gib mir drei Silberstücke, wie die Araber sie haben.«

»Drei Dirhems?«, brauste Ragnar auf. »Das ist viel Silber…«

Der Fischer richtete sich auf. »Meine Nachricht ist drei Silberstücke wert, Ragnar. Du wirst den Preis nicht zu hoch finden.«

»Drei Silberstücke…«

»Hör mich doch an, Ragnar. Wenn du dann meinst, ich hätte dich betrogen, magst du mich erschlagen.«

Einen Augenblick zögerte Ragnar. Dann fuhr seine Hand in den Beutel am Gürtel und zog drei Silberdirhems heraus. Ulf sah, wie sich seine Faust zornig um das Silber ballte. »Gut«, knurrte er. »Du stellst eine dreiste Forderung. Aber ich werde selbst entscheiden, ob deine Nachricht so viel wert ist, wie du behauptest. Und dann bekommst du das Silber oder das Schwert.«

Der Mann schmunzelt zufrieden. »Vor deinem Schwert bin ich sicher, Ragnar. Die drei Silberstücke werden dich nicht reuen.« Er machte eine kurze Pause. »Orm war kurz vor dir als Gast auf Snorres Hof. Vier Tage lang.«

Auch Ulf stand wie vom Schlag gerührt, unfähig, ein Wort zu sagen. Aber der Fischer fuhr fort: »Du weißt es natürlich nicht, Ragnar, aber Snorre und Orm sind dicke Freunde – seit mehr als drei Jahren. Und Orm ist nicht zu dem Jarl gefahren, von dem Snorre dir erzählt hat.« Er kicherte selbstbewusst. »Wozu auch? Orm und dieser Jarl sind verfeindet.«

»Und wo...«, knirschte Ragnar, »wo ist Orm jetzt?«

Der Fischer strahlte vor Zufriedenheit. Man sah es ihm an: er wusste, die drei Silberdirhems würden in seinen eigenen Beutel wandern. »Orm ist in einem anderen Fjord auf einem kleineren Hof. Der Besitzer ist ein Freund von ihm.«

Ragnars Gesicht war rot vor Zorn. »Beschreibe uns den Fjord und den Hof. Dann bekommst du deine Silberstücke, und wir werden sofort...«

Der Fischer schüttelte lächelnd den Kopf. »Drei Silberstücke für diese Nachricht? Das wäre zu viel. Du hast die Hauptsache noch gar nicht gehört, Ragnar! Die zwei Langschiffe des Jarls, die euch vorausfahren...«

»Woher weißt du das?«, knurrt Ragnar.

Der Mann überging die Frage. »Der Jarl hat einen berittenen Boten zu Orm geschickt. Der Weg zu Lande ist kürzer als der zu Wasser. Die Schiffe des Jarls werden sich Orm anschließen, und dann überfallen sie euer Boot.«

Ragnars Finger wühlten in seinem Bart. »Wir waren auch Snorres Gäste...«

»Ja«, lacht der Fischer auf. »Ihr wart auch Snorres Gäste. Deshalb ist der Jarl selbst nicht mitgefahren. Und deshalb ist sein älterer Sohn, der euch auch bewirtet hat, angeblich verhindert. Aber Snorres jüngerer Sohn hat euch keine Gastfreundschaft angeboten.«

Ragnar und Grim tauschten einen langen Blick. Dann brummte Ragnar: »Die Ruderer des zweiten Langschiffes kennen wir gar nicht. Und die anderen, Snorres Leute, waren nur Gäste, genau wie wir. Sie sind uns zu nichts verpflichtet. Selbstverständlich dürfen sie uns überfallen, wann immer sie Lust haben.« Einen Augenblick lang schloss er die Augen. »Aber Snorre! Snorre!«

»Wir haben auf der Rückfahrt eben eine weitere Blutrache zu erledigen«, sagt der Graubart kalt.

Ragnar schüttelt langsam den Kopf. »Snorre! Ich kann es kaum glauben. Snorre und ich...«

»Ich traue keinem Jarl.« Der Fischer kicherte in sich hinein. »Diese Herren… Aber ich sage lieber nichts!«

Ragnar gab sich einen Ruck. »Wenn du die Wahrheit sagst, ist deine Nachricht drei Silberdirhems wert. Aber warum soll ich dir glauben?«

Der Fischer überhörte die Frage. »Ist dir nicht aufgefallen, wie wenig männliche Unfreie auf dem Hof waren?«

»Snorre sagte…«

»Ich weiß, was Snorre dir erzählt hat.« Der Mann grinste breit. »Sie seien bei der Heumahd, beim Viehabtrieb, beim Torfstechen.«

»Aber das kann doch stimmen«, meinte Grim unschlüssig. »Obwohl es etwas früh ist für den Viehabtrieb…«

»Es stimmt auch«, feixte der Fischer. »Der Jarl hat alle Unfreien zu solchen Arbeiten fortgeschickt. Möglichst weit weg vom Hof. Nicht nur die Männer. Alle Unfreien, von denen der Jarl glaubte, er dürfe ihnen nicht trauen. Die Unfreien, die auf dem Hof bleiben durften, sollten euch aus dem Wege gehen. Diese Unfreien sind ihm treu ergeben.« Die Lippen des Fischers verzogen sich verächtlich. »Das glaubt der Jarl jedenfalls…«

Ragnar warf einen kurzen Blick zu Grim herüber. Der nickte unauffällig. »Hat nicht einer der Gäste des Jarls Orms Ruderer erstechen wollen?«, fragte der Fischer.

»Ja«, bestätigte Ragnar.

»Und weißt du, warum? Der Jarl hat es ihm aufgetragen.«

»Es waren zwei Gäste des Jarls, die sich stritten«, warf Ragnar ein.

»Nein. Der andere Gast war in den Plan nicht eingeweiht.«

Ulf sah die streitenden Männer wieder vor sich. Tatsächlich: Egil hatte den Gast des Jarls nur mit Worten bedroht. Das Messer hatte er nur gegen Hakon erhoben, Orms Ruderer. »Und warum?«, hörte er Ragnars Frage.

»Orms Ruderer musste verschwinden. Nur er kennt den Weg zu Orms Hof. Wenn die Langschiffe euch nicht erwischen… Aber Egil musste den Streit mit einem anderen beginnen, mit einem Gast des Jarls, nicht mit einem eurer Leute. Ihr wärt sonst misstrauisch geworden.«

Ragnar nickte. »Er hat den Verdacht gut abgelenkt. Wer hätte gedacht, dass er es nur auf Orms Ruderer abgesehen hatte!«

»Auf einem Festgelage einen Mann erstechen, der gar nichts gesagt hat! Der niemanden beleidigt hat!«, schimpft Erik los. »Aber dieser Egil war ein ehrloser Lump. Sogar ein Dieb!«

Der Fischer schüttelt heftig den Kopf. »Egil sollte nichts stehlen. Er sollte nur nachsehen, welche Beute ihr auf dem Schiff habt.« Wieder klang seine Stimme spöttisch. »Der Jarl wollte wissen, ob sich ein Überfall auf euer Langschiff lohnt.«

»Das mit dem anderen Jarl stimmt«, beantwortete der Fischer Ragnars Frage. »Tatsächlich fahren Snorres Langboote einzeln und in großem Abstand an dem Fjord vorüber. Snorre will seinen Nachbarn nicht misstrauisch machen. Denn sobald sie mit euch fertig sind, wollen seine Langschiffe den Hof dieses Jarls überfallen.« Plötzlich schien dem Mann etwas einzufallen. »Warum sucht ihr diesen Jarl nicht auf? Sein Hof ist leicht zu finden. Und jetzt gib mir das Silber.« Der Fischer hielt die Hand auf.

»Was du gesagt hast, klingt glaubhaft. Aber von wem weißt du das alles?«

Der Fischer presste die Lippen zusammen. »Von einem Mann, der auf Snorres Hof lebt, selbstverständlich. Von einem Unfreien. Nicht alle, die der Jarl für treu ergeben hält, sind es auch. Einige hassen ihn. Dieser Unfreie ist zu mir gekommen. Auf einem so großen Hof fällt seine Abwesenheit nicht auf. Er wünscht, dass ihr zusammen mit den Langschiffen des Nachbarn Snorres Boote besiegt. Er gönnt dem Jarl die Niederlage.« Wieder grinste er. »Und auch er möchte euer Silber, das wir teilen werden.«

Wieder streckte der Fischer Ragnar die flache Hand entgegen. »Jetzt gib mir das Silber. Ich habe euch alles erzählt, was ich weiß. Der Name des Unfreien geht euch nichts an.«

Ragnar wartete, bis der Fischer die Silberdirhems eingesteckt hatte. »Du kannst dir noch viel mehr Silber verdienen. Vor uns warten sechs Langschiffe: Snorres fünf und Orms Schiff. Ich brauche jeden Mann.«

Der Fischer schüttelte nur den Kopf und machte Anstalten, sich auf seine Ruderbank zu setzen.

»Sei doch vernünftig! Du bist jung und kräftig«, drängte der Graubart. »Auf Orms Langschiff ist viel Beute für uns alle...«

Der Fischer blickt ihn ernst an. »Ich gehe niemals auf Wikingerfahrt. Selbstverständlich könnte ich mehr Silber gebrauchen. Der Hof ist klein, mit winzigen Feldern, die keine große Familie ernähren. Wir leben mehr vom Fischfang. Und manchmal kann man den reichen Nachbarn Fische verkaufen. In den Monaten des Säens und Erntens, wenn sie keine Zeit für den Fischfang haben... Aber man kann mit sechs Kindern kaum davon leben.«

»Na also«, lachte der Graubart. »Und diese Fahrt dauert nur wenige Tage.«

Der Mann blickte ihm schweigend in die Augen. »Ich sagte es schon: Ich gehe niemals auf Wikingerfahrt. Meine beiden Brüder haben es getan. Jetzt muss ich auch für ihre Kinder sorgen.«

Ragnars Mannschaft musste wegen der felsigen Schären langsam weiter rudern. Es war nicht anstrengend. Der Grieche gähnte herzhaft und blickte zu Ulf herüber. »Was meinst du, Grieche?«, fragte der. »Werden wir bei dem Jarl, von dem der Fischer gesprochen hat, Verstärkung bekommen?«

»Rudere, Ulf!«

Ragnar zupfte Ulf am Ärmel und deutete auf die Inselchen, die vor ihnen lagen, aufgereiht wie auf einer Schnur, niedrige Inseln, oft nur Felsklippen, die Wind und Wetter rund geschliffen hatten. Weit jenseits verschwand die Küste mit ihren steilen Hügelketten unter den tiefhängenden Regenwolken. »Steuere nach rechts, Ulf!«, befahl Ragnar. »Dies ist die Einfahrt in den Tronde-Fjord.« Ulf stieß die Ruderpinne mit beiden Händen von sich.

Die Mündung des Fjordes war sehr breit. Lange glitt das Schiff zwischen der Inselkette im Norden und den kahlen, zerfurchten Felskuppen auf dem südlichen Ufer dahin. Dann steuerte Ulf erneut nach rechts. Vor ihnen lag das Innere des Fjordes, eine breite Wasserfläche, die in der Ferne von wolkenverhangenen Bergen begrenzt wurde. Aber Ulf wusste, dass der Tronde-Fjord Seitenarme hatte, die noch tiefer ins Land drangen. Voller Neugier betrachtete er die Ufer, denn Ragnar hatte gesagt, in diesem Fjord gäbe es die meisten und die reichsten Höfe. Grüne Uferstreifen wechselten mit niedrigen, aber steilen Küstenfelsen, die sich ins Wasser schoben.

Sie waren an mehreren Höfen vorübergekommen, als Ragnar auf ihn zukam. »Überlass mir das Steuer, Ulf! Vor uns liegt Thorgrims Hof.«

Ulf stand mit Erik am Bug. »Thorgrim muss reich sein.« Eriks aschblondes, schulterlanges Haar flatterte im Fahrtwind. Ulf schwieg. Denn eine Entgegnung war überflüssig. Dort drüben, zwischen den bewaldeten Hügeln und vor der kahlen, gespaltenen Felskuppe, lagen um das Langhaus mehr Grubenhäuser, mehr mit Steinhaufen umsäumte Felder, als Ulf je bei einem einzelnen Hof gesehen hatte.

Der Jarl stand mit einem Dutzend Männern am Ufer und schaute zu dem Langschiff herüber, das langsam auf ihn zuglitt. Alle trugen Helme, hatten Schild und Schwert jedoch sinken lassen.

»Was wollt ihr hier?« Die Stimme des Jarls klang nicht feindselig.

»Ich bin Ragnar. Ich habe etwas mit dir zu besprechen!«

»Ich habe deinen Namen gehört. Man hat mir von diesem Schiff und diesem Drachenkopf erzählt«, rief der Jarl herüber. »Aber wartet ein wenig! Ich muss mich vorher mit meinen Männern beraten.«

Ragnar gab Befehl, die Riemen einzuziehen. Das Boot schaukelte leicht, etwa zwanzig Ruderschläge vom Ufer entfernt. Ulf ließ seinen Blick über den Strand schweifen. Nirgends sah er ein Langschiff. Rechts standen zwei alte Frauen mit Holzlöffeln in der Hand neben halbrunden Eisenkesseln, die an Ketten von der Querstange eines Holzgerüstes herabhingen. Ein Junge kroch am Boden herum und legte Reisig auf die Feuer unter den Kesseln, ein etwas größerer Knabe kippte gerade einen Eimer Meerwasser in den zweiten Kessel. Noch zwei oder drei Stunden, dachte Ulf, dann ist das Wasser verdampft, und auf dem Boden der Kessel bleibt das reine Salz zurück.

Etwas weiter kniete ein Junge vor einem Brennofen und fachte mit einem Blasebalg das Feuer an. Funken stoben aus der Öffnung an der Spitze des kniehohen, halbrunden Tonofens. Neben dem Brennofen lag ein Häufchen kalter Schlacke, einige Schritte weiter waren Holzkohle und Raseneisenerz aufgestapelt. Sechs bis acht Stunden, und das Erz war geschmolzen. Auch dieser Jarl musste unter seinen Unfreien einen Schmied haben, der sich darauf verstand, den Eisenklumpen so oft über dem Feuer seiner Schmiede zum Glühen zu bringen und zu hämmern, bis das Eisen rein war.

Der Jarl war einen Schritt vorgetreten. »Ihr dürft herüberkommen«, rief er. »Ihr sollt meine Gäste sein.« Ragnar wartete nicht, bis die Ruderer das Boot auf den Strand hinaufgeschoben und die Laufplanke ausgelegt hatten. Er sprang vom Bug herab. Auf seinen Wink folgte ihm Ulf mit Grim und Erik. Der Mann, der jetzt vor ihnen stand, war in den Dreißigern. Es gelang ihm, einen halbwegs freundlichen Blick in seine eiskalten Augen zu legen. »Ich bin Thorgrim.« Eine junge Unfreie reichte ihnen das Trinkhorn. Das Kuhhorn war vom Rand bis zur Spitze mit Silber beschlagen. Als Ulf es als zweiter an die Lippen setzte, entging ihm der lauernde Blick des Hausherrn nicht: Thorgrim erwartete eine lobende Bemerkung über das reich verzierte Trinkhorn. Da auch der Met ausgezeichnet war, tat Ulf ihm den Gefallen, und der Hausherr kraulte sich befriedigt den kurzgestutzten Vollbart. »Meine Frau ist auf den Feldern und beaufsichtigt die Unfreien. Aber Hallgerd hat euch bereits gesehen.«

Ulf hatte die geschnitzten Drachenköpfe auf den Dachfirsten bereits vom Langschiff aus bemerkt. Das Langhaus zeigte nirgends Schäden. Hof und Haus ließen keinen Zweifel: Dieser Thorgrim war ebenso wohlhabend wie ihr verräterischer Gastgeber Snorre, vielleicht sogar noch reicher: Wolldecken, Federbetten und Kissen auf den Schlafbänken, darüber schmale Wandteppiche. In der Mitte der Halle die beiden einander gegenüberliegenden Hochsitze mit den Stützpfosten zu beiden Seiten, die vielleicht nicht feiner geschnitzt waren als bei Snorre, aber noch bunter bemalt.

Die der Tür gegenüberliegende Schmalseite war durch Flechtwerk abgetrennt. Davor krabbelten zwei Kinder auf dem Boden. Der Hausherr rief einen zornigen Befehl, und ein junges Mädchen im grauen Wollkleid der Unfreien stürzte hervor, riss die Kinder vom Boden auf und verschwand mit ihnen hinter der Flechtwand. Dann trat das Mädchen wieder heraus und sammelte das auf dem Boden verstreute Kinderspielzeug auf: ein Pferdchen aus Holz, ein Boot und ein Eimerchen aus Ton.

Der Hausherr wartete, bis sich das Kindermädchen hinter die Wand zurückgezogen hatte, bevor er Ragnar aufforderte, auf dem Hochsitz ihm gegenüber Platz zu nehmen. Dieser Thorgrim, das war Ulf klar, war ein

Mann, der sehr auf seine Ehre hielt. Er wünschte keine Bemerkung über seine Kinder. Denn ein Krieger hat vor Fremden Gefühle zu verbergen und darf höchstens ein lobendes Wort über seine erwachsenen Söhne dulden.

Vor Ulfs Füßen standen zwei Krüge mit Met und Bier. Jetzt saßen sie zu viert dem Hausherrn gegenüber, und Ragnar trug sein Anliegen vor. Thorgrim unterbrach ihn nicht ein einziges Mal. Auch als Ragnar den bevorstehenden Überfall erwähnte, nippte er nur schweigend an seinem Krug. Nach Ragnars letztem Wort trank er auf ihr Wohl und verfiel in längeres Nachdenken. »Dieser Fischer hat euch sicher die Wahrheit erzählt. Ich kenne meine Nachbarn.« Wieder schwieg er. »Ich glaube, du musst Orm während der Fahrt erwischen. Sonst findest du ihn nie.«

»Warum?«, fuhr Ragnar auf.

»Weil alles von Orms Ruderer abhängt. Der Mann ist ein Überläufer. Wird er dir wirklich treu sein? Ohne ihn kannst du den Fjord, in dem Orms Hof liegt, nicht finden. Wie leicht kann er dich irreführen! Oder er springt in einer Nebelwand oder im Dunkeln über Bord.«

»Orm und Snorre haben zusammen sechs Langschiffe«, brummte Ragnar nachdenklich. »Das ist ein bisschen viel für uns allein. Wirst du…?«

Der Hausherr meinte gedehnt: »Welcher Nordmann wird eine gute Beute ausschlagen? Aber bevor ich zusage, muss ich…«

Die Stimme kam aus dem Halbdunkel, vom Eingang her, ungeduldig und scharf. »Warum zögerst du, Thorgrim?« Mit einem Schritt trat Hallgerd in den Feuerschein. Die Hausfrau trug noch das Kleid, in dem sie ihre Arbeit auf dem Hof und den Feldern verrichtete, ein Hemd, so schmucklos wie das der Unfreien, nur aus Leinen statt aus Wolle. Ihre wasserblauen Augen leuchteten vor Aufregung. »Willst du dir diese Gelegenheit entgehen lassen, Thorgrim? Eine Seeschlacht…«

»Aber Hallgerd!« Thorgrims Stimme klang begütigend. »Ich habe doch nicht Nein gesagt!«

Hallgerds hohe, kräftige Gestalt straffte sich. »Was gibt es hier zu überlegen? Eine Seeschlacht zwischen einem Dutzend Schiffen! Darüber wird man überall an unserer Küste sprechen. Solange du aber nur einen Nachbarn überfällst, in einem der Nachbarfjorde…«

»Warum lässt Thorgrim sich das bieten?«, flüsterte der Grieche. »Seine Frau mischt sich ein. Vor den Gästen!« Ulf antwortete nicht. Er dachte an die Heimat des Griechen und wusste, warum sein Freund so bestürzt war. Doch die Nordmänner verbannten ihre Frauen nicht in abgelegene Gemächer. Und wer dürfte einer Freien das Wort verbieten? Gar der Herrin eines Hofes?

»…werde ich entscheiden, Hallgerd«, hörte Ulf noch. »Solange muss mein Gast warten. Ich habe manches auf dem Hof zu regeln, bevor ich abfahren kann. Und die Langschiffe können nicht einer Seeschlacht entgegenfahren, ohne dass die Schiffsführer…«

»Das sind Männerangelegenheiten, in die ich mich nicht einmische.« In ihrer Stimme klang sehr viel Befriedigung und ein klein wenig Versöhnlichkeit. »Das beredet ihr Männer unter euch. Ich werde mich um unsere Gäste kümmern. Sie werden mit dem Mahl zufrieden sein.« Doch sie ging nicht, ohne einen langen Blick auf Ragnar zu werfen – einen Blick, aus dem Bewunderung sprach.

Thorgrim setzte immer wieder den Krug an die Lippen und trank in kleinen Schlucken. Ulf war davon überzeugt, dass ihr Gastgeber nur Zeit schinden und vermeiden wollte, über diese Angelegenheit zu sprechen. Ärgerte ihn die Zusage, die Hallgerd ihm abgenötigt hatte? Ein verstohlener Blick Ragnars auf den Hausherrn, den Ulf bemerkte, verriet ihm, dass auch ihr Schiffsführer argwöhnte, Thorgrim könne seine Zusage bereuen. Vielleicht hatte Hallgerd ihnen einen großen Gefallen erwiesen: Zurück konnte Thorgrim nun nicht mehr.

Der schien zur selben Überzeugung gelangt zu sein, denn er zuckte kurz die Achseln und sagte: »Wir werden also Orm und seinen Verbündeten entgegenfahren. Doch vorher möchte ich mit Orms Ruderer reden.«

Ulf holte Hakon. Nachdem eine Magd auch vor dessen Füße zwei Krüge gestellt hatte, forderte der Hausherr ihn auf: »Erzähle mir von Orms Hof!«

Hakon, der neben Ulf saß, fuhr sich mit der Hand über das bartlose Kinn. »Da gibt es nicht viel zu erzählen. Dass Orms Hof ganz weit im Norden liegt, hast du sicherlich gehört. Orms Felder sind klein, und die Ernte ist kaum der Rede wert. Es ist dort oben auch nicht einfach, Tiere zu halten. Obwohl Orms Hof der reichste ist, den ich je gesehen habe, hat er nur zwanzig Kühe, zwanzig Schafe und zwanzig Schweine.«

»Reich?«, murrte der Hausherr. »Wie kann Orm einen großen Hof unterhalten, wenn er nur wenig Tiere und Felder hat?«

»Ganz einfach: Orm hat eine Herde von über sechshundert Rentieren.«

Auch Ragnar blickte erstaunt zu Orms Ruderer herüber. »Doch! Orm hat so viele Rentiere. Die Lappen müssen sie für ihn einfangen.«

»Die Lappen?«, wunderte sich Thorgrim. »Die Lappen leben doch als Nomaden im Landesinneren. Wie will Orm sie zu etwas zwingen?«

»Der Stamm, der seine Weide- und Jagdgründe in der Nähe von Orms Hof hat, wandert im Sommer an die Küste, um zu fischen. Der Stamm ist nicht groß, und die Leute sind schlecht bewaffnet.«

»Die Lappen sollen doch tapfere Krieger sein«, warf Ulf ein.

»Sie sind tapfere Krieger. Sie sind sehr geschickt mit Bogen und Pfeil. Aber da sie ihre Frauen und Kinder, ihre Zelte und Herden dabei haben, können sie sich mit Orm auf keinen Kampf einlassen. Außerdem – niemals kommt ein Händler in diese Gegend. Alles, was sie brauchen – Eisentöpfe, Messer, Schwerter kann ihnen nur Orm liefern.« Hakon lachte. »Orm hat es verstanden, die Lappen von sich abhängig zu machen. Er verlangt für seine Waren sehr hohe Preise. Ist ja klar: Orm muss sie von weither herbeischaffen. Aber er bekommt von den Lappen auch jedes Jahr Abgaben. Ihr Häuptling nennt es natürlich Geschenke, um sein Ansehen zu wahren.«

»Was für Abgaben?«, fragte der Hausherr.

»Das hängt von der Größe der Familie ab. Jedes Familienoberhaupt muss für sich und seine Familie zahlen. Der Häuptling selbst muss im Frühjahr ein Bärenfell abliefern, zehn Marderfelle und zehn Felle von Rentieren.«

»Hat Orm das alles wieder verkauft?«, fragte Thorgrim lauernd.

»Nein. Er hat nur wenig verkauft. In den letzten Jahren bot sich selten Gelegenheit zum Handel. Seine Grubenhäuser sind voll mit Walrosszähnen und Walknochen, und den unzerreißbaren Seilen aus Seehund- und Walhaut. Auch solche Dinge müssen die Lappen liefern. Einen anderen Teil bezahlt Orm mit Waren.«

Ragnar sah erwartungsvoll zum Hochsitz des Hausherrn hinüber. Thorgrim blickt ihn schmunzelnd an. »Auch das ist gute Beute, Ragnar!«

Ragnar und seine Männer waren bereits zwei Tage auf Thorgrims Hof. Thorgrims eigenes Langschiff war noch nicht zurückgekehrt, und die drei anderen Langschiffe, eines aus dem Tronde-Fjord und zwei aus Fjorden, die weiter südlich lagen, waren noch nicht eingetroffen, obwohl der Gastgeber bereits am ersten Tage Boten abgesandt hatte. Das Wasser im Kielraum ihres Langschiffes war längst ausgeschöpft, und sie hatten ihre Waffen geputzt und geschärft. So lungerten sie jetzt in der warmen Sonne am Strand herum. Keiner hatte Lust, den Unfreien bei ihrer Arbeit auf dem Feld und auf den Weiden zuzuschauen. Manchmal schwammen Ruderer um die Wette oder übten mit ihren Waffen, doch für die meisten verging der Tag über dem Spielbrett, über den Würfeln oder beim Krug. Ulf lernte den einen oder anderen Gast des Hausherrn kennen. Es waren junge Leute, manche mehr großmäulig als tatendurstig, die mit Begeisterung von den Fahrten ihres Langschiffes berichteten, die sie nie weiter geführt hatten als in einen der Nachbarfjorde. Thorgrim hatte sich wortreich entschuldigt, sie nicht zu einem Jagdausflug in die Wälder einladen zu können. Aber es war klar: Der Hausherr war mit den Vorbereitungen vollauf beschäftigt.

So blickte Ulf mit einer Mischung aus Ungeduld und Langeweile zu Tove hinüber, die neben dem Feuer und den aufgeschichteten Reisigbündeln über den langen Holztrog gebückt stand und mit den Händen den Brotteig knetete. Tove war jung und schlank, sah aber mit den kurzen, blonden Haaren, die nur bis zu den Ohren reichten, und dem einfachen Wollkleid der Unfreien unauffällig aus. Sie wirkte fast schüchtern. Doch Ulf war mit der Wahl des Hausherrn zufrieden, der ihm Tove geschickt hatte, um sein Lager zu teilen. Tove war auf Ulfs Lager ein anschmiegsames Kätzchen. Ulf hatte nicht vergessen, was er in den Weinschenken des Griechischen Reiches gelernt hatte. Zuerst hatte das Mädchen gestutzt, ja gekichert, als er nicht sofort in sie eindrang, sondern seine Fingerspitzen über ihren nackten Körper wandern ließ. Doch sie hatte schnell Gefallen an diesem Spiel gefunden und begehrte immer mehr. Einmal hatte Ulf bei den Schenkeln, die sich um seine Hüften pressten, bei dem sich aufbäumenden Leib, an das Schankmädchen in der Seefestung gedacht, an die schäbige Kammer mit dem schmutzigen Lager und dem Weinkrug in der Ecke. Hatte sie Maria geheißen?

Doch Ulf hatte auch den Gastgeber nicht vergessen. Er hatte sich redlich bemüht, Thorgrim seine Dankbarkeit zu erweisen und die Unfreie zu schwängern, damit der Hof eine neue Arbeitskraft erhalte.

Drei weitere junge Frauen kneteten Teig, und vier hockten auf dem Boden und zerrieben die Gerste zwischen den beiden Mahlsteinen. Zwei ältere Frauen hielten die langstieligen, kreisrunden Eisenpfannen über das fast niedergebrannte Feuer, um aus der Gerste das dünne Fladenbrot zu backen, das nach dem Erkalten steinhart werden, sich aber in den Fässern an Deck wochenlang halten würde.

Zwischen den Unfreien eilte Gunnlöd hin und her, unter deren Kopftuch Haarsträhnen hervorquollen, die mehr weiß als grau waren, eine Tante des Hausherrn, der wegen ihrer scharfen Zunge selbst Thorgrim aus dem Wege ging, und die ihren Befehlen gelegentlich mit einem Schlag ihrer Birkenrute Nachdruck verlieh. Ulf wandte sich gelangweilt ab. Von Tag zu Tag verstand er Ragnar besser, seine wachsende Unruhe, die immer stärker auch Ulf ergriff. Wie lange noch mussten sie auf Thorgrims Langschiffe warten?

Dem entging die Ungeduld seines Ehrengastes nicht. Er hatte weitere Boten ausgeschickt, aber die Anwort war immer die gleiche gewesen: Diese und jene Erntearbeit musste noch erledigt werden, bevor die Ruderer auf Wikingerfahrt gehen konnten.

An diesem Abend hatte der Hausherr zu einem großen Festmahl eingeladen. Vor Ulf türmten sich auf dem Tisch Köstlichkeiten, die selbst Snorre nicht angeboten hatte. Nicht nur Fleisch von der Kuh, dem Schaf, der Ziege und dem Schwein legten die Mädchen auf seinen Holzteller, sogar Hirschfleisch, Ente und Gans. Und daneben stand eine Schale, in der zwischen wilden Äpfeln einige Walnüsse lagen, die der Hausherr für einen sündhaften Preis aus den Ländern im Süden bezogen hatte.

Inzwischen hatte Ragnar mit den überschwänglichen Worten, die erwartet wurden, im Namen seiner Leute für das reiche Mahl gedankt, und die Tische waren weggetragen worden. Hinten, jenseits des Langfeuers, zeigten einige Gäste des Hausherrn ihre Kunst im Ringen. Ulf musste zugeben, dass sie im Ringen besser waren als mit Schwert und Streitaxt. Nachdem sie die Kämpfer aus vollem Halse aufgemuntert, den Siegern zugejubelt hatten, traten drei kleine Jungen vor den Hochsitz des Hausherrn und bliesen auf Flöten, die aus Schafbein geschnitzt waren.

Jetzt schickte Thorgrim die Knaben weg und bedeutete seinem Nachbarn, einem seiner Gäste, mit einer Handbewegung Schweigen – ein Zeichen, dass der Höhepunkt des Festgelages bevorstand. Auf beiden Seiten der Halle verstummte die Unterhaltung. Sechs junge Mädchen kamen herein, vier trugen kleine Silberschalen, zwei silberne Krüge. Als Ulf seine Schale in beiden Händen hielt und das Mädchen einschenkte, blickte er auf das Gesicht des Griechen. Das gierige Lächeln hatte er erwartet, denn es war Wein. Wie viel Silber mochte der Hausherr, hier an Norwegens Westküste, dem Händler für den Wein bezahlt haben? Pflichtschuldig, aber aus ehrlichem Herzen, tranken sie Thorgrim zu, rühmten seine Gastfreundschaft, doch die Schalen wurden nicht nachgefüllt. Die Mädchen kamen mit Met und Bier zurück.

»Überall erzählt man, Orm habe auf seinem Hof riesige Schätze angehäuft«, rief der Hausherr zu Orms Ruderer herüber, der als jüngstes Mitglied der Fahrtgenossenschaft am äußersten Ende der Tafel saß.

»Das stimmt!«, lachte Hakon. »Einen großen Teil der Beute, die wir bei den letzten Wikingerfahrten gemacht haben, hat Orm noch nicht verkauft. Und außerdem die Handelswaren, die er von den Lappen erhält, und von denen ich dir erzählt habe.«

»Ja, Walrosszähne, Bärenfelle…« Irgendwie, fand Ulf, klang Thorgrims Stimme lauernd. »Aber eure letzte Beute muss alles übertroffen haben!«

»Ja, im Mittelmeer…«, grunzte Hakon zufrieden.

»Man redet hier überall über eine Goldkette, die Orm einem Jarl in einem Nachbarfjord verkauft hat. Ich habe sie nicht selbst gesehen. Aber man hat sie mir beschrieben. Niemals hätten die Leute in dieser Gegend etwas Kostbareres gesehen: eine geflochtene Halskette aus Gold mit blauen und grünen Steinen und mit zwei Löwenköpfen…«

»Was sagst du da?«, Orms Ruderer war aufgesprungen, seine Stimme schnappte fast über. »Diese Kette ist meine Beute. Sie gehört mir.«

»Dir? Deine Beute?«, fragt Thorgrim verwundert.

»Ja. Ich habe sie in Italien einem Priester vom Hals gerissen, den ich selbst erschlagen habe. Und wenn Orm glaubt, ich sei im Mittelmeer ertrunken, müsste er meinen Anteil bei meiner Sippe abliefern. Er weiß, wo sie wohnt.«

»Wer würde dir da widersprechen, Hakon?«, nickt der Hausherr nachdenklich. »Orm hat dem Jarl selbstverständlich erzählt, die Goldkette sei aus seinem eigenen Beuteanteil.«

»Wenn ich Orm...« Hakon ballte wutschnaubend beide Fäuste.

Der Hausherr zuckt kühl die Achseln. »Ich glaube dir, dass es deine Kette ist. Und ich traue Orm diesen Treubruch zu.«

Halfdans aufgeregte Stimme konnte Ulf trotz des allgemeinen Gebrülls nicht überhören. »Hört ihr es«, lallte er, »habt ihr es gehört? Ein riesiger Goldschatz, ein riesiger Goldschatz.« Ulf hörte noch einige Augenblicke zu, dann lächelte er zufrieden. Die drei, die Ragnar bestürmt hatten, Orms Verfolgung aufzugeben und nach Haithabu zu fahren, waren jetzt begeistert.

»Du irrst, Ragnar!«, hörte Ulf nun den Hausherrn sagen. »Dieser Nachbar ist ein Dummkopf. Und niemals hat er sich im Kampf besonders hervorgetan. Dennoch will er in den gleichen Fjorden befehligen wie ich.«

»Befehligen«, dehnte Ragnar. »Wen denn?«

»Warum lasse ich wohl Langschiffe bauen? Natürlich müssen sich die anderen Freien an den Kosten beteiligen. Aber diese Langschiffe werden unsere Fjorde beschützen. Und das haben wir dringend nötig. Immer mehr Nordmännern ist die Wikingerfahrt nach England oder in die Frankenreiche zu weit.« Er lachte verächtlich. »Und zu gefährlich. Sie warten lieber auf die mit Beute beladenen Schiffe oder überfallen die Höfe an dieser Küste.«

»Das war immer so«, meinte Ragnar gleichmütig. »Jeder muss seine Beute verteidigen...«

»Nein. Es ist doch besser, man vertreibt diese Räuber und hält sie von seinem Gebiet fern.«

»Und wie willst du das machen, Thorgrim?«

»Wenn alle Volksversammlungen der umliegenden Fjorde mich zum Anführer wählen... Mein Nachbar will auch Anführer werden. Aber dieser Kerl kommt nicht in Betracht.«

»Wollen sie dich denn zum Anführer wählen?«, warf der Graubart ein.

»Das ist es ja, Grim. Die Leute sind zu dumm. Sie erkennen die Vorteile nicht. Hier im Tronde-Fjord, wo es weit und breit die meisten Höfe gibt, habe ich schon viele Anhänger. Aber die Bauern in den Nachbarfjorden – dort gibt es nur wenige, arme Höfe – dulden niemanden über sich.«

»Das war immer so und wird immer so bleiben«, entgegnete Ragnar.

»Nein, Ragnar. Nur so lange, wie diese kleinen Bauern auf allen Volksversammlungen dumm herumreden dürfen. Sie wollen bei allem mitreden, obwohl sie keine berühmten Vorfahren haben und nur einen armseligen Hof. Stell dir vor: Sie haben sogar meinen Vorschlag abgelehnt, in Zukunft das große Götterfest immer auf meinem Hof zu veranstalten.«

Ragnar zuckte die Achseln. »Was ist daran ungewöhnlich? Das große Götterfest veranstaltet jedes Jahr ein anderer Bauer, ein reicher, der es sich leisten kann.«

»Eben, eben! Das große Götterfest kostet den Hofbesitzer viel Silber. Und noch mehr Fleisch, Met und Bier. Man muss einen Skalden kommen lassen, der die Preislieder auf die Götter singt.«

»Deshalb richtet eben jedes Frühjahr ein anderer das große Götterfest aus«, knurrte Grim.

»Das muss sich ändern! Ich bin reich genug, um jedes Jahr alle Nachbarn zu diesem Fest einzuladen.«

Ragnar schüttelte den Kopf. »Die Freien werden auf dem Thing niemals zustimmen...«

Der Hausherr beugte sich mit gerötetem Gesicht vor. »Dann muss man sie eben zwingen. Wer auf der Versammlung die meisten Freunde mitbringt, erreicht auch am meisten. Ich nehme sogar viele meiner Unfreien mit.«

»Unfreie?« Gizurs Stimme klang entgeistert. »Unfreie auf dem abgegrenzten Thingplatz? Wo die Freien sich versammeln und beraten?«

»Natürlich nicht auf dem Thingplatz, Gizur. Wer würde das wagen! Meine Unfreien bleiben auf dem Zeltplatz. Dort gibt es genügend Arbeit für sie. Aber ein solches Gefolge macht Eindruck auf die Bauern.« Thorgrims Stimme kochte vor Zorn. »Noch versammelt dieser Schafskopf von Nachbar auf seinen Festen mehr Gäste um sich als ich. Noch erscheint er auf der Volksversammlung mit mehr Unfreien. Aber nicht mehr lange, Ragnar! Nicht mehr lange! Im nächsten Jahr werden wir eine Wikingerfahrt an dieser Küste unternehmen. Meinetwegen auch Unfreie in Haithabu kaufen. Dann kann ich Vieh zukaufen, mehr Felder bestellen und dann, dann kann ich mehr als nur ein Dutzend Gäste das Jahr über auf meinen Hof einladen!«

Ihr Gastgeber wischte sich mit der Hand über die Stirn. Dieser Wutausbruch schien ihn erschöpft zu haben, denn er setzte den Metkrug gar nicht mehr ab. Seine Lippen und der kurzgeschorene Bart zuckten. Dann klang seine Stimme ruhiger. »Aber was erzähle ich euch! Ihr kennt diese Gegend nicht, nicht diese Leute! Es muss euch langweilen.«

Ulf beugte sich vor und sah Ragnars und Grims verdüsterte Mienen. Was er in diesen Gesichtern las, war etwas anderes als Langweile. Dann wandte er sich bedauernd ab. Auch er würde diesem Jarl gerne seine Meinung sagen. Aber sie brauchten seine Langschiffe.

»Sam!« Der Hausherr stieß einen schrillen Pfiff aus. Der Hund sprang schweifwedelnd an Thorgrims Knie hoch und kläffte unternehmungslustig, als er gestreichelt wurde. »Sam ist mein bester Jagdhund, Ragnar. Ich gehe mit meinen Gästen oft auf die Jagd. In diesen Wäldern...«

Erik beugte sich zu dem Griechen herüber. »Sag, Grieche, was hältst du von dem Wein, den Thorgrim uns angeboten hat?«

»Der Wein war nicht nur teuer, er war auch gut!«

»... Nein. Nur ein einziges Mal«, hörte Ulf Thorgrim sagen. »Mein Vater war auf einem Thing, und Orm kam mit seinem Langschiff...«

»Was wollte Orm auf dieser Volksversammlung?«, unterbrach ihn Ragnar. »Orm wohnt nicht in dieser Gegend...«

»Selbstverständlich hat Orm nicht an den Beratungen des Things teilgenommen. Er hat seine Waren verkauft...«

Ulf nickte vor sich hin. Wenn die Bauern der ganzen Landschaft für einige Tage ihre Zelte beim Thingplatz aufschlagen, auch solche, deren Höfe weitab im Landesinneren liegen, Tagereisen entfernt... Das war der beste Markt, den sich ein Händler hier wünschen konnte.

»Gab es denn keinen Streit zwischen deinem Vater und Orm?«, fragte Ragnar lauernd.

Thorgrim grinste breit. »Mein Vater hatte mit Orm keinen Streit. Er hat nur einen seiner Ruderer erschlagen!«

»Und warum das?«, warf der Graubart ein.

»Der Mann hat eine seiner Unfreien vergewaltigt. Als mein Vater das Mädchen vor einem seiner Zelte fand, weinend und mit halbzerrissenen Kleidern, stürmte er sofort in Orms Lager und zog den schnarchenden Mann an beiden Füßen aus dem Zelt. Der Ruderer war so betrunken, dass er kaum auf den Beinen stehen konnte. Mein Vater setzte ihm den Helm auf, drückte ihm Schild und Schwert in die Hand... Dann zertrümmerte er ihm mit einem einzigen Schlag seiner Streitaxt Helm und Schädel.«

»Dein Vater hätte auch das Bußgeld nehmen dürfen«, meinte Gizur bedächtig. »Bei Unfreien...«

Thorgrim wischt den Einwand mit einer Handbewegung weg. »Sicher. Bei Unfreien darf auch der Stolzeste das Bußgeld annehmen, ohne dass es seiner Ehre schadet. Aber...« Thorgrims Gesicht strahlt vor Selbstgefälligkeit, »mein Vater hat niemals Bußgeld oder Blutgeld angenommen. Alles, was man ihm und seinem Hof angetan hat, hat er mit Blut gerächt.«

»Aber, was dein Vater mit diesem Ruderer auszutragen hatte, ging Orm und seine Leute nichts an.«

Leider, dachte Ulf. Es hätte ihnen nur von Nutzen sein können, hätte auch der Hausherr eine Blutrache gegen Orm.

»Selbstverständlich ging das Orm nichts an, Gizur. Ein Mann vergreift sich am Eigentum eines anderen Mannes und wird dafür erschlagen: Nur seine Sippe darf das rächen.«

»Und die war weit weg.«

»Nein. Dieser Ruderer stammte aus einem der Nachbarfjorde. Deshalb hat mein Vater nicht lange gezaudert: Er fuhr mit seinem Langschiff zu ihrem Hof, schrie so lange nach ihnen, bis sie, wenn sie ihre Ehre nicht verlieren wollten, aus dem Langhaus kommen mussten. Dann schlug er mit seinen Leuten alle Männer tot!« Der Hausherr setzte seinen Krug ab und wischte sich einige Tropfen aus seinem rötlich schimmernden Bart. »Ich bin wirklich froh, dass ihr gekommen seid. Es war allerhöchste Zeit! Diese Blutrache, die ich mit Snorre habe, ist jetzt schon zwei Jahre alt. Sie muss einmal ausgetragen werden!« Thorgrim wartete keine Frage ab. »Das muss ich euch erzählen… Ich erzähle es jedem… Denkt euch nur: Als ich auf dem Thing redete, hat Snorre gelacht! Ziemlich spöttisch gelacht! Das habe ich zwei Jahre lang auf mir sitzen lassen. Was mögen die Leute über mich reden? Aber bestimmte Umstände…«

»Bestimmte Umstände?« Ulf zuckt bei dem keifenden Ton dieser Stimme zusammen. Er hatte die Hausherrin nicht kommen sehen. Sie hatte die ganze Zeit mit ihren drei Töchtern hinter der Flechtwand gesessen, denn da keine Frauen eingeladen waren, nahm sie am Festmahl nicht teil. Jetzt stand sie, die Fäuste in die Hüften gestemmt, neben Thorgrims Hochsitz und wandte ihnen das Gesicht zu. Sie hatte einen halbkreisförmig geschnittenen Mantel über die Schulter geworfen. Schon das blaue, gefältelte Unterkleid mit den langen Ärmeln und das grell rote Schürzenkleid, das sie am ersten Abend getragen hatte, waren reich bestickt und verbrämt gewesen. Aber dieser Schultermantel aus Seide strotzte vor Stickereien aus Gold- und Silberfäden. Und die Silberfibel, mit der er am Hals zusammengehalten wurde, war die größte, die Ulf je gesehen hatte: ein riesiger Silberring mit drei aufgesetzten Tierköpfen. Unter dem Kopftuch funkelten die Augen in einem zorngeröteten Gesicht. »Wie oft habe ich dir gesagt, Thorgrim, du darfst diese Blutrache nicht länger aufschieben!«

»Hallgerd, du weißt, warum ich…«

»Nichts weiß ich! Gar nichts! Eine Blutrache geht allem anderen vor! Willst du etwa warten, bis deine Verwandten dich zu einem Rachezug zwingen, weil deine Tatenlosigkeit sie selbst um ihre Ehre bringt?«

»Was regst du dich auf, Hallgerd? Die Zeit zur Rache ist doch gekommen. Ich werde mit unserem ältesten Sohn…«

»Was?«, kreischt die Hausherrin, außer sich vor Wut. »Nur den ältesten? Toke soll zu Hause bleiben?«

»Aber Toke ist zu jung. Er ist erst vierzehn.«

»Erst vierzehn? Erst?«

»Toke hat noch nicht lang genug mit den Waffen geübt, Hallgerd.«

»Nicht lange genug? Seit zwei Jahren übt ihr den Gebrauch der Waffen!«

»Ja, aber…«

»Kein Aber! Vor einem Jahr schon hast du seine Holzwaffen weggeworfen. Jetzt kämpft ihr beide mit Schwertern und Streitäxten aus Eisen!«

»Erst seit einem Jahr, Hallgerd. Ich kenne Snorres Verbündete. Es sind berühmte Krieger darunter. Krieger, die schon erfahrene Kämpfer besiegt haben. Kämpfer, sage ich, Hallgerd, keinen Knaben.«

Die Finger der Hausfrau krallten sich zornig in die Schürze. »Wie oft habe ich euch zugesehen! Toke hat genug gelernt. Mein Sohn soll so früh wie möglich auf seine erste Rachefahrt!«

»Lass das den Vater entscheiden, Hallgerd«, wehrte der Hausherr ab. »Ob ein Junge gut genug mit den Waffen umzugehen versteht… Ist das Sache der Frauen?«

»Und ob das Sache der Frauen ist, Thorgrim!«, fauchte Hallgerd. »Unser Sohn kann nicht früh genug Ehre und Ruhm erwerben. Ich will einen Sohn, Thorgrim, der keine Beleidigung auf sich sitzen lässt. Kein verächtliches Lachen, kein scharfes Wort. Wie meine Brüder. Immer fechten sie irgendeine Blutrache aus. Und dein eigener Vater…«

»Gib Toke noch ein Jahr, Hallgerd.«

»So, noch ein Jahr? Und diesmal soll unser zweitältester Sohn tatenlos in der Halle vor dem Feuer sitzen, mit einem Topf Dickmilch auf dem Schoß, während andere für die Ehre der Familie kämpfen. Das ist auch Tokes Ehre, Thorgrim! Willst du, dass einer deiner Söhne an der Bank festklebt? Ich will einen berühmten Krieger, Thorgrim und keine Bankzierde.«

Ulf hatte es der Stimme des Hausherrn angehört, dass sein Widerstand immer schwächer wurde. »Wenn du meinst, Hallgerd. Dann nehmen wir eben Toke mit. Ich selbst werde im Kampf auf ihn aufpassen.« Ulf sah Ragnars befriedigtes Nicken. Der Grieche beugte sich zu ihm herüber und raunte ihm spöttisch ins Ohr: »Eine solche Frau gefällt euch Nordmännern wohl besser als die alte Gunhild?«

Hallgerd dachte nicht daran, sich zurückzuziehen. »Wir werden euch eine Zeit lang Gesellschaft leisten. Es ist eine große Ehre für den Hof, einen Gast zu haben, den seine Wikingerfahrten so weit herumgeführt haben.« Sie gab ihren Töchtern ein Zeichen, am äußersten Ende der Schlafbank Platz zu nehmen. Sie selbst setzte sich neben Thorgrim auf den Hochsitz. Nachdem sie den Mantel zurechtgezupft hatte, blickte sie auf Ragnar. »Ragnar wird uns von seinen Fahrten erzählen.«

Das war eine Aufforderung, die kein Gast ablehnen durfte. Ragnar berichtete von den Ostländern, der Seefestung und dem Wunder, das Konstantinopel heißt. Die Gäste des Jarls grölten fröhlich dazwischen, denn manche der Geschichten kannten sie bereits.

Doch Hallgerd gefielen diese Geschichten nicht. »Die Ostländer und Konstantinopel sind weit. Zu weit! Du warst doch auch in England, Ragnar. Erzähle uns von England!«

Nun hat sie Ragnar gestellt, lässt ihm keinen Ausweg, dachte Ulf. Und abschlagen darf Ragnar die Bitte nicht. Ragnar sprach von Überfällen, von Beute. Und immer mehr von der Beute. Anfangs hatte Ragnar seine Worte sehr zurückhaltend gesetzt, sobald es um die Dinge ging, die sie in Klöstern und Kirchen vorgefunden hatten. Aber die Hausherrin machte ihm einen Strich durch die Rechnung. Jedes einzelne Beutestück ließ sie sich beschreiben. Bei den Worten »Gold« und »Edelsteine« beugte sie sich auf dem Hochsitz vor und strich sich aufgeregt über das strohblonde Haar. Jeden Versuch Ragnars, statt von der Beute in England von den goldenen und silbernen Vögeln im Garten des Johannes und den Kostbarkeiten Konstantinopels zu berichten, erstickte sie im Keim. »Alle sprechen hier von England. Wenn einmal ein Gast zu uns kommt, der so oft wie du in England gewesen ist, können wir nicht genug davon hören.«

Das Geschrei zeigte, dass sie die Gäste des Jarls auf ihrer Seite hatte. Nur der Hausherr selbst schwieg und nippte verdrossen an seinem Bierkrug. Ulf verstand Thorgrim. Doch Ragnar konnte nicht anders: Der Gast bezahlt den Schlafplatz, das Bier und das Fleisch, das man ihm vorsetzt, mit den Neuigkeiten, die er aus der Fremde bringt. Solange die Gastgeber ihn ermunterten, musste Ragnar erzählen.

Endlich hatte die Hausherrin genug gehört und zog sich mit ihren Töchtern hinter die Flechtwand zurück. Thorgrim legte den Kopf in den Nacken und atmete tief. »Wir könnten dir stundenlang zuhören, Ragnar. Aber heute ist es spät geworden. Ein andermal…«

Ulf musste innerlich lächeln. Er wäre gern dabei gewesen, wenn Thorgrim und Hallgerd sich streiten würden, ob der Hausherr eine Wikingerfahrt nach England unternehmen solle. Thorgrim war zweifellos ein tapferer Krieger, aber ein Mann, der sein Glück in der Heimat suchte.

Ihr Gastgeber streckte ihnen den Bierkrug entgegen und rief fröhlich herüber: »Auch wenn die Feinde ein Langschiff mehr haben… Wir können schon jetzt auf unseren Sieg trinken, Ragnar!«

Zwei Tage waren vergangen, zwei Tage, an denen sie, bevor die Sonne ihren Scheitelpunkt erreichte, in das Langhaus gegangen waren, um dem Hausherrn in seiner Halle bei den Krügen Gesellschaft zu leisten. Es gab für sie nichts mehr zu tun. Die Vorbereitungen waren abgeschlossen, und sie konnten jederzeit die Ruder eintauchen. Jetzt warteten sie nur noch auf das Eintreffen der anderen Langschiffe.

Ulf war überrascht, als der Hausherr plötzlich aufsprang. Er hatte nicht darauf geachtet, wie die alte Magd hereingekommen war und ihm etwas ins Ohr geflüstert hatte. »Sie kommen!«, schrie Thorgrim. »Sie kommen!«

Ja, sie kamen! Von der leichten Anhöhe aus, auf der das Langhaus stand, hatten sie einen weiten Blick über den Fjord. Über dem Wasser blähten sich zwei rechteckige Segel, das eine einfarbig, das andere mit roten und weißen Streifen. Die beiden Langschiffe hatten Rückenwind und kamen schnell auf Thorgrims Hof zu. Bald war der bunte Drachenkopf vor dem rot-weißen Segel zu erkennen. Dieses Schiff musste Thorgrims Boot sein. Später zählte Ulf vierundzwanzig Ruderplätze. Das zweite, schmucklose Langschiff hatte zwanzig Ruderer.

Als die Kiele auf den Sand glitten, standen alle am Ufer, hinter ihnen die Hausherrin mit einigen Mägden, die gefüllte Trinkhörner trugen. Als erster sprang Thorgrims ältester Sohn von Bord des größeren Langschiffes, ein junger Mann von vielleicht sechzehn Jahren, dem der Bart noch spärlich spross. Aber bereits nach den ersten Worten wurde Ulf klar, dass Thorgrims Sohn voller Tatkraft und befehlsgewohnt war.

Ulf nippte nur an dem Trinkhorn. Er zog es vor, still die Neuankömmlinge zu beobachten, die ihre Kampfgefährten sein würden. Nur wenige Ältere waren auf den Schiffen, die meisten waren Bauernsöhne, kräftig und tatenlustig. Wie sie mit den Waffen umgehen konnten, war abzuwarten.

»Folgt mir in die Halle!«, überbrüllte der Hausherr das Stimmengewirr. »Wir werden auf der Bank zusammenrücken müssen. Aber Fässer mit Met und Bier habe ich genug.«

Ulf hatte sich bereits umgewandt, als er das Gezeter hörte. Ein weißhaariger Unfreier humpelte auf sie zu, fuchtelte mit den Armen in der Luft herum und rief mit seinem zahnlosen Mund etwas herüber, von dem Ulf nur die Worte »Baum« und »Missionar« verstand. Er blickt auf Thorgrim. Der Hausherr wird wissen… Thorgrims Gesicht ist leichenblass. Dann brüllt er mit sich überschlagender Stimme: »Holt eure Waffen!«

Das Zelt, das Ulf mit dem Griechen teilte, lag einige Schritte abseits. Er musste aus Leibeskräften rennen, um die anderen einzuholen. Er hatte auf die Eiche am Ende des Hofes kaum geachtet: ein uralter, wetterzerzauster Baum, dessen teilweise abgestorbenen Äste alles überragten. Jetzt sah Ulf die niedrigen Pfosten, die um den Baumstamm herum in die Erde gerammt waren: ein heiliger, ein den Göttern geweihter Baum. Und dann stockte ihm der Atem. Zwischen zwei gewaltigen Wurzeln lagen die Bruchstücke der fußhohen Götterfiguren. Da lagen die niedrigen Stühle, auf denen die Götter thronten, ihre spitzen Hüte. Dies waren die Reste Thors: sein langer Bart, der Hammer in seinen Händen. Daneben Freyr: die abgeschlagenen Hände zwirbelten immer noch den riesigen Gabelbart. Und dieses Gesicht hatte Odin gehört: ein Gesicht mit nur einem Auge, denn das andere Auge hatte Odin geopfert, um aus dem Brunnen der Weisheit trinken zu dürfen.

Über den zerschlagenen Figuren stand gebückt ein weißhaariger Mann, der eine schmutzige braune Kutte trug, und mit einer Breitaxt wie ein Wilder auf den mächtigen Eichenstamm einhieb. Zuerst hatte der Missionar auf ihr Gebrüll gar nicht geachtet. Jetzt wandte er ihnen das Gesicht zu. Ulf sah wettergegerbte, faltige Züge, Augen, die irre flackerten, und geifernde Lippen. »Dieser von Gott verdammte Baum muss fallen!«, keuchte er in verständlichem Nordisch. »Und eure Götter müssen vom Erdboden verschwinden!«

Ragnar hatte das Schwert hochgerissen und hob den rechten Fuß zum Sprung. Der Hausherr packte seinen Arm. »Überlass ihn mir!«, ächzte er. »Das ist unser heiliger Baum.« Die flackernden Augen des Greises waren weit aufgerissen. Ein irres Grinsen verzerrte seine Züge. »Gott will…« Die Worte erstarben auf seinen Lippen, als Thorgrims Streitaxt bis zur Nasenwurzel in seine Stirn fuhr.

Alle wandten sich ab. Die Unfreien würden die Leiche fortschaffen. Keiner sprach ein Wort. Auch Ulf war die Kehle wie zugeschnürt. Er musste sich zusammennehmen, um nicht umzukehren und die Leiche in Stücke zu hacken. Kein ehrlicher Krieger beleidigt einen toten Feind. Aber dieser Mann? Es war Thors Eiche!

In der Halle, in die sie zurückgekehrt waren, herrschte tiefes Schweigen. Der Hausherr schüttete zwei Krüge Bier in sich hinein und ballte immer wieder im wortlosem Zorn die Faust.

»Woher kam dieser Missionar?«, unterbrach Ragnar die Stille. Es dauerte einige Zeit, bis Thorgrim antwortete. »Er kam seit drei Jahren. Jeden Sommer. Einige Bauern haben ihm auf ihren Höfen Unterkunft gewährt.«

»Und was sagten die anderen?«, hörte er Gizurs scharfe Stimme.

»Wir anderen verjagten ihn von unseren Höfen. Ansonsten aber ließen wir ihn in Ruhe. Leider!« Thorgrim knirschte mit den Zähnen. »Wenn jetzt noch einmal einer dieser Missionare in den Fjord kommt…«

Allmählich gelang es dem Alkohol, die Stimmung in der Halle wieder aufzuheitern. Die Gespräche wurden wieder aufgenommen. »Nein«, erklärte der Hausherr auf Ulfs Frage. »Es hätte keinen Sinn, die beiden Boote aus den Nachbarfjorden zu meinem Hof kommen zu lassen. Sie werden draußen vor dem Fjord auf uns warten. Wenn Orm uns entkommt…«

»Diesmal darf er nicht entkommen!«, brüllte Ragnar.

Thorgrim zuckte nur die Achseln. »Man muss mit allem rechnen. Wenn Orm entkommt, sind zwei unserer Langschiffe bereit, euch nach Norden zu folgen.«

»Und dein eigenes?«, fragte der Graubart.

»Brauche ich hier. Es ist das größte und das schnellste. Ich kann es nicht wochenlang entbehren. Snorre ist nicht der einzige Nachbar, der gerne über mich herfallen würde.«

Ragnar kratzte sich verdrossen am Bart. Aber er entgegnete nichts. Auch Ulf hatte den Überlegungen des Hausherrn nichts entgegenzusetzen. »Warum fahren diese beiden Langschiffe mit uns?«, fragte er.

»Auf Gnupas Boot rudert eine Sippe, die mit Orm eine Blutrache hat. Und das andere Schiff... Na, die tun es wegen der Beute.«

Zwei Tage schon wütete der Sturm. Die Höhen am jenseitigen Ufer waren im Regen verschwunden, und schwarze Wolkenfetzen jagten tief über das Wasser. Ragnar hatte die Zelte abbrechen und die Fellsäcke in die Halle schaffen lassen. Es war sehr eng für die Besatzung dreier Langschiffe. Drei Mann mussten sich einen Schlafplatz auf den Wandbänken teilen, und für die jüngsten blieb nur der Lehmboden.

Der Regen hatte aufgehört, sicherlich nur vorübergehend, und Ulf folgte Ragnar und Gizur ins Freie. Er atmete tief ein, als er den Geruch nach Schweiß und Rauch hinter sich gelassen hatte. Ragnar musterte missmutig die tief liegenden Wolkenbänke. »Der Sturm lässt heute noch nicht nach.«

»Mach dir nichts draus, Ragnar«, meinte Gizur gleichmütig. »Dieser Sturm bringt keiner Seite einen Vorteil. Auch Orm und Snorre müssen sein Ende am Ufer abwarten.«

»Das sage ich mir auch«, knurrte Ragnar. »Aber trotzdem...«

Die beiden jungen Männer hatten eine Zeit lang unschlüssig abseits gestanden. Jetzt traten sie auf Ragnar zu. Sven gehörte zu Thorgrims Gästen. Er stand am Ruder des Langschiffes, wenn Thorgrim und sein ältester Sohn nicht mitfuhren. Den anderen kannte Ulf nur flüchtig. Gnupa befehligte das zweite Langschiff. Ulf fand aber, dass der bartlose, beinahe schmächtige Jüngling nach allem aussah, nur nicht nach einem Anführer.

»Ihr wollt mit mir sprechen? Worüber?«, fragte Ragnar kurz.

Die beiden jungen Männer wirkten verlegen. Sie blickten einander ratlos an, dann gab Sven seinem Begleiter einen Stoß. »Rede du!« Der schüttelte nur den Kopf. »Warum ich?«

»Fangt endlich an!«, sagte Ragnar schärfer.

»Heute... Heute Nacht...« stotterte der eine und verstummte wieder.

Ragnar warf den beiden einen ungeduldigen Blick zu. »Sprich endlich, Sven. Hat nicht Thorgrim dich zum Anführer seines Langschiffes gemacht? Hoffentlich hat er nicht einen Krieger ausgewählt, dem im Kampf vor Angst...«

»Ich habe keine Angst!«, fuhr Sven trotzig auf. »Ich… Na gut: wir waren heute Nacht bei einer Seherin, Ragnar.«

»Na und?«

»Die Seherin verkündet Unheil, Ragnar.«

Ragnar kreuzte die Arme über der mächtigen Brust und ließ ein Lächeln um seine Lippen spielen. »So? Die Seherin verkündet Unheil? Was für Unheil, Sven?«

»Du darfst das nicht auf die leichte Schulter nehmen, Ragnar. Diese Seherin ist weit und breit berühmt…«

»Was für Unheil?« Ragnars Brauen zogen sich drohend zusammen.

»Unheil für unsere Langschiffe. Tod für unsere Krieger.«

»Und das macht euch Angst?«, lachte Ragnar verächtlich. »Hört nicht auf diese alten Weiber! Sie reden nur Unsinn.«

»Aber dieser erscheint Thor…«

»Und das glaubst du? Thor hat Besseres zu tun, als Weiber zu besuchen.«

»Aber alle glauben es…«

Ragnar musterte den jungen Mann lange und schweigend. »Ich habe noch nie einen Menschen getroffen, dem Thor erschienen wäre. Schon gar nicht eine Frau. Und was soll Thor der Seherin denn mitteilen?«

»Die… die Zukunft«, stotterte Sven.

»Thor kennt sie selbst nicht. Die Nornen bestimmen das Schicksal der Menschen, aber sie behalten ihr Wissen für sich. Sie verraten selbst den Göttern nichts. Wie kann jemand von Thor unser Schicksal erfahren?«

»Du meinst…«

Ein belustigtes Zucken fuhr um Ragnars Augenwinkel. »Ich meine, dass Thor diesen Seherinnen nicht erscheint, weil er ihnen nichts sagen könnte. Wenn diese alten Weiber nicht einfach betrunken sind…«

»Betrunken, Ragnar? Betrunken? Es ist ein heiliger Trank, den die Seherinnen sich bereiten!«

»Und stinkt fürchterlich nach Alkohol«, grinste Ragnar. »Aber zugegeben, es sind meistens noch andere Kräuter drin – Zeug, das den stärksten Mann benommen macht. Aber lassen wir das: Wenn deiner Seherin wirklich ein Gott erschienen ist, kann es nur Loki sein.«

»Loki? Warum?«

Ragnar schmunzelte breit. »Weil Loki der Gott der Lüge und Falschheit ist. Er allein von allen Göttern würde einem Menschen weismachen, dass er die Zukunft kennt, obwohl er sie nicht kennen kann.«

»Und weil Loki ein Schalk ist«, fiel der Weißhaarige ein. »Es macht ihm Freude, den Göttern einen Streich zu spielen oder die Menschen an der Nase herumzuführen.«

»Auch du, Gizur, glaubst also nicht, dass die Seherinnen…«

»Nein. Das sind alte Weiber, die sich wichtig machen wollen…«

»Und die Geschenke haben wollen«, fällt Ulf ein.

Sven blickte nachdenklich. Die Stellungnahme des Alten war nicht ohne Eindruck auf ihn geblieben. Gnupa, sein Begleiter, fuhr umso eifriger fort: »Ihr habt es nicht miterlebt. Die Seherin saß vor dem heiligen Feuer…«

»Ein Holzfeuer wie jedes andere«, sagte Ragnar achselzuckend.

»Nein. Die Seherin verbrennt vorher heilige Dinge in dem Feuer…«

»Tote Spatzen, tote Mäuse. Irgendetwas, das recht stinkt«, grinste Gizur.

»Und sie legt das heilige Fell über Kopf und Schulter, das Bärenfell…«

»Das hat sie den Lappen abgeschaut«, feixte Ragnar. »Ihre Zauberer behängen sich mit Bärenfellen und Bärenzähnen.«

»Und wenn schon, Ragnar? Jeder weiß, dass niemand die Zukunft besser vorauszusagen weiß als die Zauberer der Lappen. Wenn sie ihre Trommel aus Bärenfell schlagen… Der Bär ist das stärkste Tier, das es gibt. Er verleiht seine Kräfte dem lappischen Zauberer…«

»Meinetwegen!« fiel Gizur ein. »Die Lappen betrachten den Bären als ihr heiliges Tier. Sie veranstalten Feste zu seinen Ehren. Vielleicht verleiht der Bär deshalb ihren Zauberern seine Kräfte. Aber wir sind Nordmänner. Wir verehren den Bären nicht. Warum sollte er uns da helfen?«

Ulf beobachtete die beiden. Sven nickte vor sich hin, aber Gnupa war anzusehen, dass sein Glaube an die Seherin unerschüttert war.

Ragnar tauschte mit Gizur einen verstohlenen Blick. Dann fragt er Svens Begleiter: »Also, was hat denn eure Seherin verkündet?«

Das Gesicht des jungen Mannes begann zu leuchten. »Ich sehe sie wieder vor mir. Sie war aufgesprungen, reckte den rechten Arm gegen den Himmel und rief: ›Langschiffe stranden im Sturme. Krieger fallen im Kampfe. Tod und Verderben sehe ich‹.«

»Na und?«, knurrt Ragnar. »Im Sturm kann jedes Langschiff stranden. Nicht nur unsere. Auch Snorres und Orms Langschiffe. Hat sie denn gesagt, wessen Langschiffe stranden?«

»Nein, das nicht. Aber ich glaube…«

Ulf fiel ein: »Krieger fallen im Kampf, Gnupa? Das will ich doch hoffen! Bald kämpfen wir gegen Orm und Snorre. Wenn die beiden keine Feiglinge sind und dem Kampf ausweichen, fließt Blut. Um das zu wissen, brauche ich keine Seherin! Und auf beiden Seiten wird es Tote geben. Mehr hat deine Seherin gar nicht gesagt.«

Der junge Mann starrte ihn verblüfft an. Aus den Augenwinkeln sah er, wie Gizur ihm ein Zeichen gab zu schweigen. Der Alte hüstelte, legte die Stirn in Falten und rieb sich das bartlose Kinn. Dann begann er mit leiser Stimme:

»Eigentlich sollte ich nicht darüber sprechen. Ich spreche nie darüber. Aber euch will ich es erzählen…«

Die beiden jungen Leute schauten ihn erwartungsvoll an. Der Weißhaarige machte eine Kunstpause, wiegte unentschlossen den Kopf. »Doch. Ja, ich erzähle es euch. In der Nacht hatte ich einen Traum…«

»Einen Traum?«, nickte Svens Begleiter. »Träume sind noch viel besser als die Gesichte der Seherinnen.«

»Richtig«, bestätigte Gizur mit ernster Miene. »Vielleicht stammen unsere Wahrträume sogar von den Nornen. Ich sah Orms Hof. Er stand in Flammen. Dann sah ich Orm: Seine Leiche wurde auf einem Scheiterhaufen verbrannt.«

»Ein guter Traum!«, brummte Ragnar und ging ins Langhaus zurück.

Ulf beobachtete die beiden jungen Männer, die wieder abseits standen und eifrig aufeinander einredeten. Die Wortfetzen, die zu ihm herüberdrangen befriedigten ihn. Der Weißhaarige legte ihm die Hand auf den Arm. »Die beiden sind wir los, Ulf. Mit ihrem Geschwätz von der Seherin hätten sie viele Ruderer irregemacht.«

»Dein Traum hat sie überzeugt, Gizur.«

»Es war ja auch ein schöner Traum. Und er kam zur rechten Zeit«, lächelte Gizur. »Ein wirklich schöner Traum!« Sein Gesicht wurde ernst. »Ulf, ich hoffe, er erfüllt sich. Wenn der Mensch doch wirklich Träume hätte, die ihm die Zukunft zeigen!«

»Und Halfdan und seine beiden Freunde sind wir auch los«, meinte Ulf nachdenklich. »Thorgrims Erzählung von der goldenen Kette, die Orm dem Jarl verkaufte, hat alle unsere Ruderer von Orms Reichtum überzeugt.«

»Ja. Es war ein ausgezeichneter Einfall«, nickt der Alte.

Ulf blickt dem Weißhaarigen verdutzt ins Gesicht. Der fing an zu grinsen. »Wusstest du das nicht? Orm hat niemandem eine Kette verkauft.«

»Aber der Hausherr konnte sie doch so genau beschreiben…«

»Weil Orms Ruderer seinem Rudernachbarn immer wieder von dieser Kette erzählt hat. So hörte Ragnar davon, und der erwähnte die Kette gegenüber dem Gastgeber… Jetzt wird Hakon nicht die Flucht ergreifen.«

Drei Tage lang flaute der stürmische Wind nicht ab. Ragnar machte niemandem gegenüber eine Bemerkung. Aber zwanzig Mal, dreißig Mal am Tage rannte er hinaus und starrte die Wolken an.

Thorgrims Langschiff war bereits zwei Bootslängen voraus. Ragnars Boot lag nur noch mit dem Heck leicht auf dem Sandstrand auf. Zwei Ruderer würden es ins Wasser schieben, sobald ihr Schiffsführer an Bord springen würde.

Am Ufer verabschiedete sich Ragnar von der Hausherrin. Hallgerd hatte ihre Festkleidung angelegt, obwohl immer noch einige Tropfen fielen.

»… und besonders danke ich dir dafür, dass du Thorgrim geraten hast, uns die Langschiffe…«

Hallgerd warf den Kopf in den Nacken. Hochmut huschte über ihre Züge. »Du brauchst mir nicht zu danken, Ragnar. Ist es nicht die Pflicht der Mutter, dafür zu sorgen, dass ihre Söhne es in der Fremde zu Ehre und Ruhm bringen, wenn der Vater…« Sie verschluckte ihre Worte und biss sich auf die Lippen. »Ich wollte sagen, die Mutter trägt nicht weniger Verantwortung, dass aus ihren Söhnen gefürchtete Krieger werden, als der Vater.«

Ragnar wandte sich bereits ab. Hallgerd zupfte an seinem Ärmel. »Wenn ihr siegreich zurückkehrt, werden wir Orms und Snorres Tod mit einem Fest feiern, wie es diese Gegend noch nicht gesehen hat. Und du, du musst meinen beiden Söhnen mehr von England berichten. Sie sollen nicht ihre ganze Jugend in diesen kahlen Fjorden verbringen. Dich sollen sie sich zum Vorbild nehmen und nach England fahren. Sie sollen auf den Festen von Taten erzählen… Geschichten, die die Nachbarn von weit und breit herbeilocken.«

Ulf stand neben Grim am Bordrand. »Ich glaube, diese Hallgerd hat uns sehr geholfen.« Grim schob bedächtig den rechten Fuß auf der Bordkante zurecht. »Ja. Wenn wir hier keine Schiffe bekommen hätten…«

Das Knarren der Segeltaue riss Ulf aus dem Halbschlaf. Unwillkürlich streckte er die Beine aus, doch seine Füße stießen nur gegen Eriks Sitztruhe. Er gähnte. Der Wechsel zwischen sanft geschwungenen Hügeln und steil aufragenden Bergen, zwischen dichtem Wald und kahlem Fels, zwischen Hügelketten, die sich stundenlang an den Ufern hinzogen, und Bergen, die unvermittelt wie Klötze aus der flachen Landschaft aufragten, zwischen wuchtigen Felsrücken und Bergketten, deren Gipfel wie Lanzenspitzen in den Himmel ragten, aufrecht oder zur Seite geneigt, hatte ihn ermüdet.

Ulf spürte, wie das Boot drehte, als der Vordersteven herumschwang, um einer Felsklippe auszuweichen… Der Wechsel zwischen engen Durchfahrten, in denen das Langschiff an lotrechten Felswänden entlangglitt, und den offenen Stellen, an denen unzählige Inselchen den Blick aufs Meer verstellten, faszinierte ihn schon lange nicht mehr. Für den Nordmann war das nichts als eine endlose Fahrtstrecke, auf der immer und immer wieder die Riemen eingelegt werden mussten. Eine menschenleere Öde, in die sich der Händler nur wagt, um Walrossbein einzukaufen oder Seile aus Seehundhaut und in die sich der Krieger nur verirrt, wenn er Beute wittert.

Ulf schmunzelte zufrieden vor sich hin. Er erinnerte sich an Ragnars aufmunterndes Nicken, an sein hingemurmeltes »Gut«, das Lob eines Mannes, der von Tag zu Tag wortkarger wurde und verschlossener, dessen eiskalte Augen unter einer gefurchten Stirn und zusammengezogenen Brauen nur noch in die Ferne blickten, auf der Suche nach dem roten Drachenkopf.

Ragnar hatte seinen Sohn und Ulf ans Steuerruder gerufen. Es war die gefährlichste Stelle auf der langen Fahrt nach Norden, der Ort, an dem der Schiffsführer im allerletzten Augenblick das Ruder herumreißen musste, um im rechten Winkel nach Westen abzubiegen, wenn das Langschiff nicht an den Felsnadeln zerschellen sollte, die tückisch nur eine Handbreit aus dem Wasser ragten. Ragnar hatte ihnen die Landmarken erklärt, nach denen sich der Schiffsführer richten musste, und sie dann nach vorne zum Bug geschickt. Tief hingen die Regenwolken, nur den unteren Teil der Felsmauer freilassend, auf die ihr Langschiff, mit halber Kraft gerudert, zuglitt. Nur ein, zwei Meter noch, und der Vordersteven würde am Gestein zersplittern. »Wirf endlich das Steuer herum, Vater!«, hatte Erik gebrüllt. »Das Schiff zerschellt am Felsen!« Ulf hätte die Felsen beinahe mit der Hand berühren können, als er sich umgedreht und »Jetzt!« gerufen hatte. Und genau in diesem Augenblick hatte der Vordersteven sich nach links geneigt, war das Boot in einem rechten Winkel nach Westen abgebogen.

Am Ende dieser Durchfahrt hatten Thorgrims Boote sie erwartet. Und jetzt dehnte sich vor ihnen offenes Meer. Weit draußen im Westen, einen halben Rudertag entfernt, lag die Inselkette der Lofoten. Unter schwarzen Wolken schienen kahle Felsenberge feindselig herüberzublicken, Spitze an Spitze wie bei einem Hahnenkamm, schroff und unwirtlich. Ulf musterte diese Inseln wieder und wieder mit inbrünstiger Befriedigung. Er glaubte an die Berechnungen, die Thorgrim und Gnupa, der zweite Schiffsführer, angestellt hatten: Hier, zwischen der Küste und den Lofoten, würden Orm und seine Verbündeten sie zum Kampf erwarten.

Ulfs Unruhe wuchs. Längst hatte er die Deckplanken ausgehoben und seine Waffen aus dem Fellsack hervorgeholt. Immer wieder ließ er den Schleifstein sinken, mit dem er die Schneiden seines Schwertes und seiner Streitaxt schärfte, und rastlose Blicke über die Wellen wandern, hinüber zur Küste, die düstere Regenwolken einhüllten. Der frische Wind aus Süden würde ihnen beim Kampf Vorteile bringen…

»Langschiffe! Acht Boote!«, schrie der Mann am Bug. Ulf ließ das Schwert fallen und sprang auf. Die Langschiffe waren noch weit voraus, der Küste näher als sie. Die Masten waren aufgerichtet, die Segel eingerollt. Kampfbereit ruderten die acht Boote auf sie zu, Orms Langschiff mit dem roten Drachenkopf an der Spitze.

Ulf und der Grieche stürzten nach vorn und rissen die Stangen herunter, mit denen das Segel abgestützt war. Dann eilten sie zu Ragnar ans Steuerruder zurück. Einige Ruderer ließen die Rah herunter, umwickelten das eingelegte Segel mit Tauen und zogen das Rundholz wieder hoch. Nun war ihr Boot ebenfalls kampfbereit. Das Segel konnte ihnen im Kampf nichts nutzen. Jeder Ruderer, der sich während eines Kampfes mit den Segeltauen zu schaffen macht, ist schutzlos den Pfeilen der Feinde preisgegeben. Und ein Langschiff, das segelt, ist schwerer zu steuern als ein Boot, das gerudert wird. Der Mast muss während des Kampfes aufgerichtet bleiben, weil ein umgelegter Mast die Kämpfer behindert, wenn Feinde an Bord springen. Und im Falle der Flucht oder der Verfolgung muss man in Minutenschnelle Segel setzen können.

Ihre Boote lagen nun in einer Reihe nebeneinander, Bordwand an Bordwand, links neben ihnen Thorgrims Langschiff, das mit vierundzwanzig Rudern nicht ganz so groß war wie ihr eigenes, rechts das Boot, das Gnupa befehligte, und das, wie die übrigen, nur zwanzig Ruder hatte. Thorgrim und Gnupa waren auf Ragnars Boot herübergesprungen.

Zweifel malten sich auf Thorgrims Zügen. »Natürlich hat Grim recht!«, bedrängte ihn Ragnar. »Wir müssen eine Schiffsreihe bilden. Die Feinde haben acht Boote, wir nur fünf. Wie leicht könnte, wenn wir einzeln kämpfen, eines unserer Schiffe von beiden Seiten angegriffen werden!«

»Das mag ja richtig sein«, knurrte der Jarl. »Aber es wäre mir lieber... Ich möchte wissen, wo Orm die beiden anderen Langschiffe aufgetrieben hat. Ich hatte keine Ahnung, dass er in dieser Gegend weitere Verbündete besitzt.«

»Das ist jetzt doch gleichgültig, Thorgrim. Auf jeden Fall greifen acht Boote unsere fünf an. Und ich weiß nicht, welche Erfahrung in Seeschlachten deine anderen Schiffsführer besitzen.«

»Sie sind alle gut.« Der Jarl reckt trotzig das Kinn und den rötlichen Bart. »Für keinen ist es der erste Kampf.«

Ragnar zuckt die Achseln. »Mag sein. Aber als deine Boote hinter meinem herfuhren, konnte ich die Leistung der Schiffsführer nicht beurteilen.«

»Wir sollten mit dem Vertäuen unserer Boote nicht zu lange warten«, rief Gnupa, der zweite Schiffsführer, aufgebracht.

»Wir haben Zeit. Die Feinde sind noch weit entfernt. Sie rudern langsam, um ihre Kräfte für den Kampf zu schonen.«

»Und wir werden gar nicht rudern. Wir erwarten den Feind hier, Thorgrim«, warf Grim ein undn zwirbelte die Enden seines Gabelbartes.

»Aber wenn unsere beiden Schiffe vorausrudern, Orms Boot von beiden Seiten in die Zange nehmen...«

Ragnar blickt dem Jarl erstaunt ins Gesicht. »So dumm ist Orm nicht, Thorgrim. Er merkt doch, was wir vorhaben.«

Die fünf Boote waren schnell aneinander gebunden, in der Mitte von Ruderloch zu Ruderloch, nach der Größe geordnet, die beiden kürzesten am linken und am rechten Ende der Reihe. Die meisten Krieger erwarteten den Feind auf den beiden äußersten Booten. Dort würde der Gegner versuchen, anzulegen und herüberzuspringen. Links befehligte der Jarl, rechts Ragnar. Ulf stand mit Ake, dem Dänen, am Bug ihres eigenen Langschiffes, um Enterversuche abzuwehren. Er blickte zu Grim hinüber, der links von ihm, am Bug von Thorgrims Schiff stand und seinen Gabelbart zwirbelte, neben sich Toke, Thorgrims jüngeren Sohn, und zwei von seinen Männern.

Ulf kniete dicht an der Bordwand. Der Schild, den er bis zur Stirn hochgezogen hatte, zitterte beim Aufprall der Pfeilspitzen. Eben fuhr ein Wurfspeer eine Handbreit neben ihm splitternd in eine der Deckplanken. Ulf warf einen Blick nach rechts. Ake, der Däne, kniete neben dem Vordersteven, hinter der Bordwand zusammengekauert, den Bogen mit einem eingelegten Pfeil in den Händen. Jetzt richtete er sich einen Augenblick auf und schoss. Ulf schob den Schild ein wenig zur Seite. Das feindliche Langschiff hatte längst die Ruder eingezogen. Langsam, aber unaufhaltsam trieb es auf ihre Schiffsreihe zu. Der fremde Schiffsführer verstand sein Handwerk. Der Bug seines Schiffes würde sich wie ein Keil zwischen das Nachbarboot, auf dem Grim stand, und das dahinterliegende Boot schieben, tief genug, damit die Männer am Bug auf ihre Schiffe herüberspringen konnten.

Die fremden Krieger bildeten an beiden Bordseiten eine geschlossene Schlachtreihe. Bis über die Knie schützte die Bordwand die Angreifer vor den Pfeilen ihrer Bogenschützen. Darüber bildeten die runden Schilde, die sich rechts und links überlappten, eine geschlossene Wand. Soeben prallte Akes zweiter Pfeil an einem der Schilde ab. Der Däne fluchte fürchterlich, weil er keine Lücke in der Deckung des Feindes fand. Ulf zuckte gelassen die Achseln. Gleich würde die Zeit der Bogenschützen zu Ende gehen: Der Vordersteven des fremden Langschiffes befand sich fast auf gleicher Höhe mit dem Vordersteven des Nachbarbootes. Ein letzter Pfeil zischte haarscharf an seinem Schild vorbei. Ulf sah den gegnerischen Bogenschützen, der mittschiffs hinter der Bordwand kniete und den Bogen sinken ließ. Und Ulf sah den Pfeil, der ihm ins linke Auge fuhr, als er hinter der Bordwand Deckung suchen wollte. Er sah sich nicht um, denn er wusste, dass es Akes Pfeil war.

Ulfs Faust umklammerte den Schwertgriff fester. Es war Zeit, zu dem Graubart auf das Nachbarschiff hinüberzuspringen. Auf den Köpfen der fremden Krieger, die ein wenig über die Schilde ragten, saßen eiserne Helme. Keiner trug die einfache Lederkappe. Es musste sich um erfahrene Krieger handeln. Und es waren mehr als zwanzig: die Feinde hatten offensichtlich außer den Ruderern weitere Kämpfer an Bord. Sie waren ihnen an Zahl um das Doppelte überlegen, denn die meisten ihrer Leute erwarteten auf den Schiffen an beiden Enden der Schlachtreihe den Hauptangriff des Feindes. Doch Ulf empfand keine Besorgnis. Er setzte den rechten Fuß auf den Bordrand und …

Diesmal stockte Ulf der Atem. Er sah den Graubart erst im Sprung. Ein waghalsiger, nein, tollkühner Sprung gegen die geschlossene Schlachtreihe hinter der Bordwand dort drüben! Ulf sprang nicht. Für einen Augenblick vergaß er alles um sich herum, seine Augen waren auf den Rücken des alten Recken geheftet. Es herrschte Totenstille. Die Schimpfworte, mit denen jeder Kampf eröffnet wird, waren auf den Lippen erstorben.

Grims Fuß hat die Bordkante noch nicht erreicht, da kracht seine Streitaxt zum ersten Male auf einen Kopf nieder. Jetzt setzt Grims rechter Fuß auf, der Graubart wirft sich gegen die Köpfe der beiden Männer, die vor ihm stehen und nun nach hinten umfallen, ihre Hintermänner mit sich reißend. Der Krieger links von Grim hat Schild und Schwert sinken lassen. Seine Augen sind immer noch vor Schreck weit aufgerissen, als die Streitaxt ihm in den Hals dringt.

Sofort wirft sich der alte Recke herum. Der erhobene Arm mit dem Schwert des Kriegers, der rechts von Grim gestanden hat, fällt herab, von der Streitaxt oberhalb des Ellenbogens abgetrennt. Dann fährt die Schneide dem Mann bis zum Schaft in die rechte Schulter. Mit einem gellenden Schrei stürzt der Fremde über Bord und stößt mit dem Kopf gegen den Steven von Thorgrims Langschiff.

Ulfs Blick fällt auf den Helm, der vom Kopf rutscht, dann hört er das Platschen des Wassers…

Die Feinde sind zurückgewichen, einige haben sich zur Flucht gewandt. Sie bilden jetzt ein dicht gedrängtes Knäuel, in dem jeder seinen Nachbarn behindert. Vor ihnen, auf dem freien Raum, steht hochaufgerichtet der Graubart und lässt die Streitaxt niedersausen, dreimal, viermal… Dann ein Sprung: Grim steht wieder am Steven des Nachbarschiffes.

Ake gab Ulf einen Rippenstoß. Er hatte den Bogen sinken lassen, obwohl die Feinde, die zurück zu ihren Rudern eilten, ihm ein gutes Ziel geboten hätten. Die zwei oder drei anderen Bogenschützen auf den Nachbarschiffen sandten Pfeil um Pfeil hinüber. Aber Ulf hörte es jetzt selbst. In das Wutgeschrei der Angreifer, in das Klatschen der Ruder des feindlichen Langschiffes, das die Flucht ergriff, mischte sich Kampfgeheul. Er hörte einen ihrer Leute schreien: »Hierher! Hierher!« Dann sah er den Steven: das angreifende Boot würde bald das Heck ihres Langschiffes erreicht haben.

Ulf stürzte vorwärts. Er hörte auf den Nachbarbooten gelegentlich das Knarren einer Deckplanke, das Klirren einer Waffe, aber er hatte keine Zeit, sich umzuschauen. Hinten am Heck stand nur ein einziger ihrer Ruderer. Und der Bug des feindlichen Langschiffes schob sich soeben neben ihr Heck. Sie waren den Angreifern zahlenmäßig hoffnungslos unterlegen. Fast alle Krieger kämpften jetzt an den beiden Außenseiten der Schiffsreihe.

Ein leichtes Zittern, ein leises Knirschen, als der Steven gegen ihre Bordwand stieß. Ein hünenhafter Krieger, dessen Bart ihm bis zum Gürtel reichte, stand mit einem einzigen Sprung auf ihrem Deck. Seine Schwerthiebe prasselten auf den Schild, mit dem Olaf, ihr Ruderer, seinen Kopf schützte, klirrten hell, wenn die Schneide auf einen der eisernen Beschläge traf. Olaf macht seine Sache gut, dachte Ulf, aber er ist diesem Mann nicht gewachsen, wenn ich nicht... Plötzlich stand Toke, Thorgrims jüngerer Sohn, neben Olaf. »Hierher, du Hund!«, hörte Ulf ihn brüllen. Er erschrak: der Junge, der den Kampf Mann gegen Mann erst seit einem Jahr mit scharfen Waffen übte, lief ins Verderben, wenn er sich mit einem solchen Hünen einließ. Ulf setzte mit aller Kraft zu einem langen Sprung an... Doch schon sauste die Klinge des Fremden auf Tokes linke Schulter zu, ein genau gezielter Hieb. Einen Atemzug lang schien das Schwert in der Luft stillzustehen, dann hört Ulf den Aufschrei. Der Mann kippte nach hinten, und Toke zog ihm im Zurückspringen das Schwert aus der Brust.

Ulf staunte: Dieser Junge war in Thorgrims Halle niemandem aufgefallen. Er hatte kaum ein Wort gesprochen.

Doch Ulf hat keine Zeit für weitere Betrachtungen. Im allerletzten Augenblick weicht er dem Schwerthieb des Mannes aus, der wie aus dem Nichts vor ihm auftaucht. Seine eigene Schwertspitze stößt gegen das Holz des Schildes, den der Gegner noch rechtzeitig vor die Brust gerissen hat. Durch den Anprall gerät der Mann ins Wanken. Nur einen Atemzug lang, aber Ulf nutzt die Gelegenheit, springt hoch in die Luft und lässt sein Schwert niedersausen. Die Lederkappe des Angreifers bietet keinen Widerstand... Aus den Augenwinkeln sieht er, wie neben ihm Olaf in sich zusammensackt mit einer blitzenden Klinge in der Brust.

Der zweite Angreifer hat mit der Streitaxt auf Ulfs Hals gezielt. Der wirft sich zurück. Fast hätte die Schneide noch sein Kinn berührt. Dann stößt er zu: tief in den Leib des Feindes.

Ulf ringt nach Atem. Auf dem Deck liegen vier oder fünf tote Feinde, aber links von ihrem Achtersteven drängen die Krieger zum Bug des angreifenden Langschiffes, um herüberzuspringen. Die Feinde hatten zu früh die Ruder eingezogen: Das feindliche Langschiff hat nur leicht an ihrem Heck angelegt, ist aber nicht voll in den Spalt eingedrungen, den die spitz zulaufenden Achtersteven ihrer zusammengebundenen Boote bilden. Deshalb hat immer nur einer der Feinde Platz für den Sprung. Irgendwo hinter sich hörte Ulf Akes Siegesruf. Doch er kann sich nicht umdrehen. Wenn es allen Angreifern gelingt, ihr Schiff zu entern, sind sie verloren. Plötzlich steht Gnupa neben ihm. Gemeinsam dringen sie wütend auf die feindlichen Krieger am Achtersteven ein.

Ulf erkennt die Gesichter seiner Gegner nicht. Sein Schwert schlägt und stößt wie von selbst zu, wahllos auf diesen Kopf oder gegen jene Brust. Doch der eine oder andere Körper vor ihm sackt in sich zusammen. Gelegentlich blitzt neben ihm Gnupas Klinge…

»Zurück!«, brüllte einer vom feindlichen Langschiff herüber. Vor ihm wich die Reihe der Gegner Schritt um Schritt zurück. Ulf war außer Atem und erschöpft. Vor seinen Augen flimmerte es. Deshalb ging der Hieb gegen den Rücken des Mannes fehl, und der Feind, der sich gerade umgedreht hatte, erreichte mit einem Sprung sein rettendes Boot. Ruder wurden gegen ihre Bordwand gestoßen, und Ake huschte an ihm vorüber und ergriff einen der auf Deck liegenden Bogen. Eines der Ruder klatschte ins Wasser. Der Mann, der das Langschiff damit abgestoßen hatte, stürzte hinterher mit einem Pfeil im Hals. Dann hörte Ulf die ersten Ruderschläge… »Ragnar hat Recht behalten«, grinste Gnupa. »Die Seherin, bei der wir waren, hat schon richtig geweissagt: Es gibt Kampf, es fließt Blut. Aber das Blut der anderen!«

Das Geschrei von links wurde immer lauter. Thorgrim, der Jarl, und die Leute, die er befehligte, schienen am linken Rand ihrer Schiffsreihe einen schweren Stand zu haben. Von hier aus konnte Ulf nur einen dicht gedrängten Menschenknäuel ausmachen, hocherhobene Schilde, hin und her sausende Schwerter und Streitäxte. Und das anschwellende Kampfgebrüll. Mit Gnupa zusammen sprang er von Boot zu Boot. Nur ein einziges Mal blieb er stehen, um sich umzublicken. Das Langschiff, das ihr Heck angegriffen hatte, befand sich längst außer Schussweite. Am Bug eines der Nachbarschiffe hatte wieder ein feindliches Boot angelegt. Doch Grims Streitaxt blitzte, und der Graubart hatte ein Dutzend Krieger bei sich. Thorgrims Lage schien Ulf bedrohlicher. Weitere feindliche Langboote, die in der schwach verteidigten Mitte ihrer Schiffsreihe hätten anlegen können, waren nicht in Sicht. Er rannte wieder vorwärts, Gnupa nach, der einen Vorsprung gewonnen hatte. Nur einen Augenblick lang fühlte er auf seiner verschwitzten Stirn den kühlen, steifen Wind.

Am linken Ende der Schiffsreihe war der Kampf jetzt voll entbrannt. Als sich das erste feindliche Langschiff längsseits legte, konnte Thorgrim mit seinen Männern den Angriff zunächst abwehren. Sie bildeten hinter dem Bordrand eine geschlossene Schlachtreihe und ließen den Feinden keinen Raum, einen Fuß auf ihr Boot zu setzen. Auch als ein zweites feindliches Langschiff längsseits anlegte, waren die Verteidiger zahlenmäßig noch überlegen, und Orms Verbündete versammelten sich auf dem Boot, das zuerst längsseits gegangen war, zum Sturmangriff. Noch wurde mehr mit Schimpfreden und Verwünschungen gestritten als mit Schwert und Streitaxt. Doch sobald das vierte Schiff der Feinde festgemacht hatte und die Krieger brüllend die beiden Boote, die dazwischen lagen, überquerten, um die Schlachtreihe ihrer Leute zu verstärken, trat auf beiden Seiten kurze Zeit Stille ein. Der Zeitpunkt für den Kampf mit den Waffen, Mann gegen Mann, war gekommen. Orms Verbündete zählten mehr Köpfe, und es waren geübte Krieger darunter. Als die Feinde auf den jenseitigen Bordrand zuströmten, gelang Thorgrims Leuten manch tödlicher Hieb mit dem Schwert oder der Streitaxt. Einen Augenblick haftete Ulfs Blick auf dem Griechen, dessen wuchtige Schwerthiebe drei Gegner zurückdrängten. Doch auch der eine oder andere der eigenen Leute wurde getroffen, und die Schlachtreihe des Jarls zerbrach unter dem Ansturm, löste sich in Einzelkämpfe auf. Trotz erbitterten Widerstandes wichen Thorgrims Männer vor der Übermacht Schritt für Schritt zurück.

Jetzt sprangen die letzten ihrer Leute zurück auf das Langschiff hinter ihnen, und Orms Verbündete, da sie das erste Boot der Schiffsreihe erobert hatten, überschrien einander im Siegesrausch. Thorgrims Männer antworteten mit einem Wutgeheul. Doch so tapfer sie auch kämpften: Für jeden Angreifer, den sie kampfunfähig machten, den sie erschlugen, tauchten zwei neue Gegner auf. Gerade sah der Jarl zwei seiner Männer unter den Hieben der Gegner zusammensinken. »Zurück ins nächste Boot!«, schrie Thorgrim. »Flieht doch gleich zurück in die Mitte!«, johlte einer höhnisch. »Wir holen uns Ragnars Langschiff doch!« Der Schreier war einen Schritt vorgetreten und schwenkte sein Schwert siegessicher in der Luft. Einen Augenblick nur hatte er den Schild eine Handbreit sinken lassen, schon fuhr ihm der Pfeil in die Kehle. Hinter sich hörte Ulf Akes Freudenschrei.

Gnupa ist noch immer einige Schritte voraus. Er hat das Langschiff, in das Thorgrims Männer sich zurückgezogen haben, fast erreicht. Da stürzen vor ihm zwei der eigenen Krieger zu Boden. Die Streitaxt ist schnell wie der Blitz niedergezuckt, zweimal. Jetzt steht der Gegner Gnupa gegenüber: ein breitschultriger Mann mit eisernem Helm und Narbengesicht. Der Mann dringt mit wilden Hieben auf Gnupa ein, mit schnellen und kraftvollen Schlägen, aber Gnupas Schild ist noch schneller. Da springt ein anderer Angreifer hinter Gnupa auf die Sitztruhe. Ulf macht einen Riesensatz. Kaum berührt sein Fuß den Boden, als er dem Angreifer hinter Gnupa das Schwert in die Seite stößt. Einen Augenblick spürt er das Schwert, das der Hand des Mannes entglitten ist, auf seiner linken Schulter, dann gleitet es, da es mit der Breitseite aufgetroffen ist, kraftlos herunter.

Gnupa hat einen schnellen Schritt zur Seite getan. Die Streitaxt des Narbengesichts trifft statt Gnupas Helm nur noch die Luft und fällt klirrend zu Boden, denn Gnupa hat seinem Angreifer mit der Schwertklinge die Halsschlagader durchtrennt. Dieser abergläubische, unscheinbare Gnupa…

In diesem Augenblick sieht Ulf den roten Drachenkopf. Auch der Jarl muss ihn bemerkt haben. »Komm herüber, Orm!«, hört Ulf sein Brüllen. »Hier steht Thorgrim und wartet auf dich!«

»Später, Thorgrim, später!« Orms Stimme vom Bug seines Langschiffes übertönt den Kampfeslärm. »Du kommst auch noch an die Reihe, Thorgrim! Aber zuerst muss ich mir Ragnar holen!«

Zwischen den Kämpfern hindurch beobachtete Ulf, wie Orms Langschiff wendet und, immer außer Reichweite ihrer Bogenschützen, in einem Halbkreis auf das andere Ende ihrer Schiffsreihe zurudert. Gnupa hat gerade einen anderen Feind erschlagen und springt hinter einem flüchtenden her. Das Kampfesglück scheint sich gewendet zu haben. Die ersten Angreifer ziehen sich, langsam noch und vorsichtig, zurück. Ulf rennt los, springt über Bordwände. Einmal strauchelt er... Erst jetzt nimmt er das Schwanken der Boote wahr, hört das Knirschen der Bordwände, die sich aneinander reiben – und merkt, wie schneidend der Wind geworden ist. Über ihm fegen tiefschwarze Wolken über den Himmel.

Der Kampf auf dem rechten Flügel wogte unentschieden hin und her. Inzwischen lagen vier feindliche Langschiffe neben ihrem äußersten Boot, und der Angreifer war auch hier zahlenmäßig überlegen. Überall lagen Leichen, doch sie hatten das Langschiff bis jetzt erfolgreich verteidigt.

Vor ihm lag ihr vorletztes Schiff. Noch zwei Sprünge über Bordwände, und Ulf würde das Kampfgetümmel erreichen. Vor seinen Augen, zum Greifen nahe, sprangen die Kämpfer hin und her, auf die Sitztruhen, über die Sitztruhen, rissen ihre Schilde hoch, oder die Schwerter und Streitäxte. Ulfs Fuß stieß gegen etwas, das auf den Planken lag. Ein kurzer Blick: Dieses Gesicht mit der Stirnwunde, die bis zur Nasenwurzel klafft, hatte er noch nie gesehen. Dann hört er die Stimme: »Dieser Kerl hat mich am Arm erwischt.« Zwei Sitztruhen weiter hockt einer von Thorgrims Ruderern, und presst einen blutgetränkten Fetzen seines Hemdes gegen die Wunde in seinem linken Oberarm. »Wir sind zu schwach.« Er spuckt verächtlich. »Tapfer sind sie ja, unsere Bauern. Aber die Waffen führen... Wenn Ragnar nicht wäre!«

Plötzlich fiel es Ulf wie Schuppen von den Augen: Die vielen Hiebe, die ins Leere gegangen waren, die schwankenden Schilde, die den Kopf nicht richtig deckten. Zum ersten Male spürte er das Rollen und Stampfen des Bootes unter seinen Füßen. Die eigenen Leute konnten das Langschiff nur noch halten, weil bei diesem Seegang ein wirklicher Kampf Mann gegen Mann nicht mehr möglich war. Ulf schnellte wieder vorwärts. Dort kämpfte einer ihrer Ruderer, den er vom Sehen kannte, gegen einen wettergegerbten Krieger, der jeden Augenblick die Oberhand gewinnen musste. Ulf eilte zu Hilfe, doch der Feind sprang, als er ihn heranstürmen sah, auf das andere Schiff hinüber.

Dann fällt sein Blick auf Ragnar. Der steht am Mast, sein Sohn und Gizur neben ihm. Vor ihnen drängt sich ein Dutzend Feinde, Schild und Waffe kampfbereit, die dennoch den Nahkampf nicht wagen. Ulf konnte die Erschlagenen nicht sehen, die vor den dreien lagen, und über die die Angreifer hätten hinwegsteigen müssen. Zwei Feinde sind kampflos vor ihm zurückgewichen. Jetzt hat Ulf den Mast beinahe erreicht. Er versteht das Gegröle der Feinde sofort, als er jenseits der fremden Boote den roten Drachenkopf erblickt. Orm hat angelegt!

Mit einem Raubtiersatz springt Ragnar über die Toten vor seinen Füßen, mitten unter die verwirrten Feinde, die er auseinander stößt, und die in alle Richtungen davonstieben, sobald Erik, Gizur und Ulf folgen. Verblüfft erblickt Ulf auf den feindlichen Booten drüben zwei, drei Dutzend Krieger, die offensichtlich schon den Rückzug angetreten haben. Ulf verfolgt mit den Augen, wie sich jemand seinen Weg bahnt, die Krieger zur Seite stößt. Und er hört Orms Kampfruf…

Der Ruck, der durch das Langschiff ging, ließ ihn straucheln. Dann sah er jenseits des Bordrandes das Wasser: aufgewühlt, tiefschwarz. Die feindlichen Schiffe drifteten schnell ab. Schon waren sie mehr als eine Manneslänge entfernt. Dann rutschte drüben ein Stück Seil aus einem Ruderloch. Die Angreifer hatten die Taue durchschlagen, mit denen sie ihr letztes Schiff an der Bordwand festgezurrt hatten. Und jetzt… Drüben hinter der Bordwand, ihnen gegenüber, steht Orm. Er reißt Schild und Schwert in die Höhe, aber der Abstand ist längst zu groß für einen Sprung.

Der Gewitterschauer kam ohne Vorwarnung. Nur noch schemenhaft sah Ulf durch die Regenwand die mächtige Gestalt dort drüben mit den in die Luft erhobenen Waffen. Ein Donnerschlag ließ die Luft erzittern. Doch Orms Wutschrei übertönte er nicht.

»Zurück auf die Boote!«, schrie Ulf. »Wir kappen die Taue.« Ragnar drehte sich herum, langsam, wie im Traum. »Er hat Recht. Es ist allerhöchste Zeit für uns.« Sein Gesicht war bleich wie der Tod, doch seine Stimme klang fest.

Sie hatten ihr eigenes Boot erreicht. Der Mast war bereits umgelegt, und Ulf stand mit dem Ruder in der Hand neben seiner Sitztruhe. Gnupas Boot hatte soeben abgestoßen. Nach den ersten Ruderschlägen würde es hinter der Regenwand verschwinden. Donnerschlag folgte auf Donnerschlag, und das Dunkel zerrissen grelle Blitze. In fieberhafter Eile lösten an Backbord einige Ruderer die Taue, die sie noch mit Thorgrims Langschiff verbanden. »Beeilt euch!«, überbrüllte Ragnar vom Steuer aus den Wind. »Wir müssen den Fjord dort drüben erreichen, bevor der eigentliche Sturm losbricht.«

Grim saß auf seiner Ruderkiste und flocht die Enden seines Gabelbartes. »Wir können nicht mehr rudern, Ragnar! Das Meer ist zu aufgewühlt.«

»Wir werden das Schiff mit einigen Ruderschlägen auf den richtigen Kurs bringen, Grim. Dann treibt es der Wind von alleine in den Fjord.«

Der stürmische Wind zerrte an Ulfs klatschnasser Felljacke. Ein Blitz zuckte über den Himmel, verästelte sich. Einen Augenblick lang schien die Dunkelheit verflogen. Schreckenschreie übertönten das Pfeifen des Windes. Schreckensschreie und das Geräusch splitternden Holzes. Dann erkannte Ulf das feindliche Langschiff. Die Gewitterböe hatte es gegen eine der Schären geworfen, eine der tückischen Felsnadeln. Das Boot sank. Der Bug war bereits in den Fluten untergetaucht, nur der geschwungene Vordersteven ragte noch aus den Wellen wie eine Hand, die nach dem rettenden Halt greift. Der Achtersteven schwebte in der Luft. Krieger rissen die Helme vom Kopf, sprangen ins Wasser… Der Blitz erlosch. Die Finsternis verschluckte die Szene.

»Wir sind gleich fertig«, schrie einer der Ruderer nach hinten. Auf dem Nachbarschiff stand Thorgrim am Ruder und beugte sich herüber: »Dich hätte es heute fast erwischt, Grim. Einer meiner Leute hat es mir erzählt.«

Der Graubart fuhr fort, die linke Seite seines Gabelbartes in einen Zopf zu flechten. »Als das Boot bei euch ablegte, um uns in der Mitte anzugreifen, hatte ich einfach zu wenig Leute, Thorgrim. Die meisten meiner Männer waren dir zu Hilfe geeilt.«

»Wie hast du es nur geschafft, die Feinde wieder auf ihr Boot zurückzutreiben?«

Der alte Recke zuckte gleichmütig mit den Schultern. »Die beiden, die als erste auf unser Boot herübersprangen, waren erfahrene Kämpfer. Sie versuchten geschickt, mich von beiden Seiten in die Zange zu nehmen. Aber weißt du, Thorgrim«, lachte er behaglich, »das ist gar nicht so einfach. Wie verwirrt sie waren, als ich vor ihnen in die Höhe sprang! Sie versuchten nicht einmal, mit ihren Schwertern zuzustechen.«

»Bei einem einzigen Sprung zweimal mit der Streitaxt zuschlagen! Und jedes Mal einen Schädel spalten! Noch nie habe ich Derartiges gehört, Grim!«

Grim fingerte schweigend an der Bartspitze herum.

»Aber der Kerl mit dem Speer hätte dich beinahe erwischt.«

»Ich habe ihn gar nicht gesehen. Ich weiß nicht, wie es ihm gelungen ist, unbemerkt auf unser Boot zu springen. Sie hatten ja gerade erst angelegt. Den soll Thors Hammer erschlagen!«

»Aber er ist ja schon tot. Und du selber hast ihn erschlagen, nicht Thor!«, lachte einer. »Jedenfalls stand er hinter dir. Sein Stoß war gut gezielt, erzählte mir mein Ruderer. Genau auf deinen Rücken.«

Grim hob den linken Arm. Unter der Achsel klafft in seiner Jacke ein langer Riss. »Seine Speerspitze hat mir die Bärenfelljacke aufgeschlitzt. Das war das Schwanken des Bootes, Thorgrim. Deshalb ging sein Stoß fehl.« Die Finger seiner rechten Hand spielten mit den beiden Bärenzähnen an der Silberkette um seinen Hals. »Die Kraft des Bären hat mich beschützt.«

»Es ist gefährlich.« Er erhielt keine Antwort. »Auch wenn nur zehn Mann rudern, und langsam, es ist zu gefährlich.« Wieder keine Antwort. Er blickte verdrossen auf die Wellen. Der Sturm war abgeflaut. Aber noch tanzten die Wellen mit den weißen Schaumkrönchen unruhig, stießen gegeneinander, überschlugen sich. Der Nebel jenseits der Bordwand war undurchdringlich. »Bei diesem Nebel! Was nutzen da die beiden Männer am Bug? Sie können die Schären gar nicht rechtzeitig erkennen.«

»Ich muss es wagen. Hörst du, ich muss, Toke!«

Mit einer Mischung aus Besorgnis und Bewunderung blickte Toke auf seinen Schiffsführer, auf den eisernen Helm, auf den Vollbart mit den grauen Strähnen. Über ihren Köpfen verschwand der rote Drachenkopf fast in den treibenden Nebelschwaden. Ein Ruck ging durch das Boot. Die Ruderer hatten das Boot mit den Ruderblättern angehalten. Einer der beiden, die am Bug Ausschau hielten, tauchte aus dem Nebel auf und eilte auf sie zu.

Der Vollbart mit den grauen Strähnen reckte sich ärgerlich in die Luft.

»Vor uns liegt die feindliche Flotte. Wir wären mitten in sie hineingefahren. Ich durfte nicht einmal rufen. Sie hätten es gehört, Orm.«

Orm schwieg. Die Ruder waren eingezogen, und das Langschiff schaukelte auf den Wellen. Es herrschte Totenstille. Vom Heck aus war nichts zu sehen, nur eine undurchdringliche Wand aus Nebel. Gelegentlich drang das Klatschen eines Ruders aus den Nebelschleiern.

»Ich hätte nicht geglaubt, dass sie es wagen würden«, murmelte Toke.

»Warum, Toke? Snorres Sohn muss sich doch sagen, dass Thorgrims Leute jetzt aus Rache seinen Hof überfallen werden. Snorres Leute sind alle auf den Langschiffen. Wie soll der Jarl allein seinen Hof verteidigen?«

»Du meinst…?«

»Snorres Sohn muss den Feinden um jeden Preis zuvorkommen. Wenn er Thorgrim einen Vorsprung lässt, ist der Hof des Jarls verloren.«

»Richtig. Snorres Sohn muss alles auf eine Karte setzen. Aber warum wagt sich Thorgrim mit seinen Schiffen bei diesem Nebel auf das offene Meer hinaus? Glaubst du, er hofft, vor Snorres Sohn den Hof des Jarls zu erreichen?«

»Möglich. Er wird es jedenfalls versuchen. Mit einem oder zweien seiner Schiffe. Ich würde es auch, Toke.«

»Die beiden Boote…« Toke nagte wütend an seiner Unterlippe.

»Ja, das war Pech, Toke. Erst das eine, draußen vor dem Fjord. Auf eine Schäre aufgelaufen. Und dann das andere, hier im Fjord. Sie ruderten zu nahe an der Felswand. Als der Sturm plötzlich drehte, war es zu spät. Die Bö warf das Schiff gegen die Felsen.«

Toke kratzte sich den grauen Bart. »Wir konnten nur sechs aus dem Wasser fischen…«

Beide Männer schwiegen und hingen ihren trüben Gedanken nach. Die Seeschlacht hatte Orm und seine Verbündeten viele Männer gekostet. Und dann der Verlust der beiden Langschiffe.

Toke wagte nicht, die Frage zu stellen. Orm hatte mit keinem Wort erklärt, warum auch ihr Langschiff, kurz nach den anderen, in den brodelnden Nebelkessel hinausgestoßen war, obwohl sie Snorres Sohn nicht folgen, sondern ihre Fahrt nach Orms Hof fortsetzen wollten, und das obwohl der Nordmann auf See schlechte Sicht und Nebel mehr fürchtet als Sturm. Doch Toke glaubte, die Antwort zu kennen, und bei diesem Gedanken fühlte er sich unbehaglich.

Sie ließen das Langschiff lange auf den Wellen schaukeln, bevor sie wieder zu den Rudern griffen. Thorgrim und seine Boote mussten einen solchen Vorsprung gewonnen haben, dass ein Zusammenstoß mit ihnen nicht mehr zu befürchten war. Dann legten die zehn Männer wieder ihre Ruder ein. Unter vorsichtigen Ruderschlägen glitt das Schiff langsam vorwärts.

Toke starrte mürrisch auf die Deckplanken. Er würde es früh genug erfahren. Doch als der Bug eine scharfe Wendung nach Steuerbord machte, entfuhr ihm die Frage: »Warum steuerst du nach rechts, Orm?«

Um Orms Lippen spielt ein eiskaltes Lächeln. »Kannst du dir das nicht denken, Toke?«

»Du glaubst, dass Ragnar…«

»Natürlich. Ragnar ist noch hier im Fjord. Und ich weiß, wo.«

Auf Orms Befehl wurden die Ruder eingezogen. Das Boot schwankte und schlingerte. Hier, in der breiten Mündung des Fjordes, war die See noch aufgewühlt. Kurze Wellen schlugen hart gegen die Bordwand. Orm nahm den rechten Arm vom Steuerruder und deutete vor sich auf die Nebelwand. »Dort ist der Eingang zu der Bucht, von der ich gesprochen habe.«

»Man sieht nichts als Nebel…« murmelte Toke.

»Das schadet nichts. Wir rudern an der Felswand entlang, die hier das Ufer bildet. Dann finden wir den Eingang zur Bucht.«

»Und du meinst wirklich, Ragnar…«

»Ich bin mir ganz sicher, Toke. Ragnar kennt diese Bucht…«

»Woher weißt du das?«

»Das geht dich nichts an, Toke. Ich weiß es eben. Diese Bucht ist der einzige gute Ankerplatz im ganzen Fjord. Und die beste Zufluchtsstätte bei einem Sturm, die man sich denken kann.«

Toke verlor die Beherrschung und fuhr zornig auf: »Wenn du diese Bucht kennst – warum hast du das nicht unseren Verbündeten gesagt? Dann wäre Gunnars Langschiff nicht an der Felswand zerschellt. Und wenn Ragnar mit unseren Feinden gekommen wäre, hätten wir sie am Ufer erwartet. Wir hatten einen Vorsprung. Wenn sie es gewagt hätten, anzulegen, hätten wir alle niedergemacht…«

Um Orms Lippen spielte ein herablassendes Lächeln. »Weil sie zu klein ist, Toke. Diese Bucht ist gerade groß genug für zwei oder drei Langschiffe. Und ich wollte die anderen Schiffsführer nicht allein lassen. Du kennst ja meinen Plan. Wenn sie auf mich gehört hätten…«

Toke nickte eifrig. Der Plan war gut gewesen. »Vor dem Feind den Fjord verlassen. Vor der Mündung unsere Schiffe zusammenbinden. Dann hätten Ragnars Leute unsere Schiffsreihe angreifen müssen…«

»Ja, mein Plan war gut. Aber diese Feiglinge hatten keinen Kampfgeist mehr – nur weil sie zwei Boote verloren haben und zwanzig Mann. Wir hatten doch immer noch sechs Schiffe, mehr als Ragnar. Und auch bei den Feinden hat es Tote gegeben.«

»Aber wenn diese Bucht so klein ist… Warum sollte Ragnar allein vor dem Sturm in diese Bucht geflüchtet sein? Warum ist er nicht auch bei seinen Verbündeten geblieben?«

»Weil Ragnar klug ist. Es fällt mir nicht leicht, Toke, das zuzugeben, aber Ragnar ist ein kluger Mann.« Einen Augenblick lang starrte Orm wütend in den Nebel. »Es war Ragnar doch klar: Thorgrim würde nicht bleiben. Er würde mit all seinen Schiffen nach Hause fahren, sobald der Sturm nachlässt«

»Wieso? Umgekehrt konnten doch auch Ragnar und Thorgrim nach dem Sturm draußen vor dem Fjord auf unsere Schiffe warten. Genauso, wie du es Snorres Sohn vorgeschlagen hast.«

»Das durfte Thorgrim nicht wagen. Er konnte sich doch ausrechnen, dass Snorres Sohn mit einigen Schiffen aus Rache seinen Hof überfallen würde. Nein, Thorgrim muss zu seinem Hof zurückkehren, so schnell er kann. Dieser Nebel kann noch Stunden andauern. Auch wenn Thorgrim vor dem Fjord auf Snorres Langschiffe warten würde… Wenn Snorres Sohn im Nebel losfährt, entgeht er Thorgrims Schiffen. Man kann ja kaum drei Schritte weit sehen. Und dann haben Snorres Leute einen Vorsprung, den Thorgrim in zwei Tagen niemals aufholen könnte.«

Der Schiffsführer rief vier Ruderern zu, die Riemen wieder einzulegen. Kaum merklich glitt das Boot wieder vorwärts. Schon nach kurzer Zeit hörten sie die Rufe der beiden Männer am Bug. Orm legte das Steuerruder um, und das Langschiff folgte der Felswand, die als formlose, schwarze Masse gelegentlich durch die Nebelschwaden schimmerte. Nach einer halben Stunde riefen die Ruderer am Bug, die Felswand höre auf. »Der Eingang zur Bucht«, murmelt Orm grimmig und steuerte das Langschiff nach rechts.

»Man sieht immer noch nichts als Nebel«, knurrt Toke.

»Weil der Eingang zur Bucht hier noch breit ist. Aber dann verengt sich die Bucht zu einer schmalen Durchfahrt. Die finde ich auch im Nebel, Toke. Ich weiß genau, in welchem Winkel ich von dieser Felswand aus auf sie zuhalten muss.«

Das Boot begann stärker zu schwanken, dann zu stampfen und zu rollen. Toke blickte beunruhigt auf das Wasser neben dem Bordrand. Die Wellen waren hier aufgewühlter als draußen im Fjord. Orm war der besorgte Blick seines Gefährten nicht entgangen. »Nach einem Sturm gibt es hier eine starke Strömung. Aber wir werden es schon schaffen, Toke.«

Kaum hatten die Männer am Bug »Felsen rechts und links« geschrien, als Orm die Ruderpinne herumriss. »Ich halte jetzt genau auf den engsten Teil der Durchfahrt zu.«

Immer deutlicher zeichneten sich die Felswände hinter dem Nebel ab. Die Felsmassen traten aufeinander zu, verengten sich zu einer schmalen Spalte. Tokes Unruhe wuchs von Sekunde zu Sekunde. Die schwarze Flut um sie herum gurgelte und schäumte. Sie warf ihr Boot von einer Seite auf die andere, so dass Toke Mühe hatte, sich auf den Beinen zu halten. »Kehr um, Orm! Diese Wirbel werfen das Schiff gegen die Felsen.« Aber Orm hörte seine Worte nicht. Er versuchte, durch Gegensteuern das Langschiff auf geradem Kurs zu halten, doch seine Gedanken schweiften zum Ende der Bucht. Dort würde Ragnars Langschiff liegen. Dort würde er Ragnar finden…

Die Durchfahrt wurde immer enger. Die Felsen, die glatt wie Mauern ins Wasser abfielen, ließen den Rudern kaum noch Raum. Und das Wasser neben den Bordwänden war weiß vor Schaum, brodelte und zischte.

Ein Ruck ging durch das Boot. Es wurde unaufhaltsam nach rechts gedrückt. Die beiden Ruderer auf der rechten Seite rissen die Ruder herein, andere sprangen mit Rudern an die Bordwand und versuchten, das Boot von den Felsen abzustoßen. Doch die dunkle Steinmasse kam unerbittlich auf sie zu… Ein lautes Knirschen, als die Bordwand gegen den Fels stieß, ein Ruck, der Toke wanken ließ. Einen Augenblick lang schabte die Bordwand am Stein, dann löste sie sich wieder. »Kehr um!«, schrien einige der Leute. Orm aber stand hochaufgerichtet am Ruder, er hatte bei dem Anstoß mit keiner Wimper gezuckt. Und Orm gab keine Antwort. »Kehr um, Orm!«, brüllte der Mann vor ihm, der aufgeregt zum Heck geeilt war, voller Angst. »Das Boot wird an den Felsen zerschellen!«

»Umkehren, umkehren!«, grölten einige von vorn.

Orms Gestalt richtete sich noch höher auf. »Was seid ihr, Nordmänner oder Feiglinge?«, donnerte seine Stimme über das Deck. »Vor euch liegt Ragnars Schiff mit unermesslicher Beute. Und ihr wollt umkehren?«

»Weil wir bei diesem unruhigen Wasser nicht durchkommen«, beharrte der Mann vor dem Steuer.

»Mach dir keine Sorgen, Asbrand. Wir haben die engste Stelle hinter uns.«

Tatsächlich traten die Felswände zurück und verschwanden erneut im Nebel. Auch das Wasser wurde merklich ruhiger. Orm ließ wieder zehn Mann rudern. »Am Ende dieser Bucht liegt ein kleiner Sandstrand, Toke. Der einzige Sandstrand im ganzen Fjord. Dort werden wir Ragnars Langschiff finden.« Das Schiff glitt langsam, fast geräuschlos, vorwärts. Toke verspürte, kurz vor dem Kampf, keine Lust auf eine Unterhaltung. Und Orms Gesicht war wie aus Stein gemeißelt.

Einer der Männer am Bug eilte auf sie zu. Toke sah, als seine Gestalt aus dem Nebel auftauchte, wie er die Ruderer, an denen er vorübersprang, aufforderte, das Rudern einzustellen. Dann stand der Mann vor ihnen. »Drei Schiffe, Orm. Drei!«, flüsterte er.

Orm fuhr zurück. »Bist du sicher, Sven?«

»Ja. Wir haben im Nebel drei Steven gesehen, einen davon mit einem Drachenkopf.«

Orm schloss die Augen. Sein Gesicht entfärbte sich.

»Die Boote liegen eng beieinander. Wenn wir nur eine einzige Bootslänge weiterfahren, müssen auch die Feinde unser Boot entdecken.«

Orm holt tief Atem. Dann reckt sich seine Gestalt, und seine leise Stimme klang kühl. »Es hat keinen Sinn, sie anzugreifen. Für ein viertes Langschiff ist auf dem schmalen Strand kein Platz. Wir müssten am Heck eines ihrer Schiffe anlegen. Dann empfangen sie uns in einer Schlachtreihe auf dem Strand…«

»Und sind uns zahlenmäßig haushoch überlegen«, nickt Toke.

Orm antwortet längere Zeit nicht. Dann nickt auch er. »Ja. In einem solchen Kampf müssten wir unterliegen. Wir sind nur noch siebenundzwanzig.« Nur ein leichtes Zucken um die Mundwinkel verrät etwas von dem Sturm der Gefühle, der in dem Schiffsführer tobt. »Wir müssen wenden.«

Sie hatten den Fjord längst hinter sich und steuerten nach Norden. Sobald die offene See erreicht war, hatten sie den Mast aufgerichtet. Der Wind war umgeschlagen und wehte aus Süden – ein schwacher Wind, der das Langschiff nur langsam vorwärts trieb. Dieser Wind würde Stunden brauchen, um die Nebelfetzen hinwegzufegen. Toke war wieder nach hinten zum Ruder gegangen. Er saß neben Orm auf der Bordwand. Zwischen den beiden Männern herrschte Schweigen.

Toke wusste nicht recht, wie er anfangen sollte. »Glaubst du, die beiden Langschiffe werden mit Ragnar fahren?«

»Natürlich, Toke. Wenn sie umkehren wollten, hätten sie das längst getan.«

»Aber... drei Schiffe gegen eines. Ich will nicht als Feigling erscheinen...«

»Niemand hält dich deswegen für einen Feigling, Toke. Ich weiß selbst: mit drei feindlichen Schiffen können wir es keinesfalls aufnehmen. Aber wir fahren zu Rolf.«

»Rolf?«

Orm strich sich mit der linken Hand zufrieden über den Vollbart. »Habe ich nicht auch bei Asbrand zwei Boote bekommen? Zusätzlich zu Snorres Langschiffen? Ich kenne viele Leute an dieser Küste, Toke.«

»Von Rolf hast du niemals erzählt.«

Orm nickte. »Ich habe ihn auch jahrelang nicht aufgesucht. Aber ich weiß, er hat zwei Langschiffe – Schiffe aus Kiefernholz, nicht aus Eiche. Nichts Besonderes, Toke. Aber hier an der Küste sind sie gut genug. Und jedes trägt zwanzig Mann. Rolf benutzt die Schiffe nur, um Raubschiffe abzuwehren. Heute geht er nicht mehr auf Wikingerfahrt.«

»Und früher?«

Der Schiffsführer blickt eine Zeit lang versonnen in die Ferne. »Früher, Toke, war Rolfs Langschiff eines der gefürchtetsten. Viermal war er dabei, als Dorestad überfallen wurde.«

»Die große Handelsstadt der Friesen. Die größte Handelsstadt in den Frankenreichen. Ich habe selbstverständlich davon gehört, dass Nordmänner sie mehrmals überfallen haben. Aber warum haben sie das getan, Orm? Warum? Für uns Nordmänner ist dieser Handelsplatz doch der wichtigste überhaupt.«

Orm antwortete nicht sofort. Seine Gedanken wanderten zurück. »Damals wusste ich es auch nicht, Toke. Damals war ich dreiundzwanzig Jahre alt und fuhr auf dem Langschiff meines Vaters. In Haithabu taten sich genügend Schiffe zusammen, und wir fuhren den Rhein hinauf bis in den Nebenarm, an dem Dorestad liegt. Du kennst die Stadt ja, Toke. Eine einzige Straße, an der fast alle Häuser liegen, fast eine Gehstunde lang. Der Holzzaun um die Stadt bot keinen ernsthaften Widerstand. Und die Hand voll Krieger des fränkischen Kaisers in ihrem Kastell auf dem Hügel etwas außerhalb konnten uns nicht aufhalten. Wir plünderten die Stadt und brannten sie nieder. Das ist nun neununddreißig Jahre her. Diese Christen sagen, es war im Jahre 834. Vier Jahre lang fuhr eine Flotte von Haithabu nach Dorestad und machten alles dem Erdboden gleich, was die Friesen in der Zwischenzeit wieder aufgebaut hatten. Die Beute kannst du dir vorstellen, Toke. Damals wurden mein Vater und Rolf reich.«

»Aber wir Nordmänner brauchen Dorestad. Warum wurde Dorestad verwüstet?«

»Ich sagte es schon: Damals wusste ich es nicht. Wir alle fuhren nur der Beute wegen mit. Doch später hat man viel erzählt… Einer der drei Söhne Kaiser Ludwigs des Frommen soll die Nordmänner selbst aufgefordert haben, Dorestad zu zerstören.«

Toke schüttelte verwundert den Kopf. »Aus welchem Grunde sollte ein Sohn des Kaisers das tun? Was hat er davon?«

Orm lachte gemütlich vor sich hin. »Toke, damals war eine herrliche Zeit für uns Nordmänner. So viel Streit im Reiche der Franken hatte es noch nie gegeben. Unter Kaiser Ludwig dem Frommen war das Frankenreich noch ungeteilt. Aber der Kaiser war mit seinen drei Söhnen zerstritten. Ein Jahr vor dem ersten Überfall auf Dorestad zogen die drei Söhne gegen ihren Vater in den Krieg, nahmen ihn gefangen und erklärten ihn für abgesetzt.«

Orm nickte dem Ruderer zu, der an das Steuerruder getreten war. »Ja, Halfdan. Was habe ich gesagt, Toke, bevor Halfdan mit seiner Frage kam? Ach ja, nachdem die drei Söhne den Kaiser abgesetzt hatten, gerieten sie untereinander in Streit. Lothar wollte anstelle seines Vaters Kaiser werden, aber seine beiden Brüder wollten ihn nicht als Kaiser über sich dulden. Sie wollten in den Teilen des Reiches, die ihr Vater ihnen als Erbe versprochen hatte, unabhängig sein, selbst der oberste Herrscher. Deshalb ließen sie ihren Vater wieder frei und gaben ihm die Kaiserwürde zurück.«

»Und dieser Lothar?«

»Zwischen den drei Brüdern kam es zu keiner Versöhnung. Nach dem Tod Kaiser Ludwigs dauerte es nur drei Jahre, bis sie das Frankenreich unter sich aufteilten. Lothar erhielt die Kaiserwürde, aber ohne Oberhoheit über seine Brüder, dazu Friesland und Italien…«

»Davon habe ich gehört. Aber was hat das mit dem Überfall auf Dorestad zu tun?«

»Lothar fügte damals seinem Vater Schaden zu, wo er nur konnte. Als der Kaiser von den anderen Söhnen wieder freigelassen wurde, ließ Lothar Dorestad überfallen. Dann schob er seinem Vater die Schuld in die Schuhe… Der Kaiser sei alt und schwach geworden und nicht mehr in der Lage, das Reich gegen Feinde zu verteidigen. Mit dieser Begründung hatten die drei Söhne ein Jahr zuvor den Kaiser abgesetzt. Und deshalb forderte Lothar die Nordmänner in den nächsten drei Jahren zu neuen Überfällen auf. Jahr für Jahr brannten sie Dorestad nieder, und der Kaiser sah angeblich tatenlos zu!«

»Und wie hat Lothar die Nordmänner aufgefordert?«

»Damals wussten wir von all diesen Dingen nichts. Die Schiffsführer, die den Überfall vereinbarten, sprachen nur über die Beute. Aber einige von ihnen steckten mit Harald unter einer Decke – jenem Harald, der in Haithabu König werden wollte.«

»Du meinst den Verwandten des Königs Göttrik, der Haithabu erbaut hat?«

»Ja, diesen Harald. Den Kerl, der sich in Ingelheim am Rhein, auf einer der Pfalzen des Kaisers, hat taufen lassen, dann mit seinen Leuten nach Haithabu zog und behauptete, er sei der Thronerbe. Doch die Leute haben ihn ausgelacht und zurückgejagt ins Land der Franken, aus dem er gekommen war. Harald steckte, wie gesagt, mit Lothar unter einer Decke. Und Harald hatte selbstverständlich Verbündete unter den Nordmännern. Sofort nach dem Tode Kaiser Ludwigs, als Lothar selbst Kaiser geworden war und in Friesland herrschte, schenkte Lothar diesem Harald große Ländereien in Friesland und machte ihn zu seinem Gefolgsmann. Seit dieser Zeit bekämpfte Harald alle Nordmänner, die in Friesland einfielen.«

Toke schüttelte verständnislos den Kopf. Orm bemerkte seine Verwirrung und schmunzelte. »Ja, Toke. Die Verhältnisse in den Frankenreichen sind verwickelt. Aber das ist recht gut so. Solange die drei Frankenreiche gegeneinander kämpfen, haben unsere Langschiffe an ihren Küsten und auf ihren Flüssen freie Hand.«

Toke schaute hinaus auf die Nebelfetzen, die der Wind, der kräftiger geworden war, vor sich herfegte. Schon kam hier und da ein Stück blauen Himmels zum Vorschein. Er war sich unschlüssig. Sollte er die Frage wagen, die ihm seit Wochen auf den Lippen brannte? Orm war ein schweigsamer Mann, wenn es um seine eigenen Angelegenheiten ging. Zurückhaltend, misstrauisch und leicht aufbrausend.

»Wir machen gute Fahrt, Toke. Morgen gegen Mittag werden wir Rolfs Hof erreichen.«

Rolf! Orms Waffengefährte – ein guter Ansatz, um das Gespräch wieder aufzunehmen. »Du sagtest, Rolf gehe nicht mehr auf Wikingerfahrt. Warum?«

Orm zuckte die Achseln. »Frag ihn selber. Ich weiß es nicht. Er behauptet, er habe genug Beute gemacht. Zuletzt war ich mit ihm zusammen, als wir die Hammaburg zerstörten.«

»Hammaburg?« Toke hatte den Namen noch nie gehört.

»Hammaburg war eine Stadt an der Elbe. Eigentlich mehr eine Festung, ein Rechteck mit Gräben, Erdwällen und hölzernen Palisaden zwischen der Elbe und der Alster, einem Nebenfluss.«

»Ein Handelsplatz wie Dorestad?«

»Nein, nicht so bedeutend. Sicher, es gab vor den Wällen, zwischen dem Festungsgraben und einem Bach, der in die Alster mündet, die Holzhäuser einiger Händler. Wir haben sie damals niedergebrannt. Aber ein wichtiger Handelsplatz war Hamburg nicht.«

»Warum habt ihr es dann angegriffen?«

»Hamburg war eine Gefahr für uns Nordmänner, Toke. Hamburg lag nicht weit von der Eider, dem Fluss, der Dänemarks Südgrenze bildet. Und der ostfränkische König Ludwig, den sie »den Deutschen« nennen, war ein gefährlicher Nachbar. Gerade zwei Jahre zuvor hatten Kaiser Ludwig des Frommen Söhne das Reich unter sich aufgeteilt. Jetzt war König Ludwig der Deutsche unabhängig und konnte tun und lassen, was er wollte. Du weißt, wie er seitdem seine Nachbarn bedrängt, die Stämme der Slawen, das Westfrankenreich. Nein, eine Festung wie die Hammaburg so nah an unseren Grenzen, nicht weit von Haithabu, musste vom Erdboden verschwinden. Und vor allem mussten wir diesen Ansgar zum Teufel jagen.«

»Ansgar? Den Mönch, auf den so viele schimpfen?«

»Mönch? Wenn er noch ein einfacher Mönch gewesen wäre, Toke! Ansgar kam vor drei Jahrzehnten nach Haithabu und nach Birka und wollte die Nordmänner zum Christentum bekehren. Stell dir das vor! Nach dieser Missionsreise hat der Papst… Du weißt, wer der Papst ist? Ja?… Also, der Papst hat Ansgar zum ›Erzbischof der Nordmänner‹ ernannt. Ein Erzbischof braucht eine Kirche. Selbstverständlich durfte Ansgar es nicht wagen, seine Kirche in Haithabu zu bauen. Deshalb errichtete er sie mitten in der Festung Hammaburg. Eine große Halle aus Holz. Du hättest sehen sollen, Toke, wie sie brannte!«

»Alles nur wegen einer Kirche?«

»Nun, die Kirche als solche störte uns nicht. Aber Ansgar holte viele junge Mönche nach Hammaburg und gründete eine Schule. Die jungen Männer wohnten in der Festung, in kleinen Flechtwerkhäusern, die sich an die Rückseite der Wälle anlehnten, und Ansgar lehrte sie unsere Sprache. Wenn sie genug gelernt hatten, schickte Ansgar sie als Missionare in unsere Länder. Das musste aufhören! Im Jahr 845 war es dann so weit. Wir haben damals keinen der Burschen in den schwarzen Kutten verschont.«

»Aber diese verfluchten Missionare kommen doch immer noch«, knurrte Toke verdrossen.

Orms Miene verdüsterte sich. »Recht hast du. Wir haben damals alles niedergebrannt: die Kirche, die Schule, alles. Doch Ansgar zog nach Bremen an der Weser und baute eine neue Kirche. Dann gründete er eine neue Schule. Bremen liegt nicht so nahe an unserer Grenze. Aber für die Missionare ist das kein Hindernis. Sie kommen nach wie vor.« Orm knirschte mit den Zähnen. »Wenn ich daran denke, dass manche Nordmänner ihnen Gehör schenken…«

»War wenigstens die Beute reichlich?«

»Die Beute?«, lachte Orm auf, kurz und höhnisch. »Wir waren viele, und wir fanden wenig. Es war die übelste Wikingerfahrt, die ich je mitgemacht habe. Der Kielraum meines Bootes blieb leer, aber ich habe meinen zweitgeborenen Sohn verloren. Er war gerade fünfzehn. Ein fränkischer Krieger hat ihn erschlagen. Ich konnte ihn nicht einmal rächen.«

Toke stutzte. Er beschloss, die Gelegenheit beim Schopf zu packen, und sagte aufs Geradewohl: »Ich dachte immer, Ragnar habe ihn getötet.«

Orm wandte ihm das Gesicht zu. Seine Augen blickten finster. »Was schert dich das, Toke? Die Blutrache, die ich mit Ragnar habe, geht nur mich selbst etwas an. Ihr kämpft nur der Beute wegen gegen ihn.«

Toke verstummte. Es war nicht geraten, den Schiffsführer durch weitere Fragen zu reizen. Er saß auf dem Bordrand und genoss das leichte Schaukeln des Schiffes. Doch aus den Augenwinkeln sah er, wie es in Orms Brust arbeitete. Orm knirschte mit den Zähnen, und seine Stirnadern schwollen an. »Hätten wir doch Ragnar in der Bucht angreifen können! Wie viele Jahre habe ich auf diesen Tag gewartet! Du weißt selbst, Toke, wie oft ich mich nach Ragnars Langschiff erkundigt habe.«

Toke setzt seine Worte vorsichtig: »Jeder von uns weiß, dass das mit Ragnar nicht irgendeine Blutrache ist...«

Orm hörte ihm nicht zu. Bebend vor Zorn stieß er hervor: »Meinetwegen. Du sollst wissen, warum ich Ragnar suche. Ragnar hat meine beiden anderen Söhne erschlagen.« Orm verstummte, seine Augen starrten ins Leere. Toke wagte nicht, den erregten Mann anzusprechen. Doch nach einer Pause fuhr Orm fort: »Thorsten! Thorsten war mein ältester Sohn, Toke. Ich war mit meinem Langschiff in England. Damals hatte ich noch ein zweites Langschiff, das Thorsten befehligte. Er sollte mir nach England folgen. Da kam Ragnar. Ragnar fuhr mit seinem Langschiff mitten in den Pulk von Schiffen hinein, die auf dem Wege nach England waren, neben das Schiff meines Sohnes. Ich weiß bis heute nicht, wie er erfahren hat, dass Thorsten mein Sohn war. Jedenfalls rief er herüber: ›Du bist doch Orms Sohn!‹ Und mein Sohn war selbstverständlich zu stolz, sich zu verleugnen. Ragnar selbst erschlug Thorsten. Dann machten sie die Mannschaft nieder und versenkten das Schiff. Es war Ragnar klar, dass keine Beute zu erwarten war, aber es war mein Schiff.«

»Und die anderen Langschiffe? Kamen sie deinem Sohn nicht zu Hilfe?«

»Nein. Sie sagten, es sei kein Überfall auf ihre Schiffe gewesen, sondern eine Blutrache zwischen Ragnar und meinem Sohn, die sie nichts angehe.« Orm presste die Lippen zusammen, bis sie weiß wurden. »In Wirklichkeit wollten sie sich Ragnar nicht zum Feind machen.«

Toke wartete geduldig. Das Zucken in Orms Gesicht verriet ihm, dass er noch mehr hören würde. Er hatte sich nicht getäuscht. Aber er erschrak dennoch beim Klang dieser Stimme: »Der Kopf, Toke! Der Kopf! Ich muss immer an den Kopf denken.« Die Worte sprudelten förmlich aus Orm heraus: »Ejulf, meinen jüngsten Sohn, erwischte Ragnar hier, an der Küste. Ejulf war mit seinem Langschiff auf dem Rückweg von England nach unserem Hof. Einer von Ragnars Leuten erkannte ihn. Diesmal machte Ragnar einen großen Fang. Du kannst dir denken, wie vollbeladen unser Boot war. Keiner unserer Leute überlebte. Ragnar schleppte die Leiche meines Sohnes auf sein Schiff. Dann fuhr er zu einem Hof, dessen Besitzer er kannte, und von dem er wusste, dass ich mit ihm befreundet war. Der Mann kam natürlich, als Ragnars Langschiff auftauchte, zum Strand herunter. Er brauchte Ragnar nicht zu fürchten, denn er hatte mit unserer Blutrache ja nichts zu schaffen. Doch Ragnar legte gar nicht an. Er warf dem Mann den Kopf meines Sohnes vor die Füße und bat, mir Grüße zu bestellen.«

Orms Züge waren zu Stein erstarrt, sein Gesicht war blutleer. Toke fürchtete den Zorn dieses Mannes, aber er setzte alles auf eine Karte: »Du hast eine große Rechnung mit Ragnar zu begleichen, Orm. Ist es dir nicht gelungen…?«

Orm schnaubt vor Wut. »Lass mich, Toke! Du hast genug gehört.«

Und wieder wartete Toke. Der Mann vor ihm war innerlich zu aufgewühlt, um seine Frage unbeantwortet zu lassen. Tatsächlich: »Natürlich, Toke. Ragnar ist nicht immer Sieger geblieben. Zwischen uns beiden begann die Blutrache, als ich seinen Hof überfiel. Drüben an der Südküste, nicht weit von Kaupang, dem Handelsplatz.«

»War die Beute…?«

»Die Beute? Ja, wir machten damals reiche Beute. Den Hort fanden wir nicht. Aber viele Goldgefäße… Doch was tut das zur Sache? Ich habe Ragnars Hof nicht der Beute wegen überfallen.«

»Sondern?«

»Wegen der Blutrache. Zwischen unseren Sippen besteht schon lange eine Blutrache. Warum? Ich weiß es nicht. Auch mein Vater wusste es nicht.«

Toke schauderte. Eine Blutfehde, die seit Menschenaltern tobt, von fernen Ahnen begonnen… Was zählte da die Blutrache, die jeder von ihnen anfangen konnte, wegen eines tödlichen Schwertstreichs oder eines beleidigenden Wortes? Ein Gefühl der Ehrfucht stieg in ihm auf. Die Ahnen! Wenn ein Mann bei seinem Tode vor der Götterhalle von den Ahnen begrüßt wird, wenn sie fragen…

»Ragnars Vater verteidigte den Hof. Das war ein Krieger, Toke! Er hatte bereits fünf meiner Leute erschlagen, als wir beide aneinander gerieten.

Ragnars Vater machte mir viel zu schaffen, aber schließlich fiel er unter meiner Streitaxt. Und Ragnars Frau... Gudrun hieß sie...«

Trotz seines Zornes war es Orm nicht entgangen, dass Toke zusammenzuckte. »Nein, Toke. Nicht wie du denkst. Selbstverständlich erschlage ich bei einem solchen Überfall keine Frauen. Man kann sie gefangen nehmen, zu Unfreien machen, aber man darf sie nicht totschlagen. Als Ragnars Frau aus dem Langhaus stürzte, das bereits in hellen Flammen stand, einen Säugling auf dem Arm und einen kleinen Buben an der Hand, traf sie mein Wurfspeer mitten in die Brust. Ich hatte nicht auf sie gezielt, sondern...«

Einen Augenblick lang herrschte Schweigen, dann knurrte Orm: »Nur eines ärgert mich schon all die Jahre, Toke: Ragnar war damals nicht auf seinem Hof.«

Seit Stunden stand Ulf nun am Steuer. Die Landschaft hatte sich wenig verändert. Immer noch fuhr das Langschiff nur selten über offene See, meistens zwischen Inselketten und der Küste. Aber rauer war die Landschaft geworden. Nur vereinzelt sah man noch Wälder und Bäume. Die grünen Flecke, die die endlosen, grauschwarzen Felsmassen unterbrachen, entpuppten sich bei näherem Hinsehen zumeist als niedriges Gestrüpp oder als Kräuter. Einen Bauernhof hatten sie seit Tagen nicht zu Gesicht bekommen. Hier oben im Norden siedelten nur noch wenige Nordmänner. Das Langschiff hatte das Gebiet erreicht, in dem die Lappen mit ihren Rentierherden umherziehen. Die vereinzelten Gehöfte der Nordmänner lagen versteckt in der Tiefe eines Fjordes oder am Ufer einer der zahllosen Inseln. Es gab keine Gelegenheit zu einer Strandschlachtung, denn nirgends grasten Kühe oder Schafe. Dennoch würde es heute Abend, sobald sie irgendwo am Ufer ihr Lager aufgeschlagen hatten, kein Trockenfleisch geben. »Fische! Hier wimmelt es von Fischen!«, hatte an diesem Morgen einer der Ruderer gejubelt, kaum dass das Langschiff in See gestochen war. Er hatte Recht behalten. Die Männer hatten die Fischspeere unter den Deckplanken hervorgeholt, die Speere mit der langen Eisenspitze, an der zwei Widerhaken saßen. Niemand hatte es Ari gleichgetan. Blitzschnell war sein Speer ins Wasser gefahren, und fünfmal, sechsmal hatte ein Dorsch auf der Spitze gezappelt. Dann hatten sie das Netz mit den eiförmigen Senkgewichten aus Speckstein über Bord geworfen. Es war voller Heringe gewesen, als sie es einzogen.

Ulf warf einen Blick zurück. Alles in Ordnung. Die weitüberstehenden, rechtwinkligen Segel der beiden Schiffe, die in ihrem Kielwasser folgten, blähten sich in dem steifen Wind.

»Wie ich schon gesagt habe: Orms Hof liegt im Gebiet der Lappen. Er hat nur wenige Kühe, Schafe und Schweine...«

»Das hast du schon erzählt.«

»Und auf den wenigen kleinen Feldern ziehen Pferde den Pflug, nicht Ochsen. Seine...«

»Auch das weiß ich schon, Hakon.«

»Aber seine Rentierherde ist genauso groß wie die eines Häuptlings der Lappen. Und seine vielen Locktiere! Das sind Rentiere, die an ihrem Platz bleiben, wenn eine wilde Rentierherde auf sie zustürmt. Auf diese Weise locken die Lappen die wilden Rentiere in ihre Fallen. Der Anblick eines friedlich äsenden Artgenossen vertreibt bei den wilden Rentieren das angeborene Misstrauen, und sie treten arglos in die Umzäunung aus frisch geschlagenen Ästen oder auf die tiefe Grube, bei der sie durch die dünne Abdeckung einbrechen.«

»Wir haben keine Zeit, uns mit der Rentierjagd zu befassen«, knurrte Ragnar. Er saß auf Eriks Ruderkiste, wetzte seine Schwertklinge und schaute zu Orms ehemaligem Ruderer hinauf, der vor ihm stand. »Sprich lieber über Orms Schätze, Hakon.«

»Seine Schätze? Die Abgaben, die die Lappen ihm zahlen müssen, sind kaum weniger wertvoll als die Beute aus unseren Wikingerfahrten. Jeder erwachsene Mann muss Orm im Frühjahr eine bestimmte Zahl von Fellen bringen. Marderfelle, Rentierfelle, Felle vom Otter und sogar vom Bären. Je höher sein Rang in seinem Stamm, desto mehr Felle muss der Lappe liefern, die meisten der Häuptling. Dazu Vogelfedern für Kissen und Steppdecken. Lange Seile aus Seehundhaut oder gar Walrosshaut...«

»Sündhaft teure Seile«, brummte Ragnar. »Aber sie reißen nie.«

»Und dann natürlich die Stoßzähne der Walrösser. Alles Dinge, die in Haithabu...«

»Legt an! Wir holen uns ein paar Papageientaucher!«, schrie plötzlich einer der Ruderer. Ulf hatte sie auch gesehen, die steil abfallende Felswand zu ihrer Rechten, auf deren Vorsprüngen sie zu Abertausenden hockten: kniehohe, rundliche Vögel mit weißem Bauch und schwarzem Rücken sowie dem dicken, plumpen Schnabel, blaugrau, gelb und rot gestreift, der dem Tier sein unverwechselbares Aussehen verleiht.

»Besser als Dorsch«, lachte einer laut. »Aber wie willst du sie herunterholen, Asved? Jetzt, wo sie nicht brüten, sind sie nicht so leicht zu fangen.«

»Unsinn! Ich fange sie zu jeder Jahreszeit. Wenn du dich von der Höhe an einem Seil herunterlässt...«

»...fliegen sie weg, sobald sie nicht brüten«, spottete ein anderer.

»Wenn du dich möglichst ruhig und unauffällig verhältst, erreichst du den Felsvorsprung, ohne dass sie auffliegen. Wie oft habe ich die Vögel schon mit der bloßen Hand gefangen, ohne das langstielige Fangnetz.«

»Asved hat Recht!«, hörte Ulf rufen. »Er ist der beste Vogelfänger, den ich kenne. Was für ein leckerer Braten! Wir sollten wirklich anlegen…«

Ragnar war aufgestanden und betrachtete die Felswand. Dann schüttelte er den Kopf. »Wir haben keine Zeit!« rief er. »Es würde Stunden dauern, auf diesen Berg zu klettern.«

Ulf fühlte Eriks Hand auf seiner Schulter und ließ die Ruderpinne los. »Es ist Zeit. Ich löse dich ab«, lächelte Erik.

Halfdan sah sie als Erster. Er ließ den Würfelbecher fallen und rannte zu Ragnar ans Steuer. »Ein ganzes Dutzend! Einige liegen auf einem Felsen!« Die Gefährten waren alle aufgesprungen und nach Backbord geeilt. Ja, dort hinten schwammen einige dieser merkwürdigen Tiere im Wasser. Ulf betrachtete verwundert die runden Köpfe ohne Ohren mit kleinen Augen, die breiten Schnauzen voller stacheliger Barthaare. Und vor allem die nach unten stehenden, armlangen Hauer. Er hatte oft von Walrössern gehört, aber noch keines gesehen, denn es gab sie nur im äußersten Norden.

Die drei Langschiffe hatten sich nebeneinander gelegt, und die beiden anderen Schiffsführer waren herübergesprungen. »Aber wie kommen wir an sie heran?«, fragte Gnupa. »Unsere Boote werden sie vertreiben. Sie tauchen einfach weg.«

Ragnar zeigte auf eine Felsplatte, die weit draußen mannshoch aus dem Wasser ragte. »Auf dem Felsen dort liegen welche.«

Jetzt sah auch Ulf die rötlichbraunen Leiber, die wie Klumpen auf dem Felsen lagen. Erst jetzt wurde ihm klar, dass es sich um riesige Tiere handelte. Zwar war ihr Kopf klein, aber der Leib ungeheuer massig. »Wir müssen eben warten«, fuhr Ragnar fort. »Sie werden alle zu ihrem Felsen zurückkehren.« Die Beratung war hitzig, denn das Jagdfieber hatte alle gepackt. Der Speck der Tiere war ein begehrter Leckerbissen, und ihre Stoßzähne waren so wertvoll wie Silber. Manch einer der Ruderer hatte bereits Walrösser gejagt. Nur in einem Punkt waren sich alle einig: Vom Schiff aus mit dem Speer würde es nicht gehen. Die Tiere waren schnelle Schwimmer und, vor allem, geschickte Taucher. Beim Herannahen eines Bootes würden sie blitzschnell unter der Wasseroberfläche verschwinden.

»Die vielen winzigen Inselchen zwischen uns und der Felsplatte sind die beste Deckung, die wir uns wünschen können«, entschied Ragnar. »Zuerst holen wir das Segel ein und legen den Mast um. Dann trennen sich unsere drei Schiffe. Jedes rudert auf die Felsplatte zu, aber immer so, dass eine der Schären zwischen dem Boot und den Tieren ist. Rudert langsam und vor allem geräuschlos! Die Männer am Bug sollen sich hinter die Bordwand kauern, damit die Tiere sie nicht sehen. Auf dem letzten Stück, nach der letzten

Schäre, wenn wir keine Deckung mehr haben, hängt alles von unserer Schnelligkeit ab.«

Ulf kauerte am Vordersteven. Neben ihm kniete Erik. Sein strohblondes, schulterlanges Haar flatterte im Wind, und das bartlose Gesicht war vor Aufregung gerötet. »Das erste Mal, Ulf, dass ich auf Walrossjagd gehe.« Ulf nickte stumm. Seine schweißnassen Finger krampften sich fester um die Streitaxt. Die letzte Schäre, hinter der ihr Boot lag, war nichts als ein Stück nackter Fels, nicht höher als ihre Bordwand. Sie beobachteten stumm die Felsplatte, die noch drei Bootslängen entfernt war, und wagten nicht, sich zu rühren, um die Tiere nicht scheu zu machen. Die Ruderer hatten die Riemen eingelegt und hinderten das Schiff mit kurzen, lautlosen Schlägen am Abdriften. Mit glühenden Augen starrte Ulf auf die gewaltigen Leiber, die regungslos in der Mittagssonne lagen, dicht aneinander gepresst, teilweise übereinander. Er zählte sechs Walrösser.

Gerade kletterte ein Tier aus dem Wasser und watschelte über den Fels zu seinen Artgenossen. Ulf staunte mit offenem Mund. Jetzt verstand er Ragnars Worte, dass alles von ihrer Schnelligkeit abhänge. Diese plumpen Tiere waren auch an Land nicht langsam. Wie geschickt sie sich mit den Brust- und den beiden Schwanzflossen vorwärts schoben, den tonnenförmigen Leib bogen. Hinter sich hörte er Grims Stimme: »Jetzt sind es sieben. Wir warten noch, bis ein weiteres auf den Felsen klettert. Dann gebe ich das Zeichen.«

»Warum nicht gleich?«, fragte Erik beinahe zu laut.

»Weil diese Tiere flüchten, sobald sie unsere Schiffe sehen. Die meisten werden rechtzeitig das Wasser erreichen. Je mehr auf dem Felsen sind, desto besser unsere Aussichten, eines oder zwei zu erwischen.«

Ulfs Blick war auf den runden Kopf gerichtet, auf die stacheligen Barthaare. Das Tier schwamm langsam auf die Felsplatte zu. Sicherlich würde es aus dem Wasser steigen... Das Klatschen von Ruderschlägen ließ Ulf zusammenzucken. Das dritte ihrer Langschiffe schoss hinter der Schäre hervor auf den Felsen zu. »Der Dummkopf!«, fluchte der Graubart. »Warum hat er sich eine Schäre ausgesucht, die sechs Bootslängen von der Felsplatte entfernt ist? Er wird die Tiere vertreiben!« Vom Steuer her dröhnte Ragnars Stimme: »Rudert, so schnell ihr könnt! Nur, wenn wir schnell sind, erwischen wir noch eines.«

Ulf war aufgesprungen. Die Tiere vor ihm auf dem Felsen hoben die Köpfe, stützten sich auf die Brustflossen, reckten den Oberkörper empor und äugten herüber. Die ersten watschelten davon, zur gegenüberliegenden Kante der Felsplatte. Ulf achtete nicht auf das Klatschen der Ruder, auf die vorbeischießenden Wellenkämme. Er sah nur die Wasserfläche vor sich, die immer schmaler wurde. Doch wie langsam! Zu langsam! Das erste der flüchtenden

Tiere hatte die Felskante erreicht. Das Wasser spritzte hoch auf, als es sich fallen ließ.

Ulf wartete nicht, bis der Vordersteven anstieß. Mit einem Satz stand er auf der Felsplatte, in der rechten Hand den Speer, in der linken die Streitaxt. Dann rannte er auf das Tier zu. Er würde es einholen! Es watschelte schnell und würde die Kante bald erreichen, aber einem laufenden Menschen war es unterlegen. Jetzt waren die Schwanzflossen nur noch einen Schritt entfernt... Einen Augenblick lang stockte Ulf der Atem. Jetzt erst wurde ihm bewusst, wie riesig dieses rötlichbraune Ungetüm war: Es maß über zwei Mannslängen. »Vorsicht!«, brüllte irgendwer. Ulf ließ die Streitaxt fallen und packte den Speer mit beiden Händen. Nun war er auf gleicher Höhe mit dem Walross, zielte auf die Seite, stach zu... Zuerst hört er das Klirren, dann fühlte er den Schlag. Schließlich hörte er das Grunzen und blickte in die kleinen, blinzelnden Augen, auf die Barthaare, die nach unten gerichteten Stoßzähne. Die weißglänzenden Hauer kamen immer höher...

Langsam erkannte Ulf, was geschehen war: Das Walross hatte blitzschnell den Oberkörper aufgerichtet, den Kopf gedreht, und mit dem Stoßzahn den Speer zur Seite gestoßen. Und jetzt zog sich dieser unförmige, rötlichbraune Körper zusammen, der Kopf legte sich nach hinten, die Hauer zeigten auf seinen Leib. Sie verfehlten ihn um Haaresbreite, als sie niederstießen. Im allerletzten Augenblick war Ulf einen Schritt zurückgesprungen. Erneut packte er den Speer mit beiden Händen, suchte nach einem Ziel...

Immer noch war Ulf über die Schnelligkeit und Wendigkeit des Tieres verblüfft. Aber diesmal sprang er rechtzeitig zur Seite. Die beiden Hauer pfiffen durch die Luft. Ulf warf den Speer weg und bückte sich nach seiner Streitaxt. Wieder bewegten sich die Barthaare, die hocherhobenen Hauer auf ihn zu. Mit einem Satz sprang Ulf über den Leib des Tieres hinweg und stand jetzt in seinem Rücken. Gerade begann das Walross den Kopf zu drehen, als ihm die Streitaxt in den Schädel fuhr.

Einige Ruderer, die bereits auf Walrossjagd gewesen waren, hatten mit dem Zerlegen der Tiere begonnen. Ulf sah erstaunt zu, wie die Axtklingen tief in die massigen Leiber fuhren und nichts zum Vorschein kam als Speck.

»Pech gehabt!«, lachte Grim gemütlich. »Ich wollte Ulf zu Hilfe kommen, stolperte aber über einen Stein. Dann war es schon zu spät. Ulf hatte sein Tier schon erschlagen und unsere Ruderer dem ihrigen die Speere in den Leib gestoßen. Da blieb für mich nichts mehr zu tun. Und Erik...« Der Graubart trat zu dem Tier und deutete auf das Loch. »Gerade die richtige Stelle, Erik, um ein Walross mit einem einzigen Speerstoß zu töten. Ein älteres Tier. Hat kaum noch Haare. Dann sind die Bullen am erfahrensten – und am gefährlichsten.«

Ragnar kniete vor den beiden Bullen, die Erik und Ulf erlegt hatten, und betastete die Wunden. Als Schiffsführer hatte er das Steuer nicht verlassen können und war deshalb erst auf die Felsplatte gekommen, als alles vorüber war. »Gut«, brummte er. Aus dem Blick, den er auf Erik warf, sprach der Stolz des Vaters. Dann mustern seine Augen Ulf. Lange. Und nachdenklich meinte er. »Einen Walrossbullen mit einem einzigen Speerstich töten und mit einem einzigen Schlag der Streitaxt – das macht euch beiden so schnell keiner nach!«

Der Wind war günstig. Seit Tagen blies er aus Süden. Nur selten mussten die Ruderer der kleinen Flotte zu den Riemen greifen. Das geschah immer dann, wenn die Durchfahrt nach Westen abbog, und die schroffen Felsen der Inseln den Wind aus dem Segel nahmen. Die Landschaft schien Ulf noch öder: Immer seltener unterbrach ein wenig Grün den nackten, grauen Fels. Ulf würde die Mitternachtssonne im Norden, die niemals hinter dem Horizont verschwand, nicht erleben. Die Tage wurden immer kürzer und die Nächte kälter. Diese Nacht hatten sie alle zu zweit, jeder zusammen mit seinem Rudernachbarn, in einem Schlafsack verbracht. Die ersten Anzeichen des Herbstes waren unübersehbar.

Gnupa hatte ein Zeichen gegeben, dass er mit seinem Langschiff längsseits kommen wollte. Auch Ketil, der das dritte Boot befehligte, hatte angelegt. Jetzt standen die beiden anderen Schiffsführer mit Ragnar neben dem Ruder, umringt von einigen Fahrtgenossen. »Orms Ruderer hat es eben doch noch einmal bestätigt, Ketil«, knurrt Ragnar. »In zwei, spätestens drei Tagen erreichen wir Orms Hof.«

»Wenn wir nicht schon früher auf Orms Schiff treffen«, nickt Gnupa. Ketil entgegnet nichts. Aber sein Gesicht blieb mürrisch.

Ulf kehrte mit Gizur zu den Ruderkisten zurück. Der Würfelbecher stand auf den Planken und wartete auf sie. In den letzten beiden Stunden hatte keiner von ihnen Glück gehabt. Die Silberstücke waren hin- und hergewandert. Die beiden anderen Schiffsführer waren auf ihre Boote zurückgesprungen, die Segel wieder gesetzt worden, und während Ulf und der weißhaarige Alte vornübergebeugt dem Rollen der Würfel mit gierigem Blick folgten, glitt ihr Langschiff wieder vorwärts.

Gegen Nachmittag drang das Langschiff in eine Nebelbank ein. Innerhalb weniger Augenblicke verschwand der wolkenverhangene Himmel, und nichts umgab sie als undurchsichtige Schleier, welche die steilen Felswände rechts und links vor ihren Blicken verbargen. Bereits bevor der Vordersteven in die Nebelbank eingetaucht war, hatten sie den Mast umgelegt. Jetzt ruderten sie, mit langsamen Schlägen, denn der Mann am Ausguck konnte nur wenige

Schritt weit schauen, und durfte dennoch keinen der spitzigen Felsen im Wasser übersehen. Solche Fahrten durch Nebelbänke, die von Zeit zu Zeit auftauchten, fand Ulf besonders langweilig. Das langsame Rudern war nicht anstrengend, aber das Boot kam stundenlang kaum vom Fleck.

Auch diesmal hatten sie Pech. Der Nebel lichtete sich erst, als schon die ersten Schatten der Dämmerung über das Wasser huschten. Ulf kreuzte gerade mit dem Griechen die beiden Stangen, die das wieder heruntergelassene Segel stützen sollten, als er das Rufen hinter sich hörte. Ulf beeilte sich, das Ende seiner Stange zwischen Querrippe und Bordwand festzuklemmen, dann rannte er zum Ruder zurück. Auch Gnupas Boot, das als nächstes hinter ihnen fuhr, war aus der Nebelwand aufgetaucht. Gnupa stand am Vordersteven und fuchtelte aufgeregt mit den Armen, um ihnen anzuzeigen, dass er längsseits kommen wollte. Also wieder das Segel einrollen! Aber das war nicht Ulfs Aufgabe. Als er mit dem Griechen die Stangen wieder ausgehoben hatte, schlenderte er zu Ragnar ans Ruder.

Gnupa sprang herüber, bevor die beiden Bordwände sich berührt hatten. Dann eilte er auf das Steuerruder zu. Seine Brust hob und senkte sich. Es musste vor Aufregung sein, dachte Ulf, denn der kurze Sprung konnte einem Mann wie Gnupa nicht den Atem rauben. »Was gibt es, Gnupa?«, fragte Ragnar verwundert. »Die Strecke vor uns ist frei. Wir können segeln, bis die Nacht hereinbricht.«

»Ketil ist weg! Er muss mit seinem Boot im Nebel umgekehrt sein.« Eine Zeit lang herrscht Schweigen. In Ragnars Gesicht wetterte es. Doch er fragte ruhig: »Und du hast es nicht bemerkt, Gnupa?«

»Wie denn? Ketils Langschiff fuhr hinter meinem. Aber vom Steuerruder aus konnte ich in diesem Nebel den Vordersteven nicht erkennen, geschweige denn ein Schiff unter Kontrolle halten, das mehrere Schiffslängen hinter mir fährt. Sie brauchten nur aufzuhören zu rudern, dann blieben sie unbemerkt zurück.«

»Ketil ist der Nachbar des Jarls. Er macht sich Sorgen um seinen Hof«, brummte Grim. »Ketil hat zwar nicht darüber gesprochen…«

»Doch, Grim. Seit Tagen reden er und seine Leute darüber. Heimlich haben sie untereinander getuschelt. Sobald einer meiner Leute in die Nähe kam, haben sie schnell über etwas anderes gesprochen. Dennoch hat dieser oder jener meiner Ruderer einen Satz aufgeschnappt. Sie wissen nicht, wie es um ihre Höfe steht. Wenn Jarl Snorres Sohn und seine Verbündeten wirklich Thorgrims Hof überfallen haben…«

»Dann kommt Ketil auf jeden Fall zu spät. Das konnte er sich selber ausrechnen«, knirschte Ragnar. »Aber Ketil hat doch auch eine Blutrache gegen Orm…«

Gnupa zuckte die Achseln. »Ketil schon. Schließlich hat Orm einen seiner Onkel getötet und jetzt, bei der Seeschlacht, seinen Vetter erschlagen. Das muss er rächen. Aber das gilt nicht für seine Leute. Dass sie sich aus dem Staub machen würden, habe ich nicht geglaubt. Aber ihre Besorgnis kann ich verstehen: Ihre Höfe liegen alle am Ufer des Fjordes, leicht erreichbar für die Langschiffe der Feinde. Bei uns ist das anders: Unsere Höfe liegen weit ab vom Fjord, irgendwo im Hinterland.«

Die ganze Zeit über hatte Erik wütend an seiner Unterlippe genagt. Jetzt brach er los: »Angst haben sie, Gnupa! Das ist alles! Angst vor Orm. Deshalb verzichten sie auf die Beute.«

»Ich denke…«

»Wenn ihre Feinde die Höfe überfallen haben, können sie es nicht mehr verhindern. Sie kämen zu spät. Nein, nein! Sie sind Feiglinge! Jämmerliche Memmen! Worauf warten wir noch? Wir müssen umdrehen, sie einholen und sie niedermachen. Alle!«

Auf Gnupas Zügen malte sich Verblüffung. »Sie einholen? Wie denn, Erik?«

Ulf erkannte etwas wie Verachtung in Eriks Blick. »Das fragst du noch, Gnupa? Unser Langschiff ist schneller als ihres. Weit können sie noch nicht gekommen sein. Wenn wir so schnell rudern, wie wir können, holen wir sie ein. Warum wartet ihr noch? Es wird bald dunkel!«

»Du glaubst also, sie würden gemütlich den Nordweg abwärts rudern, Erik?« lächelte Ulf. »Warten, bis wir sie einholen? Sie wissen genauso gut wie wir, dass unser Langschiff schneller als ihres ist.« Erik warf ihm einen giftigen Blick zu.

»Nein, Erik. Sobald sie aus dem Nebel heraus waren, die Sicht wieder klar war, haben sie sich versteckt.«

»Versteckt?«, zischte Erik zornig. »Warum sollten sie sich verstecken? Sie haben es eilig, ihre Höfe zu erreichen.«

»Weil sie von uns nicht erwischt werden wollen. Deshalb haben sie sich versteckt«, lachte Gnupa lauthals.

»Hier gibt es Hunderte von Inselchen, Erik.« Ulf legt Ragnars Sohn begütigend die Hand auf den Arm, doch dieser schüttelt sie unwirsch ab. »Hier kannst du wochenlang nach einem Schiff suchen, das sich irgendwo zwischen den Inseln versteckt. Du musst das doch einsehen, Erik: Sie brauchen nur einige Stunden zu warten, dann bricht die Dämmerung herein. In der Nacht können wir sie nicht verfolgen. Aber sie können ohne weiteres nachts rudern. Die See ist absolut ruhig, und sie können aufs offene Meer hinaus. Im Morgengrauen haben sie dann einen Vorsprung, den wir niemals einholen könnten.«

Erik stampfte mit dem Fuß auf die Planken. Seine Stimme überschlug sich: »Und wenn sie sich nicht verstecken? Wenn sie gleich losrudern, weil sie so schnell wie möglich ihre Höfe erreichen wollen? Dann lassen wir sie entkommen, obwohl wir sie hätten einholen können. Wir dürfen hier nicht herumstehen und uns die Köpfe heiß reden über Dinge, die keiner wissen kann! Wir müssen wenden, sofort, und dann…«

»Geh auf dein Boot zurück, Gnupa«, sagt Ragnar ruhig, aber kalt. »Wir fahren weiter.«

Gegen Mittag war die Sonne hinter den Wolken verschwunden. Unter der schweren Wolkendecke erschienen Ulf die nackten Felsen links und rechts noch düsterer. Die Dämmerung würde heute früher hereinbrechen, vielleicht in einer Stunde schon…

Ragnar riss ihm die Ruderpinne aus der Hand, dann gab er mit dem rechten Arm das Zeichen, die Ruderblätter einzutauchen und die Holme festzuhalten. Das Langschiff kam sofort zum Stillstand, denn sie hatten wegen der tückischen Felsnadeln, die überall aus dem Wasser ragten, nur langsam rudern können. »Geh zum Bug, Ulf, und frage Sven, was er will. Aus seinen Handbewegungen habe ich nur entnommen, dass wir anhalten sollen und still sein.«

Doch Sven, der Mann am Ausguck, rannte bereits auf sie zu. »Drei Langschiffe sind auf den Strand hinaufgezogen…«

»Drei Boote? Drei?«, fragte Ragnar verblüfft. »Wer mag das sein? Hier, so weit im Norden? Orm kann es nicht sein. Er hat nur ein Langschiff.«

»Es ist Orm. Das Langschiff in der Mitte ist das größte, und auf seinen Steven trägt es die roten Drachenköpfe.«

Einen Atemzug lang schloss Ragnar die Augen. Seine Brust ging schwer. Dann fragte er in einem Ton, dem man keine Gemütsbewegung anhörte: »Haben sie uns gesehen, Sven?«

»Wahrscheinlich nicht. In der Nähe der Langschiffe befand sich kein Mensch. Vermutlich haben sie rechts davon ihr Lager aufgeschlagen. Dann verbirgt dieser Felsvorsprung dort, neben unserem Vordersteven, ihnen genauso den Blick auf unser Boot, wie ich ihr Lager nicht sehen konnte.«

Ragnar gab mit der Hand das Zeichen, ein Stück rückwärts zu rudern, dann winkte er Grim. »Endlich!«, brummte der Graubart vergnügt, als er vor ihnen stand. »Endlich haben wir Orm eingeholt.«

»Wie sieht die Küste hinter dieser Felszunge aus, Sven?«

»Ich habe ein Stück flachen Sandstrand gesehen. Auf diesen sind die Boote hinaufgezogen worden. Hinter dem Sandstrand kommt ein schmaler, grasbewachsener Uferstreifen. Und dahinter beginnt der Wald. Er zieht sich hinauf bis zu der Felswand, die hinter dem Felsvorsprung aufragt.«

»Wald...«, knurrte Ragnar verdrossen. »Warum muss es ausgerechnet in dieser Bucht Wald geben! Hier oben im Norden sind die Wälder so selten.«

»Wie es weiter rechts aussah, konnte ich nicht erkennen. Die Felszunge verstellte den Blick.«

»Wahrscheinlich auch nicht anders«, brummte Grim gut gelaunt. »Wenn es dort keinen freien Uferstreifen gäbe, hätte Orm sein Lager bei den Booten aufgeschlagen.«

Ragnar ließ den Blick über das Ufer schweifen, über den Felsvorsprung, der weit hinausragte in die See und dann plötzlich zum Wasser abfiel, schmal, schroff und kahl. Über die lotrechte Steilwand hinter der Bucht, die sie in der aufkommenden Dämmerung anzustarren schien wie ein schwarzes Ungeheuer.

»Kein guter Ort für einen Überfall, Grim«, knirschte er.

»Vor allem keine gute Zeit«, nickte der Graubart.

»Ja, es wird bald zu dunkel sein. Eigentlich müssten wir neben ihren Langschiffen anlegen, um ihnen den Fluchtweg zu den Booten abzuschneiden. Aber dann müssen wir am Lager vorüber rudern. Sobald wir den Felsvorsprung hinter uns haben, sehen sie uns. An welcher Stelle wir auch auf das Ufer zusteuern, sie sind zu Land schneller und werden uns in einer Schlachtreihe erwarten...«

»Rudern wir gleich auf ihr Lager zu! Der Weg ist kürzer«, rief Erik. »Wenn wir schnell rudern...«

»So schnell kann keiner rudern«, lachte der Graubart. »Sie haben Zeit genug, sich zu sammeln und auf dem Strand eine Schlachtreihe zu bilden. Dann müssen wir, sobald der Kiel unserer Boote den Sand berührt, ins hüfttiefe Wasser springen, und sie erwarten uns in geschlossener Reihe auf festem Boden – keine gute Ausgangslage für einen Kampf gegen eine Übermacht.«

»Übermacht?«, lächelte Erik abfällig. »Weil Orm drei Boote hat und wir nur zwei? Wer weiß, was das für Leute sind in den beiden Booten, die Orm irgendwo aufgegabelt hat!«

»Sie sind uns an Zahl überlegen«, sagte Ragnar nachdenklich. »Aber das macht mich nicht besorgt. Die Leute in den beiden anderen Booten werden Bauern aus dieser Gegend sein. Bauern, die nicht weit herumgekommen sind, die keine Erfahrung im Kampf haben.«

»Also ein Grund, sofort anzugreifen«, drängte sein Sohn.

»Nein. Auch eine solche Schlachtreihe greift kein vernünftiger Mensch an, wenn er selber hüfttief im Wasser stehen muss. Aber selbst wenn... wenn es uns gelänge, ihre Schlachtreihe aufzubrechen, würden diese Bauern in den Wald laufen. Wir können sie nicht verfolgen, es wird bald zu dunkel sein.«

»Dann können wir wenigstens in Ruhe Orms Schiff ausplündern, Vater.«

Ragnar betrachtet seinen Sohn einen Augenblick lang schweigend. »In Ruhe, Erik? Im Dunkeln, meinst du wohl.«

»Wir machen Feuer. Holz gibt es ja.« Eriks Augen funkeln vor Gier.

»Feuer? Und dann schleppen unsere Ruderer die Beute über den Strand, um die Nachbarboote herum zu unseren Schiffen. Was für eine Zielscheibe für ihre Bogenschützen!«

Erik blickt verärgert, sagt aber nichts.

»Auch ich habe seit Jahren auf diese Stunde gewartet.« Ragnar legt seinem Sohn die Hand auf die Schulter. Seine Stimme klingt mühsam beherrscht. »Auch ich will mit Orm so früh wie möglich abrechnen, Erik. Aber jetzt ist nicht die Gelegenheit. Wir greifen vor Tagesanbruch an. In der Dunkelheit landen wir abseits ihres Lagers, schleichen uns an... Wenn dann die Dämmerung anbricht...« Ulf hört das Knirschen seiner Zähne.

In der Aufregung hatte Ulf dem Ufer zu ihrer Rechten keine Beachtung geschenkt. Es eignete sich hervorragend als Lagerplatz. Auch hier der flache Sandstrand, der schmale Uferstreifen und der Wald, der sich an den Hängen der Steilwand verlor. Der Felsvorsprung würde die beiden Lager trennen. Kahl war er nur dort, wo er in das Wasser ragte. Am Ufer stieg er langsam höher, zur Felswand hinauf. Auf seinem Kamm war er mit dichtem Wald bedeckt, fiel jedoch zu ihrer Seite in schroffen Felsen ab.

Sie hatten die beiden Boote auf den Strand gezogen. Ulf stand mit Ragnar und dem Griechen auf dem Uferstreifen. Neben ihnen warfen zwei Ruderer die ersten Zeltstangen zu Boden.

»Ob wir hier sicher sind?«, fragte der Grieche und blickte Ragnar zweifelnd an.

»Unser Schiff können sie nicht gesehen haben«, entgegnete Erik, der hinzugetreten war. »Genauso wenig, wie unser Mann am Ausguck ihr Lager sehen konnte. Der Felsvorsprung war dazwischen. Und dieser bewaldete Felsrücken zwischen unserem Lager und ihrem: Er ist hoch und breit genug. Und hören können sie uns eigentlich auch nicht, wenn wir nicht geradezu Lärm schlagen.«

»Dennoch müssen wir vorsichtig sein«, brummte Ragnar. »Vielleicht hat Orm einige Männer auf die Jagd geschickt. Hier gibt es Wald...«

»Auch wenn sie auf die Jagd gehen – diesen Felsrücken werden sie nicht ersteigen. Er ist zu steil, Vater.«

»Vermutlich nicht. Aber Vorsicht kann niemals schaden. Du, Erik, wirst mit einem der Ruderer dort auf dem Felsen Wache halten.« Ragnar deutete auf einen doppelt mannshohen Gesteinsbrocken, der hart am Wasser lag, nahe der Felszunge. »Sollten ihre Schiffe um die Felsspitze biegen, siehst du sie von diesem Stein aus als erster. Aber vorher geht ihr beide den Hang des

Felsrückens ab. Sucht, ob es eine Stelle gibt, an der Orms Leute hinabklettern könnten.«

»Aber, Vater! Man sieht doch von hier aus, wie steil die Wände abfallen!«

»Trotzdem. Die Bäume könnten eine Stelle verdecken, die man erklettern kann. Geh und suche dir einen Ruderer aus, Erik. Sobald es dunkel ist, kommt ihr zurück. In der Nacht werde ich drei Wachen in der Nähe des Lagers aufstellen.«

Ulf richtete sich auf. Er hatte den letzten Pflock für das Zelt in den Boden geschlagen. Auch die übrigen Zelte würden bald stehen. Zwei Männer klappten gerade die eisernen Stangen des Dreifußes auseinander, an dem der Kessel über dem Feuer hängen würde. Ulf hatte Hunger, und der Gedanke an das Walrossfleisch steigerte noch seinen Appetit. Er gähnte. Die Stunden am Steuerruder waren ermüdend gewesen. Jeden Tag löste er Ragnar zwei, drei Stunden lang am Steuer ab. Eigentlich war das Steuern selbst nicht das Ermüdende, obwohl der Mann am Ruder in diesen engen Fahrtrinnen ständig auf der Hut sein musste, vor allem auf der Hut vor den Felsnadeln im Wasser. Man durfte sich nicht blind auf den Mann am Bug verlassen.

Wieder einmal – zum wievielten Male? – ging er in Gedanken die Landmarken durch: die auffällig geformten Felsen und Bergspitzen, die dem Schiffsführer in diesem Wirrwarr aus Küste, Inseln und Inselchen den einzigen Anhalt für den richtigen Kurs boten. Auf der langen Strecke waren es immer mehr geworden. Doch Ulf war mit sich zufrieden. Die Umrisse schienen sich von selbst in sein Gehirn einzubrennen. Die wie ein gekrümmter Finger vor einer Steinwand aufragende Felsspitze, von der aus das Langschiff einen halben Tag brauchte, bis an der Küste der Berg aufragte, in dessen Mitte ein riesiges Loch gähnte, die… Ja, selbst die Geschwindigkeit ihres Bootes konnte er bestimmen – so gut man eben die Geschwindigkeit eines Langschiffes bestimmen kann. Ulf brauchte kein Holzstück mehr ins Wasser zu werfen, brauchte nicht mehr mit den Augen zu verfolgen, wie schnell es an der Bordwand entlangtrieb. Ihm genügte jetzt das Rauschen der Bugwellen, ein Blick auf die Wellen selbst, die der Schiffsrumpf durchschnitt. Es hatte lange gedauert. Ein wehmütiges Lächeln huschte bei der Erinnerung über sein Gesicht. Wie sicher hatte er sich bei der Schätzung der Geschwindigkeit gefühlt, als er im Mittelmeer am Ruder gestanden hatte! Und wie viel hatte er inzwischen hinzulernen müssen! Auf offener See bei niedrigem Seegang war die Sache einfach. Aber wenn das Wasser unruhig wurde, wenn die Windrichtung und die Dünung nicht übereinstimmten, wenn die Wellen sich brachen…

Unwillkürlich wanderte sein Blick auf der Suche nach der Sonnenscheibe zum Himmel. Er musste über sich selber lächeln. Er wusste doch: Der

Himmel war mit dunklen Wolken bedeckt, außerdem war die Sonnenscheibe längst hinter den Berggipfeln im Westen verschwunden. Die Dämmerung war weit fortgeschritten. Aber der Blick hinauf zur Sonnenscheibe war ihm zur Gewohnheit geworden. War doch die Sonne das Einzige, woran ein Schiffsführer bei Tag die Himmelsrichtung erkennen konnte, Ost und West, die einzigen Himmelsrichtungen, die ein Schiffsführer wirklich bestimmen konnte. Noch sicherer ging es aber mit Hilfe des Nordsterns bei Nacht. Deshalb fürchteten die Schiffsführer auf offener See Nebel und Wolken mehr als den Sturm. Selbst Ragnar hatte nur den Kopf geschüttelt: »Nein, Ulf. Niemand kann auf offener See den Kurs bestimmen, wenn er die Sonne oder den Nordstern nicht erkennen kann. Eine Zeit lang…«

Ja, auch das war Ulf inzwischen geläufig: eine Zeit lang noch konnte der Schiffsführer den bisherigen Kurs halten, indem er die Richtung der Dünung und des Windes berechnete, den Seegang und die Geschwindigkeit seines Bootes. Aber wenn der Wind drehte, wenn die Dünung drehte, wenn gar ein Sturm aufkam… Wie weit konnte ein Sturm ihre Langschiffe vom Kurs abtreiben! Und wenn das Langschiff den Sturm überlebt hatte, Ägirs Finger es nicht in die Tiefe gerissen hatten, war die Gefahr auf offener See noch lange nicht gebannt. Denn wenn der Himmel nach dem Sturm bedeckt blieb, die Wolken Sonne und Sterne verhüllten, kein Land in Sicht war, konnte kein Schiffsführer sagen, wo sich sein Langschiff befand, wohin es Wind und Wogen getrieben hatten. Er musste das Boot machtlos weitertreiben lassen, auch wenn das Trinkwasser an Bord knapp wurde, bis die Wolkendecke aufriss. Denn jeder Kurs, den er wählte, konnte der falsche sein, konnte das Langschiff hinausführen in die endlose Leere der See, die es monatelang durchkreuzen würde, ohne auf Land zu stoßen. Vielleicht jahrelang. Irgendwo, das wusste Ulf, hörte das Meer auf. Aber niemand würde je bis zu diesem Punkt vordringen. Erst recht würde niemand von diesem Punkt zurückkehren. Denn den Rand der Meere bildete der Leib der fürchterlichen Weltschlange.

Ulf schob diesen trübsinnigen Gedanken von sich. Jeder Nordmann wusste, welche Gefahren auf dem Meer, in Ägirs Reich, auf ein Langschiff lauerten. Auch ein guter Schiffsführer kann nicht alle diese Gefahren abwehren. Wenn die Götter zornig sind… Immerhin, ein guter Schiffsführer, ein Schiffsführer wie Ragnar, konnte viel tun, um sein Langschiff durch die Wasserwüste zu leiten. Monatelang hatte Ulf Ragnars Erläuterungen verschlungen, wenn dieser bereit war, in den endlosen, langweiligen Stunden, in denen die Ruderer frei hatten, weil das Schiff segelte, mit ihm und Erik über diese Kunstgriffe, dieses Wissen zu sprechen. Unverständlich, unergründlich, waren ihm diese Geheimnisse am Anfang erschienen, später immerhin noch schwierig, vielleicht zu schwierig. Lange hatte Ulf gezweifelt, ob er alle diese Tricks und Kniffe je würde behalten oder gar selbst anwenden können. Und jetzt? Ulf fühlte etwas wie Stolz in sich aufsteigen. Was hatte Ragnar, dieser mit Anerkennung und Lob so sparsame Mann, gestern zu ihm gesagt? »Ich bin mit dir zufrieden, Ulf. Du bist ein richtiger Schiffsführer geworden.«

Das Kampfgeschrei der Fremden ließ ihn aus seinen Gedanken aufschrecken. Einige Sätze, und er griff nach seinem Schild, der am Boden lag. »Alle hierher!«, übertönt Ragnar das Geschrei. »Schlachtreihe bilden!«

Ulf rannte um das Zelt, das ihm den Blick verstellte. Jetzt sah er die Feinde: Sie stürmten vom Waldrand auf ihr Lager zu, ungeordnet, laut brüllend. Jeder wollte der Erste sein.

Schlagartig war sich Ulf über die Lage im Klaren: Orms Leute hatten einen Weg über den Felsrücken gefunden und sich dann, durch die vordersten Bäume gedeckt, vorwärts geschlichen, bis sie ihrem Lager gegenüberstanden. Ulf konnte Orm nirgends erblicken. Vor ihm nur Helme, die im Dämmerlicht grau und gefährlich wirkten, weit aufgerissene Mäuler, die Orms Kampfruf ausstießen, hochgerissene Schilde…

Es war zu spät, um eine Schlachtreihe zu bilden. Schon hörte Ulf das Klirren der Schwerter, die gegeneinander stießen, das dumpfe Prasseln des Holzes, wenn ein Schild eine Schneide abwehrte. Vor ihm tauchte aus dem Halbdunkel ein Schild auf, darüber ein Helm und zwei vor Kampfesgier funkelnde Augen. Ulf stürzte vorwärts, seitlich an dem Angreifer vorüber, und erhob das Schwert zum Schlag. Doch sein Gegner war ebenso schnell, warf sich herum, und Ulfs Klinge traf den hochgerissenen Schild. Nach dem dritten Schlagabtausch merkte Ulf, dass der junge Mann mit dem Vollbart ein ernst zu nehmender Gegner war. So schnell auch Ulf hin und her sprang, sobald er den Schwertarm hochriss, fuhr ihm der Schild entgegen. Gerade war seine Klinge am Schildbuckel abgeglitten.

Plötzlich waren der Schild, der Helm verschwunden! Einen Augenblick stutzte Ulf, dann begriff er: Sein Gegner jagte in weiten Sätzen auf einen Knäuel von Kämpfern zu, in dem Ragnars Leute die Oberhand zu gewinnen schienen. Irgendwo, weitab, brüllte Ragnar wie ein Rasender: »Hier bin ich! Komm hierher, Orm!«

Jetzt sah er Erik. Ragnars Sohn stürmte ganz allein auf eine Gruppe von fünf Feinden los, die sofort eine Schlachtreihe bildeten. Eriks erster Schwerthieb glitt an einem hochgerissenen Schild ab. In die Schlachtreihe kam Bewegung, die Flügelmänner taten den ersten Schritt nach vorne. Ulfs rechter Fuß setzte nach dem Sprung wieder auf. Aber er wusste: Seine Hilfe würde zu spät kommen. Zu weit war der Weg bis zu den Kämpfenden. Die Angst um den Freund krallte sich um sein Herz. Warum schlug Erik auf den ihm entgegengestreckten Schild ein? Warum merkte er nicht, dass die beiden Flügelmänner im nächsten Augenblick neben ihm stehen würden, nahe genug für ihre Schwerter und Äxte? Warum zog Erik sich nicht zurück?

»Dich wird Thors Hammer erschlagen!« Noch nie hatte Grim so laut gebrüllt. Urplötzlich stand der Graubart hinter dem vordersten Gegner auf Eriks rechter Flanke. Ulf glaubte das Klirren zu hören, als die Schneide der Streitaxt den Eisenhelm berührte. Dann sah er mit eigenen Augen, dass die Streitaxt nicht abglitt, sondern tief in den Helm hineinfuhr. Grim riss die Streitaxt heraus, sprang vor dem Nebenmann hoch in die Luft und schlug zu. Dieser Gegner hatte sich gerade umgedreht, Grim zugewandt und war im Begriff, den Schild über den Kopf zu reißen. Ein grimmiges Lächeln zuckte um Ulfs Lippen. Dieser Feind würde genauso in sich zusammensacken wie der erste: Wenn der Graubart aus dem Sprung heraus von oben zuschlug, durchdrang seine Streitaxt jeden Schild und jeden Helm.

Ulfs Blick suchte Erik. Der stieß gerade mit dem Schwert zu, an einem Schild vorbei, den sein Gegner in seinem Entsetzen über Grims Kampfruf und dessen fürchterliche Streitaxt einen Augenblick verschoben hatte. Ulf atmete auf. Der Kampf war entschieden. Die beiden überlebenden Feinde stürzten davon. Erik und Grim kehrten nach wenigen Sprüngen um: Sie konnten die Fliehenden nicht einholen.

Erst jetzt bemerkte Ulf die Schleier des Bodennebels, die vom Wasser aus auf ihn zukrochen. Von allen Seiten gellte Kampfgeschrei an sein Ohr, überall sah er dunkle, schattenhafte Gestalten, die den Schild vorstreckten, das Schwert oder die Streitaxt hochrissen.

Einen Augenblick lang stand Ulf unschlüssig. Dann fiel sein Blick auf eine Gruppe: ein Dutzend Kämpfer, ineinander verkeilt. Es gab keinen Zweifel: die Männer, die ihm den Rücken zuwandten, waren Feinde, und sie gewannen die Oberhand über Ulfs Leute, die seinem Blick entzogen waren, denn die Feinde rückten Schritt für Schritt vorwärts. Ulf blickte um sich. Nur drei seiner Leute waren in der Nähe. Einer kniete gerade neben einem Toten und riss ihm den Helm vom Kopf. »Drauf auf sie! Mir nach!«, schrie Ulf. Er wartete nicht ab, ob sie ihm folgen würden. Mit raubtierartigen Sprüngen jagte er auf die Gruppe der Kämpfer zu. Hinter sich hörte er den Kampfruf der drei Gefährten. Vor ihm die Rücken der Feinde, die eisernen Helme, die Schwerter über ihren Köpfen, die Streitäxte. Zwei Sprünge noch…

»Hast du Orm gesehen?«, keuchte Ragnar hinter ihm. Ulf antwortete nicht. Er hatte keine Zeit zu antworten. Er sah nur das Hemd vor sich, die Stelle des Rückens, in die er seine Schwertspitze stieß. Ein Schildbuckel streifte seinen Schwertarm. Der Gegner neben dem Getöteten hatte sich herumgeworfen. Ein struppiger Bart erschien vor Ulfs Gesicht, dann die herabzischende Streitaxt. Ulf sprang einen Schritt zurück, und die Klinge sauste vor seinen Augen nach unten, ins Leere. Von irgendwo aus dem Knäuel der Kämpfenden drang Halfdans Siegesruf herüber. Der Schild vor ihm senkte sich. Ulf sah deutlich den wirren Vollbart, der dem Mann bis auf die Brust reichte, den weit aufgerissenen Mund, die bleckenden Zähne… Der Helm sackte nach unten. Dahinter tauchte der eiserne Nasenschutz auf. Und Ragnars stahlgraue Augen.

Sein Gegner war nicht schnell genug. Er hatte sich umgedreht und auf Ulf geworfen. Doch der wich dem Schwerthieb aus. Einen Augenblick zögerte der Mann. Den entscheidenden Augenblick…

»Ragnar!« Ulf fuhr herum. Zum ersten Mal während dieses Kampfes erblickte er Orm. Der war noch weit entfernt, aber er kam mit gewaltigen Sprüngen auf sie zu. Ulf hörte den Jubelruf. Er brauchte nicht hinzusehen, um zu wissen, wer ihn ausgestoßen hatte. »Endlich!«, murmelt Ulf vor sich hin. »Endlich.«

In der Hitze des Kampfes hatte er nicht darauf geachtet, jetzt konnte er sie nicht mehr überhören, die schrillen Rufe der Feinde. »Zurück! Zu den Booten! Flieht!« Überall sah er die Flüchtenden einzeln, in kleinen Gruppen, auf den Wald zurennen. Dann verschluckte sie das Dunkel. Der Waldrand, der Felsrücken vor Orms Lager: schwärzliche Massen, die sich kaum noch von ihrer Umgebung abhoben. Orm war verschwunden.

Ragnar stand mit Ulf am Feuer, das beinahe niedergebrannt war. Im Norden, aus dem Dunkel, hörten sie die Rufe ihrer Gefährten, die die Fliehenden verfolgten.

»Unsinn!«, knirschte Ragnar. »Sie sollten umkehren. Sie können den Feinden doch nicht in der Dunkelheit in den Wald folgen!«

»Wie konnte Orm unbemerkt unser Lager erreichen?«, rief zornig ein Ruderer.

Der Mann, der mit Erik Wache gestanden hatte, wirkte unsicher. »Es gab… es gab also doch einen Weg über den Felsrücken.«

Ragnar fuhr herum. »Warum habt ihr ihn nicht gefunden? Wenn Orms Leute ihn aufspüren konnten…«

Der Ruderer erbleichte. »Die Stelle muss ganz hinten sein, am Fuß der Felswand. Weiter vorne fällt der Felsrücken so steil ab, dass kein Mensch hinunterklettern kann.«

Ragnars Züge wurden starr. »Und warum seid ihr nicht bis ganz hinten, bis an den Fuß der Steilwand gegangen?«

Eriks Stimme klang unbehaglich: »Es sah so aus, als sei der Felsrücken überall so steil. Und… und… Außerdem wurde es bald dunkel. Niemand findet, bei Nacht und im Wald, seinen Weg über eine steile Berglehne.«

Die stahlblauen Augen zu beiden Seiten des Nasenschutzes blicken eisig: »Gurd und Knut haben das mit ihrem Leben bezahlt. Und Gnupa hat drei Mann verloren.«

Die Funken stoben so, dass Ulf zurückspringen musste, als Ragnar in seinem Zorn den Ast ins Feuer stieß. Flammen loderten kurz auf, warfen ein hin und her huschendes Licht über die Umgebung. Die Dunkelheit dahinter verschwamm in dem Bodennebel, der sie immer mehr einhüllte.

Ulf war es, als habe er einen Stiefel gesehen. Er ging in den Nebel hinaus. Rötliche Lichtfetzen züngelten von Zeit zu Zeit über den Boden. Man hatte Holz in das Feuer geworfen, und dessen Schein drang ein wenig weiter ins Dunkel. Ulf hatte sich nicht geirrt. Der Mann, über den er sich beugte, war ein Fremder. Mehr mit den Fingerspitzen als mit den Augen erkannte Ulf, dass sein Schwert beste fränkische Arbeit war. Dann erblickte er die anderen: formlose Massen, die auf dem Boden lagen. Leichen. Es war noch ein wenig heller geworden. Die Flammen des Lagerfeuers mussten hoch auflodern, denn Ulf konnte mehrere Schritt weit sehen. Er ging von einem zum andern: vier weitere tote Feinde.

»Ulf!« Es klang so leise, dass Ulf nicht wusste, ob seine Ohren ihn getäuscht hatten. »Ulf!« Jetzt wurde Ulf klar: Er hatte seinen Namen gehört. Aber es war kein Rufen, nur ein kraftloses Ächzen.

»Ulf!« Ulf suchte fieberhaft mit den Augen die Umgebung ab, versuchte mit seinem Blick den Nebel zu durchdringen, der alle Gegenstände verschwimmen ließ. Dort lag noch einer! Ulf tat zwei schnelle Schritte…

Er prallte zurück, als er die Spitzen des Gabelbartes sah. Grim! Einen Atemzug lang stand Ulf wie gelähmt. Dann stürzte er vorwärts und kniete nieder. Ja, er blickt in das Gesicht des alten Recken. Der Eisenhelm hatte sich verschoben. Ulf musste sich tief niederbeugen, um in dem spärlichen Licht, das vom Feuer herüberdrang, Grims Züge zu erkennen.

Der Graubart verzog die Lippen zu einem Grinsen, langsam und mühselig. Ulf bemerkte die Schweißtropfen auf seiner Stirn. Er schob die Hand unter Grims Rücken. »Lass… lass das, Ulf. Es… hat keinen Zweck!« Ulf wollte etwas sagen, irgendetwas, aber die Kehle war ihm wie zugeschnürt. »Diesmal… hat es mich erwischt«, ächzte der alte Recke mit letzter Kraft. »Es waren fünf.«

»Wo…? Wo, Grim?«

»Der… Bauch.«

Ulf wandte den Kopf. Er fuhr zurück, als er das blutbeschmierte Hemd sah, den klaffenden Riss, die weit offen stehende Wunde.

»Ich werde…«

Hatte Grim den Kopf geschüttelt? »Es ist… zu spät, Ulf.«

Ulf sah, wie Grims rechte Hand sich mühte, die Bärenzähne an der silbernen Halskette zu erreichen. Doch die Finger des Graubarts glitten kraftlos ab. Wieder huschte etwas wie ein Lächeln über die Züge des Alten. »Diesmal... hat die Kraft des Bären mich nicht beschützt, Ulf.«

Ulf hatte Grims Flüstern nur mit Mühe verstanden und beugte sich tiefer über dessen Gesicht. »Ein schöner Kampf, Ulf.... Fünf Feinde... Aber die Kämpfe in Walhalla...«

»Grim, wir werden ...« Ulf verstummte, denn er sprach zu einem Toten.

Als Ulf aufsprang, wankte er. Alles vor seinen Augen schien zu tanzen. Er wollte rufen, brachte aber keinen Laut hervor. Dann hatte er sich wieder in der Gewalt. »Grim!«, brüllte er. »Hierher! Grim ist tot!« Er hörte die Schreie, sah die verwischten Flecke der Fackeln im Nebel, die schattenhaften Körper, die auf ihn zueilten.

Aber Ulf wartete nicht. Er stürzte hinaus in die Nacht. Ziellos stürmte er hin und her, hier über einen Stein stolpernd, dort über einen abgebrochenen Ast. Ulf achtete nicht darauf. Seine Gedanken wanderten zurück: an Jütlands Küste, als er, halb bewusstlos, im Sand gelegen und der Mann mit dem Gabelbart sich über ihn gebeugt hatte. Er sah die blauen Augen wieder vor sich, die langen, grauen Haare. Er sah die Finger des Graubarts, wie sie die Bartsträhnen in Zöpfchen drehten, die Zöpfchen zu Bartspitzen verflochten, zu einem Gabelbart, Grims Stolz. Zwischen diesen Bildern zuckten immer wieder Streitäxte. Ein breitschultriger Mann, der in die Höhe sprang, mit der Streitaxt zuschlug ...

Ulf hörte Schritte hinter sich, doch er wandte sich nicht um. Beinahe wäre er gestürzt. Als er sich bückte, merkte er, dass er über einen menschlichen Körper gestolpert war. Ulf hörte Ottars Stimme hinter sich, sah die huschenden Lichtzungen von Ottars Fackel auf dem Boden. »Noch einer, Ulf?« Ulf beugte sich nieder und drehte den Körper um. Dabei verschob sich der Helm. Im Flackerlicht der Fackel sah Ulf die schwarzen Locken und die klaffende Stirnwunde. Der rote Widerschein der Fackel spiegelte sich in den glasigen Augen des Griechen.

»Hier legen wir an!«, rief Ragnar über das Deck, und das Langschiff vollzog eine scharfe Wendung nach rechts. Ulf tauchte das Ruderblatt ein. Er hatte keine Zeit, den Kopf zu drehen und sich den Lagerplatz zu betrachten. Noch stand die Sonne hoch über den Gipfeln im Westen. Die Dämmerung würde erst in zwei, drei Stunden hereinbrechen. Aber wenn Orms Ruderer sich nicht irrte... Ulf erinnerte sich an die kahlen, baum- und strauchlosen Felsen, an denen sie seit dem Morgen entlanggerudert waren. Und Hakon hatte gesagt, dies sei der einzige Lagerplatz weit und breit. Dahinter gäbe es einen halben Tag lang nichts als nackten Fels. Ein Ruck ließ Ulfs Sitztruhe wackeln, als der Kiel sich den Strand hinaufschob.

Hakon hatte Recht. Es war ein ausgezeichneter Lagerplatz in dieser Felsöde: flacher Sandstrand, hinter dem der selten gewordene Wald sich bis zu den Gipfeln zerklüfteter Kuppen hinaufzog. Ulf warf seinen Fellsack in das aufgeschlagene Zelt. Die Nächte waren noch kühler geworden. Vielleicht brauchte er heute Nacht wieder einen Schlafsack. Wahrscheinlich würde er diesen von nun an mit Gizur teilen...

»Hier, Ragnar!«, hörte er einen ihrer Männer rufen. Ulf kroch aus dem Zelt und richtete sich auf. Jenseits des Lagers, am Waldrand, stand Ragnar neben dem Ruderer, zusammen mit zwei oder drei ihrer Leute. Jetzt wandte er sich dem Lager zu und legte die Hände an den Mund. »Ein Bär!«, brüllt er herüber. »Nehmt eure Waffen, Leute.«

Einen Augenblick lang stand Ulf unschlüssig. Bären kannte er nur aus Erzählungen. Welches waren die geeignetsten Waffen für die Bärenjagd? Dann steckte er die Streitaxt in den Gürtel, den er, zusammen mit der Schwertscheide, bereits vor dem Sprung ans Ufer umgeschnallt hatte, und hob seinen Speer auf.

Die Spuren, die die Tatzen des Bären im Sand hinterlassen hatten, waren frisch, das erkannte Ulf auf den ersten Blick. Seine Augen wanderten die Berglehne empor. Vor ihnen stieg ein zerklüftetes Bachbett auf, das wenig Wasser führte, aber angefüllt war mit Felsbrocken und Geröll. An seinem Fuß zog sich ein schmaler Streifen dichten Gestrüpps hin. Die abgeknickten Zweige, die abgestreiften Blätter, ließen keinen Zweifel: Hier hatte der Bär sich durchgezwängt.

Ulf keuchte. Mit Händen und Füßen arbeitete er sich in dem engen Felsspalt hoch. Insgeheim verfluchte er den Speer, der beim Klettern so hinderlich war. Ulf war der Dritte, vor ihm gingen Erik und Ragnar. Ragnar wandte den Kopf zurück. »Sag es weiter, Ulf, aber leise: Der Bär ist hier irgendwo in der Nähe. Diese Felsrinne eignet sich für ein Bärenlager. Er hat es nicht weit bis zum Strand, um Fische zu fangen.«

Sie drangen lautlos vorwärts, immer auf der Hut. Aber die kurzen Spalten auf beiden Seiten waren leer. Einige Meter noch, und sie hatten die Höhe erreicht. Sie musste jenseits des nächsten Felsbrockens beginnen.

Erik richtete sich auf. Er hatte den Felsblock erreicht und das Geröll hinter sich. Ulf wischte sich den Schweiß von der Stirn und setzte den rechten Fuß auf den nächsten Felsbrocken...

Das Brummen war leise, aber es ging Ulf durch Mark und Bein. Er achtete nicht auf das Geröll, das unter seinen Füßen nachgab, und hatte in wenigen Augenblicken das andere Ende des Felsklotzes erreicht. Über Ragnars

Schulter sah er das Tier. Es war noch mächtiger, als Ulf es sich vorgestellt hatte – trotz der Schauergeschichten, die sich die Nordmänner von Bären erzählten. Der Bär saß auf den Hinterpfoten, fuchtelte drohend mit den Vordertatzen in der Luft umher und brummte. Diese Krallen, dachte Ulf, das zottelige braune Fell, die schmale Schnauze mit dem aufgerissenen, geifernden Maul, dazu die kleinen Augen, die sie tückisch anblickten, die runden Pelzohren.

»An der rechten Seite deckt ihn der Fels«, flüsterte Ragnar, heiser vor Aufregung. »Einer muss ihn umgehen, ihm in den Rücken kommen…«

Erik stürmte vorwärts, den Speer in beiden Händen, geradezu auf den Bären los. Das Brummen verstummte. Das gewaltige Tier richtete sich auf den Hinterbeinen auf und breitete die Vordertatzen aus. Die langen, gekrümmten Krallen waren bereit zum tödlichen Hieb.

Eriks Speerspitze drang dem Bären in die Brust. Zwei blitzschnelle Schläge mit den Tatzen, und der Speer fiel klirrend zu Boden. »Zurück, Erik!«, hörte Ulfer Ragnars Schrei. Doch Erik riss das Schwert heraus und sprang zwei Schritte vorwärts, die Schwertspitze auf die Brust des Tieres gerichtet…

Ulf wusste nicht, warum, aber im letzten Augenblick schien Ragnars Sohn die Gefahr erkannt zu haben. Er bog den Oberkörper zurück, und die gespreizten Krallen der linken Bärentatze sausten haarscharf vor seinem Gesicht vorbei. Einen Augenblick schien Erik vor Schreck gelähmt. Der Bär tat einen Schritt nach vorn und hob die rechte Tatze. Diesmal würde die Entfernung stimmen…

Ragnars Gebrüll klingt unmenschlich, aber es lenkt den Bären ab. Langsam dreht er sich nach rechts und richtet die kleinen Augen auf Ragnar. Aus dem aufgerissenen Maul mit den riesigen Reißzähnen dringt wieder ein zorniges Brummen.

Ulf springt vorwärts. Beinahe wäre er mit Erik zusammengestoßen, der zurücktaumelt. Jetzt steht Ulf neben dem Bären. Er umklammert den Schwertknauf, bereit zum Stich. Da fällt sein Blick auf den Schiffsführer. Mit hocherhobener Streitaxt stürzt Ragnar sich auf den Bären – so schnell, dass das Tier den neuen Angreifer noch nicht richtig eingeschätzt, die Vordertatzen noch nicht weit genug erhoben hat. Ragnars Streitaxt saust auf den Kopf des Bären zu… Da strauchelt sein rechter Fuß. Geistesgegenwärtig wirft Ragnar sich zurück. Seine Streitaxt zischt neben der Schnauze des Bären ins Leere… In diesem Augenblick schlägt der Bär mit der linken Pranke zu. Ulf sieht die Krallen quer vor Ragnars Brust…

Ragnars Finger lösen sich von den Rissen, die die Bärenkrallen vorne auf der Brust in sein Hemd geschlitzt haben. Ulf erwacht aus seiner Erstarrung. Er nimmt sich nicht die Zeit für einen gezielten Stoß. Um das wütende Tier abzulenken, zieht er ihm die Schwertklinge quer über das Fell. Ulf sieht Blut zwischen den braunen Haarzotteln. Neben sich hört er das Keuchen eines ihrer Gefährten, sieht die vorsausende Speerspitze…

Der Schwerthieb, die Speerwunde können nicht tödlich sein. Doch sie bringen den Bären dazu, den Kopf nach ihnen umzudrehen. Einmal, und noch einmal sieht Ulf Ragnars Streitaxt in der Luft, hört das Krachen und Splittern des Schädels.

»Was für ein riesiges Tier! Einen solch großen Bären habe ich noch nie gesehen.« Ulf nickte stumm, als er den massigen Körper zu ihren Füßen betrachtete. Leif konnte das beurteilen. Er hatte schon an vielen Bärenjagden teilgenommen.

»Dass der Bär so schnell sein würde…« Eriks Stimme klang unsicher. Ragnars Augen suchen unmutig seinen Sohn. »Tapferkeit ist die eine Seite…«

Ein schwerer Sturm hatte die Fahrt unterbrochen. Im letzten Augenblick hatte Ragnar das Langschiff in eine geschützte Bucht gesteuert. Einen endlosen Tag lang hatten sie im Regen neben ihren Ruderkisten gelegen, auf dem Boot, das sie auf den Strand hinaufgezogen hatten, auf klatschnassen Deckplanken, die aber immer noch trockener waren als das aufgeweichte Ufer. Aber die Verzögerung hatte nicht einmal Ragnar die Laune verdorben: Orms Schiffe konnten in dem Sturm keinen Vorsprung gewinnen, auch sie würden anlegen müssen.

Dann blickte wieder die Sonne herab, frostig und unfreundlich, doch unter dem beißenden Südwestwind hatten sie unter Segeln schnelle Fahrt gemacht. Jetzt hatten sie ihr Lager in einer kahlen, baumlosen Bucht aufgeschlagen, obwohl die blutrote Sonnenscheibe noch nicht hinter den Felsen verschwunden war.

»Hinter diesem Hügel liegt Orms Hof. In dieser Richtung«, hatte Orms ehemaliger Ruderer gesagt und auf den kahlen, lang gestreckten Höhenrücken am Nordufer gezeigt. »Zu Fuß können wir von hier aus den Hof in zwei Stunden erreichen. Mit dem Langschiff dauert es vielleicht drei Stunden, wenn wir schnell rudern.«

Ragnar hatte sich für einen Angriff von der Landseite aus entschieden. Orm erwartete den Feind von der See her. Nach Hakons Beschreibung konnte ein Wächter auf der Felszunge, welche die Bucht vor Orms Hof abriegelte, den Fjord weit hinaus überblicken. Ihre Langschiffe hätten sich nicht unbemerkt nähern können. Und wenn Orms Leute, die Besatzung dreier Langschiffe, sich im Langhaus und den Grubenhäusern verschanzten und sich mit Pfeil und Bogen verteidigten, war ein offener Sturmangriff der reine Selbstmord.

Beim Kriegsrat mit Gnupa, Erik und Ulf hatte Ragnar überzeugend dargelegt, dass sie den Gegner bei Tagesanbruch überraschen mussten, und zwar von der Landseite her, von der er sie nicht erwartete. Ulf lächelte vor sich hin. Die ersten Strahlen der aufgehenden Sonne würden dieser wochenlangen Verfolgungsfahrt ein Ende setzen.

Das Spiegelbild des Vollmondes zitterte auf dem Gekräusel der Wellen. Sie waren nach Einbruch der Dunkelheit losgerudert. Jetzt waren sie in den Fjord eingebogen, in dem Orms Hof lag. Sie hatten die Ruderblätter aus dem Wasser gehoben, das Boot schaukelte sanft. Ulf stand auf und zog das Fell auf seiner Ruderkiste zurecht, das sich verschoben hatte. Vor ihm lag ein tief eingeschnittener Fjord zwischen ödem Fels.

Ragnar blickte sehnsüchtig zum Himmel hinauf. Vom Westen her schoben sich dunkle Wolken heran. Aber es würde noch einige Zeit dauern, bis sie das helle Mondlicht verschluckten. Er hatte Orms Ruderer zu sich gerufen. »Dort hinten würdest du bei Tag das schmale Felsband sehen, hinter dem die Bucht liegt, an der Orms Hof steht. Eigentlich sind es zwei Felsbänder mit einer engen Durchfahrt dazwischen. Aber«, Hakon zögerte, »ich verstehe nicht, warum du heute Nacht….«

»Ich muss den Fjord mit eigenen Augen sehen«, brummte Ragnar. »Mir ein Bild machen…«

Ulf folgte mit den Augen der Richtung, in die Hakons ausgestreckter Arm wies. Er sah den kahlen Höhenrücken, der sich zwischen diesem Fjord und ihrem Lagerplatz erstreckte. An seinem Fuß schien sich etwas Flaches abzuzeichnen, aber es war in dem niedrigen Bodennebel schwer zu erkennen. Ulf ging die wenigen Schritte bis zum Steuerruder. Er saß jetzt auf Grims Ruderplatz, hinter ihm, anstelle des Griechen, der weißhaarige Gizur. Ihre Verluste hatten sie gezwungen, vorne und hinten je eine Reihe von Ruderkisten unbesetzt zu lassen.

»Hoffentlich breitet sich dieser Nebel nicht am Ufer aus«, knurrte Ragnar. »Sobald der Mond hinter den Wolken verschwindet, werden wir zum Eingang der Bucht rudern. Ohne Mondlicht kann man unser Langschiff nicht entdecken, selbst wenn Orm auch des Nachts einen Wächter aufgestellt hätte.«

Orms Ruderer schüttelte abwehrend den Kopf. »Das ist zu gefährlich, Ragnar, und es hat auch keinen Sinn. Wir haben jetzt Flut. Die Durchfahrt zwischen den beiden Felsvorsprüngen ist nicht nur von Natur aus eng, Orm hat sie durch ins Wasser geworfene Felsblöcke und in den Grund gerammte Baumstämmchen sogar noch schmaler gemacht. Im Falle eines Angriffes kann der Feind auf diese Weise nicht mit voller Fahrt in die Bucht hineinrudern. Er muss erst mühsam die Durchfahrt suchen. Und im Dunkel der

Nacht werden wir sie schwerlich finden, denn bei Flut bedeckt das Wasser die Steine und Stangen.«

»Und wenn wir nur bis vor die Einfahrt fahren…«

»Siehst du nichts, Ragnar. Orms Langhaus liegt tief, nahe dem Wasser. Es wird von Felsen verdeckt.«

Es dauerte nicht lange, und Ragnar gab den Befehl zum Wenden. Die Wolken trieben nur noch langsam auf die Mondscheibe zu, fast schienen sie zu stehen. Aber der Nebel am Ufer hatte sich verdichtet. Nur die Oberkanten der flachen Felsrücken zeichneten sich noch gegen den Nachthimmel ab. »Ein Langschiff!«, zischte Gizur, der hinter Ulf stand. »Ich sehe einen Steven!«

Der Alte hat Augen wie ein Luchs, dachte Ulf.

Der Steven zeichnete sich in dem Ufernebel nur in gespenstischen Umrissen ab, von den treibenden Nebelschleiern halb freigegeben, dann wieder verhüllt. Ragnars Langschiff verlor gegen die hereindrängende Flut schnell an Fahrt. Die Ruderer hatten den Befehl des Schiffsführers nicht abgewartet, sondern auf Gizurs Meldung hin die Ruderblätter aus dem Wasser gezogen. Nun starrten sie alle hinüber, hinein in den Nebel. Der Steven, wenn er einen Augenblick lang sichtbar wurde, veränderte nicht seine Lage, und kein Kampfruf klang herüber. Orms Schiff hatte offensichtlich nicht die Absicht – die wahnwitzige Absicht –, sie bei Nacht anzugreifen. Hakon zuckte auf Ragnars Frage nur mit den Achseln. »Ich habe keine Ahnung, warum Orm so weit von seinem Hof entfernt angelegt hat.«

Um keinen Lärm zu machen, wurde Ragnars Befehl von Mund zu Mund weitergegeben: »Nur sechs Mann in der Mitte rudern. Aber langsam.«

Ragnar übergab seinem Sohn das Steuer und rannte mit Hakon und Ulf zum Bug. Sobald sie in die Nebelbank eingetaucht waren, wurden die Schleier lichter. Ulf erkannte den Drachenkopf als erster: ein kreisrunder Kopf mit einem riesigen runden Maul, im Nebel nicht knallrot, sondern gräulich, beinahe farblos. Dann wurde der Rumpf sichtbar. Die Schilde neben den Ruderlöchern waren verschwunden, und keine Ruderkiste ragte über den Bordrand.

»Sie haben das Schiff geräumt«, murmelt Ragnar. »Aufpassen!«, schrie Hakon. »Felsen!« Ulf musste seine Augen anstrengen, dann erkannte er die Felsspitze, die von Zeit zu Zeit von einer höhergehenden Welle überspült wird. Sie schien sich eng an die Bordwand zu pressen. »Orms Schiff ist aufgelaufen«, brummte Ragnar grimmig. »Auf diesen Felsen.«

Nur noch zwei Ruder trieben ihr Boot vorwärts, schräg auf Orms Langschiff zu. Bevor ihr Vordersteven den Bordrand erreichte, sprangen sie zu dritt hinüber. Das Deck war leer, das zeigte der erste Blick durch die dünnen Nebelschleier hindurch. Ragnar kniete schon und hob in fieberhafter Eile zwei Deckplanken aus. Dann beugte er das Gesicht hinunter… »Wasser! Der Laderaum steht voll Wasser. Irgendeine Planke unterhalb der Wasserlinie muss von den Felsen aufgerissen worden sein.«

»Dann wäre das Schiff gesunken«, sagt Ulf. »Wenn nicht…«

»Es ist gesunken«, rief Ragnar. Er war in den Laderaum hinabgesprungen, das Wasser stand ihm bis zum Gürtel. »Aber wenn das Wasser hier seicht wäre, und das Schiff auf dem Meeresboden festsäße, hätte die Flut es überspült. Offensichtlich ist es zwischen den Felsnadeln eingeklemmt.«

Sie erledigten es zu dritt. Es war anstrengend, an verschiedenen Stellen die Deckplanken auszuheben, in den Laderaum zu springen, und in dem kalten Wasser mit den Füßen nach irgendwelcher Ladung zu tasten. Aber sie arbeiteten schnell. Der Laderaum war leer. Orm hatte nach dem Stranden seines Langschiffes seine Schätze bergen können. Noch mühseliger war es, unter Wasser mit der Streitaxt die Planken einzuschlagen.

Ragnars Boot setzte sich rückwärts von dem gescheiterten Schiff ab. Wortlos übernahmt Ragnar von seinem Sohn das Steuerruder. »Ich denke, Vater…«

Ulf sah das grimmige Lächeln um Ragnars Augen. »Erik! Morgen holen wir uns Orm. Und den da!« Sein Finger wies auf den roten Drachenkopf.

Ulf hörte das Klappern des Holzbechers, der auf den Boden aufschlug, und sah im flackernden Widerschein des Lagerfeuers Haralds wutverzerrte Züge. »Das Bierfass ist leer und das Metfass auch nur noch halb voll!«, tobte der betrunkene Ruderer.

»Heb deinen Becher wieder auf, Harald, und trink halt Met!«, lachte einer. »Morgen, auf Orms Hof, werden wir schon Bierfässer finden! Da kannst du dich dann vollaufen lassen.«

»Hoffentlich ist das Metfass auch bald leer«, knurrte Ragnar, der Ulf gegenüber saß. »Morgen früh, wenn wir Orms Hof überfallen, müssen die Leute wieder nüchtern sein.« Vorsichtshalber stand Ulf auf, stieg über seinen Nebenmann, einen von Gunnars Leuten, der schnarchend am Boden lag, und schöpfte am Fass seinen Krug voll Met. »Met geholt, Ulf? Recht hast du! Was man hat, hat man. Aber wenn ich an die Beute denke…«, sagte Gnupa neben ihm, als er sich wieder setzte. »Was für Schätze hat dieser Orm aufgehäuft!«

»Beute, Beute?«, lallte einer ihrer Ruderer. »Es wird… wird Zeit, dass wir wieder Beute machen. Damals, bei der Seeschlacht… ein paar Helme, ein paar Schwerter, zwei Streitäxte. Und wer keinen Feind erschlagen hatte, bekam nichts.«

»Und bei dem Überfall in der Bucht war es auch nicht besser!«, schrie einer von hinten. »Kampf, ja. Und was für ein Kampf! Aber kaum Beute.«

»Dafür Grim tot!« Ulf konnte den Sprecher nicht sehen. »Trink mit mir auf Grim, Ragnar!«

Ulf beobachtete scharf das Gesicht hinter den Flammen. Ragnar hatte bisher kein Wort über Grims Tod verloren. Auch jetzt blieben seine Züge undurchdringlich. »Natürlich trinken wir auf Grim, Olaf! Grim hat es gut. Den ganzen Tag lang hat er gekämpft, Seite an Seite mit meinem Vater. Grim hat meinen Vater noch gekannt.«

»Ob es in Walhalla wirklich so schön ist, wie man erzählt?«

»Frag doch nicht so blöde, Ful!«, brüllte einer erbost. »Noch viel schöner! In Walhalla...«

»Eine wunderschöne Halle!«, rief ein anderer dazwischen. »Die Wände bestehen aus Speeren, das Dach ist mit goldenen Schilden gedeckt.«

»Ja, wie ich sagen wollte: Jeden Abend setzen Odins Mägde, die Walküren, den toten Helden Berge von Eberfleisch vor. Dann trinken sie den Met, den die Ziege spendet, ...«

»...aus den Schädeln ihrer erschlagenen Feinde.«

»Richtig, Torgöt, aus den Schädeln ihrer erschlagenen Feinde. Und wenn die toten Krieger genug haben vom Met, kommen die Walküren, die dennoch immer Jungfrauen bleiben.«

»Fressen und Saufen!«, klatschte sich einer auf die Schenkel. »Vor allem aber kämpfen!«

»Ich habe gehört, die Helden kämpfen jeden Tag«, schrie jemand von jenseits des Feuers herüber. »Von Sonnenaufgang bis Sonnenuntergang.«

»Das weiß doch jeder. Die Helden kämpfen gegeneinander und üben für ihren letzten großen Kampf. Und seien ihre Wunden auch noch so schwer: sobald der letzte Sonnenstrahl erlischt, sind alle Toten wieder lebendig und alle Wunden verheilt.«

»Eigentlich schade, Ulf«, grinste Gnupa. »Wenn wir morgen Orm erschlagen, holen die Walküren auch ihn nach Walhalla.«

»Alle Krieger, die im Kampf fallen, kommen nach Walhalla, Gnupa. Alle! Das weißt du doch!«

Einer gegenüber stand auf, ging einige Schritte zur Seite und drehte ihnen den Rücken zu. Ulf hörte, wie er plätschernd sein Wasser abschlug. »Vielleicht hätten wir Grims Leiche doch verbrennen sollen, Ragnar!«, rief einer. »Grim war aus dem nördlichen Schweden. Man sagt, die Leute in Nordschweden ziehen die Feuerbestattung vor.«

Ragnar setzte seinen Krug auf den Boden. »Es war Grims eigener Wunsch. Er wollte begraben werden, so wie wir es getan haben: mit seinem Helm und seinem Schild, mit seinen Waffen und dem Schmuck. Und einem kleinen Steinhaufen auf dem Grab.«

»Aber ist es nicht seltsam, dass Grim, der aus Nordschweden kam…?«

Ragnar blickte den Frager erstaunt an. »Was soll daran seltsam sein? Jeder Nordmann hat da seine eigenen Vorstellungen. Ich selber finde es am besten, wenn von einem toten Krieger nur etwas Asche übrig bleibt. Aber ich habe Grim nie gefragt, warum er begraben werden wollte.«

»Und der Grieche?«, hörte Ulf einen anderen sagen. »Warum hast du ihn ebenso begraben wie Grim, mit all seinen Waffen? Ich glaube, der Grieche war ein Christ. Und die Christen…«

Ragnar kraulte sich gedankenverloren den Bart. »Ich weiß es nicht, Rolf, ich weiß es wirklich nicht. Da er ein Grieche war, wurde er sicherlich als Christ getauft. Aber ob er sich selbst noch als Christ betrachtete, als ich ihn, vor immerhin zehn Jahren, zum ersten Mal traf? Wir haben niemals darüber gesprochen.«

Ulf musste lachen. Erik und er hatten die gleichen Worte eingeworfen: »Der Grieche ist ein richtiger Nordmann geworden!«

Ulf sah das bedenkliche Kopfschütteln Gizurs, der ihm gegenüber, links von Ragnar, saß. »Der Grieche war wie ein Nordmann. Genauso tapfer. Aber er wurde nicht als Nordmann geboren. Ob unsere Götter auch die seinen werden können…«

»Ich will es hoffen, Gizur«, unterbrach ihn Ragnar heftig. »Ich will es hoffen! Der Grieche war einer meiner besten Männer. Ich möchte auch ihn in Walhalla wiedersehen.«

Ulf schloss die Lippen wieder. Der Schiffsführer hatte vorweg genommen, was er eigentlich gerade hatte sagen wollen. Stattdessen nahm Ulf den Krug und tat einen tiefen Zug.

Dann stürmten die Erinnerungen auf ihn ein. Auch Ragnar schien seinen Gedanken nachzuhängen. An ihrem Feuer geriet das Gespräch ins Stocken. Von den beiden anderen Lagerfeuern drang das Geschrei der Ruderer herüber, die sich wieder und wieder die Beute ausmalten, die ihnen morgen in die Hände fallen würde.

»Eigentlich bewundere ich euch, Gizur.« Gnupa hatte seinen Becher am Metfass gefüllt und streckte ihn dem Alten entgegen. »Und ich beneide euch. Diese Fahrt nach Norden ist die längste Wikingerfahrt, die ich je mitgemacht habe. Unsere Langschiffe kommen selten weiter als bis zu einem der Nachbarfjorde. Die Reichtümer, von denen ihr erzählt…«

»Es lohnt sich wirklich, Gnupa«, schmunzelte der Weißhaarige.

»Ich kann meinen Hof und meine Familie nicht verlassen. Aber wenn ich auf eine Wikingerfahrt gehen könnte, nach England oder gar nach

Konstantinopel... Trotzdem, Gizur: Es scheint, als sei die Beute groß. Die Gefahr aber ist es ganz gewiss.«

»Was willst du damit sagen?«, knurrte Gizur misstrauisch.

»Auch ich würde mein Leben wagen, um solche Beute zu machen. Aber wenn ich genug Beute hätte, würde ich aufhören. Meinen Hof vergrößern, Tiere kaufen und Unfreie. Du aber, Gizur, bist seit Jahrzehnten auf solchen Wikingerfahrten.« Gnupa beugte sich vor und beobachtete den Alten scharf. »Warum, Gizur? Die Leute reden über dich. Niemand von uns hat je gehört, dass einer so viele Jahre auf den Langschiffen geblieben ist. Man weiß, wie reich du geworden bist...«

»Du willst sagen, Gnupa, wie alt ich dabei geworden bin.« Das Lächeln um die Lippen des Weißhaarigen wirkte gekünstelt. »Ihr fragt euch, warum ich in keinem dieser zahllosen Kämpfe gefallen bin. Selbstverständlich musste ich jederzeit mit dem Tod rechnen.« Er schwieg einen Augenblick. »Was soll ich dir antworten, Gnupa? Die Nornen... Sie spinnen den Faden unseres Geschickes. Wann sie ihn durchreißen...« Gisurs Lächeln war erstorben, das schmale, bartlose Gesicht kantiger denn je. »Frag lieber nicht, Gnupa. Trinke!«

Erik setzte sich, schob die Fibel unter seiner linken Schulter zurecht und reichte seinem Vater den Krug, den er gefüllt hatte.

»Es gibt wirklich zu viele, Erik. Denke zurück an England. Oder Paris. Als ich das erste Mal nach England kam, mit meinem Vater, waren wir drei Langschiffe. Und mein Vater war der unbestrittene Anführer. Drei Langschiffe, das reichte, um ein Kloster zu überfallen oder eine kleine Stadt. Im Herbst fuhren wir zu unseren Höfen zurück. Damals machten wir noch richtige Beute. Und heute? Alle überwintern in England. Mit Dutzenden von Langschiffen. Was bleibt da für den Einzelnen übrig?«

»Aber die Nordmänner brauchen mehr Langschiffe als früher, Vater. Sie überfallen jetzt auch größere Städte...«

»Und warum, Erik? Weil sie davon träumen, eine englische Stadt zu erobern und ein Königreich zu gründen. Selbstverständlich sollen diesem König nicht nur die Engländer untertan sein. Auch die Nordmänner, die sich in England ansiedeln, sollen ihm gehorchen.«

»Nicht alle Anführer sind so, Vater.«

»Nicht alle. Aber viel zu viele. Eingebildete, hochnäsige Schiffsführer, die sich mit den anderen Schiffsführern herumstreiten, wer von ihnen der vornehmere sei. Ich möchte, Erik, dass du...«

»Aber du musst doch zugeben: Wenn immer mehr Langschiffe zusammenkommen, Dutzende, dann muss man einen richtigen Anführer wählen. Einen, der dann wirklich alles entscheidet.«

»Natürlich, Erik. Wenn die Nordmänner zu keinem Entschluss kommen, weil sich ihre Anführer herumstreiten, haben die englischen Könige Zeit, ihre Bauern zusammenzurufen und ein Heer aufzustellen. Aber unsere Stärke ist die Schnelligkeit unserer Langschiffe. Wir fahren die Küste ab oder die Flüsse, und wenn wir ein Kloster sehen, das Beute verspricht, schlagen wir zu. Bevor die ersten Soldaten eintreffen, sind wir längst über alle Berge.«

»Dann kann man aber auch nur einzelne Klöster angreifen, Dörfer oder kleine Städte.«

»Das reicht doch, Erik! Was haben wir davon, wenn wir größere Städte belagern, uns mit dem Heer des Königs Schlachten liefern? Wenn ich an Börn denke, an Odinkar und Knut: Was waren das für Schiffsführer! Immer, wenn ich in England mit einem von ihnen zusammengetroffen bin, haben wir uns zusammengetan. Mal war der eine von uns Anführer, mal der andere. Und die Beute, Erik, stimmte immer.«

»Dich, Vater, hat man aber in England besonders oft zum Anführer gewählt. Nur diese großen Flotten sind zerstritten – noch.«

»Du magst ja Recht haben, Erik. Warum sollte ich mich sträuben? Aber es ging doch niemals um die Ehre. Nur um die Beute.«

»Es ist aber auch eine Ehre, Vater, zum Anführer einer ganzen Flotte gewählt zu werden, einer Flotte von vielen Schiffen. Nicht nur von zwei oder drei Schiffsführern.«

Ragnar blickte lange in die Flammen. »Ist es wirklich eine so große Ehre, Erik? Für den Nordmann, der auf Wikingerfahrt geht, ist es eine Ehre, mit viel Gold und Silber heimzukehren. Es ist eine Ehre, mit vielen Feinden gekämpft zu haben, die gut bewaffnet und im Kampf erfahren waren, und doch Sieger geblieben zu sein – und eines Tages selbst im Kampf zu fallen. Denn Odin kennt die Besten. Er zählt die erschlagenen Feinde… Doch Odin zählt die Erschlagenen nicht nach Köpfen. Für Odin ist wichtig, wie viel ebenbürtige Gegner du überwunden hast, Erik.«

»Aber ein Heer der englischen Könige zu besiegen, das ist doch auch ein Kampf, der Odin Freude macht, Vater!«

»Wirklich, Erik? Kein kluger Mann kämpft um des Kampfes willen. Jeder Kampf muss ein vernünftiges Ziel haben: Beute oder Blutrache. Wenn es nur zum Kampf kommt, weil die Anführer zu lange gezaudert haben und sich schließlich dem Heer des Königs entgegenstellen oder schmählich die Flucht ergreifen müssen – was soll daran Odin gefallen? Nein, Erik! Wir fahren nicht mehr nach England…«

»England ist immer noch reich, Vater. Wir haben noch längst nicht alles erbeutet.«

»Zu viele Hunde zanken sich um einen Knochen.«

»Aber wenn ich an die Winterlager zurückdenke... Es gab doch nicht nur Zank und Streit!«

»Ja. Auch ich habe unsere Saufgelage geliebt, Erik. Aber die Zeit der schnellen, reichen Beutezüge ist vorbei.«

»Aber nirgendwo sonst wartet auf einen tapferen Krieger so viel Ruhm.«

»Ruhm, Erik? Auch das ist vorbei. Du hast doch selbst gesehen, wie grenzenlos das Meer ist. Überall gibt es reiche Länder, Länder, die sogar noch reicher sind als England. Dort ist die Wikingerfahrt noch das, was sie immer war: Handel oder Raub. Du entscheidest selbst, was unter den gegebenen Umständen das Beste ist.«

»Je mehr Krieger...«

»Mehr Krieger haben immer die anderen. Unser einziger Vorteil ist unsere Schnelligkeit.«

»Aber die anderen, die in England oder in den Frankenreichen eine Flotte angeführt haben, Dutzende von Schiffen, ernten den größeren Ruhm, Vater.«

»Streitet euch nicht!«, brüllte Ragnar. Er war aufgesprungen, als die beiden Ruderer am Nachbarfeuer – einer von ihren und einer von Gnupas Leuten – begonnen hatten, sich mit den Fäusten zu bearbeiten. »Kämpfen könnt ihr morgen früh!« Doch Ragnar sprang nicht hinüber, um die beiden Streithähne auseinander zu reißen. Die Rauferei würde nicht gefährlich werden, erst recht nicht in eine Massenschlägerei ausarten, denn die beiden waren viel zu betrunken. Sie wankten und schwankten, und ihre Fäuste trafen meist die Luft. Plötzlich sackte der eine zusammen, wälzte sich auf dem Boden auf den Rücken und begann, steinerweichend zu schnarchen. Sein Gegner versuchte, neben ihm niederzuknien, fiel aber zur Seite und rappelte sich mühselig auf die Knie. Dann stieß er den Schnarcher mit einem Finger an. Vielleicht hielt er ihn in seinem trunkenen Hirn für tot. Vielleicht wollte er auch nur weiter saufen. Er seufzte, rülpste dann ausgiebig und streckte sich auf dem Boden aus.

»So weit schießen die Ungarn mit ihren Pfeilen?« Gnupa sah Ulf überrascht an.

»Ja, Gnupa. Ihre Pfeilspitzen...«

»Viele der großen Anführer, die ich gekannt habe, leben nicht mehr, Ingolf«, drang Ragnars Antwort über die Flammen herüber.

»Es wird immer neue Anführer geben, Vater.«

Licht und Schatten huschten über die Falten auf Ragnars Stirn. »Niemand wird dir widersprechen, Erik. Ägir, dieser reizbare Gott des Meeres, zieht unsere Langschiffe in die Tiefe. Oder wir fallen im Kampf, und die Walküren tragen uns zu Odins Halle. Aber unsere Kinder bauen neue Langschiffe, wählen neue Anführer.«

»Bis ans Ende aller Zeiten«, nickte Erik befriedigt.

»Ja. Bis zu dem Tag, an dem das Ende über die Welt hereinbricht.«

»Ammenmärchen!«, brüllt einer. »Unsere Götter sterben nie!« Ulf zuckte zusammen bei so viel Unverstand. Jeder wusste doch, dass...

»Unsinn!«, lachte Ragnar schallend. »Alles geht zu Ende. Auch das Leben der Götter und der toten Helden.«

Ein wohliger Schauer durchrann Ulf bei dem Gedanken an den Tag, an dem auch auf ihn die Eisriesen und die Feuerriesen einstürmen würden.

»Die Welt ist nicht ewig«, fuhr Ragnar gleichmütig fort. »Erikök kommt: der Tag, an dem die Götter sterben und die Welt der Menschen untergeht.«

»Man erzählt, die Götter sterben«, rief ein anderer Ruderer. »Aber ich kann es einfach nicht glauben.«

»Warum nicht, Egil?« Ragnars Züge wirkten gelassen, beinahe heiter. »Der Tod ist unvermeidlich. Hier und überall. Warum zweifelst du daran? Tag und Nacht lauert der Tod neben unseren Langschiffen...«

Ulfs Gedanken wanderten zurück: Seit jenem Morgen vor zweieinhalb Jahren an Jütlands Küste, als der Drachenkopf durch den Nebel gestoßen, Ragnars Kampfgeschrei erklungen war, hatte dieses Schiff einundzwanzig Mann verloren. Zwei Drittel einer kompletten Besatzung. Doch dieser Gedanke vermochte Ulf nicht mehr zu erschrecken.

Gizur führte den Becher nicht zu den Lippen. Die Augen in dem harten Gesicht blickten versonnen in die Flämmchen. »Wenn eines Morgens die drei Hähne gleichzeitig krähen, der Höllenlärm Odins Krieger in Walhalla aufweckt, wissen die Götter: Das Ende der Welt ist nahe.«

»Was für Hähne?«

»Der goldene Hahn auf Walhallas Dach, Ari. Der rote Hahn in Riesenheim und der schwarze Hahn in Hels Totenreich. Auch der Höllenhund Garm heult.«

»Wenn die drei Hähne krähen, folgt eine schlimme Zeit.«

»Ja, eine sehr, sehr schlimme Zeit, Ragnar. Drei Jahre lang gibt es in der Welt der Menschen nichts als Kampf und Verrat. Weitere drei endlose Jahre herrscht nur noch Winter. Nichts als Kälte, Eis und Schnee. Und am Ende holen die Wölfe Sonne und Mond ein...«

»Du meinst die Wölfe, die der Sonne und dem Mond seit Anbeginn der Zeit am Himmel hinterherjagen, Gizur?«

»Ja. Die Wölfe holen Sonne und Mond ein und verschlingen sie. Sobald die ewige Düsternis hereinbricht, zerreißen der Fenriswolf und Hels Wachhund Garm ihre Ketten. Der Drache Nidhuk, der die Weltesche bewacht, deren Äste die verschiedenen Welten tragen, zerbeißt ihre Wurzeln. Und die Weltschlange, deren Leib die Weltmeere umschließt, reckt und dehnt sich, dass das Wasser bis zum Himmel spritzt, und zieht nach Asgard, der Welt der Götter.

Schließlich zerbricht auch Loki seine Fesseln.«

»Was für Fesseln, Gizur?«

»Weißt du das nicht, Ragnar? Die Götter haben Loki an einen Felsen gekettet – zur Strafe, weil er mit der Riesin in einer Höhle die drei Ungeheuer gezeugt hat: den Wolf Fenris, die Weltschlange und seine Tochter Hel, die Todesgöttin, die halb Mensch ist und halb Leichnam. Und weil Loki, der Gott der Falschheit, die Götter so oft getäuscht und betrogen hat.«

Ragnar lachte: »Das wusste ich nicht, Gizur. Aber es kann niemanden verwundern...«

»Dann kommen die Riesen, die Thor so lange mit seinem Hammer in Schach gehalten hat. Die Eisriesen fahren auf einem Schiff nach Asgard, der Götterwelt. Loki kommt mit einem Schiff...«

»...aus den Fingernägeln der Toten«, murmelte Ragnar.

»Ja. Loki kommt mit einem Schiff, das aus den Fingernägeln aller Toten erbaut ist. Und dann... dann sieht Heimdall die Feuerriesen auf die Regenbogenbrücke zustürmen, an ihrer Spitze Surt mit dem Flammenschwert.«

»Ich weiß, ich weiß, Gizur. Thors Hammer besteht aus rot glühendem Eisen. Aber Surts Schwert aus Flammen, aus nichts als Flammen.«

»Die Todesgöttin Hel fliegt auf ihrem dreibeinigen Pferd nach Asgard. Die Weltschlange, der Fenriswolf, der Höllenhund Garm, der Drache Nidhuk... sie alle stürmen auf die Welt der Götter ein.«

»Alle Riesen, alle Ungeheuer...«, schrie einer angstvoll.

Der Weißhaarige schwieg einen Augenblick, dann nickte er vor sich hin. »Richtig. Alles, was die von den Göttern gegebene Ordnung der Welt seit Anbeginn bedroht hat und was die Götter, allen voran Thor, solange niederhalten konnten. Am letzten Tag, beim Erikök, macht es sich frei. Die Kräfte des Bösen ziehen gegen die Götter – und zerstören die Welt.«

»Erzähl doch endlich von der großen Schlacht, Gizur, der letzten Schlacht der Götter!«

»Gleich, Sven, gleich. Heimdall... Ihr wisst, der Gott, der seit unvordenklichen Zeiten die Regenbogenbrücke bewacht...«

»Die Brücke, die in die Welt der Götter hinüberführt...«

»Ja, die Regenbogenbrücke überspannt den Fluss, der die Welt der Menschen von Asgard trennt. Heimdall sieht die Feuerriesen, sieht Surt mit dem Flammenschwert auf die Regenbogenbrücke zustürzen. Auf diesen Augenblick hat der Gott seit Anbeginn der Zeiten gewartet. Tag und Nacht hat er auf der Regenbogenbrücke Wache gestanden mit seinem Horn.«

Wenn er nicht verkleidet durch die Welt der Menschen wanderte, schoss es Ulf durch den Kopf, und Menschenfrauen schwängerte.

»Heimdall bläst in sein Horn, und der Himmel zittert. Jetzt wissen die Götter: Erikök, der Tag des Göttersterbens, ist angebrochen. Odin hetzt auf seinem Pferd den Stamm der Weltesche hinab. Nie zuvor, Leute, hat Odin sein achtbeiniges Pferd Sleipnir so gehetzt! Odin reitet hinab zu den Wurzeln des Weltenbaumes, wo die drei Nornen sitzen. Er möchte einen Rat für den bevorstehenden Kampf. Doch die Nornen schweigen. Neben ihnen, auf dem Boden, liegen zerrissen die Fäden, die sie seit der Erschaffung der Welt weben. Die Fäden die das Schicksal eines jeden Menschen, eines jeden Gottes bestimmen.«

»Die Schlacht, die Schlacht, die Schlacht…«

»Wartet doch! Meinetwegen. Also: die Götter bilden vor Odins Halle eine Schlachtreihe…«

»Noch nie hat die Welt eine solche Schlachtreihe gesehen!«

»Ja, Ragnar. Die toten Helden und die Götter, Seite an Seite. Die Götter sterben im Kampf. Heimdall kämpft gegen Loki. Sie erschlagen sich gegenseitig. Thor zertrümmert mit seinem Hammer der Weltschlange den Schädel. Aber während er mit einem Siegesschrei zurückspringt, verzehrt ihn das Gift, das dem Rachen des tödlich getroffenen Ungeheuers entströmt. Odin stößt dem Fenriswolf das Bein tief in den Schlund. Doch der Wolf verschlingt ihn.«

Ulf dachte an die modernden, stinkenden Lederstückchen in der Grube neben dem Schemel des Schuhmachers in Birka. Sie waren für diesen Tag bestimmt, für Odins Kampfstiefel. Gut gemeint, fand Ulf, aber vergeblich, da doch alles schon vorherbestimmt war.

Dann hörte er wieder die schallende Stimme des weißhaarigen Alten: »Zuletzt verbrennt Surt, der Anführer der Feuerriesen, mit seinem Flammenschwert Freyr, der gerade einen Riesen erschlagen hat.«

Einer der Gefährten hatte im Feuer gestochert. Ulf war es, als sehe er in den auflohenden Flämmchen den letzten Kampf der Götter: Heimdalls Horn, den Schlund des Fenriswolfes und den giftsprühenden Rachen der Weltschlange. Gizurs Stimme riss ihn wieder in die Gegenwart zurück: »Das ist Erikök, Leute: der Tod der Götter und das Ende der Welt. Nach dem Sieg des Bösen zündet Surt mit seinem Flammenschwert die Weltesche an. Es gibt nur noch Flammen, nichts als Flammen. Die Welt der Götter, die Welt der Menschen – alles wird zu Asche. Zu Asche und Rauch.«

Auch Ulf schwieg lange und blickte in den halb vollen Becher, ohne ihn wirklich zu sehen, ließ die Gedanken auf sich einstürmen.

»Erik, Ulf!« Ragnars Trinkbecher schien über den Flammen zu schweben. »Was sein muss, muss sein. Aber reden wir lieber von der Zukunft! Wenn ich hier erledigt habe, was erledigt werden muss, kehren wir mit unserer Beute nach Haithabu zurück.«

»Und was sind deine Pläne für das nächste Jahr?« Ulf erkannte die Stimme Akes, des Dänen. Die Ruderer an den drei Feuern verstummten. Auch Gnupas Leute schwiegen und blicken gespannt herüber.

»Kannst du dir das nicht denken, Ake?« Um Ragnars Lippen spielte ein Lächeln. Er setzte den Krug an und trank, bis der Met in seinen Bart tropfte. »Wo haben wir denn die beste Beute gemacht? Im Mittelmeer! Unsere Fahrt nach Konstantinopel…«

Konstantinopel! Im Spiel der Flammen sah Ulf das Mittelmeer, den strahlend blauen Himmel, die weißen Kreidefelsen und grünen Wälder Dalmatiens…

»Konstantinopel?« Akes Stimme klang wieder spöttisch. »Nach Konstantinopel dürfen wir uns nächstes Jahr nicht wagen, Ragnar. Es wäre viel zu gefährlich.«

»Quatsch!«, schrie Toke. »Wir werden in Haithabu eine neue Fahrtgenossenschaft bilden, mit vielen neuen Gesichtern. Diese Stadtsoldaten werden uns gar nicht mehr erkennen…«

»Für diese Griechen sieht ein Nordmann aus wie der andere«, warf einer ein. »Der Grieche, an den sie sich wohl am besten erinnern, ist nicht mehr dabei, und du, Ragnar, änderst einfach deine Barttracht…«

Ulf musste an den Griechen denken. Ja, auch der hatte sich auf der Fahrt nach Konstantinopel einen Vollbart wachsen lassen.

»So habe ich es nicht gemeint, Ake. Konstantinopel meiden wir. Aber denk doch an die kleinasiatische Küste, an das Kloster des heiligen Michael…«

Erik schüttelte abwehrend den Kopf. »Das Reich der Griechen ist viel zu weit, Vater. Und das Mittelmeer ist viel zu groß. Keiner von uns kennt es wirklich. Einmal haben wir den Weg gefunden. Die Götter wissen, ob es uns ein zweites Mal gelingt. Fahren wir lieber nach England. Dieses Land ist uns seit Jahren vertraut. Und die Beute…«

»…müssen wir mit Tausenden teilen, Erik. Nein, Erik. Ich werde in Haithabu zwei oder drei andere Schiffsführer finden, Leute mit Mut, die eine Fahrt ins Unbekannte nicht scheuen…«

»Das wird schwer fallen, Vater. Die meisten haben vom Mittelmeer nicht einmal gehört. Aber England…«

»Denk doch an Börn und Hasting, Erik«, unterbricht ihn Ulf. »Haben sie nicht über sechzig Schiffe angeworben für ihren Raubzug ins Mittelmeer, bis nach Italien?«

»Italien!«, brüllte Hakon. »Italien ist auch ein Land voller Reichtümer. Das kann ich euch versichern. Ich war mit Orm dort.«

»Ist die ›Große Stadt‹ wirklich so prächtig, Ulf?« Gnupa beugte sich zu ihm herüber. »Jeder erzählt von der ›Großen Stadt‹. Aber von uns hat sie noch niemand gesehen.«

Ulf zog die Felljacke enger um die Schultern, denn der Wind pfiff kalt. »Viel prächtiger, Gnupa, als ich es mit Worten erzählen kann. Man muss sie einfach gesehen haben…«

»Und der Ostweg? Diese endlosen Wälder und Steppen?« Die Frage kam von Ulfs Nachbarn zur Rechten, einem von Gnupas Ruderern. »Eure Leute erzählen Wunderdinge. Aber ist es wirklich wahr?«

Ulf vergaß zu trinken. Auch die Kälte vergaß er. Ihm war, als fühle er wieder den Schweiß auf seiner Stirn unter dieser unbarmherzigen Sonne in der grenzenlosen Steppe. Er sah alles wieder vor sich und erzählte von dem Reiterangriff der Ungarn, als sie das Langschiff an der Stromschnelle vorbeigeschleppt hatten, von ihrer Rache bei dem nächtlichen Überfall, vom Lager des Tudun und dem Zweikampf.

Gnupa lächelte hintergründig. »Du erzählst gut, Ulf. Gut und spannend. Aber wenig von deinen eigenen Taten. Doch ich habe viel von deinen Leuten über dich gehört. Ihr Lob…«

Sein Nachbar fiel ein: »Du bist nicht besonders groß, siehst aus wie tausend andere Nordmänner. Aber wie du kämpfst…«

Ein kalter Windstoß fegte durch das Lager, und Ulf fröstelte unter seiner Felljacke.

»Natürlich wird uns Grim fehlen«, entgegnete Ragnar missmutig. Dann starrte er in die niederbrennenden Flämmchen, lange und schweigend. Ulf unterbach sich mitten im Satz, als Ragnars Augen die seinen suchten, als diese eiskalten, graublauen Augen ihn zu verschlingen schienen. Ragnars Stimme war noch rauer als sonst: »Große Krieger fallen im Kampf, doch neue wachsen heran. Steh auf, Ulf!«

Ulf hatte Mühe, auf die Füße zu gelangen, so sehr hatte Ragnars unerwartete Aufforderung ihn verwirrt. Einen Augenblick lang starrte er auf die goldene Brosche mit den drei Drachenköpfen, die er immer so bewundert hatte…

»Ulf wird uns Grim ersetzen.« Plötzlich hielt Ragnar ein Schwert in der Hand. Ulf hatte nicht gesehen, wie der Schiffsführer es unter seinem Mantel hervorgezogen hatte. »Aslaks Schwert!«, riefen Gizur und Erik wie aus einem Munde.

»Ja, Aslaks Schwert. Das Schwert meines Sohnes, den Ulf erschlagen hat. Er heißt Ulf, und das bedeutet ›Wolf‹, und furchtbar wie ein Wolf ist er im Kampf. So tapfer wie Aslak.« Ragnar hielt ihm den Schwertgriff entgegen. »Nimm es, Ulf. Nimm es als Geschenk. Unsere Blutrache haben wir in Birka beigelegt. Aber das genügt mir nicht. Wir beide, wir müssen wirkliche Freunde werden.«

Eine sonderbare Kraft zog Ulfs Blick unwiderstehlich zu Eriks Gesicht. Er blickte in kreidebleiche Züge.

»Großartig! Ragnar hat Recht!«, tönte es von allen Seiten. Ulf stand da, mit Aslaks Schwert in der linken Hand, und ließ die Knüffe und Püffe über sich ergehen, die lärmenden Glückwünsche. Jetzt stand Erik vor ihm. Sein Händedruck war fest, doch das Lächeln um die Lippen in dem bartlosen Gesicht wirkte gezwungen.

»Jetzt ist das Fass endgültig leer!«, rief einer der Männer herüber. »Nicht einmal ein halber Becher ist noch drin.«

»Sie sollen endlich schlafen«, knurrt Ragnar. »In ein paar Stunden, lange bevor die Sonne aufgeht, müssen wir aufbrechen.«

Unwillkürlich musste Ulf lächeln. Sie saßen noch zu viert um die glimmende Asche. Die anderen waren längst betrunken umgefallen oder hatten sich irgendwo auf dem Boden ausgestreckt und schnarchten vor sich hin. Ulf dachte an Aslaks Schwert, an Ragnars Worte. Und er wagte eine Frage, die zu stellen er früher niemals gewagt hätte. »Morgen bekommst du endlich deine Rache, Ragnar. Ist dir das Warten schwer gefallen?«

Ragnar antwortet nicht. Seine Augen blicken leer, er schien die Antwort tief in seinem Inneren zu suchen. Endlich murmelte er, kaum hörbar: »Sehr schwer, Ulf. Eigentlich dürfte ein Mann das niemals zugeben, denn nur der Unfreie tobt, wenn er sich nicht auf der Stelle rächen kann. Aber diese zwanzig Jahre sind mir endlos vorgekommen.«

»Als Orm unseren Hof überfiel…«

»Lass die alten Geschichten ruhen, Erik!«

»Schon bevor Orm…«

»Was Orm getan hat, weiß ich genau. Aber warum unsere Sippen sich bereits vorher befehdet haben, weiß keiner mehr. Auch mein Großvater konnte es nicht sagen.«

»Bei einer solchen Blutrache schauen nicht nur die Nachbarn auf das, was wir tun. Auch unsere Ahnen. Ich werde…«

»Ja, Erik. Du wirst niemals das Blutgeld nehmen. Eine solche Blutfehde muss weitergehen. Von Sohn zu Sohn.«

»Was soll's?« Ragnars Schultern zuckten, als wolle er diesen Gedanken abschütteln. »Morgen erfülle ich meine Pflicht und töte Orm. Und im nächsten Frühjahr fahren wir ins Reich der Griechen. In Haithabu wird es mir gelingen, den einen oder anderen brauchbaren Schiffsführer zu überreden. Auch wenn die Unternehmungslustigsten und Kühnsten heutzutage meist in England sind oder im Westfrankenreich.«

Ulf rieb sich die Hände über der glimmenden Asche, die nicht mehr wärmte. Ihr Gespräch war längst verstummt. Ragnars Worte kamen so unvermittelt, dass er zusammenzuckte. »Eigentlich hat Erik recht, Ulf: Man findet immer neue Anführer…«

Diese Kälte! Sie kroch unter seine Decke, unter die Ärmel seines Hemdes. Ulf schüttelte sich und schlug die Augen auf. Um ihn herum Nebel, dichter Nebel. Durch diese Nebelwand hörte er die Geräusche, die beim Abbruch eines Lagers entstehen. Ulf bückte sich nieder zu seinem Gürtel, schnallte ihn um, schob sorgfältig die Schwertscheide und das Messer zurecht. Hinter sich hörte er Ragnars Stimme: »Dieser Nebel macht meinen ganzen Plan zunichte! Es ist viel zu spät geworden.«

Der Mann, der antwortete, war Hakon, Orms Ruderer. »Was willst du machen, Ragnar? Bis zu Orms Hof sind es zwei Stunden. Im Dunkeln hätte ich den Weg nicht gefunden, wenn es so neblig ist.«

»Aber, wenn wir Orms Hof erreichen, ist es taghell…«

Ulf schöpfte mit seinem Becher Wasser. Dann kaute er lustlos auf dem Fladenbrot und dem Trockenfleisch herum. Schließlich half er, die letzten Sachen an Bord zu tragen. Sie würden die Langschiffe später holen, nach dem Sieg. Sie ließen auch keine Wachen zurück, denn sie würden bei dem bevorstehenden Kampf jeden Mann brauchen. Und vier oder sechs Ruderer konnten die Langschiffe ohnehin nicht gegen einen Angriff verteidigen.

Der Aufstieg war steil und trieb Ulf trotz der Kälte den Schweiß auf die Stirn. Er konnte kaum den Boden unter seinen Füßen erkennen oder den Rücken seines Vordermannes. Immer wieder rutschte das Geröll unter seinen Füßen weg… Ulf stolperte über einen Stein, trat ihn los.

Das gedämpfte Poltern des herunterrollenden Steines unterbrach das Keuchen der Männer hinter ihm und die beklemmende Stille. »Keinen Lärm, Ulf!« Ragnar hatte sich umgedreht. Ulf entgegnete nichts. Was hätte er auch sagen sollen? Zwischen ihnen und Orms Hof lag der Höhenrücken, lag ein Marsch von zwei Stunden. Sie hätten, ohne ihre Anwesenheit zu verraten, so viel Lärm machen können wie sie wollten. Doch das Ächzen in Ragnars Stimme war nicht nur eine Folge des steilen Aufstieges…

Als sie die Höhe erreichten, lichtete sich der Nebel. Ulfs Blick schweifte über eine kahle Ebene, auf der der Wind einzelne Nebelfetzen über den Fels fegte, hinüber zu den kleinen Inseln: öde Felskuppen in einem grauschwarzen Meer.

Vor ihm hob Ragnar den rechten Arm, das Zeichen zum Anhalten. Sie hatten beinahe die jenseitige Kante erreicht. Dort falle die Höhe sanfter ab, und an ihrem Fuß liege Orms Hof, hatte Hakon berichtet. Ulf schritt vorsichtig vorwärts, neben Erik, hinter Ragnar und Orms Ruderer. Hakon deutete hinunter. »Das ist Orms…«

Auch Ulf hatte es die Sprache verschlagen. Vor ihnen senkte sich der Höhenrücken, ging in einen flachen Uferstreifen über, dann in Sandstrand… Ulf sah die beiden Felsvorsprünge, die die Bucht bildeten, die schmale Durchfahrt in der Mitte, dahinter das Meer und die flachen Höhen am jenseitigen Ufer des Fjordes. Noch einmal blickt er hinunter zum Fuß des Abhangs, hinunter auf Orms Hof. Das Langhaus, die Grubenhäuser – nackte Steinwälle ohne Holzwände und Dächer, verkohltes Holz, Aschehaufen, aus denen hier und da noch Rauch aufstieg.

»Ich weiß nicht…«, stammelte Orms Ruderer. Doch Ragnar hörte ihn nicht. Seine mächtige Gestalt reckte sich, sein Gesicht war totenbleich, aber in den Augen zu beiden Seiten des Nasenschutzes lodert es wie Feuer. »Das Schwein!«, keuchte er. »Der feige Hund! Nicht einmal seinen eigenen Hof verteidigt Orm.«

Ulf betrachtete mit trüben Gedanken die Reste des Langhauses. Er achtete kaum auf die Ruderer, die ausgeschwärmt waren, ins Innere des Langhauses und in die Grubenhäuser, und mit ihren Speeren in der Asche nach Beute stocherten. Ake trat aus der Türöffnung des Langhauses und hielt ihnen eine Tonscherbe entgegen. »Sogar die Gefäße, die mitzunehmen nicht lohnte, haben sie zerschlagen«, lachte der Däne verächtlich.

Ulf warf einen Blick zu ihrem Schiffsführer hinüber. Ragnar stand einige Schritte entfernt, breitbeinig, die Arme über der Brust gekreuzt, mit versteinerter Miene. »Durchsucht die Gebäude«, waren die einzigen Worte, die er seit ihrem Abstieg von der Höhe gesprochen hatte. Er schien die enttäuschten Ausrufe der Ruderer, die die Ruinen der Grubenhäuser durchsuchten, nicht zu hören, nicht die Flüche und Verwünschungen der Männer, die mit leeren Händen zurückkamen.

Zwei von Gnupas Leuten kamen auf Ragnar zu. Zwischen sich schleppten sie einen kahlköpfigen, zahnlosen Greis, der das lange Wollhemd des Unfreien trug. »Den haben wir aufgestöbert«, riefen sie. »Er hatte sich dort drüben im Wald versteckt.« Sie deuteten hinter sich, auf den schmalen Streifen Waldes, der sich in einiger Entfernung vom Hof den Abhang hinaufzog. Jetzt standen sie vor Ragnar.

»Du wirst einem Unfreien doch nichts tun, Ragnar?«, krächzte der Alte ängstlich.

»Nicht wenn du mir Rede und Antwort stehst. Woher weißt du, dass ich Ragnar bin?«

Über die zerknitterten Züge des Greises huschte ein pfiffiges Lächeln. Die Angst des Mannes hat sich offensichtlich gelegt. »Woher ich weiß, dass du

Ragnar bist? Ist das so schwer zu erraten? Orm hat dich seinen Leuten beschrieben, zehnmal, zwanzigmal.«

»Wo sind die beiden Langschiffe, Alter?«

Ulf schüttelte verwundert den Kopf. Wo waren die beiden Langschiffe! Er hätte ihr Fehlen bereits von der Höhe aus bemerken müssen. Aber er hatte gar nicht mehr an sie gedacht, seit er auf die rauchenden Ruinen gestarrt hatte.

»Orms Langschiff ist auf die Felsen gelaufen. Nahe bei der Mündung des Fjordes. Bei dem großen Sturm.«

»Wir haben es gefunden, Alter. Wo sind die beiden anderen?«

»Beinahe hätte Orm noch diese Bucht erreicht. Hier ist ein Langschiff auch bei stärkstem Sturm in Sicherheit. Die Wellen brechen sich an den beiden Felszungen. Wie hat Orm geflucht, dass er sein schönes Schiff im allerletzten Augenblick verloren hat, fast in Sichtweite seines Hofes…« plapperte der Greis.

»Die beiden anderen Langschiffe, Alter!«

»Eines ist bei dem Sturm untergegangen. Es hat den Fjord nicht mehr erreicht. Sie glauben, es ist an einer der Felsnadeln draußen vor der Küste zerschellt«, kicherte der Greis. »Es war nicht so schön wie Orms Langschiff. Alle Ruderer sind ertrunken. Auch auf Orms Boot sind viele ertrunken.«

»Und das dritte Langschiff?«

»Das haben sie in einem der Nachbarfjorde versteckt. In welchem, weiß ich aber nicht.«

»Und warum ist Orm geflohen?«

Der Blick des kindischen Greises wirkte jetzt klar und voller Erstaunen. »Warum hätte Orm hier bleiben sollen? Er wusste doch, dass du mit drei Langschiffen erscheinen würdest. Und Orm hat eines der verbündeten Langschiffe verloren, mit Mann und Maus. Über die Hälfte der Besatzung seines eigenen Langschiffes ist ertrunken. Ihr wärt Orms Leuten haushoch überlegen gewesen. Orms Leute wollten gegen eine solche Übermacht nicht kämpfen.«

Ragnar knirschte mit den Zähnen. »Wo sind sie jetzt?«

»Auf dem Wege zu Orms Verwandten. Sie haben zwei Höfe noch weiter im Norden.«

Einen Augenblick lang hellten sich Ragnars Züge auf. »Wo hat Orm seine Schätze vergraben, Alter?«

»Ich weiß es nicht.«

»Lüge nicht!«, brauste Ragnar auf. Doch der Alte sah ihm ruhig in die zornsprühenden Augen. »Würdest du das deinen Unfreien verraten, Ragnar? Aber höre mir genau zu, Ragnar. Ich habe nur gesagt, dass ich nicht weiß, wo

Orm seine Schätze vergraben hat, wenn er von seinen Wikingerfahrten zurückkehrte.« Etwas wie Schadenfreude funkelte in den Augen des Greises. »Doch wo die Schätze jetzt sind, weiß ich. Orm und seine Leute haben sie mitgenommen.«

Ragnar brach als erster das betretene Schweigen. »Mitgenommen, Alter? Mitgenommen? Gold und Silber, Walrossbein, Felle… Das ist doch alles schwer. Das schleppt man nicht tagelang über Land…«

»Wir hatten doch genügend Pferde und Schlitten. Warum sollte er seine Schätze hier lassen? Er kehrt ja nicht zu diesem Hof zurück.«

»Er kehrt nicht zurück, Alter?«

»Natürlich nicht. Du kennst jetzt seinen Hof. Orm ist oft jahrelang auf Fahrt. Du würdest wiederkommen, den Hof überfallen, und Orm könnte ihn nicht verteidigen. Auf dem Hof leben in seiner Abwesenheit nur Unfreie…«

»Das stimmt«, fiel Hakon ein.

»Orm wird keinen neuen Hof aufbauen«, fuhr der Alte fort. »Er braucht keinen mehr. Seine Frau ist tot, und seine Söhne hast du erschlagen.«

Ein zufriedenes Schmunzeln zuckte um Ragnars Lippen, als der Alte fortfuhr. »Nein. Orm verkauft seine Tiere an die Verwandten. Dann holen sie das andere Boot aus seinem Versteck, setzen Orms Langschiff notdürftig instand, und verkaufen die Schätze in Haithabu. Silber kann man überall vergraben, hat Orm gesagt, auch an der jütländischen Küste. Danach will Orm in ein fernes Meer, dessen Namen ich vergessen habe.«

»Warum hat dich Orm hier zurückgelassen?«

»Weil ich zu alt bin. Das siehst du doch. Die beiden Höfe der Verwandten sind zwei Tagesreisen entfernt – ein beschwerlicher Weg: Sumpf, Seen, Wälder. Ich sollte mich im Wald verstecken und euch beobachten. Orm hat mir einen Sack mit Lebensmitteln zurückgelassen.«

»Wir haben einen Sack mit Fladenbrot und Trockenfleisch gefunden«, nickte einer der Ruderer, die den Greis gebracht hatten.

»Sobald Orms Langschiff wieder fahrtüchtig ist, werden sie mich mitnehmen zu seinen Verwandten. Zu Wasser ist der Weg zwar länger, aber auch bequemer.«

»Also wird Orm mit seinen Leuten doch noch einmal zurückkommen?«, fragte Ragnar lauernd.

»Ja, um das Boot instandzusetzen. Aber erst, wenn ihr weg seid. Orm wird zunächst einen Boten schicken, der mich aufsucht und sich vergewissert, dass ihr abgefahren seid.«

Ragnars Fäuste ballten sich, doch er schwieg.

»Ich habe es dir doch schon erzählt: Orms Leute wollen nicht gegen dich kämpfen. Orm hat immer wieder von der Beute gesprochen, die sie auf deinem Langschiff machen könnten. Aber sie zählen nur halb so viele Köpfe wie ihr. Deshalb sind sie auch nicht mit dem anderen Langschiff gefahren. Dein Schiff ist viel schneller, du hättest sie einholen können.«

»Ich kann sie auch zu Land einholen!«, brüllte Ragnar. »Mit ihren Pferdeschlitten sind sie langsamer als wir.«

Die Stimme des Greises klang fröhlich: »Du wirst sie niemals einholen, Ragnar! Ich war noch nie bei Orms Verwandten. Aber man hat mir den Weg beschrieben. Die steilen Berge an der Küste meiden sie selbstverständlich. Und in den Sümpfen im Inneren ist es nicht leicht, sich einen Weg zu suchen. Orm wird einen der Lappen, dessen Stamm hier in der Gegend umherzieht, als Führer nehmen. Und er wird den Lappen, deren Häuptling ihm ohnehin gehorcht, Silber versprechen, wenn sie seine Verfolger überfallen.«

»Es wird nicht schwer sein, die Lappen dazu zu überreden«, knurrt Orms Ruderer. »Die meisten betrachten die Nordmänner als ihre Feinde.«

»Eine Silbermünze für jeden toten Nordmann hat Orm ihnen geboten.«

Ragnar hatte ein paar Mann zurückgeschickt in die Nachbarbucht. Nach dem Hinweis des Alten, Orm hetze die Lappen in der Gegend gegen sie auf, schien es geraten, die Boote nicht ohne Schutz zu lassen. Dann waren sie die Böschung hinaufgestiegen bis zur Hochfläche. Ulf ließ seinen Blick über die kahlen Felsplatten wandern. Die Ruderer saßen in kleinen Gruppen beieinander, einige hatten sich auf dem Boden ausgestreckt. Gnupas Leute hielten sich abseits. Gelegentlich selten sah Ulf zwei oder drei Ruderer miteinander flüstern. Das konnte nicht verwundern. Wochenlang hatten sie das Schiff mit dem roten Drachenkopf gejagt, ihr Leben in einer Seeschlacht, die keine Beute versprach, aufs Spiel gesetzt, und bei Orms Überfall Grim und den Griechen verloren. Auch für Ulf war der Anblick der rauchenden Trümmer wie ein Schlag vor den Kopf gewesen.

Ragnar saß zwei Schritte weiter, die Beine angezogen, die Hände um die Knie gelegt. Nicht einmal den Helm hatte er abgenommen. In seinem Gesicht zuckte kein Muskel. Regungslos und schweigend starrte er hinunter zum Fuß des Abhangs, zu den Resten von Orms Hof. Jenseits der Trümmer glitzerte das Wasser des Fjordes bis zu den Felsrücken des gegenüberliegenden Ufers. Die silbrigen Pünktchen auf den Wellen zuckten, schienen hin und her zu hüpfen, machten sich, so kam es Ulf vor, über sie lustig. Und im Westen lag das Meer der Inselchen unter den Strahlen einer kalten, feindseligen Sonne. Ulf fröstelte und zog seine Felljacke enger um den Leib. Im Osten, zweihundert oder dreihundert Schritte entfernt, zog sich der schmale Waldstreifen, der von der Böschung heraufstieg, weit in die Hochfläche hinein, um sich am Ende aufzulösen in vereinzelte, verkrüppelte, windzerzauste Bäumchen. Die dunkle Wand aus Kiefern blickte herüber, drohend und geheimnisvoll.

»...hat er gesagt. Aber ich glaube ihm nicht, Vater.« Erik hatte sich in Hitze geredet. Der weißhaarige Gizur, der neben ihm saß, blickte zu Boden und beteiligte sich nicht an dem Gespräch. Ragnar hatte sich umgedreht und hörte mit versteinertem Gesicht zu. »Der Greis ist doch bereits kindisch, Vater! Nicht einmal Hakon hat er erkannt.«

»Doch, Erik«, knurrte Ragnar. »Der Alte hat die beiden Ruderer, die ihn herbeischleppten, gefragt, wie Orms Ruderer zu uns gestoßen ist.«

»Trotzdem! Ich schenke dem alten Mann keinen Glauben. Wir müssen Orm und seine Leute verfolgen.«

Ragnar seufzte. »Wut und Enttäuschung sind keine guten Ratgeber, Erik. Die Lappen...«

»Fürchtest du die Lappen?«, brauste Erik auf. »Selbst wenn Orm sie aufgehetzt hat und sie uns angreifen – unsere Schwerter und Streitäxte sind ihren Waffen überlegen. Wir schlagen sie alle tot!«

Ulf schüttelt ärgerlich den Kopf. »Was redest du da, Erik? Mit den Lappen wird es niemals zu einem offenen Kampf, Mann gegen Mann, kommen. Sie beschießen uns mit ihren Bogen und Pfeilen aus dem Hinterhalt, aus ihrem Versteck in den kleinen Wäldern, von denen der Alte gesprochen hat...«

»Wir stürmen das Versteck!«

»Du wirst sie niemals erwischen, Erik. Sie kennen diese Gegend, wir nicht. Die Wälder, die Sümpfe...«

»Sie flüchten mit ihren kleinen Booten über die Seen«, nickte Ragnar. »Bis wir uns am sumpfigen Ufer einen Weg gebahnt haben, sind sie längst über alle Berge.«

»Dann holen wir Orm eben vorher ein«, schnaubte Erik. »In den kahlen Bergen an der Küste, wo es für Bogenschützen keine guten Verstecke gibt.«

»Orm einholen?«, fragte Ulf verwundert. »Orm und seine Leute haben einen Vorsprung von mehr als einem Tag. Du hast doch gehört, was der Greis erzählt hat.«

Erik blickte ihm zornig ins Gesicht. »Selbst wenn es stimmt... Orm und seine Leute haben Pferdeschlitten bei sich...«

»Ein Pferdeschlitten ist auf diesem Gelände genauso schnell wie ein Fußgänger, Erik.«

»Und die Kühe, Schafe, Ziegen? Die Rentiere?«

»Nein, Erik, es hat keinen Sinn. Natürlich sind die Herden etwas langsamer. Aber den Vorsprung eines Tages holen wir niemals ein. Außerdem – wie willst du die beiden Höfe finden, zu denen Orm zieht? Der Alte kann uns nicht als Führer dienen...«

»Der Greis ist viel zu gebrechlich«, knurrte Ragnar verächtlich. »Er würde nach zwei Stunden zusammenbrechen.«

»Und er kennt nicht einmal den Weg. Er war noch nie auf diesen Höfen.«

Erik warf ihm einen langen, durchbohrenden Blick zu. »Willst du wirklich auf Orms Schätze verzichten, Ulf? Wenn wir die Fjorde im Norden mit dem Langschiff abfahren, müssen wir auf die beiden Höfe stoßen. Das dauert zwar länger, hat aber einen Vorteil: bis dahin ist Orm längst bei seinen Verwandten eingetroffen. Mit seinen Schätzen…«

»Mit seinen Schätzen?«, lachte Ulf auf. Es war ein gequältes Lachen, denn der Gedanke an das Gold und Silber, die Felle, das Walrossbein, die endgültig für sie verloren waren, trieb ihm das Blut ins Gesicht. »Orm hat, wenn er bei seinen Verwandten eintrifft, seine Schätze gar nicht mehr dabei. Er hat sie irgendwo vergraben.«

Erik rümpfte die Nase. »Warum sollte er, Ulf?«

»Weil sie in der Erde in jedem Fall sicherer sind als auf den Höfen seiner Verwandten.«

»Wenn wir Orms Spuren folgen, kommen wir auch an die Stelle, wo Orm etwas vergraben hat. Man sieht es dem Erdboden an…«

»Orm ist kein Dummkopf, Erik!«, fuhr Ragnar seinen Sohn an. »Wir finden die Stelle nie. Der sumpfige Erdboden schließt sich schnell über Fußstapfen. Meinst du, ich verzichte leichten Herzens auf eine solche Beute? Seit Stunden zermartere ich mir schon den Kopf. Aber es gibt keine Lösung.«

Ulf schwieg. Es gab wirklich keine Lösung. Orms Schätze waren unwiederbringlich verloren. Auch Erik sagte kein Wort meht. Aber seine Stirnadern waren geschwollen.

»Die einzige Hoffnung«, meinte Ragnar nach einer Weile, »die einzige Hoffnung ist, dass ich Orm erwische, wenn er hierher zurückkehrt. Er muss mit seinen Leuten noch einmal zurückkommen, denn sie müssen das Langschiff bergen. Wir haben so viele Planken zertrümmert… Es wird Wochen dauern, das Boot auch nur notdürftig instandzusetzen.«

»Also willst du hier im Fjord auf ihn warten?«, fragte Erik hoffnungsvoll.

»Hier? Nein! Orm schickt selbstverständlich Kundschafter aus. Wahrscheinlich irgendwelche Lappen. Selbst wenn Gnupa umkehrt… Unsere Leute finden in dieser öden Gegend nirgends ein Versteck – weder hier noch in den Nachbarfjorden. Ich habe schon mit Hakon gesprochen.«

»Was hast du also vor?« Erik blickte seinen Vater verständnislos an.

»Wir müssen zwei, drei Tage nach Süden rudern. Dann kehren wir zurück. Vielleicht überraschen wir Orm bei den Schiffsarbeiten.«

Ulf hätte lieber geschwiegen. Aber er musste widersprechen: »Wie viele Wochen wird es dauern, das Schiff auszubessern, Ragnar? Vielleicht zwei

Monate. Dann fällt der erste Schnee. Nein, Orm wird versuchen, sein Boot mit Hilfe des anderen Langschiffes an den Strand zu schleppen – wenn es überhaupt gelingt. Dort wird er es für den Winter abdecken. Das dauert vielleicht einen Tag. Genau zu diesem Zeitpunkt müssten wir ihn überraschen, weder früher noch später. Mit den Reparaturarbeiten beginnt er sicherlich erst im Frühjahr.«

Ragnar starrte ins Leere. Dann zuckte er hilflos die Achseln. »Du hast ja Recht, Ulf. Es ist eine schwache Hoffnung...«

»Ich habe es doch gesagt!«, trumpfte Erik auf. »Wir müssen die Feinde sofort verfolgen. Dann kriegen wir Orm. Und seine Schätze.«

Ragnar antwortet gar nicht.

Ulf presste die Lippen zusammen. Er würde nicht als erster anfangen. Seit Stunden saßen sie bewegungslos an der selben Stelle, ohne ein Wort. Ulf wirbelten die Gedanken im Kopf herum, aber sie drehten sich im Kreise. Seine Einfälle, seine Überlegungen verschwanden so schnell wie sie auftauchten. Und stets blieb nur ein Gefühl zurück: Niedergeschlagenheit, Ratlosigkeit. Verstohlen musterte er Ragnar. Der hatte sich wieder umgedreht und wieder die Arme um die hochgezogenen Knie gelegt. Es schien, als könne er den Blick nicht von den Trümmern dort unten abwenden. Ulfs Augen wanderten von den breiten Schultern zu dem blonden Vollbart, den Ragnar selbst vor einem Kampf sorgfältig stutzte, hinauf zu dem eisernen Nasenschutz, denn Ragnar hatte seinen Helm immer noch nicht abgenommen. Niemand wagte ihn zu stören.

Ulf versuchte, sich in die Seele dieses Mannes hineinzudenken. Die gnadenlose Kälte kam ihm in den Sinn, die jedes Mal in diese graublauen Augen trat, wenn Orms Name fiel. Seit zwanzig Jahren jagte dieser Mann Orm auf allen Meeren.

Blutrache? Sie war heilige Pflicht. Orm hatte Gudrun, Ragnars Frau, erschlagen. Doch viele Nordmänner hatten den Tod eines Angehörigen zu rächen. Aber nur wenige verfolgten den Blutfeind mit einem solch verbissenen Hass. Auch wenn sie gefürchtete Krieger waren, stets den Kampf suchten. Abgöttisch geliebt habe er Gudrun, hatte Erik erzählt. Mehr wusste Ulf nicht. Und mehr würde er niemals erfahren.

Ulf überkam ein Gefühl des Bedauerns. Ragnars Hoffnung, Orm in den nächsten Tagen in diesem Fjord zu überraschen, war ein Hirngespinst. Orm würde diese Gegend für immer verlassen. Dann würde Ragnars Suche auf den Meeren von neuem beginnen – eine Suche, die sich schon über zwei Jahrzehnte hinzog. Und Ragnar wusste das! Dieser Mann klammerte sich nicht an einen Strohhalm! Ulf geriet mehr und mehr ins Grübeln: Würde Ragnar diesen Fehlschlag innerlich überwinden? Oder würde die Enttäuschung ihn zermürben? Ulf dachte an die grauen Haare, die hier und da in Ragnars Vollbart durchschimmerten. Diesem Mann lief unwiderruflich die Zeit davon…

»Ragnar!« Ulf schreckte zusammen. Der Ruf hatte ganz leise geklungen. War es überhaupt ein Ruf oder hatte ihn seine Einbildung genarrt?

»Ragnar!« Diesmal hatte Ulf diesen Namen deutlich gehört. »Ragnar! Warum sitzt du da herum? Komm her!«

Ulf war aufgesprungen. Er schaute in die Richtung, aus der die Stimme herübergeschallt war, aber der Rücken zweier Ruderer verstellte ihm den Blick. Nein, jetzt sah er den Mann: vor dem Waldrand, hochaufgerichtet und auf sein Schwert gestützt. Ragnars Stimme gellte ihm schmerzhaft in den Ohren: »Orm!«

Das Kampfgeschrei der Gefährten war auf Ragnars Befehl verstummt. Ulf lockerte die Finger um seinen Schwertknauf. Orm schritt langsam, den Schild in der Linken, das Schwert in der Rechten, auf sie zu. Er war allein. Diese Sache ging Ulf nichts mehr an. Auch Ragnar hatte Schild und Schwert ergriffen und ging gemessenen Schrittes seinem Blutfeind entgegen. Auf seinen Wink war Erik zurückgeblieben. Einen Augenblick lang sah Ulf die fiebernden Augen in dem bartlosen Gesicht, aber auch Erik wusste: Es war ausschließlich Aufgabe seines Vaters, die Blutrache auszufechten. Die Mannschaft folgte ihrem Schiffsführer in einigem Abstand, aber selbstverständlich legte keiner die Hand an eine Waffe.

Als noch zehn Schritte Ragnar und Orm trennten, blieben beide stehen. »Warum bist du zurückgekommen, Orm?«

»Weil ich hier nicht auf dich warten konnte, Ragnar. Ich musste meine Schätze in Sicherheit bringen.«

Ragnar lachte hell auf, in gekünsteltem Spott. »Erst werde ich dich erschlagen, Orm. Dann holen wir uns deine Schätze!«

»Holt sie euch, wenn ihr könnt! Ich habe nichts dagegen.« Ulf musterte Orms Züge zum ersten Male aus der Nähe. Er sah die grauen Strähnen in seinem Vollbart. Dieser Mann war einige Jahre älter als Ragnar. Aber das siegesbewusste Lächeln auf seinen Zügen, die mächtige Brust – Ulf hatte Orm nie für einen Feigling gehalten. Doch in diesem Augenblick erkannte er, dass Orm für Ragnar ein ebenbürtiger Gegner war. »Es ist allerhöchste Zeit, Ragnar!«, sagte er ruhig. »Wir haben beide viel zu lange warten müssen. Fechten wir unsere Blutrache endlich aus!«

»Nur die Blutrache?«, rief Erik dazwischen. Sein Gesicht strahlte. Ulf zuckte bei diesen Worten verblüfft zusammen, und er sah Gizurs missbilligenden Blick.

»Du bist wohl Ragnars Sohn?«, rief Orm verächtlich.

Ragnars Gesicht wurde rot vor Zorn. »Warum fragst du, Erik? Du kennst die Regeln der Blutrache.«

»Lass ihn«, meinte Orm geringschätzig. »Selbstverständlich geht es heute nur um unsere Blutrache. Wenn die Götter über Sieg und Niederlage entschieden haben, ist die Rache für unsere Sippen erledigt. Aber deine Leute und meine bleiben Feinde. Dein Sohn mag ruhig versuchen, mir meine Reichtümer abzujagen.«

Sie hatten sich in einem Halbkreis auf dem Boden niedergelassen, Schild und Waffen hinter sich gelegt.

Ragnar drehte sich zu seinen Leuten um und brüllte: »Mögen die Götter jeden mit ihrem Hass verfolgen, der die Heiligkeit dieses Zweikampfes entweiht! Odins Halle wird für ihn auf ewig verschlossen sein. Das gilt auch für dich, Erik! Wenn Orm siegt, gibt es nichts mehr, was du ihm vorwerfen dürftest. Einen vollen Tag lang, vierundzwanzig Stunden, darf niemand von euch gegen ihn eine Waffe erheben.«

»Fangen wir endlich an, Ragnar! Jeder Nordmann kennt die Gesetze des Zweikampfes.«

Ulf schoss vor Erregung das Blut in den Kopf und trübte einige Atemzüge lang seinen Blick. Nur mit halbem Ohr hörte er die Schmähreden der Zweikämpfer, ihre kunstvollen Prahlereien. »...Ich werde dich so in Stücke hauen, dass die Walküren drei Pferde brauchen, um deine Leiche fortzuschaffen...«

»Bei meinem ersten Schwertschlag wird dein Helm in tausend Teile zersplittern...«

»...Deine Hand schlottert ja jetzt schon vor Angst...«

Die ersten Schwerthiebe fallen, vorsichtig, nach genauem Abwägen. Ulf erkennt, dass Ragnar seinen Gegner richtig einschätzt: Er versucht nicht, Orm durch einen Hagel von Schwerthieben zu ermüden. Ulfs Kehle ist vor Aufregung wie zugeschnürt. Mit glühenden Augen verfolgt er die blitzenden Klingen, die klirrenden Schilde. Ragnars Klinge bleibt in Orms Schild stecken, Orms Schwert saust auf Ragnars rechte Schulter zu. Wieder sieht Ulf alles wie in einem Traum. Die Zeit scheint stehengeblieben. Träge, schleppend ziehen die Bilder an seinen Augen vorüber. Ragnar reißt sein Schwert mit beiden Händen aus dem Schild heraus und springt einen Schritt zurück. Orms Schwert zischt knapp an seinem Nasenschutz vorüber.

Wieder herabsausende Schwertklingen, hochstoßende Schilde. Jetzt macht Ragnar einen Ausfall und dreht Ulf den Rücken zu. Ulf sieht, am linken Arm vorbei, die Spitze seines Schwertes. Orm weicht einen halben Schritt zurück. Zu spät und zu langsam, jubelt Ulf innerlich. Ulf hat Recht: Wieder sieht er die Schwertspitze. Sie fährt Orm mitten in die Brust. »Gudrun!« Ragnars Schrei verhallt über der Hochfläche.

Ulf ist aufgesprungen wie die anderen. Er reißt den Mund auf für den Jubelruf... aber er schreit nicht. Die kalkweißen Gesichter seiner Gefährten, das Entsetzen in ihren aufgerissenen Augen, verschlagen ihm die Sprache. Schwerfällig, quälend langsam, als drücke eine zentnerschwere Last ihn zu Boden, wendet Ragnar sich um. Orms Schwert steckt bis zum Heft in seinem Leib.

Ulf kniete neben Erik. Ragnar lag bewegungslos auf dem Rücken. »Vater...« flüsterte Erik. Dann öffneten sich Ragnars Lider. »Erik, Ulf!« ächzte er. Plötzlich ruhten diese graublauen Augen auf seinem Gesicht, weit offen und klar. »Ulf... führe... führe die Männer... zurück.« Unwillkürlich streifte Ulfs Blick Eriks Gesicht. Doch die erstarrten Zügen verrieten dessen Gefühle nicht.

Ragnar war zurückgesunken und hatte die Augen geschlossen. Jetzt schlug er sie wieder auf. Ulf machte sich nichts vor: Was er in diesen Augen sah, war die Trübe des herannahenden Todes. Seine Worte konnten sie kaum verstehen: »Gizur... wählt...« Gizur neigte das Ohr über sein Gesicht. »Wählt... Ulf. Meer... Reich der Griechen...« Dazwischen Eriks Aufschrei: »Vater!«

Ulf sah, wie die Blässe des Todes sich über Ragnars Gesicht legte. Sie knieten schweigend, starrten in das Gesicht mit den geschlossenen Lidern... Plötzlich bäumte Ragnar sich auf, riss die Augen auf... Ulf schauderte bei dem Gedanken, dass es das letzte Mal sein würde. »Odin will... will nicht warten.«

Alle rannten geschäftig hin und her. Beilschläge drangen vom Waldrand herüber. Ulf legte mit Sven das Baumstämmchen auf den Scheiterhaufen, der von Stunde von Stunde wuchs. Aber die Verbrennung war Eriks Sache. Erik war Ragnars Sohn.

Einen Augenblick lang hörte Ulf wieder Gizur reden. Die Strenge in seiner Stimme, die Schärfe in seinen Worten waren unverkennbar. Erik hatte sich lange gesträubt, aber der Weißhaarige war unerbittlich geblieben: »Ein anständiger Nordmann ehrt auch seinen schlimmsten Feind, wenn er tapfer war. Wir werden Orms Leiche nicht den Raben zum Fraß überlassen. Er wird mitverbrannt, Erik!«

Erik hatte unter den Zurufen der Mannschaft, die Gizurs Worte unterstützte, nachgeben müssen.

Ulf trat einen Schritt von dem Holzhaufen zurück und wischte sich den Schweiß von der Stirn. Hinter sich hörte er wieder das Tuscheln. Ulf hatte in den letzten Stunden kaum auf die Gefährten geachtet. Sie hatten sich teils lautstark gestritten, teils die Köpfe zusammengesteckt und getuschelt. Stets waren sie verstummt, sobald ein anderer in die Nähe kam. Ulf hatte den

Wortfetzen entnommen, worum die Auseinandersetzung ging: Einige wollten Orms Leute verfolgen, um ihnen die Schätze abzujagen, andere umkehren und nach Haithabu fahren. Diese wollten im nächsten Frühjahr nach England, jene ins Mittelmeer und das Reich der Griechen.

Aber Ulf hatte kaum zugehört: Gedanken, Erinnerungen, Überlegungen schwirrten in seinem Kopf.

Eriks Stimme wurde immer ungeduldiger. Er redete auf die Ruderer ein. Nur mit halbem Ohr hatte Ulf Halfdans selbstsicheres Auflachen gehört: »Erst wollten wir nicht so weit nach Norden. Aber jetzt... Wo Orms Männer nur zwei Tagesreisen entfernt sind. Recht hast du. Nur ein Narr würde auf Orms Schätze verzichten!«

Doch Ulf hatte aus den Augenwinkeln auch die Gefährten gesehen, die Erik aus dem Wege gingen, oder ihr abweisendes Kopfschütteln. Manche sprachen Ulf an. Jedes Mal beschlich ihn wieder dieses Gefühl, wenn er einer Antwort auswich: Ein Nordmann dürfe nicht davonlaufen.

Ulf saß abseits. Der Holzhaufen war aufgeschichtet, übermannshoch. Jetzt mussten sie bis zum Einbruch der Dunkelheit warten. Er hatte Gizur nicht kommen sehen. Der Alte fand offensichtlich nicht den richtigen Anfang. In seinem scharfkantigen Gesicht zuckte es. »Streit, Ulf, Streit und Unfrieden... Nichts ist gefährlicher für eine Fahrtgenossenschaft.«

»Es ist Eriks Langschiff«, murmelte Ulf. »Er hat es geerbt. Er ist Ragnars Sohn.«

»Selbstverständlich gehört das Boot Erik. Aber die Fahrtgenossenschaft hat Ragnar zum Anführer gewählt, nicht seinen Sohn. Erik erbt das Eigentum seines Vaters, nicht dessen Stellung. Nach Ragnars Tod müssen die Leute erneut wählen...«

Ulf schwieg. Der Alte wartete eine Zeit lang geduldig, dann schüttelt er den Kopf. »Viele wollen Erik nicht als Anführer. Na ja... Du hast, was die Kunst angeht, ein Langschiff zu steuern, viel mehr von Ragnar gelernt als er... Und Erik hat in der letzten Zeit Fehler gemacht... Manche sagen, er habe kein Heil... Antworte doch, Ulf!«

»Was wollen die Leute?«

»Viele wollen dich zum Anführer wählen. Für die Rückfahrt nach Haithabu. Aber das führt zu Streit. Eigentlich wählt man den Sohn des bisherigen Anführers. Aber man wählt auch niemanden zum Anführer, den sein Heil verlassen hat.«

»Na und, Gizur?«

»Die Mannschaft ist heillos zerstritten.« Wieder wartet der Alte auf eine Antwort. Vergeblich. »Auf keinen Fall ziehe ich mit Erik ins Landesinnere. Das wäre Selbstmord! Aber eine Fahrt von drei, vier Wochen nach Haithabu:

Überlege es dir gut, Ulf! Lass dich nicht zu einer vorschnellen Entscheidung verleiten. Unsere Ahnen haben immer den Sohn zum Nachfolger gewählt. Nur, wenn es gar nicht anders ging… Es ist niemals gut, Ulf, anders zu handeln als die Ahnen. Und niemand kann wissen, für wen sich die Mehrheit der Ruderer entscheidet.« Ulf ließ sich sein Erstaunen nicht anmerken: Die Bewegungen des Weißhaarigen wirkten müde.

Ulf hatte keine Zeit, über die Warnung des Alten nachzugrübeln. Unwillkürlich zuckte er unter dem Schlag auf seine Schulter zusammen. Hinter sich hörte er Ake: »Lass Gizur und seine Ahnen, Ulf! Was wir brauchen, ist ein Anführer mit Heil. Also nicht Erik. So gefahrlos, wie Gizur glaubt, ist die Rückfahrt nach Haithabu nicht.« Akes Lachen war wieder voller Spott. »Schließlich haben wir uns in dieser Gegend nicht nur Freunde gemacht. Wenn ich an Snorre denke und seinen sauberen Verbündeten… Außerdem, Ulf: Was sollen wir in England? Wir wollen ins Mittelmeer, ins Reich der Griechen. Und dazu brauchen wir einen tüchtigen Anführer. Wir brauchen dich, Ulf!«

Ulf hatte sich umgedreht und blickte den Dänen verwundert an. »Mich als Anführer für eine neue Fahrtgenossenschaft ins Mittelmeer? Das Langschiff gehört Erik!«

»Niemand macht es ihm streitig, Ulf. Wir bauen eben ein neues.«

»Ein Langschiff bauen, Ake? Weißt du, wie viel Silber…?«

»Ich habe schon mit zwei unserer Gefährten gesprochen. Sie stellen dir ihren Beuteanteil zur Verfügung. Ich natürlich auch. Zu viert haben wir genügend Silber, um uns ein Boot bauen zu lassen, das so prächtig ist wie Ragnars Langschiff. Aber der Schiffsführer wirst du.« Ein breites Grinsen geht über sein Gesicht. »Du weißt, als Händler und als Krieger tauge ich. Aber diese Sache mit dem Sonnenstand, dem Nordstern… Das werde ich nie begreifen, Ulf!«

Ulf schritt unruhig auf und ab, vermied die kleinen Gruppen der Ruderer, die überall aufeinander einredeten. Er ging auch Erik aus dem Wege, der, mit den Armen fuchtelnd vor Gnupa stand, dem anderen Schiffsführer. Doch nur Wortfetzen drangen an sein Ohr: »Lange Fahrt… drei Tote… mit leeren Händen, ohne Beute, Erik!«

»… nicht aufgeben… kurz vor dem Ziel. Morgen, Gnupa, oder übermorgen…

»Erik! Wir fahren morgen zurück!«

Schon wieder wanderten Ulfs Augen zu dem glutroten Feuerball, der im Westen eine Fingerbreite über dem baumlosen Höhenrücken stand. Ulf wusste, dass es unsinnig war: Erst vor wenigen Augenblicken hatte er den Sonnenstand geprüft. Es war nichts als eine Ausflucht vor der Entscheidung, die von ihm verlangt wurde. Doch Ulf konnte sich nicht entscheiden… »So hör mir doch zu, Ulf! Ottar soll unser neues Langschiff bauen.«

Ottar! Der Mann, der bei ihrem Langschiff die beiden Seitenplanken erneuert hatte. Der beste Schiffsbauer weit und breit! Vor sich sah Ulf wieder die Bauern aus der Umgebung, die so geschickt mit ihrer Breitaxt die Baumstämme zuschlugen, die Planken bogen… Er schüttelte den Kopf. »Erik wird uns dort nicht absetzen. Er braucht Ruderer und wir…«

»Wir wählen dich zum Anführer bis Ottars Hof. Dann geht die Fahrtgenossenschaft auseinander. Erik fährt mit den Ruderern, die bei ihm bleiben wollen, nach Haithabu.«

»Aber wenn er nicht genügend Ruderer hat…«

»Erik findet genug Bauernsöhne, die gern die Gelegenheit beim Schopf packen werden, um einmal in ihrem Leben Haithabu zu sehen. Wir anderen bleiben den Winter über im Fjord. Im Frühjahr baut Ottar das Langschiff. Und dann fahren wir nach Haithabu, Ulf. Wir finden schon genügend Ruderer. Ich weiß selber nicht, wie viele wir brauchen werden. Vielleicht ein gutes Dutzend, vielleicht auch viel weniger. Viele unserer Gefährten haben sich noch nicht entschieden. Ulf, wenn ich an Haithabu denke! Eine Fahrt ins Reich der Griechen, durch das Mittelmeer. Die erfahrensten, die tapfersten Krieger werden sich darum reißen, in unsere Fahrtgenossenschaft aufgenommen zu werden.«

Ulf hörte die lauten Rufe der Zurückkehrenden. Er hatte mit Erik seit Ragnars Tod kein Wort mehr gewechselt. Wozu auch? Der Sohn allein hatte über die Vorbereitungen zur Verbrennung zu bestimmen. Doch Ulf hatte gegen Eriks und Gnupas Entscheidung, einen Pulk Ruderer loszuschicken, um die beiden Langschiffe in die kleine Bucht vor Orms Hof zu bringen, nichts einzuwenden gehabt. Er sah, wie Snorre und Torgöt einen länglichen Gegenstand vor Eriks Füßen niederlegten, und er konnte Eriks Einfall seinen Beifall nicht versagen: Das Stück Holz stammte von Orms gestrandetem Langschiff. Es war einer der Steven mit dem roten Drachenkopf.

Ulf schritt langsam auf den Scheiterhaufen zu. Von allen Seiten strömten die Gefährten herbei, selbstverständlich auch Gnupas Leute. Ake kam auf ihn zu und drückte ihm eine der Fackeln in die Hand, die sie aus Ästen und Harz gefertigt hatten. Ulf wandte keinen Blick von dem Scheiterhaufen: Oben drauf, düster im letzten Licht der Dämmerung, lag Ragnars Leiche auf dem Rücken, den Helm auf dem Kopf, den Schild über den linken Arm gelegt, Schwert und Streitaxt auf der Brust gekreuzt. Neben ihm Orm, ebenso mit seinen Waffen.

»Wir müssen selbstverständlich vorher unsere Beuteanteile ausgraben, um Ottar bezahlen zu können«, flüstert der Däne neben ihm. »Das Versteck ist vielleicht zwei, drei Tagesreisen von Ottars Hof entfernt.« Ulf wollte nicht hinhören, aber er tat es doch. »Wir müssen also von Thorgrim, diesem selbst ernannten Jarl, ein Schiff ausleihen. Und auch einige Ruderer. Aber das wird nicht schwierig sein, Ulf. Für Silber tut dieser Mann alles. Und...« wieder das spöttische Lachen, »...und wir sind kampferprobte Krieger. Anders als das Dutzend Jüngelchen, das er auf seinem Hof frei hält. Deshalb wird er uns den Wunsch nicht abschlagen...«

»Odin! Thor!« Gizur begann, die Götter anzurufen. Sie hatten sich in vier Reihen vor dem Scheiterhaufen aufgestellt, die eigene Fahrtgenossenschaft vorn, Gnupas Leute hinten. Ulf stand mit Gizur in der vordersten Reihe hinter Erik, der drei Schritte vorgetreten war. Erik reichte die brennende Fackel zurück, ohne sich umzudrehen. Ulfs Nebenmann sprang vor und nahm sie ihm ab. Dann bückte Erik sich und hob den Drachenkopf auf. Sie begannen zu singen, als er ihn auf den Holzhaufen legte. Ulf wartete, bis Erik seine Fackel in das Reisig gestoßen hatte. Dann, als zweiter, hielt Ulf das Feuer an ein dürres Ästchen.

Die Lieder waren verklungen, und alle starrten schweigend in das knisternde Feuer. Ulf konnte die Augen nicht losreißen von dem roten Drachenkopf, der sich aufzubäumen schien inmitten der Flammen, die ihn umzüngelten. Hinter sich hörte er Getuschel, auch seinen eigenen Namen. Doch vor ihm nichts als flackernde Lohe, gelb, blutrot, ein ruheloses Zucken. Ulf fühlte die Hitze nicht mehr. Die Flammen schienen durchsichtig zu werden, und hinter ihrem Schleier lag Haithabu: Er hörte wieder Ragnars grölende Stimme, die das friesische Tuch anpries, das er seinem Vater und ihm geraubt hatte... Die Häuser, die Zäune und engen Gassen verschwanden, und Ulf fühlte, wie die Sonne gnadenlos auf ihn niederbrannte, sah, wie sich die baumlose Steppe sich zu beiden Seiten des großen Flusses dehnte. Ein spitzer, silberbeschlagener Hut tauchte vor ihm auf, darunter die hochmütigen Augen des Tudun, sein kurz gestutzter schwarzer Bart, und er glaubte wieder den gellenden Angstschrei der Tochter zu hören, als Ragnar zustieß.

Mit einer unwilligen Handbewegung brachte er Ake zum Schweigen.

Die Bilder vor seinen Augen tanzten jetzt wild durcheinander, die schroffen Kreidewände und grünen Wälder an Dalmatiens Küste, die zerbröckelnde Mauer, hinter der Duschans Kroaten lauerten, der schwarze Mantel des verräterischen Johannes, die griechischen Inseln, umgeben von diesem unglaublich blauen Meer, überwölbt von einem noch strahlenderen Himmel. Die Inseln schienen sich zu bewegen, sich aufeinander zuzuschieben. Schwarze Locken entstanden, ein bartloses Gesicht. Gebrochene Augen starrten ihn an, die Augen des Griechen, der sein Geheimnis mit in den Tod genommen hatte.

Das Prasseln, die Gluthitze rissen ihn in die Gegenwart zurück, als zwei Ruderer in dem Scheiterhaufen stocherten. Die Flammen flackerten wieder in die Höhe. Aber sofort wurden sie grau, zu langen grauen Haaren, zu einem grauen Gabelbart. Ulf sah sich wieder in dem Garten in Konstantinopel sitzen, unter den schlanken Zypressen, die in den Nachthimmel ragten. Sie warteten auf den Beginn der Julfeier, und um ihn herum stritten sich die Ruderer, wer Nachfolger eines Häuptlings werden solle. Ulf hört Grims Worte: »Nur der Beste ist gut genug!«

»Wählt… Nein, wir sollten…« Ulf wollte nicht hinhören. Unwillkürlich schaute er Erik an, der neben ihm stand. Jäh wurde ihm bewusst, was er in diesen Augen erblickte: Hass.

Flammen flackerten um den Drachenkopf, um das kreisrunde Maul. Sie sprangen hoch, züngelten durcheinander. Ein Zwischenruf, auf den Ulf nicht achtete. Ulf war es, als habe auch er diesen roten Drachenkopf von Anfang an verfolgt. Warum? Er hätte es niemandem erklären können, nicht einmal sich selbst. Ragnars Blutrache ging ihn nichts an. Ulf hatte, wie die anderen Ruderer, Orm der Beute wegen mitgejagt.

Unmerklich schien sich der Drachenkopf zu verwandeln. Ein Vollbart erschien, ein Helm, ein Nasenschutz. Die Augen, in die er mit stockendem Atem starrte, waren stahlblau und unergründlich, abgrundtief wie die See. Ulf fühlt Akes Hand auf seiner Schulter, doch er hört nicht zu.

»Lass meinen Hintern in Ruhe, Olaf!« Die Magd kreischte giftig. »Ich bin keine Unfreie, an der du herumfummeln darfst.«

Sie schlug dem Alten den Bierkrug auf den Schädel. Der fiel von der Bank, und die Halle johlte.

Gnupa wartete, nippte an seinem Bierkrug und wartete geduldig weiter, bis die erhitzten Stimmen verstummten. Dann erzählte er weiter. »So kam es, dass…«

»An dir ist ein fahrender Sänger verloren gegangen, Gnupa!« Der blickt in die gierigen Augen und schüttelt den Kopf. »Bei Ragnar bedarf es keines Sängers, Harald.«

»Erzähle…«, brüllt einer, »Wie war…«, ein anderer.

»Sie sagen, du habest zwei Feinde erschlagen, Gnupa!«

»Es waren drei, Leif!«

Gnupa genoss dieses Fest, das ihre Rückkehr feierte, die Wissbegier seiner Verwandten, der Männer und Frauen von den Nachbarhöfen, genoss die Erregung der Zechgenossen. Irgendwo streitende Frauenstimmen…

»Wenn das keine Geschichte ist, Gnupa!«

»Lass sie ihn doch zu Ende erzählen, Ivar!«

Die Tragpfosten, die Gesichter, die Bierkrüge, die schweißstinkenden Leiber verschwammen... »Es gibt nicht mehr viel zu erzählen.« Seine eigene Stimme schien ihm so weit entfernt wie diese stimmendurchschwirrte, rauchschwadendurchzogene Halle. Gnupa sah sich wieder auf der windgepeitschten Hochfläche stehen. Er sah die nackten Felsplatten, das Wasser des Fjordes, die Inseln in einem bleigrauen Meer.

»Ihr wisst es ja schon: Wir fuhren am Morgen nach der Verbrennung als erste ab. Als wir den Hang hinunterkletterten, zu der Bucht hinab, in der unser Langschiff lag, habe ich mich noch einmal umgedreht...«

Er hatte Erik zornig erlebt, wütend. Aber an dieses Gesicht würde er sich immer erinnern. Aschfahle Züge, wie aus Stein gehauen, und ein unruhiges Flackern in den Augen, von dem er nicht wusste, ob es verzweifelte Enttäuschung war oder aufkochende Rachgier. Ragnars Ruderer standen in kleinen Gruppen beisammen, unsicher und unentschlossen. Gnupa blieb nicht stehen. Ob Erik zu den Waffen greifen würde? Der Ausgang dieser Sache ging ihn und seine Leute nichts an.

Das letzte, was er sah, war Ulfs Hand, die zum Schwertknauf fuhr. Gnupa setzte den rechten Fuß vorsichtig auf das knirschende, trügerische Geröll. Ulfs befehlende Stimme schien schon weit entfernt: »Wir fahren ab! Sofort!«

Lofoten
Orms Hof
Trondheim-Fjord
Pikten
Oslo-Fjord
Kaupang
Uppsala
Mälar-Bucht
Åland
Gotland
Skagerrak
Dublin
York
London
Haithabu
Hamburg
Rügen
Ostsee
Ranen
Friesen
Ostfranken
Sachsen
Obotriten
Weser
Elbe
Oder
Weichsel
Rhein
Westfranken
Seine
Paris
Lotharingien
Nantes
Loire
Noirmoutier
Regensburg
Donau
Rhone
Kroaten
Serben
Po
Venedig
Istrien
Pisa
Dalmatien
Seefestung
Adria
Rom
Bari
Sarazenen
Sarazenen
Pyrenäen
Tajo
Toledo
Emirat von Cordoba »Andalusien«
Barcelona
Guadalquivir
Cordoba
Sevilla
Granada
Gibraltar
Fes
Algerische Hafenstadt
Atlas-Gebirge
Maghreb
Kairuan